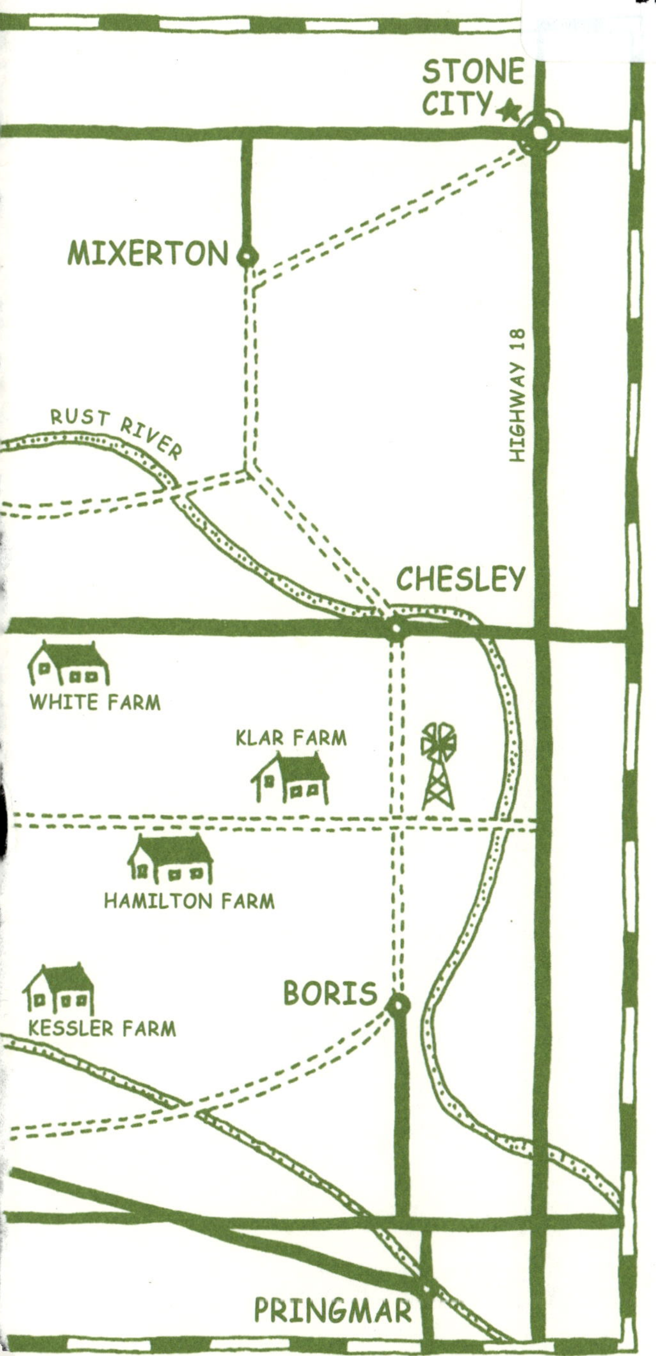
COUNTY
STONE CITY
MIXERTON
HIGHWAY 18
RUST RIVER
CHESLEY
WHITE FARM
KLAR FARM
HAMILTON FARM
BORIS
KESSLER FARM
PRINGMAR
TEERSTRASSE
SCHOTTERSTRASSE
FLUSS

Enthält die Romane:
Das Ende des Vandalismus
Die Traumjäger
Pazifik

TOM
DRURY

GROUSE
COUNTY

Romantrilogie

Aus dem Amerikanischen von
Gerhard Falkner und Nora Matocza

KLETT-COTTA

Die Übersetzungen von »Das Ende des Vandalismus« und
»Die Traumjäger« wurden für diese Ausgabe vollständig überarbeitet.
»Pazifik« erscheint hier zum ersten Mal auf Deutsch.

Klett-Cotta
www.klett-cotta.de
Die Originalausgaben erschienen unter den Titeln
»The End of Vandalism«, »Hunts In Dreams« und »Pacific«
bei Houghton Mifflin und Grove Atlantic, New York

Printed in Germany
Cover: ANZINGER UND RASP Kommunikation GmbH, München
unter Verwendung einer Illustration von © shutterstock/Nelia Sapronova
Gesetzt von Fotosatz Amann, Memmingen
Gedruckt und gebunden von GGP Media GmbH, Pößneck
ISBN 978-3-608-98025-7

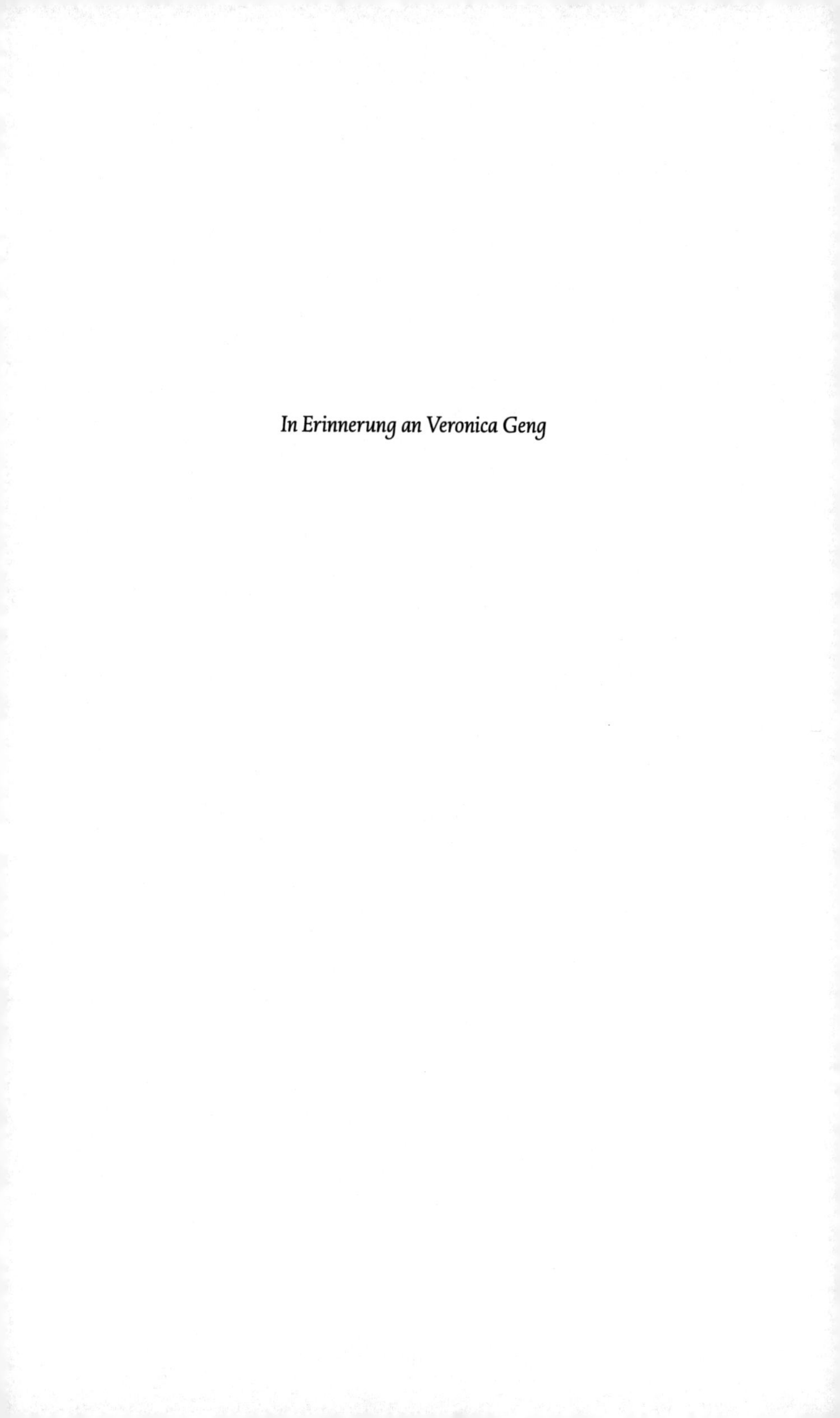

In Erinnerung an Veronica Geng

DAS ENDE DES VANDALISMUS

VERSTÖRTE WELT

Eins

Eines Herbstes fand die alljährliche Blutspendeaktion im Geräteschuppen der Feuerwehr von Grafton statt. Sheriff Dan Norman war eigentlich nur als Zeichen seines guten Willens dazugestoßen, aber dann kam eine der Krankenschwestern nicht rechtzeitig, so dass Dan sich bereit erklärte, jedem Blutspender einen Wattebausch in die Armbeuge zu drücken. »Und ich danke Ihnen«, sagte er jedes Mal.

Am frühen Nachmittag kam Louise Darling herein. Dan kannte sie flüchtig. Tiny Darling war auch dabei – ihr Ehemann. Dan nahm an, dass Tiny ein paar Einbrüche in Westey's Farm Home am Highway 18 begangen hatte. Es gab dafür aber keine stichhaltigen Beweise.

Louise trug ein rotes Tuch über dem Haar. Sie zog ihre Armeejacke aus, damit man ihr Blut abnehmen konnte; darunter trug sie ein dunkelgrünes T-Shirt mit Brusttasche. Dan bewunderte insgeheim ihre schmalen weißen Handgelenke, während er ihr den Wattebausch gegen die Schlagader drückte.

»Ich danke Ihnen, Mrs. Darling«, sagte er.

Dann kam Tiny dran. Er hatte rotes Haar und auf einem Handrücken eine Eule tätowiert. »Ihr solltet das Blut nach Port Gaspar schicken«, sagte er.

»Wohin?«, fragte Dan.

»Nach Port Gaspar«, wiederholte Tiny. »Die Marine hat den Eskimos dort nämlich eine Ladung tiefgefrorenen Lachs verkauft, und es hat sich herausgestellt, dass der vergiftet war. Deswegen sind die jetzt alle krank. Sie haben Blutvergiftung. Und raten Sie mal, was die Marine macht. Die schickt natürlich ein paar Anwälte hin, um die Eskimogemeinde einzuschüchtern.«

»Wo liegt denn Port Gaspar?«, fragte Dan.

»Im Südpol oder so«, sagte Louise. Sie hatte große grüne Augen und ganz zarte Sommersprossen. »Wir haben einen Bericht darüber im Radio gehört. Vielleicht war es ja auch gar nicht die Marine, aber sie sind mit Schiffen von der Marine gekommen.«

»Als Beobachter«, ergänzte Tiny. »Sie sind an Deck hingefahren, in einem eigenen kleinen Bereich, der mit Seilen abgesperrt war. Jetzt müssen die Eskimos alle ihr Blut waschen lassen.«

Sheriff Dan Norman ließ Tinys Arm los und wandte sich an Schwester Barbara Jones. »Wo geht dieses Blut denn nun hin? Alles ans Rote Kreuz?«

»Genau«, sagte sie. »Aber ich will Ihnen was sagen. Meine Großcousine hatte mal eine Blutvergiftung. Damit ist nicht zu spaßen. Dan, die kennen Sie doch – meine Cousine Mary.«

»Mary Ross«, sagte Dan.

»Mary Jewell«, erwiderte die Schwester. »Also, ihre Mutter war eine Ross, Viola Ross. Sie war eine Cousine ersten Grades von Kenny Ross, der dann nach Korea gegangen ist. Also, sie schaffte es damals nicht mal mehr vom Bett bis zum Tisch.«

Louise Darling zog sich die Jacke glatt und warf den Kopf zur Seite. »Ich bin gar nicht sicher, ob es wirklich Eskimos waren.«

»Es war dort jedenfalls so kalt, dass es Eskimos gewesen sein könnten«, sagte Tiny. »Diese Anwälte haben nämlich gesagt: ›Noch eine einzige Beschwerde, und wir machen die ganze Stadt mit dem Schneepflug platt.‹«

»Ihre Häuser waren also aus Schnee«, sagte Dan.

»Sieht so aus«, meinte Tiny.

Das nächste Mal traf Dan Norman mit Tiny Darling zusammen, als es eines Sonntagabends zu einer Schlägerei im *Kalkeimer* kam. Kneipenschlägereien waren Dan besonders zuwider, seit er einmal mit einem Billardqueue am Rücken erwischt worden war und daraufhin den

Sommer bei einem Chiropraktiker verbringen musste, statt draußen sein zu können. Der Chiropraktiker hatte eine Flasche Wodka auf dem großen Safe hinter seinem Schreibtisch stehen und legte Wert darauf, Dr. Young Jim genannt zu werden, weil sein verstorbener Vater, wie er sagte, als Dr. Old Jim bekannt gewesen sei. Bei der jetzigen Schlägerei hielt Tiny Bob Becker an der Kapuze seines roten Sweatshirt fest und stieß ihn mit dem Kopf immer wieder gegen die Griffe des Kickertischs.

Dan schnappte sich Tiny und zerrte ihn nach draußen. Es fiel gerade der erste Schnee, und sie sahen ihn schräg auf die leere Straße niedersinken. Tiny war schon ziemlich betrunken, aber noch ganz munter. So viel Dan mitbekommen hatte, war es bei dem Streit darum gegangen, ob die Country-Sängerin Tanya Tucker abgewirtschaftet habe, und Tiny war nicht dieser Ansicht gewesen.

Im Streifenwagen des Sheriffs fuhren Dan und Tiny auf der Straße von Pinville Richtung Südwesten zum Gefängnis von Morrisville. Auf halbem Weg versuchte Tiny, Dan einen Schwinger zu versetzen, und Dan musste anhalten, Tiny aussteigen lassen, ihm Handschellen anlegen und ihn in den hinteren Teil des Streifenwagens verfrachten.

»Ich dachte immer, du bist gescheit«, sagte Dan durch das Gitter. »Sieht aber so aus, als hätte ich mich da leider getäuscht.«

»Gleich kugelt es mir die Arme aus«, sagte Tiny.

»Das nächste Mal kannst du ja deinen eigenen Kopf gegen die Griffe knallen.«

Es folgte ein langes Schweigen. »Sie haben Schnee auf der Mütze«, sagte Tiny.

Dan bremste für einen Waschbären, der gerade über die Straße tapste. »Wir wissen, dass du das warst, das mit den Einbrüchen bei Westey's«, sagte Dan. »Übrigens, mit der Tür dort hast du dich ja ziemlich blöd angestellt. Aber das spielt keine Rolle, weil wir es nicht weiter verfolgen, also, ich weiß gar nicht, warum ich überhaupt damit anfange.«

Tiny lachte. »Wie hoch ist dieser Streifenwagen eigentlich? Anderthalb Fuß?«

Im Gefängnis von Morrisville war es dämmerig, und drinnen projizierten die beiden Hilfssheriffs gerade zusammen mit ein paar Freunden Dias von nackten Frauen auf eine Karte des Bezirks. »Wäre das schön, wenn ich heute Abend auf der Farm von Floyd Coffee sein könnte«, sagte Deputy Earl Kellogg Junior soeben. Dan befahl ihnen, sofort damit aufzuhören und sich um Tiny Darling zu kümmern und ihn in eine Zelle zu stecken. Dann setzte er sich, um den Schreibkram zu erledigen.

»Da draußen gibt es eine Menge Dealer, die Dope unter die Leute bringen«, sagte Tiny. »Irgendjemand hat kürzlich sogar diesen Typen in der Gasse hinter der Bank niedergestochen. Und ausgerechnet ich hock jetzt hier – wo ich doch Blut gespendet habe.«

»Wie heißt du richtig, Tiny?«, fragte Dan.

»Charles«, antwortete Tiny. »Ich arbeite als Klempner.«

»Glatte Lüge«, sagte Earl Kellog. »Dan, die Tochter von Ted Jewell hat angerufen. Ich hab ihren Namen vergessen.«

»Das kann Shea oder Antonia sein«, sagte Ed Aiken, der zweite Deputy.

»Ach ja, genau«, sagte Earl. »Die vorletzte Klasse in Morrisville-Wylie veranstaltet einen Tanzabend gegen Vandalismus, und diese Shea Jewell hat gesagt, sie hätten gerne, dass du die Schirmherrschaft übernimmst. Eigentlich sollte das Rollie Wilson von den Rettungssanitätern machen, aber du weißt ja, bei Wilson hat es gebrannt.«

»Mal sehen«, meinte Dan.

»Es ist nur halb offiziell.«

Dan zog den Stecker des Projektors, packte die Dias ein und ging. Es schneite noch immer. Er nahm einen Umweg zurück nach Grafton und ertappte sich dabei, dass er am Haus von Tiny und Louise vorbeikam. Das Hoflicht schimmerte durch die Bäume. Tiny und Louise hatten das weiße Farmhaus gemietet, in dem früher Harvey und Iris Klar gewohnt hatten und das jetzt Jean, der Tochter der Klars, gehörte, die dreißig Meilen entfernt in Reinbeck wohnte und irgendwie bei der dortigen Ziegelei beschäftigt war.

Dan fuhr in die Einfahrt und stieg aus. Ein weißer Hund mit quadratischem Kopf tauchte aus dem Werkzeugschuppen auf und kam über die dünne bläuliche Schneedecke gesprungen. Der Hund gab fast keinen Laut von sich, und Dan redete ihm zu, dass er wieder in den Schuppen gehen solle. Inzwischen hatte Louise Darling die Vordertür geöffnet. Dan ging zum Haus. Jemand hatte Heuballen rings um das Fundament gelegt – das fand er gut. Louise trug Jeans und ein weißes Sweatshirt. Dan trat ein, schloss die Tür und bemerkte dabei, dass Louise weder Schuhe noch Socken anhatte. Im Wohnzimmer war es dunkel, bis auf das violette Licht des Fernsehers.

Louise schaltete eine Tischlampe ein. »Wo ist Tiny?« Sie hatte langes, volles braunes Haar, das sie seitlich gescheitelt trug. In der Ecke stand ein Stativ mit einer Kamera darauf. Louise arbeitete für das Fotostudio Kleeborg in Stone City.

»Tiny hatte im *Kalkeimer* eine Schlägerei mit Bob Becker«, sagte Dan. »Ihm geht es gut, aber er ist betrunken, deswegen habe ich ihn für heute Nacht in Morrisville ins Gefängnis gesteckt.«

»Er ist aber nicht verletzt?«, fragte Louise.

»Nein. Wie gesagt, er hat den Kampf gewonnen.«

»Was für eine Anklage wird es geben?«

»Ich habe nicht vor, etwas zu unternehmen. Ich wasche meine Hände in Unschuld. Was schauen Sie sich denn gerade an?«

»Was soll das denn heißen. Sie waschen Ihre Hände in Unschuld?«

Dan starrte die ganze Zeit auf den Fernseher. »Er kommt morgen früh wieder raus. Um acht Uhr früh lassen sie ihn frei, wenn die Nachtschicht zu Ende ist.«

Louise ging an den Tisch und trank etwas Bernsteinfarbenes aus einem kleinen Glas. »Verdammt noch mal. Warum können die Leute Tiny nicht in Ruhe lassen?«

Dan setzte sich auf die Armlehne eines Sessels. »Louise, um ganz ehrlich zu sein, das könnte man Tiny auch fragen. Er kann ganz schön unangenehm werden.«

Louise griff nach einer Schachtel Zigaretten und setzte sich auf die Couch. »Das stimmt.«

»Was ist denn *das?*«, fragte Dan und wies auf den Fernseher.

»KROX *Comix Classix*«, sagte Louise. »Das da ist so ein Pfarrer, der ist gerade schrecklich müde, und diese Mücke in seinem Zimmer macht ihn ganz wahnsinnig. Der Pfarrer war nämlich den ganzen Tag mit dem Fahrrad im Gebirge unterwegs.« Louise zündete sich eine Zigarette an.

»Aha.«

»Das ist eine Komödie aus Italien.«

Sie schauten kurz zu. Dan nahm die Mütze ab und hängte sie sich übers Knie.

»Ich kann schon nicht mehr vor Lachen«, sagte Louise.

Dan fuhr mit seinem Streifenwagen nach Hause. Er aß ein Sandwich mit Spiegelei und trank eine Flasche Bier. Er wohnte in einem türkisgrün und weiß gestrichenen Wohnmobil außerhalb von Grafton. Er warf einen Blick auf die Aktdias, aber sie waren zu klein.

Louise lackierte sich die Zehennägel – das hatte Dan bemerkt. Sie lackierte sich die Zehennägel dunkelrot. Er stellte sich vor, wie sie sich in einem leeren Zimmer in diesem zugigen Farmhaus den Lack abtupfte.

Im Februar begann eine Serie von ungewöhnlichen Diebstählen. Es lagen noch immer Schneewehen über dem Land. Die gestohlenen Sachen waren alle riesengroß – Mähdrescher, Futterlaster, sogar eine gelbe Planierraupe aus der Maschinenhalle des Bezirks, am Ortsrand von Wylie – und schienen sich einfach in Luft aufzulösen. Bald hörte man, dass möglicherweise eine Gang daran beteiligt sei, die man die »Schlepper« nannte. Es wurde viel darüber diskutiert, aber ohne Ergebnis.

Dem alten Henry Hamilton wurde dabei ein Traktor aus seinem Schuppen gestohlen. Als Dan dort erschien, um den Diebstahl aufzunehmen, war Louise Darling ebenfalls gerade anwesend. Es war an einem Sonntagvormittag. Louise trug blaue Ohrenschützer. Henry hielt Hühner, und Louise hatte einen grauen Eierkarton in die Armbeuge geklemmt.

Sie gingen alle drei in den Schuppen, gefolgt von Mike, Henrys Schäferhund-Mischling. Der Schuppen hatte Wände aus Blech und ein Dach aus transparentem grünem Wellkunststoff. Drinnen befanden sich ein blauer Chevy-Pickup, eine uralte silberfarbene Maispflückmaschine und die Stelle, wo der Traktor gestanden hatte. Es war still. Henry kam gleich auf die »Schlepper« zu sprechen.

»Es heißt, dass sie alles heimlich mit Eisenbahnwaggons nach Texas schaffen. Meiner war ein Allis-Chalmers, orange, mit Radio. Im Sommer hab ich immer einen Schirm dran festgemacht, um Schatten zu haben. Der war jetzt natürlich nicht dran.«

»Hatten Sie den Schuppen abgesperrt?«, fragte Dan.

»Ich hab nie irgendwas abgesperrt«, antwortete Henry. »Meine ganzen Schlüssel liegen völlig durcheinander in einer Schublade.«

»Vielleicht sollten Sie da mal was dran ändern«, sagte Dan.

»Ich möchte ja wissen, ob das wirklich diese ›Schlepper‹ waren«, sagte Louise.

Dan ging im Schuppen umher und scharrte immer wieder mit dem Schuh auf dem ungepflasterten Boden. »Diese ganze Geschichte ist zum größten Teil ein Märchen.«

»Wie bitte?«, sagte Louise und nahm das blaue Pelzchen von dem einen Ohr.

»Meiner Ansicht nach ist das Ganze total aufgeblasen«, erwiderte Dan.

»Nicht, wenn man diesem Typen vom Landwirtschaftsamt glaubt«, meinte Henry. »Er sagt, man kann natürlich so manches übersehen, aber doch nicht, wenn man mit der Nase darauf gestoßen wird. Weiter wollte er sich nicht äußern. Also, sollte da nicht einfach mal jemand zum Rangierbahnhof rübermarschieren und die Leute dort ein bisschen ausfragen?«

»Ich dachte, die wollten nur so richtig große Dinger?«, sagte Dan.

Henry zündete seine Pfeife an und wedelte das Zündholz aus. »Meiner war aber auch ein ganz schön großer Traktor.«

Mike hob langsam den Kopf und blaffte ein einziges Mal zu dem kalkfarbenen Licht hinauf, das durch die Decke fiel.

»Mike will uns wohl sagen, dass es Außerirdische waren«, sagte Louise.

»Nein, Mike sieht die Schwalbe, die da oben ihren Kopf rausstreckt«, sagte Henry.

Louise und Dan verließen den Schuppen und gingen zu dem Schweinepferch auf der Vorderseite von Henrys Farm hinüber. Es war kalt. Louise hatte rote Backen. Sie steckte die Stiefelspitze durch das Geländer, und ein paar Schweine kamen herüber, um daran zu knabbern.

»Bei Ihnen fehlt hoffentlich nichts«, sagte Dan.

Louise nahm die Ohrenschützer ab, und die blauen Polster rollten sich zusammen. »Gestern Abend waren Lichter zu sehen. Sonst war nichts. Ich dachte, das könnte Tiny sein – das mit diesen Lichtern, die an der Tapete rauf und runter wandern. Tiny und ich haben uns nämlich getrennt, und da kam mir der Gedanke, dass er deswegen vielleicht sauer ist.«

»Sie und Tiny? Echt wahr?«

Louise wischte sich die Nase mit dem Handschuh. »Uns hat eigentlich nichts verbunden. Wir haben zwar immer geredet, aber es ging nie um irgendwas.«

»Warum glauben Sie, dass er sauer sein könnte?«

»Wer wäre das nicht? Es waren immerhin praktisch sieben Jahre. Man fragt sich irgendwann, was man sich eigentlich die ganze Zeit dabei gedacht hat.«

»Hat er Sie jemals bedroht oder geschlagen?«, fragte Dan.

»Nein«, sagte Louise. »Er hat vielleicht hie und da mal hingelangt, aber es hat nie wirklich weh getan.«

»Es gibt nämlich keinen Grund, warum Sie jetzt dasitzen und Angst haben müssten. Das muss absolut nicht sein.«

»So ist er aber nicht, wenn er sauer ist. Tiny würde niemals gezielt auf jemanden losgehen. Das ist mehr so eine frustrierte Art von sauer.«

»Aber Sie wohnen noch auf der Farm.«

»Ja, stimmt. Tiny ist zu seinem Bruder Jerry Tate nach Pringmar gezogen. Das ist in gewisser Weise gut, weil Jerry am Neujahrsabend seinen Motorschlitten platt gemacht hat. Er hatte einen Schal um, und der hat sich in diesem Treibriemen verfangen.«

»Ach verflucht.«

Louise klappte den Eierkarton auf und zu. »Jerry hat Glück, dass er noch lebt. Das ist erst mal eine Trennung auf Probe.«

»Wir könnten Ihnen eine sogenannte ›besondere Aufmerksamkeit‹ anbieten. Wir können auf jeder unserer Runden kurz bei Ihnen vorbeischauen. Das ist zwar nicht gerade das Nonplusultra an Sicherheit, aber es ist besser als nichts.«

»Ich habe doch nur diesen verrosteten Vega. Bei dem fällt demnächst sowieso der ganze Boden ab. Den können die von mir aus auf der Stelle ›schleppen‹.«

»Ach wissen Sie, manchmal kommt man an so einem Pickup vorbei, der da irgendwie am Straßenrand angehalten hat, und das Blinklicht ist an. Und da liegen jetzt meinetwegen lauter Heuballen auf der Straße herum, und dann vielleicht ein Mann, oder eine Frau, und die heben die Heuballen gerade wieder auf. Also, man sieht gleich, was passiert ist. Aber da ist es dann zu spät, die richtig festzubinden, logisch.«

»Okay, ich seh's ein«, sagte Louise und blinzelte. Dan schwieg einen Augenblick. Fast glaubte er, ihre Augenlider zu hören – *pling, pling*.

»Wenn die Heuballen schon runtergefallen sind«, sagte er.

Henry kam mit einem Eimer in der Hand um die Ecke. »Ach ja, du wolltest ja Eier haben.« Er führte die beiden in den niedrigen roten Hühnerstall. Der Raum war warm und dunstig und voller Stroh. Die Hühner schlugen mit den Flügeln und rannten wie verrückt in alle Richtungen davon.

Dan hatte Paul Francis, den Piloten des Sprühflugzeugs von Chesley, dafür gewinnen können, mit ihm eine Runde zu drehen, um nach den gestohlenen landwirtschaftlichen Maschinen Ausschau zu halten. Sie starteten auf dem Flughafen von Stone City und flogen Richtung Süden. Der Bezirk trug seine Winterfarben – grau und rindenbraun mit Streifen von blassem Weiß dazwischen. Nach einer Weile schlug Paul vor – wie alle Sportflugzeugpiloten, die Dan kannte –, dass Dan den Steuerknüppel übernehmen solle.

»Schau nach links«, sagte Paul. »Schau nach rechts. Schau nach oben. Man muss auch nach oben schauen.«

Die Sonne kam durch. »Wo würdest du eine Planierraupe abstellen?«, fragte Dan.

»Die Augen immer in Bewegung halten. Wo glaubst du, wo du im Notfall landen könntest?«

»In dem Fall würde ich einfach dich wieder ranlassen.«

Das kleine Flugzeug dröhnte in die blaue Luft hinein. Der Motor röhrte und die Heizung blies, aber die Kälte lag wie ein funkelnder Vorhang ringsum. Als Dan ein wenig ausprobieren wollte, was man mit dem Steuerknüppel alles machen konnte, neigte sich auch schon der eine Flügel, und das Flugzeug schoss in den wässerigen Raum über ihnen.

»Ausgleichen, ausgleichen«, sagte Paul. Dan inspizierte eine Reihe von schwarzen Instrumenten, die zu einer Medaille in Rot und Gold führten, auf der stand: »Der Himmel gehört Dir, oh Herr.«

»Du schaust ja gar nicht«, sagte Paul. »Lass doch jetzt mal diese Armaturen. Ich kleb dir die Anzeigen gleich mit Klebeband zu.«

»Ich hasse das«, sagte Dan. »Ich will gar nicht Pilot spielen. Dazu bist doch du da, und wie wäre es, wenn du mich jetzt mal über den Martinswald fliegen würdest. Ich mein es ernst. Unterrichtsstunde vorbei.«

»In Ordnung.«

Eine Weile sagten sie nichts. Dan betrachtete die verschneiten Felder, die glänzenden Bachläufe, die Autos auf dem glatten Asphalt.

»Hast du schon mal daran gedacht, unserem methodistischen Gebetskreis beizutreten?«, fragte Paul.

»Nein«, sagte Dan.

Sie flogen noch eine Stunde lang herum. Als Paul in Stone City zur Landung ansetzte, war er mit dem Winkel der Tragflächen nicht ganz glücklich, deshalb zog er noch einmal hoch und drehte eine weitere Runde. Sie flogen direkt der Sonne entgegen, und Dan bedeckte die

Augen mit der Hand. Paul gefiel der Winkel auch beim zweiten Versuch nicht so besonders, aber er setzte holpernd auf der Landebahn auf. Dan knallte mit dem Ohr gegen die Tür des Flugzeugs.

Dan traf sich gegen Ende des Tages mit Louise im Fotostudio Kleeborg. Sie fuhren mit dem Streifenwagen zu einem Tuxedo-Laden am alten Highway 18. Auf dem Parkplatz stand ein einziges grünes Auto.

»Sieht aus, als wäre da zu«, sagte Dan.

»Nein, heute ist Donnerstag, und donnerstags haben die Läden alle bis neun Uhr auf«, erwiderte Louise. »Ist das jetzt eigentlich ein Date?«

»Ist was ein Date?«

»Das hier.«

»Ich weiß nicht. Mehr oder weniger.«

Dan stieg aus, und Louise trat zu ihm auf den Gehsteig, wo sie stehenblieben und sich die langen Reihen der glänzenden Jacketts ansahen. »Du wirst mir doch nicht einreden wollen, dass dieser Laden nicht geschlossen hat«, sagte Dan.

Aber als er gegen die Tür drückte, ging sie auf. Ein kleiner Mann in Jeans, mit einem gewaltigen Brustkasten, spitz zulaufenden Koteletten und winzigen Cowboystiefeln stand da und schaute auf einen Leibgurt. »Die Verkäuferin ist fort. Vor einer Weile war eine Dame hier, aber jetzt ist sie fort.«

»Sind das Schlaghosen?«, fragte Louise und zeigte auf die Aufschläge seiner Jeans.

»Das sind Bootcuts«, sagte er, und schon war er zur Tür draußen.

Louise sah ihm nach, wie er in dem grünen Auto davonfuhr. »Bootcuts, so ein Quatsch.«

Dan guckte in einen kleinen Raum am hinteren Ende des Ladens. »Hallo?« Auf einer grünen Couch aus Vinyl lag eine Frau mit geschlossenen Augen.

»Ist sie tot?«, fragte Louise.

Dan schüttelte den Kopf. »Ihre Brust bewegt sich. Ich glaube, sie schläft.«

»Ja, und was machen wir jetzt?«, fragte Louise.

»Also, eine schwarze Jacke habe ich«, sagte Dan, »Und schwarze Hosen auch. Das einzige, was ich ziemlich dringend brauche, ist eine Fliege.« Er nahm eine schmale, rot karierte Schleife, hielt sie sich unters Kinn und räusperte sich.

»Moment.« Louise brachte ein weißes, in Cellophan verpacktes Hemd und drückte es ihm gegen die Brust. »Ich glaube nicht, dass du Schottenkaro tragen musst, außer es ist wirklich der Tartan deines Clans.«

»Vergiss nicht, das ist nur halb offiziell.«

»Das stand im *National Geographic*. Da hatten sie eine ganze Ausgabe über Schottland.«

»Ich habe schlicht vergessen, was für einen Tartan mein Clan gewählt hat.«

»Nimm das Hemd doch auch.« Louise ging weiter und probierte ein taubenblaues Jackett mit geschwungenem Revers an. Ihre Fingerspitzen sahen gerade noch aus den Ärmelaufschlägen heraus, während sie sich vor einem dreiflügeligen Spiegel drehte. »Schau dir mal dieses Ätzteil an.«

Dan steckte die Fliege ein und kam auf sie zu. Louise schaute in die Spiegelscheiben, das Haar in den Kragen des Jacketts gesteckt. Dan zog Louises Haar heraus und legte es ihr wie ein Tuch auf die Schultern. Im Spiegel sah er eine ganze Reihe von Louisen. Sie schmiegte den Nacken in seine Hände. Ihre Augen gingen zu und wieder auf – *pling*.

»Du hast dich am Ohr verletzt«, sagte sie. Sie küssten sich.

Beim Tanzabend *Das Ende des Vandalismus*, der in der Turnhalle von Grafton stattfand, postierte sich Dan am Buffet, um achtzugeben, dass kein Alkohol in die Getränke gegossen wurde. Er unterhielt sich mit Mrs. Thorsen, der Lehrerin für Naturwissenschaften, einer kleinen Frau mit seltsam hoher Taille. Eine Band namens *Brian Davis und der Schlackenhaufen* spielte eigene Lieder sowie Cover-Versionen, die sie dem Thema des Abends entsprechend verändert hatte. Gelegentlich ging Dan nach draußen, um die betrunkenen Jugendlichen zu verscheuchen, die unter der Straßenlaterne in ihren Autos herumhingen.

Bis auf die Bühnenbeleuchtung war es in der Turnhalle dunkel, und die Musik schepperte durch den Raum wie lauter Blechplatten. Wenn schnell getanzt wurde, fühlte sich Dan an den Pony-Tanz von Chubbie Checker erinnert, und bei langsamen Tänzen musste er an Menschen denken, die sich durch bittere Kälte schleppen. Mitten auf der Tanzfläche hatte die Betriebswirtschaftsklasse ein mysteriöses Gebilde aufgebaut. Eine Reihe von langen, spitzen Holzlatten mit einem dazwischen eingebauten Doppelfenster und einem blinkenden gelben Alarmlicht an der Seite.

»Das ist eine Art Installation aus unterschiedlichen Sachen, die dem Vandalismus oft zum Opfer fallen.« Mrs. Thorsen trug ein gelbes Kleid und hatte die Augen mit Mascara stark betont. »Also Zaun, Fensterscheibe und Baulampe. Eigentlich wollten sie noch eine zweite machen und bei der dann die Scheibe einschlagen und den Zaun besprühen, um das Vorher-Nachher zu zeigen. Ich weiß nicht, warum sie's dann doch nicht gemacht haben, das wäre wahrscheinlich besser gewesen.«

»Wahrscheinlich«, sagte Dan.

»Aber ich will da gar nichts zu sagen«, sagte Mrs. Thorsen, »denn die Betriebswirtschaftsklasse macht immer so einen totalen Scheiß. Ein Tanzabend ist wie der andere. Sie hätten deren *Stairway to Heaven* mal sehen sollen.«

Nach der Pause kam *Brian Davis mit dem Schlackenhaufen* wieder zurück und spielte »Rikki Don't Throw That Lumber«. Mrs. Thorsen begann Dan von den Chinchillas zu erzählen, die sie zusammen mit ihrem Ehemann züchtete. Sie musste dabei fast schreien. Irgendetwas klappte nicht mit den Chinchillas, Dan verstand aber nicht genau, was. Etwa zu diesem Zeitpunkt tauchte Tiny mit einer blauen Brechstange in der Turnhalle auf. Später sagten alle, es sei wie in einem Musikvideo gewesen, weil die Tänzer sich wie in Hypnose teilten und die Band dazu »China Grove« spielte. Dan stand gerade mit dem Rücken zum Geschehen, aber Mrs. Thorsen in ihrem gelben Kleid sah, wie Tiny an dem Buffettisch vorüberging. Er schlenderte auf die Installation gegen den Vandalismus zu und schlug mit der Brechstange die Fensterscheibe ein, wobei die Glassplitter bis zur Bühne flogen. Er ließ die gelbe Lampe zersplittern und zertrümmerte die Zaunlatten. Dann war Dan bei ihm und versuchte, ihn festzuhalten. Die Band sang »Whoa, whoa, China Grove«. Tiny straffte die Schultern und riss sich aus Dans Griff los. Irgendwie wurde Dan von der Brechstange an der Schläfe erwischt. Das war aber vermutlich keine Absicht gewesen, dieser kleine Schlag an die Schläfe. Dan fiel rückwärts gegen den Zaun, und Tiny rannte hinaus.

Bis das Glas und das übriges Durcheinander aufgekehrt waren und Dan Mrs. Thorsen überredet hatte, mit dem Tanzabend weiterzumachen, war Tiny über alle Berge, und die betrunkenen Jugendlichen hatten ihre Autos aus strategischen Gründen bei der Glitzerkugel auf der anderen Straßenseite abgestellt. Dan zog sein Jackett an und stieg vorsichtig in den Streifenwagen. Er wusste, dass er am Kopf verletzt war, hielt das aber für nicht weiter schlimm. Er wollte eine Funkmeldung zum Geschehen durchgeben, doch als er am Knopf drehte, um die Frequenz einzustellen, ging auf der Anzeige das Lämpchen aus.

Er fuhr auf der Schotterstraße nach Osten zu Louises Haus und fand sie am Küchentisch sitzend, vor sich ordentlich aufgereiht die Einzelteile einer zerlegten Kamera.

»Ich muss übersinnliche Kräfte besitzen«, sagte sie. »Gerade habe ich eine Sendung über die Polizei gesehen, und schon bist du hier in meiner Küche.«

»Ist Tiny hier gewesen?«

»Vor ein paar Tagen. Das war ganz komisch, was er da wollte. Er wollte so ein altes Glas, das er einmal im Sands Hotel in Las Vegas mitgehen lassen hat. ›Wo ist mein kleines Sands-Glas?‹, hat er gefragt. ›Wo ist mein kleines Sands-Glas?‹ Ich hatte keine Ahnung, was er meinte. Ich also: ›Was für ein Glas, Tiny? Ein Glas mit Sand drin?‹ Aber er musste unbedingt dieses Glas haben.«

»Wofür wollte er es denn?«

Sie zuckte mit den Schultern und betrachtete einen Schraubenzieher mit rotem Griff in ihrer Hand. »Wahrscheinlich, um daraus zu trinken. Er wollte auch noch ein paar andere Gläser. Ich denke, sein Bruder Jerry hat nicht viel Zeug für die Küche.«

»Bei dir alles in Ordnung?«

Louise nickte. »Bis auf diese Kamera.«

Dan blickte auf die Kamerateile auf dem karierten Tischtuch: Federn und Spiegel und Stifte.

»Gib mir deine Hand«, sagte er. Das tat sie. Ihre Finger waren kräftig und warm. »Danke.« Sie hielten über den Tisch hinweg Händchen.

»Bitte«, erwiderte Louise.

Dan rief von Louises Telefon aus Deputy Ed Aiken an und machte mit ihm aus, sich am Haus von Tinys Bruder in Pringmar zu treffen. Jerry Tate wohnte in einem grauen Bungalow auf einem Grundstück, das von der Straße aus abfiel. Dichtes Gebüsch umgab das Haus, und in den Fenstern brannte immer noch die Weihnachtsbeleuchtung. Jerry Tate bat sie herein und ließ sie Platz nehmen, sagte aber, er könne keinen Kaffee machen, weil er sich nach neun Uhr abends nicht mehr bewegen solle.

»Ich hatte einen Zusammenstoß mit einem Schneemobil«, sagte Jerry. »Sieben kleine Wirbel sind lädiert. Vielleicht werd ich nie mehr hundertprozentig gesund. Aber der Arzt sagt, dass das meine Pläne wahrscheinlich nicht zunichte machen würde.«

»Was für Pläne denn?«, fragte Dan.

»Das ist nur so eine Redensart«, sagte Jerry.

Also machte Ed Aiken den Kaffee. Sie tranken ihn, und nach einiger Zeit sagte Jerry, dass es ihn ja nichts angehe, aber er könne sich vorstellen, dass Tiny gar nicht erst hereinkomme, wenn er die Streifenwagen vor dem Haus stehen sehe. Dan und Ed gingen hinaus, um ihre Autos ein Stück weiter weg zu fahren und dabei auch die Lage zu besprechen, und als sie zurückkamen, hatte Jerry die Tür zugesperrt und das Licht gelöscht.

Zwei

Louise ließ sich im Frühjahr von Tiny scheiden und stellte fest, dass ihr das Fernsehen gar keinen richtigen Spaß mehr machte. Sie konnte bei keiner Sendung bleiben, sondern musste ständig umschalten. Wenn sie die Quizsendung *Jeopardy* sah, begann sie, sobald sie eine Antwort nicht wusste, blindlings zu raten – »Fidschi? Was sind die Fidschi-Inseln?« – und wechselte lieber zu einem dieser unsinnigen Krimis, bei dem sie aber auch nicht lange blieb.

Eines Sonntagnachmittags sah sie sich eine Weile ein Basketballspiel an, dann *Angeln mit André* und *Wie Stahl gemacht wird*, dann fuhr sie die etwa fünf Meilen bis nach Grafton, um ihre Mutter zu besuchen. Auf dem Beifahrersitz stand eine Tasche mit Lebensmitteln, die Straße war weithin leer, und im Radio kamen drei Songs von Evelyn »Champagner« King hintereinander.

Mary Montrose wohnte im Westen der Stadt in einem grünen Haus mit weißen Fensterläden und einem L-förmigen Grundriss. Louise fuhr die Einfahrt hinauf und sah einen orangefarbenen Plastikeimer neben dem Stamm der Weide stehen. Sie ging auf das Haus zu und sang dabei »Get loose, get funky tonight«.

Louise trat durch die Vordertür und durchquerte die Diele, und gerade, als sie ins Wohnzimmer kam, wurde der ganze Raum in grünes Licht getaucht, weil die Sonne durch die grünen Vorhänge brach. Louise nahm die Einkaufstasche von der einen Hand in die andere. »Ich mach dir überbackene Spaghetti«, rief sie.

Mary Montrose lag mit einem Buch auf der Couch. Sie legte ein Lesezeichen ein und setzte sich auf, eine große Frau mit silbergrauem

Haar, das von einem Netzwerk aus Spangen zusammengehalten wurde. »Ich hab mir doch gedacht, dass ich jemanden in der Einfahrt gehört habe.«

»Was liest du da?«, fragte Louise.

»Ach, nur so einen Krimi«, sagte Mary. »Hab ich mir aus dem Buchmobil geholt. Ich weiß noch nicht, ob er mir gefällt. Es wird schrecklich viel gemordet. Gerade sind ein paar Leute bei einem Picknick umgebracht worden.«

»Das ist doch Quatsch.« Louise schaffte die Lebensmittel in die Küche und räumte sie weg. Im Kühlschrank war Wodka, und sie machte sich einen Preiselbeersaft mit Wodka und kehrte ins Wohnzimmer zurück.

»Sieht gut aus, dein Drink.«

»Nennt sich ›Twister‹. – Möchtest du auch einen?«

»Weißt du, was ich gern hätte?«, sagte Mary. »Ein Kleid in diesem Farbton.«

Louise nippte an ihrem Glas. »Und weißt du, was ich gern hätte? Dass ich Rocksängerin wäre. Mein voller Ernst. Das würde ich gerne sein.«

»Du singst ja auch ganz gut.«

»Vielleicht sollte ich auf Tournee gehen. Sag mal, was macht denn dieser Eimer da draußen im Garten?«

»Wo soll denn da ein Eimer sein?« Mary stand auf und ging zum Fenster. »Also wirklich!«, sagte sie. Dann warf sie einen prüfenden Blick auf den Thermostat und kehrte auf die Couch zurück.

Louise setzte sich ihrer Mutter gegenüber in einen Sessel. Er hatte eine verstellbare Rückenlehne, also verstellte Louise die Rückenlehne. Sie zupfte an den dunklen, gezackten Blättern herum, die neben der Armlehne des Sessels rankten. »Meinst du nicht, du solltest den mal zurückschneiden?«, fragte sie. »Schau nur, was er mit der Armlehne von diesem Sessel macht. Und beim Sofa genauso, schau nur. Ich sag ja nicht, dass du ihn wegwerfen sollst. Ich finde nur, dass du ein bisschen was abschneiden solltest. Schau dir das an. Die Armlehne von dem Sessel verwandelt sich praktisch in Erde.«

Mary schaute traurig auf den prachtvollen Efeu, der sich vom Kaffeetisch aus durch den ganzen Raum rankte. »Das bring ich nicht übers Herz.«

»O Gott«, sagte Louise. »Das schaffst du schon, Mom. Das schaffst du schon. Möchtest du jetzt überbackene Spaghetti, oder was?«

»Also, bevor die in dem Buch alle ermordet wurden, haben sie bei ihrem Picknick gerade Hamburger gegrillt, und ich hab richtig Appetit auf Hamburger gekriegt. Könnten wir nicht zum See fahren und uns im *Leuchtturm* Hamburger holen?«

»Ich könnte Hackfleisch in die Spaghetti tun«, schlug Louise vor.

»Ich komm hier nie raus«, sagte Mary. »Wenn wir kurz mal zum See fahren, davon geht die Welt doch nicht unter. Dein Problem ist, dass du da draußen auf dieser Farm sitzt, da bist du von aller Welt abgeschnitten. Doch doch, du kapselst dich ab.«

»Ich kapsele mich überhaupt nicht ab.«

»Ich wüsste nicht, wie man das sonst nennen sollte.«

»Da gibt es gar nichts zu nennen«, sagte Louise.

»Außerdem«, sagte Mary, »glaubst du nicht, dass Jean Klar früher oder später mal heiratet und dann vielleicht wieder in diesem Haus wohnen will? Du bist nur Mieterin, meine Liebe. Du wohnst nur zur Miete.«

»Ich weiß, dass ich zur Miete wohne. Ich bin mir dessen vollkommen bewusst.«

»Das Haus von Jimmy Coates ist zu verkaufen. Die verlangen Achttausendfünfhundert, aber ich wette, dass man sie auf Sechstausend herunterhandeln könnte.«

»Das Problem bei dem Haus von Jimmy Coates ist, dass es nach Jimmy Coates riechen würde. Und ich hab auch keine sechstausend Dollar.«

Mary seufzte. Sie ging in die Diele und brachte einen hell lackierten Gehstock herein. Louise stellte ihren Stuhl aufrecht und trank den Twister aus. »Wo hast du den denn her?«

Mary reichte Louise den Stock; auf dem Griff war ein Schlangenkopf eingebrannt. »Von Hans Cook.« Sie schlüpfte in eine kastanienrote Jacke und zog den Reißverschluss bis zum Kinn zu. »Er war mit seinem Lastwagen auf dem Rückweg von Ohio, und da hat er einen Zwischenstopp gemacht und irgendwelche Höhlen besichtigt. Die hatten dort ein Museum und so kleine Hütten, in denen man Szenen aus dem Leben der Indianer sehen konnte.«

Louise sah sich den Stock genauer an. »Was willst du denn mit einem Stock? Sobald das Telefon klingelt, saust du doch wie ein Wiesel durchs Zimmer.«

»Das Telefon klingelt ja nie.«

In Wirklichkeit klingelte das Telefon bei Mary recht häufig. Sie hatte im Stadtrat von Grafton den sogenannten Witwensitz inne. Der war natürlich nicht ausschließlich für Witwen bestimmt. Doch Marys Vorgängerin im Stadtrat war Dorothy Frails gewesen, deren Mann durch einen elektrischen Schlag ums Leben gekommen war, als er ein Kabel auf der Veranda verlegen wollte – eine seiner Meinung nach ganz simple Aufgabe. Und vor Dorothy Frails hatte ebenfalls eine Witwe dieses Amt innegehabt, obwohl sich nicht mehr viele Einwohner erinnern konnten, wer das war und woran ihr Mann gestorben war. (Es war Susan Jewell, deren Gatte Howard am 4. Oktober 1962 auf dem Dachboden inmitten der Krüge seiner Krugsammlung einen Mittagsschlaf gehalten hatte und nicht mehr aufgewacht war.) Mary war jetzt schon seit neun Jahren im Stadtrat. Sie befasste sich vor allem mit Angelegenheiten, die Hunde betrafen, und hatte einmal bei einer Tagung in Moline einen Diavortrag über die Entwicklung der Hundeschnauze gehalten.

Louise und ihre Mutter traten nach draußen. Mary ging zielstrebig auf die Weide zu, spießte den orangefarbenen Eimer mit ihrem Gehstock auf und warf ihn über die Hecke in den Garten von Heinz und Ranae Miller.

»Ich dachte, das ist dein Eimer«, sagte Louise.

»Nein, ich glaube, der gehört Heinz«, sagte Mary.

Sie fuhren auf der Route 33 nach Walleye Lake. Louises Vega machte einen Höllenlärm. Am Auspuff hing ein Stück Blech lose. Louise wusste das, denn sie hatte sich hingekniet und nachgeschaut, aber davon wurde die Sache auch nicht besser. Bis zum Sommer war es noch mehr als einen Monat hin, und der Himmel zeigte eine ängstliche Blässe. Mary stemmte während der ganzen Fahrt die eine Hand gegen das Armaturenbrett und klammerte sich mit der anderen am Sitz fest. Louise drückte eine Zigarette im Aschenbecher aus.

»Wie geht es Hans Cook denn?«, fragte sie.

»Ach, Hans Cook geht es ganz gut«, antwortete ihre Mutter. »Aber ich sag dir was, wir waren zusammen in Stone City im Kino, na, so vor zwei oder drei Wochen, und wie er da gelacht hat, also das war mir wirklich peinlich. Der Film galt als ganz witzig. Das weiß ich. Aber irgendwie muss man sich wieder einkriegen.«

»Was war es denn für ein Film?«

»Ach, einer mit Carol Burnett. *Annie.* Ich wäre am liebsten auf allen Vieren den Gang hinuntergekrochen und hätte mich verdrückt. Andererseits, ich weiß ja, dass er Drogen nimmt.«

»Ach wirklich?«

»Also, er nimmt LSD.«

Louise sah sie ungläubig an. »Hans Cook nimmt LSD? Der dicke große Hans?«

Mary zeigte auf die Windschutzscheibe. »Schon gut. Schau auf die Straße.«

»Mach ich doch. Ist das dein Ernst mit Hans Cook?«

»Er hat Probleme mit seinem Hals. Er fährt ja ständig in der Gegend herum, und er sagt, dass ihm der Kopf irgendwie auf den Hals drückt. Irgendwas stimmt bei ihm nicht. Er hat einen Wirbel zu viel. Oder was weiß ich, irgendwas hat er zu viel. Sagt er jedenfalls. Er behauptet, dass das LSD gut für seinen Hals ist.«

»Und was nimmt er dann bei Kopfweh, Crack?«

Mary nahm die Brille ab und säuberte sie mit einem Papiertuch. Die Brille hatte quadratische Gläser und dramatisch geschwungene Bügel, und ohne sie sahen Marys Augen klein und müde aus. »Nein, ich glaube nicht, dass er Crack nimmt.«

»Vielleicht tut er dir immer was in die Bowle«, sagte Louise, und

Mary antwortete nicht, deshalb fuhr Louise fort: »Mein Gott, du nimmst das Zeug doch nicht auch, oder?«

Mary blickte auf ein Windrad, das am Fenster vorbeizog. »Ich habe keinen Zweifel, dass Hans mir welches geben würde. Aber ich würde es nicht nehmen, und das weiß Hans auch. Diese Droge ist aus Papier. Das wäre, als würde man einen Kassenzettel kauen.«

Sie fuhren in die Stadt Walleye Lake ein. Auf der Gegenfahrbahn wollte eine Frau in einem Kombi gerade abbiegen, trat aber auf die Bremse, als Louise hupte.

»So ist es gut, Herzchen«, sagte Louise. »Ich fahre nämlich geradeaus.«

Der *Leuchtturm* lag gegenüber dem *Café Mondblick* in der Stadt. Es war ein Drive-In-Restaurant, das um einen Turm in ausgebleichtem Orange gebaut war. Eine grüne Neonröhre drehte sich auf dem Turm, und es brannte Licht, obwohl die Dunkelheit noch nicht hereingebrochen war. In der Hochsaison gingen Kellnerinnen in weißen Matrosenmützen zwischen den Autos herum, aber jetzt im Frühling mussten sich die Kunden an der Theke unter dem Turm anstellen, und an diesem Abend war die Schlange lang. Direkt vor Louise und Mary standen ein Vater und seine kleine Tochter, die ein Plüschpferd im Arm trug. Das Mädchen hatte hellblaue Augen und lange braune Haare. Mary begrüßte es und fragte, wie das Pferd heiße.

»Nicht anfassen«, sagte das Mädchen. »Das geht hammermäßig ab.«

»Hammermäßig – na so ein wildes Pferd!«, erwiderte Mary. »Ich hatte früher auch ein Pferd, das hieß Velvet. Doch doch, so eine riesige alte Dame wie ich. Ich durfte als Einzige von allen Mädchen aus allen Reitvereinen mit meiner Stute Velvet an der Eröffnungsfeier bei der großen Jahresschau in Iowa teilnehmen. Ich hatte weiße Lederhandschuhe an, die ganz weit die Arme rauf gingen, und was glaubst du, wer auf dem Pferd neben mir saß? Kein anderer als Tim Thompson. Er war der beste Tonnenrennreiter des Landes, und er kam aus Kalifornien.«

Der Vater hatte sich herumgedreht, um zuzuhören. Er trug eine Strickjacke mit einem aufgestickten Kegel und hatte dieselben gespenstischen Augen wie seine Tochter. Beide erinnerten sie Louise an die friedlichen, verlorenen Aliens aus dem Weltall, die man in Serien wie *Outer Limits* zu sehen bekam. Die Kleine knabberte am Hals des Plüschpferds, dann hob sie den Kopf. »Was ist ein Tonnenrennreiter?«

»Das ist einer, der bei einem Rennen um Tonnen herum reitet, wie früher im Wilden Westen«, sagte Mary, die sich nachdenklich auf ihren Stock stützte. »Jedenfalls, dieser Tim Thompson ...«

»Warum sind sie um die Tonnen herum geritten?«, fragte das Mädchen.

»Also, Schätzchen, ich nehme an, weil die Tonnen ihnen im Weg waren«, sagte Mary. »Aber auf die Tonnen kommt es jetzt überhaupt nicht an. Die spielen in dieser Geschichte eigentlich gar keine Rolle. Jedenfalls kannte jeder Tim Thompson. Wir reiten also mitten über den Festplatz und dann auf die Rennbahn, und als wir zur Haupttribüne kommen, dreht sich Tim Thompson zu mir um und sagt: ›Mary, du reitest besser als die Frauen in Kalifornien. Du reitest viel besser.‹ Weißt du, meine Art zu reiten hat ihm einfach gefallen, und er hat gesagt, er schenkt mir was. Aber dann ging das Programm los, und es gab ein Rodeo, bei dem er mitmachen musste, und er vergaß das mit dem Geschenk. Also, ich hab es nicht vergessen, aber ich war auf der Heimfahrt sowieso im siebten Himmel. Ich hab ja sonst nie etwas anderes gemacht als Bohnen jäten. Und viel später brachte so ein junger Kerl vom Paketdienst ein Päckchen auf unsere Farm. Dieser Junge hat bei Supersweet in Grafton gearbeitet, und er hieß Leon Felly, und sein Gesicht war über und über voll mit Sommersprossen. Er hat mir eine Pappschachtel überreicht, und wie ich sie aufmache, ist drin ein Efeu von Tim Thompson.«

»Hast du das gehört?«, sagte der Vater. »Die Dame hat ihr Geschenk doch noch gekriegt.« Er rieb sich geistesabwesend die Stirn, und bald darauf drehten er und seine Tochter sich wieder von Mary weg.

»Sie hat eine Krücke«, sagte das Mädchen.

Louise warf einen Seitenblick auf Mary. »Dieser Efeu ist doch von deiner Mutter.«

Mary runzelte die Stirn. »Welcher Efeu? Du bildest dir immer gleich ein, dass du weißt, wovon ich spreche. Es gibt sehr viel Efeu auf der Welt, Louise. Den von Tim Thompson hast du überhaupt nie gesehen. Er ist gleich in dem ersten Winter eingegangen – in dem Winter nach dem Herbst, in dem ich bei der Jahresschau mitreiten durfte. Das war einer der schlimmsten Winter, die wir je hatten, damals kam ein gewaltiger Frost, der sämtliche Malven und sämtliche Efeupflanzen dahinraffte, einschließlich dem Efeu, den mir Tim Thompson geschenkt hatte.«

»Der hat dir doch niemals einen Efeu geschenkt.«

Mary lachte bitter. »In dem Jahr konnten wir direkt aus dem Fenster steigen, weil der Schnee so hoch lag.«

»Ihr seid doch niemals aus dem Fenster gestiegen.«

In der Zwischenzeit war vorn ein Tumult entstanden. Der Vater nahm seine Tochter auf den Arm, und Mary und Louise traten ein Stück aus der Schlange, um besser zu sehen. Ein Kunde, der eine rote Lederjacke mit der in weißen Stoffbuchstaben aufgenähten Aufschrift »Kampfsportschule Geoff Lollard« trug, schrie gerade den Mann hinter der Theke an. Dieser Kunde, ein großer Kerl mit kurz geschorenen Haaren, schlug immer wieder mit der Faust auf den Tresen. Dem Mann hinter der Theke, der jung und dicklich war und eine grüne Schürze trug, war das Gesicht zu einem ängstlichen Lächeln erstarrt.

»Du steckst echt in der Scheiße, du grinsender Hurensohn«, schrie der Kunde. »Ich weiß, wo du wohnst! Ich weiß, wann hier geschlossen wird! Ich weiß auch, wo du arbeitest! Du arbeitest nämlich hier! Hör auf zu grinsen, verdammt noch mal! Ich stech dich ab. Ich schwör's, das mach ich.«

»Mann, Pete«, sagte der Angestellte. Er hatte eine hohl klingende, traurige, singende Stimme, die den Mann in der roten Kampfsportjacke rasend zu machen schien. »Also wirklich, Pete, beruhige dich doch.«

Pete verfluchte den Angestellten weiter. Er packte einen glänzenden Serviettenspender und verfolgte damit den Angestellten den ganzen Tresen entlang.

»Das ist doch nicht dein Ernst, Pete«, rief der Angestellte, und Pete schleuderte den Serviettenspender mit einer wilden Bewegung auf ihn. Der Angestellte duckte sich, und der Serviettenspender riss einen Frittierkorb von seinem Aufhänger an der Wand hinter der Theke.

Der Angestellte erhob sich wieder. »So, super, Pete, den hast du jetzt kaputtgemacht«, sagte er. »Ich hoffe, du bist zufrieden, der ist kaputt.«

Aber Pete war schon von der Theke verschwunden und stürmte gerade die Kundenschlange entlang, warf dabei den Kopf zurück und verfluchte Gott und die Welt. Augen, Nase und Mund lagen bei ihm ganz niedlich in die Mitte seines großen Gesichts eingebettet, und über dem einen Auge klebte ein Pflaster. Als er an Louise und Mary vorbeirannte, geriet er zu nahe heran und stieß mit dem Stiefel gegen das untere Ende von Marys Gehstock. Der Stock wurde Mary aus der Hand geschlagen und während sie einen Schritt nach hinten machte und gegen den blauäugigen Vater und seine Tochter prallte, schienen Pete und der Stock einen kurzen Kampf auszutragen, worauf sie beide auf den Asphalt stürzten. Offensichtlich hatte Pete sich die Handflächen aufgeschürft, und die Leute in der Schlange sogen die Luft ein und griffen reflexhaft an die eigenen Hände. Pete kämpfte sich auf die Füße und rannte davon, als wäre der Stock hinter ihm her. Er erreichte einen orangefarbenen VW-Bus, der unter der Werbung für ein Pflanzenschutzmittel geparkt war, stieg ein und fuhr davon.

»Geht's?«, fragte der Mann mit den blauen Augen. Seine Stimme klang gequetscht, weil seine Tochter ihm die Arme so fest um den Hals gelegt hatte. »Wahrscheinlich hat der versucht, Süßigkeiten zu klauen. Ich glaube, er hat eine Tüte Bonbons eingesteckt.«

»Er und der andere Typ müssen sich kennen«, sagte Louise.

»Ganz bestimmt!«, sagte der Mann. »Ich bin sicher, die kennen sich schon ewig. Ich vermute, dieser Typ, dieser Pete, hat gedacht, der andere stellt sich blind, wenn er mit den Bonbons abhaut.«

Mary nahm ihre Spangen aus dem Haar, kämmte sich und steckte sie wieder fest. »Sie glauben also, dass dieser Typ in Rot«, sagte sie und wies dabei in Richtung Herbizidwerbung, »den Koch schon vorher kannte?«

Louise nahm ihr Zigarettenetui, klappte es auf und beugte sich vor, um eine Zigarette anzuzünden. »Das hat er doch gerade gesagt, Ma«, sagte sie.

»Oh ja!«, sagte der Mann. »Keine Frage, dass die sich kennen. Lass jetzt mal los, meine Kleine. Du erwürgst deinen Vater ja. Ich würde auf alle Fälle die Polizei rufen, wenn ich der Typ wäre. Ich versteh nicht, warum er die nicht auf der Stelle ruft. Also ich würde das machen. Da können Sie Gift drauf nehmen, dass ich das machen würde.«

»Aber wissen Sie«, sagte Mary, »der Typ ist mit den Süßigkeiten doch sowieso schon verschwunden.«

Der Mann nickte. »Ja, Pete ist weg.«

»Moment mal«, sagte Mary. »Pete, oder der in der roten Jacke?«

»Pete *ist* doch der in der roten Jacke«, sagte der Mann.

»Ja, Pete ist in den Lieferwagen gestiegen«, sagte Louise.

Der Mann nickte. »Richtig«, sagte er. »Pete ist in den VW-Bus gestiegen.«

»Hör doch auf mit diesem Pete!«, sagte die Kleine. Sie legte die Hand an ihre Stirn. »Mir ist schlecht.«

»Das kann gar nicht sein«, sagte der Vater.

»Kleb mir ein Pflaster über das Auge«, sagte das Mädchen.

Louise und Mary bestellten California Hamburger und Pommes und zwei Krüge Root-Bier. Louise gab dem Mann an der Theke eine Zigarette und streckte die Hand über den Tresen, um sie ihm anzuzünden. Seine Finger zitterten, während er Louises Feuerzeug abschirmte. Dann stellte er zwei rot-weiß gemusterte Pappschachteln für die Pommes hin. Louise und Mary aßen im Auto, brachten die schweren Glaskrüge wieder zur Theke und fuhren zu Marys Haus zurück. Sie sahen sich einen Fernsehfilm an, bei dem es um einen Mord ging. Louise bemerkte eine gewaltige Unstimmigkeit in der Handlung, und Mary trank ein Glas Milch und setzte sich auf die Couch. Während der Werbung blickte Louise nach der Uhr an der Wand und wandte sich dann Mary zu.

»Findest du wirklich, dass ich mich dermaßen abkapsele?«, fragte sie.

Mary sah sie völlig ausdruckslos an, als wäre sie plötzlich im tiefsten Innern von etwas berührt worden. Sie ging in die Diele und sprach aus der Dunkelheit zu Louise.

»Ich bin ohne meinen Gehstock nach Hause gekommen«, sagte sie.

Am nächsten Tag half Louise dem Porträtfotografen Kleeborg, die Absolventen der Highschool zu fotografieren. Sie trug Make-up auf, drehte und justierte Lampen, legte Filmkassetten in Kleeborgs alte Hände. Der Tag verlief ganz normal, bis ein Mädchen an die Reihe kam, das von Anfang an einen merkwürdigen Eindruck machte. Sie hatte kurze, glatte blonde Haare, aber ihre Augen waren gerötet und ihre Kleidung war zerdrückt. Ihr Foto sollte vor der Kulisse für »Draußen« gemacht werden. Die befand sich in einer Ecke des Studios und bestand aus einem Stück Zaun mit etwas Blattwerk aus Plastik und einem grünen Hintergrund. Doch während Louise versuchte, der Schülerin ein paar Augentropfen zu verabreichen, sank diese mit dem Rücken gegen den Zaun in sich zusammen und stöhnte.

»Ich möchte nicht weg von hier auf die Uni«, sagte sie. Etwas von den Augentropfen lief ihr aus dem Augenwinkel die Wange hinunter. »Ich möchte nicht weg von hier auf die Uni. Und ich hab so einen Kater. Ich rühre in meinem ganzen Leben nie wieder ein Glas Wein an.«

»Warum sitzt sie denn auf dem Fußboden?« Kleeborg kam unter dem schwarzen Tuch hervor und blieb neben der Kamera stehen. »Du hast noch das ganze Leben vor dir!« Er hatte diesen Ausdruck schon die ganze Woche über benutzt, aber jetzt klang es wie eine Drohung.

Louise half dem Mädchen auf die Beine, brachte sie zur Toilette und holte ihr ein Alka-Seltzer. Das Mädchen hieß Maren Staley, und es stellte sich heraus, dass sie an der Universität von Oregon angenommen worden war, aber nicht hingehen und ihren Freund Loren hier zurücklassen wollte. Ihre Mutter jedoch, die Loren inbrünstig hasste, hatte sich nun einmal Oregon in den Kopf gesetzt und war so weit gegangen, dass sie begeisterte Briefe an die Uni verfasst und mit Marens Namen unterschrieben hatte.

Maren legte den Kopf in den Nacken und trank das Wasser mit dem Alka-Seltzer. Sie stellte das Glas auf den Spülkasten der Toilette und sagte leicht keuchend: »Es ist ja nur, weil ich nicht von hier weg auf die Uni will.«

Louise legte ihr den Arm um die Schultern. »Vielleicht wird es ja gar nicht so schlimm.«

Sie gingen in den Flur hinaus. Hier stand ein Metallbett, das in einer Werbung für das Kaufhaus Brown benutzt worden war, und Maren streckte sich darauf aus. Dann stand sie wieder auf, ging zur Toilette und übergab sich. Als sie zurückkam, trocknete sie sich das Gesicht mit einem Handtuch ab und legte sich wieder hin. »Wie bin ich bloß auf die Idee gekommen, ich könnte trinken«, sagte sie. »Wie bin ich bloß jemals in meinem Leben auf die Idee gekommen, ich könnte trinken.« Louise kannte die Art von Kater, die das Mädchen jetzt hatte. Dabei verspürte man das Bedürfnis, immer alles mehrmals zu sagen. Bald schlief Maren ein, und erst ungefähr zweieinhalb Stunden später wachte sie wieder auf, ging nach draußen und radelte langsam davon.

Am Mittwochnachmittag fuhr Louise nach der Arbeit nach Walleye Lake, um den Gehstock ihrer Mutter abzuholen, den jemand vom *Leuchtturm* neben dem Fundsachenregal an die Theke gelehnt hatte. Louise fand den Stock hässlich, sie warf ihn hinten ins Auto und deckte ihn mit altem Zeitungspapier zu. Sie beschloss, unterwegs noch am See vorbeizuschauen. Die Straße zum See war schmal und führte an Bars, einem Friseurladen, einem kleinen Park und einem

Versandhandel mit einer zerbrochenen Fensterscheibe vorbei. Ein paar alte Männer mit Anglermützen schauten auf, und einer winkte, als er Louises Auto hörte; Louise hatte den Eindruck, er sei zahnlos, obwohl sie es nicht so genau sehen konnte.

Sie parkte und ging zum öffentlichen Strand hinunter. Das Wasser war bewegt und grau, und Louise flatterte das Haar ums Gesicht. Sie ging direkt ans Wasser und machte sich die Hände nass. Das Seeufer war dünn besiedelt und ziemlich unberührt, und man hatte das Gefühl, es könnte jederzeit ein Team von Fernsehwissenschaftlern eintreffen und hier vielleicht blinde urzeitliche Fische finden. Der Sand war mit schwarzem Tang und winzigen grauen Kieseln bedeckt. Weiter oben am Ufer rief sie plötzlich jemand beim Namen und winkte ihr vom Rand der steinernen Picknickhütte aus zu. Es war Johnny White, der 1974 zusammen mit Louise an der Highschool in Grafton den Abschluss gemacht hatte.

Louise hatte ihn seither noch ein paar Mal gesehen. Einmal an einer Autowaschanlage, wo er gerade ein Wischtuch aus einem Münzautomaten zu zerren versuchte. Einmal hatte sie ihn in Grafton auf einer Bank sitzen sehen, einen großen schwarzen Afghanen neben sich. Sie und Johnny waren in der Highschool eine Weile zusammen gewesen. Sie erinnerte sich, wie sie hinten im Publikum gesessen hatte, als er in dem Abschlussstück der Klasse auftrat, einem Musical über einen Arbeiteraufstand in Kalifornien. Er hatte eine Ballade zu singen, die »Pfirsiche (Such mir ein Mädchen)« hieß. Er breitete seine kräftigen Arme weit aus. »Pfirsiche! Pfirsiche! Diese zwei Arme sind erschöpft von den ewigen Pfirsichen.« Louise hatte vor der Aufführung ein paar Gläser Wild Irish Rose getrunken, und ihr fiel jetzt ein, dass sie damals gedacht hatte, keinen anderen Menschen zu kennen, der den Höllenmut besessen hätte, sich einfach hinzustellen und dieses Lied zu singen. Johnny hatte eine etwas glatte Tenorstimme, die Louise völlig falsch vorkam, aber irgendwie schmälerte das seine Leistung nicht. Jetzt arbeitete Johnny in der Bezirksverwaltung, und er trug eine knielange Jeansjacke über einem grünen Hemd und gelblichbraunen Hosen. Auf der Highschool hatte sein Gesicht noch einen knabenhaften Reiz besessen, aber jetzt wirkte er recht massig, und auf dem Kopf trug er eine bauschige Ledermütze, wie manche Rockstars, wenn sie kahl werden. Aber seine Augen waren immer noch irgendwie hübsch.

Louise und Johnny setzten sich unter die hölzernen Dachsparren der Picknickhütte. Es stellte sich heraus, dass Johnny zurzeit in der ehemaligen Ersten Baptistischen Kirche in Pinville wohnte. (Pinville war eine sehr kleine Stadt an einer Nebenstraße zwischen Grafton und Morrisville.) Diese Kirche hatte Johnnys Vater, ein Farmer und abgebrühter Geschäftsmann, von dem es hieß, er sei »auf dem Papier reich«, schon vor Jahren den Baptisten abgekauft.

»Dad wollte daraus eigentlich einen Luxusnachtclub machen«, sagte Johnny. »Das würde auch jetzt noch gehen. Obwohl, wahrscheinlich eher nicht. Er hat gerade erst einem Typen in Sioux City einen ganzen Schuppen voller Einzelteile zu Brunnenbohrern abgekauft. Er dachte, die könnte er schnell wieder loswerden. Aber mit denen stimmt irgendwas nicht. Ich weiß nicht genau was. Kann sein, dass sie gepfändet sind.«

»Ach wirklich«, sagte Louise.

»Das ist genau wie damals, als ich nach Cleveland gegangen bin. Da waren Lisa und ich gerade ein Jahr lang verheiratet. Wir sind zur Miete in das Haus ihres Onkels in Cleveland gezogen und haben versucht, ein Restaurant hochzuziehen. Wir haben eine Esso-Tankstelle übernommen und daraus ein Restaurant gemacht. Aber bald gab es viel übles Gerede. Es hieß, dass unsere Hotdogs nach Benzin schmeckten.«

»Davon hab ich, glaub ich, mal was gehört. Hat es da nicht eine Explosion oder so etwas gegeben?«

»Nein, es hat überhaupt keine Explosion gegeben. Damals war doch dort überhaupt kein Benzin mehr vorhanden. Wir hatten die Tanks ja geleert, von der Bezirksverwaltung war jemand gekommen und hatte zugesehen, wie wir sie ausleerten. Aber dieses Gerücht mit dem Benzin hat uns ruiniert, denn die Hotdogs waren sozusagen das Standbein des Lokals, Hotdogs und Frankfurter.«

»Das tut mir leid für dich.«

»Wenn wir nicht Pleite gemacht hätten, dann wären Lisa und ich immer noch verheiratet, darauf würde ich wetten. Einmal hab ich aus Versehen die Hand auf den Grill gelegt, und sie hat nur zugesehen. Bei dem Licht hier siehst du die Narbe wahrscheinlich gar nicht. Moment. Schau, da. Irgendwie kommt es einem vor, als wäre die ganze Hand eine einzige Narbe. Ach, ich weiß auch nicht. Wir haben zwei Kinder, Megan und Stefan, und ich kann nur sagen, mir fehlen die Kinder sehr, verdammt noch mal.«

»Sind sie in Cleveland geblieben?«

»Na ja, in Parma. Aber das ist das Gleiche.«

Louise und Johnny unterhielten sich noch eine Weile, und dann ließ Louise ihn allein unter dem Dach der Picknickhütte sitzen und ging zu ihrem Auto. Als sie Walleye Lake verließ, schaltete sie das Radio ein. Johnny Cash sang gerade von einem Automechaniker, der sich selber ein Auto zusammenbaut, aus lauter Teilen, die er im Laufe der Jahre aus der Fabrik geschmuggelt hat.

Der Zigarettenanzünder sprang vor und Louise steckte sich eine Zigarette in den Mund. »Das Auto nehm ich«, sagte sie.

Der Stadtrat hielt seine Sitzungen in der Mensa der ehemaligen Schule von Grafton, einem Ziegelbau von 1916, der seit 1979, als die Schule von Grafton mit der von Morrisville-Wylie zusammengelegt worden war, weitgehend leer stand. Offiziell hieß der Einzugsbereich der Schule, der dadurch entstanden war, Morrisville-Wylie-Grafton, aber das war zu lang, und obwohl es Vorschläge gegeben hatte, die ersten Buchstaben aller drei Städte zu nehmen und das Gebiet Mo-Wy-Gra zu nennen, war das schlicht albern, deshalb hieß es jetzt Morrisville-Wylie, als wäre Grafton von der Landkarte verschwunden. Als Louise, die nur angehalten hatte, um ihrer Mutter den Gehstock zurückzugeben, in den Versammlungsraum kam, hatten gerade vier Männer von der Feuerwehr einen Antrag auf neue Äxte gestellt. Sie hatten ein paar von den alten mitgebracht, um deren altersschwachen Zustand vorzuführen, aber der Stadtrat sagte, sie müssten warten, bis Geld vom Staat komme. Worauf der Vorsitzende Howard LaMott sagte: »Was für Geld vom Staat denn? Es gibt kein Geld vom Staat. Ich bin jetzt hier seit vier Jahren Vorsitzender, und raten Sie mal, wie viel Geld vom Staat es in der Zeit gegeben hat? Null.« Die vier Feuerwehrmänner ergriffen ihre Äxte und gingen hinaus, wobei sie so enttäuscht aussahen, dass man hätte meinen können, sie würden ihre Äxte nehmen und draußen auf der Stelle etwas zerhacken.

Louise sah ihnen nach und entdeckte dabei Hans Cook, der zwei Reihen weiter hinten saß. Die Stühle waren klein, vor allem im Verhältnis zu Hans. Er trug einen Tirolerhut und rauchte eine Tiparillo, deren Asche er jedes Mal im Aufschlag seiner grauen Hose versenkte. Es sah aus, als würde er mit seinem Stuhl leicht kippeln. Der nächste Punkt auf der Tagesordnung war, dass Alvin Gettys Hund Nan Jewell gebissen hatte. Nan Jewell war über achtzig Jahre alt und ging in einem dunkelblauen Kleid mit weißem Spitzenkragen nach vorn – einem schönen Kleid, genau dem Kleid, das eine Jewell tragen *musste*. Alvin Getty blieb zwischen den Stühlen stehen, seinen deutschen Schäferhund King an der Leine. King trug ein rotes Halstuch, hielt den Kopf gesenkt und wedelte mit dem Schwanz einen Stuhl zur Seite.

»King ist kein bissiger Hund«, sagte Alvin Getty. »Er hat Sie dieses eine Mal gebissen. Okay, das stimmt. Aber schließlich waren Sie ja auch in seinem Garten. Mir macht das nichts aus, aber er ist schließlich ein Hund. Nicht okay, nein, das war natürlich nicht okay. Deswegen bin ich auch bereit, das sage ich jetzt schon den ganzen Abend, seit halb sieben, und jetzt ist es halb zehn, nämlich, ich baue ihm einen prima Zwinger, einen großen, da steck ich ihn rein.«

»Das ist doch gar kein Garten«, sagte Nan Jewell. »Es ist einfach nur ein leeres Grundstück, und überall liegen Autoreifen herum. Ich würde doch in einem solchen Durcheinander gar nicht herumlaufen. Ich halte mich immer in der Mitte vom Gehsteig, sonst könnte mir nämlich schwindlig werden und ich würde hinfallen. Und das weiß jeder.«

»Also, wenn Sie mir auf diesem Grundstück einen einzigen Autoreifen zeigen können, dann fress ich den auf«, sagte Alvin Getty.

Hans Cook lachte herzlich. Louises Mutter stand auf. Sie trug einen schwarzen Rollkragenpullover und darüber einen grünen Jumper mit großen Taschen. »Danke«, sagte sie. »Mit einem deutschen Schäferhund, der beißt, kann man nur eines machen, und was, das liegt, glaube ich, auf der Hand. Der Vorschlag mit dem Zwinger überzeugt mich nicht. Der Hund der Jaspersons sollte auch in einem Zwinger gehalten werden, und wie das ausging, wissen wir alle. So wie wir King heute Abend vor uns sehen, mit seinem hübschen Halstuch, würden wir ihm natürlich alle am liebsten den Kopf kraulen. Aber ich bin der Meinung: Lassen Sie ihn einschläfern. Wer stimmt mir zu?«

»Moment«, sagte Alvin. »Ich habe eine Zeugin. Mrs. Spees ist die Besitzerin der Zoohandlung in Stone City. Und der Laden hat auch eine gute Auswahl. Bitte, Mrs. Spees.«

Doch bevor Mrs. Spees etwas sagen konnte, stand Louise auf und hob die Hand.

»Was gibt es denn, Liebling?«, fragte Mary.

»Das Wort hat Louise Montrose«, sagte Alvin Getty.

»Darling«, sagte Louise. »Louise Darling. Mom, ich hab deinen Stock vom See mitgebracht.«

»Oh, danke schön«, sagte Mary. »Lass ihn einfach an der Tür stehen. Es geht nur um meinen Gehstock, damit Sie alle Bescheid wissen.«

»Ich möchte auch etwas zum Thema sagen«, sagte Louise. »Ich finde, du solltest das mit dem Zwinger versuchen lassen. Ich glaube nicht, dass der Vergleich mit dem Hund von den Jaspersons fair ist, weil die nie einen ernsthaften Versuch gemacht haben.«

»Dank dir für deine Meinung«, sagte Mary. »Niemand würde sich mehr als ich freuen, wenn das mit dem Zwinger funktionierte.«

Louise fuhr nach Hause und machte sich Spaghetti und Spargel zum Abendessen. Sie nahm ein Bad, schaltete den Fernseher an, der auf ihrer Kommode stand, und legte sich ins Bett. Wind kam auf, so stark, dass er fast die Fenster aus den Rahmen hob. Louise schlief ein und träumte, dass sie von Efeu überwuchert werde. Als sie aufwachte, war es zu jener späten Stunde, in der die seltsamsten Werbungen laufen. Gerade kam eine mit einer gebührenfreien Nummer, die man wählen konnte, wenn man mit Schwerkranken sprechen wollte. Auf dem Bildschirm eine wunderschöne junge Frau, in eine Decke gewickelt und mit einem Telefon auf dem Schoß. Louise stand auf und schaltete den Fernseher aus. Sie legte sich wieder hin. Der Wind blies, das Haus ließ wieder einmal sein rätselhaftes Knacken hören, und das Telefon klingelte.

»Ich hab versucht zu schlafen«, sagte ihre Mutter. »Ich kann aber nicht, und daran bist du schuld. Ich weiß ja, dass ich meine Fehler habe, aber sag mir doch bitte mal, was dich dazu bringt, vor allen Leuten aufzustehen und zu sagen, dass ich im Unrecht bin.«

»Na ja«, sagte Louise, »du warst so gemein zu diesem Hund.«

»Dir liegt mehr an einem Hund als an deiner eigenen Mutter. Warum stehst du nicht zu mir? Ich stell mich dort ganz allein hin, und das Einzige, was dich kümmert, ist ein Hund.«

»Es ging schließlich um den Hund.«

»Du lässt mich da vor wildfremden Menschen auflaufen.«

»Aber ich steh zu dir, Mom. Ich steh wirklich zu dir. Was ist denn jetzt mit King passiert?«

»Genau das meine ich. King, King, King, King, King.«

»Mach dir doch einen Drink und beruhige dich.«

»Was wohl mit dem allmächtigen King passiert ist ...«

»Mach dir doch erst mal einen Drink.«

Mary seufzte. Dann schwieg sie so lange, dass Louise sich schon fragte, ob sie den Hörer hingelegt habe und weggegangen sei.

»Diese Frau aus der Zoohandlung hat eine volle Stunde lang geredet«, sagte Mary. »Sie mussten meinen Antrag verschieben und sich vertagen, nur um sie loszuwerden.«

Drei

Eines Samstags kniete Sheriff Dan Norman gerade auf dem Dach seines Wohnmobils und versuchte, eine rostige Stelle abzudichten, durch die es hereinzuregnen drohte, als eine Frau von einer Sekte vorbeikam. Sie hatte goldgelbes Haar, das zu einem dicken Zopf geflochten war. Ihre weiße Bibel hielt sie in beiden Händen wie ein großes Sandwich.

»Lebt Jesus in diesem Haus?«, fragte sie.

»Wie bitte?«, erwiderte Dan. Er stand auf. In den Händen hatte er einen Spachtel und eine Dose mit einem orangefarbenen Dichtungsmittel namens »Mendo«, das er im Big Bear gekauft hatte.

»Ist Ihnen klar, dass Jesus in diesem Wohnmobil leben könnte? Denn das kann er. Wenn Sie ihn als Ihren ganz persönlichen Retter annehmen, ist er morgen hier.«

»Mir geht es ganz gut mit meinem eigenen Glauben.«

»Und – was ist das für einer?«

»Sagen wir einfach, ich habe einen, und belassen es dabei.«

»Gut, in Ordnung.« Die Frau schob sich die Bibel unter den Arm und stieg die Aluminiumleiter herauf, die am Wohnmobil lehnte. Sie trat aufs Dach und hielt Dan die Hand hin. »Ich heiße Joan Gower. Ich bin eigentlich aus Chicago, wohne aber schon seit sieben Jahren hier in der Gegend.«

Der Himmel war so tiefblau wie ein See. Joan Gower nahm Dan Norman den Spachtel aus der Hand. Einen Augenblick dachte er, sie wolle ihm helfen, aber das war nur ein kurzer Gedanke, denn sie schleuderte den Spachtel auf die Erde.

Sie seufzte. »Wäre es nicht wie ein Wunder, wenn wir unsere Sünden genauso leicht von uns werfen könnten? Mein Gott, was wäre das für ein Wunder.« Sie blickte traurig auf den Spachtel hinunter, und Dan kam es so vor, als denke sie dabei an ganz bestimmte Sünden an einem ganz bestimmten Tag.

»Schauen Sie sich das an«, sagte Dan: Der Spachtel steckte senkrecht im Boden wie ein Straßenschild. Er stieg hinunter, um ihn wieder an sich zu nehmen, aber da klingelte das Telefon, und er ging nach drinnen und ließ Joan Gower auf dem Dach des Wohnmobils stehen.

Am Telefon sagte ein Mann zu Dan, er solle doch mal in einen Einkaufswagen des Hy-Vee-Supermarktes schauen. Er sagte nicht, in welchem Hy-Vee. Er sagte nicht, was in dem Einkaufswagen sei. Er sagte, er rufe Dan zu Hause an, damit der Anruf nicht zurückverfolgt werden könne. Auf anonyme Anrufer reagierte Dan normalerweise so ungezwungen wie möglich, um sie zum Reden zu bringen, deshalb sagte er jetzt: »Ach wissen Sie, auch vom Büro aus verfolgen wir grundsätzlich keine Anrufe zurück. Das ist eine schwierige Sache, und die Telefongesellschaft hat es auch nicht gern. Sie tun es natürlich schon, ich will nicht sagen, dass sie es überhaupt nie machen, aber sie tun es eigentlich nicht, wenn sie nicht unbedingt müssen. Manchmal kriegt man ja so einen Rufnummernspeicher, aber dazu braucht man eine Vollmacht, und eine Vollmacht ist auch schwer zu bekommen. Hier in diesem Bezirk jedenfalls, so viel weiß ich. Mir kommt's so vor, als hätten die Richter alle Angst, sie könnten deswegen später mal darüber zu Fall kommen, verstehen Sie?«

»Wiederhören«, sagte der Mann.

»Halt, Moment mal«, sagte Dan. »In welchem Hy-Vee?« Aber es war zu spät.

Dan legte auf, zog seine Uniformjacke an und ging wieder nach draußen. Joan Gower war vom Dach gestiegen, lehnte an einem Sägebock und rauchte eine Zigarette, die wie ein Schilfstengel aussah. Dan zog die Leiter ein, trug sie in den Schuppen hinter dem Wohnmobil und erklärte der Frau, dass er gehen müsse.

»Kann ich noch einen Bibelvers mit Ihnen lesen?«, fragte Joan Gower.

»Na gut, einen«, sagte Dan.

Sie richtete sich auf, legte die Zigarette auf das Rückgrat des Sägebocks und schlug die Bibel an einer Stelle auf, die mit einem dünnen roten Band gekennzeichnet war.

»Setze mich wie ein Siegel auf dein Herz«, las sie, »und wie ein Siegel auf deinen Arm. Denn Liebe ist stark wie der Tod, und ihr Eifer ist fest wie die Hölle. Ihre Glut ist feurig und eine Flamme des Herrn, dass auch viele Wasser nicht mögen die Liebe auslöschen, noch die Ströme sie ertränken. Wenn einer alles Gut in seinem Hause um die Liebe geben wollte, so gölte es alles nichts.«

Joan Gower griff wieder nach ihrer Zigarette und nahm einen Zug. »Das Hohelied Salomos, 8: Vers 6 und 7«, sagte sie. »Was sagt Ihnen das?«

»Ich weiß nicht«, erwiderte Dan. »Dass die Liebe mächtig ist vielleicht.«

Joan nickte. »Gut. Salomo schlägt sich ständig mit Gedanken über die Liebe herum.«

Auf dem Highway schaltete Dan das Blaulicht an, und den Hy-Vee in Chesley erreichte er sehr schnell, entdeckte aber in keinem der Einkaufswagen etwas Ungewöhnliches. In der Abteilung für Milchprodukte sah er Lenore Wells. Sie hatte Antidepressiva genommen, wie immer, und lächelte ihr kleines, einsames Lächeln. Ihr Vater hatte sich im Tresorraum der Bank von Morrisville erhängt, und ihr Bruder saß für fünfzehn Jahre in Anamosa, weil er einen Postlaster gestohlen hatte. Traurige Familie. Lenore erzählte Dan, dass am Morgen zwei Kraniche über ihr Haus geflogen seien, und Dan dachte schon, sie werde anfangen, zu weinen, aber stattdessen schüttelte sie nur den Kopf und griff zu den Käsesticks hinunter.

Es gab noch zwei weitere Hy-Vees im Bezirk, einen in Morrisville und einen in Margo. Aus dem in Morrisville wurde einem das Gemüse von Ladenjungen bis ans Auto gebracht, und deshalb standen wie immer etliche Autos am Straßenrand, aber es gab keinen einzigen Einkaufswagen auf dem Parkplatz.

Der Laden lag am Ende eines kleinen Einkaufszentrums, und Dan trat durch einen breiten Gang ein, in dem gerade mindestens hundert Mädchen vom Landjugendclub eine etwas verwirrende Veranstaltung zu den Folgen der Bodenerosion durchführten. Auf einem langen, schmalen Tisch hatten sie eine Miniaturlandschaft aufgebaut und mit Sand bedeckt, und jetzt attackierten sie den Sand mit Ventilatoren, Wasserpistolen und sogar mit den bloßen Händen, obwohl die Hände ja keine der Erosionskräfte darstellten, von denen sie gelernt hatten, und damit eigentlich gegen die Regeln verstießen. Die Mädchen trugen weiße Overalls mit grünen Schärpen, waren von Kopf bis Fuß mit Sand und Wasser verdreckt, und rund um den Tisch herrschte Chaos, bis auf das eine Ende, wo die älteren Mädchen in aller Ruhe den Vorsitz über einen Bereich führten, über dem »Pflügen entlang der Höhenlinien« stand. Dan war froh, als er den Hy-Vee erreicht hatte, aber als er sich die herumstehenden Einkaufswagen ansah, entdeckte er darin nichts als abgerissene Salatblätter. Er verließ den Hy-Vee von Morrisville und fuhr zu dem in Margo.

Dort fand er einen Einkaufswagen mit einem Karton darin. Der Wagen stand in der nordwestlichen Ecke des Parkplatzes neben einem gelben Abfalleimer mit einer Werbung für Goodwill. Dan sah sich den Karton an, der ursprünglich einen Kasten Hamm's Bier enthalten hatte. Der Deckel war zu, so dass eine Lasche die andere überlappte. Dan hörte Weinen. Er hob die Laschen und fand ein Baby, das in ein blaues Flanellhemd gewickelt war. Eine Notiz war daran festgemacht: »Ich heiße Quinn. Bitte passen Sie auf mich auf.« Das Baby hatte dunkle Augen und dichtes dunkles Haar und gab ein lautes, durchdringendes Geschrei von sich. Dan nahm den Hamm's-Karton und stellte ihn auf den Beifahrersitz des Streifenwagens. Er befestigte den Sicherheitsgurt rings um den Karton, so gut er konnte. Das Baby brüllte kräftig, doch sobald das Auto sich in Bewegung setzte, sah es sich um, machte ein Bäuerchen und schlief ein.

Dan startete Richtung Mercy Hospital in Stone City, doch schon drei Meilen hinter Margo bekam er einen Funkruf von Deputy Ed Aiken. Ein paar Jugendliche befänden sich oben auf dem Wasserturm von Pinville, und Ed könne sie nicht dazu bringen herabzusteigen.

»Versuch's mit dem Megafon«, sagte Dan.

»Hab ich schon«, sagte Ed.

»Sag, du holst ihre Eltern.«

»Hab ich auch schon.«

»Dann wirst du wahrscheinlich zu ihnen hinaufklettern müssen.«

»No, Sir«, sagte Ed, für den es nahezu unmöglich war zu klettern, seit er einmal mit etwa zehn Jahren um ein Haar vom Dach einer Scheune gefallen wäre.

»Mein Gott, Ed«, sagte Dan, »das musst du doch mal überwinden.«

»Ich steige diese Leiter nicht hinauf.«

»Na schön, aber ich habe ein Baby dabei. Ich habe vor dem Hy-Vee in Margo ein Baby gefunden.«

»Vielleicht gehört es jemandem.«

»Ja, das nehme ich mal stark an.«

Der Wasserturm in Pinville lag neben den Gleisen. Er war noch einer von den alten silberfarbenen, mit einer roten Mütze, einer Leiter und einem oben umlaufenden Gang, der allen, die Graffiti sprühen wollten, eine gute Standfläche bot. Im Gras um den Fuß des Turmes hatte sich eine kleine Menschenmenge versammelt. Irgendjemand war mit einer Kiste Tomaten vorbeigekommen, und viele der Leute kauten Tomaten und schauten unverwandt zur Spitze des Wasserturms hinauf. Als Dan heranfuhr, kam Ed Aiken an die Beifahrerseite des Streifenwagens. Ed war mager, und was einem praktisch täglich an ihm auffiel, war die Tatsache, dass er sich offenbar nicht anständig rasieren konnte. Jetzt zum Beispiel flatterte ihm ein Stückchen Toilettenpapier unter dem Kinn, als er die Autotür aufmachte. Das Baby fing wieder an zu schreien.

»Ooh«, sagte Ed, »lass mich den kleinen Süßen mal nehmen.«

Er hob das Baby aus dem Karton, wobei das blaue Hemd herunterhing wie eine Decke. »Magst du deinen Onkel Ed? Na sag mal, du magst ihn doch bestimmt ganz furchtbar gern.«

Dan versuchte es seinerseits mit dem Megafon, hatte aber auch kein Glück und stieg deshalb auf den Wasserturm hinauf. Ein Käfig aus Metallreifen schützte die Leiter, aber man hatte den Eindruck, dass die hauptsächliche Funktion dieser Reifen die wäre, einem den Kopf abzurasieren, wenn man ausrutschte und stürzte. Dan verspürte eine Leere im Unterleib, als er losstieg. Er schaute auf die Leute, die die Tomaten aßen, und als er die Tomaten nicht mehr einzeln erkennen konnte, schaute er nicht mehr nach unten. Die Übeltäter waren drei Jungen in ärmellosen schwarzen Shirts und Jeans mit zerrissenen Knien. Sie hatten sich professionell eingerichtet, mit Mützen, Lappen, einem Eimer voll roter Farbe, einem Tablett, etwas Terpentin und einem Farbroller, den sie an einem Stock befestigt hatten. In groben Schreibschriftbuchstaben hatten sie geschrieben: »Armageddon« und »Tina rules «.

»Wer ist denn diese Tina?«, fragte Dan.

»Tina von den Talking Heads«, sagte Errol Thomas.

»Was habt ihr euch eigentlich dabei gedacht, hier an einem Samstagnachmittag am helllichten Tag hochzuklettern?«, fragte Dan. »Habt ihr euch auch nur eine Sekunde lang eingebildet, ihr werdet nicht erwischt?«

»Wir wollen ja, dass die Leute es mitkriegen«, sagte Albert Robeshaw.

»Wir wollen, dass die Menschen aufwachen«, sagte Dane Marquardt. Er legte sich die Hände wie einen Trichter um den Mund und schrie »Wacht auf!« zu den Leuten am Boden hinunter. »Schaut sie euch doch an, wie klein sie alle sind.«

»Wir spielen in einer Band«, sagte Errol Thomas.

»Wer hätte das gedacht«, sagte Dan.

Die Jungen packten alle ihre Sachen in einen Jutesack und stiegen mit Dan zusammen die Leiter hinunter. Ed Aiken ließ Quinn an seiner Schulter ruhen, tätschelte ihn und schaukelte ihn sacht.

»Wie geht es ihm?«, fragte Dan.

Ed zog die Brauen hoch und flüsterte: »Er schläft gerade ein.«

Die nächsten zwei Wochen regnete es fast ununterbrochen. Es war der lange graue Herbstregen, bei dem sich die Menschen in Grouse County jedes Jahr fragten, ob ihr Leben noch rechtzeitig vor Einbruch des Winters einen Sinn bekommen werde. Regenwasser füllte die Gräben, überflutete die Keller und hinderte die Farmer daran, auf ihre Felder und Wiesen zu gehen, aber es hielt keinen davon ab, mit Spenden für das bei dem Hy-Vee-Supermarkt gefundene Baby in das Büro des Sheriffs von Morrisville zu kommen. Natürlich war das Baby nie im Büro des Sheriffs gewesen, aber der Sheriff hatte es gefunden, und so tauchten immer wieder Leute dort auf, reckten die Hälse und spähten in den Gang hinter dem Schreibtisch, als erwarteten sie, den verlassenen Quinn in einer der Zellen liegen zu sehen oder womöglich auf dem Fußboden. Die Besucher waren zum größten Teil Farmerfrauen; sie schüttelten beim Eintreten das Wasser aus ihren Schultertüchern und brachten Windelpakete, Babynahrung und ganze Berge ausgeblichener Kinderkleidung mit, die – zumindest in einem Fall – seit dem Zweiten Weltkrieg nicht mehr getragen worden war. Helen Plum kam sogar mit einem Rindfleisch-Makkaroni-Auflauf in einer Kasserolle daher, obwohl niemand wusste, wer den essen sollte. Doch Helen Plum reagierte auf fast jede Art von aufregenden Neuigkeiten mit einem Auflauf, und in Fairbault, Minnesota, war sie einmal mit einer Pfanne Bratkartoffeln und Schinken am Ort des Geschehens erschienen, als ein Zwölftonner ausbrannte. Eine wahre Geschichte, erzählt von ihrer Schwiegertochter.

Zunächst versuchten Dan und die Deputys, nichts auf der Polizeistation anzunehmen und alle Spenden an das Kinderheim in Stone City zu verweisen. Dort war Quinn jetzt nämlich. Aber offensichtlich konnte man den Leuten nicht klarmachen, dass sie an der falschen Adresse seien – sie wollten es einfach nicht hören. Teilweise geschah dies aus Selbstachtung, teilweise auch deshalb, weil Stone City eine gute halbe Stunde von Morrisville entfernt lag. Wenn Dan also sagte:

»Das Baby ist nicht bei uns«, oder Earl Kellogg Junior: »Sie haben das Baby drüben in Stone City«, dann legten die Frauen ihre Geschenke auf die Bank, auf den Fußboden oder lehnten sie gegen die Wand und sagten: »Also, ich hoffe, er kann dieses Lernspielzeug brauchen«, oder: »Gut, dann schauen Sie bitte, dass er diesen Strampelanzug bekommt, den hat schon unser Ted getragen«, und dann drehten sie sich um und gingen wieder zu ihrem Geländewagen in den Regen hinaus. Der Sheriff und seine Hilfssheriffs müssen wohl sechs bis acht Fahrten zum Kinderheim gemacht haben. Sie bekamen Sachen für mindestens zehn Babys, und manchmal sah das Büro des Sheriffs eher wie die Kinderabteilung in einem Kaufhaus aus als eine Bastion des Gesetzes.

Claude Robeshaw und sein Sohn Albert kamen am neunten oder zehnten Regentag, aber sie brachten nichts für Quinn. Claude ging es um den Anteil seines Sohnes – ungefähr siebenhundertfünzig Dollar – an den Renovierungskosten für die Schmierereien am Wasserturm von Pinville. Claude Robeshaw war ein großer Mann mit pflugähnlichen Gesichtszügen. Er war einundsiebzig, Albert fünfzehn. Als Dan selbst noch ein Teenager gewesen war, hatte er für Claude Robeshaw Stroh gebündelt, und er erinnerte sich an einen Sonntag im August, als Claude Robeshaw mit dem Traktor gefahren war und Dan, Willard Schlurholtz und der spätere Reverend Walt Carr auf dem Heuwagen gearbeitet hatten. Es herrschten fast vierzig Grad Hitze, und Claude hatte beschlossen, dass nach jeder Runde ein Bier getrunken werden solle, um einer Dehydrierung vorzubeugen. Nach fünf Runden fiel Dan vom Heuwagen.

»Ich steige da rauf und male den Turm selber an«, sagte Claude. »Für so viel Geld, da beleg ich das Scheißteil glatt mit Blattsilber. Das ist mein Ernst. Mein voller Ernst. Großer Gott, da kommt so ein Gangster mit seiner Mannschaft von außerhalb des Bundesstaates, und die verlangen von der Kommune einfach, was sie wollen.«

»Claude«, sagte Dan, »diese Sache musst du in Wahrheit mit dem Bezirksrat ausfechten. Aber so viel ich gehört habe, brauchen die jemanden, der ihnen durch eine Schuldverschreibung Sicherheit gibt.

Also, was heißt das mit der Schuldverschreibung? Na ja, man geht zum Staat, und der Staat erlegt einem eine Schuldverschreibung auf, und wenn du mehr darüber herausfinden willst, musst du zum Staat gehen, nehme ich an. Aber so viel kostet es nun mal, wenn man jemanden mit einer Schuldverschreibung braucht.«

Claude wandte sich grimmig seinem Sohn zu, der fast genau so groß war wie er, mit kurzem braunen Haar, einer Jeansjacke und einer Brille. »Verstehst du, was der Sheriff sagt?«

»Nein«, sagte Albert.

»Weil das ein Bockmist ist, deswegen verstehst du's nicht«, sagte Claude.

»Sie haben sich drei Kostenvoranschläge machen lassen«, meinte Dan. »Ich kann dir versichern, dass das nicht der niedrigste war. Einer war niedriger, aber der kam von einer Firma, deren Leute haben sich drüben in De Witt zugesoffen und sind dann mit ihrem Laster in den Fluss gefahren, und es war ein Riesending, den da wieder rauszuziehen. Klar, das ist schon viel Geld. Aber diese Wörter stehen nun mal da oben, und die muss man jetzt wieder wegkriegen. In Pinville sind alle stinksauer, Claude. Sie hatten bisher einen super Wasserturm, und wenn man jetzt in die Stadt reinfährt, da denkt man, die heißt Armageddon.«

Albert lachte, und das ärgerte Claude. »So wahr mir Gott helfe, ich prügle dich gleich durch diese Wand hier.«

»Dann wäre ich aber tot«, erwiderte Albert. »Das ist, wie wenn man sagt: ›So wahr mir Gott helfe, ich schneide dir gleich die Kehle durch.‹ Oder: ›So wahr mir Gott helfe, ich vergifte dein Essen.‹«

Claude machte die Bank ein Stück weit frei, indem er eine gelbe Steppdecke zur Seite schob, die an diesem Tag für Quinn abgegeben worden war. Er setzte sich, zog eine Zigarre aus der gläsernen Hülle, schnitt die Spitze mit einem Taschenmesser ab und zündete sie an. »Ich glaube, ich hab dich einfach zu spät bekommen. Ich hatte da schon zwei Töchter und drei Söhne, und vielleicht hätte ich es dabei belassen sollen. Jedenfalls hat es bis heute eine bedauerliche Situation nach der anderen gegeben. Vielleicht sollte ich dem Sheriff mal erzählen, wie du damals beschlossen hast, wegzulaufen und auf einem Baum zu leben.«

»Mach ruhig«, sagte Albert. »Ich bitte darum.«

Deshalb tat Claude es dann doch nicht. Aber es war keine lange Geschichte, und er hatte sie schon so oft erzählt, um immer wieder unterschiedliche Züge von Alberts Charakter zu unterstreichen, dass so gut wie jeder in und um Grafton sie zumindest in ihren Grundzügen kannte. Mit fünf oder sechs Jahren hatte Albert sich einmal über Claude und Marietta furchtbar geärgert und daraufhin beschlossen, in die Wälder hinter der Farm der Robeshaws zu ziehen. Er nahm eine Dose Bohnen, einen Dosenöffner, eine Gabel und *Die fünf chinesischen Brüder* mit. Er setzte sich also unter eine Tanne, um zu lesen, und bald schon fragte er sich, ob er nicht doch das falsche Buch mitgenommen habe, denn es überlief ihn jedes Mal ein kalter Schauer, wenn er das riesige Gesicht des ersten Bruders sah, der das ganze Wasser des Meeres, das er ausgetrunken hatte, bei sich zu behalten versuchte. Aber er las die Geschichte zu Ende, und dann hatte er Hunger, und er schaffte es, die Dose zu öffnen und die Bohnen zu essen. Aber als er auf das kleine Stückchen Schweinefleisch zwischen den Bohnen stieß, wusste er nicht, was das war, und bekam Angst und rannte weinend nach Hause.

Dan wartete, bis Earl Kellogg ihn ablöste, und machte dann Feierabend. Aber draußen war es kalt und regnerisch und es wurde gerade dunkel. Das brachte Dan auf den Gedanken, dass der Winter bald komme, deshalb beschloss er, zum Kinderheim hinüberzufahren und die gelbe Steppdecke abzugeben, die Marian Hamilton an diesem Tag gebracht hatte und die niemandem etwas nützte, wenn sie zusammengefaltet auf der Bank im Büro lag.

Das Kinderheim war ein dunkles Backsteinschlösschen auf einem Hügel. Es hatte schmale Fenster und Blitzableiter und auf dem Dach steinerne Figuren, die die Tugenden Sauberkeit, Gehorsam, Höflichkeit, Zurückhaltung und Schweigen verkörperten. Das Gebäude war 1899 errichtet und neun Jahre später nach einem Feuer neu aufgebaut worden und schien speziell dazu entworfen, die Kinder, die auf ihrem Lebensweg hier durchkamen, daran zu erinnern, dass ihre Lebensumstände tragisch seien. Ursprünglich gehörte eine Farm dazu – siebzig Morgen Land und zwei Ställe, ein großer und ein kleiner, die allmählich verfielen –, und vor langer Zeit war es wohl wirklich so gewesen, dass die Kinder zusammen mit Arbeitern ihr Essen selbst anbauten und sogar ihre eigenen Schuhe herstellten. Jetzt waren die Felder an andere Farmer verpachtet, die Kinder trugen Navy-Tennisschuhe von Kresge's, und die Ställe hatten seit fünfundzwanzig oder dreißig Jahren kein Tier mehr gesehen. Dennoch, einst hatte es hier Kühe gegeben, und da es regnete, roch das Gelände nach nassen Kühen, als Dan aus seinem Streifenwagen stieg, die Steppdecke unter seine Jacke stopfte und über den Kies auf die Eingangstür zustrebte. In der Einfahrt stand ein weißer Ford Torino mit angeschaltetem Standlicht und laufendem Motor, und Dan schaute hinein, wie er das immer machte, und hinter dem Lenkrad saß diese Frau, Joan Gower, die seinen Spachtel vom Dach des Wohnmobils geworfen hatte.

Sie kurbelte das Fenster herunter. Ein limettenfarbenes Tuch mit Paisleymuster bedeckte ihr Haar. »Stimmt irgendetwas nicht? Oh, Sheriff, Sie sind's, wie geht es Ihnen?«

»Danke gut«, sagte Dan. »Arbeiten Sie hier?«

»Ehrenamtlich. Also, ich will ehrenamtlich Quinn vorlesen. Ich weiß, dass die Gemeinde wirklich ihr Herzblut gegeben hat, aber irgendwann ist mir eingefallen, dass das Einzige, was ihm wahrscheinlich fehlt, jemand ist, der ihm Geschichten vorliest. Deshalb habe ich diese Bücher mitgebracht. Schauen Sie mal, hier. Jesus reitet am Palmsonntag auf einem Esel. Ist das nicht eine schöne Illustration? Und hier, da macht er gerade die Brote und Fische für die Fünftausend. Ist das nicht phantastisch?«

Der Regen tropfte von Dans Mützenschirm. »Ich muss Ihnen etwas sagen, Joan. Es geht hier um einen Säugling. Bibelgeschichten sind vielleicht noch etwas zu schwierig für ihn.«

»Ja, das haben sie da drin auch gesagt, aber das Alter spielt überhaupt keine Rolle. In einer Zeitschrift habe ich eine Geschichte über ein Kind gesehen, dem die Eltern noch vor der Geburt jeden Abend aus Rechenbüchern vorgelesen haben, und jetzt macht man in Princeton Tests mit ihm. Aber die Leute hier sagen, dass Quinn keine Zeit hat, sich eine Geschichte anzuhören. Kommt Ihnen das nicht komisch vor? Womit soll er sich denn sonst beschäftigen? Ich kann mir nicht vorstellen, was die Zeit eines Säuglings so stark in Anspruch nehmen würde, dass er nicht einer Geschichte aus der Bibel zuhören könnte. Das ist mir völlig schleierhaft. Außerdem, jemand muss in ihm doch den religiösen Instinkt entwickeln helfen – sonst nützt es gar nichts, wenn er getauft wird, und er riskiert, in die Hölle zu kommen. Und das hab ich denen auch gesagt. Na ja, sie müssen sich eben an die Anweisungen des Heimleiters halten.«

»Sie haben jetzt gerade mit denen da drinnen gesprochen?«, fragte Dan.

»Also, eigentlich nicht«, antwortete Joan. »Das ist schon eine ganze Weile her, aber sie haben gesagt, sie wüssten nicht genau, wann der Leiter kommt. Ich hatte ein bisschen das Gefühl, sie wollten mich nur abwimmeln, aber dann habe ich gedacht: Na dann warte ich doch einfach und schau, ob er auftaucht. Aber ich glaube, jetzt ist es schon ziemlich spät.«

Dan hüstelte. »Ja, stimmt. Vielleicht sollten Sie lieber nach Hause fahren und ihn morgen anrufen. Wo wohnen Sie denn?«

»Das Warten macht mir nichts aus. Aber ich glaube, Sie haben recht. Vielleicht bin ich ein bisschen überdreht in Hinblick auf diesen Kleinen. Ich weiß auch nicht, warum. Es schüttet schon die ganze Zeit so arg. Ich glaube, ich muss ihn einfach mit eigenen Augen sehen. Es würde mir gleich besser gehen, wenn ich ihn nur einmal sehen könnte. Ich meine, schauen Sie sich dieses Haus an. Es ist echt ein Gespensterhaus.«

»Joan, dem Kleinen geht es gut«, sagte Dan. »Er ist kräftig, er ist gesund, und ich kenne niemanden, der mehr Decken besitzt als er.«

»Vielleicht könnten Sie da drin ein gutes Wort für mich einlegen«, sagte Joan. »Wenn Sie das vorschlagen, würden sie mich ihm vielleicht doch vorlesen lassen. Sagen Sie ihnen, meine Kirche könnte ihm eventuell etwas zukommen lassen. Was auch stimmt, das könnten wir machen.«

»Ich werde mit ihnen reden, mal sehen, was ich tun kann.« Dan sah Joan Gower nach, wie sie in Richtung Highway fuhr, und betrat dann die Lobby, in der es streng nach alten Möbeln roch. Er übergab die Steppdecke Nancy McLaughlin, die nachts die Aufsicht führte. Sie trug einen Arm in Gips und erklärte, sie sei von einer Böe zu Boden geworfen worden, als sie vom Auto zum Haus zu kommen versuchte, während sie Dan zu Quinn begleitete. Man hatte den Kleinen im ersten Stock untergebracht, wo alles in Gelb und Grau gestrichen war. In einem niedrigen, hell erleuchteten Zimmer gab gerade Dans Großcousine, Schwester Leslie Hartke, Quinn die Flasche.

»Hi, Dan«, sagte sie. »Möchtest du ihn mal füttern?«

Dan schüttelte den Kopf. »Ich hab nur noch mal eine Steppdecke gebracht.«

»Diese Sache ist für uns die reinste Goldgrube geworden«, sagte Nancy McLaughlin und rieb mit der Hand über den Gips.

»Ach, komm schon«, sagte Leslie Hartke. »Füttere ihn doch mal.« Also wusch sich Dan die Hände und setzte sich, und Leslie reichte ihm das Baby und die Decken und die Flasche. Das Baby nahm die Flasche kurz, sah Dan mit großen Augen an und begann zu weinen.

»Ich erinnere ihn an den Hy-Vee«, sagte Dan.

Auf dem Weg nach draußen blieb Dan bei Nancy McLaughlin stehen und sah einigen Jungen zu, die im Aufenthaltsraum Dame spielten. Die Jungen trugen Pyjamas und saßen an einem Tisch bei der Treppe.

»Dame«, sagte einer der Jungen.

Der andere blickte entgeistert auf das Brett. »Scheiße.«

»Schluss mit dem Damespielen«, sagte Nancy McLaughlin. »Gute Nacht jetzt.« Nachdem die Jungen die Treppe hinauf verschwunden waren, fragte Dan Nancy nach Joan Gower.

»Keine glückliche Frau«, sagte Nancy. »Sie hat mir einen Bibelvers vorgelesen, was war es gleich wieder, dass man in den Händen seines Feindes gefangen sei oder so.«

Dan überlegte den ganzen Heimweg lang, ob nun Joan Gower eine

Nervensäge sei oder sich nur übermäßig in das hineinsteigere, woran sie glaubte. Genaugenommen wusste Dan von niemandem, woran er glaubte. Er hatte zu ihr gesagt, es gehe ihm gut mit seinem eigenen Glauben, aber damit hatte er sie sich nur vom Hals halten wollen. Man konnte bei ihm nicht von Glauben sprechen. In einer Welt, in der ein Kind einfach in einem Bierkarton ausgesetzt werden konnte, schien der Du-weißt-schon-wer durchaus denkbar, aber Dan fand nicht, dass sich der Du-weißt-schon-wer dazu eigne, an ihn zu glauben. Das Wohnmobil stand dunkel im Regen. Dan hatte in einer Ecke des Schlafzimmers eine Bierdose unter die Stelle gestellt, an der es von der Decke tropfte. Er leerte die Dose jetzt in den Ausguss und stellte sie wieder hin.

Um die Akten des Mixerton-Krankenhauses einsehen zu können, musste Dan sich an Beth Pickett wenden. Sie war eine ältere Ärztin, lang und dünn, die immer mit hocherhobenem Kopf herumstolzierte. Ihre berufliche Laufbahn hatte sie 1944 begonnen, als Assistenzärztin bei Tom Lansford, einem beliebten Allgemeinarzt in Chesley. Dr. Pickett hatte die medizinische Versorgung von Grouse County von Anbeginn miterlebt und konnte nicht davon lassen. Sie war unausstehlich, und alle liebten sie heiß und innig.

Dan wartete in Dr. Picketts Büro, in dem die Wände übersät waren mit Bildnissen von ihr, die ihre Patientinnen alle selbst angefertigt hatten. Es gab sie in Gobelinstickerei, als Aquarell und in Macramé, wobei letzteres sie wie einen Baumstrunk aussehen ließ. Und sie war unzählige Male skizziert oder als Karikatur gezeichnet. Bald kam die Ärztin ins Zimmer und setzte sich an ihren Schreibtisch.

»Wir glauben nicht, dass das Baby in einem Krankenhaus auf die Welt kam«, sagte Dan. »Wir dachten, wir könnten uns eine Aufstellung von allen Frauen machen, die während der Schwangerschaft hier waren, und eine weitere von all denen, die in den Krankenhäusern niederkamen, und dann die beiden Listen vergleichen. Das ist ein ziemlich einfacher Gedanke.«

»Nun, das ist nicht so einfach, wie Sie glauben«, sagte Dr. Pickett, »denn wenn eine Frau hier in diese Klinik kommt, kriegt niemand die Akten zu sehen. Sie unterliegen dem Datenschutz. Ich bin mal nach Des Moines gefahren und dort total abgeblitzt, im Sommer 1966. Ein Mann namens Clay hat mich hingefahren. Er war ein ziemlicher Säufer. Während ich mit den Gesetzeshütern gesprochen habe, saß er die ganze Zeit im Hotel Leroi. Hat ununterbrochen getrunken, wurde aber nicht betrunken.«

»Ich brauche nichts weiter als die Namen. Vielleicht könnte ich mir einfach mal die Namen anschauen.«

»Nein, die Namen sind in den Akten, und die Akten können Sie nicht einsehen.«

So diskutierten sie noch eine Weile hin und her, aber wie Dan es auch formulierte, Dr. Pickett sagte nein, und schließlich meinte Dan, er könne auch mit einer Vollmacht wiederkommen, wenn es das sei, was sie brauche.

Dr. Pickett tat, als habe sie nicht verstanden. »Genau, Sie können jederzeit wiederkommen.«

»Helfen Sie mir doch, diese Frau zu finden«, sagte Dan. »Bitte.«

Dr. Pickett holte Brandy und goss ihn in Marmeladengläser. »Ich sehe nicht ein, was das brächte«, erwiderte sie und schob ihm ein Glas über den Schreibtisch zu, wobei sie es an einer Gipsbüste von sich vorbeimanövrieren musste. »Als ich noch an der Uni war, hab ich in Grand Forks in North Dakota gewohnt, bei ›Tante‹ Marilyn Beloit. Das ist schon lange her. Alle Häuser in ihrer Straße waren Bungalows, alle klein und sehr gut gepflegt. Tante Marilyn war Sängerin, mit Künstlernamen Bonnie Boone, und sie muss Erfolg gehabt haben, denn sie ließ sich ihre Kleider in Fargo schneidern. Jedenfalls, in dieser Gegend wohnte auch eine junge Frau, unverheiratet, die ein Kind geboren und es bei einer Familie namens Price auf die Türschwelle gelegt hatte. Diese Familie Price wohnte ganz oben auf dem Hügel, und an Geld fehlte es denen nicht. Tja, so wurde das damals geregelt. Da wurden ständig Babys auf Türschwellen abgelegt, und es war nichts Ungewöhnliches, wenn man morgens die Tür aufmachte und sah, dass da über Nacht gleich drei oder vier hingelegt worden waren. Ich übertreibe natürlich ein bisschen, aber es funktionierte ganz reibungslos, so weit ich mich erinnere, und man sprach nicht darüber, aber man schlug auch nicht vor lauter Schreck die Hände über dem Kopf zusammen. Jedenfalls, eines Abends fuhr ich mit dem Bus nach Hause, und als ich an der Wohnung von dieser Frau vorbeikam – sie hieß Nora, und sie wohnte im Hinterhaus zur Miete –, bat sie mich, sie nach dem Abendessen zu besuchen. Sie war älter als ich, aber nicht viel, und so sagte ich zu. Nun, es stellte sich heraus, dass Nora ein richtiges Bohemeleben führte. Sie hatte ein Klavier und eine trächtige Katze und eine große Flasche Rotwein, und als Bett diente ihr eine Matte mitten im Wohnzimmer auf dem Fußboden, was ich damals für eine ungewöhnliche Lösung hielt. Wir tranken zwei, drei Gläser Wein, und ganz plötzlich war diese riesige schwarzweiße Katze auf das Bett gekrochen und hatte ihr Fruchtwasser verloren. Nora zog einen Koffer hervor, machte ihn auf und polsterte ihn mit Handtüchern aus. Sie setzte die Katze in den Koffer, und die fing so laut zu schnurren an, dass es wie Singen klang. Ich war wie verzaubert, aber mit dem vielen Wein konnte ich nach drei Jungen die Augen nicht mehr offen halten. Als ich wieder aufwachte, waren es fünf, die in dem Koffer bei ihrer Mutter tranken, und Nora spielte Klavier.«

Dan wartete, dass sie die Geschichte zu Ende erzählte, aber das schien schon das Ende zu sein, deshalb sagte er: »Hat Nora je darunter gelitten, dass sie ihr Baby weggegeben hat?«

Dr. Pickett zog ein Taschentuch hervor, schüttelte es auf und putzte sich die Nase. »Sie hat sehr darunter gelitten, und ich glaube, sie hat versucht, es zurückzukriegen. Aber Jack Price war Richter, also können Sie sich vorstellen, wie das ausging.«

Claude Robeshaw ließ sich in Sachen Wasserturm nicht so schnell entmutigen, und der Bezirksrat erklärte sich schließlich mit einer Abmachung einverstanden, wonach er für die Renovierung vierhundert Dollar zahlen und sein Sohn den Rest abstottern sollte, indem er nach der Schule im Büro des Sheriffs arbeitete. Dan musste mit dieser

Vereinbarung nicht einverstanden sein, aber die Strafe für den jungen Albert schien schmerzhafter, wenn er dafür Zeit aufwenden musste; außerdem muss man natürlich auch sehen, dass ein Sheriff in Grouse County von jeher eine gehobene Position innehat, und Claude Robeshaw war stets ein treuer Demokrat gewesen, der einmal sogar Hubert und Muriel Humphrey in seinem Haus bewirten hatte dürfen.

Das erste, was Dan Albert machen ließ, war, in der Nebenstelle des Sheriffbüros in Stone City den Keller auszuräumen. Es handelte sich bei diesem Büro um eine winzige Ladenfront in der Ninth Avenue, die früher mal ein Friseurladen mit Namen Jack's gewesen war. Der Grund, warum der Bezirksrat einem Sheriffbüro nicht mehr Raum genehmigte als diesen kleinen Friseurladen, datierte aus dem Jahr 1947, als der Sheriff ein allgemein beliebter Typ namens Darwin Whaley gewesen war, jung und gutaussehend und eben erst aus dem Südpazifik zurückgekehrt, und der Bezirksrat hasste ihn. Die Bezirksräte hatten bisher alles nach eigenem Ermessen geregelt, und so sollte es auch bleiben, und man kam zu dem Schluss, das Einzige, was man mit Darwin Whaley machen könne, sei, ihn so weit entfernt von der Verwaltungsbehörde wie möglich unterzubringen, weil es ihm dann schwerfallen würde, auf dem Laufenden zu bleiben. Deshalb ließ man das Büro des Sheriffs in Morrisville bauen – wo es bis heute ist –, und jahrelang besaß der Sheriff überhaupt kein Büro in Stone City, obwohl dort das Gericht saß und der Sheriff fast täglich dort zu tun hatte. Erst 1972 schloss der Bezirk ein Abkommen mit dem Friseur Jack Henry, der damals bereits im Sterben lag, kaufte seinen Laden und vermietete ihn ihm bis zu seinem Lebensende für einen Dollar jährlich zurück. Doch Jack Henry überraschte seine Ärzte, indem er noch bis 1979 durchhielt, woraufhin dann der Sheriff (damals war es Otto Nicolette) endlich seinen Friseurladen bekam.

Der Keller war noch immer voller Sachen, wie sie vielleicht nur ein unordentlicher Friseur, der schon mit einem Fuß im Grabe steht, hineinwerfen kann: Zeitungen, Brotreste, Zeitschriften, von der Sonne ausgeblichene Kammwerbungen, leere Piccoloflaschen, zerrissene Sitzkissen, durchgebrannte Haarschneidemaschinen mit einem Kabelwirrwarr daran, Radios mit zerbrochenen Frontscheiben, verschimmelte Kalender, die fade Szenen auf dem Bauernhof zeigten oder nackte Frauen mit Schere und Kamm. Das Schlimmste war das Haarwasser, und Albert brauchte mehrere Tage, um es aufzuspüren, hörte es aber von Anfang an überall tropfen wie bei einer unterirdischen Quelle. Er ging mit einer Schaufel und einer Aluminiumwanne ans Werk. Am zweiten Tag entdeckte er zwei Fässer voller Modellköpfe – sehr viel mehr Köpfe, als ein Friseur je brauchen konnte, hätte man denken sollen, aber es stellte sich heraus, dass auf jedem gestrichelte Linien eingezeichnet waren, die verschiedene Haarschnitte und Frisuren nachvollziehbar machten. Das hätte jeden gerührt, der Jack je bei seiner Tätigkeit erlebt hatte, denn Jack war dafür bekannt, dass er nur einen einzigen Haarschnitt beherrschte, den er unverändert all seinen Kunden verpasste. Albert trug die Köpfe in der Aluminiumwanne die enge Treppe hinauf. Sie kamen ihm vor wie ein archäologischer Fund, und Albert behielt drei davon, obwohl er noch nicht entschieden hatte, wofür, während der Rest in den Müllcontainer wanderte, der am Hintereingang stand.

Diese Säuberungsaktion fand in einer Woche statt, während der Dan vor Gericht als Zeuge in einer Rauschgiftsache aussagen musste, in die auch ein Restaurant verwickelt war, das am Highway 41 lag und *Rack-O's* hieß. Als er einmal vom Gericht zum Büro zurückkehrte, sah er Albert mit baumelnden Beinen auf dem Schreibtisch sitzen und eine Zigarette rauchen.

»Ich habe gerade das Telefon benutzt«, sagte Albert. »Ich hoffe, das war in Ordnung. Ich habe Lu Chiang angerufen. Sie ist Austauschschülerin aus Taiwan. Die haben sie da draußen auf die Farm von Kesslers gesteckt.«

»Weit weg von zu Hause«, erwiderte Dan.

»Sie können sich gar nicht vorstellen, wie schwer die ihr die Arbeit machen. Sie muss sich ganz allein um diese ganzen Hühner kümmern. Ohne sie wären die Hühner schon alle tot. Candy Kessler ist jeden Abend in der Stadt, aber Chiang muss nach Hause, um die Hühner zu füttern. Sie muss um sechs Uhr früh aufstehen, um die Hühner zu füttern. Eins von den Hühnern ist neulich im Regen draußen geblieben und krank geworden, und von den Kesslers hat keiner mehr ein Wort mit ihr gesprochen, bis es wieder gesund war.«

»Ich habe noch nie jemanden mit Hühnern gesehen, die nicht alle ständig krank waren.«

»Da gibt es so einen Typ in Kansas City, der für den Schüleraustausch zuständig ist, er heißt Marty, aber der kriecht den Gastfamilien nur in den Arsch. Er sagt, als sie Taiwan verlassen hat, hat sie ja schließlich gewusst, dass sie in eine ländliche Gegend kommt, also ist das eben ihr Pech.«

»Erst neulich habe ich irgendwas von Taiwan gehört. Ach ja, dort werden doch unsere Radarpistolen hergestellt. Eine davon hatte den Geist aufgegeben, und wir mussten sie zurückschicken. Hat dreiundvierzig Dollar Porto gekostet.«

»Chiang sagt, sie bekommt nicht gerade den besten Eindruck von Amerika. Ich habe gesagt: ›Wart erst mal ab.‹«

Der Regen ließ allmählich nach, es wurde wärmer, und nun folgte ein strahlender Altweibersommer. Die Farmer gingen wieder an die Arbeit, und die Mähdrescher waren rund um die Uhr im Einsatz. Nachts sah man die Scheinwerfer zwischen den Stengeln, tagsüber sah man Staubwolken. Auf dem Highway schien jedes zweite Fahrzeug ein Traktor zu sein, der einen grünen Anhänger mit Mais zog. Die Sonne leuchtete golden. Lu Chiangs Aufgaben wurden etwas weniger aufreibend, und sie konnte mit Albert Robeshaw Pizza essen gehen.

Quinn war unterdessen nicht in Vergessenheit geraten, und verschiedene Städte und Clubs und Kirchen stritten auf durchaus würdige Art um das Vorrecht, sich seinen Namen auf die Fahne schreiben zu dürfen. Jeder hatte das Gefühl, dass etwas getan werden müsse, ohne Frage, und dass dabei eine große Geste vielen kleinen vorzuziehen sei. So kam man überein, für Quinn am Sonntag, den 14. Oktober, in der Stadt Romyla einen sogenannten »Großen Tag« zu veranstalten. Einen Großen Tag nannte man es, wenn eine Stadt ein Straßenfest zu irgendeinem guten Zweck organisiert, und zwar außerhalb der üblichen Feiertage. Man konnte zum Beispiel einen Großen Tag veranstalten, um ein krankes Kind in der Mayo-Klinik behandeln zu lassen, oder für neue Äxte und Stiefel für die Feuerwehr, oder auch nur, damit jeder auf der Hauptstraße trinken und tanzen konnte. Die Wahl fiel auf Romyla, weil es noch nie einen Großen Tag gehabt, aber in den Siebzigern mehrere Jahre lang einen irischen Jahrmarkt veranstaltet hatte und man der Stadt durchaus zutrauen konnte, ein gut organisiertes Event auf die Beine zu stellen – ganz anders als zum Beispiel Boris, das immer irgendwie als lächerliche Stadt dastand, die kaum imstande war, ihre Kneipe am Laufen zu halten.

Dan wurde gebeten, die Streifenwagen des Polizeireviers an der Parade teilnehmen zu lassen, und er wurde außerdem gebeten, beim Plumpsbecken mitzumachen. Was die Streifenwagen betraf, so erklärte Dan sich einverstanden und kaufte sogar ein paar Packungen Bonbons, damit er und die Deputys sie unter die Leute werfen konnten. Ed Aiken war nicht gerade begeistert von der Idee, und Earl Kellogg sagte rundheraus, dass man ein ganz schönes Weichei sein müsse, wenn man sich, auf welche Weise auch immer, aus einem Streifenwagen heraus bei den Menschen anbiedern wolle, worauf Dan antwortete: »Und da wundern wir uns, warum die Leute das Polizeirevier hassen. Und ich sage nicht ›nicht mögen‹, ich sage ›hassen‹.«

»Also«, sagte Earl, »wenn du etwas machen willst, worauf die Leute wirklich abfahren: sie haben dich ja schon gefragt, ob du dich nicht in diesen Käfig setzt, in dem sie dich unter Wasser tauchen.«

»Lester Ward hat sich dabei das Schlüsselbein gebrochen«, erwiderte Dan. »Aber wenn du es versuchen willst, bitte sehr.«

»Lester Ward«, sagte Ed. »Ist das nicht der Typ mit all diesen Lockvögeln im Garten? Warum sollte den jemand tauchen wollen?«

»Nein«, sagte Dan, »aber ich weiß, wen du meinst. Der heißt Lyle Ward. Lester Ward ist tot. Er hatte die Hühnerbrutanstalt in Pinville. Kannst du dich nicht erinnern – er hatte immer eine Mütze auf.«

»Ach, *der* Lester Ward«, sagte Ed.

Dan, Earl Kellog und Ed Aiken trafen sich an dem Sonntagmorgen der Wohltätigkeitsveranstaltung um zehn Uhr dreißig in Romyla. Sie trugen alle drei ihre verspiegelten Sonnenbrillen, und sie stellten sich vor die *Federstecker*-Bierhalle und sahen zu, wie die Methodistenfrauen einen Lieferwagen voller Kuchen für das Kuchenbüffet ausluden. Die Sonne schien, und anscheinend war jede Rasenfläche in der Stadt frisch gemäht worden. Dan dachte bei sich, Romyla besitze eine Art feindseligen Stolz, wie man ihn hier im Bezirk sonst nirgends fand. Earl Kellogg nieste elfmal hintereinander in rascher Folge, und Ed Aiken klopfte ihm auf den Rücken, damit es aufhörte.

Ein neuer roter Pickup fuhr vor, mit Claude Robeshaw, Lu Chiang und Albert darin. Claude grüßte und ging in den *Federstecker*, und Albert stellte Dan, Ed und Earl Lu Chiang vor. Lu Chiang hatte braune Augen und lange schwarze Haare. Sie war eine von jenen ausländischen Schülerinnen, die mit ihrem frischen Aussehen und ihrem reichen Wortschatz die einheimischen Jugendlichen unbeholfen und hinterwäldlerisch wirken lassen. Sie, Albert und Dan gingen die Mittelstraße entlang, die in diesem Fall aus der Hauptstraße zwischen dem alten Telegrafenamt und dem Schienenstrang bestand.

»Albert hat mir erzählt, dass Sie Köpfe im Keller haben«, sagte Chiang.

»Stimmt«, sagte Dan.

»Das muss sehr komisch sein«, sagte Chiang.

»Die sind jetzt weg«, sagte Albert. »Ich hab sie weggeworfen.«

»Sag mal, Lu Chiang«, sagte Dan, »wie lange braucht man denn von Taiwan bis hierher?«

»Der Flug von Taipei nach Tokio hat dreieinhalb Stunden gedauert. In Narita kam es zu einer großen Verspätung, und ich bin auf meinem Sitz eingeschlafen. Dann bin ich wieder aufgewacht und zum Flug nach Chicago an Bord gegangen, der zwölf Stunden gedauert hat. Von Chicago aus ging es dann mit einem klapprigen kleinen Flugzeug nach Stone City, und dort haben mich Ron und Delia Kessler abgeholt. Ich glaube, alles in allem waren es einundzwanzig Stunden.«

Dan pfiff durch die Zähne. »War das dein längster Flug?«, fragte er.

»Ja«, sagte Chiang. »Sieben Stunden nach Tokio brachten die Stewardessen jedem solche heißen Gesichtstücher.«

»Ich habe überhaupt keine Vorstellung von Tokio«, sagte Dan.

Die Parade begann mit Verspätung, weil sich die Marschkapelle von Morrisville-Wylie verspätet hatte, aber schließlich erschienen die Mitglieder der Kapelle doch noch in ihrem gelben Bus und führten die Parade an, wobei sie »On Wisconsin«, »Quinn the Escimo« und »The Girl from Ipanema« spielten. Ihnen folgte die Reiterin mit dem blauen Band, Jocelyn Jewell auf Pogo, dann eine Gruppe Veteranen aus dem Koreakrieg, die eine Kanone hinter sich herzogen, dann die Festwagen, auf denen Folgendes zu sehen war: das Auffinden des Säuglings in dem Einkaufswagen des Hy-Vee-Supermarktes, die Vermählung von Julien Dubuque und Prinzessin Petosa sowie sämtliche Modelle der Arctic-Cat-Motorschlitten, die von Werkzeug-Wiegart in Wylie verkauft wurden. Den Schluss der Prozession bildeten die Streifenwagen des Sheriffs, und es wurden keine Bonbons aus ihren Fenstern geworfen.

Nach der Parade gingen Albert und Lu Chiang die Reihe der muffigen blauen Zelte entlang und versuchten, irgendetwas zu gewinnen. Sie warfen Bälle auf eine Reihe ausgestopfter Katzen, die wie festgenagelt schienen, verloren acht Dollar beim Blackjack und ließen bei dem erfolglosen Versuch, eine Keramikkuh zu gewinnen, ihr Körpergewicht fast aufs Pfund genau schätzen. Dann begutachteten sie einen roten Traktor, der so umgerüstet worden war, dass er mit Gas betankt werden konnte, in ihren Augen aber so aussah wie jeder andere rote Traktor auch, und gingen an dem Tisch der Kleinen Kirche des Erlösers vorbei, an dem Joan Gower und ein magerer Junge namens Russ Sparbüchsen in Form einer Kirche verschenkten, und zwar an jeden, der einen Bibelvers auswendig hersagen konnte. Albert antwortete darauf mit dem Befehl des Kaisers Augustus, dass alle sich eintragen lassen sollten, und Joan sagte »sehr gut« und reichte ihm eine Kirchenspardose. Dann wandte sie sich an Chiang, und als sie erfuhr, dass

Chiang Buddhistin war, nahm sie einen Stapel Flugblätter, zählte fünf, sechs ab und drückte sie dem Mädchen in die Hand.

»Ich möchte, dass du diese Schriften mitnimmst«, sagte sie. »Ich möchte, dass du sie nach Hause mitnimmst. Das hier ist über den Kreuzestod, und hier der dunkler getönte Abschnitt ist über die Auferstehung. Das ist eine wunderbare Botschaft an alle Völker. Und ich wette, wenn du dich näher damit beschäftigst, wirst du sehen, dass Jesus und Buddha vieles gemeinsam haben.«

»Ich glaube, Buddha ist viel dicker«, sagte Chiang.

»Nimm sie einfach mit«, erwiderte Joan.

Albert und Chiang kehrten zum *Federstecker* zurück, um nach dem alten Claude zu schauen. Auf dem Weg ließ Chiang die Flugblätter in eine grüne Abfalltonne fallen, und Albert schenkte ihr die Kirchensparbüchse, die er gewonnen hatte.

Bei dem Großen Tag in Romyla kamen mehr als zweitausend Dollar für Quinn zusammen, aber es stellte sich heraus, dass er sie gar nicht brauchte. Ein reiches Ehepaar kam eines Wochenendes von Minneapolis herunter und nahm ihn als Pflegekind mit. Wegen des Datenschutzes durfte nicht einmal Nancy McLaughlin vom Kinderheim die Identität dieses Paares preisgeben, aber es waren Mark und Linda Miles, die – mit ziemlichem Weitblick – ein Vermögen damit gemacht hatten, Augen-Makeup auf Sojabasis nach Nordeuropa zu verkaufen. Quinn bekam den neuen Namen Nigel Bergman Miles und ein Kinderzimmer, das ungefähr so groß war wie Dans gesamtes Wohnmobil und von dem aus man einen der zehntausend Seen Minnesotas überblickte.

Unterdessen forschte Dan noch immer nach Quinns Mutter. Die Akten der Klinik bekam er nie zu Gesicht, so musste er sich mit Gerüchten, anonymen Hinweisen und Anrufen von Wichtigtuern begnügen. Am Ende hatte er eine Liste von dreizehn Namen, und im Laufe des Oktobers konnte er elf davon streichen. Eine Frau war in St. Louis niedergekommen und hatte das Kind zur Adoption freigegeben, fünf hatten Fehlgeburten gehabt, ohne das ihren Nachbarn entsprechend zu erklären, zwei waren Männer mit weiblich klingenden Namen, und drei waren ältere Nonnen an der Akademie zum Heiligen Herzen in Morrisville.

So blieben noch zwei Möglichkeiten: eine Frau, die den Fall nicht am Telefon erörtern wollte, und eine Frau, die gar kein Telefon hatte.

Dan strich die erste Frau von seiner Liste, als die sich mitten im Gespräch entschuldigte, weil sie das Radio lauter stellen wollte, um die Titelmelodie von *Cats* zu hören. Das Gespräch fand in dem Waschsalon statt, in dem sie arbeitete, in Walleye Lake. Auch klang ihre Geschichte überzeugend und war nachprüfbar. (Es ging dabei um einen labilen jungen Mann, der einmal in sie verliebt gewesen war und jetzt endlose Telefonkampagnen gegen sie führte. Seit zum Beispiel die Hotline zur Verbrechensbekämpfung im Brier County eingerichtet worden war, rief er dort ständig an und brachte ihren Namen mit öffentlich bekannten Fällen von Brandstiftung, Fahrerflucht und Voyeurismus in Verbindung.)

Die Frau ohne Telefon war Quinns Mutter, obwohl sie das nie zugab. Sie wohnte in einem Haus auf einem bewaldeten Hügel gegenüber dem Fahrzeugschuppen der Bezirksverwaltung am Stadtrand von Wylie. Dieses Haus war vor ein paar Jahren hierher gebracht worden, aber noch immer sah es wie nur flüchtig abgestellt aus, und das würde wohl auch so bleiben. Die Türen schlossen nicht richtig, im Winter strich ständig der Wind durch die Risse im Fundament. Die Wände hätten gestrichen werden müssen, und aus unerfindlichen Gründen stand ein Grill auf dem Dach der Veranda. Es gab kein Anzeichen von Kindern, kein Anzeichen von Tieren, kein Anzeichen von irgendjemandem außer dieser Frau, die etwas älter war, als Dan erwartet hatte, ein Baumwollkleid trug und das Haar mit einem ausgefransten grünen Band zusammengebunden hatte. Sie und Dan setzten sich auf die Stufen der Veranda.

»Ich bin ein einziges Mal zum Arzt gegangen«, sagte sie. »Nicht wegen dem Baby. Ich war nicht schwanger. Deswegen das ganze Durcheinander. Es hat sich herausgestellt, dass das falscher Alarm war. Ich hab's mir in meinen Kalender geschrieben.«

»Zu welchem Arzt sind Sie denn?«, fragte Dan.

»Das steht in meinem Kalender.«

Sie stand auf, ging nach drinnen und kam mit einem Wandkalender von der Aufzugsgenossenschaft Wylie zurück. Es stand tatsächlich einiges darin, eine ganze Menge sogar, aber alles unleserlich, quer über die Tage gekritzelt, ohne Rücksicht darauf, wann ein Tag endete und ein anderer begann. Dan stand auf. Die Augen der Frau waren ruhig – sie blickte auf die orangefarbenen Lastwagen der Bezirksverwaltung auf der anderen Straßenseite. »Fahren wir ein Stück«, sagte Dan, und sie fragte: »Wohin?«

Vier

Nicht lange danach brach Louise in Dans Wohnmobil ein. Sie war schon einmal eingebrochen – 1972 in die Schule von Grafton. Louise und ihre Freundin Cheryl Jewell waren ein Abflussrohr hinaufgeklettert, hatten ein Fenster hochgeschoben und dann in der Turnhalle zweiunddreißig Footballhelme, die dort an der Wand hingen, mit Farbe besprüht.

Louise und Cheryl waren damals das zweite Jahr am College, und sie fanden – und da waren sie nicht die Einzigen –, dass dem Football zu viel Beachtung geschenkt werde, während die Schule für alles Übrige kein Geld habe. Und da hingen nun diese Helme wie Dinosauriereier in einer Reihe, und die beiden zogen ihre Sprühdosen hervor und schrieben, einen Buchstaben pro Helm: SEE THE LONELY BOYS OUT ON THE WEEKEND.

Diese Worte stammten aus einem Stück von Neil Young, und darin ging es gar nicht um Football, sondern darum, einen Pickup zu kaufen und nach L. A. zu fahren. Das einzige, was Louise und Cheryl tun mussten, war, »Boys«, also Plural, daraus zu machen. Ein paar von den Footballspielern brachten ihren Protest in der Schülerzeitung zum Ausdruck. »Bei allem, was uns geboten wird, zum Beispiel Motivationskundgebungen, Snake Dance usw., sind wir ganz und gar nicht einsam«, schrieben sie.

Es kam nie heraus, wer die Helme besprüht hatte. Die für die Ausrüstung der Spieler Verantwortlichen schafften es, die Buchstaben wegzuschrubben, indem sie in Terpentin getauchte Stahlbürsten verwendeten, aber viele Leute hatten danach den Eindruck, dass die

Mannschaft infolge der Dämpfe das ganze restliche Jahr recht konfus spiele. Damals war Louise sechzehn gewesen. Jetzt war sie vierunddreißig, und die Schule war längst geschlossen, und Eisblumen bedeckten die Fenster von Louises Haus. Auch war der große weiße Hund im Wohnzimmer. Er saß auf der Couch, strahlte und sah angenehm überrascht aus. Bald war Halloween, und das schien das Einzige zu sein, was er auszudrücken wünschte. Louise besaß ein Set blauer Gläser, und im Augenblick genoss sie es, ihr drittes blaues Glas Rotwein zu trinken.

»Du solltest doch draußen im kalten Schuppen sein«, sagte Louise zu dem Hund, »aber stattdessen bist du hier im warmen Haus. Was machst du denn da auf der warmen Couch im gemütlichen Haus? Darauf gibst du mir natürlich keine Antwort, was? Ich wette, ich könnte lange reden, bevor ich eine Antwort kriegen würde. Ich könnte doch lange reden, bevor ich eine Antwort kriegen würde, oder?«

Da rief Louises Mutter an. Hans Cook hatte etwas Wildbret aufgetrieben, und das war in Marys Tiefkühltruhe gelandet, und Mary wollte, dass Louise es unter verschiedene Leute verteilte. Louise und Mary hatten vor kurzem Streit gehabt, und Marys Anruf war eindeutig ein Angebot der Versöhnung.

»Der Hund ist im Haus«, sagte Louise. »Er sitzt da und sieht fern.«

»Ich glaube, das würde Les Larsen gar nicht gefallen«, sagte Mary. Les Larsen hatte die Felder und die Nebengebäude von Jean Klars Farm gepachtet. »Sollte der Hund nicht die Farm bewachen?«

»Auf der Farm ist es mucksmäuschenstill. Wo hat Hans denn dieses Wild überhaupt hergekriegt? Geht der etwa auf die Jagd?«

»Ich weiß es nicht. Er hat es irgendwie ausgehandelt. Offenbar beim Kartenspielen. Ich hab's auch nicht ganz verstanden.«

Sie unterhielten sich noch eine Weile und verabschiedeten sich dann. Louise nippte an ihrem Wein und drehte den Fernseher lauter.

»Schau dir das an«, sagte sie zu dem Hund. »Siehst du, was die Frau da gerade macht? Schau mal auf den Fernseher. Sie klaut die echten Perlen und ersetzt sie durch falsche.«

Der nächste Tag war ein Samstag. Louise stand vor der Tiefkühltruhe ihrer Mutter im Keller neben der Treppe. Louise hatte Kopfschmerzen und trug einen hässlichen, schäbigen Pullover. Sie klopfte ununterbrochen gegen einen Kleiderständer, an dem noch die Kinderjacken hingen, die sie und ihre Schwester June einst getragen hatten.

»Warum ausgerechnet ich?«, fragte Louise. »Ich frag nur so aus Neugier.«

»Wenn ich dich das machen lasse«, sagte Mary, die auf der Kellertreppe saß und einen Sherry trank, »dann zeigt das, dass ich der Sache sehr viel Bedeutung beimesse. Außerdem bekommst du dadurch Gelegenheit, dir dauerhaft Freunde zu machen.«

»Kann ich auch so einen Sherry haben?«

»Leider nichts mehr da.«

»Ich hab doch ganz arg viele Freunde«, sagte Louise, die durch den Anblick der wollenen Kinderjacken offenbar in den Ton einer Achtjährigen verfiel.

»Bring etwas davon Dan Norman. Den magst du doch.«

Louise dachte über diese Bemerkung nach. Sie und Dan waren einander gegen Ende von Louises Ehe nähergekommen, aber jetzt, wo alles ausgestanden und wirklich zu Ende war, hatten sie sich schon lange nicht mehr gesehen. »Er ist nie zu Hause.«

Mary nickte. »Du denkst, du hast alles im Griff, aber in Wirklichkeit hat alles dich im Griff.«

Louise lud sich die weißen Packungen auf. »Verdammt, wie viel von diesem Wild hast du denn da eigentlich?«

Mary stand auf. »Ich merke selber, es ist ganz schön viel. Du musst dich nicht verpflichtet fühlen, das alles auf einmal mitzunehmen. Nimm die kleine Kühltasche da und tu ein paar Beutel davon rein, zusammen mit einem Kühl-Akku. Dafür hab ich sie schließlich. Und vergiss nicht zu lächeln. Ein Lächeln braucht viel weniger Muskelarbeit als ein Stirnrunzeln.«

»Auch wenn mein Gesicht ganz entspannt ist, haben die Leute noch immer den Eindruck, dass ich die Stirn runzle.«

»Du hast ein sehr schönes Gesicht. Wie ein Engel.«

»Sogar du musst zugeben, dass meine Stirn zu groß ist.«
»Diesen Unsinn mit deiner Stirn habe ich noch nie geglaubt.«

Louise verteilte das Wild nur an drei Leute, bevor ihr diese Aufgabe zu viel wurde, und auch diese drei Leute – Nan Jewell, Jack White und Henry Hamilton – wohnten mehr oder weniger auf ihrem Heimweg.

Nan Jewell wohnte in der südlichsten der »Drei Schwestern«, der drei großen blauen Häuser an der Park Street in Grafton, in denen die verschiedenen Familienmitglieder der Jewells lebten. Nan war eine reiche und umtriebige Witwe, die eine so hohe Meinung von allen Leuten hatte, dass gewöhnlich jeder sie enttäuschte. Als Louise eintrat, übte die alte Dame gerade die bissige Rede, die sie am nächsten Morgen in der Kirche halten wollte. Sie hatte immer das Gefühl, dass alle, die am Gottesdienst mitwirkten, die Zeremonien aus Gleichgültigkeit verkürzten.

»Sie schreiben nicht einmal mehr die Kirchenlieder an, und ich würde zu gerne mal wissen warum«, sagte sie. »Bis jetzt wurde es doch immer so gemacht, und plötzlich, man höre und staune, machen sie es nicht mehr. Was ist dann mit den Leuten, die Arthritis haben? Was ist mit denen, die ein bisschen brauchen, ehe sie die richtige Seite finden? Sind die in unserer Kirche nicht mehr erwünscht? Und noch etwas, weil ich gerade daran denke. Ich weiß wirklich nicht, wer in letzter Zeit das Brot für die Kommunion schneidet, aber wer es auch sein mag, er muss erst noch lernen, was eine Oblate ist. Ich glaube nicht, dass jemals eine Jewell das Brot für die Kommunion so nachlässig schneiden würde, und ich glaube auch nicht, dass es eine Montrose täte. Oder eine Robeshaw, Mason, Kellson oder Cart.«

»Mann, das stimmt«, sagte Louise. Aber so etwas sagte man eben zu Nan, um nicht den ganzen Tag bei ihr verbringen zu müssen. Tatsächlich kannte Louise nicht einmal jemanden mit Namen Kellson. Von Nans Haus aus ging es hinaus aufs Land zu der Farm Jack Whites an der Straße von Margo nach Chesley. Jack White war der Vater von Johnny White.

Louise traf Jack zusammen mit dem Tierarzt Roman Baker in seinem Pferdestall an. Jack besaß fünf belgische Kaltblutpferde namens Tony, Mack, Molly, Polly und Pegasus. Jedes einzelne war ein riesiges Tier mit einem Kiefer wie ein Amboss. Louise wollte Jack schon von dem Wildbret erzählen, aber er sagte, er brauche noch einen Augenblick, bevor er sich ihr widmen könne. Das Problem sei, dass ein paar von seinen Pferden rückwärts gingen.

»Wann hat das angefangen?«, fragte Roman Baker. Er hatte ein schmales Gesicht, kräftiges Haar und weit auseinanderliegende Augen. Er beschäftigte sich schon seit langem mit Pferden. »Kriegen sie vielleicht neuerdings etwas anderes zu fressen? Könnte es sein, dass ihnen irgendetwas Angst macht?«

»Nicht dass ich wüsste«, sagte Jack White. »Aber andererseits, ich war eine Weile weg.« Er stellte seinen Stiefel auf die Querstange des Geländers und verschränkte die Arme auf dem Knie, als würde er in einer Werbung für ein Düngemittel mitspielen. »Bin erst seit gestern aus Reno zurück. Dieses Tahoe ist so ziemlich die schönste Gegend, die es gibt, und in Reno habe ich Juliet Prowse gesehen. Was diese Dame für Beine hat! Was für eine strahlende Erscheinung. Jedenfalls, mein Sohn Johnny hat hier aufgepasst, während ich weg war, und wie ich ihn frage, sagt er, so viel wie er bemerkt hat, sind die Pferde nicht rückwärts gelaufen. Ich sage: ›Soll das heißen, dass du hier stehst und behauptest, dass du es gar nicht bemerken würdest, wenn ein Pferd rückwärts geht?‹ Er sagt: ›Vielleicht nicht.‹ Also, der Junge hat eben private Probleme, das ist ja auch gar kein Geheimnis. Wie ich ihm immer sage: ›Johnny‹, sage ich, ›das Schiff ist abgefahren. Johnny, siehst du da draußen den kleinen Fleck am Horizont? Das ist das Schiff‹.«

»Ich habe ihn im Frühling in Walleye Lake gesehen«, sagte Louise. »Wir haben uns eine Weile unterhalten. Er war sehr nett.«

Jack White klopfte sich die Ärmel seines Hemdes ab. »Er hat dich immer gemocht. Und schade, dass er nicht eine Frau von deinem Kaliber geheiratet hat, statt dieser durchgedrehten Zicke. Obwohl man ihr sicherlich nur einen winzigen Teil der Schuld in die Schuhe schieben kann.«

Roman Baker zog eine silbrige Stiftlampe hervor und untersuchte Tonys Ohren. »Wächst bei Ihnen auf der Wiese irgendetwas Ungewöhnliches?«

Jack stellte sich auf beide Füße und rückte seinen Gürtel zurecht. »Mann, das glaube ich kaum.«

»Haben Sie den Boden unter den Weidezäunen überprüft?«, fragte Roman.

»Klar. Oder vielmehr, nein. Eigentlich nicht.«

»Es könnte etwas unter den Zäunen sein.«

»Schauen wir doch gleich mal.«

Sie fuhren mit einem Pickup hinaus auf die buckelige Weide. Jack fuhr die Zäune entlang, Roman Baker saß auf dem Beifahrersitz und Louise auf der hinteren Wagenklappe, und die Halme strichen ihr um die Fußknöchel. Die südwestliche Ecke der Wiese war dicht mit Grünzeug überwachsen. Der Wagen hielt. Roman stieg aus und ging zum Zaun, wo er ein paar spatenförmige Blätter zwischen den Händen zerrieb und die Handflächen zum Gesicht hob.

»Das muss raus«, rief er. Er umfasste die Kräuter mit den Armen und zog sie aus der Erde. »Das alles. Alles von hier bis da hinten.«

Jack stieg aus. »Was sagt er?«

»Er sagt, das muss alles raus«, sagte Louise.

Die Farm Henry Hamiltons lag an derselben Straße wie die Louises. Die Schwalbenwurz, die früher ordentlich auf die Gräben neben der Straße beschränkt gewesen war, hatte sich die Einfahrt hinauf und über den ganzen Hof verbreitet, und zu dieser Jahreszeit war die Luft erfüllt von fliegenden Samen. Die Zäune hätten ausgebessert werden müssen, und die Schweine schienen ein und aus zu gehen, wie sie wollten. Beim Einfahren sah Louise eins, das hinter einem Propangas-Tank hervorkam und durch das hohe Gras zum Wäldchen sauste.

Henrys Haus war matt erleuchtet und warm und roch nach gekochtem Kohl oder einfach nach gekochtem Gemüse. Aber nicht, als hätte er gerade Gemüse gekocht – eher so, als würde es schon seit Jahren vor sich hin kochen. Auf dem Küchentisch hatte er die Cartoonseite der Wochenendausgabe ausgebreitet, darauf schnitzte er gerade einen Kürbis für Halloween. Glitschige Samen lagen über die ganze Zeitung verteilt.

»Diese Kids von *The Family Circus* sind doch total bescheuert«, sagte er.

»Stimmt«, sagte Louise. »Draußen läuft ein Schwein rum.«

»Den Burschen such ich schon seit zwei Tagen«, sagte Henry. Er drehte den Kürbis zu Louise herum. »Findest du nicht, dass der Tiny ähnlich sieht?«

»Irgendwie schon. Um den Mund herum.«

»Ich hab ihn ewig nicht gesehen.«

»Na aber du weißt doch, dass wir geschieden sind.«

Henry legte das Messer weg. »Das hab ich nicht gewusst.«

»Henry. Natürlich weißt du das. Du hast doch meine Erklärung mit deiner Unterschrift beglaubigt.«

Henry dachte einen Augenblick nach. »Ach ja. Stimmt. Hab ich.« Er arbeitete wieder an dem Kürbis. »Ich versuche jedes Jahr einen rauszustellen. Manchmal kommen ziemlich viele Kinder vorbei. Dann wieder sehe ich den ganzen Abend niemanden. Einmal hab ich sogar Divinity Toffees gemacht, und ums Verrecken ist niemand hier aufgetaucht.«

»Jetzt sieht er aber nicht mehr wie Tiny aus«, sagte Louise.

Das stimmte. Es war eine flüchtige Ähnlichkeit da gewesen, aber jetzt war sie verschwunden.

Henry zuckte die Schultern. Eine alte Uhr von Moormans Futtermittel tickte wie die Zeit höchstpersönlich. »Wie ist dir die Scheidung bekommen?«

»Geht schon. Ich muss nichts mehr kochen, was ich nicht mag. Das ist ein Pluspunkt.«

»Ach übrigens, mein neuer Traktor ist da.«

»Das ist ja schön für dich.«

Sie gingen hinaus, um ihn anzuschauen. Es war ein großer roter Traktor, und an den Reifen klebte schon getrocknete Erde. Henry ließ Louise aufsteigen und mit dem Traktor auf dem Hof herumfahren.

»Was für eine Schönheit«, sagte Louise. »Den wirst du bestimmt gern haben.«

»Ich hab meine Ölquelle verkaufen müssen, um ihn zu kriegen, aber ich glaube, das ist er wert.«

»Ich wusste gar nicht, dass du eine Ölquelle besitzt.«

»Ich hatte eine Ölquelle in Oklahoma.«

Louise ging an diesem Abend mit »den Mädels« aus. Das war schon eine Woche lang geplant. Perry Kleeborg hatte den Vorschlag gemacht. Er hatte ihr vorgeworfen, sie sei ständig in mieser Stimmung, und zwar so sehr, dass es ihre Leistung beeinträchtige. Er bekam immer kostenlos eine Fachzeitschrift namens *Produktionsmittel* mit der Post zugeschickt, und offensichtlich hatte er darin gelesen.

»Ach, meine Leistung«, sagte Louise. »Meine Leistung müssen Sie schon nehmen, wie sie ist.«

»Sie sollten mit den anderen Mädels ausgehen«, erwiderte Kleeborg. »Tun Sie doch etwas, was Sie ein bisschen aufmuntert.«

Louise drückte nasse Kontaktabzüge an die Wand. »Ich kenne keine Mädels.«

»Ich habe jeden Donnerstag meinen Skatclub. Ich bin überzeugt, dass mir das sehr hilft. Spielen Sie Skat?«

»Ich kapier nie, was gerade Trumpf ist. Ich spiel gern Uno.«

»Nicht gerade ein Spiel für einen Club.«

»Nein.«

»Mögen Sie Bowling?«

»Früher mal.«

»Also, irgendetwas sollten Sie machen.«

Zufällig ließ sich kurz darauf der Vorsitzende des Bezirksrats im Fotostudio Kleeborg fotografieren. Er hieß Russell Ford und hatte eine sehr schlechte Haut, und er schien zu glauben, wenn er die richtigen Fotos hätte, würde das seine Haut irgendwie besser aussehen lassen. Narben und Pickel auf einem Bild wegzuretuschieren war nicht weiter schwierig, doch Russell wollte etwas schwer Nachvollziehbares. Am Ende musste Louise die Fotos in die Druckerei Big

Chief nach Morrisville bringen, um sie dort professionell retuschieren zu lassen. Für solche Airbrush-Arbeiten waren zwei Frauen zuständig, Pansy Gansevoort und Diane Scheviss. Sie wohnten zusammen in einem Holzrahmenhaus am südlichen Ufer des Lake Walleye und steckten beide gerade irgendwo in den verlorenen Jahren zwischen siebenundzwanzig und zweiunddreißig. Die drei Frauen lachten zusammen ein wenig über Russells hässliches Gesicht und beschlossen, sich einmal an einem Samstagabend zu treffen.

Louise traf sich mit Pansy und Diane in der *Hi-Hat-Lounge* an der Route 29 in Morrisville. Wie es schien, hatten die beiden da mitten in der ganzen Halloween-Dekoration schon ordentlich getrunken. Pansy war hochrot im Gesicht, und Diane hatte bereits ein Glas zerbrochen. Während Alkohol für Louise ein bisschen wie eine Bummelzugfahrt in einer schönen hügeligen Landschaft war, schien er für Pansy und Diane eher so etwas wie ein Fahrstuhl zu sein, bei dem gerade das Kabel gerissen war.

Louise versuchte wieder etwas Ordnung in das Ganze zu bringen. Der Tisch, an dem sie saßen, war ein Videospiel, bei dem eine Fledermaus gegen eine Witzfigur antrat, die den Spieler darstellte. Louise schlug vor es auszuprobieren, und das taten sie auch, aber ohne Erfolg. Sie mussten praktisch ununterbrochen Münzen nachschieben, und kaum hatten sie die kleine Figur zum Laufen gebracht, als auch schon die Fledermaus herangeschwebt kam und das Spiel beendete. Louise sagte: »Ich versteh nicht mal, worum es geht.«

»Wahrscheinlich muss man sich die Fledermaus vom Leib halten«, sagte Diane.

Darauf trank Pansy ihren Wodka aus und fing an zu erzählen. »Mein Freund hat mich früher immer geschlagen. Ohne jeden Grund. Er hat mich geschlagen, weil ihm etwas gelungen oder misslungen war, wenn er krank und wenn er gesund war. Er hat mich geschlagen, damit er mehr Glück hat. Dann hat er mich einmal vor meiner Mutter geschlagen, und sie hat ihn die Treppe hinunter gestoßen.«

»Supergeil«, sagte Diane.

»Also hat er aufgehört, mich zu schlagen«, sagte Pansy, »und hat angefangen, mich mit der Zigarette zu verbrennen. Zuerst hab ich die Schläge richtig vermisst, bis ich mich irgendwann an die Zigarette gewöhnt hatte. Aber dann hat er mit dem Rauchen aufgehört. Er durfte bei der Arbeit nicht mehr rauchen, und da hat er gesagt, wenn er bei der Arbeit nicht mehr rauchen kann, dann wäre es für ihn einfacher, wenn er zu Hause auch nicht mehr raucht. Eine Weile hat er es mit einer Pfeife versucht, aber das war nicht dasselbe wie eine Zigarette. Zum Schluss ist er ausgezogen. Er fehlt mir, mir fehlt der ganze schreckliche Scheiß, den er gemacht hat.«

Diane wiegte die weinende Pansy in den Armen. »Ja, ich weiß, meine Kleine.«

»Und warum?«, fragte Louise.

Pansy wischte sich die Tränen mit der Serviette weg. »Er macht Veränderungen durch. Er ist sehr verunsichert. Nehmen wir noch eine Runde?«

Louise legte zehn Dollar auf den Tisch und ging auf die Toilette. Sie wusch sich die Hände und schaute in den Spiegel. Sie kam sich vor, als hätte es sie in eine ferne Welt verschlagen, weit weg von den Menschen, die sie hätte verstehen können. Dabei wohnte sie keine zwölf Meilen von ihrem Geburtsort entfernt.

Dan Norman war in den Zehnuhrnachrichten. Shannon Key hatte ihn in Morrisville für Kanal 4 interviewt. Sie stellte ihm Fragen zu dem Baby, das bei dem Hy-Vee-Supermarkt in Margo aufgetaucht war.

»Verhören Sie Verdächtige?«, fragte Shannon.

»Nein«, sagte Dan. »Wir sind nicht mal sicher, ob es sich um ein Verbrechen handelt. Also Verdächtige, nein, das wäre zu viel gesagt.«

»Verhören Sie überhaupt irgendjemanden?«

Dan überlegte einen Moment. Versehentlich schaute er dabei in die Kamera, und das brachte ihn etwas aus dem Konzept. »Na ja, irgendwie schon. Ich wollte sagen, ja, selbstverständlich.«

»Kanal 4 hat erfahren, dass aus dem Laden *Mehr als Stoff* in Margo vierzig Bahnen grüner Kordsamt gestohlen worden sind, am selben Tag, an dem das Baby gefunden wurde, oder fast am selben Tag.«

»Darüber wissen wir Bescheid. Wir glauben nicht, dass da eine Verbindung besteht.«

»Für wann erwarten Sie erste Ergebnisse?«

»Ich weiß nicht, ob Sie mal einer Spinne zugesehen haben, wenn sie ein Netz baut. Ich schon, Shannon, und das dauert lang, und sie muss ziemlich oft hin und her. Und wenn das Netz dann fertig ist, kommt vielleicht jemand daher und zerstört es wieder, einfach indem er mit der Mütze daran streift. Verstehen Sie, was ich damit sagen will?«

Louise griff nach dem Telefon und wählte Dans Nummer. Sie rechnete eigentlich nicht damit, dass er zu Hause sei, und das Telefon läutete auch auf diese unbeteiligte Weise, die normalerweise anzeigt, dass niemand da ist. Aber er war da.

»Eine Spinne?«, fragte sie. »Was soll das denn bedeuten, so etwas Komisches?«

»Das war nur bildlich gesprochen«, sagte Dan.

»Hast du nicht Lust, auf ein Bier rüberzukommen?«

»Im Augenblick geht das schlecht. Anscheinend hat es gerade einen Unfall in der *Zuckerrübe* gegeben. Ich höre mir das Ganze im Radio an.«

»Was hörst du an?«

»Die Einzelheiten zu dem Unfall«, sagte Dan. »Aber weißt du was? Wie wäre es denn, wenn du hierher kämst? Ich muss wahrscheinlich nicht mehr weg, aber ich bleib lieber noch eine Weile am Radio sitzen.«

»Okay.«

»Ich habe aber keinen Wein, und ich habe keinen Wodka.«

»Ich schon.«

Wie Louise sich fast hätte denken können, war Dan weg, als sie zu seinem Wohnmobil kam. Ein Briefumschlag aus braunem Papier steckte im Türrahmen, und darin lag ein Zettel, auf dem stand, dass der Schlüssel unter dem Stein liege. Der Fußweg von der Tür zur Einfahrt war von weiß gestrichenen Steinen flankiert, und Louise fand keinen Schlüssel. Sie hob verschiedene Steine auf. Mit dem letzten schlug sie die Glasscheibe über dem Türgriff ein.

Louise trat ein und machte Licht. Sie kehrte die Glasscherben zusammen und warf sie in einen Abfalleimer. Auf der Suche nach einem Korkenzieher stieß sie auf einen Brief von Dans Tante Mona, die schrieb, dass sie am 18. November einen Termin für eine Gewebsentnahme habe, darüber hinaus aber nicht viel zu sagen wusste. Louise schenkte sich Wein ein und trug ein Tablett mit einem kleinen Imbiss ins Wohnzimmer.

Im Fernsehen war gerade einer von diesen Bankern zu sehen, die den Bankkunden die gesamten Spareinlagen gestohlen hatten. Dieser hier hatte sich ein Schiff, ein Flugzeug und zusammen mit einem Partner eine Viehranch in Kenia gekauft. Er sprach in einem Saal der Harvard Universität, der gerammelt voll mit Studenten war. Sie stapelten sich buchstäblich bis zur Decke hinauf. Es handelte sich um ein Seminar auf dem Bildungskanal.

»Ich habe so einiges gemacht, worauf ich nicht gerade stolz bin«, sagte der Mann. »Im Großen und Ganzen gibt es dafür zwei Oberbegriffe: absichtlich herbeigeführte Finanzirrtümer, und glatter Betrug. Egal, was ich wollte, ich brauchte nur mit den Fingern zu schnippen, und schon hatte ich es. Oh Mann, war ich ein schlechter Mensch.«

Die Studenten stellten kritische Fragen, aber gleichzeitig schienen sie sich auch eifrig Notizen zu machen, um vielleicht eines Tages dieselben Schweinereien begehen zu können. Und manches an dem Banker erinnerte Louise an Tiny, zum Beispiel, wie er sich mit der Hand übers Gesicht fuhr, wenn ihm eine schwierige Frage gestellt wurde, oder dass er immer nur von sich sprach: Ich habe dies getan, ich habe das getan, immer nur »Ich«. Das war ganz und gar wie Tiny. Sie wechselte den Kanal und sah sich den *Salatmeister* an, der gerade Bratpfannen aneinander schlug.

Danach ging Louise nach draußen und holte ihr Übernachtungsköfferchen aus dem Auto. Sie duschte, wusch sich die Haare, putzte sich die Zähne und zog ein baumwollenes Nachthemd an. Sie holte die Decken von Dans Bett und legte sich auf der Couch schlafen. Später, als Dan nach Hause kam, fuhr sie aus einem Traum auf und sagte: »Steck sie doch einfach in einen Eimer!«

»Alles in Ordnung«, sagte Dan. Er blieb in der Küche stehen und wusch sich die Hände.

Louise strich sich die Haare aus den Augen. »Ich habe geträumt«, sagte sie.

»Wovon denn?«

»Ich war im Zirkus. Sie haben einen Clown aus mir gemacht. Es war schrecklich. Wie spät ist es?«

Dan sah auf die Uhr, ohne das Händewaschen zu unterbrechen. Louise kam sich vor wie eine Wissenschaftlerin, die seine Lebensgewohnheiten studiert. »Halb drei.«

»Ich musste die Scheibe einschlagen.«

»Tja, ich hab dir zwar eine Nachricht hinterlassen, aber den Schlüssel zu hinterlegen, das hab ich vergessen.« Dan drehte den Hahn zu und trocknete sich die Hände langsam an einem Geschirrtuch ab.

»Und, hat es einen Unfall gegeben?«

Dan kam ins Wohnzimmer. »Ein Typ ist gegen einen Baum gefahren.«

»Ist ihm was passiert?«

Dan setzte sich mit einer Flasche Bier in einen niedrigen Sessel. Der Sessel stand nahe am Bett. Louise hätte mit dem Fuß Dan am Unterarm berühren können, nur war ihr Fuß unter der Decke. »Tja, es sieht ziemlich schlimm aus.«

Louise nickte und lauschte. In Grafton kann es mitten in der Nacht ganz schön still sein. »Wie ist es draußen?«

»Es regnet«, sagte Dan.

»Das haben sie auch vorhergesagt.«

»Dann lagen sie ja mal richtig.«

»Da sind wir jetzt.«

»Ich freu mich, dass du da bist.«

»Komm doch näher. Woran denkst du gerade?«

»An deine Augenbrauen.«

»Ach ja? Inwiefern?«

»Wie es wäre, sie zu küssen.«

»Das kannst du ja ausprobieren.«

Also küsste er ihre Augenbrauen und hielt dabei ihr Gesicht in den Händen. Sie hatten sich auch vorher schon geküsst, aber nicht so leidenschaftlich wie jetzt. Dan knöpfte Louises Nachthemd auf. Louise streckte den Arm aus und warf dabei die Bierflasche um.

»Du demolierst mir die ganze Wohnung«, sagte Dan.

»So bin ich eben«, erwiderte Louise.

Später blickten sie auf die Straßenlampe, die ins Fenster des Wohnmobils schien. Louise fragte Dan, ob er die Mutter des Babys aus dem Supermarkt gefunden habe.

»Ja«, antwortete er. »Sie ist nicht ganz bei sich.«

Louise hatte zwar ihr eigenes Haus, aber während dieser ersten Nächte landeten sie meist in Dans Wohnmobil. Teilweise lag das an Louises Bauernbett. Es war beim Hauskauf inbegriffen gewesen und hatte ganze Generationen von Klars beherbergt. Es war ein geschmackvolles Bett, und Louise war entzückt, nicht mehr darin schlafen zu müssen.

Dan hatte sich sein Bett aus einer Matratze, Sperrholz und Zementblöcken gebaut. Das war eine gute, solide Plattform, um darauf zu raufen und auf die Sehnsüchte des anderen einzugehen. Dan überraschte Louise mit seiner erotischen Seite, und sie kam sich vor wie ein Typ in einem Film, den sie einmal gesehen hatte: ein ehemaliger Skispringer, der alles noch einmal neu lernt und beim großen Springen gegen die Ostdeutschen gewinnt, in einem Gefunkel von Sonne und Schnee. Das Wohnmobil war wie verzaubert, und wenn sie fortmussten, wollten sie weiter nichts, als so schnell wie möglich wieder zurückzukommen. Drei, vier, fünf Nächte lang. Einmal weinte sie, schluchzte heftig und ließ sich nicht beruhigen. Er versuchte sie zu trösten: »Wein doch nicht. Nicht, Louise. Es ist alles in Ordnung. Wein doch nicht …«, aber was konnte er tun? Es musste einfach heraus.

Halloween fiel in diesem Jahr auf einen Mittwoch, und am Morgen setzte sich Louise gerade in Dans Bett auf, zog sich ihre Socken an und schaute zu dem kleinen Fenster hinaus, als sie sah, wie Hans Cook ihr Auto abschleppte.

Sie zog Jeans unter ihr Nachthemd, rannte nach draußen und schrie »Hans! Hans!« Aber der Abschleppwagen und der daran festgebundene Vega waren schon ziemlich weit weg und fuhren schnell. Sie hörte, wie Hans schaltete, als er auf die Straße kam.

Louise kehrte um; ihr war kalt an den Füßen. Dans Auto stand neben dem Wohnmobil auf Rampen, denn er fuhr es nicht, und bei dem Streifenwagen war eine vertrackte Diebstahlssicherung eingebaut, die nur Dan außer Kraft setzen konnte. (Das ging zurück auf das Jahr 1982, als eines von den Autos des Sheriffs vor dem *Kalkeimer* gestohlen, zu den Sandgruben gefahren und das Ufer hinunter in das knapp zweihundert Fuß tiefe Wasser gekippt worden war.) Drinnen schlief Dan im orangeroten Morgenlicht, und Louise rief ihre Mutter an.

»Ich würde dir ja gerne helfen«, sagte Mary, »aber ich weiß überhaupt nichts davon. Bist du sicher, dass es Hans war? Es sieht Hans überhaupt nicht ähnlich.«

»Wo fährt er denn damit hin, das möchte ich gern wissen«, sagte Louise. »Arbeitet er noch bei Ronnie Lapoint am Bahnhof? Denn wenn ich mich richtig entsinne, ist der Abschleppwagen mal am Bahnhof und mal bei Hans. Sie teilen ihn sich mehr oder weniger. Oder nicht? Vielleicht weiß Ronnie Lapoint, was da los ist.«

»Oh nein, Ronnie und Hans sind doch auseinander«, sagte Mary. »Seit, oh, bestimmt schon zwei Monaten. Weißt du, Hans hatte den Eindruck, dass Ronnie an Del Hetzler Aufträge vergibt, die von Rechts wegen Hans hätte bekommen müssen. Also sagt Hans zu ihm, verstehst du, ›Wenn ich noch ein Wort über Del Hetzler höre, dann nehm ich meinen Laster, ich nehm meine Telefonnummer und ich bau mir was Eigenes auf.‹ Da sagt Ronnie: ›Na, dann mach doch, du sound-so. Ich hab dich sowieso nie gemocht.‹ Also ich musste lachen, als ich das gehört hab, weil, also du hast ja Doc Lapoint nicht gekannt, Ronnies Papa, aber das hätte exakt im selben Wortlaut von Doc Lapoint kommen können.«

»Ja gut, Ma, aber wie komme ich denn jetzt zur Arbeit?«, fragte Louise.

»Kann Dan dich nicht fahren?«, sagte Mary.

»Ich möchte ihn nicht fragen. Er hat gestern bis spät in die Nacht arbeiten müssen. Und heute ist Halloween, da hat er wieder eine lange Schicht.«

»Das stimmt. Auf der Hauptstraße haben sie schon sechs oder acht Schweinefutterbehälter hingekippt. Ich sehe das von meinem Fenster aus. Die holen sie sich in der Eisenwarenhandlung. Weißt du, man wundert sich, warum die sie nicht anketten oder so was. Vielleicht bräuchten wir eine Verordnung, dass alle ihre Schweinefutterbehälter um Halloween herum anketten sollen.«

»Kannst du mich zur Arbeit fahren?«

»Wo bist du denn?«

»Bei Dan.«

»Also, da möchte ich nicht hinkommen.«

»Warum denn nicht?«

»Was glaubst du wohl, warum?«

»Dann lauf ich zu dir rüber.«

»Na schön, mach das.«

Louise duschte und trocknete sich die Haare. Sie setzte Kaffee auf. Einmal duschen, und der Spiegel in Dans Bad war für den Rest des Tages beschlagen, also setzte sich Louise in Unterwäsche an den Küchentisch, um ihr Make-up aufzulegen. Auf dem Tisch stand ein kleiner runder Spiegel. Darin konnte sie immer nur einen Teil ihres Gesichts sehen. Das Wasser begann zu kochen, und Dans Kaffeemaschine gab Laute von sich, die wie menschliche Seufzer klangen.

Louise zog sich an und ging hinaus. Die Sonne war halb vom Getreideaufzug verdeckt, blendete aber dennoch. Louise blinzelte. »Na. vielen Dank, Hans«, sagte sie bei sich.

Mary goss sich gerade Orangensaft ein, und das Radio neben dem Küchenfenster lief, als Louise eintrat. Bev Leventhaler, die Beauftragte für ländliche Entwicklung, war gerade zu hören, mit Ratschlägen, wie man ein Kürbisbeet winterfest macht. »Ich habe vorige Woche ein paar neue Richtlinien von den Leuten bei der Bundesregierung von Iowa bekommen, und die will ich Ihnen jetzt weitergeben. Sie sind ein bisschen gewöhnungsbedürftig, und ich will auch gar nicht so tun, als wären sie das nicht. Aber mir ist gesagt worden, dass sie bei einem Versuch sehr gute Erträge gebracht haben. Also erstens, gehen Sie zu Ihrem Metallwarenhändler am Ort und sagen Sie, Sie wollten einen Rundstab von fünf Zentimeter Breite und fünfundvierzig Zentimeter Länge. Vielleicht haben Sie ja einen solchen oder ganz ähnlichen Rundstab sowieso bei sich zu Hause. Schauen Sie mal in Ihrem Wandschrank oder Ihrer Garage oder Werkstatt nach. Wir zum Beispiel haben bei uns zu Hause jede Menge übrige Rundstäbe herumliegen. Irgendwie falle ich ständig und überall über den einen oder anderen Rundstab.«

Louise ging zum Radio, um Musik zu suchen, doch Mary sagte: »Moment, ich möchte das hören.«

»Des weiteren«, fuhr Bev Leventhaler fort, »brauchen Sie ein dreißig mal dreißig Zentimeter großes Stück schwarze Thermoplastikplane, ein paar gewöhnliche Beutelverschlüsse und siebenundzwanzig Liter Kalzium- und Kalklösung. Im Handel ist das als Calgro oder Zing erhältlich, und es kann durchaus sein, dass Sie das in Ihrer Stadt finden, aber falls nicht, der Big Bear in Morrisville führt, wie ich weiß, Zing als Pulver. Vergessen Sie aber nicht: Wenn Sie tatsächlich das Pulver nehmen, dann brauchen Sie so viel Pulver, dass Sie damit siebenundzwanzig Liter *ansetzen* können, nicht siebenundzwanzig Liter Pulver …«

Mary fuhr Louise zur Arbeit und ließ sie auf der schattigen Straße vor dem Fotostudio Kleeborg aussteigen. »Ruf Hans an«, sagte Mary. »Er hat einen Anrufannahmeservice. Das Mädchen heißt Barb.«

»Das mach ich«, sagte Louise.

»Und dann wollte ich dich noch fragen: Wie läuft das ist mit dem Wild?«

»Ist in meiner Tiefkühltruhe.«

Louise rief bei Hans an, aber er meldete sich erst nachmittags bei ihr zurück. Sie nahm gerade Abzüge aus dem Fixierbad, blickte auf die Abzüge (ein ernstes Mädchen auf einem Pferd) und hielt den Hörer zwischen Hals und Schulter geklemmt.

»Also, das tut mir leid, Louise«, sagte Hans. »Ich weiß gar nicht, was ich sagen soll. Ungefähr um sechs Uhr hat heute früh das Telefon geläutet, und Nan Jewell war dran. Eigentlich muss es sogar noch früher gewesen sein, denn es kam gerade *Se Habla Español.* Deswegen hab ich gesagt: ›Buenos días‹, und Nan sagte: ›Hallo, Hans. Louises Auto ist am Straßenrand liegengeblieben, und ich hätte gern, dass Sie es abholen und zur Werkstatt von McLaughlin bringen.‹ Jetzt im Nachhinein kommt es mir selber auch komisch vor, ich meine, es war schließlich dein Auto, also warum hast dann nicht du angerufen? Ich sag also zu Nan, ich sage: ›Ja, wer hat Ihnen denn gesagt, dass es nicht mehr anspringt?‹ Und sie sagt, dass du ihr gesagt hast, dass es nicht mehr anspringt, dass du aber kein Geld hast, um es reparieren zu lassen. Deshalb wollte sie es abschleppen und reparieren lassen, um dir einen Gefallen zu tun. In diesem Fall wollte ich natürlich nicht mit ihr streiten. Aber es tut mir echt leid. Ich weiß nicht, was sie sich dabei gedacht hat.«

»Ich auch nicht.«

»Aber ich sag dir was. Die Rechnung für das Abschleppen, die schick ich ihr.«

»Ja, kannst du machen, weil ich zahl auf keinen Fall dafür.«

»Also, ich finde auch, dass du das nicht zahlen solltest. Du hast mich schließlich nicht angerufen, sondern sie hat angerufen.«

»Eben.«

»Ich weiß ja, dass es so war.«

Louise rief bei der Chevy-Werkstatt an. Die Mechaniker hatten bereits eine lange Liste von ihrer Meinung nach nötigen Reparaturen zusammengestellt.

»Das Auto läuft aber«, sagte Louise.

»Das würde ich nicht sagen«, erwiderte der Mechaniker.

»Lassen Sie einfach die Hände davon.«

An diesem Nachmittag wartete Dan um halb fünf am *Strongheart* auf Louise. Das war ein Diner an der Hague Street in Stone City, vom Studio Kleeborg aus gut zu Fuß zu erreichen. Das Lokal war klein und nicht sehr sauber, hatte aber hervorragende Sandwiches mit Lendchen.

»Hallo, Daniel«, sagte Louise.

Sie bestellten bei einem alten Mann namens Carl Peitz, der schon seit einer Ewigkeit im *Strongheart* arbeitete. Er lächelte ständig, als wäre etwas mit ihm nicht in Ordnung.

»So, ich hab dir einen Schlüssel nachmachen lassen.« Dan leerte den Inhalt seiner Taschen auf den Tisch. Das waren ein roter Kamm, ein Schraubenschlüssel Marke Allen, ein Knäuel Zwirn, ein Maßband, ein Hundekeks, ein Nagelklipper und ein Dietrich. »Jetzt sag bloß, ich habe ihn schon verloren.«

»Wie hast du das gleich wieder geschafft, Sheriff zu werden?«, sagte Louise.

»Das weiß ich auch nicht.«

»Mann, ich hab einen solchen Hunger, dass ich gleich diesen Hundekeks essen könnte.«

»Bloß nicht. Das ist ein Betäubungskeks.« Dan stand auf und ging zum Streifenwagen.

Vom Grill stieg Rauch auf. Carl Peitz band sich die Schürze ab und wedelte damit den Rauch weg.

»Sind das unsere?«, fragte Louise.

An diesem Abend fuhr sie nach Hause auf ihre Farm. Es kam ihr so vor, als müsse man manchmal innehalten, um wieder zu Atem zu kommen. Sie fuhr zuerst zum Hy-Vee-Supermarkt, um Gemüse zu kaufen und Süßigkeiten für die Halloween-Kinder, die vielleicht auftauchen würden, vielleicht aber auch nicht.

Ein paar kamen tatsächlich. Es waren Vampire, Dinosaurier, eine Ballerina und ein Landstreicher mit einem Bart aus Hobelspänen. Louise stellte sich in die Tür und schaufelte Zimtbonbons in Plastikkürbisse mit schwarzen Tragebändern, bis sie alles verschenkt hatte. Die Eltern hielten sich im Hintergrund, bei den Pickups und Kombis, und kamen nicht bis ins Licht. Der weiße Hund warf ein kleines Mädchen um, das als Paula Abdul verkleidet war, und die allgemeine Verwirrung nützte er aus, um ins Haus zu sausen.

Gegen neun Uhr kam anscheinend niemand mehr, und Louise schenkte sich einen Canadian Club ein und sah sich einen Film über den Wolfsmann und seine Frau an. Die Frau war Staatsanwältin in Michigan, und sie hatte eine Reihe von Morden zu bearbeiten, die alle auf das Konto ihres Mannes gingen. Aber die Frau wusste natürlich nicht, dass er ein Werwolf war. Er selbst ließ sich Zeit, mit der Wahrheit herauszurücken, und es gab lange, uninteressante Szenen, in denen er in einer Bibliothek in Ann Arbor Nachforschungen betrieb und sich diese alten Bücher mit den schrecklichen Bildern ansah, die man in solchen Filmen immer sieht. Dann überlegte er, wie er es seiner Frau beibringen könnte, denn sie wollte Kinder haben, und er musste sie ständig hinhalten, während der Wolf in ihm sie einfach nur töten wollte, um die Sache hinter sich zu bringen.

Die Staatsanwältin rannte gerade durch den Wald am Lake Huron, den Ehemann dicht auf den Fersen, als für Werbung unterbrochen wurde. Louise stand auf, streckte sich und rieb sich den Magen. Der Film fiel auseinander, und sie spürte förmlich, wie Tausende von Menschen im Mittleren Westen aufstanden, um ihn aus dem Kopf zu kriegen. Sie drehte den Ton ab, hörte ein Geräusch und ging zum Fenster.

Sie legte die Hände um die Augen. Vier oder fünf Leute kamen die Straße herauf. Zuerst dachte sie, das seien noch einmal Halloween-Kinder, denn sie sah die gelben Gesichtszüge eines Kürbiskopfes auf und nieder tanzen. Aber die Gestalten waren zu groß für Kinder, und keiner kam an ihre Tür. Sie gingen weiter die Einfahrt hinauf, eine Gruppe Schatten, und latschten dann in den Hof der Farm. Da würde vielleicht etwas zu finden sein. Sie waren gekommen, um einen Heuwagen herauszuzerren, oder einen Schuppen umzuwerfen, oder etwas von dem Platz verschwinden zu lassen, an den es gehörte. Bestimmt stand ein Auto auf der Straße, in das sie springen konnten. Louise schnalzte mit den Fingern, und der weiße Hund kam mit einer roten Plastikblume im Maul aus der Küche. »Gib Louise schön die Blume«, sagte Louise und nahm sie ihm weg. Dann machte sie die Tür auf und schob den Hund auf die Stufen hinaus. »Los – wir wollen stolz auf dich sein.«

Fünf

Tiny Darling wohnte noch immer bei seinem Bruder Jerry Tate in Pringmar. Das lief besser, als man hätte denken mögen. Jerry, der bei der Post in Morrisville arbeitete, gefiel es gut, seinen Bruder um sich zu haben. Ihm gefiel Tinys Sinn für Humor und auch die Tatsache, dass Tiny überzeugt war, alle und jeder seien darauf aus, ihn und seinesgleichen fertigzumachen – obwohl es, wenn man sich umsah, gar nicht so einfach war, jemanden seinesgleichen zu finden. Er war ein Anwalt der Arbeiterklasse und sagte Sätze wie »Der arbeitende Mann ist derjenige, der sein ganzes Leben lang jeden Morgen einen Dampfhammer in die Fresse kriegt«, doch beschäftigte er selbst sich kaum je mit legaler Arbeit. Er verstand sich darauf, einfache Klempnerarbeiten durchzuführen, und wenn es darum ging, einen Waschbären von einem Dachboden zu vertreiben, galt er als Meister. Er trank viel und legte es manchmal geradezu darauf an, dabei das Bewusstsein zu verlieren. Nicht lange, nachdem Louise sich von ihm hatte scheiden lassen, kam er eines Abends zu Francine Minor ins Haus und schlief an der Arbeitsplatte in ihrer Küche ein, mit einem Laib Brot als Kopfkissen.

Er wäre lieber verheiratet geblieben, denn seit er Louise nicht mehr hatte, gab es niemanden, dem er genügend Achtung entgegenbrachte, um seine Ideen vor ihm auszubreiten. Aber er kam einigermaßen damit zurecht, geschieden zu sein. Erst als er hörte, dass Louise und Dan zusammengezogen seien, beschloss er, die Gegend zu verlassen. Erst jetzt ging ihm allmählich auf, dass er es nicht würde ertragen können, hier zu bleiben und das alles mit anzuschauen. Jerry fand diese Einstellung nicht sehr ergiebig. Grafton und Pringmar lägen doch fast dreizehn Meilen auseinander, und die Lebensbezirke der beiden Städte überlappten sich kaum. Aber Tiny blieb stur, und Jerrys Argumente berührten ihn nicht. »Wenn man stiehlt, ist man quasi selbständig. Man findet überall Arbeit.«

Er zog im November los, zu einer Zeit, als sich das Wetter in Pringmar durch eine Mischung aus Wind und Graupelschauern auszeichnete, die man vor Ort als »Spucken« bezeichnete. Tiny setzte sich in sein Auto, dessen Windschutzscheibe von den gelben Blättern einer Esche völlig bedeckt war. Jerry, ein schwerer Mann in einem purpurroten Rollkragenpullover und einer Daunenweste, holte einen Besen und kehrte die Blätter weg.

»Noch ist es nicht zu spät, deine Meinung zu ändern«, sagte er. »Es gibt überhaupt keinen Grund dafür, dass du wegrennst. Du bist geschieden? Das tut mir leid für dich. Eine Menge Leute sind geschieden. Die Statistik ist erschreckend. Ich weiß wirklich nicht, was dich daran so stört.«

»Ist dir klar, dass ich neununddreißig Jahre alt bin?«, fragte Tiny. »Und ich habe noch nie den Grand Canyon gesehen. Ich habe noch nie die vier Präsidentengesichter gesehen. Die Welt geht an mir vorüber.«

»Du warst doch schon in Las Vegas.«

»Ich spreche jetzt von den Wundern der Natur. Schau dich doch mal um, Jerry. Sag mir, was du siehst.«

»Dein Auto, mein Auto und mein Haus.«

»Alles ist umgepflügt. Alles, was nicht niet- und nagelfest ist, wird umgepflügt. Wo ist das großartige wilde Land geblieben? Das möchte ich wiederfinden.«

»Du sprichst von etwas, das es nie gegeben hat.«

»Also dann tschüss.«

»Und was ist mit deiner Anklage? Du hast demnächst einen Gerichtstermin.«

»So ein Pech, den werde ich wohl verpassen.«

»Du kannst vor deinen Problemen nicht davonlaufen.«

»Dieser Art von Logik habe ich noch nie folgen können«, sagte Tiny. »Nehmen wir einmal an, die Probleme sind an Punkt A und ich steige ins Auto und fahre zu Punkt B. Kannst du mir folgen? Die Probleme hier, ich dort. Was habe ich damit auf die einfachste Weise erreicht?«

Jerry trug den Besen zum Haus zurück und legte ihn auf die Stufen. »Was soll ich der Polizei sagen?«

»Sag, dass ich nach Owatonna gefahren bin. Dass das das Letzte ist, was du von mir gehört hast.«

»Ich soll also lügen.«

»Wenn's der Sheriff ist, dann sag ihm, Louise mag ihren Toast so hell, dass man fast noch gar nicht von Toast sprechen kann.«

»Ha, ha, sehr witzig.«

»Also dann.«

»Lebt June Montrose nicht in Colorado?«

Tiny war einst in beide Montrose-Schwestern verliebt gewesen, hatte sich dann aber auf Louise konzentriert, nachdem June in die Army eingetreten und nach Deutschland gegangen war.

»Tja, vielleicht kreuzen sich unsere Wege«, sagte er.

»Das wäre ein bezauberndes gesellschaftliches Ereignis«, sagte Jerry.

»Also dann tschüss.«

»Tschüss. Du solltest wenigstens noch einen Stopp einlegen und Mom besuchen, bevor du fährst.«

»Wohl kaum.«

Ihre Mutter hieß Colette Sandover und wohnte in Boris. Sie hatte drei Ehen hinter sich, aus denen je ein Kind hervorgegangen war und die alle mit dem Tod des Ehemanns geendet hatten. Aus diesem Grund wurde sie manchmal »Killem« statt Colette genannt. Sie hatte ihr Leben lang rote Haare gehabt, aber dann war sie eines Tages mit schneeweißem Haar aufgewacht. In Boris hielten die Kinder sie für eine Hexe. Diesen Eindruck unterstützte sie selbst, indem sie Verwünschungen ausstieß oder in ihrem Garten umherging und rief: »Oh Luzifer, erscheine, oh Luzifer.« Sie las die Zeitschrift *Test* und das

New England Journal of Medicine und nahm jeden Tag Hustensaft, ob sie nun Husten hatte oder nicht. Mit ihrer Steuererklärung war sie immer so spät dran, dass selbst die städtischen Beamten sich um dieses Problem drückten. Tiny gab ihr unbewusst die Schuld an seinem Versagen. Er hatte von ihr die roten Haare geerbt, die ihn mit zunehmendem Alter so albern und bedeutungslos aussehen ließen, als hätte er eine Kindermütze auf.

Jerry Tate war der Älteste, dann kam Tiny Darling und dann Bebe Sandover. Bebe war die einzige, die es geschafft hatte, alles hinter sich zu lassen. Sie hatte ihren Abschluss an der Fachschule für Hotelmanagement in St. Louis gemacht und arbeitete jetzt in einem Hotel in San Francisco. Sie kam fast nie heim, und die Leute nahmen das als Beweis für ihren bemerkenswert gesunden Menschenverstand.

Tiny war angeklagt, das aufgebaute Arrangement gegen Vandalismus bei dem Tanzabend der Highschool demoliert zu haben. Wenn man die Anklageschrift las, klang es, als hätte er ganz Grafton mit bloßen Händen dem Erdboden gleichgemacht. Aber wenn man sie Schwarz auf Weiß vor sich hat, wirkt eigentlich jede Anklageschrift etwas unverhältnismäßig, und Tiny hatte ja tatsächlich einiges mit diesem kleinen Aufbau der Betriebswirtschaftsklasse angestellt. Allgemein war man der Ansicht, dass Dan und Tiny dabei im Grunde um die Liebe von Louise gekämpft hatten. Und bis zu einem gewissen Grad stimmte das auch. Andererseits sah es Tiny aber auch ähnlich, einen Tanzabend aufzumischen, um irgendeinen philosophischen Gedanken auszudrücken, den nur er kannte und der selbst ihm am nächsten Tag nicht mehr einleuchtete. Die Pflichtverteidigerin Bettina Sullivan überlegte, ob sie die Verteidigung auf dem Recht auf freie Meinungsäußerung aufbauen sollte, entschloss sich dann aber, lieber ins Feld zu führen, dass Tiny eine schwierige Kindheit gehabt habe. Sie bat ihn, sich ein paar Beispiele ins Gedächtnis zu rufen und für sie aufzuschreiben.

»Mein Stiefvater arbeitete bei der Sirupfabrik Rugg in Morrisville«, schrieb Tiny. »Damals, als Rugg die ganze Sache nach Süden verlegte und noch tatsächlich Melasse herstellte. Ich glaube, jetzt haben sie dort nur noch die Forschungsabteilung, denn der Geruch nach Melasse ist fast vollständig verschwunden. Eines Tages bestellten sie meinen Stiefvater ins Büro und feuerten ihn. Er war elf Jahre lang bei Rugg gewesen und war deshalb über diesen Ausgang sehr enttäuscht. Er war keiner, der Trübsal bläst, also jagte er viel, sobald er entlassen war. Er ging die Bahnlinie entlang und rauchte eine Zigarette und am Spätnachmittag kam er dann wieder heim. Er hat immer etwas geschossen, egal ob es Kaninchen, Fasan, Opossum, Eichhörnchen usw. war. An einem Winternachmittag saßen meine Schwester Bebe und ich vor dem Fernseher, als mein Stiefvater nach Hause kam und zu uns sagte, wir sollen nach draußen kommen. Er hatte zwei Eichhörnchen geschossen und sie auf die Kühlerhaube seines Autos gesetzt mit dem Rücken gegen die Windschutzscheibe, und er hatte zwei Zigaretten angezündet und sie den Eichhörnchen ins Maul gesteckt. Er fragte uns, ob wir schon je ein Tier haben rauchen sehen und wir sagten nein. Es kam Rauch aus den Zigaretten, was bis heute ein Rätsel ist. Dann ging er zu den Eichhörnchen hin und tat so, als würde er sich mit ihnen unterhalten und er brachte verschiedene Argumente, warum er nicht aus seinem Job hätte fliegen sollen. Ich kapierte das alles, aber meine Schwester Bebe nicht, und sie fing an zu weinen. Ich sagte zu Bebe, dass er nur ein Spiel spielt. Sie hat es trotzdem nicht verstanden und hat weiter geweint und ist dann ins Haus gerannt.«

Bettina Sullivan mochte das gelesen haben, jedenfalls erwähnte sie nie wieder etwas von einer Verteidigung aufgrund einer schlimmen Kindheit. Sie sagte, sie wolle das Strafmaß aushandeln. »Was heißt das, wenn ich diesen Ausdruck ›das Strafmaß aushandeln‹ gebrauche? Denken Sie da an einen Handel in einem Laden. Das ist ähnlich und doch ganz anders …«

Es machte ihr vermutlich nicht besonders viel aus, dass Tiny die Stadt verlassen hatte, sie war wohl eher erleichtert. Sie arbeitete in drei Bezirken als Pflichtverteidigerin, und jedes Mal, wenn Tiny sie sah, musste er ihr wieder ins Gedächtnis rufen, welche Klage gegen ihn lief, wodurch seine Schuld, wie ihm schien, immer düsterer hervorgehoben wurde. Sie war sehr beschäftigt und arbeitete zusätzlich auch noch als Jugendfußballtrainerin, was Tiny nur deshalb wusste, weil er einmal die Spielregeln für Fußball in ihrer Aktentasche gefunden hatte.

Tiny fuhr nach Süden und Westen, durchquerte sieben Bezirke und war bei Einbruch der Dunkelheit auf der Interstate 80 unterwegs. Sein Auto war ziemlich demoliert, sah aber ganz malerisch aus – ein Pontiac Parisienne, metallicgrün, mit Alufelgen und verchromtem, tiefergelegtem Auspuff. Die Klimaanlage funktionierte nicht, aber bei der Geschwindigkeit, mit der man auf der Interstate fuhr, drang ohnehin Luft durch jede Ritze des Wagens herein. Die Scheibenwischer dagegen gingen, und manchmal gingen sie sogar von allein an, als hätten sie einen leichten Beschlag entdeckt, den Tiny selbst gar nicht wahrnahm. Auf der linken Seite der Windschutzscheibe hatte sich ein Riss im Glas verzweigt, der wie ein Baum ohne Blätter aussah.

Es war kalt in dem schnell fahrenden Auto, und das erinnerte Tiny an den Abend vor ungefähr einem Jahr, als Louise ihn aufgefordert hatte, die alte Farm zu verlassen. Ihr Auto hatte den Geist aufgegeben, und sie war anderthalb Meilen zu Fuß nach Hause gelaufen, bei einer Temperatur von fünfzehn Grad minus. Als sie hereinkam, versuchte Tiny gerade, einen glänzenden Kerosinheizkörper zusammenzubauen, den er im Stone City Cashway hatte mitgehen lassen. Ganz ohne Zweifel versäumte er in diesem Moment zu bemerken, wie kalt ihre Hände und Füße waren. Sie schaltete die Backröhre des Herdes ein und setzte sich davor auf den Boden. Sie zog Schuhe und Socken aus, machte die Backofentür auf und rieb sich in der heißen Luft die Zehen. Dabei weinte sie leise. Es stellte sich heraus, dass sie Erfrierungen ersten Grades davongetragen hatte, und die Schmerzen kamen davon, dass das Gewebe jetzt neu durchblutet wurde.

»Willst du ein Taschentuch?«, fragte Tiny.

»Ich will die Trennung«, sagte sie.

Jetzt auf der Fahrt fand Tiny einen Sender, auf dem ein Prediger seine eigene Bibelübersetzung vorlas. Er hieß Pater Zene Hebert und hatte eine tiefe Stimme, mit der er, sobald er »sss« oder »ch« aussprach, starke Störgeräusche im Radio verursachte. Pater Hebert war der Ansicht, dass wir gerade die letzten Minuten unseres fröhlichen Daseins auf Erden durchlebten. Tiny beugte sich vor und knetete das Lenkrad. So etwas fand er immer aufregend. Hebert sagte, das Römische Reich stelle das Abendessen dar, und die ewige Uhr stehe jetzt auf Mitternacht.

In einer dunklen Kneipe in Plain Park in Nebraska sah sich Tiny im Fernsehen ein Hockeyspiel an. Er saß an der Bar und trank Schnaps und Bier. Das Hockeyspiel wurde von irgendwoher direkt übertragen, und hier in diesem Lokal, das gleich schließen würde, kam es ihm wie ein Wunder an Licht und Bewegung vor. Es waren drei weitere Leute in der Bar: ein Barmann, eine Kellnerin und ein kleiner Mann, der ein Taschenbuch von Robert Heinlein las. Die Kellnerin hatte ihre Arbeit beendet, saß an einem leeren Tisch und aß Spaghetti. Sie hatte braune Haare. Von Weitem hätte man sie für Louise halten können.

Tiny ging zu ihr hinüber und setzte sich. »Hätten Sie nicht Lust, mit mir ein bisschen in der Gegend herumzufahren und sich meine Kassetten anzuhören?«, fragte er. »Ich habe Bad Company, Paul Simon, Ten Years After und noch eine ganze Menge andere Sachen unter dem Sitz.«

Sie zeigte ihm ihren Handrücken. »Sehen Sie das? Das ist eine Perle. Die bedeutet, man hat sich die Verlobung gelobt. Ist aber witzig, dass Sie ausgerechnet Paul Simon erwähnen. Mein Freund heißt Ron Schultz und spielt in der Band *Vodka River*. Ich bin also durch eine Perle mit Ron Schultz verbunden. *Vodka River* spielen überall hier in der Gegend, und ein Song, den sie spielen, ist ›The Boxer‹.«

»Müsste ich eigentlich kennen«, sagte Tiny

»Das ist der Song mit diesem ›lay-la-lay‹«, sagte die Frau.

»Ach ja, klar«, sagte Tiny, der keine Ahnung hatte, was sie meinte. Er zog einen kleinen schwarzen Kamm heraus und fuhr sich damit durch die Haare. Mit der freien Hand folgte er glättend dem Kamm. »Sie sind echt eine Frau nach meinem Geschmack.«

»Das ist Pech, weil, wie gesagt, ich habe eine Perle am Finger«, sagte die Kellnerin. »Aber es schmeichelt mir, und was ich wirklich für Sie tun könnte, ich könnte Ihnen eine freie Eintrittskarte verschaffen, zu dem Auftritt von *Vodka River* morgen Abend im *Club Car.*«

»Ich bin aber heute Abend hier«, sagte Tiny. Er griff nach ihrer Hand.

Sie zog ihre Hand weg. »Das ist Pech, weil, *Vodka River* ist zu einer der zehn besten Coverbands in Ost-Nebraska ernannt worden. Sie könnten auch jetzt noch in den *Club Car* gehen, aber ich fürchte, sie hören gerade auf. Ron spielt Schlagzeug. Er ist der Leadsänger bei ›Please Come to Boston‹ und bei ›I Shot the Sheriff‹. So, tut mir leid, aber ich muss wieder an die Arbeit. Wenn man eine Perle am Finger hat, dann ist das zwar nicht das Gleiche wie verlobt sein, aber ich werde das, was ich mit Ron habe, nicht aufs Spiel setzen.« Sie wischte sich die Lippen mit der Serviette ab und stand auf. »Sie können mein Knoblauchbrot haben, wenn Sie mögen.«

»Danke.«

Das Licht ging an. Die Kellnerin trug ihr Geschirr in die Küche, und der Mann mit dem Buch von Heinlein kam an den Tisch und setzte sich. Er war bleich, hatte strähnige Haare und trug ein T-Shirt vom *Märchengarten* in Wisconsin. Er hieß Mike und behauptete, er sei zuständig für die Verbreitung eines Selbsthilfeprogramms namens Luna-Rhythmus hier in der Gegend. Tiny überlegte, ob Mike wohl jeden Fremden ansprach oder nur diejenigen, die aussahen, als hätten sie ein Selbsthilfeprogramm nötig.

»Ich fang jetzt einen Satz an, und Sie führen ihn zu Ende«, sagte Mike. »›Ich möchte mich ja nicht beklagen, aber …‹«

»Ich bekomme manchmal Kopfweh.«

»Gut. ›Wenn ich etwas an mir ändern könnte …‹«

»Dann würde ich es machen.«

»›Ich wäre gern ein Adler mit …‹«

»›Mit‹? Was meinen Sie denn damit?«

»Es gibt keine richtigen oder falschen Antworten. ›Ich wäre gern ein Adler mit ...‹«

»Tödlichen Krallen.«

»Selbstverständlich. ›Tödlichen Krallen‹ ist gut. Warum nicht ... ›Ich halte mich nicht für einen Verlierer, und doch ...‹«

»Verliere ich manchmal Sachen.«

»Na sehen Sie, das war doch ganz einfach«, sagte Mike. »Aus Ihren Antworten kann man ersehen, dass das Programm Luna-Rhythmus für Sie von großem Nutzen wäre. Ich will damit sagen, es ist natürlich für jeden von Nutzen, aber für Sie ganz besonders. Sie sind dafür ›prädestiniert‹, wie wir das nennen. Es geht bei diesem Programm um eine Selbsthypnose, die nach dem dreizehnmonatigen Kalender der Sumerer durchgeführt wird. Warum dreizehn Monate? Macht das nicht alles unnötig kompliziert? Nein, überhaupt nicht, und ich sag Ihnen auch gleich, warum –«

»Hör auf damit, Mike«, sagte die Kellnerin, während sie den Reißverschluss einer schwarzroten Jacke mit der Aufschrift »Plain Park Trojans« zuzog. »Hast du ihm schon gesagt, dass es 600 Dollar kostet? Das stimmt nämlich, diese lausigen Karteikarten kosten 600 Dollar.«

»Tja, das ist deine Meinung, Brenda«, sagte Mike.

»Ich habe keine 600 Dollar«, sagte Tiny.

Mike ließ die Stirn in die Hände sinken. »Ach, da gibt es doch einen Finanzierungsplan. Aber vielen Dank, Brenda. Vielen Dank, dass du alles kaputtgemacht hast. Ich weiß wirklich nicht, was ich verbrochen habe, um so eine Schwester zu haben. Es muss etwas richtig Schlimmes gewesen sein.«

»Ach was, das Ganze ist einfach nur dumm.« Brenda zündete sich eine Zigarette an und gab Mike auch eine. »Sei mal ehrlich, Michael. Diesen Leuten vom Luna-Rhythmus bist du doch piepegal. Du bist nur ein Bauer in ihrem Schachspiel. Du musst dir einen richtigen Job suchen. Das hab ich dir schon hundertmal gesagt, Mama hat es dir gesagt, Daddy hat es dir gesagt. Wir haben es dir alle schon so oft gesagt, dass es uns zum Hals heraushängt.«

Tiny rief von einem Telefon im Flur neben den Toiletten Louise an. Es ging niemand ans Telefon, deshalb rief er beim Sheriff an. Dan Norman akzeptierte den Anruf als R-Gespräch, was Tiny überraschte.

»Geben Sie mir Louise.«

»Louise schläft schon«, sagte Dan Norman. »Sie sollten lieber zu einer vernünftigen Zeit anrufen. Und lassen Sie mich Ihnen einen guten Rat geben. Moment. Da ist sie.«

»Ja? Was gibt's, Tiny?«

»Geben Sie mir Louise.«

»Ich bin doch Louise.«

»Louise?«

»*Jaha!*«

»Vergiss nicht die gute Seite.«

»Mach ich nicht. Tschüss.«

»Die gute Seite, die lustigen Zeiten.«

»Ich werd's versuchen. Also dann tschüss.«

Tiny wechselte das Telefon zum anderen Ohr. »Weißt du noch damals, wie wir in diesem komischen Paddelboot über den See gefahren sind? Weißt du noch, dass du gedacht hast, wir würden über das Wehr hinuntersausen? Du hast so gelacht! Du musst zugeben, dass du gelacht hast, als wir damals auf dem See waren.«

»Kann schon sein, Tiny. Ich kann mich nicht an jeden Augenblick in meinem Leben erinnern, und ob ich da gelacht habe oder nicht. Wenn du es sagst, wird's schon so gewesen sein.«

»Dann ist eins von den Paddeln kaputtgegangen. Das war eine Katastrophe.«

»Tiny, ich muss morgen früh raus.«

»Ich fahre übrigens zu June.«

»Wozu denn das?«

»Ich bin schon in Nebraska.«

»Lass doch June in Ruhe, um Himmels willen. June ist verheiratet. Die wollen dich nicht sehen.«

»Ach ja, könntest du mir ihre Telefonnummer geben?«

»Du machst dich vor ihnen zum Narren.«

»Das würde dich doch nur freuen.«

»Ich leg jetzt auf.«

»Wie ist das denn, mit einem Roboter zu ficken? Braucht er viel Öl?« Aber sie hatte schon aufgelegt.

Der Parkplatz war taghell. Ein Mann mit einem zuckenden Augenlid saß auf dem Rücksitz eines Lieferwagens mit offenen Türen. »Sie sehen aus, als könnte Ihnen eine Tasse Kaffee für die Weiterfahrt nicht schaden. Oder noch besser, wie wär's mit hundert Tassen Kaffee? Oder tausend?«

Tiny kaufte ihm etwas Speed ab und fuhr mit seinem Parisienne wieder auf die Interstate zurück. Sein Ärger ließ nach und ein biochemisch erzeugter Gleichmut breitete sich aus. Als er zum Beispiel im Rückspiegel entdeckte, dass hinter ihm achtzehn oder zwanzig Lastwagen kamen, ließ ihn das völlig kalt, und er sagte nur: »Da kommen die Brummis.«

Die Lastwagen fuhren an dem Parisienne vorbei wie große Schiffe im Wasser. Viele Trucker, die auf der Interstate 80 unterwegs sind, setzen ihren ganzen Stolz in ihre Fahrzeugbeleuchtung. Ketten von gelben und blauen Lämpchen schmücken die Anhänger, als würde drinnen ein Square Dance stattfinden. Und die Fahrerkabinen sehen aus wie Kassenhäuschen, die mit orangefarbenen Perlen behängt sind. Sogar die Schmutzfänger sind manchmal elektrisch beleuchtet. An einer leichten Steigung wurde die Interstate ein Stück weit um eine Kriechspur erweitert, und jetzt überholten die Lastwagen Tiny auf beiden Seiten, und er fühlte sich, als würde er durch eine Schlucht aus lauter Licht fahren. Das dauerte aber nicht lange. Die Helligkeit verging und verschwand wie ein Blinksignal, und Tiny war allein auf der Strecke. Dann sagte ein erster Anrufer im Radio, dass Pater Zene Hebert ein Betrüger sei. Hebert sei nicht zum Priester geweiht und würde eine alttestamentarische Schriftrolle nicht einmal dann erkennen, wenn man sie ihm um die Ohren haute. Sein wahrer Name sei Herbert Bland oder Herbert Grand. In Florida liege eine Anklage gegen ihn vor. In der Nähe einer Brücke flackerte eine Lampe auf und ging aus, als Tiny vorbeifuhr. So etwas passierte seit Jahren immer wieder, und Tiny fragte sich, ob nicht vielleicht irgendetwas in seiner Biochemie Lichter zum Erlöschen bringe.

Am nächsten Morgen gab sein Auto den Geist auf. In gewissem Sinn war das ein Glück, denn Tiny nickte immer wieder ein; er hatte einen Straßenkoller. Seit vielen Meilen verschmolzen die Dinge vor seiner Windschutzscheibe – Autos, Brücken, Bachdurchleitungen, Farmen, Zäune, Meilensteine – zu dem Bild eines Gesichts. Dass da draußen alles so reglos wirkte, machte ihm Angst. Es bedeutete, dass seine Augen keine Bewegungen mehr wahrnahmen. Es bedeutete, dass er am Einschlafen war.

Er versuchte auf verschiedene Weise, sich wach zu halten. Er kurbelte die Fenster herunter, er rauchte, er verließ die Interstate, in der Hoffnung, dass ihn Gräben, Kreuzungen und einspurige Fahrbahnen dazu zwingen würden, wach zu bleiben. Aber der Highway war leer, und das Gesicht kehrte wieder. Er versuchte, die Songs im Radio mitzusingen, doch ihm fielen die Worte nicht ein. Dann verstummte das Radio. Tiny knipste die Deckenleuchte an, und der Motor ging aus. Es lag also an der Elektrik.

Gleich darauf rollte der Parisienne aus und blieb stehen, weil die Lichtmaschine im Eimer war. Tiny baute die Batterie aus und machte sich auf den Weg. Wenn ein Auto vorbeifuhr, was nicht oft geschah, drehte er sich um und streckte die Hand mit erhobenem Daumen aus. Er trug die Batterie unter dem Arm, und das erinnerte ihn an die schönen Zeiten, als er mit seiner Brotzeitdose in die Schule gegangen war oder den anderen Kindern ihre Brotzeitdose abgejagt hatte. Er sah die Kühe an, und die sahen ihn an. Er überlegte, ob er es hinkriegen würde, einen Camaro zurückzubekommen, der inzwischen auf einen Pfosten montiert war, als Werbung für einen Autohändler in Euclid. Nebraska kam ihm flach und irgendwie bekannt vor. Am Straßenrand fand er einen einzelnen abgetragenen weißen Ballettschuh, den er längere Zeit in den Händen hin und her drehte. Schließlich hielt ein alter Pickup an. Er war rot und hatte eine Schlafkabine auf der Ladefläche, zahlreiche Dellen und am Heck Aufkleber von den Everglades, den Keys, den Falls und den Dells.

Die Fahrerin war eine sonnenverbrannte, übergewichtige Frau namens Marie Person. Sie war über Sechzig und fuhr vornübergebeugt, die Unterarme um das Lenkrad geschlungen, die Schultern in ihrer rotweiß karierten Bluse leicht schaukelnd. Marie gehörte zu jenen exzentrischen Menschen, wie sie oft auf den einsamen Highways besonders langweiliger Bundesstaaten unterwegs sind, fast als hätten die Tourismusunternehmen sie angeheuert, um die Eindrücke der Reisenden ein bisschen zu beleben. Diese Menschen haben manches gemeinsam: Sie besitzen zum Beispiel oft ein Patent, oder sie haben eins beantragt, das ihnen aber von Rechtsanwälten verweigert wird, oder sie haben einen anderen Grund, häufig mit Washington, D. C., zu korrespondieren. Manchmal liegen die gestempelten und adressierten Briefumschläge neben ihnen auf dem Beifahrersitz ausgebreitet, der normalerweise eine mit dem Fahrersitz verbundene Sitzbank ist und kein Einzelsitz. Sie fahren gewöhnlich mittags oder spätabends. Sie überwinden irrsinnige Entfernungen aus nebulösen Gründen, die oft etwas mit Tieren zu tun haben. Sie brauchen einen Impfstoff für das Pony Skip oder ein spezielles Futter für den Kater Rufus, damit er wieder Wasser lassen kann. Sie wollen sich in Elko ein Kalb namens »Traumweber« oder »Sohn von Helens Song« ansehen. In jedem der Diner mit den niedrigen Dächern entlang der Strecke kennen sie jeden, aber sie selbst kennt offenbar niemand. Warum das so ist, versuchen sie zu erklären, indem sie minutiös schildern, wie sie sich einmal gegen alle haben stellen müssen und dadurch alle gegen sich aufgebracht haben – was aber letzten Endes das einzig Verantwortungsvolle gewesen sei. Ihre Nachnamen klingen anders als jeder geläufige Nachname.

Tiny fühlte sich bei Marie Person wohl. Sie war rundlich und umgänglich. Auf dem Boden ihres Trucks rollten Weintrauben hin und her. Ihre Geschichte war interessant, erforderte aber nicht allzu viel Aufmerksamkeit. Sie habe als Hebamme im Nordwesten der Staaten angefangen und dort auch das Fliegen gelernt. Von der Zeitschrift

Look sei einmal ein Mann gekommen, um eine Reportage über sie zu machen, aber der habe sich auf dem Eis das Bein gebrochen und sei wieder abgereist, und obwohl sie mehrmals dort angerufen habe, sei niemand mehr gekommen. Ihr Ehemann, der ihr das Fliegen beigebracht hatte, sei mit seiner Maschine abgestürzt und gestorben. Oder vielleicht starb auch der Mann von *Look* bei dem Absturz. Tiny hörte nicht so genau zu. Jedenfalls sei Marie dann hierher gezogen und habe mit einem Rechtsanwalt, der Kenneth Strong hieß, elf Kinder bekommen. Sie klappte beide Sonnenblenden herunter, um Aufnahmen von ihren Kindern in der Schule zu zeigen. Sie nannte ihre Namen, die schienen sich aber zu wiederholen. Die Fotos waren alt, die Farben stimmten nicht mehr.

»Haben Sie Kinder, junger Mann?«, fragte Marie.

Tiny schüttelte den Kopf. »Wir sind vor ein paar Jahren mal zum Arzt gegangen. Anscheinend war mit meinem Sperma etwas nicht in Ordnung.«

»Oh. Worauf bauen Sie denn dann Ihre Ehe auf?«

»Auf gar nichts. Wir sind geschieden.«

»Das tut mir aber leid«, sagte Marie und tätschelte ihm die Hand.

»Erzählen Sie das mal dem Sheriff.«

»Warum das denn?«

»Sie lebt mit ihm zusammen.«

»Das ist bestimmt sehr schmerzlich für Sie.«

»Ich kann Ihnen genau sagen, wann alles in die Brüche ging«, fuhr Tiny fort. »Ich habe einmal zu ihr gesagt, dass neun von zehn Männern deswegen Polizisten geworden sind, weil sie Angst haben, dass sie eine Frau im Bett nicht befriedigen können. Und sie: ›Wo hast du denn das her?‹ Also, es war ganz offensichtlich. Deswegen bin ich los und hab mich zugesoffen, und wie ich heimkomme, schläft sie. ›Wach auf‹, sag ich. Weil, verstehen Sie, ich wollte mit ihr reden. Sie war diejenige, die nicht reden wollte. Ich wollte reden. Na jedenfalls, ich zieh so ein bisschen am Bettlaken, und anscheinend war ich doch ziemlich aufgeregt, weil, sie fällt doch glatt aus dem Bett. Das bedaure ich jetzt, das war nicht anständig.«

»Keine Dame mag einen gewalttätigen Mann«, sagte Marie.

Sie lud Tiny zu einem Imbiss bei Stuckey's ein, in der Nähe von Lesoka in Colorado. Sie reichte ihm eine Serviette und sagte: »Da haben Sie Ihre Serviette.« Hinterher zog sie eine Schachtel Winston heraus.

»Wenn man ein Kind will, muss man Folgendes machen«, sagte sie. »Man bringt zwei Tomatenpflanzen zur katholischen Kirche und besprengt sie mit Weihwasser. Dann pflanzt man sie da, wo es Regen und viel Sonnenschein gibt. Wenn an jeder Pflanze eine Tomate reif ist, macht man die beiden Tomaten derjenigen, die man liebt, zum Geschenk.«

»An solches Zeugs glaube ich nicht«, erwiderte Tiny.

Marie zuckte die Schultern. »Ja, ist ja vielleicht auch Blödsinn. Ich geh kurz auf die Toilette.«

Tiny aß auf und rauchte eine Zigarette. Dann rauchte er noch eine. Er genoss das Rauchen, denn er hatte keine Eile. Marie war weg. Er hatte sie wegfahren sehen. Er bedauerte nur, dass er seine Batterie nicht mit hereingebracht hatte.

Tiny ging zu Fuß weiter, bis er in Lesoka ankam, das wie »Jessika« betont wird; dort nahm er in einem schäbigen Hotel in der Nähe des Schienenstrangs ein Zimmer. In der Hotellobby gab es einen Automaten, in dem Lakritze in verstaubten Packungen längst vom Markt genommener Marken zu sehen war. Tiny legte sich auf ein schmales Bett mit dünner weißer Bettdecke. Er konnte nicht schlafen. Ein Zug fuhr vorbei. Tiny zählte die Katzenkopfsilhouetten an den Chessie-Waggons. Er drehte am Knopf des Radios neben dem Bett, bis er seinen Freund Pater Zene Hebert fand. Der Pater erklärte gerade, dass es den Menschen erlaubt sein werde, Kleidung in den Himmel mitzunehmen. »Der Bibelvers muss in Wirklichkeit nämlich heißen: ›Im Hause meines Vaters sind viele Wohnungen, und in jeder gibt es einen Schrank für deine Kleider.‹« Tiny schaltete das Radio aus. Er nahm ein Bad und ging auf die Straße hinunter.

An diesem Abend besuchte er sämtliche Bars an der Bahnhofstraße in Lesoka – die *Hintergasse*, den *Löwenzahn*, den *Goldenen Dorn*, *Katos Eck*. Er trank Scotch Whiskey, bis ihm die Augen glühten, bis ihm die Knie weich wurden, bis er sein Gesicht im Spiegel nur noch verschwommen sah. Er stolperte von einer Bar zur anderen, pinkelte in Eingänge und einmal auch gegen die Schmutzfänger eines Silverado-Pickup, auf denen »Yosemite Sam« stand. Er hatte den Eindruck, dass in Lesoka niemand tanzte, und so zerrte er Paare – jedenfalls vermutete er, dass es Paare waren – vor die jeweilige Jukebox und bewegte deren Arme und Beine gewaltsam zu den Klängen von Suzanne Vega, Sly and the Family Stone und Carol King. Mit seinen riesigen Fingern drückte er die Knöpfe seiner Wahl. Er renkte einem Mann namens Jim den Arm aus. Im Gegenzug wurde er in die Hintergasse hinter der *Hintergasse* geworfen.

Dort unterhielt er sich mit zwei Kriminellen, oder besser gesagt, mit zwei Jungs, die behaupteten, sie seien Kriminelle, der eine Autodieb und der andere Brandstifter. Tiny erzählte ihnen von June und Louise. Der Autodieb fand, er solle einfach bei June auftauchen und sehen, was sich tun ließe. Er sagte, June und ihr Mann seien bestimmt völlig offen gegenüber unerwartetem Besuch, weil es in Colorado ganz zwanglos zugehe und die Leute gerne feierten. Der Brandstifter schüttelte den Kopf und sagte, wenn er Tiny wäre, dann würde er lieber auf Nummer sicher gehen und vorher anrufen. Das leuchtete Tiny ein, aber als er das Telefon zu benutzen versuchte, konnte ihn die Dame vom Amt nicht verstehen und sagte mitfühlend und mit wohlklingender Stimme: »Es ist doch jetzt mitten in der Nacht, mein Herzchen. Gehen Sie nach Hause.«

Er ging die Schienen entlang zum Hotel zurück. Bei einer Unterführung drängten sich einige Jugendlichen um ein brennendes Fass. Es kam ihm so vor, als würden sie ihn erstaunt ansehen. Diese Begegnung schien irgendeine Handlung, irgendeine Geste notwendig zu machen. In der Jackentasche fand Tiny ein Stück Holz. Er ging zum Fass und warf das Holz in die Flammen. »Danke, Bruder«, sagten die Teenager. Tiny nickte feierlich, aber irgendetwas quälte ihn in Hinblick auf das Stück Holz, das er dem Feuer überantwortet hatte. Aber erst, als er im zweiten Stock des Hotels war, kam er darauf, dass an dem Holz sein Zimmerschlüssel gehangen hatte. Er trat die Tür ein, fiel mit dem Gesicht nach unten aufs Bett und sagte: »Müde bin ich, geh zur Ruh, schließe meine Augen zu, Vater lass die Augen dein über meinem Bettchen sein.« Und dann schlief er.

Sechs

Dan und Louise übernachteten eine Zeitlang mal hier, mal da, erst im Wohnmobil und dann auf der Farm. Aber durch all dieses Hin und Her sahen sie sich recht selten, und ihre Toilettenartikel waren nie dort, wo sie sie gerade brauchten. Deshalb besprachen sie sich, und Dan zog auf die Farm und verkaufte sein Wohnmobil für 1900 Dollar an den Farmer Jan Johanson.

Das Wohnmobil stand genau an der Stelle, wo Grafton in Felder überging, und Jan beschloss, dieses Areal frei zu machen und umzupflügen. Da ihm alles Land ringsum gehörte, war das auch sinnvoll. Das Wohnmobil wollte er auf seine Farm bringen und als Agro-Geschäftsbüro benutzen. Viele Farmen hatten sich inzwischen in eine Richtung entwickelt, dass sie einen solchen Raum brauchten, mit Computer und Faxgerät und Aktenschränken – was ein Farmer früherer Zeiten als völlig überflüssigen Materialaufwand betrachtet hätte. Wie dem auch sein mochte, um ein Wohnmobil zu versetzen, waren ein Kran und ein Tieflader vonnöten, und an dem Samstag, an dem das stattfinden sollte, tauchten, von gelinder Neugier angezogen, mehrere Zuschauer auf.

Es fiel leichter Schnee, der sofort schmolz, wenn er den Boden berührte, so dass sich auf der harten schwarzen Erde der Felder keine Decke bildete. Die Luft war kalt und windstill. Louise und Dan saßen mit Henry Hamilton auf der Heckklappe von dessen Pickup. Henry rauchte eine Pfeife, die immer wieder ausging.

Das meiste war schon erledigt. Die Johansons arbeiteten äußerst effektiv. Das Wohnmobil war bereits von seinem Fundament gelöst und ruhte auf zwei Trägern, auf jeder Seite einem. Stahlkabel verbanden die Träger mit dem Haken des Krans, in dem Hans Cook saß. Der Motor des Krans lief und stieß hie und da eine Rauchwolke aus. Oben in der Kabine trank Hans Kaffee.

Später behauptete Henry immer, er habe vorausgesagt, dass etwas schiefgehen werde, was auch stimmte, doch was er vorausgesagt hatte, war etwas ganz anderes als das, was tatsächlich schiefging.

»Was glaubt ihr, was passieren wird, wenn die dieses Wohnmobil in die Höhe heben?«, fragte er.

»Die Erde wird sich auftun und die Stadt verschlingen«, mutmaßte Louise. Sie trug eine rote Steppweste und eine Cargill-Mütze.

»Ich wette mit euch um fünfzig Dollar, dass das Ding in der Mitte durchbricht«, erwiderte Henry.

»Sagen Sie das mal Jan«, sagte Dan.

Henry ging zu Jan hinüber und erläuterte ihm seinen Gedanken. Der hörte aufmerksam zu und sagte dann, er habe mit der Firma, die dieses Wohnmobil hergestellt hatte, erörtert, wie es am besten zu transportieren sei. Zwar sei die Firma inzwischen Pleite gegangen, doch habe er den ehemaligen Ingenieur ausfindig gemacht, der schon im Ruhestand sei und jetzt in Kalifornien lebe, und der habe das Problem sehr bereitwillig mit ihm durchgesprochen. Da Jan Johanson das sagte, war so eine Detektivarbeit durchaus glaubwürdig.

»Er hat mit jemand in Kalifornien gesprochen«, sagte Henry zu Louise und Dan.

Hans Cook nahm einen letzten Schluck Kaffee, goss den Rest auf den Boden, schraubte die Tasse auf seine Thermoskanne, stellte die Thermoskanne zu seinen Füßen ab und ergriff die Hebel, mit denen der Kran bedient wurde. Jan hob die Hand. Hans brachte den Motor auf Touren, und als der Auspuff dröhnte und Dampf ausströmte, ging eine Welle der Erregung durch die kleine Ansammlung von Menschen. Der Kran röhrte und die Kabel strafften sich, bis sich das Wohnmobil hob, aber dann brach eine der Halterungen des einen Trägers, und der Träger schlug mit einem Klang wie eine Kirchenglocke auf den Hohlziegeln des Fundaments auf. Das Wohnmobil knallte berstend und splitternd zu Boden. Das alles geschah in einem einzigen Augenblick und ging so glatt vor sich, dass ein unwissender Beobachter hätte denken können, es sei so beabsichtigt gewesen. Zum Glück wurde niemand verletzt. Jan Johanson stand die ganze Zeit mit verschränkten Armen da, und als das Wohnmobil zum Stillstand kam, hatte er die Arme immer noch verschränkt, und er sagte: »Verdammte … Scheiße.«

Eine Krähe landete auf dem Feld, und der Schnee fiel.

»Ich glaub's nicht«, sagte Louise.

»Anscheinend macht man das so in Kalifornien«, sagte Henry.

Im Fenster des Krans sah man Hans den Kopf schütteln und sich Kaffee eingießen. Louise zog Dan an der Hüfte zu sich heran. »Da drin haben wir wunderschöne Stunden verbracht.«

Sie lebten den ganzen Winter zusammen, und im Frühling gaben sie ihre Verlobung bekannt. Viele fragten sich, was Louise an Dan finde. Dan hatte natürlich seine Verdienste. Er war vielleicht kein großer Verbrechensbekämpfer, aber er verhielt sich eigentlich in allen Situationen anständig, was man nicht von jedem Polizisten behaupten konnte. Er hatte graue Augen und ein melancholisches Lächeln. Er war immerhin so groß, dass er ein kleines bisschen größer war als sie. Die Frage bezog sich eher auf Louise, die sich unabhängig von der Stadt und ihren Geschäften einen gewissen Status erworben hatte. Sie pflegte zu sagen, was sie dachte, und schien sich vor niemandem zu fürchten, außer vielleicht vor Mary. Dass sie Tiny geheiratet hatte, lag vor allem daran, dass fast alle das für keine gute Idee gehalten hatten. War sie dieser Trotzhaltung jetzt also müde geworden? Hatte sie sich verändert? Wollte sie vielleicht gerne im Streifenwagen durch die Gegend fahren? Ein Ausdruck machte die Runde, um Louises Entscheidung zu erklären. Schwester Barbara Jones sagte ihn zu der Friseurin Lindsey Cole. »Sie ist zu sich gekommen. Man muss sie sich nur anschauen. Ich habe ihr neulich zugesehen, als sie nicht gemerkt hat, dass ich sie beobachte. Sie ist endlich zu sich gekommen.«

»Ihr Haar ist auch besser geworden«, sagte Lindsey Cole. »Es hat lauter so rötliche Glanzlichter. Würde mich freuen, wenn sie mal vorbeikommen würde. Ein bisschen Schneiden, eine kleine Dauerwelle. Die Leute kapieren überhaupt nicht, wie sehr die Haare von Gefühlen beeinflusst werden.«

Louise zog ein blaues Kleid mit weißen Tupfen an und ging zu Pastor Boren Matthews von der Trinity Baptist Church. Grafton schien immer nur zwei Sorten von religiösen Führern zu bekommen: die einfachen, guten Männer, die nicht das Geringste von der Stadt begriffen, und die schwermütigen, die die Ängste der Gläubigen eher verkörperten als beschwichtigten. Pastor Boren Matthews gehörte zur zweiten Kategorie. Er und Louise stiegen zu ihrem Gespräch in die Kuppel hinauf. Ein Gewehr mit 410er Kaliber lehnte in einer Ecke an der Wand.

»Wir haben immer wieder Ärger mit den Tauben«, sagte er. »Sie hausen im Glockenturm der Herz-Jesu-Kirche und kommen hier herüber, um ihr Geschäft zu verrichten. Ich habe schon mit Pater Wall gesprochen, aber der ist uns keine Hilfe. Ich weiß nicht, ob Sie sich mit dem Katholizismus auskennen, Louise. Aber es gibt in dieser Stadt ein paar Leute, die sich sehr seltsam benehmen.«

»Alle Religionen sind seltsam«, sagte Louise.

»Aber die Katholiken schießen den Vogel ab.«

»Das ist, wie wenn man einen unsichtbaren Freund hätte.«

»Sie dürfen sich Gott nicht nach menschlichen Begriffen vorstellen«, sagte Boren Matthews. »Manche Leute fühlen sich wohl mit dem Gedanken an eine höhere Macht.«

»Aber das ist, als würde man sich selbst aufgeben. Eine höhere Macht kann alles Mögliche sein. Sie könnte ein großer Briefbeschwerer sein.«

»Ein Briefbeschwerer ist keine höhere Macht.«

»Mir gefällt es, wenn es heißt, dass Gott ein eifersüchtiger Gott ist. Da kann man ihn sich so richtig vorstellen, wie er durch den Himmel stürmt und schreit: ›Also raus damit, wo warst du gestern Abend?‹«

»Eine interessante Vorstellung. Was führt Sie her?«

»Dan Norman und ich wollen heiraten, und ich habe meiner Mutter versprochen zu fragen, ob wir die Hochzeit in Ihrer Kirche halten können.«

»Das klingt etwas seltsam für jemanden, der sich Gott vielleicht als Briefbeschwerer vorstellt.«

»Na ja, das war doch nur so eine Idee.«

»Es hat Zeiten gegeben, und die sind auch noch gar nicht so lange her, da hätte ich gesagt, das können Sie vergessen. Aber jetzt geht man nicht mehr so wie früher in die Kirche, und offen gestanden können wir es uns gar nicht leisten, jemanden abzuweisen. Wissen Sie, wie viele Leute letzten Sonntag da waren?«

»Nein.«

»Raten Sie einfach mal.«

»Ich weiß es nicht.«

»Sie sollen ja auch raten.«

»Fünfzehn.«

»Sechs.«

»Mit Ihnen?«

»Nein. Mit mir waren es sieben.«

»Das ist nicht viel.«

Er schüttelte den Kopf und sah zum Fenster hinaus. »Ich fürchte, die Trinity Baptist Church in Grafton wird es nicht mehr lange geben. Wenn Sie daran denken, wie es in Pinville war. Und wie es in Lunenburg war. Das Schlimme ist, man wirft uns immer in einen Topf mit den Leuten drüben in Chesley. Und in Chesley verbieten sie Glücksspiel und Tanz. Wir hier sind aber sehr liberal. Wir nehmen in jeder Hinsicht eine Haltung des Laissez-faire ein. Wenn die Leute erst nach Chesley gehen müssen, das gibt bestimmt ein böses Erwachen.«

»Sind Sie im Mai noch da?«

»Oh, wahrscheinlich schon.«

»Denn uns schwebt der Mai vor.«

Pastor Matthews sprang auf und schlich zum Fenster. »Gscht!«, sagte er. Er nahm die Flinte in die Hand. Eine Taube flog vom Dach auf. »Trau dich bloß noch mal her. Also, Mai ist in Ordnung.«

»Na wunderbar«, sagte Louise.

Der Geistliche schüttelte ihr die Hand. »Ich gratuliere, Louise. Ich muss sagen, ich habe mich schon immer zu Ihnen hingezogen gefühlt, geistig und körperlich.«

Dann musste sie die Treppe hinuntergehen und Farina, die Ehefrau des Pfarrers, um ein Traubuch bitten. Farina war sehr liebenswürdig. Sie hatte dunkle Haare mit kleinen Wellen, die aussahen wie ein aufgedröseltes Seil. Oft saß sie am Abend allein auf den Stufen vor dem Pfarrhaus. Jetzt lief sie im ganzen Haus herum, um das Buch zu suchen. Sie fand es aber nirgends. Was sie stattdessen fand, war eine alte Fotografie. Darauf war eine lächelnde junge Frau zu sehen, die mit untergeschlagenen Beinen im sommerlichen Gras saß. Sie trug Lippenstift und hatte das Haar zur Seite gebürstet.

»Würden Sie glauben, dass ich das bin?«, fragte sie.

»Aber natürlich.«

»Das war am Rainy Lake in Minnesota. Wir sind jeden Sommer mit der ganzen Familie dorthin gefahren.«

Louise verließ das Pfarrhaus und blätterte das kleine Notizbuch durch, das sie zu führen begonnen hatte, um ihre Erledigungen durchzuorganisieren. Dann fuhr sie nach Stone City und traf sich mit Dan im Mercy Hospital wo sie sich beide für ihre Heiratserlaubnis Blut abnehmen lassen wollten. Sie setzten sich auf Plastikstühle mit heruntergeklappten Armlehnen. Eine Schwester trat ein, die sie nicht kannten, und wickelte jedem von ihnen einen Schlauch um den Arm. Louise hatte PBS-Junkies beobachtet, die genau denselben Stauschlauch benutzt hatten. Es kam eine Durchsage, und die Schwester verließ das Zimmer.

»Boren Matthews hat mich angemacht«, sagte Louise.

»Was soll das heißen, ›hat mich angemacht‹?«

»Er hat gesagt, er fühlt sich zu mir hingezogen.«

»Vielleicht hat er damit gemeint, dass er dich gern hat.«

»Er hat gesagt, geistig und körperlich hingezogen.«

»Das klingt ja wirklich nach Anmache.«

»Ich glaube, von seiner Pfarrgemeinde ist so gut wie nichts mehr übrig, und deswegen dreht er durch.«

»Möchtest du, dass ich mit ihm rede?«

»Nö. Weißt du was, mir tut der Arm allmählich weh. Ich kann mir nicht vorstellen, dass man so einen Druckverband anlassen muss, wenn man nicht blutet. Wo ist die Schwester bloß hin?«

Sie nahmen beide ihren Druckverband ab. Das Licht pochte in ihren Augen. »Das liegt an diesem Kleid«, sagte Dan. »Wenn du dieses Kleid anhast, würde sich sogar ein Heiliger zu dir hingezogen fühlen.«

»Ich hab immer schon gedacht, dass du ein Heiliger bist.«

»Das Kleid ist einfach sexy.«

»Dieses hier?«

»Ja.«

»Das war mir nicht klar.«

»Daran liegt es wahrscheinlich.«

Die Schwester kam herein und nahm ihnen Blut ab. Es war etwas schmerzhaft. Louise hatte ein Bild vor Augen, wie die Ärzte anschließend im Labor das Blut der beiden vermischten und hofften, dass etwas dabei herauskam. Sie gingen anschließend ins Wartezimmer, wo Dan sich an ein Schreibpult stellte und Formulare ausfüllte, während Louise in ihr Notizbuch schrieb.

»Was hast du denn gerade geschrieben?«, fragte er, als sie gingen, und sie reichte ihm ein Blatt Papier, auf das sie viermal »Zeig mir, dass du mich liebst« geschrieben hatte.

»Mach ich«, sagte er.

Dan ging wieder zur Arbeit, und Louise fuhr in das Einkaufscenter südlich von Stone City. Sie kaufte sich ein Paar blassgelbe Schuhe für die Hochzeit. Sie drückten.

»Das muss so sein«, sagte der Verkäufer. »Wenn der Schuh jetzt nicht drückt, wäre er vermutlich die falsche Größe. Sie könnten natürlich auch Größe sieben nehmen. Aber ich garantiere Ihnen, Miss, mit Ihrem Fuß würden Sie in Größe sieben schwimmen.«

Louise bezahlte die Schuhe und ging. Sie folgte einer Mutter mit ihrer Tochter aus dem Laden und durch das Einkaufscenter. Das Mädchen, das ungefähr zwei Jahre alt war und eine Schuhschachtel trug, wurde geradezu magnetisch von allem angezogen, was zerbrechen oder fallen konnte. Die Mutter zerrte sie ständig von den Schaufenstern weg. In der Mitte der Einkaufsmeile stand ein steinerner Brunnen, und hier ruhten sich die beiden aus. Die Mutter las Zeitung, während die Tochter die Schuhschachtel aufmachte, ein Paar neue rote Schuhe herausnahm und sie ins Wasser warf.

Zu dieser Zeit hatten sich ein paar Zocker in Grafton niedergelassen. Es waren zwei Männer, die einen dunkelroten Chevrolet Impala fuhren und den ganzen Tag hinten im *Kalkeimer* herumsaßen. Sie behaupteten, aus Kanada zu sein, hatten von Kanada aber nur eine vage Vorstellung. Dan wusste etwas Belastendes über die beiden, hatte aber noch nichts unternommen. Louise kam es vor, als ob das bei Dan oft so wäre. Ein großer Teil seines Sheriffberufs, so wie er ihn auffasste, bestand in Abwarten.

Eines Tages hörte Louise zufällig das Telefongespräch eines der Spieler mit. Im *Kalkeimer* gab es zwar ein Münztelefon, aber die beiden Männer gingen gewöhnlich über die Hauptstraße zu der Telefonzelle neben der alten Bank. Darin war man zwar auch nicht gerade für sich allein – die Tür war vor Jahren entfernt worden, um die Jugendlichen davon abzuhalten, abends hineinzuschlüpfen und sich zu küssen –, aber es war immer noch besser, als neben der Jukebox zu stehen und sich von »Third Rate Romance« die Ohren volldröhnen zu lassen.

»Der Engel beißt, wenn er aggressiv wird«, sagte der Spieler gerade. »Doch, natürlich … das hab ich dir doch gesagt, Schätzchen. Du musst sie trennen … Ja, ich bleib dran, aber geh bitte jetzt gleich und trenn diese beiden Fische … Vielleicht in das Becken mit den Molly-Zahnkarpfen … Was sagst du? Alle? … Also, woran sind die denn jetzt eingegangen, Schätzchen? Mach ich nicht, ich mach dir nicht die geringsten Vorwürfe. Es wäre mir nur lieber, du würdest nicht gar so glücklich klingen, wenn meine Fische sterben … Pass mal auf, während ich dran bleibe, kannst du mir da mal Klaus geben? … Hi, Klaus. Hier ist dein Daddy. Hier ist dein alter Herr, Klaus … Hörst du mich? Bist du da? Ich hör dich doch atmen … Klaus? Hallo?«

Der Spieler trat aus der Telefonzelle. Für jemanden, der aus einem Chevrolet Impala lebte, war er recht elegant gekleidet. Er trug schwarze Hosen, ein gebügeltes blaues Hemd und eine Mütze mit der Aufschrift »New York Mets«, den Schirm nach hinten über seinen Pferdeschwanz gedreht. Seinen Namen schien niemand zu kennen, doch alle nannte ihn Larry Longhair.

»Sie heiraten demnächst«, sagte er zu Louise. »Ich hab Ihr Bild in der Zeitung gesehen. Ich wollte ein Geschenk für Sie besorgen, aber der Laden war zu. Jedenfalls schön für Sie. Die Ehe ist einer der Gründe, warum wir dieses doofe Spiel spielen. Hier, nehmen Sie 10 Dollar.«

»Oh, das ist wirklich nicht nötig«, sagte Louise.

»Oh, nehmen Sie's nur.«

»Sie werden es für Ihr Spiel brauchen. Sie und Ihr Kumpel.«

»Richie.«

»So können Sie doch nicht auf Dauer leben.«

»Da haben Sie vielleicht recht. Aber erst mal weiß ich eine gute Wette für das neunte Rennen in Ak-Sar-Ben. Wenn ich gleich anrufe, können wir noch einsteigen. Ich setzte diese zehn, und Sie setzen zwanzig. Macht zusammen: dreißig Mäuse.«

»Tolles Hochzeitsgeschenk.«

An einem Abend zwischen diesem Ereignis und der Hochzeit sah Louise, als sie von der Arbeit nach Hause kam, Sägemehl wie Schnee auf dem Fußboden des Schlafzimmers verteilt. Dan hatte ein altes Sprungfederbett vom Dachboden geholt und durch neue, sechs mal sechs Zentimeter starke Kanthölzer verlängert. Dann hatte er sechs Bretter gleichmäßig vom Kopf- bis zum Fußende auf diese Kanthölzer gelegt und Sperrholz auf den Brettern festgetackert. Die Matratze ruhte auf diesem Sperrholz, und das Bett wirkte ländlich, es duftete und war sehr hoch. Louise und Dan legten sich auf den Rücken und schoben sich darunter – es war, als wäre man im Keller eines Neubaus und würde zu den Dachsparren hinaufschauen.

»Das sollte uns aushalten«, sagte Louise.

Dan musste später noch mal weg und der Feuerwehr dabei behilflich sein, einen Schuppen auf der Farm von Lonnie Pratt niederzubrennen. Leute, die alte Gebäude loswerden wollten, stifteten diese manchmal der Feuerwehr zum Üben. Dan kehrte um halb elf zurück, duschte und kam mit einem Handtuch um den Kopf ins Schlafzimmer. »Am besten klappt es immer, wenn sie das Feuer selber legen«, sagte er.

Louise legte die Zeitschrift weg, in der sie gerade las. Sie genoss den erhöhten Blickpunkt von ihrem neuen Bett aus. »Steig rauf hier, dann können wir uns unterhalten.«

Die Frauen, die zur Kirchengemeinde der Trinity Baptist Church gehörten, veranstalteten für Louise in der Cafeteria der alten Schule eine Brautparty. Louise, Mary und Cheryl Jewell saßen am vordersten Tisch. Die anderen Frauen gingen feierlich in einer Reihe daran vorbei, legten ihre Päckchen nieder, setzten sich dann und sahen zu, wie Louise sie auspackte. Sie bekam einen Popcornröster, ein Vogelhäuschen, eine Teppichkehrmaschine, Schuhputzzeug und ein gerahmtes Gedicht über den Hartriegel. Sie bekam ein Herz aus Fischnetz, in dem man Geschenkbänder aufbewahren konnte. Inez Greathouse stand auf und betete für die Ehe. »Louise hat einen wunderbaren Namen. Denn wenn man zwei Buchstaben wegnimmt und die restlichen umordnet, bekommt man das Wort ›Soul‹. Die christliche Seele, das wissen wir alle, ist für den Himmel bestimmt; und zwei Seelen wie die von Louise und Dan, die sich Gottes Liebe anvertrauen, werden auf ihrem Lebensweg nie irre gehen. Oh ja, es wird Kämpfe geben, denn Kämpfe gibt es immer. Und es werden Zeiten kommen, wo Louise und Dan überzeugt sein werden, dass ihnen das Herz bricht. Das haben wir alle schon erlebt. Aber wenn sie sich ihren Glauben bewahren, wird ihnen das Herz nicht brechen, und das ist Gottes Versprechen für uns alle. Amen.« Nach dem Gebet tranken alle eine kleine Tasse bitteren Kaffee. Als das vorbei war, gingen Louise und Cheryl auf ein Bier in die Gastwirtschaft.

Cheryl Jewell war aus Kansas City nach Hause gekommen, um

Brautjungfer zu sein. Ihre Anwesenheit in Grafton war umstritten. Sie war geschieden von Laszlo, ihrem Cousin dritten Grades, flirtete aber immer mit ihm, wenn sie in die Stadt kam.Laszlo jedoch hatte wieder geheiratet, eine Frau namens Jean. Auch besaßen Cheryl und Laszlo zusammen eine Tochter, Jocelyn, die jetzt bei Jean und Laszlo lebte. Und Cheryl war bei ihrer Tante Nan einquartiert, deren Haus genau neben dem von Jean und Laszlo an der Park Street lag. Alle diese Namen sollen nur erwähnt werden, um zu zeigen, wie heikel die Situation war. Nan Jewell war herrisch und eigensinnig, blieb in dieser Sache aber neutral, da sie Cheryl genauso wenig mochte wie Laszlo. Cheryl sah sexy aus mit ihren grauen, nach oben stehenden Zöpfchen. Sie war ständig an irgendeiner Uni und ständig mit irgendjemandem zusammen, der das gar nicht verdiente. Zurzeit studierte sie Botanik und hatte eine Beziehung mit einem Chemiker namens Walt.

»Jedes Mal, wenn wir uns lieben, rennt er davon«, sagte Cheryl.

»Weißt du, wer das auch so gemacht hat?«, fragte Louise und flüsterte einen Namen, den sie beide kannten.

»Ich meine, er rennt im wörtlichen Sinne davon«, erwiderte Cheryl. »Er zieht seine Tennisschuhe an, und schon ist er zur Tür hinaus. Er läuft bis zum Wasserreservoir hinauf, dann bis zum Friedhof hinunter und wieder zurück, insgesamt vier oder fünf Meilen. Irgendwie sind mir diese Jogger suspekt. Das Bett ist noch warm, und schon höre
ich seine Schuhsohlen auf dem Straßenpflaster. Ich glaube nicht, dass das normal ist. Und außerdem glaube ich, dass er ein Glasauge hat.«

Louise lachte. »Was meinst du denn damit? Sieht man das denn nicht eindeutig?«

»Na ja, manchmal schaut er mich so an, und ich denke: Mein Gott, diese Augen sind aus Glas.«

»Dans Augen scheinen mir echt zu sein.«

»Er ist super.«

»Hallo, die Damen«, sagte der Spieler mit dem Pferdeschwanz. Er blieb an ihrem Tisch stehen und hielt eine Zigarette nahe am Mund.

»Wissen Sie was, Louise, diese Wette, die wir gemacht hatten, hat sich leider nicht ausgezahlt.«

»Ich habe keine Wette gemacht«, sagte Louise.

»Na ja, ich hab doch diese 10 Dollar für Sie gesetzt. Aber das Pferd hat gelahmt. Immer das Gleiche. Das Rennen war bestimmt abgesprochen, was echt beschissen ist. Ich finde, mit Mutter Natur kann man nichts absprechen, obwohl wir das oft gerne täten.«

»Wie geht es Ihren Fischen?«, fragte Louise.

»Wie ich zuletzt gehört habe, hat sich der Bestand im Becken wieder stabilisiert«, sagte der Spieler. »Wann ist denn nun das große Ereignis?«

»Am Samstag«, sagte Louise.

Er blies eine Rauchwolke zur Decke, nahm seine Baseballmütze ab und setzte sie Louise auf. »Hier haben Sie etwas Blaues von mir«, sagte er und ging weiter.

»Wer zum Teufel ist das denn?«, fragte Cheryl.

»Larry Longhair«, antwortete Louise. Sie stand auf, steckte Münzen in die Jukebox und wählte den ersten und zweiten Teil von »Rock Your Baby« von George McRae.

»Kannst du dich erinnern?«, fragte Louise.

»Das habe ich gespielt, als du Tiny geheiratet hast«, sagte Cheryl. »Alle fanden es gräßlich.«

»Stimmt doch gar nicht.«

»Es war nicht die richtige Melodie für ein Waldhorn. Das ist mir jetzt klar.«

»Du warst doch auf der Musikakademie. Wir sind natürlich davon ausgegangen, dass du weißt, was du tust.«

»Es war jedenfalls ein interessantes Experiment.«

»Wie diese Ehe auch.«

»Weißt du, mir fehlt es schrecklich, so herumzuhängen und zu reden«, sagte Cheryl. »Manchmal denke ich mir, ich geh wieder zurück zu Laszlo.«

»Und was ist mit Jean?«

»Ja, stimmt, das ist das Problem dabei.« Cheryl seufzte. »Ich muss dir das jetzt einfach sagen. Versteh es nicht falsch. Ich meine, es ist nichts Negatives. Aber in der Stadt erzählt man sich, dass du dich verändert hast.«

»Und – was ist deine Meinung?«

»Es stimmt, aber nicht so, wie die es meinen.«

Louise zog sich den Schirm der Mütze ins Gesicht und nahm einen Schluck Bier. »Inwiefern habe ich mich denn verändert?«

»Es sieht nicht so aus, als würdest du etwas bereuen oder so. Eher so etwas wie: Okay. So will ich es jetzt.«

Louise nickte. In der Jukebox sang Rod Stewart »Maggie May«. »Weißt du, was mich an diesem Song immer gestört hat?«

»Was?«

»Na ja, wenn es ihm wirklich gar nix ausmacht, dass man in der Morgensonne sieht, wie alt sie ist – warum muss er's dann überhaupt erwähnen?«

»Stimmt eigentlich.«

Die Nacht vor der Hochzeit verbrachte Louise im Haus ihrer Mutter. Sie lag in ihrem Kinderbett, auf der Seite, in der Form eines Fragezeichens. Auf eine Anregung der Zeitschrift *Hey, Teens!* war sie vor dreiundzwanzig Jahren auf eine Stehleiter geklettert und hatte fluoreszierende Sterne an die Decke geklebt. Als Teenager hatte Louise sehr unter dem Einfluss von *Hey, Teens!* gestanden. Sie hatte sich nach einem simplen Schnitt Kleidung genäht, die absolut grässlich aussah. Sie war in den Fanclub von Gary Lewis & The Playboys eingetreten. Die Sterne glühten jetzt fast gar nicht mehr, und sie sah sie nur schwach aus den Augenwinkeln.

Sie schlief ein und hatte einen Traum. Louise hatte fast immer ganz einfache Träume. Sie konnte gar nichts mit Leuten anfangen, die sie auf die Seite zogen und sagten: »Ich muss dir einen Traum erzählen. Und zwar hab ich da gerade mit meiner Cousine telefoniert, und dann war es auf einmal, als wäre ich selber das Telefon …« In diesem Traum jedenfalls fuhren Louise und Dan abends von Morrisville nach Hause, und Dan nahm eine steil ansteigende Straße, die Louise bisher nicht gekannt hatte. Sie rollten durch die Landschaft, immer höher hinauf. Der Himmel war wie eine Himmelskarte, mit konzentrischen Kreislinien und großen blauen Planeten, die Namen und Entfernungen weiß aufgedruckt. Die Straße stieg steil an, und die Gegend war einsam – ein dunkles Haus, schwarze Föhren –, aber wunderschön im Licht der Planeten.

»Fährst du diese Strecke oft?«, fragte Louise.

»Eigentlich bin ich sie noch nie gefahren«, sagte Dan. »Aber ich kenne das Straßensystem hier zur Genüge; ich weiß, dass es da oben wieder ganz flach wird, wie bei einem Habichtsnest.«

Das war dann natürlich nicht so. Das Auto kippte über die höchste Stelle der Straße hinunter und fiel in die unendliche Dunkelheit, die es im Traum manchmal gibt. Louise wachte auf und atmete schwer. Sie hörte seltsam schmatzende Geräusche und ging die Treppe hinunter. Es war halb zwei Uhr früh, und Mary war dabei, die Wände der Diele für den Empfang abzuwaschen. Sie trug ein Hauskleid mit aufgerollten Ärmeln. Das Putzen war noch nie ihre Sache gewesen, und wie sie jetzt so mit dem Wischmopp auf die getünchten Wände eindrosch, sah es aus, als würde sie alles nur noch schlimmer machen.

»Ich wollte das eigentlich gar nicht so machen«, sagte Mary. »Aber ich habe mit einem Schwamm angefangen, und mal ganz ehrlich, findest du nicht, dass es mit dem Mopp besser geht?«

Louise gähnte. »Du bist wirklich paranoid.« Aber sie beteiligte sich schließlich doch, faltete drei Klapptische auseinander und stellte sie auf. Sie verströmten deutlich den tropischen Geruch von Marys Untergeschoss.

Sie hörten eine Talkshow im Radio, während sie sich durch Louises Checkliste arbeiteten. Ihre Tätigkeit gewann die wortkarge konzentrierte Schnelligkeit, die nur nach Mitternacht möglich ist. Louise beseitigte die Spinnweben mit einem Besen, um den sie ein Tuch gewickelt hatte. Mary nähte den Saum von Louises Kleid um. Louise klebte weiße Bänder an die Lampen. Zusammen bereiteten sie Sandwiches ohne Rinde.

Es war gerade eine Reporterin zu hören, die in Rapid City eine Frau mit Platzangst interviewte. Aber die wurde nervös und ging nach der Hälfte der Zeit nach Hause.

»Ich glaube, das war echt«, sagte Louise.

»Du hattest immer das gegenteilige Problem«, sagte Mary. »Du wolltest nie nach Hause.«

Louise setzte sich in die Küche und kringelte Bänder, indem sie mit der Schneide einer Schere daran entlangfuhr. »Einmal schon. Mir war ein Reifen geplatzt, und es hat geregnet, und ich hatte keinen Mantel. Ich weiß noch ganz genau, dass ich mir von Herzen gewünscht habe, zu Hause zu sein. Also gut, jetzt gehe ich ins Bett.«

»Mach dir keine Sorgen wegen morgen«, sagte Mary.

»Gute Nacht«, sagte Louise.

»Gute Nacht.«

Am nächsten Morgen machten sie Punsch aus Orangensaft, Grapefruitsaft, Ananassaft und Wodka. Die Sonne strömte durch die Küchenfenster herein. Sie standen da und mixten und probierten, bis sie vollkommen zufrieden waren, nicht nur mit dem Punsch, sondern auch mit dem Haus, dem Wetter und dem Leben, das sie bis dato geführt hatten.

Heinz Miller kam am frühen Nachmittag herüber. Er war Farmer im Ruhestand und wohnte mit seiner Frau Ranae nebenan. Er trug ein kurzärmeliges weißes Hemd und weinrote Hosen.

»Bei uns ist das Kabelfernsehen gerade ausgefallen«, sagte er. »Würde es euch etwas ausmachen, wenn ich das Baseballspiel einschalte? Hab etwas Geld auf die Twins gewettet. Das ist gerade der Höhepunkt des dritten Innings, mit einem Mann am Schlagmal und niemandem auf einer Base. Unser Kabel funktioniert nicht mehr. Da dachte ich, ich könnte mal zu dir kommen.«

»Wie viel hast du denn gewettet?«, fragte Mary.

»Dreitausend Dollar«, sagte Heinz.

»Großer Gott«, erwiderte Louise.

»Wie viel?«, fragte Mary.

»Dreitausend«, wiederholte Louise.

»Ich weiß schon, das ist sehr viel«, sagte Heinz. »Ich hab mit diesen Typen im *Kalkeimer* gewettet.«

»Also wirklich, Heinz!«, sagte Mary.

»Sie haben das psychologisch sehr geschickt gemacht«, sagte Heinz. »Sie haben es so hingestellt, als hätte ich gar nicht das Geld, um überhaupt zu wetten. Sie sagten, der Farmerberuf wirft so wenig ab, dass ein Farmer, wenn er in die Stadt zieht, normalerweise nur sehr bescheiden unterkommt. Da hab ich ihnen natürlich alles Mögliche von unserem Haus erzählt. Wie ein Vollidiot. ›Wir haben das Dachgeschoß ausgebaut.‹ ›Wir haben einen Frühstückserker angebaut.‹ Und schon waren wir dabei, um dreitausend Dollar zu wetten. Aber ich wollte dich bitten, es Ranae nicht zu erzählen. Ich glaube, das Beste wird sein, wenn sie es gar nicht erfährt. Wenn sie es herausfindet, wird sie wahrscheinlich mein Gewehr nehmen und mich erschießen.«

»So wird es wohl kommen«, sagte Mary.

»Sie ist inzwischen richtig vernarrt in dieses Gewehr«, sagte Heinz. »Und anfangs fand sie es abscheulich. Konnte es gar nicht sehen. Wollte es nicht mal in der Garage haben. Da bemerke ich neulich, dass es nicht mehr in dem Schrank neben dem Ausguss steht, wo ich es aufbewahre. Und schon sehe ich Ranae auf der Straße daher kommen, das Gewehr in der Hand. Und da stellt sich heraus, dass sie damit schon eine ganze Weile jeden Nachmittag zu den Sandgruben läuft. Also frage ich sie, verstehst du, warum sie denn plötzlich so einen Drang hat, scharf schießen zu lernen. Und da sagt sie – stell dir das mal vor! – sie sagt: ›Heinzi, ich bin am Überlegen, ob ich dich nicht umlegen sollte.‹ Was sagt man dazu?«

»Sie läuft jeden Tag zu den Sandgruben?«, fragte Mary. »Das sollte ich auch machen. Heutzutage laufen ja viele Leute.«

Heinz Miller schaltete das Spiel zwischen den Twins und den Tigers ein. »Ich möchte ja wetten, dass das alles abgekartet ist«, brummte er und zündete sich eine Zigarette an. »Mein Arzt sagt, ich soll nicht rauchen, deswegen nehme ich jetzt diese Fluppen mit wenig Teer.«

Louise brachte ihm eine Tasse Punsch und nahm eine Zigarette. Sie und Heinz setzten sich auf die Couch, rauchten und sahen dem Spiel zu, einen Aschenbecher zwischen sich. Louise trug einen rotweißen Bademantel und ein blaues Handtuch um den Kopf. »Kommst du zu meiner Hochzeit?«

»Wann ist die denn, mein Mädchen?«, fragte Heinz.

»Um zwei.«

»Das musst du Ranae fragen.«

»Du könntest mir wenigstens gratulieren.«

»Ich gratuliere.«

»Danke.«

»Wie soll ich denn diesen Männern das Geld geben?«, fragte Heinz. »Per Scheck?«

»Um Himmels willen, nein, die nehmen doch keinen Scheck«, sagte Mary, die von der Küche aus zugehört hatte.

»Das glaube ich auch nicht«, sagte Louise.

»Ich kann gar nicht hinschauen«, sagte Heinz. Die Tiger hatten Läufer auf der zweiten und dritten Base. Er drehte den Ton ab und hielt sich die Augen zu. »Wie läuft es gerade?«

»Es steht drei-und-eins für Tony Phillips«, antwortete Louise. »Und jetzt kommt der Wurf. Phillips holt aus. Der Ball geht ins rechte Außenfeld.«

Sie ging nach oben und trocknete sich die Haare. Dann setzte sie sich aufs Bett und schaute auf ein gerahmtes Foto von ihrer ersten Hochzeit. Auf dem Bild stand sie allein da, in ihrem weißen Kleid, Taglilien im Arm. Ihre Augen wirkten umwölkt und begehrlich und leer.

Kurz nach dieser Aufnahme war sie geraubt worden. Sieben Freunde von Tiny hatten sie nach der Zeremonie auf den Kirchenstufen gepackt. Die Braut zu stehlen war Tradition, in der heutigen Zeit allerdings ziemlich unsinnig. Sie hatten sie in ein Auto gesteckt und waren mit hoher Geschwindigkeit zum Aussichtspark in Chesley gefahren, wo sie sich dann alle auf eine Felskante über dem Fluss setzten. Louise hielt dabei immer noch die Taglilien im Schoß.

Marihuana und eine Kürbisflasche Sangria wurden herumgereicht. Ein dunstiges Licht schien dem Flusslauf zu folgen, und Louise war schon nach zwei Zügen von dem Marihuana aus Hawaii stoned. Sie fragte sich, was aus dem milden Gras geworden sein mochte, das es in ihren Schulzeiten gegeben hatte – damit war es offenbar vorbei. Dann kam ihr der Gedanke, dass diese Männer sie von der Felskante aus in den Fluss hinunterwerfen könnten. Das schien ihr plötzlich sehr naheliegend, und sie hatte den Eindruck, dass auch alle anderen gerade auf diesen Gedanken kamen. Sie überlegte, ob sie die Arme ausbreiten und dadurch den überschüssigen Stoff ihres Hochzeitskleides in Flügel verwandeln könnte. Vielleicht war das Kleid ursprünglich sowieso als Drache geplant gewesen. Sie würde damit bis nach St. Louis schweben können, oder an sonst einen fernen Ort.

Louise kam ohne größere Schwierigkeiten davon. Sie zog sich von der Kante zurück und hob die Schleppe ihres Kleides auf, wobei ihre Fingerspitzen in die Zweige und Blätter griffen, die sich bereits darin verhakt hatten. Sie stieg in eins der Autos. Die Türen und der Kofferraumdeckel standen offen, und das Radio dudelte so einen ewig langen Song aus dem Süden, über einen Vogel, der sich nie ändert. Sie ließ den Motor an und fuhr davon. An den Rüttelschwellen im Park flog eine Kühltasche aus dem Kofferraum. Im Rückspiegel sah sie Flaschen und Eis über das Pflaster rutschen.

Jetzt trug sie das alte Hochzeitsfoto in den Wandschrank, in dem Mary ein Pappfass mit Jacken stehen hatte. Wenn man sich in Marys Haus aufhielt, war man nie sehr weit entfernt von einem Vorrat an alten Jacken. Vielleicht wusste sie über den Klimawandel mehr als alle anderen. Louise begrub das Foto in den Jacken.

Sie bürstete sich die Haare und zog ihr Kleid an. Es war gelb mit weißen Blüten und hatte einen tiefen Rückenausschnitt. Sie knotete sich ein rosenfarbenes Band ins Haar, breitete die Arme aus und drehte sich zum Spiegel. Ihr Haar war lang und braun, und durch das Band wirkte es kupferfarben.

Henry Hamilton war ihr Brautführer. Sie gingen zusammen durch das Kirchenschiff nach vorn. Er hatte ein Hüftleiden und sie zu enge Schuhe, deshalb schritten sie langsam und würdevoll dahin. Henry trug einen schönen dunkelblauen Wollanzug. Es gehört zu den unbeachteten Selbstverständlichkeiten des Mittleren Westens, dass der alte Farmer, der in einem Billigladen unter den T-Shirts mit Brusttaschen herumwühlt, zu Hause auf dem Dachboden vielleicht einen ganzen Schrank voller Anzüge im Stile Cary Grants besitzt. Henrys Anzug roch wie ein alter Schrankkoffer mit verblichenen Aufklebern von Dampfschiffreisen.

»Du siehst wunderschön aus«, sagte Henry.

»Nein, du.« erwiderte Louise.

Die Kirche war schmucklos, doch durch die bunten Glasfenster strömte Licht herein. Cheryl hatte mit dem Blumenschmuck Großartiges geleistet, und Louise kam sich vor, als würde sie auf den Rand eines Dschungels zugehen. Pater Matthews wurde von den Blättern riesiger Pflanzen umrahmt. Dan und sein Brautführer, Deputy Ed Aiken, schoben sich zum Altar vor, als würden sie auf einem Felsgrat balancieren. Dans Krawatte war zerknittert, und auf seinem Gesicht lag so etwas wie unbekümmertes Glück. So sind Männer eben.

»Liebe Gemeinde«, sagte Pastor Matthews. »Wir sind hier versammelt, um Louise Montrose Darling und Daniel John Norman im gesegneten Stand der Ehe zu vereinen. Zuerst muss ich aber noch ein paar Bemerkungen machen, zu denen ich letzten Sonntag nicht mehr gekommen bin. Shirley Baker ist immer noch im Krankenhaus, ebenso auch Andy Reichardt und Bill Wheeler. Bill hat unverändert Ärger mit seinem schlimmen Husten, möchte Ihnen allen aber für Ihre Gebete danken. Marvin und Candace Ross haben ein Kind bekommen, die kleine Bethany; Mutter und Tochter sind wohlauf. Und Delia Kessler möchte allen danken für die liebevolle Anteilnahme, die ihr nach dem Tod ihres Großvaters Mort zuteil wurde ...«

Diese Bekanntmachungen gingen noch eine Weile weiter, aber schließlich durften Louise und Dan sich ihr Jawort geben. Der Pastor hob die Hände, und Louise spürte, wie er ihr Haar streifte. »Mit diesem Ring«, sagte Dan, »nehme ich dich zur Frau ... in guten wie in schlechten Zeiten ...« Sie küssten sich. Louise schloss die Augen. Sie wusste nicht genau, was sie fühlte, fand dafür aber keinen anderen Ausdruck, als zu sagen, sie liebe ihn. Also sagte sie es. Es kam ihr so vor, als würde man sein Leben lang die Liebe immer nur ganz kurz aufscheinen sehen, immer nur in winzigen Teilchen. Sie küssten sich noch einmal, spontan und innig. Farina sang das Kirchenlied »Oh Liebe die mich nie verlässt«.

Anschließend traten alle ins Freie. Cheryl und Laszlo gingen unter den Pappeln auf und ab, während die arme Jean wartete und an ihren weißen Handschuhen die Finger zählte. Auf der anderen Seite des Rasens standen Louise und Dan auf dem Gehsteig und nahmen die Glückwünsche der Leute entgegen. Im Schatten war es kühl, und der Wind bewegte die Zweige der Bäume.

Heinz Miller hatte heimgehen müssen, als Mary und Louise zur Kirche aufbrachen, und zu dem Zeitpunkt war sein Kabelfernsehen auch wieder in Ordnung. Er bat Ranae, sich im Wohnzimmer niederzusetzen, und gestand ihr die Wette, die er abgeschlossen hatte. Sie sahen zu, wie die Twins noch einen trägen und nutzlosen Versuch machten, und Ranae weinte leise. Im Geiste sah sie alles vorüberziehen, was sie für dreitausend Dollar für ihre Enkelkinder hätten kaufen können, Spielsachen, Spiele und Fahrräder. Zwar stand fest, dass die Millers keine dreitausend Dollar für ihre Enkelkinder ausgegeben hätten, aber daran konnte sie ermessen, wie groß der Verlust war. Die Hochzeit begann, als das Spiel gerade im sechsten oder siebten Inning war, und Heinz und Ranae gingen nicht hin. Als das Spiel aus war, schaltete Heinz den Fernseher ab, und sie saßen fast eineinhalb Stunden lang im Dämmerlicht. Drei-, viermal fragte Heinz Ranae, was sie denke. Irgendwann warf sie ein Buch nach ihm und traf ihn am Arm. Dann stand sie auf und sagte: »Wenn du glaubst, ich verpasse wegen dir nach der Hochzeit der Tochter meiner Freundin jetzt auch noch den Empfang, also, da hast du dich getäuscht.«

Sie zogen sich schweigend um und gingen zu Marys Haus hinüber. Heinz war traurig. Ranae war wütend auf Heinz. Sie trafen auf Louise, die gerade am unteren Ende der Treppe in einer Plastikwanne ein Fußbad nahm. In ihrem gelben Kleid und mit den bloßen Füßen sah sie hinreißend aus. Sie umarmten sie, und Heinz reichte ihr eine Faltkarte mit fünf Dollar, damit die beiden einen Anfang machen konnten. Mary kam dazu, sagte, wie stolz sie auf ihre Tochter sei, weinte, hustete, putzte sich die Nase und setzte sich. »Übrigens, Ranae, ich habe von Heinz gehört, dass du jeden Tag zu den Sandgruben läufst.« »Da würde ich gerne mitgehen.«

»Ich glaube nicht, dass ich je wieder laufen gehe«, sagte Ranae.

»Ach Ranae«, sagte Heinz. »Natürlich läufst du auch in Zukunft, um Himmels willen. Bist du nicht ein bisschen zu melodramatisch?«

»Halt bloß die Klappe, Heinz«, sagte Ranae.

Da sie selbst spürten, wie unergiebig ihr Verhalten war, verließen sie den Empfang nach einer Viertelstunde wieder. Sie gingen über Marys Rasen, durch die Hecke in ihren Hinterhof. Der rote Impala der Spieler stand in der Einfahrt, und die Spieler selbst spähten durch die Fenster ins Haus.

Heinz steckte die Hände in die Jackentaschen. »He, verlassen Sie sofort das Grundstück«, sagte er förmlich.

»Das ist wirklich bildhübsch«, sagte der Spieler, der Richie hieß.

»Ist dir klar, dass die Milchkannen neben dem Klavier Antiquitäten sind?«, fragte Larry Longhair.

»Das geht Sie gar nichts an«, sagte Heinz. »Ranae, Liebste, geh ins Haus.«

Das tat Ranae. Sie nahm das Gewehr aus dem Schrank neben dem Waschbecken und lud es. Ihr zitterten die Hände. Die Spieler gingen gerade mit Heinz zur Garage. Ranae kam über den Gehsteig. Sie hob das Gewehr und schoss zweimal in die Luft. Dabei traf sie ein Fenster der Garage. Die Spieler rannten zu ihrem Auto und kurvten aus der Einfahrt hinaus. Heinz ging zu Ranae und umarmte sie. Da geschah etwas Seltsames. Eine der Kugeln, die sie in die Luft geschossen hatte, schlug auf dem Gehsteig auf. Ranae und Heinz sahen sich an und eilten ins Haus.

Louise und Dan fuhren zur Hochzeitsreise auf die Solitude-Insel im Lake Michigan. Obwohl Mai war, schneite es fast täglich. Sie wohnten in einem Hotel mit Gasbeleuchtung und engen Zimmern, ohne Elektrizität. Morgens und abends wurde gemeinsam gegessen, und soviel Louise mitbekam, sprachen die Leute über nichts anderes als darüber, wer Fleisch am wenigsten mochte. Ein Mann, der zugab, seinem Hund Schinken zu füttern, wurde gebeten, den Tisch zu verlassen. Louise und Dan hatten nicht daran gedacht, Stiefel und Schals mitzunehmen. Sie blieben ganz für sich und verbrachten viel Zeit im Bett, während der Schnee auf das alte Hotel niederfiel. Aber am sechsten Tag klarte es auf, und die Sonne kam heraus. Sie wanderten durch die Wälder bis zu einem Kliff an dem großen See.

»Ich habe bisher gar nicht gewusst, dass es so etwas Schönes gibt«, sagte Louise.

Der Wind blies ihnen ins Gesicht und ins Haar, und am Abend bekam Dan Ohrenschmerzen. Am nächsten Tag hatte er neununddreißig Grad Fieber, und sie suchten einen Arzt auf, der Dan empfahl, sich Senf ins Ohr zu schmieren. Louise und Dan nahmen die Fähre zum Festland, kauften in Escanaba Antibiotika und fuhren direkt nach Hause. An einem leuchtendblauen Vormittag um elf Uhr fünfzehn waren sie wieder in Grafton. Die Spieler hatten die Stadt verlassen, und wo Dans Wohnmobil gestanden hatte, sprossen in geschwungenen Reihen Sojabohnen.

Sieben

Tiny Darling lebte sich in Colorado ein. Er fand Arbeit auf einem Holzplatz in Lesoka, der Stadt, in die er durch Zufall geraten war. Er holte sein defektes Auto vom leeren Highway weg. Die Polizei hatte ihm einen orangefarbenen Aufkleber an den Seitenspiegel geheftet, auf dem stand: »Lassen Sie dem Polizeihilfswerk eine großzügige Spende zukommen.« Den ganzen Winter schob er mit einem Traktor den Schnee von der geteerten Fläche des Holzplatzes. Er war dankbar für jeden Tag, an dem es schneite.

Im Frühling begann er eine Liaison mit Kathy Streeter, einer Frau von der Bäuerlichen Genossenschaftsbank. An der Wand ihres Schlafzimmers hingen Bleistiftzeichnungen ihres Neffen, der vier oder fünf Jahre alt war. Als Tiny das letzte Mal bei ihr übernachtete, stand er sehr früh auf, nahm die Zeichnungen mit und ging, ohne Kathy zu wecken.

Tiny fuhr quer durch den Bundesstaat bis zu der Stadt August. Die sah wie eine echte Westernstadt aus, während Lesoka nur bedrückt gewirkt hatte. Die Bar hieß hier »Saloon«, die Männer trugen Cowboyhüte, die Frauen lange Lederröcke mit Fransen am Saum. Tiny suchte die Adresse von June und Dave Green im Telefonbuch heraus. Sie wohnten in einem neu erschlossenen Areal, das »Die Sangria-Ufer« hieß. Wasser war zwar keines in Sicht, aber das würde vielleicht noch kommen. Alle Häuser an den Sangria-Ufern schwebten auf sanften Hügeln. Der Rasen war perfekt geschnitten und der Sonnenschein gerecht verteilt. Die Greens besaßen eins von den Häusern, denen es gut getan hätte, wenn bei ihrer Entstehung nicht so viele verschiedene Baumaterialien zur Verfügung gestanden hätten.

Es besaß ein rotes Ziegeldach, verputzte Mauern, kupferne Dachrinnen und kompliziert verschlungene Geländer aus Schmiedeeisen. Egal, wohin Tiny auch schaute, er sah entweder einen Brunnen oder einen Torbogen oder eine Verbindung von Brunnen und Torbogen. Ein weißer Mercedes-Benz stand in der Einfahrt. Über die Kotflügel und die Fahrertür hatte jemand in grüner Schrift »Das ist Indianerland« geschrieben. Die Einfahrt aus schwarzem Asphalt mit gelben Seitenstreifen beschrieb einen weiten Bogen. Genau in dem Moment, als Tiny sein Auto zwischen den Streifen parken wollte, fiel der Seitenspiegel mit dem orangefarbenen Aufkleber zu Boden.

Tiny stieg aus und hob den Spiegel auf. Wenigstens war er nicht zerbrochen. June machte die Haustür auf. Sie war groß, hatte dunkle Locken und trug ein langes schwarzes Kleid. »Ich erwarte dich schon seit Herbst.«

»Hi, June.«

»Louise hat mich vorgewarnt.«

»Gibt's was Neues von ihr?«

»Sie hat letzten Monat geheiratet, Tiny. Sie hat in der Trinity Church Dan Norman geheiratet.«

Tiny polierte den Spiegel mit dem Ärmel. »Ich hab schon gewusst, dass es ziemlich ernst ist.«

»Es ist nicht ›ziemlich ernst‹. Sie sind verheiratet.«

»Warst du bei der Hochzeit?«

»Da waren wir in Mexiko.«

»Und wie war es da, June?«

»Ganz anders.«

»Ich sag ja nicht, dass sie mir gehört.«

»Das siehst du richtig.«

Tiny stieg die Stufen hinauf. »Ich bin so weit gefahren …«

Sie nahm ihm den Spiegel ab und hielt ihn ihm vors Gesicht. »Ich glaube, ich weiß, wo das Problem liegt.«

Da kam Dave Green an die Tür. Er trug Jeans, ein türkisfarbenes Sweatshirt und eine Brille mit runden, schwarz eingefassten Gläsern. Er war körperlich gut in Form. »Du bist bestimmt Tiny.«

Sie gingen ins Haus. Allein in der vorderen Diele standen Sachen im Wert von 5000 bis 10 000 Dollar herum. Dave führte June und Tiny an einem Flügel und ein paar in leuchtend bunten Farben brodelnden Gemälden vorbei zu einem Raum, der Floridazimmer genannt wurde und voller Sukkulenten und Rattanmöbel stand. Dave schenkte Kaffee ein, während June widerstrebend in der Tür stehenblieb.

»Meine Süße, setzt dich doch zu uns.« Hinter Daves Kopf schwammen orangerote Fische in einem Aquarium mit reicher grüner Vegetation.

»Ich muss in die Stadt«, sagte June.

»Nein, setz dich erst mal«, erwiderte Dave. »Nimm dir doch einen Krapfen, Tiny. Du wirst von der Fahrt Hunger haben. Komm schon, June. Wir kriegen uns jetzt erst mal wieder ein und fangen dann noch einmal an.«

»Was ist denn mit eurem Auto passiert?«, fragte Tiny.

»Die Indianer hier in der Gegend mögen mich nicht so besonders«, sagte Dave.

June setzte sich. Sie zerriss ein Stück Gebäck und schaute es an. »Ich muss in die Zoohandlung und in die Boutique und in die Apotheke und auf die Bank.«

»Weißt du, ich verkaufe Land«, sagte Dave. »Das war ursprünglich das Geschäft von meinem Vater, und jetzt gehört es mir. June und ich haben uns in Deutschland kennengelernt. Ich habe in Übersee studiert.«

»Das Problem ist das sogenannte ›Wild Village‹«, sagte June.

Tiny schaute von June zu Dave und zurück. Vermutlich waren sie miteinander unglücklich, und vermutlich würde sich dieses Unglück ausnutzen lassen. »Was ist das?«

»Das ist ein Vergnügungspark, der vom Wilden Westen inspiriert sein soll«, sagte Dave. »Vielleicht wird es dazu kommen, vielleicht aber auch nicht. Das Wild Village ist noch sehr weit davon entfernt, Realität zu werden. Bis dahin ist es noch ein weiter Weg.«

»Ehrlich gesagt wäre es mir am liebsten, wenn wir nie davon gehört hätten«, sagte June.

»Dann haben die also dein Auto beschmiert«, sagte Tiny.

»Weißt du, dem Stamm der Bärenklauen-Indianer gebe ich überhaupt keine Schuld. Die Weißen haben ihnen ja nun wirklich ihr Land gestohlen. Ich nicht, aber eben doch Leute wie ich. Heutzutage würden wir zur Polizei gehen. Ich weiß auch nicht, wie ich mit dem Groll von denen umgehen soll. Die Ironie dabei ist, dass viele von den Bärenklauen durch das Wild Village ganz gut Geld verdienen würden.«

June tupfte mit der Fingerspitze Krümel auf. »Ich verstehe schon, dass sie diese Uniform nicht tragen wollen.«

»Also wirklich, mir haben diese Entwürfe auch nicht besser gefallen als irgendjemand anderem«, sagte Dave. »Aber das waren doch wirklich nur vorläufige Skizzen.«

»Was ist denn mit dieser Uniform?«, fragte Tiny.

»Na ja, sie war im Schritt zu hoch geschnitten«, sagte Dave. »Das leugnet ja keiner.«

»Ich muss los«, sagte June.

»Weißt du, dass die Götter manchmal verkleidet erscheinen, um uns zu prüfen?«, fragte Dave.

»Das sagst du immer«, sagte June.

»Also ich bin jedenfalls ein Mensch«, sagte Tiny.

»Was willst du eigentlich hier, Tiny?«, fragte Dave.

»Ich würde gerne Arbeit finden.«

Dave Green fuhr mit Tiny zu einer Großbaustelle in den Bergen. Dort war alles voller Stützpfeiler, Betonformteile, Kräne und Hänger. Eine Brücke ragte halb fertig über einen Wasserlauf. Rechts gab es eine dunkelgrüne Bergwand, links ein helleres Tal. Der Mercedes hielt; Dave und Tiny stiegen aus. Ein magerer Bauarbeiter zeigte mit einer Schaufel auf die Graffitischrift am Auto und lachte. Er trug gelbe Stiefel, die so groß wie Brotlaibe waren. Dave winkte ihn herbei und fragte ihn nach seinem Namen.

»Milt«, sagte er.

»Milt, das hier ist Tiny«, sagte Dave. »Er wird von jetzt ab deine

Arbeit machen. Doch, das stimmt, du fliegst raus. Lass dein Werkzeug liegen und geh nach Hause.«

»Ich glaub's nicht«, sagte Milt.

»Das kannst du schon glauben, Milton«, erwiderte Dave. »Den Indianern ist das auch passiert. Da kannst du mal sehen, wie das ist.«

»Ich habe Familie«, sagte Milt.

Der Vorarbeiter kam herüber. »Was gibt es denn, Dave?«

»Hi, Cliff«, sagte Dave. »Ich habe Milt rausgeschmissen. Tiny wird seinen Platz einnehmen. Haben Sie was dagegen?«

»Was hat Milton denn getan?«, fragte der Vorarbeiter.

»Er hat sich über die Indianer lustig gemacht«, sagte Dave.

»Ich hab gedacht, das bezieht sich auf Ihr Auto«, sagte der Vorarbeiter.

»Egal, er ist jedenfalls ein Klugscheißer«, sagte Dave.

»Ich habe eine Familie zu ernähren«, sagte Milt.

Es war nicht klar, wer die Oberhand behalten würde, Dave Green oder der Vorarbeiter der Baustelle. Zufällig lagen in der Nähe ein Wirbelhaken und ein paar Seilanker auf einem Stapel Armiereisen, und Tiny nahm sie und zeigte, dass er damit umgehen konnte. Am Ende blieben beide, Milt und Tiny, auf der Baustelle. Cliff, der Vorarbeiter, schien ganz okay zu sein. Manche Bauleiter haben eine sadistische Ader, und das überträgt sich dann auf die ganze Mannschaft. Cliff war ein anständiger Typ mit einem großen Bauch und grauen Haaren. Noch am selben Tag konnte Tiny beobachten, wie er mit einem Problem umging. Für die Brücke waren mit einer Ramme, die am Kranausleger befestigt war, Holzpfähle tief in den Grund gerammt worden. Wegen all der Steine und Wurzeln kam es selten vor, dass ein Pfahl gerade in den Boden ging, und wenn man erst mal sechs hintereinander aufgereiht hatte, standen sie krumm und schief wie schlechte Zähne. Dann mussten sie, wieder mit dem Kran, einer nach dem anderen in eine mehr oder weniger perfekte Senkrechte gezogen und dort so lange gesichert werden, wie es dauerte, die Betonschalungen zu bauen und darin einen Brückenpfeiler zu gießen. Diese Sicherung geschah mit einem Hebezug, der von dem aufgerichteten

Pfahl zu einem weiteren Pfahl auf der anderen Seite des Wasserlaufs führte. Ein Hebezug ist ein Drahtseil mit Haken an beiden Enden und einer Ratsche in der Mitte, mit der man das lose Drahtseil straffziehen kann. Während man den Hebezug spannt, muss er den Zug eines sechzig Fuß hohen Pfahles aushalten, und es entsteht beträchtliche Spannung. Deshalb riss irgendwann so ein Drahtseil, und die Ratsche des Hebezugs, die etwa zwanzig Pfund wiegen mochte, schnitt mit einem gespenstischen Seufzer durch das Wasser und bohrte sich in den Sand. Das war so ein Fall, wo der Tod anklopft, aber es ist niemand zu Hause. Alle schauten in die Luft, als müsste gleich ein Sperrfeuer von Hebezügen vom Himmel regnen. Cliff kam aus seinem Wohnwagen. Er zog die Ratsche aus dem Boden des Flussufers und examinierte den Pfahl, der wieder in seine Schräglage zurückgeschnappt war.

»Zweiter Versuch«, sagte er.

In einem großen Gebäude in dem Viertel am Mount Astor im Osten von August fand Tiny ein Zimmer. Rings herum wuchs hohes, ausgeblichenes Gras. Viele Arbeiter von der Baustelle wohnten hier. Das Haus war nur ein Beispiel für die übertrieben großen Bauvorhaben, die die inzwischen pleite gegangene Bank von August finanziert hatte. Tiny fuhr zum Abendessen zu Dave und June hinüber, und nach dem Essen wurde das Licht gedämpft und alles für eine spiritistische Sitzung vorbereitet. Der Stadtgründer von August war 1894 ermordet worden und hatte ein Vermögen in Silber hinterlassen, das nie gefunden wurde.

Die drei Kinder der Greens waren im Kino, und June ging im ganzen Haus herum und klebte Kreuze aus Malerkrepp an die Türen ihrer Zimmer. Sie trug einen Jeansrock und ein übergroßes Shirt in Purpurrot. Sie erklärte, dass man Kinder niemals den Einflüssen der Unterwelt aussetzen dürfe, und fragte Tiny, ob er vielleicht Kinderzeichnungen oder irgendwelche Sachen von Kindern habe. Er berichtete ihr von den Bleistiftzeichnungen von Kathy Streeters Neffen.

»Fahr auf dem Heimweg an einer Kirche vorbei«, sagte sie. »Wenn du draußen zu dem Stoppschild kommst, bieg nach links ab. Dann zwei Ampeln geradeaus, und dann die erste rechts hinter dem Chinarestaurant. Da ist die Highland-Episcopal-Kirche.«

»Ich dachte, man muss in die Kirche hineingehen«, erwiderte Dave.

»Ich hab gehört, dass es genügt, wenn man daran vorbeifährt. Ich weiß es deswegen noch, weil ich dachte: Das ist aber komisch.«

June brachte das Hexenbrett. Dave legte eine etwas gespenstische Musik auf, und sie setzten sich um einen gläsernen Kaffeetisch. Tiny warf den Zeiger um, als er die Finger daran legte. Er versuchte es etwas sanfter noch einmal. Ein herzförmiges Stück Plastik zu befragen, wo ein Toter seinen Schatz versteckt habe, das fand Tiny so ziemlich das Idiotischste, was er je erlebt hatte. Andererseits schien es ihm wichtig, sich mit den Greens gutzustellen. Irgendetwas würde für ihn schon dabei herausspringen. Jetzt fing der Zeiger an, sich zu bewegen. Tiny vermutete, dass June ihn schob, oder Dave, oder alle beide. Er schaute die ganze Zeit auf Junes Beine, aber so, dass man es auch als Konzentration auf das Mystische durchgehen lassen konnte. Er dachte daran, wie sie sich zum ersten Mal geliebt hatten, nachts auf einer Decke neben einer Futterkrippe voll Mais.

Die Séance mit dem Hexenbrett war eine ziemliche Enttäuschung. Die gefundenen Buchstaben lauteten »Haajr«. June und Dave beschlossen, das J zu vernachlässigen. Womit sie das begründeten, außer mit der Tatsache, dass es so bequemer war, begriff Tiny nicht. Er war überrascht und erheitert, dass reiche Leute, oder jedenfalls diese reichen Leute, in ihrem Privatleben so albern sein konnten.

»Haar«, sagte Dave. »Haare schneiden. Wer schneidet Haare?«

»Ein Friseur«, sagte Tiny.

»Ein Friseur schneidet Haare«, sagte Dave.

»Was du nicht sagst«, sagte June.

»Vielleicht wollte der Typ gerade zum Friseur gehen, als er ermordet wurde«, sagte Tiny.

»Vielleicht war das Silber in einem Friseurladen«, sagte Dave.

»Das sind doch alles reine Vermutungen«, sagte June.

»Ich glaube, wir müssen uns mal etwas länger mit den Katasterkarten dieser Gegend beschäftigen«, sagte Dave.

Dann ging Dave mit Tiny ins Billardzimmer, um Nine-Ball-Pool zu spielen. Der Tisch breitete sich wie eine glänzende grüne Wiese vor ihnen aus. Dave schien weder das Gestell mit den polierten Queues noch den Talkumspender noch den leuchtenden Zähler an der Wand, mit dem man den Spielstand aufzeichnen konnte, überhaupt wahrzunehmen. Geistesabwesend summte er vor sich hin und schenkte Johnny Walker ein.

»Du bist ja die reinste Trinkmaschine.« Tiny hatte zu viel Talkum an den Händen und hinterließ beim Spielen geisterhafte Abdrücke auf dem Filz.

Tiny spielte schnell, aber nicht präzise. Dave gewann mit Geduld drei Spiele. June wartete im Flur auf Tiny und brachte ihn zum Auto. Sie hörten Klavierspiel einsetzen. Es klang, als würden Gegenstände eine Treppe hinunter poltern.

»Es heißt, Dave kennt man erst wirklich, wenn man ihn Klavier spielen gehört hat.« June blieb im Schutz der offenen Wagentür des Parisienne stehen. Tiny küsste sie, bis sie ihn wegschob.

»Lieber nicht«, sagte sie wie im Traum.

Die Kirche, zu der June ihn geschickt hatte, war modern und hatte etwas von einem Bunker, mit einem riesigen Kreuz, das die Sterne eher zu bedrohen als zu umwerben schien. Die Tür war abgesperrt, aber leicht zu knacken. Tiny blieb an einer schwarzen Kirchenbank stehen, bis sich seine Augen an das Dunkel gewöhnt hatten. Der Mond schien durch die hohen, schmalen Fenster und wurde von etwas reflektiert, das vorn im Kirchenschiff auf dem Boden stand. Es war ein Staubsauger, und Tiny ging zu ihm hin und schaltete ihn mit dem Fuß ein. Er saugte den Teppich und dachte dabei an Louise. Als sie die Scheidung eingereicht hatte, war er niedergeschlagen und stumpf gewesen. Aber jetzt kamen ihm die Jahre, die sie verheiratet gewesen waren, wie der Mittelpunkt seines Lebens vor. Er hörte mit dem Staubsaugen auf und stahl einen silbernen Krug aus einem Holzgestell.

Am nächsten Tag ging Tiny am Spätnachmittag auf dem Mount Astor spazieren. Viele Pfade verzweigten sich von dem großen Haus aus.

Neben ihm flog ein Rotschulterstärling mit roten Flügeln von Baum zu Baum. Diese Vogelart kannte er von zu Hause. Sonst war hier alles anders. Die Bäume waren höher und dunkler und das Land zerklüftet und rauh, so dass Landwirtschaft fast nirgends möglich war. Tiny folgte dem Stärling den Berg entlang, und nach einiger Zeit öffnete sich der Wald, und man sah hinunter in ein Tal mit einer Ansammlung von ungestrichenen Holzhäusern, die durch Schotterstraßen verbunden waren. Am Berghang waren alle Bäume gefällt worden, und Tiny setzte sich auf einen Baumstamm. Es war Abendessenszeit, und über den Blech- und Schindeldächern hing Nebel. Ein achtzehnrädriger Lastwagen kam gefahren, viel zu groß für die zerfurchte Straße, und hielt vor einem der Häuser aus Pressspan. Der Fahrer stieg aus, ging zur Beifahrertür hinüber, machte sie auf und nahm ein schlafendes kleines Kind auf den Arm. Er trug das Kind ins Haus. Alles war still, bis auf das gelegentliche Scheppern einer Mülltonne. Hunde durchstreiften das Dorf und suchten nach irgendetwas, das sie sich anscheinend selbst nicht merken konnten. Tiny blieb noch ungefähr zwanzig Minuten lang sitzen, weil ihn der Friede der einfallenden Nacht gefangennahm, und kehrte dann zu dem großen Haus zurück. Die Bäume wuchsen wieder hoch über seinen Kopf empor.

Der Bauarbeiter Milt setzte Tiny eine Spinne in den Schutzhelm. Es war eine Panzerspinne, wie man sie an Bachufern findet. Die Panzerspinne kann nicht beißen, krabbelt einem aber irgendwann über die Stirne oder den Hals hinunter und erschreckt einen zu Tode. Alle lachten, als Tiny den Scherz entdeckte. Er beschuldigte den am nächsten Stehenden, der aber sagte: »Es war Milt!« Tiny legte Milt die Hände auf die Schultern und stieß ihn zu Boden. Milt sprang auf und schlug heftig zu. Tiny sah Milt in tiefster Anerkennung an. Wenn es einen Kampf gab, fühlte Tiny sich zu Hause. Er trat Milt die Knie weg und schlug zweimal zu. Damit war der Kampf so gut wie beendet. Der Vorarbeiter Cliff nahm Tiny mit in den Wohnwagen. Cliff hatte einen Schreibtisch auf einer erhöhten Plattform. Er legte die Ellbogen auf Blaupausen und sah Tiny lange Zeit an.

»Ich weiß nicht, was man davon hat, wenn man so lebt wie du«, sagte er schließlich.

»Milt hat mir eine Spinne in den Helm getan«, sagte Tiny.

»Großer Gott, du solltest dich mal reden hören« erwiderte Cliff. »Du redest nicht wie ein Mann – du bist verdammt noch mal wie ein kleines Kind. Sogar dein Name passt. Tiny ist doch kein Name für einen Menschen. Wie heißt du mit Vornamen?«

»Charles.«

»Dann nenn dich auch Charles. Oder Chuck, Charlie, keine Ahnung. Tiny nennt man eine Maus.«

»Darüber kann ich mir schon alleine den Kopf zerbrechen.«

»Klar, dazu hast du jetzt auch jede Menge Zeit. Weil ich dich rausschmeiße. Es geht nicht nur um diese Sache jetzt. Es gibt noch etliche andere Gründe. Du klaust andauernd Werkzeug. Das wissen wir.«

»Nein, stimmt nicht.«

»Charles, tu mir einfach den Gefallen und lüg mir nicht ins Gesicht. Wenn du alles zurückbringst, dann lass ich dich nicht einsperren. Du kannst gleich mit dieser Nagelschürze hier anfangen.«

»Schmeißen Sie mich nicht raus.«

Cliff nahm seinen eigenen Schutzhelm ab, berührte sein silbernes Haar und setzte den Helm wieder auf. »Geh heim. Komm morgen früh mit sämtlichem Werkzeug wieder. Und ich kann dir nur sagen, es wäre besser, wenn ich wirklich jedes einzelne Stück zu sehen bekomme.«

Samstag Nacht gingen Tiny und Dave Green nach dem Silber graben. Dave hatte in Erfahrung gebracht, dass auf einem leeren Grundstück in der Nähe einer privaten Pflegeanstalt einst ein Friseurgeschäft gestanden hatte. Die Schaufeln schepperten, als die beiden sie die Kellertreppe herauf trugen. Es war kurz vor Mitternacht. June war in der Küche und richtete ein provisorisches Frühstück her.

»Ihr seid doch beide viel zu besoffen, um irgendetwas zu finden«, sagte sie.

»Das Pflegeheim wird das Silber von uns einfordern, wenn wir es nicht geheim halten«, sagte Dave.

»Du bist besoffen«, sagte June.

»Wer?«, sagte Dave.

Er und Tiny traten mit den Schaufeln und einer Ziegenlederflasche auf die Veranda hinaus. »Haben wir wirklich eine Chance, das Silber zu finden?«, fragte Tiny.

»Ich wollte einfach nur mal aus dem Haus raus«, sagte Dave.

Sie fuhren zu dem Grundstück, das von einem schäbigen Lattenzaun umgeben war. Tiny und Dave gingen durch ein Gartentor, und Dave machte von der nordwestlichen Ecke aus eine bestimmte Anzahl von Schritten. Sie begannen zu graben. Durch den Mondschein sah alles aus wie auf einem alten Negativ, und das verband sie in gewisser Weise mit den ersten Siedlern.

Dave legte die Schaufel hin, drückte die Flasche zusammen und trank. Die Nachtluft hatte ihn nüchtern gemacht. Er atmete tief durch und reichte Tiny die Flasche weiter, der noch genau so betrunken war wie zuvor.

»Warum bist du eigentlich wirklich hier?«, fragte Dave.

»Ich will Louise zurück.«

»Da bist du im falschen Bundesstaat.«

»Zugegeben.«

»Sie ist nicht mehr deine Frau. Das Gericht hat euch geschieden. Sie ist jetzt mit einem einflussreichen Mann verheiratet.«

»Ich habe ein Ziel.«

»Und falls du einen guten Lohn suchst: In Aspen bezahlen sie einen besseren als hier. In Boulder auch. Und in Denver am besten. Hier könnte sich die Situation verbessern, wenn das Wild Village genehmigt wird, aber du lieber Gott, das kann noch Jahre dauern. June und ich haben uns mal zusammengesetzt, und wir denken, dass du nach Denver gehen solltest.«

»Ich arbeite aber gerne bei Cliff.«

»Also pass auf, das wollte ich dir gerade sagen. Ich hab neulich mit Cliff geredet, und die traurige Tatsache ist, dass er dich nicht länger beschäftigen kann. Mein Plan war ja ursprünglich, dass Milt gehen sollte, aber wie du weißt, ist das nicht in Erfüllung gegangen.«

»Hat June dazu ihre Meinung geäußert?«

»Wir sind die besten Freunde, die du hast.«

»Was hat sie gesagt?«

»Du wirst ja bestimmt nicht den genauen Wortlaut hören wollen.«

»Doch.«

Dave sah zu dem krummen Zaun hinüber. »Sie meint, du solltest nach Denver gehen.«

In dieser Nacht fuhr Tiny über eine rote Ampel. Er war auf dem Weg in Augusts Innenstadt, als er die rote Ampel überfuhr und ein Laster sich in die Fahrerseite des Parisienne bohrte. Der Laster war ein Lieferwagen der Firma *Bazelon Beleuchtung und Armaturen* aus Colorado Springs. Tiny erlitt einen Nasenbeinbruch, der Fahrer des Lasters hatte sich offenbar am Arm verletzt. Die Polizei kam. Ein Polizist brachte Tiny in den Streifenwagen und reichte ihm Verbandsmull für seine Nase. Auf dem Armaturenbrett tanzten Lichterreihen.

»Sie sind Charles Darling?«, fragte der Polizist.

»Stimmt.«

»Haben Sie etwas getrunken, Charles?«

»Also, zum Abendessen hab ich Bier getrunken.«

»Sie haben also zum Abendessen Bier getrunken.«

»Ja, ein Grain Belt.«

»Und das war alles?«

»Ich hatte nur dieses eine Grain Belt.«

»Was würden Sie sagen, wie schnell waren Sie, als Sie in die Kreuzung hineingefahren sind?«

»Keine Ahnung.«

»Schätzen Sie mal.«

»Na klar, ich schaue natürlich dauernd auf den Tacho, wenn ich fahre«, sagte Tiny.

»Ich verstehe«, sagte der Polizist. »Wo wohnen Sie?«

»Am Mount Astor.«

»Aha. Eine Schwester von mir wohnt auch dort.«

»Hübsche Gegend.«

Tiny wurde wegen Trunkenheit am Steuer verurteilt, verlor seinen Führerschein und musste elfmal zu einer Gruppenberatung im Untergeschoss des Gerichtsgebäudes in Sedonia gehen. Der Ansatz dort war ein psychologischer. Quer durch den Raum war vorn ein rotes Banner mit gelben Filzbuchstaben gespannt: ALKOHOL IST SCHLECHT. Tiny nahm das alles nicht sehr ernst, und einmal hob er sogar die Hand und fragte, ob aufgestaute Wut in gewissen Situationen nicht ganz praktisch sein könne. Erst beim neunten Treffen drang tatsächlich etwas bis zu Tiny durch. Die Gruppenmitglieder setzten sich eines nach dem anderen an das Lenkrad eines Videomonitors, der die verminderte Umweltwahrnehmung eines betrunkenen Fahrers simulierte. Man konnte ihn immer stärker einstellen: ein Glas, drei Glas, acht Glas, klinisch tot. Jeder Grad endete mit einem Unfall, und dann stolperte ein Zeichentrickmännchen über den Bildschirm, das statt Augen Kreuze im Gesicht trug. Als Tiny das Lenkrad berührte, ging das Gerät kaputt und versetzte ihm einen elektrischen Schlag, der ihn bewusstlos machte.

Er lag auf dem Rücken am Fußboden und träumte, er sei auf einem See. In kleinen Booten fuhren Geister flink umher. Sie riefen ihn: *Charles … Charles …* Sie kurvten alle fröhlich auf dem See herum. Nur Tiny trieb auf den Wasserfall zu. Doch als er ihn erreichte, bemerkte er, dass auch er ein Geist war und in der Luft laufen konnte.

HIMMEL, HÖLLE, ITALIEN

Acht

An einem sonnigen, heißen Mittwoch wurde Kleeborg auf dem Rückweg von der Kirche in Stone City von einem Auto angefahren. Und zwar von einem alten blauen Ford Galaxie, an einer Kreuzung, an der man anhalten musste, gleichgültig, aus welcher Richtung man kam. Ein Mann und eine Frau stiegen aus dem Auto und blieben über dem zu Boden gestürzten Fotografen stehen.

»Sie waren genau im toten Winkel«, sagte der Mann.

Er hieß Frank. Er war ein gutaussehender Mann in gelbem Hemd, und er verkaufte Werbeflächen sowie Minzpastillen. Auf der Highschool war er sehr beliebt gewesen, aber seither kam es ihm vor, als würde er irgendwie ständig von allen schikaniert.

»Können Sie meine Hand erkennen?«, fragte er. »Wie viele Finger habe ich?«

Kleeborg schloss die Augen.

»Ich darf gar nicht daran denken, wie das unsere Police in die Höhe treiben wird.« Frank zündete sich eine Zigarette an und warf das Streichholz auf die Straße. »Was das für ein Schwindel ist! Und was das wieder für einen Aufstand geben wird. Man zahlt und zahlt, jeden Monat, sein Leben lang, und was passiert?«

»Ich hätte dich auf keinen Fall fahren lassen dürfen«, sagte die Frau. Sie wischte sich mit dem Unterarm über die Stirn. Sie trug eine ärmellose Bluse, einen kurzen Tellerrock und eine Anstecknadel, auf der »Grace« stand.

»Sie setzen deine Police rauf, und damit hat sich's«, sagte Frank.

»Schau doch mal, das ist wirklich ein ganz alter Mann.«

»Was haben die eigentlich mit dem ganzen Geld gemacht, das du ihnen bis jetzt gezahlt hast? Aber so darf man ja nicht fragen.«

»Da liegt seine Brille. Zerbrochen.«

»Stell es dir mal andersherum vor. Stell dir vor, dein Strafregister wäre makellos. Stell dir vor, du hättest dir noch nie etwas zu Schulden kommen lassen.«

»Hältst du jetzt mal die Klappe? Du hast ihn verletzt.«

Frank rauchte seine Zigarette und lief in einem großen Kreis. »Ich hab 'ne Idee, wie wir es machen könnten. Wir könnten sagen, dass du gefahren bist. Bei dir wäre es das erste Mal, und wir würden nicht in die Risikogruppe eingestuft. Was meinst du? Ist doch eine gute Idee, oder?«

Grace hob Kleeborgs Füße an. Er trug Penny-Loafers, an denen die Pennys längst abgelaufen waren. Sie legte Kleeborgs Füße wieder ab.

»Gestern bist du ja auch gefahren«, sagte Frank. »Es wäre also gar nicht unbedingt eine Lüge.«

»Schau dir nur mal dieses wunderbare alte Hemd an«, sagte Grace.

»Ach zum Teufel. Der weiß doch nicht mal, welcher Tag heute ist. Mister! Hey! Der ist ausgelöscht wie ein Nachtlicht. Wenn es keine weiteren Zeugen gibt, dann gewinnt unsere Aussage umso mehr Gewicht.«

Ein Junge kam aus einem der großen Häuser hinter dem Steilhang östlich der Elften Avenue herunter. »Ich hab schon den Krankenwagen gerufen. Ich habe alles gesehen.«

»Super«, sagte Frank. »Großartig.«

Der Junge kniete sich hin und legte Kleeborg einen Waschlappen auf die schmale Stirn. »Irgendeine Stimme hat mir gesagt: Geh zum Fenster. Ich hab mir gerade ein Sandwich gemacht, und auf einmal – ich weiß auch nicht – da kam so etwas wie: Leg das Messer weg.«

»Diese Stimmen, die du da hörst – möchtest du mir von denen nicht noch mehr erzählen?«, sagte Frank.

»Sind Sie gefahren?«, fragte der Junge.

»Was soll die Fragerei.«

Drei Straßen weiter hielten die Bezirksräte ihre allwöchentliche Sitzung ab. Sheriff Dan Norman musste diesen Treffen beiwohnen, obwohl er fand, dass Steineschleppen lustiger und bestimmt auch nützlicher gewesen wäre. Seit fünf Minuten begutachtete er jetzt schon die kleinen weißen Narben an seinen Händen, um wach zu bleiben. *Die da ist von einem Fuchsschwanz, die von einem Hammer, die von einem Anglermesser …*

Die Bezirksräte waren fast alle Rentner und konnten sich Zeit lassen. Seit Kurzem liebäugelten sie mit dem Plan, ihre Kompetenzen zu erweitern, obwohl das eindeutig illegal war. Dies gestattete ihnen, häufig Besprechungen mit dem Anwalt Lee P. Rasmussen anzuberaumen, was sie offensichtlich genossen. »Da sollten wir besser Lee ran lassen«, pflegten sie zu sagen.

Heute jedoch diskutierten sie über das Vorhaben von Ronnie Lapoint, in der Nähe des Lapoint-Moors Lagerräume zu errichten und dann zu vermieten. Das Moor lag an der niedrigsten Stelle der Route 29, südlich von Lunenberg und nordöstlich von Margo. Zu diesem Antrag gab es recht unterschiedliche Meinungen. Den Vorsitzenden des Bezirksrats, Russell Ford, schien Ronnie in der Tasche zu haben. Die anderen Räte jedoch zeigten sich besorgt, einerseits wegen der Folgen für die Umwelt, andererseits wegen der Unwägbarkeiten, die das Vermieten solcher Lagerräume nach sich ziehen konnte.

»Ich sag mal, ich hab dazu eine doppelte Frage«, meinte Bezirksrat Phillip Hannah. »Was sind das für Leute, und was genau wollen sie lagern? Wenn es etwas ist, was sie nicht ohne Scham auch bei sich zu Hause lagern könnten, dann frage ich mich, sollen wir ihnen einen Ort zur Verfügung stellen, an dem sie es verstecken können?«

Bev Leventhaler brachte das Argument vor, dass in der Nähe des Moores Rohrdommeln brüteten und dass die Lagerräume ihren Lebensraum empfindlich beeinträchtigen würden. Sie war die Beauftragte für landwirtschaftliche Entwicklung und die Moderatorin der Sendung *Zum Kaffee*, die täglich außer Sonntags im Radio zu hören war.

»Ich habe ein Buch dabei, wo sie abgebildet sind«, sagte Bev. Sie war schlank und hübsch, mit rotem Lippenstift und einem anziehenden Überbiss. »Sieht das jeder? Ich lass es herumgehen. Seid bitte vorsichtig damit. Es ist aus der Leihbibliothek. Was soll ich sagen? Tim, mein Mann, und ich, wir lieben diese Vögel. Ich sage nicht, dass sie zahm sind – sind sie nicht –, aber wir hatten schon ganz schöne Erfolge mit kleinen Futterspendern, die wir aus einer ganz normalen Plastikflasche hergestellt haben.«

»Danke schön, Bev«, sagte Russel Ford, der sich mit einem Zündholzbriefchen in den Zähnen herumstocherte.

Dan brachte ebenfalls seine Meinung ein. »Viele Leute gehen im Lapoint-Moor auf Entenjagd. Ich zum Beispiel gehe im Lapoint-Moor auf Entenjagd. Das Moor ist ein Jagdgebiet, in dem sogar zur Entenjagd aufgerufen wird. Es ist vor zwanzig Jahren von Ronnies Großvater dem Staat urkundlich übertragen worden, und ich glaube, der hätte sich niemals vorstellen können, dass Ronnie auf einen solchen Gedanken käme. Mir scheint es nicht ratsam, am Rande eines Jagdgebiets Industriegebäude zu erlauben. Wer kann mit Sicherheit sagen, dass es nicht Schrotkugeln auf die Leute hageln wird, die diese Lagerräume benutzen?«

Ronnie Lapoint stand auf und verteidigte seinen Plan. Er behauptete, dass die Waren, die in solchen Lagerhäusern gestapelt würden, zu 90 Prozent aus Familienerbstücken bestünden, dass die Rohrdommeln sich über ein bisschen Gesellschaft freuen würden und dass die Schrotkugeln, falls sie denn bis zu dem Gebäude gelangten, was er nicht annehme, auf dem schweren Wellblechdach landen würden, ohne Schaden anzurichten.

Dan blieb nicht bis zum Ende. Er schlich sich aus dem Gerichtsgebäude und fuhr die Neunte hinunter, bog an der Pear Street links ab und stieß schließlich rein zufällig auf die Menschen, die sich um Kleeborg versammelt hatten.

Außer Frank, Grace und dem Jungen mit dem Waschlappen standen jetzt noch ein Dutzend Leute herum, die wie Kleeborg in St. Alonzo zur Messe gewesen waren, sowie zwei junge Frauen, die eine Gruppe von Kindern an einem Seil führten, und ein paar Landschaftsgärtner, die mit ihrem Laster voller Pflanzen stehengeblieben waren, sich auf ihre Rechen stützten und dem Treiben zusahen.

»Ich bin's, Dan Norman, Mr. Kleeborg«, sagte Dan. »Der Ehemann von Louise. Dan. Verstehen Sie mich?«

Kleeborg hob die Hand an die Stirn. »Ich weiß nicht warum, aber ich erinnere mich gerade an etwas, was einmal meiner Schwester passiert ist.«

»Ja, was denn?«

»Sie schrieb abends immer Briefe. Sie hieß Lydia. Sie hatte die merkwürdige Angewohnheit, mit den Händen über die Seite zu fahren, wenn sie sie vollgeschrieben hatte. Eines Abends höre ich sie weinen. Unser Vater durfte auf keinen Fall aufwachen, denn er war in der Molkerei angestellt und musste immer vor Tagesanbruch aufstehen. Da hab ich also eine Kerosinlampe angezündet und bin nachschauen gegangen, was los war. Für die Lampen hatten wir damals nur Kerosin, und es gab oft Brände. Tja, Lydia hatte das Tintenglas umgestoßen, und es war leider zu Boden gefallen. Der Brief an ihren Freund war ruiniert und ihr Nachthemd auch, genauso der Teppich unter dem Tisch, an dem sie schrieb.«

»Oh je.«

»›So, Lydia‹, hab ich gesagt, ›vielleicht begreifst du jetzt endlich mal, dass du nicht immer so mit den Händen herumfuchteln sollst, wenn du schreibst.‹«

»Und was hat sie darauf gesagt?«

»Das weiß ich nicht mehr. Ich glaube, sie hat weiter geweint.«

»Was ist hier eigentlich passiert?«

»Ich möchte gerne wissen, warum ich gerade jetzt daran denken musste.«

»Sie haben einen ganz schönen Stoß an den Kopf bekommen, Mr. Kleeborg.«

»Der Mann in Gelb hat mich umgefahren. Ich war auf dem Weg von der Kirche, und er hat mich mit dem Auto erwischt.«

Die Sanitäter hoben Kleeborg auf eine Trage und legten ihm eine Schutzklammer um den Kopf. Dan nahm sich Frank vor. »Sir, haben Sie dieses Auto gefahren?«

»Nein«, sagte Frank.

»Wie ist Ihr Name?«

»Franklin Ray.«

Dan ging einmal um den Galaxie herum. Das Auto war dunkelblau und staubig, und im Rückfenster standen krumm und schief die Boxen einer normalen Stereoanlage. Solche Improvisationen – wie zum Beispiel ein Koffer mit einem Stück Seil als Griff oder ein Kleid, das mit Sicherheitsnadeln zusammengehalten wurde – kamen Dan immer besonders jämmerlich vor. »Ist das Ihr Wagen?«

»Ich sage nichts ohne einen Anwalt«, antwortete Frank.

»Dann ist es also Ihr Wagen.«

»Das habe ich nicht gesagt.«

»Rühren Sie sich nicht vom Fleck.«

Sheila Geer von der Polizei in Stone City kam herangefahren, in einem neuen Chevy-Streifenwagen, der weiß in der sommerlichen Mittagssonne glänzte. Der Staat stand bei der Verwaltung der Bezirke zwar an erster Stelle, aber irgendwie schafften es die Städte offenbar immer, die besseren Autos zu bekommen.

»Was haben wir denn da, Dan?«, Sheila war eine kleine und sehr kernige Sergeantin, die eine Vorliebe dafür hatte, an den Schauplatz eines Verbrechens gebraust zu kommen und zu fragen, was man denn da habe. Dan hatte vor Jahren ein paar Mal die Nacht bei ihr verbracht, als sie noch Streife gefahren und er Deputy gewesen war. Es hatte bei ihr mehr Kerzen gegeben als zu Weihnachten und Sitzsäcke anstelle von Stühlen.

»Wie du siehst, steht da drüben dieser Galaxie 500, und der hat Mr. Kleeborg angefahren«, sagte Dan. »Dort wird er gerade in den Krankenwagen gehoben.«

»Ach, der hat doch die Fotos für unser Jahrbuch gemacht«, sagte Sheila.

»Sehr gut möglich. Meine Frau ist bei ihm angestellt.«

»Da fällt mir ein: herzlichen Glückwunsch. Zu deiner Hochzeit und überhaupt.«

»Danke, Sheila.«

»Louise Darling, stimmt's? Ihre zweite Ehe?«

Dan nickte.

»Weißt du, ich hab mir früher auch mal überlegt, ob ich Fotografin werden soll.«

»Louise ist damit jedenfalls sehr zufrieden.«

»Ich weiß noch, da gab es so ein Fotopapier für die Abzüge, das hieß Agfa.«

»Genau.«

»Mir hat das Wort immer gefallen, es klingt so schön. Agfa. Kümmerst du dich um den Unfall?«

»Nur wenn ich muss.«

»Wer ist denn der Hauptverdächtige?«

»Wahrscheinlich der Typ im gelben Hemd. Ein Mr. Franklin Ray. Aber er macht dauernd Ausflüchte.«

»Diese Sorte kenne ich.«

»So ein richtiger Rechtsgelehrter.«

»Oh je.«

»Psst. Da kommt er.«

Frank hatte die Hände in die Hosentaschen gesteckt und kam heranspaziert, als wäre er auf einem abendlichen Bummel. »Darf ich Ihnen mal eine rein hypothetische Situation vor Augen führen. Angenommen, ich wäre der Fahrer gewesen – also, ich sag nicht, dass ich's war, nur mal angenommen –, würde es sich dann um ein Verkehrsdelikt handeln oder um eine andere Art von Vergehen? Oder gibt es in so einem Fall nur Verkehrsdelikte?«

»Hören Sie mal gut zu«, sagte Dan. »Ich habe keine Zeit für solchen Unfug. Entweder Sie sind gefahren oder Sie sind nicht gefahren.«

Frank scharrte mit dem Fuß auf dem Pflaster herum. »Ich bin gefahren.«

»Also, Sie sind vielleicht ein Scheißfahrer.«

»Der Alte ist mir direkt vors Auto gesprungen.«

»Das glaube ich Ihnen aufs Wort.«

»Kommen Sie jetzt mit, Sir«, sagte Sheila Geer.

Rollie Wilson kam mit einer Kladde zu Dan. Er war Farmer, Automechaniker und Fahrer des Sanitätsautos. Aus Liebhaberei züchtete er Antilopen. Auf seiner Jacke sah man Ölflecken, aber seine Fingernägel waren sauber geschrubbt.

»Ich brauch deine Unterschrift, Danny.«

Dan unterschrieb. »Wie geht es ihm?«

»Er scheint eine leichte Gehirnerschütterung zu haben«, meinte Rollie. »Das wird schon wieder. Vielleicht behalten sie ihn zur Sicherheit über Nacht da. Er sieht ganz okay aus, aber du siehst fürchterlich aus.«

»Ich muss gestehen, ich schlafe ziemlich schlecht.«

Eine der jungen Frauen ging vorbei und rollte das Seil für die Kinder auf. »Die würde ich wegen einem Keks nicht von der Bettkante stoßen. Weißt du, ich habe eine Zeitlang auch unter Schlaflosigkeit gelitten. Nachdem es bei uns gebrannt hatte. Du weißt doch noch, wie es bei uns gebrannt hat.«

»Natürlich.«

»Um die Wahrheit zu sagen, Dan: Ich habe eine Psychiaterin aufgesucht. Es macht mir nichts aus, dir das zu sagen, überhaupt nichts macht mir das aus. Ich habe mich wirklich gründlich mit der Frage beschäftigt. Früher habe ich mich immer geschämt, aber Scham ist so etwas Erstickendes.«

»Oh ja, das weiß ich.«

»Ich habe eigentlich nie viel über mich gesprochen. In der Familie, aus der ich komme, da hält man meistens den Mund. Ich könnte schwören, dass mein Vater zu uns Kindern in all der Zeit, bis wir groß waren, kein einziges Mal einen vollständigen Satz gesagt hat. So einen mit Subjekt und Prädikat: No, Sir. Aber der Witz ist, als ich endlich zu dieser Psychiaterin kam, stell dir vor, da brauchte ich auch praktisch kein Wort zu sagen. Sie schrieb mir auf der Stelle ein Rezept aus. Sie sagte, eine Menge Leute können nicht schlafen. Das ist keine Lüge. Sie sagte: Gehen Sie nach Hause und träumen Sie schön! Ich war insgesamt keine Viertelstunde bei ihr in der Praxis.«

»Echt?«
»Ich kann dir ihren Namen aufschreiben, wenn du willst.«
»Nimmst du immer noch was?«
»Das kannst du glauben. Und ich schlafe großartig.«

In Kleeborgs Fotostudio war Louise gerade dabei, im roten Licht der Dunkelkammer Abzüge zu machen. Sie trug Jeans und ein ausgeblichenes blaues Arbeitshemd.

»Rollie meint, sie behalten ihn wahrscheinlich über Nacht drin«, sagte Dan. »Er war leicht verwirrt, als ich mit ihm gesprochen habe. Soviel steht fest.«

»Ja? Wieso?«

»Er hat mir von seiner Schwester erzählt, dass sie ihre Tinte verschüttet hat, in den Zeiten, als es noch Kerosinlampen gab.«

»Lydia.«

»Genau, Lydia.«

»Armer Kleeborg.«

»Weißt du, was wir machen sollten? Sie anrufen.«

Louise lachte. »Da bräuchten wir aber ein gutes Telefon. Sie ist schon seit Jahren tot. Deswegen geht er ja in die Kirche.«

»Warum?«

»Wegen Lydia.«

»Sie fehlt ihm.«

»Kann sein. Ach was weiß ich.«

Als Mary von dem Unfall erfuhr, drängte sie Louise ziemlich skrupellos dazu, die Porträtfotografie selbst zu übernehmen. Aber von Mary hieß es ohnehin manchmal, eher könne man einen Dachs dazu bringen, ein Auto zu reparieren, als sie sich zu ändern.

Eines sengend heißen Abends fuhr sie zur Farm hinaus. Die Hitze war schon wochenlang brutal. Es gab keinen Windhauch, die Sonne brannte in das Becken des Rust River, und alle Ereignisse wirkten irgendwie zufällig und wie durch Hitzeringe voneinander geschieden. Und vor allem machte sich in Grouse County Ratlosigkeit breit.

Die Zeit der landwirtschaftlichen Familienbetriebe schien vorbei zu sein, und es gab keine zündende Idee für etwas Neues an ihrer Stelle.

Louise und Dan saßen in abgeschnittenen Hosen und leichten T-Shirts auf ihren Gartenstühlen. Louise las Zeitung und Dan schälte Maiskolben. Sie hofften auf eine kühle Brise. Ihr Haus stand auf einem Hügel und jeder Windstoß von Osten hätte über ihren Hof gehen müssen.

»Habt ihr um sechs Uhr die Nachrichten gesehen? Ein junges Mädchen ist zum Parlamentsgebäude gegangen, mit nichts als Straßenkarten bekleidet.«

»Warum das denn?«, fragte Louise.

»Ich hab nur das Ende mitgekriegt. Ich dachte, es steht vielleicht etwas darüber in der Zeitung.«

Louise blätterte geräuschvoll die Zeitung durch. »Anscheinend nicht.«

Dan brach an einem Maiskolben den Stiel ab. »Wahrscheinlich wollte sie gegen irgendetwas protestieren.«

»Offensichtlich«, sagte Mary.

»Gegen die Hitze vielleicht.« Louise faltete die Zeitung zusammen, fächelte sich damit Luft zu, schlug sie wieder auf und las weiter.

»Ja, könnte sein«, sagte Mary. »Ist doch Wahnsinn, oder? Und morgen soll es noch schlimmer werden als heute. Ist Perry Kleeborg eigentlich schon aus dem Krankenhaus entlassen?«

Loise schüttelte den Kopf.

»Wen hat er?«, fragte Mary und meinte damit seinen Arzt. »Freiberger?«

»Duncan«, erwiderte Louise.

»Von Duncan halte ich gar nichts.«

»Das sagen viele Leute.«

»Freiberger finde ich gut, aber Duncan nicht.«

»Kleeborg hat gegen Duncan nichts einzuwenden.«

»Louise, ich fürchte, das war's dann mit dem alten Perry. Er ist ja schließlich keine einundzwanzig mehr.«

»Wie alt ist er eigentlich?«, fragte Dan.

»Siebenundachtzig«, sagte Louise. »Aber noch sehr vital. Ich kenne bis heute niemanden, der mit einer Plattenkamera besser umgehen kann als er.«

»Ich kann mir nicht vorstellen, dass er je wieder in seinem Laden steht«, sagte Mary. »Tut mir leid, aber irgendjemand muss das ja mal aussprechen. Man darf schließlich nicht vergessen, dass der Mann einfach auf die Fahrbahn gelaufen ist. Sollte er nicht langsam daran denken, sich zur Ruhe zu setzen?«

»Kleeborg war aber im Recht; er durfte gehen«, sagte Louise.

Dan war mit dem Mais fertig und nahm eine Tupperware-Schüssel voller Eiswürfel. »Stimmt.«

»Wie bitte?«, sagte Mary.

»Frank Ray war im Unrecht«, sagte Dan.

»Der Typ, der gefahren ist«, sagte Louise.

»Recht behalten ist das eine und Überleben das andere«, sagte Mary.

Darüber dachten sie alle drei nach. Ein leichtes Lüftchen kam auf, und sie drehten dem Windhauch das Gesicht zu.

»Aber darum geht es ja gar nicht«, sagte Mary.

»Ich weiß ganz genau, worum es dir geht«, sagte Louise.

»Das wissen wir beide«, sagte Dan. Er nahm einen Eiswürfel zwischen die Zähne.

»Aber ich bin gerne in der Dunkelkammer«, sagte Louise. »Ich mache gerne Abzüge. Ich mag das Abwedeln und das Nachbelichten. Ich mag die Chemikalien und die Beleuchtung, und es ist mir sehr angenehm, dass ich nicht unter Stress stehe.«

»Louise, du bist gern in der Dunkelkammer. Sehr schön. Das wissen wir. Das ist eine Tatsache«, sagte Mary. »Aber es ist keine Karriere.«

»Das würdest du immer sagen, egal, was ich mache«, sagte Louise. »Sogar wenn ich Opernsängerin wäre, würdest du sagen, das ist keine Karriere.«

»Na ja, ich halte das auch tatsächlich nicht für eine sehr sichere«, sagte Mary.

Im Schlafzimmer von Dan und Louise drehte sich ein weißer Plastikventilator. Sie waren noch wach und sahen sich einen Film über eine Bärenfamilie an. Louise trank einen Gin Tonic und Dan ein Bier. Die Geschichte wurde aus der Sicht des männlichen Bären erzählt.

»Und so geht unser Winterschlaf denn unausweichlich zu Ende. Die Sonnenwärme lockt uns aus unserer Höhle.«

»Voll der redegewandte Bär«, sagte Louise.

»Weißt du, deine Mutter macht dir das Leben ganz schön schwer«, sagte Dan.

»Allerdings weiß ich das«, sagte Louise.

Die Bären warfen Lachse durch die Luft. »Wir haben es vorhin in voller Bandbreite erlebt«, sagte Dan.

»Ist alles in Ordnung?«

»Ja.«

»Wirklich?«

»Klar. Wieso?«

»Nur so. Schläfst du immer noch so schlecht?«

»Sprichst du immer noch im Schlaf?«

»Wie soll ich das wissen?«

»Also, du sprichst tatsächlich.«

»Du bist doch nicht bei einem Wettkampf. Du musst dich entspannen. Deswegen kannst du nämlich nicht schlafen, weil du dich nicht entspannst. Nimm doch mal einen richtigen Drink. Beim Bier hat man das Problem, dass da so viel Wasser drin ist. Du kennst doch den Spruch ›Aus reinstem Felsquellwasser‹. Also das stimmt. Es ist einfach nur Wasser. Während, im Gin ist mehr Alkohol. Nimm mal einen Schluck. Entspann dich.«

Dan trank und streckte die Hand aus, um ihr übers Haar zu streichen. »Du stehst ziemlich auf Alkohol, stimmt's?«

»Stimmt«, sagte Louise. »Als ich mich vorhin bettfertig gemacht habe, konnte ich es kaum erwarten, mich auf diesen Gin Tonic zu stürzen.«

»Ich hab schon bemerkt, dass du dir die Klamotten nur so heruntergerissen hast.«

»Der Trick dabei ist aber genau das, was man immer gesagt kriegt: Man muss maßvoll sein. Wenn man zu viel trinkt, wird man davon eher wacher. Aber ein kleines bisschen hilft. Mir jedenfalls. Ein einziges gut eingeschenktes Glas mit etwas Zitrone. Höchstens zwei Gläser.«

Dan wachte mitten in der Nacht auf. Und er lag dann nicht nur wach. Es gab immer irgendetwas, was ihn ein bisschen plagte. Entweder er hatte Ohrensausen, oder er spürte sein verletztes Knie, oder die Zähne taten ihm weh, oder er hatte einen Ständer, der gar nicht mehr abschwellen wollte. Es war immer nur ein einzelnes Problem, nie gab es zwei gleichzeitig. Vielleicht waren diese Unpässlichkeiten gar nicht die Ursache der Schlaflosigkeit, sondern ihre Folge – als würde, sobald er wach lag, immer gleich irgendein unangenehmer Zustand herbeibeordert, um ihm Gesellschaft zu leisten.

Louise atmete tief gegen seinen Arm. Er sah ihr dunkles Haar undeutlich neben sich. Ihr Atem wirkte in der Hitze seltsam kühl, und er hatte das Gefühl, dass er im selben Rhythmus atme wie sie. Gerade das aber wurde in dieser Nacht zu einem kleinen Problem. Mit jedem Atemzug sog er etwas weniger Luft ein, als seine Lunge gebraucht hätte. Man würde denken, dass das Atmen sich völlig automatisch vollziehe, aber in dieser Nacht ging Dan langsam die Luft aus, während er in Louises Rhythmus atmete.

Er stand auf, ging um das Bett herum und setzte sich auf einen Stuhl. Jetzt konnte er den Umriss ihres Rückens erkennen. Von diesem Beobachtungspunkt aus war sie ein Wesen voller Schönheit und Zartheit. Vielleicht wäre es besser gewesen, wenn er sie viel früher kennengelernt hätte. Er war siebenunddreißig Jahre alt, und obwohl in dem Bezirk, in dem er Sheriff war, nicht sehr viele Menschen wohnten, hatte er schon die entsetzlichsten Dinge gesehen. Alle Arten von Autounfällen, mit Kindern, mit Säuglingen. Und Motorradunfälle, bei denen es aussah, als sei der Fahrer von einer riesigen Hand auf den Asphalt geschleudert worden. Er hatte völlig ausgerastete Menschen erlebt, die ihre eigene Familie bedrohten. Das kam an jedem beliebigen Besäufnisabend vor. Er hatte die Folgen eines Mordes mit anschließendem Selbstmord gesehen, oder was das sonst gewesen war, in einer ansonsten sauberen Küche mit einer Stickerei: »Gesegnet sei die Unordnung.« Es fiel ihm schwer, diese Erinnerungen mit dem bloßen Anblick von Louise in Einklang zu bringen, wenn sie sich am Morgen das Haar bürstete, wobei sie es einfach mit der einen Hand zusammenfasste und ihren Pferdeschwanz mit der anderen bürstete; oder wenn sie eine sarkastische Bemerkung machte, mit einem Funkeln in den Augen und einem Glas an den Lippen; oder wenn sie Auto fuhr, das Haar am Hinterkopf zusammengebunden und den Unterarm auf die Autotür gestützt. Gerade eben drehte sie sich um und sagte etwas. Er beugte sich zum Bett vor. »Feuchtgebiet«, sagte sie, sonst nichts. »Feuchtgebiet«, mit leiser Stimme. Und da verschwanden seine Schwierigkeiten mit dem Atmen oder er war sich ihrer einfach nicht mehr bewusst.

Dan zog sich ein Hemd an und ging hinunter in die Küche. Das Haus hatte zwar ursprünglich Louise gehört, war ihm aber inzwischen so vertraut, dass er sich im Dunkeln zurechtfand. Ein Balken orangeroten Lichts leuchtete am Wäschetrockner, eine beruhigende Bestätigung, dass der Trockner Tag und Nacht zur Benutzung bereitstand. Dan zog sich einen Stuhl heran und schaltete einen kleinen Schwarzweißfernseher an, der auf einem Tisch zwischen dem Kühlschrank und der Anrichte stand. Zu dieser Nachtzeit standen nur vier Kanäle zur Wahl: Ames, Albert Lea, La Crosse und Sioux City. Hier auf dem Land gab es kein Kabelfernsehen, und Morrisville hörte um ein Uhr nachts auf.

Dan betätigte die Fernbedienung mit wissenschaftlicher Unvoreingenommenheit. Auf Kanal 3 kam eine Werbung für Gold. Da Dan jetzt schon seit einem Monat wenig schlief, hatte sich in ihm die Überzeugung gefestigt, dass die Amerikaner, oder zumindest die schlaflosen Amerikaner, alle das Gold liebten – goldenes Geschirr und Besteck, Goldflitter, vor allem aber Goldbarren. Man konnte jede Nacht Armbänder bestellen, Halsketten, jede Art von Tieren, Gestalten aus *Les Misérables* – alles aus Gold. Wenn man geschäftstüchtig war, konnte man sogar eine Lizenz erwerben und sein Gold weiter verhökern. Doch im Alltag hatte Dan höchst selten mit Gold zu tun, und er fragte sich, ob diese Werbungen nicht vielleicht für eine ganz andere Gegend bestimmt und nur aus Versehen in Grouse County gelandet seien. Aber das fragte er sich bei jedem anderen Fernsehprogramm auch manchmal. Auf Kanal 5 kam ein Autorennen und danach eine Vorschau auf einen Science-Fiction-Film mit dem Titel *Die Neun-Meter-Braut*, in dem eine riesengroße Frau die Hauptrolle spielte, die ganz sexy mit einer Tunika aus einem Zelt oder einer Plane oder etwas Ähnlichem bekleidet war.

Dan schaltete auf Kanal 7 und sah dort eine Frau, die auf einer seltsam verschatteten Bühne sang. Sie hatte dunkle Locken und bleiche Augen und trug einen durchsichtigen Schleier. Sie sang überaus kraftvoll. Ihre Stimme stieg sehr hoch und zitterte, es war schwer zu entscheiden, ob sie ihrer Sinne überhaupt mächtig war. Hinter ihr spielten Geigen und Harfen, und in den Händen des Chors bebten Kerzen. Das Stück war jetzt fast zu Ende und stieg noch einmal bis zu einer verheerend hohen Note an. Dabei fuhr die Kamera zurück und zeigte, dass die Frau in einem Amphitheater sang, mitten in einer Landschaft voll dunkler Türme und Hügel. Sollte das der Himmel sein? Die Hölle? Italien? Dan hätte es nicht zu sagen gewusst. Er schaltete schnell auf Kanal 13, wo ein Mann mit Südstaatenakzent mit einem Küchenmesser auf eine Tischplatte einhackte, um die Unverwüstlichkeit des Messers vorzuführen.

Kleeborg war am Wochenende noch immer nicht aus dem Krankenhaus entlassen worden, deshalb fuhren Dan und Louise nach Stone City, um zu sehen, wie es ihm gehe. Er lag im Mercy Hospital, einem düsteren, aber sehr belebten Gebäude, das eine ständige Baustelle war, obwohl man nie sah, dass etwas gebaut wurde, wo ständig neue Geräte angeschafft wurden, um all das machen zu können, was auch in Rochester oder Kansas City gemacht wurde.

»Ich glaube, sie haben mich vergessen«, sagte Kleeborg.

»Sie wollen bestimmt schnellstens raus«, erwiderte Louise.

»Eigentlich nicht gar so dringend. Die bringen einem immer das

Essen. Und es ist auch gar nicht so schlecht. Und draußen soll es schrecklich heiß sein. Ich habe überhaupt keine Lust auf Hitze.«

»Wie geht es Ihnen?«, fragte Dan.

»Dan, ich sehe nicht sehr gut«, sagte Kleeborg.

»Was hat Duncan dazu zu sagen?«, fragte Louise.

»Tja, das weiß ich nicht. Seit dem Tag, an dem ich eingeliefert worden bin, habe ich Duncan nicht mehr gesehen. Deswegen sage ich ja, dass ich glaube, sie haben mich vergessen. Aber ich habe eine Entscheidung getroffen, Louise.«

»Was denn?«

»Also, ich habe jetzt viel über den Tod nachgedacht.«

»Aber, Perry. Dafür gibt es doch gar keinen Grund.«

»Doch, den gibt es. Denn gestern wurde jemand zu mir auf's Zimmer gelegt – er hieß Crawford – und heute Nacht ist er gestorben.«

»Im Ernst? Woran denn?«

»Das weiß offenbar niemand. Hier gibt es viel Wirrwarr. Sehr viel sogar. Aber ich habe eine Entscheidung getroffen und hatte heute meinen Anwalt hier. Sie wissen schon, Ned Kuhlers. Und ich habe gesagt: ›Ned, wenn ich sterbe, gehört das Fotostudio Louise. Und Sie sorgen dafür und tun alles Nötige.‹«

»Perry, dafür ist es aber wirklich noch viel zu früh, im Ernst.« Louise griff nach einem Klingelknopf und drückte darauf. »Und ich kann Ihnen auch gar keinen Vorwurf machen. Es ist keiner da, der mit Ihnen redet, und Sie liegen hier und regen sich immer mehr auf.«

»Na, gestern habe ich mit Crawford geredet. Sehr viel sogar. Er konnte ja nicht weg, und ich glaube, das habe ich ausgenützt. Ich hoffe nur, dass er nicht daran gestorben ist.«

Louise ging zur Tür und schaute den Gang hinunter. »Ich geh mal jemanden suchen.«

Dan und Kleeborg blieben allein zurück.

»Sie hat so ein weiches Herz«, sagte Kleeborg.

»Oh ja«, antwortete Dan. Er ging zum Fenster. Bagger krochen über eine staubige Baustelle; man konnte sie nicht hören. »Nur mal so, was haben Sie zu diesem Crawford denn gesagt?«

»Ich habe ihm von meiner Schwester erzählt.«

»Lydia.«

»Ja. Wissen Sie, als wir noch jung waren, hat sie ihrem Freund viele Briefe geschrieben.«

»Ich weiß.«

»Aber unsere Eltern wollten das nicht. Ob sie mit ihrer Auffassung richtig lagen oder nicht, das weiß ich nicht. Aber sie haben mit Dean Ross eine Abmachung getroffen – der hatte damals das Postamt und den Laden in Romyla, und Dean hat die Briefe von Lydia immer zurückbehalten und sie dann meinen Eltern gegeben, wenn die mal in die Stadt kamen. Natürlich war das Lydia gegenüber unfair. Aber damals hatte man noch nicht so eine Vorstellung vom Briefgeheimnis wie heute. Jedenfalls glaube ich nicht, dass auch nur ein einziger von ihren Briefen dort ankam, wo sie glaubte.«

Dan kehrte vom Fenster zurück und setzte sich auf einen Stuhl. »Das ist eine traurige Geschichte, aber ich kann mir nicht vorstellen, dass sie jemanden umbringt.«

Es klopfte an der Tür. Herein trat weder ein Arzt noch eine Schwester, wie die beiden erwartet hatten, sondern Grace, die Frau aus dem Auto, das Kleeborg angefahren hatte. In Sandalen und einem engen grünen Kleid kam sie durch den Raum und übergab Kleeborg seine zerbrochene Brille.

»Es tut mir leid«, sagte sie. »Ich hab mich wirklich bemüht, sie reparieren zu lassen. Ich war damit in einem Laden, und die haben mir gesagt, sie können mir nicht helfen, weil die Brille zu alt ist. Und dann war ich damit noch in einem anderen Laden, und die haben gesagt, das stimmt gar nicht, die Brille ist nicht zu alt, und wann ich sie denn haben will. So weit so gut. Also bin ich heute wieder hin, und da sagen sie: ›Wir haben jetzt herausgefunden, sie ist doch zu alt, und wir können sie nicht reparieren.‹ Und ich sag: ›Danke. Danke vielmals, dass Sie meine Zeit verschwendet haben.‹ Na jedenfalls, hier haben Sie Ihre Brille, und es tut mir sehr leid, dass ich sie nicht reparieren lassen konnte, und vor allem tut es mir leid, dass das Ganze überhaupt passiert ist.«

»Also vielen Dank, Miss.« Kleeborg drehte die zerbrochene Brille in den Händen. »Ich weiß es zu schätzen, dass Sie's versucht haben.«

Und dann ging sie, und natürlich musste er nachfragen, wer sie sei, weil er sich nicht an sie erinnern konnte. Dann spielten Dan und Kleeborg zusammen Kribbage.

»Fünfzehn zwei, fünfzehn vier, fünfzehn sechs, ein Paar macht acht und König macht neun«, sagte Kleeborg.

Louise kam zurück und fragte: »War jemand hier?«

»Nur Grace Ray«, sagte Dan.

In dieser Nacht lag er wieder wach. Um zehn nach drei saß er gerade am Küchentisch und erledigte Rechnungen, als Louise im Nachthemd die Küche betrat. Er sagte »Hallo«, aber sie blieb, ohne zu reagieren, am Tisch stehen und sammelte die Rechnungen ein. In ihren Augen war ein so ruhiger Blick, dass Dan begriff, sie schlafwandelte. Sobald sie alle Papiere in den Händen hatte, ging sie zur Fliegengittertür hinaus, die sie hinter sich zufallen ließ. Dan ging ihr nach und passte auf, dass er sie nicht weckte. Das Einzige, was er über Schlafwandler wusste, war, dass man aufpassen musste, dass man sie nicht weckte. Louise wandelte im Dunkeln über das Gras. Sie trat aus dem Schatten der Bäume, beugte sich nieder und verteilte die Rechnungen über den Boden. Dann richtete sie sich wieder auf und blickte zum Himmel empor. Es war eine warme, klare Sommernacht. Die Sterne glitzerten wie Städte, und die Milchstraße sah aus wie eine richtige Straße, die irgendwo hinführte. Einen Augenblick später verschränkte Louise die Arme und kehrte ins Haus zurück. Dan hob die Rechnungen aus dem feuchten Gras auf und trug sie in die Küche, wo er sie in bezahlte und unbezahlte ordnete und weitermachte.

Neun

Tiny Darling kam nach Grouse County zurück, so wie alle immer zurückkommen. Er fuhr vorbei an umgebrochenen Maisstauden, großen blauen Silos und einem handgeschriebenen Schild am Straßenrand, auf dem stand, die Sünde sei der Tod. Er versuchte sich das alles als Szenen in einem Dokumentarfilm über sein Leben vorzustellen, mit einem Soundtrack von John Cougar Mellencamp. Er fuhr Richtung Osten durch Margo und dann weiter nach Grafton. Die Farm der Johansons sah im diesigen Herbstlicht fast zu perfekt aus. Die Felder waren abgeerntet und die Trockenbehälter standen so sauber aufgereiht da, als wären sie die in glänzendem Stahl nachgebildeten Mitglieder dieser Familie. »Grafton« stand auf dem Ortsschild. »321 Einwohner. Halten Sie doch mal an und sehen Sie sich um.«

Tiny fuhr direkt zu Lindsey Coales Schönheitssalon. Lindsey saß auf einem Stuhl unmittelbar neben der Tür und sah durch das Fenster auf die leere Straße hinaus.

»Hallo, Fremder«, sagte sie. »Ich hab gehört, du bist unter die Cowboys gegangen.«

»Das ist ein unbegründetes Gerücht«, sagte Tiny und ließ sich auf dem Frisierstuhl nieder. »Ich habe in Colorado Brücken gebaut.«

Lindsey legte Tiny ein Tuch um den Hals und befestigte es mit einer Sicherheitsnadel. »Und wie kurz soll es heute werden?«

Tiny holte seine Brieftasche hervor und zog ein Foto heraus, das aus einer Zeitschrift gerissen war und einen Mann mit einer Flasche Aftershave zeigte, der hinaus auf einen Ozean blickte, in dem sich Delphine tummelten. Der Mann hatte wellige schwarze Haare.

»Kriegst du mich so hin?«

Lindsey sah sich das Foto genau an und warf dann einen Blick auf Tinys rote Haare. »Ich kann es versuchen. Weißt du, bei deiner Farbe wird es natürlich nicht ganz genau so. Aber wir probieren's einfach.«

»Ich meine die Farbe.«

Lindsey sah ihn unsicher an. »Was? Du willst eine Coloration?«

»Nenn es, wie du willst. Färb mir die Haare schwarz.«

Lindsey Coale wandte sich dem Spiegel zu und zündete eine Zigarette an. »Darf ich fragen, warum?«

»Nur so zur Abwechslung.«

»Tiny, bist du in Schwierigkeiten?«

Er beugte sich vor, die Hände auf den Armlehnen des Frisierstuhls. »Wie kommst du denn darauf?«

»Weil ich dafür ins Gefängnis wandern könnte. So etwas ist nämlich schon vorgekommen.«

»Ich bin durchaus nicht in Schwierigkeiten.«

»In Oklahoma«, sagte Lindsey und blätterte in einer Friseurzeitschrift herum. »Eine Friseurin hat das Aussehen eines Postbeamten verändert, der Staatsanleihen gestohlen hatte. Der Postler hat es geschafft, außer Landes zu kommen, aber die Friseurin war drei Monate hinter Gittern. Hier hab ich's. *Vereinigte Staaten vs. Haar-, Haut- und Nagelstudio.*«

»Du liest da alles Mögliche hinein, was gar nicht vorhanden ist«, sagte Tiny. »Mein Leben hat sich verändert, aber meine Haare haben immer noch dieselbe langweilige Farbe.«

»Ich verstehe. So ein Gefühl haben die Leute oft. Aber ich kann dir nicht helfen, Tiny. Ich färbe keine Haare mehr.«

Tiny stand auf, warf das Tuch zurück wie einen Umhang und griff nach einer Flasche auf einem Wandbrett. »Und was ist das hier?«

»Das ist ein Festiger. Bitte stell ihn wieder hin. Bitte stell ihn wieder hin, Tiny.«

»Schon gut. Da bitte, da steht er wieder.«

»Willst du dir jetzt die Haare schneiden lassen oder nicht?«

Tiny nahm die Sicherheitsnadel aus dem Tuch an seinem Kragen. »Will ich nicht.«

Er hatte in Morrisville zu tun, also hätte er eigentlich die Straße nehmen können, die von Grafton aus nach Südwesten führte. Stattdessen beschloss er, einen Abstecher über Boris zu machen, um seine Mutter zu besuchen. Auf diese Weise kam er an der Farm der Klars vorbei, die er fast zwei Jahre lang nicht mehr gesehen hatte. Das Haus sah praktisch genauso aus wie früher. Nur wäre ein Anstrich jetzt noch dringender nötig gewesen. Es handelte sich um ein weißes Farmhaus mit hohem Giebel und etwas niedrigerem Dachfirst. Dan und Louise hatten einen Autoreifen als Schaukel in die Ulme gehängt. Na toll. Dans goldfarbener Caprice war aufgebockt. Tiny bog in die Einfahrt, hupte mehrmals, wartete und fuhr sein Auto dann hinter die Hecke, die den Hof vom Scheunenhof trennte.

Er betrat die Garage und blieb an dem Fenster zur Küche stehen. Dann schob er es hoch und stieg hindurch. Er ging durchs Haus. Im Wohnzimmer fand er ein glänzend blaues Fotoalbum von der Hochzeit. Tiny trug es in die Küche, nahm sich ein paar Scheiben Käse aus dem Kühlschrank und aß den Käse am Küchentisch, während er sich die Hochzeitsbilder ansah. Eins davon, auf dem Louise Dan umarmte, erzeugte in ihm einen Schmerz, der in den Ohrläppchen begann und dann den Hals hinunter in den Schultergürtel und von da aus in die Arme wanderte, bis ihm die Ellbogen weh taten. Tiny trug das Album hinauf ins Schlafzimmer. Dort sah es jetzt völlig anders aus. Was könnte einen mehr befremden als das Schlafzimmer eines anderen, noch dazu, wenn es einmal das eigene gewesen ist? Das Bett war so hoch, dass es wie ein Kinderhaus aussah. Es war halb gemacht, mit einer dünnen, bunt karierten Steppdecke (einer neuen), die über das zerwühlte Bettzeug geworfen lag. Tiny sah vor sich, wie Louise, wie immer auf den letzten Drücker, sich anzog und zwischendurch rasch ihre Zigarette zu Ende rauchte, während ihr noch das Hemd aus der Hose hing. Die Tapeten waren entfernt und der rissige Verputz weiß gestrichen worden. Ein luftiges weißes Nachthemd (ein neues) hing an einem Haken auf der Rückseite der Tür. Das Zimmer roch nach

Zitrone und Seife. Tiny drücke das Fotoalbum an die Brust und legte sich aufs Bett. Er flüsterte immer wieder Louises Namen, und nach einer Weile schlief er ein. Als er aufwachte, war es bereits früher Nachmittag. Der Himmel sah wild bewegt und grau aus, und unten im Erdgeschoß hatte es ein lautes Geräusch gegeben. Tiny stieg leise die Treppe hinunter und legte das Album an seinen Platz zurück. Das Küchenfenster war zugefallen. Tiny schob es hoch und kletterte hinaus.

Die Fahrt von der Farm der Klars nach Boris ging die ganze Zeit über Schotter, und weil es lange trocken gewesen war, zog Tiny eine Wolke wabernden Staubs hinter sich her. Das Haus seiner Mutter stand genau in der Ortsmitte von Boris. Vor Jahren war es einmal in einem fleischfarbenen Ton gestrichen worden, der billig in der Herstellung gewesen sein musste, wie man aus der großen Zahl von ungepflegten Gebäuden schließen konnte, die alle in dieser Farbe gestrichen waren. Links von der Eingangstür lag eine lange Veranda, die voller Gerümpel stand und allmählich im Erdboden versank. Colette Sandovers Haus war ein einziges Durcheinander, und man konnte in dieser ganzen Unordnung keinerlei Sinn erkennen. In der Spüle standen Bauarbeiterstiefel, eine Mausefalle ließ Rostflöckchen auf den Fernseher rieseln, und in der Badewanne lagen ganze Stapel der Zeitschrift *Photoplay*. Tiny sah seine Mutter auf dem Hinterhof im hohen Unkraut stehen, wo sie ein paar Nachbarskindern eine Geschichte erzählte.

»Der Wolf musste also hungrig nach Hause gehen«, sagte sie. »Er war so hungrig, dass er in seiner Höhle herumrannte, und der Kristall, den er als Gottheit verehrte, fiel dabei auf ihn. Der Wolf heulte und heulte, bis die Stadtbewohner sein schreckliches Geheul hörten. ›Helft mir, ich kann mich nicht bewegen‹, sagte der Wolf. Da erklärte der Bürgermeister den Leuten: ›Der Wolf sitzt fest. Er hat nichts zu fressen. Es ist nur eine Frage der Zeit.‹ ›Sehr gut‹, sagten alle. Und sie warteten drei Monate, bis sie sicher sein konnten, dass der Wolf zugrunde gegangen war. Dann gingen sie in die Höhle, trugen seine Knochen heraus und bauten ein Schiff, das sie zu dem neuen Land über dem See trug.«

»Hallo, Mom«, sagte Tiny.

»So, jetzt ab nach Hause, Kinder«, sagte Colette. Sie und Tiny gingen ins Haus.

»Ich will dich hier nicht sehen«, sagte sie.

»Na, das ist ja super«, sagte Tiny.

»Ich kann dir nichts mehr geben.«

»Nenn mir irgendetwas, das du mir je gegeben hast.«

»Wenn du hingefallen bist, habe ich dich aufgehoben. Wenn du Hunger gehabt hast, habe ich dir zu essen gegeben. Es gibt noch viele andere Beispiele. Ich bin nicht der unerschöpfliche Brunnen, für den du mich zu halten scheinst. Ich freue mich immer, wenn ich euch Kinder zu Weihnachten sehe. Aber das genügt. Vielleicht noch zu Ostern. Für den Rest des Jahres muss ich dich bitten, Abstand zu halten.«

Es soll ja vorkommen, dass Eltern Geschwister verwechseln und das eine Kind mit dem Namen des anderen rufen. Colette jedoch schien Tiny mit dem Kind einer anderen Mutter zu verwechseln. »Ich glaube, ich war seit fünf Jahren nicht mehr hier im Haus«, sagte Tiny.

»Weihnachten oder Ostern, du hast die Wahl. Weißt du was? Du darfst sagen, was dir lieber ist, und Jerry muss das andere nehmen. Das ist doch fair, oder?«

»Ich will keins von beiden.«

Sie seufzte. »Na, was willst du denn dann? Das, was die Mutter will, kommt ja immer zuletzt.«

Tiny ging zum Spülbecken, schob die Stiefel zur Seite und trank etwas Wasser. »Ernährst du dich einigermaßen vernünftig? Kochst du für dich? Was machst du überhaupt?«

»Ob ich koche oder nicht koche, das geht dich gar nichts an. Wenn ich du wäre, würde ich mich um mein eigenes Essen kümmern. Dein Vater war ein Trottel. Jerrys Vater war ein übler Typ und Bebes Vater ein Schwächling, aber deiner war von allen dreien der dümmste.«

»Was für reizende Erinnerungen.«

»Und komm meinem Zähler bloß nicht mehr nahe. Ich weiß genau, dass du ihn verstellt hast, damit es so aussieht, als würde ich mehr Strom verbrauchen, als ich wirklich verbrauche.«

»Ja klar, das mach ich andauernd.«

»Weihnachten oder Ostern.«

Tiny fuhr südlich auf dem Highway 56 und dann nach Westen bis Morrisville. Seine Mutter war verrückt, und vielleicht stand ihm dasselbe bevor. Die Leute, mit denen er in Colorado wegen seiner Trunkenheit am Steuer zu tun gehabt hatte, hatten ihm die Adresse einer Einrichtung mitgegeben, die *Das Zimmer* hieß. Das war eine Beratungsstelle, deren Büro in einem Ziegelbau über einem Studio für Jazzdance am South Pin River lag. Tiny sah eine Weile den Tänzerinnen in ihren bunten Strumpfhosen zu, dann ging er nach oben, wo er zwei Zimmer fand, die mit den traurigen, anonymen Möbeln ausgestattet waren, wie man sie bei Zwangsversteigerungen erwerben kann. Es gab einen Metallschreibtisch mit furnierter Arbeitsplatte, einen grünen Aktenschrank, an dem noch überall die Stellen zu sehen waren, an denen man irgendwelche Aufkleber abgekratzt hatte, und ein halbes Dutzend schwächliche orange Plastikstühle im Stil der Siebziger. In der Ecke schlug Johnny White Golfbälle in Richtung einer Putting-Maschine.

»Johnny?«, fragte Tiny.

»Psst«, sagte Johnny. »Wenn der reingeht, werde ich im Leben Erfolg haben.« Er schoss den Ball an der Maschine vorbei gegen die Wandleiste. »Das ist ein böses Omen.«

»Johnny?«

»Dich kenn ich doch.« Johnny hatte große rote Augen, weswegen er immer aussah, als ob er entweder verkatert oder sehr aufrichtig wäre. »Wir haben auf der Berufsschule doch immer diese Wettrennen mit den Bandschleifmaschinen veranstaltet.«

»Das waren noch Zeiten. Pass auf, ich suche etwas, das *Das Zimmer* heißt.«

»Da bist du hier richtig. Aber ich sag dir was. Ich bin schon ein bisschen spät dran. Hab in zwanzig Minuten in Margo eine Gesprächsrunde. Möchtest du nicht mitkommen, damit du mal siehst, um was es bei uns überhaupt geht?«

»Na schön.«

Johnny und Tiny fuhren mit Johnnys Bronco nach Margo. Das war ein ganz neuer Geländewagen mit schwarzer Innenverkleidung und obwohl es draußen nicht wärmer als 10 Grad war, ließ Johnny die Klimaanlage auf vollen Touren laufen.

»Du hörst sicher viel, Tiny – also, ich höre auf jeden Fall viel –, von diesen berühmten zwölf Schritten«, sagte Johnny. »Wir beim *Zimmer* haben keine zwölf Schritte. Wir haben nur einen einzigen Schritt. Tritt ins *Zimmer*. Und verlass es nicht eher, als bis du clean bist. So einfach ist das. Wenn du erst mal im *Zimmer* bist, geht es darum, dass du dich ständig auf die Tür zubewegst, die aus dem *Zimmer* hinausführt. Das muss aber ganz allmählich vor sich gehen. Du kannst nicht einfach hinaustanzen, denn wenn du das machst, dann fällst du auf die Schnauze. Aber du hast dadurch auch die Gewähr, dass du irgendwann tatsächlich hinauskommst. Verstehst du?«

»Nein«, sagte Tiny.

»Das *Zimmer* ist ja kein echtes Zimmer.«

»Kapier ich nicht. Wenn du erst einen Schritt hinein machst und dann einen hinaus ...«

»Genau.«

»Dann sind das ja eigentlich zwei Schritte.«

»Also, halten wir uns jetzt doch nicht mit der Anzahl der Schritte auf.«

Die Kleine Kirche des Erlösers war dunkelbraun, und auf dem Boden lag ein ausgefranster roter Teppich. Es war vier Uhr nachmittags, und Tiny sah durch das Fenster auf graue Berge und einige Häuschen mit einer Holzverkleidung in Bogen- und Deckelschalung hinaus. Diese Gegend lag am Rand von Grouse County, wo es für Ackerbau zu bergig war. Joan Gower begrüßte Johnny und Tiny im Innern der Kirche. Tiny kannte sie nicht. Sie hatte große Augen und blonde Haare und trug ein langes weißes Kleid mit einem rosenfarbenen Kreuz auf der Vorderseite. Johnny stellte Tiny und Joan einander vor, und die beiden setzten sich dann vorn in der Kirche nebeneinander, während er seine Rede hielt. Tiny drehte sich ein paar Mal um. Einige der Zuhörer waren blind und hielten Johnny das Ohr hin, so dass es aussah, als würden sie ausgerechnet Tiny anstarren. Das machte ihn nervös, obwohl sie ihn ja gar nicht sehen konnten.

Johnny White erzählte seine Lebensgeschichte – von dem Bankrott, von der Scheidung, und wie sehr ihm die Kinder fehlten. Er hatte diese Geschichte schon oft erzählt, aber diesmal wies sie ihn, neben der Tatsache, dass es sich um eine traurige Angelegenheit handelte, eindeutig als den Leiter des *Zimmers* aus. Johnny hatte sich die Haare über der Stirn so lang wachsen lassen, dass er sie glatt nach hinten streichen konnte, um die kahle Stelle zu verdecken. Aber diese langen Stirnhaare hatten die Tendenz, nach vorn zu fallen, und deshalb stützte er die Ellbogen auf die Kanzel und hielt sich die Hände frei, um seine Haare zu bändigen. Jetzt kam ein neuer Teil in seiner Geschichte, und zwar über das Trinken. Johnny habe eigentlich gar kein permanentes Alkoholproblem. Wenn man seiner Erzählung Glauben schenkte, hatte er sich nur ein einziges Mal richtig betrunken und war dann prompt in ein Riesenschlamassel geraten. Vielleicht war das ja übertrieben. Aber er hatte am Ende jedenfalls genäht werden müssen. Ebenso lag es auch durchaus im Bereich des Möglichen, dass Joan Gower Johnnys Geschichte bis dato noch nie gehört hatte. Als Johnny von seinen Kindern sprach, nahm sie jedenfalls Tinys Hand und hielt sie ganz fest, und Tiny sah Tränen auf ihrem Gesicht.

Als Johnny fertig war, kam ein alter Mann mit einer Whiskeyflasche in der Hand durch den Gang nach vorn. »Ich bin ein großer Säufer«, sagte er. »Ich habe mit George Smith Patton in Sizilien gekämpft, aber das kann ich nicht bekämpfen.«

»Allein nicht, mein kampferprobter Freund«, sagte Johnny. »Dafür gibt es ja das *Zimmer*. Die meisten Menschen können es allein nicht schaffen. Manche schon. Wenn jemand hier ist, der es kann, dann würde ich ihm allen Ernstes raten, die Fliege zu machen, denn er braucht uns nicht.«

»Ich krieg immer so einen Durst«, sagte der Mann. »Tagsüber geht's ja. Aber wenn dann der Abend kommt, ich weiß auch nicht, da wird es richtig schlimm.«

»Sie sind in den Fängen einer Krankheit«, sagte Johnny. »Das ist wie bei jeder anderen Krankheit auch. Wie wenn man sich den Knöchel gebrochen hat.«

»Ja, es ist wirklich irgendwas gebrochen.«

»Wir vom *Zimmer* renken das schon wieder ein. Hier draußen ist alles nur Lug und Trug. Sie können diese Bottel ruhig entkorken und sich einen Schluck genehmigen.«

»Wirklich?«

»Damit will ich nur zeigen, wie sehr ich an das glaube, was ich mache.«

Der Mann sah die Flasche an. »Nein, das würde ich jetzt nicht gut finden.«

Anschließend stand Johnny in einem muffigen Zelt neben der Kirche und beantwortete Fragen. Es gab sehr viele Unklarheiten über das *Zimmer*, und warum Johnny, wenn es doch gar kein wirkliches Zimmer sei, davon spreche, dass man hinein- und herausgehen könne. Was er damit meine? Und wenn es kein wirkliches Zimmer sei, was es denn dann sei? Und wo? In der Zwischenzeit machte Joan Gower mit Tiny einen Spaziergang.

»Das ist unser Ententeich«, sagte sie. »Sie sehen, es ist schon fast wieder Zeit, die Algen abzufischen. Wenn wir diesen Berg da hinaufgehen, haben wir einen guten Blick auf die Reparaturen, die so nach und nach an unserem Kirchendach gemacht werden. Und hier sind die Häuschen. Sind die nicht phantastisch? Sie wurden im 19. Jahrhundert in Sioux City angefertigt, für die Farmer, die samstags immer in die Stadt gekommen sind und gerne über Nacht bleiben wollten, um am nächsten Morgen in die Kirche zu gehen. So gesehen sind das eigentlich die ersten Fertighäuser, ausgerechnet hier in Margo. Unsere Gäste kommen hauptsächlich aus den Städten – aus Chicago, Minneapolis und St. Louis – und sie lernen bei mir und bei Pater Alphonse Christiansen. Wenn wir jetzt hier reingehen, sehen wir die ganzen hübschen Schnitzereien und die halbhohen Holzvertäfelungen, und daran erkennt man, dass diese Häuschen aus einer anderen Zeit stammen. Die Einrichtung ist ganz schön spartanisch. Wir stellen eine Kochplatte, einen Tisch, einen Stuhl, einen Schrank und ein einfaches, aber stabiles Bett zur Verfügung. Aus diesem Häuschen hier hat man einen hübschen Blick auf den Ententeich, an dem wir gerade waren. Schauen Sie, da setzen gerade ein paar Wildenten zur Landung an. Oh, nehmen Sie mich in die Arme. Bitte halten Sie mich fest.«

Margo war zu Anfang ein Grenzposten gewesen und ist das auch immer geblieben. Die Häuser sind klein und liegen weit auseinander. Während andere Städte wuchsen und dann wieder schrumpften, wuchs Margo nie, deshalb war auch das Schrumpfen hier nie ein Thema. Im Buch der Geschichte hat selbst Boris noch mehr interessante Seiten vorzuweisen als Margo. Zu Margo gehört auch ein See, direkt im Süden der Stadt, was man ja als einen Segen bezeichnen würde, aber nur, bis man einmal an seinen Ufern gestanden hat. Lake Margo wird aus demselben Zufluss gespeist wie der Walleye Lake, aber wie das bei Geschwistern manchmal so vorkommt, könnten diese beiden nicht unterschiedlicher sein. Der Lake Walleye ist sauber und breit und sieht von oben aus wie eine gesunde, große Bisamratte. In den meisten Jahren ist er voller Hechte und Zander oder Starraugen – daher auch der Name Walleye – und schon so mancher Junge wurde beim Zelten abends in seinen Schlafsack geschickt mit dem Versprechen: »Morgen früh stehen wir zeitig auf und gehen Starraugen fischen.«

Im Gegensatz dazu hat der Lake Margo die Form eines Einzellers, und trotz seiner Tiefe, ist er voller Wasserpflanzen, deren alleiniger Daseinszweck zu sein scheint, sich in den Rotorblättern eines Außenbordmotors zu verheddern. Auf der Ostseite liegt ein großer Tanker, aus dem Benzin gezapft wird, und nach jedem Regen schillern auf dem Wasser zarte pastellfarbene Ölringe. Es wurde zwar nie ein Zusammenhang nachgewiesen, und die Sache hat das Gericht so lange beschäftigt, dass alle Bezirksrichter ihrer müde geworden sind und dazu neigen, sie sicherheitshalber zu vertagen, sobald sie wieder auf der Tagesordnung steht. Aber der See riecht oft nach Benzin, was auch erklärt, warum die Stadt Walleye Lake mit ihrer Wasserrutsche einen boomenden Tourismus erlebt, während Margo nur die Kleine Kirche des Erlösers mit ihrem halb verfallenen Dach und ihren schäbig gekleideten Erweckungspredigern vorweisen kann.

Tiny und Joan Gower küssten sich ein paar Minuten lang leidenschaftlich in dem gemütlichen Häuschen, durch dessen Fenster das graue Licht hereindrang. Dann strich Joan ihr Kleid und das blasse Kreuz darauf glatt und ging den Berg hinunter zur Kirche. Johnny und Tiny fuhren nach Morrisville, wo Tiny sein Auto abholte und eine Packung Samtschwarz von L'Oréal besorgte, bevor er durch die dunkle Landschaft wieder zurück fuhr. Joan war im Keller der Kirche, und als Tiny die Treppe herunter kam, spielte sie gerade »This World Is Not My Home« auf dem Klavier. Tiny blieb stehen und hörte ihrem Gesang zu:

Nicht meine Heimat ist diese Welt
Sie zu durchwandern nur bin ich eingestellt
Weit oben dort über den Himmelshöhen
Kann ich meine Seligkeit aufscheinen sehen

Sie liebten sich auf der Klavierbank, auf den Stufen und im Glockenturm, in dem allerdings seit dem großen Unwetter von 1977 keine Glocke mehr hing. Endlich setzten sie sich in die Küche, erschöpft, wenn auch nicht wirklich befriedigt, rauchten die Canaria d'Oros von Pater Christiansen und lasen träge die bedrohliche Packungsbeilage des Haarfärbemittels.

»Du willst dir doch hoffentlich nicht die Augenbrauen färben, oder?«, sagte Joan. »Das kann nämlich zu Erblindung führen.«

»Dann lieber nicht«, sagte Tiny.

»Mir gefällt es gut, wenn die Augenbrauen eine andere Farbe haben«, sagte Joan und lächelte. Dann las sie: »Manche Menschen sind allergisch auf Haarfärbeprodukte. Allergien können ganz plötzlich auftreten, auch wenn Sie sich die Haare schon seit längerer Zeit färben. Die einfachste und effektivste Methode, herauszufinden, ob Sie allergisch sind, ist der folgende Allergietest.«

»Ach was, vergiss es.«

Tiny goss die Farbemulsion in den Entwickler und schüttelte die Mischung durch, während Joan sich die beigefügten durchsichtigen Handschuhe anzog.

»Ich weiß, was es bedeutet, sich von Grund auf zu verändern«, sagte sie. »Ich bin nämlich nicht schon immer für die Kirche tätig. Viele Jahre lang war ich Schauspielerin in Chicago. Jedenfalls habe ich das versucht. Es ist echt ein hartes Geschäft, sich da zu behaupten. Ich komme aus Terre Haute, und als ich fortging, haben sie mich alle gewarnt. ›Joan‹, haben sie gesagt, ›in dem Geschäft kommt man nur vorwärts, wenn man mit jedem ins Bett geht und sich nach oben bumst.‹ So ging ich also nach Chicago und hab bei einem Theaterworkshop mitgemacht und bin tatsächlich mit einigen Leuten ins Bett gegangen, aber offensichtlich nicht genug, denn es hat zwei Jahre gedauert, bis ich endlich eine Rolle in einem Stück bekommen hab. Es hieß *Au Contraire, Pierre*, eine französische Komödie, und ich hab eine Schwangere gespielt. Ich musste mir etwas über den Bauch binden, und, verstehst du, ich hab mir wirklich viel Wissen für diese Rolle angeeignet, weil ich sie einfach super spielen wollte. Boah, ist das schwarz. Ich meine, echt total schwarz.« Sie pinselte ihm die Farbe ins Haar. »Also zum Beispiel, manche Frauen müssen, wenn sie schwanger sind, monatelang auf dem Rücken liegen, und das hab ich gewusst, deswegen hab ich vorgeschlagen, dass es vielleicht witzig wäre, wenn ich das ganze Stück über auf der Bühne nur im Bett liegen würde und sonst gar nichts. Aber sie haben gesagt, nein, das wollen sie nicht. Meinst du nicht auch, dass das witzig hätte sein können? Wenn es gut gemacht worden wäre? Und ich hab auch gewusst, dass manche Frauen sich andauernd hinsetzen und die Beine hochlegen müssen, um keine Krampfadern zu bekommen, aber das sollte ich auch nicht machen. Und dann gab es noch etwas, was ich ganz interessant gefunden hätte, nämlich, dass eine Schwangerschaft Vergesslichkeit auslösen kann. Aber statt noch einmal zu fragen – weil sie ja doch wieder nein gesagt hätten – hab ich dann einfach so getan, wie wenn ich vergesslich wäre – weißt du, wie wenn ich mich an meinen Text nicht erinnern könnte. Ich geb zu, das war ganz schön durchtrieben, was ich da versucht habe. Und dann sagen sie doch eines Tages, als ich ins Theater komme, ich bin durch eine andere Frau ersetzt worden und soll meinen Spind ausräumen und gehen.«

»Da haben sie dich aber ganz schön reingelegt.«

»Allerdings«, erwiderte Joan. »Moment. Ich hab was auf dich drauf getropft. Halt still.«

Sie wischte ihm vorsichtig mit einem Handtuch über die Stirn.

»Jedenfalls war ich an diesem Abend zufällig in einer Bar, und irgendwie ließ ich so einfließen, dass ich Schauspielerin bin. Und da fängt der Mann da neben mir an, über einen ganz bekannten Star zu reden – oder wahrscheinlich würde man eher Starlet sagen – jedenfalls eine, die man dauernd im Fernsehen sieht. Er hat schreckliche Sachen über sie erzählt, was sie alles gemacht hat, um berühmt zu werden. Verstehst du, wenn er nicht gerade eine Wanze an der Zimmerdecke gewesen wäre, hätte er von dem, was er da sagte, überhaupt nichts wissen können. Und je länger er redete, desto lauter wurde er, und auch desto böser, und es kam nur noch ›Scheiß dies‹ und ›Scheiß das‹, und desto mehr erinnerte mich das auch an die Leute daheim in Terre Haute und wie sie mich gewarnt hatten, bevor ich fortging. Also, am Ende habe ich einfach ausgeholt und ihm mit voller Wucht eine gescheuert. Aber verstehst du, in diesem Moment wusste ich, dass alles anders werden muss. Jetzt lassen wir es zwanzig Minuten einwirken. Und dann, Moment, ich schau nach … dann spülen wir dir das Haar aus, und dann kommt das Shampoo Accent de Beauté und dann der Festiger.«

»Meine Kopfhaut fühlt sich ganz komisch an.«

Joan Gower zog die schwarz verfärbten Handschuhe aus, einen Finger nach dem anderen. »Das bedeutet, dass es schon wirkt.«

Tiny fuhr zu Johnny White. Sie hörten die Musik aus dem Tanzstudio herauf, die Bässe wummerten wie Herzschlag. Johnny sagte, es gebe für Tiny die Möglichkeit, 425 Dollar im Monat zu verdienen, wenn er für das *Zimmer* arbeite. Es hänge nur davon ab, ob er gut vor einer

Gruppe von Menschen sprechen könne. Johnny sagte, es sei nicht so schwierig, und nach allem, was Tiny in Joans Kirche gesehen hatte, mochte das stimmen. Johnny sagte, er werde es Tiny beibringen. Tiny werde zunächst vor Kindern sprechen und sich dann allmählich zu den Erwachsenen emporarbeiten. Tiny werde eine Krawatte tragen und allen Leuten immer in die Augen sehen müssen. Er werde mehr Nachdruck auf Drogen als auf Alkohol legen müssen, weil die Leute vor Drogen mehr Angst hätten. Johnny sagte, zurzeit gebe es an den Schulen einen ziemlichen Bedarf an Rednern.

So fand sich Tiny also eines Samstagabends mit seinem neuerdings schwarzen Haar und einer Ansteckkrawatte bei einem Basketballspiel zwischen Pringmar und Romyla sitzen und auf die Halbzeit warten, in der er sprechen sollte. Wie etliche der kleineren Sporthallen in Grouse County war auch diese hier eng und technisch überholt, mit einer gewölbten Decke, die nach den Seiten hin so niedrig wurde, dass alle Würfe aus der Ecke, wenn sie zu hoch kamen, regelmäßig gegen die Dachsparren prallten. Als Tiny das sah, verging ihm seine Nervosität. Seine Bemühungen würden wahrscheinlich nicht viel bringen, aber sie konnten auch nicht lächerlicher sein als der Anblick dieser Kinder in den schlechtsitzenden Sporttrikots, die die Bälle an die Decke schossen. Dann war die erste Halbzeit zu Ende, ein Junge und ein Mädchen kehrten den gelben Boden mit breiten Besen, und Tiny stieg auf die Bühne und ergriff mit beiden Händen das Mikrofon, das für die Pausenband aufgestellt war.

»Hi Leute«, sagte er. »Ich heiße Charles Darling, und man nennt mich Tiny. Ihr fragt euch vielleicht, wie ich zu diesem Spitznamen gekommen bin. Also, wenn ihr das seltsam findet, dann solltet ihr erst mal meinen Bruder Fats sehen. Wenn ihr gerade nicht zu Hause seid, schieb ich euch den durch den Briefschlitz. Doch ich mache nur Witze. Worüber ich heute hier sprechen will, ist aber gar nicht lustig, und ich bin sicher, dass ihr mir da zustimmen werdet, und zwar geht es um Drogen …« Tiny sprach fünfzehn Minuten lang und zeigte einen kurzen Film. Die Reaktion war in etwa so, wie er es sich erhofft hatte, das heißt, die meisten Jugendlichen nahmen überhaupt keine

Notiz von ihm, und dann war das Programm vorüber, und die Band aus Romyla spielte »Cocaine«, und Tiny stieg von der Bühne und setzte sich wieder hin. Das *Zimmer* verteilte am folgenden Montag an den Highschools von Romyla und Pringmar im Gesundheitsunterricht Fragebögen. Als Johnny die Antworten zurückbekommen und gelesen hatte, sagte er, sie seien im Allgemeinen so, wie zu erwarten, obwohl einige wenige Schüler von den Amphetaminen offensichtlich einen eher vorteilhaften als unvorteilhaften Eindruck gewonnen hätten, was bedeute, dass Tiny daran noch arbeiten müsse.

Und das tat er auch. So intensiv hatte er sich noch nie mit etwas beschäftigt, vielleicht mit Ausnahme seines ganz großen Plans, der in Ermangelung eines anständigen Komplizen nie zur Ausführung kam, nämlich, bei der Eisenbahn von Rock Island vierzig Meilen Kupferdraht zu stehlen. Und obwohl er hoffte, bezahlt zu werden, war das bis jetzt nicht geschehen. Er hatte noch etwas Geld von Colorado übrig und versuchte auch in einem neuen Geschäft Fuß zu fassen, nämlich, von Stadt zu Stadt zu fahren und Fenster zu putzen. Mit Schwamm und Eimer in der Hand hatte Tiny den Eindruck, er habe eine Marktlücke entdeckt, aber das sahen die Leute ganz anders. Die meisten blickten Tiny spöttisch oder misstrauisch an und sagten, er solle machen, dass er fortkomme. Einige mit besonders schmutzigen Fenstern wurden ärgerlich und sagten: »Was wollen Sie denn damit sagen?« Hie und da ergatterte er einen Kunden, aber nicht oft. Wenn er so über die leeren Ebenen zwischen den Städten fuhr, fühlte er sich verkannt, und die ganze Chose kam ihm aussichtslos vor.

In dieser Hinsicht ergänzte sich das Fensterputzen allerdings gut mit den Reden an den Schulen, die Tiny immer häufiger hielt, als das Wetter langsam kälter wurde. Er gewann Selbstvertrauen, wie Johnny es ihm vorausgesagt hatte. Kleinere Probleme ließen ihn jetzt kalt. In Stone City zum Beispiel, vor der größten Zuhörerschaft, die Tiny je vor sich gehabt hatte, rutschte ihm die Krawatte vom Kragen und fiel auf den Boden der Sporthalle, und er brachte es tatsächlich fertig, in das Gelächter der Leute einzustimmen, anstatt zum Beispiel das Rednerpult unter die Zuhörer zu schleudern. Ein anderes Mal hatte sich offensichtlich im Terminplan ein Fehler eingeschlichen, und er musste eine komplette Theaterprobe auf der Bühne der Sporthalle von Grafton abwarten. Das machte Tiny aber nichts aus, denn es lenkte ihn etwas ab und gab ihm Gelegenheit, zur Ruhe zu kommen. In dem Theaterstück spielten Claude Robeshaws Sohn Albert und eine Asiatin, deren Namen Tiny nicht kannte. (Es war Lu Chiang.)

»Sag du es«, meinte Albert.

»Sag du es«, antwortete das Mädchen.

»In dieser Szene …«

»Doch nicht so.«

»Dann sag du es doch.«

»Sag: ›In dieser Szene vertraut Melvilles Held einen Teil seines waghalsigen Plans der geheimnisvollen, dunkelhaarigen Isabel an.‹ Leg einfach ein bisschen Spannung hinein.«

Albert wiederholte die Einleitung, und er und das Mädchen nahmen ihre Plätze auf einer Holzbank ein.

»Durch diese ungewöhnliche, geheimnisvolle, unvergleichliche Liebe zwischen uns werde ich wie Wachs in Euren Händen. Die ganze Welt kommt mir jetzt vor wie das unbekannte Indien.«

»Ihr und ich und Delly Ulver«, sagte Albert Robeshaw, »verlassen morgen dieses ganze Gebiet und fahren in die ferne Stadt.«

»Was aber wünschtet Ihr, was Ihr und ich zusammen tun sollten?«

Albert stand auf. Er legte die Hand auf seine schmale Brust. »Lasst mich jetzt gehen.«

Das Mädchen erhob sich und umarmte Albert. »Oh Pierre, wenn meine Seele tatsächlich auf Euch einen ähnlich schwarzen Schatten geworfen hat, wie ihn jetzt mein Haar auf Euch wirft … so wird Isabel diese Nacht nicht überleben.«

Das Mädchen brach zusammen, und Albert hielt sie um die Taille fest. Sie gingen langsam von der Bühne. Ein paar Schüler klatschten und pfiffen und trampelten mit den Füßen, und ein Lehrer sagte: »Was habe ich über das Küssen gesagt. Pierre und Isabel. Was habe ich gesagt!«

Tiny begann seine Rede damit, dass er zugab, früher jede Menge

Mist gebaut zu haben, nicht nur in dieser Sporthalle, sondern wer weiß wo. Er führte das alles auf Drogen und Alkohol zurück und erläuterte in allen Einzelheiten das Scheitern seiner Ehe und die Qualen, die ein schlimmer Kater verursachte. Er hielt sich nicht sehr lange mit dem Konzept des *Zimmers* auf – das tat er nie –, denn das verstand ohnehin niemand, und er selber verstand es auch nicht. Diesmal blieb die Krawatte an seinem Kragen, und als er fragte, ob es Fragen gebe, stand Jocelyn Jewell mit einem Jahresbericht der Highschool auf und fragte: »Stimmt es, dass Sie 1969 Ihren Abschluss gemacht haben?«

»Ja«, sagte Tiny.

»Können Sie sich zufällig erinnern, was für ein Spruch auf Ihrem Abschlussbild stand?«

»Nein, Miss.«

»Also, ich habe ihn hier: ›Wenn Schwierigkeiten Sand wären, dann wäre ich ein Strand.‹ Können Sie uns dazu etwas sagen?«

»Ich würde sagen, das erklärt sich von selbst.«

»Es gibt noch etwas, was ich loswerden möchte, aber das ist ein Kommentar, keine Frage«, sagte Jocelyn Jewell. »Erinnern Sie sich an die Stelle in dem Film, den Sie gezeigt haben, wo der Junge seinen Eltern einen Brief schreibt?«

»Ja.«

»Wo er schreibt, ich weiß den Wortlaut nicht mehr, aber ungefähr: ›Liebe Mama, lieber Papa, mir geht es hier auf der Schule sehr gut, aber ich brauche mehr Geld für Drogen.‹«

»Genau.«

»Ich finde einfach, das ist irgendwie unrealistisch. Weil ich glaube, dass das niemand so offen aussprechen würde.«

»Nein, vielleicht nicht.«

Die nächste Frage kam von Albert Robeshaw. »Wenn dauernd so viel über Drogen geredet wird, finden Sie nicht, dass das ein erbärmliches Licht auf unser Land wirft?«

»Eine Nation beweist ihre Größe, wenn sie zugibt, dass sie große Probleme hat.«

Da stand Dane Marquardt auf, doch Albert Robeshaw setzte sich noch nicht. »Ich möchte dem zustimmen, was Albert gesagt hat. Unser Land ist erbärmlich.«

»Wo würdest du denn hingehen, vorausgesetzt, du könntest wo anders hingehen?«, fragte Tiny.

»Nach Kopenhagen«, sagte Albert.

»Ich auch«, sagte Dane.

»Und wie sieht's dort mit Drogen aus?«, fragte Tiny.

»Viel besser als hier in diesem beschissenen Land.«

»Es wurde im 11. Jahrhundert gegründet«, fügte Albert Robeshaw hinzu. »Es hat ein gemäßigtes Klima.«

Der Schuldirektor Lou Steenhard trat zu Tiny und nahm das Mikrofon. »Mr. Darling ist Drogenberater, Leute, kein Reiseleiter.«

»Also, eigentlich bin ich auch kein Drogenberater«, sagte Tiny. »Man nennt das Drogendozent.«

»Ich habe noch eine Frage zu den Drogen«, sagte Albert. »Sie wissen ja, im Fernsehen schlagen sie manchmal ein Ei in die Pfanne und sagen dann, so sieht dein Hirn aus, wenn du auf Drogen bist. Also, ich staune, was das für eine Wirkung hat. Mir macht das nämlich immer Appetit auf Eier.«

Als Tiny die Sporthalle verließ, war es kalt und windig. Der Winter nahte, und er freute sich darauf. Der war für ihn die aufrichtigste Jahreszeit. Tiny fuhr nach Morrisville und trat in das Jazztanzstudio unter dem *Zimmer*. Überall hingen Spiegel, und mit seinem Haar und der Krawatte sah er wirklich nicht wie er selbst aus. Er tanzte kurz bei den schwitzenden Frauen mit und ging dann nach oben. Johnny saß auf der Kante des Schreibtischs und drehte den Zylinder eines Sechsschüssers.

»Na, wie war's, Junge?«, fragte er. »Keine Angst. Das ist nur ein Nachbau, in limitierter Auflage.«

»Ich denke, wenn ich auch nur einen einzigen Menschen erreiche, hat sich der Aufwand schon gelohnt«, sagte Tiny.

»Ich bin verdammt sicher, dass du das bereits geschafft hast. Aber mach dir darüber keine Sorgen. Du kommst nächste Woche auf unsere Gehaltsliste.«

»Das ist gut.«

»Du kannst von jetzt an mit Erwachsenen arbeiten.«

»Mein Gott, Johnny, ich weiß nicht, ob ich das schon hinkriege.«

»Du hast was an dir, worauf die Leute echt abfahren. Du sprichst offen und ehrlich.« Er tat so, als würde er den Revolver anlegen und schießen, dann legte er ihn auf den Schreibtisch. Er zog eine Kamera hervor.

»Wir brauchen von dir ein Foto für deinen Ausweis«, sagte Johnny. »Der sieht echt ganz cool aus. Ich hab meinen in so ein Lederetui gesteckt, damit's aussieht wie eine Dienstmarke.«

»Da bringst du mich auf eine Idee«, sagte Tiny. »Könnte ich das Foto nicht im Studio Kleeborg in Stone City machen lassen?«

»Dafür haben wir nicht das Geld. Wir sparen nämlich für einen Overheadprojektor.«

»Ich kann es selber zahlen.«

»Das hat doch sicher nichts damit zu tun, dass Louise dort arbeitet?«

»Zum Teil.«

»Ich hab dir nicht vorzuschreiben, wie du leben sollst. Aber sagen wir mal, du fährst da hin, und wer weiß, irgendwie kommt es zu einer Art Auseinandersetzung. Ich fände es schrecklich, wenn du alles, was du hier erreicht hast, einfach wegwerfen würdest. Das *Zimmer* würde dich hochkant rausschmeißen, und das weiß ich deshalb ganz genau, weil ich selber so an den Job gekommen bin. Ich würde dir also dringend raten, dass du einfach mich dieses Foto machen lässt.«

»Na gut«, sagte Tiny.

Johnny stellte die Kamera scharf. »Bleib so.«

Joan Gower stieg in der Kleinen Kirche des Erlösers mit einer Taschenlampe in der Hand die Treppe zum Dachboden hinauf. Es war kalt, und sie rieb sich die Arme, wodurch das Lampenlicht über die Dachsparren tanzte. Sie stieß gegen die ramponierten Sperrholzfiguren, die zu einem Schaubild über das Leben der Indianer gehörten, und ging weiter bis zur hintersten Wand, wo unter einem trüben diamantförmigen Fenster drei Schrankkoffer standen, jeder mit ihrem Namen darauf. Sie hatte die Schrankkoffer vor vielen Jahren mit ihrem Namen versehen, zu einer Zeit, als sie sich noch Joän nannte. Das waren ihre Sachen aus Chicago. Sie musste erst alle drei Koffer öffnen, bevor sie das Baumwollkissen fand, das sie für ihre Rolle als Schwangere in der französischen Komödie getragen hatte. Es besaß zwei Bänder, eins für die Hüfte und eins für den Rücken, die mit einer frühen und etwas ungeschlachten Form eines Klettverschlusses versehen waren. Sie schnallte sich dieses Requisit über Jeans und Pullover. Dann zog sie den langen grauen Pepitamantel an, den sie damals immer getragen hatte.

Joan stieg vorsichtig die Treppe hinunter. Im Stück war es am schwierigsten gewesen, dieses Gewicht als Teil ihrer selbst zu akzeptieren und darüber hinaus dieses Akzeptieren auch ins Publikum zu tragen. Die anderen Schauspieler waren viel netter zu ihr gewesen, wenn sie als Schwangere auftrat, obwohl sie ja wussten, dass das nicht echt war. Sie ging durch die düstere Kirche und zur Seitentür hinaus. Sie nahm sich einen Rechen aus dem Schuppen und fing an, die Algen aus dem Ententeich zu kämmen. Die Wolken sahen aus wie die Stücke einer zersprungenen Schiefertafel. Manchmal wünschte sich Joan, sie hätte mit der Schauspielerei doch ein wenig länger durchgehalten. Natürlich gab es keinen Grund, es nicht noch einmal zu versuchen. Sogar in diesem Moment hätte doch jeder, der zufällig vorbeifuhr, sie mit Sicherheit für eine Schwangere gehalten, die in den Bergen spazieren geht. Es fuhr allerdings niemand vorbei. Die Enten folgten ihr das Ufer entlang. »Ich bin so breit wie ein Haus«, sagte sie.

Zur selben Zeit stand Tiny im Empfangsbereich des Fotostudios Kleeborg. Er kam sich vor, als hätte er eine lange Reise hinter sich gebracht, um jetzt wieder mit Louise zusammenzukommen, auch wenn er dafür vielleicht nicht besonders viel vorzuweisen hatte. Tiny drückte auf eine Klingel und wartete ziemlich lange. Endlich kam Kleeborg herein. Er hatte dünne weiße Haare und trug eine auch zu den Seiten hin abgedunkelte Sonnenbrille. Tiny winkte mit dem Schwamm und erbot sich, die Scheiben zu putzen.

»Dafür hab ich jemanden, der heißt Pete, und er kommt immer im Frühling vorbei«, sagte Kleeborg.

»Mit Schaufenstern wie diesen hier würde ich aber nicht bis zum Frühjahr warten«, sagte Tiny. »Ich meine, das ist natürlich Ihre Sache. Aber kommen Sie mal hier herüber. Das sieht nicht schön aus.«

»Seit mich dieses Auto angefahren hat, sehe ich nicht mehr besonders gut.«

»Vielleicht ist ja noch jemand anderes hier, der da mal einen Blick drauf werfen könnte. Ich sage das nicht wegen dem Geld. Ich sage es als Ihr Freund.«

»Wir sind bisher mit Pete ganz gut gefahren«, sagte Kleeborg. »Auf Wiedersehen.«

Tiny verließ den Laden und blieb auf dem Gehsteig stehen. Das Fotostudio Kleeborg lag im Erdgeschoss eines dreistöckigen Gebäudes und hatte eine Markise. Die Tür ging auf und Louise trat auf den Gehsteig. Sie hatte das Haar zu einem Pferdeschwanz gebunden. In der Hand hielt sie einen kleinen Pinsel.

»Hi, Lou«, sagte Tiny.

»Was ist denn mit deinen Haaren passiert?«, fragte sie.

»Ich hab sie mir färben lassen. Wie findest du sie?«

»Sind ganz schön dunkel.«

»Danke.«

»Was willst du?«

»Dich sehen.«

»Da bin ich«, sagte Louise. »Bist du jetzt zufrieden?«

Zehn

Kleeborg stand am Fenster, als Louise wieder hereinkam. »Dieser Fensterputzer wollte kein Nein gelten lassen.«

Sie sahen zu, wie er in einen rostigen Parisienne stieg. »Er wollte gar keine Fenster putzen. Wobei? Vielleicht doch. Wer weiß? Aber das ist jedenfalls Tiny Darling.«

»Sie machen wohl Witze.«

»Schön wär's.«

»Ich hab gedacht, der ist jetzt auf hoher See.«

»Nein, sieht nicht so aus.«

Das Auto fuhr los.

»Was die Fenster betrifft, hat er aber recht«, sagte Louise.

»Ich kann mir nicht vorstellen, dass wir mit sauberen Fenstern Umsätze machen würden, die wir so nicht machen«, erwiderte Kleeborg.

»Auch wieder wahr.«

»Na schön, ich geh dann mal nach oben.« Kleeborg wohnte über dem Studio. »Passen Sie gut auf sich auf.«

»Gute Nacht, Perry.«

Sie schaltete das Licht aus, sperrte die Türen ab und fuhr los. Sie war erst ein paar Querstraßen weit gekommen, als Tinys Scheinwerfer in ihrem Rückspiegel auftauchten. Sie nahm eine Abkürzung über den Rangierbahnhof, doch darauf fiel er nicht herein. Er versuchte nicht, sie von der Straße zu drängen, sondern blieb nur in einer gewissen Entfernung hinter ihr. Als sie auf der Landstraße war, fuhr sie schließlich an die Seite und kurbelte das Fenster herunter. Tiny stieg aus seinem Auto und kam heran.

»Also das ist ja vielleicht ein versifftes Auto«, sagte er.

Sie hob einen Kronkorken auf, als würde sie ihn als Beweis betrachten. »Hau ab.«

»Weißt du noch, wie wir auf der Highschool waren?«, fragte Tiny.

»Wir waren nicht zur selben Zeit auf der Highschool.«

»Warst du nicht eine Klasse unter mir?«

»Leider nein.«

»Na, egal. Im letzten Jahr auf der Highschool wurde ich gefragt: ›Worüber ärgerst du dich am meisten?‹ Und weißt du, was ich gesagt habe? Kannst du dich erinnern?«

»Nein. Und nimm bitte den Arm von der Tür.«

»Über Leute, die sich für was Besseres halten.«

»Ach, das hat jeder gesagt. Und um ›besser‹ geht es ja gar nicht. Du möchtest, dass ich sage, ich war im Unrecht. Na schön. Ich war im Unrecht. Ich hab das Unrecht gepachtet. Jetzt hör auf, mich zu verfolgen. Verstehst du, wir hätten niemals heiraten sollen. Unsere Ehe war einfach nur … Schwachsinn.«

»Mein Tattoo mit der Eule hat dir immer gefallen.«

»Na klar, das ist auch eine solide Basis.«

»Die schönen Zeiten vergisst du einfach. Die hast du aus dem Gedächtnis gestrichen.«

»Es ist praktisch unmöglich, in seinem Leben nicht manchmal ein paar Glücksmomente zu erleben, auch wenn es nur Zufall ist.«

»Ich hab für dich gekocht, als du krank warst.«

»Das war aber auch das absolut einzige Mal in diesen sechs Jahren.«

»Ich hab dir da jedenfalls so eine Dosensuppe gekocht, als du krank warst.«

»Und warum? Weil du Hunger hattest.«

Sie fuhr nach Hause auf die verlassene Farm. Dan war um diese Uhrzeit bei einer Therapeutin, wegen seiner Schlafstörungen. Louise ließ sich ein dampfend heißes Bad ein und zog sich aus. Sie balancierte die Zeitschrift *Redbook* und eine Packung Fruchtgummischlangen auf dem Rand der Badewanne.

Eine halbe Stunde lang ließ sie sich einweichen. Dann war das

Naschzeug zu Ende, und *Redbook* fiel ins Wasser. Sie fischte die Zeitschrift heraus und hängte sie zum Trocknen über den Handtuchhalter. Sie wusch sich die Haare und trug eine Spülung auf; zum Ausspülen benutzte sie eine rote Kaffeedose von *Hills Brothers*.

Dan kam nach Hause. Sie lag in einem weißen Morgenrock im Bett und sah sich einen Square-Dance im Fernsehen an. Die Männer hatten den Frauen die Hände an die Taille gelegt, und so tanzten sie zwischen Heuballen herum. Das machte sie ein bisschen an. Dan nahm seine Dienstmarke ab und legte sie auf den Toilettentisch.

»Schau dir mal diese Petticoats an«, sagte Louise.

»O la la«, sagte Dan.

»Und, wie war's bei der Therapeutin? Hat sie die Schlaftabletten herausgerückt?«

»Sie hat gesagt, ich sollte mal nicht im Haus schlafen.«

»Aber draußen ist es kalt.«

»Na, sie meint ja auch nicht draußen. Ich nehme an, sie hat ein Motel gemeint.«

»Und wer soll das bezahlen?«

»Ich habe ihr auch gleich gesagt, dass das unmöglich ist.«

»Wir streiten uns ja nicht mal, eigentlich nie.«

»Das hab ich ihr auch gesagt.«

Louise drehte sich in ihrem Morgenrock auf die Seite. »Das hoffe ich schwer, dass du das gesagt hast.«

Der Ausdruck von Dans Augen veränderte sich, als sie das sagte. Sie blickten irgendwie tiefer, schienen sich auf etwas in ihrem Innern zu konzentrieren. Er streichelte ihren Hals. Er küsste sie.

»Pass auf, ich weiß für dich ein ganz einfaches Beruhigungsmittel«, flüsterte sie.

Mitten in der Nacht wachte sie auf und streckte die Hand nach Dan aus, fand aber niemanden. Sie stand auf und ging nach unten. Dan las auf dem Sofa *Arizona Highways*. Mary brachte ihnen immer ihre Ausgabe, wenn sie sie gelesen hatte.

»Schau dir mal dieses Haus an.« Er legte die Zeitschrift zusammen und zeigte es ihr. »Da soll es spuken.«

»Und was spukt da? Der einsame Geist eines ruhelosen Sheriffs?«
»Siehst du da nicht eine Gestalt im Fenster?«
»Nein, Liebling. Das ist nur eine Spiegelung.«

Im Spätherbst war bei Kleeborg immer viel los. Eines Samstagmorgens fuhr Louise nach Morrisville hinüber, um Werbeaufnahmen für Russell Fords Wohnwagenfirma zu machen.

Auf den Fotos sollte Russells Neffe vor einem Wohnmobil eine junge Frau umarmen. Als Louise ankam, saß das junge Mädchen in einem trägerlosen schwarzgoldenen Kleid auf einem Eimer Spachtelmasse.

»Hallo, Maren«, sagte Louise, denn es war Maren Staley, das junge Mädchen, das vor eineinhalb Jahren ins Fotostudio Kleeborg gekommen war, um ihr Schulfoto machen zu lassen, aber so schrecklich verkatert gewesen war, dass sie sich nicht hatte in Pose setzen können. Im Jahresbericht war deshalb neben Marens Namen eine Zeichnung von einem weiblichen Wesen zu sehen gewesen, das ein Fass an Schulterträgern anhatte. Die Bildunterschrift lautete: »Nichts anzuziehen«. Jetzt war sie nüchtern und bildhübsch und wirkte erwachsen. Sie saß zusammengekrümmt da, um ihren Brustkorb gegen den eisigen Wind zu schützen.

Louise holte ein Flanellhemd aus dem Auto und gab es Maren. Russells Neffe Steven kam angefahren. Er war ein gutaussehender Junge und trug einen Smoking. Mit seinem Onkel Russell hatte er nur sehr wenig Ähnlichkeit.

Bei diesem Shooting rissen die Probleme nicht ab. Maren bekam an den Schultern Gänsehaut. Die Lampen flackerten wegen eines Wackelkontakts, der sich nicht beheben ließ. Maren sollte Steven umarmen, aber sobald sie die Arme hob, sah man den Rand ihres Büstenhalters seitlich über ihrem Kleid.

»Bringen Sie ihr die Unterwäsche in Ordnung«, sagte Russell Ford. Er stand neben Louise und sprach in ein Megafon.

»Ich stehe direkt neben Ihnen«, sagte Louise. Sie ging zu Maren und steckte ihr den Büstenhalter am Kleid fest.

»Und noch etwas. Die Zierleiste ist verbogen«, sagte Russell.

»Was für eine Zierleiste?«, fragte Louise.

»Am Wohnmobil«, sagte Russell. Dadurch entstand eine weitere Verzögerung, bis Russell ein tadelloses Exemplar eben jenes Modells gefunden hatte, das er in der Werbung haben wollte.

Maren zog Louises Flanellhemd über und schnorrte sich eine Zigarette. Louise schaute in ihre Packung. »Es sind noch sechs drin. Kannst du behalten.« Die beiden Frauen stiegen in einen silbernen Anhänger, der aussah wie diejenigen, in denen die Astronauten sich immer erholten, wenn sie vom Mond zurückgekehrt waren.

»Was hast du denn jetzt vor?«, fragte Louise.

»Ich bin momentan auf dem städtischen College«, sagte Maren. »Ich habe mich sehr verändert, Louise. Das College hat mich verändert, und das schafft Probleme zwischen mir und Loren. Weißt du noch, wer Loren war?«

»Dein Freund, oder?«

»Das ist ja das Problem. Wie gesagt ich habe mich verändert. Ein Beispiel dafür ist vielleicht, dass ich jetzt sehr auf die Musik von Van Morrison stehe. Manchmal, wenn ich *Veedon Fleece* höre, könnte ich einfach losheulen. Und da sind Loren und ich neulich so durch die Gegend gefahren, und er sagt: ›Leg doch mal was von diesem Don Morrison auf.‹ Also, so etwas macht einen doch fertig.«

»Manchmal lebt man sich eben auseinander.«

»Ich hab jetzt zwei Jahre lang College, und dann kann ich meine Zeugnisse nehmen und gehen, wohin ich will. Vielleicht gehe ich an die Westküste. In *Straße der Ölsardinen* erzählt John Steinbeck von einem Meeresbiologen namens Doc. Als ich das las, kam es mir plötzlich, dass ich noch nie auch nur einen Zeh ins Meer gehalten habe. Und ich denke, das würde ich sehr gerne mal tun, so wie ich veranlagt bin. Offensichtlich kann man sich ohne jede Bewegung im Salzwasser treiben lassen und geht doch nicht unter. Wo ich keine so gute Schwimmerin bin, klingt das für mich sehr spannend. Deswegen ziehe ich eine Schule in Kalifornien in Erwägung; dort sind ja alle kostenlos. Auf welchem College warst du denn?«

»Auf gar keinem«, sagte Louise. »Ich hab 1974 meinen Abschluss an der Highschool von Grafton gemacht. Damals gab es dort einen Studienberater, der eigentlich eher so was wie ein Wahrsager war. Statt einem einen Rat zu geben, machte er immer irgendwelche geheimnisvollen Vorhersagen. Zu mir hat er gesagt: ›Louise, du wirst einmal in einem kleinen Laden arbeiten.‹ Na ja, ich glaube, da hat er recht behalten.«

»Fotografie ist etwas so Intensives«, sagte Maren.

Russell machte die Tür auf und sah herein. »Weiter geht's. Das Barometer fällt.«

Steven und Maren nahmen ihre Umarmung wieder auf. Russell warf das Megafon zu Boden. »Jetzt sieht das Kleid ramponiert aus.«

»Ach was, der Einzige, der ramponiert aussieht, sind Sie«, sagte Louise. »Steven! Legen Sie die Hand seitlich an das Kleid! Wo die Sicherheitsnadeln sind! Großartig. Wir machen jetzt einfach mal ein paar Aufnahmen.«

Während des Fotoshootings hatten sich auf dem Gehsteig immer mehr Menschen versammelt. Seit Jahren ging nämlich das Gerücht um, Sally Field werde als Regisseurin und gleichzeitig Schauspielerin bei einem Film über das ländliche Leben mitwirken, der in Grouse County gedreht werden solle, und sobald in der Öffentlichkeit etwas geschah, was auch nur entfernt an Dreharbeiten erinnerte, liefen die Leute herbei, weil sie hofften, Sally Field zu sehen.

Von diesem Film war schon so lange die Rede, dass die Handlung inzwischen eine ganz andere geworden war: aus einer jungen Frau mit Krebs war eine Bäuerin mittleren Alters mit Krebs geworden. Aber trotz allem kam Sally Field nie nach Grouse County und würde sicher auch in Zukunft nie kommen, und das Ganze war, wie so vieles, eins der Gerüchte, die einfach nicht totzukriegen sind.

In Grouse County halten sich Gerüchte sehr lange, oder sie kommen regelmäßig wieder, wie winterharte Pflanzen. Zum Beispiel das von Marys Bäumen, die, da sie am Stadtrand von Grafton stehen, bei einem Schneesturm im Winter oft stark vereist sind. Ungefähr einmal pro Winter heißt es plötzlich überall, jemand von der Zeitung in

Stone City werde herüberkommen, um Fotos von Marys Eisformationen zu machen. Und bald darauf haben dann alle Eltern ihre Kinder in die Nähe von Marys Haus gezerrt und ihnen die Anweisung gegeben, sie sollten jetzt gefälligst mal ihren Hintern bewegen und einen Schneemann bauen. Aber der Nachmittag vergeht, das Gerede erweist sich als falsch, und die Sonne versinkt hinter einer stacheligen Landschaft voller unfertiger Schneegestalten.

Jedenfalls hatte sich in der Versammlung vor Russell Fords Fotoshooting jetzt auch Pansy Gansevoort eingefunden, die bei Big Chief Printing als Airbrush-Spezialistin angestellt war und eine eindrucksvolle Mähne ingwerfarbener Haare besaß, die ein farbenfrohes Highlight in Sally Fields Film abgegeben hätten, der indessen nicht sein sollte.

Pansy wartete, bis Louise mit ihrer Arbeit fertig war. »Hallo, meine Süße«, sagte sie. »Ich komme gerade vom Eight Dollars.« So hieß ein rasant wachsender Laden am Stadtrand, wo alles acht Dollar kostete.

»Und, was hast du dir gekauft?«, fragte Louise.

»Zwei Blusen, einen ganzen Karton Kartoffelchips und eine Bowlingkugel«, erwiderte Pansy.

»Was ist das denn für eine Bowlingkugel, die acht Dollar kostet?«

»Das wird sich zeigen. Kommst du mit in die *Rose Bowl*?«

»Ich bin nicht gut im Bowling, und du spielst ja im Verein. Also echt, das bringt nichts.«

»Ich geb dir ein paar Tipps.«

So gingen sie also zum Bowling, doch Pansys Tipps halfen auch nichts. Louise gehörte zu jenen Bowlern, die verblüffender Weise immer direkt auf die Rinne zu zielen scheinen. An diesem Nachmittag schaffte sie es sogar, den klassischen Fehler zu begehen und eine Kugel zu werfen, als das Einsammelgatter für die Pins gerade heruntergegangen war. Die Kugel krachte in das Gatter, und alle starrten Louise an. Ein Angestellter der Bowlingbahn musste wie auf einem Laufsteg zwischen den Bahnen nach hinten balancieren.

Trotzdem schmeckte das Bier. Pansy und Louise setzten sich an den Tisch, an dem man den Spielstand verzeichnen konnte, und redeten über ihre Partner, schienen dabei aber nicht dieselbe Sprache zu sprechen. Der Sadismus von Pansys Freund war etwas Normalerem gewichen – einer Unzahl von bloßen Drohungen. Und Pansy bedrohte ihn umgekehrt auch, so dass sich aus Pansys Sicht inzwischen tatsächlich etwas verbessert hatte.

In ihren Berichten kauerten entweder sie selbst oder ihr Freund in einer Ecke, während der andere Gegenstände zu Boden schmiss und zertrümmerte. Einmal war Pansys Freund sogar mit einer Pistole in die Küche gekommen, von der sich später herausstellte, dass sie eine Startschusspistole war, die aber nach Pansys Eindruck durchaus echt hätte sein können.

Im Vergleich dazu wirkten Dans Schlaflosigkeit und Louises Gefühl, dass irgendetwas nicht stimmte, völlig belanglos.

»Ich würde diesen Typen verlassen«, sagte Louise.

»Wir sind doch schon so lange zusammen«, sagte Pansy.

»Was nützt das denn, wenn du am Ende mit einer gebrochenen Nase dastehst?«

»So ist es ja gar nicht.«

»Es klingt aber so.«

»Ich liebe ihn so sehr.«

»Vielleicht ist das gar keine Liebe. Vielleicht ist es eher nur so, dass du dich an diesen traurigen Zustand einfach gewöhnt hast.«

Louise sprach sehr offen mit Pansy. Manche nennen so etwas ein Gerede in Bierlaune, obwohl Bierkonsum ja gewöhnlich einen rauheren Umgangston bewirkt. Unter dem Klappern der stürzenden Pins sah Louise plötzlich alles durch die rosarote Brille, wie es einem an so einem Nachmittag im Oktober schon mal passieren kann.

Einmal schwang sie die Beine unter dem Tisch hervor, schaute bewundernd auf die Säume ihrer sauberen Blue Jeans und die geliehenen Schuhe in rotem und olivgrünem Wildleder und sagte trocken: »Diese Schuhe gefallen mir wirklich saugut.«

Schließlich traten Pansy und Louise aus der *Rose Bowl* in die einbrechende Dämmerung hinaus. Pansy zog aus ihrer Bowlingtasche die Schuhe heraus, die Louise sich ausgeliehen hatte.

»Das ist aber süß von dir.« Louise setzte sich an den Randstein und zog die Schuhe an.

»Du kannst zwar wirklich nicht bowlen«, sagte Pansy. »Aber ich mag dich trotzdem.«

Auf dem Heimweg fuhr Louise langsam über enge und wenig befahrene Landstraßen, was sie daran erinnerte, wie sie als Teenager immer wie ein Roboter durchs Wohnzimmer und die Treppe hinaufgegangen war, wenn ihre Mutter nicht merken sollte, dass sie betrunken war.

Sie und Dan gerieten in Streit, als sie nach Hause kam. Er toastete gerade Sandwiches mit Erdnussbutter für das Abendessen.

»Es wäre mir sehr lieb, wenn du nicht einfach ins Brot hineingrabschen und ganze Stücke aus den Scheiben herausreißen würdest«, sagte er.

»Entschuldigung, ich war ein bisschen neben der Kappe.« Sie setzte sich auf einen Stuhl, die Füße mit den Bowlingschuhen auf einem anderen.

»Diese Therapeutin, zu der ich immer gehe, hat angerufen«, sagte Dan. »Sie meinte, vielleicht solltest du dir auch mal einen Termin geben lassen.«

»Mann, ist die schlau«, sagte Louise.

»Natürlich nur, wenn du willst.«

»Eheberatung nach sechs Monaten. Klingt nicht besonders zukunftsträchtig.«

»Es geht doch gar nicht um Eheberatung.«

»Vor allem, wo eine Scheidung heutzutage so leicht zu kriegen ist. Hab ich schließlich vor nicht allzu langer Zeit schon mal gehabt. Wahrscheinlich erinnern sie sich noch an mich.«

»Ach, hör doch auf«, sagte Dan. »Wo warst du denn heute Nachmittag?«

Louise weinte. »Schau dir meine Schuhe an und rate mal.«

»Was hast du denn?«

»Du hast mich nur geheiratet, weil ich hinter dir her war. Meine Mutter hat gleich gesagt: ›Sei nicht so hinter ihm her, Louise.‹ Aber ich hab nicht auf sie gehört, ich hab's doch getan.«

»Du warst hinter niemandem her.«

»Glaubst du, ich bin blind?«

»Wie bitte?«

Sie wischte sich mit dem Ärmel über die Augen. »Ich hätte bei der ganzen Sache viel cooler bleiben müssen.«

»Ich wüsste nicht, warum.«

»Sag, liebst du mich?«

»Ja«, sagte Dan. Mit dem Pfannenwender legte er die getoasteten Sandwiches auf einen Teller. »Wein doch nicht.« Er hatte eine Art, gerade dann steinhart und gefühllos zu werden, wenn sie genau das Gegenteil gebraucht hätte.

»Ich weine, wann ich will.«

Am nächsten Tag ging es Louise entsetzlich schlecht. Den ganzen Tag musste sie mit irgendwelchen Leuten vom Denkmalschutz über eine fotografische Dokumentation von irgendwelchen Häusern reden. Reden, reden, reden, und dann wollten die auch noch Kaffee. Sie legten größten Wert auf Authentizität und schienen auch Louise genauestens zu prüfen, ob sie wirklich authentisch sei.

Dann fuhr Louise zu Russell Fords Firma und mietete einen Wohnwagen. Sie dachte, unter einem separaten Dach könnte Dan vielleicht wieder Schlaf finden, und sie selbst könnte durch diese gute Tat den Streit wieder gutmachen.

Russell gab ihr Prozente, aber trotzdem konnte sie sich nur einen winzigen Wohnwagen aus dem Jahre 1976 leisten. Drinnen war gerade genug Platz, um sich umdrehen zu können. Russell sagte, für 75 Dollar werde er den Wohnwagen zur Farm bringen und aufstellen.

»Und damit bin ich zu Ihnen wie zu einer Schwester«, sagte er.

Russells Neffe Steven brachte den Wohnwagen zwei Tage später. Er legte eine Wasserwaage auf den Kotflügel und drehte eine Kurbel an der Anhängerkupplung, bis der Wagen waagrecht stand. Er füllte den Wassertank, schloss die Elektrizität an und zeigte ihr, wie die winzigen Schalter funktionierten.

»Glauben Sie, dass ich bei Maren Chancen hätte?«, fragte er.

Louise dachte, das wäre eher eine Frage für die Glaskugel einer Wahrsagerin. »Eine Chance gibt es immer.«

Es machte ihr Freude, den Wohnwagen für Dan herzurichten. Sie putzte ihn gründlich, bezog das Bett mit frischer Bettwäsche und warf eine Tagesdecke darüber. Sie stellte Bier in den Kühlschrank und Rohrkolben in eine Vase auf dem Tisch. Sie steckte eine Lampe mit warmem gelben Licht ein.

Als Dan nach Hause kam, hatte sie ihre Meinung geändert. Sie machte die Tür auf und blickte zu ihm hinunter.

»Was ist das, Schatz?«, fragte Dan.

»Ich möchte hier drin bleiben«, sagte sie. »Ich hab den zwar für dich besorgt, aber jetzt möchte ich selber drin bleiben.«

Es wäre zu viel gesagt, dass der kleine Wohnwagen alle Probleme der beiden gelöst hätte. Aber Dan fand seinen Schlaf wieder, nachdem er das Bett im Haus für sich allein hatte. Seine Therapeutin hatte am Ende tatsächlich ein Rezept gegen sein Leiden gefunden. Er und Louise aßen zusammen, und jeden Abend erlebten sie die reinen Gefühle des Abschiednehmens.

Eines Abends klopfte Dan bei ihr an die Tür und las ihr die Rede vor, die er bei einem Seminar über häusliche Gewalt halten sollte.

»Manchmal haben wir eine falsche Vorstellung von dem, was Stärke ist«, las Dan. »Und warum? Unter anderem wegen des Fernsehens. Wir sehen, wie ein Mann fünfhundert Pfund über den Kopf hebt, wir sehen einen anderen Mann ein dickes Telefonbuch in Stücke reißen. Das verleitet ganz schnell zu dem Fehlschluss, dass wir so etwas meinen, wenn wir ›stark‹ sagen. Aber schalten wir den Bildschirm doch mal aus. Sind die wirklich starken Männer und Frauen nicht eher zu Hause und sorgen für ihre Familie? Was meinen wir denn wirklich, wenn wir ›stark‹ sagen?«

Das Fotostudio Kleeborg bekam den Zuschlag für die Fotodokumentation über die alten Häuser. Für Louise bedeutete das, dass sie mit der Kamera lange Spaziergänge durch die hübscheren Viertel von Stone City machte.

Den Sinn und Zweck dieses Projekts verstand nicht jeder. Manche Leute warfen sich in Schale und stellten sich mit Kindern und Hund im Vorgarten auf. Ein magerer alter Herr in einem spitzgiebeligen Haus, das 1897 erbaut worden war, zeigte Louise die Spulen in seiner Garage. Er hatte Dutzende kleiner Nähgarnspulen an den Wänden und der Decke befestigt und sie alle mit straff gespannten Fäden verbunden, und wenn er einen Elektromotor anschaltete, drehten sich sofort alle Spulen, und die Knoten in den Fäden tanzten auf und ab. »Junge Junge«, sagte Louise.

»Jede einzelne steht für jemanden in meiner Bekanntschaft«, sagte der Mann.

Louise suchte Dans Therapeutin auf. Im Büro gab es einen weich gepolsterten Sessel und einen riesigen umgekehrten Kegel als Aschenbecher. Ein Griff an der Seite des Sessels betätigte die Fußstütze und ermöglichte es Louise, die Füße je nach Bedarf höher oder niedriger zu lagern.

Sie hatte sich vorgestellt, dass die Therapeutin eine richtige Sexbombe sei, doch die Frau wirkte einfach nur müde und ganz normal. Sie hieß Robin Otis.

»Wo leben Ihre Eltern?«, fragte sie.

»Meine Mutter wohnt in Grafton. Mein Vater ist tot«, antwortete Louise.

»Wie alt waren Sie, als er starb?«

»Ja, wie alt war ich da? Sechzehn. Er hatte einen Herzanfall, während er sich für eine Party fertig machte.«

»Solch ein Verlust in so jungen Jahren.«

»Äh, ja genau.«

»Können Sie sich an die letzten Worte erinnern, die er zu Ihnen gesagt hat?«

»Er wünschte uns ein glückliches Neues Jahr.«

»Kommen Sie mit Ihrer Mutter gut aus?«

»Könnte man so sagen.«

»Erzählen Sie mir von dem Wohnwagen. Darauf bin ich neugierig. Warum haben Sie ihn für sich selbst beansprucht?«

»Ich weiß es selber nicht. Er kommt mir so vertraut vor. Er ist sauber. Es ist warm drin. Ich weiß es eigentlich nicht.«

»Hmm«, machte Robin Otis.

»Warum, will Dan ihn haben?«, fragte Louise.

»Ich werde nicht recht schlau aus ihm.«

»Erzählen Sie mir davon.«

»Er kommt einem vor wie ein unglaublicher Eisblock oder so.«

»Ich denke, dass er verheiratet bleiben möchte«, sagte Louise.

»Daran habe ich keinen Zweifel.«

Louise verließ das Behandlungszimmer über einen Flur, der als Wartezimmer nicht nur für die Therapeutin, sondern auch für einen Zahnarzt und einen Steuerberater diente.

Ein Paar saß zwischen einem Stapel Jagdzeitschriften und einem Stapel *Highlights für Kinder*. Louise drückte auf einen Knopf und wartete auf den Lift.

»Ich sage ja nur, dass wir uns nicht notwendiger Weise in alle möglichen Einzelheiten über Sex verlieren müssen«, sagte der Mann.

»Ho, ho, warte nur ab«, sagte die Frau.

In der Fotoserie zur Architektur machte Louise auch ein Bild des Hauses einer Handleserin an der Pomegranate Avenue. Das Haus war aus Steinen in allen möglichen Größen gebaut. Die Dachtraufe kurvte wie eine Achterbahn. Auf einem Schild an der Vorderfront stand: »Mrs. England – Hand- und Kartenleserin«. Es war ein Haus in einem Mischmasch von Stilen, und die Frau, die an die Tür kam, hatte riesige Arme und eine beschlagene Brille.

»Ich bin da, um Fotos von Ihrem Haus zu machen«, sagte Louise.

»Lassen Sie mich nur schnell meine Geschichte zu Ende bringen«, sagte Mrs. England. Sie verschwand durch einen Rundbogen und ließ Louise in dem Vorderzimmer allein. Das Haus schien vollkommen still.

»Hübsch haben Sie es hier«, rief Louise.

An den Wänden hingen gerahmte ovale Spiegel und das Gemälde eines Mannes mit einem Hammer. In einem Behälter mit Sand schleppten sich Schildkröten und Molche hin und her. Eine Karte des

Sonnensystems hing ebenfalls an der Wand, mit einem Markierungspfeil, auf dem stand: »Sie befinden sich hier.«

»Dieses Haus hat Mr. England gebaut«, sagte Mrs. England. »Er hat überall in Stone City Häuser gebaut, aber er fand sie alle sehr lahm. Er hat sich zwar immer gefreut, wenn er den Leuten die Häuser bauen konnte, die sie wollten, aber andererseits war er auf der Suche nach einer Gelegenheit, ein Haus zu bauen, das seinem Bedürfnis nach eigenem Ausdruck entsprach. Das hier ist sein Porträt. Er war ein wilder Mann und ist im Krieg umgekommen.«

»Das tut mir leid für Sie«, sagte Louise. Mrs. England nahm sie bei der Hand und führte sie zu einer purpurroten Couch.

»Er benutzte das Material aus der Umgebung und bekam alles zum Selbstkostenpreis, und ich habe ihn sehr geliebt«, sagte Mrs. England. »Wie lange ist sie schon überfällig?«

Louise setzte sich. »Elf Tage.«

»Sie müssen jetzt an vieles denken.«

Louise ließ sich auf der Couch zurücksinken. »Woher haben Sie es gewusst?«

»Weil ich Ihre Hand berührt habe. Haben Sie denn nicht mein Schild gelesen? Wahrscheinlich denken Sie, dass das alles nur Schwindel ist. Also, es ist nicht alles nur Schwindel. Durchaus nicht.«

»Ich versteh das nicht. Können Sie so etwas aus der Temperatur schließen?«

»Ach, das ist kompliziert«, sagte Mrs. England mit einer abwehrenden Handbewegung.

»Bin ich denn schwanger?«

»Das kann ich nicht mit Sicherheit sagen. Was ich aber weiß, ist, wie Sie es herausfinden können. Sie fahren jetzt die Pomegranate fünf Querstraßen weit hinunter, dann kommen Sie zu Rexall's.«

»Ja.«

»Die haben diese kleinen Testpackungen, die Sie zu Hause benutzen können.«

Die Schwangerschaftstests standen in einem Regal zwischen den Kondomen und den Packungen mit der Pille. Louise verglich die verschiedenen Marken ohne jede Vorstellung, wonach sie eigentlich suchte. Sie verwarf zwei Tests, die in einem einzigen Schritt durchgeführt werden konnten, denn das schienen ihr nicht genügend Schritte zu sein. Eine andere Marke bot ein Plastikstäbchen an, das in den »Urinstrahl« gehalten werden musste, und das verwarf sie ebenfalls.

Die meisten Packungen kosteten fünfzehn Dollar, einige aber auch nur elf, und sie entschied sich gegen die billigeren, aus dem Gedanken heraus, dass irgendetwas für diese Preisdifferenz verantwortlich sein müsse und dass sie sich einen Schwangerschaftstest schließlich nicht jeden Tag kaufe. Von diesen Überlegungen abgesehen ließ sie sich einzig vom Packungsdesign leiten. Auf fast allen Schachteln waren rote Linien oder rote Schrift zu sehen, was wie eine Anspielung auf den herbeigesehnten Menstruationszyklus wirkte. Die Marke, die sie wählte, rief ein Gefühl von Dringlichkeit wach, aber, so fand sie, nicht direkt Panik.

Auf dem Weg zur Kasse überprüfte Louise sicherheitshalber, ob die Packung auch ein Preisschildchen habe, damit der Kassierer nicht zu seinem silbrigen Mikrofon greifen und durch den ganzen Laden rufen musste, jemand solle doch mal den Preis für die Schwangerschaftstests nachschauen. Der Verkäufer tippte den Kauf mit dem ausdrucks- und urteilslosen Gesicht ein, das einem offenbar an der Verkäuferschule beigebracht wurde. Sie hätte genauso gut einen Schlüsselring oder Zahncreme oder Glühbirnen kaufen können, statt zu einer Reise in die Mysterien des Lebens aufzubrechen.

Elf

Dan nahm Russell Ford diesen Winter zur Entenjagd mit, weil er etwas von ihm wollte. Schwierigkeiten waren dabei nicht zu erwarten. Russell behauptete von sich, Fasanenjäger zu sein, und ob die Beute nun Fasane oder Enten waren: Es gab immer gewisse Regeln.

An einem Sonntagmorgen im November kurz vor fünf Uhr hielt Dan vor Russells Haus. Russell wohnte in einem Viertel, das Mixerton hieß und seinen Namen von den Mixers herleitete, einer utopisch ausgerichteten Gesellschaft aus der Zeit um die Jahrhundertwende, die sich wegen ständiger Querelen aber wieder aufgelöst hatte. In Mixerton gibt es jetzt eigentlich gar nichts, außer der Mixerton-Klinik und ein paar Häusern.

Es regnete gleichmäßig. Das war ein Regen, der ohne weiteres den ganzen Tag anhalten konnte – gutes Wetter für die Entenjagd. Dan saß im Auto und blickte auf Russells Haus. Die Scheibenwischer gingen hin und her, während er den Metalldeckel seiner Thermoskanne abschraubte. Dampf stieg vom Kaffee auf. Die Jagd galt ja eigentlich als Entspannung, aber wenn man so im Dunkeln aufstand, um jagen zu gehen, kam es einem vor, als läge darin eine ungewöhnliche Feierlichkeit. Im Radio kam leise »Hello, It's Me«, schließlich war schon seit gestern Todd-Rundgren-Wochenende.

Russell kam mit einer Flinte und einer Schachtel Doughnuts aus dem Haus. Er war ein dicker Mann, und tatsächlich hatte er immer den Spitznamen Fat gehabt, bevor er zum Vorsitzenden des Bezirksrats wurde und seinen Taufnamen zurückbekam. Er trug eine Art Tarnanzug in verschiedenen Grüntönen.

Er öffnete die Autotür und ließ sich in Dans Polizeiwagen gleiten. Dan sah sofort, dass Russells Anzug neu und noch ganz steif war. »Ich hab Ihnen was zum Frühstücken mitgebracht«, sagte Russell.

»Und ich danke Ihnen«, sagte Dan.

»Ich weiß nicht, ob Sie diesen Polizeiwagen benutzen sollten, wenn Sie außer Dienst sind.«

»Mein Auto ist kaputt.«

»Das sagen Sie immer.«

»Das stimmt auch immer.«

»Dann bringen Sie es doch zu Ronnie Lapoint und lassen es reparieren! Großer Gott, Sie verdienen doch 22 000 Dollar im Jahr.«

»Ich hab halt gedacht, ich könnte mir das sparen und einiges an dem Auto selber reparieren. Ich besitze so ein Handbuch von Chilton und eine ganz gute Sammlung von Ratschenschlüsseln, aber irgendwie gibt es dauernd etwas, das einen davon abhält.«

»Das kenne ich.« Russell sah sich im Auto um, während Dan in die Straße einbog, die nach Süden ging. »Sie haben wohl keinen Hund dabei.«

»Nein. Stimmt.«

»Ich hätte gedacht, dass man einen braucht.«

Dan biss in den Doughnut. »Nicht, wenn man Watstiefel hat und das Wasser nicht tief ist.«

Russell schüttelte den Kopf und verschränkte die Arme, so dass man das Rascheln des Stoffs sehr laut hörte. »Sehen Sie, jetzt habe ich wieder etwas dazugelernt.«

»Früher hatte ich tatsächlich einen Hund«, sagte Dan.

»Ach wirklich?«

»Er hieß Brownie.«

»An den Hund kann ich mich erinnern.«

»Der war super.«

»Was ist denn mit ihm passiert?«

Dan bremste vor einer Kurve. »Na ja, das war eine komische Geschichte. Er ist weggelaufen, und ich habe nie herausgefunden, wo er hin ist.«

»Na so was.«

»Er muss zu jemandem ins Auto gestiegen sein. Wissen Sie, ein Hund findet immer nach Hause. Ich habe neulich bei Paul Harvey gehört, dass ein Hund auf der Suche nach seinem Besitzer den ganzen Weg von Florida nach Quebec gelaufen ist.«

»Quebec in Kanada?«

»Sie haben nur Quebec gesagt. Ich nehme an, dass es in Kanada ist.«

»Wenn sie weiter nichts gesagt haben, ist es wahrscheinlich Kanada.«

»Das dachte ich auch.«

»So ein Schlitzohr. Also das ist interessant. Wie hat er das denn gemacht, hat er die Interstate genommen?«

Dan zuckte mit den Schultern. »Keine Ahnung. Auf der Farm haben wir ja auch diesen weißen Hund. Aber er ist kein Apportierhund. Ich weiß gar nicht, was für ein Hund das eigentlich ist.«

Sie parkten an der Südspitze des Lapoint-Moors und wanderten zu Dans Jagdhütte, die eine knappe Meile entfernt lag. Sie gingen hintereinander her, das Gewehr über der Schulter. Russell lief dicht vor Dan. Er konnte es nicht ertragen, hinter jemandem zu laufen. Der Regen trommelte auf ihre Mützen. Der Himmel war dunkel, mit Ausnahme eines roten Streifens am östlichen Horizont. Das Gras schlug ihnen an die Beine, der Boden hob und senkte sich unter ihren Stiefeln.

»Vorsicht mit dem Zaun«, sagte Dan.

»Was für einem Zaun denn?«, fragte Russell.

»Dem von Lee Haugen.«

»Der ist weiter östlich. Viel weiter östlich.«

»Nein. Wir sprechen nicht vom selben Zaun.«

»Hülfe«, sagte Russell, oder etwas Ähnliches, als er in den Zaun rannte.

»Den habe ich gemeint.«

Dans Jagdhütte war ein Sperrholzschuppen, durch einen Wall aus Schilfrohr vom Wasser des Moors abgeschirmt. Drinnen hatte Dan

Lockenten, die er zusammen mit Russell jetzt zum Wasser hinuntertrug.

Russell und Dan setzten sich in die Hütte, rauchten Zigarren und sahen zu, wie die Wolken erst grau und dann weiß wurden. Als es heller wurde, schien der Regen etwas stärker zu werden. Bald konnten sie über das Wasser bis zum anderen Ufer sehen. Dan griff in die Hütte und brachte eine Flasche Brombeerschnaps zum Vorschein. Sie tranken beide einen Schluck und schüttelten sich.

Dan lachte. »Der ist echt miserabel.«

»Er ist halt bitter«, sagte Russell.

»Dieser Schnaps hat eigentlich Earl Kellogg gehört. Und ich glaube, ich bin schon seit zwei Jahren nicht mehr mit ihm jagen gewesen. Ab und zu nehme ich einen Schluck, aber irgendwie bleibt immer gleich viel in der Flasche.«

Russell zog eine Schachtel Patronen hervor und lud sein Gewehr, ein Zwölfkaliber mit Kammerverschluss und einer bescheidenen Gravur auf dem Schaft. Der Reiz des Jagens beruht vor allem im Laden des Gewehrs. Die Patrone ist sehr angenehm anzusehen und zu berühren, mit ihrer kupfernen Kappe und der tannengrünen Plastikhülse. Ihre Schwere und Ausgewogenheit lassen sie wie etwas aus der Natur wirken, als würden Patronen an Reben wachsen.

»Und wo sind die Enten?«, fragte Russell.

»Sie müssen Geduld haben«, antwortete Dan. »Jetzt ist die Zeit, wo Sie dasitzen und nachdenken können. Das mag ich an der Entenjagd am liebsten – das Nachdenken.«

»Das klingt ganz schön tiefsinnig. Worüber denken Sie denn nach?«

»Ich lass einfach meine Gedanken schweifen. Aber ich kann Ihnen sagen, worüber Sie vielleicht mal nachdenken sollten, nämlich, Paul Francis bei der Polizei einzustellen.«

Russell ignorierte das. »Sagen Sie mir jetzt mal, was wir tun, wenn die Enten einfallen.«

»Nicht nervös werden. Das Gewehr nicht entsichern, bevor Sie anlegen. Wenn Sie das Gefühl haben, etwas ist zu weit weg, dann stimmt das auch – dann ist es zu weit weg.«

Nach einer Weile kam eine Schar herunter, die Schnäbel und die Paddelfüße zum Wasser hin ausgestreckt. Dan und Russell standen auf und schossen. Sie erwischten drei, und Dan watete in den Sumpf, um die Vögel zu holen. Es waren zwei Erpel mit samtig grünem Kopf und kupferfarbener Brust und ein braun gesprenkeltes Weibchen. An den Flügeln hatten sie blaue Streifen. Es handelte sich um Stockenten, und Dan fühlte die Begeisterung und gleichzeitig die Trauer darüber, dass er sie getötet hatte, so als wäre auch er nur ein Rädchen im Uhrwerk des Jahreslaufs.

Dann geschah lange Zeit gar nichts, obwohl sie an anderen Stellen im Moor weitere Schüsse hörten. Russell schnitt sich die Fingernägel. Dan legte sein Gewehr beiseite, lehnte sich zurück und stützte sich auf die Ellbogen. Er dachte an Louise. Sie war seit zwei Monaten schwanger, und nach dem Buch, das sie daheim hatten, war das Baby jetzt ungefähr drei Zentimeter groß, und sein Herz schlug schon. Dan dachte kurz über die absonderliche Tatsache der Fortpflanzung nach, und ihm wurde mit einem Schlag bewusst, dass selbst Russell irgendwann einmal ein Fötus gewesen war, so schwer man sich das jetzt auch vorstellen konnte. Dann dachte Dan daran, dass eines Tages das Kind von ihm und Louise genauso alt wie Russell sein würde, der bestimmt mindestens sechzig war, und dass zu diesem Zeitpunkt er, Dan, wahrscheinlich schon tot wäre, und Louise wahrscheinlich auch, und er hoffte, dass sich das Kind über ihrer beider Tod nicht allzu sehr grämen würde, dass es nicht dem Alkohol verfallen oder sich vom Leichenbestatter übers Ohr hauen lassen würde. Eine einfache Kiste aus Kiefernholz würde Dan genügen. Er dachte darüber nach, dass viele Menschen bestimmt mit einer einfachen Kiste aus Kiefernholz zufrieden wären, dass er aber andererseits solch eine Kiste noch nie gesehen hatte, ganz zu schweigen davon, dass er noch nie erlebt hatte, dass jemand in einer solchen beerdigt wurde, außer in irgendwelchen Historienschinken im Fernsehen. In seinem Bezirk wurden selbst die Armen in einem Sarg begraben, der aussah, als könnte er einer Gewehrsalve standhalten.

Dan entschloss sich, diesen Gedanken fallen zu lassen und sich stattdessen noch einmal dafür einzusetzen, dass der Pilot Paul Francis als Polizist eingestellt würde.

»Im ersten Jahr würde uns das 12700 Dollar kosten«, sagte Dan. »Darin sind eingeschlossen 1300 für die Polizeischule in Five Points, ungefähr 8000 Gehalt für eine halbe Stelle, 2100 Dollar für die Flugversicherung und etwa 1300 für die Krankenkasse.«

»So etwas macht mich immer rasend. Warum zum Teufel sollten wir für einen Polizisten die Krankenkasse zahlen?«

»Das ist eine Police, die das Geld der Versicherung zusammenhält. Man muss praktisch im Sterben liegen, bevor die was rausrückt.«

»Wozu brauchen wir sie dann überhaupt?«

»Der Staat verlangt es.«

»Dieser Scheißstaat«, sagte Russell und schimpfte eine Weile über den Staat.

»So wie es derzeit aussieht, können wir überhaupt nicht mehr fliegen«, sagte Dan. »Bisher war das kein Problem, aber die Versicherung hat jetzt beschlossen, dass sie unsere Flüge nicht mehr versichert, weil Paul nicht fest angestellt ist. Sonst könnten wir wieder fliegen, und manchmal müssen wir auch einfach. Zweitens, Earl, Ed und ich arbeiten alle mindestens sechzig Wochenstunden, die Überstunden nicht gerechnet. Also, was mich betrifft, ist das eigentlich kein Problem, weil ich in der Verwaltung tätig bin. Aber wenn die Dienstaufsichtsbehörde das mit Ed und Earl herausfindet, dann haben die hundertprozentig eine Klage am Hals, und der Prozess, das wissen Sie selber, würde uns garantiert mehr kosten, als wenn wir Paul Francis einstellen und die beiden Jungs ein bisschen entlasten. Ich ruf die Dienstaufsichtsbehörde natürlich nicht an, aber kann ich vielleicht garantieren, dass die das nie herausbekommen? Nein, kann ich nicht. Und Punkt drei ist: sobald Paul als angestellter Polizist fliegen darf – und ich habe mich extra erkundigt, deswegen weiß ich das –, dann kann er auch in anderen Angelegenheiten für den Bezirk fliegen. Sagen wir mal, Sie wollen, was weiß ich, an einer Konferenz in Ozarks teilnehmen. Na, dann springen Sie einfach in die Piper Cub und Paul Francis bringt Sie da hin. Das klingt doch gut, oder?«

»Ich kann nur nicht einsehen, warum wir einen zusätzlichen Polizisten einstellen sollen, wenn alle Bezirksstädte ihre eigene Polizei haben.«

»Da irren Sie sich, Russ. Fünf Städte haben überhaupt keine eigene Polizei. Hatten auch nie eine.«

»Der Trend geht aber in Richtung Stadtpolizei.«

»Wo denn? In Grafton?«

»Ich rede jetzt nicht von Grafton oder Boris oder Pinville oder sonst einer von diesen Geisterstädten – Lunenberg ist auch so ein Fall –, wo sie ihre Häuser nicht loskriegen.«

»Aber in diesen Städten sind wir die ganze Zeit. Die sind der Bezirk.«

»Ich will Ihnen mal was sagen, Dan. In zwanzig Jahren wird es überhaupt keine Polizeistationen mehr geben, so wie wir sie jetzt kennen.« Und bei diesen Worten machte er eine heftige Bewegung mit der rechten Hand. »Vielleicht gibt es dann noch einen Sheriff, und ich sage extra vielleicht, aber der wird dann nur noch so eine Art Strohmann sein. Und das hat sich schon vor vielen Jahren angebahnt, als nämlich Otto Nicolette die Gelegenheit hatte, den Mord an Vince Hartwell aufzuklären, das aber erst geschafft hat, als die Polizei von Morrisville rein zufällig über die Tatwaffe stolperte. Seit dieser Zeit ist das Arbeitsgebiet des Sheriffs wie, wie, na, Sie wissen ja selber, wie es ist. Und ich sage Ihnen das ganz offen, weil ich Ihnen haargenau das Gleiche auch schon gesagt habe, als Sie zum ersten Mal für das Sheriffsamt kandidiert haben, damals im Jahr … na, wann auch immer.«

»Sie und diese Sache mit Hartwell. Sie leben immer noch in der Vergangenheit.«

»Machen Sie bloß nicht die Vergangenheit schlecht. Damals gab es bessere Menschen. Ich denke mit großer Wärme an diese Zeiten zurück. Heute schau ich mich um und sehe nicht viel. Übrigens, wissen Sie schon, dass Johnny White überlegt, ob er nächstes Jahr gegen Sie antritt?«

»Soll er«, sagte Dan. »Der ist keine große Bedrohung.« Das war eine ziemlich verbreitete Meinung über Johnny White. Wenn man sich ansah, was er bisher geleistet hatte, fand man wenig, was gerechtfertigt hätte, dass er Sheriff würde. Er hatte ein Restaurant in Cleveland geführt, das pleite gegangen war, er war Assistent im Bezirksamt gewesen. Und jetzt managte er das *Zimmer*, aber für diesen leitenden Posten erntete er ebenfalls nicht viel Anerkennung, weil ja sein Vater, Jack White, im Aufsichtsrat saß und eine Menge Geld hineinsteckte, um das Projekt am Laufen zu halten.

»Na ja, Jack ist ein Freund von mir«, sagte Russell. »Wir spielen oft zusammen Billard, in dem Zigarrenladen in Chesley. Eight-ball, Last-pocket, Scratch-you-lose. Er wirkt vielleicht etwas wirr, aber ich würde ihn nicht unterschätzen.«

»Sie meinen jetzt aber Jack.«

»Genau. Mit Johnny haben Sie im Großen und Ganzen schon recht. Er war eine Weile Angestellter beim Bezirk, und ich weiß zufällig, dass ziemlich wichtige Unterlagen bis heute nicht wieder aufgetaucht sind. Aber dort arbeitet er inzwischen ja nicht mehr. Er leitet jetzt so eine Arbeitsgruppe für Süchtige, die sich die *Wand* oder die *Halle* oder so ähnlich nennt. Sie kümmern sich um Drogenmissbrauch und kommen damit ganz gut an.«

»Mir kommt die Sache ja ziemlich suspekt vor, aber wer weiß? Vielleicht profitieren ja manche Menschen davon.«

»Johnny profitiert jedenfalls davon. Sie wissen doch, wer dort sein Partner ist, oder? Tiny Darling.«

»Das habe ich gehört.«

Wahrscheinlich hätten sie eher aufhören sollen. Im Nachhinein kann man das leicht sagen. Wie dem auch sei, es hätte kein Problem gegeben, wenn Russell Dans Rat befolgt hätte, nicht auf ein zu weit entferntes Ziel zu schießen. Nachdem die ersten paar Wildenten und Krickenten durchgezogen waren, explodierten die Ufer des Moores regelrecht vor Gewehrfeuer, und keine Ente, die ein Restchen Instinkt hatte, würde sich vor der Abenddämmerung dem Wasser auch nur von ferne nähern. Aber Russell konnte es einfach nicht gut sein lassen, er hob das Gewehr zum Himmel und schoss auf etwas da oben, und schwor dann Stein und Bein, er habe eine Ente heruntergeholt, an der Biegung, die das Moor nördlich von ihnen beschrieb.

Dan war skeptisch. »Sie wäre einfach heruntergefallen.«

»Nein, sie kam im Gleitflug herunter.«

»Dann haben Sie sie nicht getroffen.«

»Ich bin ganz sicher, dass ich sie getroffen habe.«

Sie holten die Lockenten ein, packten ihre Sachen zusammen und gingen die Ente suchen, von der Russell behauptete, dass er sie getroffen hatte. Sie fanden sie nirgends, aber sie scheuchten zehn oder zwölf Rotschulterstärlinge auf, und zu seinem Unglück auch einen großen Wasservogel, der mit langsamem und elegantem Flügelschlag aufflog, nur um von Russell Ford erschossen zu werden.

»Russell, hören Sie doch auf zu schießen.«

»Hab ich dich erwischt, du Scheißvieh.«

»Schießen Sie nicht mehr!«

Russell ging zu dem Vogel und hob ihn am Hals hoch. Er war grau und braun, mit langem Körper, langen dünnen Beinen und einem schwarzen Flecken auf dem Kopf. »Es ist eine Gans.«

»Das glaube ich nicht.«

»Er könnte aber zur Familie der Gänse gehören.«

»Es ist ein Kranich, jede Wette.«

Russell legte den Vogel sorgfältig auf dem Arm zusammen. »Mit Ihnen ist heute schon den ganzen Morgen nur schwer auszukommen.« Sie konnten jetzt nichts anderes tun, als zur Farm der Leventhalers zu fahren. Bev und Tim wohnten in einem Haus aus Zedernholz an der Straße nördlich des Moors. Sie waren sehr stolz auf ihr Haus, und wenn sie jemanden zu sich einluden, dann sprachen sie davon, als wäre es eine Art Wunder, das vom Himmel gefallen war.

Der Regen hatte aufgehört, und die Sonne drang jetzt in deutlich sichtbaren Strahlen durch die Wolken. Die Leventhalers waren gerade von der Kirche zurückgekehrt. Sie besuchten immer die Methodistenkirche in Margo. Ihre Kinder rannten in grünen und roten Jacken auf dem Rasen herum.

Als Beauftragte für landwirtschaftliche Entwicklung war Bev insgesamt praktisch und utilitaristisch eingestellt, Vögel jedoch liebte sie leidenschaftlich. Es war tapfer von Russell, mit einem unerlaubten Fang zu Bev zu gehen, aber sie war die Einzige, von der Dan und Russell sich vorstellen konnten, dass sie die Art erkannte.

Bev und Tim baten Russell und Dan in die Küche zu Waffeln und Kaffee. Die Waffeln kamen aus einem richtigen Waffeleisen – Bev zeigte, wie einfach es zu bewerkstelligen war, dass der Teig nicht festklebte und anbrannte. Tim, ein ernst aussehender junger Mann mit Nickelbrille, war als der »Schilfdoktor« bekannt, weil er mehrere Arbeitsgruppen leitete, die im ganzen Staat Drainagerohre in den Wiesen verlegten. Er berichtete, dass das Geschäft mit den Drainagerohren recht unsicher sei und erzählte von einem Kind, das sich vor nicht allzu langer Zeit die Finger zwischen zwei Rohren eingequetscht habe, inzwischen aber wieder zur Schule gehe und im Spielmannszug der Universität vom Wisconsin Klarinette spiele.

Dann sagte Russell: »Bev, es gibt ein Problem. Wir haben etwas im Kofferraum mitgebracht. Also, es handelt sich um einen Vogel. Im Kofferraum liegt ein Vogel, den es versehentlich erwischt hat.«

Bev wischte sich den Mund ab. »Was ist denn passiert?«

»Ich habe ihn erschossen«, sagte Russell. »Ich glaube, dass es eine Gans ist. Ich hoffe jedenfalls, dass es eine Gans ist. Ich weiß nicht, was es ist. Dan ist anderer Meinung als ich. Wir müssen irgendwie die Vogelart feststellen. Deswegen haben wir natürlich an Sie gedacht.«

Bevs strahlendes Lächeln war verblasst, was alle traurig machte. Sie ging aus der Küche. Tim fragte: »Wo ist das denn passiert?«

»Im Moor«, sagte Dan.

»Vielleicht rufe ich die Kinder ins Haus«, sagte Tim.

»Warum nicht«, sagte Russell.

Bev kam mit einem Bestimmungsbuch und einem alten Leintuch in die Küche zurück, und sie gingen alle nach draußen. Dan öffnete den Kofferraum. Der Deckel ging mit einem leisen Wusch auf. Der Vogel sah nicht schlecht aus. Ein Gewehr richtet aus mittlerer Entfernung oft wenig sichtbaren Schaden an.

»Das ist ein Großer Blaureiher«, sagte Bev.

»Gar so blau sieht er aber nicht aus«, sagte Russell.

Bev seufzte. »Die sind auch nicht blau.«

»Also echt, was hat der Name dann überhaupt für einen Sinn?«, sagte Russell. »Warum nennt man etwas blau, wenn es gar nicht blau ist? Ich meine, ich hätte es natürlich wissen sollen. Ich hätte mich erst vergewissern sollen. Das will ich gerne zugeben. Aber es ist auch nicht so, dass ich mir jetzt besondere Mühe gegeben hätte, ausgerechnet einen Großen Blaureiher abzuschießen.«

»Die sind wirklich wunderschön, wenn sie fliegen«, sagte Bev. »Ihr Hals biegt sich zu einem S, und die Flügel schlagen so langsam, dass man gar nicht begreift, wie sie sich in der Luft halten können. Verstehen Sie, was ich meine?«

»Es war in einer Sekunde vorbei.«

»Sie sind einfach außerordentlich schöne Vögel.«

»Schon klar. Ich habe Mist gebaut.«

»Scht.« Bev wickelte den Vogel in das Leintuch. »Wir begraben ihn unter der Weide. Neben der Seitentür zur Garage steht eine Schaufel.«

»Ich hol sie schon.« Russell eilte davon.

»Tja, ich glaube, ich sollte das melden«, sagte Dan. »Ich meine, es geht ja nicht, dass ich das nicht melde, nur weil es Russell Ford war, oder? Es gibt nun mal ein Jagdgesetz, das ist halt so. Vielleicht sollte ich den Vogel als Beweisstück mitnehmen.«

»Oh nein, Dan«, sagte Bev. »Wirklich nicht. Denn: Was ist dann? Dann kommt er in ein Zimmer, auf einen Tisch, unter einen Scheinwerfer? Nein.«

Also begruben sie den Reiher unter der Weide auf der Farm der Leventhalers. Dan und Russell fuhren davon, ohne miteinander zu reden. Der ganze Tag war ein einziges Fiasko gewesen. Im Radio sang Todd Rundgren: »Can We Still Be Friends?«.

Russell plädierte auf nicht schuldig am Tod des Reihers. Er sagte, es sei ein Unfall gewesen, und der Bezirk erhebe keine Anklage bei einer nicht mit Absicht begangenen Tat. Im Gesetz stand zwar nichts von einer Absicht, aber das kümmerte Russell nicht, ihm ging es nur um die Presse. Er sagte, er und Dan seien auf der Suche nach dem angeschossenen Vogel gewesen, als der Reiher plötzlich aus dem Schilf hochgeschossen sei. Er sagte, er habe nur das Gewehr gehoben, wie das wohl jeder vernünftige Jäger gemacht hätte, und auf das Tier angelegt, für den Fall, dass man es hätte schießen dürfen, und sein Gewehr sei dann irgendwie losgegangen, habe ganz von allein einen Schuss abgegeben, aus purem Zufall. »Ein Gewehr geht schlicht und einfach nicht von selber los und schießt«, sagte Mary Montrose. »Jedenfalls habe ich so was noch nie gesehen.« Für den Februar wurde eine Anhörung anberaumt.

Es wäre, wie die Dinge lagen, die zweite Klage gegen Russell in den vielen Jahren gewesen, die er nun schon Vorsitzender war. Die erste hatte es 1970 gegeben, wegen eines Angriffs auf einen jungen Lehrer, dessen politische Meinung Russell nicht gefallen hatte. Russell besaß damals ein Restaurant in Stone City, und der Lehrer, Mr. Robins, und seine siebte Klasse hatten vor dem Restaurant demonstriert, weil darin blaue Servietten verwendet wurden, die das Wasser vergifteten, wenn sie weggeworfen wurden, und nicht weiße Servietten ohne Farbstoff. Russell hatte fünfundsiebzig Dollar Strafe zahlen müssen.

Beide Fälle brachten Russell in Verlegenheit, und man könnte sich fragen, wie es dazu kam, dass sie überhaupt verfolgt wurden, wo er doch ein so großes Tier war. Aber die Menschen in Grouse County haben ein unerbittliches Misstrauen gegenüber Leuten, die sich höher stellen als andere, und sind sehr wachsam. An der Eisenbahnbrücke südlich von Stone City stand lange Zeit ein Spruch: »Lieber ein Niemand, den nichts anmacht, als ein Jemand, der jeden anmacht.« Und erst seit zehn oder zwölf Jahren ist dieser Spruch so weit verblasst, dass man ihn nicht mehr lesen kann.

Falls Russell Ford auf Dan wütend war, weil der die Sache mit dem toten Reiher nicht auf sich beruhen lassen hatte, ließ er es sich jedenfalls nicht anmerken. Tatsächlich sorgte er dafür, dass der Bezirksrat Paul Francis auf die staatliche Polizeischule schickte, und zwar bereits zu einem Zeitpunkt, als Russell von der Zeitung in Stone City noch recht hart angegangen wurde – zum Beispiel mit einer großen Abbildung, auf der die vielen Unterschiede zwischen einer Wildente und einem Großen Blaureiher zu sehen waren, unter anderem in Größe, Farbe, Form und Flugweise.

Die Polizeischule von Five Points war in einem ehemaligen Bibelcamp der Baptisten untergebracht, im Süden des Staates. Dan als Bürge von Paul begleitete ihn am ersten Tag der zweiwöchigen Ausbildung. Er hätte eigentlich gar nicht persönlich erscheinen müssen, aber sein Vater wohnte in Five Points, und Dan fand, er könnte die Gelegenheit nutzen und ihn besuchen.

Um zum Hauptgebäude des Polizeigeländes zu gelangen, musste man auf einer Hängebrücke eine Schlucht überqueren. Die Brücke schaukelte, als Dan und Paul darübergingen, und Paul ließ versehentlich sein Rasierzeug in die Schlucht fallen. Das Büro war geschlossen, als die beiden Männer ankamen, und so blieben sie unter einer großen Eiche im vertrockneten Gras stehen. Mit dem neugierigen Blick, den ein Pilot hat, erspähte Paul etwas Rotes im Astloch eines Baumes, griff hinauf und brachte eine verschimmelte Taschenbuchausgabe des *Neuen Testaments* zum Vorschein, die da offenbar seit jenen Tagen versteckt gelegen hatte, in denen das Camp noch von baptistischen Kindern bevölkert war. Da Paul ein religiöser Mensch war, wenn auch Methodist und nicht Baptist, verschaffte ihm diese Entdeckung den Eindruck, er sei auf dem richtigen Weg. Dan hingegen wurde das unangenehme Gefühl nicht los, dass die Polizisten und Auszubildenden, die jetzt in der Uniform ihrer jeweiligen Stadt und mit Sonnenbrille im Gesicht auf und ab gingen, gleich gebeten werden würden, »Michael, Row the Boat Ashore« zu singen. Deshalb gab er, als das Büro öffnete, sofort den Scheck ab, den Russell Ford unterzeichnet hatte, schüttelte Paul die Hand, wünschte ihm alles Gute und verschwand.

Dans Vater war Handelsvertreter für pharmazeutische Artikel gewesen und hieß Joseph Norman. Er war ein strenger, sorgenvoller Mann und wohnte in einem gelben Bungalow auf einem zwei Morgen großen Grundstück mit dicken, ungepflegten Bäumen. Seine erste

Frau war 1949 bei einem Picknick auf dem Lake Margo ertrunken, im Alter von neunzehn Jahren. Seine zweite Frau, Dans Mutter, lebte auch nicht mehr. Sie war vor fünf Jahren gestorben. Joe Norman war durch seinen Beruf viel im Mittleren Westen herumgekommen, hatte aber offenbar nur eine relativ niedrige Position inne, und das in einer Gegend, in der es viele Männer, ohne sich groß zu bemühen, geschafft hatten, Farmen mit mehreren hundert Morgen zu bewirtschaften. Er hatte einmal eine Verwarnung bekommen, weil er über einige pharmazeutische Mittel nicht Rechenschaft ablegen konnte, aber das war ohne Folgen geblieben, und er erhielt die volle Pension.

Joe Norman hatte es mit verschiedenen Hobbys versucht, aber aus den wenigsten war etwas geworden. Er hatte angefangen, Golf zu spielen, aber er sah nicht gut, und als er mit seinem Golfcart die Ecke des Clubhauses gerammt hatte, war ihm die Mitgliedschaft entzogen worden. Dann hatte er sich in Brandmalerei versucht, das Interesse daran aber wieder verloren, nachdem er jede hölzerne Fläche des ganzen Hauses mit Mustern in Brandmalerei verziert hatte. Jetzt führte er ständig eine Videokamera mit sich, und bisher war ihm dabei noch nichts Schreckliches passiert. Wenn Dan zu Besuch kam, was nicht oft geschah, spielte ihm sein Vater immer seine Videokassetten auf dem Fernsehapparat vor. »Das da ist ein Buick LeSabre, den sich ein Freund von mir zugelegt hat, und hier wäscht er ihn … Das ist Denny Jorgensen, der die Post austrägt … Manche Leute können Denny nicht leiden. Aber ich komme mit Denny gut aus.«

Diesmal zeigte Joe eine Kassette, auf der wilde Tiere nachts bei grellem Licht auf dem Hinterhof Weißbrot und Zimtschnecken aßen. Das war zunächst faszinierend und dann seltsam monoton.

»Schau dir den Waschbär an, wie er die Hände benutzt«, sagte Joe.

»Mensch, also wirklich«, sagte Dan.

»Sie nennen ihn den kleinen Dieb. Nun, ich sage ›sie‹. Ich weiß eigentlich gar nicht, wer ihn so nennt. Wahrscheinlich nur ich.«

»Wir haben dich bei der Hochzeit vermisst.«

»Es ging mir nicht so gut.«

»Ich hab ein Foto dabei«, sagte Dan und griff in die Hemdtasche.

»Ich habe so einen Schmerz im Auge, der mal kommt und mal geht. Ich weiß auch nicht, was das sein könnte.«

»Das ist Louise.«

»Sie ist ein bildhübsches Mädchen, mein Sohn.«

»Du kannst es behalten«, sagte Dan.

Sein Vater stand auf und befestigte das Foto mit einem Magneten am Kühlschrank. Auf dem Bildschirm tanzten gerade Stinktiere mit Brotscheiben in den Zähnen über den Boden. »Bist du denn mal beim Arzt gewesen?«, fragte Dan.

»Was kann ein Arzt da schon groß sagen?«, fragte Joe zurück.

»Vielleicht würde er herausfinden, woran es liegt.«

Joe zog eine Schublade am Küchentisch auf und wühlte darin herum. »Ich bin eben alt.«

»Das ist nicht die richtige Einstellung.« Von einem Kaffeetisch nahm Dan einen orangefarbenen Gummiball, der mit spitzen Noppen bedeckt war. »Hat man so etwas nicht im Mittelalter benutzt?«

»Das ist für meinen Kreislauf. Ich weiß nicht, was du meinst.«

»Als Waffe.«

Joe fand endlich, wonach er suchte, und brachte es ins Wohnzimmer. Es war ein Polaroid mit dem Grabstein von Dans Mutter.

»Siehst du, was anders ist?«, fragte Joe.

»Worauf soll ich achten?«

»Ich hab die Buchstaben erneuern lassen.«

»Ah … Okay. Wie kam es denn dazu?«

»Ich war zufällig auf dem Friedhof, als ein paar Typen vorbeigekommen sind und diesen Service angeboten haben. Und weißt du, was das Problem ist? Der saure Regen. Es hat sich herausgestellt, dass der saure Regen den Stein zerfrisst. Das ist das Gleiche, was mit den Statuen in Rom und Wien passiert.«

»Und was genau haben sie gemacht?«

»Na ja, sie hatten so etwas Ähnliches wie einen Fräser.«

»Und das hat geholfen?«

»Ich würde nicht gerade sagen, dass es einem quer über den ganzen Friedhof ins Auge springt, aber doch, es macht einen Unterschied.«

»Was kostet dich so etwas?«

»Es ist schon bezahlt.«

»Also, es klingt ein bisschen wie Bauernfängerei.«

»Man hat die Erosion schon deutlich gesehen.«

»Das glaub ich dir ja«, sagte Dan. Auf dem Bildschirm stoben die Tiere auseinander, und Joe kam selbst ins Bild, wie er weiteres Brot in den Hof warf. Sein Rücken und seine Armen wirkten steif. Er trug ein rot kariertes Hemd und graue Hosen mit Hosenträgern.

»Wann hast du das denn aufgenommen?«, fragte Dan.

»Gestern Abend«, sagte Joe.

Dan verließ seinen Vater, der weiter das Video mit den gierigen Tieren ansah, und fuhr auf dem Weg zum Highway noch kurz zu dem Friedhof, auf dem seine Mutter begraben lag. Er kniete sich hin und untersuchte den Stein, sah aber keinerlei Unterschied an der Schrift, die lautete: »Jessica Lowry Norman, 1922–1987. Jesus ist unser bester Freund.« Seine Mutter war am Gedenktag der US-amerikanischen Flagge in einem Krankenwagen auf dem Weg ins Krankenhaus an einem Herzinfarkt gestorben. Eine der deutlicheren Erinnerungen, die Dan an sie hatte, bezog sich auf den Tag, an dem sie ein Messer zerbrochen hatte. Eines Abends saßen sie zu dritt beim Abendessen, als es plötzlich ein lautes Klirren gab und seine Mutter heftig einatmete. Ein Messer des Essbestecks aus rostfreiem Stahl war in der Mitte zersprungen, hatte sich in Klinge und Griff zerteilt und sie in die Hand geschnitten. Sie umschloss ihren Daumenballen mit der Serviette und eilte zum Waschbecken. Im ganzen Haus war es vollkommen still, bis auf das Geräusch des laufenden Wassers. Dan hatte noch nie gehört, dass ein Tischmesser bei normalem Gebrauch, oder auch bei jedem anderen Gebrauch, jemals zerbrochen wäre, und das Ganze schien ihm eher ein Ausdruck tiefster Unruhe in der Psyche seiner Mutter.

In diesem Winter dauerte es lange, bis die Kälte einsetzte. Vor Weihnachten schneite es ungefähr dreimal, doch der Schnee blieb nicht liegen. Die Feuerwehrleute waren in Hemdsärmeln, als sie in Grafton die Weihnachtsbeleuchtung über die Hauptstraße spannten. Bei dem Footballspiel zwischen den Fighting Cats aus Stone City und den Plowmen aus Morrisville-Wylie herrschten fast zwanzig Grad, und das Spiel zog neunhundert Footballfans an, obwohl Stone City eine schlechte Mannschaft hatte, die unfähig war, nach den Regeln zu spielen, und nichts anderes konnte, als sich mit verzweifelten Taschenspielertricks durchzuschlagen, was zu Verlusten zwischen sechs und sechsunddreißig Yards führte. Dan wartete bis zwei Wochen vor Weihnachten, bevor er einen Baum holte. Er zahlte zwanzig Dollar und streifte dann durch die Hügel einer Baumschule in der Nähe von Romyla. Der Himmel lohte in einem so intensiven Blau, dass er die Augen davon kaum lange genug abwenden konnte, um zu schauen, wo er ging. Louise war seit drei Monaten schwanger, und man begann es zu sehen. Dem Anlass entsprechend wählte Dan einen üppigen, reich verzweigten Baum aus. ›Baum‹ ist vielleicht das falsche Wort; er sah schon eher wie eine ganze Hecke aus. Dan legte sich mit dem Rücken in die Nadeln und sägte den Stamm ab. Er zerrte das Ding durch Wiesen mit hohem Gras und musste kämpfen, um den Baum auf die Ladefläche eines geborgten Pickup zu wuchten.

Der Baum beanspruchte die ganze Nordseite des Wohnzimmers. Dan musste Drahtseile zwischen die Fensterrahmen links und rechts vom Baum spannen, damit der nicht umfiel. Anfangs wirkte der riesige Baum im Haus irgendwie fehl am Platze. Warum das so war, hätte Dan nicht erklären können. Entweder sah er aus wie der Christbaum eines Angebers oder er demonstrierte allein durch seine Größe etwas Unheimliches und bisher Unerkanntes an der Idee, zu Weihnachten einen Baum aufzustellen. Man konnte dagegen nichts anderes tun als ihn zu schmücken. Aber da Louise und Dan nun einmal so waren, wie sie waren, hatten sie sich eigentlich noch gar nicht überlegt, womit sie ihn schmücken wollten. Louise fand ein bisschen Weihnachtsschmuck, der noch auf ihre Zeit mit Tiny zurückging, aber sie beschlossen, ihn nicht zu verwenden, und verbrannten ihn sogar – oder schmolzen ihn zumindest – in ihrem Müllofen. Sie fuhren zu Mary, die ihnen sechs Schachteln mit Vogelanhängern gab, die sie vor Jahren einmal gekauft und nie geöffnet hatte. Eines Nachmittags hängte Louise diesen Schmuck auf, während Dan eine verhedderte Lichterkette entwirrte, die einmal bei einer Drogenrazzia erbeutet worden war und jahrelang im Büroschrank des Sheriffs gelegen hatte. Louise glitt um den Baum, und ihre Brüste und ihr Bauch zeichneten sich weich unter ihrem langen, bunten Kleid ab. Die zerbrechlichen silbernen Vögel reagierten auf jeden Luftzug und drehten sich und funkelten, wenn eine Tür geöffnet oder geschlossen wurde.

So war es alles in allem ein schönes Weihnachtsfest, obwohl Louise ihre Nächte noch immer in dem Wohnwagen neben der Garage verbrachte. Robin Otis hatte gesagt, sie sollten nichts verändern, was gut funktionierte, vor allem nicht während der Feiertage, die ohnehin eine stressige und für viele Menschen abscheuliche Zeit seien. So kam es, dass Dan an einem windigen Weihnachtsmorgen allein aufwachte und Kaffee und Eier mit Schinken machte, während »God Rest You Merry, Gentlemen« leise im Radio spielte. Der Rundfunk vermittelte an diesem Tag so ein seltsames Gefühl von »Keiner da«, wie man es sonst das ganze Jahr über nicht erlebte. Louise kam ungefähr viertel vor acht herüber, in Nachthemd, Morgenmantel und Turnschuhen. Es lag kein Schnee. Sie küsste Dan auf den Hals, und der Schlafgeruch in ihrem Haar ließ ihn sanft erschauern. Draußen vor dem Fenster über der Spüle zeigte der Himmel eine staubgelbe Farbe.

Sie gaben sich ihre Geschenke am Frühstückstisch. Er schenkte ihr eine Korallenkette und Ohrringe, und sie legte beides an. Sie schenkte ihm einen langen Schal in Purpurrot und Grau, den sie selbst gestrickt hatte, und er legte ihn um. Sie gingen nach oben ins Bett und blieben dort bis ein Uhr, bis es Zeit wurde, die Footballspiele der Schulmannschaften anzusehen. Seit Louise schwanger war, hatte sie sich zu einem erklärten Fan von Schulfootball entwickelt. Sie fand, dass die Spiele der Schüler interessanter seien als die der Profis, denn an den Schulen wurden die Spiele offenbar sehr ernst genommen und klappten dann doch oft nicht, und deshalb waren die Niederlagen immer besonders bewegend.

Sie hatte sich jeden Samstag die Spiele angesehen und kannte allein in Arkansas die Namen der Mannschaften von acht oder zehn Colleges. Auch hatte sie eine eigene Theorie zu Überraschungssiegen entwickelt. Die Mannschaften aus Kalifornien schafften immer einen Überraschungssieg gegen die Mannschaften aus der Gegend um die Großen Seen. Jedes College, das ein »A&M« im Namen trug, war zu einem Überraschungssieg über alle Colleges imstande, in deren Namen das Wort »State« vorkam. Die Mannschaften, bei denen »Poly« im Namen auftauchte, kamen manchmal einem Überraschungssieg ganz nahe, verloren aber im Endeffekt doch immer. Je höher bei den Cheerleadern die Jungs die Mädchen werfen konnten, desto höher war auch die Gefahr, dass ihre Mannschaft durch einen Überraschungssieg verlor, wenn alle anderen Voraussetzungen die gleichen wären. Das Michigan State College war eine Klasse für sich, eine Schule, deren einziger Daseinszweck darin zu bestehen schien, dass ihr Footballteam jedes Mal mit fliegenden Fahnen unterging. Im Laufe ihrer Schwangerschaft wurde Louise sowohl gefühlsduselig als auch vergesslich. Sie konnte dem Spiel nicht mehr folgen und verlor sich in Gedanken, wenn ein Spieler mit seinem armseligen Gesichtsgitter die Schultern straffte und ein Fieldgoal zu erzielen versuchte.

Am mittleren Nachmittag gingen Dan und Louise mit einer Flasche Grand Marnier zu Henry Hamilton hinüber. Sie setzten sich alle drei auf die Veranda, um die Flasche zu leeren – sogar Louise trank ein halbes Glas – und hörten dem seltsamen, für diese Jahreszeit ungewöhnlichen Wind zu.

Landauf, landab ging man überall den allgemein üblichen Weihnachtsritualen nach. Paul Francis hatte seinen ersten Einsatz nach Erhalt des Polizeidiploms geflogen, und zwar als Pilot des Weihnachtsmanns, den Russell Ford spielte, bei einer Wohltätigkeitsveranstaltung für eine Gruppe von bedürftigen Kindern der *Kinderfarm*, die sich auf der Rollbahn des Flugplatzes von Stone City versammelt hatten. Das Flugzeug schwankte von einer Seite auf die andere, als es zur Landung ansetzte, was die Kinder dazu brachte, sich auf die wirklich aufregende Aussicht einzustellen, dass der Weihnachtsmann vor ihren Augen abstürzen und in Flammen aufgehen könnte. Doch Paul brachte das Flugzeug sicher zu Boden, und Russell stieg aus – in rotem Mantel, mit weißem Bart und jenem glänzend schwarzen Vinylgürtel, der wohl irgendwann in den siebziger Jahren zur Garderobe des Weihnachtsmanns hinzugekommen war. Er verteilte Puppen und Footballs und Farbstifte, und ein kleiner Junge sagte: »Farbstifte haben wir schon«, worauf Russell dieses Geschenk zurücknahm, in Pauls Flugzeug stieg, nach einem Mikrofon griff, das nicht funktionierte, und sagte: »Startbahn klarmachen für den Abflug.«

Und drüben in der Kleinen Kirche des Erlösers in Margo versuchten Johnny White und Tiny Darling, für knapp fünfzig ausgewiesene Alkohol- und Drogenabhängige, die an dem vom *Zimmer* angebotenen Programm teilnahmen, eine Weihnachtsgans zu braten. Die beiden Dinge, die die Leute bei der Zubereitung einer Weihnachtsgans immer erst dann begreifen, wenn es zu spät ist, sind: wie lange sie im Ofen bleiben muss und wie viel Fett dabei abgesondert wird. So kam es, dass sich um halb fünf, als die Kirche schon voll hungriger Süchtiger war, Johnny und Tiny immer noch vor dem Herd drängten und wieder und wieder in eine zähe Gans stachen, die in einem leicht brodelnden Fettsee schwamm. »Vielleicht sollten wir ein bisschen was abschöpfen«, sagte Tiny, und mit einem Ofenhandschuh, der wie ein Ziegenkopf aussah, versuchte er die Bratpfanne zu sich heranzuziehen. Diese kleine Bewegung ließ Fett auf den Rost des Backofens spritzen, das dort in einer Stichflamme aufging und Tinys Unterarme versengte. Johnny schob Tiny von der Klappe des Backofens weg und besprühte die Gans mit einem Feuerlöscher. Als die Flammen erstickt waren, versuchten die beiden vergeblich, den Schaum und die Asche von ihrem Hauptgericht abzuschaben. Die Festgäste bekamen am Ende zu ihren grünen Bohnen und Süßkartoffeln nicht Gans, sondern verbrutzelten Schinken zu essen. Aber sie hatten so lange gewartet, dass ihnen sogar verbrutzelter Schinken köstlich erschien, und so aßen schließlich alle mit großem Appetit im Keller der Kirche.

Im Februar erschien, wie anberaumt, Russell Ford vor dem Gericht für Umweltschutz, um sich für den Abschuss einer geschützten Vogelart zu verantworten. Dieses Gericht tagte jeden zweiten Dienstag im Monat, und den Vorsitz hatte Ken Hemphill inne, ein pensionierter Richter, der immer sonnengebräunt aussah, weil er sich ständig im Freien aufhielt, und der sein Gericht in der leutseligen Art eines Curt Gowdy aus *The American Sportsman* führte. In den Sommermonaten hatte das Gericht hauptsächlich mit Verstößen gegen das Fischereirecht zu tun, doch im Winter handelte es sich bei den meisten Angeklagten um junge oder weniger junge Männer, die illegal Fallen gestellt hatten. Eine neue Bestimmung, die Ken Hemphill eingeführt hatte, verlangte, dass alle Fallen, die ohne Genehmigung aufgestellt worden waren, vom Gericht einzuziehen seien; die Angeklagten mussten ihre Fallen also zum Gericht mitbringen, für den Fall, dass sie verurteilt wurden. So kam es, dass es in den Wintermonaten im Umweltgericht ein bisschen zuging wie im Fegefeuer und niedergeschlagene Männer in Red-Wing-Stiefeln und orangefarbenen Jacken ihre Ketten rasselnd durch die Gänge schleiften. Dan genoss dieses Schauspiel normalerweise, doch heute war er als Zeuge geladen.

Russells Anwalt war Ned Kuhlers, ein mausgrauer Mann, der in Grouse County so viele Angeklagte vertrat, dass die Prozessliste praktisch in seiner Hand lag, und wenn er in Urlaub ging, kam das System fast zum Erliegen. Neds Strategie war einfach. Er versuchte nachzuweisen, dass die Zeugen der Anklage gar nicht wissen konnten, was sie zu wissen behaupteten. In diesem Fall hob er als Erstes hervor, dass Bev im Moor gar nicht dabei gewesen sei und daher von vornherein nicht sagen könne, wer was geschossen habe. In ihrer Antwort erwies sie sich als die für diese Situation typische nervöse Mitbürgerin, die versucht, ihre mit gesundem Menschenverstand getroffenen Schlussfolgerungen zu verteidigen, nur um gesagt zu bekommen, dass gesunder Menschenverstand vor Gericht nichts zu suchen habe. »Aber er hat es mir selber gesagt«, betonte sie. »Wir waren gerade mit unseren Waffeln fertig, und da hat er gesagt, er hat diesen Vogel abgeschossen und weiß nicht, was für einer es ist. Ich meine, man kann dann schon sagen, ich habe es nur gehört, aber um Himmels willen, ich habe es doch von dem Mann gehört, der den Schuss abgegeben hat.«

»Da muss ich leider Widerspruch einlegen«, sagte Ned.

Richter Ken Hemphill lachte leise in sich hinein. »Abgelehnt.«

Als nächster trat Dan in den Zeugenstand. Ned sprach mit dem Gerichtsdiener, der verschwand, um nach ein paar Minuten mit einem großen ausgestopften Vogel zurückzukehren. Es gab einen Moment der Überraschung, als Ned den Vogel vor den Geschworenen in die Höhe hielt.

Der Vorsitzende der Geschworenen, der sich schon während der ganzen Verhandlung über seine Rolle nicht ganz im Klaren zu sein schien, sagte: »Ausgezeichnete Arbeit.«

»Sheriff«, sagte Ned. »Sie haben ausgesagt, dass Russell einen Wasservogel geschossen hat. Ich möchte Sie jetzt bitten, sich diesen Vogel hier ganz genau anzusehen, den wir dem freundlichen Entgegenkommen des Naturhistorischen Museums in Stone City verdanken. Lassen Sie sich bitte Zeit, weil das jetzt sehr wichtig ist. Ist das dieselbe Art wie der Vogel, den Ihrer Aussage nach Russell geschossen hat?«

Dan sah sich den Vogel an. Er war grau gefärbt, lang und dünn, mit einem roten Flecken über dem Auge. Im Gerichtssaal herrschte Stille. »Ich weiß es nicht«, sagte Dan.

»Mit anderen Worten«, sagte Ned, »er könnte es sein, er könnte es aber auch nicht sein? Was ist denn das für eine Antwort! Schauen Sie jetzt nicht zu Bev hinüber. Wir wollen Ihre Meinung hören, Sheriff. Ist es nicht so, dass Sie gar nicht wissen, was für eine Vogelart Russell geschossen hat?«

»Ich bin kein Vogelkundler. Ich glaube, die beiden Vögel sind sich ähnlich. Aber ob es genau der gleiche ist, nein, das weiß ich nicht.«

»Sheriff, und wenn ich Ihnen jetzt sagen würde, dass es sich hier um einen Sanddünenkranich handelt, der den Winter in Texas und Mexiko verbringt? Und wenn ich Ihnen jetzt sagen würde, dass es tatsächlich ausgeschlossen ist, dass sich ein Sanddünenkranich an diesem Novembertag im Lapoint-Moor aufgehalten haben könnte?«

»Was beweist das?«

»Ja, was wohl. Die Verteidigung hat keine weiteren Fragen.«

Die Geschworenen beratschlagten den ganzen Vormittag und auch noch den ganzen Nachmittag. Um zwölf Uhr dreißig bekamen sie ein Mittagessen in Form von Feinkost-Sandwiches, Krautsalat und Kartoffelchips. Um drei Uhr verlangten sie einen Imbiss und erhielten zwei Tüten Salzbrezeln und ein paar Karamellen. Um vier Uhr dreißig kam vom Vorsitzenden eine Nachricht für Richter Hemphill, dass einer der Geschworenen gerade eine salzfreie Diät mache und dass das beim Bestellen des Abendessens berücksichtigt werden solle. Da entschloss sich Russell zu einem »nolo contendere«, oder Verweigern der Aussage, und Ken Hemphill rief die Geschworenen herein und sagte zu ihnen, sie könnten jetzt nach Hause gehen und sich ihr eigenes Abendessen machen.

Zwölf

Der Lebensmittelladen in Grafton schloss im Frühjahr. Ohnehin hatte niemand erwartet, dass Alvin Getty ihn wieder in Schwung bringen würde. Es gibt immer Leute, die sich zu einem Geschäft, mit dem es abwärts geht, hingezogen fühlen, und wenn sie die Gelegenheit haben, übernehmen sie es und ruinieren es dann vollends.

Diesen Winter war bereits allen klar gewesen, was passieren würde. Die Regale leerten sich, während ausgefallene neue Produkte zur Schau gestellt wurden, in der Absicht, den Laden vor dem Ruin zu retten. Man konnte Marmelade kaufen, die von Trappistenmönchen hergestellt war, aber kein Brot, auf das man sie hätte streichen können.

Etwas später kam Alvin auf die Idee, dass eine neue Art von Pudding die Wende herbeiführen könnte. »Der schafft eine leichte und fröhliche Atmosphäre«, sagte er zu Mary Montrose. »Na, das müssen Sie doch zugeben – das ist ein beliebtes Dessert.«

Mary wollte nicht, dass der Laden einging, deshalb wusste sie nicht so recht, ob sie ermutigend nicken oder eher lachen sollte. Sie und Alvin waren sich nie so ganz grün gewesen. Der Streit, den sie wegen seines Hundes King gehabt hatten, war kein Zufall gewesen.

»Es gibt wohl kaum einen Lebensmittelladen auf der ganzen Welt, der keinen Pudding verkauft«, erwiderte Mary.

»Aber nicht in diesen praktischen Bechern.«

»Ich fürchte, Sie haben Ihre Hausaufgaben nicht gemacht.«

»Nicht mit einem kleinen Löffel dabei.«

»Von einem Löffel wusste ich nichts.«

»Der Löffel ist das Entscheidende.«

Dann versuchte er es mit einem Videoverleih. Zu diesem Zeitpunkt wurde der Laden bereits so geringgeschätzt, dass sich nur wenige Kunden die Mühe machten, die Videos zurückzugeben, die sie ausgeliehen hatten. Alvin verlor schon in der ersten Woche drei Exemplare von *Eine verhängnisvolle Affäre*, die ihm gar nicht gehörten. Eines Morgens im April, als Mary nach draußen ging, um die Post zu holen, sah sie, wie ein dicker Mann in einer Fan-Jacke der Chicago Cubs Alvins Kasse aus dem Laden hievte.

»Was ist denn hier los?«, fragte Mary.

»Wir haben geschlossen«, sagte der Mann.

»Und wo ist Alvin?«

»Keine Ahnung.«

»Ist der Laden jetzt für immer zu?«

»Was glauben Sie denn?«

»Ich glaube schon.«

»Bei mir kriegen Sie einen Laib Brot für fünf Cent«, sagte der Mann. »So ein Geschäft machen Sie nie wieder. Könnten Sie mir die Autotür aufmachen? Ich hab auch noch ein paar schöne Rib Eye Steaks.«

»Zum Essen?«

»Nein, als Türstopper – natürlich zum Essen.«

Mary machte die Beifahrertür eines schwarzen Eldorado auf, und der Mann stellte die Kasse auf den Sitz. »Ich hab's gewusst, dass Alvin das nicht mehr lange macht.«

»Ich kenne diesen Alvin gar nicht«, sagte der Mann. »Ich versuche auch immer, niemand von denen kennenzulernen. Ich bin das, was man in unserem Gewerbe einen Abwracker nennt. Mit anderen Worten, ich komme und räume alles aus. Das ist kein leichtes Leben. Die Leute lassen sich von ihren Gefühlen überwältigen, wenn alles, was sie haben, zur Versteigerung kommt. Einmal hat ein Typ sogar auf mich geschossen. Es ist besser für alle Beteiligten, wenn ich diese Leute gar nicht kenne.«

»Ich hatte gehofft, dass jemand anderes den Laden übernimmt. Man braucht doch in jeder Stadt einen Lebensmittelladen.«

»Wer tut sich heutzutage schon einen solchen Stress an«, sagte der Abwracker. »Das Einzige, worauf man in einem Nest wie diesem hier hoffen kann, ist so ein fahrender Mini-Markt.«

»Na toll«, sagte Mary.

»Ich möchte nicht herzlos wirken. Ich bin immer der Böse in solch einer Situation. Ich weiß das.«

Mary holte ihre Post: einen Katalog für Blumenzwiebeln und einen Brief, in dem stand, sie habe ein Ferienhaus in Florida gewonnen oder einen Jeep Wrangler oder ein Radio. Sie ging niedergeschlagen zurück. Alle Dienstleister flogen aus Grafton davon wie die Samen einer Pusteblume. Vor fünfundzwanzig Jahren hatte es in der Stadt zwei Gastwirtschaften, drei Kirchen, einen Holzhandel, einen Friseur und eine Bank gegeben. Von all dem waren nur noch eine Gastwirtschaft und zwei Kirchen übrig. Hinzugekommen waren allerdings Lindsey Coale mit ihrem Schönheitssalon und ein Mann namens Carl Mallory, der einen Wellblechschuppen errichtet hatte, in dem angeblich Gewehrkolben auf Bestellung in Handarbeit hergestellt wurden. Ronnie Lapoint hatte den Karosseriebetrieb seiner Tankstelle ausgeweitet, aber da er eine Menge Gebrauchtwagen besaß und fuhr, war nicht immer klar, ob es sich, wenn man ihn etwas schweißen sah, um Broterwerb oder nur um Zeitvertreib handelte.

Mary besaß irgendwo eine Luftaufnahme von Grafton aus der glücklichen Zeit der frühen sechziger Jahre. Eigentlich wäre es doch aufschlussreich und sogar ergreifend, diese Aufnahme vergrößern zu lassen und sie bei der nächsten Bezirksratssitzung den Leuten unter die Nase zu halten. Es war ja, als wären sie alle wie die Schlafwandler herumgelaufen, während ihre Stadt verfiel. Sie durchsuchte die Schachteln am Fuß der Kellertreppe. Sie fand Junes Barbiekoffer, Louises Brotzeitdose, die schwarzen Schlittschuhe ihres verstorbenen Mannes Dwight. Alle diese Gegenstände waren moderig und sahen ein wenig traurig aus, verglichen mit den Erinnerungen, die sie daran hatte. Sie blieb einen Augenblick auf der grünweißen Pappschachtel sitzen, in der einst die *World Book Encyclopedia* gekommen war, voller Bilder und wissenswerter Dinge für die Mädchen.

Nach einer Weile hatte Mary den Eindruck, etwas gehört zu haben. Sie stieg mit schmerzenden Knöcheln die Treppe hinauf. Das Wohnzimmer war erfüllt von Efeu und Nachmittagslicht. Sie blieb bei dem großen Panoramafenster stehen und sah draußen einen Zaunkönig am Boden liegen. So etwas war nicht ungewöhnlich. In letzter Zeit waren öfter Vögel gegen das Panoramafenster geflogen. Mary glaubte, das sei jahreszeitlich bedingt. Sie wollen sich paaren und schauen nicht, wo sie hinfliegen, und da knallen sie eben gegen die Scheibe. Sie hatte sich schon überlegt, ob sie eine künstliche Eule ins Fenster hängen sollte, aber ihr war zu Ohren gekommen, dass sich dann eventuell Krähen in den Bäumen vor dem Haus sammeln würden.

Sie ging zur Garage hinaus und suchte eine Schneeschippe, um den Zaunkönig aufzuheben, doch als sie zur Vorderseite des Hauses kam, hatte der sich offensichtlich wieder aufgerappelt und war davongeflogen. Oder ein Hund hatte ihn mitgenommen. Da fuhr ein Lieferwagen vor. »Pakete für Mary Montrose«, sagte der Fahrer. Er lud vier Kartons ab, die June aus Colorado geschickt hatte – gebrauchte Kleidung für das Baby, mit dem Louise im siebten Monat schwanger war.

Louise wartete in der Klinik von Mixerton auf eine Ultraschalluntersuchung. Die Klinik war im ehemaligen Rathaus von Mixerton untergebracht, etwa fünf Meilen südwestlich von Stone City. Das Gebäude war niedrig und weitläufig, aus Sandstein gebaut und seltsam modern für ein Bauwerk aus der Zeit um die Jahrhundertwende. Die Mixers hatten zwar nicht lange existiert, aber offensichtlich eine ganze Menge guter Ideen gehabt. So hatten sie zum Beispiel eine raffinierte Gebärdensprache entwickelt, wodurch sie die meiste Zeit schweigen konnten. Sie lehnten es ab, Getreide anzubauen, weil daraus Bier und Whiskey gemacht werden konnte, was in gewissem Sinne absurd war, da sie selbst Bier und Whiskey tranken. Die Gemeinschaft zerfiel kurz nach dem Ersten Weltkrieg, aber ein paar Nachkommen der Mixers sind noch am Leben, und hie und da sieht man eine Todesanzeige mit folgenden Zeilen:

FRAU IN PRINGSMAR GESTORBEN
STAMMTE VON DEN MIXERS AB

Louise trug ein weißes T-Shirt, ein rosaweißes Kleid und ein rostbraunes Leinenjackett. Ihre Blase war voll, und sie saß in einem Raum mit indirekter Beleuchtung, zusammen mit drei weiteren Schwangeren, die auch alle eine volle Blase hatten. In Vorbereitung für den Ultraschall wurde man gebeten, drei große Gläser Wasser auszutrinken und nicht zum Pinkeln zu gehen. Andernfalls würde Jimmy, der junge Mann, der das Ultraschallgerät bediente, von dem Baby vielleicht kein klares Bild bekommen. So viel Wasser in sich zu halten, war für niemanden eine leichte Aufgabe, vor allem nicht für eine schwangere Frau, und jetzt begann auch eine der Frauen leise zu schluchzen. Eine Schwester namens Maridee kam herein und legte ihr widerstrebend den Toilettenschlüssel in die Hand, mit der Anweisung, den Schlüssel an niemand anderen weiterzugeben. Eine andere Frau versuchte, die Aufmerksamkeit von dem inneren Druck abzulenken, indem sie erzählte, dass sie ständig Spielkarten auf ihrem Grundstück finde. Sie trug ein blaues Stillhemd mit gekräuseltem Kragen. Ihre Augen waren groß und verschleiert. »Ich weiß auch nicht, was das ist«, sagte sie. »Ich kann es mir nicht erklären. Ich wäre froh, wenn es mir jemand erklären könnte. Andere Leute finden Münzen. Wenn sie Glück haben, finden sie einen Dollar. Mein Bruder hat einmal zehn Dollar gefunden, im Kino. Zehn Dollar! Und ich, ich finde die Karo-Sieben. Ich finde den Kreuz-Buben unter meinem Schuh. Neulich dachte ich irgendwie an New Mexico, und wie ich ins Auto steige, was glauben Sie, was ich finde? Ein Streichholzbriefchen, auf dem ›New Mexico‹ stand.«

»Ich dachte, Sie sagen jetzt, eine Spielkarte«, sagte Louise.

»Das meine ich ja«, sagte die Frau. »Das war das einzige Komische, das ich je gefunden habe, was nicht eine Spielkarte war.«

Jimmy hatte lange Locken und einen Goldzahn. Er hatte früher die Krankenwagen frisiert, dann sein Leben aber ganz plötzlich geändert, als er in der Cafeteria ein Plakat über die wachsende Bedeutung des Ultraschalls sah. »Ich bin froh, dass ich das gemacht habe, verstehen

Sie mich nicht falsch«, sagte er. »Aber mir fehlt doch die Kameradschaft mit den anderen. Wir Automechaniker haben immer hinter der Grundschule Softball gespielt. Ich war ein angriffslustiger Spieler und hab's irgendwie immer geschafft, zu punkten. Das fehlt mir jetzt.«

»Vielleicht würden die Sie ja immer noch mitspielen lassen«, sagte Louise, die auf dem Rücken lag, das Kleid über ihren straffen runden Bauch hochgezogen.

Jimmy schüttelte den Kopf und trug vorsichtig blaues Gel auf ihrem Bauch auf. »Hab ich ja versucht. Sie würden staunen, was dort für ein ständiger Wechsel ist. Ich hab fast niemanden mehr gekannt. Und dann bin ich auch noch gestürzt, weil ich so einem sehr niedrigen Ball nachgerannt bin, und hab mir das Knie aufgeschlagen.«

»Oh weh«, sagte Louise.

»Das war wie ein Telegramm mit der Mitteilung: Jugend vorbei.«

Er legte Filmplatten oben in das Gerät ein. Der Bildschirm war genau neben Louises rechter Schulter. Sie drehte den Kopf, um besser sehen zu können. Jimmy fuhr mit dem Messgeber auf ihrer Haut umher und wies sie auf die flatternden Herzkammern des Babys hin und auf die Krümmung des Rückgrats. Louise hätte sich gewünscht, dass Dan jetzt hereinkäme. Er musste sich gerade im Lions Club in Stone City einer Diskussion mit Johnny White stellen.

»Was genau wollen Sie denn wissen?«, fragte Jimmy.

»Das Datum«, sagte Louise. »Dr. Pickett findet, dass mein Bauch schon sehr groß ist.«

»Okay.«

Jimmy führte ein paar Messungen durch, indem er einen Cursor über den Bildschirm bewegte. »Bei mir kommt der 21. Mai heraus. Ach, wissen Sie schon das Geschlecht?«

»Nein.«

»Wollen Sie es wissen?«

»Na, wissen Sie es denn?«

»Vielleicht.«

»Ich möchte es nicht wissen.«

»Okay.«

»Nein, eigentlich will ich nicht.« Sie glaubte, es sei ein Mädchen.

»Das liegt bei Ihnen.«

»Ich meine, irgendwie wüsste ich es natürlich schon gern.« Es war für sie so ein Gefühl, und sie wollte es dabei belassen.

»Das da ist ihre Hand.«

Louise hielt den Atem an. Das Baby bewegte die Finger und verursachte damit weiße Funken auf dem blauen Bildschirm.

Nach dem Ultraschall besuchte Louise Cheryl Jewell, die am Abend zuvor mit dem Flugzeug aus Kansas City gekommen war. Cheryls Tochter Jocelyn würde demnächst mit den Proben für ihre Hauptrolle beim Theaterstück der Abschlussklasse der Highschool von Morrisville-Wylie beginnen.

»Ich habe keinen Ultraschall machen lassen, als ich mit Jocelyn schwanger war«, sagte Cheryl. Sie stand in der Küche ihrer Tante Nan und bereitete in einem alten grünen Mixer Schokoladenshakes zu.

»Es ist nicht schlecht«, sagte Louise.

»Fühlt sich das nicht komisch an?«

»Eigentlich nicht. Man gewöhnt sich daran.«

»Und hast du dieses andere Zeugs auch machen lassen?«

»Amniozenthese?«

»Genau.«

»Die Amnio war hart.«

»Das habe ich gehört.«

»Es stimmt auch.«

»Da hast du deine Schokolade«, sagte Cheryl. »Mein Arzt war ziemlich rückschrittlich. Ich hatte nur einen Bluttest.«

»Ich habe nichts gegen dieses medizinische Zeugs«, meinte Louise. »Aber ich kann dir sagen, was ich nicht leiden kann.«

»Was denn?«

»Wenn einem Leute, die man kaum kennt, die Hand auf den Bauch legen wollen. Ich finde, das passiert immer öfter.«

»Oh ja. Daran kann ich mich gut erinnern.«

»Und zwar Leute, die dich nie fragen würden, ob sie deinen Bauch anfassen dürfen, wenn du nicht schwanger wärst.«

»Na hoffentlich.«

»Weißt du, was ich dann mache? Wenn sie den Arm nach meinem Bauch ausstrecken, trete ich einen Schritt zurück und gebe ihnen die Hand.«

»Diesen klugen Trick solltest du Ann Landers schreiben.«

»Der wäre doch viel zu höflich für Ann Landers. Sie würde einem eher raten zu sagen: ›Finger weg, Doofi!‹«

»›Lass den Scheiß, Mensch.‹«

Sie lachten und tranken ihre Schokolade aus vorgekühlten Aluminiumbechern. Cheryl sagte: »Und weißt du, was mich immer gestört hat? Als ich schwanger war, haben mich immer furchtbar viele Leute angeglotzt und gesagt: ›Na, da war aber jemand fleißig.‹ Als wenn sie sich vorstellen würden, wie ich im Bett bin oder so.«

»Die Leute wissen halt nicht, was sie sagen sollen«, meinte Louise.

»Na, so etwas sollten sie jedenfalls nicht sagen.«

»Es ist, als wenn sie verlegen wären. Wie wenn man in aller Öffentlichkeit etwas Peinliches tun würde, nur weil man schwanger ist.«

»Ja genau, nur deswegen.«

Mary rief ihren Freund Hans Cook an, damit er die gebrauchten Babysachen zur Farm hinausfuhr. Er tauchte im Overall und mit einer Baseballmütze der St. Louis Cardinals bei ihr auf.

»Die trage ich an den Tagen, wo ich mir die Haare nicht wasche«, sagte er.

»Na, das hört man ja gerne«, sagte Mary. »Du verwahrlost langsam ein bisschen.«

»Lindsey Coale kriegt das bei den Männern nicht so gut hin. Das ist nichts gegen Lindsey. Was Frauen betrifft, ist sie super. Nur bei einem Männerhaarschnitt hat sie irgendwie nicht so den richtigen Dreh raus.«

»Warum gehst du dann nicht nach Morrisville? Da geht doch jetzt jeder hin.«

»Ach weißt du, in der guten alten Zeit hat doch jeder die Haare so getragen.«

»Dann geh doch zurück in deine gute alte Zeit.«

Hans stellte die Kartons auf die Ladefläche seines Pickup. »Ich fahr die Sachen ja gerne, und es geht mich auch gar nichts an, aber mir kommt das doch sehr viel vor. Wie groß ist denn so ein Baby? Ungefähr so?«

Diese Frage diskutierten sie eine Weile, wobei sie die Hände bewegten, um die mögliche Größe zu zeigen. Schließlich gab Mary zu, dass June es vielleicht doch etwas zu gut gemeint haben könnte.

»Wie geht es June denn?«, fragte Hans.

»Anscheinend ganz gut«, sagte Mary.

»Wie heißt ihr Mann gleich wieder?«

»Dave Green.«

»Ach ja, genau.«

»Er hat gerade einen Anbau an ihrem Haus machen lassen.«

»Der stinkt ja vor Geld.«

»Ich will dir mal was über Dave Green sagen. Es stimmt, dass er mehr Geld hat, als du und ich je im Leben sehen werden. Aber was den gesunden Menschenverstand betrifft, da besitzen wir beide im Vergleich zu Dave Green geradezu unermessliche Reichtümer. Hast du mitgekriegt, dass er mal versehentlich nach Hawaii geflogen ist?«

»Nein.«

»Versehentlich. Ich meine, du großer Gott, denk nur mal an all die Menschen, die wirklich einen Grund hätten, nach Hawaii zu fliegen und sich nur das Ticket nicht leisten können.«

»Es heißt ja immer, dass reiche Leute unglücklich sind.«

»Das sind nur dumme Sprüche.«

»Ich würde gern mal den Versuch machen«, sagte Hans. »Ich wäre bestimmt die Ausnahme, die die Regel bestätigt.«

»Du wärest immer zufrieden, egal, was du machst. Du bist ein glücklicher Mensch. Manche würden sogar sagen, zu glücklich.«

»Aber ich werde bestimmt nie reich.«

»Nein, das ist nicht anzunehmen.«

»Der kleine Mann hat es ganz schön schwer auf dieser Welt.«

»Genau wie der große«, sagte Mary.

Hans gähnte. »Worüber haben wir gerade gesprochen?«

»Über Louise.«

»Ich bewundere sie sehr«, sagte Hans. »Nichts bringt Louise aus der Fassung. Alles prallt an ihr einfach ab.«

»Bis zu einem gewissen Grad. Manches zumindest. Sie hat ja Dan. Sie wird bald ein Baby bekommen. Ich habe keinen Zweifel, dass Louise und Dan sich lieben. Aber heißt das vielleicht, dass es keine Höhen und Tiefen gibt? Nein. In jeder Beziehung gibt es Höhen und Tiefen.«

»Ich habe gehört, sie wohnen gar nicht zusammen«, sagte Hans.

»Also echt, das ist der totale Quatsch«, sagte Mary. »Sie wohnen natürlich zusammen. Sie schläft vielleicht in ihrem kleinen Wohnwagen. Das ist zwar exzentrisch, aber schließlich kein Weltuntergang. Gerade du müsstest dafür mehr als alle anderen Verständnis haben. Und sie zieht auch wieder ins Haus, wenn das Baby kommt. Übrigens, wer hat dir das denn erzählt? Klingt ja wie so eine typische Übertreibung aus dem *Kalkeimer*.«

»Ich weiß nicht mehr, wer es gesagt hat. Sollen wir los?«

»Ich hole nur schnell meine Jacke.«

Der Wind fegte über die Landschaft, und der Pickup holperte über Schotterwege, die durch den Schnee im Winter und den Regen im Frühling »waschbrettartig« waren – wie Mary gesagt hätte. Auf halbem Weg zur Farm sprang die hintere Ladeklappe auf, und die Kartons fielen vom Wagen.

»Missgeschick im Paradies«, sagte Hans und fuhr an die Seite. Er und Mary stiegen aus dem Pickup. Zwei der Schachteln waren aufgeplatzt, ihr Inhalt war im Straßengraben verstreut. Rote, gelbe und graue Kleidungsstücke lagen überall im üppigen Gras herum.

»Hab wahrscheinlich nicht richtig zugemacht«, sagte Hans.

»Nein, vermutlich nicht«, sagte Mary.

Sie stiegen in den Graben hinunter und sammelten die Kleidungsstücke wieder ein. Das war auf der Südseite der Straße, wo die verwaisten Strommasten so krumm und schief standen, dass man sich bücken musste, um unter ihnen durch zu kommen.

»Mit denen müsste endlich mal was gemacht werden«, sagte Hans.

»Das sag ich schon seit Jahren«, erwiderte Mary.

Hans hob einen Strampler aus Kordsamt auf. »Ein paar davon wird sie wahrscheinlich in den Wäschetrockner stecken müssen.«

»Neben deinem Fuß liegt ein Schühchen.«

Hans sicherte die Kartons mit einem Riemen und schlug die Heckklappe wieder zu. Dann fiel ihm noch etwas ein, und er stieg wieder in den Graben und schraubte sechs Isolatoren von den Masten ab. Die Isolatoren waren schwer und rund und bestanden aus blauem Glas.

»Wenn Louise die auswäscht, dann hat sie ein paar sehr brauchbare Trinkgläser«, sagte er.

Louise fand die Pappkartons in der Küche, als sie nach Hause kam. Anscheinend hatte June absolut jedes Kleidungsstück eingepackt, das von ihren beiden Kindern von frühester Kindheit an bis zum heutigen Tag jemals getragen worden war. Es waren auch viele Spielsachen dabei – Rollschuhe, Legosteine, Plastikbuchstaben.

Louise setzte sich und schüttelte den Kopf. Manchmal stand June mit der Realität offensichtlich nur in sehr geringem Kontakt. Außerdem waren einige Kleidungsstücke feucht, als wären sie auf der Fahrt in den Regen gekommen. Louise beschloss, alles zu waschen. Was sie von den Isolatoren halten sollte, wusste sie nicht. Sie reihte sie auf dem Küchentisch auf.

Als Dan nach Hause kam, ging er als Erstes, nachdem er seine Dienstwaffe abgelegt hatte, an den Tisch und begutachtete die Isolatoren. »Was ist das?«

»Mom hat sie hiergelassen«, sagte Louise. »Ich vermute, dass das Briefbeschwerer sein sollen.«

»So viele Briefe bekommen wir doch gar nicht.«

»Was glaubst du denn dann?«

»Das sind Isolatoren.«

»Ja logisch.«

»Sie sind von den Strommasten an der Straße.« Dan nahm einen und drehte ihn in den Händen. »Vielleicht sind sie als Trinkgläser gedacht.«

»Würden sie denn nicht umfallen?«

»Man kann sie zurechtschleifen oder -feilen.«

»Na super, das machen wir auch sofort.«

»Ach ja, wie war's denn beim Ultraschall?«

»Ach, wenn du nur dabei gewesen wärst! Die Kleine hat ihre Hände angeschaut.«

»Ist alles in Ordnung?«

»Ja.«

»Wie ist es mit dem Herzschlag? Hat der Typ auch darüber gesprochen?«

»Jimmy hat gesagt, dass sie einen sehr guten Herzschlag hat.«

»Sie?«, fragte Dan. »Hat er ›sie‹ gesagt?«

»Er hat ›sie‹ gesagt.«

»Ehrlich wahr? Weißt du, vielleicht machen die das so, damit es auf keinen Fall sexistisch klingt.«

Louise zuckte mit den Schultern. »Könnte sein. Ich hab zu ihm gesagt, ich will es nicht wissen.«

»Dazu braucht man aber ganz schön viel Willensstärke.«

»Danke. Und, hast du deine Debatte gut hingekriegt?«

»Ja«, sagte Dan. »Und ich muss sagen, ich kann mir nicht vorstellen, dass irgendjemand in die Wahlkabine geht und dort tatsächlich für Johnny White stimmt.«

»Die Vorwahl gewinnst du auf jeden Fall«, sagte Louise.

»Dann lässt er sich bestimmt als Parteiloser aufstellen.«

»Echt?«

»Garantiert. Jack hätte nie so viel Geld locker gemacht, wenn Johnny jetzt einfach wieder rausfliegen könnte. Und das weiß jeder. Die Lions haben ihn derart mit Samthandschuhen angefasst, du würdest es gar nicht glauben.«

»Sag mal ein Beispiel.«

»Streife zu Fuß«, sagte Dan. »Wie du weißt, haben wir drei Leute für einen Bezirk von über vierhundert Quadratkilometern. Und Johnny sagt, sie sollten zu Fuß Streife gehen. Tolle Idee, was? Wir gehen zu Fuß von Morrisville nach Romyla, wenn jemand sein Auto um einen

Baum gewickelt hat. Aber diese Lions, die fressen das. Johnny sagt, wir haben zu wenig Personal. Die Lions nicken ernsthaft. Wirklich, kein Witz! Aber ich habe ja schließlich keine Druckmaschine. Ich kann kein Geld drucken.«

Louise wusch einen Isolator aus, schenkte ein Bier ein und reichte Dan den Isolator. »Keine Sorge, Johnny gewinnt schon nicht.«

»Er nennt sich jetzt John. John White.«

»Er kann sich auch John Wayne nennen, er wird trotzdem nicht gewählt.«

»Mit Miles Hagen ist es eine andere Sache. Gegen Miles Hagen habe ich nichts einzuwenden. Wenigstens war der früher mal Polizeibeamter.«

»Wer ist denn Miles Hagen?«

»Das ist der Typ, den die Republikaner immer aufstellen.«

»Ist der nicht taub?«

»Nein.«

»Wen meine ich denn dann?«

Dan antwortete, er wisse es nicht.

»Johnny kommt über den ersten Wahlgang bestimmt nicht hinaus«, sagte Louise.

»Wie gesagt, er tritt dann als Parteiloser auf.«

»Das ist also der Trumpf, den er noch im Ärmel hat.«

»Ja, sag ich doch.«

Louise lächelte. »Ich glaube, ich passe nicht richtig auf. Ich denke immer noch an das Baby, wie es die Hände bewegt hat. Das war so ziemlich das Coolste, was ich je gesehen habe.«

»Schade, dass ich nicht dabei war.«

»Noch etwas anderes«, fuhr Louise fort. »Sie haben mir ein Merkblatt zur Anästhesie gegeben, und ich habe mich entschieden, dass ich keine PDA möchte. Ich möchte ganz wach sein. Egal, wie du es anstellst, erlaube es denen auf keinen Fall, dass sie mich wegtreten lassen.«

»Ich erlaube es denen auf keinen Fall, dass sie dich wegtreten lassen.«

»Du musst mein Anwalt sein«, sagte Louise.

Dan machte Hamburger mit Brokkoli, während Louise die Babykleidung in den Wäschetrockner warf. Nach dem Abendessen, als sie gerade beim Abspülen waren, kam Claude Robeshaw vorbei, um Dan Tipps zum Wahlkampf zu geben. Claude besaß immer noch sehr viel Einfluss unter den Demokraten im Bezirk.

Dan und Claude setzten sich an den Küchentisch, und Claude zündete sich eine Zigarre an und drehte sie langsam auf dem Rand des Aschenbechers. Er legte den Kopf zurück und schaute steil nach unten durch seine Brille, um Dans Wahlkampfbroschüre zu lesen. Er gab keinen Kommentar dazu ab, was in Dan die Befürchtung aufkeimen ließ, dass er sie bescheuert finde.

»Als Erstes würde ich einen Termin für ein Pfannkuchenessen in Grafton festlegen«, sagte Claude. »Grafton ist der zentrale Punkt, was deine Wählerstimmen betrifft, und geographisch gesehen auch der zentrale Punkt des Bezirks.«

»Hab ich schon. Allerdings ist es ein Spaghettiessen, und Jean Jewell hat zugesagt, dass sie auf der Gitarre Folksongs spielt.«

Claude schüttelte den Kopf.

»Gitarre findest du wohl nicht so gut?«, sagte Dan.

»Ich habe nichts gegen Gitarre. Ich habe Jean noch nie spielen hören, aber Musik kann nie schaden.«

»Jean ist der Wahnsinn.«

»Nein, was ich nicht so gut finde, sind die Spaghetti, und ich kann Dir auch sagen, warum. Erstens sind Pfannkuchen billiger. Auf diese Weise bleibt dir mehr von dem gespendeten Geld, und darum geht es ja schließlich. Zweitens sind Pfannkuchen einfach zu machen. Wenn irgendjemand die ganze Nacht wach liegt, weil ihm deine Spaghettisauce nicht bekommen ist, dann erinnert der sich noch lange daran. Und schließlich, Spaghetti haben so einen ausländischen Beiklang, den du mit Pfannkuchen vollkommen vermeidest. Mach aus genau demselben Grund auch keine Tacos.«

»Also, ich bitte dich.«

»Kannst du dich an Everett Carr erinnern?«

»Der Name kommt mir bekannt vor.«

»Er war Senator in unserem Staat, und einmal vor langer Zeit lud er zu einem Gulasch ein, an dem mehrere Leute erkrankt sind. Als der Wahltag vorbei war, hatte der Staat einen neuen Senator.«

Louise nahm einen Arm voll Kleidung aus dem Trockner. »Das ist das Dümmste, was ich je gehört habe.«

»Klar ist das dumm«, sagte Claude. »Sehr dumm sogar. Aber Politik ist nun mal dumm.«

Louise ging nach oben. Sie hatte bezüglich der Wahl ein etwas komisches Gefühl, weil sie mit Johnny White etwas gehabt hatte, mit Tiny verheiratet gewesen war und anschließend Dan geheiratet hatte. Sie hatte das Gefühl, sie übe irgendwie einen ungebührlichen Einfluss auf die Staatsgeschäfte aus. Sie kam sich vor wie die Sonne mit ihren sie umkreisenden Planeten.

Dan hatte das Kinderzimmer in einem warmen und weichen Farbton gestrichen, der Perl-Elfenbein hieß. Es war ein kleines Zimmer mit einer Kommode, einem Schaukelstuhl aus Korbgeflecht und einem Babybett, das noch nicht zusammengebaut war und in seinem Karton an der Wand lehnte.

Louise faltete die Babykleidung zusammen und legte sie in die Schubladen der Kommode. Sie fühlten sich so gut an. Ihr gefielen die weich aufgerauten Stoffe, die genoppten Gummisocken an einem Pyjama. Sie sah in den Spiegel über der Kommode. Konnte sie nach all ihren Fehlstarts und Wirrungen eine gute Mutter werden? Sie hegte ihre Zweifel. Aber andererseits hatte sie auch ein Gefühl, was bei ihr sehr selten war, dass ihr ganzes Leben ein Pfad sei, der genau zu diesem Augenblick führte. Sie schaukelte eben im Schaukelstuhl und dachte über diese Dinge nach, als Dan und Claude mit lautem Geklirr und Geklapper die Treppe heraufkamen, mit Bier und einem Satz Schraubenschlüsseln in den Händen.

»Wir bauen jetzt das Kinderbett zusammen«, sagte Dan.

Das dauerte länger, als man hätte denken sollen. Zwanzig Minuten, nachdem sie begonnen hatten, suchten sie immer noch in den Einzelteilen herum und lasen stirnrunzelnd die Bauanleitung. Dan sagte immer wieder: »Führen Sie den Federstecker A in den Pfostenflansch D ein«, und dann wiederholte er ganz langsam: »Federstecker A«; und ständig fragte er Claude, ob Federstecker A in der Anleitung nicht kürzer aussehe als die anderen Federstecker, und falls ja, wo das verdammte Ding denn geblieben sei. Aber sie machten weiter, fügten die Teile gewissenhaft, wenn auch etwas konfus zusammen, und plötzlich waren sie fertig und hatten noch ein paar Teile übrig.

»Vielleicht sind die doppelt, falls mal was verlorengeht«, sagte Claude, aber sie sahen nicht so aus, als wären sie doppelt, und das Gitter auf der einen Seite ließ sich nicht wie gewünscht nach unten schieben. »Stellt einfach diese Seite an die Wand«, sagte Claude. »Dann ist es egal, ob es aufgeht oder nicht.« Genau das taten sie auch, und dann setzten sie sich auf den weißblauen Flechtteppich auf dem Fußboden, tranken ihr Bier und sprachen über das Wetter, während Louise sacht schaukelte, eine Hand auf dem Bauch haltend. Das Baby strampelte im Bauch, drehte sich und beruhigte sich wieder.

Claude trank sein Bier aus und stand auf. »Euch beiden geht es offensichtlich gut«, sagte er. »Ich muss jetzt Howard LaMott aufsuchen, den Chef der Feuerwehr. Er will mit mir über meinen Sohn Albert sprechen.«

»Was hat Albert denn wieder angestellt?«, fragte Dan.

»Er hat Kuchen in die Stiefel der Feuerwehrleute getan«, sagte Claude.

»Das sieht Albert ähnlich.«

»Howard behauptet, sie sind dadurch verspätet zu einem Löscheinsatz gekommen.«

»Howard LaMott ist ein großer Windbeutel«, sagte Louise.

»Ich werde mir anhören, was er zu sagen hat«, meinte Claude.

Er verabschiedete sich. Louise und Dan begleiteten ihn hinunter in die Diele und gingen dann zu Bett. Dan las aus einem Buch mit dem Titel *Planeten, Sterne und Weltraum* vor, das er auf dem Dachboden gefunden hatte, mit einer Widmung darin: »Für Jeannie zu ihrem neunten Geburtstag in Liebe, den 20. Juli 1962.« Dan glaubte irgendwo gehört zu haben, dass Babys im Mutterleib es gern mögen, wenn man ihnen vorliest.

»Wenn man an seinen Einfluss auf das Leben von Menschen, Tieren und Pflanzen auf der Erde denkt«, las Dan, »dann ist der Mond der zweitwichtigste Himmelskörper. Er erhellt die Nacht. Er ist der Grund dafür, dass der Kalender in Monate eingeteilt ist, und zusammen mit der Sonne bewirkt er das bedeutsame Steigen und Fallen des Wassers auf der Erde – die Gezeiten. In früheren Zeiten richteten sich die Kalender ausschließlich nach dem Mond, und auch heute noch werden Mondkalender von vielen Menschen genutzt, hauptsächlich aus religiösen Gründen. Die Tage, auf die Ostern und Pfingsten fallen, werden vom Lauf des Mondes bestimmt.

Weil der Mond die Erde umkreist und nicht die Sonne, ist er kein Planet, obwohl er in vieler Hinsicht den Planeten gleicht. Er ist ein Trabant, einer von 31 innerhalb unseres Sonnensystems.«

Während dies draußen auf der Farm geschah, machte sich drinnen in der Stadt Mary auf den Weg zu Alvin Getty. Alvin wohnte in einem weitläufigen Haus fast ohne Anstrich, eine Querstraße nördlich des Parks und nicht weit entfernt von den »Drei Schwestern« der Jewells. Mary stolperte fast über ein aufgerolltes Slinky auf dem Gehsteig. Sie sah Alvin im trüben Licht einer Insekten abweisenden Lampe auf der Veranda stehen.

»Was ist denn nun mit Ihrem Laden?«, fragte Mary.

Er nahm einen tiefen Zug aus einer Flasche Falstaff-Bier. »Ich habe ein paar neue Investoren dazu gebracht, mir ein bisschen unter die Arme zu greifen«, sagte er.

»Aber Alvin, Sie sind doch bankrott.«

»Sagt wer?«

»Na, sind Sie's etwa nicht?«, fragte Mary.

»Pammy. Wir haben Besuch.«

Pam Getty war in der Küche. Sie hatte schwarze Haare und bewegte sich schwerfällig in einem gesteppten Hauskleid. Mary sah sie durch die offene Tür.

»Es ist Mary Montrose«, sagte Alvin.

»Lass mich in Ruhe, Alvin«, sagte sie, wobei sie heftig in der Speisekammer herumsuchte. »Ich mach mir gerade einen Sprudel, und dein blödes Gerede kannst du dir sparen.«

»Hallo, Pam«, sagte Mary.

»Pam, Mary redet mit dir«, sagte Alvin.

Pams Hände zitterten, als sie die Sprudeltablette ins Wasser gab. »Mir egal. War schließlich mein Geld.«

»Es war das Geld von uns beiden«, sagte Alvin. »Kannst du dich vielleicht mal für eine Sekunde abregen und einen Gast in unserem Haus begrüßen.«

»Nein – nicht nach dem, was sie King angetan hat«, sagte Pam. Sie verließ die Küche, und Mary sah sie nicht wieder.

»Pam ist heute Abend auf die ganze Welt sauer«, sagte Alvin.

»Ich hab ja schließlich keinen bissigen Hund frei herumlaufen lassen«, sagte Mary.

»Sie waren absolut grausam, was das Tier betrifft.«

»Ich finde nicht. Aber ich bin ja nicht wegen King gekommen.«

»Es gibt keinen Grund zur Aufregung. Pam und ich arbeiten eng mit unseren Kreditgebern zusammen. Wir werden am Montag wieder aufmachen, und wenn nicht diesen Montag, dann nächsten. Jeder bekommt seine Lebensmittel rechtzeitig.«

»Aber die Leute haben jetzt Hunger. Alvin, man hat doch schon Ihre Kasse fortgeschafft. Der Laden macht nicht wieder auf.«

Alvin setzte sich auf die Stufen. »Nein, wahrscheinlich nicht.«

»Was ist denn eigentlich passiert?«

»Die Leute haben nichts gekauft.«

»Auf Wiedersehen, Alvin.«

Alvin gab ihr die Hand. »Lassen Sie sich's gut gehen.«

»Sie auch.«

Mary ging im Dunkeln durch Grafton. Vor dem *Kalkeimer* standen zwei Autos, was irgendwie noch einsamer wirkte, als wenn gar keine dagestanden hätten. Die restliche Hauptstraße lag verlassen da, mit Ausnahme eines zerbeulten braunen Lieferwagens vor dem alten

Opernhaus. Lieferwagen beunruhigten Mary immer, obwohl sie nicht hätte sagen können, warum. Sie wanderte durch das Geschäftsviertel bis zu ihrem Stadtteil. Durch die Fenster sah sie, wie Leute Geschirr spülten, sich vor dem flackernden Feuer des Fernsehers zusammenkuschelten, auf einem Stuhl eine Zeitschrift lasen. Als sie zu Hause ankam, sah Mary, dass ihre Hintertür offenstand. Sie schaltete wie immer das Licht in der Küche ein, legte ihre Schlüssel auf die Arbeitsplatte und ging ins Wohnzimmer. Keine zehn Fuß entfernt stand ein Reh und fraß die verschlungenen Triebe ihres Efeus.

In dem gebrochenen Licht sah Mary seine stählernen schwarzen Augen und das steif gesträubte Fell um die Schultern. Sie sah, wie das Maul die dunklen Blätter abriss, die sie jahrelang gehegt und gepflegt hatte. Das Reh hatte keine Angst vor Mary. Es wollte den Efeu und holte ihn sich, so einfach war das. Es sah sie aus dem Augenwinkel an. Es roch nach Fluss. Der Kopf stieß an den Kaffeetisch, während es mit den Zähnen sanft rupfte. Mary machte auf dem Absatz kehrt und ging den Weg zurück, den sie gekommen war. Sie zog das Garagentor hoch, stieg ins Auto, verschloss die Türen. Sie wusste nicht, was sie tun sollte. Früher einmal war sie Lehrerin gewesen und hatte den Kindern immer gesagt, dass die Antworten auf alle Fragen, wenn man nur richtig suchte, ganz in der Nähe lägen. Aber in diesem Moment wusste sie nicht, wo sie suchen sollte und was sie finden würde.

Dreizehn

Das Theaterstück der Abschlussklasse spielte im 15. Jahrhundert. Jocelyn Jewell hatte die Rolle der »vom Unglück verfolgten Maria« bekommen, die während des Stücks von einer Spinne gebissen wird, daraufhin bis zur Erschöpfung tanzt und sich schließlich zu Tode tanzt. Die Spinne wurde von Dustin Tinbane aus Morrisville gespielt.

Louise und Dan wären zu Hause geblieben, wenn Jocelyn nicht mitgespielt hätte. Louise sollte in siebzehn Tagen ihr Kind bekommen. Sie trug zu der Aufführung ein langes schwarzes Kleid und eine rote Perlenkette. Ihre Wangen waren rosig und ihr Haar hing üppig und lang über den Rücken hinunter. Unter dem Arm trug sie ein grünes Kissen, mit dem sie die Härte der dunklen Sitze in der Sporthalle von Grafton zu mildern hoffte.

Dan hielt Louise an der Hand, als sie den Gehsteig entlangkamen. Er war mit seinen Gedanken weit weg, und das Wetter konnte sich auch nicht so recht entscheiden. Die Sonne balancierte über den Rand der Felder und Wiesen. Das Licht, das auf die Ziegel der Schule fiel, war dünn und klar. Cheryl Jewell kam hinter ihnen her und legte Louise den Arm um die Schultern. Cheryl trug einen pinkfarbenen, hellgrün bestickten Hut. »Das erinnert mich daran, wie wir immer zum Schreibmaschinenunterricht zu spät gekommen sind«, sagte sie.

Die Schule von Grafton war eine der letzten alten Prärieschulen gewesen, und obwohl die Klassenzimmer jetzt leerstanden, sah das Gebäude noch ganz anständig aus. Drei Stockwerke, jedes mit einer durchgehenden Fensterreihe, erhoben sich zwischen turmartigen

Eckbauten im Osten und Westen. Im obersten Stock des östlichen Eckbaus war das Büro des Direktors gewesen, im obersten des westlichen das Rotkreuzzimmer, in dem ein Stuhl, ein Schreibtisch und ein Bett gestanden hatten, für Kinder, denen schlecht war, oder junge Mädchen, die ihre Tage hatten. Die Sporthalle mit ihrem gerundeten Dach und ihrer demokratisch gemeinten Gliederung lag an der östlichen Ecke und war mit der Schule durch eine niedrige Eingangshalle mit Eichentüren verbunden. GRAFTON stand – für Piloten – in großen gelben Lettern auf dem schwarzen Dach. Vom Boden aus sah man nur einen Teil der Buchstaben.

Dan, Louise und Cheryl betraten die Eingangshalle. In Vitrinen standen rauchgrau oxidierte Pokale, deren Gewinner inzwischen entweder tot oder sehr alt waren. Der Hauswirtschafts- und Werklehrer, Richard Boster, verkaufte die Eintrittskarten unter einem Banner, auf dem stand: »*Tarantella* – Ein Musical – Besetzung und Regie Edith Jacoby«. Mr. Boster war im Unterricht oft geistesabwesend, kratzte sich ständig die Handrücken und hatte einmal eine neunte Klasse sehr in Verwirrung gebracht, als er sagte, beim Sex werde der Penis »hart und krustig«. Jetzt schob er die Tickets über den Tisch. »Diesmal haben sie eine super Inszenierung hingekriegt«, sagte er.

Aber so hieß es jedes Jahr, und tatsächlich konnte man sich keine Schulaufführung vorstellen, die so öde gewesen wäre, dass man sie nicht als hervorragend bezeichnet hätte. Dafür gab es mehrere Gründe. Da das Abschlussstück unmittelbar vor dem Eintritt der Schüler ins gefährliche Erwachsenenleben stattfand, gewann es die Kraft eines Omens. In dieser Situation eine bestimmte Aufführung als misslungen zu bezeichnen, hätte gewirkt, als würde man den jungen Leuten Unglück an den Hals wünschen, und das wollte natürlich keiner. Auch bekamen fast alle, die sich das Stück ansahen, sonst vielleicht das ganze Jahr über kein anderes Theaterstück zu sehen, und für sie war schon das ganze Drumherum einer Theateraufführung – Beleuchtung, Kostüme, ein hinter der Bühne abgefeuerter Schuss – höchst eindrucksvoll. Es war in gewissem Sinn eine verkehrte Welt – Jugendliche lieferten zur Unterhaltung der Erwachsenen eine anspruchsvolle Darbietung –, während allgemein in Grouse County, wie sonst überall auch, das Theater nicht als etwas Sinnvolles angesehen wurde, womit man sich nach Abschluss der Schule noch abgeben konnte. Sich Geschichten auszudenken und sie dann auf die Bühne zu bringen, das war den Leuten einfach nicht geheuer. Wenn draußen auf dem Land ein Mann zum Beispiel in eine Kneipe gehen und sagen würde, er könne diesen Abend nicht zum Kartenspielen kommen, weil er sich *Finians Rainbow* ansehen wolle, würde das für einen peinlichen Moment sorgen. Aber zu einer Schüleraufführung kann jeder gehen.

Die Handlung von *Tarantella* folgte im Großen und Ganzen dem bewährten Schema: zwei Liebende werden getrennt und sterben. Jocelyn Jewell spielte ein Mädchen, das sich in einen jungen Ladenbesitzer verliebt. Der Ladenbesitzer erklärt sich bereit, für einen überheblichen, mächtigen Richter ein großes Festmahl auszurichten, begleitet aber stattdessen das Mädchen zu einem Picknick, nachdem ihre ursprüngliche Verabredung ins Wasser gefallen ist. Auf dem Picknick finden sie eine faszinierende Spinne und sperren sie in ein Marmeladenglas. Währenddessen wird das Festmahl zum Desaster, die politischen Hoffnungen des Richters sind zunichte gemacht, und der frustrierte Richter tötet den Ladenbesitzer im Duell. Da wächst die Spinne zu menschlicher Größe heran und beißt Jocelyn, die dadurch in ihren Tanzwahn gerät.

Dank Jocelyn Jewell, der anscheinend alles, was sie anfing, auf Anhieb gelang, war es wirklich eine großartige Aufführung. Der Gesang war überzeugend, wenn auch manchmal etwas unsicher, während der Tanzeinlagen fiel keiner hin, und Edith Jacoby, die für ein Drittel der Zuschauer in den Kulissen sichtbar war, hielt die Handlung am Laufen und schien eine besondere Begabung dafür zu haben, laute Streitereien auf die Bühne zu bringen. Aber Dan schenkte dem Ganzen nicht viel Aufmerksamkeit und verlor den Faden. Am vorhergehenden Abend war etwas geschehen, woran er immer noch denken musste.

Das Telefon hatte spät geläutet – etwa um zehn oder halb elf. Es war Sheila Geer von der Polizei in Stone City. »Können wir uns bei Westeys Farm treffen?«, flüsterte sie. Dan fuhr hin. Das dauerte etwa zwanzig Minuten. Der Hof war spärlich beleuchtet, und Sheila hatte das Standlicht an ihrem Streifenwagen eingeschaltet. Dan sah den Umriss ihres Kopfes im Auto.

Sheila schlug vor, ein Stück zu gehen. Der Hof war von einem Maschendrahtzaun umgeben, doch Sheila hatte einen Schlüssel, wie man das bei jemandem, der in der Gegend Streife fährt, durchaus erwarten konnte. Sie führte Dan an Hohlblocksteinen, Wäscheständern und den schweren schwarzen Rippen von Traktorreifen vorbei.

Schließlich setzten sie sich auf eine Hollywood-Schaukel. »Ich würde gerne mit dir über die Wahl sprechen«, sagte Sheila.

»Okay.«

»Hör zu, es arbeitet jemand bei dir, dem du nicht trauen solltest«, sagte Sheila.

»So sehr viele Leute arbeiten ja nicht bei mir«, sagte Dan.

Da erzählte ihm Sheila, dass Deputy Earl Kellogg Akten aus dem Sheriffbüro an Johnny White weitergebe. »Vor Gericht könnte ich das nicht beweisen. Aber sie gehen davon aus, dass es ein paar wunde Punkte bei dir gibt. Sie glauben, dass man verschiedene Fälle gegen dich verwenden kann. Kannst du dich an die schweren Maschinen erinnern, die verschwunden sind?«

»Allerdings.«

»Und das mit den Spielern.«

»Klar.«

»Und Quinn. Das Baby Quinn.«

»Was ist mit dem?«, fragte Dan.

»Ich weiß nicht«, sagte Sheila. »Sie finden, dass die Mutter vor Gericht gestellt hätte werden müssen.«

»Wir haben die Mutter doch gar nicht gefunden.«

»Klar, nur weiß jeder, dass du sie sehr wohl gefunden hast.«

»Na schön«, sagte Dan. »Das war eine Frau, die schon seit Jahren in geistiger Umnachtung gelebt hatte. Sie war nicht fähig, selbst Entscheidungen zu treffen. Und die willst du vor Gericht stellen? Wozu? Damit ihr Namen groß in der Zeitung steht? Dafür gibt es keinen

Grund … Und außerdem, lies doch mal die Statuten. Eine Anklage ist nicht Sache des Sheriffs.«

»Sie wissen ihren Namen. Sie wissen alles über sie.«

»Wenn sie daraus einen Fall machen, dann wird ihnen das noch leid tun«, sagte Dan. »Und du kannst Johnny ruhig erzählen, dass ich das gesagt habe.«

»Wir stehen nicht in Kontakt.«

»Für jemand, der nicht mit ihm in Kontakt steht, weißt du aber sehr viel.«

»Na ja, ich kann dir nichts sagen. Ich kann dir wirklich nichts sagen.«

»Earl arbeitet jetzt seit sieben Jahren bei mir«, sagte Dan.

»Ich habe mich immer schon gefragt, warum.«

»Er kennt den Bezirk besser als jeder andere, und er kann sehr gut Schlägereien beenden.«

»Ich glaube, er verkauft pornographisches Material.«

»Verkaufen tut er es nicht«, sagte Dan. »Er hat eine Sammlung für den Eigenbedarf, aber verkaufen, nein.«

»Er geht in einen Club, der *Basement* heißt, in Morrisville, und schaut sich Striptease an.«

»Woher weißt du das?«

Sheila zuckte mit den Schultern. »Das hört man so.«

»Das *Basement* ist ein ganz legales Unterhaltungslokal« sagte Dan. »Man kann davon ja halten, was man will, aber das ist kein Grund für eine Entlassung.«

»Und seine arme Frau, die zu Hause sitzt und Decken strickt.«

»Patchworkdecken steppt.«

»Ich glaube, du hast ihn zu lange behalten.«

»Falls es stimmt, was du sagst.«

»Du kannst dir ja seinen Streifenwagen mal genauer ansehen.«

»Warum hast du mir das erzählt?«

»Ich will einfach nicht, dass dir was passiert.«

Sie standen auf und gingen weiter, während das Licht von Sheilas Taschenlampe über Sägeböcke und Schubkarren streifte. Ein Kellerfenster an Westeys Haus war eingeschlagen. Mit gezogenen Revolvern gingen sie zur Hintertür hinein, fanden aber niemanden vor.

»Das müssen spielende Kinder gewesen sein«, sagte Sheila.

Hier und jetzt in der Turnhalle griff Louise gerade nach seinem Arm. Jocelyn hatte ihren letzten Tanz begonnen, in einem langen dunklen Rock und einer weißen Bluse. Der Rock zeichnete scharfe Kreise in die Luft.

Dies war die letzte von fünf Aufführungen, und es gab viele Vorhänge. Jocelyns Augen glänzten, während sie die Hände ihrer Mitspieler in die Luft hob. In einer Sporthalle voller Rosen und weinender Jugendlicher gingen die Lichter wieder an, Jocelyn war der Mittelpunkt einer Gruppe, die sich wohl nicht so schnell auflösen würde. Cheryl sagte, sie werde warten, doch Louise und Dan könnten ruhig gehen. Louise lächelte unsicher und schritt in Richtung Bühnentreppe.

»Nicht da lang.« Dan nahm sie bei der Hand.

Zu Hause aßen sie getrocknetes Wildbret und Salat. Louise nahm nur ein paar Bissen. Sie legte ihre Gabel neben den Teller und griff sich in den Nacken, um die rote Perlenkette auszuhaken.

»Ich glaube, ich habe heute zu viel gemacht«, sagte sie.

Dan sah von den Ordnern auf, die er aus Earls Streifenwagen genommen hatte. »Was hast du denn alles gemacht?«

»Mom und ich waren im *Leuchtturm* essen«, antwortete Louise. »Und wir haben Stoßstangen für das Kinderbett gekauft. Und jetzt noch das Theaterstück.«

Dan nahm einen Schluck aus einer Bierflasche. »Dann leg dich doch hin.«

»Sei nicht sauer auf mich.«

»Ich bin doch nicht sauer.«

»Du bist schon den ganzen Abend sauer.«

»Ich will eigentlich nur, dass du dich hinlegst und gut auf dich aufpasst.«

Louise schob ihren Stuhl zurück und blieb am Herd stehen. Sie legte die Hände auf ihren Bauch. »Weißt du, woran es, glaube ich, liegt? Ich glaube, es hat sich gesenkt. Es fühlt sich nämlich an, als würde das Baby jetzt viel tiefer liegen. Das passiert, wenn die Geburt nahe ist. Das Baby rutscht hinunter in den Geburtskanal. Das habe ich gelesen.«

»Gesenkt«, sagte Dan.

»Fühl doch mal meinen Bauch.«

»Dann dauert es nicht mehr lange, oder?«

»Nein, Schatz. Ich leg mich jetzt hin.«

»Tu das.«

Dan las eine Weile und saß dann nur noch da und schaute lange auf die Schalter des Herdes. Lichtwellen schienen über ihn hinzufluten. Wie oft noch würde er sich an diesen Augenblick erinnern, an diese Lichtwellen in der Küche. Er ging nach oben und massierte Louise den Rücken.

»Mir ist ein bisschen übel«, sagte Louise. »Das kommt davon, dass ich im *Leuchtturm* gegessen habe.«

»Vielleicht würdest du dich nach einem Bad besser fühlen.«

»Kann sein.«

Der Wasserhahn quietschte laut, als er aufgedreht wurde, und das Wasser donnerte in die Wanne. Als Louise hineingestiegen war, schloss sie die Augen und lies den Kopf am Rand der alten Badewanne mit den Klauenfüßen ruhen. Sie lächelte leicht, und ihr dunkles Haar lag wie ein Schleier über das Porzellan der Wanne gebreitet.

»Dan, es kann sein, dass es jetzt losgeht. Ich glaube, das sind schon die Wehen, und ich habe ein bisschen Angst.«

»Echt.«

»Es tut sehr weh«, sagte Louise. Dan half ihr vorsichtig auf und wickelte sie in ein großes grünes Badetuch, ihr liebstes. Aber noch bevor sie sich abgetrocknet hatte, bat sie ihn, aus dem Bad zu gehen, und er blieb draußen stehen und hörte, wie sie sich übergab.

»Louise«, sagte er.

»Warum hab ich bloß dieses verfluchte Zeugs gegessen.«

Dan ging ins Schlafzimmer und rief das Krankenhaus an. Eine Schwester kam ans Telefon. Sie hatte die tiefe und feste Stimme eines

Menschen, der sein Geld damit verdient, dass er den Leuten nachts Mut macht. »Kommen die Wehen in Schüben, oder würden Sie eher sagen, sie sind anhaltend?«

»Ich weiß es nicht«, sagte Dan. »Sie übergibt sich gerade. Sie hat etwas gegessen, das ihr nicht bekommt.«

»Bei welchem Arzt ist sie?«

»Bei Beth Pickett.«

»Ist Louise in der Nähe?«, fragte die Schwester. »Kann ich sie sprechen?«

Louise stand in der Tür, das grüne Badetuch um die Schultern. Dan brachte ihr das Telefon. Sie horchte. Sie berührte ihren Bauch mit gespreizten Fingern.

»Ja«, sagte sie. »Sehr sogar.«

Um zum Krankenhaus zu kommen, mussten sie drei Meilen weit auf Schotterstraßen fahren; das ließ sich nicht vermeiden. Ab Chesley konnten sie dann die Teerstraße benutzen. Louise ging es schlecht, und die Fahrt bekam ihr gar nicht. Sie hatte das Kleid an, das sie während des Theaterstücks getragen hatte. Auf ihren Knien stand ein Kochtopf, falls sie erbrechen musste. Der Topf hatte schwarze Flecken auf dem Boden, von den Gelegenheiten, wo sie darin Popcorn gemacht hatten. Dan schaltete das Blaulicht ein, fuhr aber sehr langsam, um Louise keine Schmerzen zu verursachen. Trotzdem stützte sie sich schwer auf die Armlehne des Streifenwagens und bat ihn manchmal, langsamer zu fahren.

Wegen eines Umbaus, dessen Logik nicht leicht zu erkennen war, hatte man inzwischen die Zufahrt zur Notaufnahme verlegt. Sie folgten einem behelfsmäßigen Schild und fuhren in engen Kurven bergauf zu zwei dunklen Türen. Louise blieb im Auto sitzen, während Dan sie zu öffnen versuchte. Eine ging nicht auf, die andere schon, aber der Raum dahinter war leer, und Dan kehrte wieder um. Da ging die Tür wieder auf, und ein Sicherheitsmann erschien. Er war nur als Silhouette zu sehen, und Dan konnte sein Gesicht nicht erkennen. »Hier sind Sie schon richtig«, sagte der Mann. Dan führte Louise hinein und einen Gang entlang bis zur Notaufnahme. Louise sank auf einen kleinen Stuhl neben dem Aufnahmeschalter, und ein Mann mit verschlafenen Augen schaute erst auf sie und dann auf einen Computerbildschirm. »Haben Sie Wehen?«

»Ich weiß es nicht«, sagte Louise.

»Bei welcher Versicherung sind Sie?«

»Danny, mir wird schlecht.«

»Was soll das denn?«, sagte Dan. »Beim Blauen Kreuz – Herrgott noch mal, lassen Sie sie doch jetzt nicht wegen solchem Papierkram warten.«

»Tun wir auch nicht«, sagte der Mann. »Sobald die da drin so weit sind, wird sie geholt.«

Kurz darauf half eine große, bleiche Schwester mit platinblondem Haar und rotem Lippenstift Louise in einen Rollstuhl und fuhr sie darin in einen großen Behandlungsraum, der durch Vorhänge unterteilt war. Das Licht war dämmerig. In einer Ecke stöhnte jemand leise. Die Schwester half Louise auf eine Trage, maß ihren Blutdruck und hörte sich an, was passiert sei.

»Kommen die Wehen in Zyklen, wie ein Rhythmus?«, fragte die Schwester.

»Ich weiß gar nichts mehr.« Louise lag auf dem Rücken und blickte zur Decke. »Ich glaube nicht.«

»Na gut. Hören wir uns das Baby mal an.« Die Schwester berührte Louises Bauch mit einem Stethoskop. Der Herzschlag war oft erst etwas verspätet festzustellen. »Wie weit sind Sie?«

»In der 36. Woche«, sagte Louise.

»Mhm.« Die Schwester bewegte den Kopf des Stethoskops. Ihre dunklen Brauen zogen sich zusammen, und ein verwirrtes Lächeln erschien auf ihrem Gesicht. »Das Baby versteckt sich vor uns.« Ihre Stimme klang melodisch, hilflos. »Das Baby versteckt sich vor uns.«

Die blasse Schwester verließ den Raum und kehrte mit einer stämmigen, flinken Schwester zurück, die kein Wort zu Louise oder Dan sagte. Sie nahm ein Stethoskop aus ihrer Kitteltasche und horchte auf den Herzschlag.

Dan stellte sich auf die andere Seite der Trage. »Was ist denn los?«, fragte er.

»Ich kann es Ihnen noch nicht sagen«, antwortete sie. Sie drehte sich zu der blassen Schwester um und sagte: »Holen Sie einen Monitor.« Sie faltete ihr Stethoskop zusammen und steckte es ein. Die Schwester rollte einen Fötenmonitor herein. Da kam Dr. Pickett.

»Beth, wir sind so froh, dass Sie da sind«, sagte Dan. »Sie sagen irgendetwas davon, dass das Baby sich versteckt.«

»Psst«, sagte Dr. Pickett. Sie befestigte den Gürtel des Monitors an Louises Bauch und schaute angestrengt auf das grünschwarze Muster auf dem Bildschirm des Monitors. Dann sagte sie: »Da ist kein Herzschlag.«

»Manchmal dauert es eine Weile, bis man ihn findet«, sagte Dan.

»Das Baby … ist nicht mehr am Leben.«

»Nein«, schrie Louise.

»Es tut mir leid.«

»Holen Sie sie zurück«, sagte Louise, und ihre Stimme war so voll und tönend wie ein Glockenspiel.

»Louise …«

»Großer Gott«, sagte Dan. »Was ist denn passiert?«

»Ich weiß es noch nicht«, erwiderte Dr. Pickett. »Manchmal geht einfach etwas schief. Aber wir werden es herausfinden, bevor das hier vorbei ist.«

Louise setzte sich auf, zog sich ihr schwarzes Kleid über den Kopf und schleuderte es wild in den Raum. »Sie versuchen es ja nicht mal!«

»Ich werde es mit allen Kräften versuchen«, sagte Dr. Pickett. »Bitte beruhigen Sie sich jetzt.«

»Wie kann das denn sein?«, fragte Dan. »Was passiert jetzt?«

»Louise wird Wehen bekommen und das Kind zur Welt bringen«, sagte Dr. Pickett.

»Ich kann keine Wehen bekommen«, sagte Louise. »Ich kann kein totes Kind zur Welt bringen.«

»Und ich werde Sie nicht wegen eines toten Kindes operieren«, sagte Dr. Pickett. »Ich werde Sie nicht in noch größere Gefahr bringen, als Sie schon sind.«

Louise drückte die Hände über die Augen. »Es tut weh. Oh, es tut mir so weh.«

»Wir fahren jetzt nach oben, Louise«, sagte Dr. Pickett. »Wir sorgen gleich dafür, dass es nicht mehr so weh tut.«

Die stämmige, schweigsame Schwester legte Louise eine Infusionsnadel an. Dann eilten die beiden Schwestern, Dr. Pickett und Dan mit Louise zum Aufzug. Dan rollte den Infusionsständer nebenher, während sie durch die Eingangshalle rannten.

Ein großer Aufzug aus Edelstahl brachte sie in den dritten Stock hinauf. Das Zimmer für Louise war das letzte auf einem langen, breiten Gang mit Zimmern auf der linken Seite und großen Fenstern auf der rechten. Louise wurde in ein Bett gelegt.

»Ich will nach Hause«, sagte sie.

»Das geht jetzt erst mal nicht«, sagte Dan.

Sie gaben ihr ein Mittel, das den Geburtsvorgang einleiten sollte, und als die Wehen kamen, waren sie so schlimm, dass sie sie nicht ertragen konnte. Die Schmerzen zerrissen ihr fast das Kreuz, und sie schrie nach einem Schmerzmittel. Dan hatte von Rückenwehen gelesen und nahm an, dass dies Rückenwehen seien. Wie unbegreiflich, wie abwegig, dass der Körper jetzt zu gebären versuchen sollte, obwohl das Kind schon tot war. Ein Anästhesist gab ihr Morphium, das aber keine Wirkung zeigte. Etwas später kam er noch einmal zurück, um ihr eine Spritze in die Wirbelsäule zu geben, was Epiduralanästhesie genannt wurde.

»Lassen Sie sie nicht wegtreten«, sagte Dan. »Sie möchte nicht wegtreten.«

»Sie schläft jetzt vielleicht ein bisschen, weil der Schmerz nachlässt«, sagte der Anästhesist. »Aber sie wird nicht wegtreten. Aber gehen Sie jetzt bitte hinaus, wenn ich die Spritze setze. Bitte gehen Sie.«

»Sie will mich aber dabeihaben.«

»Dan, gehen Sie hinaus, das ist schon in Ordnung«, sagte Dr. Pickett.

Dan verließ das Zimmer, und die Tür fiel hinter ihm zu. Er blieb im Gang stehen und schaute auf den Parkplatz hinunter. Bäume bewegten sich im Dunkeln, und der Regen sprenkelte die Scheiben. Ein Auto wendete langsam auf dem Asphalt. Im Gras neben der Straße verlief eine Reihe von Lichtern, und als das Auto daran vorüber fuhr, gingen sie eins nach dem anderen aus.

Die Epiduralanästhesie zeigte Wirkung, und Louise sank in Schlaf. Jetzt musste gewartet werden, wie bei einer Geburt immer gewartet werden muss. In der Ecke stand ein gelber Sessel, und Dan zog ihn sich ans Bett. Er war schwer und sperrig, als wäre ein verstellbarer Lehnsessel ein Wunderwerk der Schwermechanik. Dan legte die Füße auf das Bettgeländer und versuchte in einen Traum zu versinken, aber die Angestellten der Klinik kamen und gingen ständig in ihren weichen Schuhen und ihrer leise raschelnden Kleidung. Sie nahmen eine Tür, die dem Gang gegenüber lag, von dem aus er die Lichter hatte ausgehen sehen. Dan träumte, er trage den gelben Sessel über einen leeren Highway. Er ging im Traum in eine Tankstelle, wo ein Mann mit weißen Haaren sagte: »Ich mache Skulpturen aus Stahlrohr, und die gefallen jedem.« Aber Dan wusste, dass das ein Traum war und dass das Krankenhaus kein Traum war, deshalb wachte er erschöpfter auf, als wenn er den Sessel tatsächlich getragen hätte, und ihm war, als würde das Licht im Zimmer sein Herz ausbluten lassen.

Louise schlief, doch er wusste, wenn er ihren Namen sagte, würde sie reagieren. Um halb fünf gaben sie ihr ein Mittel, um ihren Blutdruck zu senken. Dr. Pickett kam herein und befestigte mit Klebeband einen Plastikbeutel an der Wand und einen weiteren am Bettgestell. Sie sagte, die Beutel enthielten Antiepileptika. Sie erklärte Dan, dass Louise an einer Präklampsie leide; die Plazenta habe sich offensichtlich von der Wand des Uterus gelöst, und der Fötus sei wohl sofort tot gewesen.

»Sie ist sehr krank«, sagte Dr. Pickett. Ihr Gesicht glühte, ihre Augen waren hellblau. »Die einzige Rettung für sie ist, das Kind zu gebären.«

Es dauerte noch zwei Stunden, bis sich Louises Gebärmutterhals ausreichend geöffnet hatte. Dan ging von Zeit zu Zeit auf den Gang hinaus. Über Stone City wurde es langsam hell. Das Entbindungszimmer füllte sich mit Ärzten, Schwestern, Wägelchen mit leuchtenden Instrumenten.

»Also gut, Louise«, sagte Dr. Pickett. Sie sagte es sehr laut. »Ich weiß, dass das jetzt nicht leicht ist, dass es nicht das ist, was wir geplant hatten. Ist es doch nicht, Louise? Oder?«

»Nein, ist es nicht.«

»Ganz bestimmt nicht. Aber wir müssen jetzt etwas machen, und damit wir das schaffen, müssen Sie mithelfen. Wir haben ja schon darüber gesprochen, wie man richtig atmet und presst und wieder ausruht. Ich möchte, dass Sie mitmachen, so gut Sie können. Wir sind darauf angewiesen, dass Sie pressen, jetzt noch nicht, aber gleich. Glauben Sie, dass Sie das können?«

»Ja.«

»Sind Sie sicher?«

»Ja, bin ich.«

»Also gut. Dann los.«

Dan hielt ihre Hand so fest, dass er gar nicht mehr spürte, wo seine Hand endete und ihre begann. Sie presste nach unten, wenn es ihr gesagt wurde, die Lippen und die Augen fest zugedrückt, und rang danach immer nach Luft, als würde sie aus tiefem Wasser auftauchen. Ihre grünen Augen sahen lebhaft aus, ihre braunen Haare klebten an den Schläfen. »Bleib bei mir«, sagte Dan. Er wischte ihr das Gesicht mit einem Tuch ab. Nach einiger Zeit konnte sie nicht mehr pressen. Dr. Pickett benutzte eine Saugglocke, um das Baby herauszuholen. Dan hatte Angst, dass das Kind zerrissen herauskommen könnte, aber das war nicht der Fall. Es fiel der Ärztin in ihre sehnigen Arme, und erst, als man es weggebracht hatte und ein paar Minuten verstrichen waren, hörte Dan auf zu hoffen, dass das Herz doch schlug und sie es bisher einfach nur überhört hatten.

»Ist es ein Mädchen?«, fragte Louise.

»Ja«, sagte Dr. Pickett. »Ein wunderhübsches Mädchen.«

Wenn Dan sich später zurückerinnerte, wusste er nie, wie viel Zeit verstrichen war, als Beth Pickett ihm ein Formular zum Unterschreiben vorlegte, auf dem er sich mit einer Bluttransfusion einverstanden erklären sollte. »Sie hat zu viel verloren«, sagte die Ärztin. »Wissen Sie, sie hatte eine Blutung, und das Blut hat sich hinter der Plazenta gestaut. Deshalb war auch ihr Bauch so hart, wegen dieser Blutung.«

»Sie haben doch gesagt, durch die Entbindung würde alles in Ordnung kommen«, sagte Dan.

»Sie hat während der Entbindung eine Menge Blut verloren, und was sie jetzt noch hat, gerinnt nicht«, erwiderte Dr. Pickett.

»Was sagen Sie da? Soll das heißen, sie verblutet?«

»Es steht sehr ernst. Ich denke, sie wird es schaffen, wenn wir tun, was wir tun müssen. Aber es steht, wie gesagt, sehr ernst.«

»Mein Gott.«

»Geben Sie die Hoffnung nicht auf. Ich habe schon öfter Fälle von Präklampsie behandelt, und ich weiß, dass wir Louise durchbringen können. Aber jetzt braucht sie auf der Stelle gutes Blut und Plasma, deshalb bitte, Dan, machen Sie schnell.«

Er unterschrieb das Formular zur Bluttransfusion und wandte sich wieder dem Bett zu. Der ganze Fußboden war voll mit dunklem Blut. Jeder hatte es beim Gehen im Raum verteilt. Er sah die Fußabdrücke, die Zickzackwege der Krankenhausschuhe. Louise war blass und still. Er trat zu ihr und flüsterte ihr das mit der Transfusion zu.

»In Ordnung, Dan.« Ihre Augen waren schrecklich geschwollen. Er küsste sie, und sie lächelte traurig, und er setzte sich wieder in den gelben Sessel.

Die Blutung hielt an. Der ersten Transfusion folgten mehrere weitere. Ein Behälter voller Blut nach dem anderen hing am Infusionsgestell und tropfte in Louises Arm. Man hatte einen Katheter gelegt, um ihren Urin zu sammeln, aber der Beutel daran blieb leer, und mehrere Ärzte und Ärztinnen traten ein, um die unbegreifliche Leere in dem Beutel zu begutachten. Dan sah Dr. Pickett an einer Wand lehnen und etwas sagen, das niemand hörte.

Louise wusste, dass man Blut in sie hineinpumpte. Daraus wurde wohl auch gar kein Geheimnis gemacht. Ihr Herz raste, um Schritt zu halten, konnte es aber nicht. Und ihr Sehvermögen ließ nach. Vor ihren Augen stand ein großer grauer Fleck. Der Fleck war dicht und uneben, wie ein Wespennest, und sie konnte nicht an ihm vorbeischauen. Sie zog Dan an sich.

»Ich liebe dich«, sagte sie. »Aber mir tun die Augen weh, und ich mach sie jetzt zu.«

»Gut«, sagte er. »Ich bin hier.«

Sie strich ihm übers Gesicht, das sehr heiß war. Als sie die Augen geschlossen hatte, sah sie in ihrer Vorstellung ein rotes Licht unter ihrem blassen Morgenmantel glühen. Sie kannte dieses Licht so gut, dass sie hätte lachen mögen. Es war die Sicherheitsbeleuchtung aus Kleeborgs Dunkelkammer, in der sie sehen konnte, was sie tat, ohne die Abzüge zu verderben. Jetzt hob sich dieses Licht von ihrer Brust, und es war, als wäre sie in ihm. In diesem Licht zu sein, war für sie so natürlich wie zum Fenster zu gehen, um nach dem Wetter zu sehen. Sie sah die Ärzte, die Schwestern und Dan aus einer Position nicht weit über ihnen. Dan umklammerte das Geländer des Betts und starrte verständnislos auf einen Blutdruckanzeiger. Er sah grauenhaft aus, war aber in warmes rotes Licht getaucht, ohne es zu merken. Louise schwebte immer höher. Die Decke war kein Hindernis für sie. Sie fühlte sich kraftvoll und schmerzfrei. Sie konnte fortgehen oder bleiben, die Entscheidung lag ganz bei ihr. Es machte ihr keine Angst, fortzugehen. Vielmehr war sie darauf gespannt. Sie hatte ja ohnehin das Kind verloren, und dann würde ihr nichts mehr Schmerzen bereiten. Sie sah ein Haus an einer Landstraße. Es war dunkel und von Bäumen schützend umgeben. Sie kannte das Haus, hatte es im Traum gesehen, in der Nacht, bevor sie und Dan geheiratet hatten. Die Zufahrt führte von der Landstraße zu ihm hinauf und war mit Tannennadeln gepolstert. Es besaß eine Veranda aus Holzplanken und einen Türklopfer aus Messing, der wie ein Reh geformt war. Was auch immer in dem Haus war, es summte. Sie konnte hineingehen oder auch nicht, das war ihre Entscheidung, aber sobald sie durch die Türe getreten wäre, würde sie nicht mehr zurückkönnen. Sie wandte den Blick von dem Haus ab. Die Lichter über den Ärzten warfen ein gezacktes Glühen in die Dunkelheit. Dan hielt immer noch ihre Hand. Das Haus summte lauter, und die Bretter bebten unter ihren Füßen. Aber sie wollte nicht ohne ihn gehen, wollte nicht gehen, ohne ihn wirklich zu kennen.

So würde sie bis an ihr Lebensende glauben, dass es ihre eigene Entscheidung gewesen sei, zurückzukommen. Und ihr Körper gewann innerhalb der nächsten drei, vier Stunden wieder sein Gleichgewicht. Ihre Nieren arbeiteten wieder, ihr Blut gerann. Es gab einen Schichtwechsel, und eine Frau in sauberer grüner Kleidung wischte den Fußboden auf. Louise hatte alles in allem zwölf Einheiten Blut und Plasma erhalten. Dr. Pickett rauchte in der Cafeteria eine Zigarette. Dan blickte versunken in den Staub, der durch den Gang schwebte. Louise konnte nur leise und heiser sprechen, ihre Augenlider waren zugeschwollen. Am späten Vormittag brachten Schwestern das Kind ins Zimmer. Sie hatten die Kleine gewaschen und in eine Decke gewickelt und ihr ein weißes Mützchen aufgesetzt. Dan hielt sie im Arm. Sie hatte feine Gesichtszüge; ihre Augen waren geschlossen. Sie schien keine Schmerzen gelitten zu haben. Ihre Hände wären stark geworden. Dan legte das Kind neben Louise aufs Bett, aber wegen der Schläuche und der Blutdruckmanschette konnte Louise es nicht auf den Arm nehmen. Dan saß lange Zeit mit der Kleinen in dem gelben Lehnsessel. »Sag ihr, was passiert ist«, sagte Louise. Dan hielt sie noch eine Weile im Arm. Er wusste nicht, was er machen sollte. Er gab sie den Schwestern zurück.

Mary Montrose und Cheryl Jewell kamen Louise besuchen. Sie strichen ihr sanft das Haar aus dem Gesicht und hielten ihre Hand, durften aber nicht lange bleiben. Sie verließen das Zimmer wieder; sie konnten das Ganze einfach nicht glauben und waren fassungslos.

Louise blieb noch mehrere Tage auf der Entbindungsstation, weil Dr. Pickett fand, dass die Geräte und die Mitarbeiter dort besser geeignet seien, für ihr Wohl zu sorgen. Ihr Blutdruck war noch immer zu hoch. Im ganzen Krankenhaus interessierte man sich für sie. Augenärzte und Nierenärzte und Fachärzte für Blutkrankheiten kamen, um sie zu untersuchen und ihr Fragen zu stellen. Einmal geschah es, dass Dr. Pickett alle hinzugekommenen Ärzte bat, den Raum zu verlassen, weil sie mit Dan und Louise allein sprechen müsse. Dan dachte, er wisse, worum es gehe, und das Herz schlug ihm bis zum Hals. Ohne Zweifel gehörte es zu Frau Picketts Pflichten nachzuforschen, warum sie an dem Abend, als das Kind starb, nicht früher ins Krankenhaus gekommen waren, um herauszufinden, wer die Schuld trug. Aber sie sagte ihnen nur, dass sie eine Therapie machen sollten.

Am dritten Tag saß Dan gerade auf dem Gang in der Sonne, als Joan Gower mit einem Blumenstrauß um die Ecke kam.

»Es tut mir entsetzlich leid«, sagte sie.

»Hallo, Joan«, sagte Dan.

»Haben Sie dem Kind einen Namen gegeben?«

Dan sah hinaus auf einen blauen Himmel mit kleinen Wölkchen. »Warum fragen Sie?«

Joan trug das Haar zurzeit zu einem Pferdeschwanz gebunden, mit ein paar losen Strähnen, die sich nach vorne lockten. »Sie müssen einen Namen haben, um in den Himmel zu kommen. Sonst werden sie ein Geist in den Wäldern, ein Taran.«

»Hören Sie auf«, sagte Dan.

»Es kann ein geheimer Name sein, den nur Sie kennen.«

»Bitte gehen Sie.«

»Es hat mir so leid getan, als ich es hörte.«

»Danke.«

»Sie konnten es nicht verhindern.«

»Danke.«

»Ganz bestimmt nicht.«

»Das werden wir nie wissen.«

»Ich weiß, dass Sie glauben, Sie hätten es können, aber das stimmt nicht«, sagte Joan. »Ich habe Ihnen diese Blumen mitgebracht. Sie sind von mir und Charles.«

»Nehmen Sie sie wieder mit.«

»Laden Sie sich nicht die ganze Schuld auf.«

»Bitte, würden Sie sie wieder mitnehmen.«

»Ich lasse sie an der Rezeption, falls Sie sich's noch anders überlegen.«

Er sah ihr nach. Sie hatten dem Kind einen Namen gegeben. Sie hatten es Iris Lane Norman genannt.

Als Dan nach Hause kam, fand er die Bierflasche noch immer im Bad, wo er sie stehen gelassen hatte. Er trug sie in die Küche und schmetterte sie mit aller Kraft an die Wand. Die Flasche zerbrach nicht, sondern hinterließ im Verputz ein Loch, das heute noch zu sehen ist. Dan ging nach draußen und setzte sich auf die Stufen. Der weiße Hund rannte vor ihm davon.

Ed Aiken holte ihn ab, und sie fuhren zu Emil Darnier nach Morrisville. Das Bestattungsinstitut Darnier war das größte Haus in der Stadt, mit weißen Säulen und roten Ziegeln, und wenn Darnier eine Beerdigung arrangierte, dann war es, als würde das Holiday Inn eine Beerdigung veranstalten. Emils Tochter empfing sie an der Eingangstür und führte sie ins Untergeschoss, wo Emils Sohn sie übernahm und die beiden Männer durch einen langen Saal aus Hohlziegeln mit purpurfarbenen Metallsärgen geleitete. Schließlich standen sie Auge in Auge mit Emil selbst, der ein Schreibbrett in der Hand und ein Hörgerät im Ohr trug. Die drei Männer setzten sich an einen runden Tisch. Emil rauchte eine kleine Zigarre.

»Ich möchte eine ganz einfache Holzkiste«, sagte Dan.

»Für Säuglinge gibt es nur eine Sorte Sarg.« Emil paffte Rauch und sprach mit der Zigarre im Mund. »Der ist weiß und ungefähr so groß.« Er zeigte es mit den Händen.

»Woraus ist er?«, fragte Dan.

»Hmm, das weiß ich nicht. Jedenfalls nicht aus Sperrholz. Ich würde sagen, aus Pressspan, aber das stimmt auch nicht. Schauen wir mal, ob ich einen da habe. Tony! Tony! Wo ist der Junge denn schon wieder? Normalerweise muss ich so etwas erst bestellen, aber manchmal haben wir auch einen hier. Ich geh mal nachschauen.«

Während Emil weg war, berichtete Ed, wie er, Earl und Paul Francis das Sheriffsbüro am Laufen hielten.

»Das hört sich gut an«, sagte Dan.

Emil kam mit einem Behältnis zurück, das kaum größer als ein Schuhkarton schien. Dan öffnete und schloss den Deckel.

»Also, ich weiß nicht«, sagte er.

»Wieso?«, fragte Emil.

»Sieht irgendwie unsolide aus. Ich weiß wirklich nicht. Ich könnte selber zu Hause etwas Stabileres bauen.«

»Wenn Sie einen anderen Sarg nehmen wollen, ist das völlig in Ordnung. Wenn Sie diesen hier wollen, ist es auch in Ordnung. Sie können einfach nehmen, womit Sie sich am wohlsten fühlen. Wir müssen nur wissen, wo und wann. Das hier ist jedenfalls der Standardsarg für Säuglinge. Es gibt nur den einen. Wir wollen nur helfen. Wir nehmen auch kein Geld, wenn ein Säugling gestorben ist.«

Dan und Ed standen auf und schüttelten Emil die Hand. Sie verließen das Haus des Bestattungsunternehmens. Es war kalt und windig.

»So schlecht ist der kleine Sarg doch gar nicht«, sagte Ed.

»Weiß ich schon«, sagte Dan.

»Der Sarg ist jetzt eigentlich nicht das Wichtigste.«

Als Dan an diesem Abend ins Krankenhaus kam, lag Louise in ihrem neuen Zimmer im fünften Stock im Dunkeln.

»Ich hatte heute den Milcheinschuss.« Ihre Brüste waren groß und heiß. Aber Dr. Pickett hatte gesagt, dass die Milch nach kurzer Zeit wieder zurückgehen werde, sobald der Körper erkenne, dass kein Bedarf bestehe. »Ist das nicht beruhigend? Sie geht wieder zurück.« Louises Stimme hatte vom vielen Weinen etwas Gerötetes und Reiferes bekommen. Dan umarmte sie, und als er sie losliess, war die Vorderseite ihres grünen Morgenmantels nass.

Dan fuhr diesen Abend nach Hause und versuchte einen Sarg zu bauen. Er schnitt die Teile aus Kiefernholz zu, aber die Maße differierten gerade um soviel, dass nichts zusammenpasste. Er hätte das Kästchen schon irgendwie zusammensetzen können, aber es wäre nicht das Richtige gewesen. Also ließ er es sein. Er stapelte die Teile in einer Ecke des Kellers und ging nach oben. Dann fuhr er zu Earl Kelloggs Wohnung in Wylie. Earl saß in einem Klubsessel. Die Nachrichten waren gerade zu Ende, und er sah fern. Paula, seine Frau, saß auf der Couch. Überall an den Wänden hingen ihre Patchworkarbeiten, auch die mit dem Porträt von Kirby Puckett, die in der *Stone City Tribune* abgebildet gewesen war.

»Entschuldigung, dass ich euch so spät noch störe«, sagte Dan.

Earl drehte den Ton ab. »Das ist sowieso nur eine Wiederholung. Wie geht's dir denn, Mann?«

»Wir konnten es gar nicht glauben, als wir es gehört haben«, sagte Paula. »Wir haben nur dagesessen und uns angesehen. Wie geht es Louise?«

»Sie ist über den Berg«, sagte Dan.

»Wie konnte das denn passieren?«, fragte Earl.

»Das wissen sie nicht. Es heißt Präklampsie, und sie wissen selber nicht, warum so etwas passiert.«

»Unbegreifliches Universum«, sagte Paula.

»Ich kann es immer noch nicht glauben. Ich meine, ich weiß, dass es passiert ist, aber ich kann es nicht glauben.«

»Du siehst ganz schön mitgenommen aus. Magst du ein Bier?«

Dan nickte. »Ja.«

»Kriegst du«, sagte Earl.

»Danke.«

Das Kind wurde auf dem Friedhof nördlich von Grafton beigesetzt, der gemeinhin Nordfriedhof genannt wird. Er hat eigentlich einen anderen Namen, den aber niemand benutzt, nämlich Sweet Meadow.

Louise und Dan trafen am Morgen bei Darniers Haus ein. Das Kind trug ein weißes Kleid und ein Spitzenhäubchen. Unter die gefalteten Hände des Mädchens hatten sie ein Kästchen gesteckt, in dem Sand vom Lake Michigan von ihrer Hochzeitsreise war und ein Foto der beiden, als Louise schwanger war. Jetzt küssten sie beide das Mädchen und schlossen den Deckel des weißen Sarges.

Emil Darnier brachte das Kind in seinem langen schwarzen Leichenwagen zum Friedhof. Die Hecktür glitt nach oben und enthüllte den winzigen Sarg. Die Wände im Innern des Leichenwagens waren burgunderrot. Das Grab lag unter einer Weide, nicht weit entfernt vom Grabstein von Louises Vater und ihren Großeltern. Es war der 14. Mai, ein warmer und milder Tag.

Emil nahm an, um den Sarg in die Erde zu senken, würden er und Dan sich zu beiden Seiten aufstellen und ihn an den zwei Seilen hinunterlassen, die unter ihm durchliefen. Doch Dan sagte: »Ich will nicht, dass er kippt.«

»Das kommt nie vor«, erwiderte Emil.

»Warum?«

»Ich mache das schon seit vielen Jahren.«

»Ich lasse sie lieber mit den Händen hinunter. Das Loch ist ja nicht so tief.«

»Es ist tiefer, als es aussieht.«

»Ich möchte nicht, dass der Sarg kippt.«

»Bei so etwas verletzt man sich leicht die Wirbelsäule.«

»Ich bin ganz gut in Form.«

»Es liegt nicht so sehr am Gewicht, sondern daran, dass man sich so verrenken muss.«

»Streiten wir doch nicht darüber.«

»Nein.«

Dan kniete sich neben dem Grab auf ein Handtuch. Die Grube war tatsächlich nicht sonderlich tief. Das war bei einem so kleinen Sarg auch nicht nötig. Er musste unwillkürlich an den Winterfrost denken, der ohne weiteres fünfzig bis sechzig Zentimeter tief gehen konnte. Doch jetzt war es warm, und das Licht fiel vom Himmel.

Es waren sehr viele Trauergäste aus Grafton, Pinville und Wylie gekommen, Menschen, die Dan und Louise aus der Stadt kannten, und Menschen, die sie durch ihren Beruf kannten. Louise hatte Henry Hamilton gebeten, aus der Heiligen Schrift zu lesen, und er hatte seine Familienbibel mitgebracht, ein riesiges goldenes Buch, das ihm aus den Händen zu fallen drohte. »Siehe, der Hüter Israels schläft noch schlummert nicht«, las Henry. »Der Herr behütet dich, der Herr ist dein Schatten über deiner rechten Hand, dass dich des Tages die Sonne nicht steche, noch der Mond des Nachts.«

Louise saß auf einem Gartenstuhl im Schatten. Dan hielt während des gesamten Gottesdienstes den Sarg in den Armen und legte ihn dann ins Grab. Louise stand auf und warf eine weiße Rose auf das Kästchen. Hummeln summten in den Zweigen der Büsche, die in der Nähe standen. Alle stellten sich in eine Reihe, um eine Schaufel Erde ins Grab zu werfen. Das Baby versteckt sich.

Dan und Louise gingen nach dem Begräbnis als Letzte. Louise setzte eine Sonnenbrille auf. Sie hatten keine Lust, nach Hause zu gehen, deshalb fuhren sie zu dem Naturwanderweg im Martinswald. Sie gingen zwischen den Bäumen am Fluss entlang und kamen in Präriegras heraus, das in der Sonne leuchtete. Dann fuhren sie nach Walleye Lake, parkten am Ufer und sahen zu, wie der Wind das Wasser bewegte. Sie sprachen nichts, sie hielten sich zwischen den Sitzen des Vega an den Händen. Die Farben waren leuchtend und lebhaft, aber irgendwie hatten sie das Gefühl, dass sie dies alles zwar sahen, aber doch nicht mehr dazugehörten.

Vierzehn

Louises Zustand besserte sich allmählich, aber sie ging noch nicht wieder zur Arbeit. Perry Kleeborg stellte für den Sommer Maren Staley ein und brachte ihr das Fotografieren bei. Maren kam von Zeit zu Zeit raus auf die Farm, denn es gab so vieles, was Kleeborg über das Führen eines Fotostudios nicht wusste, obwohl sein Name an der Tür stand.

Maren berichtete Kleeborg jedes Mal, dass Louise blass sei und ihre Augen immer noch verschwollen aussehen, oder dass sie unter Kopfschmerzen leide und noch immer blutdrucksenkende Mittel nehme. Kleeborg bestellte dann Grapefruits aus Texas oder Orangen aus Kalifornien und ließ sie in Obstkartons auf die Farm liefern, wo sie ungeöffnet in der Garage stehen blieben, mit den glänzenden Abbildungen ihres Inhalts beklebt.

Louise schlafwandelte. Sie ging immer wieder in den Keller und wachte am Morgen mit schmutzigen Füßen auf. Sie nahm die Lebensmittel aus den Schränken und sortierte sie um. Ein paar Mal wachte sie mitten in der Nacht auf, weil sie glaubte, sie habe ein Baby schreien hören. Sie war schon aus dem Bett und stand barfuss da, bevor ihr alles wieder einfiel. Sie spürte ein Ziehen in den Brüsten, obwohl die Milch längst schon wieder versiegt war.

Sie stellte das Kinderbett nicht in den Keller und funktionierte das Kinderzimmer auch nicht wieder in ein Gästezimmer um. Immer wieder bot ihr jemand an, die Babysachen wegzuräumen, sogar Leute, die sie gar nicht gut kannte – was wohl bedeuten sollte, dass es gemacht werden musste, gleichgültig, wer es tat. Sie vermutete, dass es früher so der Brauch gewesen sei, weil es für die Mutter unerträglich wäre, es selbst zu tun. Aber die Decken und der Schaukelstuhl und das Kinderbett und die Wickelkommode waren der einzige tagtägliche Beweis, dass es überhaupt ein Baby gegeben hatte. Louise spürte – oder glaubte zu spüren –, dass ihre Umgebung ungeduldig wurde. Sie und Dan wachten jeden Tag sehr früh auf, wenn das Licht ins Zimmer kroch und die Trauertauben im Hof ihren dreisilbigen Ruf erklingen ließen. Zu dieser Stunde schien die Zeit stillzustehen und die beiden deshalb auch nicht weiter voranzutragen.

Dan war stets mit irgendetwas beschäftigt. Er räumte den Wohnwagen aus und vertäute ihn hinter dem Schuppen. Dan sagte, der Wohnwagen komme ihm jetzt vor wie ein schauerlicher Witz, obwohl der Verlust des Kindes ja offensichtlich nicht das Geringste mit dem Wohnwagen zu tun hatte. Als Sheriff machte er Überstunden. Er sprach mit jedem über alles Mögliche. Er erstellte einen neuen Dienstplan, weil der alte im Lauf der Jahre zerknittert und lächerlich geworden war. Dan engagierte sich stark im Wahlkampf um die Vorwahl für den Sheriffsposten. Manche Leute fanden, dass er leicht überdreht sei und einen etwas wirren Blick habe. Aber am ersten Juni gewann er die Vorwahl, und Johnny White brachte, wie vorhergesehen, genügend Stimmen zusammen, um sich als Parteiloser aufstellen zu lassen.

Nicht lange nach diesem ersten Wahlgang schlenderte Louise eines Sonntags zur Rückseite des Schuppens, um dem Wohnwagen einen Besuch abzustatten. Drinnen war die Luft heiß und stickig. Sie saß da, betäubt von der Hitze und schweißgebadet, und trank ein Bier, was sie eigentlich nicht tun sollte. Eine Wespe summte an der Fensterscheibe. Während sie durch das staubige Glas blickte, fiel ein Strohballen durch die Tür des Heubodens herunter. Sie ging in den Schuppen. Hier drin war es kühler und dunkel und es roch nach Ammoniak und altem Holz. Sie kletterte die Leiter hinauf, an den Bodenplanken des Heubodens und mehreren Lagen von Strohballen vorbei hinauf in neue Hitze. In dem durch die Tür hereinströmenden Sonnenlicht kämpfte Dan gerade mit einem Strohballen.

»Was machst du denn da?«, fragte sie.

Er hielt inne und ruhte sich einen Moment aus. »Ich setze das Stroh wieder richtig auf.«

Louise sah ihn an. Er glänzte vor Schweiß und war über und über mit kleinen Strohstückchen bedeckt. »Was war denn damit?«, fragte sie.

»Es war nicht ordentlich aufgeschichtet, und an der einen Ecke ist es fast schon umgekippt.«

»Das kann dir doch egal sein«, sagte Louise. »Es ist ja Les Larsons Stroh.«

»Ich weiß. Das weiß ich schon. Ich kann es einfach nicht sehen, wenn etwas so unordentlich gemacht ist.«

»Warum bist du denn überhaupt hier heraufgestiegen?«

»Wer soll das denn sonst machen?«

Im August verließ Louise die Farm, um mit Mary an den Seldom Lake nach Minnesota zu reisen. Mary fuhr jedes Jahr zwei Wochen lang dahin, weil ihre Schwester und ihr Schwager, Carol und Kenneth Kennedy, dort ein Camp am See betrieben.

An einem Freitagabend kamen Louise und Mary an. Die Luft war frisch, und sie fuhren eine gewundene ungeteerte Straße zwischen hohen schwarzen Bäumen entlang. Louise war seit Jahren nicht mehr hier gewesen. Als Kind hatte sie Kenneth und Carol ziemlich seltsam gefunden.

Das Haus kam in Sicht, so groß, wie Louise es in Erinnerung hatte, und in den Fenstern brannte Licht. Kenneth und Carol erhoben sich aus ihren Schaukelstühlen auf der dunklen Veranda. Sie begleiteten Mary und Louise zu ihren Hütten, dann kehrten sie alle vier wieder zum Haus zurück. Carol, Mary und Louise setzten sich an den Küchentisch, und Kenneth reichte ihnen Dosenbier aus dem Kühlschrank.

»Also, ich freue mich wirklich sehr, euch beide zu sehen.« Carol war ebenso groß wie Mary, aber fülliger, und hatte auf der Wange eine ovale Narbe, weil sie in ihrer Jugend einmal mit einem Lötkolben gespielt hatte.

»Weißt du, ich hatte vieles schon vergessen«, sagte Louise.

»Bei uns sieht es auch wirklich nicht mehr so aus wie damals, als du es zuletzt gesehen hast«, sagte Carol.

»Wir haben 1982 das Fitnesscenter gebaut und 86 die Schwimmhalle«, sagte Kenneth. »Innerhalb von fünf Jahren haben wir unsere Bootsanlegestellen mehr als verdreifacht.«

»Wow«, sagte Louise.

»Ich freue mich schon aufs Angeln«, sagte Mary.

Kenneth hatte bis jetzt auf eine Stuhllehne gestützt gestanden, nun zog er den Stuhl vor und setzte sich. Er war einer jener mageren, ältlichen Hausverwalter, wie man sie im ganzen Land in allen Motels und Camps Kisten und Rechen und alle möglichen Sachen hin und her tragen sieht. »Darüber wollten wir mit dir schon reden.«

»Worüber?«, fragte Mary.

»Wir … wie soll ich sagen? Wir haben einen Fehler gemacht«, sagte Kenneth. »Es war im Frühjahr. Wir sind ja seit jeher mit Fischreichtum gesegnet. Also, das weißt du ja, Mary. Und wahrscheinlich haben wir einfach …«

»Wie ihr sicher schon bemerkt habt, sind dafür, dass gerade Hochsommer ist, nicht gerade viele Autos da«, sagte Carol. »Deswegen können wir euch auch beiden eine einzelne Hütte geben.«

»Lässt du mich jetzt mal ausreden?«, fragte Kenneth.

»Ja, sprich doch«, sagte Carol.

»Wir haben unser Glück herausgefordert«, sagte Kenneth. »Ja, das haben wir. Wir haben es herausgefordert. Wie ihr vielleicht wisst, waren wir letztes Jahr in Finnland.«

»Ihr habt mir eine Karte geschickt«, sagte Mary.

»Mary, es war so wunderschön«, sagte Carol.

»Jedenfalls, wir sind da hingefahren«, sagte Kenneth. »Natürlich wollten wir auch sehen, wie es dort mit dem Angeln ist. Tatsächlich konnten wir die Reise sogar von der Steuer absetzen. Aber darum geht es jetzt nicht. Also. Am meisten hat uns ein Fisch beeindruckt, der Bandfisch hieß. Das ist so richtig ein Fisch für den Angler, wenn du verstehst, was ich meine, und wir haben organisiert, dass wir solche Fische lebend hierher geschickt bekommen, um sie hier einsetzen zu können.«

»Langer Rede kurzer Sinn: Sie haben alle anderen Fische aus dem See verdrängt«, sagte Carol.

»Stimmt«, sagte Kenneth. »Der einzige, den wir noch haben, ist der Scrup.«

»Der was?«, fragte Louise.

»Scrup«, wiederholte Kenneth.

»Das ist ein aasfressender Fisch hier aus der Gegend«, sagte Carol.

»Bei uns, Louise, nennt man den Scrup Wels oder Saugfisch«, sagte Mary.

»Ich verstehe«, sagte Louise. »Und was ist aus den Bandfischen geworden?«

»Also, das ist ja das, was uns so ärgert«, sagte Carol. »Als alle anderen Fische weg waren, sind sie plötzlich auch weg gewesen.«

»Nachdem wir so viel geblecht haben, um sie herzubringen«, sagte Kenneth.

»Wo sind sie denn hin?«, fragte Louise.

»Wissen wir nicht«, sagte Carol.

»Sie können überall hin sein«, sagte Kenneth. Er lachte, und die anderen stimmten mit ein. »Es wäre ja lustig, wenn wir nicht von diesen Einnahmen leben müssten.«

»Kannst du dir vorstellen, dass ich jetzt Zeitungen austrage?«, sagte Carol.

»Das hast du doch früher auch schon gemacht«, sagte Mary.

»Ich habe ein furchtbar schlechtes Gewissen, dass ihr so weit gefahren seid. Natürlich haben wir gedacht, dass bis zu diesem Zeitpunkt einige Fische wieder da wären. Denn die fressen nämlich Scrups. Deswegen haben wir euch auch nicht angerufen und es euch erzählt, damit ihr euch nicht ärgert.«

»Das ist kein Grund zum Ärgern«, sagte Mary. »Wir sind froh, dass wir hier sind.«

»Was möchtet ihr denn gerne machen?«, fragte Carol.

»Was möchte ich gerne machen? Mir ist es eigentlich egal. Wir brauchen überhaupt nichts zu machen. Ich hätte gern, dass Louise sich ein bisschen erholt, und darüber hinaus möchte ich das machen, was ihr möchtet.«

»Aber irgendetwas muss es doch geben«, sagte Carol.

»Gibt es aber nicht«, sagte Mary.

»Louise, wie steht es mit dir?«, fragte Kenneth.

»Och, mir ist es eigentlich auch egal«, sagte Louise. »Ich hab gedacht, es wäre vielleicht ganz nett, ein bisschen Rad zu fahren, so lange wir hier sind.«

»Wir haben jede Menge Radwege«, sagte Carol.

Mary und Louise gingen einen mäandernden Pfad aus Zementsteinen entlang bis zu der Stelle, wo er sich gabelte, und wünschten einander eine gute Nacht. Louises Hütte war aus Stein und hatte über der Tür eine bläuliche Lampe, die gegen das obere Ende hin ringsum mit sechs roten Glasscheiben bedeckt war. Louise strich mit der Hand über die rauhen kühlen Mauern und ging nach drinnen. Zu beiden Seiten eines großen offenen Raumes lagen Kamine aus Sandsteinquadern. An den Wänden standen Bücherregale, und auf den Fenstersitzbänken lagen leinene Sitzkissen. Über dem einen Kamin hing ein präparierter Rehkopf an einem Holzschild. Die Decke bestand aus breiten Bohlen, die auf rauhen runden Holzstämmen ruhten. Louise hängte ihre Tasche an eine Hutablage, die aus Rehläufen gefertigt war. Sie wusch sich das Gesicht und putzte sich die Zähne. Carol schrieb Gedichte für die Regionalzeitung, und im Medizinschränkchen klebte eins ihrer Werke, das *Erster Mai* hieß und so lautete:

Auf der ganzen Welt jubeln die Arbeiter;
In den Vereinigten Staaten bekommen
die Mädchen Geschenkkörbe!
Was ist besser?
Keine Ahnung –
Es ist dennoch
Interessant!

Für das Bett waren keine Rehteile verwendet worden, und die Bettwäsche fühlte sich an ihren Füßen steif und kühl an. Sie dachte an Mary und Carol, die nicht immer gut miteinander ausgekommen waren. Louise hatte den Eindruck, dass sich die beiden in den letzten Jahren noch weiter voneinander entfernt hatten, aber es konnte auch sein, dass sie es nur deutlicher wahrnahm. Der eigentliche Wendepunkt, dachte Louise, war die Tischdecke gewesen, die Carol Mary zum 60. Geburtstag geschickt hatte. Es war eine weiße, bestickte Tischdecke. Mary sagte, sie sei wunderschön, und das Muster erinnere sie an die blauen Servietten, die sie einst besessen habe. Darüber dachte Louise nicht weiter nach, aber ein paar Tage später rief Mary sie an und bat sie, zu ihr herüberzukommen. Sie hatte das Tischtuch blau gefärbt – oder zumindest zu färben versucht – und in ausgefranste Stücke zerschnitten.

»Was soll ich denn jetzt machen?«, fragte Mary.

»Was hast du da bloß gemacht?«, fragte Louise.

»Ich weiß nicht, was ich Carol sagen soll.«

Louise begutachtete die Überreste der Tischdecke. »Sag ihr einfach, dass du vorsätzlich die Tischdecke zerstört hast, die sie dir geschenkt hat.«

»Es war nicht vorsätzlich.«

»Na ja, du lässt daran kaum einen Zweifel.«

»Etwas zu färben heißt ja nicht, es zu zerstören. Die Leute färben doch ständig alles Mögliche. Die Farbe muss nicht in Ordnung gewesen sein. Ich sollte zu dem Laden gehen und mein Geld zurück verlangen.«

»Du bist wirklich sonderbar.«

»Irgendetwas könnte auch mit dem Stoff nicht in Ordnung sein«, sagte Mary.

»Erzähl Carol einfach nichts davon.«

Aber aus irgendwelchen Gründen tat sie es doch. Als Carol und Kenneth in diesem Jahr zu Thanksgiving herunterkamen, holte Mary die blauen Vierecke hervor und legte sie auf den Tisch. »Wie kommt dir das vor?«

»Dein ganzes Leben lang konnte man dir niemals etwas Wertvolles anvertrauen«, sagte Carol. »Das hat jeder immer gesagt. ›Lass bloß Mary nichts in die Hände kommen, was für dich einen Wert besitzt.‹ Was glaubst du wohl, warum ich eine umfangreiche Aussteuer bekam, als Kenneth und ich geheiratet haben, und du und Dwight habt nur einen Schuhständer gekriegt? Einen Schuhständer! Hast du jemals überlegt, was für einen Grund das haben könnte?«

»Wir haben nicht nur einen Schuhständer bekommen«, sagte Mary.

»Ihr habt einen Schuhständer bekommen.«

»Du weißt ganz genau, dass wir auch sehr schönes Porzellan bekommen haben.«

Natürlich waren die beiden Schwestern auch zu freundschaftlichem Umgang imstande. Sie spielten sehr gern zusammen Karten und versuchten sich dabei zu erinnern, was aus allen möglichen Leuten geworden war, die sie von der alten Schule in Grafton her kannten, aus den vierziger Jahren, bevor der Krieg die Jungen wegholte.

»Rate mal, wen ich neulich gesehen habe«, sagte Mary dann zum Beispiel.

»Wen denn?«

»Bobby Bledsoe.«

»Hat der nicht mit Dwight Baseball gespielt?«

»Ja genau. Damals hatte jede Stadt ihre eigene Mannschaft.«

»Boris nicht.«

»Na ja, nicht absolut jede Stadt.«

»Sind Dwight und Bobby nicht mal eingesperrt worden?«

»Ja, in Davenport.«

»Und warum?«

»Das haben sie nie erzählt.«

»Bobby Bledsoe …«

»Ach, und kannst du dich an Nick Bledsoe erinnern? An Bobby kannst du dich ja erinnern. Und wie ist es mit Nick?«

»Ja! Der arme Nick hatte geschiente Beine.«

»Stimmt. Bobby war ein guter Baseballspieler und Nick hatte geschiente Beine.«

»Ich mochte Nick lieber als Bobby.«

»Bobby hat ständig eine Show abgezogen.«

»Aber Nick nicht. Nick war nett und aufmerksam.«

»Nick hat eigentlich immer Gutes getan, ohne nach Anerkennung zu schielen.«

»Ich möchte ja gern wissen, was aus Nick geworden ist.«

Am anderen Morgen wachte Louise zeitig auf und ging im Morgenmantel nach draußen. Das Gras fühlte sich an ihren Füßen kalt und feucht an, als sie hinter der Hütte zu einem Bach hinunterging, der wohl in den See floss. Die Ufer waren mit Moos bedeckt, und eine Brücke aus Tauen und Brettern führte über den Bach, ganz dicht über dem Wasser und den runden Steinen im Bachbett. Louise ging zu der Brücke, legte sich mit dem Gesicht nach unten darauf nieder und ließ die Stirn auf den Fäusten ruhen. Zwischen den Brettern der Brücke konnte sie das Wasser über die ausgewaschenen Steine strömen sehen.

Die Sonne kam durch die Bäume und klirrte auf dem Wasser. Louise zitterte in ihrem Morgenmantel. Sie hörte das Rauschen des Wassers und ihren eigenen Atem, der wie Dampf neben ihren Ohren aufstieg. Ihre Brüste fühlten sich übergroß und unvertraut an, wie sie sich da gegen die Holzplanken drückten. Sie fragte sich, ob sie wohl je wieder ihre ursprüngliche Größe wiedergewinnen würden. Sie spürte – vielleicht bildete sie es sich auch nur ein – einen Sog vom dem Wasser des Bachs zu dem Wasser in ihrem Körper. Sie dachte darüber nach, wie sehr es als selbstverständlich gilt, dass das Wasser seinen Weg findet, wo und wie es will. Manchmal kam Wasser in den Keller der Farm, und sie und Dan hatten ihn einmal von der Feuerwehr auspumpen lassen müssen. »Was können wir tun, damit es nicht hereinkommt?«, hatte sie Howard LaMott gefragt. »Ach, es wird immer wieder hereinkommen«, hatte er geantwortet. Jetzt schwebte eine Libelle unter der Brücke. Louise sah einen Augenblick lang die blauen Adern auf ihren Flügeln. Dann war sie weg.

Louise stand auf und ging in die Hütte. Aus ihrem Koffer nahm sie die Blutdruckmanschette und das Stethoskop – beides hatte sie auf Anweisung von Beth Pickett mitgebracht. Sie steckte sich die Stöpsel des Stethoskops in die Ohren, befestigte die Manschette am linken Oberarm, nahm den schwarzen Gummiball in die linke Hand, pumpte die Manschette auf einhundertsechzig auf und ließ dann die Luft langsam daraus entweichen. Der Punkt, von dem an der Herzschlag zu hören war, ergab den oberen Wert, der, von dem an er nicht mehr zu hören war, den unteren. Danach legte sie sich auf das ungemachte Bett und nahm sich einen schmalen grünen Band vom Nachttisch. Das Buch, das den Titel *Das Versprechen der Unsterblichkeit* trug, war 1924 erschienen und stammte von einem gewissen Harry Emerson Fosdick. Sie schlug es auf und stieß auf folgende Stelle: »Ein Mann, der die Schweiz bereist hat, erzählt uns, wie er einmal, da er sich des Weges nicht sicher war, einen kleinen Jungen am Straßenrand gefragt habe, wo Kandersteg liege, und die, wie er sagt, wohl eindrucksvollste Antwort bekommen habe, die er je gehört hatte. ›Ich weiß nicht, Herr‹, sagte der Junge, ›wo Kandersteg liegt, aber das hier ist die Straße dorthin.‹«

Am zweiten Tag ihres Urlaubs fand Louise ein Paar Anglerstiefel im Wandschrank ihrer Hütte, und am dritten Tag zog sie sie an und schritt im Bachlauf aufwärts. Das kalte Wasser drückte gegen den Gummi der hüfthohen Stiefel, und das steinige Areal in der Nähe der Brücke ging in weichen Sand über, als der Bach breiter wurde. Vor der Sonne zogen Wolken rasch vorbei, Louises Weg lag abwechselnd in Licht und Schatten getaucht. Eine Bisamratte sprang ins Wasser, und ein ins Wasser gefallener orangefarbener Verkehrskegel war von irgendwoher angespült worden. Sie watete unbeholfen ans Ufer und blieb dort bestimmt eine halbe Stunde lang weinend stehen. Ihre Tränen fielen in den Bach. Sie wischte sich mit dem Handrücken die Nase ab und wusch sich dann die Hände im Bach.

Als sie zurückkam, warteten Carol und Mary schon auf sie, um sie zum Angeln mitzunehmen. Carol hatte den Verdacht, dass die Bandfische noch im See wären, sich aber irgendwo ganz eng zusammengedrängt hätten, als würden sie einen Gegenangriff der anderen Fische erwarten, die sie vertrieben hatten. Deshalb fuhren die drei Frauen in einer kleinen Boston-Jacht über den See und gingen am anderen Ufer in der Nähe einer schattigen Stelle unter einer Trauerweide vor Anker. Wenn sie zum Camp hinüberschauten, sahen sie die winzige Gestalt von Kenneth, der etwas durchs Gras trug.

»In Richtung Baum auswerfen«, sagte Carol.

»Ich hab Angst, dass ich mich in den Zweigen verheddere«, sagte Louise.

»Niemals. Dazu hab ich viel zuviel Blei an die Schnur gehängt. Du könntest den Baum gar nicht erreichen, selbst wenn du wolltest.«

Lange Zeit warfen sie ihre Angeln immer wieder aus, ohne dass sich irgendetwas tat. Eine leichte Brise kam auf, und Schwalben streiften das Wasser im Flug.

»Wie geht es dir, Louise?«, fragte Carol.

»Gut«, sagte Louise.

»Mary hat erzählt, dass du immer so früh aufstehst.«

Louise kniff die Augenlider zusammen und warf ihren Köder in das dunkle Wasser unter dem Baum. »Stimmt.«

»Na, hast du dann nicht Lust, mich mal beim Zeitungaustragen zu begleiten? Ich würde mich über Gesellschaft freuen.«

»Ich glaube nicht, dass das ratsam wäre«, sagte Mary.

»Wann gehst du denn los?«, fragte Louise.

»Um vier«, antwortete Carol. »Das ist eine schöne Tageszeit.«

»Könnte lustig sein«, sagte Louise.

»Louise, du hast jetzt quer über meine Schnur ausgeworfen«, sagte Mary. »Na, macht nichts. Nicht bewegen. Gib mir deine Angel.«

»Wo denn?«

»Gib sie mir.«

»Ihr seid gar nicht verheddert«, sagte Carol.

»Und das wird mir auch nicht passieren«, sagte Mary.

Es dauerte nicht lange, und Louise machte Carols Runde allein. Siebzehn Zeitungen waren auszutragen, außer sonntags, da waren es achtundvierzig. Mit einer Blechschere in der Gesäßtasche holte sie die Zeitungen auf dem Parkplatz einer Biogasanlage ab, die einsam und verlassen neben einem Bohnenfeld lag. Sie mochte das Geräusch, mit dem das gelbe Nylonband, das das Bündel zusammengehalten hatte, aufsprang. Oft wartete sie schon, wenn der Typ kam, der die Zeitungen zu der Biogasanlage brachte. Er hieß Monroe, war kahlköpfig und stand mit einer weißen Leinenschürze auf der Ladefläche seines Lieferwagens. Manchmal erkundigte er sich nach Carol. Er schien nie so ganz zu begreifen, warum Louise diese Tour übernommen hatte. Louise war das egal. »Carol macht ein bisschen Urlaub«, pflegte sie zu sagen und lächelte dabei zu Monroe hinauf, während sie auf die Zeitungen wartete wie jemand, der die Kommunion empfängt. Monroe warf dann die Zeitungen herunter, und sie landeten jedes Mal mit einem Knall auf dem Pflaster.

Sämtliche Kunden wohnten auf dem Land und hatten einen direkt an der Straße stehenden Briefkasten, so dass Louise, wenn sie die Zeitungen aufgehoben und das Band durchschnitten hatte, kein einziges Mal aussteigen musste. Sie fuhr Carols alten beigefarbenen Nova, der eine durchgehende Sitzbank hatte und eine Automatikschaltung am Lenkrad. Carol hatte ihr vorgemacht, wie man im Fahren die Zeitungen ausliefern konnte. Man saß in der Mitte der Sitzbank, die Linke am Lenkrad, den linken Fuß an den Pedalen, riss mit der Rechten den Briefkasten auf und steckte die Zeitung hinein. Louise liebte es, so zu fahren. Sie hatte ein viel besseres Gespür für das Auto und den Abstand zum Straßengraben.

Fast während der gesamten Fahrt erhellte die Sonne den Himmel von unten. Dieses Licht war entweder weiß oder blau, und die Bäume hoben sich schwarz davor ab. Louise hörte Radio. Sie musste immer erst die süßliche, von keinem Moderator unterbrochene Musikberieselung wegdrehen, die Carol hörte. Sie und Carol waren dazu verurteilt, eine ganze Weile einen Krieg der Kanäle auszufechten. Louise fand einen Sender, der irgendwo in Wisconsin stationiert war und wilde irische Lieder brachte, die von den Schwierigkeiten dieses armen Landes und seiner geplagten Bewohner handelten.

Nördlich des Seldom Lake lag eine kleine Stadt, und wenn die Zeitungen ausgeliefert waren, fuhr Louise dorthin, um Kaffee zu trinken und Rösti zu essen. Manchmal ging sie in einen Laden mit Kommissionsware in der Nähe des Diners und sah sich Kinderbekleidung an. Sie entdeckte ein paar unglaubliche Sonderangebote und kaufte ein winziges gelbes Kleidchen, das sie in ihrer Hütte an einem Rehhuf aufhängte. Der Frau an der Kasse schien es gleichgültig zu sein, was im Laden vor sich ging und ob Louise etwas kaufte oder nicht, sie schien es nicht einmal zu bemerken. Einmal klingelte im Laden das Telefon, die Frau hob ab, hörte zu und sagte dann: »Ruf mich hier nicht an, Susan. Ich mein's ernst … das verstehe ich, aber nicht hier. Tschüss.« Ein paar Sekunden später läutete das Telefon wieder. »Jetzt pass mal auf, Susan«, sagte die Frau. »Ich mache keine Witze. Es ist mein völliger Ernst.« Louise schob sich zur Tür, sie wusste, wie jeder gewusst hätte, dass das Telefon gleich wieder läuten würde. »Ich halt's nicht aus. Großer Gott, Susan, das muss jetzt aufhören!«

Als Louise zum Camp zurückkam, erwartete Carol sie schon vor ihrer Hütte mit einem Bündel Overalls, die mit einer Schnur zusammengebunden waren. »Das sind welche von mir«, sagte sie. »Sie passen mir seit Jahren nicht mehr, aber dir müssten sie einigermaßen passen. Damit kriegst du keine Druckerschwärze an die Klamotten, jetzt, wo du das jeden Tag machst.«

Nach den zwei Wochen, die Mary gewöhnlich blieb, beschlossen sie weitere zwei Wochen zu bleiben. Louise wollte das gern, und Mary sagte, was immer Louise auch wolle, es sei in Ordnung. Irgendwie war sich Louise bewusst, dass ihr Fernbleiben Dan kränken würde, aber sie vermied es, sich darüber Klarheit zu verschaffen, indem sie die Briefe an ihn in einem eher unpersönlichen Stil hielt. Sie berichtete einfach nur über ihren Tagesablauf. Er rief manchmal an, um zu erfahren, wann sie heimkomme, aber sie gab nie eine eindeutige Antwort.

Als eine der älteren Zeitungsausträgerinnen war Carol auch für die Einweisung der Zeitungsjungen und -mädchen in den Städten rings um den Seldom Lake verantwortlich. Eines Abends bat sie Louise, zum Haus hinauf zu kommen und ihr beim Zusammenstellen des Materials für eine Abo-Werbekampagne zu helfen. Jeder Zeitungsausträger sollte einen großen Umschlag mit Informationsblättern erhalten. Sie hatten gerade damit angefangen, als das Telefon läutete und Carol hinausging. Da kam Mary herein, um sich einen Drink zu machen, und sah, dass Louise im Wohnzimmer allein arbeitete.

»Na, was lässt sie dich denn jetzt schon wieder machen?«

Louise erklärte es ihr.

»Also echt, du großer Gott.«

»Was ist denn dagegen einzuwenden?« Louise leckte einen Umschlag an.

»Du bist doch hier, um dich auszuruhen.«

»Ich stecke Blätter in Kuverts. Was hast du für ein Problem?«

»Ich habe überhaupt kein Problem.«

»Du machst aber sehr den Eindruck.«

»Na, dann verstehst du mich anscheinend wieder mal falsch.«

»Was ist denn los mit dir?«

»Was glaubst du wohl?«

»Ich weiß es nicht.«

»Glaubst du eigentlich, du bist die Einzige, die traurig ist?«

»Nein, das glaube ich keineswegs.«

»Die Kleine sollte jetzt hier sein.«

»Ich fasse es nicht.«

»Sie sollte hier sein, Louise.«

»Sie ist mein Kind. Untersteh dich, sie da mit hineinzuziehen.«

»Ich glaube, das ist sie schon. Ich wollte mit dir hierher fahren, weil du krank warst – nicht, damit du Zeitungen austrägst und so tust, als wäre alles in Ordnung.«

»Also echt, ich rede nie mehr mit dir«, erwiderte Louise.

Genau in diesem Moment kam Carol wieder ins Zimmer. »Kommt mit. Das war Kenneth. Er ist unten am Bootshaus. Die Fische sind wieder da.«

»Was für Fische?«, fragte Mary.

»Beeilt euch«, sagte Carol. Und Louise und Mary waren so verlegen, dass sie mitten im Streit überrascht worden waren, dass sie mitgingen.

Die Bootsstege lagen so unübersichtlich angeordnet, dass sie sich, obwohl sie Kenneth gegen das dunkle Wasser dort draußen deutlich sehen konnten, durch ein regelrechtes Labyrinth kämpfen mussten, um ihn zu erreichen.

Dicht unter der Wasseroberfläche schwammen Hunderte von Fischen und bildeten im Mondschein einen silbernen Strom.

»Was sind das für Fische?«, fragte Louise.

»Nordhechte«, sagte Kenneth.

»Ich fahre morgen früh nach Hause«, sagte Mary. »Gute Nacht allerseits.«

Louise und ihre Mutter hatten sich natürlich auch früher schon öfter gestritten, aber noch nie unmittelbar danach die Möglichkeit gehabt, Hunderte von Meilen zwischen sich zu bringen. Louise blieb am Seldom Lake. Ihre Hütte hatte eine Gasheizung, die sie ab September zu benutzen begann, als die roten und gelben Blätter gegen die Fenster schlugen. Sie trug immer noch Zeitungen aus und leitete die Werbekampagne für die Abonnements jetzt selbst. Sie verteilte alle Umschläge und setzte sich mit den einzelnen Zeitungsausträgern in Carols Auto, um die Preise durchzusprechen, die sie eventuell verlangen konnten.

»Darf ich Sie mal was fragen«, sagte einmal ein Junge mit einer Brille, die ihn wie eine Eule aussehen ließ. »Ich und so ein Mädchen, wir hatten den ganzen Sommer über eine Brieffreundschaft. Deswegen hat sie ihre Briefe jedes Mal unterschrieben mit ›Ich werde dich immer und ewig lieben‹, und ich habe das Gleiche gemacht. Aber jetzt, wo wir wieder in der Schule sind, schaut sie mich nicht einmal mehr an. Ich glaube nicht nur nicht, dass sie mich immer und ewig lieben wird, ich glaube nicht einmal, dass sie mich überhaupt jetzt liebt. Deswegen wollte ich ihr etwas schenken, und ich habe gesehen, dass ich, wenn ich drei neue Abonnenten werbe, als Prämie einen Plüschhund mit eingebautem Radio bekomme.«

Louise sah sich das Bild von dem Hund an. »Ja, aber schaffst du es denn, bis zum Abgabetermin drei neue Abonnenten zu finden? Das ist schließlich eine ziemlich kleine Stadt, und hier in der Broschüre steht, man soll nicht zu hoch hinaus wollen.«

»Ich glaube schon, dass ich das schaffe«, sagte der Junge. »Aber wie finden Sie die Idee? Würde Ihnen ein Radiohund gefallen, wenn Sie ein Mädchen wären? Ich meine, Sie *sind* ein Mädchen. Aber was würde Ihnen gefallen, wenn Sie in meinem Alter wären?«

»Mal überlegen.« Louise war der Meinung, dass bei dem Gewinn auf der Abbildung höchstwahrscheinlich weder der Hund noch das Radio viel taugten. Sie sah den Zeitungsjungen an und sagte: »Wenn ich in deinem Alter wäre, würde ich so etwas ganz bestimmt haben wollen.«

Da Louise jetzt die Zeitungen austrug, hatte Carol gehofft, wieder mehr Gedichte schreiben zu können. Ihr fiel eine Menge zum Thema Herbst ein. Aber als die Hechte in den See zurückgekehrt waren, kehrten auch die Gäste zurück, und Carol und Kenneth hatten vom Morgengrauen bis neun oder zehn Uhr abends zu tun, um das Camp am Laufen zu halten. Und Louise, die nun einmal so war, wie sie war, tat, was sie konnte, um den beiden zur Hand zu gehen.

REBELLIN AUS LIEBE

Fünfzehn

In Grouse County begann jetzt die Wahlphase und brachte höchst ungewöhnliches Wetter mit sich. Die Blätter verfärbten sich kaum, sondern fielen einfach ab, fast über Nacht. Miles Hagen, der republikanische Sheriffkandidat, führte seinen üblichen Wahlkampf, ohne jede Chance zu gewinnen, sogar ohne den Wunsch zu gewinnen, und auch ohne ein richtiges Konzept, außer dem Vorschlag, am nördlichen Ufer des Rust River in Chesley ein neues Gefängnis zu bauen.

Der Grund und Boden dort gehörte einem seiner Verwandten, doch Miles war ein gutaussehender und ehrwürdiger alter Herr, der jahrelang das Zweiparteiensystem funktionsfähig gehalten hatte und dessen Kandidatur ohnehin zu nichts führen würde, deswegen störte sich niemand daran.

Dan Norman engagierte sich ziemlich stark im Wahlkampf, aber mit einer gewissen Distanz zu den Wählern. Eines Montagmorgens fuhr er zur Glashütte Valiant in Wylie und schüttelte den Männern und Frauen der 7:30-Uhr-Schicht die Hand. Es war ein klarer Oktobertag, und den Arbeiterinnen und Arbeitern widerstrebte es, zu dieser späten Jahreszeit das Tageslicht hinter sich zu lassen.

»Jetzt, wo der Winter kommt«, sagte ein dicker Mann in abgewetztem Overall, »ist meine größte Sorge wahrscheinlich wieder mein Briefkasten. Ich wohne westlich von Boris, und jedes Mal, wenn es geschneit hat, kommt unweigerlich ein Schneepflug vom Bezirk angewalzt und schmeißt mir den Briefkasten um. Aber wenn ich dann im Bezirksamt anrufe, habe ich grundsätzlich nur so eine unverbindliche junge Frau am Apparat, die mich in die Warteschleife verlegt.«

Die richtige Reaktion darauf war offenkundig. Dan hätte sich den Namen des Mannes geben lassen müssen. Er hätte gar nichts damit anzufangen brauchen. Er hätte ihn wegwerfen können, sobald der Mann außer Sicht war. Aber dort am Werktor hätte er sich den Namen aufschreiben müssen. Stattdessen sagte er: »Ja, wissen Sie, Sie rufen bei der falschen Stelle an. Das Bezirksamt hat nicht das Geringste mit dem Schneepflug zu tun. Versuchen Sie es mal bei den Stadtwerken.«

Indessen sah es so aus, als hätte Johnny White, der parteilose Kandidat, doch eine Chance. Sein Wahlkampfthema, nämlich, dass Dan als Sheriff nicht richtig zupacke, brachte ihm zwar nicht viele Wählerstimmen ein, weil die meisten Leute gar keinen aufgedrehten und hyperaktiven Sheriff wollten. Aber Johnny konnte sehr viel Geld in den Wahlkampf stecken, und dass man ständig seinen Namen las und sein Gesicht sah, machte ihn in gewisser Weise überzeugend. Auch gab er sich immer empört und hintergangen, was manche Leute ansprach.

Als der Wahltag nahte, überlegte Johnny, wie er das einsetzen sollte, was er für seine größte Trumpfkarte hielt: Margaret Lynn Kane, die Mutter des ausgesetzten Babys Quinn. Nach der Akte zu schließen, die Earl Kellogg ihm hatte zukommen lassen, war sie von einem Familienrichter in eine Anstalt im Osten des Bundesstaats eingewiesen worden. Sie war neununddreißig Jahre alt und hatte in Romyla die Schule besucht. Ihre Eltern waren tot, sie hatte Cousinen oder Cousins in San Diego, die nie an sie dachten, und ihre Denkfähigkeit war eingeschränkt.

Nun hatte Johnny, als er noch auf der Schule war, nebenbei ein bisschen geboxt: ein paar Freunde hatten sich immer hinter der Schule getroffen und trainiert und so getan, als würde es ihnen Spaß machen. Einmal hatte Johnny einen besseren Boxer niedergeschlagen, wusste aber gar nicht, wie er das geschafft hatte – mit welcher Hand, mit was für einem Schlag. Dass der andere zu Boden ging, war einfach ein Geschenk des Himmels gewesen, und genauso verhielt es sich jetzt mit den Informationen über Margaret Lynn Kane. Er hatte das Gefühl, dass ihm diese schmutzigen Geheimnisse nützlich sein würden. Noch wusste er allerdings nicht, wie. Die Frau in der Anstalt wollte er damit nicht konfrontieren. Er mochte nicht mit ihr sprechen. Er wollte nichts anderes, als irgendwie theatralisch von ihrer Existenz zu künden.

Tiny und Johnny besprachen bei einem Bier im *Kalkeimer* in Grafton ihre Strategie. Ohne Shannon Key, die Redakteurin, die auf Kanal 4 für Gesundheit, Landwirtschaft und Politik zuständig war, ließ sich kaum etwas ausrichten. Sie war Dan Norman wohlgesonnen, wie man aus den Fernsehinterviews, die sie mit ihm führte, schließen konnte. Selbst wenn sich ein schwerer Unfall ereignet hatte, lächelte sie bedauernd, als wäre sie am liebsten mit Dan zusammen. Sie hatte sich bereits geweigert, in ihrer Sendung etwas von Johnnys Vorwürfen gegen Dan zu bringen, weil die, wie sie sagte, »aus der Luft gegriffen« seien.

»Mann, wenn ich irgendetwas sage, dann ist es doch ganz egal was, es gehört einfach in die Nachrichten«, sagte Johnny.

»Genau«, sagte Tiny.

»Auch wenn ich sagen würde, der Mond ist, sagen wir mal, aus Fiberglas.«

»Genau.«

»Also, wenn sie dazu dann noch eine andere Meinung hören will, damit kann ich leben. Aber zuerst einmal muss sie meine Vorwürfe doch bringen. Sie vertritt schließlich die Medien. Das ist ihr Job. Sie wird doch nicht dafür bezahlt, irgendwelche feinen Unterschiede zu machen.«

Tiny trank sein Bier aus und schwenkte den Schaum am Boden des Glases. »Warum fahren wir nicht einfach mal in die Anstalt?«

»Die würden uns nicht reinlassen«, sagte Johnny.

»Wir könnten eine Pressekonferenz geben. Wir könnten was auf der Straße oder auf dem Gehsteig aufbauen, mit dem Gebäude im Hintergrund.«

»Das klingt gut …«

»In gewisser Weise wäre es sogar besser, wenn sie uns nicht reinlassen.«

»Ich will auch gar nicht rein. Eine Cousine von mir war mal in so einer Anstalt. Ich weiß noch, dass sie sich immer in die Handgelenke gebissen hat. Sie hatte so Narben, wo sie sich gebissen hatte. Echt gespenstisch, das Mädchen.«

»Wie hieß sie denn?«

»Connie Painter.«

»Ich kenne Connie.«

»Die war vielleicht fertig, Mann.« Johnny schien Erinnerungen nachzuhängen. »Na, wie auch immer, ich bin mir nicht sicher, ob Shannon Kane auf so etwas anspringt. Sie wird sagen, das mit Quinn sind olle Kamellen. Sie wird alles Mögliche sagen, nur um mir nicht zu helfen.«

»Du brauchst ihr ja nicht zu sagen, um was es geht.«

Am nächsten Tag, als sie gerade mit Johnnys Bronco in Morrisville unterwegs waren, sahen sie Shannon Kane auf einer Bank im Roosevelt Park sitzen und einen Apfel essen, während die Fernsehcrew um sie herum aufbaute. Johnny fuhr an den Straßenrand und sagte, er wolle einen Termin für eine Pressekonferenz außerhalb der Stadt.

»Erstens fahren wir nicht aus unserem Sendegebiet heraus«, sagte Shannon. »Zweitens gehört es zu den Regeln der politischen Berichterstattung, dass Sie eine Presseerklärung einreichen. Drittens parken Sie auf unserem Kabel.«

Johnny ließ den Geländewagen an und rollte ein Stückchen nach vorn. »Es würde Ihnen leid tun, wenn Sie das versäumen würden.«

Shannon biss in ihren Apfel. »Vielleicht, vielleicht aber auch nicht.«

»Das wird alles, was von Dan Normans Wahlkampf noch übrig ist, vom Tisch fegen«, sagte Johnny.

»Na klar«, sagte Shannon.

»Nicht einmal Sie können ihn dann noch retten«, sagte Tiny.

»Hey, Charles – ich bin unparteiisch«, sagte Shannon.

»Einen Scheiß sind Sie«, sagte Tiny.

Shannon seufzte. »Wann soll's stattfinden?«

»Wie sieht denn Ihr Terminkalender aus?«

»Am Freitag habe ich Zeit. Am Samstag geht es nicht. Montag ist fraglich. Der Dienstag passt überhaupt nicht.«

»Am Freitag.«

»Also gut, ich bring mal alles mit. Ich schau dann, ob wir dazu etwas machen wollen. Sie sind sich aber schon darüber im Klaren, dass nach dem Gesetz der Fairness Dan die Chance bekommen würde, sich ebenfalls dazu zu äußern.«

»Gut«, sagte Johnny.

An diesem Abend trat Johnny zusammen mit seinen Kindern in der Stadthalle von Pringmar in einer Wahlkampfveranstaltung auf. Er ließ die beiden, wann immer es möglich war, aus Cleveland einfliegen. Manchmal kam ihre Mutter Lisa mit, manchmal nicht. Ihre Einstellung zu Johnny hatte sich durch eine Therapie gebessert.

Die Kinder verbesserten Johnnys Image. Er galt bei vielen Leuten als Dünnbrettbohrer. Das wusste er und hatte sich damit abgefunden, obwohl er immer noch den Verdacht hegte, dass eine Wahlkampffirma, die für ihn arbeitete, unbeabsichtigt dazu beigetragen hatte, diese Ansicht zu verbreiten. Seine Kinder aber bewiesen, dass er immerhin das bisschen Substanz besaß, das man brauchte, um Vater zu sein.

Er interviewte sie bei den Veranstaltungen und fragte sie, ob sie sich Sorgen um die Welt machten. Und es stellte sich heraus, dass sie sich große Sorgen um die Welt machten. Johnny tat überrascht. Diese beiden Kinder, zwölf und neun Jahre alt, waren der Meinung, dass die Welt unmittelbar am Abgrund hintaumle. Manchmal ließ er sie in kleinen Sketchen auftreten, die Gesetzesverschärfungen zum Thema hatten. Auf der Bühne der Stadthalle in Pringmar spielte Megan an diesem Abend den Hilfssheriff und Stefan einen Drogenabhängigen.

»Was hast du denn bei dir, mein Sohn?«, fragte Megan. »Gras, Koks, Angel Dust, Heroin …«

»Ich habe überhaupt nichts bei mir.«

»… Speed, 'nen Joint, Mandrax, Crack …«

»Sind Sie taub? Ich habe keine Drogen bei mir.«

»Na, dann brauchst du ja auch keine Angst vor einem Deutschen Schäferhund zu haben, der auf Drogen abgerichtet ist.«

»Pah – Grouse County hat überhaupt kein Spürhunde.«

»Hat es wohl, und zwar seit John White zum Sheriff gewählt worden ist.«

In diesem Moment kam Jack Whites Beagle auf die Bühne gesprungen, bellte laut und umkreiste Stefan, der einen Hamburger in einer Plastiktüte unter der Jacke trug.

Megan fand die Tüte und hielt sie ans Licht. Sie legte ihrem Bruder Handschellen an. »Hab ich mir doch gedacht – Drogen.«

»Seit John White Sheriff ist, hat sich alles geändert«, klagte Stefan.

»Jetzt wanderst du ins Gefängnis und bekommst die Therapie, die du brauchst.«

Megan zog Stefan von der Bühne, während der Hund zurückblieb und den Hamburger auffraß. Den Zuschauern machte das Spaß, und vielleicht behielten sie auch die Botschaft im Gedächtnis. Dann trat Johnny auf die Bühne und hielt seine Rede. »Manche Leute behaupten, mein Wahlkampf ist zu negativ«, sagte er. »Aber was heißt negativ denn anderes, als dass ich dagegen bin? In diesem Bezirk haben wir einen Sheriff, der drei von vier Verbrechen nicht aufklärt. Wir haben einen Sheriff, der Spieler und Dealer frei herumlaufen lässt. Sehe ich diese Tatsachen negativ? Ja …«

Hinterher lud Johnny Megan und Stefan zum Abendessen ein, in einem Restaurant in Stone City mit Eichentischen und naiven ländlichen Wandbemalungen. Johnny bestellte Wein und machte vor dem Kellner ein großes Getue mit dem Verkosten, obwohl er die Flasche sicherlich nur dann hätte zurückgehen lassen, wenn etwas ganz Fürchterliches mit ihr los gewesen wäre.

Er lehnte sich zurück und bat die Kinder, ihm von ihrem Leben in Ohio zu erzählen. Eine Zeitlang taten sie das auch, aber bald versandeten ihre Geschichten, und sie begannen sich zu streiten. Megan beschuldigte Stefan, zu lügen und sein Leben schönzureden. Stefan sagte, Megan bringe ihre Mutter ständig zum Weinen. Megan stach Stefan mit der Gabel in den Arm.

Johnny versuchte ihre Aufmerksamkeit in eine andere Richtung zu lenken. »Schaut, hier kommt unser Essen«, sagte er, doch da boxte Stefan gerade Megan in den Rücken. Megan rang nach Luft. Schließlich brüllte Johnny los: »Also, das reicht jetzt! Ich habe gesagt, das reicht!« Denn er hatte herausgefunden, dass die Kinder es noch mehr hassten, vor anderen bloßgestellt zu werden, als sie einander hassten.

Es kam der Freitag. Johnny und Tiny fuhren quer durch den Bundesstaat, hielten an, um einen Kaffee zu trinken, streckten die Beine von sich wie alte Männer. Die offene Anstalt war in einem ehemaligen Gefängnis untergebracht, in einer hübschen Stadt, zehn Meilen vom Mississippi entfernt. Bei dem Begriff »Anstalt« hatte Johnny sich einen kleinen Flachbau, einen überwucherten Hof, zerbrochene Rollos vorgestellt. Aber das hier war ein großes Backsteingebäude mit Kastanien und einem mit Laub bedeckten Hof. Johnny parkte an der Straße vor dem Gefängnis, das eine staatliche Einrichtung gewesen war, bis die Gelder gestrichen wurden. Ein halbes Dutzend Leute waren auf dem Hof mit Gartenarbeit beschäftigt. Sie bewegten sich schwerfällig und sahen gequält aus.

»Ich nehme an, das sind die Insassen«, sagte Johnny.

»Die reinste Sklavenarbeit«, sagte Tiny.

»Vielleicht ist das eine Arbeitstherapie.«

»Ja, könnte sein.«

»Du solltest versuchen, positiver zu denken.«

Sie waren zu früh dran. Johnny schaltete das Radio ein und hörte sich ohne Interesse einen Bericht über die Schweinemast an. »Ich hab gestern Abend eine witzige Show im Fernsehen gesehen«, sagte er.

Tiny kaute an seinem Daumennagel herum. »Ah ja?«

»Der Typ dort hat ein paar echt gute Witze gebracht.«

»Zum Beispiel?«

»Also, es waren eigentlich gar keine Witze. Sondern nur so was wie, na ja, Kommentare. Ich kann mich eigentlich gar nicht richtig erinnern.«

»Aha«, sagte Tiny. Sie saßen zehn Minuten lang schweigend da. Tiny las Zeitung. Johnny holte eine Mappe hinter der Sonnenblende vor und sah sie durch.

»Moment mal. Schau dir mal das an.« Johnny reichte Tiny die Kopie eines Fotos von Margaret Lynn Kane. Es war ein Bild mit harten Kontrasten. »Und jetzt schau dir die Frau da drüben bei dem Schubkarren an. Mein Gott, ich kann es kaum glauben.«

Die Frau trug einen roten Pullover, ausgebeulte braune Hosen mit aufgerollten Hosenbeinen und schmutzige weiße Sportschuhe. Sie sah auf, während sie das Laub rechte, unbedacht, mit dunklen Augen.

»Das könnte sie sein«, sagte Tiny.

»Sie hat genau das Alter«, erwiderte Johnny. »Ich mein, schau dir nur mal dieses Gesicht an. Daran sieht man's. So ein Gesicht kriegt man nicht wegen nichts.«

»Da könntest du recht haben.«

»Und ob ich recht habe.« Johnny drückte sich ein großes blaues Taschentuch an die Stirn. »Wir sprechen aber auf keinen Fall im Fernsehen, wenn sie dabeisteht. Ich mein, großer Gott, sie würde ja hören, was wir sagen. Und dann dreht die vielleicht durch.«

»Ich darf mir gar nicht vorstellen, was sie dann machen würde.«

Johnny steckte die Mappe wieder hinter die Sonnenblende. »Ich kann es gar nicht glauben, dass wir sie gefunden haben.«

»Sie schaut genau zu uns herüber. Jetzt kommt sie her.«

»Was könnte sie wollen?«

»Keine Ahnung.«

»Hallo«, sagte die Frau. Tiny kurbelte das Fenster herunter. »Hallo, hören Sie mal zu. Sie müssen Ihr Fahrzeug wegfahren. Gleich kommt nämlich ein Lastwagen wegen dem Laub. Und der fährt genau hier durch. Sie können hier nicht parken.«

»Für wen arbeiten Sie denn?«, fragte Tiny.

»Für Rudy Meyers«, erwiderte die Frau. »Das versuche ich Ihnen ja gerade zu erklären. In ungefähr zwei Minuten kommt er hier an, um seinen Laster zu beladen. Deswegen müssen Sie wegfahren.«

»Sie wohnen nicht da drin?«, fragte Johnny.

»Großer Gott, nein, ich wohne nicht da drin«, sagte die Frau. »Das ist die Irrenanstalt. Sehe ich wie eine Irre aus?«

»Überhaupt nicht«, sagte Johnny.

»Haben die da drin eine Margaret Kane?«, fragte Tiny.

»Das wissen wir nicht«, sagte die Frau. »Wir halten nur den Hof in Ordnung. Mehr nicht. Das da drin, das sind gefährliche Leute, Mister. Wenn Sie die Namen wissen wollen, müssen Sie reingehen.«

Johnny wendete den Geländewagen und parkte auf der anderen Straßenseite vor der Anstalt. Die Leute mit den Rechen begannen ihre einzelnen Haufen zu einem großen Haufen zusammenzurechen. Johnny starrte hinüber. »Weißt du, je mehr ich darüber nachdenke, desto weniger möchte ich es machen.«

»Ich wollte gerade dasselbe sagen«, antwortete Tiny.

»Die Frau hat schon Ärger genug.«

»Hauen wir lieber ab.«

»Das ist einzig und allein die Schuld von Dan Norman. Höchste Zeit, dem den Stecker zu ziehen.«

»Die von Kanal 4 werden jeden Moment hier sein.«

»Jetzt sind wir so weit gefahren«, sagte Johnny. »Aber eines haben wir dabei gelernt. Wir haben gelernt, dass das keine gute Idee war. Mein Dad wird nicht begeistert sein. Das lässt sich nicht ändern. Sei's drum.«

Johnny rammte den Schaltknüppel nach unten, stieß zurück und brauste los. Auf dem Weg aus der Stadt hinaus sahen sie den Van des Fernsehteams gerade noch rechtzeitig, um unbemerkt in eine Seitenstraße abzubiegen. Sie lachten, als sie sich Shannon Keys Verwirrung vorstellten, und fuhren wieder auf den Highway zurück. Der Bronco hatte jedoch nicht mehr viel Benzin, und Johnny musste nach ein paar Meilen noch einmal anhalten und tanken. Das Auto besaß einen großen Tank, und außerdem einen Reservetank, und als beide voll waren, betrug die Rechnung vierundvierzig Dollar. Dieser Betrag schien die Schwachsinnigkeit ihrer Bemühungen noch zu unterstreichen, und niedergeschlagen fuhren sie fast zwanzig Meilen lang schweigend, dann hielten sie an einer Kneipe. Sie tranken Tuborg und spielten Billard, bis sie sich wieder etwas erholt hatten. Es gab schließlich noch andere Möglichkeiten, Dan Norman aus dem Rennen zu schlagen. Sie vergaßen Quinns Mutter vollständig.

Sie hatte sich tatsächlich in der Anstalt befunden. Sie sah den Gartenarbeitern etwa zur selben Zeit zu wie Tiny und Johnny. Sie stand am Fenster ihres Zimmers im ersten Stock, sah durch das Glas und die Gitterstäbe hinunter, ging dann zu ihrem Schreibtisch, schlug ein Schreibheft auf, das in blaues Papier gebunden war, und begann zu schreiben. Dieses Schreibheft hatten ihr die Ärzte gegeben, dazu einen Spiegel und eine Puppe. Sie wollten, dass sie die Puppe ansah und sich dadurch an das Baby erinnerte. Sie waren überzeugt, dass Gedächtnistraining und Beruhigungsmittel für sie der richtige Weg seien, um gesund zu werden. Aber sie hatte gar keine Lust, sich zu erinnern, und sie interessierte sich nicht für Puppen. Die eine, die man ihr gegeben hatte, hatte sie unter ihr Bett gelegt, genau in die Mitte.

»Ich habe zurzeit andauernd Hunger«, schrieb sie. »Wir haben Essen versprochen gekriegt, aber wir bekommen nie genug. Die Leute für den Hof sind schon seit dem Morgen hier. Sie lassen so viele Blätter liegen, dass es hinterher schlimmer aussieht als vorher. Sie setzen sich auf den Gehsteig und essen ihre Brotzeit, und ich hätte gerne ihre Chips. Ich würde gern hinausgehen und mit ihnen zusammen rechen. Sie haben sich wahrscheinlich noch nie ganz allein um einen Garten gekümmert. Sie haben wahrscheinlich noch nie ein eigenes Haus gehabt. Zu rechen wäre für mich eine Möglichkeit, etwas Geld zu verdienen und mir einen Radiowecker zu kaufen. Ich weiß, dass ich das schon einmal erwähnt habe, aber ich hätte so gerne einen. In mir ist es irgendwie so, dass ich beim Aufwachen eine Uhr sehen und ein Radio hören möchte. Ohne das kommt man schwer aus einem Traum heraus.«

Sechzehn

Sheriff Dan Norman pinselte am Samstagabend vor der Wahl in seinem Büro in Straßenkleidung Wahlplakate. Einige seiner Plakate im Bezirk waren abgerissen oder übermalt worden, und deshalb brauchte er neue. Die Plakate waren nicht gerade phantasievoll. Darauf standen Sätze wie DAN NORMAN IST IN ORDNUNG und WÄHLEN SIE ERFAHRUNG – WÄHLEN SIE DAN. Es ging einfach nur darum, seinen Namen überall stehen zu haben.

Während er am Malen war, kam ein Anruf von der Polizeistation in Morrisville. Bei denen waren ein paar Leute an Grippe erkrankt, und sie baten um Unterstützung bei einem Einsatz in dem Striplokal *Basement*. Dort randalierte ein Mann und machte Ärger. Eigentlich hatte Ed Aiken Dienst, wegen eines Einbruchs war er aber gerade in Lunenburg unterwegs, und so entschloss sich Dan, den Einsatz zu übernehmen.

Das *Basement* lag im Westen der Stadt, im Untergeschoss des alten Union Hotel. In Morrisville gibt es ein Gesetz, wonach Striplokale im Keller sein müssen, damit sie nicht so leicht einsehbar sind. Das Union Hotel war inzwischen mit Brettern vernagelt, aber das *Basement* war keine so rauhe Kneipe mehr wie früher. Damals kamen die Arbeiter aus der Nadelfabrik herunter, die gleich um die Ecke lag; sie trugen Nadeln bei sich und suchten Streit. Neben der Eingangstür hängt noch heute ein Magnetstab und darüber steht der Satz »Nadeln hier abgeben«, obwohl die letzte echte Nadel 1969 vom Fließband ging.

Dan fuhr zum Hotel, ging die Stufen hinunter und zeigte am Eingang seine Dienstmarke vor, um keinen Eintritt zahlen zu müssen. Irv

London und Chris Doren von der Morrisviller Polizei hatten dem Typen schon Handschellen angelegt. Er trug Jeans und ein graues Sweatshirt. Er hieß Sterling und war die Sorte Mann, die man öfter mal in einem Striplokal findet – der betrunkene, sentimentale harte Kerl, der die Tänzerin retten oder ihr ihre Unschuld zurückgeben will, ohne sich dabei im Geringsten um ihre eigene Meinung zu dieser Sache zu kümmern.

Als London und Doren Sterling abführen wollten, riss er sich los und begann Tische umzuwerfen. Dan und die beiden Polizisten nahmen Sterling in die Mitte und ließen ihn sich austoben. »Barbara, lass nicht zu, dass sie mich mitnehmen«, schrie er wild.

Draußen suchten sie ihn nach Waffen ab. »Wer ist denn diese Barbara?«, fragte Irv London. »Auf dem Plakat steht ja Pamela Ardent.«

»Das ist doch nur ihr Künstlername«, sagte Sterling. »Kapiert ihr denn gar nichts?«

»Sie sind festgenommen und haben das Recht, zu schweigen«, sagte Chris Doren.

»Wir würden es sogar sehr begrüßen, wenn Sie schweigen«, sagte Dan.

»Ich hab mir die Lippe aufgeschlagen«, sagte Sterling. »Na super. Ich blute.«

Irv und Chris brachten Sterling ins Gefängnis und fragten Dan, ob nicht er sich mal mit der Tänzerin unterhalten wolle. Also kehrte Dan in den heißen, verrauchten Clubraum zurück, wo die Gäste und die Rausschmeißer gerade wieder die Tische und Stühle aufstellten. Pamela Ardent stand mit der Hand in der Hüfte an der Jukebox und drückte Songs.

Dan ging an die Bar und bestellte sich einen Martini. Seit Louise in den Norden verschwunden war, hatte er eine Schwäche für den Gin entwickelt, den sie so schätzte. Er stand mit dem Rücken zur Bar und beobachtete die Geschehnisse. Der Saal war nicht voll, und da er lang und schmal war, fühlte sich Dan an die billigen Drucke von Bildern des Letzten Abendmahls erinnert, die oft in Häusern an der Wand hingen, in denen es Ärger gegeben hatte. Während des Abendmahls wurde den Jüngern das Schauspiel von Bränden, Einbrüchen und häuslicher Gewalt geboten.

Im *Basement* roch es wie in einem Zigarrenmuseum, und an der Decke hing ein Scheinwerfer mit einer Scheibe aus buntem Glas, die sich langsam drehte, so dass das Licht auf der Bühne von Rot über Blau zu Gelb wechselte. Die Tänzerin wirkte geschmeidig und gelangweilt, mit kurzem braunem Haar, das sich hinter den Ohren lockte. Sie tanzte, als hätte sie ihren Tanzunterricht schon vor Ewigkeiten gehabt. Sie setzte sich rittlings auf einen umgedrehten Stuhl, stieß die eine Hüfte nach vorn und zog dabei einen imaginären Hut schräg über die Augen, sie schritt über die Bühne, die Daumen unter den Achselhöhlen eingehakt. Sie trug ein winziges schwarzes Kleid mit glitzernden Spiralen.

Nach ihrer Show ging Dan hinter die Bühne, um mit ihr zu sprechen. Die Garderobe war gleichzeitig der Lagerraum, und sie saß inmitten von Aluminiumfässern und blickte in einen zersprungenen Spiegel, der an einem Draht an der Wand hing. Sie trug jetzt Cordsamtjeans und einen Pullover und wischte sich das Gesicht gerade mit runden Wattebäuschen ab.

»Kennen Sie diesen Mann?«, fragte Dan.

»Nein, Sie müssen wissen, ich bin aus Florida«, sagte sie.

»Heißen Sie zufällig Barbara?«

»Ich heiße Marnie Rainville. Ich komme aus Fort Myers in Florida. Und ich weiß nicht, was der Typ für ein Problem hat, und ich kenn ihn jedenfalls nicht.«

»Könnte es irgendeinen Grund dafür geben, dass jemand Sie Barbara nennt?«

»Na klar, den, dass er verrückt ist. Was ich hier nicht ausschließen würde.«

»Das glaube ich«, sagte Dan. »Haben Sie einen Schein?«

Sie lachte. »Ich brauch doch keinen Schein, um zu tanzen.«

»Einen Führerschein, meine ich.«

Sie seufzte und begann in ihrem Geldbeutel zu wühlen. »Ich mach das jetzt seit drei Jahren. Überall in den Staaten und in Kanada. Den

Süden mag ich sehr gern. Im Mittleren Westen gefällt es mir auch, aber ich könnte sehr gut ohne diese Kälte auskommen. Sind Sie mal in eine komplett ausgekühlte Wohnung heimgekommen? Da könnt ich drauf verzichten, echt. Ich meine damit nicht, dass ich Gesellschaft suche. Das ist das Letzte, was ich brauche. Ich rede nur vom Wetter.«

»Wie ist es denn in Fort Myers?«

»Wie es dort ist?«

»Mhm.«

»Oh Mann. Es ist wunderschön? Es ist warm? Die Sonne scheint jeden Tag? Was sonst noch? Die Supermärkte sind sehr sauber, mit einem wunderbaren Obstsortiment? Eines Tages kehre ich mit Glanz und Gloria wieder dorthin zurück, und dann kommen sie alle aus ihren Löchern, um mich zu begrüßen. Das ist Fort Myers, so wie ich es kenne. Eines Tages geh ich zurück in dieses Land mit dem anständigen Wetter und verschwinde endlich aus diesem gottverdammten Tiefkühlschrank.«

»Ich hoffe, dass Ihr Wunsch in Erfüllung geht«, sagte Dan.

»Oh, ganz bestimmt, das können Sie glauben.«

Sie gaben sich zum Abschied die Hand, und Dan fuhr zurück zum Sheriffbüro. Er ergriff das Funkgerät. »Morrisville, bitte kommen, Morrisville.«

»Bitte sprechen.«

»Hallo, hier spricht Dan Norman. Würden Sie Chris oder Irv sagen, dass ich mit der Stripperin im *Basement* gesprochen habe, dass sie den Mann aber nicht kennt. Sie heißt weder Pamela noch Barbara, sondern Marnie.«

»Marnie?«

»Genau. Sie kommt aus Florida und will so schnell wie möglich wieder nach Hause zurück.«

»Vielleicht sollten wir für sie sammeln?«

»Warum nicht.«

»Alles klar – Ende.«

Er machte sich wieder ans Pinseln seiner Wahlplakate. Es kam ihm so vor, als hätte sie jemand während seiner kurzen Abwesenheit anders gelegt. Derzeit war er in Gedanken aber oft weit weg von der Wahl, und so hatte er vielleicht nur vergessen, wie er die Plakate gelegt hatte. Da tauchten Mary Montrose und Hans Cook auf.

»Wir kommen gerade aus dem Kino«, sagte Mary.

»Was habt ihr denn gesehen?«, fragte Dan.

»Den Film, wo dieser Typ seine Kinder klein werden lässt«, sagte Mary.

»Und?«

»Hans hat es gefallen. Ich war etwas enttäuscht.«

»Es war nichts Besonderes, einfach nur eine nette Geschichte«, sagte Hans.

»Ich fand, sobald man kapiert hatte, dass sie jetzt klein geworden waren, konnte eigentlich nichts Überraschendes mehr kommen.«

»Wie findet ihr meine Plakate?«, fragte Dan.

»Sehr gut«, sagte Hans.

»Es heißt, Johnny White hat eine ziemliche Anhängerschaft«, sagte Mary.

»Habt ihr seine Werbespots gesehen?«, fragte Dan.

»Lässt sich ja kaum vermeiden«, sagte Hans. »Sie prasseln nur so auf einen ein.«

»Die Menschen bekommen den Sheriff, den sie wollen«, sagte Dan. »Deswegen ist es eine Demokratie.«

Mary setzte sich auf eine Bank, und Hans ging nach hinten und stellte sich in eine Zelle, die Hände an den Gitterstäben.

»Ich bin unschuldig, ich schwör's«, rief er.

»Für Johnnys Truppe würde ich keinen Pfifferling geben«, sagte Mary. »Neulich war er abends in den Nachrichten zu sehen und hat alles Mögliche über Alkoholiker geredet. Also, er ist auch kein größerer Alkoholiker als der Mann im Mond. Mein Onkel war Alkoholiker, und ihr könnt mir glauben, ich weiß, wie die sind.«

Dan tauchte den Pinsel in die Farbe und blieb dann damit stehen, auf halbem Weg zu dem Plakat, an dem er gerade arbeitete. »Genau das hab ich denen im ›Wählerbund der Frauen‹ auch klarzumachen versucht. Ich weiß nicht, ob sie mich verstanden haben. Und dann bringt er auch noch diesen Fall von Trunkenheit am Steuer von 1982 in Cleveland. Also, das beweist doch auch nicht, dass er Alkoholiker ist.«

»Natürlich nicht«, erwiderte Mary. »Du musst ihn einfach wieder auf seine eigentliche Größe zurechtstutzen, so wie es der Typ im Film mit den Kindern gemacht hat. Wenn ich du wäre, würde ich ihm direkt in die Augen schauen und sagen: ›Johnny, du bist ein gottverdammter Schwindler.‹«

»Ich hab im Wählerbund der Frauen schon Tacheles geredet.«

»Ich würde aber wetten, dass du ihn nicht einen gottverdammten Schwindler genannt hast.«

»Nein, das stimmt. Ich habe es satt, auf diesem Alkoholproblem herumzureiten.«

»Das verstehe ich. Irgendwie ist das aussichtslos.«

»Ich hab vor, mit Claude Robeshaw zu reden.«

»Vielleicht weiß der was.«

Sie schwiegen kurz und hörten Hans »Una Paloma Blanca« summen.

»Hast du was von Louise gehört?«, fragte Dan.

»Nicht viel«, antwortete Mary. »Carol meint, es geht ihr gut, aber ich weiß nicht. Meine Familie, also, da sollten alle mal so eine Langzeit-Therapie machen. Deswegen bin ich auch ausgestiegen, Dan. Ich glaube, du solltest versuchen, sie zurückzuholen.«

»Hab ich doch schon.«

»Na, dann versuchst du's eben noch mal.«

»Ich bin vor ein paar Wochen hinaufgefahren. Ich habe sie gebeten zurückzukommen. Ich hab ihr das Problem wirklich deutlich gemacht. Aber sie war nicht bereit dazu. Nun, ich nehme an, du weißt, dass sie Zeitungen austrägt.«

»Ja.«

»Offensichtlich beaufsichtigt sie so eine Anzahl von jüngeren Zeitungsausträgern. Und eine von denen hat Pfeiffersches Drüsenfieber bekommen. Deswegen möchte sie die Tour dieses Mädchens übernehmen, bis es wieder gesund ist.«

»Verflucht, Dan, das kann Monate dauern.«

»Ich weiß.«

»Das hat alles Carol eingefädelt. Ich behaupte nicht, dass das Mädchen kein Drüsenfieber hat. Vielleicht hat sie's ja. Ich bin kein Arzt. Aber man muss Carol verstehen. Carol ist ein Rätsel. Carol ist eine sehr einsame Frau. Sie wollte eigentlich Kinder, aber statt Kinder zu kriegen, hat sie ihre ganze Energie in dieses Anglercamp gesteckt.«

»Es ist ein sehr hübsches Camp.«

»Das bestreitet ja niemand.«

Der nächste Tag war Sonntag, und Dan machte eine Fahrt mit Louises Vega. Das Wetter war klar und kalt, die Windschutzscheibe zugefroren. Louise hatte immer ein sehr unordentliches Auto, und auch jetzt lagen auf dem Boden und den Rücksitzen mit den Holzperlendecken Taschentuchpackungen, Taschenbücher und Bierflaschen herum. Es kam Dan vor, als habe er sie geheiratet, ohne sie zu kennen, als kenne er sie auch jetzt noch nicht und werde sie vielleicht niemals richtig kennenlernen, als würden aber diese Dinge, die überall herumlagen, irgendeine magische Wirkung auf ihn ausüben.

An der Kreuzung von Highway 8 und Jack White Road stand wie jeden Sonntag ein Typ und verkaufte Blumen. Dan hatte fast noch nie jemanden Blumen kaufen sehen. Man konnte an dieser Stelle eigentlich nirgends anhalten.

Dan kaufte eine Mischung aus violetten, orangeroten und weißen Blumen.

»Ich wette, dass die für dieses Mädchen sind«, sagte der Mann.

»Wie bitte?«, sagte Dan.

»Sie war vorige Woche mit Ihnen da. Ungefähr so groß.«

»Sie täuschen sich.«

»Klar war sie dabei.«

Er fuhr hinauf zum Nordfriedhof. Die Firma Gebrüder Larkin aus Romyla hatte im Spätsommer den Grabstein gesetzt. Brian Larkin hatte die Inschrift gemeißelt, die lautete:

IRIS LANE NORMAN
MÖGE MEINER
GEDACHT WERDEN
7. MAI 1992

Es war ein kleiner, flacher Stein aus blaugrauem Schiefer, dessen Oberfläche etwa auf derselben Höhe wie der Erdboden lag. Brian Larkin hatte gesagt, dass man das bei einem Kindergrab so mache. Es war ein schöner Stein, aber da er waagrecht lag, hatten Blätter und Erde, die sich im normalen Verlauf eines Friedhofslebens ansammelten, die Neigung, dort liegen zu bleiben. Ameisen wanderten über die Vertiefungen der Buchstaben. Man hätte meinen sollen, dass der Regen den Stein reinwaschen würde, stattdessen wurde dabei aber Sand auf den Schiefer gespült und blieb, wenn der Regen verdunstet war, in zierlichen Spiralen liegen.

Dan nahm die Blumen aus dem Auto, dazu einen Eimer und ein Wischtuch. In der Mitte des Friedhofs gab es eine eiserne Wasserpumpe, und er pumpte Wasser in den Eimer. Am Grab nahm er die Blumen weg, die er vorige Woche gebracht hatte, und tauchte das Wischtuch ins Wasser. Er wischte den Stein ab, trocknete ihn mit einem roten Taschentuch und legte die frischen Blumen hin. Er brachte die alten Blumen zu dem Eisenzaun, der den Friedhof umschloss, und ließ alle bis auf eine über den Zaun in einen mit Gras überwucherten Graben fallen. Die eine Blume, die er behalten hatte, warf er in Louises Auto, so wie alles Übrige auch. Dann ging er wieder zurück, um einen letzten Blick auf das Grab zu werfen. Schon war wieder ein Blatt auf dem Stein gelandet. Diese Aufgabe war eine Sisyphusarbeit. Er setzte sich an einen Baum und überlegte, ob Iris wohl Schmerzen gehabt habe oder vielleicht nur das Gefühl, dass etwas sich ändere. Er erinnerte sich, dass sich in ihrem Gesicht keine Qual gezeigt hatte. Tatsächlich vergaß er langsam ihr Gesicht. Die Schwestern hatten ihnen Polaroids gegeben, aber die wurden ihr überhaupt nicht gerecht.

Dan kam zum Sonntagsessen zu Claude und Marietta Robeshaw. Wenn man von Grafton nach Pinville fährt, kann man die Farm der Robeshaws nicht übersehen. Die Scheunen sind hellblau und eine Veranda führt rings um das große weiße Haus. Jahrelang war die Farm dafür bekannt, dass eine Fahne mit der Aufschrift »Enthebt Reagan seines Amts« auf dem Maschinenschuppen wehte, doch als Reagan nach Kalifornien zurückgekehrt war, wurde sie eingeholt. Das Haus war innen schlicht und sparsam möbliert, abgesehen von Erinnerungsstücken an JFK, dem Claude in Waterloo einmal persönlich begegnet war. Zu der Sammlung der Robeshaws zählten zwei Dutzend Kennedy-Essteller, ein signierter Band *Why England Slept* und ein seltener Wandteppich, der das Patrouillenboot PT 109 zeigte. Sohn Albert sagte gern zu seinen Freunden, Kennedy selbst befinde sich auf dem Dachboden.

Von den sechs Kindern der Robeshaws lebte nur Albert noch zu Hause. Die übrigen waren längst erwachsen und ausgezogen. An den Sonntagen kamen sie gewöhnlich in verschiedenen Gruppierungen zum Essen nach Hause. An diesem Tag waren Rolfe, Julia, Nestor und Susan mit Ehegatten und Kindern heimgekommen.

Deshalb musste es ein großes Essen geben, und das Kochen wurde hauptsächlich von den Frauen bewältigt. Die einzige Ausnahme war vielleicht Nestor, der immer Schweizer Mangold kochte, aber das täuscht etwas. Nestor kochte einfach gern Mangold, und wenn er einmal aus irgendeinem Grund vom Herd weg musste, dann war klar, dass eine der Frauen den Mangold würde übernehmen müssen, bevor er anbrannte. Auch hätte nie jemand Nestor darum gebeten, etwas anderes als Schweizer Mangold zu kochen. Mit anderen Worten, seine Schwestern, seine Frau und seine Mutter kochten vielleicht gerade Seite an Seite mit ihm, aber im Gegensatz zu ihm hatten sie nicht die Freiheit, sich auszusuchen, was sie kochen wollten. Zum Beispiel Susan. Ihre Aufgabe war heute, die Süßkartoffeln zu kochen. Falls sie etwa keine Lust hatte, Süßkartoffeln zu kochen: ihr Pech – sie musste trotzdem. Der Nachteil dieser Arbeitsteilung bestand für die Männer darin, dass sie nichts zu tun hatten. Sie saßen herum, hörten Schallplatten von Vaughn Meader und tranken Claudes Cocktail namens Olympia. Früher waren sie immer zum Dreschen draußen gewesen.

Am Tisch der Robeshaws begegneten sich das Essen und die Esser wie feindliche Armeen, und wenn man sich nicht überaß, wurde man als Verräter betrachtet. Auf die Worte »Nein danke« reagierte Marietta mit einem verletzten und irritierten Lächeln, als hätte man ihr in einer fremden Sprache Schimpfworte an den Kopf geworfen. Sie hatte auch feste Regeln, wie und wann ein Gericht weitergereicht werden musste, aber da niemand diese Regeln verstand, wurde ständig dagegen verstoßen.

Man sprach wenig in das Klappern und Kratzen des Bestecks hinein. Nestor und Rolfe debattierten über neue Getreidesorten.

»Sie haben jetzt einen Weizen, der auf Steinen wächst.«

»Das ist doch schwachsinniges Gerede.«

Claude strich sich Butter aufs Brot und sagte: »Ich habe Sachen gesehen, die ich nie für möglich gehalten hätte. Denkt bloß an das Projekt, das sie da im Westen durchziehen.«

»Was für ein Projekt denn, Papa?«, fragte Julia.

»Na ja, das mit der Biosphäre. Dieses riesige Kissen da in Arizona.«

»Ein *Kissen?*«, fragte Susan, die ewig Ungläubige.

»Das ist eine in sich geschlossene Lebenswelt, in der sie eine neue Gesellschaft entwickeln wollen«, antwortete Albert.

»Was ist denn falsch an der, die wir haben?«, fragte Marietta.

»So etwas wäre noch vor ein paar Jahren einfach nicht möglich gewesen«, sagte Claude. »Kein Mensch hätte sich vorstellen können, so etwas wirklich zu machen.«

»Hieß es nicht, dass das Ding ein Leck hat?«, fragte Dan.

»Ein *Leck?*«, fragte Susan. »Was für ein Leck?«

»Keine Ahnung«, sagte Dan. »Gas vielleicht.«

Rolfe ließ sich noch eine Kartoffel auf den Teller kullern. »Kohlenmonoxid«, sagte er mit solcher Bestimmtheit, dass jeder wusste, das war nur geraten.

»Ist das nicht interessant?«, sagte Helen, Rolfes Frau und Lehrerin. »Wie bei einem Auspuff.«

»Genau.«

»Haben die denn da drin Autos?«, fragte Nina, die mit Nestor verheiratet war.

»Ja«, erwiderte Nestor.

»Sie versuchen, ohne Autos auszukommen«, sagte Claude. »Das ist der Grundgedanke.«

»Sie fahren dasselbe Modell von Buick wie wir«, sagte Nestor. »Den Skylark.«

»Das Essen schmeckt super, Mama«, sagte Julia.

»Mit diesen Gabeln schmeckt das Essen besser als mit allen anderen«, sagte Nestor.

»Warum denn das?«, fragte Julia.

»Das liegt an einem Giftstoff, der im Silber enthalten ist«, antwortete Albert.

Nach dem Essen spülten Marietta und Helen einen Berg Geschirr, während Claude ein Mittagsschläfchen hielt und seine Kinder auf dem Rasen Football spielten. Die Spielregel war, den Ball immer mit beiden Händen zu berühren, was eigentlich allen völlig klar hätte sein müssen, doch Rolfe attackierte Dan ohne jeden Grund ziemlich hart.

Dadurch war bei Dan die Luft raus, und obwohl Rolfe sagte, es tue ihm leid, wurde die Sache dadurch nicht aus der Welt geschafft. Später, als Dan den Football so warf, dass er Rolfe an der Stirn traf, musste man die beiden zurückhalten, damit sie nicht aufeinander losgingen. Albert sprang Dan zur Seite. »Hauen Sie Rolfe um«, sagte er.

Das Spiel war zu Ende. Claude hatte sein Schläfchen beendet und stand auf der vorderen Veranda, die Hände im Latz seines Overalls. Er und Dan machten einen Spaziergang den Feldweg hinunter, wo sie die Ventilatoren an einigen Getreidesilos laufen hörten, die während des Sommers aufgestellt worden waren.

»Es sieht nicht gut für dich aus«, sagte Claude.

»Ich weiß«, sagte Dan.

»Die Whites haben mehr im Fernsehen gemacht, als das in unserem Bezirk jemals der Fall war. Es würde mich nicht wundern, wenn jeder zweite Johnny sowieso schon für den Sheriff halten würde.«

»Ich habe einen guten Walkampf gemacht.«

»In gewissem Sinne ja.«

»Was die Leute denken, kann ich nicht beeinflussen.«

»Weißt du, sie reden oft über die alten Zeiten und die verrauchten Hinterzimmer, in denen so manches entschieden wurde«, sagte Claude. »Und ich sage ja gar nicht, dass wir nicht manchmal rücksichtslos waren. Aber in gewisser Weise hatten wir das Wohl der Gemeinde im Auge. Und warum? Etwa nur, weil wir das Herz auf dem rechten Fleck hatten? Zum Teufel, nein. Wir hatten das Herz auf demselben Fleck wie jeder andere auch. Aber wir brauchten Leute, die für uns waren, und wir kannten keine andere Methode, das hinzukriegen. Heutzutage sind die Parteien nutzlos, und es geht nur noch ums Fernsehen. Claude Robeshaw ist Jack White doch scheißegal.«

»Ich glaube, die westliche Hälfte des Bezirks ist auf meiner Seite«, sagte Dan.

Claude nahm eine Zigarre aus seiner Jackentasche. »Darf ich dich mal was fragen? Wo ist eigentlich Louise?«

»Bei ihrer Tante Carol in Minnesota.«

»Die Leute wundern sich nämlich. Sie kommen auf alle möglichen Ideen. Sie haben so ihre Vermutungen.«

»Das geht die Leute gar nichts an.«

Claude zündete die Zigarre an und lächelte nachsichtig. »Nein, das stimmt. Das stimmt. Aber trotzdem …«

»Selbst wenn sie zurückkommen wollte, würde ich sie nicht in den Wahlkampf reinziehen. Die Leute wissen, wer ich bin.«

Claude blies einen Rauchring und klopfte Dan auf den Rücken. Er schloss die Augen und schnupperte in die Luft. »Da verbrennt jemand Maiskolben.« Sie gingen weiter bis zu dem Tannenwäldchen, in dem alte Maschinenteile im weißen Gras vor sich hinrosteten.

Am Tag vor der Wahl rief Marnie Rainville spätnachmittags im Sheriffbüro an. Marnie sagte, der Typ, der ihren Auftritt unterbrochen hatte, komme gerade mit einem schweren Koffer bei ihr die Hintertreppe herauf.

»Wo sind Sie denn?«, fragte Dan.

»Zu Hause«, sagte sie. »Ich geh erst um halb sieben rein. Normalerweise esse ich früh zu Abend und mach dann bis zum Auftritt noch ein bisschen Yoga. Ich hab gerade die Milch weggestellt, da seh ich ihn auf mein Haus zukommen.«

»Lassen Sie ihn nicht rein.«

»Soll ich so tun, als wäre ich nicht zu Hause?«

»Ja, gute Idee.«

»Dann mach ich lieber das Radio aus.«

»Tun Sie das.«

Sie tat es und kam wieder ans Telefon. »Ich bin in der East River Street 246, Appartement 9. Kommen Sie über den kleinen Weg zwischen dem Fluss und den Schienen. Ich bin oben an der Treppe.«

»Machen Sie die Tür nicht auf.«

Er raste mit Blaulicht und Sirene quer durch die Stadt. Er schaltete den Polizeisender ein, aber statt des Notrufkanals bekam er nur den Lokalsender herein. Schon seit längerem hatte er dieses Radio mal überprüfen lassen wollen.

»Gehören Sie zu den Menschen, die nie ein Gesicht vergessen?«, sagte der Sprecher. »Bleiben Ihnen die Gesichtszüge eines Menschen monatelang im Gedächtnis? Oder fangen sie schon nach Tagen an, zu verblassen? Wenn Letzteres der Fall ist, dann gehören Sie, wie die Wissenschaft herausgefunden hat, zur überwiegenden Mehrheit. Bestellen Sie in diesem Fall doch eine wunderschöne Erinnerung an den Menschen, den Sie lieben, nämlich ein Fotoporträt aus dem Fotostudio Kleeborg in Stone City.«

Marnie Rainville wohnte neben dem Bahndamm in einem Gebäude, von dem Dan nicht einmal gewusst hatte, dass es ein Wohnhaus war. Er rannte die Feuertreppe hoch, die sie die Hintertreppe genannt hatte. Er wünschte sich zwar nicht, dass die Frau in Gefahr sei, aber sie zu retten, würde ihm in seinem momentanen Zustand bestimmt gut tun. Die Tür zu Appartement 9 stand offen, und er rannte hinein, nur um einen Mann vorzufinden, der auf einem fadenscheinigen Teppich kniete.

»Alles in Ordnung, Sheriff.« Marnie saß auf einem Stuhl in einer Ecke des Raumes, umgeben von Umzugskartons. »Ich habe mich getäuscht. Ich hab Sie noch zu erreichen versucht. Das ist nur ein Mann, der Staubsauger verkauft. Es tut mir leid, dass Sie jetzt extra deswegen herkommen mussten, aber ich habe diesen riesigen Koffer gesehen, und da hab ich wohl einfach Angst gekriegt.«

»Sie haben genau das Richtige gemacht«, sagte Dan.

Der Mann auf dem Teppich sah Dan über die Schulter an. »Sie dürfen sich gerne zu uns gesellen. Das ist kein, ich wiederhole: kein Verkaufstrick. Ich bin nur in diese Maschine so vernarrt, dass ich sie einfach vorführen muss. Ich könnte mir vorstellen, dass so eine Bodenreinigung für Sie spannender ist als eine Verschärfung der Gesetze.«

»Sagen Sie einfach Ihr Sprüchlein«, meinte Dan.

»Stellen Sie sich vor, dass Sie sich nie wieder über einen schmutzigen Teppich ärgern müssen«, sagte der Vertreter. »Ich habe gerade eine Mischung aus Asche und Ruß auf Marnies Teppich gekippt, so in der Art, wie man sie wohl am Ende eines Arbeitstages an den Schuhen eines Schornsteinfegers findet. Obwohl, wenn man es sich recht überlegt, man sieht eigentlich kaum noch Schornsteinfeger. Ich frage mich, woran das wohl liegt.«

»Ich weiß es auch nicht«, sagte Marnie.

»Weil, Schornsteine gibt es ja noch.«

»Wie lange soll das denn noch dauern«, sagte Dan.

»Aber ich denke, wir sind uns einig, dass ein herkömmlicher Staubsauger einen solchen Schmutz niemals schaffen könnte.« Der Vertreter schaltete den Staubsauger ein und fuhr damit mehrmals über den Teppich. Das Gerät dröhnte und zischte und sprühte Wasser in alle Richtungen. Der Ruß und die Asche hatten einen Schatten hinterlassen, der nicht verschwand.

»So«, sagte der Vertreter.

»Es ist noch zu sehen«, sagte Marnie.

»Im Großen und Ganzen ist es weg«, erwiderte der Vertreter. »Ich glaube, jeder vernünftige Mensch würde bestätigen, dass kein herkömmlicher Staubsauger so weit kommen würde wie dieser hier.«

Dan forderte den Mann auf, seine Sachen zu packen und zu gehen. »Alles in Ordnung bei Ihnen?«, fragte er Marnie.

»Ja«, sagte sie. »Wenn Sie noch einen Moment Zeit haben, könnten Sie mir helfen, ein paar Sachen hinunter zum Auto zu tragen. Wie Sie wahrscheinlich schon erraten haben, ziehe ich weg.«

»Wohin denn?«

»Nach Hause.«

»Nach Florida?«

»Ich war noch nie in Florida. Ich wollte Sie eigentlich gar nicht anschwindeln. Aber wenn man in seiner Rolle drin ist, fällt es einem manchmal schwer, im Gedächtnis zu behalten, wer man wirklich ist.«

Dan trug ein paar Sachen für sie hinunter. Nach mehreren Gängen ließ er einen Karton mit Geschirr am Fuße der Feuerleiter fallen. Er und Marnie schauten in den Karton hinein, um zu sehen, was zerbrochen war.

»Tut mir leid«, sagte Dan.

»Macht nichts.«

Sie beugten sich aufeinander zu, stoppten aber, kurz bevor es zum Kuss gekommen wäre.

Dan kehrte ins Büro zurück. Seine Schicht ging zu Ende. Er übergab das Sheriffbüro an Ed Aiken, sammelte seine Plakate ein und legte sie hinten in den Streifenwagen.

Er fuhr im Bezirk herum und hielt immer wieder an, um seine Plakate anzuschlagen. Er brachte sie mit Vorliebe an exponierten Stellen an – an Maisspeichern, Brücken, Bäumen –, die ohnehin den Blick auf sich zogen. Die Temperatur war den ganzen Tag stetig gefallen. Der Boden war gefroren und der Wind heftiger geworden. Auf der Hochebene nördlich von Mixerton schaukelte der Streifenwagen im Wind.

Dan ließ eine regelrechte Spur von Plakaten hinter sich, in Lunenberg, Romyla, Chesley. Er kam an die Kreuzung, von der aus er entweder nach Westen zu seinem Haus oder in Richtung Süden nach

Boris fahren konnte. Die Sonne war fast schon untergegangen. Er hatte noch ein paar Plakate übrig, fragte sich aber, ob sie in Boris und Pringmar, die keine Städte Dan Normans waren, lange hängen würden.

Als er so am Straßenrand stand und über diese Frage nachdachte, schaute er zufällig über eine Wiese und sah eine Windmühle, die »Melvin Heilemans Windmühle« hieß, obwohl Melvin Heileman schon tot war. Die Windmühle pumpte kein Wasser mehr hoch, aber die dunklen Flügel drehten sich immer noch im Wind.

Dan stieg aus dem Streifenwagen. Er überquerte den tiefen Graben und stieg über einen Stacheldrahtzaun, in der Hand einen Hammer und ein Plakat, auf dem stand: DAN NORMAN DEMOKRAT. Während er zu der Windmühle hinaufging, riss ihm ein Windstoß das Plakat aus der Hand. Er ließ den Hammer fallen und rannte, aber das Plakat segelte wie ein Vogel über die Prärie. Es flog sehr weit und landete schließlich in einem Sumpf, wo Dan es nicht mehr erjagen konnte. Außer Atem blieb er stehen, die Hände auf die Knie gestützt. Am Himmel glitzerten blaue Sterne, und er dachte an seine Tochter in der kalten Erde. Er sprach ihren Namen vor sich hin – Iris, Iris –, hörte aber nur das Heulen des Windes.

Siebzehn

Sechzehntausend Menschen gingen zur Sheriffwahl – eine gute Wahlbeteiligung. Der Kandidat der Republikaner, Miles Hagen, der seit achtundzwanzig Jahren bei jeder Sheriffwahl antrat, bekam neun Prozent der Stimmen. In der Rede zu seiner Wahlniederlage erklärte er wie gewöhnlich, dass die Steuererhebung des Bezirks nach Artikel I und VI der Verfassung der Vereinigten Staaten verfassungswidrig sei.

Die übrigen Stimmen verteilten sich ziemlich gleichmäßig auf Dan und den parteilosen Kandidaten Johnny White. Dan schlug Johnny mit 337 Stimmen bei der maschinellen Auszählung. Johnny verlangte eine zweite Auszählung, die zwei Tage dauerte und Dans Vorsprung um ein paar Stimmen verringerte. Auch mussten die Briefwähler berücksichtigt werden, die gewöhnlich dem Unterlegenen zugute kommen. Es entstand kurz Panik – die Briefwahlzettel waren nicht zu finden. Schließlich tauchten sie in einer Schuhschachtel im Büro des Schriftführers auf. Sie wurden gezählt, Johnny räumte seine Niederlage ein, und Dan wurde als Sieger für eine dritte Amtszeit zum Bezirkssheriff erklärt.

Tiny fuhr zu einem »Hayride« – einer Ausflugsfahrt in einem großen, teilweise mit Heu gefüllten Wagen –, das die Familie White in Walleye Lake organisiert hatte. An diesem Freitagabend war es höllisch kalt, da der Wind vom See her blies. Die Sache war ursprünglich als Sieges-Hayride geplant gewesen und dann in ein Abschieds-Hayride umgewandelt worden. In Walleye Lake gab es ziemlich oft Hayrides.

In einem der letzten Jahre hatte man einen Herbst lang versucht, sie ohne Heu durchzuführen, aber da hatte es viele Beschwerden gegeben.

Diese Fahrten begannen und endeten immer an dem Park gegenüber dem städtischen Strand. Als Tiny ankam, standen schon einige Leute herum, hauptsächlich solche, die von Johnnys Vater Jack in der einen oder anderen Weise finanziell abhängig waren. Johnny stand an den Stufen zur Orchestermuschel.

»Ich hab nicht die geringste Lust, da hinaufzusteigen«, sagte er.

»Dann lass es«, sagte Tiny.

»Findest du, es ist nicht notwendig?«

»Wenn du nicht rauf willst, warum solltest du dann?«

»Erwarten es die Leute nicht vielleicht?«

»Wen interessiert es schon, was die erwarten?«, sagte Tiny. »Du bist ihnen doch nichts schuldig. Ich sag das, obwohl – je länger du dastehst, desto mehr erwarten sie es natürlich.«

»Ich hab wirklich gedacht, dass ich die Wahl gewinne. Das wurmt mich. Ich hab gedacht, dass ich heute eine ganz andere Rede halten würde. Ich hab sie sogar schon vorbereitet. Schau her – drei Seiten, enger Zeilenabstand. Daraus kann ich jetzt Papierflieger falten.«

»Das wär doch lustig.«

»Glaubst du eigentlich, dass ich ein guter Sheriff geworden wäre?«

»Klar.«

»Ich glaube, ich wäre ein echt guter Sheriff geworden. Und offensichtlich waren eine Menge Leute der gleichen Meinung.«

»Aus dem Herzen sprechen«, sagte Tiny. »Das hast du mir doch immer gesagt.«

Jack White kam durch den Park, von dort, wo seine Zugpferde angeschirrt und aufbruchbereit an der Straße standen. »Mach endlich.«

»Ich weiß nicht, was ich sagen soll«, meinte Johnny.

»Rauf jetzt, zum Donnerwetter.«

»Und was soll ich sagen?«

»Erzähl ihnen das mit deinem Rücken.«

»Ach Dad. Das mit dem Rücken möchte ich nicht überstrapazieren.«

»Irgendeinen Grund musst du ja vorschützen.«

»Was ist denn mit deinem Rücken?«, fragte Tiny.

»Siehst du? Tiny hat's nicht mal gemerkt.«

»Er hat sich am Rücken verletzt, in der letzten Woche vor der Wahl«, sagte Jack.

In diesem Augenblick trat Lenore Wells zu den drei Männern und sagte: »Können wir jetzt langsam loslegen? Ich hab eiskalte Füße. Mein Kreislauf ist nämlich nicht so gut. Das hab ich schon mein Leben lang. Meine Mutter hat mich immer ›Mein Weißfingerchen‹ genannt, und ich weiß nicht, wie lange ich hier noch herumstehen kann. Wenn Johnny reden will, dann, würde ich sagen, soll er jetzt da rauf.«

»Er kann die Stufen so schlecht steigen, wegen seinem Rücken«, sagte Jack.

»Was ist denn mit seinem Rücken?«, fragte Lenore.

»Nichts ist damit«, sagte Johnny.

»Ich weiß nicht, was mit Johnnys Rücken ist, aber meine Füße, das kann ich Ihnen sagen, die sind gerade dabei, zu Eisblöcken zu erstarren.«

»Ich werd ihn ankündigen.« Tiny stieg die Stufen hinauf und trat in die Orchestermuschel, quer durch einen ganzen Wald aus Notenständern und gefallenen Blättern. »Ich kann mich gut erinnern, wie mir Johnny zum ersten Mal gesagt hat, dass er Lust hätte, für das Amt des Sheriffs zu kandidieren«, sagte Tiny zu den versammelten Leuten. »Um ehrlich zu sein, hab ich gleich skeptisch reagiert. Ich hab gesagt: ›Machst du Witze?‹ Und er hat die Wahl verloren. Er hat sie tatsächlich verloren. Allerdings nicht sehr hoch. Und vergessen Sie nicht, wir haben versucht, einen im Amt stehenden Sheriff durch jemanden zu ersetzen, der zwar gute Ideen hatte, aber, wenn wir ehrlich sind, nicht viel Erfahrung mit der Durchsetzung von Gesetzen. Das ist aber kein Grund, jetzt den Kopf hängen zu lassen. Natürlich würden wir alle lieber einen Sieg feiern, aber auf jeden Gewinner kommt eben auch ein Verlierer. Seien wir also guter Dinge und geben Johnny White an einem so kalten Abend einen warmen Applaus.«

Tiny trat beiseite und überließ Johnny die Bühne. Die Leute klatschten, aber zögerlich und halbherzig, was den ohnehin allgemein verbreiteten Eindruck unterstrich, dass Johnny seine Chance vertan habe und nie wieder einen aussichtsreichen Wahlkampf führen werde. Während Tiny auf Johnnys schmalen Rücken in der grünen Windjacke blickte, wurde er plötzlich von dem boshaften Gedanken in Versuchung geführt, ihn von der Bühne zu stoßen.

Johnny erzählte irgendeine Geschichte, dass er sich den Rücken verletzt habe, als er mit seinen Kindern spielte. Er sagte, es sei eine etwas ernstere Verletzung als die üblichen Allerwelts-Rückenschmerzen, und der Chiropraktiker habe ihm dringend empfohlen, sich für zwei Wochen ins Bett zu legen, aber er habe trotzdem den Wahlkampf durchgezogen, auch wenn sein Rücken ihn jeden Morgen beim Aufstehen und jeden Abend beim Zubettgehen ziemliche Schmerzen bereitet habe. Er sagte, dass dieser Wahlkampf trotzdem die beste und lebendigste Zeit seines Lebens gewesen sei. Johnny bedankte sich und sagte, er liebe sie alle.

Dann winkte er, und alle klatschten wieder und eilten über das Gras dorthin, wo Jack die Zugpferde Molly und Polly vor den Heuwagen gespannt hatte. Die Leute mussten sich anstellen und auf das Einsteigen warten und fragten sich vernehmlich, warum Jack nicht zwei oder drei Wagen bereitgestellt habe, so dass sie die Fahrt schneller hinter sich bringen und in ihre warmen Häuser zurückkehren könnten. Aber es gab eben nur den einen Wagen, und die Pferde gingen eben nur so schnell, wie sie gingen. Tiny krümmte in den Handschuhen die Finger und trat von einem Bein aufs andere. Von den breiten Rücken der Pferde stieg Dampf auf, und durch den Dampf sah Tiny weiter oben an der Straße die blauen Lichter der *Lake House Taverne.* Er hätte sich gewünscht, dort drin zu sitzen, Karten zu spielen und einen großen Brandy zu trinken. Nun stieg er aber auf den Wagen und setzte sich zu einer Gruppe seltsam festlich gestimmter Menschen, die Weihnachtslieder sangen, obwohl es bis Weihnachten noch fast zwei Monate hin war und man nur schwer eine Verbindung zwischen der kleinen Stadt Bethlehem und Johnnys ja doch ziemlich hinterlistigem Wahlkampf um den Posten des Sheriffs erkennen konnte. Tiny stierte die glücklichen Sänger an und zündete sich eine Zigarette an.

»Machen Sie die sofort aus«, sagte ein Mann mit einer Zipfelmütze, der den Gesang leitete. »Das ist doch Heu, Himmelherrgott nochmal.«

Als das Hayride vorbei war, fuhren noch ein paar Leute mit zu Jack Whites Farm nordöstlich von Grafton. Tiny schloss sich an – einfach, weil es ihm niemand verwehrte. Er hatte immer schon zu einer kleinen Gruppe gehören wollen, die sich irgendwohin bewegte, wo etwas Größeres passierte. Ihm schien darin ein Hauch von Sex zu liegen. Tiny war noch nie in Jacks Haus gewesen. Der Grundriss war recht seltsam und in der Aufteilung nicht sehr praktisch. Alle Gerätschaften standen oder hingen so, als wären sie gar nicht für den menschlichen Gebrauch bestimmt, und Küche, Esszimmer und Wohnzimmer stießen in einem offenen Raum aufeinander, in dem ständig jeder jeden anrempelte.

Tiny stand in einer Ecke, trank und hielt sich zurück, hatte aber immer stärker den Eindruck, er sei hier unerwünscht. Johnnys Exfrau Lisa, die mit Megan und Stefan im Haus war, sah ihn immer wieder finster an. Tiny war anständig gekleidet, aber irgendetwas schien der Frau definitiv zu missfallen. Einmal hatte sie mit Johnny gesprochen, quer durchs Zimmer auf Tiny und dann auf die Tür gezeigt und dabei schaufelnde Handbewegungen gemacht, deshalb war Tiny völlig klar, was da vor sich ging.

Eine Weile darauf mixte er einen Margerita und brachte ihn ihr als Friedensangebot. »Trinken Sie was. Und übrigens, das ist ein sehr hübsches Kleid, das Sie da anhaben.«

»Ich will keinen Drink.«

»Es passt sehr gut zu Ihren Schuhen.«

»Was?«

»Das Kleid zu den Schuhen.«

»Wer hat Sie nach Ihrer Meinung gefragt?«

»Das war nur eine spontane Bemerkung.«

»Johnny und ich hatten früher ein Restaurant«, sagte Lisa. »Wir hatten ein Restaurant in Cleveland, Ohio. Und da waren auch immer so Leute wie Sie, die den ganzen Tag bei uns herumhingen.«

»Und das waren Ihre Freunde?«

»Oh nein. Keineswegs. Die wollten erreichen, dass wir unser Restaurant zumachen. Sie hatten den Auftrag, zu tun, was sie konnten, um uns aus diesem Geschäft rauszukriegen. Sie haben uns die Fensterscheiben eingeschmissen. Sie haben uns das Besteck verbogen. Sie haben uns den Mülleimer angezündet.«

»Ich würde Ihnen nie die Fenster einwerfen«, sagte Tiny.

»Sie würden mir vielleicht nicht die Fenster einwerfen. Sie würden meine Fenster vielleicht in Ruhe lassen, weil Sie Geld vom Vater meines Exmannes kriegen. Aber ich habe gehört, dass Sie in diesem Wahlkampf dafür zuständig waren, Dan Normans Plakate herunterzureißen. Sie brauchen es gar nicht zu leugnen. Und ich habe Johnny sehr deutlich wissen lassen, was ich von so etwas halte. Ich habe ihn gefragt, wie er es jemals im Leben fertigbringen konnte, unsere Kinder in seinen Wahlkampf mit einzubeziehen, während er gleichzeitig Leute angestellt hat, die überall anderer Leute Eigentum zerstören mussten, so wie es uns damals in Cleveland passiert ist.«

»Und was hat er gesagt?«

»Ach, irgendeine Entschuldigung.«

»Ein Wahlplakat ist nicht das Gleiche wie ein Fenster«, sagte Tiny.

»Ich hätte niemals hierher zurückkommen sollen. Ich hätte auf gar keinen Fall erlauben sollen, dass die Kinder hierher kommen. Das war alles ein Fehler. Geben Sie mir den Drink jetzt doch, Sie Clevelander Hurensohn.«

Tiny gab ihr den Drink und ging weg. Da bat ihn Jack White, mit in den Stall hinauszukommen. Der war ein warmer, sanft beleuchteter Schuppen mit glänzenden Geschirren und Halftern. Molly und Polly blockierten den Gang zwischen den zwei Boxenreihen. Ihre Augen waren so groß wie Teller, ihr Winterfell zottig und weiß. Jack ging jetzt um sie herum, klopfte ihnen die Beine und säuberte ihre Hufe mit einem Metallkratzer. Die Pferde atmeten friedlich.

»Würden Sie bitte da hochsteigen und etwas Stroh herunterwerfen?«, sagte Jack leise.

Tiny tat es. Als er wieder herunterkam, sagte er: »Ich glaube, Lisa kann mich nicht leiden.«

»Ach, die spinnt«, sagte Jack. »Wegen der würde ich mir keine Gedanken machen. Mit Johnny verheiratet zu sein, das war einfach zuviel für sie.«

Tiny klappte ein Taschenmesser auf und kappte die Schnur an einem der Ballen. »Wollten Sie mit mir reden?«

»Wenn man einen Stein hat, der zum Pflaster gehört und der mit dazu beiträgt, dass die Straße an Ort und Stelle bleibt, dann erfüllt dieser Stein einen Zweck. Aber wenn er sich aus dem Pflaster löst und sich im Huf eines Pferdes verkeilt, dann muss er herausgeholt und ausrangiert werden.«

»Die Wahlkampagne ist doch vorbei«, sagte Tiny.

»Stimmt.«

»Johnny hat gesagt, egal, wie die Wahl ausgeht, ich behalte auf jeden Fall meinen Job im *Zimmer*.«

»›Johnny hat gesagt‹«, sagte Jack. »Wenn Johnny vom Sears Tower springt, dann springen Sie wohl als Nächster.«

»Ich habe Ziele, die ich erreichen möchte.«

»Wir alle haben Ziele. Was wir jetzt brauchen, sind Leute, die eine Ausbildung haben.«

»Ich könnte eine Ausbildung machen.«

»Ich meine Leute, die schon eine Ausbildung haben, die sofort einsatzbereit sind.«

»Was für eine Ausbildung denn?«

»So was wie auf dem College.«

»Dann hat Johnny aber keine Ausbildung.«

»Doch, hat er.«

»Aber nicht vom College.«

»Johnny war eine Weile auf dem College.«

Tiny verteilte Stroh in den Boxen der Pferde. »Sie sind mir einen Scheck schuldig.«

»Haben Sie den noch nicht gekriegt? Na, keine Sorge. Danke, dass Sie mir mit den Strohballen geholfen haben. Ich glaube, Sie sollten jetzt nach Hause gehen.«

»Ich denke darüber nach.«

»Da gibt es nichts nachzudenken. Das ist keine Situation, die Denken erfordert. Ich kehre jetzt ins Haus zurück. Und Sie müssen leider gehen.«

»Sagen Sie mir nur mal eines«, warf Tiny ein. »Sie mögen doch Pferde. Wenn man sich die Größe von so einem Zugpferd ansieht, warum trampeln die eigentlich nicht alles nieder?«

»Die Menschen haben die Kontrolle über den Hafer.«

»Wenn ich so eine Ausbildung machen würde, könnte ich dann wieder beim *Zimmer* mitmachen?«

»Wenn Sie eine Ausbildung gemacht hätten, hätten Sie dieselbe Chance wie jeder andere, der auch eine Ausbildung gemacht hat.«

»Das heißt, was Sie wirklich sagen wollen, ist ›Verpiss dich‹.«

Jack führte Molly in ihre Box und schloss die Tür. »Genau.«

Tiny reichte Jack die Hand. Dann ging er hinaus zu seinem Parisienne und fuhr nach Hause. In diesen Tagen wohnte er mit Joan Gower in einer Kellerwohnung der Kleinen Kirche des Erlösers. Zunächst hatten Joan und Tiny dieses Arrangement vor Vater Christiansen geheimgehalten, aber dann war Tiny einmal auf das Kirchendach gestiegen und hatte eine lecke Stelle abgedichtet, und danach war Vater Christiansen bereit gewesen, ein Auge zuzudrücken. Man muss allerdings sagen, dass die abgedichtete Stelle nicht lange hielt. So ungewiss Tinys Leben auch war, eines wusste er gewiss: dass die einzige zuverlässige Möglichkeit, ein Dach zu reparieren, die ist, das ganze Dach neu zu decken. Über dem Chor bildeten sich bereits manchmal Tropfen, wenn es regnete. Aber Tiny ging nicht davon aus, dass er noch hier sein würde, wenn das Ding endgültig zusammenbrach.

Es war schon spät, als Tiny nach Hause kam, aber Joan war nicht nur wach geblieben, sie arbeitete sogar gerade verbissen daran, grüne Farbe von einem Stuhl abzulösen. Nachdem sie einen Artikel über Adoption gelesen hatte, hatte sie beschlossen, ein Kind zu adoptieren.

Tiny war sich über die Einzelheiten nicht im Klaren; aber wenn er richtig verstanden hatte, würde irgendwann jemand vom Staat vorbeikommen und Joan ein paar Fragen stellen. Doch dieser Besuch war jetzt schon mehrfach verschoben worden, und Joan schien ununterbrochen damit beschäftigt zu sein, die Wohnung für diesen mystischen Menschen vom Staat herzurichten, der nie erschien. Sie scheuerte den Stuhl in der Küche mit Stahlwolle. Mitten auf dem Fußboden stand ein Abfalleimer voller farbdurchtränkter Stahlwollbäusche. Der Geruch des Abbeizmittels durchdrang die ganze Wohnung. Tiny öffnete den Kühlschrank, nahm eine Dose Old Milwaukee heraus und setzte sich. »Beim *Zimmer* haben sie mich rausgeschmissen«, sagte er.

»Was willst du jetzt machen?«, fragte Joan.

»Ich weiß es nicht.«

»Früher hättest du wieder mit dem Stehlen angefangen.«

»Gute Gelegenheit, rückfällig zu werden.«

»Au contraire. Ich meine, im Gegenteil. Das hast du früher gemacht, aber ich glaube nicht, dass du es je wieder machen wirst.«

»Da hast du recht, wenn du das glaubst.«

»Dabei schien es doch gut zu laufen.«

»Sie wollen jetzt jemand mit richtiger Schulausbildung.«

»Du bist doch schließlich durch die harte Schule des Lebens gegangen.«

»Ich sag dir was, ich glaube, bei dem Scheißladen, da bin ich immer noch eingeschrieben«, sagte Tiny. »Ich überlege schon, ob wir nicht eine Fensterscheibe einschlagen sollten, solange du mit diesem Zeugs beschäftigt bist.«

»Bitte sprich anständig.«

»Du riechst diese Abbeize vielleicht gar nicht mehr, aber wenn man von draußen reinkommt, dann ist das echt heftig.«

»Ich hatte ja die Tür eine Weile offen, aber es war zu kalt. Ich wollte eigentlich was zu essen machen, aber dann hab ich damit angefangen, und weißt du was? Ich hab kein bisschen Hunger.«

»Du bist ja auch total high, schwebst ganz weit oben wie ein Vogel. Deswegen.«

Joan lachte und strich sich eine blonde Locke aus der Stirn. »Ich bin vielleicht ein bisschen melo.«

»›Melo‹? Was soll das denn heißen?«

»Das weißt du doch. Einfühlsam.«

»Das hast du gerade erfunden.«

»Hast du das Wort tatsächlich noch nie gehört? Du lebst wohl auf dem Mond?«

Tiny nahm einen Schluck Bier. »Ich sag's dir ja ungern, Joan, aber deine Adoptionsleute werden einen einzigen Blick in die Kirche werfen und dann sagen: ›Diese Frau gehört einer Sekte an.‹«

Sie rieb die Armlehne des Stuhls mit Stahlwolle ab. »Du bist doch kein Hellseher.«

»Ich meine, du gehörst ja wirklich einer Sekte an.«

»Warum sind wir dann von den Steuern befreit? Wenn wir eine Sekte sind, wie du sagst. Hmm? Kannst du mir das mal sagen?«

»Ich bin kein Rechnungsprüfer. Ich weiß nicht, warum ihr von der Steuer befreit seid. Ich wusste nicht einmal, dass ihr von der Steuer befreit seid. Ich hab nicht die Ausbildung, um so etwas zu wissen.«

»Der Stuhl wird phantastisch, wenn er fertig ist.«

»Ja klar, Joan«, sagte Tiny. »Der Stuhl wird denen so irre gut gefallen, dass sie dir sofort ein kleines Kind darauf setzen.«

Joan suchte so lang unter der Spüle, bis sie ihre weiße Bibel fand. »Schauet unter den Heiden, sehet und verwundert euch; denn ich will etwas tun zu euren Zeiten, welches ihr nicht glauben werdet, wenn man davon sagen wird.«

Tiny nahm Joan die Bibel aus der Hand.

»He«, sagte sie. »Das ist Habakuk.«

»Du benützt dieses Teil wie eine Gehhilfe«, sagte er. »Hier drin ist doch absolut jeder Standpunkt zu finden. Hör zu: ›Das Gebirge ist seine Weide, und er sucht nach jeglichem Grün.‹«

»Das ist aber wunderschön«, sagte Joan.

»Ja, aber was beweist es?«, fragte Tiny.

»Es muss überhaupt nichts beweisen. Es ist das Wort Gottes.«

»Und du bist von dieser Abbeize völlig benebelt.«

»Oh nein, es ist wunderschön, Tiny. Bitte lies es mir noch einmal vor.«

Tiny nahm sich Jack Whites Bemerkung über die Ausbildung zu Herzen. Er ging an die Volkshochschule am Rande von Stone City, um einen Abendkurs über Drogen und ihre Wirkung zu belegen. Das Schulgelände war in den sechziger Jahren erbaut worden, nach der egalitären Doktrin der damaligen Architekten, dass kein Gebäude besser aussehen dürfe als irgendein anderes Gebäude. Tiny musste sich anstellen und wartete hinter zwei jungen Frauen – die eine groß und in bestickten Jeans, die andere mit glatten schwarzen Haaren –, die das Kursangebot durchblätterten.

»Ich überlege, ob ich die Rock-Poeten belege«, sagte die größere.

»Wen nehmen sie denn in diesem Semester durch?«

»Tom Petty und Wallace Stevens.«

»Und was noch?«, fragte das Mädchen mit dem schwarzen Haar.

»Na ja, es käme noch Psychologie in Frage.«

»Du kannst ja gut mit Leuten umgehen. Das würdest du locker hinkriegen.«

»Und dann gibt es auch noch etwas über die Ludditen.«

»Und was sind Ludditen?«

»Die Ludditen waren so Leute in England, die überall die Webstühle zerstört haben.«

»Warum das denn?«

»Keine Ahnung. Aber es klingt interessant, oder?«

»Sehr.«

Endlich war Tiny an der Reihe. »Sind Sie sicher, dass Sie diesen Kurs belegen wollen?«, fragte die Sekretärin, die die Einschreibungen vornahm.

»Jep.«

»Das ist nämlich kein Kurs, der Sie von den Drogen wegbringt. Dafür gibt es einen anderen Kurs, in einem anderen Gebäude. Dieser Kurs hier ist eher wissenschaftlich.«

»Was wollen Sie mir damit sagen?«, fragte Tiny.

»Ich sag Ihnen auch noch Folgendes: Wenn Sie den Kurs belegen, um Frauen kennenzulernen, das können Sie vergessen«, sagte die Sekretärin. »Die Leute haben manchmal merkwürdige Vorstellungen von Abendkursen, aber so eine Art von Einrichtung sind wir nicht.«

Der Kurs fand dienstagabends statt. Der Dozent war ein Doktor mit Namen Duncan. Er kam in die Klasse und schob einen Diaprojektor mit sich herein. Zwei Dutzend Leute saßen an kleinen Schreibtischen.

Er stellte sich vor und begann zu sprechen, wobei er an die Wandtafel schrieb. »Amphetamine gehören zur chemischen Gruppe der Alkylamine. Sie haben die Formel $C_9H_{13}N$ und in der Grundform ein Molekulargewicht von 135.20. Die meisten Amphetamine sind Isomere dieser Grundstruktur. Eine weitere Gruppe, die dadurch entsteht, dass man diese Basisamphetamine neu zusammensetzt, bezeichnet man als Amphetaminderivate; sie ergeben eine lange Liste chemischer Namen, die absolut niemandem außer vielleicht einem Pharmakologen etwas nützt. Diese Drogen unterscheiden sich von ihren Vorgängern insofern, als das NH_2 umgedreht und mit der Alpha-Carbongruppe verbunden wird, und zwar so. Das ist ein ganz schlauer Trick …«

In dieser Art sprach der Doktor noch lange weiter, und Tiny merkte, dass er die ganze Zeit auf den Rücken der jungen Frau vor sich starrte. Sie hatte sehr kurz geschnittene Haare, und ihr bloßer Hals hatte etwas Betörendes und sogar Rührendes an sich. Ihm war danach, das abstehende dunkle Haar hinter ihren Ohren zu berühren, und das tat er dann auch.

Sie sah sich nach ihm um. »Lassen Sie das«, flüsterte sie.

Dr. Duncan schaltete das Licht aus und zeigte Dias. Tiny fragte sich, was ihn dazu gebracht habe, das Haar der Frau zu berühren. Er entwickelte anscheinend Gefühle. Neulich, als er *Der Untergang der Edmund Fitzgerald* im Radio gehört hatte, hatte ihn das so schwermütig gemacht, als wären seine eigenen Verwandten auf dem untergehenden Schiff.

Dr. Duncan klickte das Diakarussell weiter. Das Foto eines Hamsters im Hamsterrad erschien auf der Leinwand. »Wir finden auch erhöhte Erregung, erhöhte Motorik, verminderten Appetit und Verbesserung der Stimmung, auch Glück genannt«, sagte der Doktor. »Dieses Glücksgefühl ist allerdings trügerisch. Bei Überdosierung kann es zu Paranoia oder sogar zu einer Amphetaminpsychose kommen.« Das Dia wechselte zu einem von der Freiheitsstatue. »Wie ist das denn hier reingekommen?«

Als der Unterricht zur Hälfte um war, begann Tiny sich ernsthaft zu fragen, was er denn hier verloren habe. Er wusste, dass ihn die Whites nie wieder einstellen würden. Es ging sogar das Gerücht, dass Jack White jede Verbindung zum *Zimmer* abbrechen werde. Ohne wirkliche Hoffnung auf eine Anstellung hatte sich Tiny für diesen Kurs eigentlich nur eingeschrieben, um seiner Lage so etwas wie einen Dreh in eine positive Richtung zu geben. Er war jetzt über Vierzig. Irgendetwas musste geschehen, wenn er noch das Zeichen setzen wollte, zu dem er sich eigentlich imstande fühlte.

Das Licht ging an. Es gab eine Pause, und alle tranken Kaffee. Tiny versuchte mit der kurzhaarigen Frau zu reden, aber sie lächelte nur und entschlüpfte ihm. Dann ging der Unterricht weiter.

»Wie wirken Amphetamine?«, sagte Dr. Duncan. »Stellen Sie sich ein großes Königreich vor, in dem über eine spezielle Gruppe von Kurieren kommuniziert wird. Was würde geschehen, wenn nun alle diese Kuriere sich gleichzeitig verirren würden? Im Königreich würde das Chaos ausbrechen, nicht wahr? Die Kuriere würden von Haus zu Haus gehen und jedes Mal die gleiche Botschaft übermitteln. Wie Zombies.«

Eine ältere Frau hob die Hand. »Entschuldigung – dem konnte ich jetzt überhaupt nicht folgen.«

»Okay«, sagte der Doktor. Er hielt eine graphische Darstellung des Gehirns in die Höhe und versuchte es noch einmal. Ein dicker schwarzer Strich bildete die Außenlinie des Gehirns; die Darstellung sah wie der Grundriss eines Gefängnisses aus. Die anderen machten sich Notizen und kratzten sich nachdenklich am Kinn. Tiny fühlte sich im höchsten Grade einsam. Die Frau mit den kurzen Haaren hatte sich an einen anderen Tisch gesetzt. Er stellte sich vor, wie sie nach Hause zurückkehrte. Sie würde im Trans Am zu ihrer Wohnung in einem hübschen alten Gebäude in Stone City fahren. Es gäbe da eine Katze, einen Morgenrock und Pantoffeln, Schallplatten auf einem Wandbrett. Sie hätte genauso gut auf dem Mars leben können.

An diesem Abend gab es ein großes Feuer. Tiny sah das rote Licht vom Highway 8 zwischen Chesley und Margo aus. Er bog an der Ecke von Jack Whites Farm ab und folgte dem Lichtschein nach Süden. Es stellte sich heraus, dass es bei Delia und Ron Kessler brannte. Da er von oben kam, sah er die gelben Flammen vor dem Hintergrund des North Pin River. Eine Anzahl Schaulustiger parkte bereits an dem Maisschuppen auf der anderen Straßenseite von der Farm der Kesslers. Man sah Löschfahrzeuge und Feuerwehrleute aus Grafton, Wylie und Pringmar, doch in allen Fenstern des Hauses, im Erdgeschoss wie im ersten Stock, zeigten sich Flammen. Es brannten auch zwei Schuppen, und die Familie stand wie hypnotisiert zwischen der Gartenschaukel und den Löschfahrzeugen. Ein Käfig mit Hühnern stand am Boden. Die Hühner waren still, und in ihren Augen tanzte der Widerschein des Feuers. Drei Fenster zerbarsten gerade, als Tiny hinter die Kesslers trat, und da hörte er ganz leise eine seltsame Melodie. Ron Kessler sang: »If that mockingbird don't sing, Papa's going to buy you a diamond ring. And if that diamond ring gets broke, Papa's going to buy you a billy goat …«

Dan Norman und der Leiter der Graftoner Feuerwehr, Howard LaMott, standen zusammen in schwarzen Gummimänteln mit, gelben Streifen an den Ärmeln da, die Gesichter vom Rauch geschwärzt.

»Was ist passiert?«, fragte Tiny.

»Das wissen wir nicht«, sagte Howard LaMott.

»Sind alle raus?«

»Wir denken schon.«

»Guten Abend, Sheriff«, sagte Tiny.

»Howard, wie wäre es, wenn Sie das Wasser auf den Maschinenschuppen lenken würden?«, sagte Dan. »Das Haus ist eh hinüber. Retten wir, was noch zu retten ist. Meinen Sie nicht auch?«

»Einverstanden«, sagte Howard LaMott.

»Entschuldigen Sie, Tiny«, sagte Dan. »Was haben Sie gesagt?«

»Nur guten Abend.«

»Ach so. Guten Abend.«

»Wie geht es Louise?«

»Gut.«

»Es hat mir leid getan, als ich von Ihren Schwierigkeiten gehört habe. Joan und ich haben Blumen geschickt.«

»Ich weiß.«

»Kann ich irgendwie helfen?«

»Nein.«

Tiny ging von dem brennenden Haus fort. Ihm schien, als würde es in seinem Inneren ebenfalls brennen. Als er nach Hause kam, lag Joan auf ihrer Seite des Bettes, das Gesicht vom Licht abgewandt. Sie weinte.

»Was ist denn los?«, fragte Tiny.

»Der Typ von der Adoptionsbehörde war hier.«

»Was hat er gesagt?«

»Er ist nicht mal reingekommen. Er hat mir ein paar Formulare gegeben, die ich ausfüllen soll, aber er wollte gar nicht in die Wohnung, und er hat gesagt, auch wenn es funktionieren würde, würde es neun Jahre dauern, bis ich ein Baby kriegen könnte.«

»Das hat er gesagt? Neun Jahre?«

»Wenn es funktioniert.«

»In neun Jahren könntest du deine Meinung ändern.«

»Ich hab so geschuftet, und er ist nicht mal reingekommen.«

»Vielleicht hat er ja gesagt: in fünf Jahren.«

»Ich hab gesagt, bitte kommen Sie doch herein. Ich hab gesagt, möchten Sie nicht eine Tasse Kaffee. Er hat gesagt, zu diesem Zeitpunkt sei das alles völlig belanglos.«

»Hat er irgendetwas über die Kirche gesagt?«

»Er hat gesagt, das ist aber komisch, in so was zu wohnen.«

»So ein Arschloch, was weiß denn der.«

Joan drehte sich auf den Rücken und griff nach Tinys Hand. »Sie machen es den Leuten, die an komischen Orten wohnen, nicht gerade leicht, oder, Charles?«

»Nein, Joanie, wirklich nicht, kann man echt nicht sagen.«

Dann verließ Tiny das Schlafzimmer. Er ging in die Küche hinüber und setzte sich auf den Stuhl, den Joan bis auf das blanke Holz abgebeizt hatte. Er saß da und trank, bis er einschlief, und als er schlief, träumte er von den Flammen in den Fenstern des Kesslerschen Hauses. Als er aufwachte, war es fast schon Morgen, und auf den Fenstern der Kirche lag bereits Licht.

Achtzehn

In diesem Winter in Minnesota schlief Louise immer mit einem Paar Kniestrümpfen unter dem Kopfkissen, und wenn sie aufwachte, zog sie die Kniestrümpfe an und stand auf. Sie setzte sich an die Eichentischplatte, die auf Böcken stand, trank Kaffee und hörte dem Wind zu, der um ihre Hütte heulte.

Sie stellte ihren Radiowecker so, dass er um vier Uhr früh zu spielen begann. Dann kam oft »Brandy (You're a Fine Girl)« oder »Knock on Wood« oder »The Long Winding Road«.

Das Anziehen dauerte eine Weile. Es waren viele Schichten, und nach und nach wurden ihre Bewegungen immer unbeholfener. Sie hatte Winterkleidung schon immer geliebt. Sie mochte Wintersocken, wattierte Unterwäsche, Spaltlederfäustlinge mit Pelzbündchen. Sie waren ihr lieb und teuer, sie waren lebensrettend.

Sie trank den Rest ihres Kaffees schon in Handschuhen aus und ging nach draußen. Der Winter lag wie ein Ozean über allem. Es knickten Zweige, es knarzten die Hütten. Der Nova, der in einem Wellblechschuppen stand, sprang immer an, allerdings musste sie manchmal erst die Motorhaube öffnen, den Luftfilter herausnehmen und Äther in den Vergaser sprühen.

Sie erledigte erst Carols Fahrt und fuhr dann in die Stadt, um die Zeitungen für das Mädchen auszutragen, das an Pfeifferschem Drüsenfieber erkrankt war. Die Fenster waren dunkel, die Straßen vereist und hart. Der Nordwind brauste über Pfützen von Straßenlicht. Die Häuser, bei denen sie die Zeitungen einwarf, hätten genauso gut schon seit hundert Jahren leer stehen können.

Die Leute auf dem Land überwiesen ihre Abogebühren direkt an die Zeitung, aber in der Stadt musste man das Geld einkassieren. Louise ging mit einer grünen Reißverschlusstasche für das Geld von Tür zu Tür. Manche Leute fragten dann: »Wann kommt denn Alice wieder?« – als hätte ihr Louise etwas angetan. Oder sie suchten die Quittung heraus, die sie ihnen vergangene Woche gegeben hatte, um sicherzugehen, dass sie nicht übers Ohr gehauen wurden. Es kam Louise so vor, als wären die Leute der eigenen Gegend im Allgemeinen freundlich und die in fremden Regionen des Landes auch, die Leute in den benachbarten Bundesstaaten jedoch kalt und grausam.

Das Mädchen mit dem Pfeifferschen Drüsenfieber hieß Alice Mattie. Nach dem Abkassieren brachte Louise das Geld zu ihr nach Hause. Die Matties wohnten in einem kleinen Haus am Fluss, und ihr Hof war wie eine Schlittschuhbahn. Alices Vater arbeitete beim Straßenbauamt, und ihre Mutter hatte einen kaputten Rücken, einen sehr kaputten Rücken. Sie lag gewöhnlich in einem Gartenstuhl mitten in der Küche. Sie hatte ein kleines Gesicht und drehte und reckte den Hals, um zu sehen, was vor sich ging. Alice war eine Dreizehnjährige mit glänzendem rotem Haar. Sie spielte ständig Nintendo und versuchte Louise auch dazu zu bringen, aber Louise schaffte es nie ins zweite Level.

Eines Tages kurz vor Weihnachten machte Alice ihr ein Geschenk. Louise riss die Verpackung auf und fand einen Adventskalender.

»Sie müssen jeden Tag ein neues Türchen aufmachen«, erklärte Mrs. Mattie von ihrem Gartenstuhl aus.

»Ich kann es kaum erwarten«, sagte Louise.

An diesem Abend spielten Louise und Kenneth nach dem Abendessen Backgammon in der Küche des Haupthauses. Kenneth sprach mit den Würfeln. »Los jetzt, die Sechs und die Drei«, sagte er zum Beispiel. Louise konnte sich nicht entscheiden, ob sie sich gleich aus dem Staub machen oder lieber abwarten sollte, um Kenneths ungeschützte Figuren noch zu schlagen. Während sie spielte, aß sie Cheetos und wischte sich geistesabwesend die Finger immer wieder an den Schultern ihres Sweatshirts ab. Bald waren alle Cheetos weg, und Kenneth hatte nur eine Handvoll abbekommen. Sie sagte Kenneth und Carol gute Nacht und stapfte zu ihrer Hütte. Nachdem sie Feuer gemacht hatte, ging sie ins Bad, und im Spiegel sah sie die Streifen orangefarbener Krümel an ihrem Sweatshirt.

»Wie weit ist es bloß mit mir gekommen?«, fragte sie sich.

Sie ließ Wasser in die Badewanne ein und setzte sich auf den Toilettendeckel, während der Dampf zur Decke stieg. Sie rauchte mit Genuss eine Zigarette und aschte ins Waschbecken. Als die Wanne voll war, zog sie sich aus und stieg hinein. »Auuuh«, machte sie. Sie war bei den Matties auf dem Eis ausgerutscht und hatte sich die Hüfte geprellt. Nach dem Bad saß sie da, schaute lange ins Feuer und trocknete sich die Haare. Dann legte sie sich aufs Bett und sah sich den Adventskalender an. Er zeigte eine Krippenszene. Maria hatte einen Lichtkreis hinter dem Kopf, und die Heiligen Drei Könige sahen ungeduldig aus, als müssten sie noch irgendwo anders hin. Sie nahm den Kalender in die rechte Hand und bog das Handgelenk mehrmals langsam hin und her, um zu zielen. Dann warf sie den Kalender quer durch den Raum ins Feuer, wo er kurz in einem grünen Licht aufflammte, bevor er verbrannte. Sie stellte den Ofenschirm vor das Feuer und ging schlafen.

Das Eisfischen und das Jagen brachten dem Camp auch in den Wintermonaten viel Betrieb. Louise ging öfter den Berg hinauf und schaute auf die kleinen Hütten hinunter, die den See sprenkelten. Sie konnte nicht verstehen, wie jemand, der nicht unmittelbar vor dem Verhungern stand, zum Eisfischen gehen konnte. Die Männer verschwanden im Morgengrauen in ihren eiskalten kleinen Verschlägen und kamen am Nachmittag wieder heraus. Manche tranken viel; Louise machte ihre Hütten sauber und musste die Flaschen wegbringen. Die Eisfischer waren nicht so gesellig wie die Jäger, die oft Partys feierten und bis spät in die Nacht ihr lautes Gelächter hören ließen. Wenn Louise wach lag und dem fernen Gelächter lauschte, das durch die vereisten Bäume drang, dann wusste sie, dass dort draußen ein Jäger war.

Sie hatte eine seltsame Gewohnheit entwickelt, die sie oft im Schlaf störte. Es war so weit gekommen, dass sie immer mit unter der Brust gekreuzten Handgelenken schlief, wie Dracula, nur auf dem Bauch. Diese Stellung schnitt ihr die Blutzirkulation so sehr ab, dass sie häufig erschreckt auffuhr, in der Überzeugung, dass so etwas wie ein Schlaganfall ihr jetzt die Hände für immer unbrauchbar gemacht habe. Es dauerte gut fünf Minuten, ehe das Gefühl wieder so weit in die Finger zurückgekehrt war, dass sie das Licht anschalten oder sich im Bett umdrehen konnte, worauf sie dann auf dem Rücken liegenblieb, keuchte und sich ihre Hände ansah.

Johnny White tauchte kurz vor Weihnachten auf, um sich eine Woche lang dem Eisfischen zu widmen. Er schien völlig überrascht zu sein, sie hier zu sehen. Carol und Kennneth sagten, dass Johnny schon seit vielen Jahren heraufkomme, zunächst als Kind mit Jack und dann allein. Er besaß eine aufwendig ausgestattete kleine Eisfischerhütte, mit einem Generator, einem Kühlschrank und einem Kerosin-Heizgerät. Louise und Carol und Kenneth halfen ihm an einem stürmischen, kristallklaren Morgen bei fast 15 Grad Minus, die Hütte über das Eis zu ziehen. Eines Tages zeigte Johnny Louise die Schnüre zum Eisfischen. Sie fand es trotzdem langweilig. Sie tranken zusammen einen Brandy, und Louise lachte über seine Geschichten vom Wahlkampf, und dann fragte Johnny sie: »Was machst du eigentlich hier oben?«

»Die Leute denken immer, es gibt nichts außer Grafton«, sagte Louise. »Das stimmt aber nicht. Man kann monatelang von Grafton weg sein, ohne dass die Welt untergeht.«

»Du solltest heimgehen«, sagte Johnny.

Louise hatte während ihrer Schwangerschaft ein paar kleine Fehler gemacht, sie glaubte aber nicht, dass diese Fehler das Kind getötet hätten, oder dass sie es deswegen verdiente, das Kind verloren zu haben. Erstaunlich viele Menschen waren anscheinend der Meinung, dass es für Louise ein Trost sei zu hören, ihr Kind könnte heute am Leben sein, wenn sie selbst damals nur irgendeine Kleinigkeit beachtet hätte, von der diese Leute gerade in einer Zeitschrift gelesen hatten. Man mochte sich einfach nicht vorstellen, dass manches eben einfach schwierig und gefährlich sein kann. Eine Geburt wurde als etwas klar Vorherbestimmtes angesehen. Nachdem Iris gestorben war, kam immer noch Werbung für Babyspielsachen und Babynahrung und -kleidung. Die Firmen wussten ja bestimmt, dass ihre Werbung zum Teil auch Leute erreichen würde, die ihr Kind verloren hatten. Das ist dann halt Pech, dachten sie vermutlich.

Auf Alices Tour gab es ein Haus, in dem Louise ein wenig ausruhen konnte. Es war ein großes Haus mit einer geschlossenen Veranda, wo Louise sich öfter hinsetzte und die Titelseite der Zeitung las. Diese Zeitung schien sich auf Katastrophen rund um den Globus und auf ungewöhnliche Tiergeschichten spezialisiert zu haben. So las Louise eines Tages von einem Habicht in Florida, der mit dem Handy eines Mannes davongeflogen war und offensichtlich herausgefunden hatte, wie man die Wahlwiederholungstaste drückt. Die Mutter des Mannes bekam seitdem mitten in der Nacht zahlreiche »aufgelegte Anrufe«. »Das ist eine äußerst ungewöhnliche Angelegenheit, die wir sehr bedauern«, sagte ein Sprecher. Während Louise das las, ging die Vordertür leise auf. Sie stand auf, als sie die Wärme aus dem Innern des Hauses spürte, und betrat die Küche. Sie zog ihre Wollmütze und ihre Fäustlinge aus und strich sich das Haar zurück. Von der Küche aus führte eine Treppe nach oben, und sie ging hinauf. Sie machte eine Tür auf, und dann noch eine, und schließlich sah sie einen Mann und eine Frau im Bett liegen und schlafen. Die Luft war feucht. Jemand schnarchte. Ein Luftbefeuchter schäumte und dampfte. Louise ließ ihre Hand auf einer Kommode neben der Tür ruhen und stellte fest, dass sie vor Nässe ganz glitschig war. Die Frau drehte sich um und schlang ihren Arm um den Mann. Louise nahm an, der Luftbefeuchter müsse kaputt sein, da er so viel Wasser ausstieß.

Am nächsten Samstag fand Louise beim Kassieren der Gebühren das Paar zu Hause in der Küche sitzend. Sie musste laut auflachen, als sie dachte, sie könnte ja jetzt fragen, ob der Luftbefeuchter wieder repariert sei.

»Was ist denn so lustig?«, fragte der Mann.

»Nichts.«

»Wann kommt Alice wieder?«

»Bald, hoffe ich.«

Später gab Louise das Geld bei den Matties ab, und Alice lud sie ein, mit ihr fernzusehen. Sie saßen im Schneidersitz auf dem Teppichboden in Alices Zimmer und tranken Cream Soda. Die Show, die Alice sehen wollte, kam nicht. Stattdessen sagte ein Sprecher: »Wir unterbrechen jetzt unser Programm, um Ihnen ein Feiertagskonzert des Chors der Highschool von Applefield unter der Leitung von Warren Monson zu bringen.«

Die Schüler kamen sofort auf die Bühne, räusperten sich und strichen ihre bodenlangen rotweißen Gewänder glatt. Louise und Alice hörten, wie Warren Monson mit dem Taktstock an einen Notenständer schlug.

»Kennst du diese Kids?«, fragte Louise.

»Die sind älter als ich«, sagte Alice.

Die Stimmen der Mädchen waren klar und kräftig, und die Jungen trugen die Bass- und Baritonstimmen mit großem Ernst vor sich her, wie Holz, dass aufgeschichtet werden muss. Im Chor klangen die Stimmen für Louise unerträglich schön, und bei »Oh komm, oh komm, Emanuel« begann sie zu weinen. Sie beugte sich vor, bis sie mit Stirn und Armen den Teppich berührte. Weiß der Himmel, was Alice sich dachte. Aber sie sagte nur: »Ist ja gut, Louise. Sei nicht unglücklich. Oh je.«

Zu Silvester übernahm Alice ihre Route wieder. Mrs. Mattie fuhr sie herum, sie trug eine Rückenschiene. Louise begleitete die beiden, um zu sehen, wie sie zurechtkamen.

Carol und Kenneth hatten vor, diesen Abend auf eine Party zu gehen, und Louise wollte mit dem Nova nach Süden fahren. Sie würde in Hollister den Bus nehmen und das Auto am Busbahnhof stehen lassen, damit die Kennedys es am Neujahrstag wieder abholen konnten.

Sie saß auf einem Korbstuhl bei Carol im Schlafzimmer, während

Carol Kleider für die Party anprobierte. Louise sagte ihr, welches ihr gefiel und welches nicht.

»Ich möchte dir noch für all die Hilfe danken, die du uns in den vergangenen Monaten geleistet hast«, sagte Carol. »Wir werden dich schrecklich vermissen.«

»Ich weiß gar nicht, was ich ohne meine Zeitungen anfangen soll«, sagte Louise.

»Ich kann es einfach nicht fassen, dass schon Neujahr ist.«

»Ich auch nicht.«

»Wo ist die Zeit nur hin?«

»Fort.«

»Hast du Dan Bescheid gesagt?«

»Nein.«

»Solltest du aber.«

»Ich hab für ihn ein Hemd mit Pferden drauf.«

»Das ist ja hübsch.«

»Es wird ihm bestimmt nicht gefallen.«

»Du darfst dich nicht wundern, wenn dir am Anfang alles ein bisschen fremd vorkommt.«

»Das wird wahrscheinlich so sein.«

»Nächsten Juli werden es 27 Jahre, dass wir dieses Camp führen«, sagte Carol. »Und gleich nach der Eröffnung kam mal ein Typ auf mich zu. ›Carol‹, hat er gesagt, ›Sie kennen doch den Weg von den Hütten zum Wasser hinunter?‹ Und ich sag: ›Klar kenn ich den.‹ Und er: ›Warum habt ihr den denn nicht gerade angelegt? Er ist ja krumm und schief, Carol.‹ Weißt du, er war Ingenieur, und wo er auch hinschaute, er sah immer nur, welche geraden Linien man hätte machen können, aber nicht hingekriegt hatte. Und da sag ich: ›Ich dachte, der ist gerade‹, und er: ›Nein, ist er nicht.‹ Und ich hab gesagt: ›Bauen Sie sich doch selber ein Camp auf, dann können Sie alle Wege so machen, wie Sie es gern hätten.‹«

Louise lachte. »Du hast aber nicht wirklich gedacht, dass der Weg gerade ist.«

»Er war damals jedenfalls gerader als jetzt«, sagte Carol.

Louise ging noch einmal zur Hütte, um einen letzten Blick auf alles zu werfen. Der Nova war gepackt und lief. Sie stieg ein und fuhr nach Hollister. Das dauerte ungefähr eine Dreiviertelstunde. Sie parkte das Auto und brachte ihre Sachen zum Busbahnhof, wo ein alter Mann Abfall zusammenkehrte. Sie setzte sich zum Warten auf eine Bank, aber der Bahnhof war leer, bis auf diesen Hausmeister.

»Wo wollen Sie denn hin, Miss?«, fragte er.

»Nach Stone City«, sagte sie. »Um zwanzig nach sechs müsste ein Bus gehen.«

»Nicht an Silvester, Miss«, sagte der Mann mit dem Besen. »An Silvester fahren überhaupt keine Busse, außer dem Prärieliner nach Manitoba, der um halb fünf gefahren ist.«

»Oh Scheiße, das soll wohl ein Witz sein. Es hat geheißen, dass es einen Bus gibt.«

»Gab es auch – den Prärieliner.«

Louise trat vor Verzweiflung gegen ihre Tasche. »Wann geht einer nach Stone City?«

»Morgen früh um neun Uhr dreiunddreißig«, sagte der Mann. »Und es tut mir leid, aber Sie können hier nicht übernachten. Ich kehre noch aus, und wenn ich fertig bin, schließe ich ab.«

Louise nahm ihre Schultertasche und die Schachtel mit dem Hemd für Dan und ging zur Tür hinaus. Der Stadtplatz von Hollister lag in dem scheidenden Licht verlassen da, mit Ausnahme von ein paar Kindern, die auf die Statue einer griechischen Göttin mit Flügeln und großen Brüsten hinaufkletterten. Während Louise zusah, setzten sie ihr einen Karnevalshut auf und steckten ihr eine Zigarette in den Mund. Da sprangen die Jungen plötzlich geschickt zu Boden und stoben auseinander, denn auf den Platz kam ein Polizeifahrzeug gerauscht, mit eingeschaltetem Blaulicht, das in den dunklen Fenstern der Stadt glitzerte. Es dauerte einen Moment, bis Louise registrierte, dass auf der Seite des Polizeiwagens »Grouse County« stand. Und auch dann noch hatte sie die verrückte gedankliche Fehlzündung, dass es sich um einen Zufall handeln müsse –, dass Dan oder einer der Deputys diesen weiten Weg auf sich genommen hätten, um einen

Verbrecher oder eine heiße Spur zu verfolgen. Aber da war Dan schon aus dem Auto heraus. Er umarmte sie, hob sie in die Höhe. »Komm, ich bring dich nach Hause.«

Neunzehn

Und so kehrten sie nach Hause zurück. Dort hielten an einem Tag im Januar Albert Robeshaw und Armageddon auf der Bühne der Mensa der Highschool von Morrisville eine Probe ab. Sie spielten gerade einen Song über ein Schneemobil mit dem Titel »(Gib acht auf die) Wäscheleine«. Albert drosch eine Folge von Mollakkorden in die Saiten seiner Gitarre, als er abrupt aufhörte, da plötzlich Marty Driver, der für den Schüleraustausch zuständige Mann, herankam und auf den Bühnenboden klopfte.

Für die Augen eines jungen Menschen war alles an Marty Driver unerträglich. Er hatte einen unerträglichen Gang, eine unerträgliche Mimik, trug unerträgliche Klamotten. Er war einfach so eine Art von Erwachsenem, und er kam aus Kansas City. An diesem leeren Nachmittag mitten im Winter trug er einen zeltartigen Daunenmantel und eine absurde Pelzmütze.

»Ich suche Miss Lu Chiang«, sagte Marty.

»Auf Ihrem Kopf sitzt ein Kaninchen«, sagte Albert.

»Soll ich jetzt lachen?«

»Würde ich nicht.«

»Niemand mag spöttisches Gerede«, sagte Dane Marquart.

»Vor allem nicht, wenn er damit selber gemeint ist«, sagte Errol Thomas.

»Sie könnten versuchen, so zu tun, als ob Sie überrascht wären«, sagte Albert. »Wissen Sie, die Mütze abnehmen und sagen: ›Großer Gott! Es ist wirklich ein Kaninchen!‹ und so versuchen, unser Vertrauen zu gewinnen, indem Sie mitspielen.«

»Wobei das allerdings nicht funktionieren würde«, sagte Dane.

»Es wäre zu, äh, wie heißt gleich wieder das Wort, das ich suche?«, sagte Errol.

»Jämmerlich«, sagte Dane.

»Genau.«

»Und was ist jetzt mit Miss Lu Chiang?«, fragte Albert.

»Er ist nämlich ihr Freund«, sagte Errol. »Was Sie ihr zu sagen haben, können Sie auch ihm sagen.«

»Ach ja?«, sagte Marty.

»Wollen Sie sie wohl nach Hause schicken?«, fragte Albert. »Sie will nämlich nicht gehen.«

»Bist du Albert Robeshaw?«, fragte Marty.

»In der Tat, der bin ich«, sagte Albert.

Marty öffnete seine Aktentasche und nahm eine Ausgabe der Schülerzeitung heraus. »Du wirst in diesem Artikel zitiert: ›Chiang, Rebellin aus Liebe, stellt Autoritäten in Frage.‹«

»Der steckt voller Unrichtigkeiten«, sagte Albert. »Außerdem haben wir auch nicht gewusst, dass es aufgezeichnet wird.«

»Sag mir einfach nur, wo ich sie finde«, sagte Marty.

»Wir sind ja keine Austauschschüler«, sagte Dane. »Uns haben Sie gar nichts zu sagen.«

Marty Driver zog seinen Daunenmantel aus und verließ die Mensa. Er kehrte mit dem Schuldirektor Lou Steenhard zurück, der sich in seinem Pullover mit V-Ausschnitt und seiner schmalen Fliege mit herunterhängenden Enden flink bewegte. Albert, Errol und Dane hatten den Eindruck, dass Marty Driver Mr. Steenhard irgendwie unter Druck gesetzt habe.

»Ihr Jungs werdet jetzt gehen müssen«, sagte der Schuldirektor. »Hier findet gleich ein Gespräch statt.«

»Wo sollen wir denn hingehen?«, fragte Dane.

»Das ist mir völlig schnuppe«, sagte der Schuldirektor.

»Das letzte Mal, als wir in die Turnhalle wollten, hieß es, das geht nicht«, sagte Errol.

»Stimmt genau, wegen dem Trampolin«, sagte der Schuldirektor.

»Chiang möchte aber nicht zurück«, sagte Albert.

»Halt die Klappe«, sagte der Schuldirektor.

In der Tat hatte Chiang keine Wahl. Sie war jetzt seit zwei Jahren Austauschschülerin und hatte einen Antrag auf Verlängerung gestellt. Der war abgelehnt worden. Marty hatte ihr Flugticket in der Tasche.

Armageddon verließ die Mensa, und bald darauf trafen sich Chiang und ihre Gastfamilie, die Kesslers, mit Marty und Lou Steenhard an einem Tisch unter einem Banner mit der Aufschrift: NEHMT, SO VIEL IHR WOLLT, DOCH ESST AUF, WAS IHR NEHMT.

Die Kesslers – Ron, Delia, Candy, Randy und Alfie – saßen da und lächelten Chiang zu. Seit ihr Haus abgebrannt war, wohnten sie bei Delias Mutter in Wylie. Da war es eng, und in diesem Sinne konnte man es ein Glück nennen, dass Chiang jetzt heimkehren musste. Die Beziehung zwischen der Austauschschülerin und ihrer Gastfamilie war manchmal etwas heikel gewesen. Zunächst hatte Chiang den Eindruck gehabt, dass die Familie sie schamlos als Arbeitstier ausnutze. Aber dann gewöhnte sie sich an die Versorgung der Hühner und empfand den Hühnerstall als ihr eigenes Revier.

Jetzt stellte sich das taiwanesische Mädchen ans Kopfende des Tisches, in braunem Rock und rotem Pullover, hübsch und gefasst. Wenn sie sich ihrer Heimkehr tatsächlich so sehr widersetzte, wie Albert gesagt hatte, dann zeigte sie es jedenfalls nicht.

»Den Kesslers möchte ich meine Dankbarkeit ausdrücken und meine ehrliche Hoffnung, dass der Wiederaufbau rasch vonstatten gehe«, sagte sie.

»Wird schon, meine Kleine«, sagte Delia. Sie hatte Tränen in den Augen. Ein Abschied kann so manche Differenzen überdecken. Sie schenkte Chiang ein T-Shirt, auf dem stand »Mais & Bohnen & Rock & Roll«.

Umgekehrt schenkte Chiang den Kesslers ein Bild, das sie von den Hühnern gemalt hatte. Ron nahm das Gemälde entgegen. Er trug die Standarduniform des Farmers: eine Baseballkappe mit dem Logo einer Saatfirma, ein enges langärmliges Hemd mit Knöpfen und eine auf den Hüften hängende Jeans.

»Das kommt über das Klavier«, sagte er.

Lou Steenhard stand auf und schüttelte Ron Kessler ohne ersichtlichen Grund die Hand. Er erwähnte Chiangs ausgezeichnete Leistungen in Naturwissenschaften, Musik und Basketball. Die Frauenfootballmannschaft von Morrisville-Wylie war in der AA-Klasse Meister geworden, mit Chiang im Angriff. Es könnte sein, dass dies für ihr ungewöhnlich langes Bleiben eine gewisse Rolle gespielt hatte.

»Chiang wird uns fehlen«, sagte der Schuldirektor. »Sie hat am Jahrbuch mitgearbeitet, war im Schulchor und bei den Künftigen Farmern von Amerika aktiv. Sie nahm an Mrs. Thorsens Wissenschaftskolleg teil, das die Sonnenfinsternis zum Thema hatte. Ich möchte eine kurze Stelle aus ihrem Bericht über dieses Phänomen vorlesen, in dem sie einen chinesischen Philosophen namens Hsün-tzu zitiert. Das kommt jetzt zwar ein bisschen zusammenhanglos, aber ich möchte Ihnen einfach einen Eindruck von dieser jungen Dame vermitteln. ›Wenn Sterne fallen oder Bäume ächzen, dann bekommen alle Leute in diesem Staat Angst und fragen, warum. Ich antworte: Es gibt keinen Grund, zu fragen, warum. Das sind die Veränderungen des Himmels und der Erde, die Transformation von Yin und Yang und seltene Geschehnisse. Man kann darüber staunen, aber man sollte keine Angst davor haben. Denn es hat noch kein Zeitalter gegeben, in dem dies alles nicht vorgekommen ist: Sonnen- und Mondfinsternisse, unmäßige Regenfälle oder Stürme oder das gelegentliche Auftreten unbekannter Sterne.‹«

Dann ging der Schuldirektor zu den Türen der Mensa und winkte die Cheerleader herein, die die Schulfarben Blau und Gold trugen.

An diesem Abend kam es Albert und Dane zu Ohren, dass Marty Driver im Holiday Inn in Morrisville übernachte. Sie fuhren hin, fanden ein Auto mit einem Kennzeichen aus Missouri und verbogen die Antenne zu einer Vier. So viele waren sie bei Armageddon gewesen, wenn Chiang mitgemacht hatte, und das hatte sie manchmal getan. Aber diese Aktion kam ihnen selber unsinnig und auch ein wenig gemein vor, und unbefriedigt zogen sie wieder ab.

Jetzt, wo es feststand, dass Chiang fort musste, schien Albert Robeshaw von Tag zu Tag an Elan zu verlieren. Er blätterte die Ausgaben der Jagdzeitschrift *Fell-Fisch-Wild* durch, die ihm in seiner frühen Jugend eine aufregende und wundervolle Welt verheißen hatten, konnte dieses zuversichtliche Gefühl aber nicht mehr in sich erwecken. Er lag quer auf seinem Bett, die Füße an der Wand, nahm Kautabak und hörte sich Schallplatten von Joe Cocker an. Wenn eine Platte zu Ende war, stand er auf, spuckte den Tabak in eine Limodose und legte eine neue Platte auf. Seine alternden Eltern konnten den Text von »The Moon's a Harsh Mistress« schon auswendig. Marietta sagte, wenn sie Joe Cocker höre, werde sie ganz depressiv.

Eines Abends rief sie die Treppe hinauf: »Komm herunter, Albert. Stell diesen Lärm ab und komm herunter. Dein Vater möchte mit dir reden.«

Claude war gerade in der Küche und fummelte an der alten Eismaschine der Familie herum – einem Eimer aus Holzlatten mit einer Kurbel auf dem Deckel.

»Das verdammte Dings geht einfach nicht«, sagte er.

»Hast du gesagt, du willst mit mir reden?«, fragte Albert.

»Hab ich.« Sie setzten sich an den Tisch. Albert hielt das Plattencover von Mad Dogs and Englishmen in der Hand. »Was hast du eigentlich für ein gottverdammtes Problem.«

»Gar keins.«

»Rede keinen Stuss.«

»Warum? Weil ich Musik höre? Zufällig mag ich Musik.«

»Ich mag Boxen, aber ich würde nicht zuschauen wollen, wie zwei Leute in meinem Schlafzimmer vier, fünf Stunden lang ununterbrochen boxen.«

»Guter Vergleich.«

»Warum setzt du dich nicht mit Mutter und mir ins Wohnzimmer?«, fragte Claude. »Zurzeit läuft wieder *Mod Squad.* Ich wollte uns Eiscreme machen, wenn ich nur dieses Ding zum Laufen kriegen würde.«

Marietta ergriff Alberts Hand. »Möchtest du nicht Linc sehen, Liebling? Möchtest du nicht Julie sehen? Und diesen anderen Typen.«

»Ich hab alle Folgen gesehen«, erwiderte Albert.

»Chiang ist ein prächtiges Mädchen«, sagte Claude. »Deine Mutter und ich, wir wissen das. Aber sie ist nicht der einzige Pfirsich im ganzen Obstgarten.«

»Mit so einer Einstellung kann ich nichts anfangen«, sagte Albert. »Sie kommt mir unmoralisch vor.«

»So denkst du heute«, sagte Marietta. »Morgen ist ein anderer Tag.«

»Morgen denk ich genauso.«

»Dann am darauffolgenden Tag«, sagte Claude.

»An keinem Tag.«

»Was soll man zu so einem Jungen nur sagen«, meinte Claude.

»Erzähl ihm doch, wie wir damals Pappmachée gemacht haben«, sagte Marietta.

»Das kannst du ihm ja genauso gut erzählen wie ich.«

»Ich weiß es nicht mehr.«

»Ich geh nach oben«, sagte Albert.

»Möchtest du kein Eis?«, fragte Claude.

Albert seufzte und betrachtete das Bild der Backup-Sängerin Rita Coolidge auf dem Plattencover. Ihr Haar umgab den Kopf wie ein Heiligenschein. Er hatte das Gefühl, dass das Hippie-Zeitalter faszinierend gewesen sein müsse. »Ich möchte nach Taiwan.«

»Das kannst du vergessen«, sagte Claude.

»Nein, kann ich nicht.«

»Liebling, du weißt doch gar nichts über Taiwan«, sagte Marietta.

»Ich kann die Sprache.«

»Da lach ich ja nur«, sagte Claude.

Also sprach er chinesisch, und Claude und Marietta sahen ihn an, als wären Vögel auf ihren Ohren gelandet.

»Das heißt: ›Ich mag dich, trinken wir noch ein kaltes Bier.‹«

»Wir sind dabei, unseren Jungen zu verlieren«, sagte Marietta.

»Sind wir nicht«, sagte Claude. »Also wirklich, was glaubst du denn, wie weit er mit solchen Sätzen kommt?«

»Chiangs Onkel kann mir einen Job in einer Fahrradfabrik verschaffen.«

»Du hast doch nicht etwa mit ihrer Familie gesprochen«, sagte Claude.

»Warum nicht?«

»Ach, du großer Gott«, sagte Claude.

»Was?«

»Wenn wir uns dazu entschließen, dich nach Taiwan zu schicken, brauchen wir von niemandem Hilfe.«

»Heißt das, dass ich fahren darf?«

»Nein.«

»Von der Regierung nimmst du doch auch Hilfe an. Du beteiligst dich an dieser Quotenregelung bei der Ernte.«

Claude starrte Albert an, stand auf und schmetterte den Deckel auf den Eiseimer. »Weißt du, was dein Großvater gemacht hätte, wenn ich so mit ihm geredet hätte?«

»Dich verprügelt«, sagte Albert finster.

»Genau. Und wenn der zugeschlagen hat, da hat man auch echt gewusst, dass er zugeschlagen hat.«

»Kann es sein, dass du ihn nicht so besonders gern gehabt hast? Ganz tief im Innern?«

»Ich hatte Respekt vor ihm.«

»Ja, kann ich mir vorstellen. So wie man Respekt vor einem Skorpion hat.«

»Du gehst auf die Universität von Iowa. So wie Rolfe, so wie Julia, so wie Albert.«

»Ich bin Albert.«

»Was habe ich gesagt?«

»Albert.«

»Du weißt schon, wen ich meine.«

»Du meinst Nestor«, sagte Albert. »Susan war nicht auf dem College.«

»Susan war schwanger.«

»Echt?«

»Na, sie hatte dann das Kind. Das eine folgt gewöhnlich auf das andere, du großer Gott. Lernt ihr denn gar nichts auf der Schule?«

»Wir lernen, was eine Oligarchie ist und wodurch sie sich von einer Plutokratie unterscheidet.«

»Wodurch denn?«, fragte Marietta.

»Ach, das weiß ich nicht mehr.«

Sie saßen eine Weile stumm da. Claude drehte die Kurbel an dem ausgeblichenen grünen Eimer.

»Kann ich am Freitagabend das Auto haben?«, fragte Albert.

»Was ist am Freitag?«, fragte Claude.

»Das ist das letzte Mal, dass ich mit Chiang ausgehen kann.«

»Ich wüsste nicht, was dagegen spräche.« Claude sah nach, wie weit die Eiscreme gediehen war. »Oh Mann. Marietta, schau dir das an.«

»Was?« Sie kam zu ihm und schaute.

»Die ist innen völlig verrostet. Jetzt ist Rost in meiner Eiscreme.«

»Das stimmt doch gar nicht.«

Albert ging nach oben und machte die Tür zu. Er senkte die Nadel seines Plattenspielers auf den Song »Space Captain«.

> Als ich durch den Himmel flog
> Dieser reizende Planet mich an sich zog
> Neugierig senkte ich mein Flugboot
> Jetzt sitz ich hier fest bis zu meinem Tod

Claude klopfte unten an die Decke. Albert seufzte, schaltete die Musik aus, ging im Zimmer hin und her und öffnete schließlich ein großformatiges grünes Taschenbuch des Autors Han Shan mit dem Titel *Der kalte Berg*.

> In den blühenden Wipfeln lässt der Pirol
> Kuan Kuan, sein klares Lied erschallen.
> Das Mädchen mit dem Gesicht wie Jade
> schlägt dazu die Laute.
> Nimmer wird sie des Spielens müde –
> Jugend ist die Zeit zärtlicher Gedanken.

Wenn die Blumen verwehen und die Vögel
entschwinden
werden ihre Tränen in Frühlingswinden fließen.

Albert suchte Ned Kuhlers auf, den bekannten Rechtsanwalt aus Stone City, und handelte sich dabei auf dem Weg einen Strafzettel wegen überhöhter Geschwindigkeit ein, nördlich von Walleye Lake. Kuhlers Büro befand sich im sechsten Stock eines Gebäudes am Park. Albert ging hinauf und betrat das Büro. An der Wand hingen Diplome und eine Broschüre zu den Kampfsportkursen, die der Rechtsanwalt gab.

Albert musste lange warten, und was noch schlimmer war, er hatte nicht den Eindruck, dass jemand anderes Kuhlers Zeit in Anspruch nehme, während er wartete. Die Räume waren überheizt. Auf Alberts Gesicht bildeten sich Schweißperlen. Eine Frau in einem gelben Kostüm ging hinein, kam etwas später wieder heraus und weinte dabei in ein rotes Taschentuch. Dann wurde Albert hineingerufen, um sein Anliegen vorzubringen.

»Da gibt es so ein Mädchen, das jeder gern hat, und plötzlich soll sie wieder nach Taiwan zurück, obwohl sie gar nicht will«, sagte er.

»Mhm.« Kuhlers sah zum Fenster hinaus und hörte anscheinend überhaupt nicht zu. »Mein Gott. Der Typ dort unten hat den größten Hund, den ich je gesehen habe.«

»Das könnte ein Fall mit ziemlich viel Aufsehen werden«, sagte Albert.

»Mein Gott, was ist das bloß für eine Rasse? Ein Eskimohund? Die Eskimohunde sollen ja sehr groß sein. Ich weiß nicht, was das ist, aber er ist jedenfalls riesengroß. Er ist so groß wie ein Pferd.«

»Wenn Sie sich das mal genauer ansehen würden, dann würden Sie merken, dass Marty Driver das alles sehr lax gehandhabt hat, da bin ich mir sicher.«

»Nur so aus Neugier, besitzt das Mädchen die chinesische Staatsbürgerschaft?«

»Sie ist aus Taiwan.«

»Mhm.« Ned knackte mit den Knöcheln und schüttelte den Kopf.

»Weißt du, was ich denke, Albert? Ich denke, du solltest dich der allgemeinen Meinung anschließen. Ich behaupte nicht, ich wäre Experte in internationalem Recht. Hab ich nie behauptet. Aber ich wette mit dir um einhundert Mäuse, dass dieser Monty aus Kansas City ...«

»Marty.«

»... dass dieser Marty, oder wer auch immer, wenn er sie nach Hause schicken will, das auch machen kann. Das klingt mir ganz nach einem, wie wir das nennen, Auf-Zu-Fall. Und du weißt, was ich damit meine, oder? Ich meine damit: Sobald ich den Mund aufmache, sagt der Richter, ich soll ihn gleich wieder zumachen.«

»Sie glauben also nicht, dass das ein Fall für Sie ist.«

»Ich glaube, dass es nur für dich ein Fall ist, ein Fall von Liebeskummer. Ich möchte dir eine kleine Geschichte erzählen. Mein erstes Mädchen war echt toll zu mir. Ich habe sie einfach geliebt. Weißt du, ich war noch nie mit jemand im Bett gewesen, und sie brachte es mir bei. Geduldig und sanft, weißt du. Sie hat gesagt, Liebling, mach dir doch keine Sorgen, um nichts. Ich liebe sie immer noch. Aber einmal hat sie mich nachts mit ihrem Anruf geweckt und hat gesagt, verstehst du, dass sie unbedingt zu mir kommen will. Und ich hab zu ihr gesagt, ich will heute niemanden sehen. Ich weiß auch nicht, was da in mich gefahren war. Ein Kobold von der perversen Sorte, nehme ich an. Sie hieß Maureen. Ich versuchte sie wieder anzurufen, aber sie wollte nichts mehr hören. Man kann ihr daraus auch keinen Vorwurf machen. Wie lange ist das jetzt her? Dreißig, vierzig Jahre, egal wie lang. Ich denke immer noch an sie.«

Albert blickte auf seinen Strafzettel. Der Polizist hatte versehentlich Alberts Geburtsdatum anstelle des Datums der Verkehrsübertretung eingesetzt. Albert zeigte es Ned.

»An dem Tag kann ich kein Gesetz übertreten haben. Ich war im Krankenhaus und wurde gerade geboren«, sagte Albert. »Sie können nicht verlangen, dass ich das zahle.«

Aber Ned enttäuschte Albert abermals, indem er sagte, dass bei einem Schreibfehler die Polizei den Strafzettel jederzeit neu schreiben darf. »Anders ausgedrückt, zahl die zwei Dollar.«

»Es sind sechzig«, sagte Albert.

»Zahl!«

Am Freitag regnete es. Seit Tagen schon gab es eine Vorhersage für Schnee, aber inzwischen nahm sie niemand mehr ernst. Niemand war mehr auf der Hut. Es war, als würde sich der Winter in den Frühling hineinregnen.

Albert erledigte seine Aufgaben gegen Sonnenuntergang. Er musste die Schweine füttern und an drei verschiedenen Stellen das Bewässerungssystem überprüfen. Er kam nach Hause, duschte und rasierte sich. Er zog dünne blaue Hosen an, ein weißes Hemd und ein graues Jackett. In der Küche fiel er fast über die neue elektrische Eismaschine, die Claude gekauft hatte. Der Kühlschrank war bereits voller Eiscreme, trotzdem surrte das Ding noch weiter.

Er holte Chiang ab, und sie fuhren die ungeteerte Straße hinaus, die Wylie mit Boris verband. Hier hatten sie eine Kühltasche im Graben versteckt. Albert rannte mit einem Schirm dorthin und holte eine Flasche Boone's Farm. Während sie nach Chesley fuhren, nippten sie ihren Wein und hörten dabei Radio.

In einem Luxusrestaurant namens *Lifetime* aßen sie Garnelen, das Gericht des Freitagabends. Ruby Jones führte dort die Bar. Sie war eine Cousine der Krankenschwester Barbara Jones und dafür bekannt, dass sie sich nur selten einen Ausweis vorzeigen ließ. Bei Jugendlichen, die sich betrinken wollten, war sie sehr beliebt.

Trotzdem hatte das *Lifetime* eine ruhige und fast elegante Atmosphäre. Es gab nicht viele Auseinandersetzungen, und wenn doch, gingen sie eher gentlemanhaft vor sich, und hinterher sagten die Beteiligten gewöhnlich: »Worüber haben wir uns eigentlich gestritten? Wir haben letztendlich gar nicht gestritten.« Es ist schwer zu sagen, wie ein Lokal es schafft, dass darin ein bestimmtes Flair herrscht. Zehn Jahre zuvor waren das *Lifetime* und das *Rack-O's*, das bei Romyla liegt, mehr oder weniger auf dem gleichen Stand gewesen. Sie waren beide nahe genug an der relativ großen Stadt Stone City, um von deren Einwohnerzahl zu profitieren, aber gleichzeitig entfernt genug, um als ländlich zu gelten. Wie soll man sich also erklären, dass das *Lifetime* richtig vornehm wurde, während das *Rack-O's* zu einem Auffangbecken für Junkies verkam?

Schwer zu sagen. Es ist einfach nur interessant.

Das *Lifetime* hatte eine indirekte warmgelbe Beleuchtung, rote Nischen mit Kunstledersitzen und blaugrüne Klapptische für Billard und Kartenspiele. Die jungen Leute, die hierher kamen, hofften insgeheim, dass sie in dieser Umgebung besonders erwachsen wirken würden. Es gab eine Jukebox mit fettem, wummerndem Sound, voller Platten von Al Green. Albert und Chiang spielten diese Songs in dem Bewusstsein, dass sie nicht zusammenbleiben konnten.

»Wir könnten uns ein Loft in Morrisville nehmen, und ich könnte in der Nadelfabrik arbeiten«, sagte Albert.

»Gibt es denn so etwas in Morrisville?«, fragte Chiang.

»Es gibt jedenfalls stillgelegte Fabriken, das steht fest. Man müsste halt nur eine finden, in der Wohnräume sind.«

»Du musst aber deine Schule weitermachen.«

»Warum?«

»Weil du ein kluger Kopf bist.«

»Manchmal komme ich mir nicht besonders klug vor.«

»Dürften wir denn überhaupt noch zur Schule gehen, wenn wir zusammenleben würden?«

»Wenn du schwanger bist, schon. Ravae Ross ist doch der eindeutige Beweis dafür.«

»Ich bin aber nicht schwanger.«

»Wenn du es wärest, würden sie uns nicht trennen.«

»Albert, diese Leute vom Schüleraustausch lassen sich doch durch nichts beeindrucken.«

»Andererseits könnte die Arbeit in der Nadelfabrik ganz schön langweilig sein.«

»Komm nach Taiwan. Ich möchte dir so gern mein Zimmer zeigen. Ich möchte dir mein Bett zeigen. Ich möchte dir den Weg zu meiner alten Schule zeigen, den ich immer gegangen bin.«

»Und ich möchte das alles so gern sehen. Ich weiß, dass ich Fahrräder bauen könnte. Ich habe einmal eine Fahrradlampe gebastelt. Da waren kleine Metallstreifen dran. Das ist natürlich nicht das Gleiche wie ein Fahrrad, aber trotzdem, ich würde das höchstwahrscheinlich ganz gut hinkriegen.«

»Wenn mein Onkel das kann, dann kannst du es erst recht.«

Im Lokal gab es eine mit Sägespänen bestreute Tanzfläche, und dort bewegten sie sich zur Musik. Sie wirkte in seinen Händen gleichzeitig leicht und stark. Auch während der schnellen Songs ließen sie einander nicht los.

Später wurden sie zu einem Kartenspiel überredet. Das Spiel war eine hier übliche Variante von Poker und hieß »Der Russ hat g'schrien«. Niemand weiß, wie das Spiel zu diesem Namen kam, obwohl es darüber manche Vermutungen gibt. Es wurde linksherum gegeben, und wer die Karten verteilte, durfte auch ansagen. In einer Runde mit niedrigem Einsatz versuchte man all das nicht, was man normalerweise versucht hätte.

Chiang war das einzige weibliche Wesen, das mitspielte, ging aber so geschickt mit den Karten um, dass sie rasch bei den Spielern Respekt und Ritterlichkeit wachrief. Man merkte, dass sie sich ungewöhnliche Mühe gaben, bestimmte Ausdrücke zu vermeiden, die ihnen sonst selbstverständlich waren. Einer der Spieler war ein Mann, der Mr. Steak hieß, weil man, wie es hieß, von ihm immer genug Geld gewann, um sich ein Steak bestellen zu können.

Inzwischen verwandelte sich der Regen in Schnee. Als Albert und Chiang gingen, Albert mit neun Dollar Gewinn und Chiang mit dreiundzwanzig, fiel der Schnee in dicken Flocken, die ihnen in den Wimpern hängen blieben.

»Schau«, sagte Albert. Es war die Art von Schnee, bei der man den Eindruck hat, dass er aus einer besonders großen Höhe fällt.

»Das ist der Schnee des Abschieds«, sagte Chiang.

Im Nachhinein betrachtet hätten sie lieber in Chesley bleiben sollen. Bei irgendjemand wären sie schon untergekommen. Tausende von Menschen blieben in dieser Nacht irgendwo stecken. Doch der Ortskern von Chesley war zu diesem Zeitpunkt noch windgeschützt.

Und aus diesem Grund ahnten Albert und Chiang nicht, was auf sie zukam.

Sie verließen Chesley in Claudes Kombi. Zu dem Zeitpunkt, als sie die Melvin-Heilemans-Kreuzung erreichten, war die Sicht schon so schlecht, dass sie nicht einmal mehr die Windmühle sahen. Der Wind hatte sich mit dem aufgepeitschten Schnee verbunden und nach allen Seiten hin einen Vorhang geschaffen, der blind machte.

Albert bog nach Westen in die Schotterstraße ein, die nach Grafton führte. Manche fragten später, warum sie da nicht umgekehrt waren. Sie hatten getrunken und deshalb vielleicht nicht mehr das beste Urteilsvermögen; außerdem waren es nur noch acht oder neun Meilen von dort, wo sie sich gerade befanden, bis zur Farm der Robeshaws. Jeder, der einmal auf einem Pferd gesessen hat, weiß, wie stark der Trieb zurück in den eigenen Stall ist.

Es gab weit und breit keine anderen Autos. Chiang sagte, von ihrer Seite aus könne sie die Straße ziemlich gut sehen. Sie schlug vor, dass Albert sie lenken lasse. Albert konnte nicht verstehen, wieso die Sicht auf ihrer Seite besser sein sollte. Er hatte den Verdacht, dass sie das nur sage, weil sie seiner Fahrtüchtigkeit nicht traute. Er sagte, wenn etwas passierte und man würde später erfahren, dass sie gelenkt habe, während er die Pedale bediente, dann würden sie wie die Idioten dastehen. Sie, die ans pure Überleben dachte, begriff nicht, was für eine ernste Sache es in Grouse County ist, wie ein Idiot dazustehen.

Sie fuhren in den Graben.

»Ich glaube, wir müssen laufen«, sagte Albert.

»Wenn wir das machen, dann kommen wir um«, sagte Chiang. »Wir müssen uns zusammenkuscheln und auf Hilfe warten.«

»Und an wen denkst du dabei, Chiang?«

»Ich weiß nicht. Irgendwer kommt bestimmt zufällig vorbei. Diese ganzen Kartenspieler. Irgendjemand muss doch den gleichen Weg haben wie wir. Ich kann das Auto nicht verlassen.«

So saßen sie eine Weile da, ihre Meinungsverschiedenheit wie einen Eisblock auf dem Sitz zwischen sich. Der Wind packte und schüttelte das Auto. Albert kletterte nach hinten. Er fand eine Decke, eine Mütze, ein Paar Handschuhe und einige Warnfackeln.

»Ich gehe jetzt los«, sagte er. »Ich suche ein Haus und komme dann zu dir zurück.«

»Wie weit ist es?«

»Ich weiß es nicht. Ich bin mir nicht sicher, wo wir sind. Wir können an verschiedenen Stellen sein.« Albert legte Chiang die Decke um die Schultern. »Ich suche ein Haus, wo wir bleiben können, und dann bin ich gleich wieder da. Denk ja nicht, dass ich nicht zurückkomme. Und stell den Motor nicht ab, dann springt er nicht mehr an. Stell auf keinen Fall den Motor ab. Ich lass dieses Fenster ein kleines bisschen offen.«

»Adieu«, sagte Chiang.

»Ich bin wirklich so froh, dass du ausgerechnet an unserer Schule gelandet bist«, sagte Albert.

Die Mütze flog ihm vom Kopf und verschwand im Sturm. Er überquerte eine Brücke, hatte aber keine Ahnung, welche. Der Wind heulte, ein tausendstimmiger Chor. Er bedeckte die Ohren mit den Händen und merkte, dass er am Hinterkopf bereits eine dicke Eisschicht hatte.

Er betete, dass er nicht sterben müsse, und versprach dafür, in Zukunft alle Menschen anständig zu behandeln. Seine Hände und Füße starben ab, und er merkte, wie die Grenze zwischen dem Sturm und ihm selbst verschwamm. Er stellte sich Chiang im Wagen vor, in warmes orangerotes Licht getaucht. Er stellte sich das orangerote Licht auf ihrem Haar vor. Sie hatte die Augen geschlossen. Seine große Liebe.

Dann fiel ihm eine Situation ein, als er sehr klein und sehr krank gewesen war. Er wusste nicht mehr, was er gehabt hatte. Er war jedenfalls mit trockenem Mund und schwindlig vom Fieber aufgewacht. Die Jalousien waren heruntergelassen, und das Licht, das durch sie drang, hatte deren orangeroten Farbton angenommen. Seine Geschwister waren draußen und warfen Steine ans Fenster. Er lief nach unten und sagte es Marietta. Sie ging nach draußen und kam gleich darauf wieder zurück. Ein Strom von Kälte drang ins Haus. »Schau, Albert«, sagte sie. In der Hand hielt sie mit der Öffnung nach oben eine von Claudes Mützen, die mit Hagelkörnern gefüllt war. »Das ist nur das schlimme Wetter.«

Albert stolperte und fiel auf ein Knie. Er war müde, und durch das Hinfallen wusste er nicht mehr genau, in welche Richtung er gelaufen war. So passiert das also, dachte er. Da stieß etwas gegen seine Schulter. Er drehte sich um und sah einen großen Hund, dessen weißes Fell fast vollkommen mit dem Schnee verschmolz.

Louise und Dan knutschten gerade, als der Schneesturm begann. Der Wind fand seinen Weg durch die Abdichtungen der Schlafzimmerfenster, und auf dem Nachttisch begann eine Kerze zu flackern. Sie empfanden Wärme und Verlangen in dem Haus, an dem ganze Wogen von Schnee im Hoflicht vorbeitrieben. Sie hatten einander vermisst, aber nicht einmal das konnte die Begierde erklären, die sie jetzt ergriff.

Seit Louise aus Minnesota zurück war, hatten sie einander zärtlich und zuvorkommend behandelt. Wenn sie in der Küche waren, sagte einer zum anderen: »Möchtest du Rührei? Ist dir danach?« Oder Dan sah, wenn er mal wieder länger unterwegs sein musste, schon beim Einbiegen in die Einfahrt das Licht im Schlafzimmerfenster brennen und wusste, dass sie aufgeblieben war und auf ihn gewartet hatte.

Jetzt schlüpften sie aus ihren Kleidern und liebten sich langsam und zärtlich. Dan war verliebt in die Farben ihres Haars und ihrer Haut, den schmalen glatten Bogen ihres Rückens, den Klang ihres Atems. Er dachte, jemandem wie ihr werde er nie wieder begegnen. Sie kamen in einem Augenblick der Stille, fest umarmt und im Bewusstsein all dessen, was ihnen je geschehen war, von Gutem und Bösem. Ihr Leben brauste auf sie ein, und auf diese Weise konnten sie ihm standhalten. Sie schlummerten ein. Die Kerze brannte immer weiter herab, bis sie ausging.

Ungefähr um zwei Uhr wachte Louise auf, weil sie etwas gehört hatte, was sie für eine in den Sturm verschlagene Katze hielt. Es war ein klagender Laut, dem das Geräusch des zersplitternden Glases der Vordertür folgte. Sie zogen ihre Morgenmäntel an und gingen nach unten und ließen Albert Robeshaw ein. Er war fast ohnmächtig und halb erfroren.

Louise trocknete ihm das Haar mit einem Handtuch, machte ihm Tee, schälte das gefrorene Jackett von seinem Rücken. Sie schaltete die Backröhre ein und setzte ihn davor auf einen Stuhl. Dan klaubte das zerbrochene Glas aus der Fensterscheibe, wie damals bei seinem Wohnwagen, als Louise eingebrochen war, und befestigte mit Klebeband ein Stück Pappe an der Stelle, wo das Glas gewesen war.

Als Albert nicht mehr mit den Zähnen klapperte und wieder fähig war, etwas Verständliches von sich zu geben, berichtete er Dan und Louise, dass Chiang noch im Auto sitze. Er hielt die Hände eng um die Teetasse. Er wusste nicht, wie weit er gelaufen war.

Dan brachte Albert einen Mantel, Handschuhe und eine große rote Jagdmütze, und sie zogen sich alle drei an und gingen zum Streifenwagen hinaus. Sie waren noch nicht weit gekommen, als der Motor ruckelte und erstarb.

»Was machen wir jetzt?«, fragte Louise.

»Wir haben nicht viel Auswahl«, sagte Dan.

»Wie weit ist es, Albert?«, fragte Louise.

»Keine Ahnung«, erwiderte Albert.

»Was war denn in der Nähe?«

»Ich konnte überhaupt nichts sehen.«

»Zu laufen ist Wahnsinn – da hat Chiang schon recht«, sagte Louise. »Henry hat doch einen Traktor mit Kabine.«

»Der geht vielleicht auch aus«, sagte Dan.

»Das ist ein Diesel«, sagte Louise. »Er kann gar nicht. Er hat keine Zündkerzen.«

Henry Hamilton war wach und lauschte dem Sturm. Er ließ sie eintreten und kramte in der Küchenschublade herum, bis er den Traktorschlüssel fand.

»Albert, möchtest du nicht lieber hier bleiben«, sagte er.

»Nein, das kann ich nicht, Mr. Hamilton«, sagte Albert.

Louise fuhr, Dan und Albert saßen links und rechts von ihr. Die Kabine hatte eine gute Heizung, und so hoch über der Straße war die Sicht besser, wenn man zwischen den Scheinwerfern nach unten schaute. Nach weniger als einer Meile fielen die Scheinwerfer bereits auf die Seitenfläche von Claudes gelbem Kombi.

Das Auto war im rechten Winkel zum Straßenverlauf in den Graben gefahren, wodurch man sich ein Bild davon machen konnte, wie desorientiert Albert und Chiang gewesen sein mussten. Die Scheinwerfen waren aus. Der Wagen hätte auch schon seit Tagen hier stehen können.

Albert und Dan stiegen vom Traktor herunter und wateten durch die Schneewehen. Der Kombi lief nicht; tatsächlich war er bereits fünf Minuten nach Alberts Weggehen ausgegangen. Dan öffnete die Tür. Chiang lag quer über den Sitz, in die Decke gewickelt, die Albert ihr gegeben hatte.

»Ich dachte schon, du hast mich vergessen«, weinte sie.

Dan trug sie zum Traktor. Er spürte, wie sie zitterte. Er schob sie die Trittleiter hinauf und in die Kabine hinein, wo Louise sie in die Arme nahm und lachte und sagte, ja was haben wir denn da.

Der Schneesturm dauerte drei Tage. Viel Vieh kam um, zum Teil wegen der Kälte, zum Teil, weil man vielerorts nicht zu ihm durchkam. Der Bestand an Fasanen und Rotwild wurde ebenfalls stark dezimiert und brauchte Jahre, um sich wieder zu erholen.

Am Samstag, dem zweiten Tag, gingen Dan und Albert durch das Schneetreiben auf die Straße hinaus zu der Stelle, wo der Streifenwagen den Geist aufgegeben hatte. Sie machten die Motorhaube auf und sahen, dass der Motor dick mit Schnee bedeckt war. Sie schoben und wischten ihn beiseite, bauten die Batterie aus und schafften sie zur Farm, um sie aufzuladen. So konnten sie wenigstens das Auto von der Straße wegbringen. An diesem Nachmittag ließ das Schneetreiben ein wenig nach. Dan fuhr nach Morrisville, wo er die nächsten zwei Abende damit verbringen würde, sich mit Autounfällen und Herzattacken und anderen Notfällen zu beschäftigen, die durch den Sturm verursacht waren.

Henry kam herüber, mit Brot, das er selbst gebacken hatte. Er, Louise, Chiang und Albert aßen dicke Scheiben und spielten den ganzen Nachmittag und weit in den Abend hinein Monopoly. Louise gewann, mit Hotels, die sie geschickt auf den grünen und gelben Grundstücken plazierte. Henry widmete sich den günstigen Standorten und schien ganz zufrieden mit den niedrigen Einsätzen, die sie erforderten. Albert gehörte zu den Spielern, die ständig auf dem Ereignisfeld und dem Gemeinschaftsfeld landen, ein interessantes Spiel spielen und ganz schnell draußen sind. Chiang nahm die Eisenbahn und die öffentliche Versorgung in Besitz.

Um neun Uhr brachten sie Henry nach Hause, kehrten zurück und sahen sich im Schlafzimmer von Louise und Dan im Fernsehen einen Film an, der *Asphaltrennen* hieß. Er war lustig und inhaltslos, und es wurde darin viel Auto gefahren. James Taylor sagte nie etwas, sondern sah die Leute immer nur mit absolut ausdruckslosem Gesicht an. Louise, Albert und Chiang tranken Bier, machten Witze über den Film und dösten auf dem Bett ein. Als der Film zu Ende war, stand Louise auf, um den Fernseher abzuschalten, und Albert und Chiang hoben verschlafen den Kopf und wussten nicht, wo sie waren. »Ist schon gut, bleibt nur liegen«, sagte Louise. Sie holte eine Decke aus dem Wandschrank, deckte sie zu und kroch selbst mit unter die Decke. Sie schliefen tief und traumlos in dem Bett, das Dan gebaut hatte.

Zwanzig

Der Frühling war verregnet, und die Farmer konnten ihre Saat nicht rechtzeitig ausbringen. Sie beklagten sich bitterlich und prophezeiten eine schlechte Ernte. Für die Farmer sei es immer entweder zu nass oder zu trocken, sagte Mary Montrose. Man werde nie einen Farmer sagen hören: »Ja, es passt alles.« Sie arbeitete derzeit an einem Gesetzentwurf zum Anleinen von Hunden für Grafton, von dem sie hoffte, dass er auch für andere Städte ein Vorbild sein könne. Statt »Würgehalsband« benutzte sie den Ausdruck »Trainingshalsband«.

Perry Kleeborg fuhr eines Tages zur Farm hinaus, in der erklärten Absicht, Louise dazu zu bringen, dass sie wieder bei ihm arbeitete. Der kleine Mann trug seine große Sonnenbrille, am Steuer eines lavendelblauen Chrysler New Yorker. Es war unbegreiflich, wie er es schaffte, Jahr für Jahr seinen Führerschein wiederzubekommen, und genaugenommen schaffte er es auch gar nicht. Er kam auf das Haus zu, in der Hand eine Schachtel mit Abzügen, die Louise sich anschauen sollte. Das Geschäft in dem alten Studio lief nicht besonders. Das meiste von dem, was er Louise zeigte, sah unscharf aus, und das sagte sie ihm auch.

»Maren wächst das Ganze über den Kopf«, sagte Kleeborg. »Sie beherrscht kaum die Grundzüge der Fotografie, und schon will sie den Raum hinter dem Laden umorganisieren. Sie möchte das Vergrößerungsgerät dorthin stellen, wo jetzt der Trockner steht. Sie möchte den Leuchttisch dort haben, wo jetzt das Vergrößerungsgerät steht. Ich weiß gar nicht, warum sie das alles will. Ich frage sie, aber sie kann es mir nicht sagen. Sie glaubt einfach, dass es dadurch irgendwie praktischer würde, wie durch Zauberhand. Ich sag zu ihr, es gibt da keine Zauberei, sondern nur tüchtige Arbeit, und zwar jeden Tag in der Woche. Sie ist ja noch sehr jung und hat eine Menge Ideen. Gute und schlechte. Ich hatte schon den Verdacht, dass diese Bilder hier verschwommen sind, aber so wie es jetzt um meine Augen steht, übersehe ich etwas Derartiges nur zu leicht.«

»Erlauben Sie ihr nicht, die Sachen umzustellen«, sagte Louise. »Sie kann das vielleicht nicht richtig einschätzen, aber die Anordnung ist wirklich zweckmäßig, so wie sie jetzt ist.«

»Das habe ich ihr auch gesagt«, erwiderte Kleeborg. »Das Problem ist, dass ihre Aufgabe gar nicht klar definiert ist. Wir sind ja von der Vorstellung ausgegangen, dass Sie jeden Moment zurückkommen würden. Als dem dann nicht so war, habe ich ihr, ohne es zu wollen, immer mehr Kompetenzen übertragen, und jetzt will sie einfach ihren eigenen Stil zeigen.«

»Darf ich Sie etwas zu den Abzügen von der Pferdeparade fragen?«

»Ich hab mir schon gedacht, dass Sie das vielleicht tun werden.«

»Die Pferde laufen aus dem Bild hinaus.«

»Ja genau, darüber hab ich mit ihr auch gesprochen. Und wir haben den Leuten von diesen Pferden einen Sonderrabatt gegeben. Aber darum geht es ja. Maren ist noch nicht so weit. Sie braucht noch ein bis zwei Jahre. Und das auch nur, wenn sie bleibt. Sie redet andauernd von Kalifornien. Kalifornien ist für sie das Größte. Kalifornien ist das Ideale. Louise, Sie müssen zurückkommen. Ich habe es ernst gemeint, als ich gesagt habe, dass Sie den Laden erben, aber wenn Sie nicht bald zurückkommen, gibt es gar keinen Laden mehr. Ich kann Ihnen gar nicht sagen, wie oft wir Sie dort oben in Minnesota anrufen wollten, uns dann aber doch dagegen entschieden haben, weil es ein so teurer Anruf geworden wäre.«

Sie hatten bisher auf den Stufen vor dem Haus gesessen, und nun standen sie auf und gingen den Weg entlang, den Dan aus großen Kieselsteinen gelegt hatte. Rote, gelbe und violette Blumen wuchsen unter dem Küchenfenster. Ein Rotschulterstärling flog in die Büsche am Ende des Hofes.

»Ich komme zurück«, sagte Louise.

Also fing sie wieder zu arbeiten an. Und an einem sonnigen Tag beluden sie und Maren gerade den Lieferwagen für ein Fotoshooting an der Grundschule, als Louise sagte: »Du, nur so aus Neugier, warum wolltest du das Vergrößerungsgerät eigentlich woanders hinstellen?«

»Was für ein Vergrößerungsgerät? Ich will doch kein Vergrößerungsgerät umstellen.«

»Na ja, weißt du«, sagte Louise und wiederholte, was Maren Kleeborgs Worten nach zu tun beabsichtigte.

Maren klappte ein Stativ zusammen und schob es hinten in den Wagen. »So etwas hab ich nie gesagt. Als wenn ich das Vergrößerungsgerät umstellen wollte! Es steht meiner Meinung nach richtig, wo es steht. Als wenn ich den Leuchttisch umstellen wollte! Mir ist es egal, wo der Leuchttisch steht. Perry spinnt.«

Sie fuhren zur Grundschule von Walleye Lake und verbrachten den Vormittag damit, die Kinder zu fotografieren. Maren brachte sie zum Lachen, und Louise drückte auf den Auslöser. Auf dem Weg zurück kurbelten sie im Lieferwagen die Fenster herunter und ließen die Arme in der Sonne baumeln. Maren schloss die Augen, lächelte und sagte: »So ist es in Kalifornien an jedem Tag des Jahres.«

Wie Mary Montrose vorausgesagt hatte, kam Jean Klar eines Tages auf die Farm zurück. Sie wollte den ehemaligen Hof der Klars allerdings nicht zurückhaben, sondern verkaufen. Das Gebäude und zwei Morgen Land gingen an Louise und Dan, der Rest an Les Larsen.

Es hatte schon jahrelang ein Problem mit dem Keller gegeben, weil Wasser eindrang, und jetzt, da sie die Besitzer des Hauses waren, ließen Louise und Dan Hans Cook mit einem Bagger kommen und Drainagerohre rund um das Fundament legen. Sie hatten erst den Rohrdoktor Tim Leventhaler angerufen, aber der hatte sie immer wieder vertröstet, bis Dan irgendwann kapierte, dass Tim sich mit einem so kleinen Auftrag nicht abgeben würde.

Also machten es Hans und Dan. »Mensch«, sagte Hans, »weißt du noch, wie wir damals dein Wohnmobil versetzen wollten?«

»Nee nee«, sagte Dan. »Damit hatte ich nichts zu tun.«

Hans lachte. »Weißt du was, dieses alte Wohnmobil hab ich neulich gesehen.«

»Es steht auf der Schutthalde, stimmt's?«

»Die Typen benutzen es als Schutzhütte. Und sie sind davon begeistert. Weil, verstehst du, diese Spinner haben bisher immer bei Regen draußen gesessen.«

»Haben sie wieder Fenster eingesetzt?«

»Sie haben das zerbrochene Glas rausgenommen.«

»Wie lange ist es jetzt her, dass das passiert ist?«

»Na ja, wie lange. Mindestens zwei Jahre.«

»Länger.«

»Stimmt, es hat geschneit.«

Louise kam mit Sandwiches und Kaffee heraus, und sie machten Pause und setzten sich neben den Bagger. »Der Kaffee ist ziemlich dünn, weil wir kein Pulver mehr haben.«

»Ich wollte euch eh zum Abendessen einladen«, sagte Hans. »Ich weiß nicht, ob Mary es euch schon erzählt hat, aber ich mache seit neuestem meinen Käse selber. Ihr habt keine Vorstellung, was man alles braucht, um Käse zu machen.«

»Milch«, sagte Louise. »Was noch?«

»Ich habe auch einen CD-Player«, sagte Hans.

»Jetzt mal ehrlich«, sagte Dan. »Ist da wirklich ein Unterschied?«

»Ich kann dir sagen, das ist wie Tag und Nacht.«

Das Verlegen dauerte bis spätnachmittags. Es war eine schmutzige Arbeit, aber die mattbraunen Terrakottarohre gaben ein behagliches Geräusch von sich, wenn sie in dem ausgehobenen Graben gegeneinanderstießen, bereit, das Wasser dorthin zu führen, wo Dan und Louise es haben wollten. Hans fuhr den Bagger nach Hause, fütterte seine Katze und nahm ein Bad. Er ließ sich vorsichtig in die Wanne sinken. Das erwies sich manchmal als etwas schwierig, weil er so dick war. Er zog sich an, warf einen kleinen Trip ein und fuhr hinüber zu

Mary, wo sie in dem Frühlingslicht, das jetzt über den Wiesen verblich, Hamburger grillten.

»Hab heute bei Dan und Louise ein paar Rohre verlegt«, sagte er.

»Ja, Louise hat's schon erzählt«, antwortete Mary.

Hans drehte die Hamburger um und löschte ein paar Flammen mit der Sprühflasche, die er zu diesem Zweck bereitstehen hatte.

»Wie ist es denn gelaufen?«, fragte Mary.

Hans sah über den Hof. »Wunderbar.« Die Dunkelheit brach ein. Der Stamm einer weißen Birke glänzte sanft im Gras. »Irgendwann mach ich mir doch noch ein Birkenrindenkanu.«

»Und warum?«

»Och, ist so ein alter Traum von mir. Als ich noch jung war – ja, das ist schon lange her –, da dachte ich, das wäre doch mal was, den Spuren der französischen Pelzhändler zu folgen. Den Mississippi hinunterzufahren bis Cloquet, La Crosse, Prairie du Chien, zu all diesen Orten.«

»Das klingt ja, als würdest du es tatsächlich noch machen.«

»Es ist vielleicht etwas übertrieben. Was ich aber jetzt wirklich gerne machen würde, das ist, ein Kanu zu bauen und wegzufahren.«

Nach dem Essen fuhren sie zum Walleye Lake und umrundeten ihn mit dem Auto. Hans saß zurückgelehnt auf dem Fahrersitz und fuhr langsam, die riesigen Hände unten ins Lenkrad gelegt. Vom Parkplatz des Restaurants am westlichen Ende des Sees aus sahen sie die Lichter der Häuser am nördlichen Ufer. Die Lichter glänzten gleich zweimal, einmal in der Luft und einmal im Wasser.

»Schöne Nacht«, sagte Mary.

Das Restaurant hieß *Meeresbrise*, obwohl es tausend Meilen von irgendeinem Ozean entfernt lag.

Dies war auch die Woche, in der Tiny im Supermarkt stürzte und sich an den Knöcheln die Haut aufschürfte. Er ging in dem blau-goldenen Kordsamtjackett der Künftigen Farmer Amerikas durch den Laden und schob einen Einkaufwagen vor sich her. Ihn überkam plötzlich die Anwandlung, sich mit seinem ganzen Gewicht auf den Wagen zu werfen und wie auf einem Roller dahinzugleiten. Aber der Wagen kippte um und schleifte ihn durch den Gang. Sofort stürzten Leute herbei, um ihm auf die Beine zu helfen, als wäre er das Opfer von etwas anderem als seiner eigenen Verrücktheit gewesen.

Nachdem er seine Einkäufe getätigt hatte, musste Tiny Joan Gower abholen und nach Hause bringen. Sie wohnten noch immer im Keller der Kirche in Margo, und Joan arbeitete drei Abende die Woche ehrenamtlich im Sankt-Franziskus-Haus, dem Tierheim von Wylie. Es war ein ganz schönes Stück von Margo bis Wylie, und Tiny wünschte, sie hätte ein Tierheim oder auch ein anderes ehrenamtliches Betätigungsfeld mehr in der Nähe gefunden. Andererseits, wenn sein Auto nicht den Geist aufgegeben hätte, dann würde er nicht ihr Auto benützen und sie überall abholen müssen, wo sie gerade war. So lag es also an ihm, und trotzdem war er wütend auf sie. Er fuhr deshalb mit dem bedrückenden Gefühl seiner eigenen Ungerechtigkeit nach Wylie. Die Hunde bellten und drückten sich gegen die Gitterstäbe, als er hereinkam. »Platz, Spotty«, sagte Tiny. »Platz, Spike.«

Als Ehrenamtliche des Sankt-Franziskus-Hauses musste Joan einen weißen Kittel tragen, und mit der großen Brille, die sie seit neuestem immer aufhatte, sah sie richtig professionell aus. Tiny vermutete, obwohl er sich bisher noch nicht davon hatte überzeugen können, dass die Gläser aus Fensterglas seien. Sie hatte das Haar oben auf dem Kopf festgesteckt und trug ein leeres Klemmbrett unter dem Arm.

»Das da ist Tuffy«, sagte sie zu Tiny. »Das ist Rebel. Das ist Eleanor Rigby.«

Joan öffnete Tuffys Käfig und kniete sich an der Tür hin. »Tuffy ist erst sechs Wochen alt. Sie ist eine Mischung aus Labrador und Belgischem Griffon, und das letzte von ihren Wurfgeschwistern hat gerade ein Zuhause gefunden. Wenn sie heute also ein bisschen niedergeschlagen wirkt – und ich glaube, das ist sie auch – dann liegt es daran. So, Tuffy, kommst du dir heute Abend ein bisschen verlassen vor? Sag: ›Ich komme mir ziemlich verlassen vor.‹ Sag: ›Ich komme mir ziemlich verlassen vor und frage mich, wo plötzlich alle hin sind.‹«

»Lass mich sie mal streicheln«, sagte Tiny.

Ein paar Minuten später sperrte Joan das Gebäude ab, und sie gingen über die dunkle Einfahrt. Die Sterne standen am kalten schwarzen Himmel. Tiny fuhr Joans Torino rückwärts aus der Einfahrt, während Joan den weißen Kittel auf ihrem Schoß ordentlich zusammenfaltete.

»Erinnere mich daran, dass ich den wasche, wenn wir zu Hause sind«, sagte sie.

»Dafür, dass du unentgeltlich arbeitest, legst du dich aber ganz schön ins Zeug für dieses Sankt-Franziskus«, sagte Tiny.

»Stimmt«, sagte Joan. »Aber überleg doch mal: Die Hunde haben ja keine Ahnung, wer am Ende des Monats einen Scheck bekommt und wer nicht. Ich meine, sie wissen nicht einmal, was ein Scheck ist. So muss man die Sache sehen.«

»Wahrscheinlich.«

Sie fuhren über Grafton nach Margo zurück, und als sie durch die Stadt kamen, sahen sie Louises Auto vor Hans Cooks Haus an der Hauptstraße parken. Hans wohnte in einem alten Betonbau gegenüber dem Getreidesilo. Vor vielen Jahren war das Gebäude eine Tankstelle gewesen, und es standen immer noch zylindrische rote und grüne Benzinpumpen mit zersplitterten Anzeigen da, zwischen denen das Gras wucherte.

Tiny fuhr langsamer. »Rate mal, wem dieses Auto gehört.«

Joan berührte den Rahmen ihrer Brille. »Keine Ahnung.«

»Louise.«

»Ich dachte, die ist weg.«

»Das hab ich auch gedacht, aber neulich hab ich sie auf der Bank gesehen, also ist sie offensichtlich wieder da.«

»Bist du zu ihr hingegangen und hast sie begrüßt?«

»Von wegen«

»Hättest du aber sollen«, sagte Joan. »Du musst ihr zeigen, dass du darüber hinweg bist. Die geschiedenen Paare, die ich wirklich bewundere, sind diejenigen, die immer noch miteinander telefonieren. Die sich Geburtstagskarten schicken.«

Tiny schnaubte leise und lenkte den Wagen auf den Highway. Die Felder glitten an ihnen vorbei, endlos und dunkel und leer. »Wer dir so was erzählt, der lügt.«

»Du kannst nicht alle Paare über einen Kamm scheren«, erwiderte Joan.

»Aber 99 Prozent.«

Dem rechten Hinterreifen ging auf dem Highway nach Margo die Luft aus, und das Auto kam schlingernd zum Stehen. Tiny machte den Kofferraum auf, in dem drei Lämmer aus Plastik lagen. »Das sind meine«, sagte Joan. Es waren die üblichen Lämmer, die man für religiöse Zwecke oder als Gartendekoration benutzt. Tiny nahm die Lämmer aus dem Kofferraum und legte sie an den Straßenrand. Er holte den Wagenheber und das Reserverad heraus. Joan brachte ihm das Handbuch. Dass sie das Handbuch noch hatte, obwohl das Auto vor zwanzig Jahren gebaut worden war und seit gut zehn Jahren immer mehr auseinander fiel, war ein mindestens ebenso deutliches Zeugnis ihres Glaubens wie alles, was sie je in einem Gottesdienst getan hatte. Tiny machte sich daran, das Rad zu wechseln, und Joan wühlte im Kofferraum herum.

»Das kannst du nicht machen, während ich den Wagen aufbocke«, warnte sie Tiny. In seiner Stimme lag die ganze Selbstgerechtigkeit dessen, der sie bei etwas ertappt hatte, was für den Ablauf des Verfahrens falsch und möglicherweise auch gefährlich war.

»Mach ich ja auch nicht«, sagte Joan.

»Doch.«

»Du hast doch den Wagenheber noch nicht mal berührt.«

»Ich fang aber gleich an.«

»Sobald du anfängst, hör ich auf.«

»Jetzt lass das, Joan.«

»Ich hol doch nur die Warnleuchten heraus.«

»Brauchst du nicht.«

»Doch.« Sie lud sich die Warnfackeln auf den Arm, als wären es Dynamitstangen, ging dann los und steckte die Metallanker einen nach dem anderen in den Sand am Straßenrand. Darauf entfernte sie die Kappen und rieb, bis das Feuer sich entzündete. Die Warnfackeln zischten und brannten mit einem trüben roten Licht. Tiny kniete neben dem Auto, inmitten der Schäfchen, und das trübe Licht fiel auf ihn und auf sie. Joan wusste, egal, wie lange sie leben würde, oder wie bald Tiny und sie getrennte Wege gehen würden, daran würde sie sich für immer erinnern.

Inzwischen brachte Hans das Essen auf den Tisch. Er hatte ein Hühnchen gegrillt, dazu gab's eine Soße und Kartoffeln und Zwiebeln und Möhren. Mary und Dan und Louise saßen an einem Klapptisch im Wohnzimmer. Es brannten Kerzen, während die Vier das köstliche Mal verzehrten.

Dan berichtete von einem Programm, das gerade verabschiedet worden war und das bei den Staatsangestellten Gelassenheit und Höflichkeit fördern solle.

Mary hatte im *Readers' Digest* von einem Inder gelesen, der allein durch Konzentration seinen Herzschlag bis zum Stillstand verlangsamen könne.

Louise sagte, sie frage sich manchmal, ob sie oder Dan nicht auch übernatürliche Kräfte besäßen, weil so viele Stücke ihres Silberbestecks verbogen seien.

Hans sagte, er habe neulich geträumt, er habe auf dem Parkplatz des Burger King in Morrisville gestanden und sei dann ganz plötzlich davongeflogen.

Nach dem Essen bestand Hans darauf, dass sie sich einer nach dem anderen mit geschlossenen Augen auf die Couch legten und sich seinen neuen CD-Spieler über Kopfhörer anhörten. Er sagte, das sei die einzige Möglichkeit, die Klangqualität wirklich zu würdigen. Als Dan an der Reihe war, legte er sich hin, und Hans setze ihm die Kopfhörer auf. Die Musik kam von einer einzelnen Flöte, deren Töne sich brachen und im offenen Raum widerhallten.

»Das ist R. Carlos Nakai«, sagte Hans hinterher.

Dan und Louise sagten Mary und Hans gute Nacht und fuhren heim. Sie sahen sich noch einen Film im Fernsehen an, der schon angefangen hatte, über eine Gruppe von Bergsteigern, die wegen einer Lawine gezwungen waren, sich zu entscheiden, ob sie entweder eine waghalsige Route zum Gipfel nehmen oder das Ganze abblasen und zum Basislager zurückkehren sollten.

»Bist du schneeblind? Das ist doch Wahnsinn«, sagte der Wissenschaftler.

»Wenn es Wahnsinn ist, dann bin ich wahnsinnig«, sagte der gutaussehende Bergführer.

»Ein Wahnsinn, den ich teile«, sagte die kühne Frau, die einen weißen Pelzkragen trug.

»Und wenn ihn die ganze Welt teilen würde, es wäre trotzdem Wahnsinn«, sagte der Wissenschaftler.

Louise legte sich aufs Bett und streifte sich mit den Zehen die Schuhe ab. »Puh, ich bin gespannt, was sie machen werden.«

»Der Wissenschaftler stirbt.«

DIE TRAUMJÄGER

FREITAG

Eins

Der Mann hinter dem Ladentisch im Waffengeschäft begriff nicht, was Charles wollte, deshalb rief er seine Schwester aus dem Hinterzimmer, aber die begriff es auch nicht. Es war an einem Freitagnachmittag im Oktober, und Charles kam sich vor, als spräche er in einer fremden Sprache.

Draußen tobte der Wind. Die Sonne brach immer wieder durch die schnell dahinziehenden Wolken und strich über die Fensterscheiben. Die Schwester, die einen grobgestrickten blauen Pullover trug, nahm das Röhrenmagazin eines halbautomatischen Gewehrs und stupste ihren Bruder damit scherzhaft am Arm. Röhrenmagazin hätte Charles jedenfalls dazu gesagt. Aber es gab dafür bestimmt auch eine andere Bezeichnung.

»Aaach-tung«, sagte sie.

»Ich hab dir schon hundertmal gesagt, lass das«, erwiderte der Bruder.

Charles fand sein Anliegen eigentlich ganz einfach; nämlich dass die Besitzer des Waffenladens die Witwe des Pfarrers aufsuchten und ihr anboten, das Gewehr zu kaufen, das bei ihr auf einer Halterung über dem Kamin hing.

Die Geschichte dieses Gewehrs war folgende: Es hatte früher Charles' Stiefvater gehört, und der hatte es vor seinem Tod Reverend Matthews geschenkt. Es handelte sich um einen doppelläufigen Repetierer .410 von Hutzel and Pfeil aus Cincinnati. Charles sah die verschnörkelte Schrift des auf der Basküle eingravierten Herstellernamens deutlich vor sich. Als der Pfarrer starb, erbte seine Frau die

Waffe. Vielleicht war es ja sentimental von Charles, dass er sie nach so langer Zeit zurückhaben wollte, doch er war überzeugt, dass ein Gewehr auch ab und zu benutzt werden müsse. Ein Gewehr sollte mehr sein als ein Dekorationsstück an der Wand einer Dame, die keinerlei Beziehung zu dem ehemaligen Besitzer hatte.

Die Schwester nahm die Magazinröhre in beide Hände, als wollte sie sie wie einen Cheerleaderstock herumwirbeln.

»Wie nennt man dieses Teil noch mal?«, fragte Charles in der vagen Hoffnung, das Gespräch mit ein wenig Fachsimpeln wieder aufs Thema zu bringen.

»Das ist der lange Federzylinder, der die Patronen in die Kammer schiebt«, antwortete die Schwester.

»Ach ja.«

»Wie viel wollen Sie für das Gewehr?«, fragte sie.

»Ich verkauf es doch gar nicht.«

»Jetzt muss ich aber mal nachfragen«, sagte der Bruder. »Haben Sie es überhaupt bei sich?«

»Es hängt bei ihr zu Hause.«

»Wir können nicht schätzen, was wir nicht sehen«, sagte die Schwester.

»Wo, sagten Sie, ist das gleich wieder?«

»Im Haus der Pfarrerswitwe in Grafton. Sie heißt Farina Matthews.«

Der Bruder schüttelte den Kopf. »Sie möchten also, dass wir als Zwischenhändler auftreten.«

»So etwas haben wir einmal gemacht«, sagte die Schwester. »Die Sache endete vor dem Amtsgericht. War eine totale Pleite für uns.«

Charles betrachtete ein verstaubtes orangefarbenes Fuchsfell mit grauen Rändern, das so mit Reißzwecken an der Ladenwand befestigt war, dass der Fuchs alle viere von sich streckte. »Mein Vorschlag wäre –«

»Ja …«

»– Sie gehen da hin, kaufen ihr das Ding ab, dann legen Sie es für mich auf die Seite, und irgendwann tauch ich hier auf, als hätte es dieses Gespräch nie gegeben. Und kauf es Ihnen ab.«

»Wir machen aber keine Hausbesuche«, sagte der Bruder. »Wir arbeiten nicht wie Ärzte.«

»Eigentlich schon«, sagte die Schwester. »Nur eben nicht wie diese altmodischen, die Hausbesuche machen.«

»Wenn Sie sie allerdings dazu bringen könnten, dass sie mal bei uns vorbeischaut, dann wäre das natürlich etwas anderes.«

»Sie will es ja gar nicht verkaufen«, sagte Charles. »Jedenfalls nicht an mich.«

»Worüber reden wir dann überhaupt?«, fragte der Bruder.

Er wandte sich ab und drehte Charles seinen weißen Hemdrücken zu. Stahlblaue Gewehrläufe standen in Reih und Glied, zusammengeschlossen mit einer silbernen Kette, die durch die Abzugsbügel lief. Über den Gewehren hing ein Autokennzeichen – *Iowa 1942* –, das so verbeult war, als hätte der Wagen oder Laster, an dem es einst befestigt gewesen war, jede Menge Baumstümpfe gerammt. Die Schwester zog einen Katalog unter dem Ladentisch hervor und begann darin zu blättern.

Eine einsame Schmeißfliege kam in den Waffenladen gesurrt. »Wo kommst du denn her?«, fragte die Schwester. Sie wedelte kurz mit der Hand nach der Fliege, dann suchte sie weiter. »Aha. Hier haben wir's. Da ist das Gewehr, das Sie suchen, Hutzel and Pfeil, und … oh … es wird gar nicht mehr hergestellt.«

Ein Fasan flog aus dem trockenen Gras an den Eisenbahnschienen auf, und seine Flügel machten dabei ein Geräusch wie ein schwirrendes Rad. Charles und sein Stiefvater schossen beinahe gleichzeitig, als der Vogel über die Gleise flog. Weiße Wolken loderten am Himmel. Der Fasan fiel neben den Schienen nieder. Wer von beiden ihn getroffen hatte, ließ sich nicht mit Sicherheit sagen.

»Wir knobeln es aus«, sagte Charles' Stiefvater. »Ich gewinne bei ungerade.«

Das glaub ich gern, dachte Charles. Er knautschte den Schirm seiner Mütze. »Ich weiß aber nicht, wie das geht.«

Sein Stiefvater erklärte es ihm. Auf drei mussten beide eine bestimmte Anzahl Finger zeigen, und ob die Summe eine gerade oder ungerade Zahl ergab, entschied darüber, wem der Fasan gehörte. Hatte Charles das verstanden? Nein, aber er tat so. Und natürlich klappte es nicht, denn er streckte seine Finger zu spät aus, und dann kam auch noch eine Summe heraus, mit der er verlor.

Sein Stiefvater ging weiter und ließ Charles den Fasan tragen. »Wenn du dir schon die Mühe machst, zu schummeln, solltest du wenigstens gewinnen.«

Auf dem Weg zurück zur Hütte stapften sie durch eine Wiese mit Minze zwischen den Gräsern. Die Minze duftete stark, als sie die Pflanzen im Gehen zertraten. Um das Holzhaus mit seiner Brettertür standen Birken. Es gehörte nicht Charles' Stiefvater, sondern war für jedermann zugänglich. Drinnen wanderten Ameisen über die Wände und Dachsparren. Von den Fenstern aus sah man weit unten einen Fluss fließen. Der Stiefvater erhitzte Wasser auf einer Kochplatte, während Charles Zeitungen ausbreitete, auf denen sie den Fasan ausnehmen konnten. *Surveyer 6* war vom Mond gestartet, nur um ein paar Fuß davon entfernt wieder zu landen.

»Ich hab nicht geschummelt«, sagte Charles.

Das war im Herbst 1967. Von da an wusste Charles, wie man auf etwas schießt, zumindest mit einem Gewehr.

Die Witwe des Pfarrers schob einen Vertikutierer zwischen der Wäscheleine und dem Haus hin und her. Drei scharfe Sterne drehten sich funkelnd durch den Rasen. Ihr Vorgarten war äußerst gepflegt, und darauf legte sie auch größten Wert. Ein Lieferwagen hielt auf der Straße vor ihrem Haus. HIER KOMMT CHARLES DER KLEMPNER stand in roter Schrift auf weißem Grund über dem Kühler. Sie umklammerte den abgenutzten Holzgriff des Bodendurchlüfters, als wollte sie ihn schwingen und den Fahrer damit in die Flucht schlagen.

»Wir haben nichts zu besprechen«, sagte sie.

»Ich komme gerade aus dem Waffenladen«, erwiderte Charles. »Sie haben dort den Preis für mich geschätzt. Mit dem hier wären Sie wirklich gut bedient.« Er zog drei Scheine aus einem Umschlag.

»Wo haben Sie das denn her?«

»Von der Bank.«

Sie hätte für das Geld schon Verwendung gehabt – wer könnte nicht ab und zu ein paar Hunderter gebrauchen? –, wandte sich aber entschlossen wieder ihrer Arbeit zu. »Wieso sollte ich für Geld etwas tun, was ich umsonst nicht tun würde?«

Er legte die Scheine vor sie ins Gras. Sie spießte sie geschickt mit den Zinken des Vertikutierers auf. »Ich verkaufe das Gewehr nicht.«

»Und warum nicht?«

»Fragen Sie Ihre Mutter.«

»Hab ich schon. Sie sagt, es wäre wegen damals, als das mit Ihrem Jungen passiert ist.«

»Ach, tatsächlich?«

»Weil er in diesem Auto saß, das von alleine losrollte.«

Sie hob den Vertikutierer mit dem aufgespießten Geld. »Wollen Sie mir drohen?«

Charles nahm die Geldscheine wieder an sich. »Mrs. Matthews, ich möchte Ihnen nur ein Gewehr abkaufen, das für Sie nicht den geringsten Nutzen hat. Ich weiß, dass ich überhaupt keinen Anspruch darauf habe. Aber was zwischen Ihnen und meiner Mutter vor dreißig Jahren passiert ist, dafür kann ich doch nichts. Darf ich es wenigstens sehen?«

»Also wirklich, Sie müssen jetzt nicht gleich in Tränen ausbrechen.«

»Lassen Sie mich das Gewehr wenigstens anschauen.«

»Sie haben es doch schon gesehen.«

Im Sommer hatte sie ihn ins Haus gelassen. Er war vor dem Kaminsims stehengeblieben und hatte so deplaziert und übergroß gewirkt, dass sie Angst um ihre kleinen bunten Keramikleuchttürme bekam. Ohne Zweifel hatte das Gewehr für ihn eine Bedeutung, die es für sie nicht hatte, aber es war ihr von ihrem Mann vererbt worden, und sie beabsichtigte nicht, sich davon zu trennen.

Farina Matthews stieg die Stufen zu ihrem Haus hinauf und wusch sich die Hände in der Küchenspüle, während sie dem weißen Lieferwagen nachsah, der jetzt wieder davonfuhr. DA FÄHRT CHARLES

DER KLEMPNER. Sie ging durch die Zimmer, vorbei an einer Vase mit Stoffrosen, die aussahen, als würden sie sie beobachten. Ihr Mann hatte ihr Zuhause »Max Gate« genannt, nach dem Wohnsitz von Thomas Hardy, seinem Lieblingsautor. Sie schaute nicht auf das Gewehr. Vielmehr ging ihr Blick zum Klavier, auf dem in einem wundervollen Rahmen ein großes Bild ihres Sohnes stand. Er arbeitete als Chemiker in Albuquerque und bezog ein gutes Gehalt, da er unmittelbar nach dem Studium ein Verfahren entdeckt hatte, durch das eine Legierung im Vakuum zu ihrem Ausgangsstadium zurückfindet.

Das mit dem davonrollenden Auto war eigentlich keine große Sache gewesen. Deshalb begriff Charles das Ganze auch nicht. Als Mrs. Matthews' Sohn vier Jahre alt gewesen war, hatte sie ihn im Auto sitzen lassen, um ihre Briefe vom Postamt zu holen. Irgendwie hatte es der Junge geschafft, die Handbremse zu lösen. Das Auto rollte die verschneite Straße hinunter, allerdings so langsam, dass sowieso nichts weiter passiert wäre. Aber anstatt das Kind aus dem Auto zu retten, hatte Charles' Mutter die Situation verschlimmert, indem sie neben dem Auto hertrabte und schrie, so laut sie konnte.

Und jetzt wollte Charles, dass Farina ihm das alte Gewehr verkaufte, das auf so anheimelnde Weise über ihren Kamin passte. Wo doch jeder wusste, dass er ein Dieb war und seine Kundschaft aus zwielichtigen Gestalten bestand oder zumindest zwielichtigen Geschäften nicht abgeneigt war. *Kommt gar nicht in Frage*, dachte die Witwe des Pfarrers bei sich.

Charles Darling lebte mit seiner Frau Joan, ihrem Sohn Micah und Joans Tochter Lyris auf einem zwei Morgen großen Grundstück südlich der Stadt Boris. Das Haus war vor hundert Jahren erbaut worden und hatte vor vierzig Jahren einen Anbau bekommen – aber die beiden Teile passten überhaupt nicht zusammen. Der ältere Teil war ein Landhaus mit Mansardendach, der neuere im Grunde nur ein Vorraum. Auf alle Fälle war das Haus zu klein, besonders seit Lyris dazugekommen war, die Tochter, die Joan sechzehn Jahre zuvor zur Adoption freigegeben hatte.

Hinter dem Haus stand eine verputzte Hütte mit gestampftem Lehmboden. Sie bezeichneten sie als Scheune, aber sogar das war noch übertrieben. Die Türflügel wurden mit Haken und Zapfen verschlossen, und die weichen Spurrinnen der Einfahrt waren dicht mit Gras bewachsen. Jenseits des Hofes liefen die Eisenbahnschienen, und auf dem Hügel hinter den Gleisen standen Bäume. Charles ging in die Scheune und kramte in seinen Werkzeugkästen nach einer Kettenrohrzange. Im Moment brauchte er sie zwar nicht, aber ihm war aufgefallen, dass sie fehlte, und er wollte nicht ohne sie auf Montage fahren.

Im Haus fragte er Micah, ob er die Zange aus der Scheune genommen habe.

»Wie sieht die denn aus?«, fragte der Junge.

»Ganz lang und blau, mit einer Kette hinten dran. Wie eine Fahrradkette. Es ist eine ganz starke, schwere Zange. Die erkennt man sofort.«

Micah saß auf der Tiefkühltruhe im Vorraum und starrte auf eine Wäscheklammer, als stünde darauf in winziger Schrift eine geheime Botschaft. Auf seinem Kopf kräuselte sich rotes Haar. Er hatte aufmerksame, skeptische Augen. »Was ist eine Fahrradkette?«

»Wie alt bist du?«

»Sieben.«

»Und da fragst du mich so was?«

»Ich habe keine Zange genommen.«

Es ärgerte Charles, dass Micah noch nicht Rad fahren gelernt hatte, doch er konnte ja nicht alles für ihn regeln. Ein Vater kann seinem Sohn schließlich nicht das Fahrradfahren abnehmen. »So etwas musst du aber wissen, Mike.«

»Soll ich dir meine Rolle aus dem Stück für die Schule aufsagen?«

»Geh mal da runter«, sagte Charles. »Geh mal kurz runter.«

Micah sprang von der Kühltruhe herunter. Charles hob den Deckel und zog einen bereiften blauen Beutel mit Eis heraus. »Also, dann leg mal los mit deiner Rolle fürs Schultheater.«

»Du weißt, so gut wie ich, / die Spuren der Fossilien lügen nich.«

»Worum geht es?«, fragte Charles.

»Um die Evolution.«

Charles zerschlug das Eis mit einem Hammer und machte sich anschließend einen Drink in der Küche, wo Joan am Tisch saß und für eine Fahrt in die Stadt ihren Koffer packte. Die Stapel ihrer ordentlich zusammengelegten Kleidung passten so gar nicht zu der Unordnung in der Küche. Vorhänge lagen in Häufchen unter den Fenstern. Eine der Herdflammen, bei der der Drehknopf zum An- und Ausschalten fehlte, ließ sich nur durch zwei Schraubzwingen bedienen, die am leeren Metallstift festgeschraubt waren. Unter dem Tisch lagen schwarze Wildlederchaps, daneben standen eine Dose mit Walnüssen und ein grüner Korb, der vor Wäsche überquoll. All das sah aus, als wäre es eben noch in Bewegung gewesen und um Joan und ihren Koffer herumgewirbelt.

»Seid bitte still«, sagte sie. »Ich muss nachdenken.«

Charles nahm Micah und den Drink mit nach draußen. Das Fahrrad lehnte an einer Steinsäule. Charles stellte es auf den Kopf, so dass es mit Sattel und Lenkstange auf dem Boden ruhte, und drehte die Pedalen, bis die Speichen des Hinterrads vor den Augen verschwammen.

»Wenn du lernen würdest, Fahrrad zu fahren, dann wüsstest du auch, was eine Fahrradkette ist«, belehrte Charles seinen Sohn. Er stellte das Fahrrad wieder auf, hob den Jungen auf den Sattel und gab ihm einen Schubs. »Wenn du jetzt losfährst, bist du in Kanada, bevor der erste Schnee fällt.«

Das Fahrrad trudelte in die kühle Herbstluft hinaus, und Charles hob seinen Drink vom Boden auf. Micah konnte die Lenkstange nicht ruhighalten, sondern riss sie, wie alle Anfänger, in einer Art seltsamem Tangotanz hin und her. Dann stürzte er in den Sand neben der Straße. Er kämpfte sich unter dem Fahrrad hervor, rannte auf Charles zu und hielt sich den Ellbogen, an dem aus einer ganzen Anzahl winziger Abschürfungen Blut sickerte. Charles stützte ihn, während er ins Haus hinkte. Der Atem des Jungen ging stoßweise. »Ich hab aber keine Lust, das zu lernen.«

»Das Lernen tut nicht weh«, sagte Charles. »Nur das Hinfallen.«

Joan hatte ihren Koffer inzwischen geschlossen. Ihre Arme ruhten auf dem Deckel, dazwischen lag ihr zur Seite gedrehter Kopf, als lauschte sie dem Herzschlag des Gepäckstücks. Ihre blonden Haare breiteten sich wie ein Fächer über ihre Schultern. Sie wirkte erschöpft und friedlich, wie eine Pilgerin, die das Ziel ihrer Wallfahrt erreicht hat.

Sie sprach leise in die blasse Beuge ihres Ellbogens. »Hast du daran gedacht, mir die Pröbchen für die Reise mitzubringen?«

»Hab ich.« Charles griff in die Jackentaschen und legte seinen Schlüsselbund auf den Tisch, die drei Hundert-Dollar-Scheine und die kleinen Tuben und Döschen mit Gesichtscreme und Haarfestiger, ohne die sie nie verreiste. Joan hatte in vielen Dingen ganz feste Vorstellungen, auch beim Reisen. Alles musste lange vorher bereits seine Ordnung haben, sonst wurde sie nervös.

Micah kroch unter den Tisch. »Daddy! Hier ist deine Zange.« Er hatte sie unter den Chaps gefunden.

»Was ist denn mit deinem Ellbogen passiert?«, fragte Joan. »Ach, Charles, warum musst du ausgerechnet am letzten Abend, bevor ich verreise, solchen Quatsch mit ihm machen.«

»Er ist nur vom Fahrrad gefallen«, sagte Charles. »Mach jetzt nicht aus einer Mücke einen Elefanten.«

»Und an wem bleibt's wieder hängen, den Jungen zu verarzten?«

»Hört auf zu streiten«, sagte Micah.

Normalerweise ließen Charles und Joan sich von ihrem Siebenjährigen keine Vorschriften machen, aber in letzter Zeit stritten sie so häufig, dass sie manchmal vergaßen, ihn darauf hinzuweisen, dass das nicht seine Aufgabe sei.

Charles setzte sich auf einen Stuhl und schob die Walnussdose mit seiner eisenbeschlagenen Stiefelspitze beiseite, um Platz für die Beine zu schaffen. Das Eis in seinem Drink war zu dünnen Scheibchen geschmolzen.

»Ich kann Micah gern ein Pflaster verpassen«, sagte er diplomatisch, denn er wusste genau, dass Joan es sich nie und nimmer nehmen ließe, ihren Sohn zu verarzten, noch dazu, wo sie morgen früh übers Wochenende verreiste. Sie war Geschäftsführerin eines Tierschutzvereins mit Sitz in Stone City und sollte dort am Samstag eine Rede vor der Kreisversammlung halten.

Joan brachte Micah nach oben. Charles nutzte die Gelegenheit und öffnete den Koffer. Ihre Blusen und Hemden sowie ihr schwarzer Badeanzug waren sorgfältig zusammengelegt, und darunter fand er die weiße Bibel, auf der in Goldprägung ihr Mädchenname stand. Er öffnete ihr geblümtes Kosmetiktäschchen und nahm die silbernen und goldenen Röhrchen mit Lippenstift heraus, außerdem eine Wimpernzange, die wie eine gottlose Chirurgenschere aussah, und einen Malkasten für die Augen. Charles konnte Schminksachen nicht leiden. Er wollte nicht, dass Joan am Wochenende in der Stadt mit mehr Make-up herumlief, als sie bei ihrer Abreise im Gesicht hatte. Er wollte nicht, dass sie sich an einem fremden Ort für fremde Menschen herausputzte. Entweder, die Männer verknallten sich dann in sie, oder aber nicht, und dann stand sie alleine da mit der ganzen Schminke im Gesicht, die ihre hübschen Züge verkleisterte. Er vergrub das Make-up im Wäschekorb und füllte das geblümte Täschchen mit Walnüssen und einem Nussknacker aus der Büchse unter dem Tisch.

Ihre Blusen rührten ihn. Der feine Stoff und die hauchzarten Kragen entsprachen ganz der Entrücktheit von Joans Art. Die Leute hatten keine Ahnung, was für eine Anstrengung es sie kostete, einfach nur normal zu wirken, wie ein Wesen von dieser Welt. Was sie für ihren Job auf sich nahm, hätte Charles sich selbst niemals zugemutet. Zu den Versammlungen trug sie Kleidung, in der sie sich unwohl fühlte, und sie war freundlich zu Leuten, die nichts lieber gesehen hätten, als dass sie aus dem Fenster stürzte, weil sie dann ihren Platz hätten einnehmen können. Sie besuchte Fabriken, bei denen sie Spenden aufzutreiben hoffte, und bestaunte brav die Gabelstapler dort. Mit Tieren hatte sie fast gar nichts mehr zu tun.

Ihr Arbeitsleben ließ sich immer weniger mit ihrem Privatleben in Einklang bringen. Wenn die Vorstandsmitglieder ihres Vereins diese

Küche gesehen hätten – wo die Motten aus den Schränken kamen und der Sirup in den Kühlschrankfächern klebte –, die hätten vielleicht Augen gemacht. »Was wohnen denn hier für Leute?«, hätten sie sich wahrscheinlich gefragt. Aber in deren Häusern sah es vielleicht auch nicht anders aus.

Ein Badeanzug, dachte er. *Wozu braucht sie den denn?*

Zum Abendessen kam Lyris nach Hause. Nach drei Monaten war es für sie immer noch schwierig, das Haus zu betreten. Sie beugte sich vor, als suchte sie etwas.

Am 11. Juli war sie mit ihrem eigenen kleinen Koffer hier angekommen. Sie hatte ihn abgestellt, wieder aufgehoben, hin- und hergedreht und offenbar überlegt, ob sie bleiben sollte. Charles fragte sich, was sie wohl alles hatte zurücklassen müssen, um ihre Habseligkeiten auf dieses Minimum zu beschränken.

Ihre Haare waren blond wie die ihrer Mutter und so wild geschnitten, als hätte sich der Friseursalon auf einem Schiff bei stürmischer See befunden. Die Augen waren klein, wirkten wegen der großen dunklen Iris aber groß. *Ganz die Augen des Vaters*, hatte Charles gedacht und war ein bisschen eifersüchtig geworden. Genau in diesem Moment waren sich ihre Blicke begegnet, und er hatte schnell weggeschaut. Bei dieser ersten Begegnung war sie in Begleitung eines Mannes und einer Frau von den Home Bringers gewesen, der Organisation, die das Mädchen in Illinois aufgestöbert, Joan und Charles davon unterrichtet und sie nach Hause gebracht hatte.

Joan war anscheinend genauso verblüfft über Lyris wie Charles. Joan war früher Schauspielerin gewesen und besaß das Talent, die Vergangenheit vollkommen auszublenden, sobald eine neue Szene angesagt war. Sie schien an manches, was es gar nicht gab, fester zu glauben als an das, was real war. Charles vermutete darin den Grund dafür, dass sie so empfänglich für alles Religiöse war. Einmal hatte sie Charles von einem steckengebliebenen Aufzug in dem Gebäude in Stone City erzählt, wo sie arbeitete. Die Kabine war offenbar zwischen den Stockwerken zum Stehen gekommen, und die Türen hatten sich zu den Wänden des Aufzugsschachts hin geöffnet. Hinterher hatte er dann herausgefunden, dass es in diesem Gebäude gar keinen Aufzug gab. Als er sie auf diese Tatsache hinwies, meinte sie, er müsse sie missverstanden haben, sie habe ihm nur etwas erzählt, das sie von jemand anderem gehört habe, über ein anderes Gebäude, das ganz woanders liege. Aber er wisse genau, was er gehört habe und wie überzeugend sie die Seile und Nieten und die Schmiere im Schacht beschrieben habe. Nein, sagte sie. Er irre sich.

Charles kam es manchmal vor, als würde Joan in solchen Fällen einfach das Drehbuch wechseln. Das dauerte zwar einige Augenblicke, doch dann konnte sie die neue Geschichte endlos weiterspinnen.

Der Vater von Lyris war auch Schauspieler gewesen; Joan und er hatten in den achtziger Jahren zusammen einen Theaterworkshop in Chicago besucht. Charles konnte sich vorstellen, wie das Ganze abgelaufen war, jedenfalls so ungefähr. Lyris war teils im Waisenhaus und teils bei Pflegeeltern aufgewachsen, ohne je eine dauerhafte Bleibe zu finden. Sie hatte ihr Leben lang die größten Schwierigkeiten gehabt, was die Home Bringers denn auch genüsslich hervorhoben. Ihre letzten Pflegeeltern waren verhaftet worden, weil man Material zum Bombenbauen bei ihnen gefunden hatte; erst durch diese Festnahme waren die Home Bringers überhaupt auf sie aufmerksam geworden. So hatten sie sie denn aus ihrem Unglück erlöst und der echten Mutter die Möglichkeit verschafft, ihren einstigen Fehler wiedergutzumachen. In ihren Augen war dies die einzig richtige Lösung. Falls das nicht zutraf, würden sie eben eine andere suchen. Sie waren ein kleiner Verein mit beschränkten Mitteln, der sich den Kampf gegen die von ihnen sogenannte künstliche Familie auf die Fahnen geschrieben hatte. Die einzige Liebe, die zähle, sagten sie, sei die des eigenen Blutes.

Charles hielt das für einen gewaltigen Irrtum. Jedenfalls hatten er und Joan jetzt also zwei Kinder, obwohl ihnen einmal vorhergesagt worden war, dass sie nie welche bekommen könnten. Charles freute sich diebisch, wenn Ärzte oder Wissenschaftler sich irrten. Ihn amüsierten ihre Fehlurteile. Da treffen Signale von einem Weltraumteleskop ein, und siehe da, schon gibt es vierzig Milliarden Galaxien mehr als am Tag zuvor. Oder ein unfruchtbares Paar steht am Ende mit zwei Kindern da. Die Wissenschaftler mussten doch wissen, dass das nichts weiter als ein Ratespiel war. Lachten sie vielleicht hämisch hinter den Mauern ihrer Labors; würfelten sie, um herauszufinden, wie viele Galaxien oder wie viele Sandkörner es gab?

Manchmal fragte er sich, was mit diesen Wissenschaftlern los war.

Nun kam Joan die Treppe herunter und verkündete, das Bad verwandle sich gerade in einen Bach. Das war leider nicht übertrieben. Wasser rann über die Fliesen um den Sockel der Toilette und umkränzte die Rohrkupplung unter dem Waschbecken, von wo die Tropfen hinunter zum Bogenstück wallten und nach freiem Fall in einem umgedrehten Sturzhelm landeten, der auf dem Boden stand, um das Wasser aufzufangen. Auf dem Helm waren Reifenspuren zu sehen, die von einem Experiment in Colorado herstammten, als Charles mit dem Auto darübergefahren war, um herauszufinden, was er eigentlich aushalte.

»Tischler, bleib bei deinen Leisten«, sagte Lyris. Sie trug eine Matrosenbluse und einen Schottenrock mit einer riesigen Sicherheitsnadel.

»Das heißt *Schuster!*«, entgegnete Charles.

Lyris war mit ihren sechzehn Jahren gertenschlank und hochnäsig wie eine Prinzessin, und ihre Rundungen ließen sich nicht übersehen. Charles übersah sie trotzdem. Es gab viele Möglichkeiten, in dieser Beziehung Fehler zu machen, aber er war fest entschlossen, sie alle zu vermeiden. Bei ihm hatten die naheliegenden Sünden nicht die leiseste Chance. Und Lyris hatte schließlich schon genug schlechte Erfahrungen mit dem Egoismus der Welt gemacht. Sie war so etwas wie der »arme Wandergesell« aus dem bekannten Lied.

Lyris nahm einen Salatkopf aus dem Kühlschrank und biss hinein, als wäre es ein Apfel. Charles und Joan wechselten einen Blick, der besagen sollte: lass sie mal. Einige von Lyris' Angewohnheiten waren ihnen fremd. So aß sie rohe Kartoffeln, bügelte ihre Socken und trank die Milch aus einer Schüssel.

»Wie war's im Landjugendclub?«, fragte Joan. »Liebling? Lyris? Hast du Maiskolbenpuppen mit den anderen Mädchen gebastelt?«

Lyris stemmte sich hoch auf die Kante der Anrichte. »Ich bin für diesen Landjugendclub eigentlich schon zu alt. Von denen sind viele erst neun oder zehn. Ich würde noch morgen austreten, wenn du es erlauben würdest.«

»Ich fahr aber morgen«, sagte Joan. »Außerdem gibt es bestimmt auch Mädchen in deinem Alter in diesem Club.«

»Nur Taffy, der alle in den Arsch kriechen. Aber das liegt mir nicht.«

»Lyris!«

»Ist doch wahr! ›Schau dir mal meine Maiskolbenpuppe an, Taffy‹. ›Was du für große Augen hast, Taffy!‹. Jemand mit so einem Namen kann ich sowieso nicht ernst nehmen.«

»Das ist eine Abkürzung von Octavia«, sagte Joan.

»Das Beste wäre, du würdest eine Ziege großziehen, die du dann bei der Jahresschau zeigen könntest«, sagte Charles. »Das ist nämlich das eigentlich Gute an diesem Club – dass man lernt, mit Tieren umzugehen.«

»Könnte ich wirklich eine Ziege kriegen?«, fragte Lyris.

»Ich wüsste nicht, was dagegen spräche«, antwortete Charles.

»Möchte ich auch wirklich eine Ziege?«

»Herz und Hand«, sagte Charles. »Wie geht das Clubmotto gleich wieder?«

»Herz und Hand und gesunder Verstand«, sagte Lyris.

Micah klammerte sich mit beiden Händen an das Treppengeländer und hüpfte vor Empörung auf und ab. Wieso sie eine Ziege kriegen könne, wenn er keinen Hund haben dürfe, wollte er wissen. Das sei so gemein. Er könne es gar nicht fassen, wie gemein das sei.

»Ziegen sind das Gleiche wie Hunde, nur beißen sie nicht.« Charles war einmal von einem Deutschen Schäferhund, den er in einer Garage erschreckt hatte, ins Knie gebissen worden.

»Könnten wir jetzt bitte nicht mehr über Tiere reden?«, sagte Joan. »Ich werde das ganze Wochenende über nichts anderes sprechen.

Jetzt lasst mich mal nachdenken. Ich muss morgen früh um sechs Uhr los. Das heißt, ich muss heute Abend volltanken, Öl und Bremsflüssigkeit kontrollieren und außerdem noch die Fußmatten saugen.«

»Du fliegst doch«, sagte Charles.

»Aber nicht zum Flughafen«, sagte Joan.

»Wo ist denn die Puppe, die du gemacht hast?«, fragte Micah Lyris. Er hing über dem Geländer, einen Mullverband um den Ellbogen.

»Hab ich weggeschmissen«, sagte Lyris.

»Die hätte ich so schön in mein Playmobil-Gefängnis stecken können.«

»In dir steckt ja ein richtiger kleiner Bulle«, sagte Lyris.

»Lyris hat mich einen Bullen genannt«, sagte Micah.

»Hat sie nicht so gemeint«, sagte Charles. »Aber du musst hier auch nicht verkünden, dass du die Puppe deiner Schwester ins Gefängnis stecken möchtest. Und was die Ziege angeht, da kannst du mithelfen, falls wir eine kriegen.«

»Die kannst du ja dann ins *Tiergefängnis* stecken«, sagte Lyris.

Zwei Mähdrescher arbeiteten sich von beiden Seiten her durch ein Feld. In einer Stunde würde es dunkel werden. Jerry, der Bruder von Charles, fuhr gerade von Pringmar nach Boris. Er kam dabei an einem Wasserreservoir vorüber, in dessen Mitte sich eine runde Insel mit Nadelbäumen befand. Irgendwie kam es ihm vor, als gliche das Leben dieser Bäume in mancher Hinsicht seinem eigenen, in anderer zum Glück auch wieder nicht. In der Stadt bog er ab zum Jugendcenter, wo Octavia Perry und ein paar von ihren Freundinnen vor der Telefonzelle herumstanden. Eben jene Taffy, die im Landjugendclub immer die Vorbildliche spielte, stand nun hier mit herausgestrecktem Bauch, eine Hand ins Kreuz gestemmt, und rauchte.

»Wo läuft denn die Party?«, fragte Jerry.

»Wissen wir noch nicht«, erwiderte Octavia. »Wait a minute, Mr. Postman.« Jerry verdiente sich seinen Lebensunterhalt als Postbote. Neben ihm auf dem Sitz lag noch sein Feuerwehrhelm.

»Schau mal, was ich dir mitgebracht habe«, sagte Jerry. Er öffnete das Handschuhfach und nahm ein kleines schwarzes Schachbrett mit magnetischen Figuren heraus. »Bauer auf D 4.«

Octavia antwortete darauf mit dem gleichen Zug ihres Damebauern. Nach einigen Zügen klingelte das Telefon in der Telefonzelle.

»Ob er den Bauern wohl behalten will, oder ob er ihn opfert?«, fragte Taffy. Sie klemmte ihre Zigarette mit dem Nagel des Mittelfingers auf den Daumen und schnippte sie in den Rinnstein.

Eine von Taffys Freundinnen hängte den Hörer ein. »Am Elefanten. Die Sache steigt am Elefantenwäldchen.«

Dies war ein bekannter Partytreffpunkt außerhalb der Stadt, dessen Name von einer Baumgruppe herrührte, deren Umriss, gegen den Himmel gesehen, offenbar irgendjemanden einmal an einen Elefanten erinnert hatte. Diese Ähnlichkeit, so sie überhaupt je bestanden hatte, war inzwischen aufgrund des Wachstums der Äste wieder verschwunden. Die Party sollte also auf der Wiese unter den Bäumen stattfinden.

»Den Läufer auf G 4 wäre jedenfalls ein schwerer Fehler«, sagte Jerry.

»*Ach nee*«, sagte Taffy. »Weißt du was, ich hab überhaupt keine Lust, zu spielen, wenn du mich wie eine Anfängerin behandelst. Kommst du jetzt mit auf die Party oder nicht?«

»Gibt's denn ein Fässchen?«

»*Es claro que sí!*«

Der Abendhimmel hatte sich wie ein Ballen von blauem Tuch über der Stadt ausgerollt. Jerrys Blick ruhte auf dem wolkigen Schimmer der kleinen Perlen in Octavias Ohrringen. »Ich glaube, ich geh lieber heim und schau mal, was auf dem Discovery Channel läuft.«

»Du bist ein Greis«, sagte Taffy.

»Und wickle mir eine Decke um die Schultern.«

»Ich bin nicht in dich verliebt.«

»In so fröhlicher Gesellschaft vergeht die Zeit wie im Flug.«

»Wirklich nicht verliebt.«

Jerry verließ die Stadt und fuhr zum Haus von Charles und Joan. Joan saß auf der Terrasse und putzte ihre Schuhe, Charles lag auf einer Holzplatte mit Rädern unter ihrem Auto, dessen Vorderräder mit zwei Wagenhebern aufgebockt waren.

»Abend, Leute«, sagte Jerry.

»Ich fahr weg«, rief Joan.

»Aber Joannie, wir hatten ja kaum Gelegenheit, dich kennenzulernen!«

»Nur übers Wochenende«, sagte Joan und hielt ein Schuhputztuch in das abnehmende Licht. »Beruflich.«

»Dann will ich gar nichts davon hören«, sagte Jerry. »Charles, ich bräuchte mal deine Hilfe bei mir zu Hause. Ich hab eine Lieferung Steinsalz, die in den Keller muss.«

Kurz darauf schossen Charles und sein Bruder über die Landstraße, und der Abendwind wirbelte Papierfetzen und Staub im Innenraum des Wagens herum. Jerry erklärte seinen Plan, der mit Steinsalz nicht das Geringste zu tun hatte. Er wollte auf der Party im Elefantenwäldchen eine Polizeirazzia vortäuschen. Als Postbote hatte er Blaulicht hinter der Windschutzscheibe; als Freiwilliger bei der Feuerwehr besaß er ein Megaphon. Jerry hatte ein Faible dafür, den Leuten den Spaß zu verderben, das war sein neuestes Hobby. Einmal hatte Micah aus altem Segeltuch ein Zelt gebaut, über einer Wäscheleine, die er zwischen zwei Bäumen aufgespannt hatte, und Jerry hatte einen Hirschfänger aus der Tasche gezogen und das Seil einfach durchgeschnitten, so dass die schwere Leinwand zu Boden plumpste. Außerdem hatte er es sich zur Gewohnheit gemacht, Leute, die ihr Auto zum Verkauf inseriert hatten, mit unsinnigen Anrufen zu belästigen. »Gangschaltung oder Automatik?«, pflegte er zu fragen, und zwar bevorzugt spät abends, nur um die Leute zu ärgern.

Jerry bog von der Straße ab und fuhr auf das sogenannte Elefantenwäldchen zu. Unten auf der Wiese liefen schattenhafte Figuren zwischen den Autos hin und her. Aus einem Radio dröhnte »La Grange«.

»Die spielen die gleichen Songs wie wir damals«, sagte Charles träge.

»Ich weiß.« Jerry legte den Gang ein. »Die haben noch nicht begriffen, dass sich die Musik weiterentwickelt!« Das Auto fuhr langsam mit eingeschaltetem Blaulicht aus dem Wäldchen heraus und den Hang hinunter auf die Party zu.

»Bleiben Sie von Ihren Autos weg«, sagte Charles ins Megaphon, aber es drang nicht nach draußen.

»Du musst es erst einschalten. Und sag lieber *Fahrzeuge.*«

»Bleiben Sie von den Fahrzeugen weg.« Jetzt hallten Charles' Worte über die Wiese bis hinüber zu den Hügeln auf der anderen Seite. »Starten Sie Ihre Fahrzeuge nicht. Keiner verlässt das Gelände.«

Das brachte sofort Leben in die müde Party. Jugendliche rannten umher, Autotüren wurden zugeschlagen, Scheinwerfer schnitten gelbe Schneisen in die Dunkelheit. Staub stieg auf, als der Caravan schlingernd die Straße erreichte. Es war toll, so eine Panik zu erzeugen, aber Charles wurde den Eindruck nicht los, dass es den Jugendlichen mehr Spaß machte als ihm selber.

Jerry bremste, damit alle genug Zeit hatten, zu entkommen. Er parkte das Auto, und beide stiegen aus und holten eine Handkarre aus dem Kofferraum. Die jungen Leute hatten das Bierfässchen zurückgelassen, das in einem Kreis aus niedergetretenem Gras stand. Charles hob das kalte Aluminiumfass auf die Karre, Jerry gurtete es fest, und dann zogen sie es abwechselnd den Hang hinauf zum Auto.

»Möchte wissen, warum sie das dagelassen haben«, sagte Charles.

»Du kennst doch diese Kids«, erwiderte Jerry. »Immer in Eile.«

Zwei

Lyris erinnerte sich an das Schild in der Cafeteria des Waisenhauses: UND DA WIR BEKLEIDUNG UND ESSEN HABEN, SO LASST UNS DAMIT ZUFRIEDEN SEIN. Dem war ein gewisser Sinn nicht abzusprechen. Sie versuchte, sich an mehr zu erinnern – die billigen Gabeln, die sich so leicht verbogen, die Galerie, von der aus die Direktorin die Waisenkinder beobachtete, die beklemmenden Haarnetze der Köchinnen –, aber es fiel ihr schwer, die Bilder klar vor sich zu sehen. Sie fand, in ihrem Alter dürfte sie noch nicht so vergesslich sein.

Sie stand in ihrem Schlafzimmer und sah auf die Straße hinunter, wo Joan gerade zum Tanken fuhr. Charles war mit Jerry irgendwohin verschwunden. Micah spielte unten El Mono, ein Videospiel, in dem ein Affe rannte und sprang, um einer Armee von fliegenden Totenköpfen zu entkommen. Lyris hörte die schrillen, einförmigen Schreie des Affen.

Die Maiskolbenpuppe steckte in ihrem Rucksack. Sie hatte gelogen, als sie behauptete, sie habe sie weggeworfen. Jetzt nahm sie sie heraus und legte sich damit aufs Bett. Der Stoff, die Perlen und der Kopf aus Styropor ließen sich leicht abreißen. Sonst war an der Puppe nichts dran. Das Rot des abgeschälten Kolbens sah anders aus als jedes Rot, das sie kannte. Es war wie die Farbe von Blut, nur rostiger. Vielleicht wie getrocknetes Blut. Ja, das könnte es sein. Es wog fast nichts, dieses getrocknete Stück Natur. Ein paar gelbe Körner steckten noch darin, alles in allem vielleicht ein Dutzend. Ihre Anordnung wirkte wie zufällig und doch bedeutungsvoll, nur konnte sie diese Bedeutung nicht entziffern.

Eine Weile spielte sie mit dem Maiskolben herum. Sie warf ihn zwischen den Händen hin und her, kratzte sich damit an der Schläfe, fuhr sich mit ihm durch die Haare. Er war etwas völlig Neues für sie. Sie sprach hinein wie in ein Mikrophon.

»Es ist Mondschein«, sagte sie.

Diesen Satz hatte sie von der Rollschuhbahn, zu der sie früher oft mit ihrer Pflegeschwester Lorna gegangen war. Lorna war die Tochter ihrer ersten und besten Pflegeeltern. Lyris und Lorna hatten sich an der Hand gehalten und unermüdlich ihre Runden auf der Rollschuhbahn gedreht. Es stellte sich jedoch heraus, dass man leichter fuhr, wenn man sich nicht an der Hand hielt. Also verzichteten sie darauf, nachdem sie ein paarmal hingefallen waren. Die Bahn war mit weißem Flutlicht ausgeleuchtet, das manchmal in höchst dramatischer Weise ausgeschaltet wurde, so dass nur der dunkle Schimmer der blauen Punktstrahler blieb, die über die schmalen Bodenbretter huschten. Dann beugte sich jedes Mal der Mann, der in einer Glaskabine über den Rollschuhfahrern die Musik auflegte, dicht ans Mikrophon und sagte: »Es ist Mondschein.«

Die Zeit mit Lornas Eltern war vorbei, als deren Bekleidungsgeschäft Bankrott ging.

Die Pflegeeltern ihres zweiten Zuhauses waren ältere Eheleute, die im Grunde jemanden suchten, der ihnen die Hausarbeit machte. Der Mann hatte einen Hautfleck auf der Stirn, der wie die Landkarte von Florida aussah. Lyris vermutete, die Leute von der Pflegevermittlung akzeptierten ihn nur deshalb als Pflegevater, weil sie demonstrieren wollten, dass so ein Fleck sie nicht abschreckte. Lyris war in dem Jahr, als sie zwölf wurde, für einige Zeit bei diesem Paar. Das Pflegeverhältnis wurde vom Staat beendet, nachdem sie sich den Arm gebrochen hatte, als sie eine Klimaanlage ein Stockwerk hinuntertragen musste.

Das dritte Ehepaar, bei dem Lyris lebte, war sicherlich das wohlhabendste. Diese Pflegeeltern besaßen mehrere Sport- und Freizeitfahrzeuge und fuhren gern aufs Land, um dann mit ihrem Jeep in dem unwegsamen Gelände unter den Hochspannungsleitungen dahinzujagen. Was dabei soviel Spaß machen sollte, begriff Lyris nie. Es war, als säße man in einer Blechbüchse, mit der jemand Fußball spielte. Sie fragte sich später manchmal, ob sie dadurch, dass sie diesen Fahrten so rein gar nichts abgewinnen konnte, Einfluss darauf gehabt habe, dass das Ehepaar sich entschloss, nach ihr keine Pflegekinder mehr anzunehmen.

Als Letzte vor Charles und Joan kamen Pete und Jackie. Sie waren diejenigen, bei denen man das Material zum Bombenbauen gefunden hatte. Mit ihnen hatte Lyris ihre Höhen und Tiefen erlebt. Als sie von der Angst gepackt wurde, ihre ehemalige Pflegeschwester sei gestorben, weil sie Lorna im Traum auf einem Wolf hatte reiten sehen, bemühten sich die beiden sehr, ihr zu helfen. Nachdem sie getan hatten, was sie konnten, um Lyris davon zu überzeugen, dass Träume eher Befürchtungen widerspiegelten als Tatsachen, fuhren Pete und Jackie sogar mit ihr zu Lorna. Dieser Besuch verlief gar nicht gut. Die Familie war umgezogen und nicht mehr bankrott und schien mit der Vergangenheit nichts mehr zu tun haben zu wollen. Lorna hatte gerade Besuch von ein paar Freunden, die Lyris anstarrten, als wollten sie sagen: »Was will denn die hier?«

Pete machte es der Polizei ziemlich einfach, ihn mit seiner Bombenbauerei aufzuspüren. Er ging sogar so weit, seinen Hund nach einem Sprengstoff zu benennen. »Bei Fuß, Kordit«, rief er, wenn in der Vorstadt, in der sie lebten, die Dämmerung hereinbrach. »Los, heim jetzt, Kordit.« Der Hund, ein starker, aber dämlicher Dalmatiner, rannte immer durch das ganze Viertel und zog dabei seinen schmutzigen Stock an einer Schnur hinter sich her.

War das eine Szene, als die Polizei das Haus stürmte! Sie rochen, dass etwas brannte, und dachten, das Haus werde jeden Augenblick in Flammen aufgehen. Dabei war es nur ein altes Bügeleisen, das Lyris eingesteckt hatte, weil sie ihre Jeans bügeln wollte. Zwei Männer kamen die Treppe heraufgedonnert, rissen sie vom Bügelbrett weg und schleppten sie die Treppen hinunter, ohne dass sie ein einziges Mal mit den Füßen den Boden berührte. Den Lärm der Männerschuhe auf den Stufen würde sie nie vergessen. Über das Geländer hinweg erhaschte sie noch einen Blick auf ihre zerknitterten Jeans.

An jenem Abend wurde sie sowohl von der Polizei als auch von den Home Bringers verhört. Sie bekam an einem Schreibtisch etwas zu essen, und währenddessen stellte man ihr Fragen.

»Gehst du zur Schule?«

»Sehe ich vielleicht so aus, als würde ich nicht gehen?«

»Bist du jemals gebeten worden, ein Paket bei jemandem abzuliefern, ohne zu wissen, was drin war?«

»Nein, Sir.«

»Noch Pommes?«

»Nein, danke.«

»Würdest du gerne bei deiner Mutter leben?«

»Was macht sie denn?«

»Sie ist Schauspielerin.«

»Kann es sein, dass ich sie schon mal gesehen habe?«

»Sie wurde einmal aus einem Stück entlassen, und zwar in dem Herbst, bevor du geboren wurdest. Sonst haben wir nichts herausgefunden. Sie sollte damals eine Schwangere spielen.«

»Heißt das, während sie …«

»Ironie des Schicksals, nicht wahr?«

Lyris ließ den Maiskolben neben das Bett fallen und bewegte die Hände graziös in der Luft, so wie sie sich vorstellte, dass es eine Balletteuse täte. Im Waisenhaus hatten die Betreuer ganz besonders den Wert und die Unantastbarkeit des Körpers hervorgehoben, als wären die Waisen nicht Kinder, derer man sich entledigt hatte, sondern Sportler in einem Trainingscamp. Richtig fallen zu lernen war Pflicht, zweimal täglich; und es gab viele, die perfekt fallen konnten. Die Tage waren ausgefüllt und die Nächte leer. Welch ein Frieden konnte da im Waisenhaus herrschen, wenn das Licht erst aus war und die Atemzüge langsamer wurden, bis sie zu einem einzigen Klang verschmolzen.

War es so schlimm?, fragte sie sich jetzt. *Nein, alles in allem eigentlich nicht.*

Einer der Vorzüge von Lyris' Zimmer im Haus von Charles und Joan war, dass sie aus ihrem Fenster auf das Dach des Vorraums hinaussteigen konnte. Das tat sie nun und setzte sich rittlings auf den First. Es war schon fast dunkel, aber sie konnte noch die Umrisse der offenen Landschaft und der Bäume rund ums Haus erkennen. In den Fenstern der Scheune sah sie Licht. Es konnte natürlich dieser Kobold Micah mit einer Taschenlampe sein. Er vergötterte Charles, ließ aber nichts unversucht, um ihm eins auszuwischen.

Als sie nach unten ging, fand sie Micah jedoch noch an Ort und Stelle, gebannt von El Mono, der auf einem Baum in der Falle saß.

»Ich gehe nach draußen«, sagte sie. »He, Junge, hast du gehört?«

Er nickte unaufmerksam und rückte sich auf der Couch zurecht. Ein angebissener Apfel rollte langsam über das Polster. Lyris hob ihn auf. »Schau sich das mal einer an.«

»Du kannst ihn aufessen.«

»Wie kann ich dir das jemals vergelten?«

»Brauchst du nicht.«

Auf dem Weg zur Scheune aß sie den Apfel mit Stumpf und Stiel. Drinnen trafen die letzten Strahlen der Sonne auf die Messingbeschläge eines Überseekoffers und warfen deren Reflexe an die Wand. Sie drehte sich um und schaute hinaus. Eine blauschwarze Wolkendecke hatte das Abendlicht zu einem tiefgelben Streifen am Horizont zusammengequetscht. Sie schlängelte sich zwischen Holzkisten, Werkzeugen mit stabilen Griffen und zusammengerollten Ketten durch bis zu dem Schrankkoffer, der an der Rückwand der Scheune stand. Er war nicht verschlossen. Darin lagen Hüte, Schuhe, Kleider und Mäntel aus Joans Theatertagen. Lyris hatte abgeschnittene Jeans und eine Matrosenbluse an, und darüber zog sie jetzt ein grünes Samtkleid mit weiten, fließenden Ärmeln und einem schwarzen Kragen. Die Ärmel und die senkrecht angesetzten Taschen waren mit gelbem Stoff paspeliert. Sie setzte sich auf einen abgewetzten gepolsterten Schaukelstuhl und probierte ein Paar schwarze Stoffschuhe an. Sie hatten hohe Absätze, und über den Zehen waren gezackte goldene Blätter eingewebt. Alles passte wie angegossen. Sie schloss die Augen und ließ den Kopf nach hinten sinken. Vielleicht steckten ja noch Spuren von Joans Denkweise in ihren alten Kleidern und würden von dort in Lyris' Kopf sickern. Dann würde sie vielleicht alles verstehen. Sie atmete tief durch und wartete. *Ich werde es verkraften, was auch kommen mag*, dachte sie. Nach kurzer Zeit sah sie ein Werbeplakat für Sonnenmilch vor sich, die aus wogendem Klee aufstieg. Kinder liefen über die Wiese und kauten an den süßen weißen Spitzen der Blüten. Nicht sehr originell. Sie ordnete die Falten des Kleides über ihren Beinen neu. Da knallte die Scheunentür zu, und der Zapfen rasselte ins Schloss.

Ein junger Mann namens Follard ging mit einem Metalldetektor durch den Wald. Er trug einen Helm mit einer Stirnlampe, die hin und her schwankte. Follard gefiel es, nach Einbruch der Dunkelheit zu arbeiten, weil das sonst niemand tat. Metallsuche war zwar inzwischen ein weitverbreitetes Hobby, aber Follard hatte für seine Konkurrenten nichts als Verachtung übrig. Im Großen und Ganzen machten sie zwar das Gleiche wie er, aber er war überzeugt, dass man erst nach Einbruch der Nacht unterscheiden konnte, wer ein echter Metallsucher war und wer das Ganze nur als Hobby betrieb. Allein schon das Wort »Hobby« ließ ihn schaudern. Er war erst zweiundzwanzig, sah jedoch älter aus. Um seine Augen lagen Falten. Auch war er von einer Engstirnigkeit, die man eher bei einem älteren Mann erwartet hätte, den die Mühen vieler Jahre zurechtgestutzt und abgeschliffen hatten. An dem Metalldetektor saß eine Plastikmanschette, die sich fast wie das Passstück einer Krücke um seinen rechten Unterarm legte. Vervollständigt wurde seine Ausrüstung von einer Klappschaufel, die er in einem Laden für Militärausrüstung gekauft hatte und in einem Gurt an der Hüfte trug.

Er trug seinen Metalldetektor mit so ausgereifter Souveränität, dass das Metall fast von selbst aus der Erde sprang, wenn er auftauchte. Tagsüber streiften Kühe durch den Wald, grasten den Boden zwischen den Bäumen ab und hinterließen Trittspuren in sämtliche Richtungen.

Weit oben zogen Gänse dahin, deren Schreie man von ferne hörte. Follard spürte förmlich ihre schweren Körper über den Bäumen. Als er über eine Anhöhe kam, sah er rote Rücklichter über dem Gras der alten Landstraße. Er schaltete die Lampe auf seinem Helm aus, stellte den Metalldetektor auf lautlos und ging von hinten an das Auto heran, das im Leerlauf auf der Straße parkte. Das Pärchen drinnen drehte sich auf den Sitzen um. Möglicherweise hatten die beiden das Licht schon vorher gesehen. Als er die Fahrertür öffnete, quoll ihm eine Wolke Marihuanarauch mit überwältigendem, unbekümmertem Duft entgegen. Follard mochte Marihuana nicht, denn es hatte bei ihm nie etwas anderes als Verwirrung ausgelöst. Es erweckte in ihm Misstrauen. Er hielt nicht viel von Kiffern, deren Gespräche oft so klangen wie das folgende, das er einmal mitgehört hatte:

»Du brauchst ja nur mal das Radio zu nehmen – das ist doch – diese Wellen, also – die sind überall am ganzen Himmel – und du *siehst* sie nicht? – und sie dringen durch das Dach von deinem Haus, diese unsichtbaren … Ringe oder so – wenn du das jemand erklären würdest, ohne, sagen wir mal, das Wort ›Radio‹ dabei zu benutzen – also da würde doch jeder sagen ›gibt's nicht‹.«
»So wie mit der Unabhängigkeitserklärung.«
»Ja, genau.«
»Weil, wenn man die den Leuten vorliest und man sagt ihnen nicht, was es ist – also ich hab das mal im Fernsehen gesehen – da haben sie nicht gesagt, was es ist –«
»Das hab ich auch gesehen! Sie haben sich damit an alle möglichen Straßenecken gestellt.«
»Ich weiß nicht mehr, wo sie standen. Aber das wollte echt keiner unterschreiben. Die meisten dachten, das ist das Kommunistische Manifest. Oder sonst irgendwas.«

Ein Junge und ein Mädchen aus einer nahegelegenen Stadt stiegen aus dem Wagen. Sie kannten Follard, und obwohl sie ihm nicht trauten, schienen sie doch erleichtert zu sein, dass es kein Polizist war. Das Mädchen weinte und wischte sich die Augen mit dem Handrücken ab. Sie erklärte, sie habe ihren Schulring im Elefantenwäldchen verloren.

Die beiden seien dort auf einer Party gewesen, die die Polizei abgebrochen habe, und in dem ganzen Durcheinander müsse ihr der Ring vom Finger gerutscht sein. Er sei aus Weißgold mit einem Amethyst.

Auf die Probleme anderer Leute reagierte Follard meist gereizt. In dieser Hinsicht war er egoistisch. Das Mädchen gestikulierte hilflos, der Junge stand nur daneben und hielt eine geschnitzte hölzerne Pfeife in der Hand.

»Habt ihr versucht, ihn wiederzufinden?«, fragte Follard.

»Wir mussten doch abhauen«, antwortete der Junge. »Diese vielen Polizeiautos haben versucht, uns einzukreisen. Und als wir zurückkamen, war das Fässchen weg.«

Das Mädchen putzte sich die Nase mit einem bestickten Taschentuch.

»Was nützt es, jetzt noch darüber zu reden?«, sagte sie untröstlich. »Wo wir doch sowieso wissen, dass wir den nie wiederfinden. Er hat eine Menge Geld gekostet.« Als sie an den Preis dachte, fing sie wieder an zu weinen.

»Lieber eine Kerze anzünden als die Dunkelheit verfluchen«, sagte Follard.

»Meine Eltern geben mir bestimmt Hausarrest bis Thanksgiving«, sagte das Mädchen.

Der Junge lachte, und Follard und das Mädchen starrten ihn an. »Entschuldigung, das war unpassend.« Er steckte sich die hölzerne Pfeife zwischen die Zähne, hob das Mädchen auf die Kühlerhaube und tätschelte ihr die Schulter.

»Was ist daran verdammt noch mal so witzig, Ronnie?«, fragte sie.

Follard ließ sie noch eine Weile hin und her reden, dann gab er zwei Geschichten aus seinem Leben zum Besten. Er hatte immer gute Geschichten auf Lager, in denen es um Gewalt und Zerstörung ging. Der Junge und das Mädchen kannten diese beiden schon, aber sie hörten trotzdem respektvoll zu, denn Follard war älter als sie und lebte alleine, seit er vierzehn war. Er hatte ein Haus in Stone City, das die ganze Highschool nur als »das Haus am Eck« kannte. In der ersten Geschichte ging es um einen Brand, dem er gerade noch entkommen war, und in der zweiten um einen seiner Bekannten, der die Gäste bei einer Geburtstagsparty mit einem abgebrochenen Stuhlbein verfolgt hatte.

»Und schaut mich jetzt an«, sagte Follard abschließend. »Ein Leben in vollkommener Freiheit. Ich komme und gehe, wann ich will. Ich kann die ganze Nacht Metall suchen, wenn ich will. Und wie ich will. Ich könnte diesen Ring für dich suchen.«

»Funktioniert das wirklich?«, fragte Ronnie.

»Gib mir irgendwas aus Metall.«

Der Junge wühlte in seinen Taschen. »Ich habe einen Vierteldollar.«

»Damit geht es nicht.«

»Ich habe ein Taschenmesser.«

»Zeig mal her«, sagte Follard und knipste seine Helmlampe an. Es war ein Messer aus gebürstetem Stahl mit einem fliegenden Fasan auf dem Gehäuse. Follard warf es in die Bäume hinter dem Auto.

Er gab dem Jungen den Metalldetektor. »Jetzt geh da hinüber und horch auf den Signalton. Und verstell mir nichts an meinen Einstellungen.«

Ronnie wollte etwas sagen, aber dann steckte er doch den Arm in die Manschette und folgte der Scheibe des Metalldetektors, die ihm den Weg wies. Er schien geschmeichelt, dass Follard ihm sein Gerät anvertraute. Das Messer würde er allerdings nicht finden.

»Hey, Suzanne«, sagte Follard.

»Suzette.« Das Mädchen rutschte auf der Motorhaube nach hinten.

»Jetzt habt ihr beide was verloren.«

Das Mädchen faltete das Taschentuch zusammen und steckte es in die Jackentasche. »Hau bloß ab, du verdammter Schuft.«

Lyris wartete, bis sich ihre Augen an die Dunkelheit gewöhnt hatten. Das Einzige, was sie sah, waren die sechs quadratischen Fensterscheiben über dem Scheunentor in schummrigem Grau. Sie schleuderte die Schuhe von den Füßen, die beim Aufkommen deutliche, hastige Geräusche machten, als wären sie kleine Tiere. Bloß nicht an kleine Tiere denken. Sie trat auf etwas, verlor das Gleichgewicht und stieß gegen eine Werkzeugkiste, die dadurch zu Boden krachte. Sie schloss die Augen, so dass sich hinter ihren Lidern Windrädchen aus Licht langsam drehten. Sie versuchte das Kleid wieder auszuziehen, aber sie war mit der Schleppe irgendwo hängengeblieben, und mit ihren Anstrengungen klemmte sie sich nur noch mehr ein.Sie hatte ein bisschen Angst und atmete zu schnell. Auf einmal löste sich das Kleid abrupt, und sie flog gegen einen Sägebock, über den sie der Länge nach stürzte, wobei sie das Gesicht mit den Händen zu schützen versuchte. Ihr Handgelenk stieß gegen das Motorgehäuse eines Notstromaggregats, und ihr war sofort klar, dass das eine tiefe und langwierige Wunde abgeben würde. Der umgestürzte Sägebock drückte ihr schmerzhaft in den Bauch und gegen die Schienbeine. Eine ganze Weile lag sie keuchend da, dann stand sie auf und ging zum Tor. Die Türflügel waren verschlossen und gaben nicht nach. Eine Metallstange lief oben, unterhalb der Fenster, auf der ganzen Länge über das Tor. Sie sprang hoch, sprang nochmals, erwischte die verrostete Stange mit den Händen und zog sich daran hoch, um durch die Scheiben zu schauen. Erst jetzt begriff sie, warum die Flügel des Scheunentors zugegangen waren. Mit ihrem Versuch zur Gedankenübertragung hatte das nichts zu tun – sondern mit Micah, der im Gras vor dem Scheunentor stand und sich die Ohren zuhielt, während seine Augen glitzerten wie die einer Katze.

»Lass mich hier raus, du kleiner Scheißer!«, schrie sie.

»Ich kann nicht.«

Sie ließ sich fallen und tastete nach einem Hammer oder einer Axt. »Lass dir lieber ganz schnell etwas einfallen«, rief sie, während sie mit den Händen in flachen Kreisen über den schmutzigen Boden fuhr. »Oder vielleicht lieber doch nicht«, murmelte sie, »denn ich werde dich so was von windelweich prügeln.«

Nach einer Weile schloss sich ihre rechte Hand um den schmutzverkrusteten Griff eines Spatens. Ihr Atem ging in heftigen Stößen, als wäre sie gerannt. »Mach die Tür auf!«, kreischte sie. Sie stand auf und schob die Spitze des Spatens in den Spalt zwischen den Türflügeln. Natürlich passten die nicht richtig zusammen, wie auch sonst nichts hier in diesem Haus, in das es sie verschlagen hatte. »Aus dem Weg, Micah.«

Lyris hob den Spatenstiel waagrecht in Schulterhöhe, was aussah, als würde ein Bogenschütze einen Bogen spannen, stieß die Schneide zwischen die Türflügel und drückte den Spaten mit ihren aufgeschürften Händen kräftig nach links. Der Stiel bog sich und der Druck dehnte die Scheune leicht in die Breite. Holz knarzte und splitterte, die Türflügel brachen auf, und Lyris taumelte nach draußen. Der Mond schien durch wirre Wolkenhaufen. Sie stieß den Spaten so heftig in den Boden, dass er senkrecht steckenblieb. Micah schlang die Arme um ihre Taille und vergrub das Gesicht in der samtenen Vorderseite ihres Kleids. Er sagte etwas, aber sie verstand kein Wort. Sie bemerkte, dass sie gegen ihren Willen seinen schmalen Rücken streichelte, so dass dieser fast in ihren Ärmeln verschwand.

»Ist schon in Ordnung, Junge.«

Micah hob den Kopf. »Ich konnte nichts machen, Lyris. Ich hab dich eingesperrt, aber ich hab das Tor nicht mehr aufgekriegt. Ich weiß auch nicht, warum.«

»Ist schon in Ordnung«, sagte sie. »Ich krieg dich schon noch, und zwar wenn du gar nicht damit rechnest.«

»Es war alles meine Schuld.«

»Allerdings.«

Er fasste das Kleid an. »Räum das lieber weg, bevor Mom zurückkommt.«

Lyris legte Micah den Finger auf den Mund, weil sie das Gefühl hatte, jemand sei in der Nähe.

Follard hatte seinen Pfad verlassen, um nach dem zugewachsenen Areal einer alten Müllhalde zu suchen. Diese waren früher auf jeder Farm zu finden gewesen, doch vor Jahren hatte der Bezirk eine Weisung erlassen, nach der sie eingeebnet werden mussten. Der Metalldetektor gebärdete sich immer wie wild, wenn man auf einer solchen Stelle stand. Nach Follards Erfahrung hatte es aber nicht viel Sinn, dort nachzugraben, es sei denn, man war – was auf viele zutraf – ganz versessen auf blaue Glasflaschen, die keinerlei Wert besaßen. Er fand es trotzdem interessant, einfach nur herauszufinden, wo solche Stellen lagen. Er konnte den Detektor so einstellen, dass er die wertlosen Metalle gar nicht anzeigte, machte das im Allgemeinen jedoch nicht. Im Geiste entwickelte er bereits eine Landkarte aller ehemaligen Schrotthaufen des unteren Bezirks.

Er hatte Geschrei und Gepolter gehört, was ihn vermuten ließ, dass er sich einem Privatgrundstück näherte. Er überquerte die Gleise und blieb auf dem Hof stehen, um ein interessantes Spektakel zu beobachten: ein Junge, der wie hypnotisiert dastand, ein Scheunentor, das aufsprang, eine junge Frau im langen Kleid, die heraustaumelte. Jetzt inszenierte er seinen eigenen Auftritt, den Helm in den Nacken geschoben, den Metalldetektor über die Schulter geschwungen.

»Hallo«, rief er. »Ich hab mich ein bisschen verlaufen. Mein Auto muss irgendwo unten an der Straße stehen. Mein Name ist Follard.«

Das Mädchen ging zur hinteren Veranda und schaltete das Licht an. Sie sah ihn von oben bis unten an. Ihr kurzes blondes Haar klebte vor Schweiß, und mit der Hand hielt sie die Falten ihres Kleides gerafft.

»Ich suche Metall«, sagte Follard, um das Schweigen zu brechen.

»Haben wir nicht.«

»Unter der Erde, meine ich. Ich suche Metall, das vergraben ist. Schau, was ich heute Abend gefunden habe.« Follard öffnete die Hand und zeigte das stählerne Taschenmesser mit dem Fasan auf dem Griff.

»Das ist hübsch«, sagte das Mädchen.

»Find ich auch.«

»Was ist das?«, fragte der Junge.

»Ein Messer«, antwortete Follard. »Ich schenk es deiner Schwester, dann kann sie damit machen, was sie will.« Zu Lyris sagte er: »Du siehst aus, als hättest du einen anstrengenden Tag gehabt. Dein Kleid ist zerrissen, wenn ich das bemerken darf.«

Das Mädchen ermunterte ihn nicht weiter, das Messer nahm sie aber doch an, wie er nicht anders erwartet hatte.

Drei

Der Mann, der an der Tankstelle Dienst tat, trug einen grünen Anstecker:

Jim
Ich bin hier,
um Sie
zu bedienen.

Das brachte Joan auf einen Gedanken, der ihr in letzter Zeit immer öfter kam, nämlich, dass in diesem Lande etwas vor sich gehe. Es vermittelte ihr nicht mehr das Gefühl von Sicherheit, das sie sonst an jedem ihr vertrauten Ort empfand. Erst neulich abends hatte ein Mann zu Hause angerufen und zu ihr gesagt, ihre Familie sei unter zahlreichen anderen potentiellen Bewerbern ausgewählt worden, ein Darlehen zu erhalten, um damit ihre Schulden zurückzahlen zu können. Sie wies darauf hin, dass ihre Familie keine nennenswerten Schulden habe und dass man von einem Darlehen, das ja nichts anderes als Schulden darstelle, nicht gerade behaupten könne, es diene dazu, Schulden zurückzahlen. Der Anrufer antwortete, er lese nur ab, was auf seinem Blatt stehe, und wolle mit ihr auch nicht über diese Formulierungen diskutieren, die nicht von ihm stammten.

»Die Zapfsäule funktioniert nicht«, sagte sie zu Jim.

Er schlitzte gerade mit einem Universalmesser einen Pappkarton auf. Ob er abweisend oder einfach nur in seine Beschäftigung vertieft war, konnte Joan nicht erkennen. Im Karton steckten lagenweise Zigarettenstangen.

»Wenn Sie Ihre Kreditkarte eingesteckt haben, müssen Sie sie sofort wieder herausziehen«, sagte er. »Den Fehler machen die meisten. Und dann stehen sie da und warten, und es passiert nichts.«

»Ich zahle bar«, sagte sie. »Ich fülle nur den Tank auf, weil ich morgen zum Flughafen muss. Kann ich Ihnen das Geld einfach so geben?«

Der Mann runzelte die Stirn, in jeder Hand eine Stange Pall Mall. »Ja, aber erst, wenn Sie getankt haben. Sonst wissen wir ja nicht, wie viel Sie hatten. Und das ist jetzt nicht persönlich gemeint, aber heutzutage muss man leider von jedem immer das Schlimmste annehmen. Am besten behandelt man jeden erst mal wie einen Kriminellen und hofft darauf, dass man sich doch manchmal irrt. Wenn Sie bar zahlen wollen, müssen Sie Folgendes tun: Sie führen Ihre Karte ein, dann erscheint auf der Anzeige die Frage: ›Bargeld oder Kreditkarte?‹ Und dann drücken Sie ›Bargeld‹.«

»Aber ich habe meine Karte nun mal nicht bei mir«, sagte Joan.

»Na, dann ist es ja noch einfacher. Da müssen Sie nur ›Bargeld‹ drücken und dann kommt die Anzeige ›Kreditkarte oder Bargeld‹ und Sie drücken ›Bargeld‹ und die Eingabetaste gleichzeitig.«

»Das habe ich gemacht. Glaube ich jedenfalls.«

»Und was hat das Display angezeigt?«

»Was ist das?«

»Das graue Feld, auf dem die Anweisungen erscheinen.«

»Weiß ich nicht.«

»Offensichtlich machen Sie irgendetwas falsch.« Der Mann schob die Zigarettenstangen in die Fächer hinter der Kasse.

»Können Sie mir nicht helfen?«

»Ich darf den Laden nicht verlassen«, sagte der Mann. »Es gibt hier aber eine gebührenfreie Nummer, die Sie anrufen können.«

»Sind Sie nun eigentlich hier, um mich zu bedienen, oder nicht?«

»Also, ich darf das eigentlich nicht, aber ich habe Sie hier ja schon öfter gesehen. Warten Sie mal einen Moment.«

Am Ende füllte der Angestellte ihren Tank und sie bezahlte. »Vielen Dank, Jim.«

Als sie Chesley verließ, sah sie dünnen weißen Rauch aus der Dachrinne eines Hauses hochziehen, das dem Arzt Stephen Palomino gehörte. Eine Leiter lehnte an dem Haus, einem weitläufigen Gebäude mit Fachwerk und rotem Ziegeldach. Palomino selbst kam gerade mit einem Schlauchwagen aus der Garage gerannt. Joan hielt ihr Auto mitten auf der Straße an und stieg aus.

»Was ist denn los, Steve?«, fragte sie.

Dr. Palomino hielt mit dem Schlauchwagen vor einem Wasserhahn an der seitlichen Hauswand. »Ich habe eigentlich nur mit einer Heißluftpistole alte Farbe entfernen wollen, aber jetzt brennt anscheinend das Haus.« Er ließ sich ins Gras fallen und suchte nach dem Ende des Schlauchs.

»Schnell, steigen Sie mit dem Schlauch hinauf«, sagte Joan. »Ich mach das hier unten schon.«

Sie kniete sich hin und schraubte die Messingkupplung am Wasserhahn fest, während der Arzt auf die Leiter stieg. Dann griff sie mit der Rechten nach dem Verschluss des Wasserhahns, schaute zu ihm hinauf und sagte: »Es geht los.«

Der Doktor richtete die Düse auf den Dachvorsprung, aber der Strahl war zu fein.

»Die müssen Sie abnehmen«, rief Joan, während ihr das kalte Wasser ins Gesicht tropfte. »Steve! Machen Sie die Düse ab!«

Der Schlauch drehte und wand sich, während der Doktor mit heftigen Bewegungen die Düse abzudrehen versuchte. »Im Uhrzeigersinn oder gegen den Uhrzeigersinn? Verdammt, ich hab keine Ahnung«, sagte er, mehr zu sich selbst. Joan war erstaunt, solche Worte aus dem Munde eines praktischen Arztes zu vernehmen, doch dann fiel ihr ein, dass sie ihn schon öfter hatte fluchen hören. Sie sah weg, da fiel die Düse herunter und traf sie an der Schulter.

»Tschuldigung!«, schrie der Doktor und verschwand im Qualm.

Joan rieb sich die Schulter und wartete, dass sich der Rauch verzog.

»Das sieht schon besser aus«, sagte Dr. Palomino. »Ich werde das Holz richtig einweichen.«

Joan sah nach ihrem Auto, das mit laufendem Motor und eingeschalteten Scheinwerfern mitten auf der Straße stand. Sie hoffte sehr, dass das Feuer noch nicht bis ins Innere des schönen alten Hauses des Doktors gedrungen sei. Die Heißluftpistole lag auf dem Rasen neben den Funkien. Unwillkürlich klapperten ihr die Zähne. Alles kam ihr plötzlich höchst bedenklich vor. Sie fragte sich, wieso ein zufälliges Ereignis manchmal so viel Bedeutung in sich trägt. Das Wasser lief jetzt in breiten Bahnen die Wand herunter. Dann stieg der Doktor die Leiter herab und half ihr auf die Beine. Er hatte das Schlauchende in der Dachrinne befestigt, so dass das Wasser weiterlaufen konnte, ohne dass man darauf achten musste.

»So ein Glück, dass Sie gerade vorbeigekommen sind«, sagte Dr. Palomino. »Das ist jetzt schon das zweite Mal, dass wir einander helfen konnten.«

Damit spielte er auf den Tornado an, den sie vor Jahren überstanden hatten, als Micah drei Jahre alt gewesen war. Über die Geschichte war sogar in den Zeitungen berichtet worden, weil der Wirbelsturm Charles' Lieferwagen, in dem Joan, Micah und Dr. Palomino saßen, durch die Wand in ein Silo geschmettert hatte. Sie sprachen seither kaum mehr darüber – irgendwie war es ihnen peinlich –, und Joan beschloss, ein anderes Mal darüber nachzudenken.

»Diese Heißluftpistolen können Sie echt vergessen«, sagte sie. »Nehmen Sie doch einfach eine Abbeizlauge.«

Er stieß die Heißluftpistole mit einem Fußtritt in die Büsche. »Ich verstehe gar nicht, wie sie so einen Mist verkaufen können«, sagte er. »Man sollte doch annehmen, dass denen aus dem ganzen Land die Schadensersatzansprüche nur so ins Haus flattern, wenn dabei so etwas passieren kann. Natürlich muss man die Dinger richtig verwenden. Aber ich habe haargenau das gemacht, was in der Beschreibung steht.«

»Haben Sie meine Laborergebnisse schon bekommen?«, fragte Joan.

Er schloss die Augen. Wie viele Testergebnisse flatterten ihm wohl Tag für Tag ins Haus? »Hab ich. Hab ich. Es besteht kein Anlass zur Besorgnis, wie wir sagen. Ihre geschwollenen Lymphdrüsen sind einfach – die vorübergehende Auswirkung von irgendetwas.«

»Genau das hatte ich gehofft«, sagte Joan. »Ich spüre sie immer noch.«

Dr. Palomino tastete ihren Hals auf beiden Seiten ab. »Wir werden doch ein Antibiotikum einsetzen. Es gibt da so kleine blaue Dinger, die ich schon immer mal ausprobieren wollte. Aber jetzt brauche ich erst mal etwas zu trinken. Sind Sie morgen zu Hause? Ich bringe Ihnen ein Rezept vorbei. Ich wollte schon immer gern sehen, wie Sie wohnen.«

»Ich verreise übers Wochenende«, sagte Joan.

»Wohin denn? Ich kann ja anrufen, oder ein Fax schicken.«

Eigentlich kam es ihr seltsam vor, ihm die Stadt und das Hotel zu nennen, aber dann dachte sie, er sei schließlich ihr Arzt, da müsse sie doch ehrlich antworten. Auf gar keinen Fall wollte sie fern von zu Hause von einer Krankheit überrascht werden. Das Rezept konnte sie sicher in einer nahegelegenen Apotheke oder sogar im Hotel selbst einlösen. Also sagte sie ihm, wo sie sein würde.

Er wiederholte den Namen des Hotels – das Astrid – und sagte, er habe dort zwar noch nie übernachtet, aber nur Gutes darüber gehört. Sie fand seine Bemerkung etwas unpassend. Und dann, als sie sich ihrem Auto zuwandte, sagte er noch etwas ganz Merkwürdiges. Zumindest kam es ihr so vor, denn sie hatte seine Bemerkung nicht deutlich verstanden, aber es klang wie: »Ach, Joan, wie kriegen wir das mit uns nur hin?« Als sie zu ihm zurückschaute, drehte er gerade die Kurbel des Schlauchwagens, um den Schlauch wieder aufzurollen. Joan fuhr davon und zerbrach sich den Kopf über seinen Kommentar, begriff aber plötzlich, mit einem befreiten Auflachen, dass er wahrscheinlich nur gesagt hatte: »Ach, Joan, *wie* kriegen wir das nur alles *hin?*« Er hatte damit einfach diese unberechenbare Welt gemeint, in der sie lebten – diese Welt, in der kleine Feuer per Zufall entzündet und dann in Hast und Verwirrung wieder erstickt wurden – und sonst nichts.

Wenn jemand wegfährt, unternimmt er gewöhnlich noch ein paar flüchtige Anstrengungen, seinem Partner etwas Gutes zu tun. Selbst wenn nichts dabei herauskommt, bereitet dieser Versuch den Kopf schon ein wenig auf die Abreise vor und schlägt gleichzeitig eine völlig neue Seite auf, die dann mit ganz anderen Abenteuern vollgeschrieben werden kann. So kam es, dass Joan noch einen Abstecher zu Charles' Mutter in Boris machte, nachdem sie dem Doktor geholfen hatte, das Feuer in seiner Dachrinne zu löschen. Weil sie nun doch den Verdacht hegte, dass es zwischen ihr und dem Doktor zu einem Hinweis auf eine mögliche erotische Beziehung gekommen sei, war sie umso fester entschlossen, sich für Charles' Belange einzusetzen. Dann wären sie quitt, obwohl Charles weder von dieser möglichen Bemerkung noch von deren Wirkung auf ihre Phantasie je etwas erfahren würde.

Joan klopfte an Colettes Tür und sah durchs Glas, wie die alte Frau durch das Vorzimmer kam. Ihr Haar war weiß und in wilder Unordnung, und in der einen Hand trug sie eine kleine eiserne Hantel. Von Colette wusste jedermann, dass sie drei Ehemänner überlebt hatte, als hätte eine solche düstere Fügung des Schicksals ihre Existenz auf ungewöhnliche Weise überhöht, was vielleicht sogar stimmte.

Sie ist schon etwas ganz Besonderes, dachte Joan, obwohl sie gar nicht genau wusste, was sie mit diesem »Besonderen« eigentlich meinte.

»Nur herein«, sagte Colette. »Ich habe den ganzen Tag nichts anderes gemacht, als Tomatensträucher auszureißen und auf den Gestrüpphaufen zu werfen, obwohl sie gesagt haben, dass ich das nicht darf.«

»Wer hat das gesagt?«

Colette machte eine vage Geste mit der Hand, in der sie das Gewicht hielt. »Die Stadt. Sie sagen, das sieht nicht gut aus. Aber man kriegt ja hier niemanden, der mal vorbeikommt und das Gestrüpp wegschafft. Klar kann man jemand bestellen, und dann heißt es auch, sie kommen vorbei und schauen es sich an, aber es kommt doch nie jemand, wieso auch.«

»Charles und ich würden kommen.«

»Dann kommt doch gleich morgen!«

»Morgen geht nicht.«

»Na ja, dann aber bald. Ich möchte das Zeug endlich loswerden.«

Sie ging zurück zu ihrem Lehnstuhl und begann die Hantel zu heben und zu senken. Sie fragte, ob Joan auf ihrem Weg Bauern auf den Feldern gesehen habe, aber dann fiel ihr wieder ein, dass der Bauernverband die alte Methode abgeschafft hatte, das Getreide in Garben zu binden und aufzustellen. Obwohl sie mittlerweile in Städten wohnten, teilten die älteren Frauen das Jahr noch immer nach den anstehenden Arbeiten der Bauern ein. Häufig gab es in der Familiengeschichte einen Bauernhof, und beinahe ebenso oft hatte dieser Hof einem größeren Unternehmen weichen müssen. Verlassene Höfe, die schief in sich zusammengesackt dastanden, sah man viele. All diesen Frauen – wie auch sonst jedem – musste bewusst sein, dass man die Städte von dieser geballten Lebenskraft abgeschnitten hatte, und dass die Aussaat und Ernte, die eine Meile entfernt stattfand, genauso gut in Kalifornien hätte geschehen können, so wenig wurden die Städte davon berührt. Doch Joan hatte den Eindruck, die Frauen wollten gar nicht darüber nachdenken. Und irgendwie hatten sie damit auch recht, denn wenn die Städte einmal verschwunden sein würden, dann wären auch diese Frauen verschwunden.

Joan sprach in Gedanken ein Gebet: »Lass Dein Licht leuchten über Colette wie über ihrem Sohn und ihrem Enkel und auch über Lyris. Mach, dass ich niemanden geringschätze, nie und nimmermehr, und dass ich meine Fehler so klar sehe wie unter einem Halogenscheinwerfer. Gewähre, dass ›Essen auf Rädern‹ nicht eingestellt, sondern weiterhin großzügig unterstützt wird in unseren gezählten Tagen auf dieser Erde. Amen.«

Joan lenkte die Unterhaltung von der Landwirtschaft nach und nach auf das Gewehr, das Charles' Stiefvater gehört hatte. Colette erzählte noch einmal von der Rettung des Pfarrersohns. Für Joan war das eine alte Geschichte, aber sie hörte sie sich geduldig an. Colette konnte es nach all den Jahren immer noch nicht fassen, dass sie es geschafft hatte, mit diesem rollenden Auto Schritt zu halten, ohne auf der verschneiten Straße auszurutschen und unter die Räder zu kommen. Sie hatte sich in Gefahr gebracht, aber das hätte sie auch von jedem anderen für das Wohl ihrer eigenen Kinder erwartet, für Jerry, Tiny und Bebe.

Tiny war der Spitzname von Charles gewesen, bis er vor acht Jahren beschlossen hatte, auf alles Kindische zu verzichten. (Das musste vor acht Jahren gewesen sein, denn Micah war jetzt sieben.) Joan hatte ihm dabei geholfen, eine für diese reife Lebensphase passende Form seines Vornamens zu wählen. Sie war überzeugt, dass der Mensch bei einer Entscheidung von solcher Tragweite nur selten so vollkommen frei war wie in diesem Fall, und hatte ihn daher gebeten, sich Zeit zu lassen. Chuck klang zu hart, für Charlie hätte er etwas jünger sein müssen, Chas kam überhaupt nicht in Frage, also blieb nur Charles. Und gar nicht lange, nachdem Charles seinen neuen Namen angenommen hatte, wurde Joan auch prompt mit Micah schwanger. Fachleute würden hier sicher jeden Zusammenhang bestreiten, aber das war Joan egal, sie hielt Namensgebung für etwas außerordentlich Wichtiges. *Mein Name ist Legion, denn wir sind viele.*

Colette redete immer noch. Vor allem sei es damals nur durch ein Missverständnis dazu gekommen, dass Charles Tiny, der Winzling, genannt wurde. Darüber hatte Joan bisher noch nichts gehört, und sie bat Colette, mit der Geschichte zu warten, bis sie Kaffee gemacht habe, denn hinter ihren Augen begann gerade ein Schmerz, der auf Koffeinmangel hindeutete.

Colette legte ihre Hantel beiseite und erbot sich, ihrerseits den Kaffee zu kochen, aber Joan bestand darauf, ihn selbst zu machen, da sie aus Erfahrung wusste, was für einen dünnen Kaffee ihre Schwiegermutter kochte. Colette konnte nichts dafür, sie war in der Zeit der Depression aufgewachsen und trug noch immer die Erinnerungen an die harte Kindheit in sich, die sie in der Prärie verbracht hatte. Eine Dose Kaffee reichte bei ihr wochenlang.

Joan ging in die Küche, um den Kaffee aufzubrühen. Als sie schließlich zurückkam, war Colette eingenickt. Joan berührte sie am Arm, und Colette richtete sich auf, um mit ihrer Geschichte zu beginnen.

Charles' Stiefvater hatte sich an jenem Abend einen Whiskey genehmigt. Er ging vor die Tür, um den Sonnenuntergang zu betrachten, und ließ sein halbvolles Glas auf dem Fernsehtisch stehen. Als sie Charles entdeckten, saß er mit drei Gummilöwen und dem leeren Glas auf dem Fußboden. Er war damals vier Jahre alt. Colette nahm das Glas und fragte Charles, ob er daraus getrunken habe. Der Junge griff nach den Löwen und sagte: »Familie«, denn die drei Löwen waren für ihn Vater, Mutter und Junges.

Colette kniete neben Charles nieder. »Hast du aus diesem Glas getrunken?«, fragte sie noch einmal.

»Zinkig«, sagte er. »Es schmeckt zinkig.«

Niemand außer Colette begriff, was er damit meinte. Der Whiskey habe geschmeckt wie Metall, wie die Zinken einer Gabel.

»Er hat ›zinkig‹ gesagt, verstehst du, nicht ›winzig‹«, sagte Colette. »Jedenfalls habe ich es so verstanden.«

»Armer kleiner Charles«, sagte Joan.

»Er war richtig betrunken«, sagte Colette. »Aber so klein war er auch nicht mehr. Er war schon damals ein robuster, kräftiger Junge.«

Joan trank ihren Kaffee in großen Schlucken. »Was hältst du denn von der Sache mit dem Gewehr? Vielleicht könntest du ja mal mit Farina Matthews sprechen.«

Um ihr was zu sagen?, wollte Colette wissen. Sie habe ihre Nachbarn noch nie um etwas angebettelt und werde damit auch jetzt ganz sicher nicht mehr anfangen.

Dr. Palomino schlenderte mit einem Glas Scotch in der Hand durch die kühlen Korridore seines Hauses. Geraume Zeit stand er in der Mansarde. Die Luft roch leicht rauchig. Seine Familie war weggefahren, um sich irgendwo eine Aufführung von *Peter Pan* anzuschauen. Das Wasser sprudelte kräftig und gleichmäßig durch die Dachrinne. Der Arzt fragte sich, ob er diese gewagte Frage am Schluss tatsächlich gestellt oder nur in Erwägung gezogen habe. Aber Joan hatte sich umgeblickt, also musste er sie wohl wirklich ausgesprochen haben. Ein Arzt konnte nie den Mund halten – seine Meinung zu äußern war für die ärztliche Praxis außerordentlich wichtig. Trotzdem war es unnütz, seine Meinung ausgerechnet zu der Frage zu äußern, mit wem man es gerne treiben würde, noch dazu in diesen Zeiten, wo man nie genau wusste, ob man nicht sofort wegen eines Disziplinarverfahrens vor einen hastig einberufenen Prüfungsausschuss gezerrt würde. Doch wenn überhaupt jemand seine Unbedachtheit in dieser Krise verstand, dann Joan. Das Haus hatte in Flammen gestanden, und da hatte er eben nicht mehr die gebührende Vorsicht walten lassen. Er verzieh sich selbst und beschloss, an der Sache dranzubleiben.

Erwartungen sammelten sich in seiner Brust, stiegen empor und füllten die Leere in seinem Kopf. Er hatte jetzt ein Ziel, und dieses schien das auch gespürt zu haben. Bookhaven schickte vom anderen Ende der Stadt eine verlockende Botschaft: *Kommen Sie zu mir, Dr. Palomino.* Ein bisschen Widerstand musste sein, das gehörte zum Spiel. Wie eine Mumie, die man aus dem Sarkophag gerufen hat, wankte er los und zog die Leichenbinden hinter sich her. In Wirklichkeit fuhr er natürlich. Bookhaven war ein Pornoladen, der von einem Ehepaar namens Gus und Loretta geführt wurde. Die Schaufenster zeigten dasselbe Grün wie Ärztekittel. Der Doktor trug jetzt eine Sonnenbrille und genoss diese armselige Verkleidung, während er durch die verschlungenen Gänge mit all den Hochglanzmagazinen lief, auf denen soviel Haut zu sehen war. Obwohl er ohnehin nicht besonders schwer war, kam er sich in diesem Laden mit Schundliteratur noch mehr wie ein Leichtgewicht vor. Gus brachte den Filmprojektor im Hinterzimmer in Stellung, dreißig Dollar die halbe Stunde. Was waren für einen Arzt schon dreißig Dollar? Einmal hatte er im Fernsehen ein Fernglas für viertausend Dollar gesehen, war ans Telefon gegangen und hatte es für den nächsten Tag bestellt. Er hatte es bisher nur ein einziges Mal benutzt, um einen Honigfresser auf einer Wäscheleine zu beobachten.

Der Film hieß *Sandras Zähne.* Er hatte ihn schon oft gesehen.

Es ist ein Stummfilm. Eine Frau in einem Sommerkleid sitzt im Wartezimmer einer Zahnarztpraxis. Das ist Sandra. Eine Arzthelferin blickt auf und spricht. Der Bildschirm bedeckt sich mit gedruckten Wörtern, weiß auf schwarzem Grund: *Was fehlt Ihnen, mein Fräulein?* Sandra lächelt und entblößt dabei Zähne, die so makellos sind, dass sie Licht ausstrahlen. Die Augen der Arzthelferin weiten sich, während sie vom Schreibtisch zurückweicht und ihren Stuhl dabei umkippt. Alles wirkt ein bisschen übertrieben. Soll es wohl auch. Sie schiebt sich an der Wand entlang und entschwindet durch eine Tür. Sandra schließt den Mund, ohne ihr Lächeln dabei zu verlieren. Ihre Augen sind sanft und lüstern, und ihre Hände ruhen im Schoß.

Joan und Lyris standen im Dunkeln neben dem Auto, als Micah herauskam und sich dafür entschuldigte, dass er Lyris in der Scheune eingesperrt hatte. Da er leicht in Tränen ausbrach, dauerte sein Kummer nie sonderlich lange. Dann war Lyris an der Reihe zu beichten: Sie habe ein Kleid aus Joans Schrankkoffer angezogen und es dabei zerrissen, und sie habe die Türflügel kaputtgemacht. Joan sah ihre Kinder liebevoll an. *Unterbewusste Auflehnung*, dachte sie. *Sie bauen da etwas auf, weil ich wegfahre.* Doch sie genoss ihre Fähigkeit, nachsichtig zu sein und ihre verstörten Gemüter wieder zu beruhigen. Nie hat ein Mensch mehr Macht, als wenn er Kindern ihre Irrtümer nachsieht. Manche Eltern aus ihrer Bekanntschaft ließen die Schuld auf den Kindern lasten, ließen sie schmoren; dabei war es töricht, eine solche Chance zu vertun. Und Kinder hatten natürlich kaum die Möglichkeit, umgekehrt die Eltern von ihrer Schuld zu befreien. Das war eine Last, die sie nicht tragen konnten. Joan legte den beiden die Arme um die Schultern und bugsierte sie ins Haus. Micah entschlüpfte, um El Mono zu spielen. Das grüne Kleid lag neben dem Koffer auf dem Küchentisch.

»Das hatte ich bei einer Inszenierung unseres Theaterworkshops an, bei dem Stück *Im Morast*«, erzählte Joan Lyris. »›Und was ist mit mir? Wann bin ich an der Reihe? Wann, Mr. Johnson? Morgen? Übermorgen? In zwei Wochen?‹ Das war mein großer Auftritt. Dein Vater spielte Präsident Johnson.«

»Wie war er denn?«

»Er hatte eine elegante Art, sich auf der Bühne zu bewegen. Mal war er hier, und dann war er plötzlich dort, einfach so. Er hatte falsche Zähne, wegen eines Unfalls als Kind. Und er war ein Idealist. Er sagte immer, er würde nie etwas besitzen.«

»Hat er gewusst, dass ich auf der Welt war? Ist er mal gekommen, um mich zu sehen?«

Joan hielt den Riss im Ärmel zu, so dass das gelbe Futter unter dem Grün nicht mehr zu sehen war. »Er kam dich besuchen. Aber damals wurde in Calgary gerade ein Dokumentarfilm gedreht, und deshalb musste er gleich wieder weg.«

»Worum ging es denn dabei?«

»Hab ich vergessen. Um Wasserkraftwerke oder so etwas.«

»Warum hast du mich nicht bei dir behalten?«

Joan nahm Lyris' Hände in ihre. »›Siehe, ich habe gesündigt; ich habe Missetat getan; aber diese sind Schafe, was haben sie getan?‹«

»Sag es mit deinen eigenen Worten!«

»Lieber nicht.« Sie ließ die Hände ihrer Tochter wieder los. »Weißt du, ich könnte so einiges sagen, und es wäre wahrscheinlich sogar wahr, würde aber verlogen klingen, wenn ich es jetzt sagen würde. Dass ich jung war und alleine, dass ich durcheinander war – woher nehme ich die Dreistigkeit für solche Entschuldigungen. ›Gesündigt‹ und ›Missetat getan‹, das bezeichnet die Sache eigentlich ganz gut.«

Sie saßen eine Zeitlang da, ohne etwas zu sagen. Dann nahm Joan ihren Koffer und trug ihn zur Tür. »Es tut mir leid«, sagte sie.

»Ein Mann ist heute Abend über den Hof gekommen«, sagte Lyris. »Er hatte einen Metalldetektor dabei, er kam aus dem Wald.«

Joan drehte sich um. »Ein alter Mann?«

»Nein.«

»Sei bitte vorsichtig.«

»Ich wollte dein Kleid nicht kaputtmachen.«

»Das lässt sich flicken. Mach dir darüber keine Gedanken. Du darfst alles in diesem Schrankkoffer anziehen.«

»Wo hast du das alles her?«

»Als ich vom Theater weggegangen bin, haben sie gesagt, ich könne mir nehmen, was ich wolle«, sagte Joan. »Das war vielleicht als kleines Dankeschön gedacht.«

In Wirklichkeit hatte sie die Sachen genommen, ohne zu fragen. Aber das konnte sie nicht ruhigen Gewissens ihrer Tochter erzählen.

Der Zahnarzt trägt einen weißen Kittel und eine dicke Brille mit schwarzem Gestell. Er bittet Sandra, sich auf eine Waage zu stellen, während er sie fotografiert. Sie zögert und hält sich die Hände vor den Mund, aber dann verliert sie ihre Scheu. Der Zahnarzt knipst eine Serie mit einer Boxkamera. Er agiert fieberhaft, als stünde er kurz vor einer Entdeckung. Dann legt er die Kamera auf einen Tisch, und ein Satz erscheint auf dem Bildschirm: *Ziehen Sie sich aus!* Sie blickt misstrauisch, aber er deutet auf seine Diplome an den Wänden, und sie gibt nach: *Na ja … wenn es für die Wissenschaft ist.* Sie knöpft ihr Kleid auf und zieht es aus, so dass ein Unterhemd und ein Slip zu sehen sind. Der Zahnarzt macht weitere Aufnahmen. Dann holt er eine kleine schwarze Spieldose aus einem Schrank. Er zieht sie auf, öffnet den Deckel und stellt die Dose auf den Tisch. Eine kleine Ballerina dreht sich langsam. Sandra schüttelt den Kopf – *dieser Zahnarzt muss verrückt sein!* –, aber noch während sie das denkt, beginnt ihr Körper sich zu bewegen. Der Zahnarzt entledigt sich seiner Kleider und vollführt mit ihr einen leidenschaftlichen Tanz. Er hebt sie über den Kopf und lässt sie sacht auf den Boden gleiten. Sie biegt ihren schmalen Rücken durch und wirbelt im Behandlungszimmer herum, die Arme weit hinter dem Körper. Das ist die Lieblingsstelle von Dr. Palomino in dem Film.

Vier

Was war Micah für ein Fahrradfahrer in seinen Träumen! Das Vorderrad in rasender Umdrehung, die Hände aufmerksam auf der Lenkstange, das Kinn in die Höhe gereckt über den geschmeidig getretenen Pedalen. Lyris tauchte aus dem Nichts auf, in der Hand ein Taschenmesser, mit dem sie seine neu errungenen Fähigkeiten belohnen wollte, aber er mochte gar nicht erst anhalten, um diesen Preis entgegenzunehmen. Weiter und weiter, die Straße hinunter, hinein in die Stadt. Alle hatten sich auf den Gehsteigen versammelt, aber er schoss vorüber, bevor sie dazu kamen, ihm zuzujubeln, und dann lag die Stadt auch schon hinter ihm und das Gelände veränderte sich. Bemooste Felsen tauchten drohend aus den Straßengräben auf, und je höher sie sich erhoben, desto weiter über der Straße schien er zu fahren, bis das Fahrrad sich in ein Hochrad verwandelt hatte, mit einem so riesengroßen Vorderrad, dass man zum Auf- und Absteigen eine Leiter brauchte. Er raste weiter und fragte sich dabei, wie er da jemals wieder herunterkommen sollte. Ein kalter Wind begann weißen Baumwollsamen aufzuwirbeln, der sich an seinen Jackenärmeln und seinen Wimpern festsetzte. Dann fing das Rad an zu wackeln, genau so, wie es immer wackelte, wenn er nicht träumte. Er suchte nach einer Stelle, um abzuspringen, aber er fuhr gerade über kantige graue und grüne Steine. Der Gegenwind trieb ihm pelzige Fetzen von Baumwollschnee entgegen. Durch den Sturm wurde das Fahrrad gebremst, die Räder drehten sich immer langsamer, bis das Rad schließlich, seines Schwungs beraubt, gegen die Felsen kippte und Micah stürzte und auf dem Fußboden seines Schlafzimmers aufwachte.

Da lag er nun heftig atmend und lauschte in das nächtliche Haus. Eine vertraute Geräuschkulisse drang von unten zu ihm herauf. Natürlich wusste jeder, dass das Fernsehen eine zerstörerische Macht darstellte, die einen von zahlreichen gesunden Tätigkeiten wie Lesen oder Zeichnen abhielt, und doch, wie angenehm war es, wenn man aus einem Traum aufwachte und den Fernseher laufen hörte. Es bedeutete, dass sein Vater und seine Mutter noch wach waren; der Schlaf hatte sie ihm nicht gestohlen. Und selbst wenn sie vor dem Fernseher eingeschlafen waren, so ähnelte dieser Schlaf in angekleidetem und hingelümmeltem Zustand nicht im Entferntesten jener trennenden Gewalt, die der Schlaf im Schlafzimmer bedeutete. Er durfte ihr Schlafzimmer nicht betreten, ohne vorher anzuklopfen, und er vermutete, diese Regelung müsse etwas mit ihren Träumen zu tun haben, die wohl dramatisch und kompliziert waren, und mit dem »Beischlaf«, der das sicher ebenfalls war.

Micah öffnete die Tür zu Lyris' Zimmer weit genug, um hineinzuschlüpfen. Das Nachtlämpchen über der Sockelleiste in der Diele warf ein langes dünnes L aus Licht an die Decke. Es sah aus wie das Bein und der Fuß eines dünnen Männchens aus einem Comic. Lyris atmete tief, wobei ihre Kehle leicht vibrierte. Zwischen dem Ende eines Atemzugs und dem Beginn des nächsten gab es jedes Mal eine beängstigende Pause. Vielleicht wäre die sogar lang genug gewesen, sie ohnmächtig werden zu lassen, wenn sie nicht bereits bewusstlos gewesen wäre. Das Geräusch ihres Atems schien Micah in ein Netz einzuspinnen. Während er zu ihrem Toilettentisch ging, trat er auf einen rauhen Zylinder mit perlenartigen eingesetzten Knöpfen und wusste sofort, dass es ein Maiskolben war. Doch sein Fuß rutschte aus und kam mit einem leisen Geräusch auf dem Boden auf, und er blieb unbeweglich stehen, während er darauf wartete, dass ihr Atem wieder einsetzte. In der obersten Schublade ihres Toilettentischs fand er Haarklammern, Zündhölzer, eine Sandale und ein Schmuckkästchen. Nichts davon konnte er brauchen. Er glitt zurück zum Bett, wo der Lichtstreifen sich über das Nachttischchen und die schlafende Lyris legte. Sie war zugedeckt. Die eine Hand hatte sie an den Halsansatz gelegt, als wollte sie ihn vor der anderen schützen, die auf der Decke lag und zur Faust geballt war. Wie er es aus Filmen kannte, hob Micah ihren Arm und ließ ihn wieder fallen. Er strich mit den Fingernägeln leicht über die zarten Sehnen ihres Handgelenks; er bog ihre Finger auf. Er nahm ihr das Taschenmesser aus gebürstetem Edelstahl mit dem Bild des Fasans aus der Hand und kehrte zur Tür zurück. Irgendwo in der Nähe lief ein Luftbefeuchter. Micah konnte ihn gerade noch über dem Geräusch von Lyris' Atem hören. Er öffnete das Messer und bestaunte die fein gearbeitete Klinge in dem schmalen Lichtstrahl. Er drückte die Spitze der Klinge in seine Handfläche, bis es weh tat. Das Messer ließ sich geräuschlos und glatt schließen. Er legte es Lyris wieder in die Hand und schloss ihre Finger darum.

Deputy Earl kam auf seiner nächtlichen Runde alle paar Stunden an der Kneipe vorbei. Auf einem Aushang an der Wand stand, dass maximal 95 Personen im Lokal anwesend sein durften, aber es waren lediglich sieben, den Barkeeper inbegriffen. »Na, wie geht's dir, du alter Haudegen?«, fragte er Earl.

»Kann nicht klagen«, antwortete Earl. »Gib mir eine Pepsi und ein Solei.«

Der Barmann öffnete ein Konservenglas mit Salzlauge und griff mit einer Zange hinein. »Die werde ich wahrscheinlich bald nicht mehr anbieten. Sie verkaufen sich fast gar nicht.«

»Nicht mehr wie in den alten Zeiten«, sagte der Deputy, »als Soleier das Größte waren.«

Der Barkeeper legte das Ei auf ein Blatt Wachspapier und reichte es Earl. »Jaja, die Straßen waren immer voll mit Leuten, die alle so ein Ei in der Hand hielten.«

»Das waren die Glanzzeiten der dampfgetriebenen Rechenmaschine.«

»Inzwischen hat sich alles geändert, außer den Witzen.«

»Alte Witze für alte Herren.«

»Von jetzt an geht es nur noch darum, wie man einigermaßen über die Runden kommt.«

»Ganz richtig.«

Earl nahm das Ei und die Pepsi mit nach hinten ins Lokal und steckte Münzen in den Metallschlitz des Billardtischs. Die Kunstharzbälle ratterten in das offene Fach. Er ging um den Tisch herum und vollführte ein paar gekonnte Stöße. Dabei aß er das Ei, das eine etwas klebrige Konsistenz hatte.

Ein junger Mann namens Follard kam herüber und legte ein paar Münzen auf den Rand des Billardtischs für ein Spiel. Follard beugte sich vor, bevor er stieß, und spähte mit zusammengekniffenen Lidern über den Rand des Billardtischs.

»Wart ihr das, die heute Abend die Party gesprengt haben?«, fragte er.

»Ich nicht.«

»Wer soll es denn sonst gewesen sein?«

Earl zuckte die Schultern und versenkte eine Kugel, die er nicht hätte erwischen sollen.

»Weil, ich hab so was gehört, dass den Kids bei einer Party draußen am Elefanten ein Fässchen abhandengekommen sein soll.«

»Gut möglich, aber ich habe nichts davon gehört«, sagte Earl. »Und das soll die Polizei gewesen sein?«

»So hab ich es jedenfalls gehört«, sagte Follard.

Earl nahm eine Fünfdollarnote aus seiner Hemdtasche und faltete sie zu einer Hülse, mit der er über das Queue strich. »Welche sind gleich wieder meine Kugeln?«

»Die halben.«

»Also, ich kann mir nicht mal merken, was ich spiele. Da kannst du mal sehen, wo ich meinen Kopf habe.«

»Ich hab ein Messer von ihnen.«

»Von wem?«

»Von denen, die mir von der Party erzählt haben.«

»Sie haben dir das wohl einfach so angeboten. Aus reiner Großzügigkeit.«

»Aus was auch immer. Sie wissen ja nicht, wo es hingekommen ist.«

»Mein Gott, Follard, warum hast du es genommen? Verstehst du, genau deswegen kommst du ständig in Schwierigkeiten.«

Follard griff unter den Tisch nach der Brücke.

»Das Hilfsmittel für die Damen«, bemerkte Earl.

Follard hielt die Brücke mit der einen Hand am Ende fest und passte das Queue sorgfältig in die Messingnut ein. »Um ehrlich zu sein, ich weiß selber nicht, warum ich es genommen habe.«

»Glaub bloß nicht, dass ich dich damit ungeschoren davonkommen lasse.«

»Wegen so einem kleinen Taschenmesser? Das würde mich denn doch überraschen.«

»Lass es mich mal sehen.«

»Ich hab's einem Mädchen gegeben.«

Earl verschränkte die Arme, das Queue gegen den Sheriffstern gedrückt. »Ich sollte dich wirklich mal so richtig vermöbeln.«

»Warum sagst du das?«

»Ich weiß nicht. Hab nur so ein Gefühl. Vielleicht wäre das eine kleine vorbeugende Maßnahme.«

»Na ja, sie verdient es jedenfalls eher als derjenige, der es verloren hat. In gewissem Sinne war das also eine gute Tat.«

»Das möchte ich sehr bezweifeln«, sagte Earl.

Micah schlich die Treppe hinunter. So wie das Haus gebaut war, konnte man zwei Drittel aller Wege zurücklegen, ohne gesehen zu werden. Sein Vater saß in dem großen Sessel, seine Mutter auf der Couch, die Beine unter sich gezogen. Sie schauten sich einen Film auf Kanal 9 an. Vor und nach den Werbespots sah man Aufnahmen von Wolken, die gespenstisch am Mond vorbeiglitten, gefolgt von den Worten »Absackerprogramm«, in Buchstaben, die so gezeichnet waren, dass sie wie hastig zurechtgebrochene, splitterig ausgezackte Bretter aussahen. Charles gähnte und machte eine Flasche Bier auf, während Joan in einem Stapel Karteikarten blätterte, auf denen sie sich Notizen für die Rede gemacht hatte, die sie am Wochenende in der Stadt halten wollte. Micah kratzte sich mit dem Daumen am

Rücken. Sein Rücken juckte immerzu. Wenn er seine Eltern zusammen beobachtete, ohne dass sie davon wussten, dachte er an sie immer mit ihren Namen. In Joans Rede ging es darum, dass Hunden und Katzen im Tierheim mehr Auslauf ermöglicht werden sollte. So hätten nicht nur die Tiere ein ausgefüllteres Leben, wollte sie sagen, sondern auch die Besucher, die möglicherweise ein Tier adoptieren wollten, würden einen besseren Eindruck vom Wesen dieses Tieres bekommen, als wenn sie es lediglich im Käfig sähen, wo es nur hin und her schleichen konnte.

»Weißt du, was mir gerade einfällt?«, fragte Joan. »Was ist, wenn das alles schon längst so gemacht wird? Vielleicht ist das ja ein alter Hut.«

Charles zuckte die Schultern. »Glaube ich kaum. Und selbst wenn du ihnen das sagst, was sie hören wollen – na und? Sie wollen es ja tatsächlich hören.«

»Das klingt alles so offensichtlich.«

»Weil du es jetzt schon zum sechsten Mal gelesen hast, deswegen.«

»Vielleicht sollte ich den Abschnitt mit den Kratzbäumen streichen.«

»Bleib bei dem, was du vorhattest, kann ich dir nur raten.«

»Was würde ich nicht dafür geben, wenn ich zu Hause bleiben könnte.«

»Gar nichts würdest du dafür geben.«

»Doch, und ob.«

»Du kannst es doch gar nicht erwarten.«

»Ich könnte gar nicht zu Hause bleiben, selbst wenn ich wollte. Ich habe schließlich zugesagt. Du arbeitest selbständig. Du entscheidest allein, was du zu tun hast.«

»Du kannst es doch gar nicht erwarten, ins kalte Wasser zu springen.«

»Ich muss mich an meine Anweisungen halten«, sagte Joan. »Was meinst du eigentlich damit?«

»Wer hat dir denn die Anweisung gegeben, einen Badeanzug einzupacken?«

»Ich fahre schließlich in ein Hotel. Kann sein, dass es da einen Swimmingpool gibt. Deshalb nehme ich einen Badeanzug mit.«

»Du triffst dort jemand, ihr schwimmt zusammen eine Runde, du lässt das Handtuch fallen.«

Joan holte tief Luft und klopfte ihre Karteikarten bündig. »Woran ist deine erste Ehe gleich wieder gescheitert?«

Charles hielt seine Bierflasche gegen das Licht und betrachtete sie. »Aus vielen Gründen.«

»Eifersucht?«

»Das war einer davon.«

»Das war der ausschlaggebende. Dieses, dieses *Besitzdenken*, das in dir steckt.«

»Ach, Blödsinn.«

Joan seufzte. »Fangen wir jetzt nicht wieder damit an.«

»In Ordnung.«

»Anderes Thema.« Sie ließ ihren Blick durchs Zimmer schweifen. »Heute Abend war ein Mann auf unserem Grundstück.«

»Wer?«

»Jemand mit einem Metalldetektor, sagt Lyris. Mir hat die Geschichte gar nicht gefallen.«

»Erzähl's ihm nicht«, sagte Micah, bevor ihm klar wurde, dass er eigentlich gar nicht da sein sollte.

»Micah«, sagte Joan. »Wieso bist du denn noch wach?«

»Was soll sie mir nicht erzählen?«, fragte Charles.

»Ich kann nicht schlafen.«

»Komm her zu mir, Liebling«, sagte Joan.

»Was soll sie mir nicht erzählen?«

Micah setzte sich neben Joan auf die Couch und erzählte Charles, dass er Lyris in der Scheune eingesperrt habe.

»Was ist denn los mit dir?«, sagte Charles. »Überleg dir mal, was passiert wäre, wenn du sie nicht mehr aufgekriegt hättest.«

»Dann hätte sie das Tor aufgebrochen.«

»Das denkst du.«

»Nein«, sagte Joan. »Das hat sie wirklich gemacht.«

»Lyris hat das Scheunentor aufgebrochen?«

»Mit einer Schaufel«, sagte Micah.

»Im Ernst? Donnerwetter. Aber mach das ja nie wieder.«

»Bist du jetzt böse?«

»Ich möchte nicht, dass sie in der Scheune eingesperrt wird. Aber hier ist sowieso alles im Eimer, ich glaube, da macht das Scheunentor auch nicht mehr viel aus.«

»Kriegen wir trotzdem eine Ziege?«

»Mal sehen.«

Der Film ging weiter. Charlie Chaplin war mit einem hübschen Mädchen in einem Lokal. Sie tanzten. Charlie hatte sich die Hosen mit einem Strick festgebunden, und an dem Strick hing ein Hund. Da tauchte eine Katze auf, und der Hund sprang hinter ihr her, was Charlie Chaplin zu Boden riss.

»Ist Chaplin nicht der Größte?«, sagte Joan. »Ich glaube, er ist wirklich der beste Schauspieler aller Zeiten.«

»Und was ist mit Tommy Lee Jones und Sissy Spacek in diesem Bergwerksfilm?«, fragte Charles.

»Du kannst doch nicht Äpfel mit Birnen vergleichen.«

»Das war jedenfalls ein verdammt guter Film.«

Joan wandte sich wieder ihren Karteikarten zu.

»Mir gefällt das mit den Kratzbäumen *sehr gut*«, sagte Micah.

Joan lächelte, und in ihren Augen flackerte es wie dunkles Feuer. »Du hörst aber auch alles, nicht wahr?«

Charles rutschte in seinem großen Sessel nach vorn und zog seine Schnürsenkel mit kräftigen Rucken zu. »Ich werd mir das mit der Scheune mal ansehen.«

Alle drei standen auf und gingen durch die Küche. Joan hob das grüne Kleid auf und faltete es über dem Arm. Micah schlüpfte barfuß in seine Turnschuhe. Im Vorraum nahmen sie Jacken vom Haken.

Die Wolken hatten sich verzogen. Micah suchte den Jäger im Sternbild des Orion, aber er sah nichts als eine Riesenportion Schmetterlingsnudeln. Er hatte Hunger. Manchmal las ihm seine Mutter aus Audubons Führer des Sternenhimmels vor. Einmal hatte sie ihm vorgelesen, wie Artemis, die Jägerin und Mondgöttin, Orion tödlich mit einem Pfeil traf, weil sie ihn für jemand anderen gehalten hatte. Um ihren Irrtum wiedergutzumachen, versetzte sie ihn an den Himmel und gab ihm seine Hunde zur Begleitung. *Also deshalb ist der Mond seither so kalt und leer,* hatte seine Mutter mit einem Kopfschütteln gesagt. *Das ist der Grund.* Dann las sie weiter; Orion erlangte seine Kraft wieder, als er die Nymphen auf Taurus jagte. Micah war sich nicht ganz im Klaren, ob seine Mutter das für einen passenden Ausgang der Geschichte hielt. Er wünschte sich jedoch, alle diese Dinge würden am Himmel wirklich passieren.

Charles richtete die Taschenlampe auf das zerbrochene Holz und den herabhängenden Türhaken. »Wie stellst du dir das eigentlich vor, eine Ziege zu halten, wenn du solche Sachen mit einem Tor machst?«

Der Vergleich kam Micah unlogisch vor. »Ich würde doch niemals einer Ziege etwas zuleide tun.«

Charles seufzte. »Na ja, absichtlich wahrscheinlich nicht.«

Joan nahm die Taschenlampe und brachte das Kleid in die Scheune. »Es kommt jedenfalls keine Ziege ins Haus, bevor du das hier nicht in Ordnung gebracht hast.«

»Ich weiß aber nicht, wie.«

Joan trat nach draußen und klopfte sich den Staub von den Händen. »Das vielleicht nicht. Aber du kommst nicht drum herum, mitzuhelfen.«

»Das ist in Ordnung«, sagte Micah.

Charles schlug die Türflügel zu und sicherte sie mit einem Zementbrocken. Immer wieder führte er die Teile, die sich aus dem Sockel gelöst hatten, einem neuen Zweck zu.

Das Mondlicht warf einen schwarzen Schatten am Fuße der Hecke. Man hätte sich darin verstecken können, und niemand würde es vor Sonnenaufgang bemerken. Micah blickte zu dem fleckigen Antlitz des Mondes hinauf. Vor Jahren waren Menschen dort oben gewesen, hatten aber nichts Bedeutendes gefunden. Alles vergebliche Liebesmüh, hatte Charles gesagt. Überall vergebliche Liebesmüh zu entdecken, das war etwas, das er besonders gut konnte. Er durchforstete sogar die Zeitungen nach sinnlosen Bemühungen. Joan hingegen versuchte immer hinter allem, was sie las, einen Sinn zu entdecken. Sie nahm sich alles zu Herzen und interessierte sich besonders für Berichte über Morde und Entführungen. Joan und Charles schienen völlig gegensätzlich zu sein, und Micah begriff nicht, dass sie je zusammengefunden hatten. Im Märchen wurden Mann und Frau ja oft von grausamen Eltern füreinander bestimmt, aber so etwas gab es nicht mehr. Joan hatte ihm einmal erzählt, sie habe Charles in einer Kirche bei einem Vortrag über Alkohol kennengelernt. Später habe sie dann mit ihm in dieser Kirche gewohnt. Das musste man sich mal vorstellen, in einer Kirche zu wohnen! Alkohol war eine der vier Hauptbedrohungen, die auf ein ahnungsloses Kind lauerten: Alkohol, Drogen, Fernsehen und Zigaretten. Micah hielt die Zigaretten für das Schlimmste, denn davon bekam man eine schwarze Lunge, und man starb, und man konnte Warzen auf den Augenbrauen bekommen, wie es einem der Arbeiter am Getreideaufzug passiert war. Micah war froh, dass Charles und Joan nicht rauchten und auch keine Drogen nahmen, obwohl sie ja Alkohol tranken. Und natürlich sahen sie alle fern, und im Fernsehen rauchten und tranken die Leute für gewöhnlich, und verdeckte Ermittler legten die Drogen auf den Tisch, die sie beschlagnahmt hatten. Die Drogen waren immer in weißes Papier verpackt, wie Schweinekoteletts.

Als die drei zum Haus zurückkehrten, schoss eine Sternschnuppe über den Himmel. Sie standen still und starrten auf das Nichts, das von ihr blieb. Micah wünschte sich, dass keine Warzen auf seinen Augenbrauen sprießen würden, sollte er je anfangen zu rauchen. Was seine Eltern sich wünschten, davon hatte er keine Ahnung. Als hätten sie nur darauf gewartet, hörten sie in dem Moment, wie ein Fenster aufging.

»Ist da jemand?«, fragte Lyris.

Sie lehnte sich aus dem Fenster, die Hände auf den Dachschindeln des Vorraums.

»Hallo?«

Warum gab keiner eine Antwort, fragte sich Micah. Es stimmte natürlich, dass ihr gegenüber alle immer ein bisschen befangen waren. Charles schaute Lyris manchmal an und bewegte den Kiefer, als suchte er etwas, was er sagen könnte. Dann machte er sich in der Regel aus dem Staub – entweder er schritt an ihr vorbei, oder er drehte sich um und ging weg. Joan sprach immer mit Lyris, als wäre sie schwerhörig oder ein kleines Kind. Und Micah nannte sie Schwester, nicht nur, weil Joan glaubte, dass dies ihre Beziehung festigen würde, sondern auch, um die Tatsache zu überdecken, dass sie beinahe eine Fremde für ihn war.

»Wir sind's bloß«, sagte Joan. »Mom, Dad und Micah. Wir wollten uns das Scheunentor anschauen.«

Lyris kletterte aus dem Fenster und stellte sich aufs Dach. *Wir kennen sie gar nicht*, dachte Micah, *und sie kennt uns auch nicht*. Sie hielt sich mit der Hand am Fensterrahmen fest und sagte, es tue ihr leid.

»Du kannst nichts dafür«, sagte Charles. »Wer möchte schon irgendwo eingesperrt werden.«

»Es war meine Schuld«, sagte Micah.

»Es war Micahs Schuld«, sagte Charles.

»Aber geh nicht so weit vor auf dem Dach«, sagte Joan. »Du könntest fallen, Lyris. Das ist kein Platz für eine junge Frau.«

»Vielleicht können wir uns irgendwo im Haus treffen und dort unser Gespräch fortsetzen«, sagte Charles.

Lyris kletterte durchs Fenster zurück und schob es zu. Ein Polizeiwagen kam langsam herangerollt, die Scheinwerfer schwenkten hierhin und dorthin, hoben Zaunpfähle und schwarze Bäume und den silbernen Briefkasten hervor, ehe sie auf Charles, Joan und Micah haften blieben. Der Wagen wurde langsamer, rollte in die Einfahrt, und der große Polizist Earl Kellogg stieg aus.

»Hallo Leute, so spät noch wach? Alles in Ordnung?«

»Hier gibt es nichts für dich zu tun«, sagte Charles. »Micah konnte nicht schlafen, deshalb sind wir nach draußen gegangen, um einen Blick auf die Scheune zu werfen.«

»Das hilft mir auch immer, wenn ich nicht einschlafen kann.«

»Die Kinder haben das Tor kaputtgemacht.«

»Hab schon gehört, ihr habt seit kurzem noch eins.«

»Lyris ist seit diesem Sommer bei uns«, sagte Joan.

»Was dagegen, wenn ich sie mir mal anschaue? Einfach nur so.«

»Komm ruhig herein«, sagte Charles.

Earl folgte ihnen ins Haus, wobei das Leder seines Pistolenhalfters knarzte.

»Lyris«, rief Joan. »Oh, schaut mal, wie spät es schon ist. In fünf Stunden muss ich aufstehen.«

Lyris kam in einem weißen Bademantel mit schmalen roten Streifen die Treppe herunter.

»Das ist Earl«, sagte Joan. »Er arbeitet im Büro des Sheriffs. Wir kennen ihn schon ewig.«

»Kann man so sagen.« Earl lächelte und gab Lyris die Hand. »Willkommen in Grouse County.«

»Er kam zufällig vorbei, als wir gerade alle im Hof standen wie die Gänse«, sagte Joan, »und da wollte er kurz hereinschauen und dir hallo sagen.«

»Hallo«, sagte Lyris.

Earl wandte sich an Charles. »Du hast nicht zufällig ein Bier, oder?«

»Sie waren doch selber bei uns an der Schule und haben uns gesagt, man darf nicht trinken, wenn man Auto fährt«, sagte Micah.

»Und vergiss das auch ja nicht. Aber irgendwie würde mir ein Glas Fassbier jetzt echt gut tun. Was hältst du davon, Tiny?«

Joan blickte vom einen zum anderen und wies darauf hin, dass jeder ihren Mann inzwischen Charles nenne.

»Was sagst du dazu, Charles?«

»Wir haben Flaschenbier, vom Fass kann ich dir keins anbieten. Aber ich will dir was sagen. Ich möchte dich bitten, hier zu verschwinden und dir selber ein Bier zu besorgen.«

Earl lachte, doch es kam nicht von Herzen. »Das hättest du also gern. Um die Wahrheit zu sagen, ich habe seit Ewigkeiten kein Bier getrunken. Wenn überhaupt, dann würde ich eher einen kleinen Wodka trinken. Aber nur nach dem Essen und nie hinter dem Steuer, wie man so sagt.«

»Ich geh ins Bett«, sagte Lyris.

»Ich auch«, sagte Joan. »Vorwärts, Micah. Zeit für alle braven Kinder, in ihrem Bettchen zu träumen.«

»Ich hoffe, dir gefällt es in unserer Gegend, Lyris«, sagte Earl. »Und falls du einmal Lust kriegen solltest, im Büro des Sheriffs vorbeizuschauen und einen Blick ins Innenleben der Justiz zu werfen, dann ruf einfach kurz durch.«

»Vielen Dank, vielleicht mach ich das mal.«

Earl machte sich auf den Weg, Joan knipste die Lichter aus, und alle gingen zu Bett. Micah beschäftigte sich damit, die Ankunft der Ziege zu planen. Sie würden Zaunpfähle einschlagen und einen Drahtzaun ziehen müssen. Micah und Lyris konnten sie füttern und striegeln, ihr die Hufe mit einem Tuch polieren und sie auf der Jahresschau vorführen. Sie würden Eimer für den Hafer brauchen, oder was sie sonst fraß, und Eimer waren ganz nach seinem Geschmack. Vor allem Blecheimer. Er schlief mit dem Scheppern ihrer Henkel im Ohr ein.

SAMSTAG

Fünf

Als Lyris am Morgen aufwachte, fand sie das Taschenmesser von Follard unter dem Kopfkissen. Sie überlegte sich, dass sie Micah damit die Schnürsenkel zerschneiden könnte, aber was wäre das schon für eine Rache? Er würde sich einfach neue besorgen. Sie drehte sich in ihrem durchgelegenen Bett auf den Rücken. Die Matratze ruhte auf einer Unterlage, die von unten wie ein Teil von einem Schweinekoben aussah. Egal, an welches Ende sie sich mit dem Kopf legte, ihre Füße lagen jedes Mal höher. Wenn sie beim Schlafen auf der Seite lag, verbog ihr das Bett dermaßen das Rückgrat, dass sie sich am nächsten Tag krumm und alt fühlte.

Aber musste es nicht auch so sein, überlegte sie. Die Risse an der Decke erinnerten sie an die Großen Seen. Das Wort »Home« war die Eselsbrücke, mit der man sich ihre Namen merken konnte: Huron – Ontario – Michigan – Erie. Bis man einmal allein wohnte, nahm man eben mit dem behelfsmäßigen Bett vorlieb, das einem zugeteilt war, und träumte von dem festen, wunderschönen Bett, das man eines Tages besitzen würde. Sie zog sich an und ging nach unten. Die Küche war lichtdurchflutet. Lyris roch Pfannkuchen und die staubige Spreu des Maisfelds auf der anderen Straßenseite. Bald würde der Mais geerntet und mit Sattelschleppern und Schüttgutwagen zum Fluss geschafft werden. Das hatte Charles ihr erklärt.

Sie blieb in der Tür stehen und wartete, dass ihre Lebensgeister wieder erwachten. Die Samstage hier kamen ihr seltsam ziel- und richtungslos vor, denn im Waisenhaus war der Samstag immer Putztag gewesen. Alle Kinder waren dann mit einem Schrubber in der

Hand und dem beißenden Geruch von Bleichmitteln in der Nase herumgelaufen.

Charles schob Lyris mit einem Spatel drei Pfannkuchen auf den Teller. »Was war das eigentlich mit diesem Mann mit dem Metalldetektor, der gestern Abend in den Hof kam?«

»Er hat gesagt, er heiße Follard und habe sich verlaufen«, sagte Lyris.

Sie nahm den Deckel von einer Flasche mit klarem Maissirup, der wie Möbelpolitur aussah.

Charles setzte sich rittlings auf einen Stuhl, die Arme auf die geschwungene Lehne gestützt. Die Ärmel seines blauen Sweatshirts waren über den Ellbogen abgeschnitten. »Hast du ihn hereingebeten?«

Lyris zerteilte ihre Pfannkuchen mit Messer und Gabel und fragte sich, was Charles eigentlich wollte. Er war ihr ein Rätsel. Ein Schatten huschte über seine Augen. »No, Sir. Ich hatte ihn ja noch nie gesehen. Er kam geradewegs aus dem Wäldchen.« Charles hatte dichtes schwarzes Haar – Micah sagte, er färbe es sich –, das dort, wo es sich über den Ohren lockte, ein wenig zerzaust war.

»Den brauchst du auch gar nicht erst kennenzulernen«, sagte Charles. »Das Beste bei solchen Typen ist, wenn du auf Distanz bleibst.«

Sie hatte den Verdacht, dass irgendwann mal über Charles genau das Gleiche gesagt worden sei. Sie sah ihm an, dass er, während er über Follard sprach, auch über sich selbst sprach. Deswegen war er sich dabei so sicher.

»Ist Mom schon gefahren?«

»Ja, ungefähr drei Stunden zu früh. Aber merk dir bitte, was ich über Follard gesagt habe. Und falls er noch einmal kommt und Joan und ich sind nicht da, dann sag ihm, wem dieses Haus gehört. Wenn er es nicht kapiert, sag ich es ihm selber. Und wir wollen auch keine Metalldetektoren auf unserem Land.«

»Okay. Habe verstanden.«

»Der glaubt vielleicht, dass man sich alles holen kann, was unter der Erde liegt. So läuft das aber nicht.«

»Nein.«

»Ich kenn die Sorte schon. Und ich sag das auch nur zu deinem Besten und bin natürlich überzeugt, dass du ganz gut selber auf dich aufpassen kannst.«

»Werd ich auch.«

Der abgestorbene, samenlose Kopf einer Sonnenblume schwankte vor der Fensterscheibe. Charles' Blick begegnete dem ihren, und diesmal schaute er nicht weg. »Darf ich dich fragen, wie du zu deinem Namen gekommen bist?«

»Na ja, beim Waisenhaus gab es einen Garten, und die Gärtnerin, die sie hatten, nicht als ich dort war, sondern irgendwann vorher, die hieß Lyris.«

»Und später, als du Pflegeeltern hattest …«

Sie aß ein Stück ihres Pfannkuchens von der Messerklinge und wartete, dass er fortfuhr.

»Welche waren das noch, die die Bomben gebaut haben?«

»Pete und Jackie. Aber ich weiß nicht, ob sie wirklich welche gebaut haben. Sie hatten halt die Bauanleitung.«

»Und von denen wollte nie jemand deinen Namen ändern?«

Lyris überlegte kurz. »Warum? Wäre das besser gewesen?«

»Nein. Es ist ein hübscher Name, und er passt zu dir. Ich wollte nur wissen, wie das so läuft, mit Pflegeeltern und so. Micahs Namen hat Joan aus der Bibel.«

»Das dachte ich mir schon«, sagte Lyris. »Was hat dieser Follard denn angestellt?«

»Es heißt, er habe das Haus seiner Eltern angezündet. Ich weiß allerdings nicht viel über diese Geschichte. Hab sie nicht verfolgt. Das ist schon ein paar Jahre her. Er kam vor Gericht, aber man konnte ihm nicht beweisen, was genau passiert ist.«

»Hat er's denn wirklich getan?«

»Keine Ahnung. Die Leute sagen es jedenfalls.«

»Vielleicht hat er sich tatsächlich verlaufen, so wie er gesagt hat.«

Charles stand auf. »Es ist nicht so ganz einfach, sich hier zu verlaufen.«

»Auch wieder wahr.«

»Soll ich dir noch ein paar Pfannkuchen machen?«

»Nein danke.«

»Hier ist aber ein ganz besonderer, den du noch essen solltest.«

Er trug ihren Teller zum Herd und kam mit den gebräunten Resten des Backwerks zurück, die er zu einem kursiven L geformt hatte. »Das bedeutet Lyris.«

Nach dem Frühstück fuhren sie zu Charles' Bruder, um neue Türflügel für die Scheune zu bauen. Jerry besaß eine Tischsäge und einen großen Vorrat an Holz. In seiner ausgewaschenen blauen Postlermontur und mit dem weißen Feuerwehrhelm auf dem Kopf, um sich die Augen zu beschatten, saß er auf den Stufen vor dem Haus, neben sich ein silbriges Fässchen, und trank ein Glas Bier. Charles suchte in den Holzvorräten und maß verschiedene Bretter mit dem Maßband aus. Er zog diejenigen heraus, für die er sich entschieden hatte, und legte sie im nassen Gras in die Sonne. Die Bretter waren von unterschiedlicher Farbe, aber so verwittert und ausgeblichen, dass man bei allen die graue Maserung durchsah.

Jerry kam die Stufen herunter und blieb bei dem Holzstapel stehen. »Hast mich bei meiner Pause erwischt.«

»Stell dir vor«, sagte Charles, »bei uns war gestern Abend ein Polizist, der nach einem Fässchen gesucht hat.«

»Bei mir auch.«

»Und was hast du gesagt?«

»Konnte nicht viel sagen, wo der Beweis doch so offensichtlich war. Aber du kennst ja Earl. Er möchte eigentlich nur wissen, was vorgefallen ist, sonst will er sich nicht groß einmischen. Allerdings hat er gesagt, dass er mir mein Blaulicht wegnehmen muss, wenn ich es für solchen Unsinn benutze.«

»Er muss hierher gekommen sein, nachdem er bei uns war.«

»Wahrscheinlich, aber das hat er nicht gesagt.«

»Er ist immer einen Schritt voraus, oder?«

»Wohl kaum. Was machst du da draus?«

»Türflügel für die Scheune.«

Jerry stieg in sein Auto und fuhr davon, um die Post auszutragen, und ließ die drei in dem einsamen blauen Licht seines Anwesens in der Senke allein. Sie arbeiteten den ganzen Vormittag, und die Zeit schien überhaupt nicht zu vergehen. Lyris und Micah holten Sägeböcke aus einem Wellblechschuppen. Charles versuchte angesichts von Jerrys verzogenen Holzplanken nicht die Geduld zu verlieren, aber er fluchte immer wieder und zerkratzte sich die Finger und verlegte sein Werkzeug. Ihm zuzuschauen, wie er sein ungestümes Wesen zu beherrschen versuchte, war, als würde man einem Menschen zusehen, der sich mit einem Strick selbst zu fesseln versucht. Lyris und Micah gefiel es, wenn er sein Werkzeug fallen ließ, denn dann konnten sie es aufheben und ihm reichen. Charles bediente die Kreissäge, während Micah und Lyris halfen, die Bretter auf den Sägeböcken ruhigzuhalten. Das Sägemehl flog in fransigen Bögen hoch und bedeckte bei allen Arme und Hals. Charles gab sich viel Mühe, um den beiden deutlich zu machen, wie man die Dinge anpacken musste, er zeigte ihnen, dass das Lösen der Arretierung das stählerne Maßband wieder in sein Gehäuse zurückschnellen ließ und dass bei einem quadratischen Rahmen die Diagonalen exakt gleich lang sein mussten. Als sie es dann aber doch nicht waren, schien er nicht so recht zu wissen, was zu tun sei. Lyris kaute an ihrer Nagelhaut und überlegte, dass irgendwo auf der Welt gerade gewaltige Dinge geschahen, von denen sie nicht die leiseste Ahnung hatten.

Schließlich hatten sie die Bretter fertig gesägt und auf die Rahmen gelegt, die x-förmige Verstrebungen besaßen, damit sie »im Winkel« blieben. Dann ging es ans Festnageln, und das war für sie eine Erleichterung, denn jetzt konnten alle drei das Gleiche tun und richtig loshämmern, ohne es dabei allzu genau zu nehmen. An einigen Stellen blieben Lücken, und die Bretter endeten auch nicht alle auf derselben Höhe, aber Charles sagte, daheim könnten sie die Lücken mit Werg abdichten und die Bretter gleichmäßig zusägen, denn da habe er irgendwo eine Schlagschnur. Jeder der beiden Türflügel war zu schwer, als dass sie ihn zu dritt hätten heben können, aber allein schaffte Charles es irgendwie. Er legte sie beide hinten in seinen Pickup, und sie fuhren nach Hause, wo sie die alten Türflügel ausrissen und sich daranmachten, die neuen einzuhängen. Charles schraubte die Bänder der alten Scharniere wieder fest. Die Flügel ließen sich besser öffnen und schließen, als Lyris gedacht hätte, und sahen auch ganz passabel aus, nur war der eine grün, der andere blau und rot. Doch das konnte durch einen Anstrich behoben werden, allerdings nicht heute.

Am Nachmittag fuhren sie zu einem Auktionshaus, das sich »Pallace« nannte, um eine Ziege zu ersteigern. Es handelte sich um ein großes, quadratisches Gebäude aus weiß geschlämmtem Backstein, das auf beiden Seiten von offenen Ställen und mit Stroh aufgeschütteten Durchgängen flankiert wurde. Kühe muhten in den Ställen, und Micah rannte den Tierlauten entgegen. Vor einem großen runden Fleck von dunklem, glänzendem Blut im Stroh jedoch blieb er wie angewurzelt stehen. Als Lyris und Charles ihn eingeholt hatten, überlegten sie gemeinsam, wovon dieses Blutvergießen wohl herrühre und warum es ausgerechnet an dieser Stelle geschehen sei, aber sie konnten es sich alle drei nicht richtig vorstellen.

»Mein Onkel hat sich mal ein Kalb gekauft, das er aufziehen und schlachten wollte«, sagte Charles. »Ihm schwebte wohl vor, so eine Art Gutsbesitzer zu werden. Er hatte zwar sehr viel darüber gelesen, aber es lag ihm einfach nicht im Blut, versteht ihr? Die Zeit verging, das Kalb wurde größer, und als er es hätte schlachten sollen, brachte er es nicht fertig. Sie hatten diese Kuh dann, bis sie an Altersschwäche starb. Sie folgte meinem Onkel auf Schritt und Tritt und kam, wenn er sie rief. Als sie starb, hoben sie hinter dem Haus ein großes Loch aus und beerdigten sie da.«

»Schrecklich«, sagte Lyris.

Sie gingen den Durchgang zwischen den Pferchen entlang. Die Kühe bewegten sich langsam, als sei ihnen ihre eigene Größe peinlich. Die Schweine lagen ausgestreckt auf der Seite und achteten auf gar nichts.

»Sie sehen aus, als wäre ihnen zu warm«, sagte Lyris.

»So sehen Schweine bei jedem Wetter aus«, sagte Charles. »Schweine sehen einfach immer so aus, als wäre ihnen zu warm.«

»Wo sind denn die Ziegen?«, fragte Micah.

»Das frag ich mich auch.«

Einer rosaroten Sau mit schwarzen Tupfen summten die Fliegen um die zwinkernden Augen. »Und wenn Gott nun auch so ein Stück Vieh ist?«, sagte Lyris. »Da müssten sich die Leute am Ende einiges an Erklärungen einfallen lassen.«

»Müssen sie sowieso, egal, was Gott ist«, sagte Charles.

»Oder ein Hummer«, sagte Micah. »Wie fändet ihr das, wenn ihr ein Hummer wärt und lebendig in einem großen Topf gekocht würdet?«

»Lebendig gekocht? Das würde ich nicht unbedingt glauben«, sagte Charles.

»Hab ich aber im Fernsehen gesehen.«

»Lebendig? Kann ich mir nicht vorstellen.«

»Doch, das stimmt«, sagte Lyris.

»Was kann man denn überhaupt an einem Hummer essen?«, fragte Charles. »Viel Fleisch scheint da sowieso nicht dran zu sein.«

»Er gehört zu den Krustentieren«, sagte Micah.

»Also, ich würde jedenfalls keinen Hummer essen, sogar wenn ich dafür bezahlt würde«, sagte Charles. »Und Kaninchen auch nicht, obwohl das viele Leute essen.«

»Dort ist eine Ziege.« Micah schaute in einen Hof, wo ein Tier unter einem Baum im Gras schlief.

»Quatsch, das ist ein Hund«, sagte Charles.

Lyris lächelte und folgte Charles und Micah in das Hauptgebäude. Irgendwie mochte sie Charles, obwohl er so wenig über Hummer wusste.

Sie stiegen alle drei eine Treppe mit breiten, unregelmäßigen Stufen hinauf und kamen am oberen Ende eines alten Auditoriums aus Holz heraus, das halbkreisförmig gebaut war. Die Zuschauerreihen fielen steil ab, in immer engeren Kreisen, bis zu einem umzäunten Gehege, zwei oder drei Stockwerke unter ihnen.

»Stellt euch mal vor, so ein Ding hier zu bauen«, sagte Charles. »Und wir hatten schon unsere liebe Mühe mit diesen einfachen Türflügeln.«

Die Zuschauerreihen waren etwa zur Hälfte mit Farmern gefüllt. Einige unterhielten sich, einige rauchten, andere hielten sich Radios ans Ohr. Sie trugen gestreifte Overalls mit weiten Hosenbeinen und Stoffhüte, die sie fest auf den Kopf gedrückt hatten. Der Auktionator stand auf einer erhöhten Tribüne am hinteren Ende des Geheges. An der Wand über seinem Kopf sah man handgemalte Werbeplakate für Futtermittelhersteller, Brunnenbohrer, Werkzeughändler, Tierärzte und Banken. Auf dem größten Schild von allen aber stand eine Verweigerung: ALLE GARANTIEN MACHEN KÄUFER UND VERKÄUFER UNTER SICH AB. DER AUKTIONATOR ÜBERNIMMT KEINE HAFTUNG. Lyris kam sich vor, als wäre sie auf einer Zeitreise.

Sie gingen zwischen den Reihen durch und setzten sich hin, als der nächste Verkauf begann. Neben der Tribüne des Auktionators ging eine Tür auf, und fünf Schweine kamen gemächlich in den Verschlag gelaufen, wobei sie mit ihren beringten Nasen in die Luft schnüffelten. Ihnen folgte ein Mann, der sich mit einer Holzlatte auf die Schenkel schlug und »Gscht! Gscht!« rief. Er trug kniehohe schwarze Gummistiefel mit terracottaroten Sohlen. Lyris hatte erwartet, dass der Auktionator beschwörend, ununterbrochen und unverständlich sprechen würde; sie war auf einen Redeschwall gefasst. Stattdessen sagte er ruhig, langsam und in einer Sprache, die eher seinen Beruf als einen regionalen Dialekt durchklingen ließ, dass das lauter Eber der amerikanischen Landrasse seien und der Verkäufer dafür bürge, dass keiner von ihnen Cholera, die Bang'sche Krankheit oder Räude habe.

Als die Eber verkauft waren, verbeugte sich der Mann mit der flachen Holzlatte und den hohen Stiefeln vor der Zuschauertribüne und trieb die Tiere durch die Tür in der Wand wieder hinaus. Charles fragte ein paar Farmer, die unter ihnen saßen, wann die Ziegen zur Versteigerung kämen, oder ob sie etwa schon durch seien.

Die Farmer lachten. Ein alter Mann mit runder Brille fragte nach, was Charles gesagt habe. Als es ihm wiederholt worden war, reckte der Mann seinen Kopf hoch, um zu sehen, wer so etwas fragen konnte. »So ein verdammter Spinner.«

»Samstags kommen nur Schweine und Rinder zum Aufruf«, erklärte ein anderer Farmer. Mit einem stumpfen Bleistift schrieb er sich ständig Zahlen auf ein Stück braunes Papier.

Charles sah den alten Farmer aufmerksam an. »An welchem Tag sind denn die Ziegen dran?«

»Die haben überhaupt keinen Tag«, sagte der Farmer, der sich Notizen machte. »Die sind nie bei einer Versteigerung. Jedenfalls nicht, soviel ich weiß.« Er drehte sich um. »Skel! Dieser Typ hier erkundigt sich nach Ziegen.«

Skel stand auf und schaute sich um. »Wir haben hier schon ewig keine Ziege mehr gehabt, du lieber Himmel, schon seit mindestens zehn Jahren.«

»Gehen wir lieber, Daddy«, sagte Micah.

»Die bringen nichts ein«, sagte Skel. »Ich kann Ihnen aus eigener trauriger Erfahrung versichern, dass Sie mit Kühen weitaus besser dran sind.«

»Gehen wir.«

»Sie sagen also, dass überhaupt keine Ziegen versteigert werden?«, fragte Charles, der sich anscheinend durch all das, was sie wussten, ausgeschlossen fühlte. »Dass es das überhaupt nicht gibt?«

Es wurde nicht ganz klar, mit wem er eigentlich sprach, jedenfalls faltete der Farmer mit dem Papier dieses zusammen und steckte es in die Tasche seiner grünen Daunenweste. »So weit würde ich nicht gehen«, sagte er. »Ich könnte mir schon vorstellen, dass es irgendwo gemacht wird.«

»In diesem Bezirk werden jedenfalls keine Ziegen versteigert!«, sagte der alte Mann, als würde die Ehre des Bezirks auf dem Spiel stehen.

»Die passen auch besser in die Berge«, sagte Skel. »Sie sind hier in der falschen Gegend, mein Sohn.«

Charles hob stolz das Kinn und ließ den Blick über die Farmer schweifen, die sich gegen ihn verschworen hatten. »Dann passen Sie mal auf«, sagte er. Er erhob sich und ging hinunter zu dem Gehege, wo er ein Gatter aufstieß und hindurchging. Er stieg auf die Tribüne und sprach den Auktionator an, der ihm ruhig zuhörte, wie das ein Auktionator so tut.

»Wer ist das überhaupt?«, fragte einer.

»Unser Vater«, sagte Lyris.

Der alte Mann mit der runden Brille machte eine flache Dose auf und hielt sie Micah hin. »Magst du ein Bonbon?«, fragte er.

Ein wildes, aufgeregtes Kälbchen wurde verkauft, das ausschlug und schnaubte, und danach noch eine Herde Schweine. Charles tauchte von oben her wieder auf und setzte sich neben Lyris.

»Das ist nicht so schlimm, Dad«, sagte sie.

»Wenn du bieten willst«, sagte er leise, »dann heb einfach die Hand.«

Als Nächstes stand eine weiße Kuh zum Verkauf, auf die niemand bot, also wurde sie wieder hinausgeführt. Dann stieß der Mann mit der Holzlatte die Tür auf und zerrte an einem Strick um den Hals eine Ziege herein. Sie hatte zottiges rötliches Fell, das fast bis zum Boden reichte. Sobald sie die Zuschauer sah, überholte sie den Mann und durchschritt das Gehege so würdevoll und gemessen wie ein Festwagen bei einer Parade.

»Das ist ein Toggenburg-Weibchen, zwei Jahre alt«, sagte der Auktionator. »Ich erwarte ein Gebot von 65 Dollar.«

Charles stieß Lyris an, und sie hob die Hand.

»Verkauft«, sagte der Auktionator. »Die junge Dame in der siebten Reihe wurde soeben Besitzerin einer Ziege.«

Lyris kam es vor, als wären aller Augen im Auktionshaus auf sie gerichtet. Vielleicht war das ja nur Einbildung. Aber sie hatte sich nicht mehr so auserwählt gefühlt, seit die Home Bringers sie von ihrem Bügelbrett weggeholt hatten.

Auf dem Heimweg kauften sie in einer Futtermittelhandlung vierzig Pfund geschrotete Luzerne, ein Lederhalsband und zwei Metallschüsseln. Charles schlug im Hinterhof einen Pflock in den Boden und band die Ziege daran fest, wobei er den Strick so lang ließ, dass sie sich bei Regen unter das Dach der Veranda flüchten konnte. Die Ziege hatte geschlitzte, lebhafte Augen und roch nach warmem Heu. Lyris stellte ihr eine Schüssel Wasser und eine Schüssel mit dem dunkelgrünen Luzerne-Granulat hin. Die Ziege zeigte kein Interesse. Dann trug Micah einen Gartenstuhl in die Nähe der Ziege und setzte sich. Das war ein Fehler. Die Ziege stieß den Stuhl um, und Micah rannte davon. Die Ziege stieg mit einigen Schwierigkeiten über den Stuhl. Charles gab ihr einen Hieb auf die knochige Stirn und sagte, sie solle das lassen, und sie versetzte ihm einen Stoß. Schließlich standen alle drei außer Reichweite des Stricks und sahen zu, wie die Ziege den Kopf in die Wasserschüssel senkte.

»Woher hast du denn gewusst, dass sie eine Ziege haben?«, fragte Lyris.

Charles schmunzelte. »Ich kenne den Auktionator. Hab ihn gestern Abend angerufen und das Ganze arrangiert.«

»Aber«, sagte Lyris, »warum hast du dann erst diese Männer gefragt?«

»Weil ich im Voraus wusste, was sie sagen würden.«

An diesem Abend gab es ein Heimspiel des Footballteams, und die größeren Mädchen des Landjugendclubs fuhren in einem Kleinbus des Clubs zum Spielfeld. Sie führten wie immer den Imbissstand und durften dafür den Gewinn behalten. Die gegnerischen Footballspieler stiegen aus ihren Bussen und standen herum, die Helme gegen die Hüften gestemmt, und blinzelten in die untergehende Sonne, wobei ihre Köpfe über den panzerartigen Schulterpolstern klein und unschuldig wirkten. Lyris fand, dass ein Sport, der so viel Polsterung brauchte, es offensichtlich noch nicht geschafft hatte, sich vernünftige Spielregeln zu geben.

Das Spiel begann. Die Fans schlenderten mit ihren Lederflaschen und Thermoskannen die Seitenlinien entlang und feuerten die Mannschaften an. Die Mitglieder der Musikband standen in ihren albernen Uniformen da und spielten auf ihren Instrumenten, und gelegentlich rannte einer hinter einem Notenblatt her, das dem harfenförmig geformten Notenständer entwischt war und im Herbstwind über den Boden tanzte. Für jemanden, der in einem Waisenhaus und bei Vorstadtterroristen aufgewachsen war, stellte das ein absurdes, aber reizendes Schauspiel dar. Als Lyris am Verkaufsstand eine Pause machen konnte, stellte sie sich hinter die Endzone, sah dem auf und ab wogenden Schlachtengetümmel des Spiels zu und trank mit Octavia Perry und zwei anderen Mädchen des Landjugendclubs heiße Schokolade. Ganz plötzlich war Octavia jetzt nett zu ihr, und diese Freundlichkeit kam ihr wie ein großer Segen vor, wenn auch fast ein wenig unheimlich.

»Schmeckt dieser Kakao nicht toll?«, fragte Octavia. »Der ist soo schokoladig, dass ich das Zeug eimerweise trinken könnte.«

»Du hast da doch was reingetan, oder?«, fragte Lyris.

Octavia lächelte sie an. Ihre dunklen Augen glühten, und sie trug Korallenperlen im Haar. »Schon möglich.«

»Ach, trink doch, Lyris«, sagte ein dünnes Mädchen, das Mercedes Wonsmos hieß. »Du brauchst nicht die ganze Zeit so heilig zu tun. Versuch bloß nicht, uns niederzubügeln, so wie du deine Hosen bügelst.«

»Genau, dieses langweilige Getue kannst du dir sparen«, sagte Echo Anderson. »Wir haben beschlossen, uns mit dir anzufreunden, aber du musst offen und ehrlich mit uns sein.«

»Bin ich doch. Ich tu überhaupt nicht heilig.«

»Trink noch ein bisschen Kakao«, sagte Octavia.

Die Leute begannen zu schreien. Der Lärm schwoll an und wogte zu den Mädchen herüber. Ein schmächtiger Junge aus der eigenen Mannschaft strauchelte mit dem Ball im Arm in die Endzone, während ihn ein großer, breitgebauter Junge der gegnerischen Mannschaft am Bein festhielt.

»Ich hab gepunktet! Lass los! Ich geb dir einen Tritt!«

»Das machst du nicht!«, rief der größere Junge.

Der Schiedsrichter riss die Arme hoch, als hätte ihn jemand mit der Pistole bedroht, und zerrte dann die beiden Kämpfenden auseinander.

Eine Gruppe Cheerleader rannte aufs Feld, die Fäuste ungeschickt in die Hüften gestemmt. »Ahh – mach endlich die Mücke, sonst zerkratz ich dir den Rücken!«, brüllten sie.

Die Mädchen des Landjugendclubs sahen sich an und schüttelten den Kopf, während aus ihren Tassen der Dampf aufstieg. »Ich weiß eigentlich gar nicht, warum wir überhaupt etwas trinken müssen, wo doch das Leben selbst schon so faszinierend ist«, sagte Mercedes Wonsmos.

Trotz des sarkastischen Tonfalls klang ihre Bemerkung, als sei sie ernst gemeint. Lyris hatte Gefallen gefunden an dem Sportplatz auf dem kalten Hügel und den hoch oben einsam hängenden Batterien des Flutlichts und den weißen Trikots der Heimmannschaft und dem so überaus hellen Spielfeld und dem so überaus dunklen Himmel. Sie nahm alle Einzelheiten des Abends in ihr Herz auf und hatte noch Platz für viel mehr, als ob ihr Herz so groß wäre wie das Auktionshaus. Jetzt löste sich der Junge, der gepunktet hatte, von den herumwirbelnden Cheerleadern und kam so nahe, dass sie die Katzenaufkleber auf seinem mattgoldenen Helm hätte zählen können. Er schaute eifrig und angriffslustig drein und erinnerte sie an Micah. Sie stellte ihm ein Bein und ließ ihn stolpern, womit sie einen Zug machte, mit dem er nicht gerechnet hatte. Er fiel ins Gras, sprang aber sofort wieder auf, als habe er sich absichtlich hingeworfen und es gehöre neuerdings zum Jubelritual. Seine Teamgefährten umringten ihn, boxten ihn und klatschten ihn ab, um ihm ihren Beifall zu bekunden. Alle trugen sie die Aufkleber mit der Katze auf dem Helm, die man für besondere Leistungen auf dem Spielfeld bekam. So wie es aussah, hatte die Mannschaft schon wahre Heldentaten geleistet, ein Spiel gewonnen hatte sie bisher allerdings noch nicht. Aber auch diese Vorspiegelung falscher Tatsachen war für Lyris in Ordnung und in ihrer Art sogar schön, denn wenn die Jungs sich für besser hielten, als sie waren, konnte sie selbst das dann nicht auch? »Vorwärts, Fighting Cats«, hörte sie sich selber schreien, »vorwärts!«, als wollte sie die Jungen dazu bringen, vom Spielfeld und hinaus aus der Stadt zu laufen, sich in die knisternden trockenen Kornfelder zu schlagen und die gefährliche Reise ins Erwachsenenalter anzutreten. Ja, sie war ziemlich betrunken, geistig aber noch einigermaßen klar, und in diesem Augenblick sah sie Follard, der auf die dicken gewundenen Rohre der Pumpstation hinter dem Spielfeld gestiegen war. Er sah sie auch. Er schwang sich von dem verschlungenen blauen Dschungel herunter und kam ans Ende des Spielfelds.

»Ich hab dein Messer dabei«, sagte sie.

»Gib es mir.«

Sechs

Als es spät wurde und Lyris immer noch nicht nach Hause kam, schrieb Charles ihr einen Zettel, auf dem er erklärte, dass er noch mal los müsse, um einen Auftrag zu erledigen, und Micah mitgenommen habe. Er ging in den Vorraum, sperrte einen Schrank auf und nahm die doppelläufige Schrotflinte heraus, die unter seinen drei Gewehren mit langem Lauf am ehesten demjenigen ähnelte, das Farina Matthews so am Herzen lag. Draußen öffnete er die Tür seines Pickup und tauschte das Gewehr gegen den Regenschirm aus, den er aus Spaß in der Gewehrhalterung mitführte. Er lehnte den Schirm auf der Veranda an die Wand und ging hinauf in Micahs Zimmer. Der Junge war eingeschlafen, ohne sich auszuziehen.

»Aufwachen«, sagte Charles. »Wach auf. Du schläfst heute woanders.«

Sie fuhren davon, und die Mondsichel zog hell leuchtend über der Stadt und den Brücken und Feldern dahin. Micah schlief mit einer Indianerdecke auf den Beinen, und sein Kopf nickte immer wieder gegen das Beifahrerfenster des Wagens. Charles brachte ihn auf direktem Weg zum Haus seiner Mutter, legte ihn auf die Couch und deckte ihn gut zu. Der Junge strahlte im Schlaf eine so vollkommene Unschuld aus, dass Charles sich fast nicht vorstellen konnte, es werde nicht ewig so bleiben.

Als er in die Küche kam und sich wunderte, wo Colette sein mochte, sah er zwei schwarze Lautsprecher mit Metallgehäuse auf der Arbeitsplatte stehen und hörte ein Kratzen unter dem rissigen Linoleum zu seinen Füßen. Als er hinunterschaute, tauchte eine zweiadrige Litze aus einem kleinen Loch im Boden auf, die isolierten Enden vorgestreckt.

»Mom?«, rief er.

»Ich bin im Keller«, kam undeutlich die Antwort.

Er ging hinaus hinter das Haus und duckte sich unter einer Wäscheleine durch, an der steife abgetragene Kleider im Wind schwangen. Die wasserdichten Klappen über der Kellertreppe waren aufgeschlagen, zwischen ihnen fiel blasses Licht aufs Gras. Charles' Mutter kam langsam die Treppe herauf, Drahtzange und Isolierband in der Hand.

»Ich frage mich, ob du mir helfen kannst«, sagte Charles.

»Das frage ich mich auch.« Sie blieb oben an der Treppe stehen, um das Licht auszuschalten. »Wie spät ist es?«

»Halb zwölf. Ich fahr noch mal weg, etwas reparieren, aber ich muss eigentlich auf Micah aufpassen.«

Colette übergab ihm das Isolierband und die Drahtzange. »Joan hat mir schon erzählt, dass sie wegfährt.«

»Wann hast du Joan gesehen?«

»Sie war gestern kurz da, sie wollte, dass ich Farina Matthews um dieses Gewehr bitte, das du unbedingt haben möchtest.«

»Sie kennt mich einfach durch und durch.«

»Wozu wäre das gut?«

»Wahrscheinlich zu nichts«, gab Charles zu. »Ich habe schon versucht, mit Farina zu sprechen, aber es ist nichts dabei herausgekommen.«

»Was willst du eigentlich damit?«

»Mehr als sie jedenfalls.«

»Es hat ja sowieso nicht deinem Vater gehört, sondern dem deiner Schwester Bebe.«

»Ich weiß.«

Colette nahm die Klammern von der aufgehängten Wäsche ab und legte Charles die Kleider über den Arm. »Sagen wir mal, du kriegst es. Und dann?« Sie ging voran ins Haus, wo Charles die Wäsche in einen aus Latten geflochtenen Korb warf, der schon etwas ramponiert aussah.

»Also, wenn du so gut wärst und mir diese Drähte anschließt«, sagte sie.

»Micah ist im Wohnzimmer.« Als er die Klemmhalter der Lautsprecher hob und die Drähte darin befestigte, begann Musik zu spielen. Es klang wie das Klagen und Trauern vieler Männer.

»Was hören wir denn da?«

»Das ist das Hilliard-Ensemble, sie singen die ›Messe für vier Stimmen‹ von Thomas Tallis.« Colette nahm eine CD-Hülle aus einem Halter über dem Ofen, holte das zugehörige Heftchen heraus und las. »›Es ist für den Menschen nicht möglich, über sich und sein Menschsein hinauszuwachsen‹, sagt Montaigne. ›Wir sind, ich weiß nicht warum, in uns selbst doppelt, so dass wir das, was wir glauben, nicht glauben, und uns von dem, was wir verdammen, nicht befreien können.‹ Was meinst du? Stimmt das? Oder nicht?«

Die Stimmen verebbten und begannen dann aufs Neue. Er hatte ein Bild vor Augen, wie die Sänger einen steilen Felsen hinaufkletterten, auf dessen Gipfel sie ein Schicksal erwartete, vor dem sie Angst hatten, dem sie sich aber stellen mussten, sonst würde es ihnen nie wieder gut gehen. »Das trifft's genau.«

»Findest du?«

»Wer ist Montaigne?«

»Irgend so ein Denker, ein sehr wichtiger, wie es klingt.«

»Ich muss los.«

»Was ist denn, hat es bei jemandem einen Rohrbruch gegeben?«

»Bei niemand, den du kennst.«

»Wenn das stimmt, dann glaub ich dir«, sagte Colette.

Sie schauten nach Micah, der im Schlaf das Gesicht auf die Hände gelegt hatte, die gefaltet waren, als würde er beten.

Charles verließ das Haus und zog die Tür hinter sich zu, aber noch immer hatte er die Stimmen des Hilliard-Ensembles im Ohr. Er nahm die Umgehungsstraße nach Grafton, wo Farina Matthews wohnte, und fuhr seinen Wagen auf einen Feldweg zwischen zwei Maisfeldern. Dort parkte er, legte die Füße auf den Sitz, lehnte sich an die Autotür, trank ein wenig Whiskey mit Cola aus einem Einmachglas und schlief ein. Als er aufwachte, schaute er auf seine Armbanduhr, nahm das Gewehr aus der Halterung hinter dem Sitz und marschierte durch das eine der Felder, wobei ihm das Rascheln der Blätter in den Ohren klang. Einen seltsamen Jäger gab er ab, dort in der schwarzen Furche zwischen den Reihen der Maispflanzen in der Nacht.

Am Ende des Feldes stieg er über den Zaun und schritt über die stillen Hinterhöfe der Stadt. Beim Haus der Witwe angekommen, lehnte er das Gewehr an der hinteren Wand gegen die Holzverschalung, schlitzte das Fliegengitter oberhalb des Fenstersimses mit dem Taschenmesser auf und hängte den Haken aus, der es hielt. Er lehnte das Fliegengitter an die Wand, schob das Schiebefenster hoch und stieg ein, erst ein Bein, dann der Körper, dann das andere Bein, wobei er auch das Gewehr nicht vergaß, das er in der Hand hielt und jetzt seitlich durch das offene Fenster schob. Der schwarze Labrador von Mrs. Matthews kam hechelnd ins Zimmer getapst. Er kraulte den Hund im Nacken. Der ließ sich platt auf den Fußboden fallen und wälzte sich auf die Seite. Charles stand auf und schaute sich um. Er hatte schon lange nichts mehr gestohlen, aber es fiel ihm durchaus nicht schwer, den alten Nervenkitzel wieder in sich zu spüren. Im falschen Haus, zur falschen Zeit, da fühlte er sich lebendig. Aber das war ja ohnehin kein Diebstahl, sondern eher so etwas wie ein Handel.

In ihrem Bett träumte Farina Matthews auf eine Art, die wir alle kennen: wo etwas, das vor langer Zeit geschehen ist, noch einmal geschieht, allerdings mit neuen phantastischen Zügen, die den imaginären oder psychologischen Aspekt des Traumes darstellen. Während sie träumte, wusste sie, dass sie träumte; es war ein klarsichtiges Träumen. Sie und Reverend Matthews saßen in ihrem Ford Edsel mit den tiefliegenden Sitzen und dem Drucktastengetriebe, einem Auto, das seiner Zeit weit voraus war. Allerdings beschwor der Traum ein Geschehen herauf, das so lange zurücklag, dass mittlerweile sowohl die tatsächlichen Jahre jenes Autos als auch die, um die es seiner Zeit voraus war, längst vorüber waren. Sie fuhren zum Krankenhaus, wo er ein paar kranke Gemeindemitglieder besuchen und sie den frischgebackenen Müttern Geschenke bringen wollte. Damals schickten die Krankenhäuser die Frauen nicht so schnell nach Hause wie heutzutage, sondern ließen sie noch tagelang schmachten. Die verwirrten und isolierten Mütter waren immer glücklich, wenn sie einen schleifenverzierten Korb mit Seifen und Decken und Beruhigungsmitteln bekamen. In dem Traum aber waren die Körbe mit den Putztüchern gefüllt, die Mrs. Matthews unter der Spüle liegen hatte.

Auf dem Weg zum Krankenhaus sahen sie einen Anhalter, und der Reverend fuhr an den Seitenstreifen. An ihrem Auto hatten sie einen offenen Anhänger angekoppelt, und hinter dessen Seitenplanke sah sie den Mann herankommen. Er hatte kurze Haare und melancholische Augen und war wie ein Arbeiter angezogen. Er hieß Sandover und war Charles' Stiefvater.

»Tag«, sagte der Reverend. »Wo wollen Sie hin?«

»Nach Morrisville.«

»Steigen Sie ein. Was haben Sie denn gerade in den Anhänger gelegt?« Farinas Gatte war ein guter Beobachter. Er erkannte Regen am Horizont, wenn jeder andere noch einen sonnigen Tag erwartete.

»Ein Gewehr.«

»Was wollen Sie in Morrisville machen?«

»Also, das werd ich Ihnen sagen. Ich bin in der Molassefabrik entlassen worden, und jetzt hab ich gehört, dass sie vielleicht ein paar Leute wieder einstellen.«

»Ich meine, mit dem Gewehr.«

»Das Gewehr möchte ich ins Pfandhaus bringen.«

Der Reverend fuhr eine Weile weiter, dann sagte er: »Ich gebe Ihnen vierzig dafür.«

»Das kommt ein bisschen plötzlich.«

»Ich gebe Ihnen sechzig Dollar dafür, und Sie können es gleich hinten im Anhänger liegenlassen und sich den Weg zum Pfandhaus sparen.«

»Es ist nur so, dass ich es gerne zurückhaben möchte, wenn ich wieder Arbeit habe und es einlösen kann.«

»Das verspreche ich Ihnen.«

»Es ist ein gutes Gewehr. Es ist leicht und sieht klasse aus und hat fast überhaupt keinen Rückstoß. Und Sie werden sehen, denke ich, dass es sehr zielgenau schießt. Aber ich sollte Ihnen auch sagen, dass es ein .410 ist. Nicht gerade das richtige Gewehr für einen Anfänger, obwohl viele das meinen, aber die haben sich das einfach nicht richtig überlegt. Vielleicht wollen Sie das alles ja überhaupt nicht hören.«

»Doch, ich finde es sehr interessant.«

»Also, manche Leute sind der Meinung, dass man einem Jungen, der gerade erst zu schießen anfängt, ein kleinkalibriges Gewehr geben muss. Das Problem ist nur, dass der damit nichts trifft, und wenn doch, dann wahrscheinlich nur mit einem Streifschuss, so dass das Tier im Gebüsch verschwindet und wegrennt, oder sich fortschleppt, bis es von einem Fuchs oder einem Habicht erwischt wird. Klar sollte man auch nicht gleich etwas zu Schweres nehmen. Kaliber zwanzig ist keine so schlechte Idee. Aber das .410 ist eher ein Gewehr für Könner.«

Der Reverend mochte es nicht, wenn man ihm den Rückspiegel verdrehte, deshalb wandte sich Farina um und warf einen Blick auf den Rücksitz. Jack Sandover hatte einen der Körbe geöffnet und drapierte sich die Putzlappen in verschiedenen Zusammenstellungen über die Arme. Jetzt saß auch ihr Sohn mit auf dem Rücksitz, nicht als Erwachsener, sondern als Kind. »Halt an«, sagte ihr Junge. »Wenn wir weiter so rasen, werde ich nie meinen Doktor machen.«

Farinas Mann fuhr auf den Seitenstreifen, und sie stiegen alle aus, um in den Anhänger zu schauen. Das Gewehr ruhte auf einer Unterlage aus Stroh. Sandover nahm es, begann es zu zerlegen und reichte ihnen die Einzelteile aus Holz und Metall. Da fuhr das Auto plötzlich los, mit dem Kind am Steuer. Farina rannte dem Auto nach und ließ die Gewehrteile auf die Straße fallen, worüber Sandover lachte. Das Lenkrad kam aus dem Fenster geflogen, denn unter den Händen des Jungen hatte es sich gelöst. Der Edsel kurvte von einer Straßenseite zur anderen, und dicker schwarzer Rauch quoll aus dem Chassis.

Der Traum war jetzt alptraumhaft geworden, und Farina weckte sich selbst kraft ihres eigenen Willens. Sie stand auf und ging ins Bad, um ein Glas Wasser zu trinken. Es war, als würden ihr Wellen von Schuld den Rücken hinunterlaufen; was für eine Schuld eigentlich?, fragte sie sich. Sie schaute in den Spiegel und stellte dabei die widersprüchlichen Wirkungen des Schlafes fest: er bewirkte, dass sie älter aussah, sich aber jünger fühlte, mit all den Ängsten und Nöten einer jungen Frau, die unsicher ist in Bezug auf sich selbst und auf das, was das Leben bringen wird. Sie befahl sich noch einmal, aufzuwachen, denn das meiste von dem, was das Leben für sie bringen konnte, war ja schon gekommen. Sie hatte ihre Gesundheit und ihr Auskommen und ihre Sammlung von kleinen Leuchttürmen, was wie ein ironischer Kommentar auf die Tatsache wirkte, dass sie nie einen echten gesehen hatte. Einmal hatte ein unechter Leuchtturm bei einem Restaurant am See gestanden. Sogar hier, mitten in diesem so weiten Land, dachte jeder ans Meer, so als würde man in einer kollektiven Erinnerung an die Sintflut auf dem Berg Ararat stehen und weit hinausblicken, vielleicht mit je einem Honigfresser links und rechts auf den Schultern, dem roten Männchen und dem rehbraunen Weibchen, falls es denn Honigfresser an einem so fernen Ort überhaupt gab.

Sie trank das Glas aus, und Fetzen des Traumes kehrten in ihr Gedächtnis zurück – die Putzlappen am Arm des Mannes, das zerlegte Gewehr, der Sonnenschein, der wie Öl über die lavendelfarbene Motorhaube des Edsel glitt. Sie fragte sich, warum eigentlich die Nacht etwas so herzzerreißend Trauriges an sich habe. Vielleicht, weil deren ganz banale Einsamkeit wie die Ankündigung der letzten Einsamkeit wirkte. Aber sie war gar nicht allein, oder zumindest ging hier etwas nicht mit rechten Dingen zu. Sie hörte das rasche Tappen des Hundes, sein unwillkürliches Scharren, und sie hörte immer wieder einen einzelnen Schritt, dem dann eine lange Stille folgte, als träte jemand auf Steine in einem Teich, in dem das Wasser langsam stieg, um jeden Stein, auf den getreten wurde, sofort wieder zu umschließen. Und außerdem hörte sie verschiedene leise metallische Klick- und Kratzgeräusche, die das Ausgeliefertsein unseres menschlichen Lebens an die Materie zu unterstreichen schienen. Letztes Frühjahr hatte sie noch gelacht, als sie von dem Plan der Highschool las, einen alkoholfreien Abschlussball zu veranstalten. Sie hatte sich vorgestellt, wie die von ihrer körperlichen Hülle befreiten Abiturienten wie wandernde Seelen in einer bodenlosen miasmatischen Aula herumwaberten.

Farina konnte sich nicht ohne Waffe verteidigen, deshalb ging sie zum Kleiderschrank und wählte einen Kleiderbügel aus Zedernholz, der in allen drei Teilen aus festem, dickem Holz bestand und in dessen oberes Ende unter dem Haken das Bild eines Tannenbaums eingebrannt war. Sie bewegte sich leise, wobei sie sich aber sagte, dass es vielleicht richtiger gewesen wäre, das Licht einzuschalten und jede Menge Lärm zu machen. Andererseits, wenn der Eindringling es auf sie abgesehen hatte und nicht auf ihren Fernseher oder auf das gute Silber von Rainy Lake, dann würde sie, wenn sie tatsächlich Lärm machte, eine sehr hohe Karte gegen seinen unvermeidlichen Trumpf ausspielen. Sie war selbst überrascht, wie ruhig sie blieb. Sie wollte ihr Silber von Rainy Lake nicht hergeben, das sie in einer burgunderroten Schatulle mit Reißverschluss aufbewahrte, die so gut gearbeitet war, dass man die Gabeln nur mit Mühe aus ihren Filzschlitzen herauswinden konnte.

»Nimm den Fernseher«, flüsterte sie. »Nimm den Fernseher und verschwinde.«

Charles hob das Gewehr seines Stiefvaters von dem Gestell, auf dem es ruhte, und klappte die Läufe herunter, um sicherzustellen, dass keine Patronen darin waren. Er legte das Gewehr auf die Couch und hob dann das andere an seine Stelle. Dann hörte er Mrs. Matthews langsam die Treppe herunterkommen. Er schaffte es bestimmt nicht mehr, mit dem Gewehr durch das Fenster zu verschwinden, bevor sie eintrat, deshalb setzte er sich auf einen Stuhl, um auf sie zu warten. Das Beste war, nicht herumzurennen, denn in einem Haus, wo es *ein* Gewehr gab, konnte es auch noch ein zweites geben. Es geschehen mehr Schießereien in beidseitiger Panik und Verwirrung, als wenn die eine der Parteien auf einem Stuhl sitzt. Er könnte sogar Licht machen; ja, das war eine gute Idee. Es stand eine Lampe auf dem Tisch neben seinem Stuhl. Sie hatte einen von diesen schwer fassbaren Schaltern, die an einer Kordel hängen, und während er noch die Kordel hinauf und hinunter nach dem gezahnten Rädchen abtastete, trat Farina Matthews ins Zimmer. Sie ging schnell an dem Stuhl vorbei und versetzte ihm mit so etwas wie einem wohlriechenden Schlagholz eine Art Rückhand auf die Nase. Tränen schossen ihm aus den Augen, die Nase lief und sein Kopf füllte sich mit einem grässlichen Verwesungsgeruch, aber er stand trotzdem nicht auf. Er bedeckte nur das Gesicht mit den Händen.

»Nicht mehr schlagen«, sagte er. »Ich bin es, Charles. Charles der Klempner.«

Sie griff nach der Kordel der Lampe, und das Licht ging an. »Sie bluten ja.«

Er atmete in die Höhlung seiner Hände. »Ich bin noch mal wegen des Gewehrs da.«

»Ich habe davon geträumt«, sagte sie. »Kommen Sie mit in die Küche, weg von diesen Teppichen.«

Farina Matthews wickelte Eiswürfel in einen der Putzlappen unter der Spüle, und Charles setzte sich mit seinem Stuhl in die Mitte der Küche, als sollten ihm die Haare geschnitten werden. Er legte den Kopf zurück und drückte sich das Tuch, das den Schmerz etwas betäubte, auf die Nase.

»Ist sie gebrochen?«, fragte Farina.

»Sie war vor langer Zeit mal gebrochen.«

»Ich hab Ihnen einen ganz schönen Schlag verpasst, was?«

»Lassen Sie mich mal den Kleiderbügel sehen.«

Sie reichte ihn ihm, und er hielt ihn ins Licht. Die beiden Schulterteile waren geschwungen und glatt und die untere Querstange mit Flachkopfschrauben in ihre Vertiefungen eingepasst.

»Den Mantel, der von so einem Ding runterfällt, den gibt's noch gar nicht«, sagte er und gab ihr den Bügel zurück. »Haben Sie schon mal Softball gespielt?«

»Nein.«

»Das sollten Sie machen.«

»Ich sollte die Polizei rufen, wenn ich klar bei Verstand wäre ... ich hab früher mal Tennis gespielt.«

»Sie haben den richtigen Schwung dafür.«

»Hören Sie zu, mir ist zu diesem Gewehr etwas eingefallen«, sagte sie. »Können Sie sich erinnern, dass Sie sagten, Sie hätten kein Anrecht darauf? Also, es sieht so aus, als hätten Sie doch eins, in gewisser Weise. Ich sage das nicht gern, aber ich pflege immer die Wahrheit zu sagen.«

Er senkte den Eisbeutel. »Wie meinen Sie das?«

»Mein Mann hat Ihrem Stiefvater sechzig Dollar geliehen und das Gewehr als Sicherheit behalten. So sind wir dazu gekommen. Also zahlen Sie mir das Geld und nehmen Sie das Gewehr, dann sind wir quitt. Ich möchte Sie nie wiedersehen, aber ich bin sicher, das wird nicht klappen.«

»Ich dachte immer, er hat es ihm geschenkt.«

»So war es nicht.«

»Na ja, das wissen Sie natürlich besser als ich.« Er stand auf und zog seine Brieftasche heraus und gab ihr noch zehn Dollar extra für das aufgeschlitzte Fliegengitter. Sie machte den Kühlschrank auf und stopfte die Banknoten in eine Kaffeedose.

»Kommen Sie«, sagte sie, und sie kehrten ins Wohnzimmer zurück, wo sie das Gewehr von der Wand nahm, das Charles ins Haus gebracht hatte. Dann drehte sie sich um und sah das andere Gewehr auf der Couch liegen. »Augenblick mal.«

»Ich kann das erklären«, sagte Charles und tat es.

»Haben Sie etwa gedacht, ich sehe den Unterschied nicht?« Sie hielt das Gewehr in den Händen und blickte vom einen zum anderen. »Vielleicht hätte ich ihn wirklich nicht gesehen.«

»Ich hab versucht, ein wirklich ähnliches zu finden. Das hier, das ich mitgebracht habe, hat ein größeres Kaliber und ist am Schaft schachbrettartig verziert. Das von meinem Stiefvater ist älter, das erkennt man daran, dass das Holz schon so richtig honigfarben ist. Und seins hat hinter den Läufen die Daumensicherung.«

»Welches ist jetzt welches?«

»Das, das Sie immer hier hatten, ist das auf der Couch. Das andere können Sie behalten, wenn Sie gerne etwas über dem Kamin hängen haben.«

»Das ist nicht notwendig.«

»Ja klar, aber ich meine nur. Ich hab noch welche.«

Charles verließ das Haus durch die Tür, in jeder Hand ein Gewehr. Die Sterne schienen hell, und ein Flugzeug zog darunter hin. Er versuchte sich vorzustellen, was die Menschen in dem Flugzeug soeben taten. Eine Frau hatte gerade ihren Mann verlassen, ein Mann putzte sich die Nase, ein Kind las ein Buch, das es falsch herum hielt. Währenddessen versuchte der Pilot sich an ein Lied zu erinnern, das ihm sonst immer eingefallen war. Dasselbe, was die Menschen hier unten machten, taten sie auch dort oben. Und dann waren sie weg. Im Gegensatz zu Joan konnte Charles in den Sternen keine Bilder sehen: keine Helden, keine Tiere. Nur zufällig in den Weltraum geworfene Steine.

»Ich bin hier«, sagte er. »Wo bist du?«

Und mit *du* meinte er nicht Joan, und er meinte auch nicht Lyris. Er wusste selbst nicht, wen oder was er damit meinte.

Er hatte immer zu spät erkannt, welchen Menschen er bei sich haben wollte, und was er hätte tun müssen, um ihn zu halten.

Farina Matthews saß noch lange wach, nachdem Charles gegangen war. Der Traum, der ihr die Erinnerung daran, wie sie an das Gewehr gekommen waren, richtiggestellt hatte, hatte auch die Erinnerung an ihren toten Ehemann zurückgebracht. Sie saß auf dem Stuhl, auf dem Charles gesessen hatte, und hielt ein gerahmtes Gedicht in der Hand. Es hieß »Alles kommt«, war von Thomas Hardy und handelte von dem Haus in England, Max Gate, das ihrem Haus den Namen gegeben hatte:

> Wie kalt und düster ist dies Haus,
> Das grade erst für mich erbaut!
> Kein Wind der Welt, der nicht mit Saus

Darinnen sich zusammenbraut;
Kein Baum, der es vor Blicken schützt,
Damit es nicht der Neugier nützt,
Kein Auge, das nicht auf mich schaut.

Als Charles sich einem Wirtshaus an der Landstraße näherte, das *Zur Tonpfeife* hieß, sah er Jerrys Auto. Er hielt an, aber die Kneipentür war verschlossen.

»Wir haben schon geschlossen«, sagte jemand hinter der Tür. »Alle sind nach Hause.«

»Mein Bruder ist aber noch drin.«

»Charles?«

»Ja, ich bin es.«

»Großer Gott, warte einen Moment.«

Der Riegel wurde zurückgeschoben und die Tür ging auf. Jerry saß am Tresen und schüttelte Würfel in einem Becher. Er drehte sich um, als sein Bruder eintrat. »Was ist denn mit dir passiert?«

Charles erzählte ihm alles. Er erbot sich, das Gewehr seines Stiefvaters aus dem Pickup zu holen, um es Jerry zu zeigen, aber der Barmann sagte, im Lokal seien keine Waffen erlaubt, was, abstrakt gesehen, auch ganz vernünftig schien.

Das Telefon läutete an seinem Platz im Regal unter den Schnapsflaschen, und der Barmann nahm ab. »Wir haben schon geschlossen«, sagte er wieder.

Jerry hob abwehrend die Hände, um zu verstehen zu geben, dass er keine Anrufe entgegennehme. Kenny, der Barmann, lächelte. »Ja … er ist da.« Er stellte das Telefon auf den Tresen, warf Jerry einen Blick zu und duckte sich unter der Schnur durch.

»Hallo?«, sagte Jerry. »Was gibt's?« Er stellte den Würfelbecher beiseite und nahm einen Filzstift in die Hand. Das Telefon zwischen Hals und Schulter geklemmt schrieb er in zerlaufenden blauen Buchstaben *Octavia P.* auf eine Serviette. »Hör zu, Süße, ich verstehe das, und es tut mir auch leid, aber du solltest mich nicht anrufen. Die Bar hat schon geschlossen. Nach dem Gesetz dürfte ich gar nicht mehr hier sein … Nein, das stimmt. Hast du ausprobiert, was ich dir gesagt habe? Du brauchst nur den Fuß flach auf den Boden zu setzen … Also, wie willst du das wissen, wenn du es gar nicht versucht hast? … Nein … nein, hab ich gesagt …« Jerry schaute in die Luft und bedeckte das Mundstück mit der Hand. »Könntet ihr beiden vielleicht ein Stück weggehen oder so? Lasst mich mal allein.«

Charles nahm den Stift und zeichnete einen Esel auf die Serviette, dann gingen er und der Barmann zum Flipper. Jerry lehnte sich ganz nah an die hölzerne Reling der Bar und schirmte seinen Mund gegen die Blicke der beiden ab, während er ins Telefon sprach. Auf einem handgeschriebenen Schild an der Wand über dem Spielautomaten stand:

> Wenn nur das »sich wohlfühlen« zählen würde, wäre die Trunkenheit eine äußerst wertvolle menschliche Erfahrung.
>
> William James, Psychologe

»Weißt du eigentlich, was da läuft?«, fragte der Barmann. Er zog den Abschussknopf des Spieles, dessen Thema die Abenteuer von Oliver North waren. Auf dem Lichtkasten war Fawn Hall abgebildet, wie sie gerade Papiere in ihren Stiefeln verschwinden ließ.

Charles schüttelte den Kopf.

»Er redet sie in den Schlaf.«

»Echt wahr?«

»Ich wünschte, es wäre nicht wahr. Ich hab das mal miterlebt. Ist wirklich das Traurigste, was du dir vorstellen kannst.«

»Was will sie denn von ihm, eine feste Beziehung?«

»Sie ruft ihn an und er erzählt ihr am Telefon irgendwelche Geschichten, und darüber hinaus stelle ich keine Fragen.«

»Großer Gott.«

»Es ist jedenfalls nicht normal, was es auch sein mag.«

Jerry legte auf und blieb einen Augenblick sitzen, bevor er zu ihnen herüberkam und dabei die Serviette schwenkte. »Was soll das denn sein, was du da gezeichnet hast – ein Hund?«

»Das ist ein dummer Esel«, sagte Charles.

»Kann ich nicht erkennen.« Er zeigte die Serviette dem Barmann. »Was sagst du, Kenny?«

»Ich hätte gesagt, ein Zebra.«

»Du bist doch blind«, sagte Charles.

»Na, was sollen diese Muster hier denn sonst bedeuten?«

»Offensichtlich verstehst du rein gar nichts von Werbegrafik.«

»Das vielleicht nicht, aber ich kann ein Zebra von einem Esel unterscheiden.«

»Und was bedeutet das für Jerry?«

»Na, ist doch klar, dass er tatsächlich ein Esel *ist.* Aber das hier, das muss ich sagen, das ist ein Zebra.«

»Wir sind einfach nur befreundet«, sagte Jerry. »Ihr wisst doch nicht mal, in welcher Klasse sie ist.«

»Und du, Gerald, tanzt auf einem Vulkan.«

»Abwarten.«

Charles ließ den Blick auf dem Flipper ruhen. Oliver North glotzte zahnlückig heraus, patriotisch bis zum Gehtnichtmehr. »Was will sie denn mit einem Freund wie dir?«

»Ich versteh es auch nicht ganz«, sagte Jerry. »Die Leute glauben alle, sie wäre so relaxt, aber in Wirklichkeit steckt sie voller Unsicherheiten.«

»Ich nehm jetzt meine Gewehre und verschwinde.«

Diese Bemerkung erinnerte alle daran, dass es Zeit war, heimzugehen. Auf dem Parkplatz zeigte Charles Jerry die alte Flinte, und der nahm sie in die Hand und visierte zum Spaß durch die Rille zwischen den Läufen.

»Die sollte eigentlich Bebe kriegen. Es war schließlich ihr Vater.«

»Mir kommt es vor, als wäre er auch meiner«, sagte Charles.

»Ja, weil er am längsten da war. Wir müssen wirklich unter einem schlechten Stern geboren sein.«

»Ich kann dir sagen, wer unter einem schlechten Stern geboren ist, nämlich Colette.«

»Ja«, sagte Jerry. »Ich glaube, da hast du recht.«

Charles fuhr nach Hause. Er konnte der Versuchung nicht widerstehen, die Scheunentorflügel auf und zu zu machen, um die Arbeit zu bewundern, die er, Lyris und Micah geleistet hatten. Sie hatten im Team gearbeitet; es war nicht schlecht gelaufen. Als sie das Tor hörte, kam die Ziege von der hinteren Veranda herunter und marschierte durch das hohe Gras. Sie schnaubte leise und schonte ein Bein.

»Habe ich mir am Ende eine lahme Ziege angeschafft?«, fragte Charles laut.

Immer noch keine Lyris. Ihr Bett war leer, darauf lag eine Steppdecke in Grün- und Blautönen. Er rief im Büro des Sheriffs an und hinterließ eine Nachricht, und dann setzte er sich an den Küchentisch und säuberte die Flinte. Er klemmte die Läufe vom Schaft ab und schob mit einem Holzstäbchen ein Stück Flanell durch jeden hindurch. Es war fünf vor zwei. Er tränkte den Flanelllappen mit Öl und schob ihn noch einmal durch. Dann nahm er den Lappen und säuberte Verschluss, Abzug, Bügel und Schaft. Das Telefon läutete. Es war Earl, der Hilfssheriff, der mitteilte, dass Lyris in keinen Verkehrsunfall verwickelt gewesen sei. Charles dankte ihm und legte auf. Die beiden Teile des Gewehrs lagen auf dem Tisch. Er überlegte, ob sie wohl davongelaufen sei, hielt das aber für unwahrscheinlich, nach dem schönen Tag, den sie miteinander erlebt hatten. Deshalb dachte er, sie sei vielleicht mit jemandem im Auto unterwegs, und wenn ihre Abwesenheit ihm Sorgen machte – und das tat sie –, so war das ein kleines Beispiel für die Sorgen, die er anderen bereitet hatte, als er selbst jung war, und auch noch, als er älter wurde. Oder, wenn er schon beim Thema war, für die Angst und Sorge, die er an diesem Abend Farina Matthews bereitet haben musste, bevor sie ihm mit dem Kleiderbügel eins überzog. Er fand, dass Montaigne das richtig sah: was er an sich selbst nicht mochte, war er doch nicht in der Lage loszuwerden. Es war ihm immer voraus und lenkte seine Schritte. Er machte sich eine Tasse Tee, schnitt mit einer rostigen Schere noch ein Stück Flanell zurecht und säuberte das Gewehr ein zweites Mal.

Sieben

Die Sache mit der Evolution hatte an der Schule viel Ärger verursacht. Man hatte abends Versammlungen abgehalten, bei denen Fundamentalisten aus einem anderen Bundesstaat die Meinung vertraten, dass so etwas nicht unterrichtet werden solle. In der Zwischenzeit hatte Micahs Lehrerin das Plakat mit den prähistorischen Menschen wieder abnehmen müssen. Den Kindern wurde von diesen Versammlungen nichts mitgeteilt, aber sie bemerkten an den Lehrern eine neue Entschlossenheit. Die endlosen Tage schienen endlich einmal für die Welt draußen eine Bedeutung zu haben. Micahs Eltern hatten zu der Sache ihre eigene Meinung. Ob man nun vom Einzeller abstamme oder nicht, sagte Charles, seine Stromrechnung müsse man auf jeden Fall bezahlen, sonst fliege man aus dem Haus. Da aber die Republikaner gegen die Evolution waren, empfand er es als Ehrensache, dafür zu sein. Joan nahm einmal an einer solchen Versammlung teil, in einem langen Kleid und mit einem ätherisch leichten Parfum, und sagte hinterher, diese Entwicklung in der Frühzeit sei weit davon entfernt, die Existenz Gottes zu widerlegen, vielmehr zeige sie die vollkommene Schönheit seines Werkes. Am Ende siegte die Evolution, die Lehrerin hängte das Plakat wieder auf, und die Kinder jubelten über die nackten, mit vorgestrecktem Kinn dahinschreitenden ausgestorbenen Menschen ungefähr so, wie sie dem heimkehrenden Footballteam zugejubelt hätten.

Das alles erklärt vielleicht, was Micah sah, als er in Colettes Haus aufwachte. Die Gestalten von dem Poster waren lebendig geworden und marschierten durch ihr Wohnzimmer. Der Heidelberg-, der

Peking-, der Broken Hill-, der Java- und der Swanscombe-Mensch. Sie sangen und trugen Reibhölzer und Schaber aus Feuerstein bei sich. Sie bewegten sich schwerfällig und bedächtig, so als müssten sie noch meilenweit gehen. Natürlich würden sie selbst dafür nicht den Begriff »meilenweit« verwenden. Der Javamensch stieß gegen einen Standaschenbecher aus Messing, und Micah sprang von der Couch, um ihn aufzufangen, aber zu spät. Der Swanscombe-Mensch blickte auf den umgestürzten Aschenbecher, stieg über ihn hinweg und folgte den anderen zur Tür hinaus. Da betrat Micahs Großmutter das Zimmer und drehte ebenfalls ihre Runde, als wäre sie in dieser menschlichen Entwicklungsgeschichte das neueste Modell. Sie schaltete das Deckenlicht ein, das sanftgelb in einer Kugellampe aus facettiertem Glas schimmerte.

»Horch mal«, sagte er. »Hörst du den Gesang?«

Sie stellte den Aschenbecher wieder auf. »Das ist ›Absterge Domine‹ auf meiner neuen Anlage.«

»Wo ist Dad?«

»Er musste noch mal weg, um für jemanden etwas zu reparieren.«

Micah sah sich im Zimmer um und überlegte, ob er ihr erzählen sollte, was er gesehen hatte. Er entschied sich, es zu tun, denn seine Großmutter stand auf gutem Fuß mit ungewöhnlichen Erfahrungen. So war sie beispielsweise überzeugt, dass man ab und zu Dreck essen müsse, um gesund zu bleiben.

Sie setzte sich. »Das sind Geister. Wegen denen brauchst du dir keine Sorgen zu machen. Was sie wollen, wollen sie nicht von dir. Einmal hab ich im Flur einen alten Farmer mit einer Streichholzschachtel gesehen. Ein andermal war ein Indianer hier, der Schneeschuhe und einen roten Hut mit einem Band trug. Geister können es sich nicht aussuchen, wo sie hingehen. Dieses Haus hier kriegt sie immer wieder. Ich denke, dass hier früher mal ein wichtiger Ort gewesen sein muss.«

»Ich kann nicht schlafen.«

Sie ging in die Küche hinaus und brachte ein Tablett mit einer Flasche, einem Krug, zwei Gläsern und ein paar Steinen herein. Sie gab ihm einen der Steine zum Anschauen.

Micah dachte, es sei eine Pfeilspitze, aber seine Großmutter sagte, es sei wohl eher ein Messer. Sie hielt es in ihren langen, runzligen Fingern. »Siehst du da all diese kleinen Schleifspuren entlang der Schneide? Daran sieht man, dass dieser Stein von Menschen bearbeitet ist.«

»Wo hast du den denn gefunden?«

»Als sie hier den Abwasserkanal gegraben haben, na, da lagen die Dinger einfach auf dem Boden. Die Leute gehen tagtäglich an so etwas vorbei, aber sie machen die Augen nicht auf.«

»Was hat man damit geschnitten?«

»Häute vermutlich. Von Hirsch und Büffel und so weiter. Essen muss schließlich jeder.«

»Geister aber doch nicht.«

»Das stimmt. Aber sogar die wollen etwas essen. Sie haben ständig Hunger und wissen überhaupt nicht warum. Und das ist wirklich schlimm.«

Sie goss Brandy und Wasser in die Gläser. »Jetzt musst du schlafen.«

»Ich bin nicht müde.«

»Trink das, dann wirst du müde.«

»Es schmeckt nach Brombeeren.«

»Stimmt.«

»Erzähl mir noch etwas von den Geistern.«

Sie tranken, jeder aus seinem Glas, und Colette erzählte von den Reisegeistern, die zusammen mit den Pfeifen des Zuges heulen – die hatte Micah bestimmt schon mal gehört, wo er doch so nahe an den Schienen wohnte –, und von Papiergeistern, die Dokumente durcheinanderbringen, und von Eifersuchtsgeistern, die anrufen und nach Leuten fragen, die gar nicht da sind. Auch von Berührungsgeistern, bei denen es einen kalt überläuft, und Brückengeistern wie dem sogenannten Baby Mahoney, und eitlen Geistern, den einzigen, die man sehen kann, und Nuschelgeistern, die verantwortlich dafür sind, wenn sich jemand in einem stillen Zimmer nach einem anderen umdreht und fragt: »Hast du etwas gesagt?«

»Kommen die Männer, mit denen du verheiratet warst, manchmal als Geister wieder?«, fragte Micah.

»Nein.«

»Ich hab gehört, Morris wurde von einem Zug überfahren.«

»Das war Eugene, der dein Großvater gewesen wäre. Morris fiel eines Tages einfach um. Er kam vor Eugene. Als Letzter starb Jack Sandover.«

»Ich habe Angst.«

Sie nickte, schien ganz weit weg zu sein. »Angst ist was Schlimmes.«

»Ich weiß nicht, was ich dagegen machen soll.«

»Trink aus und schlaf jetzt.«

Sie nahm das Tablett und ging. Micah blieb im Wohnzimmer allein. Die Musik war verstummt, aber wenigstens hatte Colette das Licht angelassen. Er streckte sich auf der Couch aus. Die Wachheit brannte in ihm wie ein Feuer, und wenn er nichts anderes tat, als still dazuliegen, dann würde dieser Brand, das wusste er nur zu gut, bald außer Kontrolle geraten. Die Erwachsenen schienen nicht zu begreifen, in was für eine Verzweiflung es ein Kind stürzen konnte, wenn außer ihm niemand wach war.

Vielleicht sollte er sich ein Buch holen. In einem Schrank bei der Küchentür stand ein gebundenes Bestimmungsbuch über Jagdtiere. Er holte es und kehrte auf die Couch zurück, wo er sich auf den Rücken legte und den rechten Knöchel auf das linke Knie setzte. Er stellte das Buch auf seinen Bauch und blätterte darin herum. Die Fotos waren schwarzweiß und nichts Besonderes. Das Stachelschwein sah aus wie eine ins Gras geworfene Perücke, und die Augen des Jaguars glänzten wegen des Blitzlichts. Micah war ganz überrascht, dass das Stachelschwein zu den Jagdtieren zählte. Auf den meisten Seiten gab es gar keine Fotos, auf vielen aber Landkarten von Nordamerika mit langweiligen Schraffuren. Ungeduldig blätterte er weiter und kam schließlich zur Innenseite des hinteren Einbands. Das Vorsatzpapier war gerissen, so dass man den grob gewebten Rücken sah. So wurden Bücher also gemacht.

Micah schlug das Buch zu, hinter dem ein leeres Dreieck lag, das auf zwei Seiten von seinen Oberschenkeln und am oberen Ende von seiner rechten Wade begrenzt wurde. Er schlug das Buch wieder auf, und das Dreieck verschwand. Mit anderen Worten, seine Beine bildeten den überwölbten Durchgang zu einem Gebirgspass, und der Bucheinband war ein rohes Holztor, das Räuber im Stein verankert hatten. Die drei Räuber hatten eine Hütte abgerissen und das Tor in den Felsen gesetzt, und jetzt kamen sie nach Hause. Er sprach ihre Unterhaltung leise vor sich hin.

»Ich bin so müde, dass ich auf der Stelle ins Bett fallen könnte.«

»Leider haben wir keine Betten.«

»Das macht nichts, weil ich sowieso nicht schlafen kann.«

»Du kannst nur deswegen nicht schlafen, weil du es gar nicht versuchst.«

»Vielleicht schlafe ich auf dem Herd.«

»Wir müssen ein paar Betten stehlen.«

»Du wirst dich verbrennen, wenn du auf dem Herd schläfst.«

»Das würde stimmen, wenn wir Holz zum Verfeuern hätten, aber ihr wisst ja, wir sind völlig abgebrannt.«

»Wir dürfen nicht vergessen, uns Betten zum Schlafen zu stehlen und Holz für ein Feuer im Herd.«

Er sprach leise weiter, aber das Spiel wäre unterhaltsamer gewesen, wenn er kleine Figuren gehabt hätte, die er dazu hätte bewegen können. Er glaubte sich zu erinnern, ein paar alte Cowboys von seinem Vater oder von Jerry oder Bebe in einer Kaffeedose auf der Veranda gesehen zu haben. Die Cowboys waren aus gelbem Gummi und mit den Füßen auf einer erdnussförmigen Platte befestigt. Ihm kam es so vor, als habe er die Dose, zusammen mit dem Kolben eines alten Autos, das es nicht mehr gab, in einem Pappkarton gesehen. Aber er wusste auch, dass er vielleicht weder einen Kolben noch eine Kaffeedose noch einen Pappkarton finden würde. Vielleicht gab es ja Geister, die einen glauben machten, dass die Sachen, die man haben wollte, an einer bestimmten Stelle zu finden seien, während sie sie gerade an eine andere brachten.

Zu den unangenehmsten Dingen für Micah zählte es, wenn Joan oder Charles ihm auftrugen, er solle ihnen suchen helfen. Manchmal, wenn er nur genügend stöhnte und nach Sachen trat und dort suchte, wo sie schon gewesen waren, schaffte er es, von dieser Aufgabe entbunden zu werden. Wenn nicht, war es für ihn wie das Fegefeuer, oder wie eine Gefängnisstrafe von unbestimmter Länge. Er stellte sich dann immer vor, wie sie alle älter wurden – Joan gebeugt und gebrechlich, Charles mit einem langen grauen Bart, er selbst ein großer und gutaussehender junger Mann –, während sie zu der ewigen Suche nach dem Sparbuch oder dem Korkenzieher oder dem kleinen Schlüssel verdammt waren, der genau auf das Entlüftungsschloss des Heizkörpers passen würde, wenn er nur erst gefunden wäre. Und Lyris? Was würde aus ihr in den kommenden Jahren werden? Eine Wissenschaftlerin, eine Pilotin – irgendetwas, das ihrer aller Erwartung überstieg.

Er seufzte, stand auf und ging durch dieselbe Tür, die schon die prähistorischen Sänger benutzt hatten, auf die Veranda hinaus. Er schloss die Tür leise und drückte auf den Lichtschalter, aber die Glühbirne war durchgebrannt. Das wäre nicht weiter schlimm, wenn die gelben Cowboys dort waren, wo er dachte. Das Licht der Straßenlampen, das durch die großen schlaffen Fliegengitter der Veranda hereindrang, würde genügen. Die Schachtel musste eigentlich hinter einem defekten Boiler stehen, den man aufgeschnitten hatte, um Zeitschriften darin aufzubewahren. Er fand die Schachtel, fand den Kolben, der mit seiner schlanken, abknickenden Kurbelwelle wie ein gebrochener Flügel aussah, und fand auch die Kaffeedose, voller … Murmeln. Er fuhr mit den Fingern darin herum, um festzustellen, ob die Cowboys vielleicht darunter lagen, und verursachte dadurch ein klickerndes Geräusch. Während er traurig wieder zur Tür ging, öffnete er einen hölzernen Kabinettschrank, um sich zu vergewissern, dass sein verchromter sechsschüssiger Revolver noch da war. Ja – wenigstens etwas, worauf man sich verlassen konnte. Er nahm das glänzende Schießeisen an sich und griff nach dem Türknauf, musste aber feststellen, dass die Tür beim Herauskommen zugefallen war.

Micah dachte kurz daran, seine Großmutter zu rufen. Stattdessen sprach er ihren Namen mit so leiser und vertraulicher Stimme aus, dass sie es nicht einmal gehört hätte, wenn sie direkt neben ihm gestanden hätte. »Großmutter«, sagte er leise und nachsichtig, als wolle er sie so nett wie möglich auf einen offensichtlichen Denkfehler hinweisen. »Großmutter.« Denn wozu brauchte er sie schon? Die Nacht, vor der er Angst hatte, war *im* Haus, nicht hier draußen. Auf dem Land konnte einem die Dunkelheit tatsächlich Angst machen, mit ihren Geräuschen von den Brückengeistern und den Wildkatzen, die ahnungslose Haustiere verstümmelten. Hier in der Kleinstadt war Dunkelheit nur eine Bezeichnung, die nicht verschleiern konnte, dass es eigentlich eine Fülle von Licht gab. Micah stieg die durchgetretenen Bretter der Stufen hinunter. Diese Stadtbewohner wussten gar nicht, wie gut sie es hatten. Hier gab es Straßenlampen und Hauslampen und eine gelbe Verkehrsampel, die an einem Draht über der Straße schwankte. Die Stadt war eine Spielwiese für Elektrizität, und er hatte das alles jetzt fast für sich allein. Ein Auto glitt so langsam vorbei, dass er fast das Gefühl hatte, er könnte den Arm ausstrecken und die Reifen mit der Hand zum Stehen bringen. Im Autoradio sang eine tiefe und träge Frauenstimme, »I think I lost it, let me know if you come across it …« Micah überlegte, wie er dem Fahrer wohl erscheinen mochte – klein, aber gefährlich, eine rätselhafte Gestalt, ein Kind in der Nacht mit einem Revolver in der Hand. Er wusste, dass die Erwachsenen manchmal Spielzeugpistolen für echte hielten. In der Großstadt konnte es sogar passieren, dass man wegen einer Spielzeugpistole von der Polizei erschossen wurde. Aber vielleicht hatte ihn der Fahrer ja gar nicht gesehen. Das hätte er nicht ausschließen können.

Nachdem das Auto verschwunden war, überquerte er die Straße, was Jahre zwischen ihn und Colette zu legen schien. Als er den gegenüberliegenden Bürgersteig erreicht hatte, dachte er an sie wie an jemanden, den er vor Urzeiten einmal gekannt hatte, und ihm wurde mit einem leichten Schauder klar, dass er eigentlich vor dem Haus stehen und sie rufen oder Kieselsteine an ihre Fensterscheibe werfen sollte. Ihm kam es so vor, als habe er sich in zwei Personen geteilt, von denen die eine wieder ins Haus zu gelangen versuchte, während die andere tun und lassen konnte, was sie wollte.

Ein Mann saß in seinem Wohnzimmer, sah fern und trank aus einem Krug. Micah steckte sich den Revolver in den Hosenbund seiner Jeans, schirmte die Augen mit den Händen ab und drückte sich an die Fensterscheibe. Auf dem Bildschirm bewegten sich ein Mann und eine Frau ohne Kleidung, mit so breit gebauten Körpern, dass sie vom Zirkus hätten sein können. Sie verfolgten einander rund um ein großes Bett. Micah dachte manchmal über Sex nach. Vielleicht waren die ja gerade dabei, sich da hineinzustürzen.

Er nahm eine Hand von der Scheibe, um sich mit dem Daumen am Rücken zu kratzen, aber dadurch stieß er mit der Stirn gegen das Glas. Der Mann stand auf und blieb mit dem Rücken zum Fernseher stehen. Micah zog sich eilig vom Fenster zurück und versteckte sich hinter einem Holzstoß neben dem Haus. Eine Spinne lief ihm über das Handgelenk, und er schüttelte sie ab. Die Vordertür ging auf. Der Mann wirkte mürrisch und unschlüssig, kein Vergleich zu den Gestalten auf der Mattscheibe. Er trug ein Sweatshirt aus einem Autoteileladen. Eine orangerote Katze kam aus dem Haus gerannt, und der Mann rief: »Wer ist da? Terry?« Er nahm einen Schluck aus seinem Krug und schaute die Straße hinauf und hinunter. »Wenn du's bist, Terry, dann rate ich dir, dass du da raus kommst. Ich mein es ernst, Schätzchen.«

Micah wartete, bis der Mann wieder im Haus war, bevor er vorsichtig davonging. Er kam an einem Gebäude vorbei, in dem es früher einen Friseur gegeben hatte, und an einem anderen, in dem ein Lebensmittelladen gewesen war und von dem es jetzt hieß, es wimmle darin vor Mäusen. Er fragte sich, wie spät es wohl sei. Es hätte Mitternacht sein können oder drei Uhr dreißig oder fünzig Uhr hundert. Das Trockengebläse des Getreidesilos lief zu dieser Jahreszeit die ganze Nacht hindurch. Er horchte auf das kräftige, leere Geräusch. Eine Leiter führte bis zum oberen Rand des Silos, und er machte sich im Geiste eine Notiz, dass er da einmal hinaufsteigen und auf die

Stadt und die umliegenden Felder hinunterschauen wollte. Dort oben könnte er seinen Namen brüllen – *Micah! Ich heiße Micah!* –, obwohl eigentlich niemand einen Aufschneider leiden konnte. Einstweilen ging er nur die Rampe hinauf, die zu dem überdachten Durchgang führte, und setzte sich auf den Beton, den Rücken an die großen hölzernen Türflügel gelehnt. Auf der ganzen Rampe lagen Maiskörner verstreut. Wenn man die in einem Korb sammeln würde, käme ganz schön viel zusammen. Man könnte sich ein bisschen was dazuverdienen, indem man einfach nur die Körner auflas, die andere verschüttet hatten. Es war verblüffend, wie viele Erwachsenengedanken einem plötzlich kamen, wenn keine Erwachsenen dabeiwaren, die einen daran erinnerten, dass man keiner von ihnen war. Er würde sein Geld auf die Bank tragen, vor der jetzt ein Waldkaninchen unsicher den Gehsteig entlang hoppelte. Micah zog seinen Revolver und zielte auf das Kaninchen, machte aber nicht »Peng«. Genau wie sein Vater würde er niemals Kaninchen essen.

Es war höchste Zeit, umzukehren, aber eigentlich hätte er ja gar nicht erst weggehen sollen, also lief er weiter. In einem Schuppen sah er einen ausgebleichten alten Camaro, mit leeren Höhlen an der Stelle, wo die Scheinwerfer hätten sitzen sollen. An einer gewundenen Straße erblickte er ein niedriges Gebäude mit einem hohen Kamin. Charles sagte immer, dass die Maurer, die diesen Kamin gebaut hatten, wahrscheinlich nach Stundenlohn bezahlt worden seien.

Vom Highway her bog ein Pickup ein, dessen Dachlämpchen brannten, gefolgt von einem Auto und einem Abschleppwagen. Wohin die jetzt wollten, konnte er sich nicht vorstellen. Es hatte ja nichts offen. Genaugenommen war allerdings auch tagsüber nur sehr wenig offen. Als er gerade zum Silo zurückkehren wollte, blieben die drei Fahrzeuge auf dem Kiesplatz stehen, auf dem früher das Restaurant gewesen war. Micah und Charles waren damals extra in die Stadt gekommen, um zuzusehen, wie das Restaurant abgebaut und in Einzelteilen abtransportiert wurde. Von da an fuhren sie zum Essen immer in eine andere Stadt.

Ein Mann stieg aus dem Auto und sah auf die Uhr. Micah ging zu ihm hinüber und begann eine Unterhaltung.

»Ziemlich ruhig heute Nacht hier in der Stadt, finden Sie nicht?«

Der Mann schaute ihn an. Er trug einen Overall und um den Hals eine Pfeife an einem Band. »Verschwinde hier.«

Ein zweiter Mann sprang vom Führerhaus des Abschleppwagens herunter. Er hielt ein Blatt Notizpapier in der Hand, auf dem Quadrate und Pfeile eingezeichnet waren. »Ich stelle mir das so vor, Vincent, dass wir uns an der Außenseite verteilen und dann reingehen.«

»Was machen wir, wenn wir einen sehen?«, fragte Vincent, der Mann mit der Pfeife.

»Wir schießen.«

»Und erledigen uns gegenseitig. Das ist wohl dein Plan.« Er nahm das Blatt, überflog es, faltete es zusammen und zerriss es. »Das war Leos Plan.«

»Was jagen Sie?«, fragte Micah.

»Wer redet denn mit dir?«

»Ich komme mit.«

»Nein, auf keinen Fall.«

»Wer hat denn das Kind mitgebracht?«, fragte der Fahrer des Pickup. »Wem gehörst du denn? Gehörst du Kevin?«

»Ich frage mich sowieso, wo Kevin steckt«, sagte Leo, dessen Plan zerrissen auf dem Kies lag.

»Kevin hat den Hund dabei. Ohne ihn brauchen wir gar nicht erst los.«

Micah nannte den Namen seiner Eltern und wo sie wohnten und den Namen seiner Großmutter und wo die wohnte.

»Geh nach Hause.«

»Ich habe ein Buch mit Jagdtieren zu Hause.«

»Dann geh und verzieh dich damit ins Bett.«

Der Mann im Pickup sagte: »Ihr habt doch wirklich keine Ahnung, wie man mit einem Kind spricht. Mein Sohn. Hör auf den alten Bob. Geh nach Hause.«

»Ich habe gute Augen.«

»Wir sind stolz auf dich.« Vincent nahm Micah hinten am Hemd und schob ihn auf dem Bürgersteig davon. Der Sechsschüsser aus Chrom fiel dabei zu Boden.

»Das ist mein Revolver«, sagte Micah.

»Na, dann heb ihn auf.«

Micah nahm den Revolver an sich. »Sie könnten mir wenigstens sagen, was Sie jagen.«

»Wenn ich es dir sage, gehst du dann nach Hause?«

»Vielleicht.«

»Füchse.«

Micah kehrte zu Colettes Haus zurück, und die drei Männer warteten mit laufendem Motor auf Kevin. Einer von ihnen drehte das Radio an und bekam den großen Sender von Little Rock herein. Einmal waren die Männer gerade ins Flugzeug gestiegen, um ein Wochenende in Las Vegas zu verbringen, als zur selben Zeit ein anderes Flugzeug nach Arkansas startete, aber näher als das war keiner von ihnen Little Rock je gekommen. Leo hatte damals auch für Las Vegas einen Plan gemacht, so wie jetzt für die Fuchsjagd. Er hatte gedacht, er wisse fast alles über Baccarat, was es zu wissen gebe, und deshalb dann eintausend Dollar verloren, einfach so. An seinem Plan hatte es damals eigentlich nichts auszusetzen gegeben, es lag bloß daran, dass er mit Karten kein Glück hatte. Er hatte eigentlich nie mit etwas Glück, dachte er sich, und warum er dann ausgerechnet nach Las Vegas fliegen musste, das war eine Frage, auf die es keine Antwort gab.

Acht

Joan saß in der Lobby des Astrid Hotel in einem roten Ledersessel und hörte einer Frau zu, die Harfe spielte. Ihre Arme ruhten auf den Seitenlehnen ihres Sessels, die Handflächen nach oben, als würde sie darauf warten, dass Münzen von der vergoldeten Decke herunterfielen. Sie hatte nicht das Gefühl, dass ihre Rede im Ballsaal besonders gut gelaufen sei, aber es war vorüber. Durch die Musik ging es ihr wieder besser. Ihr Gesicht wurde in dem abendlichen Hotel langsam kühler.

Dieser Ballsaal besaß wahrhaftig keine gute Akustik. Sie hatte nichts als das Echo ihrer Worte gehört; sie hatte nichts als Dunkelheit gesehen. Der Schweiß sammelte sich unter ihren Augen und lief ihr den Hals hinunter. Wahrscheinlich war es ein Glück, dass sie kein Make-up dabeigehabt hatte, das sie vorher hätte auflegen können. Jemand hatte ihren Puder gegen einen Nussknacker und ein Dutzend Walnüsse ausgetauscht. Charles oder Micah, nahm sie an. Lyris war noch nicht lange genug in der Familie, um sich bewusst darüber zu sein, dass es einem stundenlang Befriedigung verschaffen konnte, Joan auszutricksen.

Sie hatte ihre Rede zu Ende gebracht, deren Thema es war, dass Jahrhunderte der Züchtung den Haustieren nicht ihren Drang nach Freiheit hatten rauben können. Sie zeigte Dias und zitierte die Experimente von Ward und Wolper an der Universität von Illinois. Sie führte Beispiele an – vielleicht zu viele Beispiele. Am Ende zitierte sie eine Stelle von Rudyard Kipling: »Dann geht er hinaus in die feuchten wilden Wälder oder hinauf auf die feuchten wilden Bäume oder die feuchten wilden Dächer, schlägt mit seinem wilden Schwanz und geht seinen wilden einsamen Weg.« Anschließend wurde sie von zwei Leuten gefragt, wo sie ihren Abschluss gemacht habe, und sie antwortete, alle ihre Kenntnisse seien das Ergebnis jahrelanger privater Beobachtungen.

Sie erhob sich aus dem roten Sessel und ging durch die Eingangshalle zu den Münztelefonen. Zu Hause nahm niemand ab, doch die Entfernung zwischen ihr und ihrer Familie kam ihr vor wie ein Schutz. Es konnte nur alles in Ordnung sein. Neben den Telefonen gab es eine Lounge, und sie trat ein und bestellte einen Moscow Mule.

»Sie kommen gerade richtig«, sagte der Barmann. »Gleich beginnt der Hypnotiseur mit seiner Vorstellung.«

Joan nippte an ihrem Mule und blickte sich um. Die schwarzen Tische waren von Tagungsteilnehmern besetzt, die schon ein wenig gespannt aussahen, mit glasigen Augen, als wären sie bereits hypnotisiert.

»Ganz schön viele Leute«, sagte sie.

Der Barmann zuckte die Schultern. »Ich hab sie nicht gezählt.«

»Was erwarten die denn?«

»Keine Ahnung. Das ist erst meine dritte Woche hier im Astrid. Eine Hotelbar ist etwas ganz anderes.«

»Weil die Leute nur auf Durchreise sind.«

»Ja, ich glaube, das ist der Grund. Sie sind für ein, zwei Nächte von zu Hause weg. Sie lachen und reden, und diejenigen, die hypnotisiert werden, möchten gerne wissen, was sie gemacht haben, während sie unter Hypnose standen. Die Leute fangen an zu streiten, sie werfen die Arme in die Luft, sie stolzieren umher. Sie würden nicht glauben, wie viele das tun. Zum Teil liegt das natürlich daran, dass sie einander eigentlich gar nicht kennen. Die Streitereien fangen meistens dort hinten in der Ecke an. Dann breiten sie sich aus.«

»Ich glaube, sie wollen verwandelt werden.«

»Wer?«

»Alle.«

»Ach ja?«

»Sie etwa nicht?«

»Hmm«, machte er. Er schob nasse Gläser in die Fächer eines blauen Plastikkorbs. »Meinen Sie jetzt, ob ich es will, oder ob ich glaube, dass die Leute es wollen?«

»Ob Sie es wollen.«

»Also das ist echt eine schwierige Frage. Darüber müsste ich erst mal nachdenken.«

»Ich jedenfalls möchte das.«

Eine Kellnerin kam heran, einen Stift hinter dem Ohr. »Candy, was wollen die Leute?«, fragte der Barmann.

»Ein bisschen Liebe, nehm ich an«, sagte sie.

Der Barmann goss Schnaps aus einer roten Tülle aus, indem er die Flasche mehrmals scharf nach unten stieß, und die Kellnerin trug die Drinks zu den Tischen.

»In was wollen Sie denn verwandelt werden?«, fragte der Barmann.

»Das werde ich wahrscheinlich wissen, wenn es soweit ist«, sagte Joan. »Nur langsam frage ich mich, ob es überhaupt noch dazu kommt. In etwas Gutes jedenfalls. Aber ich bin nicht mehr so jung. Ich warte schon sehr lange. Und jedes Mal, wenn ich denke, jetzt ist es soweit, dann merke ich hinterher, dass ich mich geirrt habe. Wussten Sie eigentlich, dass das Universum sich ausdehnt?«

»Ja, hab ich schon mal gehört.«

»Es heißt, dass der Rand des Universums, der ja sowieso schon so weit weg ist, sich die ganze Zeit noch weiter entfernt. Und zwar nicht langsam, sondern schnell. Also, das Ganze *bewegt* sich. Während wir mit unseren kleinen Sorgen hier sitzen. Komisch, oder? Manchmal kommt es mir vor, als wäre das, was aus mir werden soll, an der Rückwand des Universums befestigt und würde sich mit Lichtgeschwindigkeit von mir entfernen.«

»Sie sollten nicht allein hierher kommen«, sagte der Barmann. »Eigentlich geht es ja gegen mein Geschäftsinteresse, wenn ich so etwas sage, aber wenn Sie einen Rat von mir annehmen wollen: Lassen Sie es lieber. Sonst kommen Sie am Ende auf solche Gedanken wie die, die Sie gerade haben.«

»Warum, weil ich eine Frau bin?«

»Die Männer sind noch schlimmer.«

»Ich habe immer solche Gedanken.«

»Wir haben im elften Stock einen Swimmingpool.«

»Vielleicht geh ich da mal hin.«

»Und auch einen Fitness-Bereich. Sie könnten sich auch auf den Hometrainer setzen, wenn Sie nicht schwimmen wollen.«

Der Hypnotiseur gab seine Vorstellung auf einer kleinen Tanzfläche neben der Jukebox. Er ging vor den Tischen auf und ab und suchte Freiwillige. Ein silbernes Feuerzeug sorgte für die Flamme, mit der er die Leute hypnotisierte. Er hob das Feuerzeug hoch und sagte zu seinen Gesprächspartnern, sie sollten sich vorstellen, dass das der aufgehende Mond sei. »Wie fühlen Sie sich?«

»Schläfrig.«

»Wie ferngesteuert.«

»Zornig.«

»Wie unter Hypnose.«

Der Hypnotiseur fragte den zornigen Mann, was ihn denn ärgere, und brachte ihn nach langem Hin und Her zu der Erklärung, dass er befürchte, seine Exfrau schicke ihm leere Postkarten ins Haus. Und zwar nicht eine oder zwei, sondern viele. Der Hypnotiseur versuchte den Mann davon zu überzeugen, dass seine Exfrau hier im Saal sei und sich einverstanden erklärt habe, ihm zuzuhören, aber diese Illusion griff nicht. Da brachte er den Mann dazu, seinen Körper vollkommen starr zu machen, so dass er wie ein Brett über zwei Stühle gelegt werden konnte. Das funktionierte, und das Publikum applaudierte höflich, war aber offensichtlich enttäuscht, nicht mithören zu können, was der Mann mit dem Phantom seiner Exfrau besprochen hätte. Joan verließ die Bar, wobei sie sich stärker hypnotisiert fühlte als der Mann, dessen Schicksal es war, mit leeren Postkarten bombardiert zu werden.

Sie ging durch die Lobby. Es kam ihr vor, als wären Stunden vergangen, seit sie sich in dem Sessel neben der Harfe entspannt hatte. Der Portier winkte sie zu sich und sagte, dass ein Arzt nach ihr gesucht habe. Er gab ihr ein Röhrchen mit Tabletten, das der Doktor dagelassen hatte, und wünschte ihr eine gute Nacht. Sie ging auf ihr Zimmer und zog ihren Badeanzug und einen Bademantel an. Vielleicht war der Doktor aufgrund eigener Geschäfte in der Stadt, vielleicht besuchte er eine andere Konferenz in einem anderen Hotel. Vielleicht hatte er auch einen Patienten, der hier in der Stadt krank geworden war. Ohne Zweifel konnte er aus Hunderten von Gründen hier sein. Sie fuhr mit dem Aufzug hinauf in den Fitnessbereich.

Die Halle mit dem Swimmingpool war menschenleer bis auf eine junge Frau, die in einem Chemiebuch las. Sie reichte Joan ein Handtuch. Bei Nacht sah es hier wunderschön aus. Gelbes Licht spielte auf dem Wasser, und biegsame Pflanzen drückten sich an die Fenster, durch die man die großen dunklen Gebäude der Stadt sah. Man roch das Chlor deutlich genug, um den Eindruck zu gewinnen, der Pool sei sauber, aber nicht so stark, dass es unangenehm gewesen wäre. Joan stieg eine Leiter hinunter ins warme Wasser, und hier lösten sich die Ereignisse des Abends in nichts auf. Das Echo ihrer Worte, ihre Schweißtropfen, der Hypnotiseur, die Postkarten – nichts konnte die Wasseroberfläche durchdringen oder ihren Schwimmzügen folgen. Sie drehte sich auf den Rücken, stieß abwechselnd mit dem einen und dem anderen Bein und kreiste sacht mit den Händen, wodurch sie langsam vorwärtstrieb. Unter Wasser höhrten ihre Ohren ein Geräusch wie leises Atmen. Ob es das Geräusch des Hotels oder das der Stadt oder das des auseinanderfliegenden Universums war, hätte sie nicht sagen können. Die gewölbte Decke war mit einem Mosaik aus blauen Spiegeln bedeckt, in dem sie die zersplitterten Bewegungen ihres Körpers tief drunten mitverfolgen konnte. Sie sah ihr schwimmendes Ich wie durch die unparteiischen Augen eines Vogels. Am hinteren Ende machte sie unter Wasser kehrt und stieß mit den Füßen in Richtung der weißen Lichter am Grund.

An dem Tag, als der Tornado kam, kehrten Joan und Micah gerade in Charles' Lieferwagen vom Lebensmittelladen zurück. So wie der jetzige war auch der damalige Lieferwagen voller Werkzeug und Rohre und Metallkästen. Der Tornado tauchte am anderen Ende der Stadt auf, und als Joan ihn sah, fuhr sie in die Einfahrt einer verlassenen Farm. Mit Micah auf dem Arm rannte sie ins Haus. Die Vordertür flog auf. Sie war vorher schon von Dr. Palomino eingeschlagen worden, den Joan in einem Armsessel im Wohnzimmer sitzen sahen, von wo aus er den Wolkentrichter durch die Fenster beobachtete. Dessen unteres Ende schwankte hierhin und dorthin, wirbelte Erde und Holz in die Höhe, und ab und zu flammte ein unheilvoller Blitz in dieser biegsamen Wolke auf. Falls sie miteinander sprachen – und sie müssen gesprochen haben –, dann stellten sie vermutlich fest, dass der Tornado mit etwas Glück nicht ausgerechnet hierher kommen würde. Es gab so viele andere Richtungen, die er einschlagen konnte. Der Trichter wuchs, während er über ein Bohnenfeld zog, riss Pflanzen und Erdklumpen empor und wirbelte sie nach allen Seiten auseinander wie silbernen Puder. Joan und der Doktor fanden keine Kellertreppe, deshalb legten sie sich in einem Gang in der Mitte des Hauses auf den Boden, Micah zwischen sich. Im Nebenzimmer war ein englischer Klapptisch zu sehen, der auf einem komplizierten spindelbeinigen Gestell ruhte. Joan stand auf und versuchte den Tisch beiseitezuschieben, damit er nicht am Ende auf sie krachte. Die Beine verfingen sich in den Dielen, und Joan packte den Tisch zwischen den Klappsegmenten und kippte ihn um. Als sie in den Gang zurückkam, sagte Micah: »Die rattenartigen Wesen schlittern hin und her.« Wie seltsam diese Bemerkung war, kam ihr erst später zu Bewusstsein. Der Wind wurde sehr laut, und das Haus riss sich von seinem Fundament los. Fensterglas splitterte zu Boden. Als die Balken zur Ruhe kamen, hob Joan Micah auf und brachte ihn zum Auto, und der Doktor folgte. Der Doktor ließ den Motor an und riss am Lenkrad, aber der Tornado kam jetzt durch eine bewaldete Mulde heran und schaufelte den Lieferwagen mit solcher Gewalt in Richtung Scheune, dass alle Lenkversuche zwecklos wurden. Joan saß da, die Arme um Micah geschlungen, und der Doktor verließ den Fahrersitz und schob sich zwischen den Jungen und das Armaturenbrett, um ihn gegen alles, was vor ihm lag, abzuschirmen. Der Lieferwagen schleuderte hin und her, die

Schnauze im Boden. Sie waren mitten im Wirbelsturm und konnten nichts mehr sehen. Die Ecke der Scheune tauchte erst vor ihnen auf, als sie dagegenprallten. Der Lieferwagen drehte sich wie eine Ahle in der Hand eines unsicheren Zimmermanns. Werkzeuge und Lebensmittel flogen gegen seine Metallwände. Joan kam der Gedanke – und den hatte ohne Zweifel auch der Doktor –, dass ein Lieferwagen mit Klempnerausrüstung mit Sicherheit zu den ungünstigsten Orten gehörte, an denen man sich während eines Tornados aufhalten konnte. Dann gab die Scheunenwand nach, und der Lieferwagen wurde durch ihre zersplitterten Bretter geschoben und dann durch eine zweite Wand und in den runden, bretterverschalten Raum eines leeren hölzernen Silos. Der Doktor sagte, wenn das Silo zusammenbräche, dann steckten sie vollends in der Scheiße, und so stiegen sie aus dem Wagen und verließen das Silo durch die Tür. Der Himmel war blassblau und von einem Regen aus Schmutz und Wasser verschleiert. Ein Regenbogen wölbte sich über dem Wäldchen. Joan umarmte Micah und flüsterte ihm ins Ohr, was Gottes Versprechen in Genesis 9 gewesen war: »Und wenn es kommt, dass ich Wolken über die Erde führe, so soll man meinen Bogen sehen in den Wolken. Alsdann will ich gedenken an meinen Bund zwischen mir und euch und allen lebendigen Seelen … dass nicht mehr hinfort eine Sintflut komme, die alles Fleisch verderbe.«

Der Doktor stand am Rand des Pools und hielt ihr ein Handtuch hin, und Joan stieg die Leiterstufen hinauf und trocknete sich die Haare ab. Als das Handtuch ihre Augen bedeckte, vergoss sie die Tränen, die sie vielleicht während des Tornados geweint hätte, wenn sie nicht vollauf damit beschäftigt gewesen wäre, Micah am Leben zu erhalten. Aber das war eigentlich gar nicht der Grund, warum sie weinte. Es hatte etwas mit dem Regenbogen zu tun, den sie hinterher gesehen hatten. Vielleicht glaubte sie nicht mehr an Bündnisse, weder an dieses noch an sonst irgendwelche. Könnte es sein, dass die Regeln und Sprüche, nach denen sie lebte oder zu leben versuchte, gar nicht das bedeuteten, was sie glaubte?

Joan presste das Handtuch gegen die Tränen, die sie den Doktor nicht sehen lassen wollte. Danach frottierte sie sich noch sehr lange das Haar.

Sie trocknete sich Arme und Beine ab. »Was machen Sie denn hier?«, fragte sie.

»Ich berate mich von Zeit zu Zeit mit einer Ärztin, die hier in der Stadt lebt«, sagte er. »Und es gibt da einen Patienten, der zwar nicht mein Patient ist, aber sie wollte mir gerne sein Krankheitsdiagramm zeigen. Deshalb, nachdem ich ja sowieso herkommen musste –«

»Das glaube ich nicht«, sagte sie. Sie reichte ihm das Handtuch, und er faltete es zusammen. Dass er vollständig angekleidet war und sie nur einen Badeanzug trug, hätte sie als Nachteil empfinden können, aber der Gedanke kam ihr erst gar nicht, denn an einem Swimmingpool sieht immer die Person in Straßenkleidung komisch aus.

»Es ist aber wahr«, sagte der Doktor. »Ein faszinierender Fall, wo der Patient Schwierigkeiten hat, Nahrung zu schlucken. Es gibt natürlich eine Speiseröhrenverengung, die relativ häufig vorkommt – vielleicht haben Sie schon mal von Schatzkis Ring gehört –, aber hier scheint kein Schatzki vorzuliegen, aufgrund einiger anderer Symptome, mit denen wir uns noch eingehender befassen müssen.«

»Sie sind wegen mir gekommen«, sagte Joan.

»Wir schließen jetzt«, sagte die junge Frau mit dem Lehrbuch.

Der Doktor und Joan fuhren mit dem Lift hinunter in Joans Zimmer. Im Hotelbademantel holte Joan kleine Flaschen mit Wodka und Tonic aus einem Kühlschrank im Bad, mixte Drinks, und sie setzten sich im Dunkeln ans Fenster.

»Joan, in mir ist eine Liebe, die zu nichts führt«, sagte der Doktor, der seinen Wodka mit beiden Händen hielt, die Ellbogen auf den Knien. »Seit diesem Tornado bin ich im Leerlauf, wie ein Automotor. Und das alles wegen Ihnen. Ich habe sogar angefangen, mir pornografische Filme anzuschauen.«

»Davon hatte ich keine Ahnung«, sagte sie.

»Ich bin nicht mehr ich selbst«, sagte er. »Einfach überhaupt nicht mehr ich selbst.«

»Nein, ein bisschen habe ich es doch geahnt«, gab sie zu.

»Als ich Sie da schwimmen sah, sagte ich mir: Wenn ich drei Leben hätte, dann gäbe ich zwei davon für sie her.«

Joan zerknackte Walnüsse und schob die Schalen sorgfältig mit der Handkante beiseite. »Sie haben aber nur eins.«

»Und es ist bei Ihnen«, sagte der Doktor.

»Können Sie einen besseren Menschen aus mir machen?«

»Ihr Inneres ist doch aus Gold. Wissen Sie das denn nicht?«

Sie dachte an die Geschichte des hypnotisierten Mannes über seine misslungene Ehe, und dass es für ihn bestimmt das Schlimmste sein musste, dass auf den Postkarten nichts stand. Wenn die Frau, die ihn verlassen hatte, irgendetwas geschrieben hätte, egal wie schonungslos, dann hätte er wenigstens ermessen können, was er ihr angetan hatte. Aber diese Leere machte einem viel mehr zu schaffen. Was wollte sie? Was war aus ihr geworden? Warum so *viele* Karten? Während Joan diesen Fragen nachhing, spürte sie, dass ihre eigene Identität sich in Luft auflöste. Sie versuchte ihr Tun wie das einer Fremden zu analysieren: Wenn sie vorhätte, den Doktor fortzuschicken, dann hätte sie ihn gar nicht erst hereingebeten. Wenn sie vorhätte, ihn fortzuschicken, dann hätte sie sich nicht mit einem Handtuch aus seinen Händen abgetrocknet.

»Zu mir hat noch nie jemand gesagt, dass mein Inneres aus Gold sei«, sagte Joan.

Ein Nachtfalter landete auf der Fensterscheibe, während sie tranken und Walnüsse aßen. Das Zimmer lag im sechsten Stock, was für einen Falter sehr hoch ist. Vom Licht war er nicht angezogen worden, denn das Licht war aus. Es war ein großer Nachtfalter mit federigen Fühlern. Die papierdünnen braunen Flügel öffneten und schlossen sich im langsamen Rhythmus seines Atems. Es wäre zu viel gesagt, zu behaupten, dass sie ohne diesen Hinweis auf die Gleichmut der Natur nicht weitergekommen wären. Aber sobald der Nachtfalter gelandet war, begannen sie sich zu küssen, und dann sich auszuziehen. Joan band den weißen Gürtel ihres Bademantels auf, zog ihn langsam aus den Schlaufen, wickelte ihn sich um die Faust und warf die Frotteerolle auf den Tisch. Sie überlegte, was für ein Tag sei. Sie gingen zum Bett. Ihre Kleider lagen auf dem Teppich, im Licht der Stadt. Sie fragte sich, warum das alles so unvermeidlich schien, als wären sie wieder im Trichter des Tornados und würden herumgewirbelt. Seine Hände berührten ihre Haut, und sie hörte auf zu denken. Es war immer so und würde immer so sein.

Eine Stunde verging, eine Stunde und zehn Minuten. Die Nacht verging. Joan und der Doktor zogen sich an und gingen in die Lobby hinunter. Wenn sie sich schämten, sah man es ihnen jedenfalls nicht an. Joan zeigte dem Doktor die Harfe und schlug die Saiten an, obwohl sie nur Klavier spielen konnte. Sie überquerten mit hocherhobenem Kopf einen rot-grau gemusterten Teppich und gingen durch die Drehtür nach draußen. Der Doktor bot ihr den Arm, und Joan nahm ihn. Ein mit Plane überspannter Lieferwagen kam die Straße entlang; ein Bündel Zeitungen landete auf dem Gehsteig. Als der Wagen weitergefahren war, hob der Doktor das faserige blaue Band, das die Zeitungen zusammenhielt, und Joan kniete sich hin, um eine herauszuziehen. Sie gingen weiter, betrachteten die erstarrten Schaufensterpuppen im Fenster eines Ladens, und als sie zur nächsten Querstraße kamen, bogen sie um die Ecke.

SONNTAG

Neun

Es war nach Mitternacht. Wie konnte es nur schon so spät sein? Sie musste geschlafen haben. Einsame Scheinwerfer kamen immer wieder paarweise auf sie zu, auf einer schmalen Landstraße zwischen Straßengräben. Lyris hatte keine Ahnung, wo sie waren oder wohin sie fuhren. Follard erzählte ihr gerade von einer alten Freundin, die manchmal so betrunken Auto gefahren sei, dass sie an jedem Auto zwei Paar Scheinwerfer gesehen habe; sie konnte dann nur noch zwischen ihnen durchlenken. »Die kann von Glück reden, dass sie noch lebt«, sagte er. Follard hatte schon zu viele Leute gesehen, die am Alkohol zugrunde gegangen waren. Lyris gab zu, dass sie die Schokolade mit dem Alkohol getrunken habe. Sie sah die Scheinwerfer zwar nicht doppelt, aber sie schwankten.

Follard wollte ihr eine große Verladestation für Getreide zeigen, weit draußen auf dem Land. Dort standen Güterwagen in langer Reihe auf einem Rangiergleis, und Lyris erinnerte sich, was Charles über das Getreide gesagt hatte, auf welche Weise es zum Fluss gebracht werde. Anscheinend wollte er sich mit landwirtschaftlichen Dingen besser auskennen, als es der Fall war – als sei das seine Pflicht, da er vom Land stammte. Follard drehte ein paar Runden um die hoch aufragenden Silos, wobei seine Reifen den Splitt aufschleuderten, bis Lyris schwindlig wurde und die Augen schloss. Als sie sie wieder öffnete, sah sie einen alten Wachmann über den Parkplatz kommen, mit einem Baseballschläger auf der Schulter.

»Da kommt jemand«, sagte sie.

»Seh ihn schon.«

Lyris winkte dem Mann mit einer langsamen Bewegung zu, als wäre ihre Hand unter Wasser.

Der Wachmann erwiderte das Winken des Mädchens, wie um ihr zu bestätigen, dass es sich hier um ein harmloses Abenteuer handle. Er kehrte in sein Büro zurück, wo er den Schläger in die Ecke neben dem Kühlschrank stellte, aus dem er sich ein Bier holte. Er machte es auf und trank. Eine der Katzen war über seine ausgelegten Patiencekarten gelaufen und hatte sie durcheinandergebracht; es war aussichtslos, sie wieder in die richtige Reihenfolge zu kriegen.

»Ist ja großartig«, sagte er zu einer Katze, die auf einem alten Ledersessel saß und an ihren Zehenballen nagte. »Müsst ihr so etwas machen? Wer von euch war's denn?«

Der alte Mann strich die Karten zusammen und mischte neu. Sein Sohn arbeitete als Barkeeper und kam immer wieder mal auf dem Heimweg an der Verladestation vorbei. Einmal hatte er zwei Tänzerinnen mitgebracht, um ihnen den Betrieb zu zeigen, und der alte Mann hatte ihnen zuliebe Getreide von oben in die Schachtanlage fallen lassen. Die jungen Frauen staunten, mit was für einer Gewalt das vor sich ging, und wie viele Nägel mit dem Getreide vermischt herabstürzten, da es sich um die Reste handelte, die am Schluss aus den Waggons gekehrt werden. Ganz winzige Nägel, hatte der alte Mann festgestellt. Die beiden waren furchtbar höflich, wie Studentinnen. Sie nannten ihn Sir und erzählten, dass sein Sohn an diesem Abend einen Mann aus der Bar hinausbefördert habe, der so groß gewesen sei wie Sindbad der Seefahrer.

Der Wachmann teilte aus und legte ein neues Spiel. Dann ging er durch den Beschickungsraum, wo das große bauchige Mahlwerk das Getreide zu Staub zerrieb. Ein weißliches Mehl verklebte das Mahlwerk und staubte von den Sparren. Der Wachmann durchquerte einen kleinen Durchgang zu einem Metallschuppen. Drinnen lag ein Berg von Salzgranulat, der um ein Vielfaches höher war als er selbst. Er seufzte und begann die Kügelchen mit einer Handschaufel in einen großen Papiersack zu schaufeln. Als der Sack zu zwei Dritteln voll war, hob er ihn auf eine tragbare Waage, las das Gewicht ab und schaufelte Granulat nach, bis der Zeiger auf 60 Pfund stand. Dann band er den Sack mit einer Schnur zu und brachte ihn an eine andere Stelle des Lagerraums.

Diese Arbeit würde nie ein Ende finden. Er hatte das Gefühl, dass er bis ans Ende seiner Tage, das vielleicht gar nicht mehr so fern war, schaufeln und wiegen und zubinden könnte, und der Salzberg dadurch um kein einziges Körnchen kleiner würde. Seltsam, dass so viel Aufwand so wenig Folgen zeigen konnte.

»Sindbad der Seefahrer«, sagte er.

Follard fuhr unaufmerksam, bog ständig irgendwo ab, anscheinend ohne jede Vorstellung, wohin er eigentlich wollte. Schließlich kamen sie über einen kurvenreichen Kiesweg zu einer kleinen Brücke. Sie stiegen aus und blieben mit den Händen in den Jackentaschen stehen. Lyris erkannte weder den Weg noch das Eisengerüst der Brücke. Ein Flüsschen floss darunter hindurch und bildete an der Wasseroberfläche kleine Strudel. Der Mond schien über die Spitzen der Pappelzweige.

»Stimmt es, dass du das Haus deiner Eltern angezündet hast?« Die Frage war zu laut.

»Wer, ich?«

»Das hat jedenfalls mein Vater gesagt.«

Follard blickte über das Flüsschen in die Ferne. »Das Gericht hat damals entschieden, dass es ein Unfall war. Die Leute vergessen die Beweise. Vor Gericht haben sie einen Feuerwehrhauptmann zugezogen, der bestätigt hat, dass ein Kerosinheizer auf diese Weise explodieren kann, wenn er nicht richtig gewartet wird. Und du kannst mir glauben, wenn ich sage, dass unserer nicht richtig gewartet wurde.«

»Sind sie gestorben? Deine Eltern, meine ich.«

»Nein. Sie hat auf ihn geschossen, aber er hat überlebt. Eines kann ich dir verraten: wenn du jemals eine richtig üble Verleumdungsnummer erleben willst, dann versuch zwei Feuerwehrhauptleute mit unterschiedlicher Meinung vor Gericht zu bekommen.«

»Wer hat auf wen geschossen?«

Follard griff nach den Eisenstangen des Brückengeländers und warf sich nach hinten, als wollte er sie niederreißen.

»Meine Mutter. Auf meinen Vater. Das Feuer brach nur zufällig zur selben Zeit aus. Ich sprang aus dem Fenster, als ich die Schüsse hörte, und zu dem Zeitpunkt gab es noch kein Feuer. Oder wenn doch, dann war es noch nicht bis in den ersten Stock hinaufgekommen. Ich sage nicht, dass ich nicht schon Rauch gerochen hätte. Aber ich wusste, egal was in diesem Haus vorging, das Beste war auf jeden Fall, dass ich mich aus dem Staub machte. Der Staatsanwalt konnte es gar nicht fassen, dass nach diesem ganzen Spektakel niemand ins Gefängnis wanderte. Meine Mutter haben sie freigesprochen, wegen Notwehr. Mich haben sie freigesprochen, denn wenn ihre Theorie der Brandstiftung gestimmt hätte, dann hätte ich an zwei Orten gleichzeitig sein müssen. Mein Vater war angeschossen und angeschmort, deswegen hat der Richter vermutlich gemeint, Bewährungsstrafe und Meldepflicht sind für ihn genug.«

Lyris begann an dem Eisengerüst der Brücke hinaufzuklettern. »Wo sind sie jetzt?«

»Meine Mom ist nach Michigan gezogen, und mein alter Herr landete schließlich in New Mexico. Eine Weile hat er mir noch Briefe geschrieben, dass ich dorthin kommen sollte, wegen dem tollen Himmel und so. Dann hat er aufgehört zu schreiben. Ich hätte eigentlich bei meiner Tante und meinem Onkel wohnen sollen, aber die waren so anständig, mir eine eigene Wohnung zu besorgen.«

Oben auf der Brücke lief eine Metallplatte von etwa zwei Fuß Breite entlang. Lyris legte sich mit dem Rücken darauf, wobei sie die runden Köpfe der Bolzen durch die Kleidung spürte. Links von ihr und knapp neun Fuß tiefer war die Straße, rechts von ihr und etwa zwanzig Fuß tiefer der Fluss.

»Du kannst nie nach dem gehen, was die Leute sagen«, sagte Follard. »Sie glauben immer das Schlimmste. So wie du vorgestern Abend aus der Scheune ausgebrochen bist. Die normale Reaktion darauf wäre gewesen: ›Na ja, es gab bestimmt einen Grund dafür, dass sie da drin steckt. Vielleicht hatte sie es verdient, eingesperrt zu werden.‹ Aber ich hab das nicht gedacht.«

»Ich hatte das Kleid meiner Mutter an.«

»Egal, wem sein Kleid.« Follard kletterte die Brücke zur Hälfte herauf und legte die Arme gleich hinter Lyris' Scheitel. Sie sah ihn nicht, aber sie hörte seine Stimme dicht neben ihrem Ohr. Er sprach leise. »Pass auf, dass nicht Baby Mahoney hier heraufangt und dich am Bein hinunterzieht.«

»Ich weiß nicht, wer das ist. Ich lebe erst seit dem Sommer hier.«

»Das kann ich dir erklären«, sagte Follard. »Vor zwanzig Jahren, genau in dieser Nacht – so erzählt man sich –, fiel ein Baby mit Namen Mahoney in den Fluss. Die Eltern passten nicht auf und verloren ihr Baby.«

Lyris drehte sich auf den Bauch und stützte das Gesicht in die Hände. »Du lügst.«

»Na ja, stimmt, ich lüge. Weil, es ist ja nur so eine Geschichte.«

»Mir gefällt sie nicht.«

»Hör doch erst mal zu. Das Baby schwamm oder trieb meilenweit und krabbelte dann aus dem Fluss und verschwand im Wald. Vielleicht hat ihm ein Tier dabei geholfen. Ich erzähle es nicht so gut, andere können das besser. Jedenfalls wuchs der Junge in der Wildnis auf und erfuhr nie etwas über die Menschen. Für ihn sind wir ein Rätsel.«

Lyris hörte ihre eigene Stimme, als käme sie von jenseits der Straße oder aus einem Baum. »Und warum sollte er mich am Bein packen?«

»Er ist jetzt älter«, sagte Follard. »Vergiss nicht, das war vor zwanzig Jahren. Aber er kommt immer wieder zur Brücke zurück. Er lungert hier rum, mit Gefühlen, die er nicht versteht.«

»Ich muss jetzt nach Hause.«

»Tja, ich würde dich ja gern fahren, aber ich hab kein Benzin mehr. Oder der Motor hat einen Kolbenfresser, oder der Schlüssel liegt im Kofferraum, oder es gibt überhaupt kein Auto. Das ist jetzt eine andere Geschichte, diesmal aber eine wahre. Er wollte sie nach Hause bringen, konnte es aber nicht, und deshalb, da er nichts anderes zu tun hatte … Du weißt schon, worauf ich hinauswill.«

Lyris erhob sich auf die Knie. Sie schwankte, ein wenig betrunken, ein wenig ängstlich, ein wenig ärgerlich. »Du kannst mich nicht zwingen, hierzubleiben.«

Er ließ die verschränkten Arme auf der Brücke liegen, schien weder interessiert noch ärgerlich. Der Mondschein spiegelte sich in seinen Augen. »Schau dich um. Du weißt nicht mal, wo du bist. Selbst wenn du eine Landkarte hättest, würde sie dir nichts nützen. Du hast überhaupt keinen Anhaltspunkt.«

Sie kletterte außen an der Brücke herunter und blieb auf einem schmalen Sims stehen. Es wäre kein weiter Sprung hinunter ins Flüsschen, im Sommer könnte das sogar Spaß machen. Follard stieg auch herunter, aber auf der Innenseite der Brücke. Sie beobachteten einander durch ein Gitter aus Eisenstäben.

»Sei vorsichtig«, sagte er.

Follards Finger kamen durch das Brückengerüst und legten sich um ihr Handgelenk. Sie durchschaute seine Absicht nicht, da die Abstände zu klein waren, als dass er sie hätte durchziehen können. Er grub ihr seine Fingernägel in die Haut, aber seine Augen blieben ruhig. Er schob seine freie Hand durch die nächsthöhere Lücke und gab ihr Handgelenk an sie weiter. Dieses Manöver wiederholte er mehrfach; sie sah ihre Hand aufsteigen, als gehörte sie ihr nicht. Offensichtlich hoffte er, er könne sie nach oben und über den Rand der Brücke zu sich ziehen. Sie biss ihn in die Fingerknöchel, und er stieß ein Schimpfwort aus. Sie sprang von der Brücke, stieß sich dabei nach hinten ab, hob die Arme und schlug mit einem gläsernen Krach auf dem Wasser auf. Sie wusste nicht, wie tief das Flüsschen war, sie berührte den Boden nicht. Hier unter Wasser war sie plötzlich in einer anderen Welt, umgeben von Kälte und Finsternis. Als sie mit den Füßen paddelnd an die Oberfläche stieß, kam Follard von der Brücke zum Flussbett herunter. Die Strömung trieb sie fort, und sie steuerte auf das Ufer auf der anderen Seite zu. Follard hob einen Drahtzaun hoch und kroch darunter durch. Lyris zog sich aus dem Wasser, indem sie sich an den Ästen eines umgefallenen Baumes festhielt.

»Komm zurück, Lyris«, sagte er. »Wenn du Ruhe geben würdest, dann würde ich dich ja nach Hause bringen.«

Die Luft glänzte im Mondschein, der auf die Ärmel seiner blauen Jacke und auf das Flüsschen zwischen ihnen fiel. Follard stieg nicht ins Wasser – vielleicht hatte er Angst –, sondern kehrte um und eilte wieder zur Brücke hinauf. Sie kletterte das steile, schlammige Ufer empor. Die dünnen toten Zweige des Baumes zerkratzten ihr das Gesicht. Follard lief über die Brücke. Im nächsten Moment würde er auf ihrer Seite sein.

Lyris rannte – von der Straße weg, am Wasser entlang. Follard rief hinter ihr her. Er sagte, das sei verrückt, sie werde sich verlaufen, sie solle ihn nicht dazu zwingen, sie zu jagen. Als sie ihn nicht mehr hörte, setzte sie sich unter einen Baum, dorthin, wo sich der Stamm in die Wurzeln verzweigte. Sie schnürte ihre Schuhe auf, zog sie aus und schälte sich die Socken von den Füßen. Ihre Hände bebten. Sie wickelte ihre nackten Füße in das Futter ihrer Jacke und knetete Zehen und Sohlen. Blätter raschelten; der Mond legte silberne Streifen über den Boden. Eine Eule glitt durch eine Baumschneise herab, bremste ihren Flug und setzte sich auf einen Ast. Der Fluss strömte unaufhörlich dahin. Lyris sagte sich, sie brauche keine Angst zu haben. Egal in welche Richtung sie ginge, nach ein, zwei Meilen würde sie auf eine Straße stoßen. Charles hatte ihr das Straßennetz erklärt. Der Fluss würde sie ebenfalls zu einer Straße bringen. Den Fluss entlang wäre es zwar wahrscheinlich der längste Weg, aber wenigstens konnte sie dann nicht im Kreise gehen. Wenn man sich verlaufen hat, darf man nicht im Kreis gehen. Sie ließ ihre nassen Socken neben dem Baum liegen und zog zitternd Schuhe und Jacke an. Bevor sie aufbrach, lehnte sie sich mit dem Rücken an den Baum.

Bald überholte die Eule sie und flog niedrig unter den Ästen durch, mit einer von Lyris' Socken in den Krallen. Deren Stoff hing unter den Flügeln wie ein Gewicht unter einem Joch.

Lyris kam zu einer Holzhütte an einem Hang über dem Flüsschen. Es gab darin Streichhölzer in einer Heftpflasterschachtel über der Feuerstelle und Späne zum Anheizen in einer Lattenkiste. Sie machte Feuer und setzte sich davor. In die Feldsteine war eine Tafel eingelassen: DIESES HAUS STEHT DEN JÄGERN UND WANDERERN IN DIESEN WÄLDERN ZUR VERFÜGUNG. VERLASSEN SIE ES SO, WIE SIE ES VORZUFINDEN WÜNSCHEN. ZUR ERINNERUNG AN SPRAGUE HEILEMAN, GEB. 1877, GEST. 1949, VON SEINEM SOHN MELVIN UND SEINER TOCHTER JANICE. Sie legte Holz nach und richtete sich wieder auf. In einer Kommode fand sie einen Overall und Wollsocken, auf einem Tisch entdeckte sie eine Schachtel Cracker. Der Overall bauschte sich um ihre Hand- und Fußgelenke. Der Tisch sah verheerend aus. Alle möglichen Leute hatten ihren Namen in die Platte geschnitzt.

Er könnte mich finden, dachte sie. Sie holte sich eine Metallschaufel von der Feuerstelle und legte sie zu ihren Füßen unter den Tisch.

Als tatsächlich jemand kam, war das aber nicht Follard, sondern Leo, der Fuchsjäger. Lyris kannte ihn nicht. Er trat ein, schloss die Tür und lehnte sein Gewehr neben der Feuerstelle an die Wand. Er schob das brennende Holz mit der Stiefelspitze tiefer ins Feuer und stand dann händereibend davor. »Hallo«, sagte er. »Heute ist der Mamavogel unterwegs.«

Lyris verstand nicht, was er meinte. »Ich habe mich verlaufen. Ich möchte nach Hause.«

Der Mann kam an den Tisch. »Wie heißt du denn?«

»Lyris Darling.«

Er fuhr sich mit der Hand über den Mund. »Eine aus der Brut«, sagte er leise.

»Was ist das mit dem Mamavogel?«

»Das ist ein Witz. Es bedeutet – er würde rufen ›Ma-ma-ma-in Gott ist das kalt‹. Verstehst du? So würde man ›Mein Gott, ist das kalt‹ aussprechen, wenn man mit den Zähnen klappert.«

»Ach so, sehr gut.«

»Und deine klappern wirklich.«

»Ich bin in den Fluss gefallen, aber ich weiß nicht mal, wie er heißt.«

»North Pin. Manche nennen ihn auch Spragues Bach.«

»Wie ein Bach kam er mir ja nicht gerade vor.«

»Nein, bestimmt nicht, wenn man drin ist. Das ist irreführend. Was ist denn passiert?«

»Ich war auf der Brücke. Und dieser Typ hat mich am Handgelenk festgehalten, und er wollte mich nicht nach Hause bringen. Er hat an mir herumgezerrt.«

»Wer?«

»Follard. Seinen Vornamen weiß ich nicht.«

»Der Brandstifter?«

»Er behauptet, das stimmt nicht.«

»Auf das, was er sagt, würde ich nicht soviel geben.«

»Es war dumm von mir, dass ich mitgefahren bin.«

»Ja, das glaube ich auch.« Der Mann holte eine hölzerne Lockpfeife heraus und blies hinein. »Nach was klingt das?«

»Ich weiß es nicht«, sagte Lyris.

»Es soll so klingen wie ein sterbendes Kaninchen.«

»Ich habe noch nie ein Kaninchen gehört, das stirbt, deswegen weiß ich nicht, wie das klingt.«

»Ich auch nicht.«

»Haben Sie ein Auto?«

»Wir haben Autos und Lastwagen dabei«, sagte der Mann. »Wir haben einen Hund, der die Fuchsbauten kennt, und wenn die Füchse herauskommen, halten wir die großen Scheinwerfer auf sie. Hätten wir jedenfalls, wenn sie herausgekommen wären. Der einzige Bau, den wir heute Nacht gefunden haben, war seit Tagen leer. Das ist wahrscheinlich der Grund, warum man sagt ›der schlaue Fuchs‹.«

Lyris und der Jäger schaufelten Asche auf das Feuer und gingen zusammen durch den Wald. Er sagte, er wisse den Weg. Sie wanderten über einen zugewachsenen Friedhof mit kleinen schwarzen Steinen und unter einem Jägerstand für Hochwildjäger durch. Dann waren sie auf offenem Feld, unter dem Sternenhimmel, auf einem Pfad mit kurzem trockenem Gras. Der Overall war warm und trocken. Der Jäger unterbreitete ihr seine Ansichten zur Fuchsjagd, und wie sehr sich die von dem unterscheide, was sie hier tatsächlich machten. Er sagte, ein Kreuzfeuer stelle tatsächlich ein schwerwiegendes Risiko in puncto Sicherheit dar, aber man könne es durchaus in den Griff bekommen. Vielleicht könnte man die Männer so staffeln, dass sie sich nicht gegenseitig trafen, oder sie könnten sich ihre Position zurufen. Natürlich würde der Fuchs ihre Stimmen hören, aber zu diesem Zeitpunkt wäre er sowieso schon auf der Flucht. In gewissem Sinn sei das Problem, dass ein Jäger den anderen treffen könne, eigentlich nur dazu da, sich im Diskutieren zu üben, denn sie benutzten ja Munition, die ohnehin nicht weiter als sechzig Yards trage.

Während er sprach, schlüpfte ein Fuchs zwischen den Bäumen hervor und blieb einen Augenblick mit erhobener Pfote stehen, bevor er mit hochgerecktem Schwanz und zu Boden gesenkter Nase auf dem Pfad davonschnürte. Das war alles. Der Fuchs sprang auf eine Mauer, lief ein kurzes Stück auf ihr dahin und tauchte dann in einem Feld unter. Der Jäger, der völlig in seine Spekulationen versunken war, sah den Fuchs nicht, und Lyris brachte kein Wort heraus. Alles, was der Jäger bisher zu ihr gesagt hatte, hatte in ihr den Verdacht geweckt, dass ein Fuchs ein völlig hypothetisches Wesen sei, über dessen Verhalten sich Männer den Kopf zerbrechen konnten, während sie ihr eigentliches Ziel verfolgten, nämlich durch den Wald zu wandern und ihre Ausrüstung herumzutragen. Dass sie tatsächlich einen Fuchs gesehen hatte, änderte ihre Ansicht so grundlegend, dass sie damit einstweilen zu stark beschäftigt war, um sprechen oder reagieren zu können. Sie wanderte einfach weiter, die nassen Kleider unter dem Arm, und da war der Fuchs auch schon im Kornfeld verschwunden, und Leo erzählte, dass Füchse in manchen Gegenden mit Flugzeugen gejagt würden, obwohl er nicht wisse, wie das funktionieren solle.

Bald sahen Lyris und Leo Lichter durch die Bäume dringen. Die anderen Männer – Kevin, Vincent und Old Bob – trafen mit ihnen an einer Biegung des Graswegs zusammen. Der Jagdhund war weiß mit braunen Läufen und schmiegte sich an Lyris.

»Sie ist das Erste, was dieser Hund die ganze Nacht aufgestöbert hat«, sagte Old Bob.

»Wir sollten es anders versuchen«, sagte Leo.

»Nein«, sagte Vincent. »Hast du die Sandwiches?«

»Noch nicht.«

»Meine Güte.«

»Ich habe diese junge Dame gefunden. Der junge Follard hat sie in den Fluss gestoßen.«

»Dem werde ich eine scheuern, sobald er mir unter die Augen kommt«, sagte Vincent.

Leo fuhr Lyris nach Hause und erzählte ihr dabei von der Fahrt nach Las Vegas, und dass ihn das alles in der Wüste sehr mitgenommen habe. Sie sagte ihm in der Einfahrt Gute Nacht. Drinnen schlief Charles am Küchentisch, den Kopf auf den Armen.

»Ich bin zurück«, sagte sie. »Ich bin wieder da.«

Er setzte sich auf und sah sich um. »Wie spät ist es?«

»Drei Uhr.«

»Ist Micah schon von der Schule zurück?«

»Es ist drei Uhr nachts.«

Er stand auf und nahm sich ein verschmiertes Glas von der Spüle. Nachtfalter umkreisten das Licht. Vor dem Kühlschrank goss er sich Wasser aus einem Krug ein. »Also, wo ist Micah?«

»Oben?«

Charles trank das Glas halb leer und starrte dann unverwandt hinein. Er nickte. »Micah ist bei meiner Mutter. Und Joan, na wo Joan ist, das wissen wir ja.«

»Wir sind nach dem Spiel noch herumgefahren.«

»Und ich sitze hier die ganze Zeit am Telefon.«

»Es tut mir leid.«

»Wo seid ihr denn hingefahren – nach St. Louis?«

»Ich hätte anrufen sollen.«

»Hatten wir nicht zusammen einen schönen Tag? Hat an dem Tag irgendetwas gefehlt?«

»Nein.« Sie steckte die Hände in die Ärmel des Overalls. »Es war ein schöner Tag.«

»Ich kann mir ja vorstellen, wie es dir geht«, sagte Charles. »Oder wenn nicht, dann versuche ich wenigstens, es mir vorzustellen. In diesem Haus abgesetzt zu werden, nicht direkt gegen deinen Willen, aber doch irgendwie so an dem letzten in Frage kommenden Platz – ich sehe das, ich bin ja nicht blind. Deine lange verloren geglaubte Mutter – ich weiß nicht so recht, was du von ihr hältst. Und ich bin alles andere als perfekt. Weit davon entfernt. *Perfekt* ist für mich ein Wort ohne Bedeutung. Ich bin einfach nur irgend so ein Mann in einem Lieferwagen. Also ist es für dich vermutlich eine große Verlockung zu sagen, ›Verdammt noch mal, was soll ich eigentlich hier, bloß weil sie mich ausgerechnet da abgeliefert haben‹.«

Sie wusste nicht, was sie sagen sollte. In mancher Beziehung hatte er recht. Und sie sah den Bluterguss unter seinen Augen. War er in eine Schlägerei geraten?

»Aber dann denke ich wieder – weil, stell dir vor, ich denke da manchmal drüber nach –, wie unterschiedlich ist denn deine Erfahrung im Verhältnis zu der von anderen? Oberflächlich gesehen, ja, da ist sie schon anders. Diese Bombengeschichte zum Beispiel ist für uns alle ein Rätsel. Wir wissen nicht, wie du früher warst, und ebenso wenig wissen wir, wie du einmal sein wirst. Aber ich bin mir nicht sicher, ob es darunter so anders ist. Denn *alles* ist Zufall. Es ist immer das Gleiche: ›Dies geschieht und jenes geschieht und hier stehen wir.‹ Ich möchte ganz offen mit dir reden. Auch das, was ich tue, kommt mir manchmal sinnlos vor. Und das Beste, was wir daraus machen können, ist, dass wir aneinander denken und in Gottes Namen anrufen, wenn wir uns verspäten.«

Es war gar nicht so sehr der Inhalt seiner Bemerkungen, den sie ohnehin nicht genau verstand, sondern die Dauer dieser Rede, wovon sie berührt wurde. Er hatte noch nie so viele Worte auf einmal zu ihr gesagt. Sie durchquerte die Küche und warf sich ihm in die Arme. »Sie hat mich nicht haben wollen. Vielleicht will sie mich auch jetzt nicht haben.«

»Das stimmt nicht, Lyris«, sagte Charles. »So etwas darfst du nicht denken. Es war nicht so, dass sie dich nicht wollte, sondern sie kannte dich ja nicht.«

Er stand da und streichelte ihr den Rücken, mit Bewegungen, als versuchte er ein Schwungrad einzustellen. Falls er bemerkt hatte, dass sie andere Kleider trug als die, in denen sie fortgegangen war, sagte er dazu lieber nichts.

Zehn

Joan und der Doktor wanderten Arm in Arm durch die morgendliche Stadt, wie ein altes Ehepaar, das nach einem Laden sucht, von dem es nicht sicher ist, ob es ihn noch gibt. Die Sonne glitzerte auf den Autos und in den Fensterscheiben. In einem Schaufenster waren so viele Kameras ausgestellt, dass man den Eindruck bekam, Fotografieren müsse ein hoffnungslos kompliziertes Unterfangen sein. In der Nacht hatte es geregnet, die Luft bot besonders klare Sicht, und am Ende der Straße erblickten sie das Wasser eines großen Sees in unaufhörlicher Bewegung.

Die Ereignisse im Hotelzimmer waren ein flüchtiger Traum gewesen, den ein verirrter Nachtfalter hervorgerufen hatte, aber bei Tageslicht auf den See zuzulaufen, fühlte sich ganz real an.

In den Läden waren Menschen unterwegs. Ein großer Mann in einer Leinenschürze kurbelte die Markisen über einer Bäckerei hoch, wovon die Gestalt, die in einem schmutzigen Schlafsack auf dem Gehsteig lag, nicht aufwachte. Eine Frau mit einer Zigarette im Mund trug eine Bassgeige die Stufen zu einer Kirche hinauf. *Es ist alles da*, dachte Joan, *das Schöne und das Schlimme.*

Die Geigerin stellte ihr Instrument auf der obersten Stufe ab und nahm noch einen letzten Zug, bevor sie einen schweren Eisenring drehte, der die Eichentür öffnete. Vor dem St.-Regina-Krankenhaus reichte eine Frau einem Kind die Schnur eines metallisch glänzenden Luftballons, und das Kind ließ die Schnur los. Der Wind trug den Ballon in die Höhe, an der Fassade eines großen Gebäudes vorbei.

»Was machen wir jetzt?«, fragte die Frau. »Jetzt haben wir kein Geschenk mehr.«

Eine Querstraße weiter blickte ein junger Mann in einem dunkelblauen Trainingsanzug mit weißen Streifen gedankenverloren in einen Abfallkorb. Der Ballon glänzte wie eine kleine Münze am Himmel.

Sie gingen weiter. Dr. Palomino zog eine Sportmütze aus der Jackentasche, faltete sie auseinander und setzte sie auf. »Kalt heute Morgen.«

»Oh, Doktor.«

»Was?«

»Ich fühl mich so komisch.«

Er sah sich um und nickte, als wäre die Straße nach seinen Anweisungen gebaut. »In dieser Stadt könnte ich leben. In einem Krankenhaus arbeiten, ein Haus in der Stadt suchen, in einen Laden gehen, einen Riegel Schokolade und eine Zeitschrift kaufen. Könnte ich mir gut vorstellen. Fähige Ärzte werden immer gebraucht.«

»Dein Glück«, sagte Joan.

Sie fragte sich, wen sie eigentlich liebe. Micah. Lyris – auch die würde sie irgendwann noch lieben. Kinder saugen Liebe auf wie Schwämme; unausweichlich und bis zum letzten Tropfen. Aber nur die Kinder zu lieben bedeutete, sich aus der Welt der Erwachsenen zurückzuziehen, und zwar auf eine Weise, die einem nicht so gut bekam. Was sie Charles gegenüber empfand, war eine schwierige Frage. Seit Lyris gekommen war, begann er an allem zu zweifeln, was Joan sagte oder tat. Er zeigte ihr gegenüber ein Misstrauen, das vorher nicht da gewesen war. Verstimmung hatte sich in ihr Leben geschlichen. Irregeführt zu werden hasste er mehr als jeder andere Mensch, den sie kannte. Alle wollten ihn an der Nase herumführen, alle außer Joan; sie hielt er dazu nicht für fähig. Wenn sie sich nun im Bett voneinander wegdrehten, schien das gleich etwas zu bekunden. Die Aufgaben, die sie früher leichten Herzens auf sich genommen hatten, waren zu einer Art Munition geworden, mit der sie aufeinander schießen konnten. *Oh Charles*, dachte sie, *was ist nur aus dem lustigen Paar geworden, das wir immer waren?* Manchmal schien ihr das Leben so klein, dass sie es am liebsten in ein Schmuckdöschen gesteckt und ins hohe Gras geworfen hätte.

»Brauchen mich meine Kinder?«, fragte der Doktor gerade. »Ich denke, sie brauchen mein Auto. Was mich selbst betrifft, bin ich mir nicht so sicher.«

»Ich habe mich richtig verzehrt nach so etwas wie der letzten Nacht«, sagte Joan. »Jetzt, wo ich es gehabt habe, verzehre ich mich immer noch.«

Sie tranken Kaffee in einem Restaurant, in dem Fotografien an den Wänden hingen, die die wilden Signaturen der lokalen Prominenz trugen. Dr. Palomino erging sich in Betrachtungen, wie schwierig es sein müsse, als Bedienung in einem Lokal zu arbeiten. Er sagte, einen Blinddarm zu entfernen sei bestimmt leichter als einen Teller Suppe an einen Tisch zu tragen, weil der Kunde bei der Blinddarmoperation zumindest ruhiggestellt sei. Joan sagte, sie habe ihren Blinddarm noch, und der Doktor räumte ein, dass viele Menschen ihren Blinddarm ihr Leben lang behielten. Doch wenn man ihn herausnehme, dann sei es das Wichtigste, die Tupfer zu zählen. Zwei Männer, die in der angrenzenden Nische saßen, setzten sich ein Stück weiter weg. Da fragte Dr. Palomino, ob Joan die Ärztin gern kennenlernen würde, die er gestern Abend erwähnt hatte.

»Ich dachte, die wäre erfunden.«

»Warum hätte ich lügen sollen?«

»Damit du nicht sagen musst, du seist wegen mir gekommen.«

»Das ist ein guter Grund. Und ich habe auch tatsächlich gelogen. Es gibt keinen Patienten mit Schatzkis Ring. Aber eine Ärztin gibt es. Sie heißt Mona Lomasney.«

Dr. Palomino rief Dr. Lomasney von einem Münztelefon aus an, und dann fuhren sie los, zu einem Stadtteil, der etwas außerhalb der Innenstadt lag. Der Taxifahrer rauchte eine gelbe Pfeife, die nach verbrannten Trauben roch, und blinzelte auf den mehrspurigen Highway in die Sonne.

Mona Lomasney habe ihre gesamten Berufsjahre hier in der Stadt verbracht, erzählte Dr. Palomino Joan. Das St. Regina habe sie gleich vom College in Montana weg angestellt, und die Frauen- und Kinderklinik habe sie dem St. Regina entführt. An dieser Frauen- und Kinderklinik sei sie berühmt geworden, als die zweite Frau, die jemals die selten verliehene Goldene Pyramide bekommen habe. Doch als dann Morphium verschwand, habe das Krankenhaus keine andere Wahl gehabt, als Mona und die anderen Ärzte, die dazu Zugang hatten, zur Rede zu stellen. Sie hatten das Morphium heimlich Patienten gegeben, die aufgrund einer neuen Verordnung auf schmerzlindernde Mittel ohne Narkotikum gesetzt worden waren, die nicht richtig wirkten.

Um nicht allzu viel Aufmerksamkeit zu erregen, bot das Krankenhaus den Ärzten eine Stelle in einer angeschlossenen Klinik in der übel beleumdeten Vorstadt Hartvale an. Mona Lomasney war die Einzige, die dieses Angebot annahm, denn Hartvale war die Art von Arbeitsplatz, von dem man nie wieder den Absprung schaffte. Bis dahin war die Geschichte dann doch in die Zeitungen gekommen, wo die Ärzte »Morphium-Engel« genannt wurden. In Hartvale arbeitete Mona mit zwei anderen Ärzten zusammen. Die Klinik erwarb das Erdgeschoss einer ehemaligen Schuhfabrik unter einer hochgelegenen Eisenbahntrasse, und Mona bewohnte das Stockwerk darüber.

Der Taxifahrer faltete die Geldscheine zusammen, die der Doktor ihm gegeben hatte, und steckte sie in eine Metalldose. Er öffnete die Fahrertür und klopfte seine Pfeife an dem Metallrahmen aus. »Hören Sie mal zu, junge Frau, junger Mann, hier in dieser Gegend sollten Sie nicht im Dunkeln unterwegs sein«, sagte er.

Mona Lomasney kam noch im Pyjama an die Wohnungstür. Sie hatte ein kantiges Gesicht mit ausgeprägten Wangenknochen, das in ihrer Jugend atemberaubend schön gewesen sein musste. Sogar die Schönen haben ihre Probleme, zum Beispiel, dass sie tiefer fallen. Mona hielt eine von den Nadelzangen mit glatten blauen Griffen in der Hand, die sich so angenehm anfassen. Charles konnte einer Nadelzange nicht einmal in die Nähe kommen, ohne Blutblasen an den Fingern zu bekommen. Sie war das einzige Werkzeug, das zu benutzen er sich weigerte.

»Meine Zahnbürste ist in den Abfluss gefallen«, sagte Mona.

»Das ist Mona«, sagte Dr. Palomino. »Sie wird ständig von Problemen verfolgt.«

Mona lachte vorsichtig und warf ihre lockigen braunen Haare nach hinten über ihren gestreiften Schlafanzug. Sie sah aus, als habe sie nicht gut geschlafen.

»*Du* bist derjenige, der mich verfolgt«, sagte sie.

»Das ist Joan Gower Darling. Wir haben heute schon einen Morgenspaziergang gemacht.«

»Im Nebel. Wie schön.«

»Es war kein Nebel«, sagte Dr. Palomino.

»Keine Haarspaltereien bitte«, erwiderte Mona. »Ich würde diese Zahnbürste wirklich gerne wieder herauskriegen.«

»Lassen Sie es mich versuchen«, sagte Joan. »Mein Mann ist Klempner, und ich habe oft zugeschaut, wie er so was macht.«

Sie drängten sich alle in das Badezimmer und standen mit dem Rücken zu einer Badewanne auf Löwenklauen. Die Zahnbürste war mit dem Borstenteil nach oben hineingefallen, steckte aber zu tief unten, als dass man sie mit der Nadelzange erreicht hätte. Das Waschbecken war klein; es passte fast nicht genug Wasser hinein, um sich das Gesicht zu waschen. Ein dünnes Stück Seife ruhte auf einer der Porzellanwände.

»Sagen Sie jetzt nicht, ich solle mir so ein Abflusssieb besorgen«, sagte Mona Lomasney. »Das weiß ich selbst.«

Joan spähte in den Ausguss.

»Es gibt eine Möglichkeit«, sagte sie.

»Ich kriege hier drinnen Klaustrophobie«, sagte Dr. Palomino.

Mona legte ihm die Hand auf den Arm. »Ich habe Kaffee in einem Topf auf dem Herd stehen. Den habe ich auf ganz besondere Weise zubereitet, wie ich es einmal in einer Zeitschrift gesehen habe, und zwar extra für dich, Stephen. Weil ich ja schließlich weiß, was du gern magst.«

»Dann hol ich mir jetzt mal einen.« Er ließ sie im Bad allein. Wie kommt es nur, dachte Joan, dass ein Mann, der in der Gegenwart einer einzelnen Frau vernünftig und entspannt ist, bei zwei Frauen übertrieben geschäftig und ungeschickt wird? Sie griff sich in den Nacken, um eine kleine Silberkette zu lösen, die Charles ihr einmal zum Geburtstag geschenkt hatte. Sie senkte die Kette wie eine Schlinge in das Abflussrohr. Ihr zitterten die Finger. Wenn sie an die Zahnbürste stieß, bevor sie sie zu fassen bekam, könnte sie hinunter in den Siphon fallen. Vorsichtig zog sie die Silberkette um die Borsten fest und hob sie langsam, bis Mona die Zahnbürste greifen konnte. Sie hatten beide den Atem angehalten, und jetzt atmeten sie aus und lachten.

Joan legte die Kette wieder an. »Was ist zwischen Ihnen und Stephen?«

»Wir waren zwei Jahre zusammen, als wir Medizin studierten«, sagte Mona. »Aber ich hab ihn in puncto Karriere überholt, und das hielt er nicht aus. Außerdem glaubte er, dass ich noch jemand anderen hätte. Was auch stimmte. Wir waren einfach viel zu jung.«

»Tut mir leid.«

»Warum? Sie können doch nichts dafür.« Mona drückte die Zahnbürste in einen Halter an der Wand. »Und was ist zwischen *Ihnen* und Stephen?«

Es gab keinen Grund, nicht die Wahrheit zu sagen. »Wir haben letzte Nacht miteinander geschlafen«, sagte Joan. »Es kam einfach so. Und jetzt müssen wir noch ein wenig Zeit miteinander verbringen, verstehen Sie.«

Dr. Palomino fand drei Tassen und goss in eine davon Kaffee aus einem weißen Metalltöpfchen mit rotem Stiel. Das war genau die Art von blankem und wenig abgenutztem Topf, wie man ihn in einem Einpersonenhaushalt erwartete. Er trank nachdenklich seinen Kaffee und rief dann zu Hause an. Seine Frau ging an den Apparat. Sie klang am Telefon manchmal ziemlich gereizt. Monas Küche roch nach Kaffeebohnen und Zimt. Nirgends gab es klebrige Stellen. Die Frau des Doktors sagte, es wäre ihr lieber gewesen, wenn der Doktor die Winterfenster nicht so früh eingesetzt hätte, da das Haus eigentlich mehr Frischluft brauche. Sie sagte, es rieche von dem Feuer in der Dachrinne noch immer überall nach Rauch. Der Doktor entgegnete, er sei sicher, dass sie nichts riechen würde, wenn er ihr nichts von dem Feuer erzählt hätte. Mit anderen Worten, sagte sie, sie bilde sich das alles nur ein. Also, nein, so meine er das nicht, jedenfalls nicht ganz, aber es sei doch so, dass wir eher das wahrnehmen, was wir wahrzunehmen erwarten, das gelte für alle Menschen, damit habe er nicht sie persönlich gemeint. Ihm selbst passiere das auch. Das war das Falscheste, was er hätte sagen können, es klang so, als wolle er ihr großzügigerweise seine eigene Fehlbarkeit eingestehen.

Mona Lomasney hatte einen Globus auf der Küchenanrichte stehen, und der Doktor drehte ihn müßig, um zu sehen, ob darauf die gegenwärtige Geographie der früheren Sowjetunion richtig wiedergegeben sei. Seine Frau sprach leise ins Telefon, brachte eine zweite Variante »mit anderen Worten« ins Gespräch, die, wie auch die erste, darauf hinauslief, dass er recht wenig von ihren geistigen Fähigkeiten halten müsse. Ein kleines purpurrotes Land namens Weißrussland schien zu beweisen, dass der Globus neueren Datums war, doch das Wissen, das der Doktor über den Ostblock besaß, war so rudimentär, dass er zum Beispiel nicht einmal wusste, ob der Ausdruck »Ostblock« überhaupt noch gebräuchlich sei. Dann erzählte seine Frau, dass ihr gemeinsamer Sohn gestern Nacht geschlafwandelt sei. Er sei auf den Dachboden gestiegen und habe versucht, seine alte hölzerne Spielzeugeisenbahn herunterzuholen, die auf eine Sperrholzplatte montiert war. Er sei damit allerdings im Treppenhaus steckengeblieben, wo die Mutter ihn verwirrt und wütend vorgefunden habe, und heute Morgen habe er sich an nichts erinnern können. Dr. Palominos Frau genoss es, ihm die kleinen Zwischenfälle im Familienleben auseinanderzusetzen, wenn er auf Reisen war. Der Doktor wies darauf hin, dass ihr Sohn diese Eisenbahn seit Jahren nicht mehr angefasst habe, und sie sagte: *Genau das ist es ja, nicht wahr?* Diese Bemerkung betrachtete er als Beweis dafür, dass seine Frau besser sei als er, stärker in Kontakt mit den Dingen, mit denen man es sein sollte. Aber er verstand das Problem mit dem Schlafwandeln und der Eisenbahn doch nicht so ganz.

Dr. Palomino legte auf und dachte an all die Arbeit, die er in diese Eisenbahn gesteckt hatte. Er hatte die Schienen aufgeklebt, den Schienenstoß abgedichtet und mit Sand aufgeschüttet, damit die Waggons nicht entgleisten, hatte grünes Gras, blaues Wasser, gelbe Landstraßen und Geleise gemalt; er hatte immer bis zum Morgengrauen daran gearbeitet. Dem Jungen hatte es gefallen, obwohl, wie die Frau des Doktors ihm später erzählte, sein Herzenswunsch eigentlich Pfeil und Bogen gewesen wäre.

»Schon merkwürdig«, murmelte er, als Joan und Mona in die Küche kamen. »Wie die Menschen sind.«

»Wie sind sie denn?«, fragte Mona.

»Ich weiß auch nicht.«

Er sah Joan mit, wie er hoffte, liebevollem Gesicht an, als wollte er damit sagen, dass das, was letzte Nacht zwischen ihnen passiert war, ein Beispiel für das Geheimnisvolle des menschlichen Verhaltens sei.

Joan hatte fein modellierte Lippen, die weich aussahen. Er mochte es, dass sie nie Make-up trug. Sie hatte einen roten Baumwollpullover und einen Wildlederrock an. Er hätte sie gerne schon wieder geküsst. Stephen Palomino erinnerte sich an einen Ausdruck, den er in einem Buch gelesen hatte, als er und Mona auf dem College gewesen waren – »die interessanteste Frau von St. Petersburg« – und dachte, die Frau in diesem Buch müsse so ausgesehen und sich so benommen haben wie Joan. Vielleicht war er in sie verliebt.

Mona machte die Backröhre auf und nahm ein Tablett Zimtschnecken heraus. Sie stellte das Tablett auf einen Glastisch am Fenster. Von den Schnecken stieg Dampf auf, während die drei sie auseinanderbrachen und aufschnitten und sich die Stücke in den Mund stopften. Sie setzten sich nicht einmal hin. Joan leckte ihr Messer ab. Sie waren wegen ihrer unfeinen Manieren überhaupt nicht verlegen, sondern schienen sich darin einig, dass Förmlichkeit zwischen ihnen überflüssig sei, wenn man bedachte, dass sie alle drei auf unterschiedlichste Weise schwierige Charaktere waren. Es gab, dachte der Doktor, eine Art von Verzweiflung, die typisch war für Sonntagvormittage. Der Tag war zu lang, die Zeitung zu dick. Außerdem hatten manche Leute noch vom Samstagabend her einen Kater, so wie er, was die Sache auch nicht besser machte.

Joan wollte gerne den Pokal sehen, den Mona im Frauen- und Kinderkrankenhaus erhalten hatte, und Mona sagte, sie sei eines schönen Frühlingstages zu einem Kalksteinbruch gefahren und habe die Goldene Pyramide dort ins Wasser geworfen und ihr nachgesehen, wie sie auf den Grund sank.

»Steinbrüche haben grundsätzlich undurchsichtiges Wasser«, sagte Stephen.

»Der aber nicht, du kluges Kind«, sagte sie. »Und dieser ganze Erfolg, von dem jeder denkt, dass man ihn haben müsse, der hat mich nur von der Arbeit abgehalten. Man soll hier einen Vortrag halten, dort einen Vortrag halten, dann ein Vorwort schreiben … Um die Wahrheit zu sagen, ich war nie so glücklich wie an dem Tag, an dem ich die Klinik hier unten betrat.«

Joan fuhr mit dem Finger um den Tellerrand und strich den Zuckerguss zusammen. »Wieso das? Weil das eine Gelegenheit war, den Menschen zu helfen?«

»Na ja, das war das eine, das andere war, dass ich aufhören konnte, mich so wahnsinnig reinzuhängen. Ich meine, für die Patienten tue ich das immer noch, aber für mich selber …« Sie winkte ab. »Die Leute haben gedacht, die Goldene Pyramide sei mir einfach so in den Schoß gefallen. Das stimmt aber nicht. Ich wollte sie unbedingt haben, so sehr, dass ich sogar davon geträumt habe. Ich habe dafür gearbeitet, ich habe es geschafft, dass mein Name in Betracht gezogen wurde. Ich ließ mich von Leuten beraten, die mir weiterhelfen konnten. Wenn man versucht, Ereignisse zu beeinflussen, dann sieht man sie nicht mehr so, wie sie sind.«

»Sondern … wie?«, fragte Stephen. »Ich versuche das nämlich immer noch.«

»Alle Menschen haben Angst vor dem großen Absturz«, sagte Mona. »Weil sie fürchten, dass es ihnen nicht mehr gelingt, wieder aufzustehen. Weil sie glauben, dass sie es gar nicht verdienen. Dass sie grässlich seien, und dass jeder das wisse. Aber bevor man nicht gestürzt ist, weiß man überhaupt nicht, ob man es verdient, wieder aufzustehen. Das hat mir der Morphiumskandal gezeigt. Und ich hätte niemals begriffen, was ich jetzt weiß, wenn das nicht passiert wäre.«

»Das ist aber nicht der Amerikanische Traum«, sagte Stephen.

»Das ist Monas Traum«, erwiderte sie.

Dr. Lomasney zog sich an und ging mit Stephen und Joan nach unten, um ihnen das Krankenhaus zu zeigen. Auf dem Tresen standen Lilien, und an den Wänden hingen Bilder mit anderen Blumen. Einer ihrer Kollegen hatte gerade Dienst und behandelte einen Jugendlichen, der im Haus eines Freundes angeschossen worden war. Es war eine eher geringfügige Wunde, ein Durchschuss am Bein, ohne Knochenverletzung. Der Freund, der geschossen hatte, und sein Vater saßen bleich im Wartezimmer und blätterten in Computermagazinen herum. Als der Vater die neuen Gesichter sah, warf er seine Zeitschrift beiseite und kam an den Empfangstresen.

»Wird Brice wieder ganz gesund werden?«, fragte er.

Mona Lomasney nickte. »Sieht so aus.«

Der Mann schüttelte Mona über den Tresen hinweg die Hand. »Könnte es eine Infektion geben? Vielleicht vorsichtshalber ein bisschen Penizillin?«

»Haben Sie die Polizei benachrichtigt?«

»Das hat der andere Arzt auch gefragt. Sie meinen also, dass wir die da mit reinziehen sollten?«

»So ist in Hartvale das Gesetz«, sagte Mona. »Wir nehmen den Unfall auf, und die Polizei wird die näheren Umstände wissen wollen, ob die Waffe angemeldet war und so weiter.«

»Es war nur eine Pistole«, sagte der Mann. »Waffe ist da schon zu viel gesagt. Ich habe sie nur zum Schutz. Uns wurde eine Amaryllis von der Veranda gestohlen, die meine Frau gezogen hat, seit sie erwachsen ist.«

»Die Polizei wird das alles wissen wollen.«

»Was die Waffe angeht …« Er wandte sich an seinen Sohn. »Sag der Frau Doktor, was wir mit der Waffe gemacht haben.«

Der Junge legte seine Zeitschrift weg und schaute auf seine Hände hinab. »In einen Müllkorb geworfen«, sagte er mürrisch.

»Stimmt«, sagte der Vater. »Wir wollten sie nicht mehr sehen, nach allem, was sie Brice angetan hat.«

»Und wenn jemand anders sie findet und selbst benützt?«, fragte Mona.

»Hab ich auch gesagt«, sagte der Junge.

»Du hast für heute genug angerichtet«, sagte der Vater.

»Ich kann Ihnen keine Rechtsberatung geben«, sagte Mona. »Aber Sie sollten diese Waffe schleunigst wieder holen, wenn Sie können. Und vergewissern Sie sich um Himmels willen, dass das Magazin leer ist.«

»Wissen Sie«, sagte der Mann, »das ist in diesem Fall ein Patronenstreifen.«

»Wie heißt du?«, fragte Mona den Jungen.

»André.«

»Komm mal mit.« Sie nahm ihn mit in eine Ecke des Wartezimmers und sprach auf ihn ein. Immer wieder legte sie ihm die Hand unters Kinn, damit er sie ansah.

Brice humpelte in das Wartezimmer. »Ich bin angeschossen worden. Ich kann mir nicht vorstellen, jemals wieder derselbe zu sein.«

Seine Eltern betraten gerade das Krankenhaus. Sie sahen für einen halbwüchsigen Sohn zu alt aus und ließen die Schultern hängen, als wären sie auf dem Weg vom Parkplatz hierher mit Steinen beworfen worden.

»André hat auf mich geschossen«, erzählte ihnen Brice in verwundertem Tonfall. »Ich bin angeschossen worden, und die Kugel liegt im Ruheraum. Und alles kommt mir jetzt so lebendig vor. Sogar die Blumen hier, die riechen für mich auf einmal so stark.«

»Ich hoffe, das verdirbt nicht die Freundschaft zwischen unseren Familien«, sagte Andrés Vater.

Brices Vater schraubte sein Gesicht empor, als müsse er gleich niesen. Joan empfand einen Hauch von Sympathie. Das Sprechen schien ihm schwerzufallen.

»Wir haben euch nie besonders gemocht«, sagte er. »Eigentlich gar nicht.«

Monas Kollege nahm die Eltern beiseite und erklärte ihnen, wie die Verbände zu wechseln seien, und der Schütze und sein Vater gingen zur Tür.

»Fühl mich jämmerlich, Brice«, sagte sein Freund. »Ich schäme mich schrecklich, Mann.«

Joan und Stephen umarmten Mona und sagten, sie würden sie jetzt ihrer Arbeit überlassen. Mona dankte Joan für ihre Hilfe mit der Zahnbürste.

»Was ist bloß mit der Welt los?«, fragte Joan. »Wie weit ist es eigentlich gekommen, dass Kinder aufeinander schießen und das zum Alltag gehört?«

Mona lächelte traurig. »Es ist immer noch dieselbe Welt. Nur sind da halt diese Waffen. Wir suchen überall nach einer Lösung. Und wir machen eine Show daraus, dass wir suchen. Dieses ganze Gerede, ob das Kino schuld daran ist oder die Videospiele oder die Zivilisation …«

»Die ganze Soziologie«, sagte Dr. Palomino.

»Das ist nichts als ein Deckmäntelchen«, sagte Mona. »Eine ESEEM, Schwesterherz.«

»Was ist das denn?«, fragte Joan.

»Denken Sie darüber nach«, sagte Mona.

Joan dachte darüber nach, als sie und Dr. Palomino das Krankenhaus in Hartvale verließen und an einem Brückenpfeiler vorübergingen, auf den alle nur denkbaren schmutzigen Wörter gesprüht waren, und sie dachte weiter darüber nach, als sie einen Spielplatz überquerten, um an einer verkehrsreichen Kreuzung ein Taxi zu finden. Sie und Stephen setzten sich kurz auf die Schaukeln und stießen sich in schlenkernden Bögen hoch, während die gefallenen Blätter über den Asphalt taumelten.

»Zu viele beschissene Waffen«, überlegte sie.

»Genau«, sagte Stephen.

»Charles hat auch Waffen«, sagte Joan. »Er jagt.«

»Er jagt im Traum.«

»Ja, vielleicht.«

»Oh, ich meine nicht Charles. Das ist aus einem Gedicht, von Lord Alfred Tennyson. Mein Großvater las es mir manchmal vor. Er war ein großer Fan von Tennyson. ›Gleich einem Hund jagt er im Traume noch, und du starrst an die Wand, / wo die vergeh'nde Lampe flackert und Schatten auf- und niedersteigen.‹«

Joan zog sich an den Ketten der Schaukel hoch und kam zum Stehen. »Er ist nicht wie ein Hund.«

»Natürlich nicht«, sagte der Doktor. »Hör zu. Denk nicht an das, was passiert ist. Grüble nicht darüber nach. Wir sind auf dem Weg nach Hause. Nimmst du den Flug um vier?«

»Nein.«

»Treffen wir uns doch morgen in Stone City.«

»Ich weiß nicht. Ich habe sehr viel zu tun.«

»Wir könnten zusammen zu Mittag essen«, sagte er. »Im Museum gibt es eine Ausstellung von Marvin Cone. Seine Bilder werden dir gefallen.«

»Mal sehen.«

An der Kreuzung stand eine Kirche, und da fiel ihr ein, dass heute Sonntag war und sie keinen Gottesdienst besucht hatte. Sie fehlte sonst nie und wollte auch an diesem Tag aller Tage nicht fehlen, wo ihr noch feuchter und verdächtiger Badeanzug über der Duschstange des Astrid Hotel hing. Also nahm Stephen allein ein Taxi, und Joan trat in die Kirche, in der gerade Gottesdienst war. Sie ging durch das Seitenschiff nach vorn und nahm das Gebetbuch in die Hand – nur, damit sie etwas zum Festhalten hatte, denn sie wusste die Antworten auswendig. Sie hoffte nicht auf eine Offenbarung, so wie früher. Jahrelang hatte Joan auf einen Blitz aus heiterem Himmel gewartet, auf etwas Neues, Beunruhigendes, das herniederfuhr und ihrem Leben Form gab. Deshalb war sie Schauspielerin geworden, war sie zu einem anderen Glauben übergetreten, hatte sie sich mit Sternkunde befasst. Nach Erlösung hatte sie gesucht, in den Kirchen und auf der Bühne und in den Sternen, aber jetzt glaubte sie nicht mehr, dass die so einfach kommen werde. Wenn sie nur jemandem erzählen könnte, was ihr alles im Kopf herumging, dann könnte sie vielleicht einen ersten Schritt tun, aber in dieser Kirche gab es keine Beichtgelegenheit. Nach dem Gottesdienst wandte sie sich trotzdem an den Priester. Er sagte, sie solle ihm fünf Minuten Zeit geben und dann in sein Büro im Keller kommen. Als sie ankam, telefonierte er gerade.

»Nein. In Ordnung. In Ordnung. Doch, doch, das ist gut«, sagte er. »Das mache ich nicht. Ich habe nicht die geringste Absicht. Wer hat das gesagt? Wenn ich hingehen wollte, dann wäre ich im Nu dort und wieder zurück gewesen, das kannst du mir glauben.«

In dem Raum roch es schimmelig und wie im Grab, so dass Joan fast nicht atmen konnte, ganz zu schweigen davon, hier ihre Schuld und ihre Verwirrung zu gestehen. Sie legte die Hände auf den Schreibtisch des Pfarrers und stützte sich einen Augenblick darauf.

Er legte auf.

»Ich weiß nicht, wie ich anfangen soll«, sagte Joan.

»Gar nicht«, erwiderte er. »Es tut mir leid, aber ich muss weg. Es tut mir wirklich leid.«

Elf

Colette stand früh auf und frittierte Donuts in einer elektrischen Friteuse. Micah saß völlig verschlafen auf einem Stuhl am Tisch. Was hatte er nur geträumt? Er erinnerte sich noch an die Schatten seines Traums, wusste aber nicht mehr, woher die kamen. Colette ging in der Küche umher und sprach leise mit sich selbst. Sie ahnte nichts von seiner nächtlichen Wanderung, denn als er nach Hause kam, war die Tür gar nicht abgeschlossen. Er hatte nur den Knauf in die falsche Richtung gedreht, das war alles.

Statt die Donuts auf einen Teller zu legen, ließ Colette sie in eine mit Wachspapier ausgelegte Schuhschachtel gleiten. Dann brachte sie Micah in ihrem Auto nach Hause – einem alten Chevy Nova, in dem eine laubgrüne Abfalltüte am Suchknopf des Radios hing. Sie erklärte, dass sie gleich nach Spillville weiterfahre, um sich die weltberühmten Bily-Uhren anzusehen und das Denkmal für den Komponisten Antonín Dvořák. Sie hatte diese Fahrt schon seit längerer Zeit geplant.

Micah trug die Schuhschachtel ins Haus. Er und sein Vater aßen die warmen, aufgerissenen Donuts und sprachen dabei sehr wenig. Auf Charles' Nase war ein tiefer Kratzer zu sehen.

»Was hast du denn da gemacht?«, fragte Micah.

»Mich gestoßen.«

»An was?«

»An einem Kleiderbügel.«

Später kam der Farmer Skel vorbei, der bei der Auktion zugegen gewesen war, und brachte ihnen ein Buch über die Aufzucht von

Ziegen. Lyris schlief noch, deshalb gab Skel das Buch Charles und Micah.

»Wie gesagt, ich empfehle es grundsätzlich nicht«, sagte Skel. »Das sind keine Tiere, mit denen man Geld verdienen kann, und ich mag es auch nicht, wie sie einen anschauen.«

»Ach wirklich«, sagte Charles geistesabwesend. Das Buch hieß *Moderne Ziegenhaltung*, und wie viele Bücher mit dem Wort »modern« im Titel war es alt, mit einem dunkelorangefarbenen Leineneinband.

»Mir kam es immer vor, als würden sie auf etwas warten«, erklärte Skel. »Während man eine Kuh füttert, und schon ist man ihr allerbester Freund. Mit einem Schwein ist es natürlich etwas anderes. Ich sage nicht, dass ein Schwein mit einem Freundschaft schließt, ganz und gar nicht. Aber sobald ein Schwein mal kapiert hat, dass es dich nicht fressen kann, bist du ihm egal. Meine Güte, ich erinnere mich an einen kalten Tag im Januar –«

»Wie füttert man eine Ziege eigentlich?«, fragte Charles. »Wir haben ihr gestern Luzerne besorgt. War das richtig?«

»Wir hatten immer so eine Mischung«, sagte Skel. »Wir haben unseren eine Futtermischung gegeben, bis wir uns dann entschlossen haben, sie gehen zu lassen.«

»Sie haben sie gehen lassen?«, fragte Micah. Er sah Skels Ziegen vor sich, wie sie durch die Landschaft bummelten.

»Ich meine, wir haben sie verkauft.«

Eine Frau stieg aus Skels Auto, mit einer glänzenden weißen Handtasche unter dem Arm. »Wir müssen weiter, Skel.«

»Wie haben wir unsere Ziegen gleich wieder gefüttert, Lucy?«, fragte Skel. »Was war das für eine Mischung?«

»Was füttert ihr denn?«, fragte Lucy.

»Luzerne«, sagte Micah.

»Haben sie bei uns nicht gekriegt«, sagte Skel. »Aber das ist sowieso vorbei.«

Lucy nickte. Sie hatte ein zerklüftetes Gesicht, das ihr ein Aussehen gab, als wäre sie zu allem fähig. »Manche nehmen die ganz gerne. Wir haben ein Teil Hafer, ein Teil Ringmaster Show Lamb und ein Teil schwarze Sonnenblumenkerne zusammengeschüttet, und dann manchmal noch ein bisschen Muskatnuss dazu.«

Viele Eimer, und einer mit schwarzen Sonnenblumenkernen … Die Zukunft nahm vor Micahs Augen Gestalt an, und sie war gut.

»Und was den Rahm angeht, da hab ich eine gute Nachricht, machen Sie sich gar nicht erst den Stress mit so einer Zentrifuge«, sagte Skel. »Stellen Sie die Milch einfach in einem großen offenen Krug in den Kühlschrank und lassen Sie sie über Nacht drin stehen.«

Micah und Charles standen auf dem Hof und sahen das Farmer-Ehepaar in einem silbernen Lincoln Town Car davonfahren. »Da«, sagte Charles und gab Micah das Ziegenbuch.

Micah wünschte, Joan wäre hier und würde ihm vorlesen. Sie hatten zusammen ein Morgenritual, bei dem sie im Bett von Charles und Joan lagen und Joan ein Buch in der linken Hand hielt und den rechten Arm um seine Schultern legte. »Arm-Stellung«, pflegte Micah zu sagen, und die nahm sie dann ein und las mit ihrer leisen, ruhigen Stimme, während Micah die Seiten umblätterte. Charles dagegen las laut, aber er konnte nicht widerstehen, sarkastische Bemerkungen zu machen, und wenn ihn die Geschichte langweilte, sagte er: »Und so zogen sie alle davon. Ende.«

»Wann kommt Mom nach Hause?«, fragte Micah.

»Am späten Nachmittag oder frühen Abend.«

Micah trug seinen Schlafsack in den Hof, machte den Reißverschluss auf und breitete ihn unter einer Weide aus. Das Licht war eher blau als gelb. Er fand es immer wichtig, festzustellen, wie das Licht war. Es fiel seitlich auf den Stamm der Birke mit der hellen Rinde und den schwarzen Narben. Wenn der Winter mit seinem Eis kam, bog sich die Birke in die Einfahrt herunter, so dass ihre Zweige das Dach von Charles' Lieferwagen zerkratzten, und Charles sagte dann immer, er dürfe nicht vergessen, sie zurückzuschneiden, aber er tat es doch nie. Micah streifte die Schuhe mit den Zehen ab und lag in Strümpfen da und hielt die *Moderne Ziegenhaltung* von Lloyd Mumquill zwischen sein Gesicht und das Licht. Ihm gefiel die kühle Brise, denn im Haus war es irgendwie immer zu kalt oder zu warm, und heute

Vormittag war es zu warm. Er konnte nicht gut atmen und spürte eine Erkältung aufziehen, wie seine Mutter sagen würde.

Auf dem Frontispiz links vom Titel war die Zeichnung einer Ziege mit einem Gesicht wie aus einem Comic und den Worten »Hilf mir!« hinter dem Kopf zu sehen. Das erweckte den Eindruck, dass das Buch einfach sei, aber das war es nicht. Micah las das Vorwort:

> Die Ziegenhaltung in diesem Land erzielt im Durchschnitt eine Rendite von etwa fünf bis sechs Prozent. Wenn dieses Buch die wunderbare, gleichzeitig aber durchaus bescheidene Wirkung hätte, die Kosten um nur ein Prozent pro 100 kg Lebendgewicht pro Jahr zu senken und gleichzeitig die monatliche Milchproduktion um geringfügige 250 g pro Muttertier zu steigern (siehe Anhang C), dann würden diese Zahlen kräftig in die Höhe schnellen, so dass sieben Prozent den Boden und elf Prozent die Decke unseres neu und attraktiv gestalteten »Hauses« ausmachen würden. Kein Halter von *Capra hircus* in diesem Land könnte der Einladung in solch eine Wohnung widerstehen, und doch ziehen es jetzt noch viele vor, in einer Wildnis aus unverschuldeter Unkenntnis bestimmter ökonomischer Sachverhalte herumzustolpern. Jetzt möchte ich Sie mit einem Satz vertraut machen, auf den Sie in diesem Buch noch ziemlich oft stoßen werden. *Es muss nicht so sein!* Merken Sie ihn sich und wenden Sie ihn auf alle Ihre täglichen Arbeiten an, dann haben Sie eigentlich schon alles gelernt, was ich Ihnen beibringen kann. »Dann sagen Sie mir doch, warum, Mumquill«, werden Sie vielleicht sagen. »Sagen Sie mir, warum ich weiterlesen soll.« Das ist eine berechtigte Frage. Vielleicht haben auch Sie schon andere Bücher über Ziegenhaltung gelesen und sie als unbefriedigend empfunden. Mir jedenfalls ist es weiß Gott so gegangen. Viele dieser erhabenen Publikationen warten nämlich auf den Tag X, an dem sich das Pendel der öffentlichen Meinung von jenem potentiellen Gift wegbewegt, das Kuh-»Milch« genannt wird (die Anführungszeichen deuten auf meinen festen Glauben hin, dass Kuhmilch

überhaupt keine Milch ist, sondern vielmehr eine dyspeptische Flüssigkeit unklarer Art, der Vitamin A fehlt, was eine Gefahr sowohl für Kinder als auch für alte Menschen darstellt, die doch das A und O unseres Familienlebens sind). Bis zu diesem Tag der großen Wandlung, so die Meinung dieser Luftschloss-Traktate, ist der Ziegenhalter zu jenem mit jedem Penny rechnenden Dasein verdammt, das vielen von uns leider nur zu gut bekannt ist. Diesen Werken zufolge liegt die Lösung für unsere Schwierigkeiten nicht bei uns selbst. Gründen Sie einen örtlichen Zuchtverband! Wecken Sie die Aufmerksamkeit der Presse! Und wenn wir dann alle von Küste zu Küste missionarisch tätig sind, dann wird sich langsam, fast unmerklich, reicher Gewinn und noch anderes mehr einstellen, zwar vielleicht nicht für die gegenwärtige Generation, aber doch eines fernen Tages für ihre glücklicheren Erben. Diese Herangehensweise, die sich vor allem in Marilyn Fabers *Ziege und Mensch* findet, das beeindruckender-, wenn auch unglücklicherweise sechs Auflagen erlebt hat, erweckt in mir offen gestanden Übelkeit. Und vor allem, *es muss nicht so sein!*

Bis hierhin kam Micah, und das war ein Beweis für sein Durchhaltevermögen. Um nicht steckenzubleiben, hatte er alle Wörter, die er nicht verstand, durch Wörter ersetzt, die mit demselben Buchstaben anfingen, woraus sich völlig sinnlose Sätze ergaben. Wenn Joan hier wäre, dachte er, dann würde er sie nicht dieses Buch, sondern lieber ein ganz anderes vorlesen lassen – *Die Eisenbahnkinder*, mit dem zu Unrecht angeklagten und abwesenden Vater.

Micah legte sich auf den Rücken und schaute in den Himmel. Die herabhängenden gelben Zweige der Weide bewegten sich langsam vor dem Blau. Er nieste, wischte sich mit dem Arm über die Nase, stand vom Schlafsack auf und ging um das Haus herum nach hinten. Er schlug nach den Moosbärten, die aus den verstopften Dachrinnen wuchsen, und nahm sich den Deckel einer Mülltonne, um die Angriffe der Ziege abwehren zu können. Die Ziege wollte aber gar nicht kämpfen. Sie lag in der Sonne und schaute zu Micah auf. Hier und dort lagen Kothäufchen im Gras – perfekte Muster in dunklem, glänzendem Grün, als wäre die Luzerne ohne jede Veränderung durch die Ziege hindurchgegangen.

Micah holte eine Haarbürste aus dem Haus und machte sich über das rote Fell der Ziege her. Dunkle Haarbüschel blieben in den Borsten hängen. Manchmal versuchte die Ziege ihn zu beißen, aber nicht ernstlich. Micah tätschelte ihr mit der einen Hand den knochigen Schädel, während er mit der anderen weiterbürstete.

Auf einmal kämpfte sich die Ziege hoch auf ihre harten Hufe, wie um anzukündigen, dass ein Eindringling nahte. Es war Micahs Onkel Jerry, der nur sagte: »O Gott.«

»Ganz genau«, erwiderte Micah. »Wir haben sie gestern bekommen.«

»Willst du damit auftreten?«

Micah, der Jerry noch nicht verziehen hatte, dass der ihm das Zelt abgeschnitten hatte, antwortete nicht.

»Du hast doch gar keine Ahnung davon.«

»Du Zeltzerstörer.«

»Warum habt ihr euch denn eine Ziege angeschafft?«

»Lyris zieht sie auf, für den Landjugendclub. Aber zur Hälfte gehört sie mir.«

»Das werdet ihr noch bereuen.«

»Glaube ich kaum.«

Jerry wedelte mit einer Zeitung und faltete sie zweimal zusammen. »Schau mal. Wenn dich das nicht interessiert, dann bist du keiner von uns.«

»Besuchen Sie Gabriel Rain und seine Huskys Monk & Tandy«, stand in einer Anzeige. Auf einem Foto war ein Mann zu sehen, der zwischen zwei stolzen Hunden stand. Die Tiere saßen wachsam da, mit offenem Maul und dichter silbriger Haarkrause um den Hals. »Im Melodeon-Filmtheater.«

Die Ziege riss Jerry die Zeitung aus der Hand und fing an, sie zu zerbeißen.

»Hey«, sagte Jerry. »Gib sofort her.«

»Die gehorcht niemand.« Micah hob einen Fetzen Papier auf. »Schau mal, wie klein sie das kriegt.«

Micah war schon einmal im Melodeon in Morrisville gewesen. Er und Charles und Joan waren hingefahren, um sich einen alten Film namens *Charlie der einsame Puma* anzusehen, aber sie hatten die ersten zwanzig Minuten verpasst, und als sie versuchten, am Anfang der nächsten Aufführung dazubleiben, sagte die Platzanweiserin, dass das nicht gehe. Charles stritt sich lange mit ihr herum, aber auf dem Weg nach Hause schien er alles wieder vergessen zu haben. An dem Abend aßen sie anschließend in einem Fischlokal in Chesley. Charles überraschte Joan und Micah damit, dass er an alle Tische ging und bei den anderen Gästen aus den Wassergläsern trank. Die mochten das gar nicht, wie man deutlich sah, aber die meisten ließen ihn gewähren. Micah und Joan sahen sich an und lachten, aber nur mit dem Mund, nicht mit den Augen. Micah fand, Charles habe Ähnlichkeit mit dem Puma in dem Film, insofern, als die Menschen, die ihn nicht kannten, Angst vor ihm hatten, und diejenigen, die ihn kannten, diese Angst deutlich sahen, aber nichts dagegen tun konnten.

Jetzt wuselte eine ganze Horde lärmender Kinder vor dem Melodeon herum, und Jerry und Micah wurden von der Menschenmenge mitgerissen. Jemand versetzte Micah einen Schlag ins Kreuz, und er drehte sich um und sah einen größeren und älteren Jungen. Charles hatte ihm beigebracht, bei einem Kampf immer als Erstes auf die Knie loszugehen, aber als Micah sich die bleichen, massigen Knie dieses Raufbolds vorstellte, konnte er es nicht. Genau deswegen würde er nie ein guter Kämpfer werden. Er dachte immer erst über den Gegner nach, und damit war er schon der Verlierer. Es entwickelte sich ein abscheuliches Gezerre an der Kleidung. Jerry trennte die beiden Jungen und fragte, was das denn für ein Benehmen sei.

In diesem Augenblick fuhr ein großes Kabriolett vor dem Filmtheater vor. Es wurde von Gabriel Rain gefahren, den alle von dem Foto in der Zeitung her kannten. Die Hunde, Monk und Tandy, saßen in stoischer Ruhe links und rechts auf dem Rücksitz.

»Das ist für die nichts Neues«, bemerkte Jerry. »Sie haben es schon tausendmal erlebt.«

Gabriel Rain stieg aus dem Auto und hielt dabei einen Flugzeugpropeller in der Hand. Was das zu bedeuten hatte, wusste niemand, aber Dutzende von Jugendlichen stürmten auf ihn zu, während die Hunde unruhig nach allen Seiten schauten.

»Schau dir das an«, sagte Jerry. »Als normaler Hund hätte man doch in so einer Situation große Schwierigkeiten.«

»Geht zurück«, sagte Gabriel Rain. »Geht zurück, sage ich.« Die Welle der Kinder brach sich und ebbte ab, und der Hundedresseur hielt den Propeller über seinen Kopf. »Jetzt, wo ihr alle Gelegenheit gehabt habt, den Film zu sehen, denke ich –«

»Was für einen Film?«, schrien mehrere Kinder gleichzeitig.

»Wir haben *keinen* Film gesehen!«, sagte der Junge, der Micah gestoßen hatte, mit jener triumphierenden und etwas hysterischen Stimme, wie Kinder sie manchmal annehmen, wenn ein Erwachsener offensichtlich einen großen Fehler gemacht hat.

Der Kinobesitzer trat vor, um dieses Missverständnis aufzuklären. Er rang die Hände, während er leise auf Gabriel Rain einredete, der den Propeller auf den Vordersitz des Autos schmiss und ungeduldig zuhörte. Ein Leichenzug kam vorbei, bei dem der langsam fahrende schwarze Leichenwagen von einer Reihe blankgeputzter Wagen gefolgt wurde, die die Scheinwerfer eingeschaltet hatten. Das brachte die Menschenmenge für eine Weile zum Verstummen, und die Trauernden schauten auf die Hunde.

»Also, wir haben *wirklich* keinen Film gesehen«, sagte Micahs Gegner.

Gabriel Rain nahm seinen Cowboyhut ab und hielt ihn sich vor die Brust. Doch sobald das letzte der Autos über die Eisenbahnschienen geholpert war, warf er den Hut aufs Pflaster und begann den Kinobesitzer heftig zu beschimpfen.

»Haben Sie vielleicht gedacht, dass ich den ganzen Tag hier verplempere?«, fragte er. Er bückte sich, um den Hut aufzuheben, dabei fiel ihm eine Sonnenbrille aus der Jackentasche. »Das steht nicht im

Vertrag, Sir, den Sie unterschrieben haben.« Er nahm ein Blatt Papier vom Armaturenbrett des Wagens und faltete es auf. »Hier steht extra …«, sagte er und vertiefte sich in die Einzelheiten des Vertrags, die niemanden interessierten.

Der Kinobesitzer und Gabriel Rain führten ihren Streit in zornigem Flüsterton weiter. Micah freute sich, als er sah, dass der Besitzer nicht mehr ganz so leise redete, sondern selbst einen ziemlich nachdrücklichen Ton angeschlagen hatte. Die beiden Männer zischten sich an und zeigten mit dem Finger aufeinander, wobei sie aber beide die Hand ganz dicht vor der Brust hielten, als könnten sie dadurch ihre Feindseligkeit vor der Menge verbergen. Dann bellte einer der Hunde, und Gabriel Rain verstummte.

»Das ist ja fast, als hätten die Hunde *ihn* abgerichtet«, sagte Jerry.

Micah trat vor, um Gabriel Rains Sonnenbrille aus dem Rinnstein zu retten. Er hauchte auf die Gläser, rieb sie mit seinem Hemd ab und reichte dem Star seine Brille.

»Danke«, sagte Gabriel Rain. »Mir ist jetzt klar, Leute, dass ihr den Film tatsächlich *nicht* gesehen habt. Deswegen hat mein Anschauungsobjekt« – er deutete auf den Propeller auf dem Autositz – »vielleicht nichts als Verwirrung ausgelöst. Also, geht rein. Geht rein und schaut euch den Film an. Dafür habt ihr schließlich gezahlt, oder werdet ihr gleich zahlen, und ihr werdet nicht enttäuscht sein. Nach dem Film gibt es dann eine Darbietung, bei der Monk und Tandy live einige der erstaunlichen Kunststücke aufführen, die ihr gleich auf der Leinwand sehen werdet, unter anderem werden sie eine Stehleiter hinaufsteigen und so weiter.«

Micah gefiel der Film, ein Thriller in Schwarzweiß, bei dem die Hunde die Stars waren. Die Rolle des Gabriel Rain, von dem noch nie ein Mensch gehört hatte, wenn man von der Anzeige in der Zeitung absah, wurde von einem anderen Mann gespielt, der genauso unbekannt war. Die Geschichte ging so: ein Arzt, der sein eigenes Flugzeug flog, versuchte lebenswichtige Medizin zu einem Waisenhaus auf einem Berg zu bringen. Der Bösewicht des Films wollte diesen Transport vereiteln, damit das Waisenhaus schließen musste und er selbst das zugehörige Land kaufen konnte, unter dem Zinkvorkommen lagerten, wenn man der Landkarte Glauben schenken wollte, die er mit großem Vergnügen und lautem Rascheln auf Tischen, Motorhauben und anderen flachen Unterlagen ausbreitete. Gabriel Rain und seine Hunde schlugen sich auf die Seite des Arztes, und es gab viele interessante Aufnahmen der Hunde im Flugzeug des Doktors, mit Bergen und Bäumen im Hintergrund. In einer Szene entfernte der Schurke den Propeller vom Flugzeug des Arztes und vergrub ihn, aber Monk und Tandy gruben ihn wieder aus und trugen ihn abwechselnd zurück zum Flugplatz.

Das also war die Bedeutung des Propellers.

Micah saß da, die Füße auf dem Sitz und die Arme um die Knie geschlungen, und war so sehr in den Film vertieft, dass es eine Weile dauerte, bis er merkte, was die Platzanweiserin machte. Sie brachte Jerry und Micah Knabbereien und Getränke. Manchmal kam sie auch und setzte sich zu ihnen, und bald erkannte Micah, dass es Lyris' Freundin Octavia Perry war.

»*Micah*«, sagte sie, als wäre sein Name etwas, worüber man sich lustig machen könne.

»*Taffy*«, antwortete er, aber diese Zurschaustellung seines Abscheus verlief im Sande, da der Böse gerade das Zielfernrohr seines Gewehrs auf den Husky Monk richtete.

Als Micah wieder zur Seite sah, um seine Begeisterung mit Jerry und Taffy zu teilen, sah er, dass Taffy ganz aufgelöst war und vielleicht sogar geweint hatte. Sie machte den Mund weit auf und presste beide Handrücken vor das Gesicht. Micah nahm nicht an, dass sie solche Angst um die Huskys oder um das Schicksal des Waisenhauses auf dem Berg hatte. Da sagte Jerry, dass er und Octavia einen Spaziergang machen würden. Sie schritten den Gang hinunter auf die riesige Leinwand zu und verschwanden durch die Tür, über der in roten Buchstaben AUSGANG leuchtete.

Micah traf Jerry und Octavia nach dem Film vor dem Melodeon wieder. Gabriel Rain und die Hunde waren verschwunden. Micah hatte auch gar nicht erwartet, sie noch einmal zu sehen. Der Wind hatte aufgefrischt, und der Himmel sah nach der Dunkelheit im Kino weit und lebendig aus. Octavia lächelte, was Micah freute, denn obwohl er sie nicht mochte, konnte er doch niemanden traurig sehen. Ein paar von den Eltern, die ihre Kinder zu der Vorführung gebracht hatten, versuchten sich darüber aufzuregen, dass der Star sein Versprechen gebrochen hatte, aber sie konnten ihren Ärger nicht lange aufrechterhalten.

Jerry lud Taffy und Micah zu einem Eis bei Birdsall's ein, und Micah versuchte Taffy einen dezenten Hinweis zu geben, wie alt sein Onkel schon sei, indem er Jerry fragte, wie es in Südkorea gewesen sei, als er dort stationiert war. Jerry hatte in den Siebzigern drei Jahre lang als Fernsehelektriker für die amerikanische Truppe in Seoul gearbeitet. Er erzählte, er erinnere sich noch ganz genau, wo er sich gerade befunden habe, als die Nachricht kam, dass Präsident Park ermordet worden sei. Er sei in der Wohnung eines Freundes gewesen, und man habe gerade eine Schallplatte von Doug Sahm gehört. Und er erinnere sich sogar an das Lied, das gerade gelaufen sei, »(Is Anybody Going to) San Antone«. Octavia sah ihn an, als würde sie gleich über den Tisch springen und *ihn* nach San Antone schaffen. Genau wie Micah hätte sie weder Präsident Park noch Doug Sahm von einer Kiste Äpfel unterscheiden können, und doch hatte Micahs Frage genau das Gegenteil von dem bewirkt, was er beabsichtigt hatte.

Zwölf

Charles glaubte sich zu erinnern, dass man auf lackiertes Holz keine Beize auftragen dürfe, aber er hatte nun mal Beize da und keinen Lack, also schrieb er diese Regel als reine Propaganda von Farbfachgeschäften ab. Er liebte die Dämpfe und die Holzmaserung und die gleichmäßigen Pinselstriche, mit denen man die Beize auf die Scheunentore auftragen musste. Es fielen ihm Dinge ein, die aus seinem tiefsten Inneren kamen und für die er kein Ende fand: *Auf dieser Welt hat man immer zwischen zwei Dingen die Wahl. Nein, auf dieser Welt hat man oft auch zwischen drei Dingen die Wahl.* Er tauchte den Pinsel in die grüne Beize und streifte ihn am geriffelten Dosenrand ab. *In einem Lokal hat man manchmal sogar zwischen fünf Sachen die Wahl, aber auf der Welt bekommt man nicht soviel Auswahl.*

Micah kam von der Hundevorführung nach Hause und unterbrach diesen Gedankengang, von dem Charles wusste, dass er nutzlos war, ihn aber irgendwie fesselte. Aufgedreht hüpfte der Junge auf der Stelle und erzählte von seinen Erlebnissen am Nachmittag, die ihm in seiner Darstellung weitgehend als Präludium für seine heldenhafte Rettung der Sonnenbrille des Hundedresseurs aus dem Straßenschmutz dienten. Dann kam Jerry zur Scheune herüber, und Micah rannte auf dem Hinterhof herum und schrie mit erstickter Stimme »Jai, jai, jai«. Das musste er manchmal tun, um überschüssige Energie abzubauen.

Die Ziege, die Charles losgebunden hatte, um zu sehen, ob sie in der Nähe bleiben würde, wenn sie nicht dazu gezwungen war, trippelte hinter dem Knaben her; sie schien tatsächlich zu begreifen, was ein Spiel war.

»Hast du noch einen Pinsel?«, fragte Jerry.

Charles fand einen in einer Dose in der Scheune. Er befreite ihn von dem Polster aus zäh gewordenem Terpentin am Boden der Dose und bog die Borsten vor und zurück, wobei Flocken alter Farbe auf die Manschetten seines Hemdes fielen. Die Halbbrüder arbeiteten schweigend, während die Schatten der Bäume ihnen langsam näher kamen.

Schließlich begann Jerry zu sprechen. »Du weißt, ich hatte es noch nie so sehr mit ...«

Liebe oder Geld, hätte Charles gedacht, aber er nickte nur gedankenschwer.

»Also, mit was?«, sagte Jerry. »Mit Kameradschaft.«

»Postler sind auch nicht so«, sagte Charles. »Ihr bleibt irgendwie eher für euch, und dann passiert eines Tages eine Kleinigkeit, und ihr geht ab wie eine Rakete.«

»Von dir erwarte ich eigentlich mehr«, sagte Jerry.

»Ich ja auch«, sagte Charles. »Ich ja auch. Manchmal denke ich, na ja, ich bin doch nur so ein Krümel, also lass ich's. Aber in diesem Fall nehm ich das zurück. Es geht um Octavia, oder? Ich bin sicher, dass es um sie geht.«

»Es geht um Octavia«, sagte Jerry.

»Sämtliche Kräfte der Welt stehen gegen dich«, sagte Charles. »Wenn du das weißt und trotzdem noch – oder wenn sie, weil ich glaube, sie ist diejenige, die ... Ach, ich weiß auch nicht, Jerry, das ist mir alles einfach zu ...«

»Unkonventionell«, sagte Jerry.

»Genau.« Charles setzte den mit Beize vollgesogenen Pinsel an die Tür und strich auf und ab. »Sie ist sehr jung«, sagte er. »Sie ist einfach noch sehr jung.«

»Braucht aber keine Einwilligung mehr.«

»Bis wann braucht man die?«

»Bis sechzehn, glaub ich, oder?«

»Haben sie das Alter dafür nicht auch heraufgesetzt, damals, als das Alter, ab dem man trinken darf, raufgesetzt wurde?«

»Ich weiß es nicht. Ich hab das bisher noch nicht gehört.«

»Du solltest dich mal erkundigen.«

»*Du* warst auch nie konventionell«, sagte Jerry. Aber in dieser Hinsicht hatte er schlechte Karten.

»Ich hab immerhin die Kinder«, sagte Charles.

»Da hast du einfach Glück gehabt.«

»Stimmt. Was sonst? Und Joan.«

»Aber du hast dir Zeit gelassen, bis du sie endlich geheiratet hast.«

»Trotzdem. Wir sind dann doch zum Friedensrichter gegangen. Und ich bin schließlich *geschieden.* Was wäre konventioneller als das? Und dann ist da auch noch das Haus.«

Er sah sich auf dem Hof um. Die Ziege trug gerade den Deckel des Abfalleimers im Maul wie ein Golden Retriever eine Frisbeescheibe. Na schön, die Ziege war vielleicht kein so gutes Beispiel. Er zeigte auf die Scheune.

»Ich versteh nicht, was du mit der Scheune sagen willst«, sagte Jerry.

Charles zuckte die Schultern. »Ein Beweis für meine Konventionalität.«

»Bricht aber beinahe in sich zusammen.«

»Es gibt tatsächlich Risse im Fundament.«

»Und was das betrifft, ich hab schließlich auch ein Haus und eine Scheune.«

»Das ist wahr.« Nach diesen Worten musste Charles erst einmal innehalten, denn das war ein Satz, den Louisa, seine erste Frau, oft benutzt hatte. Mit seinen Gedanken ganz bei der Scheidung, hatte er ihre Art zu reden angenommen. Er und Jerry setzten sich ins Gras.

»Du hast Beize an der Augenbraue«, sagte Jerry.

Charles rieb sich mit dem Arm über die Stirn.

»Jetzt verschmierst du sie auch noch.«

»Weißt du«, sagte Charles, »du musst dich fragen, was für Octavia das Beste wäre. Natürlich könntest du auch *sie* fragen, aber das wirft die Frage auf, ob sie überhaupt eine vernünftige Entscheidung treffen kann, was ich bezweifle. Und noch etwas: Wie wird das, wenn sie mal vierzig ist und du bist dann so ein Tattergreis, den sie im Rollstuhl herumschieben muss?«

»Darüber hab ich auch schon nachgedacht«, sagte Jerry. »Aber vielleicht geht das Ganze ja nur ein paar Jahre lang. Wir singen zusammen im Sonnenschein, und dann kriegt sie sich wieder ein und geht aufs College. Ich würde mich nicht beklagen … auf eine solche Abmachung würde ich mich sofort einlassen.«

»Warum?«

»Ich bin in sie verknallt. Ich hab sie gern. Was weiß ich?«

»Sie ist aber nicht schwanger, oder?«

»Nein.«

»Aber sie hat Eltern.«

»Die reden nicht.«

»Miteinander, oder mit ihr?«

»Mit niemandem, soviel ich von ihr weiß.«

»Vielleicht setzen die demnächst ein Kopfgeld auf dich aus? Was sind die gleich wieder?«

»Lehrer.«

»Ach ja, genau«, sagte Charles. »Das könnte sich zu deinen Gunsten auswirken oder auch nicht.«

Er ging in die Küche und holte zwei Flaschen Falstaff. Auf dem Rückweg fiel ihm ein, dass er noch fragen wollte, ob Octavia ein Schuljahr überspringen werde, einfach nur, weil die Sache ganz wie ein Vorhaben klang, das von vornherein unter einem schlechten Stern stand und bei dem irgendwann ein Begabtenabitur ins Spiel kommen musste. Vielleicht könnten Jerry und Octavia ja gemeinsam ihr Diplom machen und dann verschwinden.

Charles reichte Jerry das Bier. Er wusste nicht, was er seinem älteren Bruder raten sollte. Und wahrscheinlich würde Jerry sowieso machen, was er wollte.

In dem Gebäude, in dem der Komponist Dvořák einst gewohnt hatte, sah Colette sich Uhren aus Walnuss, Butternuss, Ahorn und Eiche an. Obwohl sie Agnostikerin war, gefielen ihr die Aposteluhr und die

Uhr der Festinakirche am besten. Es hieß, Dvořák habe hier an seinem »Amerikanischen Quartett« gearbeitet. Trotzdem konnte Colette den »Ring-Around-the-Rosie«-Rag nicht aus dem Kopf kriegen. In einem Faltblatt stand, dass die Gebrüder Bily, die die Uhren gemacht hatten, »die müßigen Stunden langer Wintertage und -abende mit ihrer Geschicklichkeit im Holzschnitzen nutzten.« Zu den übrigen Touristen gehörte auch ein Paar mit einem kleinen Mädchen, das im Kreis ging, kleine Schokoladeriegel aß und das Einwickelpapier auf den Boden warf. Später sah Colette das Paar die Straße überqueren, wobei der Vater das schlafende Kind auf beiden Armen trug.

Das erinnerte Colette an eine Situation, in der Charles fast gestorben wäre. Er und Jerry hatten zusammen herumgetobt, und Tiny war mit dem Kopf auf einer Ecke des Kaffeetisches aufgeschlagen. Sie waren damals noch klein. Colette hatte die Rückseite eines Aschenbechers vor Tinys Mund gehalten, ohne dass das Glas beschlug. Sie besaßen damals kein Telefon, deshalb hatte sie ihn auf beide Arme genommen, genau so, wie der Mann jetzt seine schlafende Tochter hielt, und ihn zur Tür hinausgetragen. Jerry und Bebe waren ihr gefolgt und hatten mit ihren schwachen Stimmchen Laute unterdrückter Panik von sich gegeben. Ringsum hatte die Sonne geschienen, als wäre nichts geschehen.

Colette hob ihren aschfahlen Sohn in die Höhe.

Niemand war auf der Straße, und sie hatten kein Auto. Der Fliederbusch ragte wie ein Todesbote am Ende des Weges auf. Der schwere Körper des Jungen begann zu rutschen, und sie riss die Arme mit einem Ruck hoch, um ihn neu zu fassen. Dieser kleine Stoß, dieses Zupacken und Hochreißen brachten ihn dazu, wieder zu atmen. Er warf den Kopf zurück und keuchte, und sie legte ihn auf den Picknicktisch mitten in einen Schwarm von Trauermänteln, die über etwas Süßem auf der Tischplatte geschwebt hatten.

Danach kam es ihr jahrelang so vor, als wäre Charles damals nur deshalb verschont geblieben, weil er zu etwas Großem berufen sei. Jetzt fragte sie sich, was für Hindernisse ihn davon abgehalten hatten. In Bezug auf Jerry konnte man sich dasselbe fragen. Wenn die beiden wenigstens gut im Holzschnitzen wären, um ihre Mußestunden zu füllen, dann hätten sie etwas, womit sie vor sich selbst bestehen könnten. Bebe hatte es gut getroffen, dort im fernen Kalifornien. Sie schickte manchmal Fotos, auf denen Freunde an ihrem Swimmingpool zu sehen waren.

Vielleicht war die Zeit der Feind, dachte Colette. Die Gebrüder Bily hatten offenbar nicht so gedacht, als sie all diese Uhren gemacht hatten. Aber wo hatte die Zeit sie hingebracht? Auf den Friedhof St. Wenceslaus, wo sie, wenn sie sich beeilte, noch ihre Gräber anschauen konnte, bevor es dunkel wurde.

Die Freiwillige Feuerwehr traf sich in der Woche jeden Abend, doch gab es keine Anwesenheitspflicht. Wegen dieser angenehmen Vereinbarung kam einem die Feuerwache oft wie ein Nachtclub mit Löschfahrzeugen vor. An diesem Abend sollte die Einweihungsfeier für einen neuen Freiwilligen stattfinden, und als Jerry ankam, war die Beleuchtung gedämpft, und auf den Laufschienen des Einsatzfahrzeugs standen brennende Kerzen. Der Neue war ein ganz junger Mann, der kaum das College hinter sich hatte. Jerry kannte ihn nicht. Der Feuerwehrhauptmann wollte unbedingt den Verstärker benutzen, weil der einen ganz bestimmten Hall erzeugte, der unter die Haut ging, und Jerry nahm seinen Platz am Equalizer ein. Er schob die Regler beliebig hinauf und hinunter, während der Hauptmann ein Gedicht rezitierte, um die Lautsprecher zu testen.

»›Letzte Nacht, sprach sie, kam ein Stern zu Fall / Von des Himmels ew'gem Maskenball. / Für einen Augenblick erstrahlte da die Nacht / Als wäre sie aus Silber oder Gold gemacht, / Doch ich muss morgen meine Miete zahlen / Und hab nichts als lauter Sorgen und Qualen.‹ Wie war das?«, sagte der Feuerwehrhauptmann. Er trug ein blaues Flanellhemd, stützte sich auf einen Stock und kratzte sich den drahtigen Bart, den er für die Hundertjahrfeier der Stadt hatte wachsen lassen.

»Ich krieg's nicht hin«, sagte Jerry.

Der Neuankömmling wurde in voller Montur hereingeführt: mit gelben Stiefeln, einem rötlichgelben Anzug, der an den Oberarmen und Schenkeln umlaufende gelbe Reflektorenstreifen trug, einer Pressluftflasche, einem roten Helm und einem Sauerstoffgerät mit Atemmaske, das an einen Raumfahrtanzug erinnerte. Auf der Brust trug er einen runden, gerillten Druckregler. Er hatte auch noch einen Hydranten-Ringschlüssel bei sich, und als er an seinen Platz wankte, erinnerten sich die anderen Feuerwehrleute, wie unsicher man sich fühlte, wenn man zum ersten Mal eine Sauerstoffmaske trug.

Der Feuerwehrhauptmann las die Einführungsrede langsam und ohne Betonung. Er wollte die Gefühle der Zuhörer nur durch den Inhalt wecken, nicht durch einen dramatischen Vortrag. Er verwies auf Prometheus, auf den Chemiker Antoine Lavoisier, der die Bedeutung des Sauerstoffs für das Feuer entdeckt hatte, auf die Jungfrauen, die das Feuer im Tempel der Vesta hüteten. Die Rede sprang zu den unterschiedlichsten Themen. Genau wie das Gedicht hatte der Feuerwehrhauptmann sie in seiner Freizeit selbst geschrieben.

»Und wenn es kalt ist«, zitierte der Feuerwehrhauptmann, »und es ist spät nachts, und wenn ringsum der Schnee liegt, tief und frisch und gleichmäßig – wenn die Sirene das Allerletzte ist, was man hören möchte – genau dann ertönt sie, o ja, und ihr klagender Ton durchbohrt die Nacht morgens um drei oder halb vier …«

Der Obmann half dem Mann aus seiner schweren Montur, und der Leitermeister entkorkte eine Flasche Grappa und goss einen Teil Schnaps und zwei Teile Kaffee in eine hölzerne Schale, den sogenannten »Freundschaftsbecher«. Währenddessen ging der neue Feuerwehrmann an dem Einsatzfahrzeug entlang und bückte sich immer wieder, um die Kerzen auf den Laufschienen auszudrücken. Als alle gelöscht waren, riefen die Feuerwehrmänner traditionsgemäß: »Hurra!« Diesen Teil der Einweihungsfeier mochte Jerry am wenigsten, da nur wenige Mannschaften so selbstbewusst waren, wie es nötig gewesen wäre, um gut »hurra!« zu schreien. Er hätte etwas weniger gequält Traditionelles vorgezogen, so etwas wie Micahs »Jai, jai, jai«. Dann wurde aus dem Freundschaftsbecher getrunken. Der war mit etlichen Trinkhalmen ausgerüstet, die aus Löchern in der Holzwand herausstanden.

Jerry war einer der Letzten, die tranken. Er und Leo Miner hielten die Schale und sogen an den Trinkhalmen. Leo war in der Türenfabrik angestellt. Er hatte lange Haare und tiefe Falten um den Mund.

»Hast du eine Nichte namens Lila?«, fragte Leo, während er den Freundschaftsbecher auf einem Kartentisch abstellte.

»Lyris?«

»Ja genau … *Lyris*.«

»Entfernte Verwandte. Die Tochter meines Bruders, oder vielmehr Stieftochter, sagt man dazu wohl.«

Leo lachte leise und schüttelte den Kopf. »Anscheinend irre schwierig, bei jemandem heutzutage einfach nur den Verwandtschaftsgrad festzustellen.«

»Was ist mit ihr?«

»Nun, es geht mich ja nichts an, aber …«, begann er und winkte Jerry vom Tisch weg. Sie gingen zum Tankwagen hinüber und setzten sich auf die vordere Stoßstange. Leo polierte den Tankdeckel aus Chrom mit seinem Taschentuch. »Ich hab sie gestern Nacht zufällig im Martinswald getroffen. Dieser Follard … du kennst doch William Follard, den sie manchmal auch Billy nennen.«

»Ja.«

»Also du kennst ihn.«

»Nicht so, dass wir uns grüßen würden, aber doch, schon.«

»Also, ich hab natürlich keine Ahnung warum und wieso, aber offensichtlich …« Und hier verstummte er und beugte sich vor, die Unterarme auf den Knien, und schaute nicht Jerry an, sondern blickte zu Boden, als wolle er damit zeigen, dass dies alles streng vertraulich sei und er es gegebenenfalls abstreiten würde. »Offenbar ebendieser Follard, soweit ich das verstanden habe, andererseits, ich hab es ja nicht aus erster Hand, aber wenn du mich fragst, ob es glaubhaft klang, dann würde ich sagen, ja, absolut.«

»Mein Gott, spuck's endlich aus«, sagte Jerry, der dieselbe vorgeneigte Haltung eingenommen hatte wie sein Informant.

»Dass er sie, also dass er Lyris in den Fluss –«

»Follard, oder was?«

»Ja, er hat sie von der Brücke geworfen«, sagte Leo. »Also, ich nehm an, es war die zweite von den Brücken, die man die Vier Brücken nennt. Ich hab sie in der Sprague-Heileman-Hütte gefunden, direkt über dem North-Pin-Flüsschen.«

»Warum sollte er das getan haben?«

»Sie hatten Meinungsverschiedenheiten«, sagte Leo. »Und worüber, das überlasse ich deiner Phantasie. Weil, sie hat es nämlich nicht gesagt. Sie war jedenfalls im Wasser. Soviel weiß ich sicher.«

»Dann war sie also – dass ich das auch richtig verstehe – Lyris war … also, sie ist irgendwie bis zu der Hütte gekommen.«

»Gelaufen, nehm ich an. Und sie ist die Tochter von Tiny?«

»Ja«, sagte Jerry und fügte hinzu, »von Charles«, als wäre Joan dabei und würde sie verbessern.

»Das wird ihm nicht gefallen.«

»Nein, bestimmt nicht.«

»Andererseits, vielleicht weiß er es auch schon.«

Jerry lehnte sich zurück und legte den Arm auf den Scheinwerfer des Lastwagens. Er und Leo stießen einen kleinen Seufzer der Erleichterung aus, da sie jetzt von der Berichterstattung selbst zur Logistik ihrer Weitergabe gelangt waren. »Also, ich war vorhin noch dort, vor ein paar Stunden, und falls er es weiß, hat er es jedenfalls nicht gesagt.«

»Na ja, das sagt man auch nicht so leicht. Das würde nicht jeder sagen.«

»Wir sind in dieser Hinsicht ziemlich offen miteinander.«

»Es ist so, dass ich es dir eigentlich gar nicht erzählt hätte«, sagte Leo. »Das macht mir jetzt arg zu schaffen. Ich glaube, ich hätte es dir wirklich nicht gesagt, wenn es nicht um diesen Follard gehen würde. Denn was mich betrifft, und ich spreche nur für mich selber, ist so ein Bursche wie der, mit so einer …«

»Vorgeschichte.«

»Vorgeschichte, so einem Ruf, es gibt viele Wörter dafür. So ein Typ.«

»Ja, ich weiß.«

»Ich hab mal gehört, dass Follard jemand so übel zugerichtet hat, dass der dann, als er ihn das nächste Mal gesehen hat, verstehst du, auf der anderen Straßenseite oder so, also da hat der auf der Stelle Nasenbluten bekommen – ganz spontan.«

»Echt?«

»Und wenn du so was durchgehen lässt ...«

»So was kann man nicht durchgehen lassen.«

Die Türen des Tankwagens wurden geöffnet, die Stoßstange senkte sich, als einige Männer in die Kabine stiegen, die Scheinwerfer leuchteten auf. Jerry und Leo erhoben sich und gingen aus dem Weg. Ein paar der Feuerwehrleute wollten mit dem neuen Jungen eine Spritztour durch die Stadt machen. Der Einsatzwagen fuhr aus dem Schuppen, und etliche Männer in Regenmontur hängten sich an das Außengeländer. Jerry trank noch einmal aus dem Freundschaftsbecher und ging in den ersten Stock. Er nahm seine Schlüssel heraus und schloss die Bürotür auf. Hier war das Zimmer des Chefs, in dem der seine Gedichte schrieb. Jerry blieb mit der Hand am Telefon stehen. Wer hätte Charles schon gerne so eine schlechte Nachricht gebracht! Aber hatte Jerry eine andere Wahl? Die Familie seines Bruders lebte dort draußen so abgeschieden, an dieser flachen Landstraße in diesem weiten Land, wenn man mal davon absah, dass sie ja einander zur Gesellschaft hatten.

Er setzte sich in einen grünen Ledersessel mit Messingknöpfen an den Armlehnen. Dieser Sessel hatte bestimmt dreihundert Dollar oder mehr gekostet. Er fand es seltsam, dass die Freiwillige Feuerwehr dieser Stadt, die eigentlich so gut wie verlassen war, trotzdem von allem, was gut war, das Neueste hatte. Eine Sirene klang vom anderen Ende der Stadt herüber. Das war kein Feuer, sie blödelten nur mit dem Einsatzwagen herum. Dem Jungen machte das bestimmt Spaß, und er hatte keine Ahnung von dem Unglück und der Gefahr, mit denen er bei einem Brand konfrontiert wäre. Jerry erinnerte sich an einen Zimmerbrand, bei dem ein Fink in seinem Käfig an Rauchvergiftung gestorben war. Ihm war damals die undankbare Aufgabe zugefallen, den Käfig aus dem Gebäude zu tragen und ihn der Frau zu übergeben, der der Vogel gehörte. Der Fink saß regungslos auf der Stange, den Kopf gesenkt und die Augen geschlossen.

»Wird er sich wieder erholen?«, fragte sie ihn.

»Schwer zu sagen«, antwortete Jerry.

Das war nur ein kleines Beispiel – er konnte sich an viele schlimmere erinnern –, und doch war es ihm im Gedächtnis geblieben. Und er dachte, es sei damals feige von ihm gewesen, dass er ihr nicht die Wahrheit gesagt hatte.

Charles legte auf. Er hatte gedacht, es sei Joan, die inzwischen längst zu Hause hätte sein müssen. Das Abendessen war vorüber, das Geschirr türmte sich in der Spüle. Er ging durchs Haus und rief zu Lyris hinauf, dass sie herunterkommen solle. Sie traf am Treppenabsatz mit ihm zusammen, eine Decke um die Schultern. Er sagte zu ihr, dass er noch einmal fort müsse und sie auf Micah aufpassen solle, bis er wieder da sei. Das Mädchen blickte ihm forschend ins Gesicht. Sie erkannte, dass es Ärger gab, wusste aber nicht, was für welchen. Ob es um Joan gehe?, fragte sie. Charles verneinte das; die würde sicher binnen kurzem eintrudeln.

»Pass auf deinen Bruder auf«, sagte er.

Es war ein kalter, regnerischer Abend. Er hoffte, die Beize werde nicht von den Türflügeln herunterlaufen. Die Scheibenwischer des Lieferwagens schafften es beinahe nicht, die Windschutzscheibe freizubekommen, so dass die Scheinwerfer der entgegenkommenden Autos auf dem nassen Glas rutschten und wogten. Er fuhr nach Stone City und parkte in der Einfahrt von Follards Haus. Dann überlegte er es sich anders, fuhr mit dem Lieferwagen wieder rückwärts auf die Straße hinaus und stellte ihn ins Gras, dicht vor die Haustür, über der eine Terrassenlampe brannte.

Er klopfte. »Herein«, sagte eine sehr dünne Stimme.

Er öffnete die Tür und trat in den Vorraum. Die Tapete war tiefrot, mit einem Traubenmuster. Es gab nicht viel Licht. In einer Porzellanschale auf einem Tischchen brannte ein Räucherstäbchen. Er brauchte eine Weile, bis sich seine Augen an das Dämmerlicht gewöhnt hatten, aber schließlich entdeckte er die Frau, die ihn hereingebeten hatte. Sie war ein kleines altes Ding in einem Sweatshirt mit der Aufschrift »Iowa State«.

»Ich suche William Follard«, sagte Charles.

»Stimmt irgendetwas nicht?«, fragte sie, wobei sie den Griff eines Feuerhakens polierte. »Ich bin seine Tante. Ich wohne nebenan. Falls es um den Presslufthammer geht, da kann ich Ihnen versichern, dass *ich* hier nie einen gesehen habe, und so ein Ding lässt sich ja nur sehr schwer verstecken.«

»Das stimmt«, sagte Charles. »Aber ich bin gar nicht wegen einem Presslufthammer da. William hat eine Bewerbung abgegeben, und ich möchte ihn vielleicht einstellen.«

Sie rieb den Feuerhaken mit einem Tuch ab. »Was für eine Arbeit? Er hat doch einen Job.«

»Ich bin Klempner«, sagte Charles. Er machte die Haustür auf. »Das da ist mein Lieferwagen.«

»Sie dürfen aber nicht auf Billys Hof fahren.«

»Ich bleibe nur ganz kurz«, sagte Charles.

Sie legte die Finger um das Treppengeländer und rief die Stufen hinauf. »Billy. Billy, komm runter.«

Oben fiel etwas zu Boden. Dann hörte Charles Follards Stimme, aber er verstand nicht, was er sagte.

»Es ist ein Mann hier«, sagte die Tante. »Er ist Klempner. Komm runter. Er ist hier im Haus. Es geht um einen Job.«

»Ich hab aber keinen Klempner gerufen.«

Sie lächelte geduldig. »Komm runter und sprich mit ihm. Steh nicht den ganzen Abend da oben rum.«

Die Tante sah Charles an. »Billy ist Junggeselle, und er macht sich nie die Mühe, sich die Art von Gastfreundschaft anzueignen, die aus einem Haus ein Heim macht. Ich bin wie eine Mutter für ihn. Das sagen jedenfalls meine Freunde. Dass ich ihn immer bemuttere und bemuttere, alles für ihn zu tun versuche, mir nie die Zeit nehme, an mich zu denken.«

»Wohnen Sie hier?«

»Um Himmels willen, nein. Ich wohne nebenan.«

Charles nahm der Frau den Schürhaken aus der Hand und drängte sie zu gehen, da das Geschäft, über das er mit William reden müsse, für niemanden als für William und ihn interessant sei.

»Gehen Sie nach Hause und gönnen Sie sich einen Schlummertrunk«, sagte er und nickte, als wäre das ihr Gedanke gewesen und nicht seiner.

Sie schlüpfte in einen Wollmantel mit Gürtel und ging widerstrebend. Die Tür schloss sich hinter ihr und ging gleich wieder auf, und sie steckte den Kopf noch einmal herein. »Sagen Sie ihm, dass ich jetzt gehe.«

»Follard!«, schrie Charles. »Deine Tante geht jetzt.«

Als sie fort war, sperrte Charles die Tür ab und warf den Schürhaken die Kellertreppe hinunter.

»Wer sind Sie?«, fragte Follard, der die Stufen heruntergeschlendert kam und sich dabei ein weißes Hemd zuknöpfte. Er war zwar groß, aber nicht besonders schwer.

»Ich heiße Tiny Darling. Ich bin der Vater von Lyris, und ich weiß, was gestern Nacht vorgefallen ist.«

»Ich hab keine Ahnung, wovon Sie sprechen.«

»Dann wird das jetzt alles ein großes Rätsel für dich sein.«

»Raus hier, Alter.« Follards Augen wirkten träge und ziellos. »Raus hier, bevor ich Ihnen weh tue.«

Follard sprang über das Geländer auf Charles herunter. Charles drehte sich schnell um, und Follard landete auf seinem Rücken. Charles war weniger über den Zusammenprall überrascht als über diese seltsame Kampftaktik. Wenn man jemandem auf dem Rücken hing, hatte man doch sehr wenig Kontrolle über das Ganze. Aber wenn er es so wollte, dann nur zu. Follard klemmte einen Arm um Charles' Luftröhre und grub ihm die Finger in die Augen. Charles hätte gegen diesen Jungen auch mit verbundenen Augen kämpfen können, das glaubte er fest. Und doch bekam er kaum noch Luft und spürte einen scharfen Schmerz im Hals. Er bückte sich und wankte, dabei griff er nach Follards Armen, die um seinen Hals lagen wie ein dicker Wollschal, wie er ihn im Winter trug. Follard drückte weiter mit aller Kraft zu, bis Charles nicht mehr klar denken konnte. Gedankenfetzen flogen ihm durch den Kopf, ohne dass er ihren Zusammenhang begriff. Das konnte so nicht mehr lange weitergehen. Durch einen Tränenschleier sah Charles den Treppenpfosten. Er krümmte die Schultern und schleuderte Follard gegen den Pfosten. Dann trat er in den Vorraum und warf den jungen Mann zu Boden.

»Meine Rippen«, sagte Follard.

»Tun jetzt weh, was?«

Charles setzte die Stiefelspitze auf Follards Brustbein und drückte ein wenig zu. Jetzt war Follard derjenige, der nicht mehr atmen konnte.

»Wenn du je wieder …«, begann Charles. »Aber wozu soll ich dir drohen? Du weißt, was ich meine.«

Charles verließ das Haus und ging durch den Regen zu seinem Wagen. Er umschloss mit den Händen seinen Hals und drehte den Kopf nach beiden Seiten. Irgendetwas steckte da noch. Er zog es heraus und sah es sich im Licht an: ein Taschenmesser mit einem Pfau darauf. Charles wischte die Klinge an seiner Jacke ab, schloss das Messer und ließ es in die Tasche gleiten. Als er wieder hinter dem Steuer saß, stopfte er ein blaues Taschentuch zwischen seinen Kragen und die Wunde. Mit rasendem Herzklopfen legte er die Stirn auf das Lenkrad. Dabei war er nicht schwer verletzt. Ein Kampf hatte immer diese Wirkung auf ihn.

MONTAG

Dreizehn

Joan schien von zu Hause eher fortzuschwimmen als wegzulaufen. Es war Montagmorgen, und sie schwamm wieder im Pool des Astrid Hotel und sah ihrem Spiegelbild zu, wie es sich über die blauen Spiegel an der Decke bewegte. Sie war froh, dass der Doktor heimgefahren war. Das machte alles einfacher. Vor langer Zeit einmal war sie von Tür zu Tür gegangen und hatte allen, die es hören wollten, eine Religion angeboten. Sie erinnerte sich, wie sie über staubige Straßen gewandert war, eine weiße Bibel in den Händen, während Rotschulterstärlinge über ihr von einem Mast zum anderen geflattert waren. Wie jeder Mensch wollte sie etwas zurückhaben, was sie früher besessen hatte, aber es war nirgends zu finden.

Ihre Familie würde auf sie warten. Joan lebte in der allgemein verbreiteten Illusion, dass das Leben derer, die sie kannte, in ihrer Abwesenheit in einem ewigen Kreislauf weitergehe. Micah würde immer im Hof herumrennen und vom Fahrrad fallen; Lyris würde im Gras liegen und rohen Blumenkohl essen; Charles würde etwas so reparieren, dass es in Kürze wieder repariert werden musste. Und eines Tages würde sie zu ihnen zurückkehren, gefestigt und stark, wieder ganz sie selbst. In einem Swimmingpool kann man sich leicht vorstellen, man sei nicht totzukriegen, denn der eigene Auftrieb ist das Einzige, was einen am Untergehen hindert.

Als sie in ihr Zimmer zurückkam, läutete gerade das Telefon. Es war eins von diesen gewichtslosen Hoteltelefonen, die so überladen mit Lämpchen und Zeichen sind, dass sie ein Eigenleben zu führen scheinen. Wenn sie jetzt den Hörer abnähme, käme das einem unbefugten Eindringen gleich. Sie legte sich aufs Bett und lauschte dem Klingeln des Telefons, einem elektronischen Vogelruf, der keinen Vogel je getäuscht hätte. Es war, als würde vor ihren Augen ein Unfall passieren, und sie könnte keine Hand rühren.

Das Telefon hörte auf zu läuten. Joan zog sich an, gab ihre restliche Kleidung in einen verschnürbaren Plastikbeutel und rief die Wäscherei des Hotels an. Eine Frau sagte, sie werde jemanden heraufschicken. Es war halb acht. Micah und Lyris machten sich bestimmt gerade für die Schule fertig, putzten sich die Zähne, banden die Schuhe zu.

Joan rief Charles an, um ihm zu sagen, dass sie im Frühling heimkommen werde. Sie sagte ihm, sie brauche Zeit, um nachzudenken. Sie hatte Filme und Fernsehsendungen gesehen, in denen diese Bitte, sobald sie ausgesprochen war, gewohnheitsmäßig gewährt wurde. Charles jedoch, der weder ein Filmstar noch ein betroffener Fernseh-Ehemann war, wollte ihr diese Zeit zum Nachdenken nicht gewähren.

»Im Frühling?«, sagte er. »Was soll das, Joan? Was ist passiert? Hast du dir einen anderen gesucht?«

»Nein«, erwiderte sie. »Eigentlich nicht. Jedenfalls nicht so, wie du meinst. Ob ich untreu war? Ja. Und du? Sag mir jetzt nicht, dass du es nicht warst. Aber egal, das hier hat nur mit uns beiden zu tun und sonst mit niemandem. Du hast aufgehört, an mich zu glauben, Charles. Du hast mich zur Seite geschoben, wo ich ein anderer Mensch geworden bin.«

»Oh, Joan.«

»Sprich ins Telefon, Liebling.«

»Das klingt gar nicht nach mir.«

»Lass mich gehen, nur für eine Weile, lass mich gehen.«

»Wann warst du mit diesem Mann zusammen? Ist er jetzt noch bei dir?«

»Er ist fort. Es tut mir leid, wenn dir das weh tut.«

»Weißt du, was ich gestern Abend gemacht habe? Ich hab mir ein Messer aus dem Nacken gezogen.«

»Genau so fühlt es sich an«, sagte sie. »Als wäre ein Messer entfernt worden. Ich liebe dich, Charles. Ich werde dich immer lieben, tief im

Herzen. Sag bitte Micah und Lyris, dass ich im Frühling heimkomme.«

»Wo gehst du hin? Wo wirst du sein?«

»Ich weiß es noch nicht. Auf Wiedersehen.«

Bald darauf klopfte es an der Tür. Joan gab ihre Kleider einem Hotelboy, der auf ein Trinkgeld wartete. Als er keines bekam, zuckte er die Schultern und ging.

»Warten Sie.« Joan holte den Boy in der Hotellobby ein und gab ihm zwei Dollar.

»Komme ich Ihnen alt vor?«, fragte sie.

»Mir? Nein.«

»Na, für wie alt halten Sie mich? Sagen Sie einfach irgendetwas. Kümmern Sie sich nicht um meine Gefühle.«

»Zweiunddreißig«, sagte der junge Mann, und Joan ging es gleich besser, obwohl die Zahl wie eingeübt wirkte, als stünde es so im Handbuch des Hotelwesens. »Wann wollen Sie sie wiederhaben?«

»Was wiederhaben?«

»Ihre Sachen.«

»Gar nicht. Lassen Sie sie reinigen, setzen Sie das auf meine Zimmerrechnung, und was anschließend damit gemacht wird, ist mir egal.«

»Warum werfen Sie sie dann nicht einfach weg?«

»Gute Idee.«

»Passen Sie auf, Miss –«

»Mir sind diese Kleider egal. Begreifen Sie das denn nicht?«

Sie verließ das Hotel mit dem Koffer in der Hand. Es war fast nichts darin, aber sie wollte keine Frau sein, die ein neues Leben beginnt, ohne einen Koffer dabeizuhaben.

Auf den Straßen, die gestern so leer gewesen waren, herrschte heute reges Leben. Jeder musste irgendwo hin, und sie auch, obwohl sie nicht wusste, wohin. Charles würde es den Kindern erzählen, und jetzt zurückzukehren war unmöglich. Er würde es ihnen bei der ersten Gelegenheit erzählen, und zwar voller Bitterkeit. Wenn sie nur Lyris als kleines Kind behalten hätte, statt sie erst so spät zurückzubekommen, dann wäre jetzt alles ganz anders. Aber vielleicht würden sie ja doch alle auf sie warten. Micah bestimmt, er war eine treue Seele. Und bis zum Frühling war es nicht mehr so lange hin. Es würde Winter werden, und dann würde es Frühling werden. Sie fragte sich, ob sie ihr Versprechen halten würde. Es war leichter zu sagen, »Ich komme im Frühling zurück«, als »Ich komme nie mehr zurück«.

Sie brauchte jemanden, mit dem sie reden konnte. Der Mann, den sie und Dr. Palomino in dem Schlafsack gesehen hatten, war nicht mehr vor der Bäckerei, sondern weiter unten auf der Straße. Er saß an einen Zaun gelehnt und trank eine Orangenlimonade, und sein langes graues Haar fiel ihm bis über die Schultern. Langhaarige Menschen kamen Joan immer weise vor. Sie ging die Straße auf und ab, immer wieder an seinem Platz vorbei, und sammelte sich, um ihn anzusprechen.

»Macht es Ihnen etwas aus, wenn ich mich dazusetze?«, fragte sie.

»Nein«, sagte er.

Sie setzte sich neben ihn. Fünf Minuten lang sprachen sie nichts.

»Wollen Sie nicht wissen, was ich hier mache, mit meinem Koffer?«, fragte Joan.

»Na gut, sagen Sie's mir.«

»Ich verlasse meine Familie.«

»Tun Sie das nicht.«

»Ich muss.« Joan öffnete ihren Koffer, nahm die Bibel heraus und schlug sie an einer markierten Stelle auf.

»Machen Sie's kurz, bitte«, sagte der Mann.

»Hören Sie sich das an«, erwiderte Joan. »›Denn ich bin gekommen, um Spaltung zu bringen … der Sohn gegen den Vater … und die Tochter gegen die Mutter‹.«

»Das steht in der Bibel?«

Joan hielt ihm das Buch hin, damit er es sehen konnte.

»Ohne Brille kann ich es nicht lesen«, sagte er. »Aber danach können Sie sich nicht richten. Das war eine ganz andere Zeit. In der frühen Kirche, da standen die ganz schön unter Druck.«

»Wahrscheinlich haben Sie recht«, sagte Joan. »Ich glaube sowieso nicht, dass es das Wort Gottes ist. Früher schon, aber jetzt bin ich mir nicht mehr sicher.«

»Ein Haufen mordsmäßiger Geschichten, die über Generationen weitergegeben wurden.«

»Und wenn es so ist, dann hat man genauso wenig das Recht, zu sagen ›Ich handle so, weil das die Bibel verlangt‹, wie wenn man sagen würde ›Ich handle so, weil das –«

»– die Sportnachrichten von mir verlangen.‹«

»Ich bin eigentlich geschäftlich in der Stadt.«

»Ich weiß.«

»Wieso?«

»So wie Sie angezogen sind.«

»Ach ja, richtig. Aber ich habe auch – und das wird mir jetzt klar, obwohl ich es auch schon vorher wusste – ich habe nach etwas gesucht, das das Problem aufbrechen kann. Hypnotisiert zu werden, oder mich zu verlieben, oder in einem gescheiterten Raubüberfall als Geisel genommen zu werden, und schon wäre alles anders. Stattdessen muss ich es allein machen.«

»M-hm.«

»Und was ist mit Ihnen?«

»Was wollen Sie hören?«

»Na ja, nur, weil Sie ja offensichtlich ganz unten waren – ich weiß nicht, ob das jetzt zu dreist ist …«

»Stimmt genau, ich war ganz unten«, sagte er. »Es hat früher von mir geheißen, ich sei ein Naturtalent beim Knacken von Industriecodes, aber ich habe nie vergessen, was der Anwalt zu mir gesagt hat: ›Prägnante Antworten führen zu prägnanten Ergebnissen.‹ Stellen Sie sich vor, wenn man das hört, wie das einen jungen Menschen beeinflussen kann. Ich wünschte, ich könnte diese Worte vergessen. Und man hat mir gesagt, ich könne nicht an den Kriegsvorbereitungen teilnehmen, solange ich nicht kapiert habe, dass ich mich für den Erfolg auch richtig anziehen müsse. Und man hat gesagt, ich kenne Somoza, aber das war ebenfalls eine Lüge. Und seit dieser Zeit geht es mir nicht mehr gut. Wie spät haben Sie?«

Joan zog ihren Jackenärmel zurück. »Viertel vor zehn.«

»Ich muss schleunigst los.«

Sie standen auf. Der Mann rollte seinen Schlafsack zusammen und verschnürte ihn, mit geschwinden, kraftvollen Bewegungen, als würde er ein kleines Tier fesseln.

Joan lief umher, bis sie eine Busstation fand. Drinnen fand gerade eine Vorführung von irischen Tänzen statt, und das machte es schwierig für sie, sich zu konzentrieren. Sie war müde und hatte Hunger. Die Tänzer hakten sich unter und stampften auf den Fliesenboden. Joan ging die Schalter entlang und suchte die kürzeste Schlange und die Angestellte mit den freundlichsten Augen. Sie wählte eine junge Frau in einem Rollkragenpullover.

»Es ist mir egal, wo ich hinfahre. Ich möchte nur für ein paar Tage aus der Stadt hinaus.«

»Wie wär's mit Lonachan?«, fragte die Angestellte. »Da fahren zurzeit viele hin, um sich anzusehen, was der Tornado angerichtet hat. Außerdem gibt es dort die Erdhügelskulpturen und die Reformschule.«

»Wann war der Tornado?«

»Vorletzten Sommer«, sagte die Angestellte. »Aber es ist immer noch ziemlich viel zerstört.«

»Einmal, bitte.«

Joan bestieg den Bus. Der Motor lief, und drinnen war es sehr heiß. Sie sank dankbar auf einen Sitz. Wie viele Nächte war es her, dass sie gut geschlafen hatte? Sie wusste es nicht und konnte sich auch nicht erinnern, wo und wann das gewesen war. Ihr Sitznachbar war Vertreter und las einen Science-Fiction-Roman mit dem Titel *Die Frau mit den vielen Armen*. Er sah, dass sie auf sein Buch schaute, und fragte sie nach dem Zweck ihrer Reise. Ihr Mund bewegte sich, aber sie sagte nichts. Er wartete. Sie erinnerte sich, dass sie als Kind bei einer Aufführung in der Kirche einmal Gelächter hevorgerufen hatte, weil sie vor lauter Nervosität die Überschrift des Textes, den sie zu sagen hatte, mehrmals wiederholte – *Eine Gabe in unserem Haus, Eine Gabe in unserem Haus* –, während draußen vor der Kirche der Wind heulte und die Eiszapfen an die Fensterscheiben klirrten. Wo war das gleich gewesen? In Indiana ... Die Frau auf dem Buchumschlag hatte vier Arme, die sich wie die Arme Shivas ausstreckten.

Dr. Palomino kam zu Mittag mit zwei Essenstüten in das Kunstmuseum von Stone City. Er war ein Förderer des Museums, aber er hatte immer Schwierigkeiten, den Weg hinein zu finden. Man hatte das Gefühl, sich im Lastenaufzug zu befinden. *Ach, diese moderne Architektur, wo soll es mit der noch hinführen?*, dachte er.

Drinnen sah er sich das Gästebuch der Ausstellung an, ohne dessen Inhalt richtig wahrzunehmen, weil er über Joan nachdachte. Er glaubte – tatsächlich hatte er es gelesen –, dass Promiskuität von einem Identitätskonflikt herrühre; aus diesem Grunde suche man nach immer neuen Körpern, um durch diese sein wahres Ich zu entdecken (das man in anderen Körpern, an die man schon gewöhnt war, nicht gefunden hatte). Und er dachte, es stimme schon, dass ihn die Lust am schlimmsten quälte, wenn er es für besonders unwahrscheinlich hielt, dass er Erfolg haben werde. Andererseits quälte ihn die Lust auch dann, wenn alles nach seinen Wünschen zu gehen schien. In solchen Phasen schien sein Begehren aber weniger eine Qual zu sein als vielmehr die großzügige Anwandlung, sein sich ereignendes Selbst mit einem Uneingeweihten zu teilen. Wo blieb sie denn nur?

Er stand gerade in einem Saal voller Landschaftsbilder. Der Künstler beherrschte die Darstellung von Wolken besonders gut. Er hatte sie in blauen, violetten und grünen Tönen wiedergegeben. Sie dominierten die Figuren in den Gemälden – einen Pächter, ein Maultier, einen Bauern mit seinem kleinen Sohn.

Dr. Palomino hatte den Eindruck, er erinnere sich noch ganz genau an den Augenblick, an dem er begonnen hatte, sein Selbstwertgefühl zu verlieren, das angeblich der Schlüssel zu einer ausgewogenen Libido ist. Das war bei seiner Hochzeit gewesen, vor vielen Jahren. Es war ein heißer Tag; später sollte es noch ein Gewitter geben. Die Zeremonie dauerte nicht besonders lange, doch angesichts des sich verdüsternden Himmels hatten es alle eilig, wieder aus der Kirche hinauszukommen. Dennoch, als es an der Zeit war, die Braut zu küssen, mochte sich der Doktor nicht beeilen. Ein Augenblick der Sammlung schien ihm durchaus angebracht. Er hatte Hochzeiten miterlebt, bei denen Braut und Bräutigam in ihrer Sorge, nur ja ohne Fehler durch das Zeremoniell zu kommen, ihre Lippen nur ganz pro forma aufeinandergeknallt hatten, und das wollte er vermeiden. Und während er noch seine Braut betrachtete – ihr nach oben gewandtes Gesicht, ihre ängstlichen Augen, das interessante Arrangement, das ihre Schwestern aus ihrem Haar gemacht hatten –, hörte er seinen Vater wie einen Souffleur in der ersten Reihe sagen: »Küss sie, küss sie doch, um Himmels willen.«

Na gut, vielleicht hatte er nicht »um Himmels willen« gesagt. Aber ohne Zweifel hatte er Dr. Palomino gedrängt, sich zu beeilen und die Braut zu küssen, was der denn auch tat, aber noch während er es tat, wurde der Same des Zweifels gesät. War er Stephen Palomino, Dr. med., mit zehn Jahren erlesenen Studiums hinter sich, der medizinische Fachmann der Familie, der alle Bereiche seines Lebens im Griff hatte, oder war er jemand, der noch nicht einmal durch dieses denkwürdigste aller gesellschaftlichen Rituale stolpern konnte, ohne dazu die jämmerliche Anweisung seines Vaters zu brauchen?

Er hatte ja *gewusst*, was er tat, das war das Schreckliche dabei. Er hatte versucht, von der Norm abzuweichen, aber er wusste doch, was die Norm war, und hatte es nicht nötig, dass sein Vater einen Plan für ihn zeichnete und vor versammelter Mannschaft schwenkte.

Konnte das der Anfang seiner Unrast gewesen sein?

Er sah auf die Uhr. Dann ging er zum nächsten Saal, in dem Gemälde von Jahrmarktsvorführungen auf dem Lande zu sehen waren. Ein Clown mit weißem Make-up und einem Mühlradkragen hielt einen kleinen Affen vor einem Hintergrund aus schlaffer Leinwand hoch; drei Frauen posierten halbnackt auf einer Bühne, mit dem Rücken zum Maler; eine Frau in einem Badeanzug aus Sackleinen stand ausdruckslos da, eine smaragdgrüne Schlange dreifach um den Körper gewickelt. Die Zuschauer auf den Bildern waren seltsam – Landbevölkerung mit eingesunkenen Wangen, lüsterne Geschäftsleute und aufgeregte alte Frauen. Nur der Clown mit dem Affen hatte gesunde Zuschauer um sich geschart, wenn auch nicht viele.

Der Doktor verließ eilends die Karnevalsbilder; es kam ihm vor, als würden sie ihm Vorwürfe machen. Im nächsten Saal gab es so zahlreiche Bilder von Eingangshallen, Türen und Treppen, dass man nicht gewusst hätte, wohin man sich wenden sollte, wenn man schnell hinausgemusst hätte. In einigen dieser Eingangshallen war das Porträt eines buckligen alten Mannes mit langem Bart und unruhigen Augen zu sehen. In anderen schwebte ein kreidebleiches Gespenst etwa ein Fuß über dem Boden. Diese Bilder machten dem Doktor Angst.

Er ging hinaus in den Garten des Museums und setzte sich auf eine Bank, um seinen Lunch zu essen. Joans Abwesenheit konnte natürlich auch bedeuten, dass ihr die gemeinsame Nacht nicht gefallen hatte. Er blinzelte schnell und versuchte sich daran zu erinnern, wie sie in dem Licht, das durch das Hotelzimmerfenster sickerte, ausgesehen hatte. *Küss sie, du Narr, küss die Frau.* Er hatte keine Zurückweisung gespürt, höchstens ein wenig Enttäuschung. Aber er war sich im Klaren, dass er sie von jetzt an auf Distanz halten würde. Wenn er sie sähe, würde er irgendeine harmlose Bemerkung machen, nichts Verletzendes, einfach nur etwas Allgemeines.

Er stand auf, um zu gehen. Vielleicht sollte er ein wenig einkaufen. Ein Paar neue Schuhe hellte seine Stimmung immer auf.

Der Bus kam spätnachmittags in Lonachan an. Über der Stadt lag eine Atmosphäre von Tragik, und während Joan auf die Polizeistation zuging, bemerkte sie, dass die Bäume alle in zehn bis zwölf Fuß Höhe geköpft waren.

»Sie sind da«, sagte der Sergeant am Empfangspult, als wäre sie eine alte Bekannte. »Heute angekommen. Die Kalender, meine ich. Da sind wir drauf. Die Männer vom Polizeirevier. Also, Männer sollte ich eigentlich gar nicht sagen, denn es sind auch zwei Frauen dabei. Das Jahr 2000 – denken Sie nur, wie die Zeit verflogen ist!«

Er zeigte ihr einen Kalender, blätterte zu einem Farbbild von sich, wo er mit nacktem Oberkörper am Motor eines Pickup arbeitete.

»Nicht schlecht für jemand, der noch nie als Model gearbeitet hat, oder?«

»Sie sind Mr. Februar«, sagte Joan.

»Ich weiß, ein nichtiger Monat. Ich hatte um den September gebeten. Was wünschen Sie?«

Joan hatte sich das eine Weile überlegt. Sie dachte, dass sie eigentlich am besten dastehen würde, wenn es so aussähe, als hätte sie ein Ziel. Sie wusste nur dreierlei über die Stadt. Ein Tornado aus der Vergangenheit konnte kein Ziel sein. Die Erdhügelskulpturen könnten das zwar sein, aber vielleicht waren sie es gar nicht wert, besichtigt zu werden. Also blieb nur die Reformschule. Vielleicht konnte sie dort sogar einen Job finden.

»Ich suche die Reformschule«, sagte sie.

»Sie können mir nachfahren«, sagte ein anderer Polizist, der gerade den Boden der Station mit einem Mob wischte.

Joan erklärte, dass sie mit dem Bus gekommen sei.

»Ich bring Sie hin«, sagte er. »Meine Schicht ist um, ich fahre sowieso hinauf, und ich habe es satt, ewig von diesem grotesken Kalender zu hören.«

Er und Joan stiegen in seinen Streifenwagen und fuhren durch die breiten Straßen der Stadt. Joan fragte, wo er bei dem Tornado gewesen sei.

»In meinem Keller, unter einer Palette. Die Gegend, wo wir jetzt hinfahren, hat es allerdings ziemlich schlimm erwischt. Also, Sie sind sich schon darüber im Klaren, dass die Schule geschlossen ist?«

»Oh.«

»Seit sechs, sieben Monaten. Die Gemeinde macht aber noch verschiedene Veranstaltungen in der Turnhalle. Haben Sie dort Abitur gemacht?«

Joan schüttelte den Kopf.

»Es kommen nämlich ab und zu ehemalige Schüler hierher, um sich die Schule anzusehen. Sie würden staunen, wie erfolgreich manche von ihnen geworden sind. Ich fahre hin, weil wir gerade ein Stück proben. *Die Möwe*, von Anton Tschechow.«

Joan richtete sich kerzengerade auf und wandte sich ihm zu. Sie war selbst überrascht über die Rauheit in ihrer Stimme. »Ich kenne das Stück. Stellen Sie sich vor, ich habe da mal mitgespielt. Ich war die Mascha.«

»Nicht wahr«, sagte der Polizist. »Denn raten Sie mal, wen ich spiele: Semion Semionowitsch.«

»Meinen hoffnungslosen Liebhaber …«

»So ein schreckliches Wetter! Schon den ganzen Tag!«

»Auf dem See sind Wellen«, sagte Joan. »Riesige Wellen.«

Er lachte und drehte am Lenkrad. »Sagen Sie mir eines, denn ich bin ein bisschen neugierig. Als Sie die Mascha waren, haben Sie da geschnupft?«

Joan warf ihm einen professionell vorwurfsvollen Blick zu, während sie durch die Jahre zurückflog und wieder Schauspielerin war. »Man hat gar keine andere Wahl, wenn man die Mascha spielen will. Aber man kann natürlich auch nur so tun, als ob.«

»Wenn nur alle so denken würden wie Sie. Wir haben Schnupftabak, aber unsere Mascha kommt nicht mal in seine Nähe.«

Sie betraten die Schule, gingen durch einen dunklen Korridor und in die Turnhalle. Die Schauspieler waren auf der Bühne und probten eine Szene. Überall standen Holztische herum. Joan blieb unter den Rampenlichtern stehen, während der Polizist die Stufen hinaufstieg. Die Frau, die keinen Tabak schnupfen wollte, bat den Schriftsteller Trigorin gerade, ihr ein Buch zu signieren.

Und Joan flüsterte die Zeile mit: »Schreiben Sie einfach ›Für Mascha, die nicht weiß, wo sie hingehört und nicht weiß, wozu sie lebt auf dieser Welt‹.«

Vierzehn

Charles rief Lyris und Micah am Montagmorgen vor der Schule ins Wohnzimmer. Er saß da, hörte die Nachrichten im Radio und zog sich Socken und Stiefel an. Seine Socken passten nicht zusammen, aber das schien ihn nicht zu stören, falls es ihm überhaupt auffiel.

Im Radio sagte ein Mann, man müsse diese Woche mit viel Wind rechnen und es sei jetzt an der Zeit, alle Gartenmöbel einzustellen, die sich noch draußen befanden. Dann sagte eine Frau im Radio, wenn man eine Tiefkühltruhe besitze, sei es jetzt an der Zeit, sich mit Schweinefleisch einzudecken. Der Mann sagte, er könne das Lied »Winter-Wunderland« seit vollen zwei Jahren nicht mehr aus dem Kopf bekommen, deshalb sei er mehr als bereit für den Winter. Die Frau sagte, darüber sollte man keine Witze machen, denn für manche Menschen seien solche »Ohrwürmer« ein ernstes Problem. Der Mann sagte, er mache keine Witze, er gehöre zu denen, für die sie ein ernstes Problem seien.

Charles schaltete das Radio aus. »Habt ihr die Ziege gefüttert?«

Sie verneinten.

»Wir machen es jetzt immer so: Lyris füttert die Ziege am Morgen und Micah am Abend.«

Lyris drehte sich um, um die Ziege füttern zu gehen.

»Augenblick noch«, sagte Charles.

»Werdet ihr euch scheiden lassen, du und Mom?« Micah hielt einen Teller mit Toast in der Hand.

»Was hab ich gestern Abend gesagt?«, fragte Charles.

»Dass sie heute heimkommt.«

»Hab ich das wirklich gesagt?«

»Dass du nicht weißt, wann sie heimkommt«, sagte Lyris.

Micah ließ sich mit gekreuzten Beinen auf den Boden sinken und weinte. Er stellte den Teller auf dem Teppich ab. »Ich will sie aber hier haben.«

»Wenn sie mit ihrer Arbeit fertig ist«, sagte Charles. »Das kann vielleicht noch eine Weile dauern. Wir dachten, es ist nur übers Wochenende, aber jetzt wissen wir nicht, wie lang es dauert. Sie haben sie für eine wichtige Arbeit ausgesucht. Natürlich wäre sie lieber bei dir. Sie hat sich nicht darum beworben.«

»Hat sie das gesagt?«, fragte Micah.

»Sie hat gesagt, sie wird im Frühjahr nach Hause kommen«, sagte Charles. »Was bringt es dir, wenn du weinst?«

Micah sprach mit bebender Stimme: »Nichts.«

Er und Lyris fuhren mit einem stupsnasigen gelben Bus zur Schule, der im Wind hin und her schwankte. Die Baumreihen standen hell und schräg über den Feldern. Lyris saß weit von Micah entfernt, wie es sich durch den Altersunterschied ergab. Sie wusste mehr als er. Die Arbeit, wegen der Joan in die Stadt gereist war, hatte mit ihrer jetzigen Abwesenheit gar nichts zu tun. Lyris war versucht zu denken, *einmal verlassen, immer verlassen*, aber sie wusste, dass das nur Paranoia wäre und dass sie in der Welt, der Joan den Rücken zu kehren beschlossen hatte, nur eine recht unbedeutende Rolle spielte. Unter diesem Blickwinkel wirkten die Blutsbande, auf die die Home Bringers so großen Wert legten, recht dürftig und sogar willkürlich. Jeder konnte das Kind von jedem sein.

Als sie jünger gewesen war, hatte sich Lyris manchmal überlegt, wie es wohl wäre, jemand anderes zu sein. Nicht dass sie sich vorgestellt hätte, in besseren Verhältnissen zu leben, denn sie hatte immer ein warmes Zimmer, ein Dach über dem Kopf, ein Bett und genügend zu essen gehabt. Vielmehr hatte sie sich ausgemalt, wie es wohl wäre, in einer vom Krieg verwüsteten Gegend aufzuwachsen. Manchmal war sie der Vorstellung, sich selbst ganz wegzudenken, gefährlich nahe gekommen. Aber jetzt dachte sie an so etwas fast gar nicht mehr.

Direkt vor der Mittagspause hatte Lyris Kunstgeschichte. Der Kurs war eine seltsame Mischung aus Leuten, denen dieses Fach sehr wichtig, und anderen, denen es völlig egal war. Das kam durch die Zusammensetzung des Kurses. Kunstgeschichte war Pflicht für alle Schüler der letzten Klasse, die im Frühjahr nach Paris fahren wollten, aber ein Großteil dieser Schüler hatte Paris (statt Amarillo, was die Alternative gewesen wäre) nicht wegen seiner Kunstschätze gewählt, sondern weil man es nur durch einen Flug über den Ozean erreichen konnte. Manche waren noch nie geflogen und meinten, wenn sie schon flogen, dann konnten sie auch gleich so weit wie möglich fliegen.

Auf jeden Fall versuchten die Schüler, die an Kunstgeschichte kein Interesse hatten, manchmal denen, die das Fach ernst nahmen, den Unterricht mieszumachen. Eine Möglichkeit war, Amphetamintabletten durch die Gegend zu werfen, die »Weißes Kreuz« hießen. Diese Pillen mussten so geworfen werden, dass die Schüler, die man damit ärgern wollte, sich gezwungen sahen, sie zu fangen und zu verstecken, oder aber zu riskieren, mit illegalen Drogen auf oder unter der Bank erwischt zu werden. Eine Erklärung kam nicht in Frage. Die würde auf Petzen hinauslaufen, und niemand konnte es sich erlauben, zu petzen. Mit anderen Worten, jemandem ein Weißes Kreuz anzuhängen galt als weniger große Sünde, als zu verraten, wer es einem angehängt hatte. Lyris hatte diese Regeln nicht aufgestellt. Sie saß weder ganz vorne noch ganz hinten. Sie stellte sich das lange, schmale Klassenzimmer als Fluss vor, und ihre Bank neben dem Fenster als Sandbank, auf der sie vor der Strömung sicher war.

Der Lehrer war ein gutaussehender, wenn auch abgehärmter Mann, der selbst Künstler gewesen war. Er hatte Enttäuschungen erlitten, von denen eine zu sein schien, dass er an dieser Schule unterrichten musste, und er neigte dazu, die Geschichte der Kunst als eine ununterbrochene Kette verhängnisvoller Ereignisse darzustellen. Das heutige Thema war ein französischer Künstler, der zu Ruhm gelangt war, nachdem er ein Porträt der Kaiserin Josephine gemalt hatte, auf dem sie mit der einen Hand eine Pflaume und mit der anderen ein gelbes Küken umfasst hielt. Eine Weile stand der junge Maler in Napoleons Gunst – der Kaiser schenkte ihm sogar einen Spazierstock mit silbernem Knauf. Als sich Napoleon jedoch von Josephine scheiden ließ, fiel der Künstler in Ungnade und trat daraufhin der französischen Armee bei. Erst wurde er bei Borodino verwundet, dann verhungerte er auf dem Rückzug von Moskau, und als man ihn fand, hatte er die eisigen Hände um Napoleons Spazierstock geklammert. Eine Tragödie, denn gesalzener Stockfisch war bereits auf dem Weg.

»Wie viele von uns würden eine solche Hingabe zeigen?«, fragte der Lehrer. »Oder sind wir zu bequem geworden, mit unseren weichen Kissen und unserem Fertigessen? Wahrscheinlich schon. Und trotzdem ist genau das notwendig – man muss bereit sein, die Wände des eigenen Hauses mit den abgewiesenen eigenen Bildern zu isolieren, und darf dennoch niemals einen Augenblick des Zweifels zulassen.«

Es war nicht das erste Mal, dass der Lehrer die Verwendung unverkaufter Bilder als Isolationsmaterial erwähnte. Außerdem erzählte er manchmal auch, dass er große Pappkartons aufbewahre, falls seine radikalen Ansichten einmal dazu führen sollten, dass er entlassen und aus seiner Wohnung geworfen würde.

Einer der Schüler fragte jetzt, in welcher Hinsicht die Geschichte des zum Soldaten gewordenen Malers Hingabe an die Kunst zeige. Er stand auf, um seine Frage zu stellen. »Also klar, er ist im Krieg gestorben – das hab ich kapiert. Aber was hat das mit Malerei zu tun?«

Der Lehrer drehte sich zur Tafel um. Eine weiße Pille prallte von dem Holzfällerhemd des Jungen ab. Der Lehrer schrieb »Krieg« und »Malerei« an die Tafel. »Will jemand dazu etwas sagen?«

Es folgte ein recht langes Schweigen. »Weil die Malerei so etwas wie Krieg ist«, sagte Lyris. Sie hatte nur geraten. Die Malerei kam ihr ganz und gar nicht wie Krieg vor. Hier war lediglich ihre Gutmütigkeit zum Ausdruck gekommen.

Der Lehrer strahlte. Nicht etwa, weil sie die gewünschte Antwort gefunden hätte. Tatsächlich hatte der Junge mit seiner Frage etwas ganz Richtiges angesprochen. Soviel der Lehrer wusste, hatte der Maler nach der kaiserlichen Scheidung nie wieder einen Pinsel in die Hand genommen. Die Unterrichtsstunde war in Bezug auf ihre Logik in eine Sackgasse geraten, weil dem Lehrer so viel daran lag, die Schüler mit dem Bild des verhungerten Künstlers am Straßenrand zu entlassen. Deshalb war er froh, noch irgendeine Antwort zu bekommen. Er setzte ein Gleichheitszeichen zwischen die beiden Wörter, trat zurück, um die Gleichung zu begutachten, und unterstrich dann die Wörter »Krieg« und »Malerei«.

In der Zwischenzeit stellten einige Schüler pantomimisch das Essen von Haferschleim dar, wie fast immer, wenn Lyris im Unterricht etwas sagte. Das machten sie mit verschiedenen Bewegungen von der Hand zum Mund, die jeden verwirrt hätten, der nicht wusste, dass sie sich über jemanden lustig zu machen versuchten, der in einem Waisenhaus aufgewachsen war.

Lyris lächelte scheu – sie konnte einen Spaß vertragen, so gut wie nur irgend jemand. War sie wirklich so erbärmlich, fragte sie sich, dass sie dazu einlud, lächerlich gemacht zu werden? Sie hoffte es nicht, lächelte aber weiter.

Die Schüler der vorletzten und letzten Klasse durften in der Mittagspause das Schulgelände verlassen. Lyris, Mercedes Wonsmos, Echo Anderson und Octavia oder Taffy Perry gingen zur Lake Park Tavern hinüber, zusammen mit einem anderen jungen Mädchen, Jade Teensma, aus der Abschlussklasse. Jade kaufte ihre gesamte Kleidung in den Twin Cities, oder »den Cities«, wie sie das nannte, hatte bereits eine Zulassung zur Universität von Minnesota und würde im Frühjahr nach Paris fahren. Ihre Zukunft schien hoch über ihnen zu schweben und wie die Sonne zu leuchten. Heute trug sie Sandalen mit Plateausohlen und eine lange silberfarbene Jacke.

Lyris freute sich schon darauf, im Lake-Park-Restaurant Bratkartoffeln zu bestellen. Sie ging ein Stück vor den anderen Mädchen her, und auf dem Weg durch die Allee dachte sie an den Maler, dessen Karriere durch Napoleons Scheidung ruiniert worden war.

»Was ist denn nun am Samstagabend gelaufen?«, fragte Mercedes. »Bist du jetzt Expertin in einem ganz neuen Bereich?«

Echo zupfte Lyris am Ärmel. »Mercy fragt dich was.«

Lyris drehte sich um und ging rückwärts, die Hände in den Taschen. »Ja bitte?«

»Mit Billy Follard«, sagte Mercedes. »Du weißt ganz genau, was ich dich gefragt habe. Du bist schließlich in Hörweite. Hast du etwas gemacht, was du nicht hättest tun sollen?«

»Es lief nicht besonders gut«, sagte Lyris.

»So war das schon immer«, sagte Jade.

»Die Jungs auf die eine Seite, die Mädchen auf die andere«, sagte Echo.

»Es ist nichts passiert«, sagte Lyris.

Mercedes umfasste Lyris' Hände. »Sag die Wahrheit. Es ist nämlich wichtig.« Die Mädchen blieben stehen und sahen Lyris mit leuchtenden Augen an. Sie schienen von ihr eine bestimmte Antwort hören zu wollen.

»Es ist nichts passiert«, sagte Lyris. »Wir sind zu einer Verladestation für Getreide gefahren. Wir sind zu einer Brücke gefahren. Er hat mir eine Geschichte über Baby Mahoney erzählt.«

»Das verwilderte Kind?«, fragte Mercedes.

»Doch nicht diesen alten Käse«, sagte Jade.

»Und dann wollte er mich nicht nach Hause bringen, also bin ich allein heimgegangen.«

»Das glaub ich keine Sekunde«, sagte Mercedes.

»Ich schon«, sagte Octavia.

»Schwör es beim Grab deiner Mutter«, schlug Echo vor.

»Meine Mutter lebt noch.«

»Aber irgendwann.«

»Sie braucht nicht zu schwören«, sagte Octavia. »Ich glaube ihr. Nicht jede Situation endet mit Sex.«

Jade zog eine Packung Kräuterzigaretten heraus, zündete sich eine an, indem sie sie mit der Hand gegen den Wind abschirmte, und gab die Packung und das Feuerzeug weiter. »Beeilen wir uns«, sagte sie, und das taten sie auch, wobei jede ihren eigenen Gedanken nachhing und darüber nachdachte, was Octavia gesagt hatte.

Follard arbeitete in einem Schuhgeschäft in Stone City. Für einen harten Jungen schien das nicht ganz die passende Beschäftigung, das fand er selber auch, aber es ließ sich nun mal nicht ändern. Er war bei seinem Onkel angestellt, dem das Geschäft gehörte. In den zwanziger Jahren hatte ein berühmter Bankräuber hier ein Paar rahmengenähter englischer Schuhe gekauft, bevor er in einem anderen Bundesstaat festgenommen wurde. Irgendwie waren die Schuhe zurück in den Laden gelangt, und sie prangten immer noch in einer Glasvitrine hinter dem Ladentisch. Im Laufe der Jahre waren sie ziemlich in sich zusammengesunken, und die Kappen sahen steif und starr aus. Manchmal kamen alte Männer mit ihren Enkeln, um sich die Schuhe des Gangsters anzusehen, als wollten sie sagen: »Lasst euch das eine Lehre sein.« Als Follard mit der Arbeit in dem Laden begonnen hatte, träumte er einmal, dass sein Onkel ihn zwischen den Regalen herumjagte und dabei diese Schuhe in den Händen hielt. Als er dann aufwachte, musste er durchs ganze Haus gehen, um sich zu vergewissern, dass niemand da sei.

Follard hatte Schmerzen. Wenn er in die oberen Regale griff, spürte er einen scharfen Schmerz am Herzen. Natürlich wollten die Leute an diesem Tag alle nur Schuhe aus den oberen Regalen. Für einen Montag ging es im Laden recht lebhaft zu. Jedes Mal, wenn er ans Telefon ging, fragte der Anrufer ihn, ob er gerannt sei. Er mochte sich nicht eingestehen, dass ihm Tiny Darling womöglich ein paar Rippen gebrochen hatte. Zu Mittag ging er die Straße hinunter zu einem Diner, wo ein Mann, der gerade Rinderbraten verzehrte, eine höhnische Tirade gegen den Präsidenten vom Stapel ließ. Dieser Monolog schien an Follard gerichtet, der sich aber nur kurz umsah. Ihm war der Präsident egal, damit konnte man ihn also zu nichts provozieren, davon abgesehen fühlte er sich auch gar nicht in der Verfassung, darauf zu reagieren. Er kaufte sich ein Sandwich mit Eiersalat und eine Zeitung und ging zurück zum Laden, wo er sein Mittagessen an einem Kartentisch im Lagerraum zu essen gedachte. Während er die Glastür öffnen wollte, zwang ihn der Schmerz zu Boden, so dass er auf den Knien lag, die Zeitung und das Sandwich über den Gehsteig verstreut, als sein Onkel vor den Laden trat.

»Steh auf«, sagte er.

»Ich glaube, meine Rippen sind gebrochen.«

»Du hast dich schon den ganzen Tag so komisch benommen«, sagte sein Onkel. Er half Follard auf und brachte ihn nach drinnen, dann stellte er die Zeiger einer Uhr aus Pappe auf zwei und hängte sie an die Tür. Er führte Follard zu einem der Anprobierstühle und brachte ihm einen Pappbecher Wasser. Mit einer Leichtigkeit, die lange Jahre der Übung bewies, hakte er den Fuß in eine niedrige Polsterbank ein, zog sie heran und setzte sich.

»Was ist passiert?«

Follard trank das Wasser und lehnte sich auf seinem Stuhl zurück. »Ich bin gestern Abend gestürzt«, sagte er. »Ich bin gegen dieses Treppendings geflogen. Gegen diesen Pfosten.«

»Deine Tante hat gesagt, dass ein Klempner zu dir gekommen ist. War das, bevor der Klempner kam, oder hinterher?«

»Keine Ahnung.«

»Hast du mit dem Klempner eine Schlägerei gehabt?«

Follard zerdrückte den Pappbecher in der Hand. »Ich hab mit dem Klempner eine Schlägerei gehabt.«

»Warst du im Unrecht?«

»Mir tut alles weh! Hörst du mir überhaupt zu?«

»Ja, ich höre zu.«

In diesem Moment öffnete Dr. Palomino die Tür und beugte sich in den Laden. »Sie haben geschlossen, oder?«

Follards Onkel stand auf. »Wollen Sie etwas, das schnell geht? Wenn es nur etwas Kleines ist, wie Schnürsenkel oder Nerzöl, könnte ich Sie kurz bedienen.«

»Ich wollte mich nach ein paar Schuhen umschauen. Das mache ich aber lieber in Ruhe.«

»Es ist nur wegen meines Neffen – er behauptet, dass er sich die

Rippen gebrochen hat.« Er schwenkte die Hand mit einer Bewegung, die besagte, *ach, diese Jungs immer mit ihren Rippen.*

»Soll ich ihn mir mal anschauen? Ich bin Arzt.«

»So ein Glück. Kommen Sie herein. Wir zahlen Ihnen die Behandlungskosten plus zehn Prozent. Er war in eine Schlägerei verwickelt.«

»So ist es meistens, wenn's um Rippen geht«, sagte Dr. Palomino. »Schlägerei, Autounfall oder Mannschaftssport. Ziehen Sie ihm das Hemd aus. Hoffen wir, dass die Thoraxwand nicht eingebrochen ist und wir eine Dreschflegellunge haben. Ich kann mir nicht vorstellen, dass Sie wissen, was ein Dreschflegel ist, aber Ihr Onkel weiß es vermutlich. Ein Dreschflegel ist ein altes Werkzeug zum Dreschen mit einem freischwingenden Holzstock.«

Follard nannte seine Symptome, während sein Onkel ihm die Ärmel des Hemds herunterzog. Der Doktor hörte zu und warf verstohlene Blick auf eine neue Kollektion von Mokassins mit fester Sohle.

Octavia Perry fuhr Lyris nach der Schule nach Hause. Einmal hielten sie auf der Landstraße an, um einem Mähdrescher zuzusehen. Fünf glänzende Silberspeere kämmten durch die Maisstengel, die unter diesem Zugriff bebten. Auf der Spur hinter dem Mähdrescher war der Boden geschoren und borstig. Lauryn Hill sang im Radio über »that thing, that thing, that thing«, doch dann wurde sie von dem Mähdrescher übertönt, der die Reihen neben der Straße aberntete.

Octavia holte einen Briefumschlag aus braunem Papier hinter der Sonnenblende hervor. »Ich möchte, dass du das Jerry gibst«, sagte sie. »Ich weiß, dass dich eigentlich nichts daran hindern kann, den Brief aufzumachen und zu lesen, aber ich glaube nicht, dass du das tust.«

»Worum geht es denn?«

»Er wird es schon verstehen«, sagte Octavia.

Lyris steckte den Umschlag in ihren Rucksack. »Wird gemacht.«

Octavia rollte sich die Haare hinter den Ohren um die Finger. »Wenn du's unbedingt wissen willst, meine Eltern sind dahintergekommen.«

»Jerry Tate?«, sagte Lyris. »Mein Onkel?«

»Ich nenn ihn Mr. Postman«, sagte Octavia.

»Du hast etwas mit Jerry Tate?«

»Angefangen hat es bei einer Schachausstellung auf der Jahresschau. Da hat sich herausgestellt, dass wir beide dieses Spiel lieben. Meine Mutter ist sauer. Sie sagt ›dir werde ich schon eine Jahresschau zeigen‹.«

Octavia sah zum Fenster hinaus. Der rote Mähdrescher hatte neben einem grünen Waggon angehalten. Sie schien mit ihrer Entscheidung zufrieden, wie die auch aussehen mochte.

»Das ist aber ein lärmiger Mähdrescher«, sagte sie.

Der Farmer machte die Fahrertür auf und stieg die Metallstufen herunter. Es handelte sich um einen jungen Mann, doch seine Haare waren zerzaust und von Grau durchzogen.

»Den kenne ich«, sagte Octavia. »Das ist Albert Robeshaw.« Sie und Lyris stiegen aus, überquerten den Straßengraben und traten dabei das Unkraut beiseite. Der Farmer zog seine abgesteppten Lederhandschuhe aus und nahm sie in die eine Hand, während er sich mit dem Ellbogen auf einen Zaunpfosten mit Metallkappe lehnte.

»Ich war früher dein Babysitter«, sagte er.

»Und du wolltest absolut kein Farmer werden«, sagte Octavia. »Hast du mir jedenfalls gesagt. Du wolltest um die ganze Welt reisen und nie Farmer werden.«

»Ich bin auch ziemlich weit gereist. Bis Thailand.«

»Albert, das ist Lyris.«

Albert und Lyris gaben sich die Hand. Er lächelte und schaute ihr in die Augen, bis sie blinzelte. Er hatte braune Augen, die ein wenig spöttisch blickten. Er schlug sich mit den Handschuhen in die Handfläche. »Ich leer das hier nur schnell aus, dann könnt ihr ein oder zwei Runden mitfahren, wenn ihr wollt.«

Albert stieg die Stufen wieder hinauf und kippte den Mähdrescher in Schräglage, wodurch der Mais auf einer überdachten Rutsche in eine einheitlich gelbe Spirale glitt, die in den Waggon zischte und klapperte. Staub stieg auf, wirbelte umher und zerstob in der blauen Luft.

Als der Waggon voll war, stiegen Albert, Octavia und Lyris in das

Führerhäuschen des Mähdreschers, und Albert legte den Gang ein. Er schien sich zu freuen, dass er Gesellschaft hatte. »Der Mais steht dieses Jahr gut«, sagte er, so laut, dass man ihn über den Motor und die Einzugsschnecke hinweg hören konnte. »In manchen Jahren ist er umgeknickt. Aber wenn er so steht, kann man die Nasen ziemlich hoch einstellen, dann geht es leichter.«

»Nasen?«, fragte Lyris.

»Diese großen Silberdinger, die ihr da vorne seht, die durch den Mais gehen. In manchen Jahren muss man sie tief stellen, und dann bleiben sie immer wieder im Boden hängen. Das kann einen ganz schön nerven.«

Albert fuhr mit den Schneidemessern in die Maisreihen, und die Stengel wurden mit voller Kraft ausgerissen. Die Maiskolben wirbelten bis zum Fülltrichter hoch.

»Hat dir Thailand gefallen?«, fragte Octavia.

»Es war schön. Über die Buddhisten dort habe ich vorher nicht viel gewusst. Diese Idee, dass man seine eigene Lampe anzündet. Ich habe den Tempel des smaragdfarbenen Buddhas gesehen. Das ist ein Ort, der großen Frieden ausstrahlt. Als mir das Geld ausging, bin ich nach Hause gefahren.«

Lyris sah hinaus in die Landschaft, die sich zu einem fernen Tal hin senkte und dann wieder bis zum Horizont hob. Der Blick konnte nirgends der Geometrie der Landwirtschaft entrinnen, den streifenförmigen Mustern von abgeerntetem und noch nicht geerntetem Mais, dem Flickenteppich von Feldern und Wiesen und Wasser. Hochspannungsmasten liefen durch das Tal, und auf fernen Highways blitzten die Autos.

»Ist das überall derselbe Mais?«, fragte sie.

»Nein«, sagte Albert. »Mancher gedeiht bei nassem Wetter besser, mancher bei trockenem. Mancher reift innerhalb von hundert Tagen, mancher innerhalb von hundertacht. Der langsam reifende wirft mehr ab, aber nicht, wenn es einen frühen Frost gibt. Wenn du vier, fünf verschiedene Sorten pflanzt, kannst du das Risiko niedrig halten.«

»Für mich klingst du schon ganz wie ein Farmer«, sagte Octavia, die sich in der Ecke der Führerkabine ans Glas drückte. Möwen mit V-förmigen Flügeln schossen hoch und nieder, hinter dem Mähdrescher her.

»Das ist auch die beste Jahreszeit«, sagte Albert. »Alles, was wir bis jetzt gemacht haben, ist überhaupt nichts wert, bis man erntet. Weil, wenn man drauf herumfährt und sät oder sprüht, dann weiß man natürlich, dass man's macht, aber es sieht hinterher eigentlich nicht anders aus als vorher. Aber das hier, also wenn man drüberfährt, dann ist es weg, da kann man sehen, was man geschafft hat.«

Etwas später flog ein Fasan mit scharfen Flügelschlägen vor dem Mähdrescher auf und glitt dicht über den Boden bis in ein Dickicht. Albert sagte, manche Farmer erlaubten Jägern, sich an den Rand der Felder zu stellen, die dann nur darauf zu warten brauchten, dass ein Fasan aufflog, aber er selbst lege keinen größeren Wert darauf, dass jemand schieße, wenn er in einem Glaskasten sitze.

Trotz dieses lehrreichen Umwegs kam Lyris vor Micah nach Hause, weil die Schüler der Oberklassen schon um halb zwei entlassen wurden. Sie stellte den Rucksack in ihrem Zimmer ab und ging dann nach unten, um die Küche sauberzumachen. Sie begann damit, die Vorhänge wieder aufzuhängen. Deren Ringe hingen nur an Dübeln, ohne richtig befestigt zu sein, aber fürs Erste sahen sie wie ganz normale Vorhänge in einem ganz normalen Haus aus. Sie rieb den Herd mit Stahlwolle ab. Sogar die Schraubzwingen für die Herdflamme, bei der der Drehknopf fehlte, reinigte sie. Auf dem Tisch sah sie das Taschenmesser liegen, von dem sie geschworen hätte, dass sie es Follard zurückgegeben habe. Sie warf es in den Abfalleimer. Schuhe und Stiefel, egal ob in Paaren oder einzeln, reihte sie neben der Treppe auf.

Von der Küche ging sie in den Hof hinaus, wo sie die Gartenstühle zusammenklappte und in die Scheune schaffte. Dann lief sie an den Bahngleisen entlang und pflückte wilden Spargel fürs Abendessen. Die Ziege stand gerade in einem Graben und versuchte so wenig wie möglich aufzufallen. Mit den Spargeln in der einen Hand und dem

Halsband der Ziege in der anderen kehrte sie zum Haus zurück. Eisenbahnbolzen im Gras erinnerten sie an einen Vorfall, der sich ereignet hatte, als sie bei ihren Pflegeeltern Pete und Jackie wohnte. Eines Tages kam Post für Lyris. Der inliegende Aufsatz war betitelt: *Wie man mit Werkzeug aus dem Werkzeugkasten jeden beliebigen Zug entgleisen lassen kann.* Lyris las diesen Text und lernte dadurch viele erschreckend einfache Methoden kennen, mit denen man einen Zug entgleisen lassen kann, unter anderem eine, die im Warren Report zur Ermordung Präsident John F. Kennedys beschrieben wird.

Als Lyris die Broschüre Pete und Jackie zeigte, sagte Pete, dass sie eigentlich an ihn gerichtet und nur durch einen Irrtum an sie geschickt worden sei. Lyris fragte, warum er denn einen Zug entgleisen lassen wolle, und er sagte, das wolle er gar nicht, aber Freunde von ihm seien an dem Thema interessiert. Daraufhin fragte Lyris, warum Petes Freunde einen Zug entgleisen lassen wollten, und er sagte, er glaube nicht, dass sie das wollten – ihr Interesse sei eher theoretischer Natur –, aber wenn doch, dann deswegen, weil die heutige Industriegesellschaft ungerecht sei. Dabei könnten doch Menschen umkommen, sagte Lyris. Pete sagte, niemand denke daran, einen Personenzug entgleisen zu lassen, und hier mischte sich Jackie ein und sagte, Lyris denke genau so, wie die Gesellschaft das von ihr erwarte.

Pete stimmte zu. »Das muss man sich mal vor Augen halten«, sagte er. »Du besitzt nichts, du besitzt weniger als nichts, und doch ist dein erster Gedanke, die Güter von irgend so einem gewissenlosen Eisenbahnmonopolisten zu schützen.«

An dieser Art von Denken sei nicht Lyris schuld, sagte Jackie. Vielmehr müsse jeder alles tun, um sich davon zu befreien. Lyris nickte, aber innerlich stimmte sie dem nicht zu. Sie fand, dass Pete und Jackie diejenigen seien, die sich irrten.

Fünfzehn

Charles' letzte Arbeit für diesen Tag betraf die Decke im Musiksaal der Grundschule, von der Wasser heruntertropfte. Mrs. Harad, die Schulleiterin, hatte einmal bei einem von Charles arrangierten Handel günstig einen Cockerspaniel kaufen können, und darum war Charles geholt worden. Ein weiterer Grund lag darin, dass sich Mrs. Harad gegenüber Joans Familie für deren Unterstützung während des Skandals um die Evolution erkenntlich zeigen wollte. So brachte die Schulleiterin den Klempner in den Musiksaal, wo sie beide stehenblieben und zu dem rissigen alten Gips hinaufschauten, als wäre er das Himmelsgewölbe. Charles sagte, sie würden diese Decke aufhauen müssen. Er hatte die Erfahrung gemacht, dass es die Kunden mochten, wenn er so sprach. Der Saal war voller Schüler, die mit dünnen hellen Stimmen sangen, was klang, als würden Wassertropfen in einen Bronzekessel fallen. Micah lächelte und verbarg das Gesicht hinter seinem Gesangbuch, das bei den »Straßen von Laredo« aufgeschlagen war.

»Schafft mir sechs nette Cowboys ran, um meinen Sarg zu tragen«, sangen die Kinder. »Schafft mir sechs hübsche Mädchen ran, um mein Leichentuch zu halten.«

Charles stellte eine hohe Holzleiter auf und stieg hinauf. Mit einer Präzisionssäge schnitt er in den nassen Gips, woraufhin dieser bröckelte und mit nassem, schwerem Klatschen auf die blauen Fliesen herabfiel. Mrs. Harad schnalzte mit den Fingern, und die Musiklehrerin winkte die Kinder von ihren Sitzen hoch und durch die Tür hinaus in die Vorhalle. Dabei sangen sie ohne Unterbrechung weiter.

Die Musiklehrerin ergänzte die Liedreime mit Anordnungen, wohin die Schüler gehen sollten: »Wir schlugen die Trommel langsam und spielten die Querpfeife leise, wir weinten bitterlich und gingen im Gänsemarsch in die Cafeteria.«

»Diese Schule ist völlig heruntergekommen«, sagte Mrs. Harad.

Noch immer fiel Gips herunter. Als das Loch groß genug war, steckte Charles die Hand in die Decke. »Es ist die Kaltwasserleitung«, sagte er. Die Reparatur dauerte den ganzen restlichen Nachmittag. Charles sperrte das Wasser ab und entleerte die Leitungen, indem er oben und unten die Hähne aufdrehte, bis kein Wasser mehr kam. An einem Leitungsknie war ein Leck. Charles schmolz das Lötzinn mit einer Propangasflamme und schraubte die Muffe mit einer großbackigen Zange ab. Er säuberte die Rohrenden und rieb das Ersatzteil blank, das er einsetzen wollte. Von Zeit zu Zeit kam die Direktorin vorbei, um sich vom Fortschritt der Arbeit zu überzeugen, und bei einer dieser Stippvisiten fragte sie, wie es Joan gehe.

Charles sah von der Leiter herunter. »Sie ist fortgegangen und kommt erst im Frühjahr wieder.«

»Das ist zu lang.«

Charles strich ein Gleitmittel auf das Kupferknie und passte die Enden der Rohre in das neue Verbindungsstück ein. »Also, ich hab wirklich nicht mit so was gerechnet, obwohl, vielleicht hätte ich es tun sollen. Und Micah ist erkältet, und Lyris wird von so einem asozialen Dreckskerl verfolgt.«

»Da kann man sich eigentlich nur noch betrinken.« Dann erzählte Mrs. Harad eine Geschichte von ihrer Hochzeitsreise. In einer Kurve hatten sie und ihr Mann die Kontrolle über ihr kleines Triumph-Motorrad verloren, mit dem sie vor der Kirche losgefahren waren.

»Alle haben sie gesagt: ›Los jetzt, steigt auf‹, Sie wissen ja, wie das ist, wenn bei einer Hochzeit die Leute plötzlich auf die Idee kommen, dass Braut und Bräutigam irgendetwas Bestimmtes tun sollen. ›Jetzt fahrt doch los.‹ Wir sind auf Rollsplitt ausgerutscht, den wir erst gesehen haben, als wir schon drauf waren.«

»Und was folgt daraus?«

»Eigentlich nur, dass anscheinend immer irgendwas schiefgeht.«

Charles hatte die Schuld für Joans Entscheidung bisher eigentlich nicht bei sich gesucht. Was sie dazu gebracht hatte, zu gehen, liege einzig und allein in ihrem Innern begründet, dachte er. Er selbst hätte die größten Schwierigkeiten gehabt, von zu Hause fortzugehen und Micah und Lyris alleinzulassen. Aber vielleicht war das eher Faulheit als Anstand. Joan nahm das Leben wichtiger als er. Sie glaubte, dass ein Sinn darin liege, den sie finden müsse. Vielleicht hätte er ihr doch diesen Turmalinanhänger kaufen sollen, den er in Stone City gesehen hatte. Vielleicht hätte er sie doch lieber an der City Promenade heiraten sollen und nicht im Hinterzimmer eines Drugstores. Er glaubte schon seit langem nicht mehr daran, dass sein Tun irgendwelchen Einfluss auf sie habe, aber vielleicht irrte er sich da.

Er nahm Micah nach der Schule mit, und sie fuhren zusammen zu dem Waffenladen. Auf dem Weg erzählte der Junge Charles von der »Selbstwert-Waschstraße«, die die Klasse heute zum Thema gehabt habe. Es sei dabei nicht um echte Autos gegangen, sondern die Kinder haben die Autos gespielt. Jedes Kind sei zwischen den in zwei Reihen aufgestellten Klassenkameraden durchgelaufen, und die mussten dabei laut rufen, was sie für die besten Eigenschaften des jeweiligen Schülers hielten.

»Was haben sie bei dir gesagt?«, fragte Charles.

»Dass ich gut lesen kann«, antwortete Micah. »Und dass ich keine Drogen nehme.«

»Na, da hatten sie ja recht. Weißt du, da fällt mir ein, wir haben immer so Stöcke genommen, als wir Kinder waren.«

»Was für Stöcke denn?«

»Wir sind immer zu sechst oder siebent von der Schule nach Hause gegangen. Wir mussten durch eine kleine Hintergasse zwischen dem Restaurant und der Bank durch, an einem riesigen Haufen von Stöcken vorbei. Ich weiß nicht mehr, wie das eigentlich angefangen hat, aber es ist dann fast so etwas wie eine Tradition geworden, dass wir Stöcke genommen und dann auf einen von uns geworfen haben, den wir uns vorher als Opfer ausgesucht hatten.«

»Hat derjenige das gewusst?«

»Normalerweise nicht«, sagte Charles, »weil es nicht jeden Tag dazu gekommen ist. Und oft hat man vorher erfahren, dass jemand anderes dran war. Aber manchmal wusste man es auch. Man hat es einfach gespürt.«

»Daddy, das ist ja schrecklich.«

Sie näherten sich auf ihrer Schotterstraße einer etwas erhöhten Kreuzung, und Charles sah, dass kein anderes Auto kam. Er gab Gas. Der Lieferwagen hob auf der Kuppe der Kreuzung ein wenig ab und setzte auf der anderen Seite schwer wieder auf.

»So schlimm war es gar nicht«, sagte Charles. »Nicht einmal, wenn alle deine Freunde Stöcke auf dich geworfen haben. Wenn du von einem Stock getroffen wirst, tut das nicht so weh, wie man denken würde. Und in dem Moment, wo du einen Stock aufgehoben und dich umgedreht hast, um ihn zurückzuwerfen, da sind alle weggerannt. Wir wollten einander ja gar nicht richtig weh tun.«

Charles und Micah stiegen vor dem Waffenladen aus, und Charles nahm das Gewehr seines Stiefvaters aus dem Laderaum des Lieferwagens. Die Geschwister, denen der Laden gehörte, saßen gerade auf Regiestühlen und sahen sich die Wetternachrichten an. Wolkenlos und kalt, war die Vorhersage. Charles fragte sich, wie viel Zeit sie wohl mit Nichtstun zu verbringen hatten. Das war bestimmt nicht einfach.

»Hier ist das Gewehr, von dem ich Ihnen erzählt habe«, sagte Charles. »Das, von dem ich noch vor ein paar Tagen gedacht habe, ich kriege es nie.«

»Schön für Sie«, sagte der Bruder. Er nahm das Gewehr in die Hände und begutachtete es. »So eins hab ich noch nie gesehen.«

»Zur Zeit kaufen wir nichts an«, sagte die Schwester.

»Ich dachte nur, es interessiert Sie vielleicht«, sagte Charles. »Nicht zum Kaufen, einfach nur, na ja, sozusagen aus beruflicher Neugier. Außerdem brauche ich ein paar Schachteln .410er Patronen.«

»Bei uns gibt es zur Zeit einen Rabatt auf Winchester siebeneinhalb«, sagte der Bruder.

»Wetten, dass hier jemand gern ein Gewehr-Malbuch hätte«, sagte die Schwester.

Charles kaufte drei Schachteln Patronen, und dann gingen alle nach draußen, um das Gewehr auszuprobieren. Gleich hinter dem Laden lag ein Feld, das schon gemäht war. Der Bruder hatte eine Tontaubenschleuder hinten auf einem Pickup montiert, so dass er sich auf die hintere Wagenklappe des Pickups setzen und die Tontauben losschießen konnte. Er nahm eine aus einer Pappschachtel auf der Ladefläche und spannte die Schleuder, während Charles sich aufstellte und das Gewehr lud. Charles traf nicht, auch beim zweiten Schuss nicht. Er klappte die Läufe herunter und zog die beiden verbrauchten tomatenroten Patronenhülsen heraus. Der Geruch von verbranntem Pulver stieg auf. Früher hätten ihn die Fehlschüsse geärgert, heute aber war das nicht der Fall. Die terrakottafarbene dritte Tontaube flog flach über das Feld. Er folgte ihr mit dem Lauf, drückte ab und traf genau. Die Scheibe zerplatzte, die Scherben fielen ins Gras.

»Sporttontauben«, sagte die Schwester.

Sie probierten das Gewehr abwechselnd aus. Die Schwester schoss besser als Charles, und der Bruder am besten. Die Geschwister riefen jedes Mal mit ruhiger Stimme »los«. Höchstwahrscheinlich gingen sie zu Wettbewerben. Aber sogar der Bruder schoss manchmal daneben.

»Die ist in Ordnung«, sagte er und reichte Charles die Flinte.

»Niedliches kleines Ding«, sagte die Schwester. »Ich schieß gern mit so einer .410er, weil das nicht so einfach ist.«

»Stimmt«, sagte der Bruder. »Ich hatte das ganz vergessen.«

»Ich möchte auch mal«, sagte Micah, der bis jetzt in der offenstehenden Tür des Wagens gesessen und sich das Malbuch und das Schießen angeschaut hatte. Er durfte schießen, wobei Charles ihm den Arm stützte, damit er sicher zielen konnte.

Als es zu dämmern begann, ging Charles mit Micah und dem Gewehr zurück zum Lieferwagen.

»Glaubst du, dass Joan schon zu Hause ist?«, fragte Micah.

Charles schüttelte den Kopf. »Ich hab's dir doch gesagt, Kumpel. Es wird noch eine Weile dauern.«

»Drück die Daumen.«

Also fuhr Charles mit gedrückten Daumen nach Hause. Micah drehte sich auf seinem Sitz zur Seite und stemmte die Füße gegen den Türrahmen.

»Meine Füße sind näher, als es aussieht«, sagte er.

Jerry kam am Abend zum Essen vorbei. Er schnitt mit einem gezahnten Messer Möhren, während Lyris von Zeit zu Zeit die quietschende Klappe der Backröhre öffnete, um einen Blick auf eine Kasserolle zu werfen. Micah saß am Küchentisch und malte beim Schein einer gläsernen grünen Schiffslampe das Bild eines Jagdaufsehers aus. Charles deckte den Tisch mit angeschlagenen weißen Tellern. Er und Jerry nahmen einen Drink und unterhielten sich über die Tontaubenschleuder auf dem Lastwagen, und warum man nicht auch andere Dinge auf Lastwagen montierte, und dass vermutlich jeder, der auf so eine Idee kam, mit vielen Kratzern rechnen müsse. Dann setzten sich alle zum Essen.

In der Kasserolle waren Auberginen und Spargel. Es fehlten Gewürze, die sie nicht besaßen, aber sie aßen alle trotzdem ziemlich viel. Charles beugte sich über den Tisch, den einen Unterarm auf die Kante gestützt. Er trank aus einem Glas Wasser und aus einem anderen Whiskey. Lyris steckte eine volle Gabel nach der anderen in den Mund und kaute sorgfältig, wobei sie ihren Blick durch die Küche schweifen ließ, als sähe sie sie zum ersten Mal. Micah hatte seinen Teller mit dunkelroten Patronen umkränzt. Jerry strich ein Messer voll Butter auf eine Brotkruste. Niemand erwähnte Joan. Es wirkte geradezu unfair ihr gegenüber, dass trotz ihrer Abwesenheit alles so normal lief. Natürlich konnte noch alles Mögliche schiefgehen; es war erst sieben Uhr.

Nachdem das Geschirr gespült war, nahm Charles seinen Whiskey mit nach draußen auf die Veranda, wo er sich zu der Ziege setzte und über die Gleise in die Wälder blickte, die dahinter lagen. Die Ziege schien sich an die Veranda gewöhnt zu haben, und auch die Veranda an die Ziege, da alles, worin sie sich hätte verfangen können, von Charles oder Lyris oder Micah oder der Ziege selbst entfernt worden war. Charles trank seinen Whiskey langsam, aber unaufhaltsam, und stellte fest, dass er sich vielleicht wirklich betrinken würde, wie Mrs. Harad ihm geraten hatte. Aber er betrank sich in letzter Zeit so selten; das war nichts im Vergleich zu den alten Zeiten, wo er Türen eingetreten, Drohungen ausgestoßen und in die Tat umgesetzt oder auch völlig idiotisch durcheinandergebracht hatte. Jetzt war es eher so etwas wie eine gelassene Trunkenheit, und er hatte den Eindruck, er könnte fast den Puls der Nacht spüren, ja, als würde sein Herz im gleichen Rhythmus schlagen.

Micah kam heraus, als er mit den Hausaufgaben fertig war, und Charles schickte ihn noch einmal hinein, um sich eine Jacke zu holen. Zusammen sahen sie den Zug, der um Viertel vor neun kam. Er bestand aus lauter grauen Schütt- und Güterwaggons, von denen manche offen, manche geschlossen waren, und ratterte und schaukelte über die Gleise, die bekanntermaßen uneben waren. Micah wollte die alte Geschichte hören, wie Charles auf einen Güterzug in den Westen aufgesprungen war, nur um nach ein, zwei Meilen feststellen zu müssen, dass der Zug für die Nacht auf einem Nebengleis im freien Feld abgestellt wurde. Charles hatte schließlich wie ein Troll unter einer Holzbrücke geschlafen, jedenfalls erzählte er es so und hob die Szenen hervor, in denen er sich besonders lächerlich gemacht hatte. Micah genoss jedes Wort.

In der Küche gab Lyris Jerry die Botschaft von Octavia, und er las unter der Schiffslampe ihre verschnörkelte Handschrift:

Komm um Mitternacht zum E.
Ganz die Deine,
Octavia

Während Jerry mit dem Auto nach Hause fuhr, fühlte er sich von der Botschaft bezaubert und aufgeregt. Das »E.« stand für Elefant, was jeder aus der Gegend erraten hätte. Die Abkürzung war so ganz die Art von zärtlichem Täuschungsmanöver in einer Liebesbeziehung, wie sie sich nur ein junger Mensch ausdenken konnte. Ein älterer hätte den Ort in Großbuchstaben geschrieben und dabei beklommen geatmet. Und das »Ganz die Deine« war völlig entwaffnend.

Er hielt an der Autowaschanlage, die die ganze Nacht offen hatte, einer einsamen Reihe dunkler Buchten, beschienen von hohen, harten Kugellampen. Es war kein Angestellter da; egal, welches Waschprogramm stattfinden sollte, der Kunde musste alles allein machen. Jerry zog zerknitterte Geldscheine aus der Hosentasche, strich sie auf der Motorhaube glatt und steckte sie in den Wechselautomaten. Er wusch das Auto mit einem feinen Sprühregen aus grauem Seifenwasser, das aus einer langstieligen Bürste kam. Der anschließende Klarspülgang verlief ziemlich heftig. Durch den starken Druck bäumte sich die Düse in seinen Händen, als wollte sie davonfliegen. Er fuhr aus seiner Bucht heraus und blieb beim Staubsauger stehen. Was auch geschehen würde, sein Auto sollte jedenfalls makellos sein. Er warf Bierdosen und leere Zigarettenschachteln und nicht zugestellte Post in einen Abfalleimer. Mit einem getränkten Tuch aus einem Automaten polierte er das Armaturenbrett und die Türfüllungen, bis alles glänzte, als wäre eine Flasche Salatöl auf dem Fahrersitz explodiert. Er machte sogar das Handschuhfach sauber. Seine Landkarte des Mittleren Westens war überholt, ausgebleicht und an den Faltkanten eingerissen. Darauf waren längst fertiggestellte Highways noch als unterbrochene blaue Linien dargestellt, die dem Autofahren eine strahlende Zukunft verhießen.

Er kehrte auf die Landstraße zurück. Dieser ganze Tatendrang war, wie er sehr wohl wusste, hauptsächlich der Versuch, der Frage auszuweichen, was er tun sollte, wenn er sich mit Octavia traf.

Bevor er sich zu irgendetwas entschließen konnte, wurde er von einem Polizeiwagen überholt. Der hatte zwar kein Blinklicht und keine Sirene an, fuhr aber auf der Überholspur neben ihm her und blieb auf gleicher Höhe. Durch das Seitenfenster sah Jerry, dass Earl, der Deputy, streng mit der Hand neben seiner Schulter abwärts winkte. Jerry fuhr an den Straßenrand, und der Polizeiwagen stellte sich quer vor ihn. Nun gingen doch noch die Lichter an und drehten sich langsam, rot, blau und gelb. Jedes Jahr schienen neue Farben hinzuzukommen. Beide Männer stiegen aus.

»Schöner Abend«, sagte Jerry.

Earl ging nach hinten und leuchtete mit einer Taschenlampe über den Boden. »Sag mal, hast du immer noch dieses Fässchen?«

»Vielleicht. Wieso?«

»Der Getränkemarkt sucht es.«

»Ich komm gerade von der Autowäsche.«

»Na großartig.«

»Kann ich es nicht zurückbringen, wenn ich es leer habe?«

»Pass auf, Jerry, ich möchte deswegen kein großes Tamtam machen. Aber ich habe heute den ganzen Tag von nichts anderem zu hören gekriegt als von diesem beschissenen Fässchen. Anscheinend ist ein Junge in den Getränkemarkt gekommen, heute Vormittag, oder am Wochenende, ich weiß nicht so genau, und wollte sein Pfand zurück, weil es ja nicht seine Schuld war, dass es gestohlen wurde.«

»Darüber kann man streiten.«

»Sie wollen das Pfand sowieso nicht. Das mit dem Pfand soll ja nur dazu dienen, dass die Fässchen wieder zurückgebracht werden. Was auch ganz logisch ist, finde ich. Was glaubst du denn, wann du damit fertig bist? Ist doch bestimmt schon ganz schal?«

»Komm mit und hol es dir. Du brauchst deswegen nicht gleich ein Kriegsgericht einzuberufen.«

»Das ist einfach nur nervig und sonst gar nichts. Aber ich bin den Typen vom Getränkemarkt einen Gefallen schuldig, weil sie immer wieder mal ein Vorhaben von uns sponsern.«

Earl gab Vollgas, doch Jerrys Auto konnte mit dem V8 oder V10 oder welchem V auch immer des Polizeiwagens nicht mithalten. Jerry fiel zurück, versuchte aber zumindest, die Rücklichter nicht aus den Augen zu verlieren, weil er den leisen Verdacht hatte, dass man sich mit ihm einen Spaß erlauben wolle. Er brauchte sich nicht zu beeilen. Bis Mitternacht waren es noch Stunden.

Ganz mit ihren eigenen Gedanken beschäftigt – Earl mit dem verschwundenen Fässchen, und Jerry mit dem Bemühen, den Rücklichtern des Streifenwagens zu folgen –, fuhren beide an der Tankstelle an der Kreuzung von 56ster und Chesley Road vorüber, ohne Follard zu sehen, der an der einsamen Zapfsäule neben der Eismaschine stand und sich mit einer Hand die Seite hielt, während er mit der anderen Kerosin in einen blauen Plastikkanister füllte. Jeder, der Follards Geschichte kannte, hätte sich gefragt, was er wohl im Sinn habe. Der Tankwart jedoch kannte niemanden hier näher. Er war die weite Strecke von Tuscaloosa hierher gefahren, um einen Mercedes Diesel abzuliefern, und hatte beschlossen, eine Weile zu bleiben. Das Einzige, was er sagte, nachdem er Follards Zwanziger gegen das Licht gehalten und ihm dann das Wechselgeld herausgegeben hatte, war »schönen Abend noch«. Allerdings hätte sich auch jeder andere, egal, wo er herkam und was er von den in der Gegend überlieferten Erzählungen wusste, schwergetan, Follard das Recht abzusprechen, so wie jeder Mensch zwanzig Liter Kerosin käuflich zu erwerben.

Follard war nur knapp an einer Dreschflegelbrust vorbeigekommen. Das hatte Dr. Palomino gesagt, und das hatten auch die Ärzte in der Notaufnahme bestätigt. Sie hatten ihn geröntgt und ihm Tylenol mit Kodein verschrieben. Sie gaben ihm Anweisungen, was er tun müsse, damit die Rippen von selbst wieder zusammenwuchsen. Sie rieten ihm zu Ruhe und tiefem Atmen. Aber Follard fand keine Ruhe. Er hatte beschlossen, Charles Darling eins auszuwischen, um Lyris' guten Ruf wiederherzustellen.

Sein Gedankengang war folgender: Wenn Lyris entehrt worden wäre, dann hätte Charles das Recht gehabt, ihn zusammenzuschlagen. Aber sie war nicht entehrt worden. Es ging ihr gut. Er hatte gesehen, wie sie aus dem Fluss gestiegen war, hatte ihr nachgerufen, hatte versucht, ihr mitzuteilen, dass alles vergeben und vergessen sei. Sie war von selber hineingesprungen; das hatte er nicht beabsichtigt. Erst heute Morgen hatte er sie aus dem Bus steigen sehen, und sie bewegte sich ungehindert, es war nichts gebrochen. Er hatte sie gesehen; sie ihn zwar nicht, aber es ging ihr gut. Deshalb – und das war ein gedanklicher Fehler, der Follard leicht unterlief – würde er, wenn er es Charles nicht heimzahlte, nur die Vorstellung bestätigen, dass Lyris entehrt worden sei.

Er hatte sich diese Logik am Spätnachmittag zurechtgelegt, auf der Matratze zu Hause, während er ruhte und tief atmete.

Jetzt hob er das Kerosin in sein Auto. Das tat weh. Zwanzig Liter sind ein ganz schönes Gewicht für jemanden, der Schmerzen hat. Er stellte den Kanister aufrecht zwischen Vorder- und Rücksitz und fuhr zu einem Rasthaus. Drinnen setzte er sich an einen Picknicktisch und aß Seehecht mit Pommes. Der schuldhafte Geruch von Kerosin war noch an seinen Händen. Ihm war klar, wenn er stärker gewesen wäre, hätte er das Ganze auf sich beruhen lassen können. So etwas Ähnliches hatte sein Onkel einmal gesagt, bei einem anderen Racheakt, den Follard geplant hatte. Aber er war nun einmal nicht stark, und er war nicht tapfer. Und er war auch nicht vertrauenswürdig oder loyal. Er beneidete seine Tante und seinen Onkel, wie sie so blind dahinlebten – ehrbar, fleißig, lachhaft, als würde ihnen jemand beim Dahinscheiden einen Preis verleihen.

»Es gibt keinen Preis«, sagte er laut.

Aus der Jukebox sang Tom Waits von einem Haus in seiner Straße, bei dem die Fenster alle eingeschlagen seien und zu dem nie jemand heimkomme. »If there's love in a house, it's a palace for sure.« Follard wischte sich den Mund ab und faltete seine Serviette zusammen.

Eine Kellnerin brachte auf einem Rollwagen die Desserts. Alles sah alt und trocken aus.

»Trauriges Lied«, sagte er.

»Das ist ein verdammt trauriges Lied, wenn Sie mich fragen«, sagte die Kellnerin.

Micah schlief, Lyris schlief, Charles lag auf der Couch und trank. Er hatte keine Lust, hinaufzusteigen. So hatten er und Joan immer gesagt: »Hast du Lust, hinaufzusteigen?« Als würden sie in den Wolken schlafen.

Sechzehn

Micah war mit einem gerahmten Bild von Joan in der Hand eingeschlafen. Darauf war sie zu sehen, wie sie auf einen Festzug wartete, mit Sonnenbrille, die Finger gedankenverloren in eine Locke ihres silberblonden Haares verstrickt. Es wurde kein geruhsamer Schlaf. Die Luft war unerträglich trocken. Er träumte, er liege wach. Und dann war er tatsächlich wach, konnte aber die Augen nicht aufmachen, weil die Lider irgendwie verklebt waren. Er rief nach Joan, nach Charles und schließlich nach Lyris.

Lange Zeit kam niemand. Trockener Sand bedeckte seine Augen. Er fragte sich, was mit ihm passiert sei, wo er sich befinde, wo alle anderen hin seien. Er fühlte sich wie lebendig begraben. Er überlegte, ob er noch einmal rufen solle. Wenn er allerdings irgendwo an einem unbekannten Ort gelandet war, dann wäre es vielleicht besser, sich still zu verhalten, bis er mehr wusste. Die Kissen und Decken waren da. Wo er auch sein mochte, sein Bett war immerhin dabei.

»Was ist denn los?«, fragte Lyris.

»Ich bin blind.«

»Du träumst nur.«

»Schau meine Augen an.«

»Schlaf jetzt wieder.« Sie drehte das Licht an, wodurch die Dunkelheit blassrot wurde. »Du hast tatsächlich was.«

»Ich glaube, ich bin blind, Lyris.«

»Nein. Das ist nur, weißt du, wie Joan das nennt? Sternenstaub.«

»Das ist kein Sternenstaub. Du weißt überhaupt nicht, was Joan wie nennt.«

Aufs äußerste gereizt, weil er diese neueste Entwicklung gar so ungerecht fand, warf er sich im Bett hin und her. Er ächzte und stöhnte, grub die Fersen in die Matratze und bog den Rücken durch wie ein wildes Tier.

»Hör auf damit«, sagte Lyris. »Das hilft überhaupt nichts.«

Sie ging hinaus, und als sie zurückkam, drückte sie ihm einen heißen Waschlappen auf die Augen. Das tat gut. Sein Zorn schmolz in der feuchten Hitze des Lappens.

»Ist dir das auch schon mal passiert?«, fragte Micah.

»Ja.«

»Wo warst du da?«

»Im Waisenhaus.«

»Und was haben die gemacht?«

»Das Gleiche, was ich mache«, sagte sie.

Follard trug die Bauteile für eine Bombe aus lauter Gegenständen zusammen, die er im Haus gefunden hatte. Ein Räucherstäbchen würde die Zündschnur abgeben. Er goss etwas Kerosin aus dem blauen Kanister in einen Milchkrug. Dann füllte er den Rest des Gefäßes mit Wasser auf, obwohl er sich nicht vorstellen konnte, dass das irgendjemanden irreführen würde.

Er parkte sein Auto an der Landstraße. Den Krug mit Kerosin nahm er in die rechte Hand. Die anderen Gerätschaften passten leicht in seine Jackentaschen. Die Bombe konnte an Ort und Stelle innerhalb von fünf Minuten zusammengebaut werden.

Der Mond warf sein Licht auf den Boden. Follard atmete tief, ganz nach ärztlicher Anweisung. Das Geräusch seines Atems füllte ihm die Ohren, so wie es bald das Geräusch der Flammen tun würde.

Follard ging durch die Bäume, linkes Bein, rechtes Bein, Milchkrug in der Hand, über Wurzeln, durch Rinnen voll nasser Blätter, auf das Grundstück der Darlings zu. Die Scheune, in der Lyris eingesperrt gewesen war, würde gleich zu Asche verbrennen. Eines Tages würde sie das verstehen.

Follard trat aus den Bäumen heraus auf eine Wiese voll hohem

Brombeergebüsch. Wo war er? Die trockenen Ranken schwankten. Er bückte sich und drückte sich durch die Sträucher, bis zu einer Lichtung, die er noch nie gesehen hatte: Ruinen, Moos und die dicken weichen Blätter der Stinkenden Zehrwurz. Die Bäume fingen drüben wieder an, auf der anderen Seite von dem, was einmal ein Haus gewesen sein musste. Er war wohl zu weit südlich geraten, etwas anderes konnte er sich nicht vorstellen. Glasscherben glitzerten auf den niedrigen Mauern. Eine Schießscheibe aus Papier hing an einem abgestorbenen Baum, das Zentrum zerschossen. Er machte sich im Geist eine Notiz, dass er hier einmal mit einem Metalldetektor herkommen müsse. Münzen fanden sich meist in nächster Nähe von Häusern. Follard fuhr mit den Händen hin und her, als hielte er darin bereits den Metalldetektor. Dann hielt er inne, da er ein langgezogenes Knirschen vernahm. Das hohe Gras bewegte sich unnatürlich. Zu spät merkte er, dass der Boden unter ihm nachgab. Dann splitterten die Bretter einer hölzernen Abdeckung unter dem Gras, und Follard und seine Bombe fielen in ein Loch im Boden.

Micah konnte wieder sehen, wenn auch nicht deutlich. Er ging ins Bad zum Waschbecken, formte die Hände zu einer Schale, ließ sie volllaufen und schüttete sich Wasser ins Gesicht. Als das Wasser zu heiß wurde, drehte er es ab und trocknete sich die Augen mit einem Handtuch ab. Als er wieder in sein Zimmer kam, saß Lyris in einem Sessel und schaute Joans Foto an.

»Wie steht's mit der Blindheit?«

»Besser als vorher.«

Sie reichte ihm die Hausaufgabe, die er heute gemacht hatte, eine Übung, bei der Fragen formuliert werden mussten, in denen die Vergangenheitsform von *sein* vorkam. »Versuch das mal zu lesen.«

»Wann warst du in der Stadt?«, las er. »Wart ihr schon wieder frech zu den Leuten? Waren wir zu laut, mein Freund?«

»Glaubst du jetzt, dass du wieder sehen kannst?«

Micah löschte das Licht und stieg ins Bett. Er und Lyris begannen zu reden. Sie schauten zur Decke, Micah in seinem Bett und Lyris in dem Sessel, und sprachen leise ins Dunkle. Wie Geschwister, die zusammen aufgewachsen sind, kamen sie auf das wichtige Thema zu sprechen, was für Fehler Eltern begingen und wie Kindern möglichst gut darauf reagieren konnten.

Er fragte, ob sie hierbleiben werde, jetzt, da Joan gegangen sei. Sie fragte, wo sie denn seiner Meinung nach sonst hingehen sollte. Er überlegte, dass die Home Bringers, die sie ja nur deshalb hierher gebracht hatten, weil Joan da war, jetzt vielleicht beschließen würden, sie anderswohin zu schaffen. Lyris sagte, sie hoffe, das werde nicht geschehen. Sie sagte, sie könne doch nicht ihr Leben lang durch die Gegend ziehen. Sie sei oft genug umgezogen. Micah kam auf die Idee, dass die Home Bringers vielleicht sogar Joan suchen und Lyris zu ihr bringen könnten. Lyris sagte, sie könne nicht ewig hinter Joan herjagen, und außerdem werde Joan ja im Frühjahr wieder nach Hause kommen, wenn es stimme, was Charles sage. Micah sagte, Charles könne man nicht immer glauben, und wenn sie weiterreden wollten, sollten sie vielleicht nach unten gehen und sich etwas zu essen machen. Lyris war einverstanden.

Sie stellten sich einen Imbiss auf einem Tablett zusammen und gingen ins Wohnzimmer, wo Charles auf der Couch schlief, mit einer Flasche Whiskey und einem Glas auf dem Fußboden neben sich. Lyris schlug pantomimisch vor, ihn aufzuwecken, aber Micah schüttelte den Kopf. Der Fernseher lief ohne Ton. Ein Mädchen in einer schwarzen Samtjacke setzte mit einem großen braunen Pferd über Gatter und Bäche. Pferd und Reiterin schwebten bei jedem Sprung in der Luft. Einmal, als das Pferd vor einem Gatter auswich, schlug das Mädchen es mit der Gerte auf die Flanke und ritt einen kleinen Kreis, um den Sprung noch einmal zu versuchen. Das Pferd rutschte aus und fing sich wieder, aber die Reiterin stürzte. Jetzt wurde es interessant. Micah und Lyris setzten sich auf den geflochtenen Teppich, aßen ihre Cracker und sahen zu, wie die Reiterin wieder in den Sattel stieg. Sie hatte sich am Kopf verletzt, aber sie gab nicht so schnell auf.

Charles murmelte im Schlaf vor sich hin und bewegte die Hand langsam neben der Couch. Er träumte, er, Micah und Lyris warteten bei Colette zu Hause auf Joan. Sie hätte schon längst da sein sollen. Die Kinder sahen fern, und Colette drängte zum Abendessen. Schließlich tauchte Joan mit Jerry auf. Sie setzte sich auf einen Stuhl in der Ecke.

»Da ist deine Braut«, sagte Jerry. »Es geht ihr nicht besonders gut.«

Charles kniete sich neben sie. Joan lächelte, aber ihr Gesicht war ganz anders, das Gesicht einer Fremden. Er fragte, ob sie Hunger habe. »Später«, sagte sie. »Macht ihr ruhig weiter.«

Octavia Perrys Bruder begleitete sie zum Elefanten. Er wollte gern ihren Kombi haben und fand, sie um Mitternacht einem Postboten mittleren Alters zu übergeben, sei dafür ein akzeptabler Preis. Jerry war noch nicht da. Er und Octavia konnten den Kombi wegen der satellitengestützten Diebstahlsicherung nicht benutzen. Das Wäldchen beim Elefanten lag verlassen vor dem Himmel. Der Bruder spürte, dass seine Schwester erwachsen wurde – zu schnell vielleicht, aber so war es nun einmal. »Lass den Zündschlüssel gleich stecken.«

Sie stiegen aus und wechselten vor der Motorhaube die Seiten. Octavia blickte ihren Bruder an. Er sah nicht so gut aus, wie er immer meinte. Er hatte zu kleine Ohren. Sie umarmte ihn, was ein wenig peinlich war, da sich ihr Körperkontakt viele Jahre lang auf Schlagen und Stoßen beschränkt hatte. Octavia schaute über seine Schulter hinweg in das Tal hinter dem Elefanten, auf die vereinzelten Lichter der Farmen in der Ferne.

»Mache ich einen Fehler?«, fragte sie.

»Das kann ich dir nicht sagen, Taff.«

Sie löste sich aus der Umarmung, behielt die Hände aber noch auf seinen Unterarmen. Es kam ihr anständig von ihm vor, dass er nicht versuchte, sie so schnell wie möglich loszuwerden, indem er ihr sagte, was sie hören wollte. In Gedanken war er aber schon hinter dem Steuer, das wusste sie.

»Geh nur«, sagte sie.

Er fuhr davon. Octavia stellte sich unter eine Lärche, den Koffer zu ihren Füßen. In ihn hatte sie Kleidung, Armbänder, Make-up, zwei

Sandwiches und ein leeres Heft gepackt. Sie war noch nie fähig gewesen, ihre Gedanken niederzuschreiben, weil die ihr immer so allerweltshaft vorgekommen waren. Aber jetzt würde alles anders werden.

Ihr Bruder hielt ein paar hundert Meter weit entfernt wieder an. Die Rücklichter waren auf einem Hügel zu sehen. Wahrscheinlich wollte er sichergehen, dass sie auch wirklich abgeholt würde. Auf seine Art konnte er wirklich süß sein. Ihre ganze Familie kam ihr in der Rückschau gütig, wenn auch fehlgeleitet vor. Ihre Mutter würde es am härtesten treffen, sie würde sich betrogen vorkommen. Aber es würde November werden, Dezember, Schnee würde von den Dächern wehen, und irgendwann würde sie begreifen, dass ihre Tochter fort war.

Jerry kam genau in dem Moment, als sie dachte, er würde nicht mehr kommen. Er nahm sie bei den Händen und hielt sie von sich und bat sie, sie anschauen zu dürfen. Sie trug einen Militärmantel über einem schwarzen Kleid. Der Wind fuhr durch die Zweige.

»Wo sollen wir hin?«, fragte er.

Sie strich sich die Haare aus der Stirn. »Nach Texas?«

»Warum nach Texas?«

»Ich hab gehört, dort soll es schön sein«, sagte sie leise und drehte die Schuhspitze im Gras.

Follard stand in dem Loch, das er zufällig entdeckt hatte. Jeder, der keine gebrochenen Rippen hatte, hätte herausklettern können. Der Erdboden lag für ihn auf Kinnhöhe. Das Loch war ringsum mit verrostetem Metall ausgeschlagen, das sich an manchen Stellen abwärts gebogen hatte und die hölzernen Latten dahinter freigab. Es musste früher einmal eine Zisterne gewesen sein oder ein ausgetrockneter Brunnen. Er versuchte zu klettern, aber das tat so weh, dass er lieber sterben wollte.

Die Fuchsjäger – Vincent, Leo, Old Bob und Kevin – hörten ihn rufen, als sie an der verlassenen Farm vorbeikamen. Sie folgten Kevins Hund bis zu Follard, der sofort ohne Punkt und Komma zu reden begann. Er hatte sich seine Lage genau überlegt und gab Erklärungen zu seinen gebrochenen Rippen ab und warum die naheliegende Lösung, nämlich ihn an den Armen herauszuziehen, keinesfalls in Frage komme. Stattdessen, so sagte er, sollten sie Ziegelsteine oder Felsbrocken suchen und in die Zisterne werfen, damit er sie als Stufen benutzen könnte. Er reichte schon mal den Milchkrug hinauf, um Platz zu schaffen.

Leo Miner nahm den Deckel ab und roch das Kerosin. »Wofür ist das denn?« Er hielt den anderen den Krug hin, damit sie seine Entdeckung teilen konnten.

»Ich bin den ganzen Weg hier heraus gekommen, und dann habe ich gemerkt, dass ich den Brennstoff für meine Lampe vergessen habe«, sagte Follard. »Ich übernachte im Zelt. Deshalb musste ich noch mal zurück.«

»Wo hast du dein Zelt?«, fragte Old Bob.

»Nördlich von hier.«

»Wir kommen gerade von Norden«, sagte Vincent.

»Dann müssen Sie daran vorbeigekommen sein«, sagte Follard.

Die Fuchsjäger besprachen die Lage. Follards Erklärung stimmte womöglich, aber sie konnten sich dennoch des Eindrucks nicht erwehren, dass er unterwegs sei, um irgendwo Ärger zu machen. Allerdings war er nicht in der Verfassung, groß etwas anzurichten, und sie konnten ihn kaum hier sitzenlassen. Das Kerosin konnten sie an sich nehmen; sie konnten gegebenenfalls auch Follard selbst mit sich nehmen. Nachdem sie also zu einer Entscheidung gelangt waren, begannen sie sich nach etwas umzusehen, worauf Follard steigen konnte. Der Hund rannte hierhin und dorthin, er begriff nicht, was sie wollten. Aus dem Fundament des Hauses ließen sich keine Steine herausbrechen. Die Maurer von damals hatten schon gewusst, was sie taten. Die Jäger sammelten sich wieder um die Zisterne und hockten sich nieder. Es kam ihnen so unglaublich vor, dass dieser junge Mann, der nur ein kleines Stück unter ihnen zu stehen schien, nicht auf ihre Höhe gebracht werden konnte. Old Bob bot Follard einen Schnaps an, den dieser dankbar annahm. Kevin zeigte ihm den Fuchs, den sie vor einer Stunde erlegt hatten. Er war so klein, dass er eher wie ein Haustier aussah.

»Ich hab eine Idee«, sagte Leo.

»Die funktioniert sowieso nicht.«

»Hör mal zu, Vincent«, sagte Leo. »Wie wäre es, wenn wir unsere Jacken ausziehen, sie an den Ärmeln zusammenbinden und so eine Art Schlinge machen, um ihn hochzuziehen?«

»Stimmt, das ist die Lösung«, sagte Vincent.

»Wir sollten es auf jeden Fall versuchen«, sagte Kevin.

»Es ist kalt hier unten«, sagte Follard.

»Du hältst dich da raus.«

Sie banden ihre Jacken zusammen. Es funktionierte. Als Follard befreit war, verharrte jeder in stummer Bewunderung für Leos Einfallsreichtum. Dann nahm Leo den Krug mit dem Kerosin und trug ihn auf die Lichtung. Er goss ihn am Fuß des abgestorbenen Baumes mit der Zielscheibe aus. Um nicht gänzlich den Kürzeren zu ziehen, warf Vincent ein Streichholz auf das Kerosin. Das Feuer schien vom Himmel zu fallen. Der Baum brannte wie Zunder.

»Das wollte eigentlich ich machen«, sagte Follard.

In der Stadt war Colette noch wach. Sie saß im Bett und las einen Brief durch, den sie an Bilys Uhrenmuseum geschrieben hatte. Sie schüttelte den Kopf. Eigentlich wollte sie nur sagen, wie sehr sie ihren Besuch genossen habe, aber immer wieder fand sie, sie drücke sich nicht gut aus. Sie zerriss den Brief und warf die Schnipsel auf den Boden. Dort lagen schon andere. Colette legte ein frisches Blatt Papier auf das Schneidebrett auf ihrem Schoß. *Sehr geehrte Damen und Herren*, schrieb sie. *Sie haben da einen sehr besonderen Ort. Passen Sie gut darauf auf. Und verraten Sie mir eines: Was hat diese Brüder dazu gebracht, so zu werden, wie sie waren? Könnte sich so etwas wiederholen?*

Die Reiter knoteten gelbe Bänder an die Zügel ihrer Pferde. Lyris stellte den Fernseher ab. Sie streckte sich mit erhobenen Armen und nach oben gekehrten Handflächen, was aussah, als wollte sie etwas am Fallen hindern. Micah bekam einen Hustenanfall und taumelte in den Vorraum, um Charles nicht zu wecken. Er stützte die Arme auf die Tiefkühltruhe und sah zum Fenster hinaus. Die Säulen der Veranda, die Scheune, die Gleise und die Bäume – alles lag im Mondschein. Wie gut das tat, nicht mehr husten zu müssen.

Charles wachte trotzdem auf und schleppte sich in Socken auf die Veranda. Er rief Micah und Lyris nach draußen, damit sie sich einen Streifen Licht am Himmel ansahen. Keiner von ihnen konnte ihn als Widerschein eines brennenden Baumes identifizieren. Durch irgendwelche Spiegelungen in der Nachtluft schien er riesengroß und sehr weit entfernt zu sein.

»Das muss … das Nordlicht sein«, sagte Charles.

»Das glaub ich nicht«, sagte Lyris. »Es wird schon schwächer.«

»Das ist das Nordlicht, so sicher, wie wir hier stehen.«

»Joan hätte es gewusst«, sagte Micah.

Sie blieben noch eine Weile draußen. Die Ziege ruhte mit zurückgelegten Ohren auf der Veranda, eine friedliche silberne Gestalt. Dann schlüpfte der Mond hinter die Bäume, und Dunkelheit legte sich über das Haus, die Felder, die Wälder und die Straße. Ein Nachtvogel schrie, eine Katze antwortete, miaute in einem Hunger, der niemals verging, und es war still.

PAZIFIK

Eins

Tiny und Micah saßen auf der rückwärtigen Veranda des Hauses, in dem sie etwas außerhalb der Kleinstadt Boris wohnten, und sahen zu, wie die Sonne hinter den Bahngleisen und den Bäumen unterging.

»Sagen wir, du trägst etwas«, sagte Tiny.

»Okay? Was zum Beispiel?« Der vierzehnjährige Micah hatte eine laubgrüne eng anliegende Strickmütze mit Bommel auf. Sein Haar legte sich wie Federn um seine sanften braunen Augen.

»Etwas Wertvolles. Diesen Aschenbecher hier. Sagen wir, das wäre ein wertvoller Aschenbecher.«

Der Aschenbecher war aus grünem Glas mit auf den Rand geklebten vergilbten Muscheln. Vermutlich kam er ursprünglich aus dem Yellowstone Park oder sonst einem Touristenort. Früher war er *vielleicht* einmal wertvoll gewesen. Micah nahm ihn und ging bis zum Ende der Veranda und zurück.

»Sehr gut«, sagte Tiny. »Etwas Wertvolles trägt man nämlich vor sich und niemals auf der Seite.«

»Ich wollte nur nicht, dass die Asche rausfällt.«

»Und jetzt sagen wir, du gerätst in eine Schlägerei.«

»Na ja, so was mach ich nicht.«

»Was du dann tun musst, ist, den Kopf senken und ihn dem anderen in den Solarplexus rammen. Damit rechnet keiner.«

»Ich würde damit auch nicht rechnen.«

»Genau, das tut keiner. Manchmal wird einer davon ohnmächtig. Und fast jeder fällt um.«

»Hab's kapiert.«

»Und leg dir nie, nie eine Kreditkarte zu.«

»Wovon sollte ich die bezahlen?«

»Kannst du nicht. Genau das ist es.«

Es war ein kühler Abend im Mai. Der rote Himmel verdunkelte das Gras und den Schuppen und das Haus.

»Möchtest du immer noch wegziehen?«, fragte Tiny. »Du kannst deine Meinung jederzeit ändern.«

»Dad, ich bin noch nie im Leben geflogen.«

»Wir könnten Paul Francis fragen, ob er dich mit hochnimmt.«

»Ich meine, in einem richtigen Flugzeug.«

Tiny nickte. »Ich habe das nur gesagt, um irgendwas zu sagen.«

Ein Rundschwanzsperber flog von Westen heran und landete auf dem Ast eines Laubbaums mit frischen Blättern.

»Da ist ja dein Sperber«, sagte Tiny. »Will sich von dir verabschieden.«

Dan Norman trat aus seinem Haus, die Stücke eines zerbrochenen Tisches im Arm. Er und Louise wohnten noch immer auf der alten Farm der Klars auf dem Hügel.

Der Tisch war im Wohnzimmer zusammengekracht. Es war nichts ungewöhnlich Schweres darauf gestanden, und weder Dan noch Louise hatten sich in seiner Nähe befunden, als er zerbrach. Es war für den Tisch wohl einfach an der Zeit gewesen.

Ein Auto bog langsam in die Einfahrt, und eine Frau stieg aus und blieb in dem gelben Kreis des Hoflichts stehen. Sie hatte langes blondes Haar, trug ein rotes Plisseekleid und weiße Handschuhe.

»Sie erinnern sich wahrscheinlich nicht an mich«, sagte sie.

»Doch«, sagte Dan. »Joan Gower.«

Er schob die Trümmer des Tisches auf den linken Arm und gab ihr die Hand.

»Wussten Sie, Sheriff, dass wir alle eine zweite Chance bekommen?«, fragte Joan.

»Manchmal. Ich würde sagen, das wusste ich.«

»Er wird sich uns wieder zuwenden und Mitleid mit uns haben und unsere Missetaten überwinden.«

»Allerdings bin ich nicht mehr Sheriff.«

Die Haustür ging auf, und Louise kam heraus, in einem langen weißen Button-down-Hemd, das sie als Kleid trug.

»Mit wem sprichst du denn?«

»Mit Joan Gower.«

»Allen Ernstes.«

Louise hatte wirres rotes Haar, das im Licht des Hauses hinter ihr wild und lebendig wirkte.

»Etwas Geschäftliches?«

»Ich hole meinen Sohn zurück«, sagte Joan.

»Gib mir das mal, Schatz«, sagte Louise.

Sie nahm Dan die Teile des Tisches ab und ging auf die Hecke hinter dem Haus zu.

Louise legte das Holz in den Abfallverbrenner und lief dann weiter zur Scheune, den Staub des alten Bauernhofs kühl und puderig unter den Füßen.

Die Scheune, die so leer und dunkel wie eine Kirche war, wurde nicht mehr benützt. Louise stieg die Leiter hinauf und ging über den Heuboden. Die Bretter waren von der jahrzehntelangen Berührung durch Schuhe und Heuballen sowie den verschiedenen Jahreszeiten glattgeschliffen. Sie setzte sich in die offene Tür, ließ die nackten Beine hinausbaumeln, zündete sich eine Zigarette an und rauchte in der Dunkelheit.

Dan und Joan standen unten im Hof und sprachen miteinander. Louise lauschte dem leisen Klang ihrer Stimmen. Was sie sprachen, konnte sie nicht sagen.

Sie sah, wie Joan die Hand ausstreckte und auf Dans Schulter und dann an sein Gesicht legte. Diese Geste machte Louise aus irgendeinem Grund glücklich.

Vielleicht, weil sie schön war. Ein anmutiger Anblick hier auf dem Land, was auch immer man sich sonst dabei denken mochte.

Lyris und Albert lümmelten auf dem Sofa herum, rauchten Gras in einer Holzpfeife aus El Salvador und lasen den Werbehinweis auf Lyris' Umzugskartons.

Lyris war das andere Kind von Joan – Micahs Halbschwester und Tinys Stieftochter. Mit dreiundzwanzig war sie gerade erst mit ihrem Freund Albert Robeshaw zusammengezogen.

Die Kartons würden, so stand da, vier Umzüge oder, wenn sie zur Aufbewahrung benutzt wurden, zwölf Jahre lang halten, und jeder, der sie noch länger benutzen konnte, sollte sich auf der Website der Firma eintragen und das bekanntgeben.

»Als ob das jemand machen würde«, sagte Albert.

»Wen auch immer das betrifft«, erwiderte Lyris.

»Wir ziehen dauernd um.«

»Wir finden Ihre Umzugskartons wirklich toll.«

»Also, was machen wir?«

»In welcher Hinsicht?«

»Sollen wir uns mit Micah treffen?«

Lyris zog an der Pfeife. »Der kleine Rabauke.«

Joan hatte Lyris gleich nach der Geburt zur Adoption freigegeben. Als sie sechzehn und Micah sieben Jahre alt waren, stand sie plötzlich vor Joan und Tinys Tür. Als Joan fortging, war Lyris diejenige, die Micah erzog, jedenfalls mehr als sonst jemand.

Louise kam vom Heuboden herunter und ging zum Haus zurück. Dan machte ihr einen Drink und öffnete ein Bier, und sie sahen sich über den Küchentisch hinweg an.

»Was sagt uns das?«

Dan hob die Augenbrauen. »Hört sich an, als würde Micah Darling zu ihr nach Kalifornien ziehen.«

»Was hat das mit uns zu tun?«

»Ich glaube, sie wollte es einfach nur jemandem erzählen.«

»Ich habe gesehen, wie sie dich angefasst hat.«

»Ach ja?«

Louise nahm den Kronkorken der Bierflasche und warf ihn auf Dan.

»Jawohl, Mann. Ganz schön süße Szene.«

Dan fing den Deckel auf und warf ihn in die Ecke, wo er neben dem Mülleimer auf dem Boden landete.

»Wo warst du?«, fragte Dan.

»Oben in der Scheune.«

»Wie war's?«

»Wie immer. Gut.«

Als Lyris und Albert eintrafen, trank Tiny gerade einen Wodka mit Hohem C und sah sich im Fernsehen den Ironman-Triathlon an. Ein Athlet hatte gerade das Rennen hinter sich gebracht und taumelte herum wie ein neugeborenes Fohlen. Verschiedene Leute versuchten ihn einzufangen, mit wenig Erfolg.

»In einer solchen Situation braucht man eine Schubkarre«, sagte Tiny.

Lyris und Albert standen rechts und links von seinem Sessel und blickten auf den Bildschirm.

»Gibt es da auch Bogenschießen?«, fragte Albert.

Tiny lachte. »Um Himmels willen, nein. Man muss schwimmen, radfahren und laufen. Das alles muss in siebzehn Minuten geschehen.«

»Das kann nicht stimmen«, sagte Lyris.

»Entschuldigung. Stunden«, sagte Tiny.

»Wo ist Micah?«

Tiny kippte den Kopf nach hinten, um zur Decke hinaufzuschauen. »In seinem Zimmer. Packt seine Sachen.«

»Wie geht's dir?«

»Ganz okay.«

Albert setzte sich auf einen Stuhl, um auf den Fernseher zu schauen oder auf Tiny, der auf den Fernseher schaute. Lyris stieg die enge Treppe zwischen der Fichtenholzverkleidung hinauf, an der die Bilder hingen, die sie aus Zeitschriften ausgeschnitten und gerahmt hatte.

Micah hatte Lyris' alten Koffer offen auf dem Bett stehen und legte seine gefaltete Kleidung hinein. Der Koffer war aus grobem sandfarbenem Stoff mit roten Metallecken. Aus ihrer Jeanstasche zog Lyris ein zusammengefaltetes Stück Papier und steckte es in den Koffer.

»Okay, Junge, das ist meine Nummer«, sagte sie. »Wenn du Schwierigkeiten hast, wenn du mit jemand reden musst, dann bin ich da.«

»Wer wird mich in Kalifornien ›Junge‹ nennen?«

»Niemand. Deswegen solltest du auch nicht fortgehen.«

»Findest du?«

Sie zuckte die Schultern. »Geh' hin und schau, wie es ist.«

»Sind Flugzeuge laut?«

»Man gewöhnt sich daran«, sagte Lyris. »Manchmal wackeln sie irgendwie.«

»Sie wackeln?«

»Also, eigentlich nicht. Sie ruckeln. Gelegentlich. Wegen Löchern in den Wolken. Aber das macht nichts. Wenn du nervös wirst, dann schau dir einfach die anderen Leute im Flieger an. Egal was passiert, sie denken anscheinend die ganze Zeit nur: Hmm-hmm-hmm, was gibt es heute wohl zum Abendessen?«

Zu dem Hotel, in dem Joan logierte, gehörte ein Lokal mit blauen Neonleuchten in den Fenstern. Sie ging hinein, setzte sich an die Bar und bestellte einen Dark and Stormy.

An der Bar bediente eine junge Frau in einer schwarz-weißen Schürze mit waagrechten Efeuranken über dem Gürtel und Blüten des Rauen Sonnenhuts darunter.

»Sind Sie wegen der Hochzeit hier?«, fragte sie.

Joan erklärte die Sache mit Micah – dass sie ihn vor sieben Jahren verlassen habe und jetzt auf eine Chance hoffe, es wiedergutzumachen.

»Oh je«, sagte die Barfrau. »Das bedeutet sicher für alle eine ziemliche Veränderung.«

»Das stimmt«, erwiderte Joan. »Wahrscheinlich denken alle, es wird eine totale Katastrophe.«

»Na ja, mir kommt es mutig vor.«

Joan nahm einen Schluck. »Ach ja?«

»Oh doch. Sogar irgendwie, wie soll ich sagen, inspirierend.«

»Sie sind ja bezaubernd«, sagte Joan.

»Sie sehen wie jemand vom Fernsehen aus.«

»Das bin ich auch.«

»Schwester Mia. In *Forensic Mystic.*«

Joan nickte.

»Ach du großer Gott«, sagte die Barfrau. »Würden Sie mir vielleicht ein Autogramm auf die Hand schreiben?«

»Wäre mir eine Ehre.«

»Schreiben Sie ›Schwester Mia‹.«

Joan drehte die Handfläche der Barfrau nach oben, schrieb mit einem purpurroten Filzstift »Schwester Mia« und zeichnete ein von einem Pfeil durchbohrtes Herz dazu.

»Alle werden denken, dass ich das selber gemacht habe«, sagte die Barfrau.

»Warum sollten Sie?«

Joan trank aus und ging auf ihr Zimmer. Es lag im ersten Stock nach hinten hinaus und ging auf einen Teich mit dunklen Bäumen, der von Häusern umstanden war. Sie schaltete das Licht im Zimmer aus, stellte sich auf den Balkon und blickte aufs Wasser.

Tiny machte Frühstück, und Micah kam die Treppe herunter, als er Rührei und kanadischen Bacon und Kaffee roch. Die beiden aßen, und Micah fragte Tiny, ob er sich mit Joan streiten werde, aber Tiny schüttelte den Kopf.

»Ich denke nicht mehr so oft an sie.«

»Du siehst dir ihre Sendung an.«

»Manchmal.«

»Da musst du doch an sie denken.«

Tiny streute Pfeffer aus einer roten Dose auf sein Essen. »Für mich ist es schon schwierig genug, der Geschichte zu folgen.«

»Das glaube ich.«

»Du musst auf sie aufpassen«, sagte Tiny. »Vielleicht denkst du, sie ist dir was schuldig. Das wird nicht hinhauen. Du musst auf sie aufpassen, so wie du auf mich aufpasst.«

»Ich pass nicht auf dich auf.«

»Na, lass mal deine Phantasie spielen.«

»Du bist für mich eher wie ein Bruder als wie ein Vater«, sagte Micah. »Und das meine ich nicht böse.«

Tiny stand auf und trug seinen Teller und sein Besteck zum Waschbecken, wo er alles wusch und nachspülte und in das Trockengestell räumte.

»Ich empfinde es auch nicht als böse«, sagte er.

Joan kam am mittleren Vormittag an, und Micah beobachtete sie vom Fenster aus. Sie lächelte, als sie über den Hof ging, als käme ihr alles gar nicht so anders vor wie in der Erinnerung.

Alle drei trafen auf der vorderen Veranda zusammen. Einen Augenblick lang schienen sie auf jemanden zu warten, der ihnen sagte, was zu tun sei.

Dann nahm Joan Micah in die Arme und legte den Kopf an seine Brust. Er war einen Kopf größer als sie.

»Ich kann dein Herz hören«, sagte sie.

»Komm doch rein«, sagte Tiny.

»Du musst mich hineinbitten.«

»Hab ich gerade gemacht.«

»Komm rein, Mom«, sagte Micah.

Joan setzte sich an den Tisch. Auf ihre Augenlider und Lippen war ein feines rötliches Puder aufgetragen, und ihre Haut glühte im Zimmer wie eine Lampe.

»Wir hatten Eier und kanadischen Bacon zum Frühstück«, sagte Tiny. »Willst du etwas davon?«

»Nein, danke. Ich habe im Hotel gefrühstückt«, antwortete sie leise.

»Wie war es?«

»In Ordnung.«

»Wo wohnst du?«

»In den American Suites.«

»Nett.«

»Oh! Da steht ja der Besen.«

»Was?«

»Ich sehe den Besen. Ich habe ihn gekauft, und jetzt schau ich genau drauf.«

»Ja, wir haben ihn nicht ersetzt. Ihm fehlen nur ein paar Borsten.«

Micah ging nach oben, um einen letzten Blick auf sein Zimmer zu werfen. Er dachte, er müsste eigentlich traurig sein, aber er fragte sich nur, wann er es wiedersehen würde. Würde er dann ein anderer sein? Wer würde er sein?

»Und wie läuft das Klempnergeschäft so?«, fragte Joan.

Tiny erklärte, wie er sein Klempnergeschäft verloren hatte. In einem Haus waren die Rohre geplatzt, und das Haus war gefroren und in sich zusammengefallen. Die Versicherungsgesellschaft hatte sich eingeschaltet und alle Subunternehmer verklagt.

»War es deine Schuld?«

»Jedes Rohr, das man gefrieren lässt, wenn Wasser drin ist, jedes solche Rohr platzt. Wer es hineinlaufen lässt, spielt keine Rolle. Und wenn es Jesus war, das Rohr wird platzen. Seither mache ich Umzüge für Leute.«

»Brauchst du Geld?«

Tiny legte die Hände auf den Tisch, stieß seinen Stuhl zurück und sah sie an. »Ich habe nichts gegen dich. Du möchtest etwas für Micah tun, und ich hoffe, du kannst es. Aber ob ich Geld brauche? Also wirklich, Joan!«

»Es tut mir leid.«

»Das ist mein Haus.«

»Ich weiß.«

Sie entschuldigte sich noch einmal, und er winkte ab, als wäre es damit getan.

»Möchtest du hier übernachten? Du kannst Lyris' altes Zimmer haben.«

»Wir fliegen heute Nachmittag von Stone City«, sagte Joan. »Wird sie hier sein?«

»Sie und Albert Robeshaw waren gestern Abend hier. Sie ist immer noch irgendwie sauer auf dich.«

»Das kann man ihr nicht vorwerfen«, sagte Joan.

»Oh, wahrscheinlich nicht.«

Tinys Mutter traf ein, ihre Silhouette zeichnete sich im Eingang ab. Sie schrie »Hallo«, obwohl Tiny und Joan für jedermann sichtbar dasaßen.

Sie trug ein riesiges Hawaiihemd, Handwerkerjeans und Red-Wing-Stiefel. Sie war allgemein gefürchtet, als hätte sie besondere Kräfte, dabei war sie lediglich eine alte Dame, die es liebte, die Leute anzuschreien und mit ihnen Spielchen zu treiben.

Joan stand auf und umarmte sie, was ihr unangenehm war. Nicht, dass sie Joan nicht gemocht hätte, aber sie war nicht daran gewöhnt, umarmt zu werden.

Micah kam, seitwärts gehend, die Treppe herunter und zog Lyris' Koffer an seinem roten Plastikgriff hinter sich her. Der Koffer polterte die Stufen herab. Es wurde voll in der Küche, und Tiny nahm den Koffer und führte alle hinaus auf den Hof. Im Schatten des Weidenbaums umringten alle Micah.

»Du wirst mir fehlen«, sagte Micahs Großmutter. »Aber es wird dir gut gehen. Wenn du in Schwierigkeiten kommst, wird jemand da sein, der dir hilft.«

»Das werde ich«, sagte Joan.

»Außer dir. Es gibt da noch jemanden.«

Tiny stand hinter seiner Mutter und ließ den Blick geistesabwesend auf dem Panorama ihres Hawaiihemds ruhen. Ihre Vorhersagen überraschten ihn nie. Sie machte viele. Er hoffte, dass diese wahr werden würde.

Das Hemd war dunkelblau und grün und zeigte die Abenddämmerung über einem Inseldorf, mit Palmen und Grashütten, in deren Fenstern gelbe Lichter brannten. Ein hübscher Ort.

Dann steckte Micah Daumen und Zeigefinger in die Mundwinkel und pfiff. Gleich darauf schlich eine alte Ziege um die Hausecke. Micah und Lyris hatten sie zusammen aufgezogen.

Die Ziege kam mit weichen Schritten über das Gras. Ihr rotes und weißes Fell war zu Silbertönen verblasst. Sie blickte prüfend auf die Besucher und starrte dann Micah an, als wollte sie sagen: Oh, Moment mal. Du gehst fort? Geht es darum?

Micah warf sich auf die Knie und zerwühlte das langhaarige und verfilzte Fell der Ziege. Man sah, dass er versuchte, nicht zu weinen, aber es gelang ihm nicht. Die Ziege starrte mit geschlitzten Pupillen auf die Straße, die am Haus vorbeiführte.

»Das ist schwerer, als ich gedacht habe«, sagte Micah.

Tiny und seine Mutter blieben im Hof stehen und sahen Joans Auto um die Kurve biegen. Eine blaugraue Wolkenbank trieb heran und verdeckte die Sonne. Colette holte eine Pfeife und einen Tabaksbeutel heraus und machte sich daran, zu rauchen.

»Da war es nur noch eins«, sagte sie.

»Wenn man es so sieht«, sagte Tiny leise.

»Glaubst du, dass es richtig ist, was er tut?«

»Vielleicht.«

Sie ging zu ihrem Pickup, und Tiny trat ins Haus, schloss die Tür und stieg die Treppe hinauf, wobei er mit den Schultern an die Wände stieß. Micah hatte sein Bett gemacht, mit einer rot-schwarz-karierten Decke und einem hellblauen Kissen genau in der Mitte unter dem Brett am Kopfende. In der Ecke lehnte ein Hockeyschläger, dessen Kelle mit zerfranstem Isolierband umwickelt war, daneben ein altes Poster von einem Film über heldenhafte Hunde.

Die Federn der Matratze pfiffen wie ein Akkordeon, als Tiny sich am Fußende des Betts hinsetzte. Draußen fuhr ein Auto vorbei, und ein leichter Regen begann gegen das Fenster zu klopfen.

Er saß da, die Unterarme auf den Knien und die Hände gefaltet, und dachte daran, wie die Ziege, als sie jung war, mit Micah im Hof herumgetollt war.

Zwei

Da Dan Norman sich entschieden hatte, kein sechstes Mal für das Amt des Sheriffs zu kandidieren, arbeitete er jetzt in einer Privatdetektei im fünften Stock des Orange Building in Stone City.

Die Detektei hieß Lord Norman, nach ihrem Gründer Lynn Lord, doch den größten Teil der Arbeit erledigten Dan und seine Assistentin Donna.

Lynn Lord hatte sich mehr oder weniger ins Untergeschoss seines Hauses zurückgezogen, wo er im Geheimen Audio- und Videogeräte entwickelte und baute, von denen einige patentiert worden waren. Lynn galt als einer der besten Dart-Spieler des ganzen Landkreises, wobei es darin vor Dart-Spielern nicht gerade wimmelte.

Eines Tages kam ein Paar mittleren Alters zu Dan. Ihr Fall sollte sich später als wichtig erweisen, allerdings ganz anders, als man hätte vermuten können.

»Haben Sie Kinder?«, fragte der Mann.

»Nein«, sagte Dan.

»Nun, dann begreifen Sie vielleicht gar nicht, worum es geht.«

Die beiden begannen zögernd, ihren Fall darzulegen, wobei sie sich gegenseitig korrigierten und kommentierten. Mit einem Privatermittler sprechen Paare ohnehin selten in flüssigem Ton. Jedenfalls war ihnen ihre Tochter Wendy mit einem Mann ins Haus gefallen, der von auswärts kam. Er hieß Jack Snow und führte einen Versandhandel mit keltischen Kunstgegenständen von einer Lagerhalle aus, die auf dem Betriebshof der Eisenbahn lag. Er war bei Wendy eingezogen, und sie erledigte die Buchführung für sein Geschäft. Bis dahin hatte sie perlenbestickte Mokassins nach eigenen Entwürfen hergestellt.

»Also, wenn Sie sagen Kunstgegenstände«, sagte Dan.

»Wir haben sie nie zu sehen bekommen«, erwiderte die Frau. »Durften wir nicht. Aber wir glauben, dass sie wertlos sind.«

»Warum?«

»Sie hat so Bemerkungen gemacht.«

»Die sind vermutlich nicht, wonach sie aussehen«, sagte der Vater.

»Was heißt das?«

»Sie wollte sich dazu nicht weiter äußern«, sagte die Mutter. »Sie sagt, wir hätten etwas gegen ihren Freund, und unsere Bedenken seien albern.«

»Sind Antiquitäten nicht immer zu teuer?«, fragte Dan.

»Vielleicht sind es ja gar keine Antiquitäten«, antwortete die Mutter.

»Er stinkt vor Geld«, sagte der Vater. »Sie fahren mit einem Shelby Mustang durch die Gegend. Am Wochenende fliegen sie manchmal nach Reno, um dort Blackjack zu spielen. Uns kommt das komisch vor.«

»Wir wollen nicht, dass Wendy in irgendetwas hineingezogen wird.«

»Vielleicht sind wir ja verrückt«, sagte der Vater.

»Das hoffen wir jedenfalls.«

Während sie sprachen, hatte Dan sich Notizen auf einem Block gemacht:

Tochter
Wendy
Freund
Jack Snow
Kunstgegenstände
Lagerhalle
Nicht, wonach sie aussehen
Shelby

Reno
Verrückt

Louise fuhr einen blassblauen Scout II-Geländewagen mit Drei-Gang-Lenkradschaltung. Der Wagen fuhr sich ruppig, aber das machte ihr nichts aus, denn sie mochte es, die Straße zu spüren. Die Türdichtungen waren spröde und aufgesprungen. Der Duft des Frühlings wehte herein: frisches Gras, Pollen, Vogelflaum.

Sie hatte das zweistöckige Kleeborg Building in Stone City geerbt und führte im Erdgeschoss einen Trödelladen und vermietete den Rest als Wohnungen.

Louise und der Mann, der ihr das Haus vererbt hatte, Perry Kleeborg, hatten zusammen ein Fotogeschäft betrieben, und als er mit weit über neunzig gestorben war, wollte sie es nicht allein weiterführen.

Mit der Zeit füllte sich der Trödelladen mit all den Dingen, die auftauchten, wenn die alten Farmhäuser geleert wurden. Kleine Stühle mit grobem Stoffbezug, Barometer und Vogelkäfige, Jagdwesten mit Flanellfutter, Bücher, die in dunkelrot und grün gebunden waren, Keramik aus alten Töpfereien.

Louise kaufte Sachen aus den vierziger, fünfziger und sechziger Jahren, aber nichts aus den Siebzigern und später, denn von da an ließ die Qualität deutlich nach. Sie hatte von Mittag bis neun Uhr abends geöffnet.

An diesem Vormittag setzte sie sich, bevor sie aufmachte, mit einem Kaffee und einer Zigarette vor den Laden. Sie trug ein Männerjackett mit Nadelstreifen und beobachtete den Verkehr auf der Straße. Die Sonne schien, und sie fühlte sich wohl und genoss die Wärme, während der Wind in ihrem Haar spielte.

Eine Krähe segelte gerade in Kreisen zwischen den Häuserblocks herab, als ein blauweißer Transitbus aus östlicher Richtung nahte. Die Krähe stieß gegen das Dach des Busses und blieb flügelschlagend auf dem Pflaster liegen.

Louise rannte auf die Straße, zog ihr Jackett aus und benützte es, um die Krähe aufzuheben. Sie trug sie in den Laden und setzte sie in eine Pappschachtel. Der Vogel hatte golden umrandete schwarze Augen und ruckte mit dem Kopf, als könnte er es nicht fassen, dass er gerade noch geflogen war und jetzt in einer Schachtel saß.

Das Futter des Jacketts war mit irgendeiner Flüssigkeit der Krähe befleckt, und Louise trug das Jackett zum Hintereingang des Ladens hinaus und warf es in die Mülltonne.

Als sie zurückkam, stand eine Kundin im Laden – groß, dünn und bleich, zwischen zwanzig und dreißig, ganz in Schwarz gekleidet, mit glänzendem weißen Haar und sehr kurzen Ponyfransen.

»Ich heiße Sandra Zulma«, sagte sie. »Ich suche einen Stein.« Sie presste ihre Fäuste aneinander, um die Größe zu zeigen.

»Wir haben eine Druse«, erwiderte Louise. »Man sieht die Kristalle im Innern. Auf dem Tisch mit den Sparbüchsen der Präsidenten.«

»Nein. Es ist ein … ganz bestimmter Stein.«

»Ist er etwas Besonderes?«

Die Frau sah Louise mit ihren hellen blauen Augen an. »Es heißt, er sei ein Stück des Lia Fáil. Oder er könnte auch der Stein sein, den Cúchulainn warf, um den Wagen von Conall daran zu hindern, ihm nach Loch Echtra zu folgen. Oder der Stein eines Hügelgrabs, der von den Grabräubern des Wirtshauses von Leinster zurückgelassen wurde.«

»Wow«, sagte Louise. »Ich bezweifle, dass wir so etwas hier haben.«

Da hörten sie ein Kratzen.

»Was ist das?«, fragte die Kundin.

»Das ist eine Krähe, die von einem Bus erwischt worden ist.«

»Kann ich sie sehen?«

Louise machte die Schachtel auf, und Sandra Zulma kniete sich hin, griff in die Schachtel und setzte die Krähe auf. Als sie die Hände zurückzog, legte sich die Krähe wieder hin.

»Der Rabe, das Blut und der Schnee«, sagte Sandra.

»Mhm«, machte Louise. »Ich hoffe, Sie finden Ihren Stein.«

»Ich bin im Continental Hotel, falls er auftaucht.«

Nachdem sie gegangen war, sperrte Louise den Laden zu und nahm die Krähe mit durch die ganze Stadt zu einem Zwillingspaar von Tierärzten, die sie kannte. Die untersuchten den Vogel auf einem hohen Tisch aus Edelstahl, spreizten erst den einen Flügel ab und dann den anderen. Sie schienen erfreut, dass sie einmal mit einem Vogel zu tun hatten, statt immer nur mit Hunden, Katzen und Vieh.

Später machte Louise noch gute Geschäfte. Sie verkaufte ein Kuriositätenkabinett, das schon ewig im Laden herumgestanden hatte, einen Satz Cocktailgläser, die mit Pin-up-Girls bedruckt waren, eine Angelrolle und eine Reihe von ausgeblichenen Romanen von Zane Grey, zu denen auch ein signiertes Exemplar von *Das Tal des Todes* gehörte.

Louise wusste genau, dass der Käufer hoffte, sie würde den Wert der Bücher nicht kennen, aber sie blieb hart und bekam einen guten Preis.

Lyris und Albert wohnten in einem Apartment im obersten Stock des Kleeborg Building, und eines Abends kam Lyris nach ihrer Arbeit im Laden vorbei. Sie war im Grabmalhandel von Don Gary angestellt, der ein Büro beim Friedhof am östlichen Rand von Stone City hatte.

Lyris war eine unentschlossene Kundin und schlich durch die Gänge, als würde jeder Hutständer, jede Wäschemangel und jeder weggeworfene Golfschläger ihre äußerste Aufmerksamkeit beanspruchen.

Deshalb zeigte Louise ihr eines der besseren Objekte im Laden, ein großes Ölgemälde von Männern und Pferden, die an einem Gebirgspass in Tibet Rast machten. Die Männer rauchten aus einer langstieligen Pfeife, und die Pferde mit ihren gelben und grünen Pferdedecken standen daneben.

Lyris sagte, es sei das schönste Gemälde, das sie je gesehen habe, und fragte nach dem Preis.

»Ist umsonst«, sagte Louise. »Ein Geschenk für eure neue Wohnung.«

Dann setzten sich Louise und Lyris gemütlich auf ein Sofa mit Paisley-Muster und grausigen Sprungfedern, tranken ein paar Gläser

Wein und ließen die Füße auf Obstkisten ruhen, in denen vor langer Zeit einmal kalifornische Mandarinen gewesen waren.

»Dan und ich halten viel von Albert«, sagte Louise.

»Wie lange kennt ihr ihn denn schon?«

»Ja, *wie* lange eigentlich? Jedenfalls noch aus seiner Highschool-Zeit.«

»Wie war er damals?«

»So wie jetzt, vielleicht ein bisschen lustiger. Er spielte damals Gitarre in einer Band.«

»Sein Job macht ihn fertig«, sagte Lyris.

Albert schrieb für die Tageszeitung von Stone City, bekannt dafür, unterbesetzt zu sein und den Cartoon *Blondie* gestrichen zu haben, was allseits missbilligt wurde.

»Hast du seine Familie schon kennengelernt?«

»Ein paar von ihnen. Es sind so viele.«

Die Robeshaws gehörten zu den wohlhabenderen Farmerfamilien des Landkreises. Sie besaßen fünf Immobilien, bauten Mais und Bohnen an, züchteten Schweine, hatten einige Kühe und hielten ein, zwei Pferde. Albert war das jüngste der sechs Kinder.

»Sie stehen ständig im Wettbewerb miteinander«, sagte Louise. »Eines Abends habe ich sie mal Scrabble spielen sehen. Nichts, was ich noch einmal mitansehen möchte.«

Louise füllte die Gläser auf und dachte dabei, dass sie sich schon anhören müsse wie ihre eigene Mutter, die sie früher immer über Wohl und Wehe der Gemeinde aufgeklärt hatte. Doch Louise war nicht Lyris' Mutter, obwohl sie es hätte sein können, wenn man vom Altersunterschied ausging.

Ein Paar weiße Lederhandschuhe lag auf einem Beistelltisch neben dem Sofa, und Lyris zog sie an und spreizte die Finger.

»Du arbeitest doch für diesen Grabsteintypen«, sagte Louise.

»Ja.«

»Wie ist das so?«

»Er ist hyperaktiv. Trägt Aqua-Velva-Aftershave während der Arbeit auf.«

»Nein, oder?«

Lyris hob das Kinn und betupfte sich mit ihren behandschuhten Händen Wangen und Hals.

»So. Das hinterlässt eine richtige Duftwolke. Ich nehme an, es lenkt die Leute vielleicht ein bisschen von ihrem Kummer ab. Und wenn er um die Ecke kommt, bewegt er manchmal die Hände, als hielte er ein Lenkrad.«

Louise lachte, von Herzen überrascht, und legte Lyris den Arm um die Schultern.

Dann hatte sie das Gefühl, zu vertraulich zu wirken, und zog ihren Arm wieder zurück, bis er ungeschickt in der tiefen Lücke zwischen Sitzkissen und Rückenlehne des Sofas zu liegen kam. Was ist eigentlich mit dieser beschissenen Couch los?, fragte sie sich.

»Ich bin so froh, dass Albert dich gefunden hat«, sagte sie. »Er hat jemanden gebraucht. Ihr beide werdet einander gut tun.«

Lyris zog die Handschuhe aus, legte sie auf den Tisch und strich sie mit der Handkante glatt. »Ich weiß nicht.«

»Nein, natürlich nicht. Das ist schon in Ordnung.«

»Manchmal habe ich Angst.«

»Wovor?«

»Ach, dass ich verlassen werde oder dass das Ende der Welt da ist.«

»Oh ja«, sagte Louise. »Oh ja.«

»Meist nachts. Ich wache auf und weiß nicht, wo ich bin. Ich schreie auf.«

Louise befreite ihren Arm aus dem Sofa. »Du lebst jetzt in einer neuen Wohnung, mit einem neuen Partner.«

»Eigentlich kreische ich richtig. Ich sage nur ›ich schreie auf‹, weil das besser klingt. ›Sie schrie im Schlafe auf‹.«

»Aber Albert ist da.«

»Ja. Aber ich denke, er wird es müde werden, glaubst du nicht? So ein panisches Ding in seinem Bett.«

Lyris hatte grüne Augen, die ganz leicht in verschiedene Richtungen schauten, als würden sie von überall her Schwierigkeiten befürchten. Sie verschleierten sich, während sie auf die Gegenstände im Laden starrte.

»Du darfst ruhig weinen, wenn dir danach ist«, sagte Louise.

Das Mädchen nickte und sah dabei jämmerlich aus. »Ach ja, ich glaube, mir ist danach.«

Und so weinte sie, mit hastigen Atemzügen, und große runde Tränen kullerten ihr aus den Augenwinkeln.

Louise hielt sie und strich ihr übers Haar. »Alte böse Welt. Die kenn ich auch.«

Nach einer Weile lehnte sich Lyris zurück und trocknete sich das Gesicht mit den Händen. Sie lachte ein bisschen, wie man das nach unerwartetem Weinen macht.

»Ich glaube, ich habe dir die Bluse durchnässt«, sagte sie.

»Das ist doch nur ein Kleidungsstück«, erwiderte Louise.

Sie und Lyris trugen das Gemälde mit den Männern und Pferden auf dem Gebirgspass über die mit Linoleum belegten Stufen nach oben. Die Wohnung war recht annehmbar. Alles war alt, aber funktionstüchtig. Louise ließ den Blick zwischen den Umzugskisten, den hohen Fenstern und den dunklen Holzböden umherschweifen, und ihr fielen noch ein paar Dinge ein, die gut hierher passen würden.

Als Louise gerade das Licht im Laden löschte, klingelte das Telefon. Die Zwillings-Tierärzte teilten ihr über die Freisprechanlage die schlechte Nachricht mit: Die Krähe war an ihren inneren Verletzungen gestorben.

»Ach wirklich?«, sagte sie schwankend. »Es ging ihr doch so gut, dachte ich. Ich habe wirklich irgendwie damit gerechnet, dass sie es schafft ... ja ... nein ... ich verstehe. Auf Wiedersehen.«

Louise war trauriger, als der Tod einer Krähe sie normalerweise gemacht hätte. Sie hatte eine Geschichte begonnen, in der sie einen Vogel rettete, die Geschichte hatte ein unerwartetes Ende gefunden, und sie konnte es nicht ändern.

Drei

Als Micah in Los Angeles angekommen war, wo die Düsenjets über den Bergen kreuzten und über Strömen von Autos und Lastwagen nach unten glitten, konnte er sich gar nicht genug Menschen und Dinge vorstellen, um all die Gebäude zu füllen, die er sah. Es war der größte Ort der Welt.

Joan hatte einen silberfarbenen Audi mit geradem Schaltknüppel und der Rundheit und Präzision eines Spielzeugs. Sie trug eine große dunkle Sonnenbrille und fuhr mit einem gedankenlosen Selbstvertrauen, an das sich Micah nicht erinnerte. Sie kannte den Weg, ohne nachzudenken, und kurvte einen einspurigen Highway von beträchtlicher Höhe hinunter.

Neben einem Parkhaus sah Micah eine unglaublich dicke Frau in einem smaragdgrünen Kleid mit einer Geige im Arm stehen, und er sah die glänzenden Türme über die Highways ragen, und er dachte, er habe vielleicht einen Fehler gemacht, was alles nur noch interessanter machte.

Joan wohnte mit ihrem Ehemann und dessen Sohn in einem kleinen Ort im Norden von Los Angeles. Ihr Mann, Rob Hammerhill, war Produzent von Tiershows im Fernsehen und leitete ein Archiv mit Filmmaterial zur Tier- und Pflanzenwelt. Er reiste geschäftlich oft nach Russland.

Das Haus bestand aus einem Konglomerat von rötlichen Schachteln, durch Weinstöcke, Orangenbäume und Nadelgehölz von der Straße abgeschirmt. Niemand war zu Hause. Joan brachte Micah in ein Zimmer auf der Rückseite des Hauses im ersten Stock. Alles war neu: das Bett und der Schreibtisch, der geflochtene Wäschekorb, der breite, weiß-blau gestreifte Sessel, der Nachttisch mit einer schwarzen Box darauf. Der Geruch nach frischer Farbe erweckte in ihm eine Sehnsucht nach den grundierenden Gerüchen zu Hause – Tabak, Motoröl, Schotterstaub, solche Dinge.

Joan zog die Jalousie hoch, und sie blickten hinaus auf eine Schieferterrasse, einen dunkelgrünen Hof und dahinter Steinstufen, die einen Hang voller Bäume und Büsche und Efeu hinaufführten.

»Das ist dein Zimmer«, sagte Joan. »Ich hoffe, es gefällt dir, obwohl das jetzt vielleicht noch zu früh zu sagen wäre. Aber das ist okay. Ich möchte, dass du mir ganz ehrlich sagst, was du davon hältst.«

»Es ist schön.«

»Das da sind Redwoods«, sagte Joan. »Danke, dass du mich jetzt wieder deine Mom sein lässt.«

Als Joan das Zimmer verlassen hatte, öffnete Micah seinen Koffer und kramte ein gerahmtes Foto von Tiny und Lyris heraus. Darauf wuschen sie gerade die Ziege in einem Planschbecken, und diese schaute in die Kamera und fragte sich wohl, ob die zum Fressen sei.

Micah stellte das Foto auf den Schreibtisch, ließ die Jalousie herunter und legte sich aufs Bett. Er sah sich die schwarze Box an und drückte darauf, und es erklang ein Geräusch wie von Regen. Dann drückte er noch einmal: Vogelgesang. Er zappte sich durch Wind, Grillen, Meereswellen, dann wieder Regen und schlief ein.

Jemand sagte, es sei früher Morgen, und Micah machte die Augen auf.

»Ich habe gelogen«, sagte ein Junge im Zimmer. Er war älter als Micah, klein und mager mit einem Kinnbärtchen. »Es ist Abend.«

Micah setzte sich auf und sah nach seinen Schuhen, bis er bemerkte, dass er sie an den Füßen hatte.

»Ich bin Eamon«, sagte der Junge. »Wir sind die Söhne der Leute hier im Haus, also müssen wir miteinander zurechtkommen, egal, ob wir uns nicht ausstehen können oder so.«

»Wie spät ist es?«

»Halb acht.«

Micah gähnte. »Ich bin Micah. Freut mich, dich kennenzulernen.«

»Bist du ein Einzelgänger?«

»Ich glaube nicht.«

»Gut. Dann machen wir doch eine Fahrt.«

Bald waren sie wieder auf einem Freeway. Die grünen Berghänge reichten bis an die Straße herunter und stiegen auf der anderen Seite wieder empor. Sie hörten sich eine Band namens Libation Bearers an, die Eamon mochte.

Im Abendlicht wirkten die Berggipfel, als wären sie ganz nahe, und Micah dachte, man könnte vielleicht hinauffahren und sich nach allen Seiten umschauen, obwohl das wahrscheinlich länger dauern würde, als es jetzt den Anschein hatte.

»Wie war der Flug?«, fragte Eamon.

»In Minneapolis bin ich abgetastet worden.«

»Du siehst ja auch gefährlich aus.«

»Na klar.«

»Einmal haben sie sogar mal meinen Rucksack gefilzt. Ich war sieben Jahre alt. Das ist eigentlich eine Ehre.«

Sie fuhren eine halbe Stunde, verließen dann den Highway und nahmen eine zweispurige Straße nach Süden, die sich durch Tunnels und Canyons schlängelte. Micah ließ das Fenster herunter und spürte den kühlen Fahrtwind im Gesicht.

Hier war es waldig, und sie kamen schließlich auf einen holprigen Feldweg und fuhren unter sich verwebenden Ästen hindurch, auf beiden Seiten Pferdefarmen, aber vielleicht war es auch dieselbe Farm.

»Wir treffen uns mit ein paar Freunden von mir«, sagte Eamon. »Wie hältst du's mit Drogen?«

»Ich habe Marihuana probiert«, erwiderte Micah.

»Wir sagen ›Gras‹ dazu. Interessant.«

»Also, wir sagen auch ›Gras‹. Ich weiß nicht, warum ich ›Marihuana‹ gesagt habe.«

»Gehupft wie gesprungen.«

»Es hat überhaupt nicht gewirkt. Ich glaube, ich habe es falsch geraucht.«

»Ist nicht immer gut.«

Zwischen weißen Holzzäunen führte Eamon Micah einen grasbewachsenen Weg entlang. Ein paar Pferde standen stoisch auf der Weide, und andere konnte man in den Ställen herumpoltern hören. Ein Husky mit weißen Augen bellte freundlich und legte sich hechelnd auf den Boden.

Die drei Freunde von Eamon saßen friedlich auf den Stufen vor einem kleinen Haus. Mit ihren sichelförmigen Augen und den dicken schwarzen Zöpfen sah Charlotte aus wie eines der Mädchen aus der Schuhwerbung von Boston Persuasion. Theas kleines Gesicht strahlte im Dämmerlicht. Curtis' weizenblondes Haar klebte ihm an der Stirn.

»Das ist mein Stiefbruder Micah«, sagte Eamon. »Der Sohn von Joan Gower.«

»Und Tiny Darling«, ergänzte Micah.

»Dein Vater heißt Tiny Darling?«, fragte Thea. »Das ist ja phantastisch.«

»Na ja, eigentlich heißt er Charles«, antwortete Micah bescheiden. »So hat ihn nur meine Mom genannt.«

»Micah kommt aus dem Mittleren Westen«, sagte Eamon.

Charlotte, die bunte Glasperlenketten um den Hals trug, nahm eine davon ab und hängte sie Micah um.

»Willkommen in Südkalifornien«, sagte sie.

Sie gingen neben das Haus und machten es sich auf Gartenstühlen bequem. Curtis hatte einen Rucksack dabei, aus dem er eine durchsichtig rote Bong, einen Vier-Liter-Kanister destilliertes Wasser und eine Butterbrottüte mit getrockneten Blättern holte.

»Diese Sorte heißt King Scout«, sagte er. »Gibt ein kurzes High und ist ziemlich stark. Sie wächst an Berghängen in kühlem Klima. Sehr schwer zu kriegen.«

»Wir gehören nicht zur Drogenszene«, sagte Charlotte. »Kokain würden wir nie nehmen. Crystal Meth würden wir nie nehmen.«

»Bewusstseinserweiternde Drogen, im Gegensatz zu Stoffwechsel-Drogen«, sagte Thea, und die anderen stimmten zu.

»Du musst auch nicht, Micah«, sagte Eamon.

»Es heißt ja, man kann altbekannte Drogen mit neuen Leuten und neue Drogen mit altbekannten Leuten nehmen, aber keine neuen Drogen mit neuen Leuten«, sagte Thea.

Curtis bereitete die Bong vor. »Es passt nicht immer für jeden. Du solltest nicht mitmachen, wenn du Angst hast. Der Meinung bin ich auch.«

»Ich habe keine Angst«, sagte Micah.

»Ich mache seine Kopilotin«, sagte Charlotte.

Joan und Rob nahmen ein spätes Abendessen in einem Restaurant auf dem West Sunset Strip ein. Sie aß einen Caesar Salad, er Makkaroni mit Käse überbacken in einer Keramikform, und sie teilten sich eine Flasche Wein.

Das weiche orange Licht und die erotischen Bilder an der Wand ließen Joan an Sex denken. Sie stellte sich vor, wie die Leute aus den Filmen nach dem Ende real wurden und herunterkamen, um loszulegen.

»Woran denkst du?«, fragte Rob.

»Ich gehe zu einem Casting für einen Film«, sagte Joan. »Er heißt *Das Pulverhorn* und handelt von Davy Crockett.«

»Welche Rolle?«

»Ann Flowers.«

»Wer ist das?«

»Als Davy Crockett fünfzehn Jahre alt war, fuhr er in einem Schneesturm mit seinem Kanu über einen Fluss, weil kein Fährmann ihn übersetzen wollte. Sein Boot ging unter, und er war am Erfrieren, und als er ans andere Ufer kam, musste er noch drei Meilen laufen, bis er ein Haus fand. Ann Flowers ist die Tochter dieses Hauses. Die Geschichte mit dem Kanu ist wahr, aber Ann ist eine Erfindung. Sie geben ihm also Schnaps, um ihn aufzuwärmen, und er teilt das Bett mit Ann Flowers.«

»Mit allem, was dazu gehört.«

»Nein. Das ist eben anders. Sie liegen einfach nur da, auf die Seite gedreht, und sehen sich an, bis tief in die Nacht.«

»Wie alt ist sie?«

»Sein Alter. Da wird sie von einer anderen gespielt.«

»Und wann kommst du?«

»Über dreißig Jahre sind vergangen, verstehst du? Davy Crockett geht in die Politik, gewinnt, verliert, geht nach Fort Alamo, all das, was er wirklich getan hat. Und nach der Belagerung von Fort Alamo erscheint er in Ann Flowers Blockhütte, und sie verbringen wieder die Nacht miteinander. Das ist bittersüß, denn das Leben der beiden geht dem Ende zu, und am Morgen ist er fort.«

»Die ältere Rolle kann die bessere sein«, sagte Rob. »Aber ich dachte immer, Davy Crockett sei in Fort Alamo gestorben.«

»Ist er auch. Was da zu Ann kommt, ist nur sein Geist, aber das weiß sie nicht, bis er fort ist. Ein Freund sagt zu ihr: Hey, hast du schon gehört, was in Fort Alamo passiert ist? Da weiß sie nicht, was sie denken soll, ob sie jetzt mit einem Geist geschlafen hat oder was. Und als sie in ihre kleine Hütte zurückkehrt, was glaubst du, was sie findet?«

»Ein Pulverhorn.«

»Ja. Und große Ergriffenheit und Musik und dann der Nachspann.«

»Und so etwas wird gedreht?«

»Sie haben die Finanzierung beisammen«, sagte Joan. »Sie brauchen nur noch einen Überbrückungskredit. Oder einen Mezzaninkredit. Jedenfalls einen Kredit, der klingt wie irgendwas Architektonisches. Ich habe gedacht, ich sollte zum Film gehen, da würde ich mehr Zeit für Micah haben.«

»Wo ist er?«

»Eamon hat ihn mitgenommen, sie schauen sich Charlotte Manns Pferd an.«

Rob winkte, um die Rechnung zu bekommen. »Was ist ein Pulverhorn?«

»Das weiß ich auch nicht so genau.«

Vor Micahs Augen hatte sich ein durchsichtig blauer Bildschirm entrollt. Der Bildschirm war zersprungen wie ein Mosaik, und Lichtperlen pulsierten unendliche Pfade entlang. Auf der anderen Seite all dieser Verwirrungen waren seine neuen Freunde, die klein und geometrisch wirkten.

Dann sah Micah zum Himmel hinauf und bemerkte, dass die Sterne durch die Linien auf dem Schirm verbunden waren, als wäre er nur dazu auf die Welt und hierhergekommen, um diese Entdeckung zu machen.

»Merkst du was?«, fragte Charlotte.

»Zwischen den Sternen sind Linien«, antwortete Micah.

»Geht es dir gut? Schau mich an.«

Charlotte beugte sich herüber. Ihre Stirn war feucht, und er hob die Hand, um eine Haarlocke zurückzustreichen, die sich aus ihren Zöpfen gelöst hatte.

»Du hast perfekte Augenbrauen«, sagte er. »Ich hätte jetzt gerne einen Spiegel, damit ich sie dir zeigen könnte.«

Sie schloss die Augen und wischte sich mit der Fingerspitze die Augenlider trocken, erst das eine, dann das andere.

»Einmal habe ich einen Mann an einer Straßenecke gesehen«, sagte sie. »Auf der La Brea Ecke Dritte. Er trug seinen kleinen Jungen in einem Tragesack auf dem Rücken. Und der Junge hielt Holzwaggons, in jeder Hand einen, und er fuhr sie auf den Schultern seines Vaters herum, während sie liefen.«

Eamon schlurfte im Staub umher und sah, in jeder Hand einen Schuh, auf seine bloßen Füße hinunter. »Ich habe einmal eine Zitrone gefunden, mit einer Telefonnummer darauf«, sagte er. »Also habe ich die Nummer angerufen, und da hat so eine Dame geantwortet, und ich habe gefragt, warum ihre Telefonnummer auf einer Zitrone steht, und sie sagt, die sollte da nicht stehen, ich soll die Zitrone wegwerfen und vergessen, dass ich sie je gesehen habe. Ich sage also, das mach ich, und ein paar Minuten später ruft sie zurück und fragt, wo ich die Zitrone hinwerfen würde, und ich sage, wahrscheinlich in einen Abfalleimer, und sie sagt, das sei nicht gut, denn vielleicht würde das jemand sehen und denken, hier wird eine einwandfrei gute Zitrone weggeworfen, und würde die Zitrone herausholen und bei der Frau anrufen, so wie ich. Also sage ich, wo wollen Sie denn, dass ich sie hinwerfe, und sie überlegt kurz und fragt, wo sind Sie denn jetzt, und ich sage ihr, dass ich in der Franklin bin, in der Nähe des Magic Castle, und sie sagt, gehen Sie nicht weg, also warte ich, und nach ungefähr zwanzig Minuten fährt so ein kleiner grüner Lotus vor, und die Frau dreht das Fenster herunter und sagt, hast du die Zitrone, und ich sage ja und gebe sie ihr und sie gibt mir zwanzig Dollar und fährt davon.«

Sie lachten. Der Hund fing an zu bellen, und vom Himmel kam Lärm. Ein Hubschrauber flog seitwärts über die Hügel, wobei sein Licht immer wieder auftauchte und verschwand, ein reiner silberner Strahl, der den Boden berührte, als liefe der Hubschrauber auf Stelzen.

»Was soll denn das?«, fragte Micah.

»Das weiß niemand so genau«, antwortete Curtis.

»Ich habe immer gedacht, sie suchen Verbrecher«, sagte Thea. »Aber sie machen das so oft, dass ich es nicht mehr glaube.«

»Vielleicht langweilen sie sich«, sagte Eamon. »Einfach Scheiße bauen bis zum Feierabend.«

»Sie sind wie der Nachtwächter in einer russischen Geschichte«, sagte Charlotte. »Prüfen um Mitternacht im Dorf die Türen, um sich zu vergewissern, dass alle abgesperrt sind.«

»In so einem Dorf habe ich gewohnt«, sagte Micah.

Da kam ein Mann in einer Cordjacke und weißem Cowboyhut mit einem Golfwagen von den Ställen heruntergefahren, der Husky und zwei Golden Retriever trotteten hinter ihm her. Die Hunde entdeckten sie als Erste und leckten ihnen die Gesichter, während der Mann sein Golfmobil anhielt.

»Das ist Angel«, flüsterte Charlotte Micah zu. »Der Besitzer.«

»Was ist hier los?«, fragte er. »Ich habe den Fernseher an und höre trotzdem den Lärm, den ihr macht, bis hinauf auf den Berg.«

»Entschuldigung, Angel«, erwiderte Charlotte. »Wir sind schon still. Wir gehen sowieso gleich.«

Der Fahrer des Golfwägelchens sah einen nach dem anderen an, griff sich an die Hutkrempe, drehte den Wagen um und fuhr, von den Hunden begleitet, wieder zu den Ställen zurück.

»Jetzt ist Angel sauer auf mich«, sagte Charlotte.

»So einen Golfwagen hätte ich auch gerne«, sagte Thea.

Von der Pferdefarm fuhren sie an den Strand von Santa Monica, wo sie sich Hamburger und Pommes kauften und sich auf einer Decke in den Sand setzten, aßen und dem Rauschen des Meeres lauschten.

Als Micah nach Hause kam, hängte er die Perlen, die Charlotte ihm geschenkt hatte, auf das Foto von Tiny, Lyris und der Ziege.

Am nächsten Tag befand sich Joan auf einem Schrottplatz in der Nähe der Mission Road, wo sie eine neue Folge von *Forensic Mystic* drehte. Die meisten der Autos schienen jenseits aller Verwertbarkeit. Sie waren verbogen und aufgeschlitzt, zerknautscht und geschmolzen, und die Arbeiter des Autohofs hatten sie zu ordentlichen Haufen aufgetürmt, zwischen denen Pfade hindurchführten wie zwischen den Wohnblöcken einer Stadt.

Dieser Autofriedhof ließ das Schnellstraßensystem wie das Werk eines bösen Gottes erscheinen. Joan saß in einem wildentengrünen Liegestuhl unter einem Sonnenschirm.

In dieser Szene würde sie ein Messer verschwinden lassen müssen, das bei einem Mord benutzt worden war. Die Figur, die sie spielte, Schwester Mia, würde hin- und hergerissen sein, ob sie es der Polizei geben sollte. Das war ihr innerer Konflikt. Jeder musste einen Spannungsbogen und eine Krise haben.

Joan schlenderte die Automauern entlang und schlug sich mit der Messerklinge gegen den Oberschenkel. Eine athletische Brünette schritt rückwärts, die Steadycam seitlich am Körper befestigt. Dann verlegten sie Schienen und filmten Joans Gehen von der Seite.

Sie warf ein Messer nach dem anderen auf einen Berg von Autowracks. Der Requisiteur hielt eine Menge Messer bereit. Joan überlegte, ob Archäologen eines Tages diese Messer finden und daraus schließen würden, dass man um die Autos gekämpft habe.

Zur Mittagszeit nahm sie sich eine Orange von den Tischen mit dem Essen und ging an den Rand des Hofes, wo sie auf der anderen Straßenseite den Los Angeles River und die Skyline sehen konnte.

Sie hielt die Orange in den Händen und schälte sie mit den Zähnen. Wie ein dunkles Band floss das Wasser durch das trogförmige Flussbett. Sie dachte, sie werde wohl bald aus der Serie rausfliegen.

Das Messerwegwerfen war für Joan die letzte Szene des Tages. Sie fuhr heim und machte Mitagessen für Micah, der gerade aufstand. Er setzte sich an den Tisch im Esszimmer, den Kopf nass vom Duschen, und kratzte sich an den Armen.

»Wie waren die Pferde?«, fragte Joan.

»Wir haben es gar nicht geschafft, sie anzuschauen. Wir mussten die Farm verlassen, weil wir zu laut gelacht haben.«

»Na, wenigstens habt ihr euch amüsiert.«

»Da sind wir ans Meer gefahren.«

»Wie fandest du's?«

Micah biss in das Sandwich, das Joan ihm gemacht hatte. »Ich hatte irgendwie das Gefühl, dass ich hierher gehöre.«

Sie kam zu ihm herüber und strich ihm über das feuchte Haar. »Ja, nicht wahr? Ich weiß genau, was du meinst. Trotzdem habe ich mir Sorgen gemacht, weil du so lange weg warst.«

»Das musst du nicht, Mom. Ich bin keine sieben mehr.«

»Ich weiß das.«

Das stimmte in gewissem Sinne – sie hatte vergessen, dass er in all der Zeit ja weitergelebt und keineswegs darauf gewartet hatte, dass sie zurückkehrte, um noch mal von vorn anzufangen.

»Du weißt nicht, wie das ist«, sagte sie.

»Dass du weggegangen bist?«

»Es muss sehr egoistisch gewirkt haben.«

»Ich dachte, du hättest Schwierigkeiten. Ich hatte nicht das Gefühl, dass du damit jemandem etwas angetan hast.«

»Dir, dir ist doch etwas angetan worden.«

»Manchmal habe ich mir vorgestellt, du hättest etwas Verbotenes getan und wolltest uns da nicht mit hineinziehen. Vielleicht eine Bank ausgeraubt oder so.«

Joan lachte. »Das hätte ich tun sollen.«

»Du hattest ein blaues Tuch umgebunden, um dein Gesicht zu verbergen, und die Zeitungen nannten dich die Blaue Banditin. Alle Kassierer hatten Angst, dass du sie überfallen würdest.«

»Oh Micah«, sagte Joan. »Ich hoffe, ich habe dich nicht zu sehr verletzt.«

Es tat ihr gut, an den kleinen Jungen erinnert zu werden, der er einmal gewesen war. Zum ersten Mal, seit sie ihn im Eingang zu Tinys Haus wiedergesehen hatte, kam er ihr real vor.

Joan fuhr nach North Hollywood, um für die Rolle der älteren Ann Flowers in *Das Pulverhorn* vorzusprechen. Fünf Männer saßen auf der einen Seite eines Tisches, und Joan stand auf der anderen, wo es noch ein Messingbett und einen Stuhl gab.

»Uns gefällt sehr gut, was Sie in *Mystic Forensic* machen«, sagte der Regisseur.

»*Forensic Mystic*«, sagte Joan.

»Ach ja, natürlich.«

»Das gefällt jedem.«

»Wir würden gern die Szene in der Blockhütte proben. Brauchen Sie ein Script?«

»Ich kann die Rolle auswendig.«

»Nacht. Crocket klopft, Sie stehen auf, öffnen die Tür. Und jetzt Ihr Text.«

»Guten Abend«, sagte Joan.

Ein Regieassistent las Davy Crocketts Text.

»N' Abend, Miss.«

»Haben Sie sich verirrt?«

»Ja, so scheint es. Ich habe den New River bei Schneesturm überquert. Alle sagten, warte auf den Fährmann, aber ich habe nicht darauf gehört.«

»Der New River liegt über zweihundert Meilen von hier entfernt.«

»Vielleicht denke ich an eine andere Zeit.«

»David?«

»Und du bist Ann.«

»Komm herein, Mann. Setz dich ans Feuer.«

»Ich könnte einen Whiskey vertragen, wenn du welchen hast.«

»Das ist ja genauso wie damals.«

»Du bist kaum älter geworden, Ann. Ich sehe immer noch diese Augen unter dem Dachgebälk.«

»Warum bist du hergekommen?«

»Ich weiß es nicht. Ich dachte, ich käme ganz gut aus der Sache raus, denn weißt du, genau das tue ich. Aber ich bin jetzt ein Nichts.«

»Du bist hier.«

»In gewisser Weise. Hast du geheiratet, Ann? Familie und so?«

»Ich habe nie geheiratet. Ich denke, ich hatte genügend Verehrer. Aber an dem Abend, als du zu uns kamst, warst du so durchgefroren. Noch ein Junge. Das ist mir irgendwie ins Herz gedrungen. Und dort geblieben.«

»Daran muss es liegen.«

»Muss was liegen?«

»Warum ich hier bin. Warum du es bist.«

»Still, David. Trink deinen Whiskey. Wir haben noch die ganze Nacht zum Reden.«

Joan weinte. Es gelang ihr immer mühelos, die Gefühle in den Worten zu finden.

»Ich weiß nicht, was ich sagen soll«, sagte der Regisseur.

»Jetzt gibt es noch eine Nacktszene«, sagte der Regieassistent.

»Ich weiß.«

»Könnten Sie sich ausziehen?«

Joan stieg aus ihren Schuhen, knöpfte ihr Kleid auf, ließ es über die Schultern gleiten und fallen. Sie hob die Arme, die Hände zu Schalen geformt, als hielte sie Trauertauben, die auf violetten Flügeln davonfliegen würden.

Die Männer machten sich Notizen. »Und jetzt, Joan, wenn Sie sich vielleicht auf das Bett legen würden?«

Natürlich. Das Bett war ja nicht zum Spaß da. Sie durchquerte das Zimmer und legte sich hin, schloss die Augen und tat so, als hörte sie den Regen auf dem Dach.

So wie sie ihren Körper in Form gebracht hatte, brauchte sie sich vor den Filmleuten nicht zu schämen. Sie war der Traum ihrer schlaflosen Nächte, wie sie so dalag, alterslos, während sie immer älter wurden.

Joan öffnete die Augen. Die Männer hatten sich um das Bett versammelt und sahen ängstlich drein, als wären sie auf Visite bei einem kranken Freund.

»Danke schön, Joan«, sagte der Regisseur. »Ich bin immer noch ganz gefangen von Ihrem Vorsprechen. Wir bleiben in Kontakt.«

Joan zog sich an, schüttelte jedem die Hand und übergab einen braunen Umschlag mit ihrem Lebenslauf und einem Porträtfoto. Sie fuhr mit dem Aufzug nach unten, der billige goldfarbene Wände hatte.

»Ich hoffe sehr, dass ich die Rolle bekomme.«

Vier

Jack Snow, der Kunsthändler, über den Dan Nachforschungen anstellen sollte, war im Winter zum ersten Mal in Grouse County aufgetaucht, nachdem er gerade aus dem Staatsgefängnis von Lons Ferry in North Dakota entlassen worden war, wo er wegen Veruntreuung von Geldern einer Kreditgesellschaft mehrere Monate auf Staatskosten gesessen hatte. Er hatte Spielschulden gehabt. Die wurden ihm allerdings nicht als mildernde Umstände anerkannt.

Das Staatsgefängnis Lons Ferry war eine kalte steinerne Festung, die durch Hierarchie, Regeln, Drill und Morgenapell zusammengehalten wurde. Verboten waren alle möglichen Dinge von Totschlag über Telefonieren bis zum Küssen.

Jack machte das Gefängnis nicht so viel aus, wie er gedacht hätte. Man konnte das Haar tragen, wie man wollte, solange man keine Wörter oder Figuren hineinschneiden ließ. Der Friseursalon war montags wegen Reinigungsarbeiten geschlossen.

Im Gefängnis lernte Jack einen Mann namens Andy aus Omaha kennen, mit dem er mittwochs und freitags im Hof oder in der Bibliothek Schach spielte. Andy opferte jederzeit einen Bauern für einen Läufer und übernahm auf repressive Weise das Kommando über die Diagonalen. Er verbüßte eine lange Strafe, weil er mit Statuetten und Tonwaren Geschäfte gemacht hatte, die bei Ausgrabungen auf der ganzen Welt gestohlen worden waren.

»Ich habe den Irrtum meiner Methode erkannt«, sagte er einmal. »Wenn man sich etwas nimmt, sucht jemand danach. Während bei einer Fälschung, weißt du, nach einer Fälschung sucht niemand.«

»Es weiß keiner, dass es eine gibt.«

Andy setzte seinen König auf Jacks Turm an. »Bums.«

Im Vergleich dazu, Rentner ihrer Rendite zu berauben, hörte sich Andys Beschäftigung exotisch und lukrativ an, und er gab Jack eine Nummer, die er anrufen sollte, wenn er aus dem Knast von Lons Ferry kam. Der Mann, dem der Anruf galt, sagte zu Jack, er solle eine entlegene Örtlichkeit suchen und ein Lagerhaus mieten.

Da Jack wenig Geld hatte, versuchte er bei Leuten unterzukommen, die er aus Stone City kannte. Der erste wies ihn schon nach wenigen Minuten unfreundlicher Konversation ab. Er wohnte in einer gelben Ranch auf einem leeren Hügel westlich der Stadt – keine Baumgruppen, keine Nebengebäude –, und Jack war nicht allzu enttäuscht, als sich diese Sache zerschlug.

Also zog er dann bei dem anderen Freund ein, der ein kleines, gut gepflegtes Backsteinhaus in der New Hampshire Street in der Innenstadt hatte. Das ging bis in den Spätsommer, als sie wegen eines Kanus Streit bekamen.

Es gehörte dem Freund, und eines Tages nahm Jack es mit zu einem Markt für gebrauchte Sportartikel und verkaufte es.

»Ich dachte, du würdest es gerne los sein«, erklärte er, als sein Freund nach Hause kam. »Du hast es ja nie benutzt.«

»Was ich mit meinem Kanu mache, ist meine Sache.«

»Es hängt hinter der Garage. Das ist alles, was du damit machst.«

»Sogar wenn ich das Scheißteil nie anrühre, gibt dir das nicht das Recht, es zu verkaufen.«

»Okay, okay. Ich wollte eigentlich eine Kommission nehmen, aber du kannst alles haben, wenn du darauf aus bist.«

Jacks Freund zählte die Geldscheine. »Das war ein Neunhundert-Dollar-Kanu.«

»So ausgebleicht, wie es war, nicht. Hast du es dir in letzter Zeit mal angeschaut?«

»Raus hier!«

Jack nahm sich ein Zimmer im Continental Hotel am nördlichen

Ende von Stone City, das er wöchentlich bezahlen musste. Ein verschnörkelter Steinbau, der errichtet worden war, als die Eisenbahn hier durchkam, und seither allmählich verfiel. Die Menschen, die dort wohnten, wirkten wie Geister, mit ungekämmten Haaren und nicht passenden Kleidern.

Wendy, die Tochter des Paares, das Dan engagiert hatte, lernte Jack Snow bei einem Volksfest im Park kennen, wo sie einen Klapptisch aufgestellt hatte, an dem sie Mokassins und Brieftaschen verkaufte.

»Wunderschönes Kunsthandwerk«, sagte Jack.

Wendy hatte üppiges blondes Haar, kleine geschickte Hände und einen skeptischen Gesichtsausdruck, der dazu einlud, ihn ihr auszureden.

»Wann sollte man Mokassins anziehen?«, fragte Jack. »Sind sie als Hausschuhe gedacht? Kann man sie auf der Straße tragen? Würde der Asphalt sie nicht ruinieren?«

»Der Asphalt ruiniert alle Schuhe«, erwiderte Wendy. »Es wird Sie vielleicht überraschen, dass Mokassins länger halten als die meisten anderen Schuhe. Ich selber trage sie die ganze Zeit.«

Sie drehte sich auf ihrem Klappstuhl zur Seite und schlug die Beine übereinander. Jack kniete sich ins Gras und zog ihr einen Mokassin vom Fuß, wobei er kobaltblau lackierte Zehennägel enthüllte.

Wendy drückte ihm den nackten Fuß gegen die Brust und gab ihm einen kleinen Stups, so dass er auf die Fersen zurückkippte.

»Sie sollten Ihrer Freundin welche kaufen«, sagte sie.

»Habe keine. Bin neu in der Stadt.«

»Ach. Ich verstehe.«

In jener Nacht schliefen sie zusammen im Continental Hotel. Nachts war die Atmosphäre am unheimlichsten, aber in Gesellschaft von Wendy fand Jack das unterhaltsam. Sie lagen im Bett und horchten auf das Stöhnen des Fahrstuhls, der sich von Stockwerk zu Stockwerk arbeitete. Aus den anderen Zimmern hörte man Husten und undeutliche Stimmen.

»Du hast Tigeraugen«, sagte Jack.

»Ich kann auch brüllen wie ein Tiger«, erwiderte sie.

Wendy wohnte in einer Maisonette in der Nähe des Wasserturms, und Jack zog bald bei ihr ein. Er nannte sie Wendell und sagte, niemand verstehe sie so wie er, was vielleicht auch stimmte.

Er liebte es, ihr zuzuschauen, wenn sie sich das Make-up mit einem Wattebausch abnahm, den Mund geöffnet, die Augen im Spiegel ernst und dunkel. Ihr gemeinsamer Sex war einfallslos und elementar und erinnerte Jack aus irgendwelchen Gründen an die Ranch auf dem leeren Hügel.

Wendy schnitt und nähte ihre Ledersachen zu Hause unter einer Halogenlampe bis ein oder zwei Uhr morgens. Sie trug eine große Brille, mit der sie besonders sexy aussah. Manchmal überkam sie eine Traurigkeit, und sie hatte überhaupt keine Lust, etwas zu machen, dann gab Jack ihr mit einem Löffel Kirscheis zu essen.

Eines Sommerabends saß Jack Snow rauchend in einem Naturschutzgebiet nördlich von Stone City, als ein Mann mit seinem englischen Pointer vorbeispaziert kam.

Die Hündin sprang ins Schilf, während der Mann den Pfad entlangging, die Hände in den Taschen und den Blick auf den Boden gesenkt. Ab und zu pfiff er, und die Hündin hüpfte in die Höhe, mal in der Nähe, mal weit weg.

Der Mann trat heran und setzte sich neben Jack auf die Bank. Er rief die Hündin, und sie kam angerannt, ließ sich hechelnd nieder und sah den Mann aus den Augenwinkeln an.

»Sind Sie aus Omaha?«, fragte Jack.

»Mhm, schon möglich.«

»Ich hoffe, Sie sind zufrieden mit dem, was Sie kriegen.«

»Sonst wäre ich nicht hier. Wir brauchen mehr davon.«

»Was machen Sie damit?«

»Das braucht Sie nicht zu interessieren.«

»Wer kauft so etwas?«

»Niemand.«

»Mir wurde gesagt, ich könnte das Geschäft lernen.«

»Das ist das Geschäft.«

Der Mann stand auf, und die Hündin blickte hoch. »Wie sind Sie zu diesem keltischen Zeugs gekommen?«

»Ich hatte mal eine Freundin, die sich viel damit beschäftigte. Sie hieß Sandy.«

»War sie eine Druidin?«

»So etwas Ähnliches.«

Jack übertrieb – er log sogar –, wenn er Sandy Zulma seine Freundin nannte. Sie waren als Kinder befreundet gewesen, in Mayall, Minnesota, wo sie Szenen aus Büchern mit irischen und walisischen Legenden nachspielten, die Sandy kannte und ihm beibrachte.

Manchmal war sie Emer und er Cúchulainn, der Hund von Ulster, und sie flirtete mit dem jungen Krieger oder starb vor Gram über seinem Leichnam, nachdem er schließlich niedergestreckt worden war.

Besonders gerne spielte sie die tragische Deirdre, die sich lieber umgebracht hatte, als ohne die verratenen Söhne von Usna zu leben. Sie kämpften den endlosen Kampf des »Hundes« und seines Freundes Ferdiad, der zum beidseitigen Kummer verlor. Und sie spielten Schach, denn das hatten die Könige und Krieger in den Ruhezeiten zwischen Schlachten und anderen Abenteuern oft getan.

Als Teenager gingen Jack und Sandy getrennte Wege. Sandy wollte immer noch spielen, oder vielleicht war es auch gar kein Spiel mehr, und Jack geriet in die Gesellschaft von Trinkern und gab die alten Spiele ganz auf. Wenn er Sandy auf der Straße oder in der Schule sah, tat er so, als kenne er sie kaum. Jetzt bereute er diese Lieblosigkeit.

Louise nahm den längeren Weg nach Hause und machte einen Zwischenstopp, um ihre Mutter in Grafton zu besuchen. Es war nach zehn Uhr, aber Mary Montrose blieb lange wach und hörte sich im Radio Sendungen über paranormale Phänomene und den Niedergang der Gesellschaft an.

Marys Lehnstuhl stand im Zentrum des Hauses mit der Rückseite zur Wand auf einem thronartigen Podest. Dieses Podest hatte ihr

Freund Hans Cook gebaut. Im Alter wurde Mary immer nervöser in Bezug auf Stürme – Blitzschlag, Tornados, Äste, die durch Fensterscheiben schlugen – und dachte, mit diesem erhöht stehenden Sessel würde sie schneller sehen, was kam.

»Schau mal einer an, wer da hereingeschneit kommt«, sagte Mary. »Kommst du gerade aus deinem Ramschladen?«

»Jau«, antwortete Louise, die es schon lange aufgegeben hatte, Mary zu belehren, dass es kein Ramschladen sei. »Hast du was gegessen?«

»Ich wollte mir gerade etwas machen.«

»Du lügst. Du musst essen, Ma.«

Mary ging zum Tisch im Esszimmer und setzte sich, wobei sie ins helle Licht blinzelte. Louise zündete eine Flamme auf dem Herd an und goss Öl in eine Kasserolle, die sie dann hin und her schwenkte. Sie hielt eine Tüte mit tiefgefrorenen Garnelen und Gemüse in der Hand und sägte sie mit einem Brotmesser auf.

»Hier, Louise, dafür gibt es doch eine Schere«, sagte Mary. »Du siehst aus, als würdest du einen Fisch entschuppen.«

»Einen Fisch würde ich selbst dann nicht entschuppen, wenn mein Leben davon abhinge.«

»Ich wette, du würdest es doch tun.«

»Stimmt.«

Louise ließ den gefrorenen Block Essen in die Pfanne mit dem heißen Öl gleiten, wo er beruhigend zu brutzeln begann.

»Was hält Dan davon?«, fragte Mary.

»Wovon?«

»Dass du so spät noch unterwegs bist.«

»Das macht ihm nichts aus. Warum? Hat er etwas gesagt?«

»Irgendwann fangen sie an zu spinnen.«

»Wer?«

»Die Männer. Ab einem bestimmten Alter. Neulich Abend war eine Dame im Radio, deren Mann sie verlassen hat und nach Phoenix gezogen ist. Und das Baby in der Familie gerade mal sieben Jahre alt.«

»Was hat er denn in Phoenix gemacht?«

»Was hat er nicht gemacht hat, trifft es eher. Ein Boot gekauft. Das Boot kaputt gefahren. Eine Krankenschwester geschwängert.«

»Herrje.«

»Die Krankenschwester geheiratet, sich von ihr scheiden lassen. Ein Restaurant eröffnet, Bankrott gemacht. Hepatitis bekommen.«

Louise zog Topfhandschuhe an und trug die Kasserolle zum Tisch. »Was meinst du?«

»Ich würde dem noch eine Minute geben.«

Louise kehrte zum Herd zurück und schob das scharf angebratene Essen mit einem Holzspatel hin und her. »So einen morbiden Schwachsinn solltest du dir nicht anhören.«

»Es *ist* morbide.«

»Essen ist fertig«, sagte Louise und stellte Teller auf den Tisch.

Nachdem sie gegessen hatten, spülte Louise das Geschirr und machte die Küche sauber, dann verlegten sie ihre kleine Gesellschaft wieder ins Wohnzimmer. Louise schenkte sich einen Twister ein und machte für Mary einen Tee mit Brandy, und sie saßen da und schauten zum Panoramafenster hinaus.

Hin und wieder kam ein Auto um die Ecke, dessen Scheinwerfer kurz über die Blätter von Marys Bäumen streiften, bevor sie in Richtung der verlassenen Innenstadt einschwenkten.

Sie sprachen nicht viel. Mary schien mit der Geschichte von dem Mann, der in Phoenix Schiffbruch erlitten hatte, ihr Redebedürfnis gestillt zu haben. Louise saß auf dem Sofa, eine Etage unter ihrer thronenden Mutter, und ihre Gedanken trieben mit dem Eis ihres Drinks dahin. Gegen halb zwölf zog sie die Vorhänge zu und gab ihrer Mutter einen Gutenachtkuss.

Mary nahm ihre Hand. »Ich werde nicht mehr ewig hier sein, Louise.«

»Doch, das wirst du«, sagte Louise. »Deine Befunde sind gut. Sagt der Doktor. Wieso? Stimmt irgendetwas nicht?«

»Nein, alles in Ordnung. Ich wollte dich nur wissen lassen, dass ich, wenn ich sterben muss, dazu bereit bin. Das ist das ›Wieso‹.«

»Ich bin nicht dazu bereit.«

»Ich weiß. Aber ich wollte es dir einfach sagen. Damit du dir keine Sorgen zu machen brauchst.«

Eines Nachmittags im August fuhren Lyris Darling und ihr Chef Don Gary nach Rose Hill im Süden von Boris hinaus, um sich einen Grabstein mit einem Schreibfehler anzusehen. Chrysanthemenbüsche waren dabei, den Friedhof zu erobern, verteilten Stiele und Blüten im hohen Gras. Lyris mochte es, wenn ein Friedhof verwildert und verlassen aussah.

Sie fanden den Grabstein, dessen Inschrift tatsächlich genauso fehlerhaft war, wie es die Familie gemeldet hatte. Die Verstorbene hatte Cynthia geheißen, und die Graveure hatten den zweiten und den dritten Buchstaben ihres Namens vertauscht.

»Das ist bedauerlich«, sagte Don Gary.

»Soll ich die Gebrüder Taber anrufen?«, fragte Lyris.

Don Gary nahm die Brille ab und säuberte sie mit einem Taschentuch. »War es bei uns denn richtig geschrieben?«

Lyris nahm die Kopie ihres Auftrags aus der Tasche und reichte sie ihm.

»Sie rufen die Tabers an und sagen ihnen, dass Don Gary stinksauer ist«, sagte er.

»Okay.«

Er fuhr mit dem Finger oben auf dem Stein entlang. »Lieber doch nicht. Das Letzte, was ich brauche, ist, dass diese Arschlöcher sauer auf mich sind.«

»Ich sage einfach nur, dass sie uns einen neuen Stein schuldig sind.«

»Gute Idee.«

Sie gingen zu Don Garys SUV zurück und fuhren innen an der Friedhofsmauer entlang. Don zeigte auf ein Grabmal, vor dem sorgfältig eine Reihe von Bierdosen aufgestellt war, und stellte fest, dass die Achtungsbezeugungen für Tote sich mit der Zeit änderten und die Industrie da mithalten müsse.

Während er sprach, sah Lyris einen schwarzen Pickup hereinfahren, den der Staub mit Tigerstreifen überzogen hatte. Sie rutschte auf ihrem Sitz nach unten.

»Das ist meine Großmutter. Fahren Sie weiter.«

»Ich denke ja gar nicht daran«, sagte Don Gary, der immer darauf aus war, jemanden kennenzulernen, der in absehbarer Zukunft sterben würde.

Er hielt an und rief zum Fenster hinaus, und Lyris' Großmutter hielt ihren Pickup neben seinem SUV an und lehnte ihren schweren Arm auf die Tür.

»Was wollen Sie?«, fragte sie.

»Ich bin Don Gary von Grabsteine Gary in Stone City. Habe hier jemand, den Sie, wie ich glaube, kennen. Schauen Sie mal. Es ist Lyris.«

Er lehnte sich zurück und blickte strahlend von Großmutter zu Enkelin.

»Sie lassen sie sofort gehen«, sagte Colette. Sie stieß die Tür des Wagens auf, so dass sie gegen den SUV schlug.

»Nein, nein, nein«, sagte Don Gary, und seine professionell freundliche Stimme war vor Schreck ganz dünn geworden. »Sie missverstehen mich.«

Colette kam mit einer Brechstange in der Hand hinter ihrem Transporter hervor. Lyris ging vorn um den SUV herum, nahm ihrer Großmutter die Brechstange ab und führte die alte Dame zwischen die beiden Fahrzeuge.

»Entschuldige, Grandma. Das ist mein Chef. Er hat mich nicht gekidnappt. Er kann nur manchmal den Mund nicht halten.«

Colette sah auf Don Gary, der die Seitenwand seines SUV mit dem Taschentuch abrieb.

»Was macht ihr denn auf dem Friedhof?«, fragt Colette.

»Ein Grabstein ist vermasselt worden«, antwortete Lyris.

»Sag dem Mann, dass er keine Leute anschreien soll, die er nicht kennt.«

»Genau das habe ich ihm gesagt.«

»Vielleicht ist das in Stone City so üblich, aber hier bei uns macht man das nicht.«

Sie entriegelte die Heckklappe des Pickup und klappte sie herunter. Auf der Ladefläche lag zwischen aufgeschichteten Blumen ein roter Leiterwagen, die Räder nach oben. Lyris nahm den Wagen, stellte ihn auf den Boden und legte die Blumen hinein.

»Danke, meine Süße. Ich wette, dass du Micah vermisst, jetzt, wo er weg ist.«

»Nun ja. Wir haben uns sowieso nicht so oft gesehen, seit Albert und ich miteinander gehen. Ich glaube, er war eifersüchtig.«

Colette hob den Griff des Leiterwagens aus dem Gras. »Hast du heute schon irgendwelche Vögel gesehen?«

»Nicht dass ich wüsste.«

»Ich auch nicht.« Sie sah in die Bäume und zum Himmel hinauf. »Ich möchte wissen, warum.«

Die alte Dame zockelte mit ihrem Leiterwagen zwischen den Grabsteinen davon. Sie hatte hier drei Ehemänner liegen. Für die hatte sie nie ein gutes Wort gehabt, und sie fand, Blumen seien kein zu hoher Preis dafür, dass sie dort blieben, wo sie hingehörten.

Don Gary und Lyris fuhren nördlich in Richtung Stadt. Sie hatten schon mehrere Meilen hinter sich gebracht, bevor sie sprachen. Schließlich prüfte Don seine Rückspiegel, räusperte sich und sagte: »Ich nehme mal an, sie lässt sich von niemandem herumkommandieren.«

»Nein, von niemandem, Don«, sagte Lyris, während sie am Straßenrand nach Vögeln ausschaute.

Ein verblasstes Schild an der Rezeption des Continental Hotel verkündete, dass Schuhe, die vor acht Uhr abends herausgestellt würden, bis zum nächsten Morgen um acht Uhr geputzt wären.

Dan Norman zeigte dem Direktor ein Foto von Jack Snow und fragte, ob er ihn erkenne.

»Vage«, antwortete der Direktor. Er war ein alter Mann in einem gestärkten weißen Hemd mit Weste und Fliege. »Was hat er denn angestellt?«

»Vielleicht gar nichts«, sagte Dan. »Hat er jemals mit Ihnen über sein Geschäft gesprochen? Oder jemanden getroffen? Hatte er ungewöhnlich viel Bargeld bei sich?«

»Das würde ich nicht sagen.«

»Können Sie sich überhaupt an ihn erinnern?«

»Also wenn Sie so fragen: nein.«

Dan sah sich in der Lobby um. Die Jalousien waren offen, aber es kam kein Licht herein. Vier Leute lagen auf zerschlissenen Möbelstücken herum. Zwei sahen sich im Fernsehen eine Spiele-Show an, einer saß mit gefalteten Händen am Fenster, und die vierte Person lag da, die Füße auf der Lehne einer Couch, und schaute einen großen Bildband über Eisenbahnen an.

»Guten Morgen«, ertönte die Durchsage des Direktors aus einem Lautsprecher, dessen Existenz alle zu überraschen schien. »Hier spricht noch einmal Leon zu Ihnen. Falls jemand sich an einen Gast namens Jack Snow erinnert, möge er sich bitte an der Rezeption melden.«

Die Frau auf dem Sofa schloss das Buch mit den Lokomotiven und stand auf. In einem schieferblauen Overall und schwarzen Clogs, ein rotes Tuch ums Haar gebunden, durchquerte sie die Lobby mit großen Schritten.

»Ich kenne Jack Snow«, sagte sie. »Ist er da?«

»Er ist vermutlich in Stone City.«

»Ich glaube, er könnte etwas haben, was ich will.«

»Was zum Beispiel?«

Sie erzählte Dan von dem Stein, hinter dem sie her war, und seiner möglichen Herkunft, wobei sie diesmal hinzufügte, es könne ein Stück des Steines sein, den Cúchulainn am Strand von Baile gespalten hatte, nachdem er durch einen Unfall seinen Sohn getötet hatte.

»Gehören Sie zu seiner Branche?«, fragte Dan.

»Was für ein Branche?«

»Keltische Kunstgegenstände.«

»Die Idee hat er mir gestohlen.«

»Was ist das denn für eine Idee?«

»Die Welt wieder zusammenzufügen.«

Dan verstand, dass die junge Frau nicht ganz richtig tickte, und gab ihr seine Karte, was er für eine gute Art hielt, ein Gespräch zu beenden.

»Wenn Sie Jack Snow zufällig sehen, rufen Sie mich an«, sagte er.

Sie las die Karte und steckte sie dann über dem Ohr in das rote Tuch.

»Mach ich, Daniel«, erwiderte sie.

Sie ging zurück zum Sofa und griff wieder nach dem Bildband.

»Ich würde sie nicht zu ernst nehmen«, sagte der Direktor leise. »Sie ist mit der Zimmermiete im Rückstand. Aber manchmal drück ich ein Auge zu. Irgendwo müssen sie ja bleiben. Sind Sie nicht der Sheriff?«

»War ich früher mal. Putzen Sie wirklich Schuhe?«

»Ach, das wird praktisch nie mehr verlangt. Tennisschuhe kann man ja nicht putzen.«

Sandra ließ das Eisenbahnbuch auf dem Teppich liegen und stieg die Treppe im Continental Hotel hinauf zu ihrem Zimmer im dritten Stock. Sie legte sich aufs Bett, den Kopf auf dem Kissen, die Füße gegen das Fußende des Bettgestells gestemmt.

»Ich bin unsterblich«, sagte sie zur Zimmerdecke, als müsste sie sich rückversichern. »Wir kamen zur Insel Irland in Wolken, die drei Tage lang die Sonne verdunkelten. Von Falias brachten wir den Stein, der für den wahren König singt. Die Milesianer trieben uns in den Untergrund. Ich habe in der Furt rote Kleider gewaschen, habe versucht, Cúchulainn zu warnen. Aber er war zu stolz, um umzukehren.«

Dann drehte sie sich auf die Seite und zog die Beine an, um ins Bett zu passen. Schlaf war ihr einziges Glück. Sie schlief zu viel. Das ließ sich nicht ändern. Sie würde Kraft brauchen für das, was kommen sollte.

Tiny Darling klapperte mit einer Aluminiumpfanne voller Essensreste und stellte sie für die Ziege in die Sonne.

»Hat hier jemand Hunger?«, fragte er.

Die Ziege schaukelte auf ihren silbrigen Hinterbeinen, um Schwung zu nehmen und auf die Veranda zu klettern.

Das Telefon läutete, und Tiny ging nach drinnen. Es konnte ja um einen Job gehen, oder es könnte Micah sein, aber es war nur eine elektronische Ansage.

»Das FBI hat herausgefunden, dass in Ihrem Postleitzahlenbezirk alle fünf Sekunden in ein Haus eingebrochen wird«, sagte eine Frauenstimme. »Wir sind jetzt in Ihrer Gegend.«

»Zum Teufel, dann kommen Sie doch vorbei«, sagte Tiny. »Wir werfen ein paar Steaks auf den Grill.«

Er legte auf, ging wieder hinaus auf die Veranda und sah der Ziege beim Fressen zu.

»Mir wurde mitgeteilt, dass es bei uns ein paar Einbrüche geben könnte.«

Fünf

Joan musste im Herbst eine Schule für Micah finden. Sie stellte Bewerbungen zusammen mit einem Hochglanzfoto, Zeugnissen und einem Aufsatz, den er geschrieben hatte. Der Aufsatz begann folgendermaßen:

> Als ich klein war, überlebte ich einen Tornado, der den Kleintransporter, in dem ich mitfuhr durch ein Getreidesilo schob. Der Wind war so laut, dass die ganze Welt und alle Dinge in ihr aus Klangwellen zu bestehen schienen. Werkzeuge flogen herum, als könnte man eines aus der Luft greifen wie ein Astronaut in der Schwerelosigkeit. Der Tornado hat mich gelehrt, dass man unerwartet in Schwierigkeiten und wieder heraus geraten kann. Ich habe früher eine Ziege gehabt, die Sachen umstieß und sie dann mit den Vorderhufen festhielt, als wollte sie sagen: »Das gehört jetzt mir.« Mein Lieblingsfach ist Weltgeschichte. Ich glaube, es war ein schlechter Deal, als die Bauern des römischen Reichs gezwungen wurden, nach Rom zu ziehen, wo sie im zweiten Jahrhundert keine Arbeit hatten.

Joan fand den Aufsatz geistreich und schöpferisch und freute sich darüber, dass der Tornado erwähnt wurde, den sie gemeinsam durchgestanden hatten.

Sie schickte die Bewerbungen an die Weaving School, die Adamantine Prep, die Mary Ellen Pleasant Country Day, die Brentwood Polyphonic und die Schule Unserer lieben Frau des guten Rates auf dem Hügel. Keine dieser Schulen hatte einen Platz für Micah. Unsere liebe Frau des guten Rates auf dem Hügel setzte ihn auf die Warteliste.

»Das klingt vielversprechend«, sagte Joan.

Sie fuhren zu einem Gespräch zu dieser Schule. Die Straße wand sich die Ausläufer der Berge hinauf, und Joan deutete auf ein Stück der Fahrbahn, das jenseits des Tals in eine Schlucht gestürzt war.

An einem dieser fast ausnahmslos sonnigen Tage nahm Micah auf dem Sunset Boulevard einen Bus nach Westen, um Thea zu besuchen. Palmen machten deutlich, dass man im Süden war, die Wedel flatterten im Wind. Das Chateau Marmont erhob sich über die Bäume. Micah wusste, dass es ein bedeutendes Gebäude war, aber nicht, warum.

Plakatwände säumten den Boulevard – eine Flasche Tequila, die wie ein Altar aufleuchtete, eine Armbanduhr, die viel zu kompliziert war, um praktisch zu sein, ein Mann und zwei Frauen, eingeölt und ohne Hemd in Hüftjeans.

Dann fuhr der Bus hügelabwärts nach Beverly Hills hinein, wo die Läden und Reklameschilder aufhörten und die Laubwäldchen und Hecken, Mauern und Säulen begannen.

Theas Zuhause besaß ein mechanisches Tor mit einem Warnschild, das ein Strichmännchen zeigte, das zwischen Tor und Pfosten eingeklemmt war, die Beine vor Schreck weit gespreizt.

Micah ging die breite gewundene Auffahrt hinauf und trat für den Lieferwagen eines Klempners zur Seite, der gerade das Grundstück verließ und ihn an Tiny denken ließ. Dessen Welt und diese Welt hier schienen sich in unterschiedlichen Dimensionen abzuspielen. Micah war ein Reisender, der zwischen sie geraten war.

Das Haus war riesig und voller Ornamente, als wäre es ein Regierungssitz, und Thea erwartete ihn direkt davor, neben einem Brunnen mit der Statue einer kopflosen Frau, die ein offenes Buch in Händen hielt.

»Das ist also mein Stall«, sagte Thea.

»Wie viele Personen wohnen hier?«

»Nur wir vier. Mein Dad hat es so gebaut, dass die ganze Familie genug Platz hat, um sich zu treffen. Aber meine Tanten und Onkel hatten bei ihren Häusern die gleiche Idee. Sie wohnen in Ojai und La Jolla und nördlich von San Francisco. Deswegen können sie sich jetzt nie einigen, in welchem Haus die Familie sich treffen soll.«

Sie gingen zusammen um das Haus herum in den dahinterliegenden Garten, in dem Hecken sternförmig von einem riesigen Baum ausgingen, der eine weiche graue Rinde und Hunderte von Ästen hatte, an denen Unmengen von purpurroten Blättern prangten. Im Laub verborgen, befand sich ein Baumhaus mit Glasfenstern und Schindeln aus Zedernholz.

»Großer Gott«, sagte Micah.

Sie stiegen auf einer Leiter zu dem Baumhaus hinauf. Drinnen herrschte Chaos. Kleidungsstücke und Bücher und Essensverpackungen lagen dort, wo Thea sie fallengelassen hatte. Micah begann Sachen aufzuheben und zu ordnen, und Thea machte mit.

»Ich verbringe hier viel Zeit«, sagte sie. »Im Haus schlafe ich nicht gut. Die Deckenhöhe ist beklemmend.«

Im Baumhaus gab es einen Futon, einen Poolbillard-Tisch, einen Kühlschrank, einen Schreibtisch und einen Stuhl. Sie spielten Pool. Thea beugte sich über den Tisch und biss sich mit ihren kleinen Schneidezähnen auf die Unterlippe. Sie gewann das Spiel im Nu. Poolbillard war schwieriger, als Micah gedacht hätte.

»Na ja, ich habe natürlich viel Übung«, sagte sie. »Aber je mehr du spielst, desto besser wirst du werden.«

»Dann wirst du mich wieder einladen?«

»Natürlich. Wir sind doch jetzt Freunde.«

Nach dem Spiel setzten sie sich auf den Futon, und Thea stellte eine dunkelgrüne Dose in ihren Schoß, öffnete sie und rollte einen Joint. Sie zündete ihn an und inhalierte, wobei sie mit der Hand neben ihrer Kehle wedelte.

»Wie findest du Charlotte?«, fragte sie.

»Ist sie das, in diesen Werbespots für Boston Shoes?«

»Ja. Den Rauch tief inhalieren!«

Micah hielt den Atem an. »Mir gefällt der, wo sie in einem Boot sind«, sagte er mit tiefer Stimme.

»Ich möchte, dass du eines im Kopf behältst. Charlotte hängt mit Leuten herum, die nicht gut für sie sind. Sie trinken die ganze Zeit, und der einzige Grund, warum die hinter ihr her sind, ist … na, du weißt ja, wie sie aussieht.«

»Ja, wunderschön«, sagte Micah. »Seid ihr beide.«

Sie bekam auf der Stelle rote Ohren. »Ich bin aber nicht Charlotte.«

»Meiner Ansicht nach bist du sehr hübsch.«

Sie sah ihn traurig an, als versuchte sie, die tausenderlei Dinge, von denen er keine Ahnung hatte, auf die Reihe zu kriegen.

»Bist du schon mal mit jemandem ausgegangen?«

»Natürlich«, antwortete Micah. »Na ja, eigentlich nicht.«

»Ich hätte gerne, dass du mit Charlotte ausgehst.«

»Ist sie nicht ein bisschen zu alt für mich?«

»Wie alt bist du?«

»Vierzehn.«

»Hmmm«, Thea schwieg, und Micah dachte, sie würde das Ganze jetzt vielleicht vergessen.

»Das ist wirklich jung«, sagte sie. »Aber ich habe gesehen, wie sie dich angeschaut hat, Micah. Du bist ihr wirklich wichtig, und sie hat dafür gesorgt, dass es dir während deines Highs gut ging. Das war die alte Charlotte.«

»Wohin soll ich sie denn einladen?«

»Muss ja nichts Großes sein. Lad sie einfach auf einen Kaffee ein.«

Micah war einverstanden, und Thea umarmte ihn. Er stieg von dem Baumhaus herunter, ging den Weg zurück, den sie gekommen waren, machte das Tor auf und wartete eine halbe Stunde auf den Bus.

Über dem Sunset Boulevard gingen die Lichter an, und die Menschen saßen schwatzend in Restaurants, die sich bis über die Gehsteige ergossen. Die Tauben von Hollywood spazierten über die Weltkugel des Cinerama Dome.

Eamon tippte im Wohnzimmer auf einem Laptop und sah sich *Mysterien der Geschichte* an, als Micah heimkam. Der Fernseher zeigte gerade das Luftbild einer metallenen Lagerhalle zwischen Bäumen.

»Bald begannen hämmernde und sägende Geräusche aus ihrem Hauptquartier zu dringen«, sagte der Sprecher.

»Was ist das?«, fragte Micah.

»Ich weiß nicht. Zweiter Weltkrieg oder so etwas.«

Eamon schaltete den Fernseher stumm. Die Szene sprang jetzt zu zwei Männern, die an einem Tisch voller Baupläne saßen. Sie schienen ganz begeistert von dem, was sie bauten.

»Bist du jemals mit Charlotte gegangen?«, fragte Micah.

»Im zweiten Studienjahr.«

»Was ist passiert?«

»Wir haben wieder aufgehört.«

»Wieso?«

»Einfach so. Warum?«

Micah setzte sich und band die Schnürsenkel seiner Sportschuhe neu. »Ich hab mir überlegt, sie auf einen Kaffee einzuladen.«

»Jeder verliebt sich in Charlotte. Das ist wie ein Naturgesetz. Erst die Schwerkraft, dann Charlotte.«

»Es geht nicht um Liebe. Es geht um Kaffee. Thea hat gesagt, ich soll das machen.«

»Du bist sicher ein großer Kaffeetrinker, was?«

»Nein. Ich mag keinen.«

»Dann nimm einen Latte. Aber was heißt, Thea hat dir das gesagt? Das ist interessant. Wo hast du Thea getroffen?«

»In ihrem Baumhaus.«

»Echt.« Eamon stieß Micah an. »Du bist ganz schön angesagt, was?«

Jeden Morgen rannte Joan in aller Herrgottsfrühe durch den Park. Sie trug keine Kopfhörer, sondern hörte im Geiste Musik, *Ode an die Freude* oder *Allegria* oder die *Munsters*-Titelmelodie. Eines Tages sah sie beim Fußballfeld eine junge Frau im Gras schlafen. Als sie näher kam, erkannte sie, dass es Charlotte Mann war.

Charlotte trug ein kurzes schwarzes Kleid, einen einzelnen roten Schuh und eine schwarze Lederjacke mit Rohlederfransen und Messingnieten. Sie schlief auf einer orangefarbenen Decke im Gras. Joan deckte ihre Beine zu und berührte sie an der Schulter.

Charlotte setzte sich auf und sah sich um und kratzte sich mit beiden Händen am Hinterkopf. Wenn ihr Haar nicht geflochten war, fiel es ihr in Wellen bis auf die Schultern.

»Oh je, ist das peinlich«, sagte sie.

Sie stand auf, nahm die Decke an zwei Enden und schüttelte sie aus. Es fielen Zigaretten und ein Feuerzeug heraus. Sie ging darauf zu, schief auf einem Schuh.

»Was ist passiert?«, fragte Joan.

Charlotte ließ sich auf den Boden plumpsen, zog den Schuh aus, zündete eine Zigarette an und blies Rauchringe. »Wie spät ist es?«

»Zwanzig nach sieben.«

»Welcher Tag ist heute?«

»Dienstag.«

»Sehen Sie irgendwo mein Handy?«

Joan sah sich um. »Wie bist du überhaupt hierhergekommen?«

»Das weiß ich nicht mehr. Wir waren in einem Haus und dann waren wir in einem Club. Dann vielleicht wieder in einem Haus. Oder war das das Haus von vorher? Mir ist ständig jemand auf die Knöchel gestiegen. Vielleicht bleibe ich hier, bis jemand kommt.«

»Niemand wird kommen. Es ist Morgen.«

»Vielleicht fahren sie ja ganz langsam.«

»Charlotte. Wach auf. Das kannst du dir doch nicht antun.«

Sie gingen über das Fußballfeld. Die Decke wie einen Schal um die Schultern gelegt, warf Charlotte den einzelnen Schuh in einen Abfalleimer.

»Es tut mir leid, dass Sie mich so gefunden haben.«

»Du brauchst dir keine Sorgen darüber zu machen, wie ich zu dir stehe. Ich kenne dich. Ich weiß, was meine Jungs von dir halten. Du hast ein gutes Herz.«

»Nein. Hab ich nicht. Mein Herz ist ein einziges Chaos.«

Micah und Charlotte gingen nicht Kaffee trinken. Stattdessen holte sie ihn in einem kleinen gelben Datsun Pickup ab, und sie fuhren auf dem Angeles Crest Highway zum Mount Wilson hinauf. Charlotte trug khakifarbene Shorts, grüne Sneaker und ein pinkfarbenes Tanktop mit einer Borte aus leuchtend grünen Steinen vor ihrer kupfernen Haut.

Die Bergstraße ging in Serpentinen steil nach oben. Es waren Gesteinsbrocken auf die Straße gefallen, und Charlotte drehte am Lenkrad und umfuhr sie vorsichtig. Der Himmel war tiefblau, um ferne Berggipfel hingen lavendelblaue Wolken.

Auf dem Gipfel des Berges stand ein berühmtes Observatorium, und seine weißen Kuppeln erhoben sich aus Kiefernwäldern, mit Zapfen so groß wie Fußbälle. Charlotte wusste gut Bescheid über diesen Ort. Hier hatte George Hale gearbeitet, und Edwin Hubble. Die Beobachtung unseres Sonnensystems war allmählich gegenüber der des gesamten Weltraums in den Hintergrund getreten. Einstein war hierhergekommen, um Dinge auf den Punkt zu bringen. Das Universum dehnte sich aus.

In der finsteren Kammer des Hooker Teleskops sahen Micah und Charlotte sich Hubbles Stuhl an, während sie einer Aufnahme von einem gewissen Hugh Downs zuhörten. Der Stuhl schien vom Esszimmertisch der Hubbles ausgeliehen zu sein.

»Stell dir vor, du wärest Hubble«, sagte Charlotte.

»Kann ich nicht. Der ist einfach zu klug.«

»Es ist spät, es ist kalt. Du schreibst eine Zahl auf, du drehst eine Scheibe an einem Rädchen, schreibst noch eine Zahl auf.«

»Irgendetwas geht nicht auf.«

»Was du jetzt erkennst, wird unsere Welt auf den Kopf stellen.«

Dann waren sie still. Mit raschem Atem schob Charlotte die Hände unter ihr Haar und hob es über die Schultern nach hinten. Als sie nach unten gingen, verhallte die Stimme von Hugh Downs auf der Treppe.

Sie aßen im Cosmic Café in einem Holzpavillon zwischen dem Observatorium und dem Parkplatz. Charlotte fuhr an einer Ansammlung von Sendetürmen vorbei und noch ein Stück bergab, bevor sie auf der Standspur anhielt.

Ein staubiger Fußpfad führte die beiden an der Bergwand entlang, und irgendwo setzten sie sich im Schneidersitz auf einen flachen Felsen, der ins Nichts hinausragte. Man hatte hier eine Hochspannungsleitung auf verschrammten Masten installiert, aber die Leitung endete ganz plötzlich, und der letzte Mast stand leer im Sand.

»Schau dir das an«, sagte Micah.

Charlotte blickte unverwandt auf die Säule des Himmels, die Arme um die hochgezogenen Knie geschlungen. »Hättest du etwas dagegen, wenn ich dich in den Arm beiße?«

»Ist das eine hypothetische Frage?«

»Ich würde die Haut nicht verletzen.«

»Und warum?«

»Ich weiß nicht. Manchmal werde ich einfach nervös und muss in etwas beißen. Weißt du, was ich meine?«

»Mach's doch mal bei dir vor, wie du es tun würdest.«

Sie hob den Unterarm an den Mund und biss hinein. Ihre Augen gingen weit auf. Dann präsentiere sie ihren Arm, und sie überprüften ihn zusammen. Langsam verwandelte sich das blasse Weiß der Zahnspuren in die Löwenmähnenfarbe ihrer Haut zurück.

»Hast du Angst, dass es weh tut?«, fragte sie.

»Tut es das?«

Sie zuckte die Schultern. »Ein bisschen?«

Micah rollte den Ärmel seines Arbeitshemds über den Ellbogen hinauf und strich sich über den Arm.

»Willst du wirklich?«, fragte sie.

»Kann ja nicht so schlimm sein.«

»Guter Mann! Ich bin ja so aufgeregt.« Sie nahm ihr Haar mit einem Gummiband zusammen, setzte sich neben ihn, fasste seinen Arm mit beiden Händen und zog ihn so heran, dass sie Schulter an Schulter saßen.

»Also, du sagst, wenn ich aufhören soll.«

»Okay.«

Sie senkte den Kopf und schloss die Augen. Zunächst spürte Micah nur die Wärme ihres Mundes und die Weichheit ihrer Lippen.

Ihre Zähne schlossen sich um einen Muskelstrang. Zuerst tat es nicht sehr weh, dann spürte er den Druck in seinem Arm. Er merkte, dass man dieses Spiel leicht so weit treiben konnte, bis Blut floss.

Charlotte öffnete den Mund, als ihr klar wurde, dass er nichts sagen würde. Ihre Zähne hatten ein Oval perfekter Striche hinterlassen, in dem die Haare seines Arms gekräuselt und feucht waren. Sein Arm wurde kühl, als es trocknete.

Er sah sie an und bemerkte, dass sie Tränen in den Augen hatte, und er ebenfalls. Vielleicht hatte der Biss mehr geschmerzt, als er dachte, vielleicht war es auch etwas anderes. Sie neigten die Gesichter einander zu, ohne nachzudenken, und küssten sich lange.

Das war Micahs erster Kuss, und er wusste, er würde sich sein Leben lang daran erinnern. Danach saßen sie da, die Hände auf dem flachen heißen Stein und die Beine vor sich ausgestreckt.

Sechs

Manchmal schrieb Albert Robeshaw kleine Porträts für die Tageszeitung von Stone City. Er fuhr herum und wartete darauf, dass ihm jemand ins Auge fiel: ein Schlittschuhläufer, ein Landstreicher, ein Fledermausforscher – jemand, der etwas Besonderes machte, das sich in vierhundert Worte fassen ließ.

Eines Spätnachmittags sah er zufällig Sandra Zulma am Kriegerdenkmal mit einem Zollstock Schwertstreiche üben. Sie unterbrach ihr Tun, als Albert sich vorstellte.

»Ich erzähle Ihnen meine Geschichte«, sagte sie, »aber vorher müssen Sie mir einen Drink spendieren.«

Albert war einverstanden, da er glaubte, das sei ein guter Einstieg. Sie überquerten die Straße und gingen zu einem Lokal, das Bruiser's hieß, wobei Sandra mit dem Zollstock über den Boden tastete wie eine Blinde.

Albert besorgte zwei Bier, brachte sie zu der Sitznische und schlug eine leere Seite in seinem Notizblock auf. Während Sandra sprach, machte Albert sich Notizen. Nach einer Weile hörte er damit auf.

Nach Sandras Aussage war sie in einem Tunnel, der unter dem Ozean hindurchführte, in den Mittleren Westen gekommen. Sie wusste nicht mehr, wie lange das gedauert hatte. Monate wahrscheinlich, oder ein Jahr. Der Tunnel war zunächst glatt und gut beleuchtet, wurde nach und nach aber kalt und dunkel und eng. Sie litt und stolperte voran; die Felsen zerschnitten ihr Hände und Füße. Schließlich brach sie zusammen und fiel in einen tiefen Schlaf.

Als sie erwachte, war ihr Haar lang und verfilzt, ihre Kleidung hing in Fetzen. Sie sah ein Licht, das vorher nicht da gewesen war. Entweder war sie bewusstlos weitergegangen, oder jemand hatte sie getragen. Sie kroch zum Tunnelende und kam auf einem Felsvorsprung über einem Fluss heraus.

Ein Trupp Pfadfinder watete durch den Fluss und reichte ihr eine Feldflasche Wasser, und sie trank die Flasche aus, stand auf und stieß über die Pfadfinder hinweg ein Geheul aus, bei dem Vogelschwärme aus der Schlucht aufflogen.

»Ich frage mich, ob Sie nicht mit jemand über Ihre Geschichten sprechen sollten«, sagte Albert.

»Ich spreche doch mit Ihnen.«

»Eher mit jemand wie einem Arzt.«

Sandra stellte den Zollstock hochkant auf, und er blieb von alleine stehen. »Ärzte wissen doch nichts. Wie hoch ist Ihr Blutdruck? Haben Sie manchmal den Eindruck, sich selbst oder andere verletzen zu wollen? Sonst fällt ihnen nichts ein. Keine Angst. Sie finden keine treuere Freundin als mich. Wir können im Continental Hotel zusammen schlafen.«

Albert malte ein Ausrufezeichen in sein Reporter-Notizbuch. »Ich weiß nicht, ob das funktioniert.«

In diesem Moment kam der Besitzer der Bar mit einer Flasche Tequila aus dem Keller. Als er Sandra sah, durchquerte er eilig das Lokal.

»Was habe ich Ihnen wegen dieses Stocks gesagt?«, fragte er.

»Frischen Sie mein Gedächtnis auf«, erwiderte Sandra.

»Sie sollen mit diesem Ding nicht nochmal hier hereinkommen.«

Sandra lächelte. »Na, so ein Pech, denn jetzt bin ich ja schon drin, und das hier ist ein öffentlicher Ort.«

Der Zollstock aus weizenblondem Holz mit schwarzen Teilstrichen lag jetzt auf dem Tisch, und Sandras Hand schwebte darüber.

»Wenn Sie es schaffen, ihn mir wegzunehmen, dann schrubbe ich Ihnen ein ganzes Jahr lang kostenlos Ihre Tische.«

»Das würde ich nicht einmal *wollen*.«

Der Barbesitzer und Albert griffen nach dem Stock, der in Sandras

Hand sprang. Sie schlug mit dem Stock durch die Luft und traf den Mann an der Kehle. Er fiel nach hinten, stieß dabei einen Stuhl um, ließ die Flasche fallen, die er in Händen trug, und hielt sich den Hals. Albert und Sandra traten aus der Sitznische heraus, hielten den Stock an entgegengesetzten Enden und umkreisten einander wie in einem rituellen Tanz. Über Sandras Gesicht huschte ein Lächeln, und um ihr weißes Haar erschien ein rötliches Licht. Sie zog an dem Stock, Albert taumelte nach vorn, und sie schlug ihn mit dem Handballen ins Gesicht, woraufhin er losließ. Sie ging rückwärts zur Tür des Bruiser's, während Albert und die Gäste der Bar sich ihr vorsichtig näherten.

»Wer sich als Erster bewegt, steht als Letzter auf«, sagte sie.

Alle überlegten, wie diese Drohung aufzufassen sei. Mit einer Hand hinter ihrem Rücken suchte Sandra nach der Türklinke und schlüpfte aus der Bar. Sie sahen sie vor dem Fenster vorbeigehen.

»Ist das eine Bekannte von Ihnen?«, fragte der Barmann.

»Ich habe sie gerade erst kennengelernt«, sagte Albert.

»Dieses verrückte Aas kommt mir hier nicht nochmal rein.«

Don Garys Grabsteinhandel schloss für heute, und Lyris setzte sich auf die Stufen, wartete auf Albert und blickte zum Mond über der Stadt hinauf. Don Gary sperrte ab und ging in seinen zweifarbigen Sattelschuhen an ihr vorbei.

»Gute Nacht, Miss Darling«, sagte er.

»Gute Nacht, Don.«

Lyris genoss es, wenn sie abends allein war und Albert sie holen kam. Mit ihm zusammen fühlte sie sich frei und unabhängig, und ihr früheres Leben kam ihr vor wie Zugwaggons, die abgekoppelt wurden und zurückblieben.

Als er vorfuhr, stieg sie ins Auto und küsste ihn. Er hatte unter dem Auge eine Verletzung, und auf der Heimfahrt erzählte er ihr, wie er versucht hatte, Sandra Zulma zu interviewen.

In der Wohnung nahm Lyris Albert bei der Hand und führte ihn ins Bad, wo sie beide vor dem Spiegel des Medizinschranks stehen blieben und sich die Strieme auf seinem Wangenknochen ansahen.

Albert meinte, das sei gar nichts, aber Lyris bestand darauf, ihn zu verarzten. Sie wusch sich die Hände, trocknete sie ab und nahm eine kleine grüne Flasche aus der Hausapotheke.

Albert setzte sich auf den Toilettendeckel und sah hinauf zur Deckenleuchte, während sie mit einem steifen schwarzen Pinsel, der in der Verschlusskappe fixiert war, das Antiseptikum unter seinem Auge auftrug.

»Jetzt sieht es echt fürchterlich aus«, sagte sie.

Dann malte sie aus Jux und Tollerei noch einen Streifen unter das andere Auge.

»Jetzt bist du ein Footballspieler.«

»Da hat sie mich doch gar nicht getroffen.«

»Ach, mir gefällt es, wie du jetzt aussiehst.«

Sie gingen ins Schlafzimmer und schlossen die Tür. Das Zimmer war dunkel, nur durch die Fenster kam ein wenig Licht herein.

Er zog sie aus und rollte ihr die schwarze Strumpfhose herunter. Lyris atmete langsam, die zitternden Finger dicht am Körper. Mit Albert zusammen zu sein war mehr, als sie je erwartet hatte. Sie liebten sich besonders gern in den frühen Abendstunden, wenn die Zeit noch wie eine riesige Leere vor ihnen lag. Sie liebten es, ihr Kommen möglichst lange hinauszuzögern. Das blaue Licht von der Straße zeichnete einen Lichthof um das Bett.

Zwei Stunden vergingen. Der sanfteste Kuss der Nacht, dann ruhten sie, flach auf dem Rücken unter einem Laken. Lyris zog mit dem Finger die Streifen nach, die sie auf sein Gesicht gemalt hatte. Albert schlief. Sie legte ein Bein quer über seinen Körper und bettete ihren Kopf an seine Schulter. Das war die beste, die erträglichste Einsamkeit.

In Lyris' Albträumen ging es um Orte – Zimmer im Waisenhaus, in den Wohnungen von Pflegeeltern, in Grouse County. Und andere Räume, die sie noch nicht kannte und vielleicht nie kennenlernen würde.

Sie sah sie von oben. Offenbar befand sie sich auf einer Art Laufsteg. Die Zimmer zogen eines nach dem anderen vorbei wie in einer

Diashow, schwach beleuchtet und menschenleer, mit Tischen und Stühlen, Betten und Schränken. Vielleicht war die Zukunft schon da, in der alles Lebendige hinweggefegt sein würde.

Lyris brauchte nichts anderes zu tun, als zu entscheiden, welches Zimmer sie haben wollte, und es zu beziehen. Aber es war weit bis dort hinunter. Der Sturz könnte ihr weh tun. Es schien logischer, dass sie in dem Zimmer einfach erschien, aber das geschah offenbar nie. In der Zwischenzeit schwand allmählich die Chance, überhaupt irgendwo unterzukommen, und so strandete sie in einem kalten Nirgendwo und rief um Hilfe.

»Was ist denn?« Verwirrt war Albert zum Fenster gegangen.

Sie rutschte auf dem Rücken quer über die Matratze und zog ihn am Arm ins Bett zurück.

»Hilf mir beim Aufwachen.«

Ned Kuhlers war der einflussreichste Anwalt in Grouse County. Einst war er Dans Gegner gewesen, nun sein größter Klient. Er hatte ein Büro hoch über dem Park, mit einem Tropenfisch-Aquarium, das die gesamte Länge des Empfangsraums einnahm.

Neds Sekretärin drückte einen Knopf an der Gegensprechanlage. »Dan Norman ist hier.«

»Schicken Sie den Bastard herein.«

Dan betrat Neds Büro und sank in einen grünen Ledersessel mit Messingösen an den Säumen.

»Was ist anders?«, fragte Ned.

»Die Uhr geht nach, der Farn ist am Vertrocknen, und an der Täfelung ist ein Fleck, der wie Öl aussieht«, sagte Dan. »Wahrscheinlich haben Sie an Ihrem Schreibtisch gegessen und eine Flasche Salatdressing geschüttelt und der Verschluss war nicht richtig drauf.«

Ned lachte. Bei der Handelsmarine war er Fliegengewichtsboxer gewesen, und manchmal bewegte er die Hände ganz schnell, um die Leute zurückzucken zu lassen.

»In gewisser Weise stimmt das tatsächlich«, erwiderte er. »Na, egal. Das wird Ihnen gefallen: Mein Klient hatte einen Autounfall. Er bog auf die 33 hinaus und rammte jemanden. Nun, wir bestreiten die Schuld nicht. Wir haben das Stoppschild missachtet. Sei's drum. Aber jetzt stellt sich heraus, dass der andere Fahrer gern bowlt. Bowlen Sie?«

»Nicht oft.«

»Ich weiß. Die Pins gehen hoch, sie fallen um, was soll's. Aber dieser Typ liebt Bowling so sehr, dass es ihm Schmerzen und Kummer bereitet, wenn er das nicht mehr kann.«

»Seit dem Unfall.«

»Es heißt, er wird nie wieder bowlen können.«

»Schlimm.«

»Ja, nur gibt es da die simple Tatsache, dass er durchaus bowlt. Er macht es einfach dort, wo er nicht gesehen wird. Ist von der Rose Bowl in Morrisville zu den Rust River Lanes weitergezogen.«

»In Romyla.«

»Dienstags um neun.«

»Wahrscheinlich versucht er, wieder in Form zu kommen.«

»Entweder man bowlt, oder man bowlt nicht.«

»Sie wollen Fotos.«

»Ich will ein Video.«

»Wie sieht er aus?«

Ned warf einen braunen Umschlag über den Schreibtisch, und Dan fing ihn auf.

Dan hatte das Gefühl, er bräuchte einen Partner, weil einem einsamen Wolf auf der Bowlingbahn ein zweiter sicher ins Auge stach. Er fragte seine Assistentin Donna, die immer für alle verdeckten Ermittlungen zu haben war. Sie war die Hauptzeugin bei den Enthüllungen von Lord Norman gewesen, bei denen es um die sexistischen Einstell-Praktiken der Airstream Molkerei in Morrisville gegangen war.

Dan sagte ihr, sie solle sich ganz normal anziehen, doch als er an ihrem Haus vorfuhr, erschien sie in einem orangefarbenen Mohairpullover mit halblangen Ärmeln, einem trägerlosen weißen Kleid mit schwarzen Tupfen und gerüschtem Rock, schimmernden grünen

Fußkettchen und hohen Absätzen. Sie stieg ein, raffte die papierdünnen Falten des Kleides zusammen und schloss die Tür.

»Jetzt gehen wir bowlen«, sagte sie.

»Sehr hübsch, aber die Idee war eigentlich, keine Aufmerksamkeit zu erregen«, erwiderte Dan.

»Wenn du bei etwas unentdeckt bleiben willst, wäre dann nicht ein Mensch, der möglichst unauffällig auszusehen versucht, der erste, über den du dir Gedanken machen würdest?«

»Das klingt fast einleuchtend.«

Romyla war die Schlafstadt von Morrisville und Stone City, obwohl die Romyler diesen Ausdruck gar nicht mochten, weil sie sich dadurch weniger wichtig fühlten. Die Rust River Lanes hatten acht Bahnen in einem Gebäude an der Hauptstraße, in dem früher eine Bank gewesen war. Auf dem Dach des Hauses befand sich ein großer Kegel, der allerdings nicht beleuchtet war, weshalb er nachts eher wie eine Erscheinung wirkte.

Dan und Donna ließen sich am Tresen Schuhe und zwei Gläser Bier geben und nahmen eine Bahn, die zwei von dem Mann entfernt lag, der auf der Route 33 angefahren worden war. Auf einem Schild an der Wand standen die Regeln.

RAUCHEN VERBOTEN
WERFEN VERBOTEN
FLUCHEN VERBOTEN
FEUERWERKSKÖRPER VERBOTEN
GESTIKULIEREN VERBOTEN

Dan stellte einen kleinen getarnten Videorecorder auf den Tisch mit der Punktetabelle. Das Gerät war in einer Fantadose versteckt, mit einem Knopf obenauf, mit dem man die Kamera ein- und ausschalten konnte. Lynn Lord hatte es selbst gebaut. Sie nannten es die Fanta-Cam, und man konnte damit Videos und Standfotos machen.

In einem bestimmten Moment des Bowlens hat jeder die Hände unten, aber Donna hielt ihre Hände die ganze Zeit unten. Sie schlängelte sich zur Linie, als würde sie in ihrem Partykleid kleine Tiere zusammentreiben.

Die Kugel rollte langsam, und die Pins warfen sich müde gegenseitig um und hinterließen Spalten. Dans Wurf war uneinheitlich, und er bekam gewöhnlich Blasen am Daumen. Zusammen wirkten sie schlecht genug, um als unschuldige Anfänger durchzugehen.

Das Ziel ihrer Ermittlungen bowlte wie ein Profi. Er schwang den Arm in großem Bogen und hielt am Ende die behandschuhte Hand in die Höhe, während die Pins aufflogen wie Fasane aus dem Gras.

Als es auf halb elf zuging und sie lange genug gespielt hatten, um glaubwürdig zu sein, fuhr Dan Donna nach Hause und parkte vor dem hohen, schmalen Haus in Mixerton, wo sie die oberste Etage gemietet hatte.

»Wir sind ein gutes Team, Partner«, sagte sie.

»Ned wird sich freuen.«

»Wen interessiert das.«

»Er ist schließlich der Kunde.«

»Du hast es gewusst, als du mich gefragt hast. Ich habe es auch gewusst. Ich habe nur nichts gesagt.«

»Was gewusst?«

»Du wolltest mit mir zusammen sein. Manchmal hat man das Bedürfnis, mit jemandem zusammen zu sein. Das ist schon in Ordnung.« Sie strich ihr Kleid glatt. »Ich habe mich schön gemacht. Das Leben dauert ja nur kurz, und dann ist es vorbei.«

»Donna, ich wollte nicht, dass du auf den Gedanken kommst, dass, äh, also, dass das hier –«

»Und ich dachte, alle meine Gedanken kommen von dir.«

»Das hab ich nicht gesagt.«

»Du weißt eben nicht, was du sagst.«

Dan beugte sich hinüber, um ihr einen freundschaftlichen Kuss zu geben; vielleicht hatte sie ja recht, und er wusste nicht, was er wollte. Jedenfalls geschah etwas ganz anderes.

Sie knutschten im Auto, wobei ihr Kleid knisterte wie Feuer. Er schob ihr Haar zurück und küsste ihre Lippen. Er wusste, dass er sich, sobald der Kuss vorüber wäre, miserabel fühlen würde, aber im Augenblick wirkte das alles vollkommen natürlich.

Ein Auto fuhr durch die stille Straße, die Scheinwerfer streiften über sie hin. Dan stieg aus und ging ums Auto, um ihr die Tür zu öffnen. Nachtfalter schwärmten um die Straßenlampe.

»Möchtest du mit raufkommen?«, fragte Donna.

»Ehrlich gesagt ja, Donna. Aber was ich tun sollte, ist nach Hause fahren.«

»Okay, Dan. Aber weißt du was?«

»Was?«

»Manches darf man nicht zu ernst nehmen.«

Louise dachte weiterhin an die Wohnung von Lyris und Albert. Bei einer Wohnungsauflösung in Chesley überbot sie die Konkurrenz bei einem schönen Eichentisch und einem kupfernen Pfannenhalter und ließ beides in den zweiten Stock des Kleeborg Building liefern.

Am Abend nahm sie nach Geschäftsschluss ihren Werkzeugkasten und ging nach oben. Tisch und Gestell standen noch im Gang. Albert kam in Socken an die Tür.

»Hallo«, sagte er. »Ich sehe mir gerade eine Sendung über den Yeti an.«

»Wie geht's dem?«

»Es ist vielleicht ein Bär.«

»Das ist kein Scherz.«

»Ist das Louise?«, rief Lyris von drinnen.

»Ja«, sagte Albert.

»Sag ihr, dass sie damit aufhören muss.«

»Du kannst uns nicht dauernd so viel schenken«, sagte Albert.

»Gefällt's euch denn nicht?«

»Den Tisch finde ich wunderbar. Bei dem anderen Ding weiß ich nicht, was es ist.«

»Ich zeig's euch.«

Die Küche hatte eine Kochinsel, und Louise und Lyris stiegen hinauf, um den Pfannenhalter zu befestigen, der an Ketten hing. Lyris hielt das Stück, während Louise Löcher in die Decke bohrte, wobei der Gips in dünnen Staubsäulen niederrieselte.

»So etwas habe ich mir immer gewünscht«, sagte Louise. »Ich sehe die Dinger manchmal in Zeitschriften und denke dann, diese Leute müssen ja eine Menge Freunde haben.«

So dicht an der Decke war es heiß, und Lyris wischte sich mit dem Handrücken den Schweiß von der Wange. Louise fragte sich, warum um alles in der Welt sie dieses arme junge Pärchen nicht in Ruhe lassen konnte.

Albert lehnte sich an die Arbeitsplatte und sah ihnen zu. »Ich glaube, ich gehe noch kurz in eine Bar oder so.«

Die Frauen schauten auf ihn hinunter. »Von hier aus könnte ich dir einen Tritt geben«, erwiderte Lyris.

»Aber würdest du das wollen?«

»Nein.«

Als der Halter befestigt und horizontal ausgerichtet war, half Albert ihnen herunter, und sie hängten Töpfe und Pfannen und einen großen Schöpflöffel daran und standen dann da und beobachteten, wie sich die Gegenstände langsam in der Luft drehten.

»Ich kann gar nicht glauben, dass das wirklich unsere Küche ist«, sagte Lyris.

Albert und Louise trugen den Tisch vom Gang herein, und Lyris brachte die Einlegebretter, die dazugehörten. Der Tisch war gut gemacht und schwer, mit kräftigen gedrechselten Beinen, wie man sie selten findet, und sie würden sicher gelegentlich an ihm ausruhen und sich dagegenlehnen.

Sie stellten den Tisch ins Esszimmer, zogen ihn aus, legten die Einlegebretter auf ihre Leisten, wobei sie die Zapfen in die Löcher einrasten ließen, und schoben den Tisch dann wieder auf seine gemütliche Größe zusammen.

»Ich liebe es, Einlegebretter in Tische einzusetzen«, sagte Albert. »Das war immer das Einzige, was ich an Feiertagen zu Hause gerne gemacht habe.«

Er stellte Stühle um den Tisch, und Lyris holte eine Flasche Wein und schenkte drei Gläser ein, und sie setzten sich und hoben die Gläser.

»Auf Louise«, sagte Lyris.

»Das ist ein großer Tisch«, sagte Albert. »Wir werden viele Kinder kriegen müssen.«

»Ich weiß nicht, warum du immer so nett zu uns bist«, sagte Lyris.

»Ohne bestimmten Grund«, erwiderte Louise. »Das machen Mütter doch so, oder?«

Sie schloss die Augen und lachte leise.

»Großer Gott, wo kam das her. Tut mir leid. Das machen Freunde doch so.«

Albert trank von seinem Wein. Die Sendung mit dem Yeti lief noch im Wohnzimmer, und in den Bergen tobte gerade ein Sturm.

»Schon in Ordnung«, sagte Lyris. »Ich weiß, wie du es gemeint hast.«

Louise versteckte ihr verlegenes Lächeln hinter der Hand und schüttelte den Kopf. »Ich glaube, ich gehe jetzt mal.«

Sie fuhr in ihrem Scout II nach Hause und stieß grob die Gänge rein. Eine Weile hörte sie Radio, dann schaltete sie es aus und schlug gegen das Armaturenbrett.

Was sie da gesagt hatte, war ganz leicht herausgekommen. In jenem Augenblick, in dem sie so entspannt beisammengesessen hatten, musste sie es wohl geglaubt haben.

Auf der Farm wirbelten gelbe Blätter raschelnd über den Hof. Im Haus brannten die Lichter, aber sie ging noch nicht hinein. Sie saß in ihrem Geländewagen, die Hände vor dem Gesicht, und sah über ihre Fingerspitzen hinaus.

Sie war ja Mutter, aber wer würde sich daran noch erinnern? Ihre Tochter war vor sechzehn Jahren bei der Geburt gestorben. Louise beinahe auch. Wenn sie gestorben wäre, fragte sich Louise, wären dann sie und das Mädchen jetzt zusammen? So, dass sie sich dessen bewusst wären, meinte sie.

Manchmal dachte sie an Iris und stellte sich das Leben vor, das sie gehabt hätte. Fernsehen, Louises Make-up benutzen, mit draufgängerischen Jungs Auto fahren. Oder Fußball spielen, rennen und schießen, während ihre Haare im Wind flattern.

Dan Norman hatte herausgefunden, dass Jack Snow eine Gefängnisstrafe abgesessen hatte, was das Bedürfnis seiner Klienten befriedigen würde, ihn in den Augen ihrer Tochter zu diskreditieren. Er wusste aber immer noch nicht, was Jack und Wendy in der Lagerhalle taten.

Er überwachte das Gebäude, beobachtete es vom Betriebshof der Eisenbahn aus mit einem Fernglas. Die Arbeitszeiten der beiden entsprachen denen von Angestellten, und sie fuhren immer in einem roten Mustang vor. Paketdienste kamen und gingen. Nur ein einziges Mal erhielten sie Besuch, von einer Dame, die hineinging und sie eine halbe Stunde später wieder verließ.

Dan überprüfte ihr Nummernschild und fand heraus, dass sie Mildred hieß und Lehrerin am städtischen College von Stone City war. Er kam eines Tages zu ihr ins Büro, in ein kleines Zimmer, das vor lauter Büchern ganz muffig roch, am Ende eines Ganges im Anbau für Kultur, Medien und Sport.

Sie war eine große Frau, in ihren Sechzigern, wie Dan vermutete, mit langem braunen Haar und einem grauen Filzhut mit einem schwarzen Band auf der Seite.

»Mr. Snow hatte einen Aushang gemacht, dass er jemanden suche, der keltische Antiquitäten beurteilen könne«, sagte sie. »Ich war neugierig. Und ehrlich gesagt hätte ich das Geld gebrauchen können. Hier in der Gegend verdienen Teilzeit-Collegelehrer, nicht gerade viel.«

»Sie sind also hingegangen und haben mit ihm gesprochen.«

»Die sind nicht echt. Sie sind auf alt gemacht, aber ich kann mir nicht vorstellen, dass er damit irgendjemanden hereinlegen kann. Die sind niemals, die können gar nicht, nein.«

»Was macht er mit ihnen?«

»Firnisse, grobe Scheuermittel. Ich glaube, er wickelt ein paar von den größeren Gegenständen in Leintücher und schlägt dann mit einem Kantholz darauf.«

»Sie haben also gesagt: Oho, das Zeug ist nicht echt.«

»So etwas in der Art. Und er schlug vor, ich könnte ja schätzen, was sie wert wären, wenn sie echt wären, und ich habe gesagt, das würde ich für keinen sehr klugen Zeitvertreib für mich halten.«

»Gute Antwort«, sagte Dan.

»Ich war enttäuscht.«

»Wo sind die Sachen denn her, aus Irland?«

»Da es Kopien sind, können sie von überall her sein. Die Entwürfe gehen höchstwahrscheinlich auf Ausgrabungen in Europa zurück, Großbritannien und Irland. Wissen Sie, die Kelten waren keine geschlossene Kultur, sie hätten sich selbst auch nie ›Kelten‹ genannt. Sie waren eine Menge unterschiedlicher Völker, die alle eine ähnliche Sprache sprachen und zu einer bestimmten Zeit überall in ganz Zentraleuropa lebten, von Irland über den Balkan bis hinter nach Kleinasien.«

Mildred strahlte, weil sie ihre Bildung zeigen konnte.

»Das wusste ich nicht«, sagte Dan.

»Ungefähr um zweihundert vor Christus. Die Griechen nannten sie *Keltoi.* Aber dann kamen die Römer und die Germanen, und die keltisch Sprechenden in Europa wurden größtenteils besiegt. Ich meine, das ging nicht auf einmal. Über mehrere Jahrhunderte. Dass immer alle gleich an Irland denken, liegt daran, dass Irland der Romanisierung entging. Deshalb wurden dort viele der Geschichten aufgeschrieben.«

An diesem Abend fuhr Dan hinaus zu der Lagerhalle, stemmte ein Fenster an der Rückseite auf und stieg hinein. Jetzt, wo er nicht mehr verantwortlich dafür war, die Gesetze zu schützen, machte es ihm nichts aus, sie zu brechen. Dieser Verstoß bedeutete rein gar nichts im Vergleich zu dem, dass er hinter Louises Rücken mit Donna geknutscht hatte.

Er leuchtete mit einer Taschenlampe durch den langen, schmalen Raum. Metallformen glitzerten auf Tischen. Die Luft roch nach Schwefel.

Auf einem Tisch lagen stählerne Schwerter und Scheiden, einige neu, einige in verschiedenen Graden der Auflösung. Sie waren ganz einfach – breite, sich verjüngende Klingen, manche mit Parierstange, manche ohne. Dan hob ein Schwert auf und warf es von einer Hand in die andere. Der Griff hatte spiralförmig angeordnete Rippen, wodurch er gut in der Hand lag. Dan fuhr mit dem Finger die Schneide entlang, und ein Blutstropfen quoll hervor, den er am Ärmel abwischte.

Und so ging er durch die Lagerhalle, untersuchte Helme, Tiaren, Kronen, steinerne und bronzene Statuetten von Menschen und Tieren, deren Formen ein wenig verwischt waren, als hätten sie im Feuer gelegen, ein Pferd mit menschlichem Gesicht, zahllose Nadeln und Ringe und C-förmigen Halsschmuck, ovale Schilde mit Schnitzereien und verwitterten Rändern.

Während er im Dunkeln herumspionierte, spürte er die Magie, die hier herrschte. Es war diese allgemein bekannte Magie, wie in einem Waffenladen oder Fotogeschäft, wo sich Leute um Dinge scharen, die angefertigt worden sind und über die sie in Begeisterung geraten. Und warum?, fragte er sich. Wodurch ließ sich das erklären? Vielleicht eine tief verwurzelte Liebe zu Werkzeugen, aus der Zeit der Höhlenmenschen. Die Dinge sind nicht, was sie zu sein scheinen.

Auf den Werkbänken lagen Feilen und Sägen und Kugelhämmer und versiegelte Plastikbehälter in vielen Größen. Er öffnete einen und schlug ihn sofort wieder zu, wegen des Geruchs. In einer Löwenfußwanne lag ein Schwert in einer dunklen, grünlichen Flüssigkeit. Dan stieß mit dem Stiefel gegen die Wanne, und ein Zittern lief über das Schwert.

»Was für ein seltsames Geschäft.«

Als er gesprochen hatte, spürte Dan die Präsenz von jemandem, der beobachtete oder lauschte. Das kümmerte ihn jedoch nicht. Er würde ohnehin die Oberhand behalten.

In einer Ecke der Lagerhalle gab es eine Tür, und Dan öffnete sie und trat in ein kleines Zimmer mit Fenstern. An der Wand hing eine abwaschbare Tafel mit der optimistischen Aufschrift *Bestellungen und Eingänge*.

In einem Schreibtisch fand er eine Geldkassette und einen Revolver. Er nahm die Kugeln aus dem Revolver, steckte sie in die Tasche und ging, ohne noch etwas anderes aus der Lagerhalle mitzunehmen.

Sieben

Micah besuchte ab Herbst die Deep Rock Academy – Eamon ging dorthin, und die Schule war verpflichtet, auch seinen Stiefbruder aufzunehmen. Deep Rock befindet sich auf einem Hügel nördlich von Los Angeles, in Sun Terrace, westlich von Shadowland, im Stil eines spanischen Schlosses erbaut. Die Ecken sind durch Rundtürme befestigt, und einer dieser Türme sollte Micah in Schwierigkeiten bringen.

Alle Schüler von Deep Rock mussten sich mit irgendeiner Tätigkeit an der Schule beteiligen. Micah desinfizierte die Trinkbrunnen, eine bescheidene Aufgabe, aber eine, die ihm gestattete, durch die Gänge und die oberen Stockwerke zu wandern, in denen die höheren Jahrgänge sich vor ihren Spinden räkelten, besser aussehend und weltgewandter als die Lehrer.

Micah trug einen Eimer mit Reinigungsmittel und einen Schwamm an einem Stab mit sich. Eines Tages probierte er die Tür des Nordostturms, und da er sie unverschlossen fand, stieg er die Wendeltreppe hinauf, wobei er seine freie Hand über die rauen Backsteine gleiten ließ. Schließlich könnte ja dort oben auch ein Trinkbrunnen sein. Das war nicht ausgeschlossen.

Micah kam am obersten Punkt der Schule heraus, wo die kalifornische Fahne wehte. Der Bär auf der Fahne trottete dahin, den Kopf gesenkt und das Maul offen, und folgte einem roten Stern. Die Sicht ging nach allen Seiten – Autos auf dem Freeway, staubige Pferdefarmen, niedrige Häuser mit sandigen Höfen und dichtem Rasen. Er kam sich sehr fern von zu Hause vor.

Dann ging die Tür auf, und der Schulleiter kam herauf. Über den großen und gut gekleideten Mr. Lyons gab es viele Gerüchte. Er sei Psychiater gewesen, in der Ölindustrie tätig, Admiral bei der Flotte, Doppelagent. Er wisse geheime Fakten über das Direktorium der Schule, die ihm sein Leben lang die Stelle als Schulleiter sichern würden. Joan behauptete, er habe Eamon einmal in einen Sarg gesteckt, weil der etwas auf sein Pult geschrieben hatte.

Der Schulleiter setzte eine Sonnenbrille auf und zündete sich eine Zigarre an. »Wer hat dir gesagt, dass du hier heraufgehen sollst?«

»Niemand.«

»Geh an den Rand. Schau hinunter.«

Micah lehnte sich in eine Einbuchtung der Wand und sah weit unten den Boden, buschiges Gras und weiße Steine.

»Was würde passieren, wenn du hinunterfällst?«

»Ich würde sterben.«

»Und wie würde das aussehen?«

»Wenn ich tot wäre?«

»Wie würde das für die Schule aussehen?«

»Oh. Ganz schlecht.«

Mr. Lyons paffte an der Zigarre und sah sie an, wie das offenbar alle Zigarrenraucher aus unerforschlichen Gründen tun müssen. »Man würde sagen: ›Sehen Sie? Die schaffen es nicht mal, ihre Schüler davor zu bewahren, von der Schule herunterzustürzen‹.«

»Ich hatte nicht vor hinunterzustürzen.«

»Niemand hat das vor, bis es dann doch passiert. Weißt du, wozu dieser Turm da ist?«

»Damit es gut aussieht?«

»Nein, damit ich hier rauchen kann. Falls du nicht eine Zigarre willst, sehe ich keinen Grund für dich, hier zu sein.«

»Von Zigarren wird mir übel.«

»Das vergeht. Wie heißt du?«

»Micah Darling.«

»Du hast soeben deinen ersten Arrest bekommen, Micah Darling. Bist du der mit der Ziege?«

Micah nickte.

»So etwas bedeutet mir nichts.«

»Ich gehe jetzt.«

»Welchen Sport treibst du?«

»Keinen.«

»Volleyball ist ab jetzt dein Sport. Trag dich gleich dafür ein.«

»Ja, Sir.«

»Und du hast für die nächsten drei Tage Arrest. An dieser Schule bin ich der König. Stell dich nicht über andere. Und bleib von Türmen weg.«

Als Joan von Micahs Arrest erfuhr, berief sie ein Familientreffen ein. Micah versuchte es ihr auszureden, aber nachdem dieser Gedanke einmal in ihr aufgekeimt war, fand sie daran Gefallen.

Und so trafen sie sich eines Abends alle in der Bibliothek, einem düsteren Raum mit einem Kronleuchter, der die Replik eines berühmten Kronleuchters in irgendeinem Opernhaus war. Die Lehnsessel waren breit und mit Leder bezogen, und die Familienmitglieder nahmen ihre Plätze ein wie Schauspieler in einem Stück.

»Wir müssen uns alle über eines im Klaren sein«, sagte Joan. »Es sollte nicht so sein, dass Joan sich um Micah kümmert und Rob um Eamon. Was wir durchstehen müssen, das stehen wir gemeinsam durch.«

»Micah ist doch auf den Turm gestiegen, oder?«, sagte Rob.

»Es gab kein Verbotsschild«, erwiderte Joan. »Die Tür war nicht abgesperrt.«

»Trotzdem scheint das nachvollziehbar. Man kann nicht überall hinspazieren.«

»Ich habe gewusst, dass ich das nicht tun sollte«, gab Micah zu.

»Ich traue Mr. Lyons nicht«, sagte Joan. »Er scheint es auf unsere Familie abgesehen zu haben. Das habe ich damals schon gedacht, als er Eamon in einen Sarg steckte, weil er Charlottes Namen auf sein Pult geschrieben hatte.«

Micah seufzte. Nun würde dieses Bild, das ihr so viel bedeutete, als Einbildung entlarvt werden. Vielleicht erinnerte es sie an eine Szene aus einem Vampirfilm.

»Es war kein Sarg, Joan«, entgegnete Eamon. »Es war ein Wandschrank.«

Rob zupfte einen Fussel von seinem Pulli und strich den Stoff mit den Fingern glatt. »Joan übertreibt vielleicht ein wenig, aber mir hat diese Sache mit dem Wandschrank auch nicht gefallen.«

»Ich übertreibe nicht. Ich kann mich ganz genau erinnern, dass es ein Sarg war.«

»Warum sollte in der Schule ein Sarg herumstehen?«

Micah betete darum, dass die Familienkonferenz zu Ende ginge. Durch seine Anwesenheit brachte er Joan dazu, ihre mütterlichen Gefühle auf merkwürdige Weise auszudrücken. Sie fühlte sich gut aufgestellt, und er wollte nicht derjenige sein, der ihr das vermasselte.

»Es hat sich *angefühlt* wie ein Sarg«, kam ihr Eamon zu Hilfe.

Das Telefon läutete. Joan nahm ab, ging in eine Ecke, sprach eine Weile, wobei sie müßig an einem Globus drehte. Dann kam sie zurück und lächelte ihr wunderschönes Lächeln.

»Ich werde in einem Film mitspielen«, sagte sie.

Sie feierten das mit Brandy und freuten sich für Joan, aber mehr noch freuten sich alle, dass das Familientreffen vorüber war.

Das Pulverhorn würde tatsächlich ihr zweiter Film sein. Sie hatte einmal eine händeringende Mutter in *Shovel Boys* gespielt, der von Freunden aus Kindertagen handelte, die sich im späteren Leben zusammentun, um ein Rennen in Santa Anita zu manipulieren. »Was weißt du überhaupt von Pferderennen?« war ihr großer Auftritt gewesen.

Der Arrest lief darauf hinaus, dass Micah im Studiensaal saß und mit anderen Jugendlichen, die auch Arrest hatten, seine Hausaufgaben machte. Es war weiter keine große Sache, außer dass die Hausaufgaben Micah größtenteils ratlos machten, aber das war ein anderes Problem.

Am letzten Abend holte ihn Charlotte ab. Sie trug Camouflage-

Reithosen und ein gestepptes purpurrotes Thermoshirt. Sie umarmte ihn, und ihre Beine waren so straff wie Bogensehnen. In Kalifornien müssen die Mädchen zwanzigmal am Tag jemanden umarmen, dachte Micah, dadurch strotzt ihr Leben vor Zuneigung.

»Ich habe Joan gesagt, dass ich dich abhole«, sagte sie. »Ich bin ihr einen Gefallen schuldig.«

»Wofür?«

»Sie hat mir mal geholfen, als ich im Park umgekippt bin.«

Sie gingen zum Parkplatz und stiegen in ihren gelben Pickup. Sie legte den Rückwärtsgang ein und warf einen prüfenden Blick auf die Schule.

»Das ist ja wie in einem Gefängnis«, sagte sie.

Micah drehte das Fenster herunter und legte den Arm auf die Tür. »Sie haben mich dazu verdonnert, Volleyball zu spielen.«

»Wo warst du denn vorher?«

»In der regionalen Mittelschule von Boris und Chesley. Da hatten wir mal einen Englischlehrer, der sagte: ›Blumenkohl ist einfach nur Kappes mit Abitur.‹«

»Was hat er denn damit gemeint?«

»Dass Blumenkohl auch nichts anderes als ein Kohlkopf ist.«

»Du solltest mal mit mir dorthin fahren.«

»Sie würden dir nicht glauben.«

»Das ist kein Problem«, sagte Charlotte. »Ich glaube mir manchmal selbst nicht. Möchtest du gleich nach Hause?«

»Nicht unbedingt.«

Also fuhren sie raus nach Topanga, um Charlottes Stutenfohlen zu besuchen, das sie letztes Mal nicht mehr hatten sehen können, weil sie so high gewesen waren und auf Hubschrauber gestarrt hatten.

Das Pferd war eine holländische Warmblutstute namens Pallas Athena. In ihrer Box zeigte Charlotte Micah, wie sie, wenn man sie am Ansatz der Mähne kraulte, den Kopf hob und die Lippen auf seltsame Weise bewegte, als spräche sie mit sich selbst.

Charlotte zäumte das Pferd auf, wobei sie die Trense mit hohler Hand vorsichtig einschob. Sie nahm einen Plastikhelm und stieg auf.

Micah war dreimal im Leben geritten und einmal abgeworfen worden. Er fand Pferde schwer zu verstehen. Mal schienen ihre Gedanken bis zu den Anfängen der Pferdezeit zurückzugehen, mal schien schon ein Bonbonpapier auf dem Boden sie zu ängstigen. Er war misstrauisch gegen alles, was so groß war und beißen konnte.

Charlotte ritt das Pferd im Schritt zum Reitplatz. Micah öffnete das Tor und ließ den Schatten des Pferdes vorüberziehen und hängte das Tor wieder ein und lehnte sich gegen den Zaun, die Arme über den obersten Holm gelegt. Die Sonne war untergegangen. Um den Reitplatz herum brannten Lichter.

Ross und Reiterin gingen eine Weile Schritt und Trab und fielen dann in einen leichten Galopp. Charlotte trieb Pallas aus der Hüfte an. Mähne und Zöpfe flogen im Rhythmus auf und ab. Pallas' Hufe trommelten über den Sand, und ihr Atem ging huff, huff, huff.

Charlotte begann, mit dem Pferd Schleifen über die ganze Länge des Reitplatzes zu ziehen, und nahm Hindernisse, neben denen auf beiden Seiten Blumenkübel oder kleine Bäumchen standen. Sie beugte sich weit über Pallas' Hals, und das Pferd stieg empor, als würde es durch ihre Hände zum Schweben gebracht. Die beiden schienen zusammen die Schritte vor einem Sprung abzuzählen, und wenn sie wieder auf dem Boden aufkamen, drehten sie gleichzeitig die Köpfe zum nächsten Hindernis.

Da kamen zwei Jugendliche von den Ställen herunter, die Charlottes Namen in einer Art Singsang riefen. Sie zügelte Pallas wieder zum Schritt und sprach vom Sattel aus mit den Jungen, während sie am Zaun entlangritt.

Die Jungs drehten sich um und schauten Micah an, und er sah weg, auf die großen zerzausten Bäume gegenüber dem Reitplatz. Sie kamen heran und stellten sich als Doc und Dalton vor.

»Willst du denn Doktor werden?«, fragte Micah.

Doc schüttelte den Kopf. Er hatte ein schmales Gesicht und leuchtend grüne Augen, und sein Auftreten wirkte etwas einschüchternd, als hätte er zu Hause Schusswaffen.

»Ich habe immer Kittel getragen«, sagte er. »Irgendjemand hat dann mal gesagt, ich sähe aus wie ein Doktor, und so hat das angefangen.«

»Ich dachte, du hast selber damit angefangen«, erwiderte Dalton.

»Ach, was weißt *du* schon?«

»Dass du dir selber einen Spitznamen verpasst hast und dass es echt traurig und verpeilt ist, wenn man so etwas nötig hat. Findest du nicht auch, Micah?«

Pallas Athena ritt jetzt Dressur, den Hals gebogen, die Nüstern gesenkt, die Knie hoch. »Dazu kann ich nichts sagen«, antwortete Micah.

Dalton hatte eine rot-weiße Kühlbox dabei, aus der er jetzt Bierflaschen nahm und verteilte. Er hatte lange Haare, eine rote Baskenmütze und ein breites und gelassenes Lächeln.

»Also, warum bist du hier?«, fragte er. »Bist du scharf auf Charlotte?«

»Ich schaue zu.«

»Wie schwer ist es doch, auf die Wünsche des Herzens zu warten«, sagte Doc.

»Wer hat das gesagt?«, fragte Dalton.

»Ich glaube, das war Babar der Elefant.«

Dalton schlang Micah den Arm um den Hals. »Über eines musst du dir bei Charlotte im Klaren sein. Du wirst es dir vielleicht sogar aufschreiben wollen. Jeder will sie, aber keiner kriegt sie.«

»Nicht einmal, wenn sie betrunken ist«, sagte Doc.

»Dann ist sie fast wie ein Engel.«

»Wie ein fallender Engel.«

»Haltet doch die Klappe«, sagte Micah.

»Bist du Ire?«

»Nein.«

»Du klingst so.«

Als Charlotte ihren Ritt beendet hatte, brachte sie Pallas Athena zum Tor, und die Jungen schwangen es auf.

»Wir haben über dich gesprochen«, sagte Dalton.

»Mir doch egal«, sagte sie.

»Haben versucht, etwas aus deinem Freund herauszukitzeln.«
»Er ist so verschlossen wie eine Auster«, sagte Doc.
»Es kommt ja keiner zum Reden, wenn du sprichst.«
»Das stimmt irgendwie. Hör zu, wir warten jetzt nicht auf dieses nervige Absatteln. Und du kommst doch, oder?«
»Ich weiß nicht.«
»Komm schon«, sagte Doc. »Wir haben gesagt, du kommst.«
»Es gibt also Erwartungen«, sagte Dalton. »Du auch, Ire. Es gibt eine Party.«
Charlotte lenkte das Pferd um die Scheune und in ein Gässchen zwischen den Boxen. Sie stieg ab, lockerte den Sattelgurt und schob die Steigbügel nach oben, dann tauschte sie das Zaumzeug gegen ein grünes Halfter.
»Mach dir nichts aus denen«, sagte sie.
»Mach ich nicht.«
»Warum haben sie dich einen Iren genannt?«
»Vermutlich wegen meiner Stimme.«
»Das sind einfach nur gedankenlose Jungs«, sagte Charlotte. »Einmal waren wir bei irgendjemandem zu Hause, da ist ein Hund an Daltons Rucksack gegangen und hat ein paar Tabletten gefressen. Und alle: ›Oh nein, wie schrecklich, sollen wir einen Tierarzt rufen?‹ Und Dalton sagte: ›Nein, das ist schon in Ordnung. Die *sind* für Hunde‹.«

Von der Pferdefarm gingen Charlotte und Micah zu einer Party auf dem Dach eines ehemaligen Industriegebäudes im Spielzeugdistrikt. Sie fuhren mit dem Lift hinauf und spazierten dann Hand in Hand über einen Steg aus Sandelholz, an dem sich Weglämpchen und wächserne Pflanzen aneinanderreihten.
Es gab hier viele Menschen, einen beleuchteten blauen Swimmingpool und eine Bar. Die Wolkenkratzer von Los Angeles bogen sich in Lichtbändern über den Köpfen. Doc und Dalton ließen die Beine vom Dach eines Ziegelsteinaufbaus schlenkern, an dessen Wänden silbrige Rohrleitungen aufstiegen. Barmänner in weißen Hemden und Fliegen schenkten Drinks aus silbernen Krügen aus.

Dass Micah hier nichts zu suchen hatte, dass er zu jung war, dass er niemanden kannte – das alles zählte nicht. Mit Charlotte an seiner Seite öffnete sich ihm die Welt, so wie er sich das immer erträumt hatte.

Sie bekamen Drinks und setzten sich in eine abgesenkte Nische mit kissenbelegten Bänken. Die Gläser hatten eine Salzkruste am Rand.

»Was ist das?«, fragte Micah.

»Margaritas«, antwortete Charlotte.

Nach zwei Drinks war Micah so weit, sich einzugestehen, dass er Charlotte liebte. Sie war ihm nichts schuldig, schien aber etwas an ihm zu finden, das sie interessierte, weiß der Teufel, was das war, denn er selbst hielt sich für unkultiviert und bar jeder besonderen Begabung.

Sie trank schnell und beobachtete dabei die Party und die Leute, die in der Dunkelheit kamen und gingen. Der Schliff des Glases vergrößerte ihre Oberlippe. Sie war ihm einen halben Drink voraus, dann verloren sie den Überblick, wer voraus war und wer hinterher. Irgendwann ging sie weg und kam lange nicht mehr zurück.

Micah dachte, das wäre eine gute Gelegenheit für eine Zigarette. Er rauchte nicht, aber hier rauchten viele Leute, und es schien den Versuch wert.

»Entschuldigen Sie, könnte ich vielleicht eine Zigarette kriegen?«, sagte er zu einer Frau in einer langen roten Bluse, die aussah, als wäre sie weich und angenehm anzufassen.

Sie gab ihm eine Zigarette und lieh ihm ihr Feuerzeug. Er kam damit nicht zurecht, also nahm sie es wieder und zündete seine Zigarette an.

»Nette Party«, sagte er.

Er war kürzlich zu dem Schluss gekommen, dass alles, was er sagte, gekünstelt klang, und er würde sich nicht dagegen wehren. Er schauspielerte. Die Frau bedachte ihn mit einem zweifelnden Lächeln, während sie das Feuerzeug wieder einsteckte. Sie trug grüne Samtschuhe, die zu einer Elfe gepasst hätten.

»Wie alt bist du?«, fragte sie.

»Im November werde ich fünfzehn.«

»Donnerwetter, haben wir jetzt schon Fünfzehnjährige hier?«

Micah stupste sie mit der Schulter an. »Im *November* werde ich fünfzehn. Und wie alt sind Sie?«

»Du bist ja ganz schön kühn.«

»Sie haben mich zuerst gefragt.«

Sie sah ihn an, als wünschte sie, es würde jemand kommen und ihn mitnehmen, aber dann auch wieder nicht. »Hab ich, stimmt. Ich bin zweiunddreißig.«

»Das muss ein schönes Alter sein. Ich glaube, ich wäre gern zweiunddreißig.«

»Und warum?«

»Wenn man irgendwo hinmöchte, steigt man einfach ins Auto und fährt hin. Das ist für sich gesehen schon ein ungeheurer Vorteil. Man hat eine eigene Wohnung. Also, ich nehme an, dass Sie eine haben. Ich weiß es nicht.«

»Da liegst du richtig.«

»Na also. Das meine ich. Und man kann Bilder aufhängen, und wenn Freunde vorbeikommen, sagen sie: ›Hey, es gefällt mir, was du aus dieser Wohnung gemacht hast.‹«

Später sprach er wieder mit Charlotte. Sie saßen auf dem Dach des kleinen Aufbaus mit der Klimaanlage, und Doc und Dalton waren fort.

Charlotte sagte, sie und ihre Mutter hätten kein Geld mehr und bezahlten Pallas' Kosten per Kreditkarte. Sie würden sie verkaufen müssen. Charlottes Mutter war Flugbegleiterin und flog dreimal pro Woche von Burbank nach Hawaii und zurück.

»Ich kann sie aufgeben«, sagte Charlotte. »Wir müssen einfach. Das weiß ich. Aber das wird ein schwerer Tag. Wir waren schon in Del Mar. Wir waren in der City of Industry. Wir waren in Indio, Micah.«

»Wie hast du so gut reiten gelernt?«

»Ich habe meine Beine gestärkt. Ich weiß nicht, was sie denken wird, wenn ich nicht mehr komme.«

Micah legte den Arm um sie, und sie lehnte den Kopf an seine Schulter. »Ich werde nie eine Kreditkarte haben.«

»Es ist einfach zu viel. Tierarzt, Stallmiete, Futter, Hufschmied.«

Sie glitt zur Seite und legte den Kopf auf Micahs Oberschenkel. »Pallas Athena war fast Pferd des Jahres«, sagte sie leise. »Das ist aber echt bequem hier.«

Eine kurze Weile später sagte Micah ihren Namen, aber sie war eingeschlafen. Er verschränkte die Finger hinter dem Kopf und lehnte sich auf dem Dach des kleinen Aufbaus zurück. »Ich tanze auf einem Drahtseil«, sang unten jemand. Micah fragte sich, was Tiny wohl zu einer jungen Frau sagen würde, die traurig war, weil sie ihr Springpferd aufgeben musste. Vielleicht würde er sich nicht über sie lustig machen, wenn er wusste, dass sie Micahs Freundin war. Er fragte sich, wo Indio wohl liege. So wie Charlotte den Namen aussprach, klang er wie der einer verzauberten Stadt, in der die Straßen mit Jade gepflastert sind.

Die Frau in der roten Bluse weckte sie. Die Party war vorbei, die Nacht kalt. Charlotte setzte sich auf und legte den Kopf mit geschlossenen Augen in die Hände. Das Bein, das sie als Kissen benützt hatte, war taub, und Micah hüpfte herum, bis er wieder gehen konnte.

Fünf- bis sechsmal pro Jahr besuchte Joan einen Wahrsager namens Dijkstra in der Wüste. Er wohnte an einer langen Schotterstraße, die nördlich des Twentynine Palm Highway von der Old Woman Springs Road abging und in die einsame Schönheit des Landes führte.

So sehr sie auch die Josuabäume und die richtige Wüste liebte, Joan hätte hier nicht allein leben können, so wie Dijkstra. Die Dunkelheit hätte sie eingeschlossen – innerhalb weniger Tage hätte sie den Verstand verloren.

Dijkstras Haus war dreistöckig, und die Farbe war abgeblättert und vom Wind verweht. In den Fenstern bewegten sich staubige Samtvorhänge, auf den Fensterbrettern reihten sich Keramikgefäße. Das Ganze sah aus wie auf einer alten Fotografie, bis auf die Satellitenschüssel auf der einen Seite.

Dijkstra stellte Töpferwaren her, die er in den Ortschaften entlang des Highway verkaufte, und seine Drehscheibe benutzte er auch für die Wahrsagerei.

Er erwartete sie an der Haustür. Er war in seinen Siebzigern und trug einen Tropenhelm, Khakihemd und -shorts, hellgrüne Kniestrümpfe und abgelaufene Desert Boots.

Früher war er im Institut für Meeresforschung in Monterey tätig gewesen, aber eines Tages bekam er die Taucherkrankheit, und in der Dekompressionskammer hatte er eine Vision vom Leben in der Wüste.

Sie gingen in die Küche und setzten sich einander gegenüber an die Töpferscheibe. Daneben stand ein Kaktus in einem Terrakottatopf, und auf dem Holzboden lagen die Gelben Seiten von Palm Springs.

»Wie geht es?«, fragte Dijkstra.

»Ich habe eine Rolle in einem Film, und mein Sohn wohnt jetzt bei uns«, antwortete Joan. »Er ist vierzehn und entwickelt sich meiner Meinung nach sehr gut – er hat schon Freunde gefunden und spielt jetzt im Volleyballteam der Schule. Neulich kam er erst morgens um drei Uhr nach Hause.«

»Da haben Sie sich sicher Sorgen gemacht.«

»Ich habe geschlafen. Er ist reingekommen und hat mich geweckt. Ich kann ihm nie lange böse sein. Ich kann ihm überhaupt nicht böse sein. Ich war so lange aus seinem Leben ausgeschlossen.«

»So etwas kommt in Familien vor.«

Dijkstra hob die Gelben Seiten auf und gab sie Joan. Sie ließ das Buch aufgeschlagen in ihren Schoß fallen. Sie riss eine Seite heraus und legte sie auf die Scheibe für den Ton.

Dijkstra sicherte die Seite mit Klebeband. »Denken Sie an die Nacht zurück, in der Sie Ihr Sohn geweckt hat. Der Übergang vom Schlaf zum Wachen ist die Zeit, in der die Erkenntnis am stärksten ist.«

»Okay. Mach ich gerade.«

Er legte seine Hände auf die Knie und betätigte mit dem Fuß ein

Pedal. Die Töpferscheibe begann sich zu drehen, und die rechten Winkel des Papiers lösten sich in einem rotierenden Kreis auf.

»Dies ist der Teil, den wir nicht so gern mögen«, sagte Dijkstra.

»Es tut weh«, erwiderte Joan.

»Was ist Schmerz?«

Sie erinnerte sich an jene Nacht. Die Schlafzimmertür hatte gequietscht, Micah hatte gesagt, er sei wieder da. Joan war aufgestanden, sie waren zusammen in den Flur gegangen, und sie hatte seine Arme festgehalten und ihm tief in die Augen geschaut. Die Rolle der Mutter wird heute Abend gespielt von Joan Gower. Micahs Augen waren von derselben unschuldigen Zimtfarbe gewesen wie immer.

Nun stach sie sich mit einem Kaktusdorn in den Finger, hielt die Hand über die Drehscheibe und quetschte einen Tropfen Blut heraus, der auf die kreiselnde Seite fiel und einen dunklen Flecken hinterließ, der sich in der Bewegung auflöste.

»Das haben Sie sehr gut gemacht«, sagte Dijkstra.

Er hörte auf zu treten und beobachtete die Scheibe, während sie langsamer wurde und stehen blieb. Joan presste ihre Fingerspitze gegen die Zähne. Das Blut hatte ein nebulöses Muster auf den Namen und Ziffern hinterlassen, das der Wahrsager mit einem Vergrößerungsglas untersuchte.

»Sie werden in einem kleinen Haus mit einem Mann schlafen«, sagte er. »Ringsherum ist Wald. Sie sind sich nicht sicher, was Sie für ihn empfinden.«

»Ah, Moment mal, ich weiß, was das ist. Die Handlung in dem Film, in dem ich mitspiele. Sehr gut.«

»Was Ihren Sohn betrifft, so wird er ein sehr guter Volleyballspieler werden, und viele Leute werden kommen, um ihn spielen zu sehen. Aber wenn Sie ihn spielen sehen, wird er das Spiel verlieren.«

»Das ist unfair. Vielleicht sollte ich mich fernhalten.«

Dijkstra legte das Vergrößerungsglas auf die Scheibe. Er gab einen Tropfen Jodtinktur auf Joans Fingerspitze und klebte ein Heftpflaster darüber.

»Vielleicht könnten Sie zu einem Spiel gehen, das nicht entscheidend ist.«

»Ich möchte auf keinen Fall der Grund sein, warum er verliert.«

»Das sind Sie nicht. So ist halt das Leben. Sie werden es nicht vermeiden können, das Spiel zu sehen, er wird es nicht vermeiden können, zu verlieren.«

»Was sonst noch?«

»Sie sollten mit dieser Filmrolle vorsichtig sein. Vielleicht verlockt sie Sie, das Fernsehen aufzugeben, aber möglicherweise ist das nicht die beste Entscheidung.«

»War das im Blut zu sehen?«

»Nicht wirklich. Ich denke nur an Fernsehschauspieler, die diesen Schritt tun wollten, und am Ende waren sie weder da noch dort. Und es gibt ein junges Mädchen. Helfen Sie mir. Bei Ihrem Sohn.«

»Das ist wahrscheinlich Charlotte.«

»Sie ist für ihn sehr wichtig.«

»Mhm. Jetzt schon.«

»Er wird um sie kämpfen.«

»Wird sie ihm das Herz brechen?«

»Sie ist seine erste große Liebe. Was könnte sie da anderes tun? Aber das müssen Sie einfach laufen lassen. Er ist intelligenter, als Sie vielleicht denken.«

»Das wusste ich.«

Joan rieb ihren gepflasterten Finger und fragte, wie sich Dijkstras Anlagen entwickelten. Außer mit Töpfern und Wahrsagen beschäftigte er sich auch noch mit Aktien.

»Ich versuche, nichts länger als drei Tage zu behalten. Das Ganze kann jederzeit schiefgehen.«

Joan fuhr durch ganze Wälder von Windrädern zurück in die Stadt. Sie war klug genug, ihren Bekannten nichts von Dijkstras Methode zu erzählen, weil das mit dem Blut sehr merkwürdig geklungen hätte, aber sie selbst empfand genau das als sinnvoll, weil es mehr von den Kunden verlangte als Tarot oder Handlesen, womit niemand Probleme hatte.

Acht

Ein Mann beauftragte Tiny Darling damit, die Stühle in der alten Trinity Church von Grafton herauszureißen. Die Kirche war schon seit Jahren geschlossen, und die kleine Gemeinde besuchte die Sonntagsgottesdienste in Chesley oder Stone City. Manche gingen überhaupt nicht mehr zum Gottesdienst.

Der Mann war aus Morrisville gekommen, mit der Absicht, die Kirche umzubauen und als Wohnraum zu vermieten. Er wollte sich dadurch einen Namen machen, dass er alte Kirchen rettete und sie in Apartments verwandelte.

»Da wird nie was draus«, sagte Tiny. »Aber wie Sie meinen.«

»Sie schauen nicht voraus.«

»In dieser Stadt stehen viele Häuser leer. Und das sind immerhin richtige Häuser.«

»Aha. Das hier ist kein Haus, es ist eine Kirche. In Morrisville und Stone City steigen die Preise. Wo werden die Leute hingehen?«

»Es heißt, Texas sei recht populär.«

»Ich werde sie Trinity Apartments nennen.«

»Ich verlange Folgendes bei den Stühlen«, sagte Tiny. »Zehn Dollar pro Stück.«

»Fünf.«

»Sieben.«

»Abgemacht.«

In der Kirche war es dunkel und kalt. Wasserflecken überzogen die Wände, die Läufer waren fadenscheinig, zwischen den Deckenbalken hatten Vögel Nester gebaut.

Die Stühle bestanden aus Bugholz und schwarzem Eisen und waren in Achterreihen zu beiden Seiten des Mittelgangs angeordnet. Man hatte sie vor etwa hundert Jahren aus einem Kino in Chicago bekommen.

Die Stuhlbeine waren am Boden mit Schrauben befestigt, die der Rost und die Zeit versteinert hatten. Doch Tiny besaß Schraubenschlüssel und Ratschen und Rohre, und irgendwann gibt jede Schraube nach. Während er arbeitete, dachte er über die Dreifaltigkeit nach. Der Heilige Geist kam ihm immer wie die große Unbekannte vor. Was hatte er eigentlich für eine Aufgabe? Tiny war sich nicht sicher.

Er baute eine Rampe aus Tischlerplatten über die Stufen und brachte die Stühle nach draußen und lud sie auf einen Pritschenwagen. Sie sollten auf die Mülldeponie kommen, bis auf die vier, die er beiseitegeschafft hatte, um sie auf seine hintere Veranda zu stellen.

Kirchenstühle vor Tinys Haus würden Gesprächsstoff liefern, falls jemals jemand bei ihm auftauchen sollte, der Lust auf ein Gespräch hatte.

Zu Mittag zog er seine Handschuhe aus, holte sich seinen Imbiss aus dem Führerhaus des Pritschenwagens, setzte sich in den Kirchhof, aß und trank ein Bier.

Louises Mutter kam mit ihrem Gehstock den Bürgersteig entlang. Mary Montrose war dieser Tage klein geworden. Es gefiel ihr bestimmt nicht, dass er im Schatten der Kirche Bier trank, aber sie fragte nur, was er hier tue.

Tiny klappte einen der Holzstühle für Mary auf. Es war ein heißer Tag, und nach all dem Ziehen und Schleppen fühlten sich sein Nacken und seine Schultern stark und brauchbar an.

»Eher würde ich in einem Zelt leben, als in diesem Gebäude eine Wohnung zu beziehen«, sagte Mary. »Es heißt, aus dem Kirchturm kommen nachts Tausende von Fledermäusen.«

Tiny dachte an die Nester, die er gesehen hatte. Er wusste nicht, wie Fledermäuse lebten. Tausende kam ihm übertrieben vor. Er schüttelte die Bierdose, kippte sich den Rest in den Mund und warf sie in den Papiersack.

»Da drin sieht es krass aus, das kann ich dir sagen.«

»Wenn es keine Kirche mehr sein kann, würde ich es lieber verfallen lassen«, sagte Mary. »Ich erinnere mich noch, wie Louise und June hier auf der Bühne standen und ihre Rollen beim Weihnachtsspiel aufsagten.«

June war Marys ältere Tochter, ein oder zwei Jahre älter als Louise. Sie wohnte weit weg im Westen, in Colorado, falls sie nicht umgezogen war, und kam nicht mehr oft nach Hause.

»Soviel ich weiß, haben Louise und Dan Norman hier geheiratet, oder?«

Mary nickte.

»Nachdem sie sich von mir hatte scheiden lassen.«

Marys Augen verrieten den Blick eines alten Menschen, als wäre der Anblick des Kirchhofs anders als alles, was sie je gesehen hatte. »Du und Louise wart doch gar nicht verheiratet.«

Das war bei Mary nicht unbedingt Senilität. Solange diese Ehe dauerte, hatte sie sie praktisch nicht wahrhaben wollen.

»Wie diese Mädels damals in der Kirche gelacht haben. Sie hatten für die Lieder ihre eigenen Texte gemacht.«

»Zum Beispiel?«

»Lass mich überlegen. Kennst du das Lied ›Gib mir den Segen‹?«

»Nein.«

»Also, dieses Lied gibt es. Aber sie haben daraus ›Gib mir das Sandwich‹ gemacht.«

»Oh. Das ist schon irgendwie lustig.«

»Fanden sie auch. Und sie haben versucht, nicht laut zu lachen, aber das machte alles nur noch schlimmer. Ihre Schultern fingen an, richtig zu beben, und bald merkte man es in der ganzen Kirche. Der Pfarrer hat uns gehasst. Sie waren einfach nur übermütige Kinder.«

»Ich habe Louise neulich gesehen. Sie hat gerade ihren Geländewagen mit einem Fensterleder gewaschen. Ich war auch einmal mit ihr verheiratet.«

»Du glaubst halt, was du glauben willst.«

Tiny half Mary auf, gab ihr ihren Gehstock und sah ihr nach, wie sie unsicher durchs Gras ging. Wie lange würde sie es wohl noch machen?, fragte sich Tiny. Oder seine eigene Mutter? Man konnte sich die Welt ohne sie kaum vorstellen. Nach einem starken Gewitter erschien der Himmel manchmal in einem fahleren Blau, als wäre er zu zerbrechlich, um die Sonne zu halten. Vielleicht würde es so ähnlich sein.

Am Ende des Tages war die Arbeit zur Hälfte getan: ein Netz aus blassen Ovalen auf dem Fußboden illustrierte Tinys Fortschritte und zeigte die Stellen, an denen die Stuhlbeine festgeschraubt gewesen waren.

Tiny fuhr den Pritschenwagen zu der Mülldeponie nördlich des Rust River, etwas abseits von der Straße nach Mixerton. Er liebte die Mülldeponie. Sie kam ihm vor wie eine andere Welt – die Bulldozer und die gräberartigen Aufschüttungen, die sie zusammenschoben, der Lärm und der Staub, die Vogelschwärme.

Er parkte und trat in den Eingang eines Wellblechgebäudes. Der Aufseher sah von einer Anglerzeitschrift auf.

»Und was haben wir heute, Tiny?«

Er kam heraus, um sich die Stühle anzusehen, falls es sich dabei um etwas handeln sollte, was die Arbeiter der Deponie brauchen konnten, doch wenn man es genau nahm, hatten sie eigentlich genug Stühle.

Tiny fuhr die Straße auf dem Kamm entlang. Ein Bulldozer erklomm einen Berg aus Erde und Abfall. Düngemittelsäcke flatterten im Wind wie Geister an Halloween.

Tiny hielt den Pritschenwagen an und kippte die Ladefläche hoch. Die Kirchenstühle hingen daran, bis sie zu steil stand, dann rutschten sie polternd zu Boden.

Eines Abends fuhr Louise bei Gewitter los, um eine Frau namens Marian wegen einer Uhr aufzusuchen. Diese wohnte in Dogwood Crescent, einem schicken Viertel im Westen von Stone City. Louise parkte den Scout neben einem großen Ziegelsteingebäude, bei dem in manchen Fensterreihen elektrische Kerzen brannten.

Louise hatte nie einen Regenschirm besessen, da sie ihn mit alten Menschen assoziierte, deswegen hielt sie sich eine Zeitung über den Kopf, als sie über die Straße rannte. Ein Blitz leuchtete die Straße weiß aus, dann kam der Donner.

Die Frau, die Marian hieß, öffnete die Tür. Sie hatte blauen Lidschatten aufgelegt, ihr Haar war lang und silbern, und sie trug einen roten Kimono mit weißen Lilien. Louise blieb durchnässt und tropfend im Eingang stehen.

»Ich bin Louise, aus dem Laden«, sagte sie.

»Britt!«, rief Marian.

Ein jüngerer Mann in einem weißen Rollkragenpullover und burgunderroter Jacke kam nach vorn. Er trug schwarze Slipper mit Goldmedaillons.

»Nimm doch bitte der Dame die Zeitung und den Mantel ab. Sie kommt wegen der Uhr.«

»Oh, sehr gut.«

Britt nahm Louise die Zeitung ab und las die Schlagzeilen. »Jugendliche mit vorgehaltener Pistole gezwungen, Mann durch die Stadt zu fahren«, las er.

»Ist das der Zeitpunkt, Nachrichten zu lesen? Wo sind deine Manieren? Haben Sie Hunger, Louise? Mein Sohn ist Koch.«

»Sie haben mir das Foto einer Uhr geschickt«, sagte Louise.

»Ja, das habe ich«, sagte die Mutter. »Mach Louise doch einen Bissen zu essen, Britt. Inzwischen zeige ich ihr die Uhr.«

Die stand auf einem Schreibtisch in einem Alkoven des Wohnzimmers neben einem Heizungsrost. Im Sockel war eine Gartenszene zu sehen, in der zwei Mädchen auf Schaukeln saßen, deren winzige Porzellanhände sich an den Seilen festhielten, wobei ein Mädchen nach vorn schwang und das andere zurück. Das Gehäuse war aus Mahagoni mit goldenen Intarsien. Über den Schaukeln bildete ein mit winzigen Rosen übersätes Spalier einen Bogen.

»Von wann ist die?«, fragte Louise.

»Oh, das weiß ich nicht. Aus den dreißiger oder vierziger Jahren, würde ich sagen. Sie hat meiner Tante gehört.«

»Warum verkaufen Sie sie?«

»Ich kann ihr Ticken nicht mehr hören. Ich fürchte, das klingt komisch, aber so etwas passiert. Und Britt mag sie auch nicht.«

Britt trat in den Alkoven. »Nein, diese Uhr, ich hasse sie. Bitte kommen Sie zum Essen, solange es heiß ist.«

Die Küche besaß einen offenen Kamin, in dem ein Feuer brannte. Britt hatte für eine Person gedeckt – einen Teller Suppe, einen Korb mit selbstgebackenem Brot, Rotwein in einem passenden Glas. Louise verstand nicht, warum sie aus dem Verkauf einer Uhr eine solche Inszenierung machten.

Sie breitete eine gebügelte Serviette auf ihrem Schoß aus. Vom Suppenteller stieg Dampf auf. Britt und Marian setzten sich links und rechts von Louise und sahen ihr aufmerksam zu. Sie nahm den Löffel und probierte die Suppe.

»Großer Gott, die ist ausgezeichnet«, sagte Louise.

»Was habe ich gesagt, Britt?«, meinte Marian. »Britt fehlt es an Selbstvertrauen.«

»Um Himmels willen«, erwiderte Britt. »Das brauchst du ihr doch nicht zu sagen.«

Louise riss ein Stück von dem Brot ab und tunkte es in die Suppe. Sie nahm einen Schluck Wein. »Also, was die Uhr betrifft. Ich bin mir nicht sicher, ob ich Ihnen geben kann, was sie wert ist.«

»Bei Tisch wollen wir nicht über Geld reden«, sagte Marian.

Louise überlegte, die Uhr, die sie mit so großem Zeremoniell erworben hatte, selbst zu behalten. Dan erwartete sie bereits an der Haustür.

»Ich dachte schon, ich hätte dich verloren«, sagte er.

»Tropft es ins Haus?«

»Nur an der Stelle, wo es immer durchtropft. Ich habe einen Eimer hingestellt.«

»Schau mal, was ich habe.«

Sie trugen die Uhr ins Schlafzimmer hinauf, und Louise stellte sie auf die Kommode und steckte sie ein. Mit dem Finger gab sie einer der Schaukeln einen Stups, um sie in Bewegung zu setzen.

Dan stützte sich mit den Armen auf die Kommode und untersuchte die Uhr. Auf der Seite fand er einen dünnen roten Knopf, den er drückte. Eine Glühbirne hinter dem Spalier beleuchtete die bemalten Mädchen auf den Schaukeln.

»Wird dich das Ticken nicht stören?«, fragte Louise.

»Nein. Wird dich das Licht nicht stören?«

»Doch.«

»Wir können das Licht auslassen.«

Und sie verstand das als Liebenswürdigkeit, denn Dan liebte die kleinen und zufälligen Lichter auf Haushaltsgeräten, Uhren, Radios, wenn es dunkel war. Louise dachte, das müsse mit Erinnerungen an die Dienstwagen aus seiner Zeit als Sheriff zusammenhängen, mit ihren blinkenden Armaturenbrettern.

Ihr Haar war noch nass vom Regen, und sie trocknete es mit einem Handtuch, setzte sich dann in einem weißen Nachthemd an den Sekretär und bürstete sich das Haar.

Sie konnten den Wind und den Regen und die Uhr hören. Als sie zu Dan ins Bett kam, bedeckte sie ihn ganz und gar wie ein Schatten.

Jack Snow fuhr vom *Füchschen* nach Hause, einem altmodischen Strip-Club, der in puncto sexuellem Exhibitionismus seinem Geschmack entsprach. Pole Dancing war nicht sein Ding. Das sah eher wie Arbeit aus und nicht wie Tanzen.

Vor Wendys Haus bemerkte er, dass sein Schlüssel die Tür nicht mehr öffnete. Er klopfte und klopfte. Regen trommelte aufs Dach und überflutete den Rinnstein, und rings um die Veranda entstanden Wasservorhänge.

Wendy kam ans Wohnzimmerfenster. Sie hielt einen Telefonhörer in der Hand und tippte eine Nummer ein. Jacks Handy läutete. Sie sprachen durch die Glasscheibe miteinander. Wendys Lippen bewegten sich, und es verging eine kurze Zeit, bevor das Signal aus dem

Wohnzimmer dorthin ging, wo es eben hinging, und von dort zurück zur Veranda.

»Du kannst hier nicht mehr wohnen, Jack. Deine Sachen sind in der Garage. Zwischen uns ist es aus. Es tut mir leid, dass so scheußliches Wetter ist, aber der Schlosser war heute da, und ich habe das Wetter ja nicht gemacht.«

»Was ist eigentlich los?«

Auf ihrem Telefon blinkte es rot. »Bleib bitte dran. Ich kriege gerade einen anderen Anruf.«

Sie setzte sich auf die Armlehne der Couch und bedeckte den Mund mit der Hand.

»Das ist mein Dad. Er fragt, ob er rüberkommen soll, damit du gehst. Es macht ihm nichts aus.«

»Schau mich an. Ich stehe hier im Regen.«

»Was soll ich ihm sagen? Er ist noch dran.«

»Ich gehe schon. Was soll ich sonst machen?«

»Wann?«

»Sobald ich das Auto beladen habe.«

»In Ordnung. Einen Augenblick bitte.«

Auf der Veranda stand das Wasser, und beim Herumlaufen benutzte Jack die Absätze, damit sich seine Schuhe nicht vollsaugten.

»Okay«, sagte Wendy. »Er ist auf dem Weg hierher.«

»Was hab ich gerade gesagt?«

»Er traut dir nicht. Ich glaube, außer mir hat dir noch nie jemand getraut, Jackie. Und ich auch nicht allzu sehr.«

»Was ist denn passiert? Warum machst du das?«

»Du stehst unter Beobachtung. Sie wissen, was du treibst. Meine Eltern haben den Sheriff engagiert. Nun, den ehemaligen Sheriff. Er hat gegen dich ermittelt.«

»Was ich treibe? Du meinst wohl, was wir treiben.«

»Das ist die andere Sache. Ich kündige. Warum hast du mir nicht gesagt, dass du im Gefängnis warst?«

»Hör mal. Viele Leute waren im Gefängnis. Mach wenigstens die Tür auf und verabschiede dich.«

»Das ist genau das, was mein Dad erwartet hat.«

»Du machst einen Fehler. Das Geschäft ist gerade dabei, abzuheben.«

»Du solltest lieber abheben.«

Jack fuhr den Mustang rückwärts in die Garage, wo er auf dem Zementboden drei Kisten vorfand. Als er sie öffnete, um zu überprüfen, ob Wendy nicht seine Anlage behalten hatte, sah er, dass sie ihm einen Kuchen gebacken, ihn in Butterbrotpapier gepackt und oben auf seine Schuhe und Mokassins gelegt hatte. Er nahm den Kuchen heraus und stellte ihn auf den Boden, entschlossen, keine Almosen von ihr anzunehmen. Aber der Kuchen sah gut aus, also packte er ihn wieder in die Kiste.

Er belud den Kofferraum, warf den Deckel zu und probierte den Garagentorschlüssel.

»Der auch nicht«, sagte Wendy von der anderen Seite.

»Danke für den Kuchen«, erwiderte Jack.

»Oh bitte sehr. Es ist Apfel.«

»Hey, Wendy.«

»Was?«

»Weißt du noch, als ich gesagt habe, du bist schlau?«

»Nein.«

»Also, ich bin mir da nicht mehr so sicher. Ich glaube, du hast vielleicht eine Lernschwäche.«

»Mir machst du keine Angst.«

Jack machte vor dem Haus einen Powerbrake. Von den brandheißen Reifen stieg im Regen Qualm auf. Falls sie ihn überhaupt noch beobachtete, würde sie das nur komisch oder traurig finden. Er nahm den Fuß von der Bremse, und der Mustang schoss davon.

»Ist nicht mein Abend«, sagte er.

Vielleicht würde sein Wagen ins Schleudern geraten und in das entgegenkommende Auto ihres Vaters krachen. Ein wilder Zusammenstoß. Was für eine Ironie darin liegen würde. Aber Jack wollte nicht sterben. Das war das Problem bei diesem Szenario.

Er fuhr zum Betriebshof der Eisenbahn und trug die Kisten ins

Lagerhaus. Er setzte sich ins Büro, aß Apfelkuchen und trank Whiskey. Später machte er sich ein Bett aus Packdecken und schlief neben dem Katalytofen ein.

Die Krähe, die von Louise auf der Straße gerettet worden war, bloß um wenige Tage später zu sterben, kehrte zurück in den Trödelladen. Das war wie auf einem Karussell.

Roman Baker, der Vater der Zwillings-Tierärzte, war in Rente gegangen und kam oft in die Tierklinik, um im Wartezimmer zu sitzen.

Er las Zeitschriften, löste Kreuzworträtsel, sah zum Fenster hinaus und beobachtete die Reaktionen der Hunde, wenn sie bemerkten, dass in den Katzenkörben Katzen steckten.

Die Zwillinge waren nicht gerade begeistert, dass er da ständig herumsaß, aber sie konnten kaum etwas dagegen einwenden, da er ihr Vater und außerdem der Eigentümer des Gebäudes war.

Als die Krähe starb, beschloss der alte Mann, dass sie ausgestopft und auf einer Halterung befestigt und Louise zum Geschenk gemacht werden sollte. Die Zwillinge waren dagegen und sagten, Louise würde diese Geste vielleicht gar nicht schätzen.

Er blieb trotzdem dabei und verpflichtete einen in der Gegend berühmten Tierpräparator, der eine eigene Radiosendung hatte und sich bereit erklärte, diese Arbeit zum Selbstkostenpreis zu übernehmen.

Als die Krähe fertig war, sagte der Zwilling Roman Jr., er werde sie Louise bringen. Er war schon in sie verknallt gewesen, als er vierzehn und sie etwas über dreißig war. Nun war er selber fast dreißig und hatte zwei Kinder, aber er erinnerte sich noch genau, wie Louises Bild ihn in seinen Jugendjahren verfolgt hatte. Wahrscheinlich würde er auch heute noch mit ihr durchbrennen. Nicht, dass er sie fragen und sie zustimmen würde. Einfach nur etwas zum Träumen.

Ein Schild an der Tür des Trödelladens informierte darüber, dass Louise um halb drei zurück sein werde. Roman Jr. setzte sich auf die Stufen, die Krähe in einem unförmigen Paket aus braunem Packpapier neben sich.

Kurz darauf fuhr Louise auf einem puderblauen Motorroller vor. Sie drückte den Seitenständer herunter und nahm einen schwarzen Helm ab. Sie schüttelte den Kopf, und ihr rotes Haar fiel ihr auf die Schultern, die in einer Jacke mit der Aufschrift *Morrisville-Wylie* steckten.

»Was ist denn das?«, fragte Roman Jr.

»Eine Vespa. Die will mir jemand verkaufen, deswegen dachte ich, ich sollte wissen, wie sie läuft. Sie gefällt mir.«

»Ich hab was für dich.«

Sie setzte sich neben ihn, den Helm zu ihren Füßen. »Wenn das so weitergeht, werde ich bei den Fortune 500 dabei sein.«

Roman reichte ihr das Paket.

»Also, das war die Idee unseres Dads. Er braucht immer etwas, womit er sich beschäftigen kann. Wie auch immer, weißt du noch, wie sehr es dich mitgenommen hat, als die Krähe gestorben ist?«

»Das hat mir was ausgemacht. Ja.«

»Jedenfalls kennt Dad so einen Tierpräparator, der hat so eine Sendung im Radio.«

»Großer Gott, Roman. Doch nicht die Krähe?!«

»Also, doch, das ist sie. Es ist die Krähe.«

»Will ich die wirklich sehen?«

»Das weiß ich nicht. Ich nehm sie wieder mit und verstecke sie irgendwo, wenn du sie nicht willst.«

Louise wickelte das Paket aus. Die Krähe stand auf einem Stück Treibholz, die Federn geschlossen und glatt. Der Schnabel zeigte seitlich nach unten, als würde die Krähe aufmerksam den Klängen der Wildnis lauschen.

»Sie sieht ganz natürlich aus«, sagte Louise.

»Ja. Der Typ arbeitet wahnsinnig gut.«

»Bitte dank deinem Vater von mir.«

Louise stellte die Krähe ins Schaufenster auf einen Holztisch mit geschnitzten Sonnenblumen, wo sie bis zum heutigen Tag steht. Sie hängte ein Schildchen daran, auf dem zu lesen ist: ICH BIN UNVERKÄUFLICH.

Samstagmorgens fuhr Lyris immer hinaus zur *Rotkehlchen*-Bäckerei, kaufte Zimtbrötchen und Kaffee und brachte sie zu Louise in den Laden.

Sie stellte sich vor, dass die Leute in der Bäckerei sie allmählich kennen und vielleicht sagen würden: »Ich möchte wissen, wo Lyris heute Morgen steckt. Ich bin mir sicher, dass sie jeden Moment kommt, um sich ihre Zimtbrötchen abzuholen.«

Lyris fuhr mit dem Kaffee und den Zimtbrötchen in die Stadt zurück. Die Kaffeebecher standen in einer Halterung aus Pappe, die eigentlich für vier Becher gedacht war. Wenn man nur zwei Becher hatte, musste man sie diagonal hineindrücken – wenn beide auf derselben Seite standen, kippte das Ding jedes Mal um.

Lyris und Louise stellten sich an den Ladentisch, tranken Kaffee und rissen die Brötchen in Streifen. »Ich habe gesehen, dass du jetzt eine Krähe hast.«

»Eine verrückte Geschichte.«

Sie erzählte sie, angefangen von dem Tag, an dem der Bus die Krähe gestreift hatte und die seltsame Kundin erschienen war, bis zu dem Augenblick, als Roman Jr. mit dem Paket aufgetaucht war.

»Du sagtest, eine große Frau«, sagte Lyris.

»Hätte alles im Laden ohne Leiter erreicht.«

»Albert hat vor einiger Zeit ein Interview mit einer Frau zu machen versucht. Er hat gesagt, sie war sehr groß.«

»Wie hat sie geheißen?«

»Das habe ich vergessen. Sie hatte weiße Haare.«

»Platinfarben. Hat sie versucht, einen Stein zu finden?«

»Weiß ich nicht.«

»Die bei mir jedenfalls schon.«

»Das Interview ging schief. Sie hat einen Barmann mit einem Zollstock angegriffen.«

»So etwas macht man doch nicht.«

»Er hatte versucht, ihr den Stock wegzunehmen. Sie hat auch Albert geschlagen.«

»Das muss ja ein Interview gewesen sein.«

An diesem Nachmittag färbte Louise Lyris im Hinterzimmer die Haare magentarot. Lyris saß auf einem Holzstuhl, eine weiße Plastikhaube auf dem Kopf, mit der sie aussah wie eine Jungfrau auf Pilgerfahrt. Louise stand hinter ihr und zog mit einer Häkelnadel dünne Haarsträhnen aus kleinen Löchern in der Haube, so dass immer nur ein Teil des Haars gefärbt wurde.

Während Louise arbeitete, sahen sich die beiden auf einem alten Admiral-Fernseher mit Hasenohren einen Dokumentarfilm über das Hexenbrett an.

»Natürlich bewegt sich das Ding«, sagte Louise. »Schließlich haben die Leute ja ihre Hände dran.«

»Ich habe früher mal eine Frau gekannt, die gut mit dem Hexenbrett umgehen konnte«, erwiderte Lyris. »Das hat mir Angst gemacht. Das Personal im Waisenhaus hat ihr immer Geld gegeben, damit sie ihnen etwas prophezeit.«

Louise massierte die Farbe in Lyris' Haar. »Was zum Beispiel?«

»Da war so ein Typ, ein Elektriker, der hatte seinen Ehering verloren, und sie hat ihm gesagt, wo er ihn suchen soll.«

»Ich weiß. In einem Motel.«

Lyris lachte. »Nein, hinter dem Waschbecken.«

»Manchmal habe ich den Eindruck, das Waisenhaus war für dich ganz okay.«

»Verglichen mit den Häusern der Pflegeeltern war es wie das Vier Jahreszeiten.«

Nachdem die Farbe zwanzig Minuten lang eingewirkt hatte, zog Louise Lyris die Haube vom Kopf, wusch ihr die Haare im Waschbecken und trocknete sie ihr mit einem schweren avocadogrünen Föhn aus dem Laden. Im Spiegel über dem Waschbecken begutachteten sie dann die Haare, die jetzt eine bezaubernde Mischung aus Brünett und Weinrot waren.

»Ich finde, du bist das hübscheste Mädchen der ganzen Stadt«, sagte Louise.

Neun

Der Drehbuchautor von *Das Pulverhorn* bat Joan um ein Treffen, da er ihr Casting sehr bewundert hatte und mit ihr über ihre Szenen sprechen wollte.

Am verabredeten Tag fuhr Joan durch die Wildnis oberhalb von Malibu zu einem Grundstück, das mit einem Tor aus Maschendraht gesichert war. Sie parkte ihren silberfarbenen Wagen und ging um den Zaun herum und einen weichen Fußweg im Schatten der Bäume hinauf. Sie hatte von Skeletten gelesen, die man in den Canyons gefunden hatte, offenbar Überreste von Unbekannten oder von seit Jahren Vermissten.

Der kurze Spaziergang führte sie zu einer Blockhütte mit Wänden aus rohen Balken, kleinen staubigen Fenstern und einem steilen bemoosten Dach. In einem gewissen Abstand ging rundherum ein krummer Lattenzaun, dem sowohl Farbe als auch einzelne Latten fehlten. Sie trat durch das Gartentor und setzte sich auf die Stufen.

Kurz danach kam der Drehbuchautor, mit einer Schiebermütze und einem Sommeranzug aus leichtem Tweed, eine Hand in der Tasche und mit der anderen müßig an den Spitzen des Zauns entlangstreichend.

»Die hat in den vierziger Jahren einem Filmstudio namens Pinnacle Pictures gehört«, sagte er. »Sie haben hier *The Cattle Raid* und *Past Ruined Abilene* gedreht. Diese Hütte hatte ich im Kopf, als ich das Drehbuch schrieb, deswegen habe ich gedacht, das wäre für uns ein guter Ort für ein Gespräch. Ich hoffe, das ist Ihnen recht.«

Joan hob eine Kiefernnadel auf und rollte sie zwischen den Fingern, wobei sie mit Vergnügen den klebrigen Saft spürte. »Das hilft mir, Ann Flowers zu verstehen.«

Der Drehbuchautor nahm seine Mütze ab und fuhr sich durch das lockige dunkle Haar. »Sie haben *mir* geholfen, Ann Flowers zu verstehen. Ich habe mir die Aufnahmen von Ihrem Vorsprechen hundertmal angesehen.«

»Hmm«, sagte Joan. »Das ist zu oft.«

»Es liegt Kraft darin.«

»Das ist wie bei *The Ring*.«

Er blickte sie mit großen melancholischen Augen an. »Woran haben Sie gedacht?«

»Wann?«

»Beim Vorsprechen.«

»Daran, wie einsam sie ist. Wie sich ihr ganzes Leben wegen einer Erinnerung verändert hat. Die sie vielleicht sogar vergessen hat, an der Oberfläche.«

»Ich denke, sie hat sie vergessen.«

»Aber sie ist trotzdem da. So wie das bei jedem ist.«

»Gehen wir rein.«

Er nahm einen Schlüsselring aus der Tasche und sperrte die Tür auf. In der Hütte gab es einen Bauerntisch, einen offenen Kamin und ein Schlittenbett mit einer roten Steppdecke. Es war dunkel und muffig und kühl.

»Wissen Sie, warum ich Sie hergebeten habe?«, fragte der Drehbuchautor.

»Es ist mir von einem Mann in der Wüste vorhergesagt worden.«

»Der hat mich erwähnt?«

»Mehr so allgemein. Ein Mann. Eine Hütte.«

»Und was passiert?«

»Das wäre ein bisschen einfach. Was wollen Sie denn, das passiert?«

»Na, das wissen Sie ja. Sie in die Arme nehmen. Sie küssen. Das zurückbekommen, was verloren war.«

»Wie bei Ann Flowers und Davy.«

»Ist es das? Vielleicht ist es das.«

Joan näherte sich ihm. Seine tiefe und durchscheinende Traurigkeit erregte sie. Für gequälte Seelen hatte sie etwas übrig. Das Blut stieg ihr ins Gesicht, und sie spürte die Hitze unter den Augen pulsieren. Sie küsste den Drehbuchautor auf den Mund. »Das ist, was passiert.«

Sie verbrachten den Nachmittag im Bett der Hütte und gingen dann im Wald spazieren. Der Drehbuchautor, der Gray hieß, erzählte, dass es auf dem Grundstück einen Zoo mit exotischen Tieren gegeben habe, bis in die fünfziger Jahre hinein, als viele Tiere ausbrachen und der Zoo geschlossen wurde.

Ein paar Tage später besuchte Joan eine Boutique namens Hazmat auf dem Robertson Boulevard. Darin stand ein Buddha aus Stein in einem Brunnen aus schwarzem Marmor, und es ertönte leise Musik von Französinnen, die auf Englisch und Französisch sangen. Die Verkäuferinnen, geschmeidig und aufmerksam, standen hübsch anzusehen im Laden herum.

Joan nahm sich ein Kleid mit in die Umkleidekabine, die groß und grün tapeziert und mit einer Rattan-Couch sowie schwarzem Tee in Flaschen ausgestattet war. Sie zog das Kleid an und schaute in den Spiegel, bewegte dabei die Schultern und stellte mal den einen, mal den anderen Fuß nach vorn. Jemand klopfte an die Tür. Joan machte einen Spalt breit auf, und da stand Gray mit einem Paar rehbrauner Stiefeletten in den Händen.

»Verfolgst du mich?«, fragte sie.

»Ja, könnte man sagen. Probier die mal an.«

Sie setzte sich auf die Couch, und Gray kniete sich vor sie hin wie ein Schuhverkäufer, ließ sie in die weichen Stiefeletten schlüpfen und machte die seitlichen Reißverschlüsse zu. Er trug einen hellblauen zweireihigen Baumwollanzug. Joan dachte, er müsse eine Menge Geld verdienen.

»Wann schreibst du eigentlich?«, fragte sie.

»Nachts.«

»Bist du verrückt?«

»Nicht im klinischen Sinne. Probier mal, ob sie passen.«

Joans instinktive Neugier, wie ihr die Stiefeletten passen würden, war stärker als ihr Drang, ihn aus der Kabine und aus ihrem Leben fortzuschicken. Sie stand auf und ging herum.

»Gefällt dir das Kleid?«, fragte sie.

Er zog sie an sich und küsste sie.

»Oh, Gray. Ist das jetzt auch wirklich das letzte Mal?«

»Ja.«

»Versprochen?«

»Nie wieder.«

Sie zog das Kleid aus und hängte es traurig auf den Kleiderbügel.

»Keinen Laut jetzt«, flüsterte sie.

Er dachte, sie würde sich auf die Couch setzen, aber sie nahm ihn bei den Revers und zog ihn auf den Fußboden. Sie wollte seine kostspieligen Klamotten schmutzig machen. Sie sah sich im Spiegel, mit den Händen an seinen Armen. Sie fand sich völlig fremd, und das Gefühl, dass hier jemand anderes an ihrer Stelle agierte, ließ sie so heftig kommen, dass sie erschrak.

Joan trocknete sich die Augen mit den Kosmetiktüchern, die das Hazmat fürsorglich bereitgestellt hatte, dann zogen sie sich an und gingen zusammen hinaus. Sie kaufte das Kleid, was völlig normal war; die Leute kauften schließlich ständig Kleider. Ihre Kreditkarte hielt sie mit beiden Händen fest, damit sie nicht zitterte.

Die Affäre, die nach Joans Auffassung eigentlich gar nicht so bezeichnet werden konnte, machte sie begierig auf Familienleben. Sie saß oft mit Rob auf der Couch, die Beine gemütlich untergeschlagen, und schaute sich Footballspiele und Horrorfilme an, da er beides allen anderen Ablenkungen vorzog.

Joan kannte sich mit Football nicht aus und konnte normalerweise nicht sagen, wer gerade den Ball hatte oder wo er sich auf dem Spielfeld befand. Die Schiedsrichter gefielen ihr allerdings, und ihre Sträflingshemden und lauten Stimmen, mit denen sie, ohne dass ein Verstärker sichtbar gewesen wäre, das ganze Stadion beherrschten, erinnerten sie an Vavoom aus dem Zeichentrickfilm *Felix The Cat*.

Die Horrorfilme verursachten ihr Albträume, in denen die Monster, die sie tötete, nie tot blieben. Ständig erschoss oder erstach sie sie, aber immer vergeblich. Nach und nach taten ihr diese unbarmherzigen Wesen, die sie ja schließlich selbst geschaffen hatte, sogar leid.

Rob suchte die Szenen nach unauffälligen Stellen ab, aus denen eine böse Überraschung hervorquellen konnte. Er lehnte sich dann immer vor und zeigte darauf. »Schau mal hierhin«, pflegte er zu sagen.

Er nahm die Handlung nicht ernst, gleichgültig, wie gruselig sie wurde, und lachte manchmal, als würde er einen Familienfilm ansehen. In mancher Hinsicht war er ein seltsamer Mensch. An der Art, wie er immer wieder mal die Hand ausstreckte und ihr Haar berührte, erkannte sie, wie gerne er sie an seiner Seite hatte.

Was er wohl sagen würde, wenn er wüsste, dass sie in einer verschwiegenen Boutique auf dem Robertson Boulevard Sex mit einem Drehbuchautor gehabt hatte? War das wirklich passiert? Wieder glücklich zu Hause, kam es ihr wie pure Einbildung vor.

Sie half Micah bei den Hausaufgaben, mit denen er überfordert war. Er hatte Mathe und Naturwissenschaften und Englisch und Spanisch auf, musste *Das Durchdrehen der Schraube* lesen und sich die amerikanischen Präsidenten in der richtigen Reihenfolge merken. Er und Joan erfanden eine Eselsbrücke, die sie »Das Zeitalter der Stoffe« nannten, für eine Reihe von obskuren Präsidenten, deren Namen an Dinge erinnerte, die man mit Stoff tun konnte: Tyler, Polk, Taylor, Fillmore, Pierce.

Bevor sie zu Bett ging, schaute Joan noch bei Eamon hinein. Er schien nie irgendwelche Hausaufgaben zu machen. Bei der Deer Rock Academy schien das Abschlussjahr eine Zeit des Nachdenkens und des Grasrauchens zu sein. Er spielte gewöhnlich Mandoline oder telefonierte. Joan bat ihn meistens, »Puff, the Magic Dragon« zu spielen. Ein Kinderlied, ja klar, aber es ergriff sie jedes Mal, wenn Jackie Paper nicht mehr kam.

Gray hielt sein Versprechen nicht. Er tauchte eines Tages auf, als Joan allein zu Hause war und gerade auf dem Rasen hinter dem Haus ein Volleyballfeld für Micah abgesteckt hatte.

Es war mehr Arbeit gewesen, als sie erwartet hatte. Sie hatte es mit Seilen und Stangen markiert und aus einem Kreidebeutel schneeweiße Striche für das Spielfeld ausgestreut. Das Netz war zusammengesackt, als sie es aufgespannt hatte, also hatte sie es wieder abgebaut und noch einmal von vorne angefangen.

Es war halb drei, als sie fertig war. Sie ging nach drinnen und machte sich einen Gin Tonic und kam wieder heraus, um sich auf einen Gartenstuhl zu setzen. Auf dieses Volleyballfeld konnte man stolz sein, das Netz war straff, trug am oberen Rand einen Streifen weißes Klebeband und hing zwischen festen blauen Pfosten, die im Boden verankert waren. Die Sonne war hinter das Haus gesunken, und der Schweiß auf ihrer Haut begann zu trocknen.

In diesem Moment öffnete der Drehbuchautor das Gartentor und kam in den Hof gelaufen. Er trug Gabardinehosen, ein Batikhemd und Lederschuhe mit Einsätzen aus Korbgeflecht.

»Nein, nein, nein, nein«, sagte Joan. »Hier kommst du nicht her.«

»Ich wollte nur sehen, wo du wohnst.«

»Sei still. Verschwinde von meinem Hof.«

Er fiel auf die Knie und legte die Arme um ihre Beine, so dass er in die Vorderseite ihrer Jeans hineinredete. Sie verstand nicht, was er sagte, spürte nur durch den Reißverschluss hindurch die Vibration.

Mit der Hand, die den Drink hielt, schlug sie ihn seitlich an den Kopf.

»Gray«, sagte sie.

»Was?«

»Steh jetzt auf. Trink mein Glas aus.«

Er stand auf und schüttete den Gin Tonic hinunter. »Ich glaube, wir müssen endlich mit deinem Mann sprechen.«

Joan nahm das leere Glas, schleuderte es auf den Rasen und schlug ihm ins Gesicht. Das schien keinerlei Wirkung zu haben. Er sah sie weiter mit seinen Rehaugen an.

»Das ist das einzig Anständige.«

»Mit dir stimmt etwas nicht, Gray. Etwas Schwerwiegendes. Ich gehe jetzt ins Haus. Ich werde dich nie wiedersehen. Du wirst mich nie wiedersehen.«

Sie sperrte die Tür ab und beobachtete ihn von drinnen. Er blieb noch einen Augenblick stehen, dann drehte er sich um und ging zum Gartentor hinaus, das er hinter sich einrasten ließ.

»Und ich hab mir halt gedacht, einmal ist keinmal«, sagte Joan. »Ticken Männer denn nicht so?«

Sie und Paige England tranken im El Camino in Los Feliz zusammen Irish Coffee. Paige war der Star von *Forensic Mystic*. Sie nahm immer und überall ihren roten Spaniel namens Jim mit, und im El Camino waren Hunde erlaubt.

»Die Männer haben sich verändert«, antwortete Paige. »Man kann sich jetzt nicht mehr darauf verlassen, dass sie kaltschnäuzig sind und abhauen.«

»Aber der ist einfach nur verrückt.«

»Hast du abgenommen?«

»Sehe ich kränklich aus?«, fragte Joan.

»Du siehst sehr schön und kränklich aus. Wie jemand mit Tuberkulose.«

»Ich hoffe nur, dass mir das bei dem Film keine Probleme macht.«

Paige wedelte mit der Hand. »Wenn Sex bei Filmen Probleme machen würde, wäre noch nie einer zustande gekommen.«

Sie hatte weißes Haar, das sie in Löckchen trug. Ihre erste Rolle war die jugendliche Tochter eines Werftarbeiters in *Bay of Smokes* in den siebziger Jahren gewesen. Der Regisseur war Belgier gewesen und hatte danach niemals wieder in den Vereinigten Staaten einen Film gedreht. Es war ein Kultfilm.

»Ich glaube, sie werden mich aus *Forensic Mystic* rausschreiben«, sagte Joan.

»Davon habe ich nichts gehört.«

»Aber du würdest es mir doch sagen?«

Paige nahm einen Schluck. »Ja. Unbedingt.«

Ihr Hund stand auf, bellte, drehte sich einmal im Kreis und legte sich wieder hin.

»Jim riecht einen Kojoten«, sagte Paige.

Micah und Thea hatten ihr Haus ganz für sich allein, bis auf einen Künstler namens Donald, der offenbar in einem entfernten Flügel die Wände bemalen sollte.

Theas Vater umsegelte gerade die Insel Catalina, ihre Mutter gärtnerte, und ihr Bruder war in Madrid und spielte in einem Orchester Oboe.

Thea war aus ihrem Baumhaus verbannt worden, nachdem ihre Eltern die Dose mit dem Gras gefunden hatten. Vor der Tür hing ein Vorhängeschloss.

Sie gingen nach oben. Im ganzen Treppenhaus hingen Gemälde von Lords und Ladys, die sich in der Natur räkelten. Sie hielten Verschiedenes in der Hand – eine Birne, einen Vogel, eine Lupe. Die Stufen knarrten, und die Porträtierten schienen die beiden mit verhaltenem Misstrauen zu beobachten.

Thea nahm Teller mit Melone und Zitrone aus dem Kühlschrank in ihrem Zimmer, und sie setzten sich zum Essen ans Fenster und schauten hinaus auf die grünen Wedel einer Palme.

Micah wand sich auf seinem Stuhl und biss sich auf die Oberlippe.

»Was hast du?«

»Dieses Geräusch. Gabeln auf Tellern. Da möchte ich auf und davon.«

»Wir könnten ja Donald nerven gehen.«

Der Maler befand sich in einem Gang im zweiten Stock, wo die Tische und Stühle mit Planen abgedeckt waren. Er trug mit einem Schwamm rote und goldene Farbe auf die Wände auf, während im Radio klassische Musik lief.

»Thea«, sagte er spöttisch. Er trug einen weißen Overall, einen goldenen Ohrring und ein blaues Taschentuch um den Kopf.

»Donald.«

»Ich mag es nicht, wenn man mir zuschaut.«

»Wir sind fasziniert von deinem Getupfe.«

»Raus hier. Schnell wie der Wind.«

»Mom hat gesagt, wir dürfen im Haus bleiben.«

»Aber nicht hier, meine Kleinen.«

»Micah ist größer als du.«

Schließlich gingen sie wieder in Theas Zimmer und legten sich einander gegenüber aufs Bett.

»Du hast komische Zehen«, sagte Micah.

»Na, vielen Dank.«

»Wie kleine Soldaten auf einem Berg.«

Thea stützte sich auf die Ellbogen, um ihre Füße anzuschauen. »Kommen sie dir anders als andere Zehen vor?«

»Deine sind die einzigen, die ich je genauer betrachtet habe.«

»Zieh die Socken aus.«

»Du wirst meine Füße bestimmt nicht sehen wollen.«

»Zieh sie aus. Du hast dich über meine lustig gemacht.«

Micah setzte sich auf, zog die Socken aus und zeigte ihr seine gebrochenen Zehen. »Bei der hier bin ich auf der Treppe ausgerutscht, und sie hat sich zurückgebogen. Bei dieser hier bin ich auf den Gleisen gelaufen und hingefallen und habe sie mir an einer Schwelle angehauen.«

»Hat das weh getan?«

»Oh ja. Es hat sogar geblutet. Innen und außen.«

»Man sollte nie auf den Gleisen laufen. Manchmal kommt jemand dabei um.«

»Dort fährt kein Zug mehr. Zwischen den Gleisen wächst ganz hoch das Unkraut.«

»Nun ja, das Gesicht von Amerika verändert sich. Charlotte hat gesagt, ihr habt euch geküsst.«

»Na und?«

»War das gut?«

»Ja.«

»Kann ich mir vorstellen. Und dann?«

»Nichts weiter.«

»Du hättest bestimmt noch etwas anderes gewollt.«

Micah drehte sich auf die Seite und schaute an Theas Füßen vorbei auf ein Poster von Akira, der zu seinem roten Motorrad ging.

»Ich wüsste nicht, wie man da anfängt«, sagte er.

»Ja.«

»Geht dir das auch so?«

»Absolut.«

»Ich meine, mit dem *anfangen.*«

»Aber dann. Was dann.«

»Und es heißt immer, das erste Mal ist vielleicht nicht so toll.«

»Das habe ich auch gehört.«

»Vielleicht könnte man das erste Mal auslassen und gleich zum zweiten übergehen.«

»Oder man weiß, wann der richtige Zeitpunkt ist. Was gut klingt, aber ich bin mir nicht so sicher, ob man das wirklich weiß. Oder es ist vielleicht für den einen der richtige Zeitpunkt, aber für den anderen, na ja, da wäre ein anderer Zeitpunkt besser.«

»Das kann man sich nicht vorher ausdenken.«

»Würdest du mich küssen?«, fragte Thea.

»Wenn es der richtige Zeitpunkt wäre.«

Sie lachte und warf ein Kissen nach ihm.

»Spinnst du? Ich möchte ja gar nicht, dass du mich küsst.«

Nach einer Weile kam Charlotte und holte Thea und Micah ab, und sie fuhren zu Micahs Haus, um auf dem neuen Volleyballfeld zu spielen.

Auf dem Weg sahen sie einen Phamish-Imbisswagen am Straßenrand stehen. Sie reihten sich in die Warteschlange auf dem Gehsteig ein, neben einem alten Kino mit verblassten roten Buchstaben, die wie wahllos auf dem Vordach aufragten.

Sie bestellten Banh-Mi-Sandwiches und setzten sich auf die Heckklappe von Charlottes Pickup und aßen im Schatten eines Baumes, der aus einem Loch im Gehsteig wuchs.

Micah sagte, es gefalle ihm, dass man in Los Angeles irgendwo hingehen und für ein paar Dollar ein gutes Essen bekommen könne und nicht herumsitzen und darauf warten müsse, sondern es aus dem Fenster eines Lastwagens gereicht bekomme.

»Micah hasst Gabeln und Teller«, sagte Thea.

»Das hier ist schließlich Los Angeles«, sagte Charlotte.

Sie spielten Volleyball bis zum Sonnenuntergang. Die Linien, die Joan ins Gras gezogen hatte, leuchteten im Dunkeln immer heller. Dann wurde es zu kalt, und sie gingen ins Haus, wo Joan ihnen etwas auf dem Esszimmertisch bereitgestellt hatte. Sie luden sich die Teller voll und aßen im Fernsehzimmer. Im Kamin brannte ein Feuer, und auf dem Bildschirm war ein Footballspiel zu sehen, dessen Ton heruntergedreht war.

Rod erzählte von den alten Zeiten, als die Los Angeles Rams noch im Coliseum gespielt hatten, mit Spielern, von denen die anderen noch nie gehört hatten. Aber die Namen klangen legendär, und Joan und die Jugendlichen hörten zu und bekamen eine Vorstellung, was diese alten Zeiten für ihn bedeuten mussten.

Zehn

Ich hätte Lust, die ganze Nacht zu reden«, sagte Louise. »Ich hätte Lust, jetzt Weintrauben zu essen. Möchtest du auch ein paar Weintrauben?«

»Was?«, sagte Dan.

»Möchtest du Weintrauben?«

»Wie spät ist es?«

»Viertel vor drei«, sagte Louise. »Ich habe ein Erkältungsmittel genommen.«

Dan setzte sich auf. »Wenn wir Weintrauben essen, dann möchte ich aber auch ein gegrilltes Sandwich mit Käse.«

Sie zogen ihre Morgenmäntel an und banden sie sich gegen die Kälte fest zu, und Louise folgte Dan die Treppe hinunter, die Hände auf seinen Schultern, womit sie seinen verschlafenen Körper dirigierte.

Louise hielt auf dem Treppenabsatz. »Weißt du, wie das ist, wenn man wach ist und versucht, den anderen auch wach zu kriegen, aber genau weiß, dass er nicht aufwacht? Und man ganz allein auf der Welt ist mit seinen nächtlichen Ängsten und der Morgen noch fern?«

Dan griff nach hinten und legte seine Hand auf ihre, und sie stiegen weiter die Treppen hinunter.

Er schaltete das Licht über der Arbeitsplatte ein und blieb einen Moment reglos stehen, dann nahm er einen Brotlaib aus dem Schrank sowie Schweizerkäse und Senf aus dem Kühlschrank.

»Möchtest du auch eins mit gegrilltem Käse?«

»Schon gut«, sagte Louise.

Sie setzte sich an den Tisch und zupfte grüne Trauben aus einer Holzschale. Dan erhitzte eine quadratische schwarze Bratpfanne und legte das Sandwich hinein und deckte es mit dem Pfannendeckel zu. Er blieb neben dem Fenster stehen und goss Wasser in ein Glas.

»Siehst du das?«, fragte er.

Sie hatte bisher ihn angeschaut, so dass sie erst jetzt die riesigen Schneeflocken bemerkte, die wie Papierfetzen gegen das Fensterglas segelten.

»Weißt du noch, wie oft du in solchen Nächten rausmusstest?«

»Allerdings.«

»Entweder waren es Auffahrunfälle mit drei Autos. Ein Brand. Häusliche Gewalt«, sagte Louise. »Du solltest dein Sandwich jetzt umdrehen, Schatz.«

Dan hob den Deckel und drehte das Sandwich um. Er verschränkte die Hände hinter dem Kopf und gähnte. Er hatte eine extreme Art, zu gähnen, wie ein Fernsehlöwe in der Savanne.

»Und du bist dann im Nachthemd und mit Straßenschuhen hinausgelaufen, um den Streifenwagen vorzuwärmen.«

Sie steckte sich eine Weintraube in den Mund und biss sie mit den Schneidezähnen säuberlich in zwei Teile. »Ja, nicht wahr? Das habe ich manchmal gemacht.«

Dan teilte den gegrillten Käse diagonal und trug ihn an den Tisch. Er erwischte beim Rasieren jedes Mal etwas weniger von seinen Koteletten und sah langsam aus wie aus einem Western.

»Was für nächtliche Ängste hast du denn?«

»Da gibt es so viele. Dass ich nicht nett war. Dass ich etwas Fieses an mir habe. Dass wir sterben werden.«

»Der letzte Punkt ist der einzig wahre.«

»Liest du manchmal die Todesanzeigen? Die Leute werden immer älter, aber sie sterben auch immer jünger.«

»Ich weiß, was du meinst.«

»Dann sind wir weg, und unser Haus wird verkauft, und es wird so sein, als hätte es uns nie gegeben. Ich stelle mir die Käufer unseres Hauses vor. Ich sehe sie vor mir, wie sie von Zimmer zu Zimmer gehen und denken: ›Oh, das machen wir hundertmal besser als diese Leute vor uns.‹ Weißt du, wie das einfach alle Menschen machen, wenn sie sich ein Haus anschauen. Macht dir das keinen Kummer?«

»Erst seit du es gesagt hast. Aber wir haben wahrscheinlich sowieso noch dreißig Jahre. Vielleicht sogar mehr. Ich könnte mir vorstellen, dass wir sehr alt werden. Überleg mal, wie viel in dieser Zeit noch passieren kann.«

»Was zum Beispiel?«

»Ich weiß nicht. Dass die Leute ihren Urlaub auf dem Mond verbringen.«

»Würdest du auf den Mond fliegen? Ich glaube, ich nicht.«

»Na ja, wenn sie ihn ein bisschen herrichten würden.«

»Ich glaube, ich falle Lyris und Albert auf die Nerven.«

»Haben sie das gesagt?«

»Nein.«

»Ich glaube, sie würden es sagen. Sie sind nicht schüchtern.«

»Doch, das sind sie. Du kennst sie nicht so gut wie ich. Eines Abends war ich ganz durcheinander und habe gesagt, dass ich Lyris' Mutter sei.«

»Daraus würde ich dir keinen Vorwurf machen.«

»Ich würde mir so sehr wünschen, dass wir unser kleines Mädchen noch hätten«, flüsterte Louise.

Dan nickte und atmete behutsam.

»Dann könnte sie das Haus haben. Und sie könnte darin herumrennen. Und wir würden sagen: ›Langsam, du wirst dir noch weh tun.‹«

Sie legte den Kopf auf die Arme.

»So etwas richtet die Nacht eben an. Sie bringt einen auf traurige Gedanken.«

Beim Zeitunglesen stieß Tiny Darling eines Tages auf einen Artikel über einen Mann, der den Big-Wonder-Laden in Morrisville auszurauben versucht hatte.

Big Wonder war vor zehn Jahren hierhergekommen, einer dieser riesige Flächen verschlingenden Flachbauten, die im Umkreis alle

Geschäfte ruinieren. Keiner, der dort arbeitete, schien auch nur die leiseste Ahnung zu haben, was es in diesem Laden gab, wie es funktionierte und wo es zu finden war. Alle Angestellten wanderten in grünen Kitteln umher und versuchten, den Kunden aus dem Weg zu gehen.

Der Plan des Räubers war bis zu einem gewissen Punkt ganz clever gewesen. Er hatte sich bis Mitternacht in einem Reisezelt in der Sportabteilung versteckt. Die Polizei sagte, er habe sich im Laden ein Exemplar der Zeitschrift *Feld & Fluss* geschnappt, um sich die Zeit zu vertreiben. Dann habe er das Zelt verlassen und sei zum Videoschalter gekrochen.

Das bezweifelte Tiny. Es wäre ein absurd langes Kriechen gewesen. Jedenfalls stellten zwei Wachmänner den Mann und hielten ihn mit gezogenen Pistolen in Schach, bis die Polizei kam. Was für ein Spaß musste es für die Wachmänner gewesen sein, ihre Pistolen ziehen zu können! Außerdem sollten sie für ihre guten Dienste einen Orden bekommen.

Der Dieb hatte sich dem Problem von der falschen Richtung her genähert. Er hatte sich darauf konzentriert, wie er nach Geschäftsschluss in den Laden hineinkam, wo doch die wichtigere Frage gewesen wäre, wie er wieder herauskam.

Deshalb fuhr Tiny eines Nachts nach Morrisville. Big Wonder lag südlich des Highway 56, dahinter kam ein freies Feld, und dahinter wiederum eine Wohnsiedlung namens Foxglove.

Tiny parkte am Rand von Foxglove und sah sich die Rückseite des Big Wonder durch ein Fernglas an. Es handelte sich um eine Denksportaufgabe. Seit Micah fort war, hatte er nichts anderes zu tun. Mondlicht glitzerte auf dem Schnee der Wiese. Tiny ließ den Motor laufen und hörte sich Musik im Radio an.

Gegen Mitternacht fuhr ein Sattelschlepper des Big Wonder an die Laderampe. Es dauerte eine Stunde, bis der Laster entladen war und abfuhr. Danach gab es eine Zeitspanne von etwa zwanzig Minuten, in der die Tore an der Laderampe geöffnet blieben, da die Nachtarbeiter die Kisten hin und her schafften und immer wieder nach draußen traten, um zu rauchen.

Eine Woche später kam Tiny am gleichen Abend wieder her. Erneut kam der Sattelschlepper, wurde entladen und fuhr weg. Tiny stieg aus dem Auto und überquerte die Wiese, wobei seine Schuhe durch den verkrusteten Schnee brachen. Es war ein langer Weg. Als er zu der Laderampe kam, nahm er einen großen Pappkarton, einen Großbild-Fernseher.

Er ging über die Wiese zurück, schob den Fernseher auf den Rücksitz des Autos und stieg vorne ein. Er zog die Handschuhe aus und hauchte sich in die Hände. Vom Armaturenbrett nahm er einen Multi-Marker, zog die Verschlusskappe mit den Zähnen ab und schrieb auf die Schachtel:

HA, HA

Dann verließ er Foxglove, fuhr zurück auf den Highway und von dort auf den Parkplatz des Big Wonder. Er hielt in der Nähe der Eingangstüren, nahm den Fernseher vom Rücksitz, lehnte ihn gegen die Scheibe und fuhr heim, wo er sich einen Drink mixte.

Zu Tinys Überraschung schaffte es sein experimenteller Raub in dem Kaufhaus bis in die Zeitung.

»Wir glauben, dass der Täter sich über den Laden oder vielleicht auch über das Sicherheitspersonal lustig gemacht hat«, sagte ein Polizeibeamter von Morrisville.

Tiny nahm die Zeitung in beide Hände und schüttelte sie. Er bewunderte den Polizisten und seine subtile Kritik am Big Wonder.

Die Polizei glaubte nicht, dass H. A. die Initialen des Diebes seien, denn es schien keinen Grund zu geben, sie mit einem Komma dazwischen zu wiederholen.

Auf die Frage, ob der Dieb zu Recht »der lachende Bandit« genannt werden könne, sagte der Beamte: »Es gibt ja Pressefreiheit. Sie können ihn nennen, wie Sie wollen.«

Ein blauer Lieferwagen mit getönten Scheiben kam eines Morgens vorgefahren, als Dan Norman gerade in der Einfahrt des Farmhauses Schnee schippte. Er benützte dazu einen alten orangefarbenen Kubota-Raupenbagger mit eins zwanzig breiter Baggerschaufel.

Der Traktor war größer, als man ihn für eine Einfahrt gebraucht hätte, aber Dan fuhr ihn gern, denn er erinnerte ihn an einen Traktor, den der alte Farmer Henry Hamilton gehabt hatte, als es auf der anderen Straßenseite noch eine Farm gegeben und Henry dort gewohnt hatte. Dan würde anschließend noch in die Stadt fahren und auch bei Louises Mutter die Einfahrt räumen.

Dan kuppelte aus, trat auf die Bremse, stieg ab und ging zwischen den Schneewehen die Einfahrt entlang. Der Wind kam von Süden den Berg herauf. Dans Ohren steckten warm in einer wollenen Jones-Mütze, deren Ohrenklappen heruntergeschlagen waren.

In dem Lieferwagen saßen ein Mann und eine Frau, die Mäntel bis ans Kinn zugeknöpft. Der Mann drehte das Fenster herunter.

»Guten Morgen«, sagte Dan.

»Sind Sie Dan Norman?«

Er nickte.

»Kennen Sie einen Mann namens Jack Snow?«

»Habe von ihm gehört. Wer sind Sie?«

»Ich bin Ermittler Sam Anders. Das hier ist Ermittlerin Betty Lee. Wir arbeiten für die Bundesregierung.«

»Heutzutage ist es gut, Arbeit zu haben.«

Die Frau beugte sich zum Fenster vor. »Wie wäre es, wenn Sie einsteigen, und wir machen zusammen eine Fahrt?«

»Ich muss erst noch den restlichen Schnee räumen.«

»Wir haben Zeit.«

»Ja, schon, aber Sie müssen hier wegfahren.«

»Ich fahre seitlich ran«, sagte der Mann.

»Ich weiß nicht. Es ist ganz schön tief.«

»Der Wagen hat Allradantrieb.«

Ermittler Anders fuhr den Wagen bis zu den Radkästen in den Schnee und blieb stecken. Dan pflügte einen Weg bis zu dem Wagen und hängte eine Kette ans Chassis und zog ihn heraus. Er räumte den restlichen Schnee aus der Einfahrt und winkte den beiden Ermittlern, sie sollten ins Haus kommen, wo sie sich in die Küche setzten, während er Kaffee machte.

»Wir möchten, dass Sie sich aus der Sache mit Jack Snow raushalten«, sagte Ermittlerin Lee.

»Das tu ich schon«, erwiderte Dan. »Ist abgeschlossen.«

»Was war's?«

»Eine Familienangelegenheit.«

»Wendy«, sagte Ermittler Anders.

»Wendy interessiert uns nicht«, fuhr Ermittlerin Lee fort. »Wir ermitteln in Sachen Kunstdiebstahl. Ich arbeite für die Justiz, Sam für die Finanzbehörde. Wir beobachten Jack Snow schon seit Herbst.«

»Deswegen wissen wir auch, dass Sie ihn beschattet haben.«

»Und wo waren Sie?«, fragte Dan.

»Im Betriebshof. In einem Auto auf dem Abstellgleis.«

»War das nicht sehr kalt?«

»Wir haben einen Kerosin-Heizlüfter.«

»Die bringen ja auch nicht viel.«

»Jack Snow ist nur ein kleiner Fisch, der aber an einem großen dranhängt. Er ist ein Partner von Andy aus Omaha.«

»Hinter dem sind Sie also her.«

»Nein. Andy sitzt in Lons Ferry ein und wird da noch eine ganze Weile bleiben. Dort hat er auch Snow kennengelernt.«

»Wir wollen seine Freunde kriegen.«

»Ich weiß nicht, wie ich Ihnen da von Nutzen sein kann«, sagte Dan. »Soviel ich weiß, hantiert Jack Snow nur ein bisschen mit irgendwelchen Fälschungen herum. Sorgt dafür, dass das Metall zerfressen aussieht. Eher ein Hobby als ein Verbrechen.«

»Das glaubt er. Aber demnächst kriegt er etwas Echtes. Dann haben wir ihn.«

»Und was ist das?«

»Es ist ein Stein. Wurde in einem Bronzesarg in einem Moor in Irland gefunden. Ein Typ hatte ihn in den Händen. Der soll vor tausend Jahren gestorben sein.«

»Wie sind Sie denn an den gekommen?«, fragte Dan.

»Wir haben ihn ja noch gar nicht. Wir sind ihm auf der Spur.«

»Und die Zeit läuft uns davon«, sagte ihr Partner.

Sandra Zulma nahm den Linienbus, der auf dem Highway 41 von Stone City nach Romyla fuhr. Im Bus war außer ihr nur noch ein altes Ehepaar mit einem rotweißen Hund im grünen Strickpullover, der dasaß und aus dem Fenster schaute.

Der Highway führte auf dem Kamm entlang, und sie sah die Wiesen und die kahlen Bäume und die Niederungen, in denen sich Wasser gesammelt hatte, das jetzt gefroren war. An diesem Tag würde es nicht schneien.

Als Sandra die Ranch auf dem Berg sah, zog sie die Schnur, um auszusteigen. Eine Glocke erklang, der Fahrer schaute sie im Spiegel an, und sie ging im Bus nach vorne, wobei sie sich an der verchromten Haltestange festhielt. Sie senkte den Kopf und zeigte auf das Haus.

Sandra stieg aus dem Bus und ging eine lange Auffahrt hinauf, an der sich zu beiden Seiten Schnee auftürmte. Ihre Kleidung war nicht fürs offene Land geeignet. Sie trug eine wollene Kostümjacke, deren Ärmel sie über die Hände heruntergezogen hatte. Sie klopfte gegen die Haustür mit Windfang, und das Glas warf die Spiegelung des gleißend hellen verschneiten Hofes zurück.

Ihr Cousin Terry kam an die Tür; er war unrasiert und trug ein Flanellhemd, eine grüne Daunenweste und graue Jogginghosen.

Ihn zu sehen, hatte ihr immer schon Kummer bereitet, denn er war ein kluges Kind gewesen, hatte aber nie herausgefunden, was man mit Wissen anfangen kann, so dass er jetzt allein in einem einsam dastehenden Haus lebte.

»Ich hatte keine Ahnung, wer jetzt aufkreuzen könnte, aber mit dir habe ich bestimmt nicht gerechnet«, sagte er.

»Ich bin wegen Jack gekommen.«

»Welchem Jack?«

»Snow.«

»Na, der ist nicht hier, aber komm doch rein.«

Terry machte heiße Schokolade, und sie trugen ihre Becher ins Wohnzimmer, das wegen der schweren orangefarbenen Vorhänge wie ein dunkler Kaninchenbau wirkte.

Auf dem großen Fernsehbildschirm sprang gerade ein Eiskunstläufer in die Luft, wirbelte herum und landete wieder, wobei er seine Gliedmaßen elegant streckte.

»Donnerwetter«, sagte Terry. »Das war ein toller Doppelaxel. Ich schau mir den Scheiß schon eine ganze Weile an, es ist wirklich interessant. Was willst du denn von Jack Snow?«

»Wir haben etwas zu regeln.«

Terry griff nach der Fernbedienung und schaltete den Fernseher aus. »Letztes Jahr um diese Zeit ist er hier aufgetaucht, weil er einen Unterschlupf suchte. Ich konnte mich nicht erinnern, dass er jemals etwas für mich getan hätte, aufgrund dessen ich ihn beherbergen sollte. Hab ihn seitdem nicht mehr gesehen. Moment, stimmt gar nicht. Einmal habe ich ihn in einer Bar gesehen, bin aber nicht zu ihm hingegangen. Weißt du, ich habe ihn persönlich eigentlich nie gemocht. Er hat jetzt irgend so ein Geschäft, das er von einem Schuppen im Betriebshof aus betreibt. Wenn du einen Rat von mir haben willst, Sandy, dann vergiss diesen Jack Snow und fahr wieder nach Hause. Wissen deine Eltern, wo du bist?«

Sandra trank von ihrer heißen Schokolade. »Nicht, seit ich aus dem Krankenhaus raus bin.«

»Ach ja, ich habe gehört, dass du eingeliefert wurdest.«

»Ich hatte Angst.«

»Wovor?«

»Vor allem. Ich konnte mich nicht mehr bewegen. Ich konnte nichts essen. Ich habe mich immer schlafen gelegt und gehofft, dass ich nicht mehr aufwachen würde und gedacht, dass das das Beste wäre.«

»Das war aber nicht dein Ernst.«

»Wie geht's dir denn so, Terry?«

»Ziemlich gut. Ich arbeite das halbe Jahr bei Rex Constructions. Kennst du bestimmt nicht. Brücken und Gebäude und so was. Ich habe ein bisschen Geld beiseitelegen können. Zu dieser Jahreszeit bin ich immer wie ein alter Bär. Und du, hast du denn keine Wintersachen?«

»Nur das, was ich anhabe.«

»Das geht doch nicht.«

Terry verließ das Zimmer und kam nach einer Weile mit einem

großen Umzugskarton zurück, den er über den orangefarbenen Zotteltteppich zog. Er bückte sich über den Karton und fing an, Mäntel und Stiefel und Pullover und Fäustlinge herauszuwerfen.

»Das gehörte alles einem Mädchen, das ich mal kannte. Vor ein paar Jahren hat sie bei mir gewohnt. Sie kam aus Arkansas, und ich bin ziemlich sicher, dass sie wieder dorthin zurückgegangen ist. Verschwand einfach eines schönen Sommertags, und ich habe nie mehr etwas von ihr gehört. Ihre Gesellschaft fehlt mir ein bisschen. Sie hat die ganze Zeit über Little Rock gesprochen. Von ihr liegen hier irgendwo auch noch ein Paar Inlineskates herum. Ich wüsste im Moment aber nicht, wo.«

Die Kleidung brachte sie auf den Gedanken, es sei vorbestimmt gewesen, dass sie hierherkam. Sie nahm sich einen knielangen Vikings-Steppmantel, eine orangefarbene Mütze mit Troddel, einen Wollschal und dazu ein Paar Rindslederfäustlinge mit dem Arctic-Cat-Logo. Sie tauschte ihre Schuhe gegen dicke Socken und filzgefütterte Sorel-Stiefel.

Terry fuhr Sandra mit seinem Pickup in die Stadt zurück. Ihr war warm, und sie war glücklich. Ein Greifvogel flog neben dem Wagen her, drehte ab und schlug mit den breiten zerklüfteten Schwingen gegen den Himmel. In der Stadt lotzte sie Terry zum Hotel.

»Wohnst du da?«, fragte er.

»Ich mag es«, antwortete sie. »Und dich mag ich auch, Terry.«

Sie küsste ihn auf die Wange.

»Fahr nach Hause, Sandy.«

An diesem Abend ging Tinys Mutter nach draußen, um den Müll in einem Drahtkorb im Hinterhof zu verbrennen. In der Dunkelheit hingen die mit Schnee beladenen Zweige der Nadelbäume schwer nach unten. In einen Armeemantel gewickelt, stopfte sie Zeitungsblätter durch den Draht und zündete sie an.

Sie ging zurück bis an das Vogelbad im Hof, drehte sich um und sah dem Feuer zu. Es war ein fröhlicher Anblick – züngelnde Flammen, weißer Rauch im Wind.

Da hörte sie das Geräusch, wie schon früher manchmal – ein hohes und fernes Klagen, das wie von einem Tier oder einem Vogel klang, oder wie von einem Betrunkenen. Oder war es der Wind, der im Hals einer weggeworfenen Flasche in einem Graben pfiff?

Jetzt waren da nur noch der Wind und das Feuer. Sie stieß mit einem Stock in den Abfall, und mit einem Aufsprühen orangefarbener Funken sackte er in sich zusammen. Es würde etwas Schlimmes passieren. So viel wusste sie.

Dan saß mit den staatlichen Ermittlern in der Halle des Flugplatzes von Stone City, der offiziell Barney Miale Field heißt. Barney Miale war in den dreißiger Jahren Kunstflugpilot gewesen und hatte nach dem Krieg eine Flugschule eröffnet, die bis in die Siebziger gelaufen war. Als Lehrer soll er ungeduldig und sogar rücksichtslos gewesen sein.

Die Vorgesetzte der beiden Ermittler würde auf dem Weg von Denver nach Chicago hier eine Zwischenlandung machen. Sie wollte die Fahndungen in Stone City zum Abschluss bringen, und die Ermittler Anders und Lee dachten, dass es nützlich sein könnte, Dan dabei zu haben, um ihre lokale Kooperation zu bekunden.

»Ich wette, dass sie den Fall heute Abend abschließt«, sagte Ermittler Anders. »Hätte auch gar nichts dagegen. Ich wäre bis zum Wochenende zu Hause.«

»Wo wohnen Sie?«

»Vermillion. Meine Frau und ich haben dort einen kleinen Reiterhof und einen Jack Russell namens Patches, siebzehn Jahre alt und sieht fast nichts mehr. Arbeitet aber immer noch bei den Pferden mit. Läuft nur über den Geruch.«

»Ich bin mal von einem Jack Russell gebissen worden«, sagte Dan.

»Na ja, die ganze Rasse tickt nicht so richtig, aber was Treue betrifft? Mein Gott!«

Ermittler Anders zog seine Brieftasche heraus und blätterte zwischen Fotos in trüben Plastikhüllen herum.

»Das ist meine Frau. Das ist mein Neffe Bill. Und das hier ist mein alter Patches. Da hat er noch sehen können.«

Louise wusch und spülte sich die Haare im Küchenwaschbecken. Raffte sie auf einer Seite zusammen, drückte sie aus und schüttelte sie, so dass die Tropfen auf den Edelstahl prasselten. Sie sah zum Fenster hinaus. Ein roter Mustang hielt gerade in der Auffahrt. Sie wickelte sich ein Handtuch ums Haar und zog ihre Bluse an.

Die Türklingel schellte, was ganz hohl klang, weil sie so selten benutzt wurde. Abends bekamen Louise und Dan selten Besuch, und niemand benützte die Klingel. Louise ging ins Wohnzimmer und machte die Vordertür einen Spalt breit auf. Ein junger Mann auf den Stufen glättete sich das Haar und leckte sich über die Lippen, als wäre sein Mund trocken.

»Ich heiße Jack Snow«, sagte er. »Ich muss Dan Norman sprechen.«

»Er ist nicht zu Hause«, erwiderte Louise. »Wenn es geschäftlich ist, gehen Sie morgen in Stone City zu ihm ins Büro.«

»Was ich zu sagen habe, eignet sich besser für den Abend.«

»Ach ja?«, sagte Louise. »Dann wäre es vielleicht das Beste, Sie würden es in diesem Fall ganz für sich behalten.«

»Sind Sie Mrs. Norman?«

Louise verdrehte kurz die Augen. *»Wenn es geschäftlich –«*

Jack Snow stieß die Tür mit der Schulter auf und marschierte ins Wohnzimmer, wobei er Louise in die Ecke bei der Treppe drückte. Das Handtuch löste sich und fiel ihr aus den Haaren. Sie schloss leise die Tür, hob das Handtuch auf und legte es zusammen.

»Ich weiß nicht, was für ein Problem Sie haben, Mr. Snow, aber soeben haben Sie es zehnmal schlimmer gemacht.«

»Nennen Sie mich Jack. Bitte.« Er schlenderte durchs Zimmer wie die arroganten Hauskäufer aus Louises Phantasie. Vom Schreibtisch am vorderen Fenster hob er einen Ring auf, den Dan von der Sheriffs' Association bekommen hatte, Weißgold mit einem blauen Stein.

»Hinlegen«, sagte Louise.

»Ich *schau* doch nur«, erwiderte er. Dann setzte er sich in einen Polstersessel, verschränkte die Hände hinter dem Kopf und lächelte. Den Ring legte er auf die Armlehne des Sessels.

»Also, Folgendes ist mein Problem. Ich habe meine Buchhalterin verloren. Ich habe meine Geschäftspartnerin verloren. Und *meines Wissens* hat Dan Norman sie verscheucht. Deswegen muss ich mit ihm reden. Denn ohne sie weiß ich nicht, wo zum Teufel der ganze Scheiß abgelegt ist.«

Louise hielt sich das Handtuch vor die Brust und sprach ganz ruhig. »Ich sage es Ihnen nur ein einziges Mal: Verschwinden Sie.«

»Ich habe Freunde in Omaha.«

»Na toll, gratuliere.«

Louise ging in die Küche, legte das Handtuch auf den Tisch und schlüpfte in Snowboots, da sie bisher auf Strümpfen gewesen war. Sie griff sich eine Jacke vom Kleiderhaken an der Wand, zog sie an und machte den Reißverschluss zu. Dann holte sie einen Baseballschläger aus der Besenkammer und kehrte ins Wohnzimmer zurück. Jack Snow saß noch immer ganz entspannt im Sessel.

»Hallo, Rotschopf«, sagte er. »Wollen Sie mich jetzt niederschlagen?«

Louise wandte sich zur Tür. »Ich schlage Ihr Auto kaputt.«

Sie ging die Stufen hinunter in den Hof. Jack Snow packte sie, und sie landete bäuchlings im Schnee, den Schläger unter sich. Er drehte sie herum, setzte sich rittlings auf sie und wand ihr den Schläger aus den Händen.

Einerseits hatte Louise Angst, sagte sich aber andererseits, okay, er ist aus dem Haus. Jack Snow warf den Schläger zu den Stufen hinüber und drückte ihren Kopf mit der Hand zu Boden.

»Das haben Sie nun davon«, sagte er.

Er stand langsam auf, die Hand noch immer an ihrem Gesicht. Dann riss er aus wie vor einem wilden Tier. Louise bewegte sich nicht. Er eilte zu seinem Auto. Sie setzte sich auf und rieb sich das Gesicht mit Schnee ein.

»Fahr zur Hölle«, sagte sie.

Jack Snow fuhr heran, um bei der Scheune zu wenden. Louise stand auf und holte sich den Schläger wieder. Ihr rechtes Handgelenk schmerzte, aber sie kam damit zurecht. Sie ging zur Einfahrt, und als der Mustang vorbeifuhr, schwang sie den Schläger mit beiden

Händen. Rote Splitter flogen empor und schwebten kurz in der kalten Luft.

Louise rannte ins Haus, sperrte die Tür ab und setzte sich aufs Sofa. Sie blutete aus der Nase, legte deshalb den Kopf zurück und wischte sich das Blut mit dem Jackenärmel ab. Dann fiel ihr Dans Ring wieder ein. Sie glitt auf den Boden hinunter und kroch über den Teppich, bis sie ihn unter dem Sessel fand.

»Gott, ich danke dir«, sagte sie laut.

Sie steckte sich den Ring an den Finger, ging zum Telefon und wählte Dans Nummer.

Jack fuhr zum Lagerhaus. Er wusste, dass sein Geschäft am Ende war, und es kam ihm vor, als hätte er das auch so gewollt. Bei laufendem Motor stieg er aus, um sich den Schaden anzusehen. Der Spoiler war eingedellt und hatte sich auf der einen Seite gelöst. Er atmete dankbar den blauen Dampf des Auspuffs ein und sah zum Himmel hinauf. Die Sterne waren da.

Er zog klimpernd die Schlüssel aus der Tasche, aber es war gar nicht notwendig, das Rolltor aufzusperren. Jemand hatte es schon aufgebrochen. Kein Wunder, dachte er. Er stieß die Tür auf und ging hinein. Die Kunstgegenstände waren durchwühlt. Schmuckstücke zersplittert und zertreten. Das war in Ordnung. Er würde sich sein Geld nehmen, die Nacht durchfahren und ganz woanders sein, wenn die Sonne aufging. Ein neues Leben anfangen wie jeder andere.

In den Fenstern des Büros brannte Licht, und er öffnete die Tür. Am Schreibtisch saß eine Frau und sah ihn an. Sie trug einen langen purpurroten Mantel, eine orangefarbene Mütze und um den Hals einen silbernen Wendelring aus dem Inventar. Er erkannte sie sofort, obwohl er sie jahrelang nicht gesehen hatte.

»Sandy Zulma. Mein Gott, bin ich froh, dass du es bist. Nach allem, was ich heute Abend erlebt habe, ein vertrautes Gesicht …«

Sie beugte sich mit ihrer langen Gestalt zu ihm vor. »Ich möchte den Stein.«

»Welchen Stein?«

Sandra erzählte es ihm, so wie sie es Louise und Dan erzählt hatte, nur dass sie diesmal hinzufügte, es könne der Kraftstein sein, den Red Hanrahan in der anderen Welt gesehen habe.

»Auf Ehre und Gewissen, ich habe keinen Stein. Alles ist auf den Tischen. Oder auf dem Boden. Wenn du ihn nicht gefunden hast, dann habe ich ihn nicht.«

»Natürlich würdest du ihn nicht herumliegen lassen, damit ihn jeder finden kann. Du wirst ihn versteckt haben. Das respektiere ich. Aber jetzt musst du ihn mir geben, sonst müssen wir kämpfen.«

»Ich gehe, Sandy. Kein Kämpfen. Du gewinnst.«

»Krieger laufen nicht davon.«

»Ich bin kein Krieger. Ich bin Geschäftsmann. Wir waren Kinder. Das waren Geschichten. Jetzt sind wir erwachsen und glauben nicht mehr an solche Sachen.«

»Die Geschichten sind wahr. Du wählst die Waffe.«

»Entschuldige.« Jack ging zum Schreibtisch, öffnete eine Schublade und nahm einen Revolver heraus.

»Pistolen sind etwas für Feiglinge«, erwiderte Sandy. »Aber nachdem das gesagt ist, werde ich sehen, was ich mit einem Revolver machen kann.«

»Das Dumme ist, ich habe nur diesen einen.«

»Wir brauchen beide eine Waffe. Das wirst du wohl einsehen.«

Er richtete den Revolver gegen die Decke und drückte ab. Der Schlagbolzen klickte. Er nahm die Waffe herunter und schwang die Trommel auf: leer.

»Verdammt.«

»Du hast doch Schwerter.«

Jack legte den Revolver wieder in die Schublade. »Sandy, wie kann ich das so ausdrücken, dass du es verstehst? Kannst du dich an diese Töchter erinnern?«

»Welche?«

»Ach, du weißt schon. Sie hatten nur ein Auge. Ich hab den Namen vergessen. Cúchulainn hatte ihren Vater getötet.«

»Die Kinder von Calatin.«

»Genau. Und an den Zauber, den sie anwendeten. So dass Cúchulainn dachte, Kleeblätter wären Soldaten und sein Land würde gerade verwüstet.«

»Hexerei.«

»Genau. Und da zog er los, bevor seine Armee sich sammeln konnte, und was ist passiert? Er ist gefallen. Du bist wie er. Du stehst unter einem Zauber.«

»Ja, aber Cúchulainn hätte seinem Schicksal nicht anders gerecht werden können«, sagte sie ganz vernünftig.

Jack nahm die Geldschatulle heraus, öffnete sie und stopfte sich die Scheine in die Jackentasche. »Ich muss jetzt wirklich gehen.«

Sie folgte ihm vom Büro in die Lagerhalle. Er ging weiter, als wäre sie gar nicht da. Etwas traf ihn hart an der Schulter.

»Sandy, das hat weh getan«, sagte er.

Er wandte sich zu ihr um. Sie hielt die Spitze eines Schwerts auf seine Brust gerichtet. Und trotz seiner bösen Vorahnungen nahmen sie nun Schwerter und Schilde zur Hand. Früher hatten sie Stöcke und Mülleimerdeckel genommen.

»Du armes verlorenes Ding«, sagte Jack.

Der Kampf dauerte vielleicht fünfzehn Minuten, obwohl er länger zu gehen schien. Sie stießen zu und parierten, griffen an und wichen zurück. Sandy konnte mit dem Schwert besser umgehen. Jack benutzte seinen Schild immer wieder als stumpfe Waffe, um sie zurückzudrängen. Einmal traf er ihr Knie mit dem Schwertheft, und sie schritt hinkend weiter und beobachtete ihn mit strahlenden Augen. Jack war müde und blutete aus einem Schnitt am Bein. Er fragte sich, wo sie als Kinder die Energie hergenommen hatten.

Mit einem frustrierten Aufschrei stürzte er auf sie los. Sie glitt zur Seite und schlug ihr Schwert gegen seinen Arm, als er vorbeischoss. Jack blieb stehen. Sein Arm gehorchte ihm nicht mehr. Er gab ihm den Befehl, den Schild zu heben. Es ging nicht.

Im selben Moment sagte Sandy: »Der Griff meines Schildes ist abgebrochen.«

Jack drehte sich um. Der Schild lag auf dem Boden, und den Griff hielt sie in der Hand. Ihr Schwert blitzte im Licht der Lagerhalle auf und traf ihn über dem Schlüsselbein. Er fiel auf die Knie und sank zur Seite.

Sandy senkte ihr Schwert. Sie hockte sich auf die Fersen und ließ ihre langen Finger auf den Knien ruhen. »Sag, dass die Geschichten wahr sind.«

»Die Geschichten sind wahr.«

»Sag, dass du mich nicht hättest vergessen sollen.«

»Ich hätte dich nicht vergessen sollen.«

»Sag, dass es dir leid tut.«

»Es tut mir leid.«

»Du warst mein Freund, Jackie.«

Jack verlor das Bewusstsein. Wieder ein Kind, stand er unter einem Fliederbusch und sah einem Mädchen zu, das den Gehsteig entlanging. Sie war neu in der Stadt, ihre Arme hingen schlaksig herunter. Er atmete den Duft des Flieders ein und sang ein kleines Lied, als hätte er sie nicht bemerkt, da trafen sich ihre Blicke, und sie lächelten.

Elf

Der Instinkt des Schulleiters erwies sich als richtig: Micah wurde tatsächlich ein ausgezeichneter Volleyballspieler. Dieser Sport lag ihm. Während des Spielens gab es keine Vergangenheit und keine Zukunft, nur das Ein- und Ausatmen. Die Trikots der Deep Rock Lancers waren schwarz mit roten Streifen an der Seite, eine hübsche und bedrohliche Kombination. Die Shorts waren lang, die Shirts ohne Ärmel. Micah mochte es, im Teambus zu fahren und die Knieschoner anzulegen und sich die Beine mit Tigerbalsam aufzuwärmen.

Der Trainer der Lancers war überzeugt, dass sich im Volleyball viele Elemente des Lebens verkörpern würden. Die Ballannahme bedeutete Überleben, das Baggern Zusammenarbeit und das Pritschen Gebet. Das Schmettern, sagte er, sei die Heimfahrt.

Für einen Trainer war er ungewöhnlich philosophisch, und tatsächlich unterrichtete er auch »Einführung in die Philosophie«. Trotzdem hasste er es zu verlieren und sagte immer wieder Dinge wie: »Heute Abend habe ich gesehen, wer Mumm hat und wer nicht« und überließ es jedem Spieler, sich selbst zu fragen, ob er nun Mumm habe oder nicht.

Das Ergebnis der Lancers in der Conference of the Golden Sun verbesserte sich auf fünf zu fünf. Eines Abends hatten sie ein Auswärtsspiel gegen den amtierenden Meister, die Meteors of Mary Ellen Pleasant Country Day. Die Tribüne war mit Eltern und Mitschülern gefüllt, die an ihren Smartphones herumfummelten, eines weiteren Sieges gewiss.

Die Sporthalle der Meteors war im Vergleich zu der Keksschachtel der Lancers ein Kuppelpalast. Von den Deckenbalken strahlten reihenweise weißblaue Lichter herab. Die Lancers, die anfangs nervös und unorganisiert spielten, lagen bald zurück. Micah schaffte es ganz allein, sie mit einem Ansturm von Topspin-Aufschlägen, die von den Armen der Meteors nach hinten abprallten, wieder nach vorn zu bringen. Da er am Netz spielte, konnte er die Verteidigung aufreißen.

Die Lancers gewannen den ersten Satz, verloren den zweiten, gewannen den dritten und entschieden so das Spiel für sich. Sie tanzten und jubelten und begriffen erst jetzt, was für ein Team sie geworden waren.

»Doch nicht in einem Heimspiel«, riefen die Meteors. »Doch nicht bei uns zu Hause!«

»Das ist jetzt unser Zuhause«, entgegnete Micah.

An einem Wintertag gingen Micah und Charlotte entlang der Betonrinne des Ballona River joggen. Nach ein paar Meilen ruhten sie sich in einer Fußgängerunterführung aus.

»Hättest du Lust, dir eine Show anzusehen?«, fragte Charlotte. »Meine Mom hat Tickets von einem Zauberer bekommen, mit dem sie ausgeht.«

»Klar.«

»Oder vielleicht könntest du mit Thea hingehen.«

»Willst du nicht?«

»Nicht, wenn es dir und Thea viel bedeuten würde.«

»Du und Thea, ihr habt da wirklich eine komische Sache am Laufen.«

»Die komische Sache, die wir am Laufen haben, bist du.«

Da näherte sich ein alter Mann mit einem von der Sonne runzeligen Gesicht, der einen Einkaufswagen voller Dosen und Flaschen schob. Er blieb stehen und blickte sie an, wobei er die Unterarme auf dem Bügel des Einkaufswagens ruhen ließ.

»Ich habe eine wunderschöne Handschrift«, sagte er. »Ich benütze die Palmer-Methode. Alle Muskeln der Schulter und des Arms müssen zusammenwirken. Kennt ihr die?«

Charlotte und Micah verneinten.

»Na, das überrascht mich kaum. Die Palmer-Methode gehört der Vergangenheit an. Nur noch wenige von uns halten die Erinnerung daran wach. Schaut mal her. Ich zeige sie euch, vielleicht interessiert sie euch ja, und eure Generation wird diese alten Techniken nicht vergessen.«

Aus den Taschen seines Regenmantels zog er eine Zeitung und einen Bleistift heraus, fragte nach ihren Namen und schrieb still und konzentriert im Stehen.

»Fertig«, sagte er. »Schaut her.«

Die Großbuchstaben fingen mit ornamentalen Kreisen an und flossen in schwingende Kleinbuchstaben über. Folgendes hatte der Mann geschrieben:

Charlotte und Micah richten ihren Blick auf den jugendlichen Fluss.

Er riss das Blatt vorsichtig heraus und gab es Charlotte, die es faltete und in ihre Gesäßtasche steckte. Dann legte er wieder die Hände an seinen Wagen und ging weiter.

Bald danach begann es zu regnen. Sie sahen, wie große Tropfen in den moosigen Fluss klatschten. In der Ferne spannte der Mann mit der schönen Handschrift einen roten Schirm auf.

Weißes Licht blitzte durch die Unterführung, gefolgt vom Donner. Genau in diesem Moment wurde der Regen sehr stark, so dass die Tropfen mit feinem Sprühen vom Beton hochsprangen, während der Fluss in Regenbogenwirbeln zu kreiseln begann.

Da Micah und Charlotte einsahen, dass sie so bald kein trockeneres Wetter bekommen würden, gingen sie in den Regen hinaus. Bald waren sie nass bis auf die Haut, und das Haar klebte ihnen an den Schläfen.

Nach einem halben Jahr in Kalifornien war das der erste richtige Regen, den Micah erlebte. Er und Charlotte hoben die Gesichter und lachten. An einem Regenguss war nichts Schlimmes, wenn man sich darauf einstellte.

Micah fuhr Charlottes Pickup nach Nordosten durch die Stadt. Er hatte keinen Führerschein und war noch nicht alt genug, aber sie hatte ihm auf leeren Parkplätzen in der Mission Road Fahrstunden gegeben. Im Fahrzeug war es kalt, und sie schaltete die Heizung ein, die alte, nach Gummi riechende Luft ausblies. Charlotte zitterte und lachte vor Aufregung.

Im Regen sah die Stadt vollkommen anders aus. Die leuchtenden Farben verblassten, und man sah die Häuser so, wie sie wirklich waren, alt und mit Gips und rostigem Metall zusammengeflickt. Micah hatte manchmal das Gefühl, wenn Tiny eine große Stadt bauen könnte, würde er Los Angeles bauen.

Charlotte wohnte weit oben über der North Main Street. Ein Bach floss ihre Straße hinunter und führte schwarze und blaue Mülltüten mit sich. Micah fuhr langsam bergauf, wobei er kaum sah, wo er hinfuhr.

Ein Viertel mit kleinen verputzten Häusern ging in unbebaute Bergkämme über. Charlottes zweistöckiges Haus war aus Beton, mit langen Terrassen, die von Holzpfeilern gestützt wurden. Es war noch nicht fertig und sah insgesamt nicht sehr sicher aus.

Charlottes Mutter war zu Hause; sie schnitt gerade im Wohnzimmer einen Farn zurück, der am Fenster stand, und war umgeben von einem Kranz abgeschnittener Wedel.

»Ihr seid mitten reingeraten«, sagte Mrs. Mann.

»Ich dachte, du bist arbeiten«, erwiderte Charlotte.

»Sie haben den Flug gestrichen, wegen eines Schneesturms in Chicago.«

Sie schnitt einen Wedel vom Farn ab, lehnte sich zurück, um ihr Werk zu begutachten, und ließ den Wedel zu Boden fallen.

»Weil nämlich beim Fliegen alles mit allem zusammenhängt, weißt du.«

»Das ist Micah.«

Mrs. Mann stand auf und schenkte ihm ein hübsches Lächeln, ganz wie das von Charlotte, nur dass sie um die Lippen winzige Fältchen hatte.

»Ihr braucht etwas Trockenes zum Anziehen«, sagte sie.

Sie ging in einen anderen Bereich des Hauses und kam mit einem farbbespritzten weißen Overall zurück, der ordentlich zu einem Quadrat zusammengefaltet war.

»Der hat meinem Mann gehört. Er war Künstler und ist nach Big Sur gezogen, um sich dort seiner Kunst zu widmen, und das war das Letzte, was wir von ihm gehört haben.«

»Ach, Mom«, sagte Charlotte und umarmte sie.

Micah wartete in Charlottes Zimmer, während sie duschte. Reittrophäen und -bänder waren im Bücherregal aufgereiht. Er legte den Overall auf den Schreibtisch, nahm ein herumliegendes Tagebuch und blätterte darin, während die Regengüsse gegen das Haus schlugen.

> Gestern Nacht betrunken umgefallen woran ich mich nur erinnere weil ich gefallen bin. Hatte gar nicht so viel ... dachte ich jedenfalls! 1 Whiskey + 3 Gläser Wein. Aber dann bin ich auf eine Zigarette rausgegangen und hab sie auf dem Boden ausgemacht und als alte Umweltschützerin hab ich sie aufheben wollen. Und da bin ich umgekippt und hab mir das Knie an einem Granitblock angestoßen. Tut heute noch weh. Weiß, dass ich nicht rauchen sollte, aber manchmal mach ich es trotzdem.

Mit Schuldgefühlen schloss Micah das Tagebuch und legte es wieder auf den Schreibtisch. Charlotte kam in einem Bademantel ins Zimmer, die langen schwarzen Locken ihres Haares frisch gewaschen und glänzend.

Sie lächelte verschämt, öffnete den Bademantel für einen Augenblick, schloss ihn wieder und knotete den Gürtel zu.

»Jetzt weißt du, worum sich immer alles dreht«, sagte sie.

Er wurde rot und sah weg. Sie war achtzehn, und er fragte sich, ob er in drei Jahren auch so locker sein würde. Sehr zu bezweifeln.

Charlotte wühlte in einer Kommode, holte weiße Socken und ein T-Shirt heraus und legte beides auf den Overall, den Micah anziehen sollte.

Als der Ärmelaufschlag ihres Bademantels nach oben rutschte, erhaschte er einen Blick auf rote Stellen an ihrem Arm.

»Hast du das gemacht?«, fragte er.

Sie schob den Ärmel hoch und blickte auf die verletzte Haut. »Das hoffe ich doch.«

»Du musst das mit dem Beißen in den Griff kriegen, Char.«

Sie strich sich die Haare hinter die Ohren. »Ja, das ist in dem Moment irgendwie mit mir durchgegangen.«

Micah duschte. Auf den Fliesen standen reihenweise Flaschen mit Haarprodukten, und er suchte eine ganze Weile, ehe er etwas fand, was tatsächlich ein Shampoo war und auf dem das auch in englischer Sprache stand. Da gab es Kerastase-Ciment-Milch und Körperpeelings und Meeresalgen und alles Mögliche andere Zeugs, das sich anhörte, als käme es aus einem Gartencenter. Frausein schien höchst kompliziert zu sein.

Er trocknete sich ab, zog sich an und ging in Socken aus dem Bad, so glücklich wie er nur je gewesen war. Charlotte und ihre Mutter standen am Küchenfenster und schauten hinaus auf die Gartenstühle und Dreiräder und bunten Spielsachen, die in den Wassermassen den Berg herabgespült wurden.

»Die Leute lassen immer alles draußen liegen«, sagte Mrs. Mann.

Sie hatte einen Eintopf mit Fleisch und Möhren und Zwiebeln und Ingwer und kleinen roten Kartoffeln gemacht. Sie tauchte einen Schöpflöffel ein und hob ihn heraus.

»Micah, sag mir, was noch fehlt.«

Micah legte seine Hand auf die ihre und probierte den Eintopf.

»Ist perfekt.«

»Irgendetwas fehlt noch.«

Micah versuchte, sich an Gewürze zu erinnern. Er wollte nicht auf dem falschen Fuß erwischt werden, indem er etwas Lächerliches empfahl. »Salz.«

»Ich glaube, da hast du recht.«

Am Tisch hielten sie sich alle drei die Hände, und Mrs. Mann sagte ein Gebet, dann aßen sie. Der Wolkenbruch hatte sie hungrig gemacht, und das Klappern des Bestecks klang im Regen eher angenehm als anstrengend. Nach dem Abendessen räumten sie den Tisch ab, und Charlotte spülte das Geschirr und reichte es Micah, der es mit einem Geschirrtuch abtrocknete. Ein kleiner Fernseher auf der Arbeitsplatte zeigte überflutete Kreuzungen, entwurzelte Bäume, geknickte Hochspannungsleitungen.

»Ich geh besser nach Hause«, sagte Micah.

Mrs. Mann stand gerade auf einem Stuhl in der Speisekammer und schob Sachen herum.

»Bei diesem Wetter fahre ich dich nicht, und Charlotte lasse ich auch nicht hinaus«, sagte sie. »Aber schaut mal, was ich gefunden habe.«

Charlotte und Micah wandten sich vom Fernseher ab. Mrs. Mann hielt eine Schachtel in den Händen, deren eingerissene Kanten mit gelbem Klebeband zusammengehalten waren.

Charlotte stöhnte. »Doch nicht etwa Risiko. Ich hasse Risiko.«

Ihre Mutter stieg vom Stuhl und wischte den Staub vom Deckel der Schachtel.

»Charlotte liebt Risiko«, sagte sie zu Micah. »Sie versucht nur erwachsen zu wirken, weil du da bist.«

Micah rief Joan an. Er redete noch mit ihr, als Mrs. Mann mit einer Geste nach dem Telefon verlangte.

»Hallo, Joan, kannst du dir das vorstellen? … Ich weiß. Ich weiß. Sie raten nur, wie wir alle. Ich mag das eigentlich ganz gern, wenn ich ehrlich bin … Genau. Jedenfalls habe ich hier ein paar halb ertrunkene Kätzchen, die bei mir aufgetaucht sind, und bis morgen früh sind sie bei mir in Sicherheit.«

Charlotte schüttelte den Kopf und bedeckte das Gesicht mit den Händen. Sie zog die Finger langsam weg und enthüllte rote Halbmonde unter den Augen.

»Halb ertrunkene Kätzchen«, flüsterte sie.

Sie spielten Risiko auf dem Fußboden neben dem Holzofen im Wohnzimmer. Mrs. Mann nahm sofort Australien in Besitz und eroberte dann auch Asien in mehreren Spielzügen. Sie würde natürlich gewinnen, da bei Risiko jeder so gewinnt. Micah stellte seine Armeen in Afrika und Europa auf, und Charlotte unternahm immer wieder Raubzüge von Westen her, ihre Mutter von Osten.

Mrs. Mann rauchte eine Zigarette und tippte die Asche auf einen Teller auf dem Teppich.

»Es ist immer schwierig, in Europa zu gewinnen«, sagte sie mitfühlend.

Der Abend ging hin, während die Scheite im Ofen zusammenstürzten und die Würfel leise rollten. Gegen zehn Uhr besetzte Charlottes Mutter Alaska mit einer Streitmacht, die zu groß war, als dass man sie hätte vertreiben können, und niemand hatte mehr die Mittel, ihr Asien oder die Ukraine abzunehmen.

Micah verbrachte die Nacht auf der Couch. Hinter dem Ofengitter flackerte Licht, und das Gebälk des Hauses knackte in Wind und Regen.

Er schlief unruhig. Die Umrisse in dem Zimmer waren nicht die, an die er gewöhnt war. Er träumte von Soldaten, die in einem Flugzeughangar herumsaßen. Einer spielte Mundharmonika. Ethan Frome kam von seiner Vorlesung; er trug ein Fliegerhalstuch und fragte, ob jemand Mattie gesehen habe.

Micah wachte im Dunkeln auf, weil sich eine Hand auf seinen Mund legte. Charlotte stand neben dem Sofa, in einem weißen Nachthemd mit Rosenmuster.

»Ich kann nicht schlafen«, sagte sie.

Micah hob die Decke für sie, damit sie hereinkriechen konnte. Er trug immer noch den Maleranzug.

»Kannst du das mal ausziehen?«, sagte sie.

Er stand auf und zog den Overall aus. Darunter trug er nur das T-Shirt und die Socken, die sie ihm gegeben hatte. Jetzt hatte er gesehen, was noch niemand von ihr gesehen hatte, und sie hatte von ihm das Gleiche gesehen.

Sie schlüpften unter die Decke, die Gesichter einander zugewandt.

»Ich liebe dich«, sagte Micah, der noch zu kurz aus seinen Träumen erwacht war, um nicht genau das zu sagen, was er wirklich meinte.

Sie sagte: »Charlotte und Micah richten ihren Blick auf den jugendlichen Fluss.«

Ein paar Tage später war Micah zu Hause in seinem Zimmer und las noch immer *Ethan Frome*. Die Figuren durften keine Pause bekommen. Es war der fünfte Regentag. Im Haus war man vom Lärm neuer Hubschrauber aufgewacht, die über einem Haus kreisten, das in den angeschwollenen Fluss hätte stürzen können. Die Hubschrauber schwirrten fast den ganzen Tag, bevor sie, da das Haus doch nicht stürzte, nach Süden abdrehten.

Joans Mann klopfte an die Tür. Er trat mit einer Schachtel ein und setzte sich auf eine Ecke des Schreibtischs, wobei er das eine Hosenbein hochzog. In dieser Geste lag etwas so Erwachsenes, dass Micah schauderte.

»Mir ist etwas aufgefallen«, sagte Rob. »Morgens. Da hast du immer Probleme mit deinem Gesicht.«

Micah machte die Schachtel auf. Darin lag ein elektrischer Rasierapparat. »Danke«, sagte er.

»Es ist dasselbe Modell wie das von Eamon.«

Der Rasierer fühlte sich angenehm und schwer an. »Mein Dad hätte den nie gekauft.«

»Es gibt gute Argumente dafür und dagegen.«

»Na ja, er hat diese Sendung gesehen, *Twilight Zone*.«

»Um Himmels willen, Micah.«

»Hast du sie auch gesehen?«

»Der Rasierapparat, der Typ, der Rasierer wird lebendig, wie eine Kobra, im Bad …«

»Genau, das hat er sich angeschaut.«

»›Die Sache mit den Maschinen‹. So hieß die Folge. Im jetzigen Fernsehen gibt es so etwas wie *Twilight Zone* überhaupt nicht mehr.«

»Er ist ein ganz anderer Mensch.«

Joan und Rob besuchten eine Benefiz-Veranstaltung für Filmrestaurierung im New Gaslight Hotel in Hollywood. Sie wurden vor einem weißen Hintergrund mit dem repetierten Logo der Gesellschaft für Restaurierung fotografiert. Eine Frau hielt Papptäfelchen hoch, um die beiden anzukündigen, denn sonst, dachte Joan, würde sie bestimmt niemand erkennen:

JOAN GOWER
FORENSIC MYSTIC

ROB HAMMERHILL
ANIMAL PARTY

Kameraverschlüsse klickten, während eine Gruppe von Fotografen lauthals um Aufmerksamkeit bat. Sie behandelten alle, als wären sie Superstars.

»Nach links, Joan.«

»Einfach geradeaus, Joan.«

»Nicht lächeln, Rob.«

»Zur Mitte hin, Joan.«

»Er fordert sehr viel, oder?«

»Jetzt ganz frontal. Bitte ganz frontal.«

Sie gingen in den Ballsaal und suchten ihren Tisch. Nach dem Essen wurden Clips aus alten Filmen vor und nach der Restaurierung gezeigt.

Ein alter Mann trug sechsmal eine Geburtstagstorte zu seiner bettlägerigen Tochter hinein, und nach jeder Wiederholung wurden die Farben natürlicher. Alle klatschten, als wäre das die erstaunlichste Sache der Welt.

Einst hatte Joan sich vor Versammlungen der Filmbranche gescheut, da sie glaubte, sie werde sich fehl am Platze fühlen, aber inzwischen hatte sie erkannt, dass sich außer den Leuten vom Partyservice alle fehl am Platze fühlten und es gar nicht erwarten konnten, hinauszugehen und eine Zigarette zu rauchen.

Nach dem Programm ging Rob an die Garderobe, um ihre Mäntel zu holen, während Joan in der Gold Lobby wartete. Der grüne Teppich hatte ein Muster aus gewundenen Weinranken und dreiköpfigen Samenschoten, die aussahen wie Augen auf Stielen.

»Hallo Joan«, sagte der Drehbuchautor.

Sein Gesicht war rot, und seine Augen wirkten größer und trauriger denn je.

»Gray«, erwiderte Joan. »Ich habe nicht gewusst, dass du hier bist.«

»Du siehst heute Abend restauriert und wiederhergestellt aus.«

»Nett, dass du das sagst. Und du bist betrunken.«

»In gewisser Weise bin ich betrunken.«

»Mein Mann holt gerade unsere Mäntel.«

»Ich freue mich darauf, ihn kennenzulernen.«

»Lass das bitte.«

»Ich habe dich einmal beim Laufen beobachtet«, sagte Gray. »Dein Pferdeschwanz geht wie ein Metronom vor und zurück. Das wirkt so automatisch, dass es mich verblüfft hat. Sollte es nicht zufälliger vor sich gehen? Und dann habe ich es plötzlich begriffen. Es war ganz offensichtlich. Wenn er einmal hinten ist, hat er keine andere Wahl, als wieder nach vorne zu gehen.«

Joan wandte sich ab, doch er ergriff ihre Hand und zog sie zurück.

»Oder stell dir einen Blitz vor. Er schlägt in den höchsten Baum ein, das wissen wir, aber woher weiß er, wie hoch die Bäume sind? Es ist ja nicht so, dass der Blitz die Bäume sehen könnte. Der Pfad ist die Antwort, der von oben und von unten her geformt werden muss.«

»Du tust mir weh. Das wird langsam absurd und ärgerlich.«

Rob kam mit den Mänteln zurück. Joan überlegte kurz, ob sie die beiden einander vorstellen sollte, als wäre alles normal und anständig, aber dann erkannte sie mit plötzlicher Klarheit, dass sie auch einfach weggehen konnte.

Unter dem Vordach zog sie ihren Mantel an, knöpfte ihn zu und blieb abwartend stehen. Rob und Gray sprachen in der Lobby miteinander. Wo es doch so viele diskrete Leute gegeben hätte, mit denen sie hätte ins Bett gehen können, dachte sie.

Rob und Joan fuhren schweigend nach Hause, horchten auf den Regen auf dem Autodach, das Spritzen der Reifen, das unerträglich intensive Geräusch des Blinkers.

»Was hast du nur gemacht, Joan«, sagte Rob. »Was hast du da nur gemacht?«

Sie lehnte sich mit dem Kopf ans Autofenster. Das Glas war kühl und erfrischend. Sie fuhren am Paradise Motel vorbei, wo grellrote Lichter über die vom Regen gestreiften Fenster huschten. Die einzige Bindung, die Joan nicht abbrechen konnte, war die zu Micah. Alle anderen Männer dieser Welt hatte sie gründlich satt.

Zwölf

Ermittlerin Betty Lee rief Dan am nächsten Morgen in seinem Büro an, um ihm mitzuteilen, dass sie in Jack Snows Lagerhalle eine Razzia gemacht und ihn dort tot aufgefunden hätten.

Dan antwortete, dass das nördliche Viertel des Betriebshofs nicht mehr Teil des Stadtgebiets sei und sie deshalb im Büro des Sheriffs anrufen müssten, dessen Telefonnummer er gleich mit durchgab.

Dan holte Kaffee aus der Bäckerei, fuhr zum Betriebshof und reichte jedem der beiden Ermittler einen Becher. Sie gingen zusammen Jack Snow anschauen. Er hatte an beiden Armen Schnitte und seitlich am Hals eine klaffende Wunde. Er war zwischen einem Schwert und einem Schild gestorben.

»Ach du großer Gott«, sagte Dan.

»Vielleicht Omaha?«, meinte Ermittler Anders.

»Die hätten das Geld mitgenommen.«

»Welches Geld?«

»Schauen Sie mal in seine Jackentasche.«

»Oh ja.«

»Er kam gestern Abend zu mir ins Haus«, sagte Dan. »Als wir drei gerade am Flughafen waren. Hat Louise niedergeschlagen. Meine Frau. Er dachte, ich sei derjenige, der hinter ihm her ist.«

»Was haben Sie gemacht?«

»Nichts. Ich wollte nicht mehr aus dem Haus gehen, nachdem er einmal da gewesen war.«

»Sie hätten die Polizei rufen sollen«, sagte Ermittlerin Lee. »Das hätte ihm vielleicht das Leben gerettet.«

»Oder ein paar Polizisten das ihre gekostet«, entgegnete Dan.

Sie gingen zum Eingang und schauten einer Reihe von offenen Güterwagen nach, die gerade über die Gleise rollten. Sonnenlichtreflexe glitten über den Boden. Sie standen da und tranken Kaffee.

»Wo steht sein Auto?«, fragte Dan.

»Eine gute Frage.«

»Das würde ich als Erstes suchen. Wenigstens könnte man da mit jemand reden.«

»Sie sagen, dass dafür das Bezirksgericht zuständig ist«, sagte Ermittler Anders.

»Die Stadtgrenze liegt ungefähr zweihundert Meter von hier entfernt«, erwiderte Dan. »Außer Sie beide wollen Anspruch erheben.«

»Wir haben die Anweisung, uns herauszuhalten.«

»Und was ist mit dem Ding, das er kriegen sollte? Diesem Stein?«

Da erinnerte sich Dan an seine Unterhaltung mit Sandra Zulma im Continental Hotel und dachte, sie sei vielleicht gar nicht so verrückt, wie sie wirkte.

»Der ist nicht da«, sagte Ermittlerin Lee.

»Jedenfalls«, fügte Anders hinzu, »ging es bei der ganzen Sache nur darum, ihn zum Sprechen zu bringen, was nicht mehr möglich ist. Jetzt ist es ein lokaler Fall. Ein Mordfall.«

»Haben Sie das Büro des Sheriffs verständigt?«

»Die sind schon unterwegs.«

»Sie müssen von Morrisville herüberkommen«, sagte Dan. »Ed Aiken ist jetzt Sheriff. Er war früher mein Deputy. Ed wird immer ein bisschen nervös, aber ich wette, dass er imstande ist, einen roten Mustang mit einer Beule auf der Rückseite zu finden.«

»Ich weiß von keiner Beule«, sagte Ermittler Anders.

»Louise hat sie mit einem Baseballschläger reingehauen.«

»Sie haben hier ja den verdammten Wilden Westen.«

»Na ja, sie wollte eben niemanden ins Haus lassen. Ich weiß gar nicht, wie ich ihr das hier jetzt erklären soll.«

Sie hörten von Süden her eine Sirene kommen.

Der Mustang parkte zu diesem Zeitpunkt hinter dem Haus von Sandras Cousin Terry. Sandra war nachts gekommen, als er schlief.

Sie war durch die Hintertür eingetreten und hatte das Schwert in der Küchenspüle gesäubert. Dann hatte sie es abgetrocknet und mit Maschinenöl aus dem Schrank eingeölt und sich dann an den Tisch gesetzt, um das Öl mit einem Baumwolllappen in die Klinge des Schwerts einzureiben.

Es war ein ziemlich mieses Schwert, aber sie würde nicht so bald auf jemanden mit einem besseren treffen.

Sie schrubbte das Waschbecken mit Comet und drehte den Wasserhahn auf, so dass das Blut und die Krümel von Terrys Tellern im Abfluss verschwanden.

Sie gähnte und trug das Schwert ins Wohnzimmer, wo sie auf der Couch einschlief.

Zum Frühstück machte Terry Pfannkuchen, und sie aßen im Wohnzimmer auf Porzellantellern. Er trug ein blaues Sweatshirt mit Kapuze, die er sich tief ins Gesicht gezogen hatte.

»Hab gesehen, dass du dich motorisiert hast.«

»Ich fahre auch gleich weg.«

»Hast du Jack gefunden?«

»Ja.«

»Und was war?«

»Er ist tot.«

»Ist er nicht.«

Sandra nahm den Griff des Schwerts und stieß es mit der Spitze in den Teppich.

»Sein Streitwagen steht jetzt leer, Cousin.«

Terry aß etwas Pfannkuchen und legte dann die Gabel auf den Teller.

»Ist er nicht, Sandy.«

Sandra aß weiter.

»Es war ein fairer Kampf.«

»Ich will damit nichts zu tun haben.«

»Ich sagte doch, ich fahre gleich.«

»Ich habe dich nicht gesehen. Ich habe nicht mit dir gesprochen.«

»Du weißt nicht mal, wer ich bin.«

Sandra Zulma packte ein paar Pfannkuchen in Alufolie, trug sie und das Schwert zum Auto und fuhr zum Highway. Sie würde Terrys Haus nie wiedersehen. Sie war noch keine zwanzig Meilen gefahren, als ein Streifenwagen an einer hochgelegenen und baumlosen Kreuzung auf die Route 41 einbog und dem Mustang folgte.

Die beiden Deputys Sheila Geer und Earl Kellog folgten dem roten Wagen. Sheila und Earl trauten einander nicht, wobei man Earl eigentlich allgemein nicht traute, aber sie hatten eine Abmachung getroffen, zu der auch gehörte, dass Sheila am Steuer saß, wenn sie zusammen unterwegs waren. Sheila war auf einer Rennsportschule in Milwaukee gewesen und galt als die beste Fahrerin der gesamten Bezirkspolizei.

Earl konnte ihr Talent am Steuer nicht leugnen. In den Seminaren, die er gezwungenermaßen besucht hatte, war ihm beigebracht worden, dass Frauen in jeder Hinsicht so gut wie Männer waren, mit Ausnahme der Kraft im Oberkörper, wobei auch das nicht sicher war.

Als sie nahe genug an den Mustang herangekommen waren, um die Beule im Spoiler zu erkennen, schaltete Sheila Sirene und Blaulicht ein.

»Mal sehen, was sie jetzt macht.«

Sandra schaltete den Mustang runter, die Tachonadel sprang nach oben, und im Spiegel fiel der Streifenwagen eine Weile zurück, um dann schnell aufzuholen.

Als Sandra über eine Hügelkuppe kam, sah sie auf der Fahrbahn vor ihr einen kleinen grauen Pickup, bei dem ein verrosteter Kühlschrank aufrecht auf der Ladefläche befestigt war. Der Pickup mäanderte dahin und hätte genauso gut rückwärts fahren können. Der Abstand zwischen dem Pickup und dem Mustang verringerte sich mit beängstigender Geschwindigkeit.

Sandra lenkte auf die Gegenfahrbahn, um zu überholen, und sah sich einem weiteren Lastwagen gegenüber, einem wirklich ernstzunehmenden, nämlich einem Kiestransporter mit hoher, staubverklebter Windschutzscheibe und einem übel zugerichteten senkrechten Kühlergrill, der aussah wie die Zähne eines Monsters.

Von diesen Fahrern ist im ganzen Bezirk bekannt, dass sie wie die gesengten Säue fahren und für niemanden bremsen.

Kühler an Kühler mit dem Kieslaster tat Sandra das einzig Mögliche: Sie lenkte den Mustang in den Graben auf der gegenüberliegenden Straßenseite.

Der Graben war tief und unten flach, und erstaunt stellte sie fest, dass sowohl sie selbst als auch der Mustang unversehrt waren und in dem gefrorenen Trog voranschossen, während der Highway nicht mehr in Sicht war.

Da schrie sie aus vollem Halse, brüllte die endlosen Monate der Anspannung und Ödnis und Entfremdung auf der Suche nach Jack Snow und dem Lia Fáil aus sich heraus. Während ihr die Tränen aus den Augen und nach hinten zu den Ohren strömten, spürte sie, wie sich ihr Herz öffnete wie eine rotglühende Blume.

Dann stieß der Mustang auf die schräg ansteigende Böschung einer ungeteerten Straße, die den Graben querte, und flog in den Himmel.

Sandra ging vom Gas. Das Motorgeräusch erstarb. Sie hörte überhaupt nichts mehr. Das Auto flog durch die Luft, und durch die Windschutzscheibe sah sie nur noch blau.

Sie hatte gehofft, das Auto würde reagieren, wie es in Filmen immer zu sehen war – abheben, wieder landen und weiterfahren –, aber nein, das tat dieses Auto nicht. Es blieb lange Augenblicke in seiner aufgerichteten Stellung, und als es niederkrachte, kam das Heck zuerst auf und wirkte wie ein Hebel, mit dem der Rest des Wagens brutal in den Boden des Grabens gedrückt wurde.

Der Kühler bohrte sich in das Eis und die darunterliegende Erde, und das Auto flog noch einmal in die Luft, überschlug sich, Chassis gen Himmel, kam auf dem Dach auf und schlitterte noch eine ganze Strecke weiter, bis es gegen einen Abzugskanal prallte und sich langsam seitlich in den Graben drehte, qualmend und ruiniert.

Dan Norman traf sich zum Mittagessen mit Louise im Lifetime Restaurant, weil er hoffte, dass ihm hier das Getue der Kellnerinnen Zeit geben würde, sich zu überlegen, wie er ihr beibringen konnte, was mit Jack Snow geschehen war.

Er nahm ihr die Jacke ab und hängte sie an einen Haken, und sie rutschten in ihre Nische und sahen sich die laminierte Speisekarte an.

»Wir sollten das öfter machen«, sagte Louise.

»Hallo, Leute«, sagte die Kellnerin, die um das Handgelenk einen tätowierten Stacheldrahtring trug. »Wisst ihr schon, was ihr haben möchtet?«

»Bestell du schon mal, Dan«, sagte Louise. »Ich überlege noch.«

»Ich nehme das Sandwich mit Bacon, Salat und Tomate.«

»Toast, Süßer?«

»Ja. Weizen.«

»Und Sie, Schätzchen?«

»Ich hätte gerne die Fischsuppe.«

Als die Kellnerin gegangen war, sagte Louise: »Sie scheint ja direkt einen Narren an uns gefressen zu haben.«

»Hör zu«, erwiderte Dan. »Ich muss dir etwas sagen. Es geht um den Typen, der gestern Abend zu dir gekommen ist.«

»Haben sie ihn verhaftet?«

Dan schüttelte den Kopf. »Er wurde ermordet.«

»Er wurde was?«

»Jemand hat ihn in seinem Lagerhaus in Stone City erstochen. Man weiß noch nicht, wer. Die Fahndung läuft.«

Louise fing an, Krümel vom Tisch zu klauben, indem sie sie mit dem Zeigefinger auftupfte und in die Handfläche strich.

»Ich komme mir schuldig vor. Ich wollte nicht, dass er stirbt. Obwohl – einen Moment lang wollte ich es vielleicht sogar.«

»Du hast nichts damit zu tun, dass er tot ist.«

»Ich war die Letzte, die ihn gesehen hat.«

»Es muss auf jeden Fall noch jemand Weiteren gegeben haben.«

»Das stimmt. Aber, jetzt ist er tot?«

»Ja.«

Die Kellnerin brachte ihr Essen. Sie nannte sie jetzt nicht »Schätzchen« oder »Süßer« oder »Liebling« oder »Lämmchen«. Vielleicht spürte sie, dass es schlimme Nachrichten gab. Sie aßen schweigend. Louise sagte, dass ihr der Appetit eigentlich vergangen sein müsste, sie aber Hunger habe.

»Wird die Polizei mit mir reden wollen?«

»Ich weiß nicht. Vielleicht.«

Beim Verlassen des Restaurants trafen sie mit Britt zusammen, dem Koch, dessen Mutter Louise die Uhr mit den Schaukeln verkauft hatte.

Er knöpfte sich gerade den Mantel auf und wickelte einen roten Schal ab. Er erkundigte sich nach der Uhr, und Louise erzählte ihm, sie stehe in ihrem Schlafzimmer.

»Das ist mein Restaurant«, sagte er. »Kommen Sie doch mal abends vorbei. Die Abendkarte ist besser. Oh, und wann fahren Sie weiter? Ich würde nicht Richtung Westen fahren. Der Highway ist wegen irgendetwas gesperrt.«

Louise fuhr nach Osten, Dan nach Westen. Ein Streifenwagen versperrte die Straße, und Earl Kellog stellte gerade eine Reihe orangefarbener Kegel auf. Dan drehte das Fenster herunter.

»Das ist das Auto«, sagte Earl.

»Kannst du mich durchlassen?«

»Aber nicht Ed verraten.«

Dan fuhr heran und parkte in ausreichender Entfernung zu den Feuerwehr-, Streifen- und Krankenwagen. Die Rettungssanitäter hatten den Mustang aufgeschnitten und trugen gerade Sandra Zulma auf einer Transportliege aus dem Graben heraus. Als sie den Highway erreicht hatten, klappten sie die Räder aus und stellten die Transportliege auf die Fahrbahn.

Dan überquerte die Straße. Sandra hatte die Augen offen.

»Ich hab ihn gefunden«, sagte sie.

Auf ihrem Gesicht, in ihrem Haar, an ihren Stiefeln war Blut.

»Sprechen Sie nicht«, sagte Dan.

Sie fuhren die Transportliege weg, hoben sie hinten in einen Krankenwagen und schlossen die Türen.

Sheila Geer stand auf dem Randstreifen des Highways und machte Aufnahmen von dem Auto.

»Was ist passiert?«, fragte Dan.

Sie senkte die Kamera. »Würde es dir gerne sagen, aber Ed meinte, wir dürfen dir keine Auskunft geben, weil du nicht der Sheriff bist.«

»Na ja, da hat Ed schon recht. Ich respektiere das. Kommt mir ein bisschen übertrieben vor, aber das ist seine Sache.«

»Sie hat sich fast umgebracht, das ist passiert. Ist an einem entgegenkommenden Kieslaster vorbeigeschossen, und zwar, ich übertreibe jetzt wirklich nicht, Dan, um Armeslänge.«

»Hast du es gesehen?«

»Zum Teufel, ja! Wir waren direkt hinter ihr. Wieso die Kleine noch lebt, ist mir ein Rätsel. Sie müsste tot sein.«

Dan ging den Highway entlang, die Hände in den Taschen, und beugte sich weit vor, um den zerknautschten Mustang anzusehen. Die Feuerwehr besprengte ihn mit Wasser. Aus diesem Auto wäre kaum jemand heil herausgekommen, das stimmte.

Ed Aiken versuchte, aus dem Graben zu klettern, in der Hand ein Stück verbogenes Metall. Dan reichte ihm die Hand und zog ihn hoch.

»Ich glaube, hier handelt es sich die Mordwaffe«, sagte Ed.

»Möglich ... oder auch nicht.«

»Es ist Blut dran.«

»Könnte von ihr sein, vermute ich.«

»Ist mir klar. Das hier habe ich auch gefunden. Sieht so aus, als wären Drogen im Spiel.«

Er hielt eine mit Alufolie eng umwickelte Rolle in der Hand. Dan nahm sie ihm ab und riss die Folie an einem Ende auf.

»Pfannkuchen«, sagte er.

Am nächsten Morgen schaute Hans Cook wie gewöhnlich bei Louises Mutter vorbei. Hans war seit fünfundzwanzig Jahren Marys Hausfreund. Er brachte ihr die Zeitung, machte Kaffee, zog die Vorhänge auf, um Licht hereinzulassen. Und obwohl es kalt war, kippte er ein paar Fenster, denn er wollte nicht, dass es hier roch wie im Haus einer alten Dame.

Mary war schon auf, trug ein blaues Cordsamtkleid und hörte im Radio eine Sendung mit Schlagern aus der Zeit vor vierzig oder fünfzig Jahren. Der Sprecher hatte die unnatürlich sanfte Stimme von jemandem, der einen Hund zu beruhigen versucht.

»Das war Susan Raye mit ihrem Song ›L. A. International Airport‹, wo die großen Düsenmotoren tatsächlich dröhnen. Das ist ein belebter Flughafen, einer der meistbesuchten der ganzen Nation, wenn ich mich nicht irre. Und als Nächstes hören wir die Statler Brothers mit ›Class of '57‹.«

»Wie kannst du dir bloß so was anhören?«, fragte Hans.

»Ich mag es, wenn irgendwas läuft.«

Er schaltete das Radio aus und wedelte mit der Zeitung.

»Wie wäre es, wenn ich dir etwas vorlese?«

»Mach das.«

Er brachte einen Esszimmerstuhl herein und setzte sich im Wohnzimmer neben sie.

»Die große Schlagzeile von heute«, sagte er und drehte die Titelseite der Zeitung herum, damit sie sie sehen konnte. »Mordverdächtige geschnappt, Fluchtauto überschlägt sich, Schwert und Fahrerin in Gewahrsam.«

»Mordverdächtige?«

»So nennt man das. Aber rate mal, wer der zuständige Reporter ist? Albert Robeshaw.«

»Der Junge von Claude? Der steckt da mit drin?«

»Er berichtet nur darüber.«

»Ich habe die ganze Sache gestern Abend im Fernsehen gesehen. Eine grauenhafte Geschichte. Wo warst du denn?«

»Schwimmen.«

»Kann ich mir nur schwer vorstellen.«

»Im Y in Morrisville. Ich bin früher ganz schön viel geschwommen. Hab sogar mal einen Rekord im Wassertreten aufgestellt.«

»Wie lang?«
»Ach, ich weiß nicht mehr. Fünf, sechs Stunden.«
»Beeindruckend. Lies vor.«
Also las Hans ihr den Artikel vor:

Sandra Catherine Zulma, 29, aus Mayall, Minnesota, wurde gestern nach einer Verfolgungsjagd festgenommen, weshalb der Verkehr auf Highway 41 östlich von Romyla umgeleitet werden musste.

Nach Ansicht der Polizei ist Zulma verwickelt in den am Vorabend verübten Mord an John Lief Snow, 30, der in Stone City als Antiquitätenhändler tätig war.

Staatliche Ermittler, die möglichen Steuerbetrug untersuchen, führten gestern Morgen eine Razzia in Snows Räumen an der North Side durch, bei der sie herausfanden, dass der Verdächtige in einer heftigen Auseinandersetzung aus nicht bekanntem Anlass ermordet worden war.

Die örtlichen Polizeikräfte wurden umgehend angewiesen, nach Snows Wagen zu fahnden, einem Coupé neuester Bauart, das vom grausigen Ort des Geschehens verschwunden war.

»Dank der ausgezeichneten Polizeiarbeit der Deputys (Sheila) Geer und [Earl] Kellog wurde das gesuchte Fahrzeug gesichtet und um 11:20 gestoppt«, gab Sheriff Edward T. Aiken in einer polizeilichen Stellungnahme bekannt.

Und was für ein Stopp das war, nach Aussage von Russ W. Roller, 41, aus Romyla, der die spektakuläre Verhaftung miterlebte.

»Ich fuhr gerade einen Kühlschrank zum Haus meiner Großeltern in Lunenberg, denn die wollen gerne einen zweiten für ihre Garage, warum, weiß ich auch nicht, da höre ich plötzlich eine Polizeisirene und sehe sie [Zulma] heranschießen [auf das Heck meines Fahrzeugs zu]«, sagte Roller. »Und ich dachte: ›Tut mir leid, meine Dame, Sie müssen warten, weil da ein [großer] Laster auf der Gegenfahrbahn daherkommt.‹ Aber sie versucht es. Deshalb hat's für mich in dem Moment nicht so gut ausgesehen.«

Die Polizei bestätigte Rollers Aussage und ergänzte, dass Zulma, um dem entgegenkommenden Laster auszuweichen, in den Graben fuhr, wo ihr Fahrzeug auf eine Böschung prallte und sich zweimal überschlug. Nachdem Zulma mithilfe einer Metallkreissäge aus dem Wrack befreit worden war, wurde sie sofort mit dem Krankenwagen zum Mercy Hospital in Stone City gefahren, wo sich ihr Zustand inzwischen stabilisiert hat.

Bis zum Redaktionsschluss der heutigen Ausgabe wurde noch keine Anklage erhoben, doch ein Mitglied der Dienststelle des Sheriffs, das ungenannt bleiben möchte, sagte aus, dass im Wrack des Mustang ein Schwert gefunden worden sei, das möglicherweise bei dem Mord verwendet wurde.

Ironie des Schicksals: Zulma war letzten Herbst für die Kolumne »Leute in Städten« in dieser Zeitung interviewt worden. Sie sagte damals, sie sei durch einen Tunnel unter dem Ozean in die Vereinigten Staaten gekommen. Aufgrund der Absonderlichkeit dieser Aussage und weiterer seltsamer Vorkommnisse erschien dieses Interview nicht.

»Das ganze Ding ist absonderlich«, sagte Mary.

Die Hintertür ging auf. Louise rief Hallo, und man hörte sie Lebensmittel im Kühlschrank verstauen.

»Hier geht's bald zu wie auf dem Hauptbahnhof«, sagte Mary.

Louise kam herein und setzte sich. Sie nahm ihre Kappe ab und hielt sie in der Hand und erzählte, dass Jack Snow, bevor er ermordet wurde, auf der Suche nach Dan zu ihnen nach Hause gekommen sei.

»Sag ich dir nicht immer, dass du nicht zu jeder Tages- und Nachtzeit unterwegs sein sollst?«, sagte Mary.

»Ich war doch zu Hause und habe mir gerade die Haare gewaschen!«

»Seine Mom war im Fernsehen, sie hat gesagt, dass er und das Mädchen sich mordsmäßig gern gehabt hätten.«

»Keine besonders glückliche Wortwahl von ihr«, meinte Hans.

Mary lehnte sich in ihrem Sessel zurück und schloss die Augen.

»Du hattest immer so wunderschönes Haar«, sagte sie zu Louise, »aber du hast es dir nie von mir bürsten lassen. ›Ich bürste‹, hast du immer gesagt. ›Ich bürste.‹«

»Und wann war das?«, fragte Hans.

»Vor ein paar Wochen«, antwortete Louise.

Am dritten Tag im Mercy Hospital wurde Sandra Zulma von der Intensivstation auf ein Zimmer im obersten Stock verlegt, wo sie am Abend Besuch von Sheriff Ed Aiken bekam.

Er setzte sich mit einem Stuhl ans Bett und faltete ein Blatt Papier auseinander und las vor, dass alles, was sie sagte, gegen sie verwendet werden könne. Sie winkte ab.

»Sie müssen bestätigen, dass Sie das verstehen.«

»Ich verstehe es.«

»Warum sind Sie nach Stone City gekommen?«

»Um einen Stein zu finden.«

»Das hätte doch leicht sein müssen.«

Sie begann wieder die mögliche Geschichte des Steins zu erzählen, wobei sie diesmal hinzufügte, dass es auch der Stein der Unsichtbarkeit sein könnte, den die Maid dem Peredur gab, damit er gegen das Ungeheuer der Höhle kämpfen konnte, oder der Stein, den Cúchulainn schleuderte, um das Eichhörnchen auf Maeves Schulter zu töten.

»Wussten Sie, dass Jack Snow hier war?«

»Ich hatte gehört, dass es sein könnte.«

»Von wem?«

»Von Leuten.«

»Leuten aus Omaha?«

»Ich weiß nicht, wo Omaha ist.«

»Sie haben angenommen, Snow habe den Stein? Wie sind Sie drauf gekommen?«

»Ein Gefühl.«

»Woher?«

»In mir.«
»Was wollten Sie denn damit?«
»Ihn mit nach Hause nehmen.«
»Sie wollten einen Stein nach Minnesota tragen.«
»Nein.«
»Wohin dann?«
»An keinen Ort in dieser Welt.«
»Hier fällt es mir ehrlich gesagt schwer, Ihnen zu folgen. Haben Sie Jack Snow getötet?«
»Ja.«
»Und warum?«
»Wir haben gekämpft. Er ist nicht mehr so geschickt wie früher.«
Ed Aiken verließ das Zimmer. Earl Kellog saß mit verschränkten Armen auf einem Stuhl an der Tür.
»Wie ist es gelaufen?«, fragte Earl.
»Ganz gut, glaube ich.«
»Kann ich jetzt gehen?«
»Du bleibst hier. Ich oder Sheila lösen dich um Mitternacht ab.«
»Bring mir wenigstens ein paar Zeitschriften rauf. Wenn ich hier sitze und nichts zu tun habe, drehe ich durch.«
»Ich weiß, dass du der Zeitung das mit dem Schwert gesteckt hast.«
»Beweis es.«

Sandra Zulma öffnete die Tür und spähte hinaus. Die tonnenförmige Brust eines schlafenden Gesetzeshüters hob und senkte sich mit dem darauf ruhenden Kinn. Er trug eine Waffe in einem Halfter, mit einem schwarzen Riemen über den Griff. Auf dem Boden lag eine aufgeschlagene Zeitschrift. Eine Frau in schwarzer Spitze hatte ihn offenbar umgehauen.
»Hey«, flüsterte sie. »Sie da.«
Sandra trat hinaus, wobei sie die leisen Stimmen der Schwestern auf der Station hörte, und schlich durch den lavendelblauen Gang. An den Wänden hingen Bilder von Blumen, Pferden, Müttern und Kindern. Es war im Krankenhaus die Zeit der Nachtruhe, wenn alles

ruhig und angenehm ist und man beinahe den Klang des Heilens und des Sterbens zu hören meint. Der Gang war leer, bis auf einen Arzt, der dastand und mit dem Bruststück eines Stethoskops gegen seinen Handrücken klopfte.

»Ich vertrete mir ein bisschen die Beine«, sagte Sandra.

»Darf ich Sie kurz abhören.«

Er drückte ihr das Stethoskop auf die Brust.

»Was ist bloß los mit diesem Ding?«

»Vielleicht habe ich ja keinen Herzschlag.«

Der Arzt legte die Finger an ihr Handgelenk und sah dabei auf seine Uhr.

»Adagio«, sagte er. »Das bedeutet okay.«

Am Ende des Flures nahm Sandra den Aufzug in den Keller. Die Wände waren aus Stahl mit einem vortretenden Rautenmuster, und sie fuhr mit der Hand darüber, besänftigt von den immer wiederkehrenden kühlen Erhebungen.

Im Untergeschoss kam sie zu einem großen Raum mit grünen Spinden ringsum. An der Wand hing ein Spiegel, und sie betrachtete die Verbände an ihren Armen und ihrem Gesicht. Weiter hinten im Raum erblickte sie einen jungen Mann in OP-Kleidung, der gerade seine Straßenkleidung in einen der Spinde hängte.

Sie nahm einen Mopp in die Hand und hielt ihn wie einen Speer. »Ich vögel mit Ihnen, wenn ich dafür Ihre Klamotten kriege.«

Er sah sie an, sagte nichts.

»Etwas anderes habe ich nicht anzubieten.«

»Sie sind von Ihrer Station abgehauen. Ich weiß, wer Sie sind.«

»Ich muss diese Klamotten haben.«

Er warf einen Blick auf ein Funksprechgerät, das auf einer Holzbank lag.

»Tun Sie das bitte nicht«, sagte sie. »Ich möchte Ihnen nicht weh tun, aber ich würde es tun.«

»Manchmal kriege ich das Vorhängeschloss nicht richtig zu. Es sieht dann aus, als wäre es abgesperrt, ist es aber nicht.«

»Sie möchten nicht mit mir vögeln«, stellte Sandra fest.

»Nicht in dem Zustand, in dem Sie sind.«

»Vielleicht könnten Sie mich wenigstens umarmen.«

Sie ließ den Mopp fallen, und sie umarmten sich. Zunächst hatte er Angst, aber sie drückte ihn fest an sich, und der Mut aus ihrem Körper ging in seinen über. Der Mann drückte das Schließfach zu, nahm sein Funksprechgerät und ging hinaus.

Sandra warf ihr Nachthemd ab und zog Hosen, T-Shirt und Sweatshirt an, Socken und Schuhe, Mütze und Handschuhe des Arztes oder Krankenpflegers oder was er auch war.

Eine Tür am Ende des Ganges ging auf eine Rampe hinaus, an der Müllcontainer aufgereiht waren. Sandra blieb stehen und schaute die Straße hinauf und hinunter. Es fiel ganz leicht Schnee, so wenig, dass man ihn fast nicht bemerkte.

Ein Polizeiauto glitt vorüber, und der Strahl eines auf dem Kotflügel montierten Suchscheinwerfers strich über den Gehsteig. Sie bückte sich hinter einen Müllcontainer, die Arme vor der Brust verschränkt, und wartete.

In dieser Nacht schlug der Lachende Bandit erneut zu. Tiny zerschnitt das Vorhängeschloss am Ladedock von Shipping Giant in Stone City. Bolzenschneider benützte er besonders gern. Es lag etwas Befriedigendes in der Art und Weise, wie die Backen zubissen und pressten, bevor sie schnitten.

Schwer zu sagen, was für ein Gefühl er hatte, wenn er einen Bolzenschneider benützte.

Er wählte neun Pakete in verschiedener Größe aus und trug sie zum Kofferraum seines Wagens, immer mehrere auf einmal. An einem klebte ein gelber Zettel mit der Aufschrift:

FÜR ERMITTLUNGSBEHÖRDE BEREITHALTEN
Z. HD. HERB

Das konnte Tiny sich nicht entgehen lassen. Er hinterließ sein lachendes Markenzeichen mit blauem Filzstift auf einer abwaschbaren Tafel.

Bevor er sich auf den Heimweg machte, rauchte er im Auto eine Zigarette. In letzter Zeit drehte er selber, weil ihn der Anblick und Geruch des Tabaks an die Bleistiftschnitzel erinnerte, die er früher aus den Spitzern der Schule entleert hatte. Er machte sich die Zigaretten lieber selbst, anstatt sie aus einer Schachtel zu nehmen. Damit hatte er sich sozusagen das Recht aufs Rauchen verdient.

Durch den blauen Dunst hindurch sah er die großgewachsene Frau die Gasse hinuntergehen, Schultern hochgezogen und Hände in den Taschen. Ohne ihn eines Blickes zu würdigen, ging sie festen Schrittes quer über die Windschutzscheibe und weiter nach Westen.

Glühende Asche fiel ihm aus seiner Zigarette auf die Brust, und er klopfte sie ab. Er warf die Zigarette aus dem Fenster, ließ das Auto anrollen und fuhr neben die marschierende Frau.

»Brauchen Sie eine Mitfahrgelegenheit, Miss? Wo wollen Sie hin?«

»Minnesota. Ein paar Stunden von der kanadischen Grenze entfernt.«

»Ich könnte Sie hinbringen.«

Sie blickte Tiny argwöhnisch an, dann schaute sie ins Auto.

»Also gut.«

Sie ging vorne ums Auto herum und machte die Tür auf und zog auf dem Beifahrersitz die Knie an.

»Ich bin wahrscheinlich nicht besonders unterhaltsam. Ich habe einen Unfall gehabt. Bin nicht zum Reden aufgelegt.«

»Ich spreche auch nicht viel, außer mit mir selbst.«

Es tat Tiny gut, mit einem anderen Menschen auf unbekannten Straßen unterwegs zu sein. Er wusste ziemlich genau, wer sie war, und fragte sich, wie es komme, dass sie frei war.

Mehr als hundert Meilen mied er die Interstate. Sandra drehte die Rückenlehne herunter und schlief ein, in einer Unschuld, die ihn an Micah gemahnte.

In Mankato hielt Tiny an einem einsamen Großmarkt an, stellte sich in die kalte Nacht und füllte den Tank auf. Er fragte sich, ob sie es wirklich getan hatte, ob sie den Mann tatsächlich getötet hatte oder ob die Polizei nur ihre üblichen Ratespielchen trieb.

Im Laden kaufte er Kirschkuchen und Energy Drinks.

»Wünsche Ihnen noch eine gute Nacht«, sagte der Angestellte.

Jetzt, am frühen Morgen, waren die Straßen leer und trocken. Tiny ließ leise das Radio laufen. Die Städte Minnesotas tauchten auf, Lichterinseln, die so lange existierten, wie man brauchte, um durchzufahren, und dann wieder im Dunkeln verschwanden.

Die Städte sahen wohlhabend und ordentlich aus, aber das lag vielleicht nur daran, dass er sie nicht kannte. Die Minnesotaer schliefen und träumten in ihren Betten. »Guten Morgen«, würden sie beim Aufwachen sagen. »Wie geht es dir heute an diesem wunderschönen Tag?«

Tiny lenkte mit dem Unterarm, während er eine weitere Dose kohlensäurehaltiges Koffeingetränk öffnete und hinunterstürzte.

Sandra erwachte, als die Sonne aufging. Sie fuhren gerade auf der Interstate Richtung Nordwesten und kamen gut voran. Tiny war stolz auf diese Landschaft, so fern von dort, wo sie losgefahren waren, als hätte er sie für sie geschaffen. Sie rieb sich die Augen, leckte sich über die Lippen, berührte den Verband an ihrer Schläfe. Das Erwachen ist immer die Zeit, wenn Verletzungen schmerzen.

»Waren Sie im Krankenhaus?«

»Wo sind wir?«

»Auf der 94. Kommen bald nach Fergus Falls. Ich hätte hier einen Kirschkuchen, falls Sie Hunger haben.«

»Fergus. Ein großer Held. Er hieb die Hügel von Meath mit dem Schwert ab und brauchte sieben Frauen, um einen Orgasmus zu kriegen.«

»Ach, wer war das?«

Sie riss die Verpackung mit den Zähnen auf und aß, wobei ihr die Zuckergusskrümel in den Schoß fielen.

»Ja, ich war im Krankenhaus.«

»Wie sind Sie rausgekommen?«

»Mich kann kein Krankenhaus halten.«

Zum Zeitvertreib erzählte Sandra Tiny die Geschichte von Deirdre, deren Schönheit vorhergesagt worden war, ebenso wie die Eifersucht und die Schwierigkeiten, die sie über Ulster bringen würde. Deirdre stürzte sich lieber bei vollem Galopp von einem Streitwagen gegen einen steinernen Pfeiler, als die Gefangene der Mörder ihres Geliebten zu bleiben. Oder vielleicht – wie Lady Gregory behauptete – stieß Deirdre sich ein Messer in die Seite und warf das Messer ins Meer.

»Diese Wahl müssen Sie nicht treffen«, sagte Tiny.

»Ich hoffe, ich wäre stark genug.«

Zwei Meilen vor der Stadt Mayall bat Sandra Tiny, anzuhalten, da sie hier aussteigen würde. Er hätte sie gerne noch in die Stadt gebracht, aber dort wollte sie gar nicht hin. Er ließ sie in der Nähe eines verschneiten Weges aussteigen, der sich in den Staatsforst wand.

»Oh, warten Sie, das habe ich fast vergessen.«

Er stieg aus, ging nach hinten und machte den Kofferraum auf, wo die Pakete von Shipping Giant lagen, von der Fahrt durcheinandergeworfen.

»Ich hab da so Zeugs.«

»Was ist das?«

»Keine Ahnung. Sachen, die Leute verschicken. Nehmen Sie sich welche.«

Sie nahm zwei Päckchen, die beide etwa so groß wie Schuhkartons waren, und klemmte sich eines unter jeden Arm.

»Ich weiß, dass Sie gar nicht hierher wollten. Sie haben das für mich gemacht.«

»Vielleicht fahre ich einfach gern. Machen Sie sie auf.«

Sie wirkte jetzt schwach und müde, und er öffnete die Schachteln für sie auf dem Kofferraumdeckel. Ein Sattelschlepper lärmte vorbei, und sie standen bewegungslos, umtost von seiner Druckwelle. In einer der Schachteln lag ein Boker-Messer mit einer handgenähten Scheide und in der anderen ein Stein in Luftpolsterfolie.

Scheiße, dachte Tiny, dass sie sich ausgerechnet dieses schöne Messer aussuchen musste. Aber sie hatte eben eine gute Wahl getroffen, die er ihr nicht missgönnen konnte. Andererseits schien der Stein noch nicht einmal die Kosten für den Schiffstransport wert zu sein.

Vielleicht hatte ja jemand daraus eine Tischlampe machen wollen, was manchmal vorkam.

Sandra nahm den Stein in beide Hände wie etwas sehr Wertvolles. So groß sie war, schien sie noch zu wachsen und sich hier am Straßenrand zu verwandeln, während Tageslicht ihr Gesicht erhellte. Sie lächelte zum ersten Mal, seit er sie kennengelernt hatte.

»Wissen Sie, was Sie getan haben?«, fragte sie.

»Nicht grundsätzlich«, antwortete Tiny. »Das da ist übrigens ein verdammt gutes Messer. Hängen Sie sich die Scheide an den Gürtel, dann wissen Sie immer, wo es ist.«

Mit dem Stein und dem Messer in der Hand ging sie durch den Straßengraben zu dem Weg, der in den Wald führte. Tiny sah ihr nach, bis er sie nicht mehr zwischen den Bäumen erkennen konnte. Er fragte sich, wo sie wohl hingehe. Vielleicht zu einer Hütte. Er legte die leeren Schachteln in den Kofferraum. Eine davon war das Paket gewesen, das von den Behörden für Herb bereitgehalten werden sollte, wer auch immer Herb war, aber Tiny hatte aufgepasst, ob sich das auf den Stein oder das Messer bezog.

Er fuhr zurück zu seinem Haus in Boris, wo er kurz nach Mittag ankam. Er machte sich einen Hamburger und aß ein wenig davon und stellte den Teller auf den Boden, damit die Ziege den Rest fressen konnte, was sie mit Vergnügen tat.

So entkam Sandra dem, was man eine Großfahndung nannte, was aber in Wirklichkeit nur darauf hinauslief, dass Polizisten in den verschiedensten Gruppierungen ziellos durch die Gegend fuhren und den bitteren Kaffee des Busbahnhofs von Stone City tranken.

Der Mustang stand platt im Hof der Abfallverwertung Oberlin, sammelte Schnee auf dem Fahrgestell, und ein gelbes Absperrband knatterte im Wind.

Dreizehn

Der Regen hörte auf, und der Himmel über Los Angeles klarte auf und rückte die Berge näher. Die Familie zerstob, wie das jede Familie tut, wenn sich zwischen ihren Mitgliedern ein schlimmes Geheimnis verbirgt, ein massives Etwas, um das sich alle herumdrücken müssen.

Eamon arbeitete an seiner Abschlussarbeit über Blaise Pascal, den französischen Mathematiker aus dem siebzehnten Jahrhundert, der die Addiermaschine erfand.

Zunächst hatte Eamon einfach nur der Name »Blaise Pascal« gefallen, aber bei näherer Beschäftigung tauchten lohnende Tatsachen auf, etwa Pascals schrecklicher Gesundheitszustand und seine Begründung des Glaubens an Gott durch die Spieltheorie.

Micah hatte einen Schülerclub ins Leben gerufen, der »Die neuen Ludditen« hieß und sich allen elektronischen Geräten widersetzte. Da der Club aus unermüdlichen Hackern sowie Leuten bestand, die wenig von Computern verstanden, würde er nie sehr groß werden, weil er genau die Formen der Kommunikation desavouierte, durch die er hätte bekannt werden können. »In der Welt leben« war der Slogan des Clubs.

Joan und Rob strichen durchs Haus wie entfernte Bekannte, die man aus unerfindlichen Gründen zusammengebracht hatte. Sie stritten sich darüber, wer das Bett machen sollte, wie laut die Musik sein durfte, wie idiotisch Horrorfilme seien, wieso Micah sich ständig nass rasierte.

Jedes bittere Wort schien Joans Ehre zu untergraben, denn sie konnte bei Eifersucht und Unglück nicht mitmachen. Das erinnerte sie an ihre letzten Tage mit Charles. Sie weigerte sich, über ihre Untreue im Haus zu sprechen, weil die Kinder das hätten hören können. Und wenn die Kinder nicht zu Hause waren, weigerte sie sich auch, darüber zu sprechen, weil sie keine Lust dazu hatte.

Rob hatte ihr seinen Heiratsantrag auf einer Skihütte in Big Bear gemacht, und dorthin fuhren sie nun wieder, um zu entscheiden, ob sie zusammenbleiben sollten oder nicht. Wahrscheinlich nicht, dachte Joan. Falls es zu dieser Frage kommen würde, gab es nur eine einzige ehrliche Antwort.

Von der Hütte aus schaute man durch große Fenster hinaus auf die Berge und Bäume und Menschen, die in einer farbenprächtigen, bergaufwärts ziehenden Prozession Schlepplift fuhren.

Joan bekam eine Massage und eine Kräuterpackung im Kurbad, danach wurde sie in eine Decke gewickelt. Sie lag warm und entspannt auf ihrem Tisch und dachte, so würde sie gerne tagelang liegen bleiben.

Rob fuhr den ganzen Tag Ski und kam sonnenverbrannt zurück. Sie zogen sich um und gingen zum Abendessen in ein Restaurant, in dem die Stühle aus Ästen gemacht waren.

Rob trank ein Glas Rotwein und bestellte sich gleich noch eines.

»Kommt ein Skilehrer in eine Bar und bestellt eine Runde für sich und seine Freunde. ›Aber du hast doch gar keine Freunde‹, sagt der Barmann. ›Das ist okay‹, sagt der Skilehrer, ›ich habe nämlich auch kein Geld.‹«

»Rob.«

»Was.«

»Mir ist nicht nach Witzen zumute.«

»Oh. Tut mir leid. Vielleicht sollten wir einfach alle Leute bitten, für immer den Mund zu halten.«

»Sei still. Schau mich an. Ich bin es.«

»War es für diese Rolle?«

»Ich hatte die Rolle doch schon.«

»Es ist keine gute Rolle.«

»Ich denke, ich kann etwas daraus machen.«

»Du fickst einen Geist. Das ist das Drama. Du fickst einen Geist, du fickst die Vereinigung der Drehbuchautoren, das Leben ist nur ein Traum.«

»Es ging nicht um ihn.«

»Warum hast du's dann gemacht?«

»Ich weiß es nicht.«

»Wir befinden uns gerade mitten in einem Prozess, den man Scheidung nennt.«

»Okay.«

»Du wurdest schon einmal geschieden.«

»Das weißt du doch.«

»Du hast die Papiere unterschrieben.«

»Ja.«

»Und wo sind die hingekommen? Diese Papiere, die du unterschrieben hast?«

»In welches *Amt*? Woher soll ich das wissen?«

»Weil es nirgends irgendwelche Unterlagen gibt.«

»Wir sind hier auf einer Skihütte. Wir sind nicht im Gerichtshof. Hör auf, hier eine Show abzuziehen. Es schaut dir kein Mensch zu. Du weißt, dass ich mit Papierkram nicht so gut bin. Es geht nur um dich und mich.«

»Es ist aus, Joanie.«

»Ja, das fürchte ich auch.«

Später an diesem Abend saßen sie auf der Veranda und tranken Wein unter der wärmenden Kappe eines Heizstrahlers. Im Scheinwerferlicht fuhren Skiläufer den Berg herunter, die Arme ausgestreckt wie Flügel. Am Himmel stand ein gelber Mond, und Joan dachte an all das, wovon er schon Zeuge gewesen sein mochte und in Zukunft noch sein würde, und ihr eigener Kummer schien ihr, bei diesem Licht betrachtet, eher klein.

Micah und Charlotte gingen zu der Zaubershow in einem Theater auf dem Beverly Boulevard. Man hätte gar nicht erkannt, dass es ein Theater war – blanke Sandsteinwand, Stahltür, ein kleines Plakat auf einem Stativ.

Doc und Dalton kauerten auf dem Gehsteig und ließen Münzen kreiseln. Das Ziel war, die Münze mit dem Finger in aufrechter Stellung zu stoppen.

»Der Sieg ist mein, Kleiner«, sagte Dalton.

»Das war schief.«

»Na und?«

»Das zählt nicht.«

»Dieses Spiel habe *ich* dir beigebracht.«

»Steht auf«, sagte Charlotte.

Sie gingen in das Theater hinein und zeigten ihre Eintrittskarten. Es war ein langer Raum mit schwarzen Wänden, Stuhlreihen und einer kleinen Bar für Wein und Bier.

Doc und Dalton wollten nicht unter den Zuschauern ausgewählt werden, deshalb suchte Micah eine Platzanweiserin und sagte ihr, seine Freunde hätten eine Rippenfellentzündung und könnten nicht bei irgendwelchen Zaubertricks mitmachen.

Sie gab ihm rote Papierblumen, wie man sie am Memorial Day verteilt, und sagte, wenn sie die Blumen trügen, würde der Zauberer sie auslassen.

Doc und Dalton lehnten es ab, die Blumen zu tragen, da sie dann wie Memmen dastehen würden, also drehte Micah die grünen Papierstiele zusammen und überreichte die beiden Blumen mit einer Verbeugung Charlotte.

»Wie aufmerksam«, sagte sie.

Der Zauberer aß Glassplitter, ließ Wäscheklammern über die Bühne tanzen und verwandelte einen Verkehrskegel in eine nackte Frau. Er sagte, alle Verkehrskegel in Los Angeles seien verwunschene Menschen, und er würde sie einen nach dem anderen erlösen.

Doc und Dalton wurden nicht auf die Bühne gerufen, worüber sie sowohl erleichtert als auch enttäuscht schienen. Der Zauberer bat Micah, während der Nummer mit dem Gedankenlesen aufzustehen.

»Ich sehe eine junge Frau«, sagte er. »Sie heißt Lisa oder vielleicht Linda. Sie ist sehr weit weg.«

»Lyris«, erwiderte Micah. »Meine Schwester.«

»Ah. Ja. Und Sie verstecken sich vor ihr. Warum tun Sie das?«

»Wo befinden wir uns?«

»Sie sind im Freien. Es muss wohl ein Versteckspiel sein.«

»So etwas haben wir tatsächlich gespielt.«

»Und sie ist nervös. Wie kann das sein? Obwohl sie weiß, dass sie Sie finden wird.«

»Es gab da immer so Katzen, die vom alten Schrottplatz rüberkamen.«

»Verwilderte Katzen. Im Schatten. Ja.«

»Große fiese weiß gefleckte Katzen mit Kletten im Fell.«

»Was würden Sie sagen?«

»Zu Lyris?«

»Wenn sie hier wäre.«

»Dass sie mir fehlt.«

Nach der Zaubershow spazierten sie den Rampart Boulevard entlang und unter dem Hollywood Freeway durch zu einem Club. Sie umgingen eine Schlange von Leuten, die wie Trauergäste angezogen waren, weil Charlotte den Türsteher kannte, der sie hineinwinkte und jedem von ihnen einen roten Totenkopf auf den Handrücken stempelte.

Sie betraten einen verschwitzten Tunnel von Musik, die klang, als käme sie aus ihrem eigenen Innern. An den Wänden wirbelten Lichter, und die Tanzenden bogen und rieben sich in einem kollektiven Zittern. Micah dachte an die Tanzveranstaltungen der Mittelstufe, wo das meiste Tanzen entweder von Pärchen, die als solche bekannt waren, oder von Paaren aus zwei Mädchen absolviert wurde und wo man beim Durchqueren der Turnhalle von der Seite der Jungs zu der der Mädchen immer in Gefahr war, nachhaltig gedemütigt zu werden.

Micah und Dalton gingen Drinks holen und arbeiteten sich dann durch den Saal zurück, wobei sie die Plastikbecher hoch in die feuchte Luft hielten. Doc und Charlotte warteten in einer Wand von Körpern.

Alle vier schirmten den kleinen Platz ab, den sie zwischen sich geschaffen hatten, und tranken hastig von ihren Drinks, bevor sie durch Anrempeln verschüttet werden konnten.

Die DJs blickten wie Gefängnisaufseher von ihrem Zwischengeschoss herunter, brüllten mit dem Mund ganz dicht am Mikrofon und machten Geräusche, als würde jemand einen Teppich klopfen. Die vier tranken aus, und Doc und Dalton gingen weitere Drinks holen, während Charlotte und Micah tanzten. Micah war kein besonders guter Tänzer. Charlotte kam ihm zu Hilfe, mit der selbstlosen Leichtigkeit, die sie an vielen Abenden in Clubs gelernt hatte. Da ihre Hände und ihre Körper aneinandergeschmiegt waren, musste Micah unweigerlich beim Tanzen ein wenig von ihrer Anmut übernehmen.

Er war nach kurzer Zeit betrunken und ging nach draußen und lehnte sich gegen die Wand des Clubs. Er schnorrte eine Zigarette und rauchte sie mit hängendem Kopf, bis ihm die Glut die Haare versengte, dann drückte er die Zigarette aus und ging wieder hinein, wobei er den Handrücken hob und herzeigte, als Symbol seiner Solidarität mit den Türstehern.

Im Club hatte es Ärger gegeben. Ein Mann hatte Charlotte begrabscht, und sie hatte ihm ihren Drink ins Gesicht geschüttet. Er war etwas über zwanzig, was es nicht besser machte. Der Mann versuchte, sich Charlotte noch einmal zu nähern, und lallte dabei, dass er nur mit ihr habe reden wollen. Micah ging dazwischen, und sie rauften kurz miteinander, aber dann schlug der Mann Micah ins Gesicht, und Micah stieß ihn zurück und senkte den Kopf und rammte ihn ihm in die Brust, woraufhin der Mann zu Boden ging. Auf den schwarzen Fliesen liegend, rang er nach Luft, seine Augenlider flatterten, und er fiel in Ohnmacht.

Das Ganze hatte nur ein paar Sekunden gedauert und war genauso abgelaufen, wie Tiny es vorausgesagt hatte. Jetzt wurde der bewusstlose Mann von seinen Freunden wachgerüttelt, die ihn hochzogen und fortschleppten.

Micah ging an die Bar und stützte die Ellenbogen auf den glänzenden Bronzetresen, auf dem ein Wischlappen schwache bogenförmige

Schlieren hinterlassen hatte. Seine Hände zitterten. Niemand weiß, was wir alles so vorspiegeln.

Er bestellte Wasser und Eis und die Bardame nahm ein Plastikglas, stieß es in den Eisbehälter, ergriff einen Düsenkopf, ließ Wasser über das Eis laufen und steckte eine Scheibe Zitrone hinein.

»Geht aufs Haus, Großer«, sagte sie.

Micah machte sich auf den Weg zurück zu seinen Freunden, konnte sie aber nicht finden. Er kämpfte sich durch den ganzen Club. Es kamen immer noch mehr Leute herein, und ihre Gesichter nahmen einen religiösen Ausdruck an, sobald sie in den Bereich der Musik traten. Micah schaute sich um, sah aber nur den Schweiß und das Schwanken von Fremden.

Er konnte den Raum nicht im Ganzen überblicken. Vielleicht suchte Charlotte nach ihm, und sie verfolgten einander im gesamten Umkreis bei immer gleichem Abstand, so dass sie nie zusammentreffen würden. Er blieb an einer Stelle zwanzig Minuten lang stehen und ging dann nach draußen, um ein Taxi zu nehmen.

Micah dachte, dass es in einer richtigen Stadt jede Menge Taxis geben müsse, aber das war in Los Angeles nicht der Fall. Er ging auf dem Glendale Boulevard nach Norden, schaute immer wieder über die Schulter und gab es schließlich auf, eine Fahrgelegenheit zu finden. Er hatte sowieso nur noch wenig Geld.

Er kam an der Kombination eines Restaurants mit einem Fleischmarkt vorbei, einem Maschendrahtzaun mit Stacheldraht oben drauf, einer dunklen Wohnanlage mit roten Flachdächern.

Eine orangerote Katze lag auf den Stufen einer Vogelhandlung, und Micah kniete sich nieder und hielt ihr die Hand hin. Die Augen der Katze glühten golden aus dem Schatten, als sie aufstand und den Gehsteig entlangwanderte.

Sie machte einen Buckel und streckte sich gründlich und warf sich dann hin, und Micah kraulte ihr das Fell im Nacken und unter dem Kinn. Seiner Erfahrung nach liebten Katzen das, und dieser große Kater hier machte keine Ausnahme.

Micah sang ein Lied, das Tiny immer sang, wenn er eine Katze sah.

»Mein Name ist Katze.
Ich piss dir auf die Tatze.«

Später stieß er auf einen Mann, der einen Korb voller Wäsche trug, mit einer gelben Waschmittelflasche, die zuoberst auf den zusammengefalteten Handtüchern lag.

»Guten Abend«, sagte der Mann.

»Guten Abend«, erwiderte Micah. »Können Sie mir sagen, ob der Sunset Boulevard hier in der Nähe ist?«

»Immer geradeaus, es ist nicht weit. Einfach an Echo Park vorbei und dann links halten.«

Die Fußgängerunterführung unter der 101 war ein dunkler Tunnel mit schrägen Erdwällen, die von Efeu überwuchert waren, erfüllt vom Lärm der Autos, die oben darüberfuhren.

An die Säulen, die den Freeway stützten, waren Portraits gemalt – ein Mann, der eine Faust machte, um seinen Bizeps zu zeigen, eine Frau, die die Hände im Gebet zusammenlegte.

Micah trat aus dem Tunnel in den Schein der Straßenbeleuchtung und ging am Westufer des Sees in Echo Park entlang.

Palmen säumten das Wasser, schlank und stachelig vor dem Himmel, und aus einer Fontäne in der Mitte des Teichs stiegen drei weiße Strahlen auf, erreichten die Spitze und sanken wieder zusammen.

Micah fragte sich, ob sie irgendeinem Zweck dienten oder einfach nur schön aussehen sollten. Zwei Hubschrauber flogen gemächlich über den kohlschwarzen Himmel.

Endlich entdeckte er auf dem Parkplatz eines Walgreens am Sunset Boulevard doch noch ein Taxi. Zwei Männer lehnten an dem glasgrünen Kotflügel, der eine groß, der andere klein, beide die Arme verschränkt und das Kinn auf der Brust.

Micah zog seine Brieftasche heraus und zählte die verbliebenen Scheine.

»Ich habe elf Dollar. Komme ich damit bis nach Hellman Hills?«

Die Arme nach wie vor verschränkt, drehten sie sich einander zu und besprachen die Angelegenheit.

»Nicht mit dem Taxameter«, sagte der Kleinere. »Über den Daumen gepeilt, würde ich sagen, dass das fünfzehn oder sechzehn Dollar kosten müsste.«

»Könnten auch zwanzig sein, so wie ich fahren würde«, sagte der andere.

Er griff nach unten und zerrte mit beiden Händen ein Palmblatt aus dem Radschacht des Taxis. Er fuhr mit dem Daumen darüber und warf es dann weg.

»Nun ja, mehr hab ich nicht«, sagte Micah.

»Wir bestimmen über das Taxameter, nicht umgekehrt.«

Sie fuhren ihn heim, der kleine Mann saß am Steuer, und der große fuhr mit über die hohen und mondbeschienenen Kurven des Freeways, vor dem die Berge im Norden anstiegen.

Micah saß in der Mitte der Rückbank, die Beine gemütlich ausgestreckt, und erzählte die Abenteuer seiner Nacht noch einmal. Das Taxi roch nach Tabak und Orangen.

»Den haben Sie ausgeknockt.«

»Es kam mir gar nicht so vor, als wäre ich das«, sagte Micah. »Ich hatte eher das Gefühl, ich würde zusehen, was da ablief.«

»Das sind diese Augenblicke«, erwiderte der große Mann, der den Arm freundschaftlich über die Rückenlehne des Sitzes geworfen hatte. »Natürlich. Die sind im Nu vorbei, und später … später …«

»Fallen sie uns wieder ein«, ergänzte der Fahrer.

Er legte den Kopf auf die Seite, ganz entspannt, und lenkte nur mit einer Hand. »Er hat nur gekriegt, was er verdient hat. Man betatscht keine Frau, die man nicht kennt.«

»Und selbst wenn«, sagte der große Mann.

Sie lachten, als würden sie an eine Frau denken, die sie nicht betatschen konnten.

»Er hat gekriegt, was er verdient hat«, sagte der Fahrer.

Micah war noch nie so froh gewesen, in seinem schmalen Bett mit dem kühlen Kissen und der gestreiften Bettdecke zu liegen. Er schlief beruhigt ein wie jemand, der endlich ein Obdach gefunden hat, und erwachte erst um sechs Uhr morgens wieder, als er etwas ans Fenster klopfen hörte.

Er kam aus einem Traum, in dem einige seiner Freunde von daheim in ein Haus auf der anderen Straßenseite gezogen waren. Zunächst ignorierten sie ihn, aber dann öffneten sie sich und besprachen mit ihm, welches Getreide sie anbauen sollten.

Ob es wohl regnet?, fragte er sich.

Micah stand auf und wickelte sich in seine Decke und ging ans Fenster. Charlotte schaute vom Rasen zu ihm herauf, hinter ihr stiegen die weißen Streifen des Volleyballplatzes an.

Er ging nach unten und machte ihr die Hintertür auf.

»Wo bist du hin?«, fragte er.

Sie streckte unsicher den Arm aus, mit den Fingern tippte sie ihm auf die Lippen.

»Psst, dem Himmel nach ist es noch sehr früh.«

»Schon gut. Du bist ja völlig betüdelt.«

Sie schaute zur Seite, als stünde jemand hinter ihr.

»Nein. Das heißt, ja vielleicht, aber darum geht es jetzt nicht. Betüdelt. Ich bin betüdelt. Du redest immer so komisch, Micah Darling, mein Liebling. Komm mit.«

Sie gingen auf den Hof, blieben im Gras stehen und schauten zum Himmel hinauf, dessen mitternächtliches Blau zu Gelb verblasste, die Bäume als schwarze Silhouette.

»Ist das nicht der schönste Himmel, den du je gesehen hast?«, fragte sie. »Warum machen sie so etwas?«

Micah zog sich die Decke auf den Schultern zurecht. »Wer?«

»Wenn du das wüsstest, dann würdest du alles wissen«, sagte Charlotte. Sie drückte die Hände an die Stirn und schloss die Augen. »Ich bin total verschwitzt. Und mir ist schwindlig. Ich glaube, ich muss mich übergeben, wenn ich mich nicht täusche.«

Micah nahm sie bei der Hand und führte sie ins Haus.

»Ist Joan da?«

»Sie sind in Big Bear.«

»Bring mich in dein Bad.«

Micah nahm Charlottes Haar zusammen und hielt es straff hinter ihren Kopf, während sie sich hinkniete und erbrach, was sie getrunken hatte.

Als die Konvulsionen ihres Brustkorbs nur noch ein Beben waren, langte sie nach oben und zog den silbernen Griff.

Sie stand auf und blickte in den Spiegel des Medizinschranks.

»Ich bin das größte Miststück, das je diese Straße entlanggekommen ist.«

»Du bist das wunderbarste Miststück, das mir je begegnet ist.«

Micah ließ das Wasser laufen, bis es heiß war, tränkte einen Waschlappen im Becken und wusch ihr langsam und zart das Gesicht, so wie das Lyris bei ihm gemacht hatte, als er noch klein war. Sie weinte noch kurz und lachte dann.

Charlotte putzte sich die Zähne und nahm einen Mundvoll Listerine, presste es zwischen den Zähnen durch und spuckte es aus.

»Es kommt mir vor, als wäre in mir ein Feuer erloschen. Können wir jetzt ins Bett gehen?«

Sie gingen in sein Zimmer, wo er ihr ein Hemd zum Anziehen gab und sie sich auszog, ihre Kleidung gefaltet über die Rückenlehne des Stuhls hängte und sich das Hemd über den Kopf zog.

Ihre schlanken braunen Arme kamen einer nach dem anderen aus den weißen Ärmeln des Hemdes hervor, und sie strich mit den Händen den Stoff glatt.

Sie stiegen ins Bett. Micah setzte sich und breitete die Decke in der Luft aus und ließ sie auf sie beide niedersinken. Charlotte drehte sich auf ihre Seite und klopfte sich auf die Hüfte, was bedeutete: Kuschel dich an.

»Micah.«

»Ja.«

»Wieso wusste der Zauberer das mit deiner Schwester?«

»Ich weiß nicht. Ich habe auch schon darüber nachgedacht.«

»Ich liebe dich.«

Micah schlief wieder ein. Charlotte schlief in dieser Nacht zum ersten Mal durch.

Vierzehn

Albert Robeshaw fuhr nach Mayall, um die Eltern von Sandra Zulma zu interviewen, wobei er sich gleichzeitig wünschte, sie würden es ablehnen, ihn zu empfangen. Ein Reporter hatte die Pflicht, Menschen über schlimme Dinge auszufragen, die geschehen waren, doch Albert war es lieber, wenn sie das Telefon auflegten oder die Tür zuschlugen und damit ihre Trauer nicht öffentlich machten.

Der Himmel war wolkenbedeckt, wodurch die Straßen von Mayall aussahen wie auf den alten Postkarten in Louises Laden. Die Zulmas wohnten in einem Haus im Tudor-Stil mit steilem Dach und einem senkrecht stehenden Klavier, das verlassen in einem schmelzenden Schneestreifen am Randstein stand. Ein melancholisches Detail, dachte Albert. Vielleicht hatte Sandra Klavier gespielt, und sie konnten es jetzt, wo sie verschwunden war und wegen Mordes gesucht wurde, nicht mehr im Haus ertragen.

Die Eltern kamen an die Tür und führten ihn in ein kaltes und dunkles Haus. Sie gingen ins Esszimmer und setzten sich an einen Tisch aus Ahornholz, auf dem Kerzen brannten und rotes Wachs herunterfloss, als wäre Sandra tot, was durchaus möglich war.

Der Vater war ein magerer Mann mit grauen Haaren auf den Unterarmen. Die Mutter trug kurze blonde Haare und sah verschlafen aus. Albert schaltete seinen Kassettenrekorder ein und fragte nach dem Klavier, aber es stellte sich heraus, dass es aus dem Nebenhaus stammte. Die Nachbarn stellten immer alles Mögliche auf die Seite der Zulmas, obwohl sie gebeten worden waren, das nicht zu tun.

»Wo, glauben Sie, ist sie?«, fragte Albert.

»Wir wissen es nicht«, antwortete die Mutter. »Darum sprechen wir ja auch mit Ihnen. Um ihr zu sagen: ›Komm nach Hause.‹«

»Sie ist und bleibt unsere Tochter«, fügte der Vater hinzu.

»Sie waren befreundet«, sagte Albert. »Jack und Sandra.«

»Als sie noch klein waren, habe ich sie immer aus diesem Fenster hier hinten beobachtet«, sagte die Mutter. »Sandy saß dann im Schneidersitz da, das Gesicht in der Sonne, und ließ sich von Jackie den Rücken kratzen. Es juckte sie immer irgendwo, als sie noch ein kleines Mädchen war.«

»Manche haben sich darüber lustig gemacht«, sagte der Vater. »Sie war klug und redete gern. Sie war anders. Kinder sind manchmal ziemlich brutal zu Mädchen. Mädchen sind es manchmal auch. Jackie war auf ihrer Seite.«

»Aber dann muss etwas passiert sein.«

»Sie wurden halt älter«, sagte die Mutter. »Interessierten sich nicht mehr für das Gleiche. Das war für Sandy traurig. Ich weiß das. Ich bin es langsam leid, das immer wieder zu sagen. Das war vor fünfzehn Jahren.«

»Könnte man sagen, dass Sandy etwas unrealistische Vorstellungen hat?«, fragte Albert.

»Oh«, erwiderte der Vater. »Gewiss doch.«

»Aus den Büchern«, sagte die Mutter. »Wir zeigen Ihnen die Bücher.«

»War sie auf dem College? Hatte sie Jobs?«

»Sie war zu einem College hier und zu einem in Maine zugelassen«, sagte die Mutter. »Aber sie entschloss sich, ein Jahr auszusetzen, und dann noch ein Jahr, und Sie wissen ja, wie das läuft. Sie hatte tatsächlich Jobs. Sie hat für die Telefongesellschaft gearbeitet. Sie hat für einen Biobauernhof gearbeitet, auf dem Strauchbohnen angebaut wurden. Zuletzt war sie Zimmermädchen in einem Hotel am Lac Brillant.«

»Wie lief das?«

»Ganz gut, bis sie ein paar Autos im See versenkt hat. Es waren nicht ihre Autos, und sie hat sie auch nicht gefahren. Sie löste nur die Handbremse und gab ihnen einen Stoß.«

»Und warum?«

»Ohne Grund. Was könnte es dafür auch für einen Grund geben.«

»Hatte sie jemals Kontakt zu den Pfadfindern?«

Die Mutter gähnte. »Entschuldigen Sie, nach der Sache am Lac Brillant verschwand sie. Sie wohnte damals wieder hier bei uns, und wir wussten nicht, wo sie hin war. Ehrlich gesagt war das eine Erleichterung. Ist es nicht schrecklich, so etwas zu sagen? Schreiben Sie nicht, dass ich das gesagt habe.«

»Okay.«

»Und die Pfadfinder haben sie gefunden«, sagte der Vater. »Eher zufällig. Sie lebte damals im Wald südlich der Stadt. In einer Höhle, würde ich fast sagen.«

»Sie haben in den Wäldern nach ihr gesucht«, sagte Albert.

»Hunde, Infrarotkameras, Staatspolizei. Die finden nie was.«

»Glauben Sie, dass sie das getan hat, was man ihr vorwirft?«

Der Vater faltete die Hände und drehte den Kopf zur Seite. »Was ich glaube, ist, dass sie heimkommen sollte.«

Dann gingen sie, sich ihr Zimmer ansehen, durch einen Flur, vorbei an hohen Tischen mit verblichener Bettwäsche, Familienbildern und schummerigen Lampen mit Schirmen aus farbigem Glas.

Die Düsternis des unbenutzten Flures war nicht ungewöhnlich, dachte Albert. Jeder stellt seine Besitztümer aus, um ein gutes und ordentliches Leben zu dokumentieren, und wenn es schiefgeht, werden diese Besitztümer zu kalten Erinnerungsstücken an etwas, was hätte sein können. So war das. Es verursachte ihm eine Gänsehaut.

Sandras Zimmerwände waren bedeckt mit Zeichnungen. An der einen ein Wald, in den sich ein Weg schlängelte, an der anderen ein beschatteter Gang in einer Burg mit einer fernen Feuerstelle, an der Decke Sterne und eine Mondsichel und Dunkelheit. Und Albert fragte sich, ob sie gedacht habe, sie komme von dort oder sie sei nach dort unterwegs.

»Die Ärzte haben gesagt, dass Zeichnen helfen könnte«, sagte die Mutter. »Ich glaube nicht, dass sie gemeint haben, sie soll ihr ganzes Zimmer bemalen, aber so hat sie es aufgefasst.«

»Sie hat das alles ohne Vorlage gemacht«, sagte der Vater. »Das hier sind ihre Stifte. Dort sind ihre Bücher.«

Das angeschraubte metallene Bücherregal bog sich unter der Last von hundert Büchern. Sie hatten aufgeplatzte Rücken und vergilbte Seiten. Einige waren durch den Kontakt mit Wasser ganz aufgequollen. Albert stellte sich vor, dass Sandy sie im Regen liegengelassen oder in der Badewanne fallen gelassen hatte. Sie vermittelten ihm eine Vorstellung von dem, wer sie war, wo sie war. Er fing an, sich die Buchtitel aufzuschreiben:

Die Táin Bò Cúailnge
Mythologie
Mythologien
Keltische Mythen und Legenden
Mythen und Legenden der Kelten
Das Oxford-Wörterbuch der keltischen Mythologie
Das Mabinogion
Ethan Frome
Cuchulain von Muirthemne
Die Welt der Kelten
Das Beste von »Onkel Otto sitzt in der Badewanne«
Die Kunst der Kelten: Von 700 v. Chr. bis 700 n.Chr.
Der Goldene Kompass
Der Playboy der westlichen Welt
Sturmhöhe
Beowulf
Das Oxford Totenbuch
Das war damals, dies ist jetzt

Albert zog *Cuchulain von Muirthemne* heraus und blätterte darin herum. Mit rosa Marker hatte Sandra eine Passage gegen Ende markiert: »Ich bin Emer von der Fair Form; es gibt für mich keine Rache mehr zu finden; in mir ist keine Liebe zu irgendeinem Menschen. Es ist ein Gram, dass mein Dasein dem Hund des Schmiedes Culann folgt.«

Während Albert die Bücher ansah, legte sich die Mutter seitlich auf Sandras Bett und ließ den Blick auf dem Wald ruhen, der an die Wand gemalt war.

»Haben Sie alles, was Sie brauchen?«, fragte sie.

Inzwischen fuhr Dan zur Farm der Robeshaws, um sich mit Claude, dem Vater, zu treffen. Claude, seit Ewigkeiten in der Politik des Bezirks tätig und Mitglied der Democrats for Life, war immer Dans Verbündeter gewesen, als Dan noch Sheriff war.

Die Robeshaws befanden sich gerade im Durchgang neben der Scheune und beringten die Rüssel der Schweine, damit die nicht die Zäune aus der Erde wühlen konnten. Sie hielten ihre Schweine noch immer im Freien, machten vieles auf althergebrachte Weise. Im Vorbeifahren sah man die frisch gestrichenen spitzwinkligen Schweinekoben in leuchtenden Reihen quer über die ganze Weide. Es war allgemein bekannt, dass die Familie sich, so lange Claude lebte, nie zum Einsperren der Tiere bereitfinden würde.

Jetzt stützte er sich mit den Armen auf den Zaun und beobachtete zwei seiner Söhne und seine Schwiegertochter bei der Arbeit. Seine Augen waren fast geschlossen, aber er sah alles, was geschah.

»Wir sind gleich fertig«, sagte Anna, die Frau von Nestor.

Die Robeshaws hatten ihre Kinder in dieser Reihenfolge bekommen: Rolfe, Julia, Nestor, Dean, Susan und Albert, der der letzte gewesen war, der das Elternhaus verließ. Rolfe, Julia und Nestor hatten bereits ihre eigenen Farmen.

»Du hast eine Nachricht auf meinem AB hinterlassen«, sagte Dan. »Es klang, als hieltest du eine Rede im Club der Blumenfreunde.«

»Ach, ich hasse diese Dinger«, erwiderte Claude. »Auf einmal ist der Ton weg, oder ich habe vergessen, warum ich eigentlich anrufen wollte. Was ich jetzt auch schon wieder vergessen habe.«

»Wegen Sandra Zulma.«

»Oh. Ja.« Claude zog einen Handschuh aus und begutachtete die knotigen blauen Adern auf seinem Handrücken. »Was zum Teufel geht da eigentlich vor?«

»Das musst du Ed fragen, Mann. Er ist der Sheriff.«

»Da hat man nun so ein Mädel. Gerade aus einem Wrack geschnitten. Gerade von der Intensivstation runter, großer Gott. Über eins achtzig groß und dünn wie eine Bohnenstange. Und dann verschwindet sie einfach.«

»Ich weiß.«

»Wie lange haben wir einen demokratischen Sheriff gehabt?«

»Sehr lange«, sagte Dan.

Der alte Mann hob das Kinn und zog den Kragen seiner Wachsjacke hoch, dann runzelte er die Stirn und zeigte sein feines weißes Gebiss.

»Erst verlieren wir den Sheriff, bald auch den Bezirksrat. Als Nächstes stellen wir fest, dass wir nur noch von Wahnsinnigen regiert werden.«

»Sie wird schon wieder auftauchen.«

»Woher willst du das wissen?«

»Vielleicht auch nicht.«

»Ich möchte, dass du dir überlegst, dich noch mal zur Wahl zu stellen.«

»Ich hab auch schon darüber nachgedacht.«

»Wenn man den Stern einmal getragen hat, kann man ihn eigentlich nie mehr richtig ablegen.«

»Hast du das im Fernsehen aufgeschnappt?«

»Wahrscheinlich. Ich habe gehört, dass du auf der 41 warst, nachdem sie das Auto zu Schrott gefahren hatte.«

»Ja. Kam gerade zufällig vorbei. Sie hat zu mir gesagt, sie habe ihn gefunden.«

»Das hat sie wohl wirklich«, sagte Claude. »Denk also mal drüber nach. Und jetzt komm mit ins Haus, zum Abendessen.«

»Ach, ich möchte euch keine Umstände machen.«

»Ich hätte nicht gefragt, wenn du uns Umstände machen würdest.«

Dan und die Robeshaws gingen auf das Haus zu und ihre Fußspuren füllten sich mit Wasser. Sie wuschen sich in dem Bad hinter der Küche ab, so wie es Dan auch schon vor fünfunddreißig Jahren getan hatte, als er als Jugendlicher mit einer Maissichel über ihre Bohnenfelder gegangen war. Und es wurde immer noch die Lava-Seife benutzt, die einem wie ein Felsbrocken die Hände sauber schrubbte.

Im *Elchen* in Stone City gab es am Freitagabend immer gegrillten Fisch, und Dan und Lynn Lord trafen sich dort zu einem Arbeitsessen. Lynn leerte aus einer abgewetzten Ledermappe Faltblätter auf den Tisch und schob sie Dan zu.

»Wir haben drei neue Fälle. Jedenfalls Verdächtige. Du musst lediglich herausfinden, wer mit wem.«

»Das hasse ich an diesem Job am meisten.«

»Ich weiß, Dan. Aber mit solchen Fällen zahlen wir unsere Miete. Die Wirtschaft geht rauf und runter, aber Eifersucht hat immer Konjunktur. Das ist jetzt die Saison für Affären.«

»Ach wirklich?«

»Ich habe mir die Zahlen angeschaut.«

»Wahrscheinlich liegt's am Wetter.«

»Eis. Regen. Macht einen irgendwie fatalistisch.«

»Was sonst noch?«, fragte Dan.

»Shipping Giant ist um neun Pakete erleichtert worden. Die hätten sie gern zurück. Das war wieder dieser Hurensohn, den man den Lachenden Banditen nennt.«

Tagsüber taute der Schnee, und nachts gefror das Wasser und hinterließ eisglatte Schlieren, die schräg über die Straßen liefen.

Als Tiny eines Abends von einer Kneipe in Pringmar nach Hause fuhr, spürte er, wie das Auto unter ihm ausbrach. Er lenkte gegen, und kaum berührten die Räder trockenen Asphalt, griffen sie auch schon wieder mit erfreulich vorhersehbarer Kraft. Er hörte etwas im Kofferraum poltern.

Ihm fielen die Schachteln wieder ein, die er bei Shipping Giant hatte mitgehen lassen. Als er heimkam, trug er sie ins Haus. Es waren noch sieben da, nachdem er zwei der flüchtenden Sandra Zulma geschenkt hatte.

Tiny verteilte sie im Wohnzimmer auf dem Fußboden, machte sich einen Drink und sah sich im Fernsehen eine Sendung mit paranormalen Ermittlern an, die auf der ganzen Welt an Orte reisten, die von ziellosen Geistern heimgesucht wurden. Es war eine jämmerliche Serie. Sie schleppten eine Unmenge an Ausrüstung mit sich herum, fanden aber so gut wie nichts heraus und sprachen davon, dass weitere Ermittlungen notwendig seien.

Während er die Schachteln aufschnitt, sah er nebenher immer noch zu. Was er gerade machte, wirkte so sehr wie eine Parodie auf Einsamkeit, dass er lachen musste. Er genoss es, am Leben zu sein, komme, was wolle.

Einige der Gegenstände konnte er nicht gebrauchen. Da gab es Gabelstaplerbinder und einen Damenrock, falls das überhaupt einer war, mit all den Schnüren und Riemen, und derjenigen, die da hineinzusteigen versuchte, konnte man nur alles Gute wünschen.

Dann kam ein Sims-Computerspiel, das Tiny nicht spielen würde, aber Micah hatte Sims gehabt. Er hatte ihnen immer wunderschöne große Häuser entworfen. Die Frauen wurden über Nacht hochschwanger, und in den Küchen brannte es oft.

Tiny ging das Telefon suchen. In Los Angeles wäre es jetzt noch früher Abend. Er drückte die Nummer und hörte das Läuten, bis sich eine Ansage einschaltete. Er kehrte aufs Sofa zurück und legte das Telefon mit der Tastatur nach oben auf den Kaffeetisch. Die Geisterjäger schnüffelten gerade in einem Verlies herum.

»Möchten Sie, dass wir Ihnen den Weg nach draußen zeigen?«, fragte einer.

»Au ja, das wäre toll«, erwiderte Tiny.

Er machte eine Schachtel auf, in der ursprünglich ein hübscher Essenskorb mit Wein und Käse und Blumen gewesen war, den er nun aber komplett entsorgen musste, weil alles wiederholt eingefroren war.

In der letzten Schachtel befanden sich ein Windspiel, eine Halskette und ein Hundehalsband, auf dem der Name »Cody« ins Metall geätzt war. Tiny ging in das Gartenzimmer und weckte die Ziege gerade so lange, dass er ihr den neuen Kragen umlegen konnte.

»Jetzt heißt du Cody«, sagte er.

Das Telefon läutete. Es war Micah.

»Ich hab was für dich«, sagte Tiny. »Ein Computerspiel. Bleib mal dran.«

Er klemmte sich das Telefon zwischen Schulter und Ohr und nahm die Schachtel und setzte seine Lesebrille auf.

»Sims 2: Bon Voyage. Sieht aus, als würden sie in Urlaub fahren.«

»Du hast mir ein Videospiel gekauft?«

»Warum denn nicht?«

»Das sieht dir aber gar nicht ähnlich.«

»Glaubst du, ich habe es gestohlen?«

»Und, hast du?«

»Ja.«

»Du wirst noch Schwierigkeiten bekommen.«

»Wie geht's dir?«

»Ich habe eine Freundin, Dad.«

Auf diese Nachricht hin kam sich Tiny plötzlich alt vor. Er setzte sich und legte das Telefon an sein gutes Ohr.

»Eine Freundin, Micah.«

»Sie heißt Charlotte. Sie reitet.«

»Du musst ihr immer die Tür aufhalten, okay? Und achte darauf, dass sie nicht frieren muss.«

»Okay, Dad.«

»Sie frieren nämlich schnell. Oder, weißt du, ich glaube, das ist nicht bei allen so, aber bei sehr vielen.«

»Ich werde ihr Handschuhe kaufen.«

»Sehr gut. Und wenn es kühl wird, nimm deine Jacke und häng sie ihr um. So etwas ist irgendwie sehr wichtig.«

»Ich muss jetzt los.«

»In Ordnung, Micah. Ich hab dich lieb.«

Er legte auf, schaltete den Fernseher aus und trug die Halskette nach draußen, um sie sich im Mondschein anzusehen. Sie war bestimmt tausend Dollar wert. Die Glieder schimmerten silberblau in seiner Hand.

Ein Opossum bewegte sich langsam die Bäume entlang. Der Wind änderte die Richtung, und das Opossum stellte sich auf die Hinterbeine und riss das Maul weit auf, als hätte es gerade etwas zum Schreien Komisches gesagt und wartete nun, dass das große Gelächter folge.

Alle, die glauben, die Natur sei ein Spielplatz der Glückseligkeit, sollten mal eine Weile einem Opossum ins Maul schauen.

Tiny kehrte auf die Veranda zurück, setzte sich auf einen der Stühle aus der Kirche und drehte sich eine Zigarette. Sie flammte auf, als das Zündholz sie berührte, und er hielt es senkrecht wie eine Kerze, bis die Flamme erlosch.

Louises Mutter und Hans Cook dösten im Wohnzimmer, und Mary Montrose hatte folgenden Traum:

Ihre alte Tante aus Council Bluffs hatte sie eingeladen, um mit ihr eine Wohnung in einem hohen Gebäude aus der Zukunft zu teilen. Ihre Tante, die in Wirklichkeit schon lange tot war, hatte in den fünfziger Jahren als Masseuse gearbeitet und roten Lippenstift und eine spitz auslaufende schwarze Brille mit Strasssteinchen getragen.

Kleine dreieckige Flugzeuge flogen über einer Bucht ein und aus. Das Atrium des Gebäudes ging bis in den Himmel hinauf. Marys Tante wohnte im vierundzwanzigsten Stock in einer schäbigen Wohnung mit gepolsterten Arbeitsflächen und weichen Haushaltsgeräten, an denen sich ältere Menschen nicht verletzen konnten.

In der Mitte des Küchenfußbodens war ein Loch, durch das man das Loch im Fußboden der darunterliegenden Küche sah und so weiter bis zum Boden des Gebäudes, falls man so gute Augen hatte.

»Mir gefällt es dort, wo ich bin«, sagte Mary.

»Nun, ich bin gebeten worden, es dir zu zeigen«, erwiderte ihre Tante.

»Von wem?«

»Von diesem Typen aus der Leasing-Gesellschaft. Er hat mich richtig verfolgt mit seinem: ›Sagen Sie es Mary, sagen Sie es Mary.‹ Die haben Immobilien auf der ganzen Welt.«

»Also gut, du hast es mir gesagt, und ich danke dir, aber jetzt muss ich gehen.«

Beim Verlassen des Gebäudes sah Mary in einem Café eine rothaarige Frau ein Buch lesen. Sie hielt das Buch in der einen Hand und berührte mit zwei Fingern der anderen vor dem Umblättern ihre Lippen. Mary kannte sie, konnte sich aber nicht erinnern, woher. Und als Louise aufsah, lächelte sie liebenswürdig, als hätte auch sie vergessen, dass sie Mutter und Tochter waren.

Dan und Louise fuhren noch schnell nach Grafton hinüber, um sicherzugehen, dass Mary gut ins Bett gekommen war. Hans Cook trat in der Küche auf sie zu.

»Louise«, sagte er.

Sie rannte ins Wohnzimmer.

Mary lag reglos in ihrem Sessel, eine grüne Häkelarbeit auf dem Schoß, den Arm auf einen Beistelltisch gestützt. Ihr Radio war zu Boden gefallen.

»Geh nicht fort«, sagte Louise. »Lass mich nicht allein.«

Dan nahm Marys Handgelenk, während das Radio dröhnte: *dieses Gefühl, das so viele von uns so gut kennen, einschließlich deines Gastgebers, nämlich, an einer Kreuzung zu stehen, einer Kreuzung unseres Lebens, unseres Planeten, das ist kein Zufall, es ist sehr real …*

Dan schüttelte den Kopf.

»Hans«, sagte Louise.

»Ja?«

»Würdest du bitte das Radio ausschalten?«

Dan trug Mary auf ihr Bett. Louise knipste die orangefarbene Lampe an, die seit Jahren auf der Kommode stand. Sie legte eine Decke über Mary, kniete sich neben das Bett und ergriff ihre Hand.

»Hast du den Krankenwagen gerufen?«, fragte Dan.

»Sie kommen aus Margo.«

»Meine Mutter«, sagte Louise.

»Sie ist aufgewacht. Sie hatte dich im Traum gesehen. Hat gesagt, du seist wunderschön gewesen.«

Das war zu viel. Louise senkte die Stirn auf die Hand ihrer Mutter. Hans verließ das Zimmer. Dan legte ihr die Hände auf die Schultern.

Rollie Wilson und ein junger Rettungssanitäter kamen mit dem Krankenwagen aus Margo. Dan ging hinaus, um sie einzulassen. Das regelmäßig aufflammende Rot der Sirenen strich über die Vorderfront des Hauses.

»Geht's ihr so weit gut?«, fragte Rollie.

Dan schüttelte den Kopf.

Rollie pfiff durch die Zähne. »Mary Montrose. Ich kann das gar nicht glauben.«

»Geh rein.«

Dan blieb noch im Hof stehen und sah sich um. Die Straßenlampen von Grafton schienen auf das verlassene Lagerhaus für Futtermittel auf der anderen Straßenseite. Der Wind kam von Süden, wärmer als die Luft. Die Jahreszeiten wechselten. »Mary Montrose ist tot«, dachte er. Das klang so unwahr wie jeder andere Satz, den man hätte sagen können. Sie hatte die Stadt verlassen. Er drehte sich zum Haus um. Ihm kam es ganz falsch vor, dass es noch da war. Es gab nichts, wohin man gehen, und nichts, was man hätte sagen können, außer Adieu. Mary hatte Dan nie besonders gemocht, außer im Vergleich zu Tiny. Sie hatte Dan toleriert. Sie war gegen jedermann ein wenig misstrauisch, außer gegen Louise und Hans.

Mehr als einhundert Menschen kamen zur Totenwache in Darniers Beerdigungsinstitut in Morrisville. Der Raum war in Gold und Grün gehalten, und es gab Sandwiches zum Essen und Kaffee und Whiskey und einen Cranberrycocktail zum Trinken. Die Kinder in ihren Sonntagskleidern versammelten sich im Treppenhaus und beobachteten verstohlen die älteren Leute.

Louise saß bei ihrer Schwester June aus Colorado, und die Leute freuten sich, dass sie die beiden wieder einmal zusammen sahen und dass sie immer noch schön waren, obwohl das jetzt eine andere Schönheit war, eine, die mit dem Glanz in den Augen zu tun hatte, mit der Haltung der Schultern und mit der Lockerheit, die sie einander und der gesamten Umgebung entgegenbrachten.

Tiny Darling trug einen grauen Anzug, der ihm um die Schultern zu eng und an den Manschetten zu lang war. An dem einen Ärmel hing hinten noch ein Etikett, und der alte Leichenbestatter Emil Darnier tauchte dezent mit einer kleinen goldenen Schere auf und schnitt es ab.

»Ich habe Mary im Sommer drüben vor der Trinity Church gesehen«, sagte Tiny zu Louise. »Da gibt es so einen Typen, der daraus Wohnungen machen will, aber Mary hat gesagt, das wird nichts. Sie kam gerade zufällig vorbei.«

Die Schwestern dankten ihm, dass er gekommen war, und er reichte Louise ein schmales schwarzes Etui mit einer Schleife und ging weiter.

Aus purer Gewohnheit hatte Dan sich so positioniert, dass er die Tür im Blick behielt, und Tiny ging quer durch den Saal des Beerdigungsinstituts auf Dan zu, der neben der Garderobe stand.

Früher waren sie wegen Louise Rivalen gewesen und auf entgegengesetzten Seiten des Gesetzes gestanden, und seit Jahren hatten sie nicht mehr miteinander gesprochen.

»Ich freu mich, dass Sie es geschafft haben«, sagte Dan.

»Ach, wirklich?«

»Habe ich doch gerade gesagt.«

»Sagen wir mal, ich würde Ihnen ein Bier ausgeben«, sagte Tiny. »Würden Sie das annehmen?«

»Warum nicht?«

»Manche Menschen haben ja merkwürdige Einstellungen.«

Dan nahm einen Schluck von seinem Connemara. »Wenn Sie streiten wollen, müssen Sie sich jemanden suchen, der mitmacht.«

»Ich rede ja nur.«

»Wie geht's Ihren Kindern?«

»Micah ist nach Los Angeles gezogen, zu seiner Mutter. Scheint recht gut zurechtzukommen. Lyris ist irgendwo hier, glaube ich.«

»Sind prima Kinder.«

»Sie kennen sie wohl ziemlich gut, was?«

»Nur, was ich so höre.«

»Es sind wirklich prima Kinder. Sind beide schlauer als ich, und so soll es auch sein.«

Louise und June verfolgten die Unterhaltung neugierig von der anderen Seite des Raumes.

»Hat Tiny ihn nicht mal zusammengeschlagen?«, fragte June.

»Er hatte das nicht geplant«, sagte Louise.

»Was hat er dir gegeben?«

»Das hier.« Sie legte June die Halskette in die Hand. Feine silberne Glieder mit einem Ringverschluss.

»Großer Gott«, sagte June.

»Allerdings.«

Louise nahm die Halskette und ließ sie in ihrer Handtasche verschwinden. »Nicht der richtige Ort, nicht die richtige Zeit.«

Dan und Louise fuhren auf dem Heimweg von Morrisville noch durch Grafton, weil Louise befürchtete, sie habe vielleicht bei Mary nicht abgesperrt. Sie stiegen aus und versuchten die Vordertür, dann die Hintertür. Abgesperrt, abgesperrt. Es war dunkel und kalt. Sie hatten keinen Grund, hineinzugehen. Ein halbes Dutzend Hirsche, die im Hinterhof Gras aus dem Schnee rupften, erstarrten und stoben dann davon, kolossale Keulen übersprangen die Hecken. Zu dieser Zeit sah man überall Wild.

Fünfzehn

Joan lag auf dem Rücken im Gras des Parks, aus ihrer Brust quoll Theaterblut und lief ihr heiß und klebrig über den Brustkorb.

Sie wand sich und riss Grasbüschel aus dem Boden, dann lag sie still, während die Kamera auf einem ringförmigen Gleis um sie herumfuhr.

Es war ihr finaler Dreh als Schwester Mia. Für diese letzte Episode der Staffel sollte sie bei einer Kundgebung für eine Reform der Einwanderungsgesetze von skrupellosen Polizisten niedergeschossen worden sein.

Skrupellose Polizisten waren immer recht brauchbar für den Plot, denn sie implizierten, dass alle übrigen Polizisten anständig waren. Die Kamera hielt auf die Grashalme in Joans Faust.

Und Schnitt.

Und weiter …

Joan stand auf und trat aus dem Gleisring und ging blutend in der Sonne davon. In ihrem Wohnwagen legte sie ihre Kleider und die Vorrichtung ab, die das Blut gepumpt hatte. Sie duschte und wusch sich die Haare und stand lange unter dem heißen Wasser, wobei sie das Haar mit einer Hand nach hinten hielt.

Sie zog einen weichen weißen Frotteemorgenmantel an, setzte sich auf eine Couch beim Fenster und begann, sich das Haar zu trocknen. Der Föhn klang wie der Wüstenwind, was sie daran erinnerte, dass sie ihren Wahrsager besuchen sollte. Jemand klopfte, und sie schaltete den Föhn aus und rief, es sei offen.

Edward Leff, der Schöpfer von *Forensic Mystic*, kam mit Blumen und dem Rosenkranz Schwester Mias herein. Er hatte Joan in der St.-Pauls-Produktion von *Unfalltod eines Fallenstellers* entdeckt, einem Film, in dem sie eine besorgte Wildhüterin spielte.

»Du bist wunderschön gestorben«, sagte Edward. »Ich habe gedacht, du solltest Mias Rosenkranz kriegen.«

»Ich bin unglücklich, dass es so endet.«

»Es musste eine Entscheidung getroffen werden. Ich habe sie getroffen.«

»Das machst du immer.«

»Sie wird nicht allen gefallen.«

»Mir gefällt sie jedenfalls nicht.«

»Die Leute in ihren Wohnzimmern werden sich wünschen, dass besser ich erschossen worden wäre. Eine Gestalt zu verlieren, die sie gernhaben, das tut weh. Es ist auch riskant.«

»Sie könnte ja überleben.«

»Das würde dem Charakter der Gewalt widersprechen.«

»Richtig. Das wäre Unsinn.«

Er legte ihr die Hand auf die Schulter.

»Du und ich, Joan, wir haben die Serie damals in dieser Bar in Minneapolis gestartet. Ich meine, *Mystic* war schon in Arbeit, aber noch ganz ungeformt.«

»Ich weiß. In der Hilltop Tavern.«

»Ohne dich hätte es keine Serie gegeben. Ohne mich wärst du immer noch in der Pampa. Was wir gemacht haben, haben wir zusammen gemacht. Was wir gemacht haben, war gut.«

»Ach, sei still.«

Auf dem Tisch stand ein Obstkorb, und Edward nahm sich eine Birne, polierte sie an seinem Jackenärmel und biss hinein.

»Wir haben einfach unsere Gefühle zu Papier gebracht.«

Joan fing wieder an, sich die Haare zu föhnen, und Edward verließ den Wohnwagen.

Sie hängte den Rosenkranz an den Rückspiegel ihres Autos und fuhr nach Shadowland, um Micah von der Schule abzuholen.

Alles änderte sich. Es wäre absurd, Mia die Schießerei im Park überleben zu lassen. Weitergehen, und das würde sie auch tun, wie immer. Über den Bergen öffnete der Himmel seine blauen Flügel.

Joan kochte Spaghetti, während Micah ein Referat über ein Buch verfasste.

Die beiden waren in eine andere Wohnung gezogen, seit Joan und Rob sich getrennt hatten und ihre Ehe annulliert worden war, was aufgrund der Tatsache, dass Joan immer noch mit Charles verheiratet war, relativ einfach gewesen war.

Jetzt wohnten sie und Micah in einer Wohnanlage auf der Rossmore Avenue, mit grünen Toren und einem Springbrunnen, bei dem die vier Himmelsrichtungen in eine Bronzeplatte eingraviert waren, auf die das Wasser fiel.

Die Rossmore lag nur ein paar Straßen westlich von der Gower, die, wie Joan zu Micah sagte, nach ihr benannt war. Natürlich wusste Micah, dass das nicht stimmte. Das war ja der Witz daran. Sie hatten eine möblierte Wohnung im sechzehnten Stock.

Micah schrieb in ein Ringbuch. Er stoppte und sah auf.

»Hier riecht es komisch.«

Joan schnüffelte. »Wonach denn?«

»Nach Propangas.«

»Nein, das kann nicht sein, Micah. Wir müssen uns nur erst eingewöhnen.«

»Und wenn sie explodiert?«

»Die Wohnung?«

»Wenn sie tatsächlich explodiert?«

»Micah. In diesem Gebäude leben seit Jahrhunderten Menschen. Manche davon berühmt, und von denen ist keiner explodiert.«

»Wer denn?«

Die Wand zwischen Küche und Wohnzimmer hatte eine waagrechte Durchreiche, die zu einer Verständigung zwischen den beiden Räumen einzuladen schien, aber der obere Rand dieser Öffnung lag so tief, dass man in der Küche hätte in die Hocke gehen müssen, um von dem, der sich im Esszimmer befand, mehr als die Beine zu sehen.

Joan legte die Arme auf die Anrichte und neigte scherzhaft, wenn auch notwendigerweise den Kopf.

»Hast du schon mal etwas von Milly Birdsong gehört?«

»Nein.«

»Sie war Eiskunstläuferin. Sie hat wer weiß wie oft bei den Olympischen Spielen die Goldmedaille gewonnen. Wahrscheinlich eine der besten Eiskunstläuferinnen aller Zeiten. Aber man kann nicht ewig Schlittschuhlaufen, deshalb ging sie nach Hollywood, um Filmschauspielerin zu werden. Später brach sie sich in einem Paternoster den Knöchel und endete schließlich beim Rundfunk. In einer Rundfunkbearbeitung von *Hedda Gabler* spielte sie die Hedda Gabler.«

»War sie die berühmteste?«

»Das bezweifle ich. Aber ich habe gerade erst angefangen, mich mit der Geschichte dieses Gebäudes vertraut zu machen. Die Leute öffnen sich recht langsam, aber das ist ganz normal. Ich bin sicher, wir werden noch eine Menge Dinge erfahren, die wir nicht wussten.«

Joan stellte Spaghetti und Muschelsoße auf den Tisch, und Micah legte seine Schreibarbeit beiseite, um zu essen. Irgendwo spielte jemand Klavier, und sie hörten die Musik durch die Wände.

»Das ist aber ein schönes Stück«, sagte Joan.

Micah fläzte mit unter dem Schreibtisch ausgestreckten Beinen hinten im Klassenzimmer. Miss Remora, die Lehrerin für amerikanische Geschichte, ging vorne auf und ab und hielt dabei eine rote Rose in den Händen.

Die Rose hatte mit dem Unterricht nichts zu tun. Miss Remora beschäftigte einfach gern ihre Hände. Manchmal schrie sie auch. Sie stellte Micah eine Frage zu dem Vertrag von Guadalupe Hidalgo.

»Wer setzte sich über die Anordnungen des Präsidenten hinweg, um den Vertrag unterzeichnet zu bekommen?«

»Weiß ich nicht.«

»Hast du gelesen, was du aufhattest?«

»Nicht das Ganze.«

»Bist du krank?«

»Nein, mir geht es gut, danke.«

Miss Remora schrieb einen Verweis und schickte Micah zum Schulleiter. Micah trug ein rotes Sweatshirt und eine Jeansjacke, und während er über den Flur ging, zog er die Kapuze der Jacke über den Kopf.

Mr. Lyons verlötete gerade eine Platine. Er gab Werkunterricht, und die Schüler sollten als Nächstes aus einem Bausatz Radios zusammensetzen.

»Nun, was gibt's?«

»Ich habe die Hausaufgaben nicht gelesen.«

»Und warum nicht?«

»Ich bin eingeschlafen.«

Der Schulleiter tropfte ein Klümpchen silbriges Lötzinn auf die Platine. »Bist du jetzt auch müde? Soll ich Kissen und Decke holen?«

»Ja, das wäre nett.«

»Nimm die Kapuze ab. Ich bin froh, dass du gekommen bist. Ich habe gehört, dass du einen Club gegründet hast.«

»Die Neuen Ludditen.«

»Und was soll das sein?«

»Uns gefällt nicht, was Computer so machen.«

»Pech für dich, Ziegenjunge. Die Deep Rock Academy geht nämlich in die Cloud.«

»Was heißt das?«

»In einfachen Worten?«

»Egal in welchen Worten.«

»Ich möchte, dass dieser Club stirbt.«

»Können Sie das?«

»Siehst du dieses Schild auf meinem Schreibtisch? Was steht da drauf?«

»Sie wissen doch, was draufsteht.«

»Zuallerscheißerst: Ich kann deinen behämmerten kleinen Club verbieten. Der vermittelt unseren Partnern aus der Wirtschaft einen falschen Eindruck.«

»Aber wenn wir doch daran glauben …«

»Clubs sind für mittelalterliche Musik oder Schach oder sonst einen harmlosen Scheiß. Überhaupt, was mögt ihr an Computern nicht?«

Diese Frage freute Micah, weil sie an diesem Tag die erste war, die er beantworten konnte.

»Erstens, es geht dabei doch nur um Geld. Zweitens, das soziale Zeugs ist ein trojanisches Pferd. Drittens, die Menschen nehmen ihre Umgebung gar nicht mehr wahr. Viertens, virtuelle Talente sind überhaupt keine Talente. Fünftens –«

»Wie viele Punkte gibt es?«

»Elf«, sagte Micah.

»Ich glaube, ich hab's kapiert.«

»Ich werde den Club nicht auflösen.«

Der Schulleiter seufzte. »Wir sagen dir, du sollst etwas lesen, du schläfst ein. Wir sagen dir, du sollst deinen Club schließen, du machst es nicht.«

»Ich spiele Volleyball.«

»Mit dem Club ist es aus und vorbei. Lass das alle wissen. Verstanden?«

Und damit schickte der Schulleiter Micah in die Bibliothek, damit er sich informierte, wer sich über die Befehle hinweggesetzt hatte, um den Vertrag von Guadalupe Hidalgo unterzeichnet zu bekommen.

Die Anordnung, den Club der Neuen Ludditen aufzulösen, kam gerade in dem Moment, als der Club seine erste Aktion geplant hatte, bei der die Ludditen das Netzwerk der Schule und das Lautsprechersystem kapern wollten. Es gefiel ihnen, Worte wie »Aktion« und »kapern« zu benutzen. Diese Aktion würde den Unterricht unterbrechen, wenn auch nur für kurze Zeit, und würde sie wahrscheinlich im besten Sinne des Wortes in Schwierigkeiten bringen. Und nun das.

Micah berief nach der Schule eine Versammlung an der Steinmauer am Fuß des Hügels ein, wo niemand sie belauschen konnte. Die Ludditen versammelten sich – Cilla, Rafa, Dakota, Micah und Silas –, dazu Eamon mit seinem schwarzen Gitarrenkoffer.

»Rafa wird uns über den Stand der Aktion informieren«, sagte Micah.

»Durch die Firewall sind wir durch«, berichtete Rafa. »Habe neulich abends von zu Hause aus zwei Tests gemacht. Habe ein Foto von Emily Browning hochgeladen und genau neunzig Sekunden lang etwas von Mozart gespielt. Das Netzwerk ist ohne Zwischenfall weitergelaufen.«

»Woher willst du das wissen?«

»Ich bin ziemlich dicke mit John, dem Hausmeister. Besorge ihm von Zeit zu Zeit ein bisschen Gras. Er hat es aus dem Lehrerzimmer bestätigt.«

»Ausgezeichnet. Eamon. Wie weit sind wir mit der Musik?«

»Es ist ja schon eine ganze Weile her, dass wir darüber gesprochen haben«, erwiderte Eamon, und Micah verstand, was er meinte – als dieser Plan ausgeheckt worden war, hatten sie noch im selben Haus gewohnt. »Ich wollte nichts allzu Offensichtliches. Deshalb würde ich ›Fake Empire‹ von The National vorschlagen.«

»Könntest du uns das kurz vorspielen?«

Eamon öffnete den Gitarrenkasten und hob vorsichtig und liebevoll seine Gibson Archtop heraus, stimmte sie, setzte sich ins Gras, spielte und sang dazu, während er im Gras saß.

Über die Ludditen senkte sich so etwas wie Trance, als sie dem Song lauschten, in dem es um lange Nächte geht und ums Onanieren und darum, sich auf gewagte Sachen einzulassen und sich wie im Halbschlaf durch dieses »Fake Empire« zu bewegen.

»Gebt Handzeichen«, sagte Micah, und alle Hände hoben sich gleichzeitig. Cilla hatte Tränen in den Augen.

»Ich habe die Zwischentitel.« Aus ihrem Rucksack zog sie ein großes schwarzes Plakat mit weißen Buchstaben in der zwanglosen Handschrift, die Mädchen so natürlich gelingt:

LEBT IN DER WELT
DIE NEUEN LUDDITEN

»Wir müssen den Text vielleicht ändern«, sagte Micah. »Lyons hat mir gestern befohlen, den Club aufzulösen. Er stehe in Konflikt mit den Geldgebern der Schule.«

»Oh nein«, erwiderten die Ludditen im Chor, »du machst wohl Witze«, und Ähnliches. Eamon kaute auf einer Lakritzstange, als wäre sie ein Strohhalm, und blickte sich um, als könnte er sich vorstellen, jetzt an einem interessanteren Ort zu sein.

»Warum reden wir dann überhaupt noch über diese Aktion?«, fragte Dakota. »Wenn wir gar kein Club mehr sind?«

»Lyons hat mir aufgetragen, das allen zu sagen«, meinte Micah und sah alle der Reihe nach an. »Nun ist es gesagt, und jetzt machen wir das.«

»Er bringt uns um«, sagte Silas. »Wirft uns einen nach dem anderen von den Türmen. Die Geier werden unsere Knochen fressen.«

»Das könnte in unseren Studienbüchern auftauchen«, sagte Dakota.

Micah hatte schlechte Noten, und die Wahrscheinlichkeit, wieder nach Boris zurückzukehren oder unter den Brücken zu schlafen, war genauso groß wie die, in vier Jahren aufs College zu gehen, deshalb tauchten Studienbücher in seinen Gedanken gar nicht erst auf.

»Es wird unsere erste und letzte Aktion sein«, sagte er. »Ich werde bis zum Schluss dabeibleiben. Ich glaube aber, wir verstehen auch jeden, der aussteigen will. Eamon, du bist der Älteste. Was würdest du raten?«

Eamon schloss seinen Gitarrenkasten. »Zieht es durch.«

»Lass mir nur die Bilder zukommen«, sagte Rafa. »Eine MP3 von ›Fake Empire‹ finde ich schon.«

Micah holte Eamon ein, als der zum Parkplatz ging. »Bist du sauer auf mich?«

»Ich bin nicht sauer auf dich«, erwiderte Eamon und wiederholte die Worte, als wäre er tatsächlich sauer. »Ich weiß nur nicht, was ich denken soll.«

»Hat dein Vater dir gesagt, was passiert ist?«

»Was ist denn passiert?«

»Sprechen wir nicht darüber. Ich möchte es gar nicht wissen.«

»Ich glaube, sie hatte mit jemandem ein Verhältnis.«

Micah nickte und rieb sich die Augen. »Weißt du was? Joan hat die Väter von uns beiden verlassen.«

»So habe ich das bisher noch gar nicht gesehen. Irgendwie fehlt sie mir. So wie sie gelächelt hat. Sie treibt durch ihre eigene Welt. Man weiß nie, was sie denkt. Vielleicht denkt sie auch überhaupt nichts.«

»Du solltest uns mal in unserer neuen Wohnung besuchen. Sie würde dich sehr gerne sehen.«

»Wie ist es da?«

»Klein. Sie schläft im Wohnzimmer und ich im Schlafzimmer. Auf dem Gang ist ein Abfallschacht. Man macht die Klappe auf und wirft sein Zeug rein, und es fällt ewig. Manchmal hört man es gar nicht unten landen.«

»Klingt gut. Es war schon ganz okay, dein Bruder zu sein.«

»Das bist du immer noch, wenn du willst.«

Die Aktion fand am darauffolgenden Dienstag statt. Drei Minuten und siebenundzwanzig Sekunden lang wurde die Aufnahme »Fake Empire« von National gespielt, und alle Computerprogramme wurden heruntergefahren und durch folgende Botschaft ersetzt:

> Die Neuen Ludditen sind auf Befehl des Schulleiters aufgelöst worden. Lasst nicht zu, dass eine Idee aufgelöst wird. Lebt in der Welt.

Das Lied begann mit einem einzelnen Orgelton, der allmählich hinter vier rollende Akkorde von Bass und Klavier zurücktrat, und dann kam die Stimme des Sängers, tief und gläsern. *Gehen wir auf Zehenspitzen durch unsere leuchtenden Städte, mit unseren Diamantpantoffeln an.* Die Musik erklang überall in der Schule. Die Lehrer hielten inne, die Kreide noch in der Hand, und blickten zur Decke. Die Kinder standen auf und liefen in die Gänge, als würden sie die Band suchen. *Wir wollen nicht versuchen, alles gleichzeitig herauszufinden.* Zuerst tanzten alle elegant, dann aber wild, als der Teil mit dem durchgeknallten Horn begann. Mr. Lyons erschien aus dem Direktorat und ging bis zum Ende des Songs mit verschränkten Armen auf und ab.

»Wo ist Micah Darling?«, fragte er.

Micah drängte sich durch die Menge nach vorn. »Zur Stelle, Herr Schulleiter.«

»Das ist meine Schule.«

»Also, da bin ich anderer Meinung. Die Schule gehört uns allen.«

Es herrschte Stille. Alle schienen zu überlegen, wem die Schule gehörte. Das war keine einfache Frage. Ohne Mr. Lyons würde es immer noch eine Schule geben, aber ohne die Schüler, was wäre dann? Die Leute in den Schulzimmern hätten nichts zu tun. Dann barst die Stille plötzlich, und die Schüler jubelten und klatschten und pfiffen und verlangten, den Song noch einmal zu hören.

»Geht in eure Klassenzimmer«, sagte Mr. Lyons. »Der Nächste, der einen Laut von sich gibt, wird suspendiert. Die Ludditen sind suspendiert. Darling, du fliegst hiermit von der Schule. Deine Eltern werden benachrichtigt.«

»Unsere Adresse hat sich geändert«, sagte Micah.

Das Schuljahr dauerte noch drei Wochen. Die verbrachte Micah am Strand. Er pflegte den Bus nach Crenshaw und Venice zu nehmen und dann einen weiteren Bus Richtung Westen.

Joan gab ihren Segen. Sie konnten sich die Schule sowieso nicht leisten, und sie fand, Micah sei wegen eines Vorfalls bestraft worden, der immerhin Initiative und Kreativität bewies.

Wenn die Mittelstraßen aller Jahrmärkte, die er je gesehen hatte, an den Rand des Kontinents geschoben worden wären, dann würde, so fand Micah, ein Ort wie Venice Beach entstehen.

Musik spielte und Hunde bellten, Sideboards klackerten und Möwen durchbohrten die Meeresluft mit ihren gierigen Schreien. Viele Vögel waren hungrig, aber nur wenige verstanden sich so wie die Möwen darauf, alles Fressbare für sich zu reklamieren. Ganze Reihen von Flüchtlingsläden boten Henna-Tattoos und Massagen,

Haifischzähne und das Lesen von Tarotkarten oder das Eingravieren des Namens auf einem Sandkorn.

In vielen Teilen von Los Angeles gab es nahezu keine Fußgänger, und das lag vielleicht daran, dass alle ihren freien Tag genau hier verbrachten, gekleidet wie Profisportler. Auf der Strandpromenade zogen sie dahin, zu Fuß oder auf Rollschuhen, auf gemieteten Fahrrädern oder auf Elektrorollern, die sich zwar nirgends sonst, aber hier eben doch durchgesetzt hatten. Ein einzelner Mann fuhr auf einem Segway umher, zeigte sich selbst alle möglichen Dinge und nahm seine Kommentare mit einem Kassettenrecorder auf. Eine Segway-Familie glitt vorbei, die Kinder auf kleineren Modellen.

An die Wand eines Hostels gemalt, sah sich die Venus von Venice Beach das alles in blauen Leggins und einem pinkfarbenen Mieder an und dachte, Geschichte sei ein Mythos.

Im Sand neben dem flachen weißen Ozean spielte Micah Volleyball. In diesen Spielen verausgabte er sich nicht allzu sehr. Manchmal verpatzte er einen Aufschlag oder unterdrückte einen Schmetterball – ganz im Geist des Strandes aber versuchte er, niemanden bloßzustellen.

Eines Tages ging er relativ spät durch die Reihen der Läden. Ein Mann mit einer elektrischen Gitarre, einem am Körper festgeschnallten Verstärker und einem Gurt voller Batterien skatete durch die Menge. Er griff komplizierte Akkorde, die in der Luft nachklangen, während er vorbeiglitt.

»Flieg weiter, Little Wing«, sagte eine Dame im Strohhut.

Micah betrat eine Marihuana-Apotheke, einen sauberen und ordentlichen Raum mit Stoffmarkisen. Hier sah es aus wie in einem Süßwarenladen, mit Vitrinen aus Bakelit und gläsernen Verkaufstischen, an denen Gras in Plastiktüten und in Glasdosen mit silbrigen Deckeln angeboten wurde.

»Na, wie geht's uns denn heute?«, fragte ein Mann in weißem Mantel mit Stiften in der Brusttasche.

»Sehr gut, vielen Dank«, antwortete Micah. »Ich würde mich gern zertifizieren lassen.«

»Wie alt bist du?«

»Fünfzehn.«

»Du müsstest über achtzehn sein oder einen Elternteil oder Vormund dabeihaben. Kannst du deine Mutter oder deinen Vater mitbringen?«

»Nein.«

»Wo liegt das Problem?«

»Die würden das einfach nicht machen.«

»Ich meine, das medizinische Problem.«

»Tinnitus.«

»Komm wieder, wenn du älter bist und einen kalifornischen Ausweis hast. Wirst du das machen?«

»Ach, wahrscheinlich nicht.«

Micah verließ den Laden und aß einen Hotdog auf einer Bank mit Blick auf den Ozean. Er verspürte eine tiefe und angenehme Leere.

Kurz darauf kam ein Mann in den Zwanzigern heran und setzte sich neben Micah. Er trug einen roten Bart und eine Sonnenbrille und abgetragene Ledersandalen.

»Ich hab dich beim Marihuana-Doc gesehen«, sagte er.

»Man muss über achtzehn sein.«

Der Mann nahm eine silberne Zigarettendose aus der Tasche und gab Micah einen Joint.

»Für mich siehst du wie achtzehn aus.«

»Danke.«

Der Mann hieß Mark. Er war nach dem Collegeabschluss von Olympia hierhergekommen. Sein Vater war Softwareentwickler und hatte ihm geholfen, ein kleines Haus und einen Laden zu bekommen, in dem Hemden und Schmuck verkauft wurden.

»Ich hab dich Volleyball spielen sehen.«

»Ja. Spiel ich gern.«

Micah wurde high, und seine Gedanken verschwammen, bis sie nur noch den Ozean wahrnahmen. Er kam sich vor, als wäre er aus Stein. Wenn ihn jetzt Möwen angegriffen hätten, wäre er wahrscheinlich einfach sitzen geblieben und hätte sich picken lassen.

Man wusste nie, wo man mit Marihuana landete. Eines Tages würde die Wirkung vermutlich so einheitlich sein wie beim Alkohol. Die Sonne blutete rot ins Meer, und der Tinnitus in seinen Ohren dämpfte sich zu einem Flüstern.

»Ich spiel gern Volleyball«, wiederholte er.

»Wenn du bei einem richtigen Spiel mitmachen willst, ich kenn da ein paar Leute. Sie spielen abends an anderen Stränden. Da geht's richtig zur Sache.«

»Wo würde man hinkommen, wenn man hier einfach losschwimmen würde?«, fragte Micah.

»Zu den Channel Islands.«

»Wie weit sind die?«

»Zwanzig Meilen.«

»Und was kommt dann?«

»Japan.«

»Wie weit ist das weg?«

»Ganz weit draußen.«

»Dann möchte ich nach Japan.«

»Verdammt, dann flieg doch einfach heute Abend vom Los Angeles Airport los, wenn du das Geld hast.«

»Ich habe kein Geld.«

»Japan ist wunderschön.«

»Warst du schon mal dort?«

»Nein.«

Mark lud Micah ein, bei ihm und seiner Freundin zu Abend zu essen. Die beiden wohnten in einem schmalen gelben, mit Blumen und Weinreben zugewachsenen Haus an einer Straße, die zum Meer hinunterführte. Man konnte von der Straße aus tief in das Haus hineinsehen. Die Möbel waren weiß und orange und grün, und es gab Lampen aus Japanpapier.

Marks Freundin Beth hatte grüne Augen, Sommersprossen und erdbeerblondes Haar mit Seitenscheitel. Sie hatte nichts dagegen, dass ihr Freund eine Zufallsbekanntschaft vom Strand mitgebracht hatte. Vielleicht war man hier so.

Micah rief Joan an, um ihr zu sagen, dass er bei Freunden zu Abend essen werde. Jetzt, wo sie zusammen in ihrem Apartment wohnten, bekam sie eher mit, wann er zu Hause war und wann nicht.

Sie hatten ein vegetarisches Curry, weiches Brot in einem gewebten Korb, das Naan genannt wurde, und Rotwein in Flaschen zu zwei Dollar von Trader Joe's.

Beth stammte aus St. Louis. Sie war Krankenschwester und die Tochter eines sehr strengen Pfarrers, und sie war froh, seiner Welt entkommen zu sein.

Sie arbeitete in einer Klinik in Lomita und malte in ihrer Freizeit. Sie malte gerne kleine Ausschnitte des Ozeans, wie man sie durch Autoscheiben oder durch die Beine von Menschen oder über Hausdächern hinweg sehen kann.

Nach dem Abendessen setzten sie sich ins Wohnzimmer, und Micah erzählte, wie er von der Schule geflogen war. Sie fanden das eine wunderbare Geschichte, doch Micah erkannte während des Erzählens, dass es eine alberne Sache gewesen war, die zu nichts führte und die Schule nicht besser machte.

Micah übernachtete bei Mark und Beth auf der Couch. Er konnte nicht einschlafen und ging ans Küchenwaschbecken und trank ein Glas Wasser nach dem anderen. Ein freundliches Licht schien unter den Schränken hervor.

Er kehrte ins vordere Zimmer zurück und legte sich unter eine Steppdecke. Eine Stunde später hörte er die Kühlschranktür aufgehen, und dann kam Beth mit einer Flasche Grapefruitsaft herein.

»Schläfst du?«, fragte sie.

»Noch nicht.«

Sie drückte ihm Tabletten in die Hand.

»Was ist das?«

»Schmerztabletten.«

»Helfen die zum Schlafen?«

»Sie vertreiben die Zeit, bis man einschläft.«

Micah sah sie an, und sie sagte: »Ich bin Krankenschwester, Schätzchen. Zuallererst mal füge ich niemandem Schaden zu.«

Sie nahmen die Tabletten und spülten sie mit dem Grapefruitsaft hinunter und gingen nach draußen, um sich auf die vordere Veranda an der Straße zu setzen.

Es war eine klare Nacht. Der Mond stand hoch über den blauen Dächern des Strandorts. Micah spürte keine Unruhe, keinen Kummer. Zeitweise kam ein sanfter Wind auf.

Nach einer Weile kamen Skateboarder die Straße heruntergerollt. Sie blickten zurückgelehnt mit langen Haaren und coolen leeren Gesichtern um sich.

»Da fahren sie dahin«, sagte Micah. »Hinunter zum Meer.«

Sechzehn

Die Spur des Lachenden Banditen führte Dan Norman zu Aqualung Spas in Stone City. Er stand mit dem Besitzer im Ausstellungsraum neben einem Whirlpool, der mit Bohlen aus Zedernholz eingefasst war.

»Hat er es auf uns abgesehen?«, fragte der Besitzer, ein ehemaliger Schlagmann aus der Juniorliga mit einem großen, aber straffen Bauch. Hatte früher für Duluth in der Nordliga gespielt.

»Ihr Laden passt genau ins Raster«, antwortete Dan. »Er liegt am Highway. Und hat eine Laderampe an der Rückseite.«

»Einzelteile für Wellness-Bäder bringen aber doch niemandem etwas, außer man besitzt selber eins.«

»Dieser Typ ist ein Messie. Es gibt kein Muster zu dem, was er klaut. Also, ich würde Ihnen jetzt gerne einen Karton geben. Da sind ein paar Schraubenschlüssel drin, fürs Gewicht, und ein Sender. Den stellen Sie abends raus und holen ihn am nächsten Morgen wieder rein. Schauen wir mal, ob er ihn sich krallt, dann finden wir raus, wo er hingekommen ist.«

»Machen andere auch mit?«

»Big Wonder macht mit. Und World of Wheels.«

»Es liegt im allgemeinen Interesse.«

»Das höre ich von allen.«

»Haben Sie und Louise ein Wellnessbad?«

»Haben wir nicht.«

»Nun, ich will Ihnen auch keins aufschwatzen.«

»Das weiß ich zu schätzen.«

»Würde Ihnen allerdings gut tun. Wir sind fast alle so erzogen, dass wir Komfort und Entspannung irgendwie für etwas Schlechtes halten.«

»Ich glaube, da ist was dran.«

»Ziemlich viel sogar. Ich kann Ihnen sagen, diese Einstellung grassiert geradezu.«

Er schaltete den Whirlpool an. Der Motor summte, das Wasser wirbelte herum, der Fußboden vibrierte. Das schien für ein Bad doch reichlich viel Getöse.

»Das ist Hydrotherapie«, sagte der Besitzer. »Da kehren Sie mit Ihrer Liebsten ans Meer zurück. Wir arbeiten doch alle schwer. Ich weiß, Sie auch. Die Welt ist so kalt. Steht uns da nicht ein bisschen Komfort zu? Sogar Vergnügen. Jawohl, ich möchte ausdrücklich dieses Wort gebrauchen. Und das alles kostet pro Tag nur ein paar Pennys.«

»Jetzt wollen Sie mir doch eins aufschwatzen.«

»Ich kann mir nicht helfen. Ich glaube eben an Wellnessbäder.«

»Das merkt man.«

Die Leute hatten erwartet, dass Louise ohne Mary ganz verloren sein würde, und das war auch nicht völlig falsch. Ihr Selbst hatte sich so sehr aus dem Umgang mit Marys Urteilen geformt, dass sie den Eindruck hatte, sie würde jetzt durch gar nichts mehr geformt.

Ins Fenster des Trödelladens hängte sie ein Schild mit der Aufschrift BIS AUF WEITERES GESCHLOSSEN. Die metallenen Rollläden senkten sich vor der ausgestopften Krähe, die wegschaute, als wäre sie von ihrer Beschützerin im Stich gelassen worden. Dann brachte Louise den Scout zu Ronnie Lapoints Werkstatt in Morrisville.

»Was ist es denn diesmal, Louise?«

»Er zieht nach links.«

»Ah-ha.«

»Ich hoffe, du kriegst das wieder hin.«

»Ausgeschlossen, dass ich das sofort mache. Aber für dich tu ich's.«

»Du bist der Beste.«

Im Wartebereich, in dem es nach Duftspray und Schmierfett und Benzin roch, las Louise im *Scientific American.* Der Fernseher zeigte ohne Ton eine Talkshow mit zwei Frauen, die sich in ihr Thema derartig hineingesteigert hatten, dass man jeden Moment erwartete, sie aufspringen und tanzen zu sehen.

Ronnie kam nach einer Weile herein und wischte sich die Hände an einem roten Flanelllappen ab.

»Das mit deiner Mom tut mir wirklich sehr leid.«

»Oh. Danke, Ronnie.«

»Ich möchte dir mein herzliches Beileid ausdrücken, aber was heißt das schon, Beileid?«

»Ich finde, das hast du doch gerade sehr schön ausgedrückt.«

»Diese Dame konnte mich zu absolut allem – und dem Gegenteil davon – überreden.«

»So war meine Mom, genau. Was ist mit dem Wagen?«

»Er zieht jetzt nicht mehr nach links. Aber er bräuchte unbedingt neue Kolbenringe.«

»Was kosten die?«

»Ach, es lohnt sich nicht mehr, welche einzubauen.«

Louise fuhr zum Nordfriedhof auf einem Hügel außerhalb von Grafton. Wanderdrosseln staksten mit großen Schritten im ungemähten Gras umher. Sie legte Blumen auf Marys Grab, einen Erdhügel, der mit grünem Tuch abgedeckt war. Sie wartete auf die Tuchabnahme. Mary hatte ihren Teil dazu beigetragen, dass ihre Welt sich drehte, und die hatte sich siebenundsiebzig Sommer lang gedreht – das war eigentlich gar nicht so viel, wenn man es genau nahm, wobei sie ihr Leben mit einem Traum hatte beschließen dürfen und keinen einzigen Tag in einem Pflegeheim verbracht hatte. Louise rollte das grüne Tuch zusammen und legte es in den Gärtnerschuppen, weil Mary die ehrliche offene Erde bevorzugt hätte.

Louise ging zum Grab ihres Töchterchens, das im Frühjahr immer besonders gepflegt werden musste, da die Platte auf gleicher Höhe mit dem Erdboden lag und das Gras dazu neigte, sie zuzuwachsen. Sie schnitt das Gras zurück und kratzte die Erde weg und schrubbte die Platte mit einem Putzlumpen. 7. MAI 1992.

»Wenn du nur hier wärest«, sagte sie.

Vom Friedhof aus ging sie wegen eines Grabsteins zu Don Gary und Lyris.

Der wohlriechende und geschäftige Don Gary erzählte von einem Baseballspiel, das er einmal im Metrodome gesehen hatte. Der letzte Schlagmann sei bereits am Start gewesen, und Don habe sich schon auf einen Homerun oder einen Strike oder was immer folgen würde gefreut. Der Spielstand war knapp, die Spieler auf den Malen angespannt. Es war eine lange Geschichte, und für Don eine Art Parabel für das Erlebnis, Vater oder Mutter zu verlieren. Louise achtete irgendwann nicht mehr auf seine Worte, aber ihn reden zu hören tat ihr gut.

Ein mit roter Tinte adressierter großer brauner Briefumschlag landete auf Albert Robeshaws Schreibtisch bei der Tageszeitung von Stone City.

Das Büro war gebaut worden, bevor es mit dem Druckgewerbe bergab ging und bevor der damalige Herausgeber, der gutes Geld gemacht hatte, hinausgeworfen und durch einen neuen ersetzt worden war, der nur wenig Geld machte. Höchstwahrscheinlich würde es mehr kosten, das Bürogebäude niederzureißen, als es zu verlassen.

Albert setzte sich an einen Tisch neben den Getränkeautomaten und öffnete den Umschlag, der einen Brief und eine Landkarte enthielt und von einem Mann kam, der in Mayall, Minnesota, wohnte.

> Lieber Mr. Robeshaw,
> ich habe mit Interesse Ihre Artikelserie über die vermisste Sandra Zulma verfolgt, allerdings möchte ich zu Ihrem neuesten Artikel »Phantasie-Leben einer Flüchtigen« eine Richtigstellung anbringen. Die Begegnung zwischen Sandra Zulma und den Pfadfindern hat im Staatsforst stattgefunden und nicht im Moor, wo wegen der heimischen Pflanzen keine Übernachtungen erlaubt sind. Siehe beiliegende Landkarte. Das ist ein geringfü-

giger Irrtum in einem ansonsten hervorragenden Artikel, Sir. Ich war einer der Pfadfinder, die Sandra Zulma am Fluss entdeckten. Sie können sich vorstellen, dass ich mich mein Leben lang an diesen Tag erinnern werde.

Albert breitete die Landkarte auf dem Tisch aus. Sie zeigte den Staatsforst und einen sich schlängelnden Fluss, neben dem an einer Stelle zu beiden Seiten ein X eingezeichnet war, neben dem einen X stand *Lager der Pfadfinder*, neben dem anderen *Sandra Zulma*.

Albert überlegte, ob die Zeitung eine Berichtigung bringen müsse. Der neue Herausgeber hatte immer alles im Blick, deshalb änderte man nicht so gern etwas.

Er brachte den Brief zur Lokalredakteurin, die seit Jahren bei der Zeitung tätig war und mehr Geld verdiente als sonst jemand. Sie hoffte darauf, abgefunden und nicht hinausgeworfen zu werden.

»Hallo, was halten Sie davon?«, fragte Albert.

Sie nahm den Brief von Albert entgegen und warf einen Blick auf die enge Handschrift.

»Das kann ich nicht lesen«, sagte sie.

Albert nahm den Brief wieder an sich und gab den Inhalt mit eigenen Worten wieder.

»Haben wir denn geschrieben, dass es in diesem Moor-Dings war?«

»Wir haben geschrieben, im Wald.«

»Und das stimmt ja auch.«

»Ja.«

»Heilige Scheiße. Echt knifflig.«

»Das habe ich auch gedacht. Vielleicht sollte ich da mal hinfahren.«

»Nein, sollst du nicht. Unser Reisebudget ist ausgeschöpft, und zwar durch dich. Also hör zu, Schätzchen. Ich möchte, dass du jetzt ins American Suites Hotel rüberfährst. Dort findet nämlich gerade eine Gewächshausmesse statt.«

»Eine Gewächshausmesse?«

»Genau. Du weißt schon, mit Pflanzen. Schau mal, was sich dort tut. Vielleicht gibt es irgendwelche neuen Züchtungen. Viel Spaß dabei. Alle Welt liebt Gewächshäuser.«

Dan Norman wanderte durch den großen Saal des American Suites Hotel, wo das Frühjahrstreffen der Arbeitsgemeinschaft für Pflanzen und Gartenbedarf des Oberen Mittleren Westens stattfand.

Er ermittelte gerade in zwei voneinander unabhängigen Fällen, bei denen es um den Verdacht von Ehebruch ging. Wenn man die Partner dazuzählte, musste er also vier Personen ausspionieren. Anscheinend waren diese Gewächshausunternehmer stark sexualisiert, vielleicht, weil sie ständig mit Samen und Erde und Wachstum zu tun hatten.

Mit dieser simplen Tätigkeit machten die Privatdetekteien ihr bestes Geschäft, aber Dan kam sich dabei wie ein Scheißkerl vor. Egal, was man herausfand, man zog doch praktisch immer aus dem Tod einer Ehe einen finanziellen Nutzen.

Wozu Lynn Lord immer anmerkte: »Also, was das betrifft, Dan, wenn du zu sensibel bist, um aus irgendetwas einen finanziellen Nutzen zu ziehen, dann solltest du überhaupt kein Geschäft betreiben. Du solltest Mönch werden und dir eine Tonsur scheren lassen.«

Dan ließ sich vom Strom der Besucher treiben und schlenderte von einem Stand zum anderen, in den Händen die Fanta-Kamera, die den heimlichen Bowlingspieler überführt hatte. Er informierte sich über die neuesten Errungenschaften in der Technologie von Sprühdüsen.

Alle paar Jahre pflegten Louise und er sich eines von diesen Dingern zu kaufen, aber die verschwanden ständig oder gingen kaputt, und am Ende drückten die beiden doch immer nur das Ende des Schlauchs mit dem Daumen zu, um das Auto zu waschen oder die Blätter aus der Dachrinne zu spülen.

Dan blieb bei einem Stand mit Zementfiguren stehen – Kobolde und Seejungfrauen, Rehe und Frösche und Adler, nackte Menschen, die sich anscheinend gerade nach einem gemütlichen Mittagsschlaf reckten und streckten und dabei überlegten, wo sie eigentlich ihre Kleidung abgelegt hatten.

Die Brustwarzen der weiblichen Statuen waren durch strategisch klug angeordnete Arme oder Weinreben oder Haarlocken verborgen, und die Männer hatten alle einen sehr kleinen Penis, aber bei genauerer Betrachtung gab es wohl auch keinen allzu großen Markt für eine Gartenstatue mit großem Penis.

Die Statuen erinnerten Dan wieder an seine Ehebrecher. Schon eine ganze Weile hatte er von ihnen nichts mehr gesehen. Vielleicht waren sie ja in ihren Zimmern, unter der Bettdecke. Er verließ den Großen Saal und sah gleich darauf eines der Paare auf dem Korridor.

Sie wirkten, als wären sie noch gar nicht alt genug, um mit einem anderen Partner verheiratet und seiner auch schon überdrüssig zu sein. Der junge Mann stand mit dem Rücken an der Wand, und die Frau lehnte sich an ihn und hielt sein Gesicht in beiden Händen.

Dan hätte sich keine bessere Gelegenheit wünschen können, um die beiden zu filmen. Da sie in der Nähe der Fahrstühle standen, konnte er ganz unauffällig durch den Flur spazieren und dabei seine Aufmerksamkeit die ganze Zeit auf sie richten.

Er brauchte nichts anderes zu tun, als die Kamera einzuschalten, vorbeizugehen und den Aufzug in irgendein Stockwerk zu nehmen. Er legte den Finger auf den Knopf, mit dem die Kamera eingeschaltet wurde, und während er das tat, fragte er sich, warum er es eigentlich tun sollte, und erkannte, dass es dafür keinen Grund der Welt gab.

Er drehte sich um und ging in die Hotellobby, in die gerade Albert Robeshaw eintrat.

»Hallo, Dan«, sagte Albert. »Ich suche die Gewächshausmesse.«

»Einfach den Gang runter.«

»Was machst du hier?«

»Arbeiten.«

»Was?«

»Ach, ganz egal. Ich höre eh damit auf.«

»Mit dem Ganzen?«

»Ja.«

»Und was machst du dann?«

»Keine Ahnung. Dein Dad möchte, dass ich wieder als Sheriff kandidiere.«

»Du würdest gewinnen.«

»Vielleicht. Und wenn nicht, werde ich vielleicht einfach Mönch oder so was.«

»Du wärst ein großartiger Mönch.«

»Glaubst du?«

»Na ja. Jedenfalls ein guter.«

Dan fuhr nach Hause und hielt an der Farm von Delia Kessler an. Sie und Ron waren jetzt geschieden und die Kinder schon lange ausgezogen. LABRADORHUNDE ZU VERKAUFEN stand auf einem Schild.

Dan parkte auf der Straße. Das Haus war ein Fertigbau, der nach dem spektakulären Brand bei den Kesslers in den neunziger Jahren aufgestellt worden war. Es war lang und grau, hatte kleine Fenster und sah wie ein Ozeandampfer aus.

Dan klopfte an der Seitentür, und Delia bat ihn in die Küche, wo sie etwas in einem gefleckten schwarzen Topf kochte.

»Was machst du?«

»Austerneintopf.«

»Ich habe dein Schild gesehen. Du hast Welpen.«

»Zu spät. Sie sind alle schon weg, bis auf ein Weibchen, und das behalte ich wahrscheinlich.«

»Zur Zucht.«

»Nee. Ich glaube, sie entwickelt sich ein bisschen langsam. Die letzten, die weg müssen, sind nie wirklich glücklich darüber, aber sie ist nicht ganz so gut geraten wie die anderen. Ich verlange einen fairen Preis, und ich möchte nicht, dass man irgendwo da draußen sagt, ich verkaufe deprimierte Hunde. Das heißt, ich zeige sie dir natürlich, aber erwarte nicht zu viel.«

»Wir können sie uns ja mal anschauen.«

Delia legte den Holzlöffel auf ein Porzellanbänkchen, drehte den Herd zurück und führte ihn in das Zimmer, in dem sie die Welpen hielt.

Das Hundezimmer roch nach Pisse. Darin stand eine Hundebox aus

Draht mit Decken, und überall auf dem Fußboden lag altes Zeitungspapier verstreut herum. »Schwertmörderin entkommt aus Krankenhaus« hieß es in einer alten Schlagzeile.

Das Labradorhündchen lag unter einem Boiler, mit braunen, leicht schielenden Augen.

Dan kniete sich auf die Zeitungen, und die kleine Hündin gähnte, streckte den Kopf vor und roch an seiner Hand.

Delia blieb im Eingang stehen und kaute am Nagel ihres kleinen Fingers.

»Ihre Hüften und ihre Augen sind zertifiziert. Nur ein bisschen zurückgeblieben.«

»Wie viel?«

»Dreihundert.«

Die Hündin legte den Kopf schief, als fände sie den Preis sehr hoch und sich fragte, ob es Dan wohl auch so ginge.

»Ich finde sie ganz okay.«

»Ich sag dir was. Nimm sie mit nach Hause und schau, wie sie sich entwickelt. Ich nehme sie zurück, wenn es nicht klappt.«

Dan setzte sich an den Küchentisch und schrieb Delia einen Scheck, riss ihn heraus und legte ihn auf den Tisch. Delia rührte mit dem Löffel.

»Mögen du und Louise Austerneintopf?«

»Du hast wohl zu viel?«

»Ich koche immer dieselbe Menge wie zu der Zeit, als die Kinder noch zu Hause wohnten. Mein Opa hat das immer im Winter gekocht. Als Kinder bekamen wir keine Austern, erst ab einem bestimmten Alter. Wir haben immer Cracker hineingetan und sie sich vollsaugen lassen, bis sie so groß wie Silberdollars waren.«

Auf der Heimfahrt hatte Dan einen schlafenden neuen Hund auf dem Schoß und ein Einweckglas mit Austerneintopf im Fußraum.

Louise war noch nie in dem Haus gewesen, wo Tiny und Joan Gower gewohnt hatten. Es stand an der Straße nach Boris, in einer Kurve, von der aus man kein anderes Haus sehen konnte. Sie stieg aus ihrem

Scout, in den Händen die Schatulle mit der Halskette, die Tiny ihr bei Marys Totenwache geschenkt hatte.

Sie klopfte und horchte auf das leise Klingeln des Windspiels. »Schaut, da kommt jemand zu Besuch«, schien es zu sagen. »Oh, aber das macht nichts, macht nichts …«

Die Klangstäbe waren aus Sandelholz und sahen, genau wie die Halskette, so ganz und gar nicht aus wie etwas, worauf Tiny ein Auge werfen, geschweige denn, was er kaufen würde.

Sie hätte noch wegrennen können, aber da machte Tiny schon die Tür auf und hob die Hand, um sein Gesicht zu verbergen. Louise zog seine Hand weg und sah die Schnitte und Schwellungen.

»Was zum Teufel ist mit dir passiert?«

»Na ja, diese Typen sind vorbeigekommen, weißt du.«

»Nein, weiß ich nicht. Was für Typen?«

»Sie waren zu viert. Earl Kellogg. Einer von den Mansfields aus Mixerton. Die anderen zwei kannte ich nicht. Sie hatten ihre Absolventenringe an den Fingern.«

»Worum ging es?«

»Ich bin der Lachende Bandit.«

»Du musst endlich mit diesem Scheiß aufhören, Mann.«

»Genau das haben die auch gesagt.«

Er ging in die Küche und kam mit einem Eisbeutel zurück, der aus einem zusammengedrehten Geschirrtuch bestand, das er sich gegen die Wange drückte.

Sie legte die Schatulle mit der Halskette auf die Arbeitsplatte.

»Ich will die nicht.«

»Gefällt sie dir nicht?«

»Es geht nicht darum, ob sie mir gefällt. Es ist nicht in Ordnung.«

»Ich habe mir überlegt, an wem sie gut aussehen würde, und da bist du mir eingefallen.«

»Tiny …«

»Möchtest du dich setzen? Mir ist ein bisschen schwindlig.«

Er ging ins Wohnzimmer und setzte sich in einen Sessel mit lederner Lehne und hölzernen Armstützen.

»Du bist verheiratet«, sagte Tiny. »Das ist nun mal so. Aber eines würde ich dich gerne mal fragen. Seit Micah weg ist, denke ich oft zurück. Wärst du mit mir zusammen geblieben, wenn ich mich anders benommen hätte?«

Louise holte sich einen Küchenstuhl und schaute ihn an, die Ellenbogen auf den Knien, das Wohnzimmer zwischen ihnen.

»Ich glaube nicht«, erwiderte sie. »Es ist so lange her. Das weißt du ja. Aber wenn du mich schon fragst, muss ich es sagen. Nein. Ich glaube nicht.«

»Wie kam es dann?«

»Damals? Ich suchte das, was für dich typisch war.«

»Was war das?«

»Ärger.«

»Das war für mich typisch?«

»Soll ich dir einen Spiegel holen?«

»Und was warst du für mich?«

»Das weiß ich nicht.«

»Ein Ausweg. Ich glaube, das warst du für mich.«

»Woraus?«

»Aus allem. Aus mir selbst. Und du hast toll ausgesehen. Bis heute.«

»Jetzt sind wir aber mal still.«

Er stand auf. »Ich muss mich jetzt hinlegen.«

»Kommst du einigermaßen klar?«

»Oh ja. Ich habe schon Schlimmeres durchgestanden.«

»Tu was auf diese offenen Schnittwunden.«

»Ich habe Alkohol zum Einreiben. Das tut wahrscheinlich mehr weh als die ganze Schlägerei.«

»Und leg dich nicht nochmal mit ihnen an.«

»Nach dem, was sie getan haben?«

»Wenn du dein Verhalten wirklich ändern willst, dann versprich mir das jetzt.«

»Na gut. Versprochen.«

Louise nahm die Halskette und steckte sie in die Tasche. Alles andere hätte so ausgesehen, als würde sie sich auf die Seite dieser Gang stellen, die Tiny zusammengeschlagen hatte.

Dann ging sie zu ihm und strich ihm mit der Hand übers Gesicht. »Pass auf dich auf.«

Am ersten Wochenende im Mai war der Wald dunstig und wie überzuckert und voller Moos. Lyris und Albert wanderten mit ihren Rucksäcken durch den Forst. Die Vögel flogen von Baum zu Baum und pfiffen abgerissene Lieder.

Sie waren noch nie zusammen zelten gewesen. Es schien ein weiterer Schritt für sie als Paar zu sein.

»Glaubst du, dass wir sie finden werden?«, fragte Lyris.

»Es ist schon – wie viel – fünf Monate her. Die Bullen hätten sie bestimmt gefunden, wenn sie noch hier wäre.«

»Tiny sagt, die finden nicht mal billige Sandalen auf dem Wühltisch.«

»Du stellst also unsere Helden in Blau in Frage.«

»Täglich.«

»Na, du weißt ja, ich habe die Landkarte mit. Ich vermute mal, ich muss ihr einfach nur folgen.«

Sie erreichten den Fluss am Grund der Schlucht und folgten ihm flussaufwärts. Der Fluss war über zwanzig Fuß breit, mit einer Felswand auf der anderen Seite, die Strömung war ziemlich reißend und trug tote Zweige und ganze Stränge von Blattwerk sowie gelegentlich eine Bierdose mit sich.

Am Spätnachmittag fanden sie die verlassene Feuerstelle des Pfadfinderlagers gegenüber einem Felsvorsprung und einer schmalen Öffnung in der Steilwand.

»Das ist ihr Tunnel«, sagte Albert.

Sie ließen ihre Rucksäcke zu Boden fallen und schlugen das Zelt auf. Es hatte Gummischnüre im Gestänge und ließ sich so schnell und sauber aufschlagen, dass sie sich gewünscht hätten, noch mehr Zelte aufstellen zu müssen.

Albert machte Feuer, öffnete eine Dose Corned Beef und erhitzte den Inhalt in einem Tiegel. Als sie aßen, ging die Sonne unter, und Schatten legten sich über den Zeltplatz. Lyris nahm zwei Flaschen Bier aus einer Kühlbox und reichte Albert eine.

Nach dem Abendessen tranken sie Apfelbranntwein und spielten mit den Taschenlampen in den Baumwipfeln Katz und Maus. Das Zelt war niedrig und warm, und sie krochen hinein, um zu schlafen. Die Twins spielten in Minneapolis gegen die Red Sox, und sie verfolgten das Spiel im Radio. Die Twins führten im siebten Inning 2 zu 1. Den Kopf auf Alberts Arm gebettet, schlief Lyris ein und atmete mit einem kleinen Kiekser in der Kehle.

Lyris schrie im Schlaf auf. Sie hatte geträumt, sie spielte bei einem Gesellschaftsspiel mit, aber niemand hatte ihr die Regeln erklärt, und alles, was sie sagte, war dumm, und man lachte sie aus.

»Das klingt wie mein tägliches Leben«, sagte Albert. »Schlaf weiter. Horch auf den Fluss.«

»Psst«, machte sie und hob sich auf die Ellbogen. Sie hörten leise Schritte. Ein Schatten glitt über das Zelt.

Albert zog seine Jeans an und nahm eine Taschenlampe und ging hinaus. Er leuchtete auf die ausgemergelte Gestalt von Sandra Zulma. Sie hockte an der Feuerstelle und stocherte mit einem Jagdmesser in den Kohlen herum, das Haar hing ihr lang und verfilzt ins Gesicht.

»Machen Sie das aus«, sagte sie. »Das Mondlicht reicht.«

Albert schaltete die Taschenlampe aus.

»Sie habe ich nicht erwartet«, sagte sie.

»Wen haben Sie denn erwartet?«

»Haben Sie eine Botschaft für mich?«

»Essen Sie etwas. Das ist meine Botschaft.«

»Das mache ich nicht.«

»Sie essen nicht?«

»Nö.«

»Vielleicht sollten Sie da mal drüber nachdenken.«

Sie legte das Messer auf den Boden und schichtete Stöcke auf die Kohlen und beugte sich hinunter, um sie anzublasen, wobei sich ihr

Körper zusammenfaltete wie der eines Reihers. Ein Kreis von Flammen stieg mit einem sanften Hauch auf.

»Jack kommt bald«, sagte sie.

»Ach ja?«

»Wir sind hier verabredet.«

»Das würde mich überraschen.«

»Wer ist Ihre Freundin?«

»Sie heißt Lyris. Wir leben zusammen.«

»Wie schön. Holen Sie sie raus.«

»Was wollen Sie von ihr?«

Sie wandte sich ihm zu und lächelte mit ihrem blassen und dreckverschmierten Gesicht. Auf ihrer Stirn und an der einen Seite ihres Gesichts waren rosa Narben. »Ich habe nicht vor, euch etwas anzutun.«

Lyris kam aus dem Zelt, mit einem Schlafsack um die Schultern.

»Lyris Darling, das ist Sandra Zulma«, sagte Albert.

»Hallo«, sagte Lyris, und ihre Stimme klang klein und fern auf dieser Lichtung, wo die gespenstische Sandra Zulma das Feuer anfachte.

»Haben Sie keine Angst«, sagte Sandra.

»Die hab ich aber. Ich habe Angst.«

»Die haben Sie schon sehr lange.«

»Woher wollen Sie das wissen?«

»Ich sehe es.«

»Das Messer hilft dabei jedenfalls nicht.«

Sandra steckte das Messer in die Scheide an ihrer Hüfte. »So. Besser?«

»Danke.«

Das Feuer brannte jetzt. Sandra schichtete weiteres Feuerholz auf und ruhte dann aus, mit den nach oben gedrehten Handflächen in einer seltsam flehenden Geste.

»Das tut wirklich gut«, sagte sie.

»Wie sind Sie überhaupt aus Stone City rausgekommen?«, fragte Albert. »Dort wimmelte es doch überall von Polizisten.«

»Ein Mann hat mich mitgenommen. Er hat mir auch dieses Messer geschenkt. Und er hat mir das hier geschenkt.«

Sie nahm einen Stein aus ihrer Jacke und hielt ihn hoch, so dass die schiefergrauen Facetten das Licht des Feuers reflektierten.

Albert überlegte, was er ihr sagen könnte. Dass er in ihrem Zimmer gewesen sei, ihre Bücher angesehen habe, dass Jack Snow tot sei. Doch er wusste nicht, wie sie reagieren würde, und wollte es auch nicht unbedingt herausfinden.

Sandra stand auf und streckte sich. »Na, ich muss dann mal los. Jack wird mich schon suchen.«

»Er ist tot«, sagte Lyris. »Wissen Sie das nicht?«

»Es gibt alle möglichen Arten, tot zu sein«, erwiderte Sandra. »Versuchen Sie nicht, mir zu folgen. Dort, wo ich hingehe, würde es Ihnen nicht gefallen.«

»Kommen Sie mit uns«, sagte Lyris. »Wir bringen Sie nach Hause.«

Sandra stand auf und sah den Mond an. Tränen liefen über ihr Gesicht wie Perlen aus Quecksilber. Sie wischte sie weg und sah sich ihre Hände an.

»Passen Sie gut auf sie auf, Albert. Vergessen Sie sie nicht.«

Sandra drehte sich um und ging zum Fluss. Sie watete im Mondschein hindurch, kletterte den Felsvorsprung hinauf und war verschwunden. Lyris brachte Kleidung aus dem Zelt. Sie warf Turnschuhe auf den Boden und hüpfte, um sich ihre Jeans über die Hüften zu ziehen.

»Wo willst du hin?«, fragte Albert.

»Ihr nach.«

»Du hast doch gehört, was sie gesagt hat.«

Lyris knöpfte ihre Jeans zu, das Kinn auf die Brust gedrückt. »Sie wird sterben. Das ist dann unsere Schuld.«

»Wir sollten die Polizei verständigen.«

»Großer Gott!«

»Was glaubst du, was sie gemeint hat?«

»Womit?«

»Dass sie nichts isst.«

»Jedenfalls nicht, was du denkst.«

»Dass es verschiedene Arten gibt, tot zu sein.«

»Geister tragen kein Messer mit sich herum«, sagte Lyris. »Sie zünden kein Feuer an.«

»Woher willst du das wissen?«

»Komm mit.«

Albert folgte Lyris in den Fluss. Das Wasser strich kalt um ihre Beine. Sie kletterten den Felsvorsprung hinauf und schürften sich dabei Hände und Schienbeine an den Steinen auf. Sandra hatte sich viel leichter getan. Albert leuchtete mit der Taschenlampe in den Tunnel, dessen Wände mit Moos besetzt waren.

»Sandra«, rief Lyris, und ihre Stimme kam als Echo aus der Dunkelheit zurück.

Hand in Hand gingen sie hintereinander hinein. Albert schwenkte die Taschenlampe auf die Flügel von Fledermäusen, die wie nasse Blätter an den Felsen klebten. Als sie hundert Schritt gegangen waren, hörten sie auf einmal einen Gesang von vielen Stimmen.

Der Tunnel bog nach links. Sandra hielt ihr Messer und den Stein, ihre Augen waren wie blaues Glas.

»Ihr könnt sterben, wenn ihr das unbedingt wollt«, sagte sie.

»Wer singt denn da?«

»Das ist ein Radio.«

Albert und Lyris kehrten zu ihrem Zeltplatz zurück, wo sie das Feuer die ganze Nacht in Gang hielten. Sie sprachen nicht viel, sondern reichten nur den Branntwein hin und her oder standen auf, um Holz zu holen. Sie liebten sich auf dem Boden, der vom Feuer golden und warm war.

Gegen Morgen erschien ein Ranger des Naturparks. Er betrat die Lichtung, seine Uniformhosen ganz altmodisch in die Stiefel gesteckt. Sein Nacken war breit, sein Gesicht rot, Haare und Schnurrbart buschig und grau. Das Morgenlicht stieg gerade an der Steilwand empor.

»Ich will jetzt kein großes Drama daraus machen«, sagte er, »aber Sie dürfen nur an den gekennzeichneten Stellen zelten.«

»Das wussten wir nicht.«

»Es steht angeschlagen.«

»Heute Nacht war eine Frau hier.«

»Was für eine Frau?«

»Wissen Sie, wer Sandra Zulma ist?«

»Das weiß jeder. Manchmal sehen sie ein paar Leute. Jedenfalls glauben sie das. Sie ist aber nicht hier. Hatte sie irgendetwas zu sagen?«

»Eine ganze Menge.«

»Manchmal ist sie auch einfach nur still.«

»Schauen Sie doch in die Höhle auf der anderen Seite des Flusses«, sagte Lyris.

Der Ranger lachte. »Es gibt keine Höhle auf der anderen Seite des Flusses. Das ist nur ein Märchen. Gehen Sie da mal drei Meter weit hinein, dann stoßen Sie gegen Felsen.«

»Wir waren aber drin«, sagte Albert.

Die Branntweinflasche lag leer auf dem Boden, und der Ranger stieß sie mit der Seite seines Schuhs an. »Das sagen Sie.«

»Was zum Teufel wollen Sie damit –«, sagte Lyris.

»Das hier ist ein seltsamer Ort«, erwiderte der Ranger. »Ich sehe manchmal Lichter, und das sind keine Lagerfeuer. Meine Oma erzählte oft von so einem Kerl, der in den dreißiger Jahren hier irgendwo eine Hütte hatte. Baker. Er hat hier während der Prohibition oft Partys gefeiert, und man hörte die Bahnarbeiter in den Bäumen lachen. So kamen dann eines Tages seine Freunde her, um zu sehen, wie es dem alten Baker geht, aber die Hütte war weg und er mit. Als hätte da nie etwas gestanden.«

Louise zog ihre schwarzen Gummistiefel mit den Terrakottasohlen an und ging in der Dämmerung mit der Hündin spazieren. Sie hatten sie Pogo getauft, nach einer Comicfigur, die Mary immer gerngehabt hatte. Louise und Pogo schlenderten an der Scheune vorbei, wobei die Hündin ihre Schultern schwingen ließ und mit dem Schwanz wie mit einer Gerte wedelte.

Es hatte sich herausgestellt, dass sie gar nicht in ihrer Entwicklung zurückgeblieben war, allerdings mochte sie es nicht, allein zu sein. In den ersten Nächten bei ihnen winselte sie ständig, bis Louise aufstand und sie ins Bett hob, wo sie sich langsam in die Decken grub und die Lage sondierte. Seitdem schlief sie immer zu Füßen der beiden.

Der Pfad zwischen den Feldern zog sich lang und grasbewachsen unter den Kondensstreifen dahin, die sich am Himmel kreuzten und brachen. Louise warf einen Tennisball für die Labradorhündin, die steif dasaß und auf ein Händeklatschen wartete, bevor sie losschoss und mit dem gelben Ball in ihren wie zum Grinsen entblößten Zähnen zurücktrottete. Wenn die beiden es müde wurden, den Ball zu werfen beziehungsweise zu jagen, pflegten sie nebeneinander herzugehen. Der Weg endete an einer T-Kreuzung, an der sie manchmal nach Osten, manchmal nach Westen und manchmal nach Hause gingen.

Siebzehn

Die Volleyballspieler tranken spätabends in einer Strandbar. Es war eine düstere Kaschemme in einem Loft mit Fahrrad und Schaufensterpuppe und Weihnachtsbeleuchtung. Eines Abends betrank sich Micah dort mit Tequila. Bei Tequila fühlt man sich, auch wenn man schon zu viel hatte, noch eine ganze Weile nüchtern. Micah fing sich gerade noch, als er in der Bar fast zu Boden stürzte, borgte sich daraufhin ein Handy und ging in die Nacht hinaus.

Die Straße war leer, und der Asphalt schien sich um ihn zu drehen. Als er Sand unter den Füßen spürte, fühlte er sich sicherer und schaffte es, bis zu einer Rettungsschwimmerhütte auf Pfählen zu kommen, und dort rief er Lyris an.

»Hallo?«, sagte sie.

»Schwester«, erwiderte Micah.

»Junge?«

»Ja, hallo.«

»Wo bist du denn?«

»Am Pazifik.«

»Weißt du, wie spät es ist?«

Micah schaute auf sein Handgelenk. »Ich habe meine Uhr verloren. Wie geht's Albert?«

»Gut. Er schläft.«

»Ich werde dich finden. Du bist hier irgendwo, stimmt's? Bleib dran. Ich such dich.«

»Micah, ich bin zu Hause. Wo ist Joan?«

»Im sechzehnten Stock.«

»Hat sie dich im Stich gelassen?«

Micah stieg die Rampe zu dem Umlauf hinauf, der um die Hütte herumführte. Er ging einmal ganz um sie herum und hielt Ausschau nach Lyris. »Ich wohne zurzeit am Strand. Hörst du das? Das ist das Meer.«

»Was soll das heißen?«

»Ich habe davor bei Mark und Beth gewohnt. Freunde von mir. Ich habe hier so viele Freunde gefunden, Lyris, du wirst es nicht glauben.«

»Das freut mich.«

»Sie haben keine Ahnung, wer ich bin. Aber eines Abends hatten wir Musik laufen, und Mark gefiel es nicht, wie Beth und ich miteinander getanzt haben, und er hat gesagt, ich solle verschwinden. Wir haben uns darauf eingelassen. Auf das Tanzen, meine ich. Mark kann man deswegen keinen Vorwurf machen. Also schlafe ich seitdem am Strand, und morgens schwimme ich, und dann schlafe ich wieder, und dann spiele ich Volleyball, das ist alles, was ich mache. Warum bist du nicht hier?«

»Ich bin in Stone City, Micah. Das weißt du doch.«

Micah stieg die Rampe hinunter und kroch zwischen die Pfähle. Unter der Hütte war es dunkel und kühl. »Ich dachte, ich könnte dich hierherbringen«, sagte er. »Einfach, indem ich an dich denke … ich weiß, dass das unsinnig klingt.«

»Ich komme. Okay? Gib mir nur ein paar Tage Zeit.«

Micah kroch wieder heraus und legte sich in den Sand und schaute zu den Sternen hinauf. Der Sand tat gut. »Ich bin hackedicht, Schwester.«

Ein Staubsauger folgte Joan durch die ganze Wohnung und schlug ihr immer wieder gegen die Fersen wie ein kleiner roter Hund. Sie sprühte verschiedene Spezialreiniger auf die Oberflächen, hatte aber den Verdacht, dass sie alle gleich waren. Haushalt war nicht ihre starke Seite.

Sie setzte eine Sonnenbrille auf und nahm den Lift in die Lobby hinunter. Der Portier in seiner laubgrünen Jacke mit roten Epauletten stand im Schatten der Markise.

»Ich laufe nur schnell zum Blumenladen, Alexei«, sagte Joan. »Meine Tochter Lyris wird jeden Moment hier sein.«

»Ihre Tochter, ja. Ich erinnere mich.«

»Ja, genau, falls sie kommt, sagen Sie ihr, sie kann hinaufgehen.«

»Sehr wohl.«

»Oder, wenn ich es mir recht überlege, lassen Sie sie lieber hier warten. In der Lobby ist es hübscher, finden Sie nicht auch?«

»Die Lobby ist eine gute Wahl.«

»Vielleicht sollte sie da am Springbrunnen warten.«

»Wir sagen den Leuten nicht, wo sie sich hinstellen sollen.«

»Haben Sie eine Vorstellung, wie lange es her ist, seit ich sie gesehen habe?«

»Viele Jahre.«

»Ich gehe zu Larchmont, um ein paar Blumen zu kaufen. Was für Blumen würde eine junge Dame denn bevorzugen?«

»Azaleen.«

»Wie sehen die aus?«

»Es gibt verschiedene Sorten. Blaue, gelbe, orange. Wenn ich eine junge Dame wäre, würde mir eine orange Azalee sehr gut gefallen.«

Lyris war noch nicht da, als Joan zurückkam. Sie verteilte die Azaleen wie zufällig, als würden sie und Micah immer zwischen Blumen leben. Aus den Blüten schlüpften Marienkäfer und klammerten sich schläfrig an die Stengel und fingen dann an, in der Wohnung herumzuschwirren. Auf den ersten Blick sahen sie ganz malerisch aus, aber es waren zu viele.

Joan öffnete eine Zeitschrift und schob die Marienkäfer damit in Richtung der Fenster, als stünde darin etwas, das sie zur Kenntnis nehmen sollten.

Die Gegensprechanlage summte, und Joan ging hin und drückte auf den Knopf. Was aus dem Lautsprecher ertönte, war in der Wohnung nicht zu verstehen. »Schicken Sie sie herauf.«

Joan machte die Tür auf und ging dann zu den Fenstern und drückte die Daumennägel auf die Zähne.

»Hallo, Joan«, sagte Lyris.

Joan holte tief Luft und drehte sich zur Tür um. Lyris trug ein gelbes Strandkleid und eine ausgeblichene Jeansjacke mit durchgescheuerten Ellbogen und ausgefransten Bündchen, für die man in dieser Stadt ein Vermögen bezahlt hätte.

Joan durchquerte das Zimmer und ergriff Lyris' Hände.

»Du bist so schön«, sagte Joan.

»Wo ist Micah?«

»Am Strand. Er wohnt praktisch dort.«

»Zu mir hat er gesagt, dass er ganz und gar dort wohnt.«

»Das stimmt nicht. Manchmal kommt er auch heim.«

»Joan, er ist doch erst fünfzehn.«

»Ich habe uns etwas zu Mittag gemacht. Du musst nach deinem Flug Hunger haben.«

»Ich möchte Micah sehen.«

Joan hatte das Gefühl, ihre Knie gäben unter ihr nach und sie müsste zu Boden fallen. Lyris legte ihr die Hand auf die Schulter. »Okay, dann essen wir erst mal was.«

Joan ging zum Kühlschrank und brachte Sandwiches mit Radieschen und Cornichons, und sie aßen an dem Tisch neben der Ausziehcouch, auf der Joan schlief.

»Was ist denn mit diesen Marienkäfern hier?«, fragte Lyris.

»In Kalifornien haben wir sehr viele.«

»Ich habe gewusst, dass du ihn nicht halten kannst.«

»Er ist am Redondo Beach, Lyris.«

»Ich wollte einfach glauben, dass es klappt.«

»Ich weiß, was du jetzt denkst. Joan ist böse, Joan ist ein Monster. Warte erst mal ab, bis du ihn siehst. Er wird gerade erwachsen.«

»Ich kann ihn nicht erreichen. Ich habe ihn unter seiner Nummer anzurufen versucht, aber das Handy gehörte jemand anderem.«

»Oh, er besitzt kein Handy. Weil er in der Schule in so einem Club gewesen ist.«

Leute, die aussehen wie die geborenen Verlierer, sind im Spiel oft die gefährlichsten. Man sollte sich fragen, was machen die eigentlich hier, welches Geheimnis tragen sie eventuell mit sich.

Micah und ein Mitspieler aus Riverside spielten gegen zwei Brüder, die in Anaheim Möbel verkauften. Die beiden waren über dreißig, nicht groß, aber mit sehr kompakten Armen und Beinen. Sie trugen Beachsocken und Sonnenbrillen von Oakley. Einer hatte einmal ein Turnier am Mission Beach gewonnen.

Grate aus hartem Sand zerbröselten unter den Füßen. Es war ein heißer Tag mit einem angenehmen Wind vom Ozean. Sie spielten um siebenundzwanzig Dollar pro Kopf, denn mehr hatte Micah nicht bei sich.

Die Möbelhändler verloren das erste Spiel, schienen aber diese Niederlage dazu benutzt zu haben, die Stärken und Schwächen von Micah und seinem Partner zu erkunden. Micahs Sets variierten immer in Höhe und Distanz zum Netz. Sein Mitspieler verließ sich dagegen auf seine flachen Querschläger, die vorhersehbar waren und gut zu verteidigen. Deshalb versuchten die Brüder im zweiten und dritten Spiel zu erreichen, dass Micah aufschlug und sein Partner angriff.

Ganz gelassen hinter ihren verspiegelten Sonnenbrillen zogen die Möbelbrüder planmäßig ihre Taktik durch, wussten genau, was sie taten, und dieses Wissen machte Micah mürbe. Zwischen den Punkten stützte er die Hände auf die Knie und atmete schwer. Seine Arme und Beine waren mit Sand bedeckt. Er spürte seinen Herzschlag im Licht und in den Bäumen und im Wasser. Er hatte noch nie gegen jemanden verloren, der Beachsocken trug.

Das Spiel endete mit einem Aufschlag, den Micah lang schlug. Aber er machte den Weg nicht frei, wie beabsichtigt. Die stämmigen Brüder hatten sie auf nahezu unfassbare Art und Weise abgezockt. »Na gut«, dachte Micah. Er ging zu seinen Turnschuhen, zog seine letzten Geldscheine hervor und bezahlte die Männer aus Anaheim. In ihren Brillengläsern sah er ein verzerrtes Abbild seiner selbst.

Dann hörte er jemanden seinen Namen rufen, und als er sich umdrehte, sah er Joan und Lyris im Schatten von drei Palmen stehen. Er ging langsam auf sie zu, geblendet von der Sonne, als wären das fremde Menschen, die nur so ähnlich aussahen. Das verlorene Spiel war bereits vergessen. Er umarmte Lyris und hob sie dabei hoch, worüber beide lachten.

Sie gingen zum Pazifik hinunter, Lyris trat ihre Sandalen weg, und die beiden wateten in die Brandung. Lyris' gelbes Kleid schwamm auf dem Wasser. Eine Möwe flog über sie hinweg, die Flügel reglos, lautlos. Ein Schiff lag am Horizont wie eine auf dem Wasser gebaute Stadt. Micah und Lyris standen Hand in Hand da, während sich die Wellen an ihren Beinen brachen, ohne je abzudrehen.

GROUS

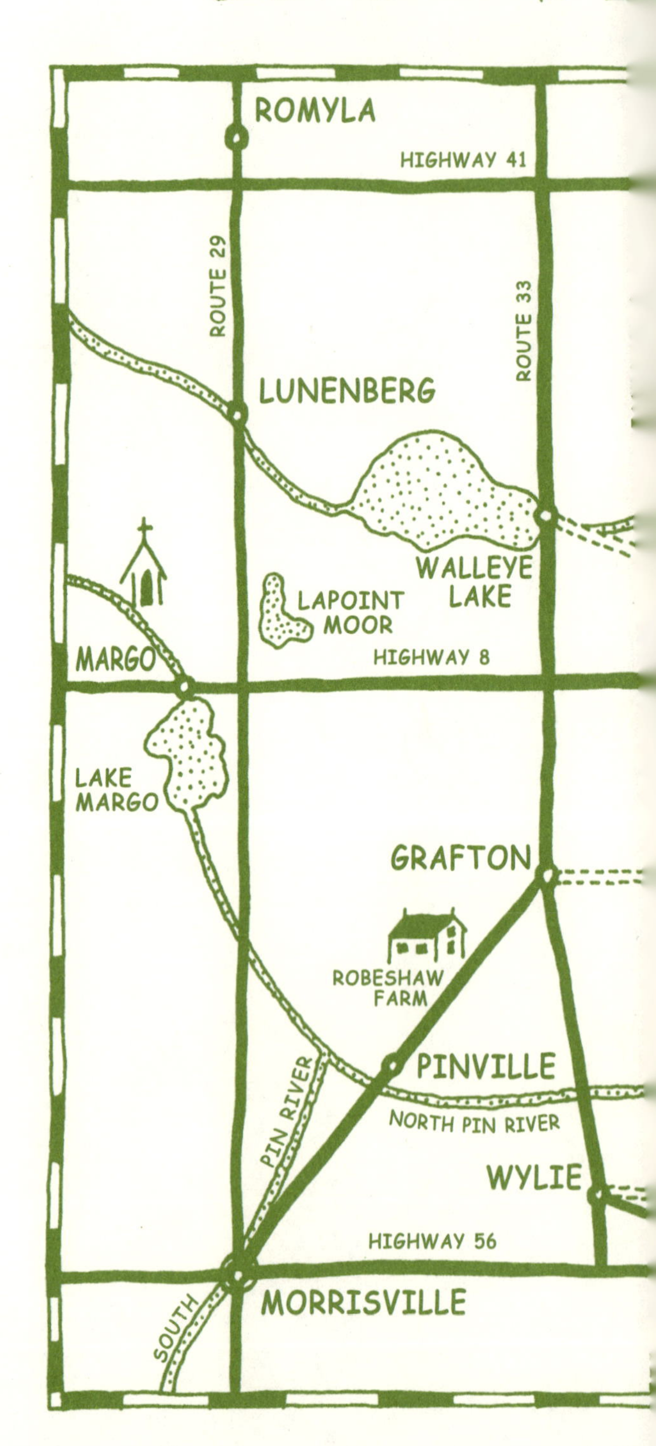
ROMYLA
HIGHWAY 41
ROUTE 29
ROUTE 33
LUNENBERG
WALLEYE
LAKE
LAPOINT
MOOR
MARGO
HIGHWAY 8
LAKE
MARGO
GRAFTON
ROBESHAW
FARM
PINVILLE
PIN RIVER
NORTH PIN RIVER
WYLIE
HIGHWAY 56
MORRISVILLE
SOUTH